BASTEI
LÜBBE

Von John Galsworthy erschien bei BASTEI-LÜBBE:

12337 Die Forsyte Saga
12356 Moderne Komödie

JOHN GALSWORTHY

DAS ENDE VOM LIED

Aus dem Englischen
von Leon Schalit

BASTEI LÜBBE

BASTEI-LÜBBE-TASCHENBUCH
Band 12381

Titel der englischen Originalausgabe:
End of the Chapter
Im Einvernehmen mit dem Autor wurden abweichend von der Originalausgabe die Figur des Ronald Ferse in Ronald Forest, die der Diana Ferse in Angela Forest (in zweiter Ehe Angela Cherrel) umbenannt.

Lizenzausgabe: Gustav Lübbe Verlag GmbH, Bergisch Gladbach
Printed in Great Britain September 1995
Einbandgestaltung: Manfred Peters
Titelfoto: Arch. für Kunst und Geschichte, Berlin
Foto des Autors: Copyright Camera Press Ltd., London
Satz: hanseatenSatz-bremen, Bremen
Druck und Bindung: Cox & Wyman, Ltd.
ISBN 3-404-12381-6

Vorwort

Die letzten drei Romane, Glieder in der langen Kette, die die Forsytes mit ihren Seitenlinien und Nachkommen verbindet, liegen hier als Trilogie vor.

Der erste Roman dieser dritten und letzten Trilogie, »Ein Mädchen wartet«, wurde am 23. März 1928 in Bury House, Galsworthys Landsitz in der Grafschaft Sussex, begonnen. Wegen dringenderer Arbeiten mußte er das Werk für eine Zeitlang beiseite legen. Er setzte es in Palma (Mallorca), Biarritz, Hampstead (London) und in Mont Dore (Auvergne) fort; den Schluß schrieb er in Bury im Oktober 1930.

Einen Monat später begann er, ebenfalls in Bury, das zweite Buch, »Blühende Wildnis«, setzte es während seines Winteraufenthaltes 1930/31 in Arizona (Vereinigte Staaten) fort, schrieb es in Hampstead, Bury und Ischl (Österreich) weiter und beendete den Band in Meran (Italien) im September 1931.

Im November 1931 begann Galsworthy »Über den Strom«, das dritte und letzte Buch, in Bury; er arbeitete in Biarritz und Hampstead daran weiter und schrieb den Roman in Bury am 13. August 1932, einen Tag vor seinem letzten Geburtstag, zu Ende.

Der für diese Trilogie ursprünglich geplante Gesamttitel lautete: »Die alte Ordnung« oder »Eine alte Familie«; diese Titel hätten jedoch zu der Annahme führen können, es sei eine Analyse der Klassenunterschiede oder Klassenkämpfe beabsichtigt gewesen. Nichts hätte den Absichten Galsworthys ferner liegen können. Er wünschte eine Gruppe von Leuten vornehmer Herkunft (welch seltsame Bezeichnung!) darzustellen, die in unserer tüchtigen Welt von heute leben müssen und sich in ihrer Umgebung nicht übermäßig wohl fühlen; sie sind sich dessen bewußt, daß ihre Überzeugungen, Traditionen, seelische Einstellungen zum alten Eisen gehören und etwas unbequem sind. Diese Idee liegt keineswegs der ganzen Anlage oder der Handlung der Trilogie zugrun-

de, schwingt aber wie ein Grundbaß mit. Schließlich wurde der Titel *End of the Chapter* gewählt, und er deckt vielleicht den Inhalt von mehr als einem Standpunkt . . .
Man darf wohl behaupten, daß alle drei Trilogien »aktuell« sind, aber in jeder einzelnen spiegelt sich die »Gegenwart« in einer verschiedenen Facette. Insbesondere »Die Forsyte Saga« unterscheidet sich von den beiden folgenden Trilogien durch die Tatsache, daß sich ihre Handlung etwa zwanzig Jahre vor der Zeit abspielt, während der sie in der Vision ihres jungen Schöpfers entstand. Die jüngeren Forsytes waren in Wirklichkeit bereits ältere Leute, als Galsworthy sie im »Reichen Mann« 1904 bis 1905 zu porträtieren begann; sie gehören einer durch die Zeit erstarrten und einbalsamierten Epoche an. »Moderne Komödie« und »Das Ende vom Lied« sind Studien der Zeitläufe, in denen der Autor lebte. Tatsächlich datiert in Galsworthys letztem Roman »Über den Strom« Adrian Cherrell einen an seine Frau gerichteten Brief vom 10. August – der Autor schrieb die letzten Worte dieses Buches nur drei Tage später!
An der Reihe der neun Romane der drei Trilogien läßt sich die Entwicklung Galsworthys als Dichter und Mensch verfolgen. Ein weiter, weiter Weg zieht sich von dem leidenschaftlichen jungen Satiriker, der 1904 die Worte schrieb: »Kommt, sprengen wir mit leichter Lanze los – Windmühlen unser Feind«, bis zu dem duldsamen, weisen Betrachter der Menschen und Dinge vom Jahre 1932. Der »Reiche Mann« zeigt uns den zerstörenden »Einfluß der Schönheit auf eine Welt des Besitzes« – eine Welt der Forsytes und des Besitzes; ein Einfluß, der sich noch bis zum Ende der »Saga« geltend macht, und der sich indirekt noch bis zum Ende des letzten Romans auswirkt. Irene, die als Verkörperung der zerstörenden Schönheit gelten mag und deren Wesen die ganze »Saga« durchdringt, Irene, die so wenig gibt und so viel erdulden muß; Fleur, die in der »Modernen Komödie« dominiert, die nichts gibt, aber viel nimmt, in der zerfahrenen Nachkriegswelt jedoch in bewunderungswürdiger Weise sich die Vernunft bewahrt; Dinny, in den letzten drei Romanen das Leben und die Seele der Familie und aller Menschen, die sich um sie gruppieren, Dinny, die so viel gibt, aber so wenig dafür nimmt – diese drei

Gestalten könnte man fast als inoffizielle Wegweiser der frühen, mittleren und späten Periode des Dichters betrachten, die auf den Entwicklungsgang ihres Schöpfers hindeuten.
Aber es wäre wohl ein müßiger Versuch, den weiten Bereich des Autors in einzelne Teile zu zergliedern, Wegweiser darin aufzustellen und Analogien und sonstige Zusammenhänge zu konstruieren, die am Ende keineswegs beabsichtigt waren.
Aus diesen Bänden geht jedoch hervor, daß auf seiner Reise durch das Leben Galsworthys Menschenliebe stets gewachsen ist, während seine Verabscheuung der Grausamkeit, Feigheit und Unduldsamkeit sich nicht im geringsten vermindert hat. Aber darüber und über alles andere hinaus blieb es, ebenso wie bei seinem Ferrand in der Tragikomödie »Der Menschenfreund«, noch immer sein sehnlichster Wunsch: »Du lieber Gott, hilf mir die Menschen und Dinge verstehen!«

Im Dezember 1934 Ada Galsworthy

ERSTES BUCH

*

Ein Mädchen wartet

1

Der Bischof von Porthminster lag im Sterben; man hatte seine vier Neffen, zwei Nichten und den Gatten der einen holen lassen. Es schien, er werde die Nacht wohl kaum überleben. In den sechziger Jahren hatte er unter den Kameraden auf dem College in Harrow und der Universität in Cambridge »Senior Cherrell« geheißen, später in seinen beiden Londoner Gemeinden Pfarrer Cuthbert Cherrell, in seiner Blütezeit als Prediger Kanonikus Cherrell und in den letzten achtzehn Jahren Cuthbert, Bischof von Porthminster. Er war unvermählt geblieben. Zweiundachtzig Jahre hatte er gelebt, und fünfundfünfzig – er war etwas später als üblich Priester geworden – hatte er in gewissen Regionen dieser Erde als Gottes Stellvertreter gewirkt. Dieses Amt und die Beherrschung seiner natürlichen Triebe, die er vom sechsundzwanzigsten Jahre an geübt, liehen seinem Gesicht jenen Ausdruck verhaltener Würde, der sogar angesichts des Todes nicht schwand. Er sah ihm mit Ruhe entgegen. Das Zucken seiner Brauen verriet fast leisen Spott, und leiser Spott klang aus den Worten, die er mit ganz schwacher Stimme zu seiner Pflegerin sprach: »Morgen können Sie ausschlafen, Schwester. Ich werde pünktlich drüben sein, muß ja nicht im Ornat erscheinen.«

Noch keiner seiner Vorgänger hatte mit so viel Anmut und Würde den Ornat getragen, und diese Vornehmheit in Gesicht und Erscheinung hatte er sich bis ans Ende seiner Tage bewahrt. Nun lag er reglos da, das graue Haar zurückgekämmt, das Gesicht blaß wie Elfenbein. So lange war er Bischof gewesen, daß am Ende niemand mehr wußte, wie er eigentlich über den Tod oder irgendein anderes Problem dachte, man kannte nur seine Ansicht über das anglikanische Gebetbuch – jeden Reformvorschlag hatte er schroff zurückgewiesen. Schon von Natur war er es nie gewohnt gewesen, seinen Gefühlen Ausdruck zu geben, und am Ende hatte das Zeremoniell seines Lebens alle natürlichen Anlagen so überdeckt, wie Stickerei und Juwelen das Gewebe eines Meßgewands.

Er lag in einem Zimmer mit Doppelfenstern, einem klösterlich kahlen Raum, in einem Gebäude aus dem sechzehnten Jahrhundert, das in der Nähe der Kathedrale stand. Zum Fenster strömte die Septemberluft herein, konnte aber den Moderduft des alten Hauses nicht ganz bannen. Den einzigen Fleck leuchtender Farbe bildeten ein paar Zinerarien in einer alten Vase auf dem Fensterbrett; die Pflegerin sah, daß des Kranken Blick unablässig an diesen Blumen hing, wenn er nicht gerade die Augen geschlossen hielt. Gegen sechs Uhr teilte man ihm mit, die ganze Familie seines längst verstorbenen Bruders sei eingetroffen. »So! Sorgt für ihre Bequemlichkeit. Ich möchte Adrian sehen.« Als er eine Stunde später die Augen wieder aufschlug, fiel sein Blick auf seinen Neffen Adrian, der am Fußende des Bettes saß. Einige Minuten lang starrte er in das magere braune Gesicht mit den feinen Fältchen, dem schütteren Bart und auf das ergrauende Haupthaar; er schien ein wenig erstaunt, seinen Neffen so gealtert zu finden. Dann zog er die Brauen hoch und sagte leise in seinem etwas spöttischen Ton: »Mein lieber Adrian! Schön von dir! Rück doch bitte ein wenig näher. So! Den letzten Rest meiner schwachen Kraft will ich für dich verwenden oder, wie es dir vielleicht scheinen mag, gegen dich! Entweder ich spreche offen oder überhaupt nicht. Du bist kein Kleriker, darum will ich, was ich zu sagen habe, dir mit den Worten eines Weltkinds sagen, das ich ja selbst einst war und im Grunde vielleicht immer geblieben bin. Wie ich hörte, hast du eine Neigung, besser gesagt, eine törichte Schwäche für eine Frau, die dich nicht heiraten kann – stimmt das?«
Adrians gütiges Gesicht mit den vielen Fältchen sah sanft und etwas betroffen drein: »Es stimmt, Onkel Cuthbert. Tut mir wirklich leid, wenn es dir Kummer macht.«
»Wird deine Neigung erwidert?« Der Neffe zuckte die Achseln. »Mein lieber Adrian, die Ansichten der Welt haben seit meiner Jugend so manchen Wandel erfahren, doch auch heute noch gilt die Ehe als heilig. Nun, das geht dein Gewissen an, nicht mich. Einen Schluck Wasser!« Adrian hielt ihm ein Glas an die Lippen, der Bischof trank und fuhr mit schwacher Stimme fort: »Seit eures Vaters Tod habe ich einigermaßen seine Stelle bei euch vertre-

ten und die Traditionen unserer Familie gehütet. Laß dir gesagt sein: unser Name reicht weit in die Vergangenheit zurück und stand stets in hohen Ehren. Ein gewisses angeborenes Pflichtgefühl ist uns alten Familien heutzutage als einziges Erbe geblieben. Was man vielleicht einem Jüngling nachsehen mag, verzeiht man nie und nimmer einem Mann in gereiften Jahren und in deiner Lebensstellung. Ungern scheide ich aus dieser Welt mit dem Gedanken, daß unser Name vielleicht bald durch die Zeitungen geschleift und verunglimpft wird. Vergib mir diese Einmengung in deine Privatangelegenheiten und laß mich jetzt von euch allen Abschied nehmen. So wird es weniger schmerzlich sein. Überbringe du den anderen meinen Segen – freilich hat der kaum etwas zu bedeuten. Leb wohl, mein lieber Adrian, leb wohl!« Die Stimme erstarb. Der Sprecher schloß die Augen. Adrian blieb noch ein Weilchen stehen und blickte auf das scharfe, wächserne Antlitz nieder, dann schlich er, die hohe Gestalt ein wenig gebeugt, zur Tür, öffnete sie leise und verschwand. Die Pflegerin kam zurück. Die Lippen des Bischofs regten sich leise, dann und wann zuckten seine Brauen, doch er sprach nur noch ein einziges Mal: »Bitte, achten Sie darauf, daß mein Gebiß gut sitzt und der Kopf die richtige Lage einnimmt. Verzeihen Sie diese Einzelheiten, doch mein Anblick soll nicht abstoßend wirken . . .«
Adrian ging die Treppe hinab in den langen getäfelten Raum, wo die Familie wartete. »Im Sterben. Er schickt euch allen seinen Segen.«
Sir Conway räusperte sich. Hilary drückte Adrians Arm. Lionel trat ans Fenster. Emily Mont zog mit der einen Hand ein kleines Taschentuch hervor und legte die andere in die Rechte ihres Gatten, Sir Lawrence Mont. Nur Wilmet sprach: »Wie sieht er aus, Adrian?«
»Wie ein sterbender Krieger auf seinem Schild.«
Wieder räusperte sich Sir Conway.
»Tapferer alter Mann!« warf Sir Lawrence leise hin.
»Freilich!« murmelte Adrian.
Schweigsam und wartend saßen und standen sie da und empfanden jenes unvermeidliche Mißbehagen, wie es in einem Hause herrscht, in das der Tod Einkehr hält. Der Tee wurde serviert,

doch wie in stillem Einvernehmen rührte ihn niemand an. Auf einmal ertönte die Totenglocke. Die sieben in dem Zimmer schauten auf. Aller Blicke trafen sich im leeren Raum, schienen an einem unsichtbaren Etwas zu hängen.

Von der Tür her ertönte eine Stimme: »Wenn Sie ihn zu sehen wünschen – bitte!« Sir Conway, der Älteste, schritt hinter dem Kaplan des Bischofs, die anderen hinter Sir Conway.

Auf seinem schmalen Bett, das an der Mitte der Wand gegenüber dem Doppelfenster stand, lag der Bischof, schmal, weiß, gerade, und der Tod erhöhte noch seine Würde. Noch nie hatte er so vornehm ausgesehen wie bei diesem letzten Empfang seiner Gäste. Keiner der Anwesenden, nicht einmal der Kaplan, der als achter zugegen war, hätte zu sagen vermocht, ob Cuthbert, Bischof von Porthminster, auch wirklich an den Gott geglaubt hatte, dem er hienieden in so hohem Amt so treu gedient. Jetzt betrachteten ihn alle mit den verschiedenen Gefühlen, die der Tod in verschiedenen Menschen wachruft – nur ein Empfinden war ihnen allen gemeinsam: ästhetisches Wohlgefallen an einem so vollendet würdigen Anblick. Conway, General Sir Conway Cherrell, hatte schon so manchen Toten gesehen. Jetzt stand er da, die Hände übereinandergeschlagen, wie einst in der Kadettenschule zu Sandhurst beim Kommandoruf: »Rührt euch!« Seine Züge zeigten eher einen asketischen als soldatischen Ausdruck; die dunklen Augen blickten ruhig, Schläfen, Nase und Lippen waren schmal, die Wangen zwischen den breiten Backenknochen und dem spitzen, energischen Kinn gefurcht und sonnverbrannt. Er trug einen kurzgestutzten graumelierten Schnurrbart. Unter den Gesichtern der acht Anwesenden schien das seine das stillste, am unruhigsten das Antlitz des höher gewachsenen Adrian an seiner Seite. Sir Lawrence Mont hatte seinen Arm durch den seiner Frau Emily gezogen; die Miene seines hageren, spöttischen Gesichts schien zu sagen: »Erstklassige Vorstellung – wein doch nicht, meine Liebe!«

Rechts und links von Wilmet standen Hilary und Lionel, des einen Gesicht war faltig, des anderen glatt, beide lang, schmal und energisch; sie sahen drein, als wüßten sie nicht recht, ob sich jene Augen wirklich für immer geschlossen hatten. Wilmet, eine große, hagere Frau, war tiefrot geworden und hielt den Mund fest zusammengepreßt. Der Kaplan stand geneigten Hauptes da; seine Lippen regten sich leise, als murmle er still ein Gebet. So standen sie etwa drei Minuten lang, dann taten fast alle gleichzeitig einen tiefen Atemzug und schritten, einer nach dem anderen, zur Tür. Jeder begab sich in das Zimmer, das man ihm angewiesen hatte. Beim Dinner trafen sie einander wieder und dachten und sprachen nun schon in ihrer alltäglichen Weise. Onkel Cuthbert war zwar Oberhaupt und Repräsentant der Familie gewesen, aber keinem von ihnen persönlich wirklich nahegestanden. Man warf die Frage auf, ob er bei seinen Ahnen in Condaford oder hier in der Kathedrale bestattet werden solle. Vermutlich entschied darüber eine letztwillige Verfügung. Noch am selben Abend kehrten alle nach London heim, nur der General und Lionel blieben als Testamentsvollstrecker zurück.

Die beiden Brüder sahen im Bibliothekszimmer das Testament durch – es war ganz kurz, der Verstorbene hinterließ nicht viel. Dann saßen sie einander schweigend gegenüber. Endlich sagte der General: »Lionel, ich möchte dich um einen Rat fragen. Es handelt sich um meinen Sohn Hubert. Hast du von der Anschuldigung erfahren, die man im Parlament kurz vor der Vertagung gegen ihn erhob?«

Lionel nickte. Von Natur wortkarg, war er nun, da ihm die Richterwürde nahe bevorstand, noch zurückhaltender geworden. »Von der Interpellation las ich in der Zeitung, doch Huberts Darstellung ist mir unbekannt.«

»Die kann ich dir geben. Ein niederträchtiger Angriff! Der Junge läßt sich zwar bisweilen von seinem Temperament hinreißen, doch er ist durch und durch ehrlich. Seinem Wort darf man trauen. Ich kann dir nur sagen, an seiner Stelle hätte ich wahrscheinlich genauso gehandelt.«

Lionel nickte. »Weiter!«

»Also, wie du weißt, ging er als blutjunger Mensch vom College in Harrow geradewegs in den Krieg, diente ein Jahr beim ›Königlichen Fliegerkorps‹, kam verwundet zurück und blieb auch nach dem Krieg im Heeresdienst. Er stand zuerst in Mesopotamien, dann in Ägypten und Indien. Dort erkrankte er schwer an Malaria und erhielt im vergangenen Oktober ein Jahr Krankenurlaub, das am ersten Oktober abläuft. Man empfahl ihm zur Erholung eine lange Seereise. Er nahm also Urlaub und fuhr durch den Panamakanal nach Lima. Dort lernte er einen amerikanischen Professor namens Hallorsen kennen, der vor einiger Zeit auch hier in London mehrere Vorträge gehalten hat, wenn ich nicht irre, über die prähistorische Kultur Boliviens. In Lima traf er Vorbereitungen zu einer Forschungsreise in jenes Land. Als Hubert nach Lima kam, stand die Expedition knapp vor dem Aufbruch; Hallorsen suchte einen Offizier als Leiter des Transports. Hubert hatte sich auf der Seefahrt recht gut erholt und griff mit Freuden zu. Ein müßiges Leben hält er nicht aus. Hallorsen nahm ihn im vergangenen Dezember mit. Bald darauf ließ er Hubert als Befehlshaber seines Hauptlagers mit einer Anzahl halbindianischer Maultiertreiber zurück. Hubert war der einzige Weiße und verfiel neuerlich in schweres Fieber. Nach seiner Schilderung sind manche dieser Mestizen eine wahre Satansbrut. Ohne eine Spur von Disziplin und unglaublich roh gegen Tiere! Hubert vertrug sich nicht mit ihnen. Er ist, wie gesagt, ein aufbrausender Bursche, obendrein ein ganz besonderer Tierfreund. Die Mestizen wurden immer widerspenstiger, und eines Tages ging einer von ihnen, der schon lang heimlich meuterte, mit dem Messer auf Hubert los, weil dieser ihn wegen Mißhandlung der Maultiere hatte prügeln lassen. Zum Glück hatte Hubert seinen Revolver bei der Hand und schoß den Kerl tot. Daraufhin nahm das übrige Gesindel, bis auf drei, mit den Maultieren Reißaus. Stell dir nur vor, fast drei Monate blieb Hubert allein zurück, und von Hallorsen kam keine Hilfe, ja nicht einmal eine Nachricht. Mehr tot als lebendig schlug Hubert sich mit den drei Zurückgebliebenen irgendwie durch. Endlich kehrte Hallorsen wieder, zeigte aber nicht das geringste Verständnis für Huberts schwierige Lage, sondern überhäufte ihn noch mit Vorwürfen. Hubert ließ sich das nicht bieten, erwiderte ihm nach Gebühr und kehrte ihm den Rücken. Er fuhr geradewegs heim und lebt nun bei uns in Condaford. Sein Fieber ist zum Glück geschwunden, doch ist er noch immer arg erschöpft. Und jetzt greift ihn dieser Hallorsen in seinem Buch an, mißt ihm fast die ganze Schuld am Mißlingen der Expedition bei, erklärt, er sei

ein Heißsporn, ein Aristokrat und mit den Leuten wie ein Tyrann umgesprungen – kurz, er gebraucht alle die dummen Schlagworte, die heutzutage so wirken. Irgendein Mitglied der Militärkommission hat das aufgeschnappt und im Parlament eine Anfrage vorgebracht. Wenn die Sozialisten in einem solchen Fall zetern, ist es ja begreiflich; doch wenn ein Mitglied der Militärkommission einem britischen Offizier unziemliches Betragen vorwirft, sieht die Sache schon ganz anders aus. Hallorsen lebt in den Vereinigten Staaten. Hubert kann keinen Prozeß anstrengen; zudem hat er keine Zeugen. Fast fürchte ich, die Geschichte wird ihn seine Karriere kosten.«
Lionel Cherrells langes Gesicht wurde noch länger. »Hat er beim Regimentskommando vorgesprochen?«
»Jawohl, Mittwoch war er dort. Man hat ihn kühl empfangen. Was immer der Pöbel über die Willkür der Offiziere schwatzt, jagt heutzutage den Herren Schrecken ein. Freilich ließen sie die Geschichte wohl auf sich beruhen, wenn von ihr nicht weiter die Rede wäre. Aber wie kann Hubert dazu schweigen? Man hat ihn öffentlich in einem Buch angegriffen und im Parlament geradezu einer Gewalttat beschuldigt, unwürdig eines Offiziers und Gentleman. Das kann er nicht auf sich sitzen lassen; wie aber sich dagegen wehren?«
Lionel tat einen tiefen Zug aus seiner Pfeife. »Meines Erachtens soll er den Angriff ganz ignorieren«, erklärte er endlich.
Der General ballte die Faust. »Zum Teufel, Lionel, das will mir nicht in den Kopf!«
»Er gesteht doch, daß er den Kerl prügeln ließ und niederknallte. Die Leute hier haben keine Vorstellungskraft, können sich nie und nimmer in seine Lage hineindenken. Sie werden von dem Ganzen nur soviel erfassen, daß er auf einer Privatexpedition einen Mann erschoß und andere prügeln ließ. Erwarte von ihnen kein Verständnis für seine Zwangslage, keine Berücksichtigung der näheren Umstände.«
»Du rätst ihm also, die Sache auf sich beruhen zu lassen?«
»Als Mann nicht, als Mann von Welt ja.«
»Herrgott im Himmel, wohin kommt es noch mit England? Möchte wirklich wissen, was Onkel Cuthbert dazu gesagt hätte! Er hielt so viel auf unseren Namen.«

»Ich halte nicht weniger darauf. Aber wie soll Hubert den Gegnern beikommen?«
Der General schwieg eine Weile, dann gab er zurück: »Eine Schmach und Schande ist diese Beschuldigung, dennoch sind Hubert die Hände gebunden. Wenn er den Dienst quittiert, könnte er vielleicht auftreten, aber er ist mit Leib und Seele Soldat. Eine böse Geschichte. Da fällt mir ein, Lawrence hat mit mir über Adrian gesprochen. Angela Forest hieß mit ihrem Mädchennamen doch Montjoy, nicht wahr?«
»Jawohl. Sie ist eine Kusine zweiten Grades von Lawrence. Eine reizende Frau, Conway. Hast du sie je getroffen?«
»Jawohl, als sie noch Mädchen war. Wie geht's ihr denn?«
»Sie ist jetzt eine verheiratete Witwe: zwei Kinder hat sie und einen Gatten in der Irrenanstalt.«
»Schöne Aussichten! Unheilbar?«
Lionel nickte. »Es heißt so. Freilich, man kann nie wissen.«
»Du lieber Himmel!«
»So steht es also. Sie hat kein Geld, Adrian noch weniger. Übrigens eine ganz alte Liebe Adrians, noch aus ihrer Mädchenzeit her. Wenn er irgendeinen Unsinn begeht, verliert er sein Amt als Kustos.«
»Du meinst doch nicht gar, daß er mit ihr durchbrennt? Unsinn, er muß gegen fünfzig sein!«
»Altes Stroh brennt lichterloh. Sie ist übrigens ein reizendes Geschöpf. Die Frauen der Familie Montjoy sind wegen ihrer Schönheit berühmt. Glaubst du, daß er auf dich hört, Conway?«
Der General schüttelte den Kopf. »Eher auf Hilary.«
»Der arme liebe Adrian – der beste Kerl der Welt. Ich werde mit Hilary reden, aber er hat immer alle Hände voll zu tun.«
Der General stand auf. »Ich gehe schlafen. Bei uns zu Hause in Condaford riecht es nicht so muffig wie hier, und doch ist Condaford noch viel älter.«
»Zuviel modriges Holzwerk hier. Gute Nacht, Alter!«
Die Brüder schüttelten einander die Hände, langten jeder nach einer Kerze und gingen auf ihre Zimmer.

2

Schloß Condaford Grange war im Jahre 1217 aus dem Besitz der Herren von Campfort (daher sein Name) auf die Cherrells übergegangen, die man damals Kerwell geschrieben hatte, bisweilen auch Keroual, wie es dem Schreiber gerade einfiel. Die Geschichte dieser Erwerbung klingt romantisch. Der Ahnherr, der es durch die Ehe mit einer de Campfort an sich gebracht, hatte diese Dame zur Frau erhalten, weil er sie vor einem Wildschwein errettete. Sie war die Erbin der de Campfortschen Ländereien gewesen, er ein fahrender Gesell, ohne eine einzige Hufe Landes; sein Vater, ein Franzose aus Guyenne, war nach dem Kreuzzug des Richard Löwenherz nach England gekommen. Das Familienwappen zeigt ein Wildschwein, und Zweifel tauchten auf, ob nicht vielmehr der Eber auf dem Schild Anlaß zu dieser Geschichte gegeben, als diese Geschichte zum Eber im Wappen. Jedenfalls reichten einzelne Trakte des Schlosses nach dem Urteil sachkundiger Architekten ins zwölfte Jahrhundert zurück. Zweifellos war es einst von Wall und Graben umschlossen gewesen. Doch zur Zeit der Königin Anne hatte ein Cherrell bei einer Renovierung den Graben trockengelegt, vielleicht weil ihn die Mücken quälten, vielleicht, weil er vom kommenden Weltfrieden überzeugt war. Nun war kaum mehr eine Spur des Grabens vorhanden.
Der verstorbene Sir Conway, des Bischofs älterer Bruder, war Diplomat gewesen und im Jahre 1901 anläßlich seiner Mission nach Spanien in den Ritterstand erhoben worden. Von seinem Beruf in Anspruch genommen, hatte er das Schloß verfallen lassen. 1904 war er mitten in seiner Tätigkeit gestorben. Unter seinem ältesten Sohn, dem jetzigen Sir Conway, war der Verfall zunächst fortgeschritten. Denn Sir Conway stand unausgesetzt im Militärdienst und gönnte sich nur ab und zu einen kurzen Urlaub in Condaford. Doch nach Beendigung des Weltkriegs schritt er daran, den Landsitz, so gut es nur ging, zu renovieren; schließlich war dieser ja seit dem Einfall der Normannen das Heim seiner Väter gewesen. Nun war Schloß Condaford außen einfach, aber sauber, innen recht behaglich und sein Herr fast zu arm, es instand zu halten. Der Grundbesitz war zwar nicht mit Hypotheken belastet,

doch auch nicht ertragreich; er bestand zum großen Teil aus Jungwald und brachte nur einige hundert Pfund im Jahr ein. Die Generalspension und das kleine Einkommen seiner Frau, einer geborenen Honourable Elizabeth Frensham, erlaubten dem General, zwei Förster zu beschäftigen und mit knapper Not das Auslangen zu finden – er wurde nicht übermäßig hoch besteuert. Seine Gattin war eine jener englischen Frauen, die anscheinend nicht viel, aber eben darum sehr viel bedeuten. Sie war bescheiden, freundlich und nie müßig. Sie hielt sich stets im Hintergrund; ihr blasses, ruhiges, ein wenig schüchternes Gesicht mahnte einen daran, daß feines Empfinden und wahre Kultur nur wenig von Reichtum und Intellekt abhängen. Ihr Gatte und ihre drei Kinder setzten unbedingtes Vertrauen in ihr stets reges Mitgefühl. Alle hatten ein lebhafteres Temperament und frischere Farben als sie; darum wirkte sie so beruhigend.

Sie hatte ihren Mann nicht nach Porthminster begleitet, sondern wartete daheim auf seine Rückkehr. Die Kattunbezüge sollten von den Möbeln entfernt werden, und die Frau des Hauses dachte nun im Teezimmer über das Problem nach, ob man sie wohl vor Jahresfrist werde erneuern müssen. Da kam ein schottischer Terrier zur Tür herein und hinter ihm ihre älteste Tochter Elizabeth, die im Familienkreis fast nur »Dinny« hieß. Dinny war schlank und ziemlich hoch gewachsen, hatte kastanienfarbenes Haar, eine fast allzu kleine Nase, einen Mund, wie ihn die Frauenbilder Botticellis zeigen, und blaue, ziemlich weit auseinanderliegende Augen. Ihr Aussehen erinnerte an eine langstielige Blüte, die leicht zu knicken war, doch niemand konnte sie brechen. Ihr launiger Gesichtsausdruck verriet, daß sie sich auf ihrem Weg durchs Leben Mühe gab, dieses Leben ernst zu nehmen. Sie war vierundzwanzig.

»Mutter, müssen wir um Onkel Cuthbert Trauer tragen?«

»Kaum, mein Kind, und wenn, dann nur ganz kurze Zeit.«

»Wird er hier bestattet?«

»In der Kathedrale, denke ich. Vater wird es wohl wissen.«

»Willst du Tee, Mutter? Marsch fort, Scaramouch! Steck nicht die Nase in die Butterdose!«

»Dinny, Hubert macht mir solche Sorgen.«

»Mir auch, Mutter, er ist gar nicht mehr der alte, er ist nur ein Schatten seiner selbst. Hätte er sich nur nicht dieser gräßlichen Expedition angeschlossen. Eine Weile sind diese Amerikaner erträglich, dann aber muß man sich mit ihnen zerzanken, Hubert noch viel früher als ein anderer. Der kann sich nie und nimmer mit diesen Leuten verstehen. Übrigens glaub ich, Zivilisten sollten nie Soldaten mit sich nehmen.«
»Warum nicht, Dinny?«
»Soldaten sind aufrechte Menschen. Sie halten Gott und Mammon auseinander. Hast du das nicht auch bemerkt?«
Lady Cherrell hatte es tatsächlich bemerkt. Sie lächelte schüchtern und fragte: »Wo ist Hubert jetzt? Vater muß jeden Augenblick zurück sein.«
»Hubert ist mit dem Jagdhund fortgegangen, ein paar Rebhühner fürs Dinner schießen. Meinen Kopf will ich wetten, daß er das Schießen vergißt; und wenn er ein Rebhuhn bringt, taugt es nicht fürs Essen, ist ja noch nicht abgelegen. Nun hat es Gott gefallen – besser gesagt, dem Teufel –, ihn mit diesem Trübsinn zu schlagen. Unaufhörlich grübelt er über diese Geschichte nach. Nur eins kann ihn vielleicht ablenken: verlieben müßte er sich. Können wir nirgends das ideale Mädel für ihn auftreiben? Soll ich um den Tee klingeln?«
»Ja, liebes Kind. Und für dieses Zimmer brauchen wir frische Blumen.«
»Ich hole sie dir. Komm, Scaramouch!«
Dinny trat hinaus in die Septembersonne. Auf dem unteren Rasenplatz sah sie einen Grünspecht und dachte:

»Und sieben Spechte hackten
Zugleich mit sieben Schnäbeln drein,
Und keiner fand einen einzigen Wurm.
Drum – ja nicht gierig sein!«

Es hatte schon lange nicht geregnet. Dennoch standen die Zinerarien heuer in herrlicher Blüte, und Dinny pflückte ein paar ab. Der Strauß in ihrer Hand prangte in allen Schattierungen von tiefstem Rot über Rosa bis zu Zitronengelb, schöne Blüten, welkten aber bald. »Schade«, dachte sie, »hätte ich nur auch so ein Beet voll Mädchenblüten hier und könnte für Hubert eine pflükken!« Nur selten gab sie ihren Stimmungen Ausdruck, und doch waren zwei tiefe, nah verschwisterte Gefühle in ihr lebendig: das eine für ihren Bruder, das andere für Condaford. Ihr ganzes Leben war auf Condaford eingestellt; sie hing an diesem Landsitz mit einer Leidenschaft, die sie freilich nie in Worte kleidete, und empfand das heiße, ungestüme Verlangen, diese Anhänglichkeit an ihr Heim auch in ihrem einzigen Bruder zu erwecken. Sie war ja in Condaford zur Welt gekommen, als es noch ärmlich und verwahrlost gewesen, und hatte seine Erneuerung miterlebt. Hubert kam immer nur auf einen Sprung oder in den Ferien hin. Dinny war gewiß die letzte, die vor der Welt vom »Wurzeln in der Scholle« sprach oder derlei Dinge in Gesellschaft ernst nahm; doch im geheimen hing sie mit unerschütterlicher Treue an den Cherrells, ihrem Besitz und ihren Werken. Jeder Baum, jeder Vogel, jedes Tier auf Condaford schien Dinny ein Teil ihres eigenen Ich, sogar die Blumen, die sie pflückte, das schlichte Landvolk in den strohgedeckten Häuschen, die frühenglische Kirche, in der sie ohne rechten Glauben die Predigt hörte, das Morgengrauen von Condaford, das sie freilich nur selten sah, das Mondlicht, die nächtlichen Eulenschreie, die Abendsonne über den Stoppelfeldern, die Düfte, das Blätterrauschen, die frische Luft. War sie fern von Condaford, so verriet sie zwar ihr Heimweh nicht, aber sie empfand Heimweh. Und wenn sie zu Hause war, gab sie ihrer Freude nicht lauten Ausdruck, doch sie freute sich wirklich. Ginge Condaford den Cherrells verloren, sie würde sich gewiß ganz entwurzelt fühlen, doch nicht laut klagen. Ihr Vater brachte für den Landsitz nur mäßige Neigung auf, die Neigung eines Mannes, der sein Lebenswerk anderswo vollbringt, ihre Mutter nur den stillen Gleichmut einer Frau, die stets die nächstliegende Pflicht erfüllt und nicht für sich schafft. Die Schwester sprach von Condaford mit kühler Nachsicht, sie hätte einen anderen Wohnort vorgezogen, wo es lebhafter zuging. Und Hubert – was hatte Hubert für Condaford übrig? Dinny wußte es wahrhaftig nicht. Die Hände voll Zinerarien, den Nacken noch heiß von der Sonne, kehrte sie in den Salon zurück.

Ihre Mutter stand neben dem Teetisch. »Der Zug hat Verspätung«, sagte sie. »Clare sollte nicht so schnell chauffieren.«

»Wie kommst du darauf?« fragte Dinny, aber sie wußte es recht gut. Mutter wurde immer nervös, wenn Vater zu spät kam. »Mutter«, erklärte sie, »meiner Meinung nach sollte Hubert unbedingt seine Darstellung des Falls an die Zeitungen senden.«
»Warten wir ab, was Vater dazu sagt – vermutlich hat er mit Onkel Lionel darüber gesprochen.«
»Horch! Das Auto!« rief Dinny.
Der General trat ins Zimmer, hinter ihm seine jüngere Tochter. Clare war die Lebhafteste der ganzen Familie. Sie hatte feines, kurzgeschnittenes Braunhaar und ein blasses, ausdrucksvolles Gesicht mit zartgeröteten Lippen. Der Blick ihrer braunen Augen war offen und lebendig, die Stirn niedrig und blendend weiß. Ihre ruhige und doch auch unternehmungslustige Miene ließ sie älter erscheinen, als sie war – zwanzig. Sie hatte einen stolzen Schritt und eine prachtvolle Gestalt. »Der arme Vater hat keinen Lunch gehabt, Mutter«, sagte sie.
»Scheußlich komplizierte Reise, Lizz. Whisky mit Soda und ein Keks – mehr hab ich seit dem Frühstück nicht genommen.«
»Sollst ein Ei mit Kognak zum Tee kriegen!« rief Dinny und verließ das Zimmer; Clare folgte ihr.
Der General gab seiner Frau einen Kuß. »Der alte Knabe sah wirklich tadellos aus«, sagte er, »Adrian sprach noch mit ihm, wir anderen sahen ihn erst nachher. Zum Begräbnis muß ich wieder hinfahren. Das wird eine prunkvolle Leichenfeier. Bedeutende Erscheinung, Onkel Cuthbert! Ich hab mit Lionel über Hubert gesprochen; er meint, da läßt sich nichts machen. Hab aber auch selbst darüber nachgedacht.«
»Nun, und?«
»Vor allem kommt es darauf an, ob seine Vorgesetzten den Angriff im Parlament zur Kenntnis nehmen. Vielleicht legen sie ihm nahe, den Dienst zu quittieren. Das wäre fatal. Besser, er käme ihnen aus freien Stücken zuvor. Am ersten Oktober muß er zur militärärztlichen Untersuchung. Vielleicht könnten wir inzwischen einen Hebel in Bewegung setzen? Ohne sein Wissen natürlich, der Junge ist so stolz. Ich könnte Topsham aufsuchen und du Follanby, nicht?« Lady Cherrell verzog das Gesicht. »Ja, ja«, sagte der General, »es ist verdammt zuwider. Am ehesten könnte

wohl Saxenden helfen; aber ich hab keine Ahnung, wie man an ihn heran soll.«

»Vielleicht weiß Dinny Rat.«

»Dinny? Freilich, die hat mehr Grütze im Kopf als wir alle, dich, Liebste, natürlich ausgenommen.«

»Ich hab überhaupt keine Grütze«, erwiderte Lady Cherrell.

»Unsinn! Aber da kommt Dinny schon!«

Sie trat ein, in der Hand ein Glas mit dem gequirlten Ei.

»Dinny, eben habe ich mit Mutter darüber gesprochen, wie wir Huberts wegen an Lord Saxenden herantreten sollen. Kannst du uns raten?«

»Durch einen Gutsnachbarn müßte man es versuchen«, meinte Dinny.

»Hat er einen?«

»Sein Besitz grenzt an Wilfred Bentworths Gut.«

»Famos. Da müssen wir Onkel Hilary und Onkel Lawrence einspannen.«

»Wieso?«

»Wilfred Bentworth ist ja Präsident von Onkel Hilarys Komitee zur Hebung der Elendsviertel. Ein wenig Nepotismus, lieber Vater, man muß es nur schlau einfädeln.«

»Hm! Hätte ich doch nur früher daran gedacht – Hilary und Lawrence traf ich ja in Porthminster.«

»Soll ich mit ihnen sprechen, Vater?«

»Alle Wetter! Tu das, Dinny! Mir ist es verhaßt, in eigenen Angelegenheiten um etwas zu bitten.«

»Glaub dir's gern, Vater. So was ist Weibersache, nicht?«

Der General warf seiner Tochter einen unsicheren Blick zu, er wußte nie recht, wann sie im Ernst sprach.

»Da kommt Hubert!« rief Dinny rasch.

3

Die Jagdflinte an der Schulter, schritt Hubert Cherrell in Begleitung eines Wachtelhundes über die altersgrauen Steinfliesen der Terrasse. Er war übermittelgroß, hager und hatte einen aufrechten Gang; sein Kopf war schmal, das Gesicht trotz sciner Jugend gefurcht und verwittert. Über den schmalen, ausdrucksvollen Lippen trug er einen kurzgestutzten dunklen Schnurrbart, sein Haar begann an den Schläfen bereits zu ergrauen. Er hatte magere braune Wangen mit ziemlich hohen Backenknochen, eine schmale, gerade Nase und haselnußbraune, ziemlich weit auseinanderliegende Augen; die Brauen liefen gegen die Mitte der Stirn zu ein wenig aufwärts. Er war wirklich eine jüngere Auflage seines Vaters. Wenn ein Mann der Tat zu beschaulichem Leben verurteilt wird, fühlt er sich unglücklich und strebt um jeden Preis wieder hinaus. Seit Hallorsen sein Verhalten so scharf angegriffen, empfand Hubert dumpfen Groll – er war überzeugt, er habe richtig, ja notgedrungen gehandelt. Und sein Groll fraß sich um so tiefer, da Charakter und Erziehung ihm verboten, diesen Gefühlen Ausdruck zu geben. Die militärische Laufbahn hatte er nicht zufällig, sondern aus echter Neigung eingeschlagen; nun sah er seine Karriere gefährdet, seinen Namen als Offizier und Gentleman verunglimpft und fand keine Möglichkeit, sich von seinen Beleidigern Genugtuung zu verschaffen. Ihm war's, als dürfe nun jeder ungestraft auf ihm herumtrampeln – für einen stolzen Mann ein unsäglich bitteres Gefühl. Er ließ Hund und Flinte auf der Terrasse zurück und trat durch die Glastür ein. Sogleich merkte er, daß man eben von ihm gesprochen hatte. Täglich platzte er jetzt in Debatten über seine Zukunft hinein, denn in dieser Familie machte jeder die Sorgen des anderen zu seinen eigenen. Er nahm von der Mutter eine Tasse Tee entgegen, erklärte, die Hühnerjagd heiße nicht mehr viel, der Wald stehe zu dünn, dann trat Schweigen ein.

»So, jetzt seh ich meine Post durch«, sagte der General und verließ das Zimmer; seine Frau folgte ihm.

Dinny und ihr Bruder blieben allein. Sie nahm sich ein Herz und erklärte: »Hubert, es muß etwas geschehen.«

»Mach dir keine Sorgen, Liebe. Eine scheußliche Geschichte, läßt sich aber nicht ändern.«

»Nimm dein Tagebuch und stell die Sache einmal von deinem Standpunkt dar! Ich schreib dir's auf der Maschine ab, und Mi-

chael verschafft dir bestimmt einen Verleger, er ist doch mit all diesen Leuten bekannt. Das können wir doch nicht auf uns sitzen lassen.«
»Es widerstrebt mir, meine Privatangelegenheiten in der Öffentlichkeit breitzutreten; und das bliebe mir nicht erspart.«
Dinny runzelte die Stirn. »Und mir widerstrebt es, daß dieser Amerikaner alles dir in die Schuhe schiebt. Bedenke, Hubert, du bist es der britischen Armee schuldig.«
»Na, so schlimm ist es nicht. An der Expedition nahm ich ja als Zivilist teil.«
»Veröffentliche doch dein Tagebuch, so wie es ist.«
»Das wäre noch schlimmer. Du kennst es nicht.«
»Wir könnten ja einzelne Stellen streichen oder ausschmücken. Weißt du, Vater geht die Sache sehr nah.«
»Am besten, du liest das Zeug. Es strotzt von Kraftausdrücken. Wenn man so verlassen ist, läßt man sich eben gehen.«
»Laß einfach weg, was dir nicht gefällt.«
»Bist wirklich ein lieber Kerl, Dinny.«
Dinny strich über seinen Ärmel. »Sag, was für ein Mensch ist dieser Hallorsen eigentlich?«
»Offen gestanden, er hat viele Vorzüge. Frischen Mut, eiserne Gesundheit, keine Nerven. Doch nichts in der Welt geht ihm über Hallorsen. Niederlagen erträgt er nicht, und wenn ihm was mißglückt, dann muß ein anderer herhalten. Nach seiner Behauptung ist das Unternehmen an der schlechten Leitung des Transports gescheitert, und für den Transport hatte ich zu sorgen. Aber in meiner Lage hätte es kein Gott und kein Teufel besser gemacht. Er hat sich eben verrechnet, gibt es aber nicht zu. Das kannst du alles in meinem Tagebuch finden.«
»Hast du das da schon gesehen?« Sie hielt einen Zeitungsausschnitt hoch und las vor: »›Wie wir erfahren, unternimmt Hauptmann Cherrell, Inhaber der Tapferkeitsmedaille, Schritte, um seine Ehre gegen die Anwürfe zu verteidigen, die Professor Hallorsen in seinem Bericht über die Forschungsreise nach Bolivien gegen ihn erhoben hat. Hallorsen legt bekanntlich Hauptmann Cherrell das Mißlingen zur Last, weil dieser ihn im kriti-

schen Moment mit dem Transport im Stich ließ.‹ Da will euch jemand aufeinanderhetzen.«
»Wo ist das erschienen?«
»In der *Evening Sun.*«
»Schritte unternehmen!« rief Hubert bitter, »was für Schritte? Woher nehm ich einen Zeugen? Mutterseelenallein hat er mich mit dieser Mestizenbrut zurückgelassen.«
»Dann bleibt dir also nur das Tagebuch.«
»Na, ich bring dir das verdammte Zeug . . .«

In dieser Nacht saß Dinny am Fenster und las das »verdammte Zeug«. Totenstille ringsum, zwischen den Ulmenzweigen stieg der Vollmond empor. Vom Hügel her drang das Läuten einer einzigen Herdenglocke; eine einzige Magnolienblüte schimmerte ganz nah an ihrem Fenster. Alles schien verzaubert, und immer wieder hielt sie inne und blickte hinaus in die Nacht. Wohl an die zehntausendmal war der Vollmond auf- und niedergegangen, seit ihre Vorfahren diesen Fleck Erde bewohnten. Und im stillen Geborgensein dieser uralten Wohnstätte empfand sie um so mehr die trostlose Verlassenheit, die aus jenen Zeilen sprach. Ein krasser Bericht krasser Tatsachen – da hatte ein Europäer allein inmitten einer Horde von Wilden gehaust, ein Tierfreund inmitten halbverhungerter Tiere und mitleidloser Menschen. In der kühlen Schönheit, dem tiefen Frieden dieser Nacht las sie weiter. Ganz heiß wurde ihr dabei und ganz erbärmlich elend.
»Castro, dieses verlauste Biest, hat die Maultiere wieder mit seinem verdammten Messer traktiert. Die armen Viecher sind klapperdürr, haben nicht halb soviel Kraft wie früher. Zum letztenmal habe ich ihn jetzt gewarnt. Tut er's wieder, so kriegt er Prügel . . . Heute Fieber gehabt.«
»Castro hat heut eine tüchtige Lektion erhalten – fünfundzwanzig! Will doch sehen, ob dem Kerl jetzt die Lust vergeht. Mit diesen Biestern kann man einfach nicht auskommen, das sind ja keine Menschen mehr. Herrgott, könnt ich nur einen Tag wieder in Condaford sein, auf meinem Reitpferd, weit, weit weg von diesen öden Sümpfen und diesen erbärmlichen Maultiergerippen . . .«
»Hab einen zweiten dieser Schweinehunde prügeln lassen. Eine

Niedertracht, wie sie die Maultiere behandeln! Hol sie der Satan! . . . Wieder Fieber gehabt . . .«

»Tod und Teufel! – heut morgen gab's eine regelrechte Meuterei. Sie sind über mich hergefallen. Manuel hat mich zum Glück gewarnt – ein braver Bursch. Um ein Haar wär mir Castros Messer in die Gurgel gefahren. Meinen linken Arm hat's erwischt. Hab den Kerl mit eigener Hand niedergeknallt. Vielleicht pariert die Bande jetzt. Von Hallorsen kein Lebenszeichen. Wie lang läßt er mich noch in dieser Hölle braten? Scheußliche Misere mit dem kranken Arm.«

»Da hört doch alles auf! – während ich schlief, sind diese Schweinehunde mit den Maultieren bei Nacht und Nebel auf und davon. Nur Manuel und zwei andere Burschen blieben zurück. Wir sind ihrer Spur ein weites Stück gefolgt – stießen aber nur auf die Kadaver zweier Maultiere; das Pack ist in alle Winde zerstoben. Sie suchen? Lachhaft! Dann sind wir ins Lager zurück – völlig geschlagen . . . Weiß Gott, ob wir lebend davonkommen. Mein Arm tut höllisch weh, hoffentlich ist es keine Blutvergiftung . . .«

»Heut haben wir beschlossen, uns, so gut es geht, mit dem Gepäck auf den Rückweg zu machen. Ließ einen Steinhaufen aufschichten und für Hallorsen einen ausführlichen Bericht zurück, falls er mich je holen sollte. Dann hab ich mich eines anderen besonnen. Ich rühr mich nicht vom Fleck, bis er kommt, oder bis wir alle krepiert sind, und das ist wahrscheinlicher . . .«

Und so ging es weiter bis zum Ende – die Geschichte eines bitteren Kampfes. Dinny legte die vergilbten Blättern mit den verblaßten Schriftzügen fort und stützte die Arme aufs Fensterbrett. Die tiefe Stille und das kalte Mondlicht da draußen hatten ihre Gefühle gedämpft und abgekühlt. Ihre Kampflust war verflogen. Hubert hatte recht. Man stellte seine Seele nicht nackt und bloß zur Schau, man verbarg vor der Welt seine Wunde. Nur das nicht, um keinen Preis! Beziehungen suchen – das war der einzige Weg! Und den wollte sie unverdrossen wandern.

4

Adrian Cherrell war einer jener begeisterten Freunde des Landlebens, wie man sie nur in Großstädten antrifft. Sein Beruf als Leiter eines anthropologischen Museums fesselte ihn an London. Soeben hockte er grübelnd über einer prähistorischen Kinnlade, einem Fund aus Neuguinea, der bei der Presse glänzende Aufnahme gefunden hatte, und meinte im stillen: »Leeres Gewäsch! Ganz gemeines Exemplar des *Homo sapiens.*« Da meldete der Diener: »Sir, eine junge Dame wünscht Sie zu sprechen, Miss Cherrell, glaub ich.«

»Führen Sie die Dame herein, James.« Dabei dachte er: »Dinny? – Jetzt gilt es, klug sein.«

»Du bist's, Dinny! Denk dir, Canrobert behauptet, das Ding da sei die Kinnlade eines vortertiären Menschen, Mokley behauptet, es sei nur wenig jünger als die Funde von Piltdown, und Eldon P. Burbank hält es für einen Urmenschen wie den Rhodesier. Ich aber behaupte: es ist ein *Homo sapiens*; sieh dir doch diesen Backenzahn an.«

»Jawohl, Onkel Adrian.«

»Menschlich, nur allzumenschlich. Der Kerl hat Zahnweh gehabt. Zahnweh trat vermutlich erst im Gefolge der Kunstentwicklung auf. Auf Kunstwerke in Altamira und Cromagnon-Höhlen stößt man immer gleichzeitig. Der Bursch da ist ein Exemplar des *Homo sapiens.*«

»Köstlich! Also kein Zahnweh ohne Weisheit. Ich will Onkel Hilary und Onkel Lawrence besuchen, darum bin ich in London. Aber zuerst möchte ich zur Stärkung mit dir lunchen.«

»Einverstanden. Gehen wir ins bulgarische Kaffeehaus.«

»Warum?«

»Jetzt gibt's noch gute Küche dort. Es ist erst unlängst eröffnet worden, sie wollen Reklame machen, Kind. darum werden wir wahrscheinlich gut und billig bedient. Willst du dir vorher vielleicht noch die Nase pudern?«

»Ja, bitte.«

»Dort hinein.«

Indessen strich sich Adrian seinen kleinen Spitzbart und erwog, was er eigentlich für achtzehn Shilling und sechs Pence bestellen könne; denn als Staatsbeamter ohne Privatvermögen trug er selten mehr als ein Pfund in der Tasche.

»Hör einmal, Onkel Adrian«, begann Dinny bei Tisch, als sie eine *Omelette Bulgarienne* speisten, »weißt du etwas über Professor Hallorsen?«

»Den Mann, der auszog, den Ursprung der ägyptischen Kultur in Bolivien zu finden?«

»Stimmt. Und Hubert nahm er mit.«

»Aha, und ließ ihn dann im Stich, nicht wahr?«

»Kennst du Hallorsen?«

»Jawohl. Ich traf ihn im Jahre 1920, bei einer Kletterpartie auf die ›Kleine Zinne‹ in den Dolomiten.«

»War er dir sympathisch?«

»Nein.«

»Warum nicht?«

»Er war so unverschämt jung und hat mich dabei überflügelt. Ich mußte stets an Baseball denken. Kennst du dieses Spiel?«

»Nein.«

»In Washington hab ich's einmal spielen sehen. Man beflegelt den Gegner, um ihn aus der Fassung zu bringen. Will er den Ball schleudern, so wirft man ihm flugs die saftigsten Grobheiten an den Kopf. Das gehört zu den Spielregeln. Siegen um jeden Preis, so heißt die Losung.«

»Siegen um jeden Preis, hältst du es für erstrebenswert?«

»Jedermann tut das, aber niemand gibt es zu.«

»Ja, und jeder versucht es, wenn es darauf ankommt.«

»Gewiß, Dinny, sogar Politiker sollen dagegen nicht gefeit sein.«

»Onkel, würdest du um jeden Preis siegen wollen?«

»Wahrscheinlich.«

»Nein, du nicht. Ich schon.«

»Zu lieb von dir, Kind. Doch warum traust du dir das zu?«

»Ach, ich bin jetzt blutdürstig wie ein Moskito, Huberts wegen. Gestern nacht las ich sein Tagebuch.«

»Das Weib«, erklärte Adrian langsam, »ist noch immer so göttlich verantwortungslos.«

»Besteht Gefahr, daß wir uns darin ändern?«

»Keine Spur; sagt, was ihr wollt, ihr Frauenzimmer – des Mannes angeborenen Trieb, euch zu beherrschen, könnt ihr nie und nimmer vernichten.«

»Onkel Adrian, wie stellt man es an, einen Mann wie Hallorsen zu vernichten?«

»Entweder man erschlägt ihn mit einer Keule oder macht ihn lächerlich.«

»Seine Ansichten über bolivianische und ägyptische Kultur waren doch lächerlich, nicht wahr?«

»Einfach lachhaft. In Bolivien existieren meines Wissens einige seltsame, mit rätselhaften Schriftzügen bedeckte Riesenfelsblökke; doch wenn ich nicht ganz auf dem Holzweg bin, ist seine Theorie Effekthascherei und Unsinn. Aber vergiß nicht, mein Kind, Hubert ist in die Sache verwickelt.«

»Nicht in wissenschaftlicher Hinsicht, er hatte nur den Transport zu leiten.« Mit gewinnendem Lächeln blickte Dinny ihrem Onkel in die Augen. »Es ist doch gar nichts Schlimmes, solch einen Unsinn vor aller Welt lächerlich zu machen? Onkel, niemand trifft das besser als du!«

»Schlange!«

»Ist es nicht Pflicht jedes ernsten Gelehrten, solchen Unsinn lächerlich zu machen?«

»Wäre Hallorsen Engländer, dann vielleicht. Da er aber Amerikaner ist, sieht die Sache anders aus.«

»Wieso? Was hat Wissenschaft mit Staatsgrenzen zu tun?«

»In der Theorie gar nichts. In der Praxis drücken wir ein Auge zu. Die Amerikaner sind äußerst empfindlich. Denk nur an den berühmten Affenprozeß von Tennessee und an die Stellungnahme der Amerikaner zur Entwicklungslehre. Hätten wir Engländer da ein schallendes Gelächter angestimmt, so wäre es am Ende gar zu einer Kriegserklärung gekommen.«

»Die meisten Amerikaner haben doch selbst darüber gelacht.«

»Stimmt. Aber daß ein Ausländer über sie lacht, das ertragen sie nicht. Möchtest du nicht diese bulgarische Omelette wieder versuchen?«

Schweigend aßen sie weiter, und jeder betrachtete dabei voll Sympathie die Züge des andern. Dinny dachte: »Seine vielen fei-

nen Falten finde ich so nett; und was für einen hübschen kleinen Bart er nur hat!« Adrian meinte im stillen: »Ihr Stumpfnäschen finde ich so nett. Auf meine Nichten und Neffen kann ich stolz sein.« Endlich fragte Dinny: »Also, Onkel Adrian, wirst du dir überlegen, wie man diesem Menschen sein schuftiges Vorgehen gegen Hubert heimzahlen kann?«
»Wo hält er sich auf?«
»In den Vereinigten Staaten, sagt Hubert.«
»Liebes Kind, hast du auch bedacht, daß Nepotismus verwerflich ist?«
»Ungerechtigkeit ist noch verwerflicher, Onkel; und Blut ist dikker als Wasser.«
»Und dieser Wein da«, versetzte Adrian und schnitt eine Grimasse, »noch dicker als beides. Wozu besuchst du Hilary?«
»Ich will eine Einführung bei Lord Saxenden erreichen.«
»Zu welchem Zweck?«
»Vater erklärt, er sei ein ›großes Tier‹.«
»Also, du knüpfst ›Beziehungen‹ an?«
Dinny nickte.
»Kein feinfühliger und gerader Mensch erreicht etwas durch Beziehungen.«
Zwinkernd zog sie die Brauen hoch und lächelte, so daß man ihre weißen, ebenmäßigen Zähne sah. »Bin ich denn feinfühlig und gerade, Onkelchen?«
»Wird sich zeigen. Übrigens, diese Zigaretten sind tatsächlich famos, eine Propaganda für das Kaffeehaus. Da, versuch eine!«
Dinny nahm eine Zigarette, blies langsam den Rauch vor sich hin und fragte: »Nicht wahr, Onkel Adrian, du hast Großonkel Cuthbert noch im Sterben gesehen?«
»Jawohl. Ein würdevoller Tod. Wie eine Statue hat er gewirkt. An Onkel Cuthbert ging ein Diplomat verloren.«
»Ich bekam ihn bloß zweimal zu Gesicht. Aber tat es deiner Meinung nach seiner Würde Abbruch, daß er Beziehungen anknüpfte, um sich durchzusetzen?«
»Das trifft nicht recht zu, liebes Kind, vielmehr brachten ihn seine Überredungsgabe und die Macht seiner Persönlichkeit ans gewünschte Ziel.«

»Und sein Auftreten?«
»Die Würde selbst – sie starb mit ihm aus.«
»Jetzt muß ich gehen, Onkel. Eine Portion Falschheit brauche ich und ein dickes Fell.«
»Und ich«, erklärte Adrian, »kehre zum Kinnbacken des *Homo sapiens* von Neuguinea zurück; mit diesem Kinnbacken schlage ich, ein zweiter Simson, meine Fachkollegen nieder. Wenn ich Hubert auf irgendeine anständige Art beistehen kann, will ich's gerne tun. Für alle Fälle werde ich mir die Geschichte überlegen. Richte ihm einen herzlichen Graß von mir aus und leb wohl, liebes Kind!«
Sie schieden; Adrian begab sich in sein Museum zurück und setzte sich wieder vor die Kinnlade aus Neuguinea, doch seine Gedanken schweiften zu einem ganz anderen Kinn hinüber. Seine »törichte Schwäche« für Angela Forest, die schon in die Zeit vor ihrer unseligen Ehe zurückreichte, war ziemlich selbstlos; einem mageren, mäßigen und gereiften Mann wie ihm floß ja das Blut nicht mehr allzu stürmisch durch die Adern. Angelas Glück ging ihm über das eigene. Wenn er an sie dachte – und das tat er fast unablässig –, fragte er sich vor allem: »Was ist wohl für sie das Beste?« Er hatte Angela nun schon so lange entbehren müssen, daß es ihm gar nicht in den Sinn kam, sich ihr aufzudrängen, was sowieso nicht in seinem Wesen lag. Doch ihr reizender Mund, die feine Nase, das ovale Gesicht mit den dunklen Augen, das, wenn sie nicht gerade sprach, stets ein wenig traurig schien, verdrängten immer wieder die Kinnladen, Schenkelknochen und anderen interessanten Formationen, die ihm beruflich zu tun gaben. Angela bewohnte mit ihren beiden Kindern ein kleines Haus im Chelsea-Viertel und bestritt den Unterhalt aus dem Vermögensertrагnis ihres Gatten, der seit vier Jahren als »Unheilbarer« in einem Sanatorium für Geisteskranke untergebracht war. Nun war sie fast vierzig und hatte entsetzliche Zeiten durchgemacht, ehe Forest fürs Irrenhaus reif geworden. Adrian, in Wesen und Denkungsart ein Mann der alten Schule, hatte sich dazu erzogen, das Menschenleben aus einer gewissen Perspektive zu betrachten, und nahm es mit fast humorvoller Ergebung in sein Schicksal hin. Er war kein Gesellschaftsreformer, kein Umstürzler, die Lage seiner

Angebeteten rief in ihm nicht das Verlangen wach, sie als Eheweib zu erbeuten. Er wünschte nichts so sehnlich wie ihr Glück, aber unter solchen Verhältnissen sah er sich außerstande, sie glücklich zu machen. Jetzt hatte sie wenigstens Ruhe und ein ausreichendes Einkommen durch den Mann, den das Schicksal so schwer geschlagen. Adrian empfand sogar ein wenig von jener abergläubischen Scheu, die primitive Menschen vor den unglücklichen Geisteskranken hegen. Forest war ein anständiger Kerl gewesen, gesund und wohlerzogen, bis zu dem Tag, da sich die ersten Symptome seiner Krankheit zeigten; sein Verhalten während der beiden letzten Jahre vor dem Ausbruch des Irrsinns ließ sich einzig durch seinen Irrsinn erklären. Nun war er völlig hilflos, von Gott geschlagen; darum mußte man ihm gegenüber ganz besonders gewissenhaft sein. Adrian wandte sich von den Kinnbacken ab und langte einen Gipsabguß des Pithecanthropus herab, jenes seltsamen Wesens, dessen Überreste man in Trinil auf Java gefunden; sollte man es als Menschenaffen oder als Affenmenschen bezeichnen? Welcher Unterschied zwischen diesem Fund und dem Schädel eines neuzeitlichen Engländers dort drüben auf dem Kamin! Und mochte man zu allen berühmten Autoritäten laufen, man erhielt dennoch keine Antwort auf die Frage: Wo stand die Wiege des Menschengeschlechts, wo hatte aus den Rassen von Trinil, Piltdown, Neandertal und einigen anderen noch unentdeckten Vettern dieser Geschöpfe sich der *Homo sapiens* entwikkelt? Außer seiner Liebe zu Angela Forest kannte Adrian nur noch eine Leidenschaft: den brennenden Wunsch, die Heimat des *Homo sapiens* zu ergründen. Jetzt führte man wieder die Ansicht ins Treffen, er stamme vom Neandertaler ab, doch Adrian meinte, damit habe es einen Haken. Wenn eine Menschenart bereits einen so hohen Grad von Differenzierung erreicht hatte wie der tierische Schlag des Neandertalers, dann konnte er wohl nicht mehr in einen Typ so grundverschiedener Art übergehen. Mit demselben Recht hätte man erwarten können, daß sich ein Hirsch in einen Elch verwandle! Adrian wandte sich dem großen Globus zu, auf dem er in seiner sauberen Handschrift alle für das Problem der Herkunft des Menschen wichtigen Funde verzeichnet hatte, nebst zahlreichen Anmerkungen über die geologischen Perioden, das Klima der Fundorte und die Zeit, der diese Gebeine entstammten. Wo – wo lag die Heimat des Menschen? Man konnte dieser Frage nur durch Schlüsse beikommen, nach der Methode der Franzosen durch instinktives Erraten der Gegend, die wahrscheinlich in Betracht kam; nachträglich mußten jene Schlüsse dann freilich durch Grabungen im mutmaßlichen Gebiet Bestätigung finden. Wo befand sich also diese Heimstätte, in den Hügeln am Fuß des Himalaja, in Fayum oder auf einem jetzt vom Meer verschlungenen Festland? Wenn sie wirklich unter dem Meeresspiegel lag, dann konnte sie wohl nie mehr mit Sicherheit ermittelt werden. Eine rein akademische Angelegenheit? Praktisch ohne Bedeutung? Halt, doch nicht ganz: sie hing mit der Frage nach der Wesensart der ursprünglichen Menschen zusammen, des unverdorbenen Primitiven. Erst unlängst hatte man diese alte Streitfrage wieder aufgeworfen und lebhaft erörtert, diese Frage, deren Entscheidung das Fundament der Gesellschaftslehre bilden sollte: Ist der Mensch von Natur friedlich und gutartig, wie die Lebensführung mancher Tiere und sogenannter »wilder« Volksstämme nahelegt, oder ist er unruhig und angriffslüstern, wie die Menschheitsgeschichte, jene Sammlung schauriger Ereignisse, zu beweisen scheint? Wenn sich doch nur die Wiege des *Homo sapiens* finden ließe! Wer weiß, vielleicht brächte dies Licht in das Problem, ob der Mensch von Natur ein Teufel war, der etwas vom Engel an sich hatte, oder ein Engel mit einem Einschlag von Teufelei? Ein Mann von Adrians Charakter neigte natürlich eher zu dieser wieder modern gewordenen These von der angeborenen Gutartigkeit des Menschen; doch sein prüfender Verstand sträubte sich dagegen, irgendeine Behauptung ohne eingehende Untersuchung hinzunehmen. Selbst gutartige Vierfüßler und Vögel konnten den Selbsterhaltungstrieb nicht verleugnen, ebensowenig der primitive Mensch. Die eigentlich raffinierte Grausamkeit des Menschen trat naturgemaß erst dann zutage, als sich ihm ein weiterer Wirkungskreis erschloß, als die Zahl seiner Rivalen wuchs – mit anderen Worten, sie begann erst mit der Ausbreitung und Verzweigung des Selbsterhaltungstriebs in der sogenannten Zivilisation. Die einfache Lebensweise unzivilisierter Menschen bot ihrem Selbsterhaltungstrieb weit weniger

Gelegenheit, sich unheilvoll auszuwirken, aber das ließ noch lange keinen Schluß auf sein gutartiges Naturell zu. Klüger, den modernen Menschen so zu nehmen, wie er eben war, und ihm möglichst wenig Gelegenheit zu Missetaten zu geben. Auch durfte man bei den Primitiven nicht allzuviel Gutmütigkeit voraussetzen. Erst gestern nacht hatte er von einer Elefantenjagd in Zentralafrika gelesen; die Neger, Männer und Frauen, die den Weißen als Treiber gedient, waren über die Kadaver der erbeuteten Elefanten hergefallen, hatten sie Glied für Glied zerrissen und das rohe, bluttriefende Fleisch verzehrt, dann waren sie paarweise in den Wald verschwunden, die Orgie zu vollenden. Na ja, die Zivilisation war doch nicht ohne Wert!

In diesem Augenblick meldete ein Amtsdiener: »Ein Professor Hallorsen wünscht Sie zu sprechen, Sir. Er möchte gern die Schädel aus Peru sehen.«

»Hallorsen?« rief Adrian verblüfft. »Irren Sie nicht, James? Der ist doch in Amerika.«

»Hallorsen, ja, so heißt er. Ein stattlicher Herr, spricht wie ein Amerikaner. Hier seine Karte.«

»Hm! Führen Sie ihn herein, James!« Und er dachte: »Dinny! Dinny! Was soll ich ihm nur sagen?«

Der Eintretende, ein ungewöhnlich großer, sehr hübscher Mann, schien etwa achtunddreißig Jahre alt. Sein glattrasiertes Gesicht sah blühend aus, die Augen funkelten, im dunklen Haar glänzten hie und da ein paar Silberfäden. Ein frischer Lufthauch schien mit ihm ins Zimmer zu dringen. »Herr Kustos?« fragte er ohne Umstände. Adrian verneigte sich. »Ah! Wir sind einander schon einmal begegnet, ganz bestimmt! Auf einer Bergpartie, nicht?«

»Jawohl«, erwiderte Adrian.

»Freut mich wirklich! Mein Name ist Hallorsen, von der Expedition nach Bolivien. Ihre peruanischen Schädel sollen ja großartig sein. Ich habe aus Bolivien eine kleine Sammlung mitgebracht; möchte sie gern an Ort und Stelle mit den Ihren vergleichen. Es ist schon viel dummes Zeug darüber zusammengeschmiert worden von Leuten, die die Originale nicht kennen.«

»Sehr richtig, Professor! Ich werde Ihre Bolivianer mit Vergnü-

gen besichtigen. Da fällt mir übrigens ein, Sie kennen ja noch gar nicht meinen Namen. Hier, bitte.« Adrian überreichte ihm seine Karte.
»Ah! Sie sind ein Verwandter des Hauptmanns Cherrell, der so über mich hergefallen ist?«
»Sein Onkel. Doch ich war der Meinung, Sie seien über ihn hergefallen.«
»Er hat mich im Stich gelassen.«
»Sie ihn, behauptet er.«
»Hören Sie zu, Mr. Cherrell. Sie betrauen einen Mann mit einer Aufgabe, er zeigt sich ihr keineswegs gewachsen und läßt Sie in der Patsche. Dann überreichen Sie ihm wohl zum Abschied eine goldene Verdienstmedaille, Herr Kustos?«
»Ehe ich über ihn herfiele, würde ich jedenfalls untersuchen, ob die ihm gestellte Aufgabe menschenmöglich war.«
»Das hat der zu tun, der diese Aufgabe übernimmt. Und was wurde schon von ihm verlangt? Ein paar Mestizen im Zaum zu halten, weiter nichts.«
»Ich weiß allerdings nicht viel von der Geschichte, aber wie ich hörte, hatte er auch über die Transporttiere zu wachen.«
»Stimmt! Und hat alles seinen Händen entgleiten lassen. Nun, ich kann von Ihnen nicht erwarten, daß Sie gegen Ihren Neffen Stellung nehmen. Aber dürfte ich Ihre Schädel aus Peru sehen?«
»Gewiß.«
»Sehr verbunden.«
Als sie gemeinsam die Schädel besichtigten, warf Adrian immer wieder einen Blick auf das prachtvolle Exemplar des *Homo sapiens*, das neben ihm stand. Einen so kraftstrotzenden, blühend gesunden Mann hatte er selten gesehen. Den mußte natürlich jeder Fehlschlag wurmen, denn seine starke Vitalität hinderte ihn daran, die Sache auch vom Standpunkt des Gegners ins Auge zu fassen. Überall mußte der den eigenen Kopf durchsetzen, wie alle seine Landsleute; bei seiner überschäumenden Lebenskraft konnte er gar nicht anders.
»Da hat Gott zweifellos eine neue Spezies erschaffen«, dachte Adrian, »den *Homo Transatlanticus Superbus*!« Und listig fragte er: »In Zukunft, Professor, wird die Sonne wohl von West nach Ost wandern?«

Hallorsen lächelte – ein herzgewinnendes Lächeln: »Nun, Herr Kustos, wir stimmen doch beide in der Ansicht überein, daß die Zivilisation vom Ackerbau ihren Ausgang nahm. Wenn wir nun beweisen können, daß in Amerika schon Jahrtausende vor den alten Weizen- und Gerstenkulturen der Nilebene Mais gebaut wurde, scheint es dann noch so unmöglich, daß der Strom der Zivilisation von Westen nach Osten drang?«

»Aber können Sie das wirklich nachweisen?«

»Nun, wir finden in Amerika zwanzig bis fünfundzwanzig verschiedene Maissorten. Hrdlicka ist der Ansicht, daß es eines Zeitraums von mindestens zwanzigtausend Jahren bedurfte, sie in so hohem Maß zu differenzieren. Das beweist wohl ohne Frage, daß wir die weitaus ältesten Begründer des Ackerbaus sind.«

»Nur schade, daß es in der Alten Welt vor der Entdeckung Amerikas keine einzige Spezies des Mais gab.«

»Stimmt, Sir, doch auch in Amerika fand sich vor dieser Zeit keine einzige Getreidesorte der Alten Welt. Wenn die orientalische Kultur, wie ihr meint, über den Stillen Ozean zu uns drang, warum brachte sie da nicht auch ihre Getreidesorten mit?«

»Dieses Argument beweist noch lange nicht, daß Amerika der übrigen Welt das Licht der Kultur geschenkt hat.«

»Vielleicht nicht. Doch wenn dem auch nicht so war, so hat es doch durch eigene Entdeckung der Getreidepflanzen seine eigene alte Kultur entwickelt. Und es hat von allen Ländern der Erde als erstes Getreide gebaut.«

»Professor, sind Sie vielleicht ein Anhänger der Atlantis-Theorie?«

»Zuweilen trete ich diesem Gedanken nahe, Herr Kustos.«

»Na schön. Darf ich mir die Frage erlauben, ob Ihnen der Angriff auf meinen Neffen nicht selbst unangenehm ist?«

»Freilich. Es hat mich arg verdrossen, das schreiben zu müssen. Ihr Neffe und ich paßten nicht zusammen.«

»Vielleicht müßten Sie sich da um so gründlicher prüfen, ob Sie ihm nicht unrecht taten.«

»Meine Kritik zurückziehen, hieße meine Überzeugung verleugnen.«

»Sind Sie denn wirklich so überzeugt, daß Sie ganz objektiv urteilen und selbst gar keine Schuld am Mißlingen tragen?«

Nachdenklich runzelte der Riese die Stirn. »Ein Ehrenmann trotz allem«, dachte Adrian.
»Ich weiß nicht, worauf Sie anspielen«, entgegnete Hallorsen langsam. »Sie selbst haben doch meinen Neffen gewählt, nicht wahr?«
»Jawohl, aus zwanzig Bewerbern.«
»Schön. Sie haben also eine schlechte Wahl getroffen?«
»Zweifellos.«
»Sie bewiesen also schlechte Menschenkenntnis?«
Hallorsen lachte. »Ein scharfsinniger Schluß, Herr Kustos. Doch ich bin nicht der Mann, der einen Fehlgriff vor aller Welt bekennt.«
»Sie haben einen Mann gesucht, dem jedes Mitleid fremd war«, erklärte Adrian trocken. »Ich gebe zu, Sie haben ihn nicht gefunden.«
Hallorsen schoß das Blut in die Wangen. »Über diesen Punkt werden wir uns nicht einigen. Nun geh ich wieder mit meinen paar Schädeln. Besten Dank für Ihr Entgegenkommen.« Einige Minuten später war er fort.
Adrian blieb mit gemischten Gefühlen zurück. Der Bursche war doch besser, als er gedacht hatte. Körperlich ein Prachtexemplar, geistig nicht zu verachten, seelisch – nun, seelisch war er der typische Vertreter jener neuen Welt, in der jedem sein Ziel das Wichtigste auf Erden schien und jedes Mittel recht, es zu erreichen. »Schade«, dachte er, »wenn es zu einem Kampf bis aufs Messer käme. Aber im Unrecht ist der Bursche doch. Man darf einen anderen nicht so erbarmungslos öffentlich angreifen. Bei Freund Hallorsen steht allein das liebe Ich im Mittelpunkt«, sagte sich Adrian und legte den Kinnbacken in die Lade zurück.

5

Dinny lenkte die Schritte nach der Pfarre St. Augustin im Grünen. An diesem prächtigen Tag schien ihr, dem Landkind, jenes armselige Stadtviertel besonders trostlos. Um so mehr überraschte sie das fröhliche Spiel der Kinder auf der Straße. Sie fragte ei-

nes von ihnen nach dem Weg zum Pfarrhof, und sogleich liefen fünf mit ihr. Dinny hatte schon geklingelt, doch noch immer rührten die Kinder sich nicht vom Fleck, sondern versuchten offenbar, mit ins Haus zu schlüpfen. Dinny schloß daraus, sie seien nicht aus purer Gefälligkeit mitgekommen; erst als sie jedem einen Penny gegeben hatte, gingen die Kinder davon. Man führte sie in ein nettes Zimmer, das froh und dankbar schien, wenn jemand einmal Zeit fand, es zu betreten. Sie betrachtete eben eine Reproduktion der Francesca von Castelfranco, da rief eine Frauenstimme: »Dinny!«
Es war ihre Tante May. Mrs. Hilary Cherrell glich wie immer einer Frau, die es fertigbringt, an drei Orten gleichzeitig zu sein. Ihre Miene war abgeklärt, gelassen und von echter Freundlichkeit, denn sie hatte Dinny wirklich gern. »Machst wohl Einkäufe in London, mein Kind?«
»Nein, Tante May, ich will Onkel Hilary einen Empfehlungsbrief herauslocken.«
»Dein Onkel ist beim Polizeigericht.«
Um Dinnys Lippen zuckte es. »Warum? Was hat er denn angestellt, Tante May?«
Mrs. Hilary lächelte. »Vorläufig noch nichts. Aber wenn das Gericht kein Einsehen hat, steh ich für ihn nicht gut. Eins der jungen Mädchen aus unserer Pfarre ist angeklagt, sie soll auf der Straße wen angesprochen haben.«
»Doch nicht Onkel Hilary?«
»Wo denkst du hin, mein Kind! Dein Onkel soll über ihren Lebenswandel Zeugnis ablegen.«
»Und wandelt sie denn wirklich, wie sie soll?«
»Das ist eben die Frage. Hilary behauptet, ja. Ich bin nicht so überzeugt davon.«
»Die Männer sind so vertrauensselig. Bin noch nie im Polizeigericht gewesen. Ich möchte riesig gern hingehen und Onkel Hilary dort abfangen.«
»Gut, ich gehe in derselben Richtung. Bis zum Gericht können wir zusammen spazieren.«
Fünf Minuten später traten die beiden aus dem Haus und schritten durch Straßen, die Dinny noch trostloser schienen; sie war

eben nur an die malerische Armut draußen auf dem Land gewöhnt. »Dieses London ist ein Alptraum, noch nie hab ich das so stark empfunden wie heute«, erklärte sie unvermittelt.
»Und das Entsetzliche daran: es gibt kein Erwachen. Weiß der Himmel, warum bei dieser Arbeitslosigkeit der Staat noch immer nicht darangeht, die Elendsviertel niederzureißen und gesunde Wohnungen zu bauen. Binnen zwanzig Jahren wäre die investierte Summe hereingebracht. Politiker sind stets Wunder an Tatkraft und Prinzipientreue, solange sie nicht am Ruder sind. Haben sie aber endlich das Ruder in der Hand, dann plätschern sie im alten Fahrwasser weiter.«
»Noch arbeiten zu wenige Frauen in der Politik, gelt, Tantchen?«
»Spöttelst du schon wieder, Dinny?«
»Keine Spur. Frauen haben nicht soviel Angst vor Komplikationen wie Männer. Sie kennen nur physische Schwierigkeiten, nur Schwierigkeiten des wirklichen Lebens, die Männer aber klügeln beständig geistige und formale heraus. darum behaupten sie immer: ›Undurchführbar!‹ Frauen behaupten das nie. Sie schreiten ans Werk und überlassen es der Zukunft, ob es durchführbar ist oder nicht.«
Mrs. Hilary schwieg einen Augenblick.
»Du magst recht haben, die Frauen sind tatsächlich aktiver, treten frischeren Muts an eine Sache heran und haben weniger Verantwortungsgefühl.«
»Um keinen Preis der Welt möchte ich ein Mann sein!«
»Braves Mädel! Aber im großen und ganzen ist ihr Dasein dem unseren vorzuziehen, auch heute noch.«
»Das bilden sich die Männer ein, ich glaub es aber nicht. Die Männer machen es, scheint mir, ganz wie der Vogel Strauß. Was sie nicht sehen wollen, sehen sie einfach nicht. Wir bringen das nicht so leicht fertig. Doch meiner Ansicht nach ist diese Vogel-Strauß-Politik nicht eben ein Vorteil.«
»Wenn du in unserer Pfarre wohntest, wärst du anderer Meinung.«
»Wenn ich hier wohnen müßte, Tantchen, wäre das mein Tod.«
Mrs. Hilary betrachtete ihre Nichte. Dinny sah freilich ein wenig zart und zerbrechlich aus, hatte aber angeborene Haltung, ihr

Geist schien den Körper zu beherrschen. Vermutlich konnte sie ungeahnte Zähigkeit und Widerstandskraft entfalten. »Es wäre dein Tod? Glaub kaum, Dinny, du kommst aus einer zähen Rasse. Sonst wäre dein Onkel schon längst draufgegangen. So, hier ist das Gerichtsgebäude. Leider hab ich keine Zeit, mitzukommen. Na, diese Leute werden gewiß alle nett zu dir sein. Menschlich, nur allzumenschlich geht es hier zu, allerdings nicht immer taktvoll. Aber sei ein wenig auf der Hut vor deinen Nachbarn.«

Dinny zog eine Braue hoch: »Sind sie verlaust, Tante May?«

»Ich kann nicht aus ganzem Herzen nein sagen. Wenn du kannst, komm nachher zu uns zum Tee.«

Und fort war sie.

Der Verhandlungssaal des Polizeigerichts, jener Stapelplatz heikler Affären, war überfüllt. Der Fall, in dem Hilary ein Sittenzeugnis abgeben sollte, hatte die Leute herbeigelockt, er versprach ja, dramatisch zu werden, und zog überdies die Unfehlbarkeit der Polizei in Frage. Als Dinny sich noch gerade hineindrängte, kam der bereits einmal vertagte Fall zum zweitenmal zur Verhandlung. Ihre Nachbarn zur Rechten gemahnten sie an den Kinderreim: »Schuster, Schneider, Leinenweber, Kaufmann, Bäcker, Totengräber.« Zu ihrer Linken stand ein hochgewachsener Schutzmann. Im Hintergrund, im Gewühl der Zuschauer, befanden sich viele Frauen. Die Luft war stickig und roch nach alten Kleidern. Dinny blickte zum Richter hin; unerbittlich und reglos wie ein Götzenbild saß er da, auf dem Amtstisch vor ihm fehlte nur noch eine Weihrauchflamme. Ihr Blick glitt zur Anklagebank; dort stand ein nettgekleidetes Mädchen, ungefähr ebenso groß und alt wie sie; sie hatte sympathische Züge, nur ihr Mund war sinnlich, was ihr in diesem Augenblick wohl kaum zum Vorteil gereichte. Sie schien blond. Reglos stand sie da, mattrote Flecke auf den blassen Wangen; die Augen blickten unruhig und angstvoll. Dinny erfuhr, sie heiße Millicent Pole, und ein Schutzmann behaupte, sie habe in der Euston Road zwei Männer angesprochen; keiner von beiden war als Zeuge erschienen. Ein junger Mann, augenscheinlich ein Rauchwarenhändler, erklärte als Zeuge, er habe das Mädchen zwei- oder

dreimal vorbeigehen sehen, »ein hübsches Ding« – darum sei sie ihm aufgefallen; sie habe verstört dreingeblickt und augenscheinlich irgendwas gesucht.
»Irgendwen meinen Sie wohl?«
»Vielleicht, vielleicht auch nicht, was weiß ich? Nein, zu Boden geschaut hat sie nicht, gebückt hat sie sich nicht. An mir ist sie jedenfalls vorbeigegangen, ohne mir einen Blick zu gönnen.« – »Haben Sie das Mädchen angesprochen?« – »Keine Spur.« – »Was taten Sie dort?« – »Wollte nur nach Ladenschluß ein wenig frische Luft schnappen.« – »Sahen Sie, wie das Mädchen jemanden ansprach?« – »Nein, ich stand aber nicht lange dort.«
»Pastor Hilary Cherrell!«
Dinny sah ihren Onkel aufstehen und auf die Zeugenbank zuschreiten. Er wirkte energisch und gar nicht wie ein Geistlicher; wohlgefällig ruhte ihr Blick auf seinem schmalen Gesicht mit den feinen Falten und dem selbstsicheren, humorvollen Ausdruck.
»Sie heißen Hilary Cherrell?«
»Jawohl.«
»Und sind Leiter der Pfarre St. Augustin im Grünen?«
Hilary verneigte sich.
»Seit wann?«
»Seit dreizehn Jahren.«
»Sie kennen die Angeklagte?«
»Seit ihrer Kindheit.«
»Was können Sie uns über sie sagen, Mr. Cherrell?«
Dinny sah, wie sich ihr Onkel energisch dem Richter zuwandte.
»Sir, ihre Eltern waren hochachtbare Leute und haben ihre Kinder rechtschaffen erzogen. Der Vater war Schuster und natürlich arm – wir sind ja alle arm in unserer Pfarre. Die Eltern sind vor fünf oder sechs Jahren gestorben, in Not und Entbehrung, darf ich wohl sagen; von dieser Zeit an hab ich die beiden Töchter mehr oder weniger im Auge behalten. Sie arbeiten bei der Firma Petter & Poplin. Ich hab über Millicent nie etwas Schlechtes gehört. Meines Wissens ist sie ein braves, anständiges Mädchen.«
»Vermutlich haben Sie nicht oft Gelegenheit, sich über sie ein Urteil zu bilden, Mr. Cherrell?«
»Ich komme häufig in das Haus, wo sie mit ihrer Schwester

wohnt. Wenn Ihnen diese Umgebung bekannt wäre, Sir, würden gewiß auch Sie die Charakterfestigkeit loben, mit der sich die beiden Schwestern unter solchen Verhältnissen durchschlagen.«
»Besucht sie sonntags Ihren Gottesdienst?«
Ein Lächeln spielte um Hilarys Lippen und ganz leise auch um den Mund des Richters.
»Selten, Sir. Heutzutage ist den jungen Leuten der Sonntag viel zu kostbar. Aber Millicent verbringt ihre freien Tage in unserem Erholungsheim bei Dorking. Wir haben immer sehr anständige Mädchen dort. Meine Nichte, Mrs. Michael Mont, leitet das Haus, sie hat mir günstigen Bescheid über sie gegeben. Wenn Sie gestatten, lese ich ihn vor: ›Lieber Onkel Hilary! Du verlangst Auskunft über Millicent Pole. Sie ist schon dreimal hier gewesen. Die Haushälterin erklärt, sie sei ein nettes Mädchen, ganz und gar nicht leichtfertig. Diesen Eindruck kann ich nur bestätigen.‹«
»Also Ihres Erachtens, Mr. Cherrell, liegt hier ein Irrtum vor?«
»Sir, ich bin überzeugt davon.«
Das Mädchen auf der Anklagebank preßte das Taschentuch vor die Augen. Die verzweifelte Lage dieses Geschöpfes erweckte in Dinny Zorn und Scham. Wie entsetzlich, so vor allen Leuten am Pranger zu stehen, selbst wenn die Anklage der Wahrheit entsprach! Warum nur sollte ein Mädchen nicht einen Mann um seine Gesellschaft bitten dürfen? Ihm stand es ja frei, es abzulehnen.
Da rührte sich der hochgewachsene Schutzmann an ihrer Seite und blickte auf sie nieder, als habe er ihre rebellischen Absichten gewittert; er räusperte sich.
»Danke, Mr. Cherrell.«
Als Hilary die Zeugenbank verließ, bemerkte er seine Nichte und winkte zur Begrüßung mit dem Finger. Dinny merkte, daß der Fall erledigt war, der Richter ging offenbar mit sich zu Rat. Die Fingerspitzen aneinandergepreßt, saß er schweigend da und fixierte das Mädchen. Sie fuhr sich nun nicht mehr über die Augen, sondern erwiderte seinen starren Blick. Dinny hielt den Atem an. Die nächste Minute vielleicht entschied schon über ein Menschenleben. Der hochgewachsene Schutzmann trat von einem Fuß auf den anderen. Wem galt seine Sympathie? Seinem Kameraden oder diesem Mädchen? Alle die leisen Geräusche im Ge-

richtssaal waren verstummt, nur das Kratzen einer Feder war vernehmbar. Der Richter löste die Finger voneinander und sprach: »Ich bin zur Überzeugung gelangt, daß die Schuld nicht klar erwiesen ist. Die Angeklagte wird freigesprochen. Sie können gehen.«

Ein halberstickter Laut entfuhr den Lippen des Mädchens. Der Schuster rechts von Dinny rief heiser: »Hört, hört!«

»Pst!« machte der Schutzmann. Dinny sah ihren Onkel an der Seite des Mädchens den Saal verlassen; er lächelte, als er an ihr vorbeischritt.

»Wart auf mich, Dinny, bin sofort frei.«

Dinny schlüpfte hinter dem hochgewachsenen Schutzmann hinaus und wartete im Vorraum. Ein Widerwille überlief sie in dieser Umgebung, wie er einen packt, wenn man nachts in einer Küche Licht andreht. Lysolgeruch stieg ihr beißend in die Nase; sie ging dem Ausgang zu.

Ein Polizeiwachtmeister fragte sie: »Was wünschen Sie, Miss?«

»Nichts, danke, ich warte nur auf meinen Onkel. Da kommt er.«

»Der geistliche Herr?«

Dinny nickte.

»Ein seelensguter Mann, der Herr Pfarrer. Is das Mädel freigekommen?«

»Ja.«

»Na, ab und zu passiert eben ein Irrtum. Da is der Herr Pfarrer, Miss.«

Hilary kam auf Dinny zu und hängte sich in sie ein.

»Guten Tag, Wachtmeister! Wie geht's Ihrem Frauchen?« fragte er den Polizisten.

»Ausgezeichnet, Sir. Sie haben das Mädel also herausgerissen?«

»Jawohl«, erwiderte Hilary, »und jetzt möchte ich mir eine Pfeife anstecken. Komm, Dinny!« Er nickte dem Polizeiwachtmeister zu und trat mit seiner Nichte auf die Straße.

»Was hast denn du an diesem Ort gesucht, Dinny?«

»Dich, Onkel. Tante May brachte mich her. Ist das Mädchen wirklich nicht schuldig?«

»Da fragst du mich zuviel. Aber eine Verurteilung wäre zweifellos ihr Ruin geworden. Sie ist mit der Miete im Rückstand, und ihre

Schwester ist krank. Einen Augenblick, ich steck mir nur die Pfeife an.« Er paffte eine Rauchwolke vor sich hin und ergriff wieder ihren Arm. »Was wünschst du von mir, mein Kind?«
»Eine Einführung bei Lord Saxenden.«
»Bei Saxenden? Wozu?«
»Huberts wegen.«
»Aha, willst du ihn wohl behexen?«
»Wenn du mir Gelegenheit dazu verschaffst.«
»Saxenden und ich waren Kollegen in Harrow, damals war er bloß Baronet – seither hab ich ihn nicht mehr gesehen.«
»Onkel, Wilfred Bentworth kannst du doch um den kleinen Finger wickeln, und die beiden sind Gutsnachbarn.«
»Jawohl, ich glaub schon, daß Bentworth dir ein paar Zeilen an Saxenden mitgibt, wenn ich ihn drum ersuche.«
»Darauf kommt es mir nicht an. Ich möchte Saxenden in Gesellschaft kennenlernen.«
»So! Freilich, anders kannst du ihn schwerlich behexen. Worum handelt es sich eigentlich?«
»Um Huberts Zukunft. Wir möchten die Geschichte gern in Ordnung bringen, ehe sie noch schlimmer wird.«
»Verstehe. Hör mal, Dinny, da ist Onkel Lawrence der richtige Mann. Bentworth kommt nächsten Dienstag zu ihm nach Lippinghall zur Rebhuhnjagd. Laß dich auch einladen.«
»An Onkel Lawrence hab ich schon gedacht, aber ich wollte mir die Gelegenheit nicht entgehen lassen, dich zu treffen, Onkel.«
»Liebes Kind«, entgegnete Hilary, »verführerische Nixen wie du dürften so etwas nicht sagen. Das verdreht einem den Kopf. Na, da sind wir schon. Komm mit Tee trinken.«
Zu ihrer Verwunderung traf Dinny im Wohnzimmer des Pfarrhofs Onkel Adrian. Die langen Beine unter den Stuhl gezogen, saß er in einer Ecke zwischen zwei jungen Damen, die wie Lehrerinnen aussahen. Er winkte Dinny mit dem Löffel und kam bald auf sie zu.
»Rate doch, Dinny: Wer kommt zu mir, kaum daß du fort bist? Der Mann des Zorns in höchsteigener Person, will meine Funde aus Peru besichtigen.«
»Doch nicht gar Hallorsen?«

Adrian wies eine Visitenkarte vor, darauf stand: »Professor Edward Hallorsen« und mit Bleistift: »Piedmont-Hotel«.
»Er sieht bedeutend netter aus als damals, da ich ihn zerrauft und unrasiert in den Dolomiten traf. Wenn man ihn richtig anpackt, ist er vermutlich kein schlechter Kerl. Was ich dir vorschlagen wollte: Versuch's und pack ihn einmal richtig an.«
»Du kennst Huberts Tagebuch noch nicht, Onkel.«
»Ich möchte es gerne lesen.«
»Wirst bald Gelegenheit dazu finden. Es soll veröffentlicht werden.«
Adrian pfiff leise vor sich hin.
»Überleg dir's gut, mein Kind. Hahnenkämpfe sind für alle vergnüglich, nur nicht für die Hähne.«
»Hallorsen hat den Anfang gemacht. Hubert muß zurückhakken.«
»Schön, Dinny. Doch ehe ihr den Schlag führt, seht zu, mit wem ihr's zu tun habt. Ich werde bei Angela Forest ein kleines Dinner arrangieren, du kannst dann bei ihr übernachten. Was sagst du zu Montag?«
Dinny rümpfte nachdenklich das Näschen. Wenn sie ihrem Plan gemäß in der nächsten Woche nach Lippinghall fuhr, paßte der Montag recht gut. Schließlich war es nur ein Gebot der Klugheit, sich vor der Kriegserklärung den Amerikaner erst einmal anzusehen.
»Einverstanden, Onkel. Besten Dank. Wenn du nach dem Westen fährst, darf ich mit? Ich will nämlich zu Tante Emily und Onkel Lawrence. Die Mount Street liegt ja auf deinem Heimweg.«
»Gut. Sobald du satt bist, brechen wir auf.«
»Ich bin ganz satt«, erklärte Dinny und erhob sich.

6

Dinny hatte auch weiterhin Glück, sie traf ihren dritten Onkel in der Mount Street so tief in die Betrachtung seines eigenen Hauses versunken, als wollte er den Verkaufswert ergründen.
»Ah, Dinny!« rief er und fuhr aus seinem Sinnen auf, »komm

doch herein, deine Tante ist gerade in melancholischer Stimmung, dein Kommen wird sie gewiß freuen. Der alte Forsyte fehlt mir«, fügte er beim Eintritt in die Halle hinzu. »Hab mir eben überlegt, was ich in der nächsten Saison als Mietzins für das Haus verlangen könnte. Du hast Fleurs Vater, den alten Forsyte, wohl nicht gekannt – ein aufrechter, origineller Mann.«

»Was fehlt denn Tante Emily, Onkel Lawrence?«

»Nicht das mindeste, liebes Kind. Mir scheint, der Anblick des armen alten Onkel Cuthbert hat sie auf Zukunftsgedanken gebracht. Denkst du auch manchmal an die Zukunft, Dinny? Von einem gewissen Alter an eine düstere Perspektive.« Er öffnete die Tür. »Da bring ich dir Dinny, meine Liebe.«

Lady Emily Mont stand in ihrem getäfelten Empfangszimmer und fuhr mit einem kleinen Flederwisch über ein Stück grüngemustertes Familienporzellan; auf ihrer Schulter hockte ein kleiner Papagei. Sie ließ den Flederwisch sinken, trat mit geistesabwesendem Blick näher, rief: »Aufgepaßt, Polly!« und gab ihrer Nichte einen Kuß. Der Papagei übersiedelte auf Dinnys Schulter und verrenkte sich schier den Hals, um ihr prüfend in die Augen zu starren.

»Ist er nicht entzückend?« meinte Lady Mont. »Du machst dir doch nichts daraus, wenn er dich ins Ohr zwickt? Dein Kommen freut mich wirklich, Dinny. Ich hab die ganze Zeit an Gräber und Leichen denken müssen. Sag mir doch, was hältst du vom Leben nach dem Tode?«

»Gibt's denn eines, Tantchen?«

»Aber, Dinny! Das klingt ja niederschmetternd!«

»Nun, wer weiterzuleben wünscht, lebt vielleicht tatsächlich weiter.«

»Du bist doch genauso wie Michael, der ist auch so intellektuell. Lawrence, wo hast du denn Dinny aufgegabelt?«

»Auf der Straße.«

»Pfui, wie das klingt! Wie geht es deinem Vater, Dinny? Hoffentlich hat ihn dieses gräßliche Haus in Porthminster nicht auch ganz krank gemacht. Der Geruch dort! Wie in einem alten Mauseloch.«

»Tante Emily, wir machen uns solche Sorgen um Hubert.«

»Ach richtig, Hubert! Meiner Meinung nach war es ein Fehler, daß er diese Leute prügeln ließ. Daß er einen von ihnen über den Haufen schoß, kann ich verstehen. Aber prügeln ist so ungeistig, so barbarisch.«
»Zuckt es dir nicht auch in den Fingern, Tantchen, wenn ein Fuhrmann seine Pferde mit einer schweren Last bergan peitscht?«
»O doch. Haben jene Leute das getan?«
»Das und noch Schlimmeres. Den armen Biestern die Schwänze abgedreht, sie mit Messern gestochen und überhaupt höllisch geschunden.«
»So? Na, dann freut's mich, daß Hubert sie prügeln ließ! Obwohl ich Maultiere eigentlich nie recht ausstehen konnte, seit wir den Gemmi hinaufritten. Erinnerst du dich noch, Lawrence?«
Sir Lawrence nickte. In sein Gesicht trat jener liebevolle und zugleich belustigte Ausdruck, den er Tante Emily gegenüber stets annahm.
»Warum magst du sie seit damals nicht, Tantchen?«
»Mein Reittier hat mich hin und her geschaukelt wie ein Schiff auf hoher See. Im allgemeinen sollen Maultiere sehr brav sein, haben einen sicheren Tritt, aber das meine –«
»Scheußliches Gefühl, nicht wahr, Tantchen!«
»Das will ich meinen! Höchst peinlich, so – im Innern. Glaubst du, Hubert käme vielleicht nächste Woche zu uns nach Lippinghall zur Rebhuhnjagd?«
»Glaub nicht, den kann jetzt niemand dazu bewegen, unter Menschen zu gehen. Er ist ganz entsetzlich niedergeschlagen. Aber hättest du vielleicht ein Kämmerchen für mich?«
»Selbstverständlich, Platz genug. Warte mal, es kommen ja nur Charlie Muskham mit seiner jungen Frau, Mr. Bentworth und Henny, Michael und Fleur, Angela Forest und vielleicht Adrian (er ist nämlich ein Feind des Jagens) und deine Tante Wilmet. Ach richtig – auch Lord Saxenden!«
»Der?« rief Dinny.
»Warum nicht? Ist er denn kein respektabler Mann?«
»Tantchen, das trifft sich ja herrlich! Auf den hab ich ja ein Auge geworfen!«

»Welch ein vulgärer Ausdruck! Noch dazu hat Saxenden eine Frau, die irgendwo krank liegt.«
»Unbesorgt, Tante Emily. Ich will mich nur in Huberts Interesse an ihn heranschlängeln. Das ist der Knopf, den wir drücken müssen, behauptet Vater.«
»Ihr gebraucht aber sonderbare Redensarten, du und Michael, Dinny. Was für ein Knopf?«
Sir Lawrence brach das starre Schweigen, das er in Gegenwart seiner Frau sonst beobachtete.
»Der Knopf, der die Militärmaschine in Bewegung setzt, meine Liebe«, erklärte er, »und das ist nach Dinnys Meinung Saxenden.«
»Was für ein Mensch ist er denn, Onkel Lawrence?«
»Saxenden? Ich kenne ihn seit langen Jahren – er ist noch ein Jüngling.«
»Himmel, wie aufregend!« meinte Lady Mont und nahm den Papagei wieder an sich.
»Hab keine Angst um mich, Tantchen!«
»Aber dieser Lord – eh – Saxenden? Ich hab immer streng darauf gesehen, daß es in Lippinghall reputierlich zugeht. Schon Adrians wegen hatte ich immer meine Bedenken, doch« – sie setzte den Papagei auf den Kaminsims – »doch er ist mein Lieblingsbruder, und für einen Lieblingsbruder tut man so manches.«
»Jawohl«, stimmte Dinny zu.
»Geht in Ordnung, Emily«, warf Sir Lawrence ein. »Ich passe auf Dinny und Angela auf, du kannst über Saxenden und Adrian wachen.«
»Dinny, dein Onkel wird von Jahr zu Jahr frivoler. Er erzählt Geschichten, daß mir die Haare zu Berg stehen.« Sie war zu Sir Lawrence getreten, er schob begütigend die Hand unter ihren Arm.
»Nun leb wohl, Dinny«, sagte Tante Emily plötzlich, »ich muß zu Bett. Meine schwedische Masseuse nimmt mich dreimal wöchentlich in Arbeit. Ich nehme tatsächlich ab.« Prüfend glitt ihr Blick über Dinny. »Möchte wissen, ob sie dich etwas runder machen könnte.«
»Tantchen, ich bin dicker, als ich aussehe.«

»Ich auch, das ist ja das Traurige. Wenn dein Onkel nicht so cine Bohnenstange wäre, könnt ich mich eher damit abfinden.« Sie hielt Dinny die Wange hin, das Mädchen gab ihr einen schallenden Kuß.
»Welch ein prächtiger Kuß!« meinte Lady Mont. »So herzhaft hat mich seit Jahren niemand geküßt. Die Leute picken meist drauflos wie ein Vogel. Komm, Polly!« Den Papagei auf der Schulter, segelte sie davon.
»Tante Emily sieht wirklich sehr gesund aus.«
»Ist sie auch, liebes Kind. Nur dicker werden möchte sie um keinen Preis – eine fixe Idee von ihr. Sie kämpft einen Verzweiflungskampf dagegen. Wahrhaftig, wir haben einen bunten Speisezettel. In Lippinghall ist es schon besser, denn Augustine führt uns an der Nase herum, und sie ist noch dieselbe Französin wie vor fünfunddreißig Jahren, als wir sie von der Hochzeitsreise heimbrachten. Eine Kochkünstlerin! Zum Glück setze ich kein Fett an.«
»Tante Emily doch auch nicht!«
»N-nein!«
»Und wie schön und vornehm sie sich hält! Wir jungen Mädchen halten uns bei weitem nicht so gut!«
»Ja, ja«, erwiderte Lawrence. »Die vornehme Haltung starb mit König Eduard aus. Ihr jungen Frauenzimmer rennt alle, als wolltet ihr auf etwas losspringen. Schon lange bemühe ich mich vorauszusehen, was als nächstes an die Reihe kommt. Logischerweise der federnde Schritt. Aber ebensogut kann auch der müde Schritt wieder in Mode kommen.«
»Also, was für ein Mensch ist denn dieser Lord Saxenden, Onkel Lawrence?«
»Einer von jenen, die den Weltkrieg dadurch gewannen, daß sie mit ihren Ansichten nie durchdrangen. Du mußt diese Sorte von Leuten nur kennen. Einmal verbrachte ich das Wochenende bei den Cooquers. Die Capers' waren auch dort und Mrs. Gwen Blandish. Die spielte damals die erste Geige und wußte eine Menge von der Front in Russisch-Polen zu berichten. Ich noch mehr. Dann unterhalte ich mich mit Capers, er meint, die Deutschen hätten es nun wohl bald satt. Ich meine das Gegenteil; er

reißt Lord T. herunter. Am Sonntag kommt Arthur Prose hin; nach seiner Schätzung haben die Russen zwei Millionen Gewehre, aber keine Munition. ›Paßt auf!‹ erklärt er, ›der Krieg ist im Januar zu Ende.‹ Unsere Verluste findet er entsetzlich hoch. Wenn der erst gewußt hätte, was ich weiß! Auch Lady Thripp ist dort mit ihrem Sohn, der das linke Bein verloren hat. Eine ganz reizende Dame! Ich muß versprechen, ihr Spital zu besichtigen und ihr administrative Weisungen zu geben. Am Sonntag gibt es dann ein sehr nettes Dinner – jeder einzelne in großem Staat. Wir amüsieren uns gerade beim ›Schwarzen Peter‹, da tritt Alick ein mit der Nachricht, wir hätten beim letzten Angriff vierzigtausend Mann verloren, die Franzosen aber noch mehr. Ich gebe der Meinung Ausdruck, die Sache stehe verteufelt ernst. Niemand stimmt mir bei!«
Dinny lachte. »Hat es denn wirklich solche Leute gegeben?«
»Und ob! Unschätzbare Mitbürger! Was hätten wir nur angefangen ohne sie? Wie sie damals Haltung, Mut und Konversation aufrechthielten – fabelhaft. Wer das nicht mit eigenen Augen sah, hätte es nie und nimmer geglaubt. Und fast jeder von ihnen hat den Krieg gewonnen. Besonders Lord Saxenden befand sich in äußerst verantwortungsvoller Stellung. Die ganze Zeit hindurch spielte er eine bedeutende Rolle.«
»Was für eine?«
»Er war stets auf dem laufenden; nach seinen Reden zu schließen, wahrscheinlich mehr als irgendwer andrer auf der Welt. Er hat offensichtlich eine famose Konstitution und eine famose Jacht.«
»Bin wirklich schon begierig, an ihn heranzukommen.«
»Wirst noch begieriger sein, wieder von ihm wegzukommen«, seufzte ihr Onkel. »Bleibst du die Nacht über bei uns, oder fährst du nach Hause zurück?«
»Oh, ich muß noch heute abend heim. Mein Zug geht um acht vom Paddington-Bahnhof.«
»Dann schlendre ich durch den Hydepark mit dir zur Bahn, laß dir dort einen Imbiß vorsetzen und bring dich zum Zug.«
»Ach Onkel, mach dir doch meinetwegen keine Mühe!«
»So? Soll ich dich vielleicht allein durch den Park gehen lassen

und die Gelegenheit versäumen, wegen unbefugten Promenierens mit einem jungen Frauenzimmer auf die Polizei eskortiert zu werden? Der Himmel bewahr mich davor! Weißt du was, wir könnten uns sogar auf eine Bank setzen und es ausprobieren. Du bist gerade der Typ, der alte Herren in Versuchung führt. Erinnerst an Botticelli-Bilder. Komm doch, Dinny!«

An diesem Septemberabend gegen sieben Uhr stürzten sie sich also in den Sündenpfuhl des Hydeparks und schritten unter den Platanen auf dem dürren Gras dahin.

»Zu früh!« meinte Sir Lawrence, »uns rettet die Einführung der Sommerzeit. Die Unanständigkeit beginnt erst ab acht Uhr. Am Ende hilft es uns nicht einmal, wenn wir uns auf eine Bank setzen, Dinny. Wenn du einen Spitzel der Sittenpolizei siehst, wirst du ihn erkennen? Das ist von großer Wichtigkeit. Steifer Hut – eine Vorsichtsmaßregel, er könnte unversehens eins aufs Dach kriegen; besagter Hut purzelt in den Kriminalgeschichten dann immer herunter. Der Mann zeigt das Bestreben, stets so dreinzusehen, als wäre er kein Spitzel, selbstzufriedener Zug um den Mund, gute Zähne, Polizisten halten ihr Gebiß ordentlich instand. Den Blick hat er meist zu Boden gerichtet, wenn er dich nicht gerade mustert. Ein ganzer Mann, der fest auf beiden Beinen steht, sieht wie geschaffen für seinen Beruf aus. Schuhnummer 44 – richtige Polizistenfüße.«

Dinny kicherte.

»Weißt du was, Onkel? Wir setzen eine ›Ansprache‹ in Szene. Am Paddington-Tor steht doch gewiß ein Schutzmann. Ich treibe mich dort eine Weile herum, und sobald du auftauchst, spreche ich dich an. Was muß ich sagen?«

Sir Lawrence zog eine Braue hoch.

»Wenn ich mich recht erinnere, etwa folgendes: ›Na, wie geht's, Bubi? Sei fesch, komm mit!‹«

»Gut, dann gehe ich auf dich zu und sage dir das vor dem Polizisten.«

»Der wird Lunte riechen.«

»Onkel, du willst auskneifen.«

»Seit langen Jahren schon hat niemand mehr meine Vorschläge ernst genommen. Und vergiß auch nicht, Kind: ›Üb immer Treu und Redlichkeit bis an dein kühles Grab, und wandre ja nur nie zu zweit im Hydepark auf und ab!‹«

»Du enttäuschst mich, Onkel.«

»Diese Worte bin ich gewöhnt. Wart ab, bis du einmal altersgrau und ehrwürdig bist – auch du wirst dann die Jugend enttäuschen.«

»Aber stell dir doch vor, Onkel. Tage hindurch würden uns die Zeitungen spaltenlange Abhandlungen widmen: ›Verbrechen am Paddington-Tor. Ein Mann angesprochen. Angeblicher Onkel.‹ Hast du denn keine Lust, als angeblicher Onkel die Staatsaffären Europas auszustechen? Nicht einmal Lust, die Polizei auf die Beine zu bringen? Ein Hasenfuß bist du, Onkel!«

»Sei's drum!« erwiderte Sir Lawrence. »Ein Onkel vor dem Polizeigericht ist für einen Tag genug. Dinny, du bist gefährlicher, als ich dachte.«

»Doch im Ernst, warum sperrt man diese armen Mädchen ein? Auch so ein Überbleibsel aus der alten Zeit, als die Frauen sich nicht rühren durften.«

»Ich pflichte dir ja völlig bei, Dinny, aber der alte Puritanergeist ist bei uns noch immer nicht ganz ausgestorben. Und die Polizei muß doch auch etwas zu tun kriegen! Wir können das Polizeipersonal nicht abbauen, ohne die Zahl der Arbeitslosen zu vergrößern. Und eine Polizei, die nichts zu tun hat, Herrgott, wäre die den Küchenfeen gefährlich!«

»So sei doch endlich ernst, Onkel!«

»Nur das nicht, liebes Kind! Was immer das Leben mir noch bescheren mag, nur das nicht! Doch bessere Tage seh ich kommen, Tage, da wir samt und sonders volle Freiheit genießen werden, einander nach Belieben anzusprechen, wenn es nicht gerade das primitivste Taktgefühl verbietet. Dann wird eine revidierte Auflage des ›Umgangs mit Menschen‹ in eigenen Abschnitten Ansprechformeln für Männer und Frauen bringen, zum Beispiel: ›Gnädige Frau, Promenade gefällig?‹ oder: ›Mein Herr, ist Ihnen meine Begleitung erwünscht?‹ Ein neues Zeitalter zieht herauf, wenn nicht ein goldenes, so doch ein katzengoldenes. Da sind wir schon am Paddington-Tor. Hättest du das

Herz, Dinny, diesen edelblickenden Schutzmann zu foppen? Komm, gehen wir da hinüber!«
»Deine Tante wird heute nicht mehr aufstehen«, fuhr er fort, als sie den Paddington-Bahnhof betraten, »darum möcht ich hier das Abendbrot mit dir nehmen. Wir wollen einen Tropfen Kognak trinken, und im übrigen, wenn ich unser Bahnhofsmenü kenne, gibt es Ochsenschwanzsuppe, Seefische, Roastbeef, Gemüse, Bratkartoffeln und Pflaumentorte – alles gute, obzwar nationale Gerichte.«
»Onkel Lawrence«, fragte Dinny, als sie beim Roastbeef angelangt waren, »was hältst du von den Amerikanern?«
»Dinny, kein Patriot sagt dir auf diese Frage die Wahrheit, die reine, ungeschminkte Wahrheit. Nun, man kann die Amerikaner ebenso wie die Engländer in zwei Kategorien einteilen: Amerikaner und Amerikaner. Die einen sind angenehm, die andern unangenehm.«
»Warum vertragen wir uns mit ihnen nicht besser?«
»Kinderleicht, das zu beantworten. Der unangenehme Engländer mag sie nicht leiden, weil sie mehr Geld haben als wir. Der angenehme Engländer darum nicht, weil der Amerikaner zuwenig zurückhaltend ist und weil die Klangfarbe des Amerikanischen dem englischen Ohr nicht behagt. Und anderseits: Der unangenehme Amerikaner verträgt sich nicht mit dem Engländer, weil der Tonfall des Englischen dem amerikanischen Ohr mißfällt. Der angenehme Amerikaner verträgt sich mit uns nicht so, wie es zu wünschen wäre, weil wir so zurückhaltend sind und hochnäsig.«
»Meinst du nicht, sie bestehen zu sehr auf ihrer Eigenart?«
»Wir nicht minder. Das macht den Unterschied nicht aus. Uns trennen Manieren; Sprache und Manieren.«
»Wieso?«
»Die Behauptung, wir hätten dieselbe Sprache, ist zweifellos irrig. Hoffentlich zwingt jeden von uns die rasche Entwicklung des Amerikanischen recht bald dazu, des andern Sprache eigens zu erlernen.«
»Wir schwatzen doch immer vom einigenden Band der gemeinsamen Sprache.«

»Woher auf einmal solches Interesse für die Amerikaner?«
»Ich soll am Montag Professor Hallorsen treffen.«
»Aha, den Bolivianer! Dann laß dir raten, Dinny: Gib ihm immer recht, und er frißt dir bald aus der Hand. Setz ihn ins Unrecht, dann frißt er kein einziges Körnchen.«
»Oh, ich werde schon auf der Hut sein.«
»Jawohl, Vorsicht! Nur nicht unüberlegt in den Kampf. Gehen wir, liebes Kind, wenn du fertig bist. Es ist fünf Minuten vor acht.« Sir Lawrence brachte seine Nichte in einem Abteil unter und besorgte ihr ein Abendblatt. Als der Zug sich in Bewegung setzte, rief er ihr nach: »Dinny, wirf ihm einen Botticelliblick zu! Einen Botticelliblick!«

7

Als Adrian sich Montag abend nach dem Chelsea-Viertel begab, stellte er unterwegs Betrachtungen über den Charakter dieses Stadtteils an. Chelsea war jetzt nicht mehr, was es einst gewesen. Noch in der spätviktorianischen Zeit erinnerten seine Insassen einigermaßen an Höhlenbewohner – sie waren es gewöhnt, sich zu ducken, nur hier und da hauste ein Genie oder ein Geschichtsforscher in ihrer Mitte. Scheuerfrauen, Künstler, die nur mit Müh und Not den Mietziens aufbrachten, Schriftsteller mit einem Tageseinkommen von viereinhalb Shilling, Ehepaare, reif für den Scheidungsgerichtshof, Dämchen, die um einen Shilling die Stunde jedermann in ihre Kammer ließen, Freunde eines guten Tropfens, begeisterte Anhänger von Turner, Carlyle, Rossetti und Whistler; ferner einige Schankwirte, eine beträchtliche Anzahl dunkler Ehrenmänner und Leute, die sich viermal in der Woche von Hammelfleisch nährten. Hinter einer stattlichen Häuserzeile am Themsekai sah es immer ehrsamer aus, und jetzt schien diese Wohlanständigkeit sogar schon an die unverbesserliche King's Road heranzureichen und offenbarte sich dort in Bollwerken der Kunst und des modernen Geschmacks.
Angela Forests Haus lag in der Oakley Street. Adrian entsann sich der Zeit, da es noch nicht die leiseste persönliche Note auf-

wics und von einer Familie eingefleischter Hammelvertilger bewohnt war. Angela lebte nun seit sechs Jahren in diesem Heim und hatte es in ein entzückend behagliches Nest verwandelt. Adrian hatte alle die schönen Schwestern der Familie Montjoy gekannt, die man in der Londoner Gesellschaft traf; von ihnen war Angela die jüngste, schönste und besaß am meisten Witz und Geschmack. Sie war eine jener Frauen, die trotz ihres untadeligen Rufs und sehr bescheidenen Vermögens dennoch durch die vornehme Eleganz ihrer Person und Umgebung allgemein Neid erregen. Ihre beiden Kinder, ihr schottischer Schäferhund (fast der einzige, den es noch in London gab), ihr Spinett, ihr Himmelbett, ihre Kristallgläser, Möbelbezüge und Teppiche – alles zeugte für Adrians Gefühl von feinstem Geschmack, erfüllte jeden mit Behagen. Und sie selbst nicht minder: ihre noch immer vollendet schöne Gestalt, die klaren, lebhaften dunklen Augen, das Oval des Gesichts, der elfenbeinfarbene Teint, das eigentümlich Frische ihrer Stimme. Alle Schwestern der Familie Montjoy hatten diese eigenartige Aussprache von ihrer Mutter, einer Schottin, geerbt und dadurch im Laufe von dreißig Jahren auf die Sprechweise der Londoner Gesellschaft nicht unbeträchtlichen Einfluß geübt. Ihr Einkommen war unbedeutend, ihr Gatte lebte im Irrenhaus, dennoch war Angela überall in der Gesellschaft willkommen. Wie kam das? Adrian pflegte zur Erklärung den Vergleich mit einem baktrischen Kamel heranzuziehen. Die beiden Höcker jenes Tieres glichen den beiden Gruppen der sogenannten »Gesellschaft« und waren durch ein schmales Joch miteinander verbunden, das selten öfter als einmal benützt wurde. Die Montjoys, eine alte Gutsbesitzerfamilie in Dumfriesshire, waren im Laufe der Jahre zahllose Verbindungen mit dem Adel dieser Grafschaft eingegangen und hatten sozusagen einen Stammsitz auf dem Vorderbuckel inne – eine etwas langweilige Position mit engbegrenztem Gesichtsfeld: der Kopf des Kamels war dem Auge im Weg. Angela wurde oft in große Häuser geladen, deren Mitglieder sich hauptsächlich mit Jagden beschäftigten, mit dem Hofdienst, dem Ehrenpräsidium von Spitälern und der Förderung junger Debütantinnen. Sie nahm diese Einladungen nur selten an, das wußte Adrian. Sie saß fest und sicher auf dem zweiten

Höcker, der über den Schwanz hinweg weiten und anregenden Ausblick bot. War das eine bunt zusammengewürfelte Gesellschaft auf dem Hinterbuckel! Viele, darunter Angela selbst, waren von dem Vorderbuckel dorthin übersiedelt, andere waren am Schwanz des Kamels heraufgeklettert, andere wieder waren vom Himmel gefallen oder kamen – aus Amerika. Um auf diesem Höcker einen Sitz zu ergattern, was Adrian selbst nie gelungen war, mußte man über Gewandtheit auf verschiedenen Gebieten verfügen; dazu brauchte man entweder ein ausgezeichnetes Gedächtnis, um alles Gelesene und Gehörte prompt und wortgetreu wiederzugeben, oder aber eine Portion Mutterwitz. Wer keins von beiden besaß, konnte sich vielleicht einmal für kurze Zeit auf diesen Sitz schwingen, aber ein zweites Mal gewiß nicht wieder. Auch eine Persönlichkeit mußte man sein, die ihr Licht nicht unter den Scheffel stellte, doch nie zum ausgesprochenen Sonderling wurde. Hervorragende Leistungen auf irgendeinem Gebiet waren erwünscht, aber nicht unerläßlich. Bildung und gute Erziehung waren willkommen, doch nur dann, wenn sie nicht Langeweile hervorriefen. Schönheit galt als Passierschein, mußte aber mit Temperament gepaart sein. Geld war wünschenswert, konnte aber dem Eigner nur im Verein mit anderen Vorzügen einen Platz verschaffen. Der ausübende Künstler mit guter Stimme errang sich nach Adrians Beobachtung dort oben eher einen Platz als der schaffende. Organisatorische Begabung ließ man gelten, wenn sie nicht zu nüchtern und zu geräuschvoll am Werk war. Einige Leute verdankten, wie es schien, ihren Platz der Fähigkeit, hinter den Kulissen Drähte zu ziehen und ihre Nase in jedermanns Topf zu stecken. Doch das bei weitem wichtigste Erfordernis war Redegewandtheit. Von diesem Hinterhöcker aus wurden zahllose Zügel gelenkt, doch war sich Adrian nicht im klaren, ob die Lenker das Kamel auch nur einen Schritt weiterbrachten; sie selber bildeten es sich freilich ein. Und inmitten dieser bunt zusammengewürfelten Gesellschaft saß Angela unerschütterlich im Sattel; sie erhielt so viele Einladungen, daß sie sich das ganze Jahr kostenlos durchfuttern und jedes Wochenende irgendwo als Gast hätte verbringen können. Um so mehr wußte ihr Adrian dafür Dank, daß sie dem Gesellschaftsleben so standhaft entsagte, um mit ihren

Kindern und ihm beisammen zu sein. Gleich nach ihrer Hochzeit mit Ronald Forest war der Krieg ausgebrochen. Sheila und Ronald kamen erst nach Forests Rückkehr zur Welt. Jetzt waren sie sieben und sechs Jahre alt, richtige kleine Montjoys, wie Adrian ihrer Mutter immer wieder versicherte. Sie glichen ihr auch unverkennbar äußerlich und im Temperament. Aber Adrian allein wußte, daß nichts von allem, was Angela gelitten, sie so traurig machte wie der Gedanke, sie hätte diese Kinder eigentlich nicht haben dürfen. Diese Sorge war es, die wie ein Schatten auf ihren Zügen lag, wenn sie nicht gerade lebhaft sprach. Er allein wußte auch, daß die sexuelle Besessenheit, die Forest knapp vor Ausbruch des Wahnsinns geplagt, den Geschlechtstrieb in ihr so abgetötet hatte, daß sie seit vier Jahren eigentlich ein Witwendasein ohne alles erotische Verlangen führte. Ihm selbst brachte sie, wie ihm schien, echte Neigung entgegen, doch keine Spur von Leidenschaft.

Eine halbe Stunde vor dem Dinner fand Adrian sich ein und ging sogleich ins Schulzimmer hinauf, die Kinder zu besuchen. Eben erhielten sie vor dem Schlafengehen von der französischen Erzieherin Milch und Zwieback; sie begrüßten Adrian mit hellem Jubel und drängten ihn, doch mit der Geschichte fortzufahren, die er ihnen unlängst zu erzählen begonnen hatte. Die Gouvernante zog sich zurück, sie wußte, was jetzt kommen würde. Adrian nahm den Kleinen gegenüber Platz, sah in die erwartungsvoll leuchtenden Kinderaugen und begann dort, wo er stehengeblieben war: »Der Mann, der die Baumkähne zu bewachen hatte, war ein Riesenkerl, kaffeebraun vom Scheitel bis zur Sohle; man hatte ihm wegen seiner gewaltigen Kraft diese Aufgabe anvertraut, an jener Küste trieben sich nämlich weiße Einhörner herum, eine wahre Landplage.«

»Pah! Onkel Adrian, Einhörner gibt's doch gar nicht.«

»Heutzutage freilich nicht mehr, Sheila.«

»Wohin sind sie denn gekommen?«

»Am Ende blieb nur eines übrig und das lebt in einer Gegend, wohin die Weißen nicht vordringen können, wegen der Bubufliege.«

»Die Bubufliege, was ist denn das?«

»Die Bubufliege, Ronald, frißt sich ins Fleisch der Wade ein, legt dort Eier und daraus schlüpfen ihre Jungen.«

»O weh!«

»Also wie ich vorhin schon sagte, trieben sich an dieser Küste weiße Einhörner herum. Der braune Wächter am Strand hieß Mattagor und verfuhr mit den Einhörnern auf folgende Weise: Zunächst lockte er sie mit Krinibobs an die Küste hinab –«

»Krinibobs? Was ist denn das?«

»Beeren; sehen aus wie Erdbeeren und schmecken wie Karotten. Mit diesen Krinibobs lockte er sie also an den Strand, dann schlich er hinter ihnen her –«

»Er ist ihnen doch mit den Krinibobbeeren vorangelaufen, wie hat er sich da hinter ihnen herschleichen können?«

»Er zog die Krinibobs gewöhnlich über einen aus Pflanzenfasern gedrehten Faden und hängte diese Kette zwischen den Zauberbäumen auf. Sobald die Einhörner an den Beeren zu knabbern begannen, sprang er lautlos auf den bloßen Füßen aus seinem Versteck im Gebüsch hervor und band die Tiere zu zweit mit den Schwänzen aneinander.«

»Haben die denn nicht gespürt, daß er sie an den Schwänzen zusammenband?«

»Nein, Sheila. Der Schwanz ist bei den weißen Einhörnern ganz gefühllos. Dann schlich er sich in den Busch zurück und schnalzte mit der Zunge, da rannten die Einhörner in wilder Flucht davon.«

»Rissen sie sich dabei nicht die Schwänze aus?«

»Nie. Das war eben Mattagors Kunst, beim Zusammenbinden gab er gut acht, er war nämlich sehr lieb zu Tieren.«

»Da kamen die Einhörner wohl nie wieder hin?«

»Doch, Ronny. Sie knabbern Krinibobs gar zu gern.«

»Ist der braune Mann je auf Einhörnern geritten?«

»Ja. Manchmal sprang er mit einem Satz auf zwei zusammengebundene Tiere, stand mit einem Fuß auf dem Rücken des einen, mit dem anderen auf dem des zweiten und sprengte mit trockenem Lachen in den Dschungel hinein. Die Kähne waren, wie ihr euch denken könnt, bei ihm in guter Hut. Die Regenzeit war vorbei, und mit ihr schienen auch die Blutegel so ziemlich ver-

schwunden; der Zug der braunen Gesellen wollte eben aufbrechen, da –«
»Da? Was war da, Onkel Adrian? Weiter, es ist nur Mutti.«
»Weiter, Adrian!«
Doch Adrian schwieg, sein Blick hing an der Erscheinung Angelas. Dann sah er zu Sheila hinüber und fuhr in seiner Erzählung fort: »Aber ich muß euch jetzt noch erklären, warum der Mond so wichtig war. Sie konnten den Auszug nicht antreten, ehe nicht der Halbmond hinterm Geäst der Zauberbäume emporstieg.«
»Warum nicht?«
»Das werde ich euch gleich berichten. In jenen Tagen hatten die Menschen, besonders jener Stamm brauner Phwataleute, Hochachtung vor der Schönheit. Schöne Dinge wie etwa Mutti, Weihnachtsgeschenke oder heurige Kartoffeln machten großen Eindruck auf sie. Und ehe sie sich auf ein Unternehmen einließen, mußten sie ein Omen haben.«
»Omen, was ist das?«
»Ihr wißt doch, was ein Amen ist, es kommt immer am Schluß, na, und ein Omen kommt am Anfang und bringt Glück. Und das Omen mußte schön sein. Nun war der Halbmond das Schönste, was es in der dürren Jahreszeit gab, darum mußten sie warten, bis er durchs Geäst der Zauberbäume zu ihnen kam, wie ihr eben Mutti durch die Tür zu uns kommen saht.«
»Aber der Mond hat doch keine Füße.«
»Nein, die Mondfrau schwimmt in einem Kahn. Und an einem klaren Abend schwamm sie heran, schöner als alles Schöne auf Erden, schlank und herrlich anzuschauen. Mit so gütigem Blick sah sie die Männer an, daß alle wußten, ihr Auszug müsse erfolgreich sein. Sie neigten sich tief vor ihr und sagten: ›Glückbringendes Omen, wenn du mit uns ziehst, dann wandern wir furchtlos durch sandige Wüsten und über die wilden Wasser des Meers, dich vor unseren Augen. Und das Glück, das du uns bringst, macht uns selig in alle Ewigkeit. Amen.‹ Nach diesem Gebet stieg der Phwatastamm in die Baumkähne, Mann für Mann und Frau für Frau, bis alle in den Booten saßen. Und durchs Geäst der Zauberbäume lugte die Mondfrau hervor und segnete sie mit ihren Blicken. Doch ein Mann war zurückgeblieben, ein alter

Phwataknabe, der sich so sehr nach der Mondfrau sehnte, daß er darüber alles andere vergaß und auf sie zukroch, in der Hoffnung, er könnte vielleicht ihre Fußspitzen berühren.«

»Sie hatte doch gar keine Füße!«

»Er glaubte eben, sie habe welche. Ihm kam der Halbmond wie eine Frau vor, ganz aus Silber und Elfenbein; und so kroch er zwischen den Zauberbäumen ein und aus und konnte sie nicht erreichen, sie war ja die Mondfrau und fern, so fern.«

Adrian schwieg. Einen Augenblick herrschte tiefe Stille. Dann rief er: »Fortsetzung folgt«, und eilte hinaus. Angela holte ihn in der Halle ein.

»Adrian, du verdirbst mir die Kinder. Ihr Interesse an den technischen Errungenschaften der Gegenwart darf nicht länger durch Märchen und Fabeln gestört werden, begreifst du das nicht? Als du fort warst, fragte mich Ronald: ›Mutti, glaubt denn Onkel Adrian wirklich, daß du die Mondfrau bist?‹«

»Und was gabst du ihm darauf zur Antwort?«

»Etwas Diplomatisches. Aber sie setzen einem scharf zu, die kleinen Kobolde.«

»Geh, sing mir doch das Negerlied vom ›Wasserträger‹ vor, ehe Dinny und der Amerikaner kommen.«

Während sie so saß und sang, ruhte Adrians Blick in stummer Anbetung auf ihr. Sie hatte eine gute Stimme und trug jenes seltsam bestrickende Lied anmutig vor. Kaum waren die letzten Töne verklungen, da meldete das Stubenmädchen: »Miss Cherrell. Professor Hallorsen.«

Hocherhobenen Haupts trat Dinny ein, Adrian vermochte den Ausdruck in ihren Augen kaum zu deuten. Schuljungen sahen so drein, wenn sie darangingen, einen »Neuling« durchzuwalken. Nach ihr kam Hallorsen; riesengroß wirkte er in diesem kleinen Empfangszimmer, seine Augen blitzten vor gesunder Kraft. Als ihm Dinny vorgestellt wurde, machte er eine tiefe Verbeugung.

»Vermutlich Ihre Tochter, Kustos?«

»Nein, meine Nichte; eine Schwester von Captain Hubert Cherrell.«

»Ah, wirklich? Es ist mir eine Ehre, Ihre Bekanntschaft zu machen, Ma'am.«

Adrian bemerkte, wie die Blicke der beiden sich trafen und kaum wieder voneinander loskamen.

»Professor, wie behagt es Ihnen im Piedmont-Hotel?«

»Die Küche ist ausgezeichnet, zu viele Amerikaner sind mir dort.«

»Die nisten jetzt dort wohl wie die Schwalben?«

»Stimmt! Aber in vierzehn Tagen sind wir alle wieder auf und davon geflogen.«

Dinny war jeder Zoll eine Engländerin; überdies hatte der Kontrast zwischen Hallorsens blühender Gesundheit und Huberts erschöpftem Aussehen ihren Groll sogleich noch erhöht. So ließ sie sich denn neben diesem Urbild eines Manns und Eroberers nieder, fest entschlossen, ihm möglichst viele Pfeile in den Leib zu bohren. Hallorsen wurde jedoch sofort von Angela ins Gespräch gezogen. Dinny hatte noch nicht die Suppe ausgelöffelt (Kraftbrühe mit einer Dörrpflaume), da maß sie ihn verstohlen und änderte ihren Plan. Schließlich war er hier ja doch Fremder und Gast und sie nach allgemeiner Ansicht eine Dame; man mußte es auch anders deichseln können, viele Wege führen nach Rom. Nein, sie wollte ihm keine Pfeile in den Leib bohren, sie würde ihn mit honigsüßem Lächeln berücken. Das war taktvoller gegenüber Angela und Onkel Adrian und aussichtsvoller für das Gelingen ihres Kriegsplans. Mit bewundernswerter Schläue verhielt sie sich zunächst abwartend; als sich Hallorsen dann in das verfängliche Gebiet der englischen Politik hinauswagte – er sah sie augenscheinlich als bedeutende Offenbarung menschlicher Tatkraft an –, warf sie ihm einen ihrer Botticelliblicke zu und meinte: »Wir sollten uns mit der Politik Amerikas ebenso ernsthaft befassen wie mit der unseren. Aber ist sie denn wirklich ernst zu nehmen?«

»Kaum, Miss Cherrell, bin ganz Ihrer Meinung. Für die Politiker der ganzen Welt gibt es nur ein Gebot: ›Wenn du in der Regierung sitzt, sag nur ja nicht dasselbe wie in der Opposition; sonst mußt du am Ende das durchführen, was schon deine Vorgänger als undurchführbar erkannt haben.‹ Zwischen den Parteien gibt es meiner Meinung nach nur einen wirklichen Unterschied: die eine sitzt im Staatsomnibus auf den Bänken, die andere hält sich taumelnd an den Griffen fest.«

»In Rußland liegt das, was von der anderen Partei noch geblieben ist, jetzt wohl unter den Bänken.«
»In Italien ebenfalls«, bemerkte Angela.
»Und Spanien?« fügte Adrian hinzu.
Hallorsen ließ ein ansteckendes Lachen hören. »Diktaturen sind keine politischen Systeme«, erklärte er. »Diktaturen sind Hanswurstiaden.«
»Sie sind kein Spaß, Professor!«
»Oder ein schlechter, Professor!«
»Was verstehen Sie unter Hanswurstiaden, Professor?«
»Bluff. Mag sich auch die Natur der Menschen geraume Zeit den Vorschriften des Diktators scheinbar fügen, endlich wird der Bluff doch offenbar und – schwupps! ist er weg.«
»Wenn aber die Mehrheit des Volks mit der Diktatur einverstanden ist«, wandte Angela ein, »dann ist sie doch eine demokratische, vom Volk anerkannte Regierungsform?«
»Höchstens dann, Mrs. Forest, wenn sie von der Mehrheit des Volks jährlich neu bestätigt wird.«
»Diktatoren setzen viel durch«, bemerkte Adrian.
»Das Land zahlt einen hohen Preis dafür, Kustos. Denken Sie nur an Diaz in Mexiko. Zwanzig Jahre hindurch machte er aus seinem Land den Garten Eden, aber was ist seit seinem Rücktritt dann geworden? Man kann aus dem Volk nicht für die Dauer etwas herausholen, was es noch nicht in sich hat.«
»Unser politisches System und das Ihre, Professor, nicht minder«, erklärte Adrian, »kranken daran, daß eine ganze Menge von Reformen, die der gesunde Menschenverstand des Volks herbeiwünscht, darum nie zur Ausführung gelangen, weil unsere kurzlebigen Politiker sich nicht dafür einzusetzen wagen, aus Angst, sie könnten die Macht verlieren, die sie sowieso gar nicht besitzen.«
»Tante May«, murmelte Dinny, »meint, man könne der Arbeitslosigkeit dadurch steuern, daß man von Staats wegen die Elendsviertel niederreißen und gesunde Wohnungen bauen läßt. So könnte man zwei Fliegen mit einem Schlag treffen.«
»Eine ausgezeichnete Idee!« rief Hallorsen und wandte ihr das strahlende Gesicht voll zu.
»Dieser Antrag fände starke Gegner: die Zinsgeier der Elends-

viertel, die Geldmenschen, die ihr Kapital hineinsteckten, und die Bauunternehmer«, bemerkte Angela.
»Und zu alldem erfordert die Geschichte einen Haufen Geld«, fügte Adrian hinzu.
»Spielend leicht zu machen«, meinte Hallorsen. »Ihr Parlament könnte zur Durchführung dieser für das Volkswohl so wichtigen Sache eine Anleihe beschließen; was wäre denn mit einer solchen Staatsanleihe schon gewagt? Das Geld fließt doch zurück und wird ja nicht wie bei einer Kriegsanleihe verpulvert. Was kostet England die Arbeitslosenunterstützung?«
Niemand wußte Bescheid.
»Ich bin der Ansicht, man könnte durch den Wegfall dieser Unterstützung die Zinsen einer großen Anleihe decken.«
»In der Politik«, meinte Dinny zuckersüß, »tut nichts so not wie schlichtes Vertrauen. Darin sind Ihre Landsleute uns über, Professor Hallorsen.«
In die Züge des Amerikaners trat flüchtig ein Ausdruck, als wollte er sagen: »Honig um den Bart!«
»Allerdings hatten wir eine gehörige Portion schlichten Vertrauens, als wir nach Frankreich in den Kampf gegen Deutschland zogen. Aber wir haben diesen Vorrat aufgezehrt. In der nächsten Zeit werden wir uns auf die Sorge um das Heimatland beschränken.«
»Habt ihr euch euer schlichtes Vertrauen bis auf den heutigen Tag bewahrt?«
»Ich fürchte, das war einmal, Miss Cherrell. Damals hielt es unter zwanzig nicht einer für möglich, daß die Deutschen uns dort drüben verdreschen könnten.«
»Ich gebe mich geschlagen, Professor.«
»Bitte, kein Anlaß. Sie beurteilen Amerika nach den Verhältnissen in Europa.«
»Denken Sie doch an Belgien, Professor«, warf Angela ein. »Auch bei uns gab es zu Kriegsbeginn noch schlichtes Vertrauen.«
»Verzeihung, Ma'am, aber ging Ihnen der Einfall in Belgien wirklich so nah?«
Adrian zog mit der Gabel Kreise auf dem Tischtuch. Er blickte

auf und antwortete Hallorsen: »Mir persönlich gewiß. Vielleicht gab dieses Ereignis bei der Heeresleitung, Admiralität und Hochfinanz nicht den Ausschlag, vielleicht auch nicht bei einem Großteil der Gesellschaft, bei den Politikern und so weiter. Sie alle wußten, daß wir im Kriegsfall so gut wie sicher auf die Seite Frankreichs treten mußten. Aber einfachen Leuten wie mir und zwei Dritteln der über die politische Lage nicht so genau informierten Bevölkerung, der Arbeiterklasse, eigentlich der ganzen Nation schien der Einfall in Belgien das Entscheidende. Es war, als ginge ein berghoher Riese auf einen winzigen Knirps los, der aber hielt ihm mannhaft und unerschrocken stand.«
»Treffend formuliert, Kustos!« rief Hallorsen.
Dinny schoß das Blut in die Wangen. War dieser Mann wirklich so großmütig? Dann kam sie sich Hubert gegenüber beinahe wie eine Verräterin vor und bemerkte säuerlich: »Der Anblick Belgiens soll sogar Roosevelt aufgerüttelt haben.«
»Er hat so manchen von uns aufgerüttelt, Miss Cherrell. Doch wir waren ja dem Kriegsschauplatz so fern, und nur Ereignisse, die sich in der Nähe abspielen, peitschen das Gemüt auf.«
»Stimmt. Und wie Sie ja selbst sagen, wart ihr weit vom Schuß und habt erst gegen Kriegsende eingegriffen.«
Hallorsen blickte fest in ihre etwas herausfordernde Miene, verneigte sich und schwieg. Als er nach diesem seltsamen Abend von ihr Abschied nahm, fügte er hinzu: »Ich fürchte, Sie sind mir böse, Miss Cherrell.«
Dinny lächelte und blieb stumm.
»Dennoch hoffe ich, Sie wiederzusehen.«
»So! Weshalb denn?«
»Nun, ich gebe die Hoffnung nicht auf, daß Sie Ihre Meinung über mich noch ändern werden.«
»Professor Hallorsen, ich habe meinen Bruder sehr lieb.«
»Ich habe Ihrem Bruder mehr vorzuwerfen als er mir, davon bin ich noch immer überzeugt.«
»Darüber werden Sie hoffentlich bald Klarheit erhalten.«
»Das klingt ja wie eine Kampfansage.«
Dinny warf den Kopf zurück. Sie ging auf ihr Zimmer, zu Bett; verdrossen biß sie sich auf die Lippen. Den Feind hatte sie weder

überrumpelt noch bezaubert, sie empfand auch keinen ausgesprochenen Haß gegen ihn, sondern war sich über ihre Gefühle selbst nicht recht im klaren. Seine Größe gab ihm eine peinliche Überlegenheit über die anderen. »Er gleicht einem jener Helden aus den Wildwestfilmen«, dachte sie, »der eines der halb verzweifelten, halb erwartungsvollen Mädchen von der Farm entführt – wie der einen nur anschaut! Als hätte er einen schon vor sich auf dem Sattelknopf. Ein urwüchsiger Kraftkerl in Frack und weißer Weste. Ein starker, aber gewiß kein stiller Mann.« Ihr Zimmer lag auf der Gassenseite, vom Fenster aus sah sie die Themse, die Platanen des Kais und den weiten, sternklaren Nachthimmel. »Wer weiß«, sagte sie laut zu sich, »vielleicht kommst du nicht so rasch aus England fort, wie du glaubst.«

»Darf ich herein?«

Dinny wandte sich um und sah Angela im Türrahmen stehen.

»Wie gefällt dir unser Freund, der Feind? Adrian kann ihn gut leiden.«

»Onkel Adrian lebt zuviel unter Gebeinen. darum steigt ihm der Anblick eines Menschen von Fleisch und Blut zu Kopf.«

»Mag sein. Dieser Hallorsen ist der Typ eines männlichen Mannes, ein Kerl, den die Frauen anbeten. Aber du hast dich tapfer gehalten, Dinny, anfangs schillerten deine Augen allerdings so grün wie Katzenaugen.«

»Jetzt gewiß noch grüner, da ich ihn ohne Kratzer entwischen ließ.«

»Tut nichts, wirst schon noch Gelegenheit dazu finden. Adrian hat ihm für morgen eine Einladung nach Lippinghall überbracht.«

»Was?!«

»Du hast weiter nichts zu tun, als dort zwischen ihm und Saxenden Zwietracht zu säen, und Hubert hat gewonnenes Spiel. Adrian hat es dir nicht erzählt, aus Angst, du könntest deine Freude verraten. Der Professor möchte die Jagd in England kennenlernen. Der arme Kerl hat keine Ahnung, daß er dabei in den Käfig der Löwin hineintappt. Deine Tante Emily wird ihm gegenüber entzückend liebenswürdig sein.«

»Hallorsen!« murmelte Dinny. »Er muß skandinavischer Herkunft sein.«
»Seine Mutter stammt, wie er mir sagte, aus alter angloamerikanischer Familie, vermählte sich aber mit einem zugewanderten Nordländer. Nordländer. Im Staat Wyoming ist er daheim.«
»Die weiten, offenen Prärien. Angela, warum bringt mich nur der Ausdruck ›männlicher Mann‹ so in Harnisch?«
»Weißt du, das wirkt wie ein Zimmer mit einem Strauß flammender Sonnenblumen. Doch ›männliche Männer‹ sind nicht nur in den weiten Prärien zu Hause. Auch Saxenden gehört zu dieser Gattung, wie du bald merken wirst.«
»Da bin ich aber neugierig!«
»Jawohl. Gute Nacht, liebe Dinny. Möge kein ›männlicher Mann‹ dich im Traum heimsuchen!«
Als Dinny sich entkleidet hatte, holte sie wieder Huberts Tagebuch hervor und überlas nochmals eine Stelle, auf die sie beim Blättern gestoßen war: »Fühle mich hundsmiserabel heute abend, geradezu krepiert. Nur der Gedanke an Condaford hält mich noch aufrecht. Möchte wirklich wissen, was der alte Dr. Foxham sagte, wenn er mich hier beim Kurieren der Maultiere sehen könnte. Ich hab da ein Gebräu gegen ihre Kolik erfunden, das dreht einem den Magen um, wenn man nur daran riecht; aber es bringt die Biester bald wieder auf die Beine. Na, der Herrgott muß in guter Laune gewesen sein, als er die Eingeweide der Maultiere schuf! Gestern nacht hab ich geträumt, ich stehe zu Haus am Rand unseres Jagdgeheges, und vor mir flattert ein Schwarm Fasanen auf. Doch um keinen Preis der Welt, war ich imstande, den Hahn zu spannen – scheußlich, total gelähmt. Ich muß immer an den alten Haddon denken, wie er mich als Kind aufs Pferd setzte, und an seine Mahnung: ›Vorwärts, Master Bertie! Die Beine anpressen, an der Mähne festhalten!‹ Der gute alte Haddon! Ein origineller Kauz. Endlich hat der Regen aufgehört. Es ist trocken, zum erstenmal seit zehn Tagen. Und Sterne gukken hervor.

›Ein Schiff, ein Eiland, dort des Mondes Sichel,
Nur wenig Sterne, doch wie grell sie flimmern!‹

Könnte ich nur schlafen ...«

8

Die seltsam unregelmäßige Bauart, die für altenglische Landsitze so charakteristisch ist, trat bei Schloß Lippinghall besonders deutlich zutage – kein Zimmer glich dem anderen. Wenn die Gäste ein Zimmer betraten, war es, als wollten sie sich dort häuslich niederlassen, und während ihres Aufenthalts atmeten sie in jedem dieser Zimmer eine andere Atmosphäre, fanden ganz andere Möbel als in den Nachbarräumen. Auch fühlten sie gar nicht die Verpflichtung, sie beim Weggehen so zurückzulassen, wie sie die Zimmer beim Kommen vorgefunden, wußten auch kaum mehr, wie sie damals ausgesehen hatten. Wertvolle Antiquitäten standen mitten unter gewöhnlichen Möbeln herum, die dem Gebrauch oder der Behaglichkeit dienten. Altersbraune oder gelbliche Ahnenbilder hingen noch brauneren, noch gelberen holländischen oder französischen Landschaften gegenüber, hie und da gab es einen entzückenden alten Kupferstich und anmutige Miniaturen. Mindestens in zwei Zimmern befanden sich schöne alte Kamine mit Gittern, auf denen man bequem sitzen konnte. Im Dunkel kam unerwartet hier und dort eine Treppe zum Vorschein. Die Gäste konnten sich nur schwer merken, wo ihre Schlafzimmer lagen, und hatten es bald wieder vergessen. In einem solchen Zimmer stand etwa ein äußerst kostbarer alter Kleiderschrank aus Kastanienholz, ein prachtvoll stilechtes Himmelbett, eine Fensterbank mit Kissen, und an den Wänden hingen ein paar französische Kupferstiche. An jedes dieser Wohnzimmer schloß sich ein Schlafraum mit schmalem Bett und ein kleines Badezimmer, in dem man stets Badesalz vorfand. Einer der Monts war Admiral gewesen; darum lauerten in den Winkeln der Korridore seltsame alte Landkarten, deren Meer drachenschwänzige Galionen durchkreuzten. Ein anderer, Sir Lawrences Großvater, der Siebente Baronet, hatte eine Leidenschaft für Wettrennen; noch jetzt konnte man an den Wänden die Anatomie des vorbildlichen Rassepferds und den Jockei seiner Zeit studieren. Der Sechste Baronet, der älter geworden war als seine Väter, ein Diplomat, hatte Stiche aus der frühviktorianischen Epoche hinterlassen, die Bilder seiner Frau und Töchter in Krinolinen, sein eigenes mit langen Bartkoteletten. Von außen wies das Schloß den Stil der Epoche Karls des Ersten auf, hie und da erinnerte eine Einzelheit an die Zeiten Georgs des Dritten und Vierten, ja sogar an die Viktorianische Periode – der Sechste Baronet hatte ab und zu seiner Neuerungssucht die Zügel schießen lassen. Das einzige Moderne an dem ganzen Haus waren die Licht- und Wasserleitungen.

Als Dinny Mittwoch morgens zum Frühstück herabkam – die Jagdgesellschaft sollte um zehn Uhr aufbrechen – saßen schon drei der Damen und alle Herren außer Hallorsen beim Frühstück oder holten sich eben ihr Essen von den Büfettischen. Sie glitt in einen Stuhl neben Lord Saxenden; er erhob sich ein wenig und sagte: »Morgen!«

»Dinny«, rief Michael von der Anrichte her, »Kaffee, Kakao oder Ingwerbier gefällig?«

»Kaffee und Brathering, Michael.«

»Brathering ist keiner da.«

Lord Saxenden blickte auf. »Was, kein Brathering?« und wandte sich wieder der Wurst auf seinem Teller zu.

»Schellfisch?« fragte Michael.

»Nein, danke.«

»Und was willst du, Tante Wilmet?«

»Kedgeree.«

»Keines da. Nieren, Speck, Rührei, Schellfisch, Schinken, kalte Rebhuhnpastete.«

Lord Saxenden erhob sich. »Ah! Schinken!« und ging zur Anrichte hinüber.

»Also, Dinny?« fragte Michael.

»Nur ein wenig Jam, bitte.«

»Stachelbeer-, Erdbeer-, Johannisbeer- oder Orangenjam?«

»Stachelbeer.«

Lord Saxenden kam mit einem Teller Schinken auf seinen Platz zurück und begann während des Essens einen Brief zu lesen. Dinny konnte aus seinem Gesichtsausdruck nicht recht klug werden, er hielt den Blick gesenkt, und den Mund hatte er ganz voll. Saxenden war rotbackig, sein blondes Haar und der Schnurrbart spielten ins Graue; vierschrötig saß er bei Tisch da. Plötzlich

wandte er sich an Dinny: »Verzeihen Sie, daß ich jetzt lese. Ein Brief von meiner Frau. Sie liegt krank.«
»Wie traurig!«
»Scheußlich! Armes Weib!«
Er steckte den Brief in die Tasche, schob einen Happen Schinken in den Mund und sah Dinny an. »Blaue Augen hat er«, stellte sie fest, »die Brauen sind etwas dunkler als das Haar, sehen wie Angelhaken aus.« Siegessicher glotzte er drein, als wollte er sagen: »Bin ein fescher Kerl!« In diesem Augenblick sah Dinny Hallorsen eintreten. Einen Moment stand er unschlüssig da, dann bemerkte er sie und trat auf den leeren Stuhl neben ihr zu.
»Miss Cherrell«, fragte er mit einer Verbeugung, »darf ich hier Platz nehmen?«
»Selbstverständlich. Dort drüben steht das Essen, falls ein Mann wie Sie ans Essen denkt.«
»Wer ist der Bursche?« fragte Lord Saxenden, als Hallorsen zum Büfett ging. »Wohl ein Amerikaner?«
»Professor Hallorsen.«
»Ach so, der! Verfasser des neuen Buches über Bolivien, wie?«
»Jawohl.«
»Sieht nicht übel aus.«
»Ein männlicher Mann.«
Saxenden warf ihr einen überraschten Blick zu. »Versuchen Sie doch diesen Schinken. Mir scheint, ich kenne einen Ihrer Onkel von unserer Studienzeit in Harrow her.«
»Onkel Hilary? Er hat mir davon erzählt.«
»Einmal wettete er mit mir um drei Portionen Erdbeercreme gegen zwei bei einem Wettlauf vom Hügelhang bis zur Turnhalle.«
»Und haben Sie gewonnen, Lord Saxenden?«
»Nein; aber bezahlt hab ich Ihrem Onkel die Wette nie.«
»Warum nicht?«
»Er verstauchte sich den Knöchel, ich verrenkte mir das Knie. Er humpelte noch bis zum Tor der Turnhalle, ich aber konnte keinen Schritt mehr tun. Wir mußten beide bis zum Ende des Semesters das Bett hüten, dann verließ ich die Anstalt.« Lord Saxenden kicherte. »Ich schulde ihm die drei Portionen Erdbeercreme noch immer.«

Hallorsen kam an seinen Platz zurück und meinte: »Ich war der Ansicht, wir Amerikaner hielten viel auf ein ausgiebiges Frühstück. Aber einen Vergleich zum englischen kann das unsere nicht bestehen.«

»Kennen Sie Lord Saxenden?«

»Lord Saxenden«, wiederholte Hallorsen und verneigte sich leicht.

»Sehr angenehm«, murmelte der Lord. »Solche Rebhühner wie bei uns gibt's bei euch in Amerika wohl nicht, wie?«

»Nein, glaube kaum. Bin auf diese Rebhuhnjagd schon sehr neugierig. Ein herrlicher Kaffee, Miss Cherrell.«

»Stimmt«, sagte Dinny, »Tante Emily ist aber auch stolz auf ihren Kaffee.«

Lord Saxenden setzte sich noch vierschrötiger hin. »Versuchen Sie doch diesen Schinken«, riet er. »Ihr Buch hab ich nicht gelesen.«

»Gestatten Sie, daß ich es Ihnen übersende. Ich werde stolz darauf sein, wenn Sie es lesen.«

Lord Saxenden aß weiter.

»Sie sollten es wirklich lesen, Lord Saxenden«, erklärte Dinny. »Ich sende Ihnen ein anderes über dasselbe Thema.«

Lord Saxenden glotzte sie an. »Zu nett von Ihnen beiden«, meinte er. »Ist das Erdbeerjam?« und er langte schon danach.

»Miss Cherrell«, bat Hallorsen leise, »lesen Sie doch, bitte, mein Buch und bezeichnen Sie mir die Stellen, die Ihrer Ansicht nach Ihrem Bruder unrecht tun. Als ich es schrieb, war ich schwer verstimmt.«

»Glauben Sie, das kann jetzt noch nützen?«

»Bei der zweiten Auflage könnte ich diese Stellen auf Ihren Wunsch streichen.«

»Sehr liebenswürdig von Ihnen«, gab Dinny eisig zurück, »aber, Professor, das Übel ist nun einmal geschehen.«

»Ich bin wirklich trostlos, daß ich Sie gekränkt habe«, erklärte Hallorsen noch leiser.

»Keinen Pfifferling machst du dir daraus!« hätte Dinny gern gerufen, über und über erglühend vor Zorn, Triumph, Eifer und Lachlust.

»Meinen Bruder haben Sie verletzt, nicht mich.«
»Vielleicht ließe sich das durch eine Aussprache wieder gutmachen.«
»Kaum.« Und Dinny erhob sich.
Hallorsen stand gleichfalls auf und verneigte sich, als sie fortging. »Furchtbar höflich«, dachte sie.
Den Vormittag verbrachte sie mit dem Tagebuch auf einem zwischen Eibenbäumen ganz versteckten Fleck des Gartens. Die Sonne schien hier so warm; um die Zinerarien, Maßliebchen, Dahlien, Stockrosen und Astern summten Bienen; alles wirkte beruhigend. In diesem abgeschiedenen Gartenwinkel überkam sie neuerdings heftiger Widerwille davor, Huberts geheimste Gefühle aller Welt zu enthüllen. Das Tagebuch enthielt freilich kein sentimentales Gewinsel; doch es gab Huberts seelische und körperliche Wunden so schonungslos preis, wie man sie nie und nimmer vor fremden Augen entblößen soll.
Aus einiger Entfernung vernahm sie immer wieder Schüsse. Sie stützte sich mit den Ellbogen auf die Eibenhecke und sah über die Felder nach der Richtung, aus der die Schüsse kamen.
»Da bist du ja!« rief eine Stimme.
Hinter ihr stand ihre Tante, mit einem Riesenstrohhut, der ihr bis auf die Schultern reichte, und hinter der Tante standen zwei Gärtner, die sie nach den Dichterfreunden »Boswell und Johnson« nannte.
»Jetzt komm ich zu dir, Dinny. Boswell und Johnson, ihr könnt gehen. Am Nachmittag wollen wir dann den Portulak besichtigen.« Sie hob den Kopf und lugte unter ihrem Gartenhut hervor. »Ein Strohgeflecht aus Mallorca«, erklärte sie. »Schützt sehr gut vor der Sonne.«
»Boswell und Johnson? Was bedeutet das, Tantchen?«
»Boswell hatten wir schon länger, dann gabelte dein Onkel auch Johnson auf, und nun läßt er sie immer zusammen arbeiten. Fleur muß meine Gartenschere verkramt haben. Was hast du denn da, Dinny?«
»Huberts Tagebuch.«
»Deprimierend?«
»Jawohl.«

»Ich habe mir diesen Professor Hallorsen angeschaut – den müssen wir noch kleinkriegen.«
»Versetz ihm eins, Tantchen.«
»Hoffentlich schießen sie ein paar Hasen«, meinte Lady Mont. »Junger Hase ist auf dem Speisezettel immer willkommen. Wilmet und Henrietta Bentworth stimmen schon wieder in einem Punkt überein: daß sie in keinem Punkt übereinstimmen.«
»So? Worüber sind sie denn verschiedener Ansicht?«
»Ich konnte mich nicht so eingehend damit befassen – sie stimmen ja nie überein. Henny ist so lang Hofdame gewesen, du weißt ja.«
»Wirkt das so verhängnisvoll?«
»Henny ist eine liebe Frau, ich kann sie gut leiden. Aber sie gackert wirklich wie eine alte Henne. Was hast du mit diesem Tagebuch vor?«
»Ich will es Michael zeigen und ihn um Rat fragen.«
»Gib nichts auf seinen Rat«, sagte Lady Mont, »er ist ein lieber Kerl, aber gib lieber nichts darauf. Er kennt übrigens eine Menge komischer Leute – Verleger, und so weiter.«
»Darum möchte ich mich ja an ihn wenden.«
»Wende dich lieber an Fleur, die hat einen hellen Kopf. Habt ihr in Condaford auch solche Zinerarien? Mir scheint, Adrian ist ein wenig übergeschnappt.«
»Aber, Tante!«
»Geht herum wie ein Mondsüchtiger; man kann gar nicht an ihn herankommen. Ich dürfte es ja natürlich nicht vor dir sagen, Kind, aber ich denke, er sollte sie kriegen.«
»Das meine ich auch, Tantchen.«
»Er will aber nicht.«
»Oder sie will nicht.«
»Keins von beiden will; ich weiß wahrhaftig nicht, wie man das einfädeln könnte. Sie ist vierzig.«
»Wie alt ist denn Onkel Adrian?«
»Unser Nestküken, der Jüngste außer Lionel. Ich bin neunundfünfzig«, erklärte Lady Mont entschlossen. »Ich bin wirklich schon neunundfünfzig, dein Vater sechzig. Deine Großmutter muß sich sehr mit uns geschunden haben, als sie sich mit unse-

rer Produktion so beeilte. Was hältst denn du vom Kinderkriegen?«
»Na, bei Eheleuten mag es noch angehen«, murmelte Dinny, »mit Maß natürlich.«
»Bei Fleur soll ein zweites kommen – im März. Ein ungünstiger Monat. Unvorsichtig von den beiden! Wann wirst denn du heiraten, Dinny?«
»Wenn meine Liebe zu grünen anfängt – eher nicht.«
»Sehr vernünftig. Aber nimm nur ja keinen Amerikaner.«
Dinny wurde rot und fragte mit seltsam gefährlichem Lächeln: »Zum Kuckuck, warum sollt ich denn gerade einen Amerikaner heiraten?«
»Man kann nie wissen«, meinte Lady Mont und pflückte eine welke Aster; »es hängt schließlich davon ab, wer sich um dich bemüht. Vor unserer Hochzeit hat sich Lawrence so um mich bemüht!«
»Heute doch auch noch, Tantchen. Ist das nicht wunderbar?«
»Still, Gelbschnabel!« Und Lady Mont versank hinter ihrem Riesenhut in Träume.
»Weil du just vom Heiraten redest, Tante Emily, ich wollt, ich fände ein Mädchen für Hubert. Er müßte unbedingt Ablenkung haben.«
»›Laß das durch eine Ballettratte besorgen‹, würde dein Onkel sagen«, meinte Lady Mont.
»Vielleicht weiß Onkel Hilary eine, die er uns warm empfehlen könnte.«
»Bist ein schlimmes Mädel, Dinny, ich hab das immer geahnt. Aber laß mich nachdenken. Da war doch ein Mädchen – nein, sie hat geheiratet.«
»Na, vielleicht ist sie jetzt schon geschieden.«
»Nein, sie will sich erst scheiden lassen, glaub ich, aber das geht nicht so geschwind. Ein entzückendes kleines Geschöpf.«
»Glaub's gern. Denk doch weiter nach, Tantchen.«
»Diese Bienen«, erwiderte Lady Mont, »gehören Boswell. Italienische Rasse. Lawrence nennt sie immer Faschisten.«
»Aha! Schwarze Hemden und leere Köpfe. Sie schwirren tatsächlich überaus geschäftig herum.«

»Und ob! Sie fliegen beständig umher und stechen einen, wenn man sie reizt. Mir gegenüber benehmen sie sich übrigens sehr nett.«
»Da sitzt eine auf deinem Hut, Tantchen. Soll ich sie herunterholen?«
»Laß!« rief Lady Mont, warf den Kopf zurück und vergaß den Mund zu schließen. »Ah, da fällt mir etwas ein, eine junge Dame für Hubert – Jeanne Tasburgh, die Tochter unseres Pfarrers – aus sehr guter Familie. Natürlich kein Geld.«
»Gar keins?«
Lady Mont schüttelte den Kopf, daß ihr Hut ins Schwanken geriet. »Arm wie eine Kirchenmaus. Aber hübsch ist sie – erinnert an eine Leopardin.«
»Dürfte ich sie einmal besehen? Ich kenne Huberts Antipathien so ziemlich.«
»Ich werde sie zum Dinner laden. Zu Haus kriegen sie einen Schlangenfraß. Eine Tasburgh hat einmal in unsere Familie geheiratet, mir scheint, zur Zeit König Jakobs, also ist sie eure Base – allerdings eine sehr entfernte Verwandte. Ein Sohn ist auch da, glattrasiert, springlebendig, dient bei der Marine. Jetzt ist er, glaub ich, daheim im Pfarrhaus auf Urlaub. Bitte, sei so lieb und nimm mir die Biene vom Hut!«
Dinny fing mit ihrem Taschentuch die kleine Biene von dem großen Hut herunter, hielt sie ans Ohr und bemerkte: »Ich hör die kleinen Dinger noch immer so gern summen!«
»Den lade ich auch ein«, sagte ihre Tante. »Alan heißt er, ein hübscher Junge.« Ihr Blick fiel auf Dinnys Haar. »Welch hübsche Haarfarbe! Mispelfarben. Hat Aussichten, höre ich, ich weiß nur nicht, welche. Wurde im Krieg in die Luft gesprengt.«
»Und kam hoffentlich wieder heil und ganz herunter, Tantchen?«
»Jawohl. Er hat dafür irgendeine Auszeichnung erhalten. Jetzt, sagt er, ist es bei der Marine furchtbar langweilig. Nichts als Winkelmessen, Räderwerk und Gestank. Frag ihn nur selber.«
»Und das Mädchen, Tante Emily? Warum hast du sie vorhin mit einer Leopardin verglichen?«
»Wenn sie dir ins Gesicht schaut, glaubst du, ein Leopard springt

dich an. Ihre Mutter ist tot. Sie führt das Kommando über die ganze Pfarre.«
»Mit Hubert wird sie dann wohl auch herumkommandieren?«
»Mit jedem, der sich erdreistet, ihr zu befehlen.«
»Hm! Soll ich vielleicht deine Einladung in den Pfarrhof bringen?«
»Ich werde Boswell und Johnson senden«, erwiderte Lady Mont. »Doch halt!« rief sie mit einem Blick auf die Armbanduhr, »die sind gewiß schon zum Mittagessen gegangen; ich richte meine Uhr immer nach ihnen. Gehen wir selbst, Dinny, es sind nur ein paar hundert Schritt. Soll ich einen anderen Hut nehmen?«
»Keine Idee, Liebe.«
»Gut, dann gehen wir gleich hier hinaus.« Unter den Eibenbäumen schritten sie ans andere Ende des Parks, stiegen ein paar Stufen hinab und kamen auf einem grasbewachsenen Weg durch eine Zauntür zum Pfarrhaus. Dinny blieb in der mit Schlinggewächsen umrankten Vorhalle stehen und hielt sich hinter dem Hut ihrer Tante verborgen. Die Tür stand offen, die dämmrige getäfelte Halle roch nach dürren Rosenblättern und altem Holz. Von innen rief eine Frauenstimme: »A-lan!«
Eine Männerstimme rief zurück: »Ja?«
»Macht es dir was aus, wenn wir kalten Lunch haben?«
»Klingel ist keine da«, erklärte Lady Mont, »am besten, wir klopfen.« Beide klopften.
»Was, zum Kuckuck, ist los?« Im Türrahmen erschien ein junger Mann in grauem Flanellanzug. Er hatte ein breites braunes Gesicht, dunkles Haar und tiefliegende graue Augen, die gerade und offen blickten.
»Oh!« rief er. »Lady Mont! . . . Hallo, Jeanne!« Dann begegnete er hinter Lady Monts Hut einem Blick aus Dinnys Augen und lächelte, wie nur ein Schiffsleutnant lächelt.
»Alan, könnten Sie heute abend mit Jeanne zum Dinner kommen? Dinny, das ist Alan Tasburgh. Alan, wie gefällt Ihnen mein Hut?«
»Ein Prachtexemplar, Lady Mont.«
Da kam federnden Schritts ein schlankes, prächtig gebautes Mädchen herbei. Sie trug einen rehbraunen ärmellosen Jumper und

gleichfarbigen Rock, Arme und Wangen waren fast ebenso braun. Dinny verstand jetzt den Vergleich der Tante. Sie hatte breite Backenknochen, ein spitz zulaufendes Kinn, grünlichgraue, ziemlich tiefliegende Augen unter langen schwarzen Wimpern. Die funkelnden Augen blickten gerade; die Nase war feingeformt, die Stirn breit und niedrig, das kurzgeschnittene Haar dunkelbraun. »Ob das die Richtige für ihn ist?« dachte Dinny. Das Lächeln des Mädchens wirkte so seltsam prickelnd.

»Das ist Jeanne«, erklärte Lady Mont. »Meine Nichte, Dinny Cherrell.«

Mit festem Druck umschloß eine schlanke braune Hand Dinnys Rechte.

»Wo ist Ihr Vater?« fragte Lady Mont.

»Fort. Bei irgendeinem Pfarrerkonzil. Ich habe ihn gebeten, mich mitzunehmen, doch er ist lieber allein gefahren.«

»Dann ist er vermutlich in London und geht ins Theater.«

Dinny sah, wie das Mädchen der Tante einen raschen Blick zuwarf, sich dann darauf besann, daß sie Lady Mont vor sich habe, und lächelte. Der junge Mann lachte hellauf.

»Ihr kommt doch beide zum Dinner. Schön! Also um ein Viertel nach acht. Dinny, wir müssen zum Lunch zurück. Schwalbenschwanz!« klang es noch unter Lady Monts Hutrand hervor, dann verschwand sie durch die Tür.

»Sie haben Gesellschaft im Haus«, erklärte Dinny dem jungen Mann, der die Brauen emporzog. »Sie meint Frack und weiße Krawatte.«

»Ach so!« erwiderte Alan. »Jeanne, wirf dich in Staat!«

Die Geschwister standen Arm in Arm in der Halle. »Ein anziehendes Geschöpf!« dachte Dinny.

»Nun?« fragte die Tante auf dem grasbewachsenen Weg.

»Hm! Wahrhaftig eine Leopardin! Schön ist sie freilich, aber mir scheint, man muß sie an der Leine halten.«

»Da ist Boswell und Johnson!« rief Lady Mont, als handle es sich um eine Person. »O Gott! – da muß es zwei Uhr vorbei sein.«

9

Eine Weile nach dem Lunch, zu dem Dinny und ihre Tante zu spät gekommen waren, schritt Adrian mit den vier jungen Damen einen Heckenweg entlang zu dem Platz, wo nachmittags die Treibjagd stattfinden sollte. Sie trugen die von den Jägern übriggelassenen Jagdstöcke, die sich in Klappsessel verwandeln ließen. Adrian ging mit Angela und Cicely Muskham, vor ihnen schritten Dinny und Fleur, die Frau von Dinnys Vetter Michael Mont. Beide hatten sich seit fast einem Jahr nicht gesehen und kannten einander nur wenig. Aufmerksam betrachtete Dinny den »hellen Kopf«, den die Tante ihr empfohlen. Er war wohlgeformt, aufrecht und trug einen kleinen Hut. Das hübsche Gesicht zeigte einen ziemlich harten, aber – wie Dinny fand – hochintelligenten Ausdruck. Die schlanke, tadellos gekleidete Gestalt erinnerte an eine Amerikanerin.

Dinny fühlte, aus einem so klaren Quell könne man zumindest gesunden Hausverstand schöpfen. »Fleur, unlängst war ich auf dem Polizeigericht; dort las man ein von dir ausgestelltes Sittenzeugnis vor«, begann sie.

»Ach, richtig! Das schrieb ich nur Onkel Hilary zuliebe. Ich weiß von jenem Mädchen nicht das geringste. Sie verraten einem nichts. Manche Leute schleichen sich freilich in jedermanns Vertrauen. Ich kann das nicht und will es auch gar nicht. Sag, sind die Mädchen bei euch auf dem Land zugänglicher?«

»Bei uns daheim haben alle Leute schon seit so langer Zeit mit unserer Familie zu tun, daß wir von ihnen alles Wissenswerte früher wissen als sie selbst.«

Prüfend sah Fleur sie an. »Dinny, du verstehst gut mit den Leuten umzugehen. Wirst eine prächtige Gutsherrin und Ahnfrau abgeben. Wenn ich nur wüßte, wer dein Bild malen soll. Es wäre an der Zeit, daß endlich ein Porträtist auftaucht, der von den frühitalienischen Meistern etwas gelernt hat. Die Präraffaeliten haben keine Spur davon. Ihnen fehlen Rhythmus und Humor. Dein Bild müßte beides zum Ausdruck bringen.«

»Sag doch«, fragte Dinny, »war Michael damals im Parlament anwesend, als Huberts Angelegenheit erörtert wurde?«

»Jawohl, er kam ganz verärgert heim.«

»Bravo!«

»Er wollte die Sache nochmals aufs Tapet bringen, doch zwei Tage darauf wurden die Sitzungen geschlossen. Was hat übrigens das Parlament schon zu bedeuten? Es ist ja doch das letzte, woraus man sich heutzutage etwas macht.«

»Mein Vater, fürchte ich, macht sich aus diesen Dingen entsetzlich viel.«

»Stimmt, er gehört ja zur älteren Generation. Von allen Parlamentsangelegenheiten interessiert weite Kreise jetzt nur noch das Budget. Kein Wunder, alles läuft am Ende auf die Geldfrage hinaus.«

»Sagst du das auch Michael?«

»Unnötig, der weiß es selbst. Die Parlamentsmaschine produziert nur Steuern, nichts weiter.«

»Schafft doch auch Gesetze?«

»Allerdings, meine Liebe. Aber es tappt immer hinter den Ereignissen her, bestätigt nur das, was schon längst allgemein gedacht oder getan wird. Eigene Initiative hat es nie. Wie denn auch? Das wäre ja undemokratisch. Sieh dir doch nur einmal die Verhältnisse im Inland an. Die sind das letzte, worum das Parlament sich kümmert.«

»Wer gibt denn die Initiative?«

»Wer? Hinter den Kulissen werden die Drähte gezogen. Ein höchst wichtiger Platz, die Kulissen. Wem möchtest du denn auf dem Anstand Gesellschaft leisten?«

»Lord Saxenden.«

Überrascht sah Fleur sie an: »Seine schönen Augen haben dir's wohl kaum angetan, sein schöner Titel auch nicht. Warum also?«

»Ich will mich Huberts wegen an ihn heranschlängeln und hab nicht viel Zeit dazu.«

»Aha. Laß dich von mir warnen, Liebe. Dieser Lord Saxenden ist durchaus nicht so harmlos, wie er aussieht. Er ist ein durchtriebener alter Fuchs, übrigens noch nicht einmal so alt. Gibt er etwas, so will er dafür auch etwas haben, und zwar sofort. Wie willst du ihn schadlos halten?«

Dinny schnitt eine Grimasse. »Ich will mein möglichstes tun. Onkel Lawrence hat mir schon ein paar Winke gegeben.«
»›Hüte dich, Knabe, vorm Zauber der Maid!‹« summte Fleur. »Ich geh jetzt zu Michael; der liebe arme Kerl schießt besser, wenn er mich in der Nähe weiß, Bentworth und mein Schwiegervater sind froh, wenn wir sie in Ruhe lassen. Cicely geht natürlich zu ihrem Charles, die beiden sind noch in den Flitterwochen. Angela wird also dem Amerikaner bleiben.«
»Hoffentlich blendet sie ihn so, daß jeder Schuß danebengeht«, gab Dinny zurück.
»Kaum, der zielt sicher. Richtig, Adrian hab ich vergessen. Na, der wird auf seinem Jagdstuhl hocken und an Angela und vorsintflutliche Gebeine denken. So, da sind wir schon. Guck doch durch die Hecke. Dort sitzt Saxenden, einen famosen Platz hat man ihm zugeteilt. Steig über den Zauntritt und schleich dich von hinten an ihn heran. Den schlechtesten Platz an der äußersten Ecke hat man gewiß wieder Michael zugeschanzt.«
Sie verließ Dinny und schritt den Heckenweg hinab. Jetzt erst fiel Dinny ein, daß sie ganz vergessen hatte, Fleur wegen des Tagebuchs um Rat zu fragen. Sie ging zum Zauntritt, kletterte hinüber und schlich sich von der anderen Seite behutsam an Saxenden heran. Der Lord stolzierte auf dem ihm zugewiesenen Fleck von einer Hecke zur anderen. Neben einer hohen Stange, in die man einen Zettel mit einer Nummer eingeklemmt hatte, stand ein junger Jagdgehilfe mit zwei Gewehren, zu seinen Füßen lag ein Spürhund, dem die Zunge aus dem Maul hing. Die Rüben- und Stoppelfelder jenseits des Heckenwegs stiegen ziemlich steil an, für Dinny, die etwas vom Jagen verstand, war es klar, daß die von den Treibern aufgescheuchten Vögel hier hoch fliegen konnten. »Wenn nicht am Ende Deckung dahinter liegt«, dachte sie, wandte sich und lugte nach jener Richtung aus. »Keine Deckung!« Sie stand auf einer ausgedehnten Grasfläche, das nächste Rübenfeld lag mindestens vierhundert Schritt weit. »Bin neugierig«, überlegte Dinny, »ob er besser oder schlechter schießt, wenn ein weibliches Wesen ihm zuschaut. Na, der sieht mir nicht danach aus, als hätte er Nerven.« Dann wandte sie sich wieder um und erkannte an seinem Blick,

daß er sie bemerkt hatte. »Ich störe Sie doch nicht, Lord Saxenden? Ich werde ganz ruhig sein.«
Der Lord rückte ein wenig an der Jagdkappe, die vorn und hinten spitz auslief. »Schon gut!« brummte er. »Hm!«
»Das klingt nicht sehr ermutigend. Soll ich wieder abziehen?«
»Nein, nein, bleiben Sie nur! Nicht das kleinste Federvieh bringe ich heute zur Strecke. Sie werden mir Glück bringen.«
Dinny ließ sich auf ihrem Jagdstuhl neben dem Spürhund nieder und spielte mit seinen Ohren.
»Dreimal hat mich dieser Kerl aus Amerika schon übertrumpft.«
»Wie geschmacklos von ihm!«
»Er schießt auf die unglaublichsten Vögel, doch hol's der Teufel, er trifft sie! Alles Federvieh, das ich verfehle, fliegt ihm vor den Schuß. Wie ein Wilderer geht er auf die Pirsch; erst läßt er die Tiere vorbei, dann wendet er sich rechts oder links um und trifft auf eine Distanz von achtzig Schritt. Wenn ihm die Vögel knapp vor dem Lauf schwirren, sieht er sie nicht deutlich, behauptet er.«
»Gelungen!« meinte Dinny; leise Anerkennung klang daraus.
»Mir scheint, er hat heute noch kein einziges Mal danebengeschossen«, bemerkte Lord Saxenden ärgerlich. »Ich fragte ihn, wieso er denn gar so verteufelt gut schießt, und er erwiderte: ›Auf den Expeditionen hab ich nichts zu essen, wenn ich nichts erjage. Da kann ich mir's nicht leisten, das Wild zu verfehlen.‹«
»Jetzt geht's los, Mylord!« meldete der Forstgehilfe.
Der Spürhund begann zu keuchen. Lord Saxenden griff nach dem einen Gewehr, der Jagdgehilfe machte das andere bereit.
»Eine Kette Rebhühner, links, Mylord.« Dinny vernahm ein Surren und Schwirren und sah acht Vögel dem Heckenweg zufliegen. Bum-bum! Bum-bum!
»Herrgott im Himmel!« rief Lord Saxenden. »Was, zum Teufel –!«
Dinny sah dieselben acht Vögel über die Hecke hinweg zum anderen Ende der Wiese flattern. Der Spürhund stieß einen halberstickten Laut aus und keuchte noch ärger.
»Das Licht muß hier gräßlich blenden!« meinte sie.

»Das Licht ist nicht daran schuld«, erwiderte Lord Saxenden, »meine Leber.«
»Drei Hühner vorm Schuß, Mylord.«
Bum! – Bum-bum! Ein Vogel zuckte, bäumte sich, krümmte sich und fiel ein paar Schritt hinter Dinny zu Boden. Dinny spürte ein seltsames Würgen in der Kehle. Daß ein Wesen, das eben noch so lebendig war, so starr und tot sein konnte! Hühnerjagden waren ihr nichts Neues, doch noch nie hatte sie das Töten so stark empfunden wie diesmal. Die beiden anderen Vögel strichen in einiger Entfernung über die Hecke, Dinny sah sie verschwinden und atmete erleichtert auf. Der Spürhund lief, den toten Vogel im Maul, zum Jagdgehilfen, der ihm das Tier abnahm. Dann setzte er sich auf die Hinterbeine und stierte mit heraushängender Zunge noch immer auf den toten Vogel. Dinny sah Speichel von seiner Zunge tropfen und schloß angewidert die Augen.
»Lechzt nach Blut!« murmelte Lord Saxenden kaum hörbar. »Nach Blut!« wiederholte er noch leiser. Dinny schlug die Augen wieder auf und sah, daß er neuerlich das Gewehr hob.
»Eine Fasanhenne, Mylord«, mahnte der junge Jagdgehilfe.
Ein Fasanweibchen flog in mäßiger Höhe hin, als wüßte sie, ihr habe die Schicksalsstunde noch nicht geschlagen.
»Hm!« brummte Lord Saxenden und legte den Gewehrkolben übers Knie. »Wild in Sicht, rechts!« kündete der Jagdbursche. »Außer Schußweite, Mylord!«
Einige Schüsse knallten; Dinny sah zwei Vögel über die Hecke davonfliegen, der eine verlor dabei ein paar Federn.
»Getroffen!« rief der Jagdbursche, beschattete mit der Hand die Augen und verfolgte ihren Flug. »Fällt schon!« Der Spürhund begann zu keuchen und blickte zu dem Burschen auf. Zur Linken erdröhnten Schüsse.
»Verdammt!« knurrte Lord Saxenden, »mir kommt nichts vor den Schuß.«
»Ein Hase, Mylord!« schrie der Jäger, »dort an der Hecke!«
Lord Saxenden wandte sich rasch und hob das Gewehr.
»Nicht, nicht!« rief Dinny, doch der Knall übertönte ihren Ruf. Der Hase, hinten getroffen, hielt im Lauf inne, dann schleppte er sich noch ein paar Schritt weiter und heulte zum Erbarmen.

»Faß ihn, faß!« schrie der Jagdgehilfe.
Dinny hielt sich die Ohren zu und schloß wieder die Augen.
»Verdammt!« knurrte Saxenden, »ins Hinterteil getroffen!« Durch die geschlossenen Lider fühlte Dinny seinen kalten, starren Blick. Als sie die Augen wieder aufschlug, lag der Hase tot neben dem Rebhuhn. Wie unglaublich sanft er aussah! Plötzlich erhob sie sich, wollte gehen, besann sich aber und nahm wieder Platz.
Ach was, es war doch einerlei – ehe die Jagd nicht zu Ende war, mußte sie überall die Gewehrsalven hören. Wieder schloß sie die Augen, wieder knatterten Schüsse.
»Dort, Mylord, ein ganzer Schwarm!«
Lord Saxenden schoß, gab dem Jagdgehilfen das Gewehr zurück, und drei weitere Vögel lagen tot neben dem Hasen.
Ziemlich beschämt über ihre ungewohnte Empfindsamkeit, erhob sich Dinny, klappte ihren Jagdstuhl zu, ging zum Zauntritt, stieg hinüber und wartete draußen auf ihren Partner.
»Zu dumm, daß ich diesen Hasen ins Hinterteil traf«, bemerkte er. »Aber heute tanzen mir den ganzen Tag Trübungen vor den Augen. Sehen Sie auch manchmal trübe Flecken?«
»Nein, höchstens Flimmern. Dieses Winseln der Hasen ist entsetzlich, nicht?«
»Stimmt«, erwiderte Lord Saxenden, »mag es auch nicht leiden.«
»Einmal sah ich bei einem Picknick einen Hasen, der machte hinter uns Männchen wie ein Hund. Seine Ohren schimmerten in der Sonne ganz rosenrot. Seither hab ich Hasen so gern!«
»Die Hasenjagd heißt nicht viel«, gab Lord Saxenden zu. »Mir persönlich sind sie übrigens gebraten lieber als in Pfeffertunke.«
Dinny betrachtete ihn verstohlen. Er sah rot und selbstzufrieden aus. »Jetzt leg ich los!« dachte sie. »Geben Sie den Amerikanern gegenüber je zu, sie hätten den Krieg entschieden, Lord Saxenden?«
Er starrte sie mit eisigem Blick an. »Wie käme ich zu dieser Behauptung?«
»Aber sie haben ihn doch entschieden?«
»Erklärt das vielleicht dieser Bursche, der amerikanische Professor?«

»Gehört hab ich's nicht von ihm, aber er denkt es bestimmt.«
Dinny sah wieder den argwöhnischen Ausdruck in seinen Zügen.
»Was wissen denn Sie von ihm?«
»Mein Bruder nahm an seiner Expedition teil.«
»Ihr Bruder? Aha!« Das klang, als sagte er laut zu sich: »Dieses junge Frauenzimmer will was von mir.«
Dinny hatte plötzlich das Gefühl, als gehe sie über eine ganz dünne Eisdecke. »Wenn Sie Professor Hallorsens Buch lesen«, bemerkte sie, »dann lesen Sie hoffentlich auch das Tagebuch meines Bruders.«
»Ich lese überhaupt nie was«, erklärte Lord Saxenden, »hab keine Zeit dazu. Doch jetzt erinnere ich mich, Bolivien – hat er nicht einen Mann niedergeknallt und den Verlust des Transports verschuldet?«
»Er hat diesen Menschen in Notwehr erschossen und zwei Leute wegen fortgesetzter Mißhandlung ihrer Maultiere prügeln lassen. Daraufhin nahmen alle bis auf einen Reißaus und ließen auch die Maultiere mitgehen. Mein Bruder war der einzige Weiße unter einer Schar von Mestizen.«
Und plötzlich sah sie auf und blickte ihm tief in die kalten, listigen Augen. Sie entsann sich des Rats, den Sir Lawrence ihr gegeben: »Sieh ihn mit deinem Botticelliblick an, Dinny, mit dem Botticelliblick!«
»Dürfte ich Ihnen etwas aus seinem Tagebuch vorlesen?«
»Schön, wenn ich Zeit dafür finde.«
»Und wann wäre das?«
»Morgen nach der Jagd reise ich ab. Vielleicht heute abend?«
»Wann es Ihnen beliebt, zu jeder Stunde«, gab sie kühn zurück.
»Vor dem Abendessen ist es ausgeschlossen. Ich hab noch einige Korrespondenzen zu erledigen.«
»Ich bleibe so lang auf, wie Sie wollen.« Dinny merkte, wie er sie mit schnellem Blick vom Kopf bis zu den Füßen maß.
»Wollen sehen«, meinte er dann kurz. In diesem Augenblick holten die anderen sie ein.
Dinny entrann glücklich dem Ende der Jagd und wanderte allein nach Lippinghall zurück. Ihr Sinn für Humor war erwacht, doch die Situation schien heikel. Schlau erfaßte sie, das Tagebuch wer-

de wohl kaum den gewünschten Erfolg bringen, wenn Lord Saxenden nicht hoffen durfte, das Zuhören werde sich rentieren; klar wie noch nie ermaß sie jetzt, wie schwer es ist, etwas zu geben, ohne sich davon zu trennen. Von einem Strohschober zu ihrer Linken flatterte ein Schwarm Wildtauben auf und flog zu einem Gehölz an der Themse; die Sonne stand schon tief, es war kühler geworden, Vögel sangen ihre Abendlieder. Das Gold der sinkenden Sonne lag auf den Stoppelfeldern, das Laub begann sich erst ganz wenig zu verfärben. Tiefer unten glitzerte der Fluß wie ein blaues Band zwischen den Bäumen. In der Luft hing der Dunst und der prickelnde Duft des Frühherbsts. Aus den Dorfhütten stieg der beißende Rauch von Holzfeuern empor. Eine schöne Stunde, ein schöner Abend!

Welche Stellen des Tagebuchs sollte sie vorlesen? Unentschlossen sann sie nach. Wieder hörte sie Lord Saxenden sagen: »Ihr Bruder? Aha!«, sah wieder sein Gesicht vor sich mit den harten, fühllosen Zügen und dem berechnenden Ausdruck. Sir Lawrence Monts Bemerkung über jene Wochenendgesellschaft im Krieg fiel ihr wieder ein: »Und ob! Es gab solche Leute, meine Liebe! Unschätzbare Mitbürger!« Sie hatte unlängst die Memoiren eines Mannes gelesen, der den ganzen Krieg hindurch nur an Truppenbewegungen und militärische Berechnungen dachte; kaum hatte er das erste Mißbehagen überwunden, gab er es gänzlich auf, an Elend und Leiden, die hinter diesen Truppenbewegungen und Zahlen steckten, auch nur einen Gedanken zu verschwenden. Sein Wille, den Krieg zu gewinnen, trug über alles andere den Sieg davon; nach seiner Meinung gehörte es offenbar zum Handwerk, an die menschliche Seite des Kriegs überhaupt nicht zu denken, und wenn er sie vielleicht ab und zu mit einem Gedanken streifte, so war er doch gewiß außerstande, sie je ernsthaft ins Auge zu fassen. Unschätzbare Mitbürger! Schon öfters hatte sie Hubert mit spöttisch gekräuselten Lippen von den Strategen im Lehnstuhl sprechen hören; diese Kerle hatten am Krieg ihren Spaß, strategische Kombinationen und Ziffern dienten ihnen als Nervenkitzel. Sie waren stolz darauf, dies und jenes zu erfahren, noch ehe jemand anderer darum wußte, stolz auf die Wichtigkeit, die sie dadurch in den Augen der Leute gewannen. Unschätzbare

Mitbürger! Dinny fiel ein Abschnitt aus einem anderen Buch ein, das sie unlängst gelesen hatte, ein Bericht über jene Männer, die die Menschheit auf der Bahn des sogenannten Fortschritts weiterbrachten: Bankdirektoren, Geschäftsunternehmer, Regierungsbeamte, die in Ziffern und Transaktionen aufgingen; unbedenklich schritten sie über Leichen und kümmerten sich um gar nichts, höchstens um den eigenen Leichnam. Sie heckten alle möglichen Pläne aus, skizzierten sie in Umrissen auf Papierblättern und befahlen dann allen möglichen Leuten: »Führ das durch! Du bist dafür verantwortlich!« Männer in Zylindern oder Pumphosen, die über das Wirtschaftsleben in den Tropen geboten, über Bergwerke, Riesenwarenhäuser, Eisenbahnbauten und Konzessionen in allen Teilen des Erdballs. Unschätzbare Mitbürger! Kaltblickende, gesunde, wohlgelaunte und wohlgenährte Burschen, die nicht unterzukriegen waren. Stets schmausten sie mit gutem Appetit, hielten sich stets auf dem laufenden und fragten nie danach, wieviel Menschenglück und Menschenleben ihre Geschäfte verschlangen. »Und dennoch«, dachte Dinny, »sind diese Kerle zweifellos von Wert, hätten wir denn ohne sie Kautschuk, Kohle, Perlen, Eisenbahnen, die Börse, Kriege und Siege?« Da kam ihr Hallorsen in den Sinn; der arbeitete und litt wenigstens für seine Ideen, stellte sich an die Spitze seiner Leute, blieb nicht hinterm Ofen hocken wie gewisse andere, die stets über alles genauestens orientiert waren, Schinken fraßen, Hasen ins Hinterteil schossen und andere herumkommandierten. Sie schritt zum Rasen vor dem Schloß und blieb beim Krocketplatz stehen. Tante Wilmet und Lady Henrietta stimmten offenbar schon wieder in dem einen Punkt überein, daß sie in keinem Punkt übereinstimmen konnten. Sie riefen Dinny als Schiedsrichterin an: »Erlauben das die Spielregeln, Dinny?«
»Nein, wenn die Bälle einander berühren, spielst du weiter, Tantchen, darfst aber Lady Henriettas Ball nicht fortstoßen, während du den deinen schlägst.«
»Hab ich's nicht gesagt?« fragte Lady Henrietta.
»Und ob du's gesagt hast, Henny! Na, da sitz ich ja nett in der Patsche! Ich für meine Person erlaube mir, anderer Meinung zu bleiben, und fahre fort«, sagte Tante Wilmet, schleuderte ihren

Ball durch ein Tor und stieß dabei neuerdings den Ball ihrer Gegnerin einige Zoll weit fort.

»Diese Frau kennt keine Skrupel«, seufzte Lady Henrietta, und Dinny ermaß sogleich die großen praktischen Vorteile, die solche Eintracht in der Zwietracht bringen konnte.

»Tantchen, du kommst mir vor wie ein Grenadier«, erklärte Dinny, »nur daß du vielleicht nicht ganz so oft den Satan anrufst.«

»Tut sie doch!« meinte Lady Henrietta. »Ihre Ausdrucksweise ist haarsträubend.«

»Vorwärts, Henny!« rief Tante Wilmet, sichtlich geschmeichelt.

Dinny verließ sie und schritt dem Hause zu. Sie trat ins Schloß, kleidete sich zum Dinner um und begab sich in Fleurs Zimmer. Lady Monts Kammerjungfer fuhr eben mit einer kleinen Haarschneidemaschine über Fleurs Nacken, während Michael im Türrahmen seines Ankleidezimmers stand und sich einen weißen Selbstbinder umlegte.

Fleur wandte den Kopf. »Hallo, Dinny, komm doch herein, nimm Platz! Genug, Kitty. Komm, Michael.«

Die Zofe verschwand. Michael trat näher und ließ sich von Fleur die Schlipsenden ordnen.

»So«, erklärte sie befriedigt. »Nun«, sie wandte sich an Dinny, »kommst du wegen Saxenden?«

»Ja. Ich soll ihm heut nacht Proben aus Huberts Tagebuch vorlesen. Es fragt sich nur: Wo soll diese Vorlesung stattfinden und schickt es sich auch für meine Jugend und –«

»Unschuld? Still davon, Dinny! Gar so eine ahnungslose Unschuld warst du wohl nie. Was sagst du, Michael?«

Michael lächelte: »Unschuldig – nie, doch allzeit tugendhaft. Schon als kleines Küken warst du ein Englein, das es faustdick hinter den Ohren hatte, sahst immer drein, als fragtest du, wo du deine Flügel gelassen hast; nachdenklich warst du, nachdenklich.«

»Wahrscheinlich dachte ich, du hättest sie mir ausgerupft.«

»Höschen hättest du tragen sollen und Schmetterlinge jagen, wie die beiden kleinen Mädchen auf dem Gainsborough-Bild in der Nationalgalerie.«

»Nun aber Schluß mit den Komplimenten!« gebot Fleur. »Der

Gong hat schon geschlagen. Ich stelle dir mein kleines Boudoir zur Verfügung, die Tür nebenan. Wenn du klopfst, wird Michael erscheinen, mit einem Pantoffel bewaffnet, wie zur Rattenjagd.«
»Ausgezeichnet«, meinte Dinny, »aber Saxenden wird sich vermutlich lammfromm aufführen.«
»Kann man nie wissen«, meinte Michael, »er hat was von einem Bock an sich.«
»Hier liegt die Kemenate«, erklärte Fleur beim Hinausgehen. »Chambre séparée. Viel Vergnügen! . . .«

10

Dinny hatte ihren Platz zwischen Hallorsen und dem jungen Tasburgh an der linken Längsseite des Tisches; von da aus konnte sie an der Spitze der Tafel ihre Tante und Lord Saxenden sehen. Jeanne Tasburgh war seine Nachbarin zur Rechten. »Eine Leopardin, so reizend und schön!« Dieses Mädchen bezauberte Dinny, mit dem sonngebräunten Teint, dem spitz zulaufenden Oval des Gesichts und den prachtvollen Augen. Auch Lord Saxenden schien fasziniert. Sein Gesicht war röter als sonst; in so heiterer Laune hatte Dinny ihn noch nie gesehen. Da er sich für Jeanne derart interessierte, sah Lady Mont sich gänzlich auf den wortkargen Wilfred Bentworth angewiesen. Zu ihrer Linken saß nämlich nach der Rangordnung bei Tisch »Squire« Bentworth, obschon er weit distinguierter schien als Saxenden, so distinguiert, daß er die Pairswürde ausschlug. Neben ihm saß Fleur und unterhielt sich mit Hallorsen. So wurde Dinny von dem jungen Tasburgh in Beschlag genommen. Er plauderte frisch von der Leber weg, wie ein Mann, den der Umgang mit Frauen noch nicht blasiert gemacht hat; für Dinny trug er, wie es ihr schien, unverhohlene Bewunderung zur Schau. Doch zumindest zweimal versank sie, wie es ihm schien, in eine Art Träumerei, saß mit erhobenem Kopf unbeweglich da und blickte zu seiner Schwester hinüber.
»Na, was halten Sie von ihr?« fragte er.
»Sie ist faszinierend.«
»Das werde ich ihr erzählen. Doch sie wird nicht mit der Wimper

zucken. Sie ist das sachlichste junge Frauenzimmer der Welt. Mir scheint, ihrem Nachbarn verdreht sie gründlich den Kopf. Wer ist das?«
»Lord Saxenden.«
»Oh! Und wer ist der John Bull auf unserer Seite?«
»Wilfred Bentworth, der ›Squire‹, wie ihn alle nennen.«
»Und wer ist Ihr Nachbar rechts? – Er spricht eben mit Mrs. Michael.«
»Professor Hallorsen aus Amerika.«
»Ein schöner Mann.«
»Das finden alle«, entgegnete Dinny trocken.
»Sie nicht auch?«
»Männer brauchen nicht schön zu sein.«
»Reizend, daß Sie das sagen!«
»Warum?«
»Das gibt den Häßlichen eine Chance.«
»So? Gehen Sie oft auf Eroberung aus?«
»Wissen Sie, ich bin furchtbar froh, daß ich Ihnen endlich begegnet bin.«
»Was heißt das, ›endlich‹? Bis heute haben Sie doch gar nichts von mir gewußt.«
»Freilich nicht. Aber nichtsdestoweniger sind Sie mein Ideal.«
»Donnerwetter! Machen das alle so bei der Marine?«
»Jawohl. Rascher Entschluß – das ist dort das erste Gebot«
»Mr. Tasburgh –«
»Alan heiß ich.«
»Jetzt wird mir klar, warum man von den Seeleuten sagt: In jedem Hafen eine andere Frau.«
»Ich hab keine einzige«, erwiderte der junge Tasburgh ernst. »Sie sind die erste, die ich haben möchte.«
»Aber, junger Mann!«
»Tatsache! Marineoffiziere sind sehr draufgängerisch. Finden wir, was wir suchen, dann unternehmen wir gleich einen Sturmangriff. Wir haben so selten Gelegenheit.«
Dinny lachte auf. »Wie alt sind Sie?«
»Achtundzwanzig.«
»Die Seeschlacht von Zeebrugge haben Sie also nicht mitgemacht?«

»Doch.«
»Aha! Dort haben Sie also gelernt, wie man Sturmangriffe unternimmt.«
»Und dabei in die Luft gesprengt wird.«
Ihr Blick ruhte auf ihm. »Jetzt will ich mit meinem Feind sprechen.«
»Mit Ihrem Feind? Kann ich Ihnen irgendwie behilflich sein?«
»Danke. Sein Ableben wäre mir jetzt nicht von Nutzen. Zuvor muß er noch tun, was ich von ihm brauche.«
»Schade. Er sieht gefährlich aus.«
»Mrs. Muskham erwartet Sie«, flüsterte Dinny und wandte sich an Hallorsen, der ihren Namen so ehrfürchtig aussprach, als sei sie eben vom Mond herabgefallen.
»Ich höre, Sie sind ein ausgezeichneter Schütze, Professor.«
»Wieso? An Vögel wie die euren, die sich eine Ehre daraus machen, daß man sie abschießt, bin ich nicht gewöhnt. Vielleicht finde ich mich mit der Zeit drein. Vorläufig ist mir hier alles ein Erlebnis.«
»Und alles gefällt Ihnen wohl in diesem Garten Eden?«
»Und ob! Mit Ihnen unter einem Dach zu wohnen, ist ein Vorzug, den ich ganz besonders zu schätzen weiß, Miss Cherrell.«
»Sturmangriff von links, Sturmangriff von rechts«, dachte Dinny.
»Haben Sie schon überlegt, was Sie für meinen Bruder tun wollen?« fragte sie ihn plötzlich.
Hallorsen senkte die Stimme. »Miss Cherrell, ich bewundere Sie sehr – ich will tun, was Sie verlangen. Wenn Sie wünschen, schicke ich einen Widerruf an die englische Presse und streiche alle Anspielungen in meinem Buch.«
»Und was ist Ihre Gegenforderung, Professor Hallorsen?«
»Gegenforderung? Nichts anderes als Ihr Wohlwollen.«
»Mein Bruder hat mir sein Tagebuch zur Veröffentlichung übergeben.«
»Wenn Sie sich davon etwas versprechen, tun Sie es.«
»Möchte wissen, ob ihr beide euch je im geringsten verstanden habt.«
»Ich glaube nicht.«

»Und ihr wart doch nur vier Weiße, nicht? Darf ich fragen: Was hat Sie eigentlich an meinem Bruder so verdrossen?«

»Das kann ich Ihnen nicht erzählen; sonst spielen Sie es am Ende gegen mich aus.«

»O nein. Ich kann wirklich anständig sein.«

»Nun, vor allem hat er zu viele Vorurteile, die er nicht ändern wollte. Wir lebten in einem uns gänzlich unbekannten Land, unter Indianern und Halbwilden; der Captain aber glaubte, er könne alles einrichten wie zu Hause in England; er wollte Regeln festlegen und wünschte, daß man sich daran halte. Hätten wir's ihm erlaubt, wäre er wohl gar im Abendanzug zum Dinner erschienen.«

»Sie sollten daran denken«, entgegnete Dinny, ein wenig aus der Fassung gebracht, »daß dieses echt englische Festhalten an den Formen sich in der ganzen Welt bewährt hat. In der Wildnis, fern aller Kultur, behaupten wir uns erfolgreich, weil wir immer Engländer bleiben. Ich ersehe aus dem Tagebuch meines Bruders, daß er zu wenig dickhäutig war, um die Sache durchzuführen.«

»Er ist allerdings nicht jener John-Bull-Typ wie Lord Saxenden hier und Mr. Bentworth dort« – er wies durch eine Kopfbewegung nach der Spitze der Tafel –, »sonst hätte ich ihn vielleicht besser verstanden. Ihr Bruder ist ungemein sensibel und äußerst zurückhaltend; innerlich zehrt er sich gewiß dadurch auf. Er kommt mir vor wie ein Reitpferd, das man vor eine Kutsche gespannt hat. Vermutlich stammen Sie aus alter Familie, Miss Cherrell?«

»Alt ist unsere Familie schon, aber noch nicht degeneriert.«

Sein Blick ließ von ihr ab und wanderte zu Adrian hinüber, zu ihrer Tante Wilmet und dann zu Lady Mont. »Ich möchte einmal mit Ihrem Onkel, dem Kustos, über alte Familien sprechen.«

»Was mißfiel Ihnen noch an meinem Bruder?«

»Ihm gegenüber kam ich mir wie ein Barbar vor.«

Dinny zog die Brauen ein wenig hoch.

»Dort saßen wir – in jenem höllischen Sumpf – einem völlig unkultivierten Gebiet. Nun, ich hab mich den Verhältnissen angepaßt, er aber wollte es um keinen Preis.«

»Vielleicht konnte er es nicht. Meinen Sie nicht auch, der eigent-

liche Grund war der: Sie sind Amerikaner, er Engländer. Gestehen Sie, Professor, wir Engländer sind Ihnen nicht sympathisch.«
Hallorsen lachte. »S i e sind mir schrecklich sympathisch.«
»Sehr freundlich.«
»Wissen Sie«, seine Züge wurden hart, »eine Überlegenheit, an die ich nicht glaube, mag ich nicht anerkennen.«
»Sind denn nur wir Engländer so eingebildet? Die Franzosen etwa nicht?«
»Miss Cherrell, wenn ich ein Orang-Utan wäre, ich würde mich den Teufel drum scheren, ob sich ein Schimpanse mir überlegen dünkt.«
»Verstehe; zu sehr entfernte Vettern. Aber, Verzeihung, Professor, wie steht es denn mit euch Amerikanern? Seid ihr nicht das auserwählte Volk? Nennt ihr euch nicht selbst häufig so? Wollt ihr mit einer anderen Nation tauschen?«
»Ich gewiß nicht.«
»Nun, ihr maßt euch also auch eine Überlegenheit an, die wir nicht gelten lassen?«
Er lachte. »Stimmt, da sitz ich nun in der Patsche. Doch wir sind der Sache noch nicht auf den Grund gekommen. Aber jeder Mensch ist bis zu einem gewissen Grad ein Snob. Wir sind ein junges Volk, haben nicht eure Stammbäume, eure Traditionen, euer unfehlbares Selbstvertrauen. Dafür sind wir zu verschiedener Herkunft, zu verschiedenen Wesens, noch zu sehr im Werden begriffen. Soviel ich sehe, beneidet ihr uns um gar nichts als um unsere Dollars und unsere Badezimmer. Wir aber neiden euch so manches. Das verdrießt uns, ist aber nicht zu ändern.«
»Sind denn w i r daran schuld?«
»Vielleicht nicht. Doch wir sind überzeugt, daß auch wir Amerikaner Vorzüge besitzen, um die i h r uns beneiden solltet: Tatkraft, Zuversicht, einen Wirkungskreis. Euch fällt es aber gar nicht ein, das anzuerkennen, und darum haben wir für eure verknöcherte, verkalkte Überlegenheit gar nichts übrig. Ihr kommt mir vor wie ein Sechziger, der auf einen jungen Mann von dreißig verächtlich herabblickt. Ein gottverlassener Hochmut, verzeihen Sie.«
Dinny sah ihn stumm an, seine Worte verfehlten nicht die Wirkung.

»An euch Engländern«, fuhr Hallorsen fort, »verdrießt uns vor allem die leidige Tatsache, daß ihr allen Forschungstrieb verloren habt oder ihn auf snobistische Art ängstlich vor aller Welt verbergt. Vermutlich reizen wir euch auf mancherlei Weise. Doch der Reiz geht bei euch keineswegs tief – nicht unter die oberste Hautschicht, ihr aber irritiert unsere Nervenzentren. Jawohl, so steht es, Miss Cherrell.«

»Furchtbar interessant«, gab sie endlich zurück, »und vielleicht auch wahr. Doch ich sehe, meine Tante will schon gehen, da muß ich wohl abziehen, damit Ihre Nervenzentren sich beruhigen.« Sie erhob sich und lächelte ihm über die Schulter weg noch zu.

An der Tür stand der junge Tasburgh. Auch ihm warf sie einen lächelnden Blick zu und flüsterte: »Sprechen Sie doch mit meinem Freund, dem Feind, er ist es wert.«

Im Empfangszimmer sah sie sich nach der »Leopardin« um und fand sie auch, doch da keine der anderen ihre Bewunderung verraten wollte, kam ihr Gespräch nicht recht in Gang. Jeanne Tasburgh war eben einundzwanzig geworden, doch Dinny hatte den Eindruck, Jeanne sei älter als sie selbst. Solch klares, vielleicht nicht tiefes Wissen um Menschen und Dinge, solch entschiedenes Urteil äußerte Jeanne über jeden Gegenstand, den die Unterhaltung streifte. »Ein prächtiges Mädchen!« dachte Dinny, »zweifellos kann man sich in Not und Bedrängnis auf sie verlassen. Sie steht gewiß treu zu den Ihren, will aber wohl überall den Ton angeben. Trotz ihrer kühlen Sachlichkeit geht ein seltsam berückender, fast katzenartiger Zauber von ihr aus, der dem Mann, den sie umgarnen will, gewiß berauschend zu Kopf steigt. Hubert wird diesem Zauber sofort erliegen. Soll ich es wünschen?« Dinny wußte das wahrhaftig nicht. Besser als jede andere konnte dieses Mädchen ihrem Bruder jene augenblickliche Ablenkung bringen, die sie für ihn suchte. Doch war Hubert einer solchen Ablenkung auch gewachsen? Wie, wenn er sich in Jeanne verliebte und sie wollte nichts von ihm wissen? Oder wenn er, sinnlos in sie vernarrt, ganz in ihren Bann geriet? Und dann – die Geldfrage! Wenn Hubert seinen Offiziersrang verlor, wovon sollten die beiden dann leben? Außer seinem Gehalt besaß er nur ein Einkommen von dreihundert Pfund im Jahr und das Mädchen vermutlich

gar nichts. Vertrackte Geschichte! Wenn Hubert seinen Dienst bei der Armee wieder antrat, so bedurfte er wohl keiner Zerstreuung mehr. Wurde er dauernd kaltgestellt, dann brauchte er freilich Ablenkung, konnte es sich aber nicht leisten. Und doch – gerade dieses Mädchen hatte eine so energische Art, die würde für ihren Mann eine Karriere aus dem Boden stampfen! Nun, einstweilen plauderten sie über italienische Malerei.
»Nebenbei bemerkt«, erklärte Jeanne plötzlich, »Lord Saxenden ist der Meinung, Sie wollten etwas von ihm haben.«
»So?«
»Was wollen Sie von ihm? Ich werde ihn dazu bringen.«
Dinny lächelte.
»Wie denn?«
Jeanne warf ihr unter den dunklen Wimpern hervor einen vielsagenden Blick zu.
»Spielend leicht. Was wollen Sie denn von ihm?«
»Die Rückberufung meines Bruders zu seinem Regiment – oder noch besser irgendeinen Posten für ihn. Seit der Bolivien-Expedition mit Professor Hallorsen ist er geradezu gemütskrank.«
»Hallorsen? Der große Kerl? darum ist er also hier zu Gast geladen?« Dinny war's, als stehe sie nackt vor dem durchdringenden Blick dieses Mädchens.
»Offen gestanden, ja.«
»Ein schöner Mann.«
»Ihr Bruder sagt das auch.«
»Alan ist der Edelmut in Person. Er ist bis über die Ohren in Sie verschossen.«
»Das hat er mir bereits gestanden.«
»Er ist ein offenherziges Kind. Doch im Ernst. Soll ich auf Lord Saxenden losgehen?«
»Warum wollen Sie sich bemühen?«
»Es macht mir Spaß, meine Nase in anderer Leute Affären zu stecken. Lassen Sie mir freie Hand, und ich bringe Ihnen die Ernennung auf dem Präsentierteller.«
»Dieser Lord Saxenden ist, wie ich von glaubwürdiger Seite hörte, ein zäher Brocken.«

Jeanne dehnte sich geschmeidig.
»Sieht Ihnen Ihr Bruder Hubert ähnlich?«
»Keine Spur, er ist brünett und hat braune Augen.«
»Unsere Familien sind seit Olims Zeiten miteinander verschwägert. Interessieren Sie sich für Zuchtwahl? Ich züchte Terriers und glaube nicht, daß die Erbanlagen ausschließlich vom Vater oder von der Mutter stammen. Hervorstechende Eigenschaften vererben sich in männlicher und weiblicher Linie und zeigen sich oft erst nach mehreren Generationen.«
»Mag sein. Mein Vater und mein Bruder sehen beide dem ältesten Ahnherrn, von dem wir ein Bild besitzen, ungemein ähnlich, nur daß sie nicht braun gefirnißt sind.«
»In unserer Familie gibt es eine geborene Fitzherbert, die sich anno 1547 mit einem Tasburgh vermählte. Sie ist ganz mein Ebenbild, bis auf die Halskrause, hat sogar die gleichen Hände wie ich.« Und das Mädchen streckte Dinny zwei schlanke braune Hände mit leicht gekrümmten Fingern entgegen.
»Manchmal überspringt eine solche Erbanlage mehrere Generationen«, fuhr sie fort, »und kommt dann plötzlich wieder zum Durchbruch. Fabelhaft interessant! Ich möchte gern Ihren Bruder kennenlernen und wissen, ob er Ihnen wirklich so ganz unähnlich ist.«
Dinny lächelte. »Ich will es so einrichten, daß er von Condaford herüberkommt, um mich im Auto abzuholen. Doch vielleicht verdient er dann Ihrer Ansicht nach gar nicht, daß Sie so viele Künste um seinetwillen verschwenden.«
In diesem Augenblick traten die Herren ein.
Dinny flüsterte: »Diese Männer sehen drein, als fragten sie sich: ›Macht es mir wirklich Spaß, mich jetzt zu einem Frauenzimmer hinzusetzen? Und wenn ja, warum?‹ Nach dem Essen sind die Männer komisch.«
Da klang Sir Lawrence Monts Stimme durch das Schweigen: »Saxenden, kommen Sie und Bentworth zum Bridge?«
Bei diesen Worten erhoben sich Tante Wilmet und Lady Henrietta automatisch von dem Sofa, auf dem sie stumm in einträchtiger Zwietracht gesessen hatten, und gingen ins Spielzimmer hinüber, wo sie diese sanfte Gemütsbewegung den Rest des Abends hin-

durch genießen wollten; Lord Saxenden und der »Squire« trabten hinterdrein.
Jeanne Tasburgh schnitt eine Grimasse: »Die Bridgespieler schießen wie Pilze aus dem Boden, einfach besessen sind sie!«
»Noch eine Partie?« fragte Sir Lawrence. »Adrian? Nein. Professor?«
»Lieber nicht, Sir Lawrence.«
»Fleur, wir beide spielen also gegen Emily und Charles. Vorwärts, dann haben wir es bald überstanden.«
»Onkel Lawrence ist wohl kaum besessen«, flüsterte Dinny. »Professor, sind Sie mit Miss Tasburgh bekannt?«
Hallorsen verneigte sich.
»Eine wunderschöne Nacht«, erklärte der junge Tasburgh an Dinnys anderer Seite. »Könnten wir nicht ins Freie hinaus?«
»Michael«, rief Jeanne und erhob sich, »wir gehen in den Garten.«
Die Nacht war wirklich wunderschön. Reglos ragten die Kronen der Ulmen und Steineichen ins Dunkel. Diamanthell blitzten die Sterne, noch lag kein Tau auf den Gräsern. Die Blumen leuchteten weiß, nur ein scharfes Auge unterschied ihre Farben. Ab und zu schwirrte ein Käfer vorüber oder drang vom Fluß her ein Eulenschrei. Die Luft war mild und warm, durch die gestutzten Zypressen tauchten verschwommen die Umrisse des beleuchteten Schlosses auf. Dinny und der Seemann schritten den andern voran.
»In solchen Nächten«, erklärte Tasburgh, »spürt man den Plan der Schöpfung. Mein Kommandant ist ein lieber alter Kerl, aber der Dienst bei ihm tötet allen Glauben. Glauben Sie noch an etwas?«
»An Gott, meinen Sie?« fragte Dinny. »Ja, vielleicht, doch weiß ich nichts von ihm.«
»Können Sie anders als allein und unter freiem Himmel an Gott denken?«
»Mich stimmt die Kirche andächtig.«
»Andächtige Stimmung genügt nicht; man möchte die unermeßliche Schöpferkraft und zugleich die unermeßliche Ruhe des Weltgeists doch auch begreifen. Ewige Bewegung und zugleich

ewige Ruhe. Dieser Amerikaner scheint mir ein recht netter Mensch.«
»Haben Sie sich mit ihm auch über Vetternliebe unterhalten?« fragte Dinny.
»Dieses Thema hab ich mir für Sie aufgespart. Wir beide haben einen gemeinsamen Urururahn, einen Zeitgenossen der Königin Anna. Sein Porträt hängt in unserm Haus, ein gräßlicher Kerl mit langer Perücke. Somit sind wir Vetter und Base – daraus folgt doch die Liebe von selbst.«
»So, wirklich? Blutsverwandtschaft ist freilich nicht bedeutungslos. Jede Verschiedenheit springt dann um so mehr in die Augen.«
»Denken Sie dabei an die Amerikaner?«
Dinny nickte.
»Immerhin«, erklärte der Seemann, »hab ich in Not und Gefahr viel lieber einen Amerikaner zum Kameraden als irgendeinen anderen Fremden. So dachten wir alle bei der Marine.«
»Das kommt wohl von der gemeinsamen Sprache?«
»Nein, eher von der verwandten Wesensart und Lebensanschauung.«
»Aber das gilt doch nur bei Amerikanern britischer Herkunft?«
»Diese Amerikaner geben noch immer den Ausschlag, besonders wenn man die Nachkommen von Holländern und Skandinaviern dazunimmt, wie diesen Hallorsen. Ihre Rasse ist ja der unsern nah verwandt.«
»Sie sollten einmal mit meinem Onkel Adrian darüber sprechen.«
»Ist das der hochgewachsene Mann mit dem Spitzbart? Sein Gesicht ist mir sympathisch.«
»Er ist ein lieber, guter Mensch«, sagte Dinny. »Doch wir haben die anderen verloren, und ich spüre jetzt den Nachttau.«
»Einen Augenblick! Meine Erklärung heute beim Dinner war völlig ernst gemeint. Sie sind wirklich mein Ideal und erlauben mir hoffentlich, es weiter zu verehren.«
Dinny knickste.
»Ihr schmeichelt, Herr, mir armem Mägdelein, gewiß seid Ihr ein Herr von hohem Stande«, fuhr sie leicht errötend fort.

»Können Sie denn nie ernsthaft sein?«
»Selten. Und schon gar nicht, wenn der Nachttau fällt.«
Er ergriff ihre Hand. »Eines Tages werden Sie es doch sein – ich werde Sie dazu bringen.«
Dinny erwiderte leicht den Druck seiner Hand, dann machte sie die ihre frei und ging weiter.
»Schöne Base«, sagte der junge Tasburgh. »Tag und Nacht will ich an Sie denken. Still, keine Antwort!«
Und er öffnete die Glastür. Cicely Muskham saß vor dem Klavier, hinter ihr stand Michael. Dinny trat auf ihn zu.
»Ich gehe jetzt in Fleurs Boudoir, Michael. Willst du so freundlich sein und Lord Saxenden hinführen? Wenn er bis zwölf nicht dort ist, gehe ich zu Bett. Jetzt muß ich mir die Stellen heraussuchen, die ich ihm vorlesen will.«
»Gut, Dinny. Auf der Fußmatte vor der Tür setz ich ihn ab und verschwinde. Viel Glück!«
Dinny öffnete das Fenster des kleinen Boudoirs, zog das Tagebuch hervor und setzte sich hin, die Auswahl der Stellen zu treffen. Es war halb elf, weit und breit kein Laut zu vernehmen. Sie wählte sechs ziemlich lange Abschnitte, die ihrer Ansicht nach bewiesen, daß man Hubert vor eine unmögliche Aufgabe gestellt hatte. Dann zündete sie sich eine Zigarette an und beugte sich wartend zum Fenster hinaus. Die Nacht war noch ebenso wundervoll wie zuvor, doch sie selbst war jetzt ernster gestimmt. Ewige Bewegung und zugleich ewige Ruhe? Wenn das das Wesen Gottes war, dann half er den Menschen wohl nicht viel. Warum sollte er auch? Als Saxenden den Hasen ins Hinterteil geschossen, als das arme Tier so kläglich aufgeschrien, hatte Gott es gehört, und war Er in Mitleid erbebt? Als der junge Mann ihr die Hand gedrückt, hatte Gott es gesehen und gelächelt? Als Hubert in der Wildnis Boliviens in Fieberdelirien gelegen und dem Kreischen der Vögel gelauscht, hatte Gott ihm einen Engel mit einer Dosis Chinin gesandt? Wenn der Stern dort droben einst in Billionen von Jahren erlosch und kalt und glanzlos am Himmel hing, würde Er dieses Ereignis auf seiner Manschette notieren? Die Millionen und Abermillionen Grashalme und Blätter, die im Dunkel der Nacht so samtschwarz schimmerten, die Millionen

und Abermillionen Sterne, in deren Licht sie dieses tiefe Schwarz sah, sie alle, alle waren aus der ewigen Bewegung in der ewigen Ruhe hervorgegangen, alle waren ein Abglanz Gottes. Und auch sie selbst und der Rauch ihrer Zigarette, die Jasminblüte, deren Duft sie einsog, deren Farbe ihre Phantasie erriet, das Hundegebell, das aus weiter Ferne fast drohend durch diese tiefe Stille drang – das alles, alles war beseelt, durchdrungen von der unendlichen, ewig fernen, unfaßbaren Gottheit!
Nach einer Weile zog sie fröstelnd den Kopf zurück und setzte sich in einen Armstuhl, das Tagebuch glitt ihr in den Schoß. Ihr Blick wanderte durch das Zimmer, dem Fleurs Geschmack ein neues Gepräge verliehen hatte; der Teppich war in zarter Farbe gehalten. Anmutig fiel der gedämpfte Schein der Lampe auf ihr seegrünes Kleid und die Hände, die auf den Blättern ruhten. Der lange Tag hatte sie müde gemacht. Emporgewandten Gesichts lehnte sie da und betrachtete schlaftrunken den Majolikafries, mit dem irgendeine frühere Lady Mont den Raum hatte schmücken lassen. Spaßige kugelrunde Kupidos, mit Rosenketten aneinandergebunden, starrten unverwandt stets aus der gleichen Entfernung auf ihres Vordermanns Hinterfront. Die Flucht der rosigen Stunden, der rosigen . . . Dinnys Lider wurden schwer, die Lippen öffneten sich ein wenig, sie schlief. Das milde Licht floß über Gesicht, Haar und den lässig ruhenden Nacken der Schlummernden. Jetzt sah sie tatsächlich so zart aus wie manche jener blonden, so englisch wirkenden Frauen Botticellis. Eine Locke fiel ihr in die Stirn, ein leichtes Lächeln huschte um die halbgeöffneten Lippen. Die Wimpern, ein wenig dunkler als das Haar, streiften ab und zu leise über die durchsichtigen Wangen, und im Traum zuckte und bebte die kleine Stupsnase, als machte sie sich über ihr eigenes Aussehen lustig. Genügte nicht der leiseste Griff, um dies zarte, emporgewandte Gesicht von dem weißen Stengel des Halses zu pflücken? Plötzlich fuhr sie in die Höhe. Lord Saxenden stand mitten im Zimmer und starrte sie aus seinen kalten blauen Augen unverwandt an.
»Bedaure lebhaft, daß ich störe«, erklärte er. »Sie haben so gut geschlafen.«
»Hab von Plumpudding geträumt«, gab Dinny zur Antwort.

»Reizend von Ihnen, daß Sie zu dieser Nachtstunde noch kommen – wie spät ist es?«
»Halb zwölf. Hoffentlich machen Sie's nicht gar zu lang. Es stört Sie doch nicht, wenn ich mir eine Pfeife anzünde?«
Er nahm ihr gegenüber auf dem Sofa Platz und begann die Pfeife zu stopfen. Dinny las in seiner Miene den Wunsch, die Vorlesung bald überstanden zu haben, und den Entschluß, sich erst dann ein Urteil zu bilden. In diesem Augenblick gewann sie in seine Führung der Staatsgeschäfte Einblick. »Ach ja«, dachte sie, »er gibt und weiß nicht, ob sich die Sache rentiert. Daran ist Jeanne schuld!« Was empfand sie jetzt für die Leopardin? Dankbarkeit, weil sie Saxendens Interesse von ihr abgelenkt hatte, oder vielleicht doch etwas wie Eifersucht? Weder sie noch irgendeine andere Frau hätte das je verraten. Erregt schlug ihr das Herz, rasch, in sachlichem Ton begann sie zu lesen. Drei der Stellen hatte sie beendet, ehe sie wieder den Blick zu ihm hob. Sein Gesicht sah so unbewegt aus, als sei es aus Mahagoni geschnitzt, nur die Lippen sogen unablässig an der Pfeife. Wie er ihr so gegenübersaß, glotzte er sie neugierig, fast feindselig an, als dächte er: »Dieses junge Weibsbild appelliert an mein Gefühl. Es ist schon sehr spät.«
Dinnys Abneigung gegen ihre Aufgabe wuchs, immer rascher las sie weiter. Der vierte Abschnitt wirkte auf sie so ergreifend wie kein anderer, ausgenommen der letzte. Ihre Stimme bebte ein wenig, als sie zu den Schlußworten kam.
»Das nenn ich ein wenig stark«, warf Lord Saxenden hin, »einzig dastehende Biester! – was kann so ein Maultier schon fühlen?«
Da packte Dinny heftiger Ärger. Am liebsten wollte sie Saxenden gar nicht mehr ansehen. Sie las weiter und lebte sich immer tiefer in jene qualvolle Schilderung hinein, die sie jetzt zum erstenmal in Worte gekleidet hörte. Atemlos kam sie zu Ende, sie bebte an allen Gliedern vor Anstrengung, die Stimme zu beherrschen. Lord Saxendens Kinn ruhte friedlich auf seiner Hand. Er war eingeschlafen.
Dinny stand da und starrte ihn an, wie er kurz vorher sie angestarrt hatte. Einen Augenblick fühlte sie sich versucht, ihm die Hand vom Kinn wegzureißen, doch ihr Sinn für Humor wußte sie davor zu bewahren. Sie betrachtete ihn – wie auf Botticellis Ge-

mälde Venus den schlafenden Mars. Schließlich nahm sie von Fleurs Schreibtisch ein Blatt Papier, schrieb: »Bedaure ungemein, daß ich Sie so erschöpft habe. Gute Nacht!« und legte es mit unendlicher Vorsicht auf Saxendens Knie. Dann rollte sie die Tagebuchblätter zusammen, stahl sich zur Tür, öffnete sie und warf noch einen Blick zurück. Sein leises Atemholen ging allmählich in Schnarchen über. »Man appelliert an sein Gefühl, und er schläft ein!« dachte sie. »Na, jetzt weiß ich, wie er es anstellte, den Krieg zu gewinnen.« Sie wandte sich um, da stand Professor Hallorsen vor ihr.

11

Als Dinny Hallorsens Blick auf sich und dem schlafenden Lord ruhen fühlte, stockte ihr einen Augenblick der Atem. Was mochte er nur jetzt von ihr denken, da er sie ertappte, wie sie sich um Mitternacht aus einem abgeschiedenen kleinen Zimmer von einem hohen Würdenträger davonstahl? Todernst sah er ihr in die Augen. Dinny hatte Angst, er könnte »Pardon!« rufen und den Schläfer wecken; darum schloß sie das Tagebuch, legte den Finger an die Lippen und flüsterte: »Pst! Baby schläft!« Dann entschwand sie durch den Korridor. In ihrem Zimmer lachte sie hellauf, setzte sich hin und überdachte die Ereignisse der letzten Stunde. Was mochte Hallorsen wohl von ihr denken? Vermutlich das Schlimmste, in demokratischen Ländern hat man ja vor Titeln und Würden besonderen Respekt. Doch sie ließ ihm volle Gerechtigkeit widerfahren. Was immer er auch von ihr dachte, er würde es nicht weitererzählen. Wie immer er auch war, kleinlich war er bestimmt nicht! Sie hörte ihn schon morgen beim Frühstück in seinem ernsten Ton sagen: »Sie sehen blühend aus, Miss Cherrell. Wahrhaftig, eine Freude!« Auf einmal empfand sie Kummer darüber, wie schlecht sie Huberts Sache geführt hatte, und ging zu Bett. Sie schlief unruhig, war beim Erwachen blaß und müde und nahm das Frühstück auf dem Zimmer.
Bei solchen Besuchen auf Landschlössern geht ein Tag ganz wie der andere hin. Die Männer tragen stets die gleichen bunten Kra-

wattcn und Sporthosen, essen das gleiche Frühstück, klopfen auf dasselbe Barometer, rauchen die gleichen Pfeifen, schießen die gleichen Vögel. Die Hunde wedeln stets mit denselben Schwänzen, lauern unerwartet in denselben Winkeln, stoßen stets dasselbe winselnde Gebell aus, jagen auf denselben Rasenplätzen dieselben Tauben. Die Damen nehmen stets das gleiche Frühstück im oder außer dem Bett, schütten die gleichen Badesalze in die gleichen Bäder, spazieren durch denselben Park und sagen von den gleichen Freundinnen mit dem gleichen gehässigen Ausdruck: »Ich hab sie natürlich furchtbar gern!«, besichtigen dieselben Portulakbeete, spielen mit gleichen Ausrufen die gleichen Tennis- und Krocketpartien, schreiben die gleichen Briefe, um die gleichen Gerüchte zu entkräften, hamstern die gleichen Antiquitäten, sind einträchtig in der Zwietracht und zwieträchtig in der Eintracht. Die Dienerschaft wird stets nur in den gleichen Momenten sichtbar. Und das Haus durchzieht stets der gleiche Geruch von Räucherwerk, Blumen, Tabak, alten Büchern und Sofakissen.

Dinny schrieb ihrem Bruder einen Brief, worin sie weder Hallorsen noch Saxenden, noch die Tasburghs erwähnte, aber angeregt und lebhaft über Tante Emily, Boswell und Johnson, Onkel Adrian, Lady Henrietta und die andern Gäste zu plaudern wußte, und bat, sie im Auto heimzuholen. Am Nachmittag kamen die Tasburghs zum Tennis. Erst nach der Jagd traf Dinny Lord Saxenden und den Amerikaner. Doch Saxenden starrte sie von seinem Teetisch im Winkel so lang und seltsam an, daß sie merkte, er habe ihr nicht vergeben. Sie verriet sich natürlich nicht, war aber im stillen recht verstimmt. Bisher, so schien es, hatte sie Hubert nur geschadet. »Jetzt lasse ich Jeanne auf den Kerl los«, dachte sie und ging die »Leopardin« suchen. Unterwegs traf sie Hallorsen und erklärte hastig, um seine frühere Achtung zurückzugewinnen: »Wenn Sie gestern nacht etwas früher gekommen wären, Professor Hallorsen, hätten Sie mich hören können, wie ich Lord Saxenden ein paar Stellen aus Huberts Tagebuch vorlas. Vielleicht hätte es auf Sie mehr Eindruck gemacht als auf ihn.«

Hallorsens Miene erhellte sich. »Ach so!« erwiderte er. »Ich fragte mich schon, was für einen Schlaftrunk Sie dem guten Lord verabreicht hätten.«

»Ich wollte ihn auf die Lektüre Ihres Buches vorbereiten. Sie übersenden ihm doch ein Exemplar?«

»Kaum, Miss Cherrell. Mir ist es einerlei, ob er schläft oder wachliegt. Für einen Menschen, der während Ihrer Vorlesung einschlafen kann, hab ich, weiß Gott, nichts übrig. Was treibt denn eigentlich dieser Lord?«

»Was er treibt? Oh, der ist eine große Nummer. Ich weiß zwar nicht, wo, aber mein Vater sagt, man muß mit ihm rechnen. Hoffentlich haben Sie heute sein Mißfallen erregt, Professor, denn je tiefer Sie in seinen Augen sinken, um so höher steigt die Aussicht meines Bruders, die Stellung, die er durch Ihre Expedition verlor, zurückzuerobern.«

»So? Üben denn persönliche Antipathien hierzulande so entscheidenden Einfluß?«

»In Amerika drüben vielleicht nicht?«

»Doch! Ich meinte aber, die alten Länder blieben durch ihre Traditionen davor bewahrt.«

»Na, zugeben wollen wir derartige Einflüsse natürlich nicht.«

Hallorsen lächelte. »Was da nicht alles ineinander spielt! Bei uns daheim wäre es auch nicht viel anders. Es würde Ihnen dort bestimmt gefallen, Miss Cherrell. Ich würde Ihnen so gern eines Tages Amerika zeigen!«

Er hatte von Amerika gesprochen wie von einer Antiquität, die man zu Hause in der Truhe liegen hat. Dinny war der Sinn dieser Bemerkung nicht recht klar, vielleicht hatte sie gar keine Bedeutung, vielleicht eine unerhört große. Dann ersah sie aus seiner Miene, daß es sich doch um die große Bedeutung handle, und erwiderte, wobei sie ihm die Zähne zeigte: »Danke, Sie sind aber noch immer mein Feind.«

Hallorsen streckte die Hand aus, aber Dinny wich zurück.

»Miss Cherrell, ich will alles tun, was ich kann, Sie zu einer besseren Meinung von mir zu bekehren. Ich stehe ganz und gar zu Ihren Diensten, doch hoffe ich, Ihnen eines Tages viel näher zu stehen.« Überwältigend groß, stattlich und kraftstrotzend stand er vor ihr; Dinny nahm ihm das geradezu übel.

»Keinesfalls darf man dcn Kopf hängen lassen, Professor, das führt zu nichts Gutem. Verzeihen Sie, ich muß jetzt Miss Tasburgh suchen.«
Und sie entschwand. Lächerlich! Rührend! Schmeichelhaft! Scheußlich! Ein Narrenturm, diese ganze Welt! Was immer man in die Hand nahm, gleich war es so heillos verworren. Am klügsten schien es schließlich noch, dem Glück zu vertrauen!
Jeanne Tasburgh hatte eben eine Tennispartie mit Cicely Muskham beendet.
»Kommen Sie doch zum Tee«, mahnte Dinny. »Lord Saxenden sehnt sich schon nach Ihnen.«
An der Tür des Teezimmers wurde Dinny von Sir Lawrence aufgehalten. Er sagte, er habe sie noch kaum zu Gesicht bekommen, und lud sie ein, die Miniaturen in seinem Arbeitszimmer zu besehen.
»Meine Sammlung von Nationaltypen, Dinny, lauter Frauen. Sieh doch: Französin, Deutsche, Italienerin, Holländerin, Amerikanerin, Spanierin, Russin. Und von dir, Dinny, hätte ich auch gar zu gern ein Bild. Möchtest du wohl einem jungen Mann sitzen?«
»Ich?«
»Ja, du.«
»Warum denn?«
»Weil gerade du die Antwort auf das Rätsel der englischen Dame zu geben vermagst«, erwiderte Sir Lawrence und betrachtete sie prüfend durch sein Monokel. »Ich sammle nämlich die unterscheidenden Merkmale der einzelnen Völker.«
»Das klingt ja furchtbar aufregend.«
»Sieh dir einmal die da an, die Blüte der französischen Kultur. Rasche Auffassungsgabe, Witz, doch kein Humor, Fleiß, Entschlußkraft, Schönheitssinn, der auf die intellektuelle Sphäre beschränkt bleibt, nur konventionelle Gefühle, Besitzgier – beachte den Blick! Gutes Benehmen, Mangel an Originalität, klares, aber engbegrenztes Gesichtsfeld. Sie ist ganz und gar nicht verträumt, ihr Blut wallt rasch auf, doch weiß sie es zu zügeln. Einheitlich, in sich geschlossen. Hier hast du eine ausgeprägte Amerikanerin, Gipfel der Kultur ihres Landes. Sieht sie nicht aus, als hielte sie

einen unsichtbaren Zaum im Mund? Sie hat eine elektrische Batterie in den Augen, läßt sie aber nur dann aufleuchten, wenn die ›Moral‹ es erlaubt. Bis an ihr seliges Ende wird sie sich ausgezeichnet konservieren. Guter Geschmack, reiche Kenntnisse, nicht allzuviel gelehrte Bildung. Und hier die Deutsche: sie gibt sich mehr ihren Gefühlen hin, hat weniger Schliff als die beiden andern, dafür aber Gewissen, starken Arbeitswillen, ausgeprägtes Pflichtgefühl, nicht allzuviel Geschmack, etwas derben Humor. Wenn sie nicht auf der Hut ist, wird sie fett. Sie hat viel Gefühl, viel gesunden, klaren Hausverstand. Jedenfalls ist sie in jeder Hinsicht begabter als die beiden andern. Die da ist vielleicht kein besonderes Musterbeispiel, ich kann aber kein besseres auftreiben. Hier mein Prachtexemplar einer Italienerin: interessant, schön gefirnißt, aber hinter dieser Fassade lauert etwas Grausames, oder sagen wir lieber: ungebändigte Natur. Sie trägt mit Grazie eine schöne Maske, die ihr aber gelegentlich herabgleiten kann. Sie weiß, was sie will, weiß es vielleicht nur zu gut, handelt, wo sie kann, nach eigenem Ermessen, wo sie nicht kann, nach dem eines andern. Ist nur dann poetisch, wenn ihre Sinne erwachen. Starkes Gefühl für die Familie und gelegentlich auch für andere; Gefahren blickt sie unerschrocken ins Auge, doch versagen leicht ihre Nerven. Feiner Geschmack, dem aber arge Entgleisungen passieren können. Kein Sinn für die Natur, beachte den Zug da! Sie hat ein entschiedenes Urteil, doch mangeln ihr Fleiß und Erkenntnistrieb. Und nun«, fuhr Sir Lawrence fort und faßte Dinny ins Auge, »werde ich bald mein Musterexemplar einer Engländerin haben. Soll ich dir von ihr etwas erzählen?«

»Gott steh mir bei!«

»Keine Sorge, ich will ganz unpersönlich sein. Gut entwickeltes, ungewöhnlich beherrschtes Selbstbewußtsein. Das Ich ist für diese Dame ein ungebetener Gast. Sinn für Humor, gelegentlich auch Witz, der bisweilen alles übrige an der Entfaltung hindert. Zum Unterschied von unseren anderen Typen verrät sie das Bestreben, nicht so sehr häusliche, als auch Arbeit auf öffentlichem und sozialem Gebiet zu leisten. So zart und durchsichtig scheint sie, als sei ihr Körper aus Luft und Tau gewoben. Sie ist nicht sehr präzis in Wissen, Urteil, Denken, Handeln, doch im gegebenen

Fall handelt sie entschieden. Die Sinne sind nicht besonders stark entwickelt, ästhetische Empfindungen werden mehr durch Naturschönheiten als durch Kunstgegenstände wachgerufen. Sie ist nicht so fähig wie die Deutsche, nicht so klar denkend wie die Französin, schillert nicht so farbig wie die Italienerin, ist nicht so diszipliniert und zielbewußt wie die Amerikanerin. Doch sie hat etwas an sich – vielleicht findest du, liebe Dinny, dafür den richtigen Ausdruck –, was in mir den Wunsch erweckt, sie um jeden Preis in meiner Sammlung kultivierter Frauentypen vertreten zu sehen.«

»Ich bin doch nicht im mindesten kultiviert, Onkel Lawrence.«

»Ich gebrauche dieses verwünschte Wort nur darum, weil mir just kein besseres einfällt. Ich verstehe darunter nicht etwa gelehrte Bildung, sondern jenen individuellen Stempel, den Abstammung und Erziehung dem Menschen aufprägen, wohlgemerkt, Abstammung und Erziehung. Wenn diese Französin auch die gleiche Erziehung genossen hätte wie du, sie trüge darum doch nicht den Stempel deiner Wesensart, noch hättest du, Dinny, ihr individuelles Gepräge, wärst du auch in den gleichen Verhältnissen aufgewachsen wie sie. Sieh dir einmal diese Russin aus der Vorkriegszeit an. Unsteter und beweglicher als jede der andern Frauen. Ich hab sie bei einem Trödler in der Vorstadt erstanden. Diese Frau war gewiß von dem Verlangen erfüllt, tief in alles einzudringen, doch nie hielt dieser Wunsch lange vor. Sicherlich ist sie im Laufschritt durchs Leben gestürmt – und wenn sie nicht gestorben ist, stürmt sie vielleicht heute noch. Doch diese Jagd greift sie weniger an, als sie dich angriffe. Ihre Züge verraten dir, daß sie mehr erlebt hat und von diesem Erleben weniger mitgenommen wurde als jede meiner andern Frauen. Und hier siehst du meine Spanierin, vielleicht der interessanteste Typ der ganzen Sammlung: die Frau, die fern von der Gesellschaft der Männer aufwuchs; ein seltener Vogel heutzutage. Sanft und lieblich, etwas klösterlich, kein großer Wissenstrieb, nicht viel Energie, sehr viel Stolz, ganz wenig Eitelkeit. Ihre Leidenschaft muß verheerend wirken – meinst du nicht auch? –, und sie läßt wohl nicht so leicht mit sich reden. Also, Dinny, willst du dem Jüngling sitzen?«

»Gewiß, wenn dir so viel daran liegt.«

»Freilich liegt mir daran, das ist nun einmal mein Steckenpferd. Ich werde die Sache einfädeln. Er kann zu euch nach Condaford hinauskommen. Jetzt muß ich zurück, darf bei Saxendens Abreise nicht fehlen. Hast du ihm schon einen Heiratsantrag gemacht?«
»Gestern nacht las ich ihn mit Huberts Tagebuch in Schlaf. Er kann mich nicht ausstehen. Ich wage es nicht, ihn um etwas zu bitten. Onkel Lawrence, ist er wirklich eine so große Nummer?«
Sir Lawrence nickte geheimnisvoll. »Saxenden ist der ideale Politiker«, erklärte er. »Vorausfühlen kann er fast nichts, außer es dreht sich um sein eigenes Ich. Ein Mann wie er läßt sich nicht unterkriegen; wie ein Kautschukmensch schnellt er immer und überall wieder in die Höhe. Na ja, der Staat braucht ihn eben. Wenn es keine Dickhäuter gäbe, wen sollte man dann auf die Throne der Mächtigen setzen? Harte Sitze sind das, über und über mit Messingnägeln beschlagen. Du hast hier also deine Zeit vergeudet?«
»Ich hab ja noch ein zweites Eisen im Feuer.«
»Famos! Hallorsen reist auch ab. Der Bursche gefällt mir. Durch und durch Amerikaner, aber ein Mann von echtem Schrot und Korn.«
Da Dinny weder den Kautschukmenschen noch den Mann von echtem Schrot und Korn zu sprechen wünschte, ging sie auf ihr Zimmer.
Am nächsten Morgen gegen zehn brachen die Gäste auf, wie gewöhnlich bei solchen Besuchen auf Landsitzen überraschend schnell. Fleur und Michael brachten Adrian und Angela in ihrem Auto nach London zurück. Das Ehepaar Muskham reiste mit der Bahn heim, der »Squire« und Lady Henrietta fuhren mit dem Auto quer durchs Land nach ihrem Gutssitz in Northamptonshire. Nur Tante Wilmet und Dinny waren zurückgeblieben. Die Tasburghs sollten mit ihrem Vater zum Lunch kommen.
»Ein liebenswürdiger Mann, Dinny«, erklärte Lady Mont. »Alte Schule, ungemein höflich. Schade, daß sie kein Geld haben. Jeanne ist bezaubernd, findest du nicht auch?«
»Sie macht mir ein wenig angst, Tantchen. Die weiß wahrhaftig, was sie will!«
»Ich finde es so amüsant, eine ›Partie‹ zustande zu bringen; ich

hab schon so lang keine Gelegenheit gehabt. Möchte wirklich wissen, was Conway und deine Mutter zu mir sagen werden. Vor Aufregung werde ich gar nicht schlafen können.«

»Fang erst Hubert ein, Tantchen, deinen Liebling.«

»Ich hab ihn immer gern gehabt. Er hat ein echtes Cherrell-Gesicht, du nicht, Dinny, ich weiß nicht, woher du deine Farben hast – und er sitzt so elegant zu Pferd. Wo läßt er seine Reithosen schneidern?«

»Tantchen, mir scheint, er hat sich seit dem Krieg keine neuen angeschafft.«

»Und er trägt so schöne lange Westen. In den anliegenden, kurzgeschnittenen Westen sehen die Männer so gedrungen aus. Ich schick ihn mit Jeanne zu den Terrassen, den Portulak besichtigen – das beste Mittel, zwei junge Leute zusammenzubringen. Ah! Da kommt Boswell und Johnson – den muß ich abfangen.«

Am frühen Nachmittag traf Hubert ein. »Dinny, ich hab mir die Veröffentlichung des Tagebuchs überlegt«, begann er unvermittelt. »Es ist verdammt peinlich, seine Wunden vor aller Welt zu entblößen.«

Dinny war froh, daß sie noch keine weiteren Schritte unternommen hatte, und erwiderte sanft: »Wie du willst, lieber Hubert.«

»Ich hab mir gedacht«, fuhr er fort, »wenn ich hier keinen Posten finde, teilt man mich vielleicht einem der Sudan-Regimenter zu oder der indischen Polizei – dort, scheint mir, herrscht an Offizieren Mangel. Ich werde Gott danken, wenn ich wieder aus England hinauskomme. Wer ist denn noch in Lippinghall?«

»Nur Onkel Lawrence, Tante Emily und Tante Wilmet. Der Pfarrer und seine Kinder kommen zum Lunch. Sie heißen Tasburgh und sind entfernte Verwandte von uns.«

»So!« rief Hubert verdrossen.

Fast boshaft beobachtete Dinny die Ankunft der Geschwister. Hubert und der junge Tasburgh fanden sofort heraus, daß sie beide in Mesopotamien und am Persischen Golf gedient hatten. Inmitten des Gesprächs, das sich über dieses Thema entspann, wurde Hubert auf Jeanne aufmerksam. Dinny sah, wie er sie lange prüfend betrachtete, als sei sie eine neue Vogelart, wie er

dann die Augen von ihr wandte, lachte und sprach, und wie sein Blick wieder zu Jeanne zurückglitt.
»Hubert ist aber mager!« ließ sich die Tante vernehmen.
Der Pfarrer streckte die Hände aus, als wolle er die Aufmerksamkeit auf sein wohlgerundetes Bäuchlein lenken. »Meine liebe Madame, meinte er, »in seinem Alter war ich noch magerer.«
»Ich auch«, erklärte Lady Mont, »schlank wie du, Dinny!«
»Wir nehmen unverdient an Umfang zu, haha! Sehen Sie sich einmal Jeanne an, gertenschlank; aber in vierzig Jahren – doch vielleicht wird die Jugend von heute nie korpulent. Die Schlankheitskuren, haha!«
Beim Lunch saß der Pfarrer Sir Lawrence an der verkürzten Tafel gegenüber, die beiden älteren Damen nahmen rechts und links von ihm Platz. Alan saß Hubert, Dinny Jeanne gegenüber.
»Vater, segne, was wir essen, daß wir Deiner nicht vergessen –«
»Ausgezeichnet, dieses Tischgebet!« flüsterte der junge Tasburgh Dinny ins Ohr. »Segen über den Tiermord, wie?«
»Hasenbraten gibt's heute«, murmelte Dinny, »und ich war dabei, wie man den Armen erschoß. Er schrie so erbärmlich auf.«
»Ebensogern möcht ich Hundebraten essen!«
Dinny sah ihn dankbar an. »Wollen Sie uns nicht mit Ihrer Schwester in Condaford besuchen?«
»Geben Sie mir doch Gelegenheit!«
»Wann rücken Sie wieder zur Flotte ein?«
»Einen Monat hab ich Urlaub.«
»Sie hängen wohl sehr an Ihrem Beruf?«
»Ja«, erwiderte er schlicht. »Diese Neigung ist mir angeboren, wir hatten immer einen Seemann in der Familie.«
»Und wir immer einen Soldaten.«
»Ihr Bruder ist unerhört kühn. Ich bin so froh, daß ich ihn kennenlernte.«
»Danke, Blore«, sagte Dinny, als der Diener den Hasen anbot. »Kaltes Rebhuhn, bitte. Auch Mr. Tasburgh möchte kaltes Fleisch.«
»Roastbeef, Sir, Lammbraten, Rebhuhn.«
»Rebhuhn, bitte.«

»Ich hab einmal einem Hasen zugesehen, wie er sich die Ohren putzte«, bemerkte Dinny.
»Wenn Sie so dreinsehen wie jetzt, dann –«, rief der junge Tasburgh.
»Wie seh ich denn drein?«
»Ganz entrückt.«
»Danke.«
Dinny sah forschend zu Hubert hinüber. Der dumpf brütende Ausdruck war aus seinen Zügen geschwunden; sein Blick hing wie gebannt an Jeannes unergründlich lockenden Augen. Dinny seufzte leise.
»Wie kommt es nur«, fragte Sir Lawrence nachdenklich, »daß ich in den letzten Tagen auf meinem eigenen Tisch so gutes Futter finde? Dinny, was ist nur in deine Tante gefahren?«
Nach dem Lunch brachte Dinny eine Krocketpartie zustande. Sie und Alan spielten gegen den alten Tasburgh und Tante Wilmet. Jeanne und Hubert sah sie zu den Terrassen mit den Portulakbeeten wandern. Die erstreckten sich vom tiefergelegenen Teil des Parks bis zum alten Obstgarten, hinter dem sich ein Wiesenhang dehnte.
»Die sehen den Portulak mit keinem Blick an!« dachte das Mädchen. Zwei Partien waren schon vorüber, als Dinny die beiden aus einer anderen Richtung in eifrigem Gespräch zurückkommen sah. »Schneller geht's nimmer!« dachte sie und stieß den Ball des Pfarrers mit aller Kraft zurück.
»Hilf Himmel!« murmelte der geschlagene Mann Gottes. Tante Wilmet rief laut: »Zum Teufel, Dinny, du bist unmöglich!«
Als Dinny später an der Seite des Bruders im offenen Auto saß, blieb sie schweigsam. Ihre Erwartungen hatten sich erfüllt, und doch war sie niedergeschlagen. Bisher hatte Hubert niemanden so liebgehabt wie sie. Nun mußte sie sich mit einem bescheideneren Platz in seinem Herzen begnügen. Ab und zu sah sie ein Lächeln um seine Lippen huschen, da hieß es jetzt, alle Klugheit zusammennehmen.
»Wie gefallen dir unsere Verwandten?«
»Er ist ein braver Junge. Scheint in dich verschossen zu sein.«
»So? Wirklich? Für wann sollen wir sie einladen?«

»Wann du willst.«
»Nächste Woche?«
»Gut.«
Offenbar ließ er sich nicht gern ausholen. Schweigend genoß sie den herrlichen Abend, auf den Hügeln ruhte noch der letzte Glanz der Sonne. Sie fuhren nach rechts und kamen über eine Brücke. Da faßte Dinny den Bruder am Arm: »Erinnerst du dich noch, Hubert, an dieser Stelle haben wir die Eisvögel gesehen.«
Sie machten halt und blickten den Fluß entlang. Einsam und ruhig lag er da, ein friedlicher Wohnplatz für diese schimmernden Vögel. Durch die Weiden am westlichen Ufer fiel das Abendlicht und glitzerte auf den Wellen. Der stillste, zahmste Fluß der Welt, so schien es; er strömte mit ruhigen, klaren Wellen zwischen freundlichen Feldern und zierlichen Bäumen hin. Voll Anmut war er, voll Lebensfreude.
»Vor dreitausend Jahren«, sagte Hubert unvermittelt, »sah dieser alte Fluß wohl auch so aus wie so mancher, den ich in der Wildnis gesehen habe. Ein regelloser Wasserlauf im unwegsamen Dschungel.«
Er fuhr weiter. Jetzt hatten sie das Sonnenlicht im Rücken, wie ein Gemälde breitete sich die Landschaft vor ihrem Blick. Am Himmel stieg das Abendrot empor, sie jagten weiter. Die Stoppelfelder färbten sich dunkler und lagen einsam da; ab und zu flogen Vögel darüber in den Abend hinein.
Am Tor von Condaford stieg Dinny aus und summte: »Eine Schäferin war sie, so reizend und schön« und sah dabei ihrem Bruder ins Gesicht. Der aber machte sich mit dem Auto zu schaffen und schien die Anspielung nicht zu verstehen.

12

Das Charakterbild eines jungen Engländers von schweigsamem Schlag ist nicht so leicht zu entwerfen. Die Spezies der Gesprächigen läßt sich mühelos ergründen. Ihre Manieren und Gepflogenheiten fallen ins Auge und sind für das Leben der Nation nicht eben von Bedeutung. Laut, geschwätzig, kritisch, erfinderisch, schlau, kennen und beachten sie nur die ihnen Wesensverwandten und bilden sozusagen eine schillernde Iris auf der Oberfläche eines Morasts, die den Grundschlamm verdeckt. In fließender Rede und in geistvollen Aphorismen sagen sie immer wieder so gut wie nichts. Jene andern aber, deren Leben von zielbewußter Arbeit erfüllt ist, bekommt man fast nie zu Gesicht, aber gediegene Menschen sind sie doch. Gefühle, die sich beständig in Worten entladen, zerflattern mit den Worten. Empfindungen, die nie zum Ausdruck gelangen, schlagen um so tiefer Wurzel. Hubert sah weder robust aus, noch war er geistig beschränkt. Selbst diese allgemein verbreiteten Merkmale der schweigsamen Spezies waren bei ihm nicht zu finden. Er war geschickt, sensibel, durchaus nicht dumm und vermochte in seiner ruhigen Art Personen und Ereignisse so treffend zu beurteilen, wie die Redseligen es kaum für möglich gehalten hätten; doch behielt er sein Urteil für sich, ließ sich nie hören – bis vor kurzem hatte es ihm ja auch an Gelegenheit dazu gefehlt. Wer Hubert Cherrell in einem Rauchzimmer, beim Dinner oder in einer ähnlichen Situation sah, in der Schwatzmäuler brillieren, erkannte sofort, daß diesen jungen Mann weder Zeit noch Gelegenheit je gesprächig machen konnten. Weder das Universitätsleben noch London hatten ihren geselligen Einfluß auf ihn geübt, er war ja schon in früher Jugend als Offizier in den Krieg gezogen. Und dann hatten ein achtjähriger Aufenthalt in Mesopotamien, Ägypten und Indien, ein Jahr der Krankheit und die Expedition Hallorsens seinem Gesicht einen abweisenden, verschlossenen und ziemlich bitteren Zug aufgeprägt. Ein Mann seines Schlags mußte sich bei einem mäßigen Leben vor Kummer verzehren. Nur zu Pferd oder mit Hund und Flinte fand er das Dasein einigermaßen erträglich. Wenn es ihm aber an solcher Ablenkung fehlte, gab er sich dumpfem Brüten hin.

Drei Tage nach dem Besuch in Lippinghall trat Hubert, die *Times* in der Hand, zu Dinny auf die Terrasse hinaus. »Sieh dir das an!«

Dinny las:

Geehrter Herr!

Gestatten Sie mir die Bitte, in Ihrem Blatte einen Irrtum richtigstellen zu dürfen. Wie ich erfahre, fühlt sich der Zweitkommandierende meiner Expedition, Captain Hubert Cherrell, Inhaber der Tapferkeitsmedaille, der mit dem Transport betraut war, durch gewisse Abschnitte meines im Juli dieses Jahres erschienenen Buches »Bolivien und seine Geheimnisse« schwer betroffen. Beim neuerlichen Überlesen dieser Stellen kam ich zu der Überzeugung, daß wohl der Verdruß über das teilweise Mißlingen der Expedition und der Zustand der Überarbeitung, in dem ich mich nach der Heimkehr befand, mich zu ungerechtfertigter Kritik an Captain Cherrells Vorgehen verleiteten. In der zweiten, verbesserten Auflage, die hoffentlich bald erscheint, werden die betreffenden Stellen geändert. Inzwischen möchte ich in Ihrem geschätzten Blatte die Beschuldigung zurückziehen. Es ist mir eine angenehme Pflicht, Captain Cherrell und der britischen Armee, der er angehört, meine Entschuldigung auszusprechen und mein aufrichtiges Bedauern über jede Kränkung, die ich ihm vielleicht verursacht habe.

Ihr sehr ergebener
Edward Hallorsen,
Professor

Piedmont-Hotel
London

»Recht nett«, erklärte Dinny, ein wenig zitternd.

»Hallorsen in London! Zum Teufel, was führt er damit im Schilde?«

Langsam pflückte Dinny die gelben Blätter von einem Agapanthusstock. Plötzlich wurde ihr klar, wie gefährlich es sei, für andere zu handeln. »Das sieht fast aus, als fühlte er Reue.«

»Der und Reue! Der! Da steckt was dahinter.«

»Jawohl, ich.«

»Du?!«

Dinny verbarg ihren Schreck hinter einem Lächeln.

»Ich traf Hallorsen in London, in Angelas Haus. In Lippinghall war er auch zu Gast. So hab ich – eh – seine Bekanntschaft gemacht.«

Huberts bleiches Gesicht färbte sich feuerrot.

»Du hast ihn gebeten – gebettelt –?«

»Keine Spur!«

»Was denn?«
»Er schien an mir Gefallen zu finden. Seltsam – Hubert, ich kann nichts dafür.«
»Er tat das also, um sich bei dir einzuschmeicheln?«
»Du formulierst das wie ein Mann und Bruder.«
»Dinny!«
Dinny errötete gleichfalls und verbarg jetzt Ärger hinter ihrem Lächeln.
»Ich hab ihn nicht dazu verleitet, hab ihn oft genug abziehen lassen wie einen begossenen Pudel. Ganz von selbst hat er diese unsinnige Neigung gefaßt. Doch meiner Meinung nach, Hubert, ist er ein anständiger Kerl.«
»Das sagst du natürlich«, gab Hubert kalt zurück. Sein Gesicht war wieder bleich geworden, fast aschfahl.
Impulsiv faßte ihn Dinny am Ärmel. »Sei doch gescheit, lieber Hubert! Wenn er öffentlich widerrufen hat, mag sein Beweggrund auch noch so töricht sein, ist das nicht günstig für uns?«
»Nicht, wenn meine Schwester im Spiel ist. In diesen Dingen kenne ich keinen – keinen –« Er fuhr sich mit den Händen an den Kopf. »Ich bin an allen Gliedern gefesselt. Jeder darf auf mir herumtrampeln, und ich kann mich nicht wehren.«
Dinny hatte ihre kühle Ruhe wiedergewonnen. »Sei unbesorgt, ich werde dich nicht kompromittieren. Aber dieser Brief in der *Times* kommt uns sehr gelegen. Er nimmt den Angreifern den Wind aus den Segeln. Wer kann nach diesem Widerruf noch etwas gegen dich sagen?«
Doch Hubert ließ die Zeitung in ihrer Hand und ging ins Haus zurück. Dinny war von kleinlicher Ehrsucht fast ganz frei. Ihr Sinn für Humor hinderte sie daran, ihren eigenen Leistungen Wert beizumessen. Nun fühlte sie, sie hätte dieser unerwarteten Entwicklung der Dinge vorbeugen müssen, aber wie?
Huberts Groll war nur zu natürlich. Wäre Hallorsens Erklärung aus Überzeugung erfolgt, so hätte sie Hubert versöhnlich gestimmt. Da sie aber dem Wunsch entsprang, seiner Schwester zu gefallen, steigerte sie nur noch seine Erbitterung. Hallorsens Neigung zu ihr brachte Hubert vollends in Harnisch. Immerhin bedeutete diese Zuschrift ein offenes, unzweideutiges Eingeständ-

nis, daß die Kritik an ihrem Bruder ungerechtfertigt gewesen war. Veränderte das nicht die Sachlage mit einem Schlag? Trotzdem begann Dinny sogleich darüber nachzudenken, wie sie Hallorsens Brief verwerten könnte. Sollte sie diesen Zeitungsausschnitt vielleicht an Lord Saxenden senden? Da sie sich nun einmal in die Affäre eingelassen hatte, beschloß sie, auch das noch zu tun, und trat ins Zimmer, um den Begleitbrief zu schreiben.

Condaford, den 21. September

Geehrter Lord Saxenden!

Anbei übersende ich Ihnen einen Ausschnitt aus der heutigen *Times*, der mir meine Kühnheit vom letzten Abend in Lippinghall einigermaßen zu entschuldigen scheint. Nach einem so anstrengenden Tag hätte ich Sie wirklich nicht auch noch durch das Vorlesen gewisser Stellen aus dem Tagebuch meines Bruders langweilen sollen. Es war unverzeihlich von mir, und ich begreife sehr wohl, daß Sie zum Schlaf Ihre Zuflucht nahmen. Doch die Beilage wird Ihnen zeigen, welch ungerechte Kritik mein Bruder erdulden mußte.

Hoffentlich verzeihen Sie also

Ihrer ergebenen
Elizabeth Cherrell

Sie schloß den Zeitungsausschnitt bei, schrieb Lord Saxendens Londoner Adresse auf den Umschlag und setzte darunter den Vermerk »Privat«.

Als sie kurz danach zu Hubert wollte, erfuhr sie, er sei mit dem Auto in die Stadt gefahren . . .

Hubert fuhr in raschem Tempo. Dinnys Erklärung über Hallorsens Brief hatte ihn tief erregt. Er legte die langweiligen achtzig Kilometer in kaum zwei Stunden zurück und traf um ein Uhr mittags im Piedmont-Hotel ein. Seit er vor sechs Monaten Hallorsen verlassen hatte, hatten beide kein Wort mehr gewechselt. Hubert übergab seine Karte und wartete in der Halle. Er wußte nicht recht, was er Hallorsen eigentlich sagen wollte. Als die hohe Gestalt des Amerikaners hinter dem Hotelboy auftauchte, überlief es ihn eiskalt.

»Captain Cherrell!« rief Hallorsen und streckte ihm die Hand entgegen.
Huberts angeborene Scheu vor Szenen war noch stärker als sein Groll; er nahm die Hand, doch ohne sie zu drücken.
»Aus der *Times* habe ich ersehen, daß Sie in London sind. Könnte ich Sie irgendwo ungestört fünf Minuten sprechen?«
Hallorsen führte ihn zu einem Erkerfenster und ließ zwei Cocktails bringen.
»Danke, ich nehme nichts. Doch gestatten Sie, daß ich rauche?«
»Hoffentlich die Friedenspfeife, Captain Cherrell.«
»Weiß nicht. Eine Ehrenerklärung, die nicht aus aufrichtiger Überzeugung kommt, hat in meinen Augen nicht den geringsten Wert.«
»Wer sagt Ihnen, daß sie nicht aus aufrichtiger Überzeugung kommt?«
»Meine Schwester.«
»Ihre Schwester, Captain Cherrell, ist eine ungemein feine und bezaubernde Dame. Ich möchte ihr nicht gern widersprechen.«
»Nehmen Sie mir's krumm, wenn ich ganz offen mit Ihnen spreche?«
»Keine Idee.«
»Dann ziehe ich es entschieden vor, von Ihnen keine Ehrenerklärung zu erhalten, als sie Ihrer Neigung für meine Schwester zu verdanken.«
»Nun«, erwiderte Hallorsen nach einem Schweigen, »ich kann doch nicht der *Times* schreiben, daß ich eine irrtümliche Ehrenerklärung abgab. Ich zweifle sehr, ob sie diese Berichtigung bringen würde. Ich war schwer verstimmt, als ich mein Buch schrieb. Das habe ich schon Ihrer Schwester erklärt und wiederhole es Ihnen heute nochmals. Ich hatte alles Mitgefühl verloren, und das tut mir jetzt aufrichtig leid.«
»Auf Ihr Mitgefühl verzichte ich. Ich will Gerechtigkeit. Hab ich den Mißerfolg verschuldet oder nicht?«
»Na, ohne Frage hat Ihr Unvermögen, dieses Pack beisammenzuhalten, mir die letzte Chance verdorben.«
»Das gebe ich zu. Aber war es meine Schuld, daß ich es nicht zuwege brachte, oder die Ihre, weil Sie ein Ding der Unmöglichkeit von mir verlangten?«

Eine volle Minute sahen die beiden Männer einander stumm in die Augen. Dann streckte Hallorsen Captain Cherrell nochmals die Hand entgegen.
»Schlagen Sie ein!« bat er, »es war meine Schuld.«
Hubert wollte ihm impulsiv die Hand reichen, zog sie aber auf halbem Weg wieder zurück.
»Einen Augenblick! Sagten Sie das meiner Schwester zu Gefallen?«
»Nein, Sir, aus Überzeugung.«
Hubert ergriff die dargebotene Hand.
»Ausgezeichnet!« rief Hallorsen. »Wir haben einander nicht verstanden, Captain. Seit ich jedoch in einem eurer alten Herrenhäuser zu Gast war, begreife ich, warum es so kommen mußte. Ich hatte von Ihnen etwas erwartet, was man von euch Engländern der vornehmen Gesellschaft nicht erwarten darf: so zu reden, wie euch der Schnabel gewachsen ist. Man muß, scheint mir, eure Äußerungen gewissermaßen übersetzen, und ich brachte das nicht zuwege, darum waren wir einander ein Buch mit sieben Siegeln. Und auf diese Art gerieten wir in Streit.«
»Ich weiß nicht, warum, aber wir haben uns gründlich zerstritten.«
»Ich wollte, wir könnten einen neuen Anfang machen.«
Hubert schauderte zusammen. »Ich nicht.«
»Ich will tun, was ich nur kann, meinen Fehler gutzumachen. Und nun, Captain, möchten Sie nicht mit mir zum Lunch kommen? Wollen Sie mir nicht sagen, womit ich Ihnen dienen könnte?«
Einen Augenblick schwieg Hubert, seine Miene blieb unbewegt, nur die Hände bebten leicht.
»Besten Dank!« entgegnete er, »ich weiß nichts.«
Und sie begaben sich ins Lunchzimmer.

13

In diesem zweifelhaften Menschenleben steht doch eines außer Zweifel:
Alles, was seinen Weg durch ein öffentliches Amt nimmt, geht ganz anders aus, als der Privatmann meint.

Hättc Dinny ebensoviel Erfahrung wie Schwesterliebe besessen, sie hätte sich wohl gehütet, den schlafenden Leu zu wecken. Sie wußte eben noch nicht, daß Briefe an Würdenträger und hohe Beamte meist genau das Gegenteil von dem bewirken, was der Absender damit bezweckt. Dinnys Brief rief nur Lord Saxendens Eigendünkel wach, was man bei Männern in Amt und Würden vermeiden muß, und brachte ihn dazu, sich um die Angelegenheit überhaupt nicht zu kümmern. Bildete dieses junge Frauenzimmer sich etwa ein, er, Lord Saxenden, habe nicht durchschaut, daß jener Amerikaner ihr aus der Hand fraß? Es zeigte sich wieder einmal die Ironie des Schicksals: Hallorsens Erklärung veranlaßte die Behörden gerade zu strengerer Kritik und schärferem Argwohn in Huberts Angelegenheit. Zwei Tage vor Ablauf des Krankenjahrs erhielt dieser die Nachricht, sein Urlaub sei auf unbestimmte Zeit verlängert und sein Gehalt auf die Hälfte reduziert, solange die vom Abgeordneten Major Motley im Unterhaus vorgebrachte Beschuldigung nicht entkräftet sei.

Dieses Mitglied der Militärkommission hatte als Antwort auf Hallorsens Erklärung in der *Times* ebenfalls einen Brief veröffentlicht und darin an den Professor die Frage gerichtet, ob die Prügel und das Erschießen, wovon er in seinem Buch berichte, überhaupt nicht auf Wahrheit beruhten. Wenn dies aber der Fall sei, wie könne der Verfasser diesen verblüffenden Widerspruch erklären? Hallorsen hatte darauf entgegnet, sein Bericht in dem Buch über Bolivien gebe die Tatsachen richtig wieder, doch die Schlüsse, die er aus den Tatsachen gezogen hatte, seien irrig; Captain Cherrell habe durchaus nicht unkorrekt gehandelt.

Als Hubert die Nachricht erhielt, sein Urlaub sei auf unbestimmte Zeit verlängert worden, begab er sich ins Kriegsministerium, brachte jedoch keinen andern Trost heim als die inoffizielle Mitteilung eines Bekannten, die bolivianische Regierung habe sich eingemengt. Über diese Botschaft gerieten die Bewohner von Condaford in helle Bestürzung. Keiner der vier jungen Leute – die Tasburghs weilten noch auf Condaford zu Gast, und Clare war noch nicht aus Schottland zurückgekehrt – ermaß die volle Bedeutung dieser Nachricht, noch ahnte ja keiner von ihnen, wie weit ein Beamter gehen kann, wenn er auszieht, seine Pflicht zu

erfüllen. Doch den General erschütterte die Nachricht so sehr, daß er nach London fuhr und dort über Nacht im Klub blieb.
Am selben Tag sagte Jeanne Tasburgh ruhig nach dem Tee, während sie den Billard mit Kreide einrieb: »Was bedeutet diese Nachricht aus Bolivien?«
»Nun, dies und das. Du weißt ja, ich hab einen Bolivianer erschossen.«
»Er hat doch dir ans Leben gewollt.«
»Allerdings.«
Sie lehnte den Stock hin; ihre schlanken, kraftvollen braunen Hände gruben sich in die Polsterwand des Billards. Plötzlich trat sie auf Hubert zu, schob ihre Hand unter seinen Arm und erklärte: »Gib mir einen Kuß, ich gehöre jetzt dir.«
»Jeanne!«
»Still, Hubert! Nichts von Ritterlichkeit oder ähnlichem Unsinn. Du sollst diese scheußliche Sache nicht allein auskochen müssen. Ich will sie mit dir teilen. Gib mir einen Kuß!«
Sie erhielt den Kuß, einen langen Kuß, tröstend und befreiend für beide. Doch kaum war er vorbei, sagte Hubert: »Jeanne, erst muß diese Geschichte in Ordnung sein, früher ist es ganz unmöglich.«
»Selbstverständlich kommt sie in Ordnung, ich werde sie einrenken. Wir wollen schleunigst heiraten, Hubert. Vater wird mir hundert Pfund im Jahr geben, was kannst du aufbringen?«
»Ich habe dreihundert Privateinkommen jährlich und halbes Gehalt, das mir aber vielleicht entzogen wird.«
»Sichere vierhundert Pfund also jährlich. Junge Leute haben schon mit viel weniger geheiratet. Auch bleibt es ja nicht dabei. Natürlich können wir heiraten. Wo?«
Hubert stand atemlos da.
»In Kriegszeiten«, fuhr Jeanne fort, »hat man auch vom Fleck weg geheiratet. Man konnte nicht warten, weil der Mann in den Tod ging. Noch einen Kuß!«
Atemloser denn je stand Hubert da, den Hals noch immer von ihren Armen umschlungen. So fand Dinny die beiden.
Jeanne gab noch immer seinen Hals nicht frei und erklärte: »Wir heiraten, Dinny. Wo sollen wir das am besten erledi-

gen? Im Standesamt? Aufgebote nehmen so viel Zeit in Anspruch.«
Dinny riß Mund und Augen auf. »Daß du dich so schnell erklärst, Jeanne, hätte ich nicht erwartet.«
»Ich mußte doch. Hubert ist kindisch in seiner Ritterlichkeit. Vater wird vom Standesamt nichts wissen wollen. Könnten wir nicht die Erlaubnis zur Trauung ohne Aufgebot erwirken?«
Huberts Hände lagen auf ihren Schultern. Er hielt sie ein wenig von sich. »Sei doch ernst, Jeanne.«
»Das bin ich ja. Wenn wir ohne Aufgebot getraut werden, braucht niemand etwas zu erfahren, ehe nicht alles vorbei ist. Da wird sich auch niemand darüber aufregen.«
»Mir scheint, du hast recht«, erklärte Dinny ruhig. »Wenn etwas geschehen muß, tut man es am klügsten schnell ab. Ich denke, Onkel Hilary würde euch zusammengeben.«
Hubert ließ die Hände sinken. »Ihr seid beide übergeschnappt.«
»Höflich!« gab Jeanne zurück. »Die Männer sind doch hirnrissig. Zuerst wünschen sie sich was, und wird es ihnen dann geboten, so zaudern sie wie alte Weiber. Wer ist denn Onkel Hilary?«
»Pfarrer von St. Augustin im Grünen. Er hat einen sehr schwach entwickelten Sinn für das, was sich schickt.«
»Bravo! Hubert, morgen gehst du zu ihm und besorgst die Lizenz für die Trauung ohne Aufgebot. Wir holen dich dann ab. Dinny, wo können wir in London übernachten?«
»Angela wird uns gewiß gern aufnehmen.«
»Einverstanden. Wir müssen in Lippinghall haltmachen, ich muß mir einige Kleider holen und mit Vater sprechen. Ich werde es ihm eröffnen, während ich ihm das Haar schneide, da kann er keine Geschichten machen. Alan soll auch mitkommen, wir werden doch einen Brautführer brauchen. Und du, Dinny, bringst inzwischen Hubert zur Vernunft.«
Als sie mit dem Bruder allein war, meinte Dinny: »Hubert, sie ist ein Prachtmädel und durchaus nicht übergeschnappt. Das Tempo ist atemraubend, aber Jeanne hat enorm viel gesunden Menschenverstand. Arm ist sie ja immer gewesen, da macht es ihr gar nichts aus.«
»Das ist es nicht. Aber etwas Verhängnisvolles scheint über mir zu schweben, und das wird dann auch sie treffen.«

»Wenn du sie nicht heiratest, trifft es sie noch schlimmer. Ich täte es an deiner Stelle, lieber Junge. Vater wird nichts dagegen haben. Sie gefällt ihm, und er sieht es gewiß lieber, du heiratest ein mutiges Mädchen aus guter Familie als einen Geldsack.«
»Es kommt mir so ungehörig vor – eine Trauung ohne Aufgebot«, murmelte Hubert.
»Es ist romantisch, und überdies läßt du den Leuten ja nicht einmal Zeit, es für passend zu halten oder nicht. Sie werden sich mit der Tatsache abfinden wie immer.«
»Aber was wird Mutter sagen?«
»Wenn du willst, teile ich es ihr mit. Sie wird gewiß nicht viel dagegen haben. So modern, daß du irgendein Revuegirl heiratest, bist du ja doch nicht. Mutter bewundert Jeanne, Tante Emily und Onkel Lawrence ebenfalls.«
Huberts Miene hellte sich auf. »Also ich heirate. Wie wunderbar! Schließlich hab ich keinen Grund, mich zu schämen.« Er trat auf Dinny zu, küßte sie fast heftig und eilte hinaus. Dinny blieb im Zimmer und übte einen Billardstoß. Trotz ihres sachlichen Verhaltens war sie tief bestürzt. Die Umarmung, bei der sie die beiden ertappt hatte, war so leidenschaftlich gewesen. Das Mädchen schien eine so seltsame Mischung von Gefühl und Selbstbeherrschung, Lava und Stahl, war so gebieterisch und dabei noch so lachhaft jung. Die Sache war vielleicht ein Wagnis. Aber jetzt schon hatte sie Hubert zu einem ganz anderen Menschen gewandelt. Dennoch behagte Dinny die Geschichte nicht ganz. Ihr selbst wäre ein solches Auflodern der Leidenschaft einfach unmöglich gewesen. Wenn sie ihr Herz verschenkte, würde das nicht so stürmisch geschehen. Ihre alte schottische Kinderfrau pflegte immer zu sagen: »Miss Dinny weiß, woher der Wind weht.« Sie war nicht stolz auf diesen »Sinn für Humor, diesen Witz, der bisweilen alles andere an der Entfaltung hindert«. Sie beneidete Jeanne um ihre frische Entschlußkraft, Alan um seine schlichte Überzeugung, Hallorsen um seinen robusten Wagemut. Immerhin, auch sie hatte so manches in die Waagschale zu werfen. Ein leises Lächeln auf den Lippen, ging sie zu ihrer Mutter.
Lady Cherrell saß in ihrem Allerheiligsten neben dem Schlaf-

zimmer und nähte Musselinsäcke für die Blätter der duftenden Verbene, die neben dem Haus wuchs.

»Liebste Mutter«, rief Dinny, »mach dich auf einen leichten Nervenschock gefaßt. Erinnerst du dich noch an meinen Wunsch, wir könnten für Hubert ein passendes Mädchen auftreiben? Nun, wir haben es. Soeben hat Jeanne ihm einen Heiratsantrag gemacht.«

»Dinny!«

»Sie lassen sich vom Fleck weg trauen, ohne Aufgebot.«

»Aber um Gottes willen –!«

»Freilich! Morgen fahren wir also nach London. Jeanne und ich wohnen bei Angela, bis alles erledigt ist. Hubert wird es Vater sagen.«

»Aber, Dinny, im Ernst –?«

Durch einen Berg von Musselin arbeitete Dinny sich zur Mutter durch, kniete vor sie hin und umschlang sie. »Ich fühle ganz wie du«, erklärte sie. »Na, vielleicht doch nicht ganz so, weil ich ihn nicht geboren habe. Doch bedenk, liebste Mutter, alles ist ja in bester Ordnung. Jeanne ist ein wundervolles Geschöpf und Hubert scheint bis über die Ohren in sie verschossen. Die Geschichte schlägt ihm schon jetzt sehr gut an. Jeanne wird dafür sorgen, daß er den Kopf nicht hängen läßt.«

»Aber die Geldfrage, Dinny!«

»Von Vater erwarten sie nichts. Für einen einfachen Haushalt langt ihr Einkommen, und in der ersten Zeit müssen sie ja nicht gleich Kinder kriegen.«

»Ich denke nicht. Es kommt so schrecklich unerwartet. Weshalb nur eine Trauung ohne Aufgebot?«

»Plötzliche Eingebung. Jeanne hat sie gehabt.« Dinny umfaßte die schlanke Gestalt Lady Cherrells. »Huberts nächste Zukunft sieht ohne Frage recht düster aus, Mutter.«

»Ach ja, ich bin ganz niedergeschlagen, und dein Vater ist es nicht minder, wenn er auch nicht viel sagt.«

Mehr wollten beide von ihrem Kummer nicht laut werden lassen, darum zogen sie es vor zu beraten, wo das wagemutige junge Paar sein Nest bauen solle.

»Könnten sie denn nicht bei uns auf Condaford wohnen, bis diese Sache erledigt ist?« fragte Lady Cherrell.

»Vermutlich finden sie es amüsanter, in der eigenen Küche Geschirr zu waschen. Gerade jetzt ist es ungemein wichtig, daß Hubert munter und rege bleibt.«

Lady Cherrell seufzte. Korrespondenzen, Gartenpflege, Anordnungen im Haushalt und Ausschußsitzungen der Pfarrgemeinde waren allerdings nicht aufregend. Und den jungen Leuten fehlten in Condaford sogar diese Zerstreuungen. »Es ist freilich still bei uns«, gab sie zu.

»Gott sei Dank!« murmelte Dinny. »Doch Hubert braucht gerade jetzt Leben und Bewegung. All das wird er mit Jeanne in London finden. Vielleicht können sie eine Arbeiterwohnung mieten, nur für kurze Zeit. Also, liebste Mutter, tu, bitte, heut abend so, als wüßtest du gar nichts, und wir alle werden wissen, daß du alles weißt. Das wirkt so beruhigend.« Sie gab der Mutter einen Kuß auf den sorgenvoll lächelnden Mund und verließ das Zimmer.

Am nächsten Morgen zogen die Verschworenen schon zu früher Stunde aus. Wie Jeanne meinte, sah Hubert wie vor einem Hindernisreiten drein. Alan zeigte sich gewandt als angehender Brautführer, Dinny entschlossen, alles von der heiteren Seite zu nehmen, nur Jeanne schien völlig ungerührt. Sie fuhren im Auto der Tasburghs, setzten Hubert am Bahnhof ab und schlugen den Weg nach Lippinghall ein. Jeanne chauffierte, die beiden anderen saßen hinten.

»Dinny«, fragte der junge Tasburgh, »könnten wir uns nicht auch gleich ohne Aufgebot trauen lassen? Verschaffen wir uns die Lizenz.«

»Gebührenermäßigung bei Abnahme mehrerer Exemplare. Benimm dich! Wenn du erst wieder auf See bist, hast du mich in einem Monat vergessen.«

»Sehe ich danach aus?«

Prüfend blickte Dinny in sein braunes Gesicht. »Stellenweise schon.«

»Sei doch endlich einmal ernst!«

»Ich kann nicht. Ich sehe Jeanne vor mir, wie sie dem Vater eine Locke abzwickt und dabei ruft: ›Also los, Papa, gib deinen Segen oder du wirst ratzekahl geschoren!‹ Und der Pfarrer erwidert: ›Ich?! Nie und nimmer!‹ Da zwickt Jeanne eine zweite Locke weg und ruft: ›Also abgemacht. Ich kriege hundert Pfund im Jahr, oder deine Augenbrauen sind fort.‹«

»Jeanne ist ein wahrer Drachen. Dinny, versprich mir wenigstens, daß du keinen anderen heiratest!«

»Stell dir doch vor, ich liebte jemanden rasend, willst du mir da mein junges Leben verderben?«

»Jawohl!«

»So antworten die Liebhaber auf der Leinwand nicht.«

»Ich steigere das Tempo«, erklärte Jeanne und lehnte sich zurück. Die Nadel am Tachometer schlug aus: sechzig – siebzig – fünfundsiebzig – achtzig –! Des Seemanns Hand schob sich unter Dinnys Arm.

»So geht das nicht weiter, der Motor explodiert noch. Aber diese Straße fordert einen dazu heraus.«

Dinny saß mit starrem Lächeln da; sie haßte so schnelle Fahrten und bemerkte klagend, als Jeanne wieder das gewöhnliche Fünfzig-Kilometer-Tempo einschlug: »Jeanne, ich bin inwendig noch ganz neunzehntes Jahrhundert.«

Später beugte sie sich wieder vor: »Ich möchte mich nicht in Lippinghall sehen lassen. Bitte fahr geradewegs zum Pfarrhof und halte mich dort irgendwo versteckt, während du mit dem Vater verhandelst.«

Sie wurde im Speisezimmer gegenüber dem Ahnenbild untergebracht, von dem Jeanne ihr erzählt hatte, und betrachtete es voll Neugier. Darunter stand: »1553. Catherine Tastburgh, geborene Fitzherbert, im 36. Lebensjahr, Gattin des Sir Walter Tastburgh.« Das nachgedunkelte Gesicht über dem langen, von steifer Krause umschlossenen Hals sah so aus, wie Jeanne fünfzehn Jahre später aussehen mochte. Die gleiche Linie von den breiten Backenknochen zu dem spitzen Kinn, die gleichen langgeschnittenen, lockenden Augen mit dunklen Wimpern; selbst die unter der Brust verschränkten Hände glichen genau den Händen Jeannes. War wohl die Geschichte dieser seltsamen Vorgängerin bekannt? Und würde sich diese Geschichte in ihrem Ebenbild wiederholen?

»Sieht sie nicht Jeanne geradezu erschreckend ähnlich?« Mit dieser Frage trat der junge Tasburgh ein. »Die hatte, wie es heißt, einen eisernen Schädel. Sie soll ihr eigenes Begräbnis inszeniert haben und bei den Katholikenverfolgungen, kurz nach dem Regierungsantritt Elisabeths, aus England geflohen sein. Weißt du, wie es damals allen Priestern ging, die nach katholischem Ritus die Messe lasen? Daß ihnen dafür der Bauch aufgeschlitzt wurde, war eine Kleinigkeit. Christentum, wahrhaftig! Diese Dame hat, denk ich, so manchen Draht gezogen. Ich wette, die betrieb auch alles im Eiltempo.«

»Nichts Neues von der Front?«

»Jeanne hat sich mit einer alten Nummer der *Times*, einem Handtuch und einer Schere in Vaters Arbeitszimmer begeben. Der Rest ist Schweigen.«

»Weißt du nicht irgendein Versteck, aus dem wir sie beobachten können, wenn sie herauskommen?«

»Setzen wir uns auf die Treppe. Wenn sie nicht zufällig hinaufgehen, bemerken sie uns nicht.«

Dinny und Alan verließen das Zimmer, hockten sich in einen dunklen Winkel der Treppe und spähten durchs Geländer nach der Tür der Bibliothek. Mit einem Gruseln wie in den Kindertagen wartete Dinny darauf, daß die Tür sich auftat. Plötzlich trat Jeanne heraus, in der einen Hand eine Tüte aus Zeitungspapier, in der anderen eine Schere. Die Lauscher hörten sie sagen: »Vergiß nicht, Lieber, daß du heute nicht ohne Hut aus dem Haus darfst.«

Die unartikulierte Antwort wurde vom Schließen der Tür übertönt. Dinny erhob sich und rief übers Geländer: »Nun, wie steht's?«

»Alles in Ordnung. Er hat ein wenig geknurrt – weiß nicht, wer ihm in Zukunft die Haare schneiden wird und so weiter. Die Lizenz zur Trauung ohne Aufgebot hält er für Geldvergeudung. Aber die hundert Pfund im Jahr wird er mir geben. Als ich fortging, stopfte er sich gerade die Pfeife.« Sie blieb stehen und guckte in die Papiertüte: »Es hat ihn ziemlich viel Haare gekostet. Dinny, wir nehmen sofort den Lunch, dann fahren wir gleich wieder weiter.«

Beim Lunch benahm sich der Pfarrer höflich wie immer. Dinny beobachtete ihn aufmerksam, ja bewundernd – ein Witwer in vorgerückten Jahren, jetzt sollte er seine einzige Tochter verlieren, die ihm in Haus und Pfarre alles besorgte, sogar das Haarschneiden. Und doch schien er ruhig wie immer, kein Laut des Unmuts kam über seine Lippen. War das nun seiner Erziehung zuzuschreiben, seiner Vaterliebe, oder atmete er am Ende gar erleichtert auf? Dinny kam darüber nicht recht ins klare, ihr Herz begann unruhig zu schlagen. Nun stak Hubert bald in des Pfarrers Schuhen. Sie starrte Jeanne an. Ohne Zweifel konnte sie ebenfalls ihr eigenes Begräbnis inszenieren, vielleicht auch das anderer Leute. Aber ihr Kommando würde gewiß nie rauh und ordinär klingen, als gewöhnlicher Hausdrachen entpuppte sie sich wohl nie. Wenn nur Hubert und sie genügend Humor besaßen!

Nach dem Lunch nahm der Pfarrer Dinny beiseite. »Meine liebe Dinny – ich darf Sie doch wohl so nennen? –, was halten Sie von der Sache und was sagt Ihre Frau Mutter dazu?«

»Wir denken beide: ›Eins, zwei, drei, im Sauseschritt –‹«

»Nun«, erwiderte der Pfarrer versonnen, »Jeanne ist ein gutes Mädchen; ungemein – eh – tatkräftig. Bin froh, daß unsere Familien wieder – eh – durch Verwandtschaftsbande verknüpft werden. Mir wird sie freilich arg fehlen, aber – eh – man darf nicht immer an sich selbst denken.«

»Was wir auf der einen Seite verlieren, gewinnen wir auf der anderen«, murmelte Dinny.

Des Pfarrers blaue Augen zwinkerten. »Ach ja! Der Mensch muß sich fügen. Jeanne will nicht, daß ich sie bei der Trauung dem Gatten übergebe. Hier ist ihr Trauschein, falls man ihn verlangen sollte. Sie ist mündig.« Er zog einen langen vergilbten Zettel hervor. »Du meine Güte!« fügte er ergriffen hinzu.

Dinny wußte wieder nicht recht, ob sie ihn bedauern sollte. Gleich darauf fuhren sie davon.

14

Die beiden Mädchen setzten Alan Tasburgh in seinem Klub ab und fuhren dann nach Chelsea. Dinny hatte nicht telegrafiert, sie verließ sich auf ihr gutes Glück, Angela zu treffen. Als sie das

Haus in der Oakley Street erreichten, stieg sie aus und klingelte. Eine ältliche Hausgehilfin öffnete mit verstörter Miene.
»Mrs. Forest zu Hause?«
»Nein, Miss, Captain Forest.«
»Was, Captain Forest?«
Das Mädchen spähte nach rechts und links und sprach dann leise in hastigem Ton: »Jawohl, Miss; der Schreck ist uns in alle Glieder gefahren, wir wissen nicht, was wir anfangen sollen. Zur Lunchzeit kam plötzlich Captain Forest herein, wir hatten nicht die leiseste Ahnung. Mrs. Forest war nicht daheim. Sie erhielt ein Telegramm, aber Captain Forest hat es übernommen. Und zweimal hat sie jemand telefonisch zu sprechen verlangt, wollte aber keine Botschaft hinterlassen.«
Dinny rang nach Worten: »Was – was für einen Eindruck macht er?«
»Weiß wirklich nicht, Miss. ›Wo ist meine Frau?‹ hat er gefragt kein Wort weiter. Er sieht soweit ganz normal aus, weil wir aber so gar keine Ahnung hatten, haben wir Angst. Die Kinder sind zu Hause, aber wir wissen nicht, wo Mrs. Forest ist.«
»Einen Augenblick!« sagte Dinny und ging zum Auto zurück.
»Was ist los?« fragte Jeanne beim Aussteigen.
Die beiden Mädchen besprachen sich rasch auf der Straße, die Hausgehilfin sah ihnen von der Tür aus zu.
»Ich muß Onkel Adrian aufsuchen«, erklärte Dinny, »der Kinder wegen.«
Tu das, ich gehe inzwischen hinein und warte auf dich. Das Mädchen sieht ganz verstört aus.«
»Er war, glaub ich, oft gewalttätig, Jeanne. Vielleicht ist er jetzt entsprungen.«
»Nimm das Auto, mir wird nichts passieren.«
Dinny drückte ihr die Hand: »Ich nehme ein Taxi, dann hast du das Auto, wenn du fort willst.«
»Gut! Sag dem Mädchen, wer ich bin, dann verschwinde. Es ist schon vier.«
Dinny sah zum Haus empor, da bemerkte sie plötzlich ein Gesicht im Fenster des Speisezimmers. Sie hatte Captain Forest erst zweimal gesehen, erkannte ihn aber augenblicklich wieder. Man

vergaß sein Gesicht nicht so bald, es war, als lodere hinter diesen Zügen ein Feuer. Ein scharfgeschnittenes, hartes Gesicht, mit kurzgestutztem Schnurrbart, breiten Backenknochen, dichtem, leichtergrautem Haar und stahlhellen, flackernden Augen. Jetzt starrten diese Augen sie an, so unstet und angestrengt, daß sie gequält zur Seite blickte.

»Sieh nicht hinauf! Da ist er – hinterm Fenster!« sagte Dinny zu Jeanne. »Er sieht ganz normal aus, ist sorgfältig gekleidet, nur seine Augen – gehen wir lieber beide weg, oder bleiben wir beide hier.«

»Sei unbesorgt, ich weiß mir schon zu helfen. Fahr du nur fort!« Und Jeanne trat ins Haus.

Dinny eilte fort. Dieses plötzliche Wiederauftauchen eines Mannes, den alle für hoffnungslos geisteskrank hielten, war beunruhigend. Sie wußte nichts von den näheren Umständen seiner Internierung, überhaupt nichts, nur daß Angela vor seinem völligen Zusammenbruch furchtbare Zeiten mit ihm durchgemacht hatte. Nun dachte sie sogleich an Adrian; der war gewiß der einzige, der näher Bescheid wußte. In ihrer Angst schien ihr die Fahrt endlos. Sie traf ihren Onkel, als er eben das Museum verlassen wollte, und erzählte ihm hastig den Vorfall. Entsetzt starrte er sie an.

»Weißt du nicht, wo Angela ist?« fügte sie hinzu.

»Heute abend sollte sie bei Fleur und Michael dinieren. Ich wollte auch hingehen. Wo sie jetzt ist, weiß ich nicht. Fahren wir gleich in die Oakley Street zurück. Ein Blitz aus heiterem Himmel!«

Sie stiegen ins Auto.

»Könntest du nicht in die Irrenanstalt telefonieren, Onkel?«

»Das wage ich nicht auf eigene Faust, vorher muß ich mit Angela sprechen. Er sieht normal aus, sagst du?«

»Ja, bis auf die Augen – aber diesen seltsamen Blick hat er, wenn ich mich recht entsinne, immer gehabt.«

Adrian fuhr sich an den Kopf. »Grauenhaft! Meine arme Angela!«

Dinnys Herz krampfte sich zusammen – er und die Frau taten ihr so leid.

»Und wie grauenhaft«, fuhr Adrian fort, »daß die Heimkehr des

armen Teufels so auf uns wirkt. O du mein Gott! Ein schwerer Schlag, Dinny, ein schwerer Schlag.« Dinny drückte seinen Arm.
»Was bestimmt denn das Gesetz in solchen Fällen, Onkel?«
»Weiß der Himmel! Angela hat sich nie ein Attest ausstellen lassen, sie wollte davon nichts hören. Man hat ihn als Privatpatienten aufgenommen.«
»Aber er konnte doch unmöglich nach Belieben weggehen, ohne daß man seiner Frau Nachricht gab?«
»Wer weiß, was da geschehen ist! Vielleicht ist er so verrückt wie nur je und in einem lichten Augenblick davon. Doch was wir auch tun« – Dinny war von seiner Miene bei diesen Worten ergriffen –, »wir müssen an ihn genauso denken wie an uns selbst. Wir dürfen es ihm nicht noch schwerer machen. Armer Forest! Sorgen, Krankheit, Armut, Laster, Verbrechen – sag, was du willst, Dinny, nichts von alldem ist für die Betroffenen auch nur halb so tragisch wie der Wahnsinn.«
»Onkel«, fragte Dinny, »was wird denn nachts –?«
Adrian stöhnte. »Davor müssen wir sie irgendwie zu bewahren suchen.« In der Oakley Street stiegen sie aus dem Auto und schritten zur Tür ...
Beim Eintritt hatte Jeanne dem Mädchen erklärt: »Ich bin Miss Tasburgh. Miss Dinny ist Mr. Cherrell holen gegangen. Ist das Empfangszimmer oben? Ich möchte dort warten. Hat er die Kinder schon gesehen?«
»Nein, Miss, er ist erst seit einer halben Stunde hier. Die Kinder sind mit Mademoiselle oben im Schulzimmer.«
»Dann werde ich in ihrer Nähe bleiben«, erklärte Jeanne. »Führen Sie mich hinauf!«
»Soll ich mit Ihnen warten, Miss?«
»Nein, halten Sie nach Mrs. Forest Ausschau und melden Sie ihr gleich alles.«
Das Mädchen warf ihr einen bewundernden Blick zu und ließ sie im Empfangszimmer zurück. Jeanne öffnete ein wenig die Tür und blieb horchend stehen. Kein Laut. Mit leisen Schritten begann sie zwischen Fenster und Tür auf und ab zu wandern. Wenn sie Angela kommen sah, wollte sie zu ihr hinunterlaufen, wenn Forest herauskam, zu ihm auf den Flur hinaustreten. Ihr Herz

schlug etwas schneller als gewöhnlich, doch nervös erregt schien sie nicht. Eine Viertelstunde war sie so hin und her gegangen, da vernahm sie hinter sich ein Geräusch – als sie sich umwandte, sah sie Forest im Zimmer stehen.
»Ah!« rief sie, »ich warte auf Mrs. Forest. Sind Sie Captain Forest?«
Die Gestalt verneigte sich. »Und Sie?«
»Jeanne Tasburgh. Sie kennen mich wohl nicht?«
»Wer war vorher mit Ihnen hier?«
»Dinny Cherrell.«
»Wo ist sie hingegangen?«
»Sie will einen ihrer Onkel aufsuchen, scheint mir.«
Forest stieß einen seltsamen Laut aus – fast ein Lachen. »Adrian?«
»Möglich.«
Seine hellen, flackernden Augen glitten durch den geschmackvoll ausgestatteten Raum. »Hier ist's schöner denn je«, meinte er. »Ich war längere Zeit fort. Sie kennen meine Frau?«
»Während eines Besuches bei Lady Mont machte ich ihre Bekanntschaft.«
»In Lippinghall? Ist Angela wohlauf?«
Gierig, hart klangen diese Worte.
»Vollkommen.«
»Und schön?«
»Sehr schön.«
»Danke.«
Jeanne sandte ihm unter den langen Wimpern hervor einen prüfenden Blick zu, doch vom Scheitel bis zur Sohle war an ihm nicht das mindeste zu merken, was auf Geistesgestörtheit schließen ließ. Er sah aus wie ein Soldat in Zivil, und das war er ja auch. Zurückhaltend, sorgfältig gekleidet – nur diese Augen, diese sonderbaren Augen!
»Seit vier Jahren hab ich meine Frau nicht gesehen«, erklärte er, »ich will beim Wiedersehen mit ihr allein sein.«
»Ich gehe«, erwiderte Jeanne und wandte sich zur Tür.
»Nein!« Erschreckend unerwartet stieß er es hervor. »Bleiben Sie!« Er vertrat ihr den Weg.

»Warum?«
»Ich selbst will ihr als erster sagen, daß ich zurück bin.«
»Begreiflich.«
»Sie bleiben also!«
Jeanne trat ans Fenster zurück. »Wie Sie wünschen«, erwiderte sie. Schweigen.
»Hat man Ihnen schon von mir erzählt?« fragte er plötzlich.
»Sehr wenig. Ich weiß, daß Sie nicht ganz gesund waren.«
Er kam näher. »Können Sie mir etwas anmerken?«
Jeanne sah empor, ihr Blick hielt seinem stand, bis er die flakkernden Augen abwandte.
»Gar nichts. Sie sehen vollkommen gesund aus.«
»Bin es auch. Setzen Sie sich, bitte!«
»Danke.« Jeanne nahm Platz.
»So ist's recht«, meinte er. »Behalten Sie mich im Auge!«
Jeanne starrte ihre Fußspitzen an. Und wieder brach Forest in jenes unheimliche Lachen aus.
»Sie sind gewiß noch nie irrsinnig gewesen. Hätten Sie sich je in meiner Lage befunden, dann wüßten Sie, wie scharf einen jeder im Auge behält, und wie mißtrauisch man selbst jeden ins Auge faßt. Jetzt muß ich hinunter. Auf Wiedersehen!«
Rasch wandte er sich um, ging hinaus und schloß hinter sich die Tür. Jeanne blieb ruhig sitzen, sie glaubte, er werde bald zurück sein. Sie hatte das Gefühl, sie habe den kürzeren gezogen, und spürte am ganzen Leib ein seltsames Prickeln, als sei sie einem Feuer zu nahe gekommen. Er hatte die Tür hinter sich zugemacht, Jeanne stand auf, sie wieder zu öffnen. Sie war versperrt. Jeanne blieb stehen und starrte auf die verschlossene Tür. Was tun? Läuten? An die Tür trommeln und die Hausgehilfin herbeilocken? Sie beschloß, beides zu unterlassen, trat ans Fenster und spähte die Straße hinab. Dinny mußte bald zurück sein, dann konnte sie rufen. Ganz kaltblütig überdachte sie nochmals ihre Lage. Er hatte sie eingesperrt, weil er nicht wünschte, daß ihn jemand beim Wiedersehen mit seiner Frau störe. Gegen jedermann hegte er Argwohn, nur zu begreiflich! Als Geisteskranker eingesperrt zu sein – ihrem jungen, harten Sinn dämmerte die Ahnung auf, wie einem dabei zumute sein mochte. Armer Mensch! Sie

fragte sich, ob sie durchs Fenster entkommen könne, ohne Aufsehen zu erregen, hielt es für unmöglich und spähte wieder nach den Befreiern. Plötzlich durchlief sie ein Schauer, die Nachwirkung dieses Zusammenpralls. Diese Augen! Wie furchtbar, seine Frau zu sein! Sie öffnete das Fenster und beugte sich weit hinaus . . .

15

Dinny und ihr Onkel blieben auf der Schwelle stehen, als sie Jeanne am Fenster erblickten.

»Ich bin im Empfangszimmer eingesperrt«, klärte Jeanne ruhig auf; »laßt mich bitte hinaus.«

Adrian führte seine Nichte zum Auto zurück.

»Bleib hier im Auto, Dinny. Ich schicke dir Jeanne heraus. Wir müssen alles Aufsehen vermeiden.«

»Gib acht, Onkel! Du kommst mir vor – wie Daniel auf dem Weg zur Löwen –«

Mit mattem Lächeln klingelte Adrian. Forest öffnete selbst die Tür.

»Ah, Cherrell! Komm herein.«

Adrian streckte ihm die Hand entgegen, der Captain nahm sie nicht.

»Einen begeisterten Empfang darf ich wohl kaum erwarten«, bemerkte Forest.

»Lieber Freund!«

»Nein, einen begeisterten Empfang erwarte ich nicht. Aber ich will Angela sehen, Cherrell. Versuch nicht, mich daran zu hindern – und ich möchte es auch keinem anderen raten.«

»Recht hast du. Erlaubst du, daß ich Jeanne Tasburgh hole? Dinny erwartet sie im Auto.«

»Ich hab sie eingesperrt«, erwiderte Forest düster, »da ist der Schlüssel. Schaff sie fort!«

Er trat ins Speisezimmer. Jeanne stand schon an der Tür.

»Gehen Sie hinaus zu Dinny«, sagte Adrian, »und fahren Sie mit ihr fort. Ich werde schon mit ihm fertig werden. Sie hatten doch hoffentlich keine Unannehmlichkeiten?«

»Eingesperrt bin ich worden, weiter nichts.«

»Sagen Sie Dinny«, bat Adrian, »Hilary ist fast überzeugt, er kann euch beide unterbringen. Wenn ihr jetzt zu ihm fahrt, weiß ich wenigstens, wo ihr im Notfall zu erreichen seid. Sie haben Mut, junge Dame.«

»Nicht der Rede wert«, gab Jeanne zurück, rief »Auf Wiedersehen!« und eilte die Treppe hinunter. Adrian hörte die Haustür ins Schloß fallen und ging langsam ins Speisezimmer. Forest stand am Fenster; er sah zu, wie die Mädchen davonfuhren. Rasch wandte er sich um, wie ein Mensch, der gewohnt ist, stets belauert zu werden. Er hatte sich wenig verändert, nur war er jetzt nicht mehr ganz so schlank wie früher, sein Haar schien stärker ergraut. Seine Kleidung war so sorgfältig wie je, sein Wesen beherrscht. Nur die Augen – ach ja – die Augen!

»Leid tu ich dir gewiß«, begann Forest unheimlich, »aber lieber sähst du mich tot. Wer täte das nicht? Man hat eben nicht den Verstand zu verlieren. Aber jetzt, Cherrell, gib dich nur ja keiner Täuschung hin, jetzt bin ich wieder ganz gesund.«

Gesund? Er schien es allerdings. Ob er es aber auch bleiben würde?

»Ihr habt euch alle eingebildet«, fuhr Forest fort, »ich käme nimmer wieder. Doch vor drei Monaten begann sich mein Zustand zu bessern. Als ich das merkte, hielt ich die Besserung zunächst geheim. Unsere Ärzte und Pfleger« – er stieß diese Worte mit großer Bitterkeit hervor – »müssen von unserer Gesundung so unumstößliche Beweise erhalten, daß wir, käme es auf sie an, überhaupt nie gesund würden. Na, unser Gesundwerden liegt ja nicht in ihrem Interesse.« Brennend bohrte sich sein Blick in Adrians Augen: »Und auch in deinem nicht, und nicht in Angelas, he?« schien er zu sagen. »Ich hielt es also geheim. Ich brachte die Willensstärke auf, im Vollbesitz meiner Geisteskraft mich noch drei Monate als Irren behandeln zu lassen. Erst seit ungefähr einer Woche machte ich kein Hehl daraus, daß ich wieder ganz bei Vernunft bin. Die Leute aber verlangen eine viel längere Probezeit, ehe sie den Angehörigen Bericht erstatten. Ich wollte übrigens gar nicht, daß sie Angela schreiben. Geradewegs wollt ich heimfahren und mich zeigen, wie ich bin. Ich wollte nicht, daß

Angela oder sonst wer vor mir gewarnt wird. Ich suchte nur Klarheit über meinen Zustand zu gewinnen, und die hab ich jetzt.«
»Grauenhaft!« hauchte Adrian fast unhörbar.
»Du hast meine Frau geliebt, Cherrell, liebst sie noch. Nun?« Wieder bohrte sich Forests Blick brennend in den seinen.
»An unserer Freundschaft hat sich nichts geändert«, gab Adrian zurück.
»Das würdest du so oder so behaupten.«
»Vielleicht. Doch nach wie vor fühle ich mich verpflichtet, in erster Linie an sie zu denken – weiter hab ich nichts zu sagen.«
»Aha! Deshalb bist du auch jetzt hergekommen, he?«
»Mensch, um Himmels willen, kannst du dir denn nicht vorstellen, wie sie erschrecken wird? Erinnerst du dich nicht mehr an das Leben, das sie vor deiner Übersiedlung in jenes Haus mit dir führen mußte? Bildest du dir ein, sie hätte das vergessen? Meinst du nicht auch, es wäre besser für dich und besser für sie, wenn ihr euch zum erstenmal bei mir trefft – auf meinem Zimmer im Museum?«
»Nein, ich will sie hier in meinem eigenen Haus wiedersehen.«
»Hier, wo ihr das Leben zur Hölle gemacht wurde, Forest? Vielleicht hast du recht daran getan, den Ärzten deine Genesung zu verheimlichen, aber du tust gewiß unrecht, deine Frau so zu überrumpeln.«
Forest wehrte heftig ab. »Du willst sie nur von mir fernhalten.«
Adrian senkte den Kopf. »Mag sein, Forest«, erklärte er sanft. »Doch du kannst wohl die Situation ebenso klar erfassen wie ich. Versetze dich nur in ihre Lage. Stell dir vor, sie tritt ein, vielleicht in der nächsten Minute schon, und erblickt dich, ganz unvorbereitet, ohne etwas von deiner Gesundung zu ahnen, ohne daß du ihr Zeit gelassen hast, daran glauben zu können – und alle Erinnerungen an deinen früheren Zustand dringen auf sie ein – was hast du da zu hoffen?«
Forest stöhnte. »Und was hab ich zu hoffen, wenn ich mir diese einzige Gelegenheit entgehen lasse? Glaubst du, ich kann jetzt noch irgendeinem Menschen trauen? Leb du einmal das Leben, das ich führen mußte, vier Jahre lang, dann rede!« Seine Blicke irrten unstet umher: »Laß du dich belauern, laß du dich behan-

deln wie ein gefährliches Kind. Während der letzten drei Monate hab ich als völlig normaler Mensch diese Behandlungsweise verfolgt. Wenn meine eigene Frau mir meine Genesung nicht glaubt, jetzt, da ich ihr ordentlich gekleidet und vernünftig gegenübertrete, wer soll, wer kann mir dann glauben?«
Adrian trat auf ihn zu. »Bedenk doch«, mahnte er, »gerade sie hat dich in deinen schlimmsten Momenten gesehen. Und schwerer als für jeden anderen ist es für sie, an deine Genesung zu glauben.«
Forest schlug die Hände vors Gesicht.
Adrian wartete, aschfahl vor Erregung. Doch als jener wieder die Hände vom Gesicht nahm, wandte er die Augen ab, er konnte den Anblick nicht ertragen.
»Cherrell, was ahnst du von meiner Einsamkeit!« rief Forest. »Laß du dich als Verrückter einsperren, dann wirst du wissen, was es heißt, den Rest des Lebens einsam sein.«
Adrian legte ihm die Hand auf die Schulter. »Sieh doch, lieber Freund, ich hab in meiner Wohnung ein leerstehendes Zimmer. Bleib doch bei mir, bis hier alles in Ordnung gebracht ist.« Aus Forests Zügen grinste plötzlich wilder Verdacht, ein durchdringend forschender Blick trat in seine Augen. Dann sah er sanft, fast dankbar drein, dann wieder bitter, wieder sanft.
»Du warst immer ein weißer Rabe, Cherrell. Doch nein, danke – ich bring es nicht über mich. Ich muß hier bleiben. Die Füchse haben ihre Höhlen, und ich hab noch diese da.«
Adrian seufzte. »Also gut, dann müssen wir auf Angela warten. Hast du die Kinder schon gesehen?«
»Nein. Denken sie noch an mich?«
»Ich glaube kaum.«
»Wissen sie überhaupt, daß ich noch am Leben bin?«
»Ja, sie wissen, daß du irgendwo fort bist, krank.«
»Daß ich –?« Forest tippte sich an die Stirn.
»Nein. Sollen wir zu ihnen hinaufgehen?«
Forest schüttelte den Kopf. In diesem Augenblick sah Adrian durchs Fenster Angela kommen. Ruhig schritt er zur Tür. Was sollte er sagen, was tun? Schon lag seine Hand am Türknauf, da schoß Forest an ihm vorüber in die Halle hinaus. Angela hatte die

Haustür mit ihrem Schlüssel geöffnet. Adrian sah, wie ihr Gesicht unter dem enganliegenden Hut aschfahl wurde. Sie wich gegen die Wand zurück.
»Hab keine Sorge, Angela«, rief er rasch und hielt die Tür des Speisezimmers offen. Sie eilte an beiden vorüber ins Zimmer. Forest folgte ihr. »Ich warte hier – falls ihr mich etwas fragen wollt«, erklärte Adrian und schloß die Tür …
Die beiden Gatten standen einander gegenüber, schwer atmend, als wären sie weit gelaufen.
»Angela!« rief Forest, »Angela!«
Sie schien unfähig, ein Wort zu erwidern. Da sagte er mit erhobener Stimme: »Ich bin ganz gesund. Glaubst du mir nicht?«
Sie senkte den Kopf und schwieg noch immer.
»Kein Wort hast du für mich armen Hund?«
»Es ist – es ist nur der erste Schreck.«
»Ich bin jetzt geheilt, bin es schon seit drei Monaten.«
»Ich bin so froh, so froh!«
»Herrgott, bist du schön! Schöner als je.«
Plötzlich umschlang er sie, drückte sie heftig an sich und begann sie gierig zu küssen. Als er sie freigab, sank sie atemlos in einen Stuhl und sah ihn so entsetzt an, daß er die Hände vors Gesicht schlug.
»Ronald – ich kann nicht mehr – ich kann nicht mehr so wie früher mit dir leben. Ich kann nicht – kann nicht!«
Er sank vor ihr in die Knie. »Ich wollte nicht so heftig sein. Verzeih mir!«
Dann erhoben sich beide, vor Aufregung ganz erschöpft, und entfernten sich voneinander.
»Wir sollten es lieber in aller Ruhe besprechen«, erklärte Forest.
»Ja.«
»Soll ich nicht hier wohnen?«
»Es ist dein Haus. Tu, was für dich am besten ist.«
Wieder stieß er jenes unheimliche Lachen aus. »Am besten wär's für mich, wenn du und alle anderen mich ganz so behandeln wollten, als wäre nichts geschehen.«
Angela schwieg. Sie schwieg so lange, bis er wieder in jenes Lachen ausbrach. »Hör auf!« rief sie. »Ich will es versuchen. Aber ich muß – ich muß mein eigenes Zimmer haben.«

Forest ließ den Kopf hängen. Plötzlich bohrte sich sein Blick in sie. »Du liebst Cherrell?«

»Nein.«

»Jemand anderen?«

»Nein.«

»Aber du hast Angst?«

»Ja.«

»Ich verstehe. Begreiflich. Ein Verrückter, ein Spielzeug in Gottes Hand, darf keine Bedingungen stellen. Er muß nehmen, was man ihm bietet. Möchtest du nicht telegrafieren, man soll mir meine Sachen schicken? Ich käme ihnen damit zuvor, falls sie Lärm schlagen wollen. Ich bin davon, ohne mich zu empfehlen. Wahrscheinlich bin ich auch noch etwas schuldig.«

»Natürlich. Ich werde alles erledigen.«

»Können wir Cherrell jetzt fortschicken?«

»Ich will es ihm selbst sagen.«

»Nein, ich!«

»Nein, Ronald, ich.« Und entschlossen ging sie an ihm vorbei.

Adrian lehnte der Tür gegenüber an der Wand. Er blickte zu ihr auf und versuchte zu lächeln; er hatte die Entscheidung erraten.

»Ronald wird hier bleiben, aber wir werden getrennte Zimmer bewohnen. Lieber Adrian, ich danke dir von Herzen für alles. Könntest du nicht für mich ins Sanatorium fahren? Ich werde dich über alles auf dem laufenden halten. Jetzt werde ich ihn zu den Kindern hinaufnehmen. Leb wohl!« Er küßte ihr die Hand und ging.

16

Hubert Cherrell stand vor seines Vaters Klub in der Pall Mall; es war eine Vereinigung älterer Herren, der Hubert noch nicht angehörte. Hubert war ziemlich erregt, denn vor seinem Vater hatte er Respekt – eine Seltenheit in diesen Tagen, da Väter gewöhnlich wie jüngere Brüder behandelt oder »der Alte« betitelt werden. Nervös trat er daher in das Gebäude, das mehr Standesdünkel und Vorurteile barg als vielleicht irgendein anderes auf Erden.

Doch an den Klubgästen in dem Raum, den Hubert nun betrat, konnte man nicht viel davon bemerken. Ein kleiner behender Mann mit blassem Gesicht und kurzgestutztem Schnurrbart nagte an seinem Federhalter und mühte sich, in einem Brief an die *Times* die Lage im Irak zu schildern. Ein bescheiden aussehender kleiner Brigadegeneral mit kahlem Kopf und grauem Schnurrbart unterhielt sich mit einem hochgewachsenen Oberstleutnant von ebenso bescheidenem Aussehen über die Flora der Insel Zypern. Ein Mann von vierschrötiger Gestalt mit vorstehenden Backenknochen und rollenden Löwenaugen saß so still auf seinem Fensterplatz, als habe er eben seine Schwiegermutter begraben oder erwäge das Problem, ob er im nächsten Jahr den Ärmelkanal durchschwimmen solle. Und Sir Conway selbst blätterte in einem Amtskalender.
»Hallo, Hubert!« rief er, »dieses Zimmer ist zu eng, komm in die Halle.« Und auf einmal hatte Hubert das Gefühl, nicht er habe seinem Vater, sondern sein Vater habe ihm etwas zu sagen. Sie zogen sich in einen Erker zurück.
»Was hat dich hergeführt?«
»Ich möchte heiraten, Vater.«
»Heiraten, wen?«
»Jeanne Tasburgh.«
»Oh!«
»Wir wollen uns ohne Aufgebot in aller Stille trauen lassen.«
Der General schüttelte den Kopf. »Sie ist ein liebes Mädel und ich freue mich über deine Wahl, Hubert, aber deine Lage gestaltet sich ausgesprochen schwierig. Eben ist mir etwas zu Ohren gekommen.«
Hubert bemerkte plötzlich den tiefbekümmerten Ausdruck in seines Vaters Miene. »Es dreht sich um den Kerl, den du erschossen hast. Man drängt auf deine Auslieferung wegen Mordanklage.«
»Was?«
»Ein ungeheuerliches Begehren, aber ich kann nicht glauben, daß man es aufrechterhalten wird, wenn du den Hergang darstellst. Zum Glück hast du noch die Narbe des Messerstichs am Arm. Doch die bolivianischen Zeitungen schlagen offenbar einen

Höllenspektakel – und in derlei Dingen halten diese Mischlinge wie Kletten zusammen.«

»Ich muß augenblicklich zu Hallorsen.«

»Na, die Behörden werden sich vermutlich nicht allzusehr beeilen.«

Dann saßen die beiden schweigend in der großen Halle und starrten mit fast dem gleichen Ausdruck vor sich hin. Im Unterbewußtsein beider hatte die Angst vor dieser Entwicklung der Angelegenheit geschlummert, aber jeder hatte solche Angstvorstellungen zu unterdrücken versucht. Um so drohender standen sie nun vor ihnen. Den General peinigten sie noch mehr als Hubert. Der Gedanke, sein einziger Sohn könne unter Mordanklage um die halbe Welt gehetzt werden, lastete auf ihm wie ein Alptraum.

»Hubert, wir dürfen uns nicht davon erdrücken lassen«, meinte er zuletzt. »Wenn es hierzulande noch gesunden Menschenverstand gibt, müssen wir die Sache zum Stillstand bringen. Hab eben darüber nachgedacht, wer die maßgebenden Persönlichkeiten bearbeiten könnte. Ich bin ein Kind in solchen Dingen. Andere wieder gibt es, die kennen jedermann und wissen genau, wie man mit jedem umgehen muß. Am besten, wir suchen jetzt Lawrence Mont auf; der kennt wenigstens Saxenden und wohl auch die Leute im Außenministerium. Topsham hat es mir erzählt, aber er selbst kann in der Sache nichts tun. Gehen wir zu Fuß, ja? Das wird uns guttun.«

Gerührt darüber, wie sein Vater seine Sorgen zu den eigenen machte, drückte Hubert ihm den Arm, und beide verließen den Klub. Als sie in die Piccadilly kamen, erklärte der General, sichtlich bestrebt, ein Gespräch in Gang zu bringen: »Die Veränderungen hier gefallen mir gar nicht.«

»Ich bemerke sie kaum.«

»Seltsam, wie stark doch die Atmosphäre der Piccadilly wirkt. Sie ist einfach unzerstörbar. Man sieht jetzt keinen Zylinder mehr, aber das tut nichts. Als ich nach dem Krieg wieder die Piccadilly betrat, hatte ich das gleiche Gefühl wie in meinen Jugendjahren nach der Heimkehr aus Indien, das Gefühl: Endlich wieder da!«

»Freilich, man spürt ein sonderbares Heimweh nach der Piccadil-

ly. Mir erging es in Mesopotamien und Bolivien ebenso. Sobald ich die Augen schloß, tauchte die ganze Straße vor mir auf.«
»Der Pulsschlag des englischen Lebens –«, begann der General, hielt aber gleich wieder inne, offenbar über diesen bildhaften Ausdruck erstaunt.
»Das empfinden sogar die Amerikaner«, meinte Hubert, als sie in die Half-Moon Street bogen. »Hallorsen sagte mir, so etwas hätten sie nicht. Ihnen fehle solch ein Brennpunkt des nationalen Machtwillens, wie er sich ausdrückte.«
»Und doch haben sie Macht«, gab der General zurück.
»Zweifellos, Vater. Aber was verschafft ihnen diese Macht? Ihr rasendes Tempo?«
»Was erreichen sie durch dieses Tempo? Alles im allgemeinen, nichts im besonderen. Nein, glaub mir, es ist nur ihr Geld.«
»Weißt du, Vater, in diesem Punkt werden die Amerikaner meist falsch beurteilt. Ich habe die Erfahrung gemacht, daß ihnen am Geld als solchem meist sehr wenig liegt. Freilich möchten sie rasch Geld machen, aber lieber wollen sie es rasch verlieren, als langsam gewinnen.«
»Seltsam, ein Land ohne Zentrum«, meinte der General.
»Dazu ist das Land viel zu groß, Vater. Aber ein gemeinsames Band umschlingt doch alle: der amerikanische Nationalstolz.«
Der General nickte. »Seltsame alte Gassen hier. Ich erinnere mich noch, wie ich im Jahre zweiundachtzig mit meinem Vater in dieser Gegend herumspazierte; es war der Tag, an dem ich nach Harrow aufs College kam. Hier ist alles beim alten geblieben.« Unter solchen Gesprächen, die jede Erwähnung ihrer Sorgen mieden, erreichten sie die Mount Street.
»Da kommt Tante Emily, sag ihr nichts.«
Knapp vor ihnen segelte Lady Mont heim. Einige hundert Schritt vor der Haustür holten die beiden sie ein.
»Conway«, rief sie, »bist du aber mager!«
»Meine Liebe, ich war nie anders.«
»Allerdings. Da fällt mir ein, Hubert, ich wollte dich schon lang etwas fragen. Was war es nur? Aha, weiß schon. Dinny sagt, seit dem Krieg hast du dir keine neuen Reithosen angeschafft. Wie gefällt dir Jeanne? Wirkt sie nicht sehr anziehend?«

»Jawohl, Tante Emily.«
»Sie wurde nicht einmal aus der Schule ausgeschlossen.«
»Warum hätte man sie denn ausschließen sollen?«
»Was weiß ich? Mich hat sie nie terrorisiert. Wollt ihr zu Lawrence? Jetzt lebt er nur noch für Voltaire und Swift. Welch ein Unsinn! Über die ist doch schon so entsetzlich viel geschmiert worden. Aber Lawrence will auch über sie schmieren, weil sie so bissig sind. Wie war das nur mit den Maultieren, Hubert?«
»Was willst du wissen, Tante?«
»Ich weiß nie recht, ob der Esel der Vater oder die Mutter ist.«
»Der Esel ist der Vater, die Mutter ist eine Stute.«
»Ach ja, und sie kriegen keine Junge, welch ein Glück! Wo ist denn Dinny?«
»Irgendwo in der Stadt.«
»Sie sollte heiraten.«
»Warum denn?« fragte der General.
»Ach ja, Henny hat gemeint, sie müßte eine tadellose Hofdame sein – sie ist so selbstlos. Das ist ja eben die Gefahr.« Lady Mont zog einen Schlüssel aus der Handtasche und öffnete die Tür.
»Ich kann Lawrence nicht dazu bewegen, Tee zu trinken. Möchtest du Tee?«
»Nein, danke, Emily.«
»Ihr findet ihn gewiß in der Bibliothek über den Büchern hokken.« Sie küßte den Bruder und den Neffen und segelte treppauf.
»Spaßig!« hörten die beiden sie beim Eintritt ins Arbeitszimmer sagen. Der General und sein Sohn fanden Sir Lawrence umgeben von den Werken Swifts und Voltaires; er beschäftigte sich gerade mit einem fingierten Zwiegespräch dieser beiden ernsthaften Männer. Nachdenklich lauschte er dem Bericht des Generals. Als sein Schwager geendet hatte, meinte er: »Hab schon bemerkt, daß Hallorsen seine Sünde bereut – dahinter steckt gewiß Dinny. Wir sollten mit ihm sprechen – nicht hier, wir führen keine ordentliche Küche; Emily macht noch immer ihre Abmagerungskur. Aber wir könnten alle im ›Coffee House‹ dinieren.« Er langte nach dem Telefon.
Professor Hallorsen sei ausgegangen und komme um fünf Uhr zurück; man werde ihn dann gleich verständigen.

»Deine Sache, scheint mir, geht mehr das Auswärtige Amt an als die Polizei«, fuhr Sir Lawrence fort. »Wir müssen den alten Shropshire aufsuchen. Ich glaube, er war ein guter Bekannter deines Vaters, Conway. Und sein Neffe, Bobbie Ferrar, ist einer der bewährtesten Köpfe des Auswärtigen Amts. Gehen wir jetzt, der alte Shropshire ist immer zu Hause.«

Als sie in Shropshire House ankamen, fragte Sir Lawrence: »Könnten wir den Marquis sehen?«

»Ich glaube, er nimmt jetzt seine Unterrichtsstunde, Sir Lawrence.«

»Stunde – was für eine denn?«

»Weinstein, so heißt er doch, Sir Lawrence?«

»Einstein! Also spielt hier ein Blinder den Blindenführer. Da ist's Zeit, daß wir ihn retten. Führen Sie uns zu ihm, sobald er frei ist.«

»Jawohl, Sir Lawrence.«

»Vierundachtzig Jahre und studiert noch Einstein! Wer darf da die Aristokratie dekadent schelten? Möchte den Kerl kennenlernen, der ihn da unterrichtet! Der muß eine ganz besondere Überredungsgabe entwickeln, der alte Shropshire ist schließlich auch nicht auf den Kopf gefallen.«

In diesem Augenblick trat ein Mann von asketischem Aussehen ein, mit kaltem, tiefem Blick und schütterem Haar. Er nahm Hut und Stock, die auf einem Stuhl lagen, und eilte davon.

»Schaut euch doch den Burschen an!« bemerkte Lawrence. »Möcht wissen, wieviel Honorar er verlangt. Einstein ist wie ein Vitamin oder ein Elektron – nicht zu fassen. Hier handelt es sich um die unverschämteste Geldprellerei, die mir je vorgekommen ist. Gehen wir hinein!«

Der Marquis von Shropshire schritt in seinem Arbeitszimmer auf und ab, sein Gesicht war rosig, er nickte mit dem graubärtigen Haupt wie im Selbstgespräch.

»Ah, junger Mont«, rief er, »sind Sie jenem Mann begegnet? Wenn er Ihnen Lektionen in der Relativitätstheorie anbietet, lehnen Sie ab. Er kann Ihnen den unendlichen und dennoch begrenzten Raum so wenig begreiflich machen wie ich.«

»Nicht einmal Einstein selbst kann es, Marquis.«

»Ich bin noch nicht alt genug«, erklärte der Marquis, »mich mit etwas anderem als den exakten Wissenschaften abzugeben. Ich sagte ihm, er brauche nicht wiederzukommen. Mit wem habe ich das Vergnügen?«

»Mein Schwager, General Conway Cherrell, und sein Sohn, Captain Hubert Cherrell, Tapferkeitsmedaille. Sie erinnern sich gewiß noch an Conways Vater, Marquis – er war Gesandter in Madrid.«

»Ja, ja, das will ich meinen! Ihren Bruder Hilary kenne ich auch, der ist mit Energie geladen. Nehmen Sie Platz, nehmen Sie Platz, junger Mann! Hat es etwas mit Elektrizität zu tun?«

»Nicht ganz, Marquis, eher mit einem Auslieferungsbegehren.«

»Was Sie nicht sagen!« Der Marquis stellte den einen Faß auf einen Stuhl, lehnte den Ellbogen aufs Knie und stützte das bärtige Kinn auf die Hand. Während ihm der General die Sache vortrug, blieb er unentwegt in derselben Haltung stehen und starrte Hubert an, der gesenkten Blicks mit zusammengepreßten Lippen dasaß. Als der General geendet hatte, ließ der Marquis sich vernehmen:

»Tapferkeitsmedaille, sagte Ihr Onkel? Im Weltkrieg?«

»Jawohl, Sir.«

»Will sehen, was ich tun kann. Könnten Sie mir die Narbe zeigen?«

Hubert schob den linken Ärmel hinauf, knöpfte die Manschette auf und entblößte eine lange, glänzende Narbe, die vom Handgelenk fast bis zum Ellbogen reichte.

Der Marquis pfiff leise durch die noch immer echten Zähne. »Da sind Sie um ein Haar davongekommen, junger Mann.«

»Stimmt, Sir. Als er zustach, hob ich instinktiv den Arm.«

»Und dann?«

»Sprang ich zurück und schoß ihn nieder, als er wieder mit dem Messer ausholte. Dann verlor ich das Bewußtsein.«

»Der Mensch erhielt also Prügel, weil er die Maultiere mißhandelt hatte?«

»Fortwährend mißhandelte.«

»Fortwährend?« wiederholte der Marquis. »Nun, das tun andere auch. Aber ich hab noch nie gehört, daß jemand ein Mitglied der Fleischhauerzunft oder der Zoologischen Gesellschaft mit Prü-

geln traktiert hätte. Der Geschmack ist natürlich verschieden. Na, was ließe sich da nur tun? Ist Bobbie Ferrar in London, junger Mont?«
»Ja, Marquis, gestern sah ich ihn im ›Coffee House‹-Klub.«
»Ich werde ihn zum Frühstück einladen. Wenn ich mich recht entsinne, erlaubt er seinen Kindern nicht, Kaninchen zu halten, und hat einen Hund, der jedermann beißt. Das scheint mir günstig. Ein Tierfreund ist immer geneigt, einen Menschen, der keiner ist, zu verprügeln. Doch ehe Sie fortgehen, junger Mont, sagen Sie mir doch, was Sie von dem Ding da halten.« Und er setzte den Faß auf den Boden, trat in einen Winkel, holte ein Gemälde hervor, das dort an die Wand gelehnt stand, und trug es ans Licht. Es stellte mit einem gewissen Grad von Wahrscheinlichkeit ein junges Frauenzimmer im Evakostüm dar.
»Von Steinvitch«, erläuterte der Marquis. »Wird sie unmoralisch wirken, wenn man sie an die Wand hängt?«
Sir Lawrence klemmte das Monokel ein. »Kubistische Schule. Das kommt davon, wenn man mit Weibern lebt, die so gebaut sind. Na, die Moral wird sie schwerlich verderben, eher den Appetit – meergrünes Fleisch, tomatenrotes Haar; Klecksstil. Haben Sie das Weib gekauft?«
»Gott bewahre!« erwiderte der Marquis. »Sie soll einen Haufen Geld wert sein. Möchten Sie die Dame nicht entführen?«
»Für Sie, Marquis, tu ich alles, nur das nicht, nein, nein, das nicht!« wiederholte Sir Lawrence und wich zurück.
»Hab es ja geahnt«, erklärte der Marquis, »und doch lautet das Urteil, sie sei von dynamischer Wirkung. Na schön! – Ihren Vater hab ich gern gehabt, General«, fuhr er in ernsterem Tone fort. »Und wenn uns heute das Wort seines Enkels nicht mehr gilt als die Behauptungen halbindianischer Maultiertreiber, dann haben wir Engländer solch einen hohen Grad von Altruismus erreicht, daß wir es wohl kaum noch lang machen werden. Ich werde Ihnen mitteilen, was mein Neffe sagt. Leben Sie wohl, General, leben Sie wohl, lieber junger Mann – eine abscheuliche Narbe haben Sie da. Leben Sie wohl, junger Mont! Sie sind unverbesserlich.«
Im Treppenhaus sah Sir Lawrence auf die Uhr. »Bis jetzt«, mein-

te er, »hat die Sache zwanzig Minuten in Anspruch genommen – genau fünfundzwanzig von einer Haustür zur anderen. Da können die Amerikaner unmöglich mit uns Schritt halten. Und fast hätten wir noch ein kubistisches Frauenzimmer als Draufgabe bekommen. Jetzt auf ins ›Coffee House‹ zu Hallorsen!« Und sie wandten sich der St. James's Street zu. »Diese Straße«, sagte er, »ist das Mekka des abendländischen Mannes, so wie die Rue de la Paix das Mekka der abendländischen Frau ist.« Und mit heiterer Ironie sah er seine Gefährten an. Was für treffliche Musterbeispiele waren sie doch für eine Menschengattung, um derentwillen jeder andere Staat England verlachte und zugleich beneidete! Überall im britischen Weltreich wirkten Männer ihres Schlags für Englands Ziele, trugen seine Kämpfe aus. Über diesem Typ ging die Sonne nicht unter; die Geschichte hatte ihn geprüft und der Erhaltung wert befunden. Die Satire überschüttete ihn mit einem Schauer von Pfeilen, die aber prallten von seinem unsichtbaren Panzer ab. »Diese Männer«, dachte Sir Lawrence, »schreiten ruhig hin durch den Wandel der Zeiten, über alle Straßen und Plätze der Welt, ohne eigenbrötlerische Manieren, ohne mit ungewöhnlicher Bildung oder Körperkraft zu prunken; doch immer von der stillen Überzeugung ihrer Unfehlbarkeit durchdrungen.«
»Hier sind wir«, sagte er an der Schwelle des »Coffee House«-Klubs. »Mögen andere vom Nordpol, von Rom oder dem Montmartre schwärmen, ich erkläre mich für das ›Coffee House‹, den ältesten Klub der Welt. Sollen wir uns jetzt waschen gehen oder diese Tätigkeit auf einen freudigeren Zeitpunkt verschieben? Abgemacht. Lassen wir uns also nieder und warten wir auf Hallorsen. Ein fabelhaft fixer Kerl! Schade, daß wir zwischen ihm und dem alten Marquis kein Match zustande bringen können. Ich würde auf den Alten wetten.«
»Da ist ja schon Hallorsen!« sagte Hubert, kurz nachdem sie im »Coffee House« Platz genommen hatten.
Riesengroß sah der Amerikaner aus, wie er jetzt aus dem niedrigen Vorraum des »Coffee House« trat. »Ah, Sir Lawrence Mont!« rief er. »Captain! General Sir Conway Cherrell? Ist mir eine Ehre, Sie kennenzulernen, Sir. Womit kann ich Ihnen dienen, meine Herren?«

Er lauschte dem Bericht Sir Lawrences mit stets wachsendem Ernst. »Das ist wahrhaftig unerhört! Dabei kann ich's nicht bewenden lassen. Ich gehe jetzt schnurstracks zum bolivianischen Gesandten. Und noch etwas, Captain! Ich hab mir die Adresse Ihres Dieners Manuel verschafft und werde sofort unserem Konsul in La Paz kabeln, er soll ihn unverzüglich vorladen; seine Aussage muß Ihre Darstellung bestätigen. Hat man je einen so gottverlassenen Blödsinn erlebt? Sie verzeihen schon, meine Herren, aber es läßt mir keine Ruhe, ehe ich nicht sämtliche Drähte gezogen habe – einschließlich der Telegrafendrähte.« Ein Nicken zum Abschied, er schoß hinaus. Die drei Engländer nahmen wieder Platz.
»Eine scharfe Konkurrenz für den alten Shropshire!« erklärte Sir Lawrence.
»Das war also Hallorsen«, sagte der General. »Der Mann sieht prächtig aus.«
Hubert schwieg. Er war gerührt.

17

Schweigsam und bedrückt fuhren die beiden Mädchen zur Pfarre St. Augustin im Grünen.
»Ich weiß nicht, wer von den dreien mir am meisten leid tut«, erklärte Dinny plötzlich. »Ich hab noch nie über den Wahnsinn nachgedacht. Entweder man witzelt darüber oder schweigt ihn tot. Mir scheint er aber das Traurigste in der Welt, besonders dann, wenn er, wie bei Forest, mit lichten Stunden wechselt.«
Jeanne warf ihr einen überraschten Blick zu – noch nie hatte sie Dinny ohne die Maske des Humors gesehen. »Wohin gehen wir jetzt?«
»Diese Richtung, wir müssen die Euston Road kreuzen. Ich für meine Person glaube nicht, daß Tante Mary uns unterbringen kann. Sie weiht gewiß wieder eine Reihe von Leuten in die Slum-Fürsorge ein. Na, wenn's nicht geht, telefonieren wir Fleur. Hätt ich doch nur früher daran gedacht!«
Ihre Voraussage traf zu – die Pfarre war voll besetzt, die Tante außer Haus, der Onkel daheim.

»Da wir schon hier sind«, flüsterte Dinny, »müssen wir herausbringen, ob Onkel Hilary dich ins Joch spannt.«
Die erste freie Stunde seit drei Tagen verbrachte Hilary damit, daß er in Hemdsärmeln ein Wikingerschiff schnitzte. Denn das Verfertigen von Miniatur-Schiffsmodellen aus vergangener Zeit war ihm für seine Mußestunden die liebste Beschäftigung, nun, da es ihm zum Bergsteigen an Zeit und Muskelkraft fehlte. Ihre Herstellung nahm allerdings ungemein viel Zeit in Anspruch, und er hatte nur sehr wenig; doch darüber machte er sich keine Gedanken.
Er drückte Jeanne die Hand und entschuldigte sich, daß er die Arbeit fortsetze.
»Onkel Hilary«, begann Dinny unvermittelt, »Jeanne will Hubert heiraten, sie möchten sich ohne Aufgebot trauen lassen. Wir wollen dich also fragen, ob du sie trauen willst.«
Hilary ließ die Säge ruhen, blinzelte schlau und fragte:
»Habt wohl Angst, ihr könntet noch anderen Sinnes werden?«
»Nicht im geringsten«, erklärte Jeanne.
Hilary sah sie aufmerksam an. Diese drei Worte und ein einziger Blick bewiesen ihm, daß Jeanne ein Mädchen von Charakter war.
»Ich kenne Ihren Vater«, sagte er, »der pflegt nichts zu überhasten.«
»Vater war recht brav und hat sich unserem Entschluß gefügt.«
»Stimmt«, warf Dinny ein, »ich hab mit ihm gesprochen.«
»Und d e i n Vater, liebe Dinny?«
»Wird es bestimmt auch sein.«
»In diesem Fall«, erklärte Hilary und begann wieder an dem Heck seines Schiffes zu schnitzen, »will ich euch trauen. Wenn ihr wirklich entschlossen seid, ist jeder Aufschub zwecklos.« Und er wandte sich an Jeanne. »Sie müssen eine tüchtige Bergsteigerin sein. Die Zeit dazu ist leider schon vorbei, sonst hätte ich Ihnen eine Hochzeitsreise ins Gebirge empfohlen. Doch warum nicht im Fischerboot einen Abstecher in die Nordsee?«
»Onkel Hilary hat entschieden asketische Anwandlungen«, erklärte Dinny. »Er hat die Dechantswürde ausgeschlagen.«
»Daran waren die schönen Hutschnüre schuld, Dinny, und seither hängen mir altem Fuchs die Trauben zu hoch. Weiß der Kuk-

kuck, was mich trieb, auf solch cin bcschauliches Leben zu verzichten, das mir Gelegenheit geboten hätte, sämtliche Schiffe der Welt zu modellieren, sämtliche Tageszeitungen zu lesen und ein respektables Bäuchlein anzusetzen. Tante May reibt mir diese Dummheit unaufhörlich unter die Nase. Wenn ich daran denke, welche Würde Onkel Cuthbert an den Tag legte und wie großartig er noch im Tode aussah, dann verfolgen mich im Traum meine nutzlos vergeudeten Tage, dann glaub ich, vor Beschämung in den Boden zu sinken. Ist Ihr Vater sehr beschäftigt, Miss Tasburgh?«

»Er hetzt sich nicht bei der Arbeit«, erwiderte Jeanne; »das macht das Landleben.«

»Nicht so ganz. Auch in der Stadt bilden sich viele die Hetzjagd nur ein und kommen doch nicht mehr recht mit. ›Der Mann, der etwas gewesen‹ – keine andere Bezeichnung trifft auf so viele Leute zu.«

»Doch!« erwiderte Dinny, »ich weiß eine: ›Der Mann, der nie etwas gewesen.‹ Ach, Onkel, heute ist Captain Forest ganz unvermutet Angela ins Haus geschneit.«

Hilarys Miene wurde tiefernst.

»Forest! Das ist entweder ein entsetzlicher Schlag oder ein großes Glück. Weiß es Onkel Adrian schon?«

»Ja, ich hab ihn geholt. Jetzt ist er dort bei Forest. Angela ist nicht zu Hause.«

»Habt ihr beide ihn gesehen?«

»Ich war im Haus und sprach mit ihm«, erwiderte Jeanne. »Er schien vollkommen normal, nur hat er mich eingesperrt.«

Hilary stand noch immer unbeweglich da.

»Leb wohl, Onkel. Wir gehen jetzt zu Michael.«

»Auf Wiedersehen! Vielen Dank, Mr. Cherrell!«

»Ja, ja, wir müssen das Beste hoffen«, entgegnete Hilary zerstreut.

Die beiden Mädchen bestiegen das Auto und fuhren zu Fleur.

»Offenbar fürchtet er das Schlimmste«, meinte Jeanne.

»Kein Wunder, wenn beide Möglichkeiten so entsetzlich sind.«

»Oh! Danke bestens!«

»Was fällt dir ein!« entgegnete Dinny, »deine Heirat hab ich doch

nicht gemeint!« Und sie dachte: »Jeannes Gedanken drehen sich alle nur um ihre eigenen Pläne.«
Vor Fleurs Haus trafen sie Adrian, der am Telefon von Hilary erfahren hatte, die Mädchen sollten bei Fleur und Michael bleiben. Dann fragte er noch, ob man die beiden dort unterbringen könne, erhielt eine bejahende Antwort und ging wieder. Aber bestürzt über seine Leidensmiene, lief Dinny ihm nach. Er schritt gegen die Themse zu, an der Ecke des Platzes holte sie ihn ein. »Möchtest du lieber allein sein, Onkel?«
»Dich seh ich gern, Dinny. Komm mit.«
Sie schritten rasch westwärts den Kai entlang, Dinny hatte sich in seinen Arm gehängt. Sie schwieg und überließ es ihm, ein Gespräch zu beginnen.
»Weißt du, ich war ein paarmal in jenem Sanatorium«, begann er nach einer Weile, »um nachzusehen, wie es um Forest stehe und ob man ihn anständig behandle. Die letzten Monate war ich nicht mehr dort; nun trifft mich das so unvermutet – geschieht mir schon recht. Ich hab so etwas immer gefürchtet. Eben sprach ich telefonisch mit der Anstaltsleitung. Man wollte ihn holen kommen, ich hab es aber abgelehnt. Was kann es nützen? Sie geben zu, er sei in den letzten vierzehn Tagen ganz normal gewesen. Forest selbst behauptet, es seit drei Monaten zu sein. In solchen Fällen warten sie, scheint es, wenigstens einen Monat, ehe sie die Angehörigen verständigen.«
»Wie sieht denn diese Anstalt aus?«
»Ein geräumiges Herrenhaus, nur etwa zehn Patienten; jeder hat seine eigenen Zimmer, seinen eigenen Wärter. Es ist wohl so ziemlich der beste Aufenthaltsort, den man für ihn finden konnte. Aber mir lief es jedesmal kalt über den Rücken, wenn ich die Mauer mit den spitzen Eisenstäben sah, die das Grundstück umschließt, und jedesmal empfing ich den Eindruck, hier suche man etwas zu verbergen. Vielleicht bin ich überempfindlich, aber gerade dieses Schicksal scheint mir grauenhaft.«
Dinny drückte seinen Arm. »Mir auch. Wie ist er entkommen?«
»Er hatte sich so normal benommen, daß sie alle Vorsicht außer acht ließen. Wahrscheinlich gab er vor, er wolle sich niederlegen, und stahl sich während des Lunchs davon. Zu einer bestimmten

Tageszeit kommt immer ein Händler ins Sanatorium; das hatte Forest offenbar beobachtet, denn er schlich hinaus, während der Pförtner die Pakete übernahm. Dann ging er zum Bahnhof und stieg in den ersten Zug. Der Ort ist nur etwa dreißig Kilometer von London entfernt. Er muß schon in der Stadt gewesen sein, ehe sie überhaupt sein Fehlen bemerkten. Morgen fahre ich hin.«

»Armer Onkel!« sagte Dinny leise.

»Ach ja, liebes Kind, so geht es nun einmal im Leben. Doch so zwischen Schrecknissen hin und her zu pendeln, ist gerade nicht mein Geschmack!«

»War die Krankheit in seiner Familie?«

Adrian nickte. »Sein Großvater starb im Wahnsinn. Aber er wäre bei Forest vielleicht nie zum Ausbruch gekommen, hätte er nicht den Krieg mitgemacht. Erblicher Irrsinn? Ist es auszudenken? Nein, Dinny, ich glaube nicht an die göttliche Gnade in einer dem Menschen erkennbaren Form, ich glaube nicht, daß wir selbst je Gnade üben. Eine allumfassende, allgestaltende Schöpferkraft ohne Anfang und Ende, die allem Gestalt leiht, ja, die ist nicht zu leugnen. Doch sie läßt sich nicht vor den Wagen unserer Zwecke spannen. Denk doch an ein Irrenhaus! Man wagt es gar nicht, schaudert davor zurück. Und bedenk doch nur, was dieses Schaudern für jene armen Teufel bedeutet! Weil feinfühlige Menschen vor ihnen zurückschrecken, sind sie den Fühllosen preisgegeben – Gott steh ihnen bei!«

»Das wird er schwerlich, nach deiner Ansicht.«

»Gott ist nach dem Ausspruch eines bekannten Denkers die werktätige Liebe des einen Menschen zum andern, jedenfalls die beste Definition, die wir von ihm geben können.«

»Und der Teufel?«

»Die Bosheit des einen Menschen gegen den andern – und gegen die Tiere, möcht ich hinzufügen.«

»Der ganze Shelley, Onkel!«

»Vielleicht noch ärger. Aber heute bin ich ein böser Onkel, verderbe die Rechtgläubigkeit der Jugend!«

»Lieber Onkel, du kannst doch nicht verderben, was gar nicht vorhanden ist. Da sind wir schon in der Oakley Street. Soll ich

nicht hineingehen und Angela fragen, ob sie etwas braucht? Wünschst du es?«
»Und ob! Ich erwarte dich an dieser Ecke, Dinny. Herzlichen Dank!«
Dinny schritt rasch dahin, sah weder nach rechts noch nach links und klingelte. Dieselbe Hausgehilfin gab ihr Auskunft.
»Ich möchte nicht eintreten, bitte fragen Sie unbemerkt Mrs. Forest, ob alles in Ordnung ist oder ob sie vielleicht etwas braucht. Sagen Sie ihr, ich wohne bei Mrs. Michael Mont und kann auf ihren Wunsch jeden Augenblick zu ihr übersiedeln.«
Während das Mädchen hinaufging, spitzte sie die Ohren, vernahm jedoch keinen Laut, bis die Hausgehilfin zurückkam.
»Mrs. Forest läßt Ihnen vielmals danken und sagen, sie wird Sie im Notfall sogleich verständigen. Augenblicklich ist alles in Ordnung, Miss. Wir hoffen das Beste, aber, du lieber Himmel, Sorgen machen wir uns doch. Und sie läßt noch bestens grüßen und bitten, Mr. Cherrell soll sich nicht ängstigen.«
»Danke!« erwiderte Dinny. »Herzliche Grüße von uns, und richten Sie ihr aus, wir stehen ihr jederzeit zur Verfügung.«
Sie sah weder nach links noch nach rechts, kehrte rasch zu Adrian zurück und teilte ihm die Botschaft mit. Dann gingen sie weiter.
»Stille vor dem Sturm«, meinte dieser. »Kann es etwas Schrecklicheres geben? Und wie lange wird sie dauern? – o Herr! – wie lange? Doch wir sollen uns ja nicht ängstigen, läßt sie sagen.« Und er lachte verhalten und schmerzlich. Es begann zu dämmern, im trüben Licht dieser Stunde, zwischen Tag und Nacht, sahen die Brücken und Straßen so seltsam kalt und schattenhaft aus. Das Dämmerlicht verglomm; im Schein der Laternen wurden die Umrisse wieder klarer und weicher.
»Liebe Dinny«, erklärte Adrian, »ich bin heute kein angenehmer Begleiter. Kehren wir lieber um.«
»Komm doch mit und iß bei Michael zu Abend, bitte.«
Adrian schüttelte den Kopf.
»Ein Gerippe paßt nicht zur Festtafel. Ich hab heut wirklich nicht die richtige Haltung, wie deine Kinderfrau zu sagen pflegte.«
»Kann mich gar nicht erinnern. Sie war eine Schottin. Stammt Forest nicht auch aus Schottland?«

»Vielleicht seine Ahnen. Doch er selbst kommt aus Südengland, der Landsitz liegt irgendwo im Hügelgebiet – eine alte Familie.«
»Meinst du, daß alte Familien mehr als andere zu Geisteskrankheiten neigen?«
»Wüßte nicht, warum. Freilich, wenn solch ein Fall in einer alten Familie vorkommt, erregt er Aufsehen, bei anderen Leuten nimmt man davon gar keine Notiz. Inzucht ist bei alten Familien keineswegs so häufig wie im Bauernvolk.«
Dinny fühlte instinktiv, daß dieses Thema ihm ein wenig Zerstreuung bot, und fragte noch einmal: »Onkel, hat das Alter einer Familie mit derartigen Erscheinungen eigentlich etwas zu tun?«
»Was nennst du überhaupt alte Familien? Alle Familien sind in gewissem Sinne gleich alt. Meinst du damit aber jene Eigenschaften, die aus der Beschränkung der Ehe auf Angehörige derselben Kaste erwachsen, dann muß ich deine Frage unentschieden lassen. Aus dieser Zuchtwahl geht gewiß eine gute Rasse hervor, gut in dem gleichen Sinn wie bei Rassehunden oder Pferden. Aber in Bergtälern, am Meer oder sonstwo, überall unter günstigen Lebensbedingungen lassen sich ebenfalls solche Resultate erzielen. Ein gesunder Stamm treibt gesunde Zweige, das ist sonnenklar. Ich kenne in Norditalien Dörfer, in denen keine einzige Person von höherem Stande lebt, und doch ist jedem der Bewohner eine gewisse rassige Schönheit eigen. Willst du aber Leuchten der Kunst und Wissenschaft und andere führende Männer zu Stammvätern einer Rasse wählen, so wirst du wohl eher entartete als gleichwertige Nachkommen heranzüchten. Familien, deren Söhne Generationen hindurch beim Heer oder der Marine standen, gewähren vielleicht noch die besten Aussichten, widerstandsfähige, gesunde Körper und nicht allzuviel Hirn. Aber Wissenschaft, Justiz und Großfinanz sind für die Sprößlinge von verheerendem Einfluß. Von der Zuchtwahl halte ich also nicht viel. Die Überlegenheit der alten Familien beruht meines Erachtens auf anderen Dingen: ihre Kinder werden von klein auf in bestimmtem Sinne erzogen, bekommen auf den Lebensweg bestimmte Traditionen und einen festumrissenen Lebensplan mit. Dazu kommen vielleicht auch bessere Aussichten auf dem Heiratsmarkt, meist auch die Vorteile des Landlebens, auch wird die Jugend dieser Kreise

dazu ermutigt, ihren eigenen Weg zu gehen, und sie weiß ihn unbeirrt zu verfolgen. Was man als Rasse bezeichnet, ist weit mehr ein Komplex seelischer als körperlicher Eigenschaften. Denken und Fühlen des einzelnen hängt lediglich von Herkommen, Umwelt und Erziehung ab. Doch ich langweile dich wohl, liebe Dinny.«

»Durchaus nicht, Onkel. Ich finde das ungemein interessant. Du schreibst also gewissen Formen der Lebensführung höhere Bedeutung als der Blutmischung zu?«

»Ja; allerdings gehen beide meist Hand in Hand.«

»Und bist du auch der Ansicht, daß die Traditionen der alten Familien aussterben und sich nicht weiter vererben werden?«

»Das glaube ich wohl kaum. Traditionen sind ungemein zäh, und gerade in unserem Lande gibt es zahllose Einrichtungen, die sie am Leben erhalten. Bei uns muß unglaublich viel administrative Arbeit geleistet werden, und die geeignetsten Männer dafür sind jene, die schon als Kinder zu selbständigem Handeln, Ausdauer, Schweigsamkeit und Pflichterfüllung erzogen wurden. Diese Leute wirken in den höheren Beamtenstellen und werden es vermutlich auch ferner tun. Standesprivilegien jedoch sind heutzutage nur noch dann gerechtfertigt, wenn man wirklich arbeitet, bis man umfällt.«

»Nun, viele Leute fallen zuerst um und beginnen dann ihre Laufbahn«, meinte Dinny. »Da sind wir schon vor Fleurs Haus. Komm doch mit herein, Onkel. Wenn Angela etwas braucht, bist du gleich zur Stelle.«

»Schön, liebe Dinny! Herzlichen Dank für dein geduldiges Zuhören! Du hast mich da auf ein Thema gebracht, das mir oft durch den Kopf geht. Schlange!«

18

Durch hartnäckiges Telefonieren hatte Jeanne herausgebracht, daß Hubert sich im »Coffee House« aufhalte, und die letzten Ereignisse von ihm erfahren. Als Dinny und Adrian eintraten, kam sie gerade aus dem Haus.

»Wohin des Wegs?«
»Bin gleich wieder da«, gab Jeanne zurück und bog um die Ecke. Sie fand sich in London nicht besonders zurecht und rief das erstbeste Taxi an. Vor einem großen, düsteren Haus auf dem Eaton Square entlohnte sie den Lenker und klingelte. »Ist Lord Saxenden in London?«
»Jawohl, Ma'am, aber nicht zu Hause.«
»Wann kommt er zurück?«
»Seine Lordschaft wird zum Dinner hier sein, aber –«
»Dann warte ich.«
»Verzeihung – Ma'am –«
»Bin keine Ma'am«, erwiderte Jeanne und gab ihm ihre Karte, »trotzdem wird er mich bestimmt empfangen.«
Der Mann zögerte einen Augenblick, fing einen ihrer scharfen Blicke auf und stammelte: »Bitte, hier einzutreten, Miss?«
Jeanne folgte ihm. Das kleine Zimmer war ganz kahl, bis auf einige goldverzierte Empiresessel, einen Lüster und zwei Konsoltische mit Marmorplatten.
»Sobald er kommt, geben Sie ihm bitte schleunigst meine Karte.«
Der Mann schien sich zu sammeln. »Seine Lordschaft wird es eilig haben, Miss.«
»Unbesorgt – nicht eiliger als ich.« Sie ließ sich auf einem der goldverzierten Sessel nieder. Der Mann zog sich zurück. Schlank, gerade und energisch saß sie da und flocht die langen Finger ihrer gebräunten Hände ineinander – die Handschuhe hatte sie beim Eintritt abgestreift. Bald blickte sie auf den dämmrigen Platz hinaus, bald auf die Standuhr mit dem goldverzierten Marmorsokkel. Wieder trat der Diener ein und zog die Vorhänge zu.
»Möchten Sie nicht lieber eine Botschaft hinterlassen, Miss, oder ein paar Zeilen schreiben?«
»Danke, nein.«
Einen Augenblick sah er sie argwöhnisch an, scheinbar vermutete er bei ihr eine Waffe.
»Lord Saxenden kennt mich«, sagte Jeanne und hob wieder den Blick zu ihm.
»Versteh schon, Miss«, stotterte der Diener hastig und verschwand.

Langsam krochen die Zeiger auf sieben zu, da vernahm sie endlich Stimmen in der Halle. Im nächsten Augenblick ging die Tür auf, und Lord Saxenden trat ein, ihre Karte in der Hand, mit selbstzufriedenem, vom Wandel der Zeiten unberührtem Gesicht. »Ein Vergnügen«, erklärte er, »wahrhaftig ein Vergnügen!«
Jeanne hob den Blick. »Schnurrendes Biest!« fuhr es ihr durch den Kopf. Sie hielt ihm die Hand hin.
»Reizend von Ihnen, daß Sie mich empfangen!«
»Bitte. Nicht der Rede wert.«
»Ich wollte Ihnen nur meine Verlobung mit Hubert Cherrell mitteilen – Sie erinnern sich gewiß, Sie haben seine Schwester bei den Monts kennengelernt. Wissen Sie schon von diesem lachhaften Auslieferungsbegehren? Nicht wert, daß man ein Wort daran verschwendet – er hat ja nur aus Notwehr geschossen –, er hat eine scheußliche Narbe, die er Ihnen jederzeit zeigen kann.«
Lord Saxenden brummte etwas Unverständliches. Seine Augen blickten ziemlich frostig drein.
»Ich bitte Sie also, der Sache ein Ende zu machen. Sie haben die Macht dazu, das weiß ich.«
»Macht? Hab gar keine Macht – nicht die geringste.«
Jeanne lächelte. »Natürlich haben Sie die Macht. Das ist allgemein bekannt. An dieser Sache ist mir so viel gelegen.«
»Aber neulich abends waren Sie noch nicht verlobt, wie?«
»Nein.«
»Geht das geschwind!«
»Gehen nicht alle Verlobungen geschwind?« Sie ermaß wohl kaum die ernüchternde Wirkung ihrer Mitteilung auf einen Mann in den Fünfzig, der das Zimmer in der vagen Hoffnung betreten hatte, er habe auf ein junges Mädchen Eindruck gemacht. Doch ihr entging nicht, daß sie seinen Erwartungen nicht ganz entsprochen hatte, noch er den ihren. Seine Miene war glatt und vorsichtig geworden.
»So hartgesotten hab ich ihn mir nicht vorgestellt«, dachte sie. »Jedenfalls«, fuhr sie kühl in verändertem Tone fort, »ist Captain Cherrell britischer Offizier, Inhaber der Tapferkeitsmedaille und stand im Feld. Ein Engländer läßt den anderen nicht in der Pat-

sche sitzen, hoffe ich, und schon gar nicht, wenn beide dasselbe College besuchten.«
Diese überaus schlaue Bemerkung blieb auf Saxenden nicht ohne Eindruck. »Oh!« sagte er, »Cherrell hat also auch in Harrow studiert?«
»Jawohl. Und Sie wissen auch, wie es ihm auf jener Expedition ergangen ist. Dinny hat Ihnen ja einige Abschnitte aus Huberts Tagebuch vorgelesen.«
Saxendens rotes Gesicht färbte sich noch röter, und verzweifelt stieß er hervor: »Ihr jungen Damen bildet euch ein, ich hätte nichts anderes zu tun, als mich in Dinge zu mischen, die mich nichts angehen. Auslieferungen sind Sache des Gerichts, nicht meine.«
Jeanne warf ihm unter langen Wimpern hervor einen Blick zu, und der unglückselige Lord duckte fast verängstigt den Kopf.
»Was kann ich tun?« brummte er, »man hört ja nicht auf mich.«
»Versuchen Sie's doch«, gab Jeanne zurück, »auf manche Männer hört man immer.«
Lord Saxendens Augen traten etwas hervor. »Sie sagen, er hat eine Narbe. Wo denn?«
Jeanne streifte von ihrem linken Arm den Ärmel zurück.
»Von hier bis hierher. Als der Mensch ihm nochmals nahe kam, schoß Hubert ihn nieder.«
»Hm!«
Er betrachtete höchst interessiert den Arm und wiederholte seine tiefsinnige Bemerkung, worauf Schweigen eintrat.
Plötzlich fragte Jeanne: »Möchten Sie sich gern ausliefern lassen, Lord Saxenden?«
Er machte eine ungeduldige Bewegung. »Aber, meine junge Dame, das ist eine Angelegenheit der Behörden.«
Jeanne warf ihm wieder einen Blick zu.
»Ist es denn wirklich wahr, daß amtlich nie jemand auf etwas Einfluß nimmt?«
Er lachte. »Lunchen Sie doch mit mir im Piedmont-Hotel, übermorgen, nein, in drei Tagen. Dann sag ich Ihnen, ob ich etwas ausgerichtet hab.«
Jeanne verstand sich darauf, rechtzeitig Schluß zu machen. Auch

bei den Versammlungen der Pfarrgemeinde spann sie ein Thema nie zu lang fort. Sie streckte ihm die Hand entgegen: »Herzlichsten Dank! Ein Uhr dreißig?«
Lord Saxenden nickte ganz überrascht. Dieses junge Frauenzimmer sprach verblüffend frank und frei; in seinen Kreisen war er ans Gegenteil gewöhnt.
»Auf Wiedersehen!« sagte sie.
»Auf Wiedersehen, Miss Tasburgh! Viel Glück!«
»Danke, hängt von Ihnen ab.« Und ehe er noch etwas erwidern konnte, war sie durch die Tür entschwunden. Sie ging zu Fuß heim, ganz und gar nicht aufgeregt, sondern ruhig und besonnen. Sie dachte klar und schnell und empfand ein angeborenes Mißtrauen davor, ihre Angelegenheiten anderen zu überlassen. Heute abend mußte sie unbedingt Hubert sprechen. Sie trat ins Haus, eilte sogleich wieder ans Telefon und rief das »Coffee House« an. »Bist du am Telefon, Hubert? Hier Jeanne.«
»Ja, Liebste.«
»Komm nach dem Dinner her. Ich muß dich sprechen.«
»Gegen neun?«
»Jawohl. Herzlichen Gruß.« Sie hängte den Hörer auf.
Ehe sie auf ihr Zimmer ging, sich umzukleiden, blieb sie einen Augenblick stehen, wie eine Leopardin, die sich zum Sprung anschickt. Wie die leibhaftige Jugend sah sie aus, die vorwärtsstürmt in das Land der Verheißung, geschmeidig, unbeirrbar, jeden Muskel gestrafft. In Fleurs stilisiertem, vornehmem Salon schien sie so zu Hause und doch auch so fremd wie etwa eine Katze.
Wenn beim Dinner einer der Anwesenden schwere Sorgen hat und die anderen darum wissen, dann pflegt sich das Tischgespräch meist nur um oberflächliche Dinge zu drehen. Niemand erwähnte Forests Heimkehr, Adrian ging gleich nach dem Mokka fort. Dinny begleitete ihn.
»Gute Nacht, lieber Onkel! Ich werde mit der gepackten Reisetasche zu Bett gehen; ein Auto ist hier jeden Augenblick zu haben. Versprich mir, dich nicht zu sorgen.«
Adrian lächelte, sah aber tief bekümmert aus. Als Dinny zurückkam, trat ihr Jeanne entgegen und erzählte ihr den neuesten

Stand von Huberts Angelegenheit. Im ersten Augenblick war sie wie vor den Kopf gestoßen, dann aber geriet sie in flammende Entrüstung.

»Unerhörte Niedertracht!«

»Jawohl!« stimmte Jeanne zu. »Hubert muß gleich da sein, ich möchte allein mit ihm sprechen.«

»Dann führ ihn ins Arbeitszimmer hinauf. Ich werde Michael davon erzählen. Die Sache muß vors Parlament! Nur ist es jetzt leider geschlossen«, fügte sie hinzu, »es scheint nur dann zu tagen, wenn die Tagung besser unterbliebe.«

Jeanne wartete in der Halle, um Hubert einzulassen. Als er mit ihr in Michaels Arbeitszimmer hinaufgegangen war, in jenes Zimmer, dessen Wände die Stahlstich-Karikaturen der letzten drei Generationen bedeckten, drückte sie ihn in des Hausherrn sehr bequemen Lehnstuhl und setzte sich auf sein Knie. So blieb sie einige Minuten, die Arme um seinen Hals geschlungen, die Lippen mehr oder minder an seinem Mund.

»Genug!« erklärte sie dann, erhob sich und zündete sich und Hubert eine Zigarette an. »Hubert, zu dieser Auslieferung kommt es nicht!«

»Wenn es aber doch dazu kommt!«

»Nein, sag ich. Übrigens ein Grund mehr, daß wir sofort heiraten.«

»Liebste, ich kann unmöglich.«

»Du mußt. Bildest du dir ein, ich bleibe daheim, wenn du ausgeliefert wirst? Es kommt ja nicht dazu, lachhaft! Aber wenn du fort mußt, fahre ich natürlich auf demselben Schiff mit, natürlich fahr ich – verheiratet oder nicht, ganz egal.«

Hubert sah sie an. »Bist ein Prachtkerl!« meinte er, »aber –«

»Aha, ich weiß schon! Jetzt wirst du deinen Vater ins Treffen führen, deine Ritterlichkeit, deinen Wunsch, mich unglücklich zu machen, natürlich zu meinem eigenen Besten. Ich hab deinen Onkel Hilary aufgesucht. Er ist bereit, uns zu trauen. Er ist Pfarrer und dabei ein Mann von Erfahrung. Jetzt paß auf – wir werden ihm das neueste Stadium der Affäre berichten, und wenn er sich's inzwischen nicht anders überlegt hat, wird er uns trauen. Morgen früh gehen wir zusammen hin.«

»Aber –«
»Kein Aber –! Du kannst dich unbedingt auf ihn verlassen; er scheint mir ein vertrauenswürdiger Mann zu sein.«
»Ist er auch«, erwiderte Hubert, »mehr als jeder andere.«
»Abgemacht! Jetzt gib mir noch einen Kuß!« Und sie setzte sich wieder auf sein Knie. Hätte Jeanne nicht so scharfe Ohren gehabt, die beiden wären von Dinny ertappt worden. Jeanne betrachtete also das Bild des Weißen Affen, das an der Wand hing, und Hubert holte sein Zigarettenetui hervor, als Dinny die Tür öffnete.
»Dieser Affe ist ausgezeichnet!« erklärte Jeanne. »Wir heiraten also, Dinny, trotz dieses neuen Blödsinns, wenn Onkel Hilary uns keinen Strich durch die Rechnung macht. Wenn du willst, geh morgen früh wieder mit uns zu ihm.«
Dinny sah Hubert an; der erhob sich und meinte: »Hopfen und Malz verloren. Ich kann mit ihr nichts anfangen.«
»Und nichts ohne sie«, warf Jeanne ein. »Stell dir nur vor, Dinny: Er hat sich eingebildet, ich bliebe zu Haus, wenn man ihn ausliefert. Diese Männer sind wirklich wie die Wickelkinder! Nun, Dinny, was sagst du dazu?«
»Ich freue mich.«
»Jetzt hängt es von Onkel Hilary ab«, erklärte Hubert. »Wohlgemerkt, Jeanne!«
»Einverstanden. Er steht mit dem wirklichen Leben in Berührung, auf seinen Rat darf man geben. Hubert, hol uns morgen um zehn ab. Dreh dich um, Dinny, er kriegt noch einen Kuß, dann marsch hinaus!«
Dinny wandte ihnen den Rücken.
»Kehrt euch!« gebot Jeanne. Sie gingen hinunter, bald darauf begaben sich die Mädchen zu Bett. Ihre Zimmer lagen nebeneinander und waren in Fleurs vornehmem Geschmack eingerichtet. Sie plauderten noch ein wenig, umarmten einander und gingen dann jede auf ihr Zimmer. Dinny trödelte beim Entkleiden.
Der Square lag ruhig da, nur wenige Lichter brannten in den Häusern, die größtenteils Parlamentsmitgliedern gehörten. Jetzt, während der Sommerferien des Parlaments, waren die Bewohner verreist. Kein Windhauch bewegte das dunkle Gezweig der Bäu-

me, durchs offene Fenster drang der wilde Lärm der Stadt, der Dinny keine Ruhe finden ließ. Die Nachtluft roch hier nicht so würzig wie in Condaford. »Ich könnte mit Jeanne nicht leben«, dachte sie. »Aber Hubert wird es können«, fügte sie gerechterweise hinzu. »Er braucht so was.« Sie verzog den Mund zu einem matten Lächeln über ihren Kummer, daß ihr Bruder Ersatz für sie gefunden. Als sie im Bett lag, dachte sie noch an Adrians Sorge und Angst um Angela und an jenes arme Wesen, ihren Gatten, der sich nach ihr sehnte, sie begehrte und einsam blieb, fremd und einsam, ihr und jedermann. Im Dunkel glaubte sie seinen brennenden, flackernden Blick zu sehen, den Blick eines Geschöpfs, das nach einem Heim verlangt, nach Frieden und Ruhe, und sie nicht finden kann. Sie zog die Decke bis an die Augen und sprach sich immer wieder zur Beruhigung den alten Kinderreim vor:

»Schlaf, Kindlein, schlaf!
Draußen stehn zwei Schaf',
Ein schwarzes und ein weißes.
Und wenn mein Kind nicht schlafen will,
Dann kommt das schwarze und beißt es!«

19

Hätte jemand Hilary Cherrell, dem Pfarrer von St. Augustin im Grünen, ins Herz schauen und seine geheimsten Gedanken darin lesen können, Gedanken, die er nie durch ein Wort, ja auch nur eine Miene verriet, so wäre ihm klargeworden, daß Hilary von seinem aufopfernden Wirken sich selbst nicht viel Erfolg versprach. Doch es war ihm nun einmal in Fleisch und Blut übergegangen, anderen als Führer und Berater zu dienen. Wie ein Spürhund auch auf einem gewöhnlichen Spaziergang sofort irgendeine Spur zu verfolgen beginnt, wie ein Dalmatinerhund auf einem Ritt von Anfang an sich dem Roß an die Fersen heftet, so trieb auch Hilary seine Erbanlage zu rastloser Arbeit für seine Mitmenschen; er entstammte ja einer Familie, die seit vielen Generationen dem Vaterland Beamten und Soldaten gestellt hatte. Doch war er darum keineswegs überzeugt, daß sein unermüdlicher Eifer irgendeinen Erfolg bringen werde. In einer Zeit, da der Zweifel an allem fraß, da jedermann sich unwiderstehlich versucht fühlte, über Stand und Standestraditionen zu spotten, vertrat er eine Kaste, die von Geburt dazu bestimmt schien, ihre Pflicht zu erfüllen, nicht um dadurch anderen Wohltaten zu erweisen, nicht um Vorteile zu ergattern, sondern lediglich darum, weil man es selbst für Fahnenflucht gehalten hätte, das Amt niederzulegen. Hilary fiel es nicht im Traum ein, durch sein Beispiel die Lebensberechtigung seiner Kaste zu dokumentieren oder dem Volk jenes Wirken für die Öffentlichkeit vor Augen zu führen, dem sein Vater, der Diplomat, sein Onkel, der Bischof, seine Brüder, der Soldat, der Kustos und der Richter (Lionel war unlängst ernannt worden), ihr Leben geweiht hatten. Seiner Meinung nach wurstelten sie und er selbst nur so weiter. Allerdings verband er mit jeder einzelnen Arbeit einen bestimmten Zweck, der aber, wie er sich gestand, in seinem Herzen eher auf Sand denn auf Fels geschrieben war.

An jenem Morgen nach Forests Heimkehr, um halb zehn, saß er eben vor seiner ausgebreiteten Korrespondenz, da trat Adrian in sein ziemlich kahles Arbeitszimmer. Unter Adrians zahlreichen männlichen Freunden konnte nur Hilary das Gefühlsleben und die Lage des Bruders recht verstehen. Hilary war bloß um zwei Jahre älter, und beide hingen seit der Kindheit unzertrennlich aneinander. Beide hatten in der Vorkriegszeit als Hochtouristen bedenkliche Aufstiege und noch bedenklichere Abstiege unternommen, beide hatten den Krieg mitgemacht, Hilary als Feldkaplan in Frankreich, Adrian, der Arabisch sprach, als Unterhändler im Osten. Ihr Temperament war verschieden, doch gerade darum hielt ihre Freundschaft um so fester. Sie verstanden einander mit wenigen Worten, und Hilary begann ohne Umschweife: »Gibt's heute etwas Neues?«

»Nichts Neues, sagt Dinny. Doch spätestens in einer Woche muß das Wohnen im selben Haus dazu führen, daß er die Selbstbeherrschung verliert. Für den Augenblick mag ja das Gefühl, er sei nun wieder im eigenen Haus und sein eigener Herr, ihn ruhig stimmen. Aber länger als eine Woche hält diese Ruhe kaum vor. Ich fahre jetzt in die Anstalt hinaus, doch die Leute dort werden schwerlich mehr wissen als wir.«

»Verzeih, lieber Bruder, das beste wäre wohl die Wiederaufnahme der ehelichen Gemeinschaft.«

In Adrians Gesicht zuckte es.

»Hilary, das geht über Menschenkraft. Eine solche Zumutung ist unsäglich grausam. So etwas dürfte man von einer Frau nicht verlangen.«

»Wenn der arme Kerl gesund bleibt, dann schon.«

»Die Entscheidung liegt einzig und allein bei ihr. Das zu ertragen, kann man von niemandem verlangen. Denk doch an seine krankhafte Leidenschaftlichkeit vor dem Ausbruch des Wahnsinns. Aus dem Haus müßte man ihn schaffen, Hilary.«

»Einfacher wär's, wenn sie woanders Zuflucht suchte.«

»Wer soll sie aufnehmen, wenn nicht ich, und das brächte ihn zweifellos gleich wieder um den Verstand.«

»Wenn ihr die Verhältnisse bei uns passen, könnte sie zu uns ziehen«, sagte Hilary.

»Aber die Kinder?«

»Die auch, wenn's sein muß. Freilich, Einsamkeit und Müßiggang tragen wohl kaum zu seiner Genesung bei. Könnte er nicht irgendeine Arbeit leisten?«

»Ich glaube nicht. Vier Jahre eines solchen Lebens bringen jeden um. Und wer sollte ihm eine Beschäftigung geben? Könnte ich ihn nur dazu bewegen, daß er zu mir zieht!«

»Dinny und das andere Mädchen meinten, er sehe ganz normal aus und spreche durchaus vernünftig.«

»In gewisser Weise, ja. Vielleicht sind die Leute in der Anstalt informiert.«

Hilary faßte den Bruder am Arm. »Altes Haus, das ist wahrhaftig entsetzlich für dich. Aber ich wette zehn gegen eins, das Ganze ist nicht so schlimm, wie wir glauben. Ich will mit May sprechen, sprich du mit den Leuten im Sanatorium. Wenn du dann meinst, es sei für Angela am besten, zu uns zu ziehen, so lade sie in mein Haus.«

Adrian drückte die Hand, die auf seinem Arm lag.

»Jetzt will ich eilen, um meinen Zug noch zu erreichen.«
Als er wieder allein war, stand Hilary stirnrunzelnd da. Er hatte die Unerforschlichkeit der göttlichen Vorsehung so gründlich kennengelernt, daß er selbst in seinen Predigten schon längst nicht mehr ihre Güte pries. Doch hatte er auch erfahren, daß viele Leute durch zähen Widerstand ihr Mißgeschick überwanden und daß viele andere sich darein ergaben und schließlich ganz zufrieden lebten. Seiner Meinung nach wurde die Bedeutung des Unglücks meist überschätzt, und jeder Verlust lief am Ende auf einen Gewinn hinaus, wenn man nur durchhielt und den Mut nicht sinken ließ. In diesem Augenblick trat sein zweiter Besuch ein, Millicent Pole, jenes Mädchen, das kürzlich vor dem Polizeigericht gestanden war. Sie hatte ihren Posten bei Petter & Poplins verloren, da ihre Unbescholtenheit vor Gericht das üble Gerede nicht zum Schweigen bringen konnte.
Sie erschien zur vereinbarten Zeit in einem netten blauen Kleid, offenbar pflegte sie alles ersparte Geld auf die äußere Erscheinung zu verwenden. Nun wartete sie auf das Verhör.
»Wie geht's Ihrer Schwester, Millie?«
»Gestern is sie aus dem Spital zurückgekommen, Mr. Cherrell.«
»Ist sie denn schon wiederhergestellt?«
»Ich glaub nicht, aber wenn sie länger fortbleibt, sagt sie, verliert sie am Ende auch ihren Posten.«
»Wieso denn?«
»Wenn sie länger fortbleibt, sagt sie, glaubt man bei der Firma vielleicht, sie wär auch so eine wie ich.«
»Na, wie steht's denn mit Ihnen? Möchten Sie nicht aufs Land gehen?«
»Ach nein.«
Hilary sah sie prüfend an. Ein anmutiges Mädchen, hübsches Gesicht, feine Fesseln, sinnlicher Mund. »Die müßte bald unter die Haube kommen«, fuhr es ihm durch den Kopf.
»Na, haben Sie einen jungen Mann, Millie?«
Das Mädchen lächelte.
»Ganz sicher hab ich ihn noch nicht.«
»Nicht sicher genug zum Heiraten?«
»Soviel ich seh, hat er's nicht im Sinn.«

»Und Sie?«
»Ich hab's nicht so eilig.«
»Was für Pläne haben Sie?«
»Ich möcht – möcht gern Mannekön werden.«
»Soso! Hat Ihnen Ihre Firma ein Zeugnis ausgestellt?«
»Jawohl. Sie sagten, sie hätten mich nur ungern entlassen. Aber von der Geschichte stand zuviel in den Zeitungen, da mußten sie, wegen der anderen Mädel –«
»Verstehe. Millie, Sie haben sich da sauber in die Patsche gebracht. Ich trat für Sie ein, weil Sie arg in der Klemme waren, doch so ganz blind bin ich nicht. Versprechen Sie mir, daß so etwas nicht wieder vorkommt. Es wäre der erste Schritt zum völligen Ruin.«
Das Mädchen erwiderte haargenau, was Hilary erwartet hatte – gar nichts.
»Ich führe Sie jetzt zu meiner Frau. Beraten Sie sich mit ihr über die Zukunft. Wenn Sie keinen solchen Posten wie den früheren finden können, lassen wir Sie schnell einen Kurs absolvieren und verschaffen Ihnen dann eine Stelle als Kellnerin. Wäre Ihnen das recht?«
»Hätt nichts dagegen.«
Halb scheu, halb lächelnd, blickte sie ihn an. »Mädel wie diese da sollte man von Staats wegen aussteuern und verheiraten«, dachte er. »Das einzige Mittel, sie auf dem rechten Weg zu halten.«
»Also, Millie, reichen Sie mir die Hand und beherzigen Sie meine Worte. Ihre Eltern waren mit mir befreundet, Sie werden ihnen gewiß keine Schande machen!«
»Nein, Herr Pfarrer.«
»Wollen's abwarten!« dachte Hilary und führte sie in das Speisezimmer, wo seine Frau an der Schreibmaschine saß. Dann kehrte er wieder in sein Arbeitszimmer zurück, zog eine Schublade seines Schreibtisches auf und begann sich mit Rechnungen herumzubalgen. Nirgendwo in der Welt spielte das Geld eine so wichtige Rolle wie im Elendsviertel einer Christengemeinde, deren Religion Verachtung des Geldes predigt. Das erfuhr Hilary nur zu oft.
»Schaut an die Lilien auf dem Feld«, dachte er, »sie säen nicht

und ernten nicht, wahrscheinlich gehen sie milde Gaben sammeln. Zum Kuckuck, wie soll ich nur die Fürsorgeschule das Jahr über durchbringen?« Das Problem war noch ungelöst, als das Mädchen mit der Meldung kam: »Captain Cherrell, Miss Cherrell und Miss Tasburgh.«

»Ha! Die lassen nicht locker!« dachte Hilary.

Er hatte seinen Neffen seit der Rückkehr von der Expedition Hallorsens nicht mehr getroffen und erschrak nun über Huberts düstere Miene und sein gealtertes Aussehen.

»Gratuliere dir, mein Lieber!« sagte er. »Hab gestern schon von deinen Plänen gehört.«

»Onkel Hilary«, rief Dinny, »mach dich darauf gefaßt, als Salomo zu fungieren!«

»Salomos Ruf als Weiser, meine respektlose Nichte, ist vielleicht das Fadenscheinigste in seiner Historie«, gab Hilary zurück. »Bedenk doch nur die Anzahl seiner Weiber. Na, was gibt's?«

»Onkel Hilary«, erklärte Hubert, »ich hab in Erfahrung gebracht, daß man vielleicht dem Auslieferungsbegehren Boliviens Folge leisten wird. Du weißt doch, ich hab dort einen Maultiertreiber erschossen. Jeanne wünscht trotzdem augenblickliche Heirat –«

»Gerade deswegen!« rief Jeanne dazwischen.

»Mir aber scheint es doch sehr gewagt und ihr gegenüber ein Unrecht. Doch wir haben uns geeinigt, die Sache dir vorzulegen und uns deinem Urteil zu fügen.«

»Danke«, murmelte Hilary, »warum gerade mir?«

»Weil niemand im Handumdrehen so viele Entscheidungen treffen muß wie du«, erwiderte Dinny, »höchstens der Polizeirichter.«

Hilary blickte von Jeanne zu Hubert und wieder zurück.

»Durch Warten können wir augenblicklich gar nichts gewinnen«, erklärte Jeanne. »Wenn er ausgeliefert wird, geh ich mit, verheiratet oder nicht.«

»Im Ernst?«

»Natürlich.«

»Könntest du sie daran hindern, Hubert?«

»Ich glaube kaum.«

»Junge Leute, liegt hier ein Fall von Liebe auf den ersten Blick vor?«
Beide schwiegen. Endlich sagte Dinny: »Höchstwahrscheinlich. Ich hab das schon beim Krocketspiel in Lippinghall bemerkt.«
Hilary nickte. »Na, das spricht nicht gegen euch. Mir ist's auch so gegangen, und ich hatte es nie zu bereuen. Wird es wirklich zu deiner Auslieferung kommen, Hubert?«
»Nein«, entgegnete Jeanne.
»Was meinst du, Hubert?«
»Ich weiß nicht. Vater macht sich Sorgen. Doch gewisse Persönlichkeiten setzen sich nach Kräften für mich ein. Diese Narbe da hab ich abbekommen« – er schob den Ärmel zurück.
Hilary nickte. »Ein wahres Glück!«
»In jenen Tagen und in jenem Klima kam es mir nicht so vor«, meinte Hubert mit bitterem Lächeln.
»Habt ihr schon den Dispens vom Aufgebot eingeholt?«
»Noch nicht.«
»Verschafft ihn euch, ich werde euch trauen.«
»Ist das dein Ernst, Onkel?«
»Vielleicht handle ich unüberlegt, doch ich hoffe, nicht.«
»Nein, nein!« Jeanne ergriff seine Hand. »Würde Ihnen morgen um zwei Uhr passen, Mr. Cherrell?«
»Lassen Sie mich nachsehen.« Er schlug in einem Buch nach und nickte.
»Herrlich!« rief Jeanne. »Komm, Hubert, wir holen uns sofort die Lizenz.«
»Vielen, vielen Dank, Onkel!« sagte Hubert. »Aber begehe ich damit kein Unrecht?«
»Lieber Junge«, erwiderte Hilary, »wenn du dich mit einer jungen Dame wie Jeanne einläßt, mußt du auf eine solche Entwicklung der Dinge gefaßt sein. Auf Wiedersehen, viel Glück euch beiden!«
Als sie draußen waren, wandte sich Hilary an seine Nichte: »Wer ist denn auf diese Idee verfallen?«
»Jeanne.«
»Dann ist sie entweder eine sehr schlechte oder eine sehr gute Menschenkennerin. Na, das nenn ich flotte Arbeit. Um zehn Uhr

fünf seid ihr hergekommen, jetzt ist's zehn Uhr vierzehn. Schneller hab ich noch nie über zwei Menschenleben entschieden. Von den Tasburghs ist doch nichts Nachteiliges bekannt?«

»Nein, sie scheinen mir nur etwas rasch in ihren Entschlüssen.«

»Rasch entschlossene Leute gefallen mir«, erklärte Hilary. »Sie haben gewöhnlich Mut.«

»Das hat sich bei der Seeschlacht von Zeebrugge gezeigt.«

»Ach, richtig, hat sie nicht einen Bruder bei der Marine?«

Dinny zwinkerte.

»Steuert der nicht auch schon in den Ehehafen?«

»Mit Volldampf.«

»Na, und?«

»Ich bin nicht so rasch entschlossen, Onkel.«

Hilary lächelte seine Lieblingsnichte zärtlich an. »›Des Auges Bläue bedeutet Treue.‹ Ich werde dich schon noch trauen, Dinny. Entschuldige mich jetzt, ich habe eine Zusammenkunft mit einem Mann, dem das Abzahlen seiner Raten schlaflose Nächte bereitet. Er ist da hineingesprungen und zappelt jetzt wie der Frosch im Brunnenloch. Übrigens, das Mädchen, das du unlängst vor dem Polizeirichter sahst, ist im Speisezimmer bei deiner Tante. Willst du sie dir vielleicht noch mal ansehen? Sie ist ein fast unlösbares Problem, dessen Klärung tiefen Einblick in die Menschennatur gewähren könnte. Möchtest nicht du versuchen, diese Nuß zu knacken?«

»Ich möchte schon, aber sie wird nicht mögen.«

»Wer weiß, du bist ein junges Mädchen wie sie, kannst also eine Menge Neues aus ihr herausholen. Doch schwerlich viel Gutes. Das klingt zynisch«, fügte er hinzu, »doch manchmal muß man sich auf diese Weise Luft machen.«

»Gewiß, Onkel.«

»Auf Wiedersehen, meine Liebe. Morgen sehe ich dich bei der Urteilsvollstreckung.«

Hilary sperrte die Rechnungen in die Lade und folgte ihr in die Halle; dann öffnete er die Tür des Speisezimmers, rief: »Liebste, da ist Dinny. Ich bin zum Lunch zurück«, und ging ohne Hut davon.

20

Dinny und Millicent Pole verließen die Pfarre und begaben sich zu Michaels Haus auf dem South Square. Das Mädchen wollte Fleur neuerdings um eine Empfehlung bitten. Dinny überwand ihre Scheu und begann: »Wenn ich Sie wäre, ich wollte mich wahrhaftig an der Gesellschaft rächen. Ich sehe nicht ein, warum Sie Ihren Posten verlieren mußten.« Dinny fing einen prüfenden Seitenblick auf; Millicent wußte augenscheinlich nicht, ob sie ganz offen sein dürfe.

»Ich bin ins Gerede gekommen«, erklärte sie schließlich.

»Ich weiß, ich war zufällig bei Ihrem Freispruch im Polizeigericht zugegen. Mir kam es niederträchtig vor, daß Sie dort Rede stehen mußten.«

»Ich hab tatsächlich wen angesprochen«, erklärte das Mädchen überraschend aufrichtig. »Ich wollte es Mr. Cherrell nicht eingestehen, aber ich hab es wirklich getan. Ich hatte den ewigen Geldmangel satt. Was meinen Sie, war es schlecht von mir?«

»Nun, ehe ich so was täte, müßte ich schon noch in ärgere Not geraten als in Geldmangel.«

»Sie waren eben noch nie wirklich in Geldnot.«

»Da haben Sie wohl recht. Freilich hab ich auch nie viel gehabt.«

»Wen anreden is noch immer besser als stehlen, wie?« meinte das Mädchen bitter. »Was is schließlich schon dabei? Man kann es rasch wieder vergessen. So hab ich mir's wenigstens vorgestellt. Einem Mann nimmt das kein Mensch übel, und man bestraft ihn nicht dafür. Aber bitte, Sie erzählen das doch nicht Mrs. Mont, nicht wahr?«

»Natürlich nicht. Da ist es Ihnen wohl sehr schlecht gegangen?«

»Hundsmiserabel. Ich und meine Schwester verdienen gerade das Nötigste, wenn wir voll beschäftigt sind. Sie war aber fünf Wochen krank, und ich hatte noch dazu an dem Tag meine Börse verloren, dreißig Shilling hatte ich drin – da konnte ich doch nichts dafür.«

»Verdammtes Pech.«

»Gottverdammtes! Wär ich wirklich so eine gewesen, dann hätten sie mich nicht geschnappt, nur weil ich noch ganz grün war,

hat mir das passieren können. Ich möchte wetten, die Mädel aus guten Kreisen überlegen sich's auch nicht lang, wenn's ihnen an den Kragen geht.«
»Allerdings«, meinte Dinny, »gibt es vermutlich auch in diesen Kreisen Mädchen, die sich um jeden Preis aus der Verlegenheit ziehen. Ich meine aber doch, so was sollte man nur aus Liebe tun. Aber ich bin wohl altmodisch.«
Das Mädchen warf ihr noch einen langen, diesmal fast bewundernden Blick zu.
»Sie sind eben eine Dame, Miss. Ich muß gestehen, ich wär ja auch gern eine. Aber man bleibt das, wozu man geboren wird.«
Dinny erwiderte mit ablehnender Geste: »Na, möchte ich nicht behaupten. Die Frauen von vornehmster Gesinnung, die ich kenne, sind Bauernweiber.«
»Wirklich?«
»Jawohl. Und ich meine, so manche Londoner Verkäuferin kann es mit den besten Damen aufnehmen.«
»Ach ja, es gibt schrecklich nette, anständige Mädel. Meine Schwester is viel besser als ich. Die hätt so was nie getan. Ihr Onkel hat was gesagt, das werd ich nie vergessen, aber ich hab mich nie ganz in der Hand. Ich möcht halt gern ein Vergnügen haben, wenn ich's kriegen kann. Warum auch nicht?«
»Ob es aber auch wirklich ein Vergnügen ist, das ist die Frage. Der nächstbeste Mann ist wohl keins. Viel eher das Gegenteil.«
Das Mädchen nickte.
»Schon wahr. Aber wenn man Sie auf die Straße setzt, weil Sie kein Geld haben, täten Sie wohl auch so manches, was Sie sonst nicht tun. Meinen Kopf wollt ich wetten.«
Nun nickte Dinny.
»Mein Onkel ist ein lieber Mensch, nicht wahr?«
»Ein Gentleman, er setzt einem nie mit der Religion zu und greift immer in die Tasche, wenn er was drin hat.«
»Das ist nicht oft der Fall«, meinte Dinny, »meine Familie ist nicht wohlhabend.«
»Den Gentleman macht ja nicht das Geld.«
Dinny schien von dieser Bemerkung nicht sonderlich erbaut. Sie

hörte sie wohl nicht zum erstenmal. »Jetzt nehmen wir lieber einen Autobus«, erklärte sie.

Der Tag war sonnig, die beiden setzten sich aufs Oberdeck des Wagens. »Gefällt Ihnen die neue Regent Street?« fragte Dinny.

»Und ob! Ich finde sie famos!«

»Gefiel Ihnen die alte nicht besser?«

»Keine Spur. Sie war so fad und gelb und eintönig.«

»Sie machte aber einen ganz eigenartigen Eindruck, und die regelmäßige Bauart paßte so gut zu dem Bogen, den sie beschreibt.«

Das Mädchen schien zu merken, daß es sich hier um eine Frage des Geschmacks handle. Sie zögerte einen Augenblick, dann erklärte sie bestimmt: »Jetzt is aber mehr Licht hier, mehr Bewegung.«

»Na ja!«

»Ich sitz so gern auf dem Oberdeck«, sagte das Mädchen, »da gibt's immer eine Menge zu sehen, das Leben reißt einen mit, nicht wahr?«

Diese Worte trafen Dinny wie ein Schlag. Wie ereignislos verlief doch ihr eigenes Leben in der vorgeschriebenen Bahn! Was für Abenteuer barg es, was für Gefahren? »Leute, die auf eigenen Füßen stehen, führen ein viel spannenderes Leben«, dachte sie. Ihr Beruf war es bisher gewesen, keinen Beruf zu haben. Da fiel ihr Jeanne ein, und sie sagte: »Ach, ich führe ein langweiliges Dasein, ich warte nur immer und warte.«

Das Mädchen sah sie wieder von der Seite an.

»Aber Sie müssen sich doch recht gut amüsieren, Sie sind ja so schön.«

»Schön! Mit so einer Stupsnase!«

»Ach was, Sie haben Stil! Auf den kommt es an. Und mag man noch so hübsch aussehen, es hängt doch alles davon ab, ob man Stil hat.«

»Ich möchte lieber hübsch aussehen.«

»So? Hübsch sein kann bald wer.«

»Aber wenige sind es.« Mit einem Blick auf das Profil des Mädchens fügte sie hinzu: »Sie können zufrieden sein.«

Das Mädchen fühlte sich geschmeichelt.

»Ich hab Mr. Cherrell gesagt, ich möchte gern Mannekön werden, aber er war davon nicht sehr entzückt.«
»Von allen unnützen Berufen scheint mir der am ärgsten«, bemerkte Dinny. »Sich für eine Schar launenhafter Weiber fortwährend an- und ausziehen!«
»Das muß doch auch wer tun«, erwiderte das Mädchen in überzeugtem Ton, »und mir macht es selber Spaß, mich schön anzuziehen. Aber man braucht dazu Empfehlungen. Vielleicht wird mir Mrs. Mont eine geben. Herrgott! Sie wären ein prachtvolles Mannekön, Miss. So viel Stil und so schlank dazu!«
Dinny lachte. Der Autobus hielt vor der Westminster-Abtei.
»Hier steigen wir aus. Sind Sie schon da drin gewesen?«
»Nein.«
»Werfen Sie vielleicht doch einen Blick hinein, ehe man sie niederreißt und Zinskasernen oder ein Kino hinbaut.«
»Will man das wirklich?«
»Vorläufig schlummert dieser Plan noch im Unterbewußtsein der Stadtväter, sie schwatzen davon, den Bau zu restaurieren.«
»Is das aber groß!« rief das Mädchen. Doch angesichts der gewaltigen Mauern verstummte sie und schwieg auch noch, als sie hineingingen. Dinny betrachtete sie, wie sie mit zurückgeworfenem Kopf eine Statue musterte.
»Wer is denn der alte splitternackte Kerl dort mit dem langen Bart?«
»Neptun. Er ist ein Symbol. *›Rule Britannia!‹* Unsere Macht zur See, verstehen Sie?«
»Ah so!« Sie schritten weiter und kamen an eine Stelle, von der aus sie die riesigen Ausmaße dieses alten Museums überblicken konnten.
»Du meine Güte! Is das gesteckt voll Sachen!«
»Es ist tatsächlich eine Art Antiquitätenladen, die ganze Geschichte Englands hat man hier hineingestopft.«
»Schrecklich düster is es hier, die Säulen sehen so schmutzig aus, nicht?«
»Sollen wir nicht einen Blick in den ›Dichterwinkel‹ werfen?« fragte Dinny.
»Was is denn das?«

»Dort liegen die großen Schriftsteller begraben.«
»Weil sie Verse geschrieben haben?« erkundigte sich das Mädchen. »Is das nicht gelungen?«
Dinny gab keine Antwort. Sie kannte einige dieser Verse, und auch ihr kam die Sache beinahe komisch vor. Sie besahen eine Anzahl Statuen und Namen, die Dinny wenig und das Mädchen augenscheinlich gar nicht interessierten. Dann schritten sie langsam das Seitenschiff hinab, bis zur Stelle, wo zwischen zwei roten Kränzen die in Schwarz und Gold gehaltene Gedenktafel für den Unbekannten Soldaten lag.
»Möcht wissen, ob der's weiß?« sagte das Mädchen. »Jedenfalls wird er sich nicht darum scheren, niemand kennt seinen Namen, was hat er also davon?«
»Er allerdings nichts, doch vielleicht wir«, versetzte Dinny und spürte jenes Würgen in der Kehle, das die Welt dem Unbekannten Soldaten als Dank zollt.
Sie traten wieder auf die Straße hinaus; plötzlich fragte das Mädchen:
»Sind Sie religiös, Miss?«
»In gewisser Hinsicht schon«, gab Dinny unsicher zurück.
»Mich hat man nie in der Religion unterrichtet, meine Eltern hatten Mr. Cherrell gern, aber die Religion hielten sie für Mumpitz. Mein Vater war nämlich Sozialist und erklärte die Religion für einen Bestandteil des kapitalistischen Ausbeutungssystems. Natürlich gehen wir in unseren Kreisen auch nicht in die Kirche. Wir haben keine Zeit dazu. Und dann soll man in der Kirche so still sitzen. Ich muß schon sagen, ich bin mehr für die Bewegung. Und dann, wenn es einen Gott gibt, warum heißt er Er? Das empört mich gegen Ihn. Daß man sich Gott als Mann denkt, trägt an so einer Behandlung der Mädel mit daran Schuld, wie ich sie erlebt hab. Seit meiner Verhandlung und der Ansprache des Geistlichen im Polizeigericht hab ich über diese Dinge viel nachgedacht. Ein Er kann die Geschöpfe nicht hervorbringen ohne eine Sie.«
Dinny starrte das Mädchen an.
»Das hätten Sie meinem Onkel sagen sollen. Wahrhaftig, ein origineller Gedanke!«
»Man schwatzt jetzt so viel von den gleichen Rechten der Frau-

en«, fuhr das Mädchen fort, »aber es is nicht wahr. Jedes Mädel in meiner Firma hat vor dem Chef gezittert. Wo das Geld is, dort is auch die Macht. Und alle Amtspersonen und Richter und Geistlichen sind Männer und alle Generäle. Sie schwingen die Knute, und doch können sie ohne Frauen nichts machen. Wenn ich etwas zu sagen hätt, diese Männer sollten ihre blauen Wunder erleben!«

Dinny schwieg. Zweifellos sprach dieses Mädchen aus ihrer eigenen Erfahrung heraus so bitter, aber ihre Worte bargen einen wahren Kern. Der Schöpfer mußte bisexuell sein, sonst wäre der ganze Entwicklungsprozeß in den Anfängen steckengeblieben. In dieser Annahme lag eine ursprüngliche Gleichsetzung beider Geschlechter, die Dinny bisher entgangen war. Wäre das Mädchen ihren eigenen Kreisen entstammt, Dinny hätte auf ihre Ausführungen erwidert. Aber diesem Kind aus dem Volk gegenüber konnte sie unmöglich aus ihrer Zurückhaltung herausgehen. Sie sah ihren Klassendünkel ein; schließlich erwiderte sie heiter: »Sie sind eine gefährliche Rebellin!«

»Natürlich bin ich eine Rebellin, seitdem mir diese Geschichte passiert is.«

»Da sind wir schon bei Mrs. Mont«, erklärte Dinny. »Ich muß noch etwas besorgen und nehme hier von Ihnen Abschied. Auf Wiedersehen!«

Sie streckte Millicent Pole die Hand hin, das Mädchen ergriff sie und sagte schlicht: »Es hat mich wirklich gefreut!«

Dinny ließ sie in der Halle zurück und wanderte allein in die Oakley Street, in dem dumpfen Gefühl, sie sei nicht so weit gegangen, wie sie gewünscht hätte. Sie war mit dem urwüchsigen Leben in Berührung gekommen und bebte davor zurück; ihre Gedanken und Empfindungen glichen dem ersten schüchternen Gezwitscher der Vögel im Frühling. Dieses Mädchen hatte in ihr das seltsame Verlangen wachgerufen, sich in den Strom des Lebens zu stürzen, doch wußte sie ganz und gar nicht, wie sie es anstellen sollte. Wenn sie sich doch wenigstens hätte verlieben können! Wie schön mußte es sein, zumindest über die eigenen Gefühle Klarheit zu haben, wie Jeanne und Hubert sie so plötzlich gewonnen hatten, und Alan Tasburgh und Hallorsen, wenn man ihren

Versicherungen glauben durfte. Ihr selbst schien das Leben eher ein Schattenspiel, denn Wirklichkeit. Und tief verstimmt lehnte sie die Arme aufs Brückengeländer und starrte sinnend in die Themse hinab, in die gerade die Flut aus dem Meer strömte. Religiös? In gewisser Hinsicht schon. Doch in welcher? Sie entsann sich einer Stelle aus Huberts Tagebuch: »Jeder, der an die ewige Seligkeit glaubt, hat ein gewaltiges Plus vor mir voraus, ihm steht eine Pension in Aussicht.« War Religion also der Glaube an die Vergeltung im Jenseits? Wenn ja, dann schien sie ein Schacher. Um seiner selbst willen mußte man das Gute tun, denn das Gute war auch das Schöne, war schöner als eine unberührte Blume, ein schönes Lied, eine sternenklare Nacht. Onkel Hilary gab sich in seinem Beruf schwere Mühe, Gutes zu tun, nur um des Guten willen. War er religiös? Sie wollte ihn fragen. Da rief eine Stimme: »Dinny!«
Erschrocken wandte sie sich um und sah Alan Tasburgh mit glücklichem Lächeln dastehen.

»Eben war ich in der Oakley Street, nach dir und Jeanne zu fragen. Man hat mir gesagt, ihr seid bei den Monts. Ich war auf dem Weg zu ihnen, da treffe ich dich! Fabelhaftes Glück!«

»Eben hab ich mich gefragt«, bemerkte Dinny, »ob ich religiös bin.«

»Seltsam! Ich auch!«

»Ob du religiös bist oder ich?«

»Ich betrachte uns beide als eine Person.«

»So? Wirklich? Und ist diese eine Person religiös?«

»Vielleicht, wenn's ihr an den Kragen geht.«

»Hast du schon die Neuigkeit von den Forests gehört?«

»Nein.«

»Der Captain ist heimgekommen.«

»Herrgott!«

»Das sagt jeder. Hast du Angela gesehen?«

»Nein, nur das Mädchen – schien ein wenig aufgeregt. Ist der arme Kerl immer noch verrückt?«

»Das nicht, aber für Angela ist es entsetzlich.«

»Man sollte sie fortschaffen.«

»Wenn sie mich haben will, bleib ich bei ihr«, erklärte Dinny unvermittelt.

»Du, das gefällt mir nicht!«
»Mag sein, aber ich tu's trotzdem.«
»Warum? So eng befreundet seid ihr doch nicht.«
»Dieses Herumlungern hab ich satt!«
Der junge Tasburgh starrte sie an.
»Ich versteh dich nicht.«
»Du weißt nicht, was es heißt, so ein wohlbehütetes Mädchendasein zu führen. Ich will das Leben kennenlernen, will Nützliches leisten.«
»Dann heirate mich!«
»Auf mein Wort, Alan, ich hab noch keinen Menschen getroffen, der so wenige Einfälle hat wie du.«
»Besser gute Einfälle als viele.«
Dinny ging weiter. »Ich geh jetzt zu Angela.«
Schweigend schritten sie dahin, endlich fragte der junge Tasburgh ernsthaft: »Aber, liebe Dinny, was ist dir denn in die Quere gekommen, was paßt dir nicht?«
»Mein ganzes Leben; es bringt zu wenig Aufregung.«
»Die könnt ich dir vollauf bescheren.«
»Alan, ich spaße nicht!«
»Um so besser. Wenn du nicht ernst wirst, heiratest du mich nie. Aber warum wünschst du dir denn Aufregungen?«
Dinny zuckte die Achseln. »Ich will den Ernst des Lebens kennenlernen. Du ahnst gar nicht, wie nichtig das Leben einer Haustochter auf dem Lande ist.«
»Ich möchte was sagen, trau mich aber nicht.«
»Heraus damit!«
»Dem ist leicht abzuhelfen. Mußt eben eine Hausmutter in der Stadt werden.«
»Bei solchen Anlässen pflegten die Mädchen von einst zu erröten«, seufzte Dinny. »Ich möchte nicht gern alles ins Scherzhafte wenden, aber am Ende tu ich's doch.«
Der junge Tasburgh schob die Hand unter ihren Arm.
»Wenn du das Leben einer Seemannsfrau ins Scherzhafte wenden kannst, dann tu's. Du wirst die erste sein.«
Dinny lächelte. »Ich werde nie heiraten, ehe es mich nicht mit aller Macht dazu treibt. Da kenn ich mich zu gut.«

»Schon recht, Dinny, quälen mag ich dich nicht.«
Schweigend schritten sie weiter. An der Ecke der Oakley Street blieb sie stehen.
»Also, Alan, weiter darfst du nicht mit!«
»Heute abend geh ich zu den Monts und frage, wie es dir ergangen ist. Wenn du willst, daß ich in Forests Sache für dich etwas tu – was es auch sei –, brauchst du mir nur in den Klub zu telefonieren. Hier hast du die Nummer.« Er kritzelte sie mit Bleistift auf seine Visitenkarte und übergab sie Dinny.
»Wirst du morgen bei Jeannes Hochzeit sein?«
»Selbstverständlich, ich bin Brautführer. Wär ich doch Bräuti –!«
»Leb wohl!« sagte Dinny.

21

Gleichmütig hatte Dinny von dem jungen Mann Abschied genommen. Jetzt aber stand sie mit bebenden Nerven vor Angelas Tür. Noch nie hatte sie mit Wahnsinnigen zu tun gehabt, sie stellte sie sich daher um so schrecklicher vor. Dieselbe ältliche Dienerin ließ sie ein. Mrs. Forest sei bei Captain Forest, ob Miss Cherrell nicht hinauf ins Empfangszimmer kommen wolle? Dinny folgte ihr und wartete in demselben Raum, in dem Forest Jeanne eingesperrt hatte. Sheila kam herein und rief: »Hallo! Wartest du auf Mutti?«, dann verließ sie wieder das Zimmer. Endlich trat Angela ein; ihre Miene verriet das Bestreben, sich zu sammeln und über die eigenen Gefühle klarzuwerden.
»Verzeih, Liebe, ich sah gerade mit ihm Zeitungen durch. Ich gebe mir alle Mühe, ihn so zu behandeln, als sei nichts geschehen.«
Dinny ging auf sie zu und streichelte ihr den Arm.
»Aber es wird nicht von Dauer sein, Dinny, es ist bestimmt nicht von Dauer.«
»Laß mich zu dir kommen und bei dir bleiben. Du kannst es ihm so darstellen, als hättest du mich schon vorher eingeladen.«
»Ach, Dinny, das kann schrecklich werden. Ich weiß nicht, was ich mit ihm anfangen soll. Er hat solche Scheu davor, auszugehen und jemandem zu begegnen. Und doch will er auch nicht mit mir

irgendwohin fahren, wo niemand etwas von der Sache weiß. Er will auch keinen Arzt sehen und sich nichts sagen lassen. Er will überhaupt niemanden sehen.«

»Mich wird er sehen und sich so an Gesellschaft gewöhnen. Übrigens wird er diese Scheu nach einigen Tagen verlieren. Soll ich also meine Sachen holen?«

»Wenn du wirklich so herzensgut sein willst!«

»Ehe ich wiederkomme, werd ich's Onkel Adrian mitteilen. Heute vormittag ist er ins Sanatorium gefahren.«

Angela trat zum Fenster hinüber und blieb dort mit dem Rükken zu Dinny stehen. Plötzlich wandte sie sich um:

»Dinny, mein Entschluß ist gefaßt. Ich laß ihn nicht im Stich. Wenn ich irgendwie zu seiner Genesung beitragen kann, will ich's tun.«

»Gott helfe dir!« sagte Dinny. »Auf mich kannst du zählen.« Dann ging sie, da sie weder Angelas noch ihrer eigenen Selbstbeherrschung länger traute, und stieg die Treppe hinab. Als sie draußen am Fenster des Speisezimmers vorüberkam, fühlte sie wieder, wie ein Gesicht mit flackernden, brennenden Augen ihr nachstarrte. Auf dem ganzen Rückweg grollte sie der Vorsehung, die dem Menschen solch tragisches Los bereitet.

Fleur erklärte beim Lunch: »Wozu machst du dir solche Sorgen, Dinny? Wart ab, was geschieht. Ein wahres Glück, daß Onkel Adrian solch ein Heiliger war. Dieser Fall beweist wieder deutlich, wie wenig das Gesetz uns helfen kann. Nimm an, Angela hätte die Scheidung durchgesetzt; das hätte Forest nicht im mindesten gehindert, schnurstracks zu ihr zurückzukehren, und sie verhielte sich auch nicht anders zu ihm als jetzt. An den rein menschlichen Beziehungen kann das Gesetz nichts ändern. Liebt Angela Onkel Adrian?«

»Ich glaub nicht.«

»Bist du davon überzeugt?«

»Nein, das bin ich nicht. Ich finde es schwierig genug, zu ergründen, was in mir selbst vorgeht.«

»Da fällt mir ein, dein Amerikaner hat dich angerufen. Er will uns besuchen.«

»Mag er doch. Ich werde bei Angela sein.«

Fleur sah sie schlau an.
»Soll ich also auf den Seemann wetten?«
»Nein. Setz dein Geld auf Alte Jungfer!«
»Aber, meine Liebe! Undenkbar!«
»Ich sehe nicht ein, was man durch die Ehe gewinnt.«
Fleurs Antwort war ein kurzes, bitteres Lächeln.
»Wir können nun einmal nicht stillstehen, Dinny. Zumindest tun wir's nicht; ledig sein ist zu langweilig.«
»Du bist eben modern, Fleur, ich bin mittelalterlich.«
»Nun, dein Gesicht erinnert wirklich an die Frauen der Frührenaissance. Doch die alle sind der Ehe nicht entronnen. Gib dich nur ja keiner Täuschung hin, früher oder später wirst du doch des Alleinseins müde.«
Dinny sah ihre so kühl und sachlich denkende Cousine an und war über ihren Scharfsinn erstaunt.
»Fleur, was hast denn du durch die Ehe gewonnen?«
»Zumindest bin ich jetzt ein ganzes Weib, meine Liebe«, gab Fleur trocken zurück.
»Weil du Kinder hast?«
»Die sind zwar, wie man hört, auch ohne Ehe möglich, aber unwahrscheinlich. Für dich, liebe Dinny, ganz ausgeschlossen. Davor bewahrt dich dein Ahnenkomplex. Wirklich alte Familien neigen zur Fortpflanzung auf legitimem Weg, sonst wären sie eben nicht wirklich alt.«
Dinny runzelte die Stirn.
»Ich hab die Möglichkeit eines unehelichen Kindes nie in Erwägung gezogen. Ich hätte tatsächlich unüberwindliche Bedenken dagegen. Da fällt mir übrigens ein, hast du dem Mädchen eine Empfehlung gegeben?«
»Jawohl. Warum soll sie nicht Mannequin werden? Schlank genug ist sie ja dazu. Ich prophezeie der knabenhaften Figur noch ein Jahr, dann – denk an meine Worte! – werden die Röcke wieder länger und die Formen wieder mehr gerundet.«
»Ziemlich entwürdigend, nicht wahr?«
»Was denn?«
»Nun, dieses Wechseln von Gestalt, Haar und so weiter.«
»Ein Glück für die Wirtschaft. Wir geben uns in die Hände der

Männer, um sie in unsere zu kriegen. Philosophie des Weibchens.«

»Dieses Mädchen hat wohl nicht viel Aussicht, als Mannequin anständig zu bleiben?«

»Mehr, als sie jetzt hat. Vielleicht findet sie sogar einen Mann. Aber ich hatte nie Lust, mir über die Moral meiner Mitmenschen den Kopf zu zerbrechen. Du denkst natürlich nur daran, eurer Familie Condaford zu erhalten; na, ihr habt es ja auch schon seit Wilhelm dem Eroberer. Übrigens, hat dein Vater für den Fall seines Ablebens Vorkehrungen gegen die Erbschaftssteuer getroffen?«

»Aber, Fleur, er ist doch noch nicht so alt.«

»Allerdings, aber wir sind sterbliche Menschen. Hat er außer dem Landsitz noch Vermögen oder Einkommen?«

»Nur eine Pension.«

»Ist schlagbarer Wald vorhanden?«

»Der Gedanke, Wald niederzuschlagen, ist mir in der Seele zuwider. Zweihundert Jahre Wachstum und Lebenskraft, und in einer halben Stunde ist alles dahin. Diese Vorstellung ist einfach empörend.«

»Aber, liebe Dinny, am Ende bleibt ja doch nichts übrig, als zu verkaufen und abzuholzen.«

»Wir werden uns schon irgendwie forthelfen«, erklärte Dinny kurz. »Condaford geben wir nie und nimmer aus der Hand.«

»Vergiß nicht, du mußt jetzt mit Jeanne rechnen!«

Dinny richtete sich kerzengerade auf.

»Die täte es bestimmt auch nie. Die Tasburghs sind eine ebenso alte Familie wie wir.«

»Schön, aber Jeanne ist ein ungemein entschlossener Charakter, wer weiß, wie sie sich noch weiterentwickelt. Die findet sich nie damit ab, zu vegetieren.«

»Das Leben in Condaford ist kein Vegetieren.«

»Nur nicht gleich so kratzbürstig, Dinny! Ich meine es ja nur gut. Ich wünsche gewiß nicht, daß man euch je aus Condaford vertreibt, ich möchte ja auch nicht, daß mein Kit je Lippinghall verliert. Michael ist doch ein närrischer Kauz, er sagt, wenn er eine der Wurzeln des Vaterlands ist, dann tut ihm das Vaterland leid.

Na, das sind so Dummheiten. Niemand weiß so gut wie ich«, fügte sie plötzlich ernst hinzu, »was für ein goldenes Herz Michael hat.« Dann schien sie Dinnys überraschten Blick zu bemerken und fuhr hastig fort: »So darf ich wohl den Amerikaner von der Liste der Freier streichen?«

»Jawohl, fünftausend Kilometer zwischen mir und Condaford – danke!«

»Da solltest du den armen Kerl wenigstens nicht länger zappeln lassen, er hat mir anvertraut, du seist sein Ideal.«

»Nur das nicht noch einmal hören müssen!« rief Dinny.

»Ja, tatsächlich, und er fügte noch hinzu, er sei ganz vernarrt in dich.«

»Was bedeutet das schon?«

»Vermutlich ziemlich viel bei einem Mann, der ans andere Ende der Welt geht, die Wurzeln der Zivilisation zu entdecken. Die meisten Leute liefen ans andere Ende der Welt, um diese Entdekkung zu vermeiden.«

»Sobald Huberts Affäre erledigt ist«, erklärte Dinny, »mache ich mit Hallorsen Schluß.«

»Da wirst du den Schleier nehmen müssen – den Brautschleier, meine ich. Er wird dir sehr gut stehen, Dinny, wenn du, den Seemann zur Seite, unter Orgelklängen die Dorfkirche durchschreitest, in der der Adel versammelt ist.«

»Ich werde überhaupt nicht heiraten.«

»Na schön! Sollen wir inzwischen Adrian anrufen?«

Aus Adrians Wohnung kam die Botschaft, er werde um vier Uhr zu Hause sein. Sie ließen ihm sagen, man erwarte ihn in Michaels Haus. Dann ging Dinny auf ihr Zimmer, ihre Sachen packen. Als sie um halb vier wieder herunterkam, sah sie auf der Truhe in der Halle einen Hut liegen, dessen Krempe ihr bekannt vorkam. Sie wich zur Treppe zurück, da hörte sie eine Stimme: »Ah, das trifft sich großartig! Ich fürchtete schon, Sie nicht hier zu finden.«

Dinny reichte Hallorsen die Hand und führte ihn in Fleurs Salon. Zwischen den Rokokomöbeln sah er wieder unerhört männlich aus.

»Ich wollte Ihnen nur erzählen, Miss Cherrell, was ich in Ihres Bruders Sache inzwischen getan habe. Mit unserem Konsul in La

Paz kam ich überein, der Diener Manuel solle unter Eid aussagen, daß der Captain mit dem Messer angegriffen wurde, und er möge uns dann dieses Zeugnis telegrafieren. Wenn Ihre Landsleute vernünftig sind, muß das die Angelegenheit klären. Dieser Narretei muß ein Ende gemacht werden, und wenn ich ein zweites Mal nach Bolivien müßte!«

»Vielen, vielen Dank, Professor!«

»Na, für Ihren Bruder tu ich alles. Ich hab ihn jetzt so gern, als wär er mein eigener.«

Diese vielsagenden Worte klangen so schlicht und warm, so herzlich, daß Dinny sich neben ihm ganz klein vorkam.

»Sie sehen jetzt nicht mehr so gut aus«, bemerkte er plötzlich. »Haben Sie Kummer? Sagen Sie mir's doch, dann werd ich ihm ein Ende machen.« Dinny erzählte ihm von Forests Heimkehr.

»Diese schöne Frau! Sie tut mir leid. Aber vielleicht hat sie ihn lieb, dann wird es mit der Zeit ein Trost sein, daß sie ihn zu Hause hat.«

»Ich werde bei ihr wohnen.«

»Prachtvoll von Ihnen! Ist dieser Captain Forest gefährlich?«

»Das wissen wir noch nicht.«

Hallorsen griff mit der Hand in die Revolvertasche und zog eine kleine Pistole hervor.

»Stecken Sie das in Ihr Handtäschchen. Kleinstes Format. Ich hab es für meinen Aufenthalt in England gekauft, denn ich sehe, ihr tragt keine Waffen.«

Dinny lachte. »Danke, Professor, das Ding ginge bei mir nur im unrichtigen Augenblick los. Und selbst wenn ich in Gefahr geriete, wäre es doch nicht fair, gegen einen Irren die Waffe zu gebrauchen.«

»Ganz recht! Ich hab im Augenblick nicht daran gedacht, aber Sie haben recht. Menschen, die so vom Schicksal geschlagen sind, muß man mit aller erdenklichen Rücksicht behandeln. Aber gern sehe ich es nicht, daß Sie sich in Gefahr begeben.«

»Warum denn nicht?« fragte Dinny herausfordernd – ihr war Fleurs Mahnung eingefallen.

»Weil Sie mir sehr teuer sind.«

»Wirklich reizend von Ihnen, Professor, aber eigentlich sollten Sie wissen, daß ich nicht auf dem Markt bin.«
»Jede Frau ist auf dem Markt, solange sie nicht heiratet.«
»Manche meinen, nachher ist sie es erst recht.«
»Ehebrüche halte ich für verwerflich«, gab Hallorsen ernst zurück. »Geradheit und Ehrlichkeit fordere ich wie überall im Leben auch in den Beziehungen der Geschlechter.«
»Nun, Sie werden das hoffentlich finden.«
Hallorsen richtete sich auf. »Bei Ihnen, hoffe ich. Ich habe die Ehre, Sie zu fragen, ob Sie Mrs. Hallorsen werden wollen. Bitte, sagen Sie nicht rundweg nein.«
»Wenn ich gerade und offen sein soll, Professor, muß ich es tun.«
Seine blauen Augen wurden trüb vor Kummer. Dinny sah es – er tat ihr leid. Er trat etwas näher an sie heran. Wie riesengroß er war! Sie schauerte zusammen.
»Ist meine Herkunft daran schuld?«
»Ich weiß nicht, was daran schuld ist.«
»Oder sind Sie mir noch immer wegen Ihres Bruders böse?«
»Ich weiß nicht.«
»Darf ich hoffen?«
»Nein. Glauben Sie mir: ich fühle mich dankbar und geschmeichelt, aber es bleibt beim Nein.«
»Verzeihung, ist ein anderer Mann im Spiel?«
Dinny schüttelte den Kopf.
Hallorsen stand ganz still. Seine Miene schien zuerst verwirrt, dann hellte sie sich plötzlich auf.
»Ich vermute«, sagte er, »ich hab für Sie noch nicht genug getan. Ich muß noch eine Weile dienen.«
»Das bin ich nicht wert. Ich empfinde eben nicht so für Sie.«
»Ich habe reine Hände und ein reines Herz.«
»Davon bin ich überzeugt. Ich bewundere Sie, Professor, aber lieben könnte ich Sie nie.«
Hallorsen trat wieder einen Schritt zurück, er schien unsicher zu werden. Dann verneigte er sich ernst. Wie prachtvoll stattlich er nur aussah, voll schlichter Würde! Beide schwiegen lange. Endlich sagte er: »Nun, da heißt es, sich bescheiden und nicht jam-

mern. Verfügen Sie jederzeit über mich. Ich bleibe Ihnen stets ergeben.« Er wandte sich um und ging.

Dinny hörte die Tür hinter ihm ins Schloß fallen und spürte ein leises Würgen in der Kehle. Sie empfand Schmerz, weil sie ihm Schmerz bereitet hatte, aber auch eine gewisse Erleichterung, wie ein Mensch sie empfindet, wenn eine gewaltige Naturkraft – das Meer, ein Gewitter – ihm nicht länger Gefahr droht. Trotzig stand sie vor einem der großen Spiegel Fleurs und betrachtete ihr Bild so eingehend, als habe sie erst jetzt entdeckt, wie überaus verfeinert ihre Nerven seien. Was mochte nur diesem großen, schönen, kerngesunden Mann an ihr so gefallen, an diesem zarten, zerbrechlichen Geschöpf, das der Spiegel ihr zeigte? Er konnte sie ja mit dem kleinen Finger wegschnippen. Ob sie wohl darum vor ihm so zurückschrak? Die unabsehbar weiten Prärien, zu denen er gehörte, dieser hochgewachsene, starke, blühende Mann mit der tiefen, kraftvollen Stimme! Vielleicht komisch, vielleicht dumm – aber sie war vor ihm zurückgeschreckt! Sie paßte nur in den Kreis, dem sie entstammte, nicht in jenes Land, nicht zu Leuten seines Schlags! Die Idee wirkte fast belustigend. Noch immer stand sie mit schiefem Lächeln da, als Adrian eintrat. Impulsiv wandte sie sich ihm zu. Bleich und matt sah er aus, zart, vergrämt, gehetzt – kein schärferer Gegensatz ließ sich zu dem früheren Besucher denken, keiner, der Dinnys erregte Nerven mehr beruhigt hätte. Sie gab ihm einen Kuß und erklärte: »Ich hab auf dich gewartet. Ich wollte dich noch einmal sehen, ehe ich zu Angela übersiedle.«

»Ziehst du wirklich zu ihr?«

»Ja. Du hast sicher wieder keinen Lunch genommen, keinen Tee, noch sonst etwas.« Sie drückte auf die Klingel. »Coaker, Mr. Adrian möchte –«

»Kognak mit Soda, bitte.«

»Nun, Onkel?« fragte sie, als er getrunken hatte.

»Aus den Reden der Leute im Sanatorium wird man leider nicht klug. Ihres Erachtens müßte Forest in die Anstalt zurück. Doch warum soll er das, solang er sich vernünftig benimmt? Sie trauen seiner Heilung nicht, aber in den letzten Wochen konnten sie kein Zeichen von Geistesgestörtheit an ihm entdecken. Ich hab seinen

Wärter abgepaßt und ausgefragt. Der scheint ein netter Kerl zu sein und meint, für den Augenblick sei Forest so gesund wie er selbst. Aber – und das ist eben der springende Punkt – schon einmal sei Forest drei Wochen lang normal gewesen und habe dann plötzlich einen Rückfall erlitten. Er meint: Wenn ihn etwas in Aufregung versetzt, Widerspruch oder sonst etwas, wird er wieder genauso toben wie vorher, vielleicht noch ärger. Wahrhaftig, eine entsetzliche Situation!«
»Hat er denn Tobsuchtsanfälle?«
»Ja. Ein dumpfes Wüten, mehr gegen sich selbst als gegen andere.«
»Wird man etwas unternehmen, ihn zurückzuholen?«
»Sie können ja nicht. Er ist freiwillig hingegangen. Ich sagte dir schon, Angela hat sich kein Attest ausstellen lassen. Wie geht es ihr?«
»Sie sieht müde aus, aber schön wie immer. Sie will, sagt sie, alles tun, um zu seiner Genesung beizutragen.«
Adrian nickte.
»Das sieht ihr ähnlich. Wunderbar mutig ist sie. Du auch, Liebe. Es ist mir ein wahrer Trost, dich bei ihr zu wissen. Hilary ist bereit, sie und die Kinder zu sich zu nehmen, wenn sie fort will; aber du sagst ja, sie will nicht.«
»Vorläufig will sie unbedingt bleiben.«
Adrian seufzte.
»Lassen wir's also darauf ankommen.«
»Ach, Onkel«, rief Dinny, »du tust mir schrecklich leid.«
»Liebes Kind, ich bin das fünfte Rad am Wagen. Was liegt daran, wenn nur der Wagen läuft! Ich darf dich nicht aufhalten. Du kannst mich jederzeit im Museum oder in meiner Wohnung erreichen. Leb wohl! Alles Gute! Die schönsten Grüße an sie und berichte ihr alles, was ich dir gesagt habe.«
Dinny gab ihm einen Abschiedskuß und fuhr dann mit ihrem Gepäck zu Angela.

22

Bobbie Ferrar hatte eines jener Gesichter, die mitten im Sturm und Wetter unerschüttert bleiben. Mit anderen Worten: er war der ideale, unentwegte Beamte, so unentwegt, daß man sich das Funktionieren des Auswärtigen Amtes ohne ihn einfach nicht vorstellen konnte. Staatssekretäre mochten kommen, mochten gehen, Bobbie Ferrar blieb. Glatt, unerforschlich und prachtvoll blinkten seine Zähne. Unzählige Staatsgeheimnisse barg er in der Brust, ob auch sonst noch was, wußte niemand. Unbestimmbaren Alters, klein und gedrungen, schien er überall unbeteiligter Zuschauer. Seine Stimme klang tief und weich. Im schwarzen Anzug mit feinen hellen Streifen, eine Blume im Knopfloch, hauste er in einem großen Empfangszimmer, wo es fast nichts zu sehen gab als die Leute, die den Außenminister besuchen wollten und statt seiner Bobbie Ferrar zu sehen bekamen. In der Tat, ein Prachtexemplar! Seine Schwäche war die Kriminalistik: Es gab keinen interessanten Mordprozeß, ohne daß Bobbie Ferrar nicht wenigstens eine halbe Stunde auf einem meist eigens für ihn freigehaltenen Sitz dabei assistiert hätte. Und er bewahrte die Protokolle aller jener Schwurgerichtsverhandlungen sorgsam in einer schön gebundenen Ausgabe. Er war ein Mann von Charakter; das bewies schon der Umstand, daß niemand sich mit ihm überwarf, obwohl fast jeder gegen ihn aufgebracht war. Die Leute kamen zu Bobbie Ferrar, nicht er zu ihnen. Warum? Was für Leistungen machten Bobbie Ferrar zu einer so wichtigen Persönlichkeit? Er war der Sohn eines Landjunkers, führte nicht einmal den Titel *Honourable.* Und doch war dieser leutselige, unergründliche Mann immer auf dem laufenden, sein Wort war das Alpha und Omega des Auswärtigen Amts. Ohne ihn, seine Blume und sein mattes Lächeln wäre sein Ministerium eines Vorzugs beraubt gewesen, der ihm einen fast menschlichen Anstrich verlieh. Im Amt war er schon vor dem Weltkrieg gewesen, aus dem er rechtzeitig heimgekehrt war, wie es hieß, nur um das Ministerium davor zu bewahren, daß es seinen Charakter verlor, und um gewissermaßen Englands Eigenart zu wahren. Solange seine untersetzte Gestalt mit der Blume im Knopfloch und der undurchdringlichen

Miene täglich gemessenen Schritts in und aus dem hohen grauen Gebäude trat, konnte England nicht jenes eckige, überlaute, gehetzte Wesen annehmen, das der Krieg ihm aufdrängen wollte.
Am Morgen von Huberts Hochzeitstag blätterte er eben in einem Tulpenzwiebelkatalog, als man ihm Sir Lawrence Monts Karte übergab. Gleich darauf trat dieser selbst ein und fragte: »Sie kennen den Grund meines Besuchs, Bobbie?«
»Vollkommen«, erwiderte Bobbie Ferrar mit zurückgeworfenem Kopf, runden Augen und tiefer Stimme.
»Hat der Marquis Sie gesprochen?«
»Gestern hab ich mit ihm gefrühstückt. Ist er nicht erstaunlich?«
»Unser prächtigster alter Knabe«, stimmte Sir Lawrence bei. »Was gedenken Sie also in der Sache zu tun? Der alte Sir Conway Cherrell war der beste spanische Gesandte, der je aus dem Auswärtigen Amt hervorging, und Hubert ist sein Enkel.«
»Hat er wirklich eine Narbe?« fragte Bobbie mit leichtem Grinsen. »Natürlich hat er eine.«
»Hat er sie wirklich bei jener Gelegenheit bekommen?«
»Sie ungläubiger Thomas, natürlich!«
»Erstaunlich!«
»Warum?«
Bobbie Ferrar wies die Zähne. »Wer kann das beweisen?«
»Hallorsen beschafft die Zeugenaussage.«
»Aber die Angelegenheit fällt nicht in unser Ressort.«
»So? Doch Sie könnten sie dem Innenminister nahelegen.«
»Hm!« brummte Bobbie Ferrar mit tiefer Stimme.
»Sie könnten jedenfalls mit den Bolivianern darüber reden.«
»Hm!« erwiderte Bobbie Ferrar in noch tieferem Ton und überreichte Sir Lawrence Mont seinen Katalog. »Haben Sie schon diese neue Tulpensorte gesehen? Fabelhaft, was?«
»Passen Sie auf, Bobbie!« versetzte Sir Lawrence, »Hubert ist mein Neffe, ein durch und durch anständiger Kerl. So etwas geht doch nicht! Verstanden?«
»Wir leben in einem demokratischen Zeitalter«, gab Bobbie geheimnisvoll zurück. »Die Sache ist im Parlament zur Sprache gekommen – Prügel, nicht?«
»Wenn nochmals Staub aufgewirbelt wird, müssen wir das natio-

nale Moment hervorkehren. Hallorsen hat seine Kritik zurückgenommen. Nun lege ich die Sache in Ihre Hände. Ohne guten Grund werden Sie sich nicht dafür einsetzen, und wenn ich Sie den ganzen Vormittag dazu dränge. Aber Sie werden gewiß Ihr Bestes tun, weil diese Anklage wahrhaftig eine Schande ist.«

»Stimmt vollkommen«, erwiderte Bobbie Ferrar. »Möchten Sie nicht zur Schwurgerichtsverhandlung im Mordprozeß von Croydon gehen? Unglaublich interessant! Ich hab zwei Plätze, einen davon hab ich meinem Onkel angeboten, aber der mag zu keiner Schwurgerichtsverhandlung gehen, solang die Hinrichtung nicht durch den elektrischen Stuhl erfolgt.«

»Ist jener Mensch schuldig?«

Bobbie Ferrar nickte. »Der Indizienbeweis steht allerdings auf sehr schwachen Füßen.«

»Nun, leben Sie wohl, Bobbie, ich verlaß mich auf Sie.«

Bobbie Ferrar streckte ihm freundschaftlich grinsend die Hand hin.

»Auf Wiedersehen!« murmelte er durch die Zähne.

Sir Lawrence begab sich nach dem Westen ins »Coffee House«, wo der Portier ihm ein Telegramm übergab: »Heirate Jeanne Tasburgh heute zwei Uhr, Pfarrkirche St. Augustin im Grünen. Du und Tante Emily herzlichst eingeladen. Hubert.«

Sir Lawrence trat ein und sagte zum Kellner: »Bringen Sie mir geschwind eine Stärkung, ich muß jetzt in die Kirche, um mitanzusehen, wie man meinen Neffen ins Joch spannt.«

Zwanzig Minuten später fuhr er mit dem Auto nach der Pfarre St. Augustin. Er kam einige Minuten vor zwei dort an und begegnete Dinny auf der Treppe.

»Heute siehst du blaß und interessant aus, Dinny.«

»Ich bin es auch, Onkel Lawrence.«

»Geht diese Geschichte aber im Eiltempo!«

»Jeannes Werk. Ich fühle mich so furchtbar verantwortlich, Onkel. Du mußt wissen, ich hab sie für ihn gefunden.«

Sie betraten die Kirche und steuerten auf die vordersten Kirchenstühle zu. Außer dem General, seiner Frau, Mrs. Hilary und Hubert waren nur noch zwei Zuschauer und ein Kirchen-

diener zugegen. Der Organist schlug ein paar Töne an. Sir Lawrence und Dinny setzten sich.
»Tante Emily fehlt«, flüsterte Sir Lawrence, »tut mir gar nicht leid, sie läßt sich so leicht rühren. Wenn du einmal heiratest, dann laß auf die Anzeigen drucken: ›Tränenspenden dankend verbeten.‹ Was lockt nur bei Hochzeiten soviel Salzwasser hervor? Sogar Gerichtsvollzieher vergießen Tränen.«
»Der Schleier!« erklärte Dinny. »Heute wird niemand weinen, weil die Braut keinen trägt. Sieh doch, da kommen Fleur und Michael!«
Sir Lawrence musterte die beiden durch sein Monokel, als sie das Kirchenschiff entlang näherschritten.
»Acht Jahre sind es jetzt her, seit ich bei ihrer Trauung war. Alles in allem sind die beiden nicht so schlecht gefahren.«
»Wahrhaftig nicht«, flüsterte Dinny. »Fleur sagte mir erst gestern, Michael habe ein goldenes Herz.«
»So, wirklich? Nun, Dinny, es gab Zeiten, da hatte ich meine Zweifel.«
»Doch nicht an Michael?«
»Keine Spur, er ist ein Prachtkerl! Aber Fleur war ein- oder zweimal nahe dran, aus dem Taubenschlag zu flattern. Doch seit ihres Vaters Tod ist sie eine musterhafte Frau. Ah, da kommen sie!«
Die Orgel hatte mit einem Vorspiel begonnen. Alan Tasburgh führte die Braut am Arm durchs Kirchenschiff. Dinny bewunderte sein stattliches, gesetztes Auftreten. Jeannes Wangen glühten, sie sprühte vor Lebenskraft. Hubert war, die Hände auf dem Rücken, lässig dagestanden; doch als er sie erblickte, wandte er sich um, und sein gefurchtes, düsteres Gesicht begann zu strahlen. Dinny spürte ihre Kehle wie verengt. Dann sah sie Hilary, der still hereingekommen war, im Ornat auf den Stufen des Altars stehen.
»Onkel Hilary gefällt mir wirklich!« dachte sie.
Hilary hatte die Traurede begonnen.
Dinny hörte zu, was sie sonst in der Kirche nie tat. Sie wartete auf das Wort »Gehorsam« – es kam nicht. Sie wartete auf die üblichen sexuellen Anspielungen – sie unterblieben. Jetzt verlangte Hilary die Ringe. Jetzt steckte er sie ihnen an. Jetzt sprach er ein

Gebet. Jetzt das Vaterunser, die Neuvermählten begaben sich in die Sakristei. Wie unglaublich schnell das alles vorüber war! Sie erhob sich von den Knien.
»Erstaunlich prompt erledigt«, flüsterte Sir Lawrence. »Wohin gehen die beiden jetzt?«
»Ins Theater. Jeanne will in London bleiben. Sie hat eine Arbeiterwohnung aufgetrieben.«
»Stille vor dem Sturm. Wenn nur Huberts Angelegenheit endlich aus der Welt geschafft wäre!«
Da kamen auch schon die Brautleute aus der Sakristei zurück. Auf der Orgel erklang der Hochzeitsmarsch von Mendelssohn. Als Dinny die beiden das Kirchenschiff herabkommen sah, empfand sie, begeistert und zugleich bekümmert über den Verlust des Bruders, Genugtuung und Eifersucht. Dann merkte sie, daß auch Alan von mancherlei Empfindungen bewegt schien, und verließ den Kirchenstuhl, um zu Fleur und Michael hinzugehen. Als sie jedoch Adrian an der Eingangstür gewahrte, trat sie auf ihn zu.
»Was gibt's Neues, Dinny?«
»Soweit ist alles in Ordnung, Onkel. Ich geh geradewegs zu Angela zurück.«
Eine kleine Schar von Hilarys Pfarrkindern hatte sich draußen versammelt – das Volk läßt sich so gern durch die Geschicke des lieben Nächsten rühren. Quiekende Hochrufe erschollen, als Jeanne und Hubert ins Auto stiegen und davonfuhren.
»Fahr doch mit mir im Wagen, Onkel«, bat Dinny.
»Ist es Forest unangenehm, daß du bei ihnen wohnst?« fragte Adrian im Auto.
»Er ist ganz höflich, nur schweigsam. Sein Blick hängt unverwandt an Angela. Er tut mir furchtbar leid.«
Adrian nickte. »Und sie?«
»Hält sich prachtvoll; tut, als wäre nichts geschehen. Er rührt sich überhaupt nicht fort, verbringt die ganze Zeit im Speisezimmer und sieht zum Fenster hinaus.«
»Er muß glauben, die ganze Welt sei gegen ihn verschworen. Wenn er länger bei Vernunft bleibt, wird dieser Argwohn schwinden.«

»Muß er denn wieder verrückt werden? Es gibt doch auch Fälle vollkommener Heilung.«

»Soviel ich sehe, meine Liebe, gehört sein Fall wohl nicht dazu. Seine erbliche Belastung spricht dagegen und sein Temperament.«

»Früher hätte er mir vielleicht ganz gut gefallen. Er hat kühn geschnittene Züge, doch seine Augen sind entsetzlich.«

»Hast du ihn schon zusammen mit den Kindern gesehen?«

»Noch nicht. Doch sie sprechen in ganz nettem, unbefangenem Ton von ihm, er scheint ihnen also keinen Schreck eingejagt zu haben.«

»Im Sanatorium warfen sie mir eine Menge Fachausdrücke an den Kopf. Komplexe, dominierende Vorstellungen, Verdrängungen, Ideenflucht – und dergleichen mehr. Ich entnahm daraus nur so viel, daß bei seinem Leiden schwere Depressionen mit Zuständen wilder Erregung wechseln. In letzter Zeit trat beides in so leichtem Maße auf, daß man ihn fast als normal betrachten konnte. Nur muß man sich vor einer Wiederkehr dieser Anfälle hüten. Forest war seit jeher rebellisch veranlagt. Im Krieg ereiferte er sich über die Führer, nach dem Krieg über die Demokratie. Auch zu Hause wird ihn gewiß dies oder jenes in Harnisch bringen. Kommt es dazu, dann klappt er über kurz oder lang wieder zusammen. Wenn Waffen im Haus sind, solltet ihr sie fortschaffen, Dinny.«

»Ich werde es Angela sagen.«

»Es wird wohl besser sein, wenn ich nicht bis zum Haus mitkomme«, meinte Adrian traurig in der Nähe seines Fahrtziels.

Auch Dinny stieg aus. Eine Weile sah sie ihm noch nach, wie seine hohe Gestalt ziemlich gebeugt davonging, dann schritt sie die Oakley Street hinab und schloß die Tür auf. Forest stand auf der Schwelle des Speisezimmers. »Kommen Sie herein«, sagte er, »ich will Sie sprechen.«

Eben war in dem getäfelten Raum mit den grüngoldenen Wänden der Lunch abgetragen worden. Auf dem alten, schmalen Eßtisch sah Dinny eine Zeitung, einige Bücher und eine Aschenschale. Forest schob ihr einen Stuhl hin und blieb mit dem Rücken zum Kamin stehen, der Flammen vortäuschte. Er sah sie nicht an, sie hatte also Gelegenheit, ihn gründlicher als bisher zu betrachten. Sein schönes Gesicht machte einen recht unerfreulichen Eindruck. Die hohen Backenknochen, das energische Kinn, das krause graumelierte Haar, all das stach seltsam ab gegen die gierigen, flackernden stahlblauen Augen. Seine gedrungene Gestalt, die in die Hüften gestemmten Hände und der vorgeneigte Kopf stimmten nicht recht zu diesen Augen. Mit mattem Lächeln lehnte sich Dinny erschreckt zurück. Er wandte sich ihr zu und fragte: »Was redet man über mich?«

»Hab kein Wort gehört; ich war jetzt nur bei der Hochzeit meines Bruders.«

»Ihr Bruder Hubert hat geheiratet? Wen denn?«

»Ein Mädchen namens Jeanne Tasburgh. Sie haben sie vorgestern gesehen.«

»Ach ja, ich hab sie eingesperrt.«

»Jawohl. Weshalb?«

»Sie kam mir gefährlich vor. Wissen Sie, ich bin freiwillig in die Anstalt gegangen, man hat mich nicht zwangsweise interniert.«

»Ich weiß ja, Sie sind ganz freiwillig dort gewesen.«

»Es war dort nicht einmal so schlecht, aber –! Na, wie seh ich denn jetzt aus?«

Dinny erwiderte sanft: »Ich hab Sie früher nie gesehen, nur einmal aus der Ferne. Doch mir scheint, Sie sehen sehr gut aus.«

»Es geht mir auch gut. Ich habe meine Muskeln trainiert. Darauf hat mein Wärter geachtet.«

»Haben Sie viel gelesen?«

»In der letzten Zeit, ja. Was halten die Leute von mir?«

Bei dieser Wiederholung seiner Frage sah ihm Dinny voll ins Gesicht.

»Was sollen sie von ihnen denken, wenn man Sie nie zu Gesicht bekommt?«

»Sie wollen damit sagen, ich sollte mit Leuten zusammenkommen?«

»Ich kann Ihnen freilich nicht raten, Captain Forest, aber ich sehe nicht ein, warum Sie es nicht sollten. Mich sehen Sie doch auch.«

»Sie mag ich gut leiden.«

Dinny streckte ihm die Hand entgegen.
»Sagen Sie mir ja nicht, daß ich Ihnen leid tu«, rief Forest schnell.
»Warum sollte ich das sagen? Ich bin überzeugt, Sie sind völlig gesund.«
Er bedeckte die Augen mit der Hand.
»Ich bin es. Doch wie lange noch?«
»Warum nicht immer?«
Forest wandte sich dem Kamin zu.
Dinny fuhr schüchtern fort: »Wenn Sie sich keine Sorgen machen, wird Ihnen nichts weiter geschehen.«
Schnell wandte sich Forest nach ihr um: »Sind Sie viel mit den Kindern zusammen gewesen?«
»Nicht viel.«
»Haben Sie an ihnen irgendeine Ähnlichkeit mit mir entdeckt?«
»Keine; sie geraten Angela nach.«
»Gott sei Dank! Und was hält Angela von mir?« Diesmal suchte sein Blick den ihren, und Dinny erkannte, daß von ihrer Antwort jetzt vielleicht alles, alles abhing.
»Angela ist froh über Ihre Rückkehr.«
Er schüttelte heftig den Kopf. »Unmöglich.«
»Die Wahrheit scheint oft unmöglich.«
»Sie haßt mich also nicht?«
»Warum sollte sie's?«
»Hören Sie – Ihr Onkel Adrian! Was ist zwischen den beiden los? Bitte, stellen Sie es nicht in Abrede.«
»Mein Onkel betet Angela an«, entgegnete Dinny ruhig, »darum eben sind sie Freunde geblieben.«
»Nur Freunde?«
»Nur Freunde.«
»Sie wissen vermutlich nicht alles.«
»Ich weiß es ganz bestimmt.«
Forest seufzte: »Sie sind eine gute Seele! Was täten Sie an meiner Stelle?«
Wieder fühlte Dinny jene schwere Verantwortung auf sich lasten.
»Mich wahrscheinlich Angelas Wünschen fügen.«

»Was wünscht sie denn?«
»Ich weiß nicht. Sie weiß es wohl selbst noch nicht.«
Forest wanderte zum Fenster und wieder zurück.
»Ich muß etwas für die armen Teufel, meine Schicksalsgefährten, tun.«
»Oh!« rief Dinny bestürzt.
»Ich habe bei alledem noch Glück gehabt. Die meisten, denen es so geht wie mir, werden von Amts wegen als gemeingefährlich erklärt und zwangsweise eingesperrt. Wäre ich arm gewesen, ich hätte mir dieses Sanatorium nicht leisten können. Der Aufenthalt dort war ja schlimm genug, aber doch noch tausendmal besser als in den gewöhnlichen Anstalten. Ich hab mir von meinem Wärter so manches erzählen lassen. Er kennt zwei oder drei dieser Häuser.«
Schweigend stand Forest da. Dinny fielen die Worte ihres Onkels ein: »Er wird über irgend etwas in Harnisch geraten und klappt dann wieder zusammen.«
Plötzlich hob Forest wieder an: »Würden Sie sich mit der Irrenpflege befassen, solang Sie noch irgendeine andere Beschäftigung finden? Sie nicht und auch niemand anderer, der Gefühl und Nerven hat. Das mag vielleicht hie und da ein Heiliger tun, aber wie viele Heilige gibt es in der Welt? Wer sich mit uns abgeben will, der darf weder Herz noch Mitgefühl haben, nur eine Haut so dick wie Sohlenleder. Hart muß er sein wie Stahl und ohne eine Spur von Nerven. Wer zarte Nerven hat, der ist ärger für uns als die Dickhäuter. Der wird fahrig und nervös und steckt uns damit an. Wo gibt es da einen Ausweg? Mein Gott, wie oft hab ich schon darüber nachgedacht! Und dann – die Geldfrage. Niemand, der Geld hat, sollte in eine dieser Anstalten gesteckt werden. Nie und nimmer! Sperrt ihn zu Hause irgendwo ein – irgendwo. Hätte ich nicht gewußt, daß ich mich jederzeit aus dem Staub machen kann, hätte ich mich nicht sogar in der schlimmsten Zeit an diesen Gedanken geklammert, ich stände nicht hier, tobsüchtig wäre ich geworden, Herrgott, tobsüchtig! Hätte ich nicht Geld gehabt, Geld! Aber wie viele haben Geld? Vielleicht fünf von hundert. Und die anderen fünfundneunzig armen Teufel pfercht man irgendwo ein, ob sie wollen oder nicht, man pfercht

sie ein! Diese Anstalten mögen noch so gut nach wissenschaftlichen Prinzipien geleitet sein, sie bedeuten den Tod. Jawohl! Die Leute draußen meinen, wir sind so gut wie tot – wer kümmert sich noch um uns? So denkt man in Wahrheit, und wenn man noch so viel von wissenschaftlicher Behandlung faselt. Wir sind schamlos, sind überhaupt keine Menschen mehr, die mittelalterliche Vorstellung vom Wahnsinn spukt noch immer in den Gehirnen. Eine Schmach und Schande sind wir, Verlorene. Versteckt uns, begrabt uns lebendig, human, versteht sich, wir leben ja im zwanzigsten Jahrhundert! Human? Versuchen Sie es nur. Unmöglich durchzuführen. Übertünchen wir also das ganze Elend. Eine dicke Schicht Tünche ist noch das einzige. Was bleibt sonst übrig! Mein Wort darauf! Ich kenne das.«
Dinny hörte reglos zu. Plötzlich lachte Forest auf. »Aber wir sind nicht tot, das ist eben das Unglück, wir sind nicht tot. Wären wir's doch nur! Alle diese armen Wichte sind nicht tot, sie fühlen jeden Schmerz genauso wie die anderen, vielleicht mehr als andere. Davon kann ich ein Lied singen. Aber wie kann man ihnen helfen?« Er fuhr sich an den Kopf.
»Ihnen helfen«, sagte Dinny sanft, »als wäre das nicht herrlich!«
Er starrte sie an.
»Noch eine Schicht Tünche – das ist alles, was wir tun, was wir tun werden.«
»Weshalb zerbrechen Sie sich also den Kopf?« wollte Dinny erwidern, doch sie drängte die Worte zurück.
»Vielleicht werden Sie das Heilmittel finden, Captain Forest, aber dazu brauchen Sie Geduld und Ruhe.«
Forest lachte auf. »Sie müssen sich zu Tode gelangweilt haben.« Mit diesen Worten wandte er sich von ihr ab, dem Fenster zu.
Dinny stahl sich lautlos aus dem Zimmer.

23

Im Lunchsaal des Piedmont-Hotels saßen die Sachverständigen in verschiedenen Phasen der Sättigung und neigten einander so wohlwollend zu, als hätten sie im Essen das einigende Band ihrer Seelen entdeckt. Sie saßen zu zweit, gelegentlich auch zu viert und fünft; hie und da brütete ein Einsiedler über seiner Zigarre oder sah dem Treiben zu. Zwischen den Tischen trippelten die Kellner, ihre mageren Gesichter blickten ausdruckslos und müde, sie mußten sich ja so viel merken! In einem Winkel saßen Lord Saxenden und Jeanne. Sie hatten bereits einen Hummer verzehrt, eine halbe Flasche Rheinwein getrunken und unterhielten sich im leichten Plauderton über belanglose Dinge. Da hob Jeanne die Augen vom Teller, auf dem eine Hummerschere lag, und fragte: »Nun, Lord Saxenden?«

Seine blauen Augen glotzten ein wenig, als sie diesem Blick aus Jeannes dicht bewimperten Lidern begegneten.

»War der Hummer gut?« fragte er.

»Delikat.«

»Wenn ich gut essen will, gehe ich immer her. Kellner, wo bleibt das Rebhuhn?«

»Sofort, Mylord.«

»Also los! Los! Versuchen Sie doch den Rheinwein, Miss Tasburgh! Sie trinken ja gar nicht.«

Jeanne hob den grünlichen Römer. »Seit gestern heiße ich Mrs. Hubert Cherrell. Es steht übrigens in der Zeitung.«

Lord Saxendens Züge verrieten seine Gedanken: »Was bedeutet das für mich? Wie ist diese junge Dame amüsanter, ledig oder verheiratet?«

»Sie haben sich beeilt«, erklärte er und sah sie von oben bis unten prüfend an, als suche er irgendeine Veränderung an ihr zu bemerken. »Hätte ich das gewußt, ich hätte nicht gewagt, Sie ohne ihn zum Lunch zu laden.«

»Sehr liebenswürdig«, gab Jeanne zurück, »er kommt ohnedies bald.« Und wieder warf sie ihm unter ihren Wimpern hervor einen Blick zu; nachdenklich leerte er sein Glas.

»Was gibt es Neues?« fragte sie.

»Ich hab mit Walter gesprochen.«

»Walter?«

»Dem Innenminister.«

»Ganz reizend von Ihnen!«

»Das will ich meinen! Den Kerl hab ich gefressen! Einen Schä-

del hat er wie ein Ei, nur daß ab und zu ein Haar darauf wächst.«
»Was hat er denn gesagt?«
»Verehrte junge Dame, ein Mann in Amt und Würden sagt nie etwas, höchstens, er werde sich's überlegen. Das gehört zu unserer Verwaltung.«
»Aber er hört natürlich auf das, was Sie sagen. Was haben Sie denn gesagt?«
Lord Saxendens eiskalte Augen schienen zu erwidern: »Da hört sich aber alles auf!«
Doch Jeanne lächelte, und das Eis seiner Blicke begann zu tauen.
»Sie sind das resoluteste junge Frauenzimmer, das mir je in den Weg kam. Also! Ich erklärte ihm: ›Machen Sie Schluß damit, Walter!‹«
»Ausgezeichnet! Könnte ich ihn sprechen?«
Lord Saxenden begann zu lachen, wie man eben lacht, wenn man etwas ganz Köstliches kennenlernt.
Jeanne wartete, bis er damit fertig war, dann sagte sie: »Ich werde ihn also sprechen!«
Dann folgte eine Pause, in der das Rebhuhn beide in Anspruch nahm.
»Hören Sie«, erklärte Lord Saxenden unvermittelt, »wenn Sie das wirklich vorhaben, so weiß ich einen Mann, der Ihnen dabei helfen könnte, Bobbie Ferrar. Der hat viel mit Walter gearbeitet, als der noch Sekretär im Auswärtigen Amt war. Ich gebe Ihnen ein Empfehlungsschreiben an Bobbie. Süßspeise gefällig?«
»Nein, danke. Aber Mokka, bitte. Da kommt Hubert.«
Hubert war eben dem Drehkäfig der Eingangstür entronnen und suchte offenbar seine Frau.
»Bringen Sie ihn, bitte, her!«
Jeanne sah unverwandten Blicks auf ihren Mann. Sein Gesicht hellte sich auf, er trat auf die beiden zu.
»Sie haben in der Tat einen zwingenden Blick«, murmelte Lord Saxenden und erhob sich. »Guten Tag! Sie haben eine ungewöhnliche Frau. Mokka gefällig? Der Kognak ist gut hier.« Er zog eine Karte hervor und schrieb darauf in klaren, festen Zügen: »Mr. Robert Ferrar, M. d. A., Whitehall. Lieber Bobbie! Meine

junge Freundin Mrs. Hubert Cherrell wird Dich besuchen. Verschaffe ihr doch, wenn irgend möglich, eine Unterredung mit Walter. Saxenden.«
Dann übergab er Jeanne die Karte und ersuchte den Kellner um die Rechnung.
»Hubert«, gebot Jeanne, »zeig Lord Saxenden deine Narbe.« Sie öffnete den Manschettenknopf und schob ihm den Ärmel hinauf. Seltsam und unheimlich schimmerte der bläuliche Streif über dem weißen Tischtuch.
»Hm!« meinte Lord Saxenden, »ein nützliches Andenken.«
»Ab und zu spüre ich sie jetzt noch«, bemerkte Hubert und zog den Ärmel rasch herunter.
Lord Saxenden zahlte und bot Hubert eine Zigarre an.
»Entschuldigen Sie, wenn ich jetzt davonlaufe. Bleiben Sie nur und trinken Sie Ihren Mokka! Leben Sie wohl, alles Gute!« Er drückte ihnen die Hand und bahnte sich zwischen den Tischen den Weg zum Ausgang. Die beiden jungen Leute sahen ihm nach.
»Solches Feingefühl dürfte sonst kaum seine Schwäche sein«, erklärte Hubert. »Nun, Jeanne?«
Jeanne blickte auf. »Was bedeutet M. d. A.?«
»Ministerium des Äußern, du Mädchen vom Lande.«
»Trink den Kognak aus, dann wollen wir jenen Mann besuchen.«
Im Hof rief eine Stimme hinter ihnen her: »He, Captain! Miss Tasburgh!«
»Meine Frau, Professor.«
Hallorsen faßte sie an den Händen.
»Ich hab ein Telegramm in der Tasche, das ist für Sie so wertvoll wie ein Hochzeitsgeschenk. Wunderbar, sag ich Ihnen!«
Über Huberts Schulter hinweg las Jeanne vor: »›Entlastungszeugnis, von Manuel beschworen und per Post abgesandt. Amerikanisches Konsulat La Paz.‹ Großartig, Professor! Wollen Sie nicht mit uns ins Auswärtige Amt, um mit einem Herrn in dieser Sache zu sprechen?«
»Gern! Nur kein Gras darüber wachsen lassen. Nehmen wir einen Wagen.«

Im Auto saß er ihnen gegenüber, strahlend vor Überraschung und Wohlwollen.
»Da sind Sie aber scharf ins Zeug gegangen, Captain!«
»Jeanne war's.«
»Ja«, sagte Hallorsen, als wäre sie gar nicht zugegen, »schon als ich sie in Lippinghall sah, dachte ich mir ›Die kann sich rühren!‹ Ist Ihre Schwester darüber froh?«
»Was meinst du, Jeanne?«
»Das will ich glauben!«
»Eine wunderbare junge Dame! Euer Außenministerium gefällt mir. Niedrige Gebäude haben auch ihre Vorzüge. Je mehr man in einer Straße von der Sonne und den Sternen sieht, um so höher steht die Moral ihrer Bewohner. Trugen Sie bei der Trauung einen Zylinder, Captain?«
»Nein, einen gewöhnlichen Hut, wie jetzt.«
»Schade. Diese Angströhren sind so gediegen. Es sieht aus, als trüge man eine verlorene Sache auf dem Kopf. Sie stammen gewiß aus alter Familie, Mrs. Cherrell? Eure Gewohnheit, daß sich in manchen Familien der Dienst des Vaters auf den Sohn forterbt, flößt mir wirklich Ehrfurcht ein, Captain, ich hätte das gar nicht für möglich gehalten.«
»Darüber hab ich noch nie nachgedacht.«
»In Lippinghall sprach ich mit Ihrem Bruder, Ma'am. Er sagte mir, schon seit Jahrhunderten gebe es stets einen Seemann in Ihrer Familie. Und in der Ihren, Captain, hör ich, stets einen Soldaten. Ich glaube an die Vererbungstheorie. Ist hier das Auswärtige Amt?« Er sah auf die Uhr. »Bin wirklich neugierig, ob wir den Burschen treffen werden. Ich hab den Eindruck, die englischen Beamten erledigen den Großteil ihrer Arbeit bei den Mahlzeiten. Gehen wir vielleicht inzwischen in den St.-James-Park und sehen wir uns die Enten an.«
»Ich lasse diese Karte für ihn zurück«, bemerkte Jeanne. Rasch holte sie die beiden dann wieder ein. »Er wird jeden Augenblick zurückerwartet.«
»Das heißt etwa in einer halben Stunde«, meinte Hallorsen. »In diesem Park gibt's eine Ente, die wollte ich Ihnen zeigen, Captain.«

Als sie den Platz überquerten, um zum Wasser zu gelangen, wurden sie fast niedergestoßen. Zwei Autos wären hier um ein Haar zusammengeprallt, offenbar behindert durch den ungewohnten freien Raum. Krampfhaft preßte Hubert Jeanne an sich, sein sonngebräuntes Gesicht war fahl geworden. Die Autos fuhren nach rechts und links weiter. Hallorsen, der Jeanne am anderen Arm gepackt hatte, sagte noch gedehnter als gewöhnlich: »Das hätte fast unseren Plan umgeschmissen.«
Jeanne erwiderte gar nichts.
»Mitunter frage ich mich«, fuhr Hallorsen fort, als sie am Teich angelangt waren, »ob wir denn wirklich durch unser Hasten etwas gewinnen. Was sagen Sie dazu, Captain?«
Hubert zuckte die Achseln. »Jedenfalls verlieren wir durch die Fahrten mit dem Auto statt mit der Bahn fast ebensoviel Stunden, als wir dabei gewinnen.«
»Stimmt«, erwiderte Hallorsen. »Aber das Fliegen bedeutet wirklich eine Zeitersparnis.«
»Warten wir erst die Verlustliste ab, ehe wir uns rühmen.«
»Ganz richtig, Captain. Wir jagen Hals über Kopf zur Hölle. Der nächste Krieg wird für alle Teilnehmer eine nette Zeit sein. Angenommen, es kommt zu einem Krieg zwischen Frankreich und Italien, dann gibt es in vierzehn Tagen weder Rom mehr noch Paris, noch Florenz, noch Venedig, noch Lyon, noch Mailand, noch Marseille. An ihrer Stelle dehnen sich dann vergiftete Wüsten. Und das vielleicht, ehe die Kriegsschiffe und Armeen den ersten Schuß abgefeuert haben.«
»Jawohl. Und alle Regierungen wissen das. Ich bin selbst Soldat, aber ich kann nicht begreifen, wozu wir Hunderte von Millionen für Heer und Marine hinauswerfen, die wahrscheinlich gar keine Verwendung mehr finden. Wenn die Lebenszentren eines Landes zerstört sind, kann es auch keine Armeen und Flotten mehr aussenden. Wie lange können Frankreich und Italien noch wirtschaften, wenn ihre großen Städte vergast sind? England und Deutschland bestimmt keine Woche.«
»Ihr Onkel, der Kustos, hat gesagt, wenn der Fortschritt der Technik so weitergeht, werden wir noch alle zu Fischen werden.«
»Wieso?«

»Ganz einfach, indcm wir den Entwicklungsprozeß zurücklaufen. Fische, Reptilien, Vögel, Säugetiere. Jetzt lernen wir fliegen und werden wieder zu Vögeln. Und am Ende werden wir kriechen und krabbeln und wieder im Meeresschoß hausen, nachdem wir das Festland unbewohnbar gemacht haben.«

»Könnten nicht die Mächte durch ein Abkommen den Luftkrieg verbieten?«

»Ja, wie denn?« fragte Jeanne. »Die Staaten trauen einander doch nie. Übrigens sind Amerika und Rußland gar nicht im Völkerbund.«

»Wir Amerikaner wären wohl dafür zu haben, aber unser Senat vermutlich nicht.«

»Euer Senat«, murmelte Hubert, »scheint mir recht hartgesotten zu sein.«

»Na, ganz wie euer Oberhaus, ehe man ihm im Jahre 1910 die Flügel stutzte.«

»Da ist die Ente!« Hallorsen wies auf einen eigenartigen Vogel.

»Ich hab diese Gesellen in Indien geschossen«, erklärte Hubert. »Es ist ein – ein – der Name liegt mir auf der Zunge. Wir könnten ihn auf einem dieser Täfelchen finden; wenn ich ihn lese, erinnere ich mich wohl daran.«

»Nein«, wandte Jeanne ein, »es ist jetzt drei Uhr fünfzehn, er muß schon zurück sein.« Sie kümmerten sich also nicht weiter um die Ente und gingen ins Ministerium.

Bobbie Ferrars Händeschütteln war berüchtigt. Er riß seinem Gegner die Hand empor und ließ sie dann plötzlich los. Als Jeanne die Hand wieder frei hatte, sprach sie sofort von ihrem Anliegen. »Sie haben doch schon von diesem Auslieferungsbegehren gehört, Mr. Ferrar?«

Bobbie Ferrar nickte.

»Dieser Herr ist Professor Hallorsen, der Leiter der Expedition. Möchten Sie die Narbe meines Gatten sehen?«

»Recht gern«, murmelte Bobbie Ferrar durch die Zähne.

»Zeig sie ihm, Hubert.«

Mit unglücklicher Miene entblößte Hubert wieder den Arm.

»Erstaunlich!« meinte Bobbie Ferrar. »Ich erzählte Walter davon.«

»Sie haben ihn schon gesprochen?«
»Sir Lawrence ersuchte mich darum.«
»Was hat Walter – das heißt der Innenminister, dazu gesagt?«
»Nichts. Er hatte mit Saxenden gesprochen, er kann Saxenden nicht ausstehen, darum hat er die Akte ans Gericht weitergeleitet.«
»Oh! Wird es zu einer Verhandlung kommen?«
Bobbie Ferrar nickte und besah prüfend seine Fingernägel. Die beiden jungen Leute starrten einander an.
Hallorsen fragte ernst: »Kann man da keinen Riegel vorschieben?«
Bobbie Ferrar schüttelte den Kopf, seine Augen schienen kugelrund.
Hubert erhob sich. »Ich bedaure, daß ich jemanden mit dieser Angelegenheit behelligt habe. Komm, Jeanne!« Nach einer leichten Verbeugung wandte er sich um und schritt hinaus. Jeanne folgte ihm.
Hallorsen und Bobbie Ferrar standen einander gegenüber.
»Ich verstehe mich nicht auf den Landesbrauch«, sagte Hallorsen. »Was hätte man anderes tun sollen?«
»Gar nichts«, gab Bobbie Ferrar zurück. »Wenn es vor Gericht kommt, bringen Sie so viele Entlastungszeugnisse mit wie nur möglich.«
»Das tun wir jedenfalls. Mr. Ferrar, es hat mich sehr gefreut.«
Bobbie Ferrar grinste. Seine Augen schienen noch runder als früher.

24

Das Justizverfahren nahm seinen Lauf, und Hubert wurde vor Gericht zur Verantwortung gezogen. Während der Verhandlung saß Dinny mit den anderen Familienangehörigen in stummem Protest wartend da. Zunächst kam die beeidigte Zeugenaussage der vier bolivianischen Maultiertreiber an die Reihe: Hubert habe, ohne jede Herausforderung, den Schuß abgefeuert. Hierauf folgte Huberts Gegenbehauptung, das Vorweisen der Narbe, seine Darstellung des Falls und das Zeugnis Hallorsens. Auf Grund dieses Materials sollte das Gericht die Entscheidung fällen. Die Entscheidung fiel. Sie lautete: »Vertagt bis zum Eintreffen der Aussage des Entlastungszeugen.« Dann drehte sich die Verhandlung um jenen in der Praxis meist nicht beachteten Grundsatz des englischen Rechts, ein Gefangener habe so lange als unschuldig zu gelten, als seine Schuld nicht klar erwiesen sei. Es ging darum, ob Hubert gegen Erlag einer Kaution auf freiem Fuß belassen werden sollte. Dinny hielt den Atem an. Der Gedanke, er müsse so kurz nach der Hochzeit schuldlos ins Gefängnis wandern, während das Entlastungszeugnis über den Ozean schwamm, schien unerträglich. Endlich wurde die beträchtliche Kaution, die Sir Conway und Sir Lawrence boten, angenommen. Mit einem Seufzer der Erleichterung schritt Dinny erhobenen Haupts hinaus. Draußen schloß sich ihr Sir Lawrence an.

»Zum Glück«, sagte er, »merkt man es Hubert gleich am Gesicht an, daß er sich nicht aufs Lügen versteht.«

»Die Geschichte kommt vermutlich in die Zeitungen«, murmelte Dinny.

»Du kannst den Kopf darauf wetten«, gab Sir Lawrence zurück. »›Schießerei in Bolivien! Britischer Offizier unter Mordanklage!‹«

»Wie wird das Huberts Karriere beeinflussen?«

»In günstigem Sinne, glaub ich. Die Anfrage im Parlament war verhängnisvoll. Doch der Streitfall ›Britischer Offizier gegen bolivianisches Halbblut‹ wird die ganzen Vorurteile wachrufen, die wir samt und sonders für unsere eigene Sippe hegen.«

»Am meisten macht mir Vater Sorge. Sein Haar ist seit dieser Geschichte merklich grauer geworden.«

»Es ist ja nichts Entehrendes dabei, Dinny.«

Dinny warf den Kopf zurück. »Nein, wahrhaftig nicht!«

»Dinny, du erinnerst mich an ein zweijähriges Füllen, eines jener sehnigen kastanienbraunen Dinger, die im Gestüt herumspringen, vor der Stalltür ausreißen wollen und dann doch als erste hineingehen. Da steuert dein Amerikaner auf uns zu. Sollen wir auf ihn warten? Er hat sehr günstig ausgesagt.«

Dinny zuckte die Achseln. Fast im selben Augenblick rief Hallorsens Stimme: »Miss Cherrell!«
Dinny wandte sich um. »Vielen Dank, Professor, für Ihre Aussage!«
»Für Sie hätte ich gern gelogen, fand aber leider keine Gelegenheit. Wie geht es dem Kranken, in dessen Haus Sie jetzt wohnen?«
»So weit ist alles in Ordnung.«
»Freut mich, das zu hören. Ich war schon recht besorgt um Sie.«
»Professor, Ihre Bemerkung heute vor Gericht, Sie möchten mit einem dieser Maultiertreiber nicht einmal tot zusammen sein, hat auf den Richter gewaltigen Eindruck gemacht.«
»Mit ihnen lebend zusammen sein war schlimm genug. Sir Lawrence, ich hab einen Wagen hier. Darf ich Sie und Miss Cherrell irgendwohin bringen?«
»Nehmen Sie uns also in den Grenzbezirk der Zivilisation mit, falls Sie westwärts fahren«, erwiderte Sir Lawrence.
»Nun, Professor«, fuhr er fort, als sie im Auto saßen, »wie gefällt Ihnen London? Ist es die barbarischeste oder die zivilisierteste Stadt der Welt?«
»Ich liebe es!« entgegnete Hallorsen und ließ den Blick nicht von Dinny.
»Ich nicht«, murmelte sie. »Ich hasse die grellen Kontraste und den Benzingeruch.«
»Ein Fremder kann nicht so leicht erklären, warum er London liebt. Es ist wohl das bunte Leben, das hier pulsiert, die Freiheit und die Ordnung dabei. Vielleicht auch, daß eure Städte so ganz anders sind als unsere. New York ist großartiger und aufregender als London, aber nicht so anheimelnd.«
»New York wirkt wie Strychnin«, meinte Sir Lawrence. »Es peitscht erst auf, dann bringt es um.«
»Ich möchte in New York nicht leben. Für mich der Westen!« erklärte Hallorsen.
»Die unabsehbar weite Prärie«, murmelte Dinny.
»Jawohl, Miss Cherrell. Sie würden sie lieben.«
Dinny lächelte matt. »Niemand kann entwurzelt leben, Professor.«

»Ja, mein Sohn brachte einmal im Parlament das Auswanderungsproblem zur Sprache«, bemerkte Sir Lawrence. »Er erklärte, das Volk sei zu fest im Heimatboden verwurzelt; man müsse diese Idee fallenlassen.«
»Wirklich?« fragte Hallorsen. »Wenn ich mir Ihre Stadtbevölkerung ansehe, bleich, unterernährt, bar aller Illusionen, frag ich mich, was für Wurzeln diese Geschöpfe noch haben können.«
»Je großstädtischer der Typ, um so zäher die Wurzeln. Für die gibt's keine unabsehbar weiten Prärien, nein, enge Gassen, gebackenen Seefisch und Kino. Möchten Sie mich hier absetzen, Professor? Dinny, wohin willst du?«
»In die Oakley Street.«
Hallorsen ließ den Wagen halten, und Sir Lawrence stieg aus.
»Miss Cherrell, würden Sie mir erlauben, Sie in die Oakley Street zu bringen? Es wäre mir eine solche Freude!«
Dinny verneigte sich.
Als sie neben ihm im geschlossenen Wagen saß, fragte sie sich mit leisem Unbehagen, wie er wohl diese Situation ausnützen werde. Ohne sie anzublicken, sagte er: »Sobald die Angelegenheit Ihres Bruders erledigt ist, reise ich ab. Ich unternehme eine Expedition nach Neu-Mexiko. Auf die Bekanntschaft mit Ihnen, Miss Cherrell, werde ich immer stolz sein.«
Er krampfte die unbehandschuhten Hände zwischen den Knien zusammen; der Anblick rührte sie.
»Es tut mir so leid, Professor, daß mein Bruder und ich Sie zuerst ganz falsch beurteilten.«
»Nur zu begreiflich. Wenn dann alles vorüber ist, werde ich froh sein, daß ich Ihnen meinen guten Willen zeigen konnte.«
Impulsiv streckte ihm Dinny die Hand hin: »Das haben Sie bereits getan.«
Mit ernster Miene ergriff er ihre Hand, hob sie an die Lippen und gab sie gleich wieder frei. Dinny fühlte sich maßlos unglücklich. Schüchtern sagte sie: »Seit ich Sie kennengelernt habe, Professor, denke ich ganz anders über die Amerikaner.«
Hallorsen lächelte.
»Immerhin etwas.«

»Ich fürchte, ich hatte sehr primitive Vorstellungen. Ich hatte eben noch keinen Amerikaner kennengelernt.«
»Daher rühren ja alle unsere kleinen Differenzen, niemand kennt wirklich den andern. Wir gehen einander durch Kleinigkeiten auf die Nerven, und damit sind unsere Beziehungen erschöpft. Doch Sie, Miss Cherrell, werden in meiner Erinnerung immer das Lächeln auf dem Antlitz dieses Landes sein.«
»Sehr hübsch gesagt, ich wollte, es wäre wahr.«
»Ein Bild von Ihnen wäre mir von unschätzbarem Wert.«
»Selbstverständlich sollen Sie eins bekommen! Ich weiß nicht, ob ich ein halbwegs gutes habe, aber das beste, das ich auftreiben kann, schicke ich Ihnen.«
»Ich danke Ihnen. Wenn Sie erlauben, steig ich hier aus. Ich bin meiner selbst nicht ganz sicher. Der Wagen wird Sie weiterbringen.« Er klopfte an die Fensterscheibe und sprach mit dem Lenker.
»Leben Sie wohl!« rief er. Er ergriff nochmals ihre Hand, sah sie ziemlich lange an, drückte sie heftig, und seine lange Gestalt entschwand durch die Tür.
»Leben Sie wohl!« murmelte Dinny und lehnte sich zurück; die Kehle war ihr wie zugeschnürt.
Fünf Minuten später hielt das Auto vor Angelas Haus; ganz niedergeschlagen trat Dinny ein. Als sie an Angelas Zimmer vorbeikam, öffnete diese die Tür. Sie hatten einander am Vormittag nicht gesehen.
»Komm herein, Dinny.« Ihre Stimme klang scheu, Dinny überlief ein leiser Schauer. Sie setzten sich nebeneinander auf das Himmelbett. Angela erzählte leise und hastig: »Vorige Nacht kam er in mein Zimmer und wollte unbedingt bleiben. Ich hab es nicht gewagt, ihn abzuweisen. Jetzt ist es nicht mehr wie früher. Ich hab das Gefühl, das ist wieder der Anfang vom Ende. Seine Selbstbeherrschung läßt nach, in jeder Hinsicht. Ich glaub, ich sollte die Kinder fortschicken. Was meinst du, würde Hilary sie nehmen?«
»Zweifellos. Auch meine Mutter nimmt sie ganz bestimmt.«
»Vielleicht wäre das besser.«
»Glaubst du nicht, daß auch du selbst weggehen solltest?«

Angela schüttelte den Kopf. »Das würde die Katastrophe nur beschleunigen. Möchtest du nicht die Kinder fortbringen?«
»Selbstverständlich. War er gewalttätig?«
»Dazu gab ich ihm keinen Anlaß. Aber er heckt gewiß wieder etwas aus. Nacht für Nacht wird er jetzt kommen. Hast du nicht bemerkt, Dinny, er trinkt jetzt Abend für Abend mehr? Er ist wieder auf dem alten Weg.«
»Wenn er nur seine Scheu vor dem Ausgehen überwinden könnte!«
»Würde auch nicht helfen. Hier wissen wir wenigstens alle, wie es um ihn steht, und sind aufs Schlimmste gefaßt. Ich hab Angst, unter Fremden könnte ihm etwas zustoßen, und uns sind die Hände gebunden.«
Dinny drückte ihren Arm.
»Wann soll ich die Kinder fortbringen?«
»Morgen. Ich kann ihm nichts davon sagen. Du mußt so still wie möglich davonschleichen. Die Erzieherin kann allein nachfahren, wenn deine Mutter sie ebenfalls aufnimmt.«
»Selbstverständlich fahre ich gleich wieder zurück.«
»Dinny, das darfst du nicht, ich hab die Mädchen im Haus. Es ist wirklich nicht recht von mir, daß ich dich so mit meinen Sorgen behellige.«
»Selbstverständlich komm ich zurück. Ich borge mir Fleurs Auto aus. Wird er es übelnehmen, wenn die Kinder fortfahren?«
»Nur dann, wenn er ihre Abreise mit sich in Zusammenhang bringt. Ich kann ihm ja sagen, es sei eine Einladung von früher her.«
»Angela«, fragte Dinny plötzlich, »hast du ihn noch immer lieb?«
»Lieb? Nein.«
»Nur Mitleid?«
Angela schüttelte den Kopf.
»Das kann ich nicht so recht erklären. Es ist die Erinnerung an die Vergangenheit und das Gefühl daß er um so früher zusammenbricht, wenn ich ihn jetzt im Stich lasse. Entsetzlicher Gedanke!«
»Ich verstehe. Ihr tut mir beide so leid und Onkel Adrian auch.«

Angela strich sich mit der Hand übers Gesicht, als wollte sie die Spuren des Kummers wegwischen.
»Ich weiß nicht, was noch daraus werden mag, wir gehen vielleicht bösen Tagen entgegen. Aber du, meine Liebe, sollst unter keiner Bedingung deine Zeit mit mir vergeuden.«
»Nein, ich bleibe. Ich brauche etwas zur Ablenkung.«
»Vielleicht findest du die in der Ehe. Wann wirst du denn heiraten, Dinny?«
»Soeben hab ich auf die unabsehbar weiten Prärien verzichtet, bin aber mit mir höchst unzufrieden.«
»Du schwankst wohl zwischen der weiten Prärie und der tiefen See?«
»Und werde es wahrscheinlich auch weiterhin. Die Liebe eines wackeren Mannes und so weiter – all das läßt mich eiskalt.«
»Warte! Wirst wohl kaum ins Kloster gehen – mit solchem Haar.«
»Das laß ich mir färben und segle dann in meinen eigenen Farben: Eisberge sind seegrün.«
»Ich kann nur wiederholen: Warte!«
»Das will ich«, gab Dinny zurück . . .

Zwei Tage später fuhr Fleur vom South Square mit dem eigenen Auto vor Angelas Tür. Die Kinder und das Gepäck wurden ohne Zwischenfall verstaut und sie fuhren drauflos. Die Reise gestaltete sich etwas aufregend, die Kinder waren an Autopartien nicht recht gewöhnt, doch für Dinny bedeutete diese Fahrt eine wahre Erleichterung. Erst jetzt kam ihr so recht zum Bewußtsein, wie schwer die tragische Atmosphäre in Angelas Haus auf ihren Nerven gelastet hatte. Und doch waren erst zehn Tage vergangen, seit sie von Condaford nach London gereist war. Das Herbstlaub hatte sich bunter gefärbt, in der Luft lag jener stille, klare Glanz schöner Oktobertage. Es roch immer frischer und würziger, je weiter sie aufs Land hinausfuhren. Aus den Schornsteinen der Dorfhütten stieg der Rauch von Holzfeuern empor, Krähen flogen von den Stoppelfeldern auf. Rechtzeitig kamen sie zum Lunch. Dinny ließ die Kinder bei Mademoiselle, die mit dem Zug gekommen war, und ging allein mit den Hunden ins Freie. Vor einer alten Hütte, die auf einer Anhöhe über dem Hohlweg lag, machte sie halt. Die Haustür führte schnurstracks ins Wohnzimmer, wo ein altes Weib vor einem Holzfeuer saß.

»Ah, Miss Dinny!« rief sie, »wie mich das freut! Ich hab Sie schon den ganzen Monat nicht gesehen.«

»Stimmt, Betty; ich bin fortgewesen. Wie geht's Ihnen?«

Die Alte, die ganz klein und verhutzelt aussah, faltete feierlich die Hände überm Bauch: »Mein Magen ist wieder einmal hundsmiserabel. Sonst tät mir nichts fehlen. Der Doktor sagt, ich bin für meine Jahr noch fein beisammen, nur der Magen! Ich sollt mehr essen, sagt er, und ich hab auch einen Wolfshunger, Miss Dinny. Aber meiner Seel, ich kann fast keinen Bissen mehr vertragen!«

»Sie tun mir so leid, liebe Betty. So ein Magen ist furchtbar zuwider. Magen und Zähne. Weiß Gott, wozu wir die überhaupt haben. Hat man keine Zähne, so kann man nicht verdauen, und hat man welche, so kann man es auch nicht.«

Die Alte kicherte leise. »Die Zähne, die ich noch hab, soll ich mir ausreißen lassen, sagt er. Aber ich geb sie nicht her. Vater hat keinen einzigen mehr und beißt doch einen Apfel zusammen. Na, ich werd's wohl nimmer lernen, dazu bin ich schon zu alt.«

»Sie könnten sich doch ein paar schöne neue einsetzen lassen.«

»Gott bewahre! Ich mag keine falschen! So eine Hoffart! Sie täten wohl auch nie falsche Zähne tragen, Miss Dinny, oder doch?«

»Natürlich tät ich's, Betty. Die vornehmsten Leute tragen sie heutzutag.«

»Da spaßen Sie aber. Nein, so was tu ich nicht. Grad so gern setz ich mir eine Perücke auf. Doch meine Haare sind noch so dicht wie früher. Na, für meine Jahr bin ich noch recht fein beisammen. Muß Gott danken! Nur der Magen! Wie wenn ein Stein drin liegen tät.«

Dinny sah, wie sich ihre Augen vor Schmerz trübten. »Wie geht's denn Ihrem Benjamin, Betty?«

Bei dieser Frage veränderte sich die Miene der Alten, ihr Blick wurde vergnügt und überlegen, als sei von einem Kind die Rede. »Dem Vater geht's ganz gut, Miss. Nie fehlt ihm was, nur das Reißen plagt ihn. Jetzt is er draußen, ein Stück Feld umgraben.«

»Und was macht Goldie?« fragte Dinny und betrachtete finster einen Stieglitz im Käfig. Sie konnte keinen Vogel im Bauer sehen, hatte es aber nie übers Herz gebracht, das unumwunden den beiden Alten zu sagen; sie hingen ja so sehr an ihrem kleinen gefangenen Liebling. Übrigens hieß es ja, ein zahmer Stieglitz würde in der Freiheit von seinen wilden Gefährten bald zu Tode gepickt.

»Goldie?« fragte die alte Frau. »Ei, der bildet sich einen Haufen ein, seit Sie ihm den großen Käfig geschenkt haben.« Ihre Augen wurden hell. »Und der Captain hat geheiratet, Miss Dinny! Wie steht's mit der schandbaren Hetze gegen ihn? Sind denn die Leut nicht bei Trost? Mein Lebtag hab ich so was nicht gehört. Ein Cherrell als Angeklagter vor Gericht? Da steht einem ja der Verstand still!«

»Wahrhaftig, Betty.«

»Seine Frau is eine schöne Dame, hör ich. Wo werden sie denn leben?«

»Das wissen wir noch nicht. Zunächst heißt es abwarten, wie die Geschichte ausgeht. Vielleicht hier bei uns, vielleicht kriegt er einen Posten in den Kolonien. Die beiden werden natürlich sehr arm sein.«

»Schrecklich! Da war es in der guten alten Zeit doch anders. Was man sich jetzt alles gegen die Herrschaften herausnimmt, du lieber Gott! Ich weiß noch, Miss Dinny, wie Ihr Herr Urgroßvater vierspännig gefahren is. Ich war damals noch ein ganz kleines Ding. So ein netter alter Herr, so lieb zu den Leuten!«

Solche Aussprüche über die »Herrschaften« riefen in Dinny stets ein unbehagliches Gefühl wach. Sie wußte nur zu gut, diese Alte war mit sieben Geschwistern in der Hütte eines Landarbeiters aufgewachsen, der elf Shilling Wochenlohn hatte. Und jetzt mußten sie und ihr Mann, nachdem sie sieben Kinder großgezogen, von der Altersrente leben.

»Na, liebe Betty, was vertragen Sie also? Ich möcht es gern der Köchin sagen.«

»Vergelt's Gott, Miss Dinny! Ein mageres Stück Schweinefleisch

läßt sich der Magen mitunter gefallen.« Und wieder wurden ihre Augen ganz trüb vor Schmerz. »Wie mich das martert! Manchmal wär's mir schier am liebsten, ich läg unter der Erd.«
»Nur nicht verzagen, liebe Betty, bei der richtigen Kost werden Sie sich bald wohler fühlen.«
Das runzlige Gesicht der alten Frau schien zu strahlen.
»Für mein Alter bin ich noch fein beisammen. Da darf ich nicht klagen. Und wann werden denn für Sie die Glocken läuten, Miss Dinny?«
»Still, still davon, Betty! Von selber fangen sie nicht zu läuten an, das steht einmal fest.«
»Ja, ja, heutzutag heiraten die Leut nimmer so jung und kriegen nimmer so viel Kinder wie zu meiner Zeit. Meine Muhme hat achtzehn geboren und elf davon großgezogen.«
»Jetzt scheint für so viele weder Raum noch Arbeit vorhanden.«
»Jawohl! Das Land hat sich geändert.«
»Hier weniger als sonstwo, Gott sei Dank!« Dinnys Blicke glitten durch das Zimmer, in dem die beiden Alten mehr als fünfzig Jahre ihres Lebens verbracht hatten. Vom ziegelgepflasterten Fußboden bis zum Gebälk der Decke sah es blitzblank aus und wirkte traulich.
»Nun muß ich aber gehen, Betty. Ich wohne jetzt in London bei einer Freundin und muß heut abend noch zurück sein. Der Köchin werd ich sagen, sie soll Ihnen ein paar leichte Sachen schikken, die Sie noch besser vertragen werden als Schweinefleisch. Bleiben Sie doch sitzen!«
Doch die kleine Alte war schon aufgesprungen. Aus ihrem Blick sprühte ihre ganze Liebe und Anhänglichkeit. »Ihr Besuch war mir wirklich und wahrhaftig eine große Freude, Miss Dinny. Gott segne Sie! Hoffentlich hat der Captain mit dieser Bande keine Scherereien mehr.«
»Leben Sie wohl, Betty! Einen schönen Gruß an Benjamin.« Dinny drückte der Alten die Hand und trat ins Freie, wo die Hunde sie bereits auf dem fliesenbelegten Weg erwarteten. Wie stets nach einem solchen Besuch fühlte sie sich traurig, fast zum Weinen aufgelegt. Wurzeln! Die eben fehlten ihr in London, die hätte sie in der unabsehbar weiten Prärie vermißt. Sie schritt auf

ein benachbartes, leicht ansteigendes Buchengehölz zu und betrat es durch ein verfallenes Zaungatter, das sie gar nicht erst zu öffnen brauchte. Dann stieg sie aufwärts durch den feuchten Hain, wo es würzig nach Bucheckern roch. Zu ihrer Linken hob sich ein graublauer Himmel von den herbstlichen Buchen ab, zur Rechten dehnte sich ein Brachfeld, auf dem ein Hase kauerte, emporschrak und in langen Sprüngen gegen den Heckenweg hin floh. Vor einem der Hunde flatterte krächzend ein Fasan auf und schoß über den Wald davon. Sie trat auf der Anhöhe aus dem Gehölz und blickte zum Schloß hinab; langgestreckt lag es da, altersgrau, halb verdeckt von Magnolien und den Bäumen des Rasenplatzes. Aus zwei Schornsteinen stieg der Rauch empor, der eine Giebel sah ganz weißgesprenkelt aus, so viele Tauben hockten auf seinem Dach. Volle zehn Minuten stand sie da, in diesen Anblick versunken, und sog die Luft von Condaford ein, wie eine Wasserpflanze die nährende Flut. Rings duftete es nach welkem Laub, Erdschollen und nahendem Regen. Zum letztenmal war sie Ende Mai hier gestanden und hatte die Sommerluft eingeatmet, die so viel Erinnerung und Verheißung birgt, so viel Schmerz und Entzücken . . .
Sie nahm zeitig den Tee, dann fuhr sie an Fleurs Seite im geschlossenen Auto nach der Stadt zurück. »Ich muß sagen«, erklärte die kluge junge Frau, »Condaford ist einer der friedlichsten Plätze auf Erden. Die ländliche Abgeschiedenheit von Lippinghall ist nichts dagegen. Wenn ich hier leben müßte – es wäre mein Tod, Dinny.«
»Alt und verfallen, wie?«
»Hm! Ich sage Michael immer, euer Zweig seiner Familie ist eines der unergründlichsten und interessantesten Phänomene Englands. Ihr rührt nie die Reklametrommel, tretet nie ins Rampenlicht, liefert dem Romanschriftsteller keine Sensation, und dennoch seid ihr immer da und behauptet euch, ich weiß nicht wie. Alle Einrichtungen der Welt sind gegen euch, von den hohen Erbschaftssteuern bis zum Grammophonlärm. Und dennoch dringt ihr bis ans Ende der Erde und vollbringt Taten, die niemand erfährt, die niemand preist. Die meisten eures Schlages haben sogar nicht einmal mehr ein Condaford, in das sie heimkeh-

ren, wo sie sterben können. Und dennoch haben sie noch immer Wurzeln, noch immer Pflichtgefühl. Ich hab keines von beiden, wahrscheinlich weil ich Halbfranzösin bin. Meines Vaters Familie, die Forsytes, hat vielleicht Wurzeln, aber kein Pflichtgefühl in eurem Sinn. Das eure ist vielleicht der Trieb, dem Vaterland zu dienen. Ich bewundre es, Dinny, aber es langweilt mich zu Tod. Dich treibt es jetzt, hinzugehen und dir dein junges Leben mit dieser Affäre der Forests zu verbittern. Pflichtgefühl ist eine Krankheit, Dinny, eine bewunderungswürdige Krankheit.«

»Was sollte ich also nach deiner Meinung tun?«

»Dich ausleben! Nichts macht einen so alt wie deine jetzige Lebensweise. Angela ist vom gleichen Schlag, die Montjoys haben ja auch eine Art Condaford in Dumfriesshire. Ich bewundere ihre Anhänglichkeit an ihren Mann, finde sie aber verrückt. Das kann nur auf eine Art enden, und dieses Ende wird um so peinlicher sein, je später es kommt.«

»Ja«, stimmte Dinny bei, »sie steigt hoch und wird tief fallen. Doch ich täte an ihrer Stelle dasselbe.«

»Mir fiele es nicht im Schlaf ein«, erwiderte Fleur munter.

»Mir scheint, niemand weiß, was er in einer bestimmten Lage täte, eh er nicht vor der Entscheidung steht«, gab Dinny zurück.

»Dazu darf man es eben nicht kommen lassen.«

Fleur hatte das in seltsamem Ton gesagt, um ihre Lippen lag ein harter Zug. Dinny hatte Fleur immer anziehend gefunden, weil man sich bei ihr nie recht auskannte.

»Du hast eben Forest nie gesehen«, erwiderte sie, »darum weißt du auch nicht, wie erschütternd er wirkt.«

»Gefühlsduselei, meine Liebe. Ich bin nicht so gefühlvoll.«

»Du hast bestimmt eine Vergangenheit, Fleur, und hättest sie nicht, wenn du nicht auch gefühlvoll sein könntest.«

Fleur warf ihr einen hastigen Blick zu und trat eifrig den Gashebel. »Hohe Zeit, daß ich die Scheinwerfer einschalte.«

Während der übrigen Fahrt sprach sie über Kunst, Literatur und andere belanglose Themen. Als sie Dinny in der Oakley Street absetzte, war es fast acht Uhr.

Angela war zu Hause, schon zum Dinner gekleidet. »Dinny«, rief sie, »er ist ausgegangen.«

25

Unheilkündend – diese wenigen Worte!
»Nach deiner Abreise heute morgen war er in großer Aufregung, er schien zu glauben, wir hätten uns verschworen, ihm alles zu verheimlichen.«
»Da hatte er nicht so unrecht«, murmelte Dinny.
»Die Abreise der Erzieherin hat ihn gleichfalls aufgeregt. Bald darauf hörte ich die Haustür ins Schloß fallen, und seither ist er nicht mehr zurückgekehrt. Ich hab dir nichts erzählt; aber die vorige Nacht war auch entsetzlich. Wenn er am Ende nicht mehr zurückkommt?«
»Ach, Angela, wenn er nur nimmer käme!«
»Wo ist er hingegangen? Zu wem? Was treibt er? Mein Gott, wie furchtbar!«
Dinny sah sie stumm, verzagt an.
»Verzeih, Dinny, du mußt müde und hungrig sein. Wir wollen nicht länger mit dem Essen warten.«
In Forests »Höhle«, diesem geschmackvollen, goldgrün getäfelten Raum, saßen sie voll Angst bei der Mahlzeit. Anmutig fiel das gedämpfte Licht auf Arme und Nacken, die frischen Blumen, das Obst und Tafelsilber. Solang das Mädchen servierte, sprachen sie nur über Belangloses. »Hat er einen Schlüssel?« fragte Dinny.
»Ja.«
»Soll ich Onkel Adrian telefonieren?«
»Was kann er uns helfen? Wenn Ronald doch heimkommt und Adrian hier findet, ist die Gefahr nur um so größer.«
»Alan Tasburgh sagte mir, er käme jederzeit, wenn wir ihn brauchten.«
»Nein. Helfen wir uns heute noch allein. Morgen werden wir ja sehen.«
Dinny nickte. Ihr war bange, und sie wollte dieses Bangen um keinen Preis verraten. Sie war doch dazu da, Angela durch ihre kühle Ruhe Mut zu machen.
»Komm, gehen wir hinauf! Sing mir was vor!« bat sie schließlich.
Droben im Empfangszimmer sang Angela »Der Rosmarinbaum«, »Der Bergsenn«, das »Schnitterlied«, »Das Schloß von

Dromore«. Die Schönheit des Raumes, der Lieder und der Sängerin ließen Dinny alles fast unwirklich erscheinen. Sie war in schlaftrunkene Träumerei versunken, da hielt Angela inne.
»Ich hab die Haustür gehen hören.«
Dinny erhob sich und trat ans Klavier.
»Sing weiter, sag kein Wort, verrat dich nicht!«
Angela begann wieder zu spielen und sang das irische Lied: »Du darfst in Freiheit gehn, muß ich in Fesseln stehn?« Plötzlich ging die Tür auf, und im Spiegel, der gegenüber in der Ecke hing, sah Dinny, wie Forest eintrat und lauschend stehenblieb.
»Sing weiter«, flüsterte sie.

»Du darfst in Freiheit gehn, muß ich in Fesseln stehn?
Muß lieben Nacht und Tag eine, die mich nicht mag?
Bin ich solch armer Wicht, daß Lieb das Herz mir bricht?«

Und Forest fuhr fort zu lauschen. Er sah todmüde und betrunken aus, das Haar zerrauft, die Zähne gefletscht. Dann regte er sich. Offenbar versuchte er, lautlos zu gehen. Er trat zu einem Sofa am anderen Ende des Zimmers und sank darauf nieder. Angela hörte auf zu singen. Dinny, deren Hand auf Angelas Schulter lag, spürte, wie sie vor Anstrengung bebte, ihre Stimme zu beherrschen.
»Hast du schon zu Abend gegessen, Ronald?«
Forest gab keine Antwort und starrte mit seltsam gespenstischem Grinsen ins Leere.
»Spiel weiter!« flüsterte Dinny.
Angela spielte den »Roten Sarafan«. Wieder und wieder spielte sie die schöne, schlichte Weise, als wollte sie so den stummen Lauscher in hypnotischen Schlaf versenken. Als sie geendet hatte, herrschte unheimliches Schweigen. Dann ertrugen Dinnys Nerven die Spannung nicht länger und sie fragte in fast scharfem Ton: »Regnet es, Captain Forest?«
Forest fuhr sich mit der Hand über die Kleider und nickte.
»Möchtest du nicht auf dein Zimmer gehen und dich umkleiden, Ronald?« Er blieb sitzen, die Ellbogen auf den Knien, die Stirn auf die Hände gestützt.

»Du bist gewiß müde, lieber Ronald; willst du nicht zu Bett gehen? Soll ich dir etwas hinaufbringen?«
Noch immer regte er sich nicht. Die Augen hatten sich geschlossen, das Grinsen war aus seinen Zügen geschwunden. Er schien plötzlich eingeschlummert, wie ein übermüdetes Lasttier oft mitten in der Arbeit einschläft.
»Mach das Klavier zu!« flüsterte Dinny, »gehen wir hinauf.«
Lautlos schloß Angela das Klavier und erhob sich. Arm in Arm standen beide wartend da, doch Forest regte sich nicht.
»Schläft er wirklich?« flüsterte Dinny.
Forest fuhr empor. »Schlafen!« schrie er auf. »Jetzt kommt es! Kommt schon wieder! Einen neuen Anfall mach ich nicht mehr mit! Bei Gott, ich mach ihn nicht mehr mit.«
Einen Augenblick stand er ganz verwandelt da, wie in Raserei. Als er die beiden zurückbeben sah, sank er wieder aufs Sofa und barg das Gesicht in den Händen. Da trat Angela auf ihn zu. Forest sah auf. Seine Augen schossen Blitze. »Fort!« rief er heiser. »Laß mich in Ruh! Pack dich!«
An der Tür wandte Angela sich um und fragte: »Ronald, soll nicht doch jemand bei dir sein? Nur damit du einschläfst – nur darum.«
Forest sprang wieder auf. »Niemand brauch ich. Pack dich!«
Entsetzt flohen sie hinauf in Dinnys Schlafzimmer und hielten einander bebend umschlungen.
»Sind die Mädchen schon zu Bett gegangen?«
»Wenn nicht eine den Abend frei hat, gehen sie immer zeitig schlafen.«
»Ich sollte eigentlich telefonieren, Angela.«
»Nein, Dinny, ich. Aber wem?«
Das war eben die Frage. Flüsternd berieten sie darüber. Dem Arzt, meinte Angela. Dinny hielt es für ratsamer, Adrian oder Michael zu bitten, mit einem Arzt zu kommen.
»Begann der letzte Anfall auch so?«
»Nein. Damals ahnte er nicht, was ihm bevorstand. Dinny, ich hab Angst, er bringt sich um.«
»Hat er eine Waffe?«
»Seinen Armeerevolver hab ich Adrian zur Aufbewahrung gegeben.«

»Rasiermesser?«
»Nur Sicherheitsklinge. Gift ist auch nicht im Haus.«
Dinny trat zur Tür.
»Ich muß unbedingt zum Telefon.«
»Dinny, ich darf dich nicht in Gefahr –«
»Mich rührt er gewiß nicht an. Du allein bist gefährdet. Versperr die Tür, sobald ich draußen bin.«
Und ehe Angela Dinny aufhalten konnte, stahl sie sich hinaus. Noch immer brannten die Lampen. Sie stand einen Augenblick still. Ihr Zimmer ging auf die Straße hinaus und lag im zweiten Stock, Angelas und Forests Schlafräume befanden sich einen Stock tiefer, ebenso das Empfangszimmer. Sie mußte daran vorbei, um in die Halle und in das kleine Bibliothekszimmer zu kommen, wo sich das Telefon befand. Kein Laut drang herauf. Angela hatte die Tür wieder geöffnet und stand wartend auf der Schwelle; Dinny fürchtete, Angela könne jeden Augenblick hinter ihr herkommen, lief rasch vor und stieg die Treppe hinab. Die Stufen knarrten unter ihren Tritten. Dann schlüpfte sie, die Schuhe in der Hand, an der Tür des Empfangszimmers vorbei. Kein Geräusch drang heraus. Sie eilte hinab in die Halle und sah dort Forests Hut und Mantel, die er lässig auf einen Stuhl hingeworfen hatte, trat ins Bibliothekszimmer und schloß hinter sich die Tür. Einen Augenblick hielt sie inne, um Atem zu schöpfen, dann drehte sie das Licht an und schlug im Telefonverzeichnis nach. Sie fand Adrians Nummer und streckte die Hand nach dem Hörer aus, da wurde sie plötzlich am Handgelenk gepackt, wandte sich in jähem Schreck um und sah sich Forest gegenüber. Er drehte sie herum und wies auf die Schuhe in ihrer Hand. »Aha!« rief er, »verraten wollt ihr mich!«, hielt Dinnys Hand noch immer fest und zog ein Messer aus der Tasche. Dinny wich um Armeslänge zurück und blickte ihm fest in die Augen. Sonderbar, jetzt war ihr nicht mehr so bang wie vorher; alle anderen Empfindungen wichen einem Gefühl der Scham darüber, daß sie die Schuhe in der Hand hielt.
»Unsinn, Captain Forest!« erwiderte sie ganz kühl. »Sie wissen recht gut, Sie haben von uns nichts zu befürchten.«
Forest schleuderte ihre Hand von sich, öffnete das Messer und

durchschnitt mit gewaltiger Anstrengung den Telefondraht. Das Hörrohr fiel zu Boden. Er schloß das Messer und steckte es in die Tasche. Dinny hatte den Eindruck, er habe durch diese Tat sein Gleichgewicht wieder ein wenig zurückgewonnen.

»Schuhe anziehen!« befahl er.

Sie gehorchte.

»Ich dulde keine Einmengung, kein eigenmächtiges Vorgehen! Verstanden? Ich will selbst über mich verfügen.«

Dinny schwieg. Ihr Herz pochte in wilden Schlägen, sie wollte ihre Erregung nicht durch den Klang ihrer Stimme verraten.

»Haben Sie gehört?«

»Jawohl. Es will sich ja niemand einmengen oder etwas gegen Ihren Willen tun. Wir wollen nur Ihr Bestes.«

»Das kenn ich schon«, gab Forest zurück, »mag nichts mehr davon wissen!« Er ging zum Fenster hinüber, zog den Vorhang zurück und sah hinaus. »Höllisches Regenwetter!« rief er, dann wandte er sich um und blickte Dinny an. Da begann sein Gesicht zu zucken, die Hände ballten sich krampfhaft. Rasch fuhr sein Kopf von einer Seite zur anderen. Plötzlich schrie er: »Hinaus aus diesem Zimmer, sofort! Hinaus! Hinaus!«

So rasch sie nur konnte, ohne zu laufen, glitt Dinny zur Tür, schloß sie hinter sich und floh die Treppe hinauf. Angela stand noch immer im Türrahmen des Schlafzimmers. Dinny drängte sie hinein, versperrte die Tür und sank atemlos nieder. »Er ist mir nach«, stieß sie keuchend hervor, »hat den Telefondraht zerschnitten. Er hat ein Messer. Ich fürchte, er wird wieder tobsüchtig. Hält die Tür stand, wenn er einbrechen will? Sollten wir nicht das Bett vorschieben?«

»Dann können wir die ganze Nacht nicht schlafen.«

»Das werden wir sowieso nicht.« Und sie begann an dem Bett zu zerren. Die beiden schoben es quer vor die Tür.

»Versperren die Mädchen ihr Zimmer?«

»Ja, seit er zurück ist.«

Dinny seufzte erleichtert. Sie schauderte bei dem Gedanken, jetzt nochmals hinunter zu müssen, um die Mädchen zu warnen. Sie saß auf dem Bett und starrte zu Angela hinüber, die am Fenster stand.

»Woran denkst du, Angela?«
»Daran, was für Angst ich jetzt hätte, wenn die Kinder noch hier wären.«
»Gott sei Dank, daß sie fort sind.«
Angela trat ans Bett und drückte Dinny die Hand. Dinny erwiderte diesen Druck, daß beiden fast die Hände schmerzten.
»Können wir denn gar nichts tun, Dinny?«
»Vielleicht schläft er ein, und morgen ist ihm viel besser. Jetzt, im Augenblick der Gefahr, bin ich nicht halb so bange.«
Angela sagte mit starrem Ausdruck: »In mir ist alles Gefühl erloschen. Ob er schon weiß, daß ich nicht in meinem Zimmer bin? Vielleicht sollte ich hinuntergehen, ihm gegenübertreten.«
»Das wirst du nicht!« rief Dinny, zog den Schlüssel aus dem Schloß und steckte ihn in den Strumpf. Die Berührung des kalten, harten Metalls beruhigte ihre Nerven.
»Jetzt legen wir uns nieder«, schlug sie vor, »mit den Füßen gegen die Tür. Wir dürfen uns nicht zwecklos ermüden.«
Eine gewisse Apathie hatte beide überkommen. Lange lagen sie still, eng aneinandergeschmiegt, unter der Daunendecke. Keine von beiden schlief, keine war völlig munter. Endlich war Dinny eingeschlummert, da schrak sie jäh empor, sie vernahm ein leises Geräusch und warf einen Blick auf Angela. Angela schlief fest, ganz fest. Da drang durch den Türspalt oben ein Lichtstrahl. Dinny stützte sich auf den Ellbogen und lauschte gespannt. Der Türknauf wurde umgedreht und vorsichtig gerüttelt. Dann ein schwaches Klopfen.
»Ja«, sagte Dinny sehr leise, »was gibt's?«
»Angela!« rief Forests Stimme ganz gedämpft, »mein Weib will ich haben!«
Dinny bog sich vor und sprach dicht am Schlüsselloch: »Angela ist nicht wohl, sie ist jetzt eingeschlafen, stören Sie sie nicht.«
Schweigen. Dann vernahm sie zu ihrem Entsetzen einen langgezogenen, klagenden Seufzer, einen Laut, so erbärmlich, so todesbang, daß Dinny sich versucht fühlte, den Schlüssel hervorzuholen. Doch ein Blick in Angelas weißes, erschöpftes Gesicht ließ sie innehalten. Nein, nein, das taugte nichts! Was immer dieser Seufzer bedeuten mochte – das taugte nichts! Sie kroch unter die

Decke zurück und horchte. Kein Laut mehr! Angela schlief weiter, doch Dinny fand keinen Schlaf.
»Wenn er sich umbringt«, dachte sie, »trifft dann mich die Schuld? Wäre das nicht für jeden das beste, für Angela, die Kinder, ihn selbst?« Doch noch immer klang ihr dieser todesbange Seufzer im Ohr, riß noch immer an ihren Nerven. Sie empfand nur noch grenzenloses Mitleid mit ihm und Groll gegen die unerbittliche Natur, die den Menschen zu solcher Qual verdammt. Sollte sie sich dem unerforschlichen Ratschluß der Vorsehung beugen? Doch wer konnte das? Fühllos war sie und grausam! Bebend lag Dinny neben der erschöpften Schläferin. Hatten sie beide einen Fehler begangen? Nicht alles aufgeboten, ihm zu helfen? Was sollten sie am Morgen tun? Angela regte sich. Wachte sie auf? Doch sie hatte sich nur umgedreht und sank wieder in schweren Schlaf zurück. Nun überschlich Dinny selbst bleierne Müdigkeit, sie schlummerte ein.
Ein Klopfen an der Tür weckte sie. Es war heller Tag. Angela schlief noch immer. Dinny sah auf ihre Armbanduhr – acht! Da rief jemand ihren Namen. »Alles in Ordnung, Mary!« erwiderte sie leise. »Mrs. Forest schläft bei mir.«
Angela setzte sich auf, ihr Blick fiel auf die halbbekleidete Dinny. »Was ist . . .?«
»Alles in Ordnung, Angela. Acht Uhr. Stehen wir lieber auf und schieben wir das Bett zurück. Du hast wirklich fest geschlafen. Die Mädchen sind schon wach.«
Sie warfen die Schlafröcke über und zogen das Bett an seinen Platz zurück. Dinny holte den Schlüssel aus seinem seltsamen Versteck hervor und sperrte die Tür auf.
»Nur keine Angst! Gehen wir hinunter!«
Lauschend standen sie einen Augenblick auf dem Treppenabsatz, dann stiegen sie hinab. Angelas Zimmer war unberührt. Nur war offenbar das Mädchen drin gewesen und hatte die Vorhänge zurückgezogen. Vor der Tür, die in Forests Zimmer führte, standen sie still. Kein Laut. Sie verließen Angelas Zimmer durch die andere Tür. Noch immer kein Laut! »Gehen wir lieber hinunter«, flüsterte Dinny. »Was wirst du Mary sagen?«
»Nichts. Sie wird schon verstehen.«

Speisezimmer und Bibliothek standen offen. Das Hörrohr des Telefons lag noch immer mit dem durchschnittenen Draht auf dem Boden – die einzige Spur von den Schrecknissen der Nacht.

Plötzlich rief Dinny: »Angela, sein Hut und Mantel sind verschwunden. Auf diesem Stuhl lagen sie.«

Angela trat ins Speisezimmer und klingelte dem Mädchen. Vom Kellergeschoß kam die ältliche Hausgehilfin mit scheuem und verängstigtem Blick herauf.

»Haben Sie heute früh Captain Forests Hut und Mantel gesehen, Mary?«

»Nein, Ma'am.«

»Wann sind Sie heruntergekommen?«

»Um sieben Uhr.«

»Sind Sie schon in seinem Zimmer gewesen?«

»Noch nicht, Ma'am.«

»Mir war gestern nicht gut, ich schlief oben bei Miss Dinny.«

»Ich weiß, Ma'am.«

Alle drei gingen hinauf.

»Klopfen Sie bei ihm an.«

Das Mädchen klopfte. Ganz nah standen Dinny und Angela. Keine Antwort.

»Klopfen Sie nochmals, Mary. Stärker!«

Wieder und wieder klopfte das Mädchen. Keine Antwort. Dinny schob sie beiseite und drehte den Knauf um. Die Tür sprang auf. Das Zimmer war leer, in wüster Unordnung, als habe es eine Balgerei drin gegeben. Die Wasserflasche stand leer, auf dem Boden lag Zigarettenasche verstreut. Das Bett schien zerwühlt. Forest hatte wohl darin gelegen, aber nicht geschlafen. Kein Zeichen, daß er gepackt oder etwas aus den Laden mitgenommen habe.

Die drei Frauen blickten einander an. Dann sagte Angela: »Richten Sie schnell das Frühstück, Mary. Wir müssen fort.«

»Ja, Ma'am – ich hab das Telefon gesehen.«

»Verstecken Sie's und lassen Sie es richten; verraten Sie den anderen nichts. Sagen Sie nur: Er ist für ein oder zwei Tage verreist. Sein Zimmer soll danach aussehen. Komm, Dinny, kleiden wir uns schnell an.«

Das Mädchen ging wieder die Treppe hinab.

»Hat er Geld?« fragte Dinny.
»Ich weiß nicht. Ich kann ja nachsehen, ob sein Scheckbuch fort ist.«
Sie lief wieder hinab, Dinny wartete. Angela kam in die Halle zurück.
»Nein. Es liegt auf dem Schreibtisch im Speisezimmer. Komm schnell, ankleiden, Dinny!«
Das bedeutete . . . ja, was nur? In Dinnys Brust stritten Angst und Hoffnung. Sie eilte hinauf.

26

Voll Hast nahmen sie das Frühstück und hielten Rat. Zu wem sollten sie gehen?
»Nicht zur Polizei«, meinte Dinny.
»Nein, nur das nicht.«
»Gehen wir doch zuerst zu Onkel Adrian.«
Sie schickten das Mädchen um ein Auto und fuhren nach Adrians Wohnung. Es war noch nicht neun. Sie fanden ihn beim Frühstück, er trank Tee und aß einen Fisch.
In diesen paar Tagen schien sein Haar viel grauer geworden. Er hörte ihnen zu und stopfte dabei die Pfeife. »Überlaßt jetzt die Sache mir«, erklärte er schließlich. »Dinny, kannst du Angela nach Condaford mitnehmen?«
»Natürlich.«
»Ehe du fortfährst, schick Alan Tasburgh in die Anstalt; er soll fragen, ob Forest dort ist, ihnen aber nicht verraten, daß er durchgebrannt ist. Hier hast du die Adresse.«
Dinny nickte.
Adrian hob Angelas Hand an die Lippen. »Du siehst erschöpft aus, Liebe. Mach dir keine Sorgen, erhole dich jetzt ein wenig bei den Kindern. Wir werden dich auf dem laufenden halten.«
»Wird es in die Öffentlichkeit dringen, Adrian?«
»Wenn wir's verhindern können, nicht. Zuvor wollen wir alles andere versuchen. Weißt du, wieviel Geld er bei sich trug?«

»Vorgestern ließ er einen Scheck auf fünf Pfund einkassieren, gestern war er den ganzen Tag über fort.«
»Wie war er gekleidet?«
»Blauer Mantel, blauer Anzug, steifer Hut.«
»Du weißt also nicht, wo er gestern war?«
»Nein. Gestern ging er zum erstenmal aus.«
»Gehört er noch einem Klub an?«
»Nein.«
»Hat irgendein alter Freund von seiner Rückkehr erfahren?«
»Nein.«
»Und er hat sein Scheckbuch nicht mitgenommen? Wann kannst du den jungen Mann verständigen, Dinny?«
»Wenn ich ihm telefonieren darf, sofort. Er schläft im Klub.«
»Versuch es also.«
Dinny ging hinaus, um zu telefonieren. Bald kam sie mit der Botschaft zurück, Alan werde sogleich hinfahren und Adrian benachrichtigen. Er wolle sich für einen alten Freund ausgeben, der von Forests Heimkehr aus der Anstalt nichts wisse, und die Ärzte bitten, ihm Forests etwaige Rückkunft mitzuteilen, damit er ihn dann besuchen könne.
»Bravo!« rief Adrian, »hast ein kluges Köpfchen, Kind. Geht jetzt und gib mir gut auf Angela acht. Sag mir die Telefonnummer von Condaford!« Er notierte die Nummer und führte die beiden zum Auto zurück.
Als sie saßen, bemerkte Dinny: »Onkel Adrian ist doch der beste Mensch auf der Welt.«
»Ach, Dinny, das weiß niemand mehr als ich.«
Nach der Ankunft in der Oakley Street gingen sie hinauf, um zu packen. Dinny fürchtete, Angela werde sich in letzter Minute weigern, mitzufahren, doch sie hatte es ja Adrian fest versprochen, und bald waren sie auf dem Bahnhof. Die eineinhalbstündige Fahrt verbrachten sie in tiefem Schweigen, jede erschöpft in eine Ecke gedrückt. Erst jetzt kam es Dinny so recht zum Bewußtsein, was sie in den letzten Stunden durchlitten hatte. Und doch, was war es schließlich gewesen. Keine Gewalttat, kein Angriff, nicht einmal eine große Szene. Wie unheimlich, wie erschütternd wirkte doch der Wahnsinn! Welche Angst rief er her-

vor, welch nervenzerrüttende Aufregungen! Jetzt, da sie nicht mehr Gefahr lief, mit Forest zusammenzustoßen, schien er ihr nur noch erbarmenswert. Sie sah ihn verstört umherirren, sah, wie er nicht wußte, wo er sein Haupt hinlegen solle, und niemanden hatte, der ihn hilfreich bei der Hand nahm, als er den Verstand zu verlieren drohte, ja vielleicht schon verloren hatte! Die schlimmsten Tragödien entsprangen doch stets der Angst. Aussatz, Verbrechen, Irrsinn, alles, was den anderen Angst einflößte – die Opfer solcher Leiden standen stets hilflos und allein in dieser angsterfüllten Welt. Seit der letzten Nacht begriff sie erst so recht Forests leidenschaftliche Klage über den unentrinnbaren Kreis, in dem sich die Irrenpflege drehte. Jetzt wußte sie, ihre eigenen Nerven waren nicht stark, ihre Haut nicht dick genug, um das Zusammensein mit Geisteskranken zu ertragen. Jetzt erst begriff sie die entsetzliche Behandlung der Irren in früheren Zeiten. Die Gesunden verfuhren mit ihnen wie Hunde, die einen tollen Hund aufspüren und jagen, denn ihre eigenen Nerven quälte der Anblick dieser Geschöpfe in unerträglicher Weise. Das Übermaß an Verachtung und Grausamkeit ihnen gegenüber war nur eine Abwehrmaßnahme, Abwehr und Rache an denen, die ihre Nerven peinigten. Doch um so erbarmenswerter waren diese Wesen, um so entsetzlicher schien der Gedanke an sie. Und während der Zug sie ihrem friedlichen Heim näher brachte, kämpfte in ihr ein Gefühl des Mitleids für den armen Ausgestoßenen mit dem Wunsch, jeden Gedanken an ihn zu verbannen. Sie blickte zu Angela hinüber, die in der anderen Ecke mit geschlossenen Augen lehnte. Was mochte sie fühlen? Sie, die an Forest durch das Gesetz gebunden war, durch gemeinsame Erinnerungen, durch Kinder, die sie ihm geboren hatte! Das Gesicht unter dem engen Hut sah aus wie in langer Qual versteinert, fein geschnittene, ziemlich harte Züge. Nur die leise Bewegung ihrer Lippen verriet, daß sie nicht schlief. »Was hält sie nur aufrecht?« fragte sich Dinny. »Sie ist nicht religiös, hat die meisten Illusionen begraben. Wäre ich an ihrer Stelle, ich würfe alles weg und liefe auf und davon. Doch ist das wahr, täte ich es wirklich?« Trug der Mensch vielleicht ein angeborenes Pflichtgefühl in sich, das ihn unbeugsam erhielt, ungebrochen?

Da niemand sie vom Bahnhof abholte, ließen sie ihr Gepäck zurück und gingen auf einem Feldweg zu Fuß nach Condaford.
»Ich frage mich«, erklärte Dinny plötzlich, »welches Mindestmaß an Aufregungen der moderne Mensch benötigt. Ob ich mich glücklich fühlte, wenn ich mein ganzes Leben hier verbringen müßte wie die alten Bauern? Clare hält es in Condaford nie lang aus. Sie muß immer herumkutschieren. Ich wollte, ich wäre im Weltkrieg schon älter gewesen. Bei Kriegsende war ich erst vierzehn.«
»Sei froh!«
»Hm! Du mußt ungeheuer aufregende Tage erlebt haben, Angela.«
»Bei Kriegsausbruch war ich so alt wie du jetzt.«
»Verheiratet?«
»Jungverheiratet.«
»Damals war er wohl noch bei klarer Vernunft?«
»Ja.«
»War der Krieg an seinem Leiden schuld?«
»Er trug vielleicht dazu bei.«
»Onkel Adrian sprach von Vererbung.«
»Stimmt.«
Dinny wies auf eine strohgedeckte Hütte. »In dieser Hütte wohnt ein altes Ehepaar, das ich ins Herz geschlossen hab, bereits ein halbes Jahrhundert. Könntest du es hier aushalten, Angela?«
»Jetzt schon, ich sehne mich nur noch nach Ruhe.«
Schweigend erreichten sie das Haus. Adrian hatte die Botschaft gesandt, Forest sei nicht in die Anstalt zurückgekehrt, doch er und Hilary glaubten, auf der richtigen Spur zu sein. Angela sah nach den Kindern und ging dann in ihr Zimmer hinauf, um auszuruhen. Dinny begab sich in den Salon ihrer Mutter.
»Mutter, ich muß es jemandem anvertrauen – ich bete um seinen Tod!«
»Dinny!«
»Es wäre das beste für ihn selbst, für Angela, für die Kinder, für jeden, sogar für mich.«
»Wenn es hoffnungslos ist, dann freilich –«

»Hoffnungslos oder nicht, es ist zu gräßlich! Mutter, die Vorsehung ist ein Schwindel!«
»Aber, liebes Kind!«
»Sie ist zu fern. Vielleicht gibt es eine ewige Weltordnung, aber wir Einzelwesen sind für sie wie die Mücken, so wenig sorgt sie für uns.«
»Du solltest dich gründlich ausschlafen, Liebling!«
»Ja, aber das ändert die Sache nicht.«
»Dinny, gib dich nicht solchen Gedanken hin, sie verderben den Charakter.«
»Was hat Glaube mit Charakter zu tun? Ich bin darum nicht schlechter, weil ich nicht mehr an die Vorsehung und das Jenseits glaube.«
»Aber, Dinny –«
»Bestimmt nicht, sondern besser. Wenn ich sittlich handle, tu ich es um des Guten selbst willen, nicht um irgendeine Belohnung dafür zu ergattern.«
»Aber warum ist das Gute gut, Dinny, wenn es keinen Gott gibt?«
»O du liebe, scharfsinnige Mutter, ich behaupte ja nicht, daß es keinen Gott gibt. Ich meine nur, seine Weltordnung ist zu fern. Ich höre, wie Gott sagt: ›Da fällt mir eben ein, dreht sich denn dieser kleine Ball, die Erde, noch immer?‹ Und ein Engel erwidert: ›O freilich, Herr! Ganz flott!‹ – ›Der muß aber schon ganz faulig und schwammig sein‹, meint der Herr wieder bedenklich. ›Übrigens – war da nicht so ein betriebsamer, giftiger kleiner Schmarotzer darauf? . . .‹«
»Dinny!«
»›Freilich, Herr, du meinst den Menschen!‹ – ›Richtig! Jetzt erinnere ich mich: Mensch – so haben wir ihn genannt.‹«
»Dinny, wie entsetzlich!«
»Nein, Mutter. Wenn ich gut bin, will ich es sein, weil das Gute von Menschen ersonnen wurde zum Wohl der Menschen, ebenso wie das Schöne von Menschen erfunden ist, den Menschen zur Freude. Seh ich schlecht aus, liebste Mutter? Ich kann kaum mehr aus den Augen schauen! Jetzt geh ich und leg mich hin, Mutter, ich weiß nicht, warum mich das alles so angegriffen hat, daran

trägt wohl scin Anblick Schuld.« Ungewöhnlich schnell wandte sich Dinny ab und verließ das Zimmer.

27

Der Tag, an dem Forest verschwand, war eigentlich ein Festtag für den Mann, der unter seiner Rückkehr so schwer gelitten hatte. Daß er versprochen hatte, am Abend dieses Festtags den Vermißten wiederzubringen, verdarb ihm die gehobene Stimmung nicht. In fast leidenschaftlichem Eifer fuhr Adrian im Auto zu Hilary und bot unterwegs seinen ganzen Scharfsinn auf, dem Problem beizukommen. Polizei, Radio, Presse – diese einfachen, gewöhnlichen Mittel durfte er aus Scheu vor der Öffentlichkeit nicht in Anspruch nehmen. Durch sie würde der Fall Forest in allzu grelles Licht gerückt. Als er dann über die anderen Mittel nachsann, die ihm zu Gebote standen, hatte er ein Gefühl wie beim Lösen von Kreuzworträtseln, das er seinerzeit gleich vielen geistig hochstehenden Menschen eifrig betrieben hatte. Aus Dinnys Bericht ging nicht klar hervor, wann Forest weggegangen war; es blieb noch ein Spielraum von mehreren Stunden. Je länger man die Umfrage in der Nachbarschaft des Hauses hinauszog, um so geringer wurde die Aussicht, jemanden zu finden, der Forest hatte weggehen sehen. Sollte er also den Wagen umkehren lassen und nach Chelsea zurückfahren? Dann aber fuhr er doch nach St. Augustin im Grünen. Dazu trieb ihn eher ein Impuls als Überlegung. Er zog Hilary ja stets ins Vertrauen, und bei einer solchen Aufgabe waren zwei Köpfe gewiß besser als einer. Als er im Pfarrhof eintraf, hatte er noch keinen festumrissenen Plan, nur die Absicht, am Themsekai und in der Nähe der Oakley Street nachzufragen. Es war noch nicht halb zehn, Hilary saß über seiner Korrespondenz. Als er die Nachricht erfuhr, rief er seine Frau ins Arbeitszimmer. »Denken wir jetzt drei Minuten nach und sprechen wir dann die Sache durch«, schlug er vor.

Die drei standen im Halbkreis vor dem Kamin, die Männer rauchten, die Frau sog den Duft einer Herbstrose ein.

»Nun?« fragte Hilary endlich. »Ist dir was eingefallen, May?«
»Nur eins ist mir klar«, erwiderte Mrs. Hilary und runzelte die Stirn, »wenn Dinnys Beschreibung des armen Teufels stimmt, müssen wir jedenfalls in den Krankenhäusern nachfragen. Ich kann drei oder vier Spitäler anklingeln, wohin man ihn vermutlich gebracht hat, falls er einen Selbstmordversuch beging. Aber so früh am Morgen hat man noch kaum wen eingeliefert.«
»Ausgezeichnet, Liebste. Einer so klugen Frau wie dir brauchen wir wohl nicht zu sagen, daß du seinen Namen aus dem Spiel lassen sollst.«
Mrs. Hilary verließ sie.
»Nun, Adrian?«
»Ich hab eine Idee, aber sprich zuerst du.«
»Also ich sehe zwei Möglichkeiten«, erklärte Hilary, »die erste: wir müssen bei der Polizei anfragen, ob man einen Selbstmörder aus der Themse gezogen hat. Die andere, wahrscheinlichere: er hat sich einen Rausch angetrunken.«
»So früh am Morgen kriegt er doch nirgends was zu trinken?«
»In einem Hotel schon, Geld hat er ja.«
»Stimmt. Dem müssen wir nachgehen. Doch hör erst meine Idee.«
»Nun?«
»Ich hab versucht, mich in Forests Lage hineinzudenken. Wenn mir solch ein Verhängnis drohte, dann ginge ich vermutlich nach Condaford, vielleicht nicht ins Schloß selbst, aber in die Umgebung, wo wir uns als Knaben umhertrieben, wo ich lebte, ehe mich das Verhängnis traf. Ein verwundetes Tier verkriecht sich in seiner Höhle.«
Hilary nickte.
»Wo ist Forest zu Hause?«
»In West-Sussex, etwas nördlich vom Hügelgelände. Die Station heißt Petworth.«
»Ach ja, ich kenne die Gegend. Vor dem Krieg hielten May und ich uns oft in Bignor auf und machten von dort Wanderungen. Auch könnten wir schnell zum Viktoriabahnhof und nachsehen, ob er nicht dort im Zug sitzt. Vorher aber möchte ich bei der

Polizei nach den Ertrunkenen fragen. Ich kann ja sagen, eines meiner Pfarrkinder sei abgängig. Wie groß ist Forest?«
»Etwa einen Meter fünfundsiebzig, breitschultrig, massiver Schädel, hohe Backenknochen, starkes Kinn, leicht ergrautes dunkles Haar, stahlgraue Augen, blauer Anzug, blauer Mantel.«
»Gut«, erwiderte Hilary. »Sobald May mit dem Telefonieren fertig ist, rufe ich die Polizei an.«
Adrian blieb allein am Kaminfeuer zurück und versank in Nachdenken. Wie er als Leser von Detektivromanen wußte, ging er selbst nach induktiver französischer Methode vor und tat, von psychologischen Erwägungen geleitet, einen Schuß ins Schwarze; Hilary und May aber suchten nach Art der englischen Kriminalisten den Kreis der Möglichkeiten durch Ausschluß des Unzutreffenden enger zu ziehen. Ein bewährtes Verfahren, doch blieb ihnen in diesem Fall die Zeit dafür? In London konnte ja ein Mensch verschwinden wie eine Stecknadel im Heuschober. Zudem band ihnen die Scheu vor der Öffentlichkeit die Hände. Angstvoll wartete Adrian auf Hilarys Bericht. Welch seltsame Ironie des Schicksals, daß er – just er – davor bangte, man habe vielleicht den armen Forest ertrunken oder erschlagen gefunden, und Angela sei frei!
Er langte ein Kursbuch von Hilarys Schreibtisch. Um 8 Uhr 50 war ein Zug nach Petworth abgegangen, ein anderer ging um 9 Uhr 56. Also in ganz kurzer Zeit. Und wieder wartete er, den Blick zur Tür gekehrt. Zwecklos, Hilary zur Eile anzuspornen, im Zeitersparen war er ja Meister.
»Nun?« fragte er, als die Tür ging.
Hilary schüttelte den Kopf. »Keine Spur. Weder in den Spitälern noch auf der Polizei hat man etwas von ihm gehört oder gesehen.«
»Dann zum Viktoriabahnhof!« schlug Adrian vor. »In zwanzig Minuten geht ein Zug. Kannst du gleich mitkommen?«
Hilary warf einen Blick auf den Schreibtisch. »Eigentlich nicht, aber ich tu's doch. Diese Suche nach einem Vermißten macht einen geradezu besessen. Kopf hoch, Alter! Sieh dich vielleicht inzwischen nach einem Taxi um. Wart auf mich in der St. Pancras Street. Ich will mir nur den Hut holen und es May sagen.«

Adrian machte sich auf den Weg, um ein Taxi zu holen. An der Ecke der Euston Road kam ihm eins entgegen, er ließ es kehrtmachen und stand wartend auf der Straße. Bald sah er Hilarys hagere, dunkle Gestalt heraneilen. »Bin nicht mehr ans Laufen gewöhnt«, sagte er und stieg ein.

Adrian beugte sich zum Fenster hinaus. »Viktoriabahnhof, so schnell wie möglich!«

Hilary schob die Hand durch seinen Arm. »Seit wir im neunzehner Jahr im dichtesten Nebel den Carmathanberg bestiegen, haben wir keinen gemeinsamen Ausflug mehr gemacht. Erinnerst du dich noch daran?«

Adrian hatte die Uhr hervorgeholt. »Ich fürchte, wir erreichen kaum den Zug bei diesem Riesenverkehr.« Schweigend saßen sie da, hin und her gerüttelt durch die Stöße des eilenden Autos.

Plötzlich bemerkte Adrian: »Als ich einmal in Frankreich an einer *maison d'aliénés* – so nennt man dort die Irrenanstalten – vorbeikam, sah ich etwas, das werde ich nie vergessen. Es war ein großes Gebäude in einiger Entfernung vom Bahnhof, ein langes Eisengitter schloß es vorn gegen die Straße ab. Ein armer Teufel stand dahinter und suchte mit Armen und Beinen die Eisenstäbe hinanzuklimmen, wie ein Orang-Utan im Käfig. Was ist der Tod im Vergleich zu einem solchen Los? Ein Bett in weicher, kühler Erde und darüber der Himmel. Ich wünschte, sie hätten ihn aus der Themse gefischt.«

»Vielleicht tun sie es noch. Adrian, ich hab das Gefühl wir ziehen auf eine Treibjagd aus.«

»Nur noch drei Minuten«, murmelte Adrian, »wir erreichen den Zug nicht!«

Doch das Auto bahnte sich mit letzter Anstrengung und fast unnatürlicher Geschwindigkeit seinen Weg durchs Gedränge und hielt mit einem Ruck vor dem Bahnhof.

»Frag du in der ersten Klasse nach, ich in der dritten«, sagte Hilary, während sie liefen. »Ein Geistlicher macht mehr Aufsehen.«

»Nein«, erwiderte Adrian, »wenn er fährt, fährt er bestimmt in der ersten. Frag du dort! Hast du einen Zweifel, denk an seine Augen!«

Er sah, wie Hilarys mageres Gesicht sich über die Bahnsteigsperre beugte und rasch wieder zurückfuhr.
»Er ist hier!« rief er, »fährt mit diesem Zug nach Petworth! Rasch!«
Die Brüder begannen zu laufen, doch als sie den Zug erreichten, hatte er sich bereits in Bewegung gesetzt. Adrian wäre weitergestürmt, doch Hilary packte ihn am Arm.
»Halt, Junge, wir kommen nicht mehr hinein; er wird uns sehen, und alles geht schief.«
Gesenkten Hauptes schritten sie zur Bahnsteigsperre zurück.
»Du hast ins Schwarze getroffen«, meinte Hilary, »erstaunlich! Wann kommt denn dieser Zug an?«
»Um 12 Uhr 23.«
»Dann könnten wir ihn im Auto einholen. Hast du Geld bei dir?«
Adrian wühlte in seinen Taschen. »Nur achteinhalb Shilling«, sagte er kläglich.
»Ich hab auch nur elf. Zu dumm! Halt, ich hab's! Wir nehmen ein Taxi und fahren zu Fleur. Wenn ihr Auto frei ist, borgt sie es uns gewiß, und sie oder Michael wird uns fahren. Wir müssen den Wagen auf unbestimmte Zeit zur Verfügung haben.«
Adrian nickte, noch immer ziemlich verblüfft über das Zutreffen seiner Vermutung.
Michael war ausgegangen, Fleur zu Hause. Adrian kannte sie noch nicht so genau wie Hilary und war erstaunt, wie rasch sie die Sachlage erfaßte und den Wagen zur Stelle schaffen ließ. In zehn Minuten waren sie unterwegs, Fleur saß am Lenkrad. »Ich fahre durch Dorking und Pulborough«, erklärte sie und lehnte sich zurück. »Da kann ich hinter Dorking volle Geschwindigkeit nehmen. Aber, Onkel Hilary, was wollt ihr tun, wenn er euch in die Hände läuft?«
Bei dieser einfachen, aber unerläßlichen Frage blickten die Brüder einander an. Fleur saß mit dem Rücken zu ihnen, und doch schien sie die Unentschlossenheit in ihren Mienen zu lesen. Ein Hund lief ihr vors Auto, sie hielt es mit einem Ruck an, wandte sich um und fragte: »Wollt ihr es euch nicht überlegen, ehe wir weiterfahren?«
Sie erschien ihnen wie die Verkörperung der Jugend – ruhig,

hart, selbstbewußt. Adrian blickte von ihrem rundlichen Gesicht mit den scharfgeschnittenen Zügen zu seines Bruders länglichem, faltigem Gesicht hinüber, das welterfahren aussah, müde vom Miterleben fremder Schicksale, und dennoch nicht hart. Er überließ Hilary die Antwort.
»Fahren wir los!« entschied dieser, »kommt Zeit, kommt Rat.«
»Wenn wir an einem Postamt vorbeikommen«, bat Adrian, »dann halt an. Ich möchte Dinny telegrafieren.«
Fleur nickte. »In der King's Road ist eins. Ich muß auch noch irgendwo Benzin nachfüllen lassen.«
Das Auto glitt durchs Straßengewühl dahin.
»Was soll ich ihr nur telegrafieren?« fragte Adrian. »Soll ich Petworth erwähnen?«
Hilary schüttelte den Kopf. »Daß wir auf der rechten Spur zu sein glauben, weiter nichts.«
Nachdem sie das Telegramm abgesandt hatten, blieben ihnen nur noch etwa zwei Stunden bis zur Ankunft des Zuges.
»Bis Pulborough sind es achtzig Kilometer«, sagte Fleur, »dann noch etwa acht. Bin neugierig, ob mein Benzin reicht. In Dorking werd ich's ja sehen.« Von diesem Augenblick an nahm sie von beiden keine Notiz mehr, obwohl sie mit ihnen im geschlossenen Auto saß; sie konzentrierte ihre ganze Aufmerksamkeit auf die Fahrt.
Die beiden Brüder saßen schweigend da und starrten auf die Uhr und den Geschwindigkeitsmesser.
»Ich mach nicht oft Autopartien«, murmelte Hilary. »Woran denkst du, Junge?«
»Ich frage mich, was in aller Welt wir mit ihm anfangen sollen.«
»Wenn ich mir bei meinem Amt so im voraus den Kopf zerbräche, ich wäre in einem Monat tot. Ein Pfarrer im Elendsviertel lebt wie ein Dschungelbewohner unter wilden Tieren; er erwirbt einen gewissen Instinkt und verläßt sich darauf.«
»Und ich«, meinte Adrian, »ich lebe unter Toten, ich hab gar keine Erfahrung.«
»Unsere Nichte fährt gut«, flüsterte Hilary. »Sieh dir doch nur einmal ihren Hals an. Ist sie nicht die leibhaftige Tüchtigkeit?«
Dieser weiße, rundliche Nacken mit dem kurzgeschnittenen Haar

hielt sich anmutig aufrecht und verriet Geistesgegenwart, Selbstbeherrschung und kühlen Verstand.
Sie fuhren einige Kilometer schweigend drauflos.
»Da sind wir schon beim Box Hill«, bemerkte Hilary. »In dieser Gegend hatte ich einmal ein unvergeßliches Erlebnis, das ich dir noch nie erzählte. Es beweist, wie unheimlich nahe dem Wahnsinn wir alle leben.« Er senkte die Stimme und fuhr fort: »Erinnerst du dich noch an den munteren Pfarrer Durcott, mit dem wir öfters zusammenkamen? Wie du weißt, studierte ich vor der Universitätszeit in Harrow in der Beakers-Schule, wo er Lehrer war. Eines Sonntags nahm er mich zu einem Ausflug auf den Box Hill mit. Bei der Rückfahrt blieben wir im Abteil allein und neckten uns. Plötzlich schien er in eine Art Wahnsinn zu verfallen, seine Augen flammten in wilder Gier. Ich hatte keine Ahnung, was mit ihm los war, und geriet in höchsten Schreck. Auf einmal gewann er die Selbstbeherrschung wieder. Ganz verrückt, ein verdrängter Sexualkomplex natürlich. Für einige Augenblicke total geistesgestört. Übrigens ein sehr netter Kerl. Ach ja, Adrian, es gibt Kräfte –«
»Dämonische Kräfte. Und wenn die einmal hervorbrechen ... armer Forest!«
Dann drang Fleurs Stimme zu ihnen: »Der Motor beginnt zu streiken, ich muß Benzin nachfüllen, Onkel Hilary. In der Nähe ist eine Tankstelle.«
»Einverstanden.«
Das Auto fuhr bei einer Pumpe vor.
»Bis Dorking geht's immer langsam«, meinte Fleur und streckte sich. »Jetzt kommen wir rasch vorwärts. Nur noch fünfzig Kilometer, eine gute Stunde. Habt ihr es euch überlegt?«
»Nein«, entgegnete Hilary, »wir scheuen diese Überlegung wie Gift.«
Fleurs klare Augen warfen ihm einen jener durchdringenden Blicke zu, die den Leuten solch hohe Meinung von ihrer Intelligenz beibrachten. »Willst du ihn wirklich zurückholen, Onkel Adrian? Ich tät's nicht, wenn ich du wäre.« Und sie holte ihr Täschchen hervor, strich sich mit dem Lippenstift ein wenig über den Mund und puderte die kurze, gerade Nase.

Adrian sah sie fast mit Ehrfurcht an. Die moderne Jugend kreuzte nicht oft seinen Weg. Nicht so sehr ihre knappen Worte verblüfften ihn, sondern mehr noch der geheime Sinn, den sie bargen. Rund herausgesagt, meinte sie: »Laßt ihn in sein Verhängnis rennen.« Hatte sie recht? Gehorchten er und Hilary nur dem Drang, in das Leben der Mitmenschen einzugreifen? Wollten sie frevelnd der Natur in den Arm fallen? Doch nein! Um Angelas willen mußten sie ja herausbekommen, was Forest trieb, was er im Schilde führte. Und auch um seiner selbst willen mußten sie zu verhindern trachten, daß er in schlechte Hände geriet. Hilarys Mund umspielte ein leises Lächeln. »Der kennt wenigstens die Jugend«, dachte Adrian, »hat selbst Kinder und weiß, wohin die kühle Sachlichkeit unsere jungen Leute führt.«
Weiter ratterte das Auto und bahnte sich einen Weg durch die lange, belebte Straße von Dorking.

»Freie Bahn!« erklärte Fleur, indem sie den Kopf wandte; »wenn ihr ihn wirklich einfangen wollt, sollt ihr ihn kriegen.« Und sie trat auf das Gaspedal. Während der nächsten Viertelstunde flogen sie die Straße dahin, vorbei an gelbem Laubwald, an Feldern und Ginsterhalden, wo Gänse und alte Pferde weideten, an Dorfwiesen und durch Dorfgassen, wo alles das zähe Festhalten an ländlicher Art verriet. Plötzlich begann das Auto, das bisher ganz ruhig gefahren war, zu knirschen und zu schleudern.

»Der Reifen ist kaputt!« tief Fleur und wandte den Kopf. »Panne!« Sie hielt den Wagen an, alle stiegen aus. Der Reifen am Hinterrad war völlig platt.

»Adrian, an die Arbeit! Montier den Reifen ab!« rief Hilary und zog den Mantel aus. »Ich nehme inzwischen das Reserverad herunter.«

Fleur neigte sich zum Werkzeugkasten hinab und sagte: »Zu viele Köche verderben den Brei. Laßt mich machen!«

Adrian hatte vom Autofahren nicht die leiseste Ahnung, Maschinen stand er hilflos wie ein Kind gegenüber. darum trat er beiseite und sah ihnen bewundernd zu. Sie zeigten sich kühl, behend, tüchtig, aber an dem Auto schien etwas nicht in Ordnung.

»So geht's einem immer«, meinte Fleur, »just wenn man's eilig hat.«
Erst zwanzig Minuten später waren sie wieder unterwegs.
»Den Zug kann ich unmöglich einholen«, erklärte sie, »aber ihr werdet Forests Spur leicht finden, wenn euch wirklich darum zu tun ist. Der Bahnhof liegt ziemlich weit von der Stadt.« Durch Billingshurst, Pulborough und über die Stephen-Brücke rasten sie mit unverminderter Geschwindigkeit.
»Fahren wir lieber gleich nach Petworth«, schlug Hilary vor, »wenn er in die Stadt will, müssen wir ihn treffen.«
»Soll ich halten, wenn wir ihm begegnen?«
»Nein, fahr ruhig weiter und kehr dann um.«
Aber sie fuhren durch Petworth und weitere zweieinhalb Kilometer zum Bahnhof, ohne ihn zu treffen.
»Der Zug ist schon vor mehr als zwanzig Minuten eingetroffen«, sagte Adrian, »fragen wir!«
Ein Bahnbediensteter hatte einem Mann in blauem Mantel und schwarzem Hut die Fahrkarte abgenommen. Nein, er habe kein Gepäck gehabt. Er sei fortgegangen, dem Hügelland zu. Wann? Ungefähr vor einer halben Stunde.
Sie eilten zum Auto zurück und fuhren ins Hügelgelände.
»Ich erinnere mich«, erklärte Hilary, »nach einer kurzen Strecke zweigt ein Weg nach Sutton ab. Jetzt handelt es sich nur darum, ob er ihn einschlug oder weiterging. Dort müssen ein paar Häuser stehen. Fragen wir doch, vielleicht hat ihn jemand gesehen.«
Gleich hinter dem Weg lag ein kleines Postamt. Ein Briefträger fuhr eben von Sutton mit dem Rad darauf zu.
Fleur lenkte den Wagen zur Seite. »Haben Sie nicht einen Herrn in blauem Mantel und steifem Hut auf dem Weg nach Sutton gesehen?«
»Nein, Miss, hab unterwegs keine Seele getroffen.«
»Danke. Soll ich also gegen die Hügel zu fahren, Onkel Hilary?«
Hilary zog die Uhr zu Rate. »Wenn ich mich recht entsinne, ist es bis zum Hügelkamm beim Duncton-Leuchtturm etwa anderthalb Kilometer, zweieinhalb Kilometer sind wir jetzt vom Bahnhof entfernt. Er hat ungefähr fünfundzwanzig Minuten Vorsprung. Wir könnten ihn also in der Nähe des Hügelkamms fassen. Von

dort aus sehen wir auch die Straße, die weiter ins Hügelgelände führt, und können so ganz sichergehen. Wenn wir ihm nicht hier begegnen, muß er auf den Hügeln herumstreifen, aber in welcher Richtung?«

Adrian flüsterte kaum hörbar: »Heimwärts.«

»Also gegen Osten?« fragte Hilary. »Vorwärts, Fleur, aber nicht zu schnell!«

Fleur fuhr die Hügelstraße hinan. »Greift in meine Manteltasche«, sagte sie, »ihr werdet drei Äpfel drin finden. Ich hab sie vorm Wegfahren noch schnell eingesteckt.«

»Du denkst doch an alles!« lobte Hilary, »aber iß sie doch selbst!«

»Nein, ich mache eine Abmagerungskur. Einen könnt ihr mir lassen.«

Die Brüder knabberten jeder an einem Apfel. Ihr Blick hing an den Wäldern zu beiden Seiten der Straße.

»Hier stehen die Bäume zu dicht«, meinte Hilary, »er läuft gewiß lieber im Freien. Fleur, wenn du ihn bemerkst, zieh sofort die Bremse.«

Doch Forest kam ihnen nicht vor Augen. Immer langsamer fuhren sie bergan und erreichten den Kamm des Hügels. Zu ihrer Rechten lag das Buchengehölz von Duncton, zur Linken das offene Hügelgelände. Kein Mensch auf dem Weg vor ihnen.

»Vor uns ist er nicht«, erklärte Hilary. »Nun müssen wir uns entscheiden, Junge.«

»Hört auf meinen Rat«, rief Fleur, »fahrt wieder heim mit mir.«

»Sollen wir wirklich, Adrian?«

Adrian schüttelte den Kopf.

»Ich suche weiter.«

»Recht so, ich auch.«

»Seht nur!« rief Fleur plötzlich.

Ungefähr fünfzig Meter abseits auf einem holprigen Fußweg, der links von der Straße abbog, lag ein dunkler Gegenstand.

»Ein Mantel, scheint mir.«

Adrian sprang aus dem Auto und lief hinzu. Einen blauen Mantel überm Arm, kehrte er zurück.

»Nun ist kein Zweifel mehr. Entweder, er hat hier gerastet und

den Mantel vergessen, oder er war es müde, ihn länger zu tragen. Ein böses Zeichen, das eine wie das andere. Fahren wir weiter, Hilary!«
Er warf den Mantel ins Auto.
»Was steht jetzt zu Diensten, Onkel Hilary?« fragte Fleur.
»Du bist ein Prachtkerl, Fleur. Könntest du nicht ein übriges tun und hier eine Stunde warten? Wenn wir bis dahin nicht zurück sind, so fahr wieder langsam bergab über Sutton, Bignor und Westburton. Und wenn du auch dort keine Spur von uns siehst, dann fahr die Hauptstraße über Pulborough zurück nach London. Wenn du Geld übrig hast, könntest du uns etwas leihen.«
Fleur zog ihr Täschchen. »Drei Pfund. Genügen euch zwei?«
»Besten Dank!« erwiderte Hilary. »Adrian und ich haben nie Geld. Ich bin überzeugt, wir sind die ärmste Familie in England. Leb wohl, Liebe, und nochmals vielen Dank. Los, Junge!«

28

Fleur stand beim Auto und hob den Apfel zum Mund; die beiden Brüder winkten ihr zu, dann schlugen sie den Fußweg zu den Hügeln ein.
»Geh du voran!« sagte Hilary, »du hast bessere Augen, und deine Kleidung ist nicht so auffallend. Wenn du ihn siehst, werden wir überlegen, was zu tun ist.«
Sie kamen bald zu einem langen, hohen Drahtzaun, der quer über den Hügel lief.
»Dort links hört er auf«, sagte Adrian. »Gehen wir herum, oberhalb des Gehölzes, doch je tiefer wir uns halten, desto besser.«
Sie umgingen den Zaun, schritten am Hügelrand über üppigen, ziemlich unebenen Rasen hin und verfielen dabei in ihren altgewohnten Wanderschritt, als seien sie wieder auf einer langen, schwierigen Bergtour. Sie hatten keine Ahnung, ob sie Forest fassen könnten und was sie mit ihm anfangen sollten, wenn er ihnen in die Hände geriet; auch wußten sie, sie hatten es vielleicht mit einem Tobsüchtigen zu tun. darum spähten beide vorsichtig aus wie Soldaten, Seeleute oder Bergsteiger. Sie hatten einen alten,

flachen Kreidebruch überquert und klommen die wenigen Meter zur gegenüberliegenden Seite hinan, da schrak Adrian zurück und zog Hilary nieder.

»Da ist er!« wisperte er, »etwa sechzig Meter vor uns.«

»Hat er dich gesehen?«

»Nein. Er sieht ganz verstört drein, gestikuliert, hat den Hut verloren. Was sollen wir mit ihm anfangen?«

»Heb den Kopf und schau durch den Busch.«

In kniender Stellung hielt Adrian Ausschau. Nun fuhr Forest nicht mehr mit den Händen durch die Luft, sondern stand mit gekreuzten Armen und geneigtem Kopf da. Er stand mit dem Rücken zu Adrian; er schien in sich gekehrt, seine ruhige, kraftvolle Haltung verriet nicht, was in ihm vorgehen mochte. Plötzlich ließ er die Arme sinken, schüttelte heftig den Kopf und lief in raschem Tempo weiter. Adrian wartete, bis er im Gebüsch des Abhangs verschwunden war, und winkte dem Bruder, ihm zu folgen.

»Zuviel Vorsprung dürfen wir ihm nicht lassen«, murmelte Hilary, »sonst wissen wir nicht, ob er in den Wald rennt.«

»Er wird im Freien bleiben, der arme Teufel braucht Luft. Aufgepaßt!« Wieder zog er Hilary ins Gras. Der Boden fiel hier jäh ab und bildete eine Mulde. Unterhalb der Böschung war auf halbem Weg Forest deutlich zu sehen. Er ging langsam, ahnte offenbar nichts von seinen Verfolgern. Jeden Augenblick fuhr er sich mit den Händen an den unbedeckten Kopf, als wolle er etwas wegreißen.

»Herrgott!« murmelte Adrian, »ein entsetzlicher Anblick!«

Hilary nickte.

Wartend lagen sie da. Vor sich sahen sie einen Ausschnitt des bewaldeten Hügellands in den bunten Farben eines sonnigen Herbsttags. Noch immer duftete das Gras vom Morgentau. Der Himmel war von jenem blassen, unirdischen Blau, das über den Kreidefelsen allmählich in Weiß überging. Ein windstiller Tag, fast kein Hauch, kein Laut. Die Brüder warteten, ohne zu sprechen.

Forest hatte die Talsohle erreicht. Gesenkten Hauptes schritt er durch ein Stoppelfeld auf ein Dickicht zu. Knapp vor ihm flatterte ein Fasan auf. Sie sahen Forest emporschrecken, wie aus einem Traum erwachen und den Flug des Fasans mit den Blicken verfolgen.

»Er kennt wohl jeden Fußbreit Bodens in dieser Gegend«, sagte Adrian, »er war ein passionierter Jäger.« Da fuhr Forest mit den Händen hoch, als zielte er mit dem Gewehr. Diese Bewegung schien seltsam sicher.

»Jetzt lauf!« rief Hilary, als Forest im Gehölz verschwand. Sie rannten den Hügel hinab und eilten über holprigen Boden weiter.

»Bedenk doch«, stieß Adrian atemlos hervor, »vielleicht ist er im Dickicht stehengeblieben.«

»Müssen wir riskieren. Vorsicht, bis wir die Anhöhe sehen.«

Etwa hundert Meter jenseits des Gehölzes stieg Forest langsam bergan.

»Na schön«, murmelte Hilary. »Jetzt müssen wir warten, bis sich der Boden wieder senkt und er uns außer Sicht kommt. Junge, eine seltsame Jagd für dich und mich. Und zu guter Letzt, wie Fleur sagt: ›Was dann?‹«

»Wir müssen erfahren, was er treibt«, gab Adrian zurück.

»Eben kommt er außer Sicht. Lassen wir ihm fünf Minuten Vorsprung. Ich sehe auf die Uhr.«

Endlos schienen diese fünf Minuten. Vom Waldrand her schrie ein Häher, ein Kaninchen kroch hervor und duckte sich vor ihnen. Ab und zu schauerte ein Windhauch durchs Gehölz.

»Los!« rief Hilary. Sie erhoben sich und stiegen rasch über grasbewachsenen Boden bergan. »Wenn er aber jetzt auf diesem Weg zurückkommt –«

»Je eher wir ihm gegenübertreten, um so besser«, meinte Adrian, »aber wenn er uns sieht, beginnt er zu laufen, und wir verlieren seine Spur.«

»Geh langsam, Junge. Da wird der Boden schon wieder eben.«

Vorsichtig erreichten sie die Anhöhe, dann ging es wieder leicht bergab. Über Kreidefelsen lief ein kleiner Fußsteig oberhalb eines Buchenwalds zur Linken. Keine Spur von Forest.

»Entweder ist er in den Wald hineingelaufen oder durch das benachbarte Dickicht wieder auf den Hügelkamm hinaus. Komm schnell, wir wollen uns überzeugen.«

Sie eilten auf einem Pfad zwischen steilen Abhängen hin und traten ins Gehölz, da vernahmen sie aus ganz geringer Entfernung eine Stimme. Sie hielten inne, zogen sich weiter hinter den Abhang zurück und lagen atemlos auf der Lauer. Irgendwo im Dickicht murmelte Forest zu sich selbst. Sie verstanden die Worte nicht, aber der Klang seiner Stimme machte beide traurig.

»Armer Kerl!« flüsterte Hilary. »Sollen wir nicht zu ihm hingehen und ihn trösten?«

»Horch!«

Ein Knacken von Zweigen unter Fußtritten, ein halblauter Fluch und dann erschreckend plötzlich ein Halali, so gellend, daß es die beiden eiskalt überlief.

»Grauenhaft!« sagte Adrian. »Doch wir sind dem Wild auf der Fährte.«

Vorsichtig drangen sie ins Dickicht; Forest lief auf einen Hügel zu, der sich am Ende des Waldes erhob.

»Er hat uns doch nicht gesehen?«

»Nein, sonst hätte er sich umgedreht. Warten wir, bis er wieder außer Sicht kommt.«

»Die Sache geht mir arg gegen den Strich«, erklärte Hilary, »aber du hast recht, wir müssen sie durchführen. Ein gräßlicher Schrei! Doch wir müssen genau wissen, was wir tun wollen, lieber Junge.«

»Vielleicht könnten wir ihn dazu bringen«, sagte Adrian, »nach Chelsea heimzukehren, wir würden Angela und die Kinder von ihm fernhalten, die Mädchen entlassen und Wärter für ihn aufnehmen. Ich würde so lang bei ihm bleiben, bis alles geregelt wäre. Nur wenn er im eigenen Haus lebt, kann sich vielleicht sein Zustand bessern.«

»Freiwillig geht er uns wohl nicht mit.«

»Dann weiß Gott allein, was wir anfangen sollen. Nie und nimmer biete ich die Hand dazu, daß man ihn einsperrt.«

»Und wenn er sich umzubringen versucht?«

»Das mußt du entscheiden, Hilary.«

Hilary schwieg.

»Spiel nicht auf mein Priesterkleid an«, sagte er unvermittelt, »ein Pfarrer im Elendsviertel ist hartgesotten.«

Adrian packte seine Hand. »Jetzt ist er nicht mehr zu sehen.«
»Also vorwärts!«
Sie schritten weiter aus, durchquerten die Talsohle und klommen den Hügel hinan. Hier änderte sich die Vegetation, auf der Anhöhe wuchsen vereinzelte Hagedornbüsche, Eiben und Brombeergestrüpp, hie und da eine junge Buche. Das bot ihnen gute Deckung, sie konnten sich freier bewegen.
»Nun kommen wir zum Kreuzweg oberhalb von Bignor«, murmelte Hilary. »Von dort führt ein Fußsteig talab, den schlägt er vielleicht ein. Da könnten wir ihn leicht aus den Augen verlieren.«
Sie liefen ein Stück vorwärts, hielten aber plötzlich hinter einem Eibenbaum inne.
»Er geht nicht bergab«, rief Hilary. »Sieh doch!«
Auf der grasbewachsenen Halde jenseits des Kreuzwegs, an dem ein Wegweiser stand, lief Forest der Nordseite des Hügels zu.
»Wenn ich nicht irre, führt dort ein anderer Fußsteig talab.«
»Glückssache, ob wir ihn erwischen. Stehenbleiben können wir jetzt nicht.« Forest lief nun nicht mehr; langsam, geneigten Hauptes stieg er bergan. Hinter der Eibe versteckt, sahen sie ihm zu, bis er jenseits des Hügelkamms verschwand.
»Los!« rief Hilary.
Fast einen Kilometer hatten sie zu laufen, und beide waren über fünfzig.
»Nicht so schnell, lieber Adrian«, keuchte Hilary, »wir dürfen unsere Blasebälge nicht sprengen.«
Gemächlicher schritten sie aus, erreichten den Hügelkamm, über den Forest verschwunden war, und sahen einen grasbewachsenen Weg talab führen.
»Jetzt können wir uns ein wenig Zeit lassen«, sagte Hilary, noch immer atemlos.
Auch hier war der Hügelhang mit Gestrüpp und jungen Bäumen bewachsen; unter dieser Deckung schlenderten sie hin, bis sie zu einem flachen Steinbruch kamen.
»Legen wir uns für eine Minute her, wir müssen doch verschnaufen. Weit weg ist er nicht, sonst hätten wir ihn fortlaufen sehen. Horch!«

Von unten drang Gesang herauf. Adrian steckte den Kopf über den Rand der Mulde und spähte hinab. Ein kleines Stück unterhalb des Wegs lag Forest auf dem Rücken und sang. Deutlich drangen die Worte seines monotonen Liedes herauf:

»Du darfst in Freiheit gehn, muß ich in Fesseln stehn?
Muß lieben Nacht und Tag eine, die mich nicht mag?
Bin ich solch armer Wicht, daß Lieb das Herz mir bricht?«

Er verstummte und lag völlig still. Dann verzerrte sich zu Adrians Entsetzen sein Gesicht, er schüttelte die Fäuste und schrie wild empor: »Ich will nicht, will nicht wahnsinnig werden!« und fiel vornüber aufs Gesicht. Adrian wich zurück. »Grauenhaft! Ich muß hinunter, muß mit ihm reden.«

»Gehen wir doch beide – auf dem Fußsteig – langsam – erschreck ihn nicht!«

Sie schlugen den Pfad ein, der rings um den Kreidebruch führte. Forest lag nicht mehr dort.

»Vorwärts, Alter, leise!« mahnte Hilary.

In seltsamer Ruhe wanderten sie weiter, als hätten sie die Jagd schon aufgegeben.

»Wer kann noch an Gott glauben?« fragte Adrian.

Hilarys hageres Gesicht verzog sich zu einem schiefen Lächeln. »An Gott glaub ich wohl«, gab er zurück, »doch nicht an den gütigen Vater, wie wir ihn uns vorstellen. Hier am Abhang weiß ich noch, werden Kaninchenfallen gestellt, Hunderte dieser armen Geschöpfe fangen sich darin und leiden Höllenqualen. Wir ließen sie immer frei und versetzten ihnen als Denkzettel ein Kopfstück. Wenn man wüßte, wie es um meinen Glauben steht, man jagte mich aus meinem Amt davon. Damit wäre nichts gewonnen. Ich hab in meinem Beruf eine bestimmte Aufgabe zu erfüllen. Sieh doch, ein Fuchs!«

Sie blieben einen Augenblick stehen und sahen zu, wie ein rotbrauner Tierleib geduckt über den Fußpfad glitt.

»Ein prächtiges Biest, so ein Fuchs!« bemerkte Hilary. »Auf diesen bewaldeten Hügeln treibt sich noch viel Getier herum. Von diesen steilen Hängen läßt es sich nicht so leicht verscheuchen.

Wildtauben, Häher, Spechte, Kaninchen, Füchse, Hasen, Fasane – kurz, jedes erdenkliche Geschöpf aus des Herrgotts Tiergarten.«

Der Pfad begann sich zu senken, Hilary wies nach vorn. Dort vorn, jenseits der Schlucht, sahen sie Forest langsam einen Drahtzaun entlang gehen.

Sie sahen ihm zu, bis er verschwand und seitlich wieder auftauchte, offenbar war er um den Drahtzaun herumgegangen.

»Was nun?«

»Von dort aus kann er uns sehen. Wenn wir mit ihm sprechen wollen, müssen wir näher an ihn herankommen, sonst nimmt er Reißaus.«

Sie durchquerten die Schlucht und gingen, von einigen Weißdornbüschen gedeckt, um den Zaun. Auf dem hügeligen Gelände war Forest wieder verschwunden.

»Man hat das für die Schafe eingehegt«, erklärte Hilary. »Siehst du sie dort, auf dem Hügel verstreut? Südenglische Rasse.«

Sie kamen wieder auf eine Anhöhe. Keine Spur von ihm. Dann schritten sie eine Umzäunung entlang, bestiegen den nächsten Kamm und hielten Ausschau. Zur Linken dehnte sich der Hügel und fiel steil in eine Schlucht ab. Vor ihnen erstreckte sich eine grasbewachsene Halde bis zu einem kleinen Wald. Zur Rechten lief noch immer der Drahtzaun über Weideland. Plötzlich packte Adrian den Bruder am Arm. Keine sechzig Meter von ihnen, auf der anderen Seite des Zauns, lag Forest, das Gesicht im Gras, Schafe weideten nah bei ihm. Die Brüder krochen unter die Dekkung eines Busches. Hier konnten sie ihn ungesehen beobachten und starrten ihn schweigend an. Ganz still lag er da, so daß die Schafe ihn gar nicht zu bemerken schienen. Sie hatten Stumpfnasen, runde Körper, kurze Beine, waren von grauweißer Farbe, gutmütig und zutraulich echt südenglischer Schlag. Friedlich grasten sie weiter.

»Was meinst du, schläft er?«

Adrian schüttelte den Kopf. »Er liegt nur ganz still.«

Forests Haltung wirkte ergreifend, erinnerte an einen kleinen Jungen, der den Kopf im Schoß der Mutter birgt. Die Berührung des Grases am Körper, dem Gesicht und den ausgestreckten

Händen gewährte ihm offenbar Trost; es schien, als suchte er den Weg in den friedlichen, sicheren Schoß der Mutter Erde zurück. Während er so lag, durfte man ihn keinesfalls stören. Vom Westen her schien die Sonne auf ihren Rücken, Adrian wandte den Kopf, daß sie ihm die Wange wärme. Diese warmen Strahlen, der Duft des Grases, der Lerchensang und die Bläue des Himmels hatten seine tiefe Liebe zur Natur wieder wachgerufen. Er merkte, daß auch Hilary den Kopf der Sonne zugekehrt hatte. Es war so still hier, alles Leben der Natur schien verstummt, nur ab und zu hörte man eine Lerche trillern und die weidenden Schafe Gras rupfen. Keine Menschenstimme, kein Tierlaut, kein Autolärm drang aus der Ferne herauf.

»Drei Uhr! Mach doch ein Schläfchen, Alter!« flüsterte Adrian Hilary zu. »Ich werde wachen.«

Jetzt schien Forest zu schlafen. Hier mußte sein krankes Hirn zur Ruhe kommen. Wenn es irgendwo für ihn Heilung gab, Luft, Formen, Farben, die ihm Linderung brachten, waren sie hier auf diesem kühlen grünen Hügel zu finden, der nun schon tausend Jahre und mehr unbewohnt lag, unberührt vom rastlosen Treiben des Menschen. In alten Zeiten hatten hier Menschen gehaust. Seither aber war nur noch der Wind über diese Hügel gestrichen, der Wind und die Schatten der Wolken. Und heute regte sich kein Windhauch, keine Wolke warf ihren weichen huschenden Schatten aufs Gras.

Adrian ergriff tiefes Mitleid mit dem armen Teufel, der hier so unbeweglich lag, als könne er sich nie mehr erheben; darüber vergaß er sich selbst, sogar Angela. Wie Forest so dalag, rief er in Adrian ein Gefühl wach, das mit seinen persönlichen Beziehungen zu ihm gar nichts zu schaffen hatte, ein tiefes Mitgefühl, wie man es für einen Sippengenossen empfindet, den unverdient ein schwerer Schicksalsschlag getroffen hat. Ach ja, der Arme schlief, suchte Zuflucht bei der Erde. Was blieb ihm auch sonst, als in der Erde eine ewige Ruhestatt zu suchen? Zwei Stunden lag Adrian wartend da und starrte auf den friedlich hingestreckten Schläfer inmitten der weidenden Schafe, nicht in fruchtloser Empörung und Bitterkeit, sondern in seltsam bekümmertem Staunen. Die altgriechischen Dramatiker hatten recht wohl erkannt, welch klägliches Spielzeug der Mensch in den Händen der Götter war. Später aber ging durch das christliche Dogma von der Barmherzigkeit des Herrn diese Einsicht wieder verloren. Barmherzigkeit? Keine Spur davon! Hilary hatte recht! Was ließ sich tun, nun, da es so um Forest stand? Was tun, selbst wenn ihm ein Schimmer von Vernunft blieb? War es mit einem Mann einmal dahin gekommen, daß er nicht länger arbeiten konnte, daß er für seine Mitmenschen nur noch ein armer Teufel war, ein angsterregender Wahnsinniger, dann hatte zweifellos die Stunde geschlagen, da er eine ewige Ruhestatt finden sollte in der stillen Erde. Auch Hilary schien dieser Meinung; dennoch wußte Adrian nicht recht, was sein Bruder im Augenblick der Entscheidung tun würde. Sein Beruf war es ja, für Lebende zu wirken. Ein Toter kam für Hilary nicht mehr in Betracht, dann war jede Gelegenheit dahin, ihm zu helfen. Und Adrian wußte dem Schicksal Dank dafür, daß sein Beruf ihm nur mit Toten zu tun gab, mit dem Bestimmen und Einordnen von Gebeinen – dem einzigen Teil des menschlichen Körpers, der von Schmerzen verschont blieb, der Jahrhunderte überdauerte, um von einer interessanten Spezies Zeugnis zu geben. So hielt Adrian Wacht; ab und zu zerrieb er einen Grashalm zwischen den Händen und sog den würzigen Duft ein.

Im Westen glitt die Sonne fast bis zum Horizont hinab; die Schafe hatten aufgehört zu grasen, langsam wanderten sie über den Hügel, sie warteten wohl auf den Hirten. Kaninchen huschten aus ihren Löchern hervor und knabberten an den Grashalmen. Ein kühler Schauer ging durch die Luft, die Lerchen waren eine um die andere vom Himmel verschwunden. Die Bäume im Tal standen schwarz und starr. Der Himmel wurde immer blasser und harrte auf die Abendröte. Das Gras hatte seinen Duft verloren; noch fiel kein Tau. Adrian fröstelte. Sehr bald mußte die Sonne hinter die Hügel sinken, dann wurde es kalt. Wenn Forest erwachte, stand es dann wohl besser um ihn oder schlimmer? Sie mußten es darauf ankommen lassen. Adrian berührte Hilary, der mit hochgezogenen Knien noch immer schlafend lag. Augenblicklich erwachte er.

»Was gibt's, Adrian?«

»Pst! Er schläft noch. Was fangen wir an, wenn er aufwacht? Sollen wir zu ihm gehen und darauf warten?«
Da packte Hilary den Bruder am Ärmel. Forest stand aufrecht da. Hinter dem Gebüsch hervor sahen sie ihn um sich blicken wie ein Tier, das Gefahr wittert, noch einmal umherspäht und dann die Flucht ergreift. Er konnte die beiden bestimmt nicht sehen, hatte sie aber offenbar gehört oder die Gegenwart eines Menschen gefühlt. Er trat zum Zaun, kroch hindurch und stand hoch aufgerichtet da, der roten Sonne zugekehrt, die jetzt wie ein feuriger Ball über dem fernen bewaldeten Hügel hing. Barhäuptig, das Gesicht von ihrer Glut umflossen, stand er reglos wie ein Toter, bis die Sonne schwand.
»Jetzt!« flüsterte Hilary und erhob sich. Adrian sah, wie Forest plötzlich lebendig wurde, in wildem Trotz den Arm hob und davonstürzte.
»Er ist ganz außer sich!« rief Hilary entsetzt. »Gerade über der Landstraße ist ein Kreidebruch. Rasch! Los!«
Sie liefen, konnten aber mit ihren steifen Knien Forest nicht einholen, der mit jedem Schritt mehr Vorsprung gewann. Wie ein Rasender sprang er davon und schwang schreiend die Arme.
»Halt!« stieß Hilary keuchend hervor. »Er läuft gar nicht auf den Kreidebruch zu. Der liegt weiter rechts. Er will dort in den Wald hinunter. Bleib, dann glaubt er, wir haben die Verfolgung aufgegeben.«
Sie sahen ihn den Hang hinab- und in den Wald hineinrennen, da verloren sie ihn aus den Augen.
»Komm!« rief Hilary.
Geschwind liefen sie den Hang hinunter und betraten den Wald ungefähr dort, wo Forest verschwunden war. Es war ein Buchenhain, nur am Rand wucherte etwas Unterholz. Sie hielten inne und lauschten – kein Laut! Schon sank die Dämmerung, doch der Wald war nicht groß, bald mußten sie ans Ende kommen. Im Tal sahen sie ein paar Hütten und Gehöfte.
»Gehen wir zur Straße hinab.«
Sie eilten weiter. Plötzlich kamen sie an den Rand eines hohen Kreidebruchs. Entsetzt blieben sie stehen.

»Von dem hab ich nichts gewußt!« stammelte Hilary. »Geh du hier und ich am Rand da.«
Adrian stieg hinan, bis er die Höhe erreichte. Unten am Fuß eines schroffen Abhangs von zwanzig Meter Höhe sah er etwas Dunkles liegen. Was immer es sein mochte, es regte sich nicht; kein Laut drang herauf. War dies das Ende, ein Sturz in die dämmernde Tiefe? Er spürte ein Würgen in der Kehle, und einen Augenblick konnte er sich weder rühren noch rufen. Dann lief er eilends den Rand entlang zu Hilary.
»Nun?«
Adrian wies zurück in den Kreidebruch. Sie gingen den Rand weiter entlang durch das Unterholz bis zu einer Stelle, wo sie hinunterklettern konnten, und rannten über den grasbewachsenen Boden des alten Kreidebruchs zu dem Winkel, der unter der schroffsten Klippe lag.
Es war Forest. Adrian kniete nieder und hob ihm den Kopf hoch. Forest hatte das Genick gebrochen – tot.
War er nun absichtlich hinabgesprungen oder in seinem rasenden Lauf abgestürzt, sie wußten es nicht. Keiner von beiden sprach ein Wort. Hilary legte dem Bruder die Hand auf die Schulter.
»Dort drüben an der Straße liegt ein Schuppen«, sagte er endlich, »aber es ist besser, wir lassen Forest liegen. Bleib du bei ihm, ich geh inzwischen ins Dorf telefonieren. Das Ganze ist jetzt wohl eine Angelegenheit der Polizei.«
Adrian nickte; er lag noch immer auf den Knien neben dem Toten.
»In der Nähe ist ein Postamt, ich bleib nicht lange aus.« Hilary eilte fort. Adrian saß allein mit gekreuzten Beinen im stillen, dunkelnden Kreidebruch, das Haupt des Toten ruhte an seinem Knie. Er hatte ihm die Augen geschlossen und das Gesicht mit einem Taschentuch bedeckt. Im Wald oben zwitscherten die Vögel ihr Abendlied. Der Tau begann zu fallen, im bläulichen Dämmer stiegen herbstliche Nebelschwaden auf. Alle Umrisse schienen weich und verschwommen, nur die Wände des steilen Kreidebruchs schimmerten noch immer weiß. Kaum vierzig Meter weit von der Landstraße, auf der Wagen und Autos fuhren, lag diese Stelle, an der Forest geendet, und doch schien sie Adrian so trost-

los verlassen, fern von der Welt, gespenstisch. »Eigentlich müßte ich dem Schicksal für diese Lösung dankbar sein«, dachte er, »es gibt ja keine bessere für ihn, für Angela, für mich!« Und dennoch empfand er nur tiefes Mitleid für einen Mitmenschen, der solche Qual gelitten, der in der Blüte seiner Jahre so jäh den Tod gefunden hatte. Tiefes Mitleid ergriff ihn, Mitleid und das mystische Gefühl, er sei eins mit der geheimnisvollen Natur, die den Toten und seine Ruhestatt umgab.
Eine Stimme weckte ihn aus diesem sonderbaren Hindämmern auf. Vor ihm stand ein bärtiger alter Landmann, ein Glas in der Hand. »Da hat's ein Unglück gegeben, hör ich«, sagte er, »ein Geistlicher hat mich mit dem Kognak hergeschickt, Herr.« Er reichte Adrian das Glas. »Is er hier runtergefallen?«
»Ja, hier ist er abgestürzt.«
»Ich hab's ja immer gesagt, da hätt ein Geländer hergehört. Der Geistliche läßt Ihnen sagen, der Doktor und die Gendarmen werden gleich kommen.«
»Danke!« erwiderte Adrian und gab das leere Glas zurück.
»Dort drüben an der Straße liegt ein hübsch großer, gedeckter Schuppen, könnten wir ihn nicht dorthin tragen?«
»Ehe die Polizei kommt, dürfen wir ihn nicht anrühren.«
»Ah, richtig!« rief der Alte, »hab davon gelesen. Es gibt da so ein Gesetz, wenn sich's um einen Mord oder Selbstmord handelt.« Er starrte auf den Toten. »Er sieht ruhig aus, nicht? Wissen Sie, wer es war, Herr?«
»Ja. Ein gewisser Captain Forest. Er stammt aus dieser Gegend.«
»Was? Einer von den Forests aus Burton Rise? Bei denen hab ich als junger Bursch gedient, bin in ihrer Pfarre geboren!« Er sah genauer hin. »Das ist doch nicht am End gar Mr. Ronald?«
Adrian nickte.
»O du meine Güte! Jetzt is keiner von ihnen mehr am Leben. Sein Großvater is als Wahnsinniger gestorben, jetzt er. Nein, so was! Mr. Ronald! Hab ihn als kleinen Jungen gekannt.« Er beugte sich nieder, um beim letzten Dämmerlicht ins Gesicht des Toten zu schauen, dann wiegte er bekümmert den bärtigen Kopf. Da der Verunglückte kein Landfremder war, gewann, wie Adrian bemerkte, der Fall auf einmal für ihn ein ganz anderes Interesse.

Plötzlich drang das Rattern eines Motorrads durch die Stille. Mit brennender Vorderlampe fuhr es den Weg in den Kreidebruch hinab, zwei Gestalten stiegen ab, ein junger Mann und ein Mädchen. Sie schlenderten auf die kleine Gruppe zu, die der Schein der Radlampe grell beleuchtete, und starrten auf den Toten.
»Hier hat's einen Unfall gegeben, haben wir gehört.«
»Wohl, wohl!« bestätigte der alte Bauer.
»Können wir Ihnen vielleicht helfen?«
»Nein, danke«, erwiderte Adrian, »Arzt und Polizei kommen schon, wir können nur warten.«
Er sah, wie der junge Mann den Mund zu einer weiteren Frage auftat, doch ohne ein Wort ihn wieder schloß und den Arm um das Mädchen legte. Dann standen beide wie der alte Bauer schweigend da und starrten auf den Verunglückten, der an Adrians Knie lehnte. Noch immer ratterte der Motor ihres Rades durch die Stille, und im grellen Licht seines Scheinwerfers sah der alte Kreidebruch noch unheimlicher aus, und die kleine Gruppe der Lebenden um den Toten glich gespenstischen Schatten.

29

In Condaford traf das Telegramm gerade vor dem Abendessen ein. Es lautete: »Der arme F. gestorben. In einen Kreidebruch gestürzt. Nach Chichester überführt. Adrian und ich bei ihm. Dort Totenschau-Gericht. Hilary.«
Dinny befand sich auf ihrem Zimmer, als man ihr das Telegramm brachte. Kummer und Erleichterung beklemmten ihre Brust und strebten danach, sich Luft zu machen; erschöpft ließ sie sich auf ihr Bett nieder. Nun hatte ihr Gebet Erhörung gefunden, und doch klang ihr noch immer der letzte Laut in den Ohren, den sie aus seinem Mund vernommen hatte, sah sie noch immer sein Gesicht vor sich, wie er im Türrahmen stand und Angelas Liedern lauschte.
»Amy, such mir Scaramouch!« befahl sie dem Mädchen, das ihr das Telegramm gebracht hatte.
Als der schottische Terrier mit den hellen Augen und der selbst-

bewußten Miene hereinkam, drückte sie ihn so eng an sich, daß er sich ganz unbehaglich fühlte. Während sie so diesen warmen, zottigen Tierleib im Arm hielt, löste sich ihre Beklemmung; zwar atmete sie aus ganzem Herzen auf, doch Mitleid trieb ihr Tränen in die Augen. Ein sonderbares Benehmen, der Hund wurde daraus nicht klug. Er leckte ihr die Nase und zappelte so lang, bis sie ihn zu Boden setzte. Rasch kleidete sie sich an und begab sich in das Zimmer ihrer Mutter.

Schon zum Dinner gekleidet, schritt Lady Cherrell zwischen dem offenen Schrank und der offenen Kommode hin und her und erwog, was sie aus ihrer Habe für den Wohltätigkeitsbasar spenden solle, aus dessen Ertrag die Säuglingspflege der Gemeinde bis zum Jahresende bestritten werden mußte. Ohne ein Wort zu sprechen, gab ihr Dinny das Telegramm. Die Mutter las es und sagte ruhig: »Dein Gebet hat Erhörung gefunden.«

»Bedeutet das Selbstmord?«

»Ich glaube.«

»Soll ich es Angela sofort mitteilen oder erst morgen, wenn sie ausgeschlafen hat?«

»Gleich. Wenn du willst, tu ich es.«

»Nein, nein, Mutter, das ist meine Pflicht. Sie wird wohl lieber auf ihrem Zimmer speisen. Morgen müssen wir vermutlich nach Chichester fahren.«

»Das alles ist furchtbar traurig für dich, arme Dinny.«

»Es wird mir guttun.« Sie nahm wieder das Telegramm und ging hinaus.

Angela befand sich bei den Kindern, die das Schlafengehen so lang wie möglich hinausschoben. Noch hatten sie ja nicht das Alter erreicht, in dem man froh ist, wenn man endlich zu Bett gehen kann. Dinny rief sie durch einen Wink in ihr eigenes Zimmer und hielt ihr wortlos das Telegramm hin. Obwohl sie Angela in den letzten Tagen so nahegestanden war, schlang sie nicht den Arm um sie und streichelte sie nicht, wie sie eine Gleichaltrige getröstet hätte. Angela war ja sechzehn Jahre älter als sie, und Dinny wußte nie recht, wie die Freundin etwas aufnehmen würde. Angela empfing die Botschaft in steinerner Ruhe, als sei sie gar nicht überrascht. Ihr schönes Gesicht mit den feingeschnittenen, müden Zügen, die an den Kopf einer abgegriffenen Münze erinnerten, blieb unbewegt, ihre Augen blickten klar und tränenlos auf Dinny.

»Ich mag nicht zu Tisch kommen. Morgen müssen wir also nach Chichester?« Kein Wort weiter.

Dinny wollte impulsiv erwidern, doch sie bezwang sich, nickte nur stumm und ging. Als sie nach dem Abendessen mit der Mutter allein blieb, erklärte sie: »Ich wollte, ich hätte Angelas Selbstbeherrschung.«

»Ihre Selbstbeherrschung ist wohl die Frucht langen Leidens.«

»Oder ihrer aristokratischen Herkunft.«

»Die ist doch wohl kein Fehler, Dinny.«

»Was hat denn die Verhandlung vor dem Totenschau-Gericht zu bedeuten?«

»Ich fürchte, Angela wird dabei ihre ganze Selbstbeherrschung nötig haben.«

»Mutter, werde ich aussagen müssen?«

»Du warst ja, soviel ich weiß, die letzte Person, mit der er gesprochen hat, nicht wahr?«

»Ja. Muß ich erzählen, wie er vorige Nacht an unsere Tür kam?«

»Wenn du gefragt wirst, mußt du eigentlich alles berichten, was du weißt.«

Das Blut schoß Dinny in die Wangen. »Ich mag aber nicht. Nicht einmal Angela hab ich es erzählt. Ich sehe nicht ein, was das fremde Leute angeht.«

»Ich sehe es auch nicht ein, aber in derlei Dingen dürfen wir nicht nach unserem eigenen Kopf vorgehen.«

»Ich tu's aber doch. Ich mag nicht die gemeine Sensationsgier des Publikums füttern und Angela Kummer bereiten.«

»Wenn ihn aber eines der Mädchen gehört hat?«

»Kann sie auch nicht beweisen, daß ich ihn hörte, Mutter.«

Lady Cherrell lächelte.

»Dinny, ich wollte, dein Vater wäre hier und könnte uns raten.«

»Mutter, du darfst das Vater nicht wiedererzählen. Die Gewissenhaftigkeit der Männer soll uns da nicht dreinpfuschen. Schlimm genug, daß wir Frauen uns so viele Skrupel machen; aber wir setzen uns doch eher darüber hinweg.«

»Wie du willst, Dinny.«

»Ich mach mir gar kein Gewissen daraus, den Leuten etwas zu verheimlichen, wenn ich es tun kann, ohne dabei Gefahr zu laufen«, erklärte Dinny – ihr stand der Besuch des Polizeigerichts noch frisch in Erinnerung. »Welchen Zweck hat diese Gerichtsverhandlung überhaupt? Sie macht ihn nicht wieder lebendig. Krankhafte Schnüffelsucht, weiter nichts.«

»Dinny, ich darf dich in solchen Ansichten nicht bestärken.«

»Freilich darfst du, Mutter. Im Herzen stimmst du mir ja doch zu.«

Lady Cherrell schwieg. Im stillen gab sie Dinny recht . . .

Der General und Alan Tasburgh kamen am nächsten Morgen mit dem ersten Zug aus der Stadt; eine halbe Stunde später fuhren alle im offenen Auto nach Chichester. Alan saß am Lenkrad, neben ihm der General, im Fond hatten sich Lady Cherrell, Dinny und Angela zusammengedrängt. Es war eine lange, trübselige Fahrt. Dinny saß zurückgelehnt und sann, nur ihre Nasenspitze guckte aus dem Pelz hervor. Ihr wurde allmählich klar, daß sie die Hauptzeugin bei der bevorstehenden Verhandlung des landesüblichen Totenschau-Gerichts sein würde. Ihr hatte Forest sein Herz ausgeschüttet; sie hatte die Kinder fortgeführt; sie war nachts ins Erdgeschoß telefonieren gegangen; sie hatte gehört, was sie nicht zu verraten beschloß; und schließlich, das weitaus Wichtigste: sie hatte Adrian und Hilary herbeigerufen. Sie, die Nichte beider, mußte nach Forests Verschwinden Angela bewogen haben, sich an Adrian um Hilfe zu wenden, nur dadurch konnte seine vertraute Freundschaft mit Angela geheim bleiben. Wie jedermann las auch Dinny mit Vergnügen in den Blättern die ausführlich geschilderten Nöte und Skandalgeschichten anderer Leute; wie jedermann geriet sie in höchste Entrüstung, wenn die Zeitungen einen Vorfall, der ihre eigene Familie oder ihre Freunde betraf, breitzutreten drohten. Wenn sich klipp und klar herausstellte, daß ihr Onkel ein alter intimer Freund Angelas gewesen, dann würde man an die beiden alle möglichen indiskreten Fragen richten, dann schöpfte das Publikum in seiner Gier nach erotischen Sensationen gewiß allen möglichen Verdacht. Ihre Vorstellungskraft, einmal auf dieser Bahn, begann fieberhaft zu arbeiten. Würde diese langjährige nahe Verbindung bekannt, wer weiß, am Ende kam den Leuten sogar der Verdacht, ihr Onkel habe Forest über den Rand des Kreidebruches hinabgestoßen. Allerdings war Hilary zugegen gewesen, doch die Einzelheiten des Unfalls waren ja noch unbekannt. In ihrer Phantasie jagte ein Schreckbild das andere. Eine kriminelle Erklärung fand gewiß weit eher Glauben als die langweilige, schlichte Wahrheit! Und in ihr reifte der fast sündhafte Plan, das Publikum bei der Verhandlung um den erhofften Nervenkitzel zu prellen.

In der Halle des Hotels von Chichester trat ihnen Adrian entgegen. Sobald sich Gelegenheit bot, fragte ihn Dinny: »Onkel Adrian, wann könnte ich dich und Onkel Hilary vertraulich sprechen?«

»Hilary mußte nach London, liebes Kind, aber spätestens heute abend ist er wieder hier, dann können wir uns besprechen. Morgen findet die Vernehmung durch die Totenschau-Kommission statt.«

Damit mußte Dinny sich vorläufig zufriedengeben.

Sie wollte nicht, daß Adrian Angela in die Totenkammer begleite; darum bat sie, als er seinen Bericht über Forests Tod beendet hatte: »Onkel, sag uns doch, bitte, wo wir ihn finden, ich will mit Angela hingehen.«

Adrian nickte. Er hatte sie verstanden.

Angela betrat die Leichenkammer allein, Dinny wartete auf dem Gang; hier roch es nach Lysol, vom Fenster sah man eine Hintergasse. Eine matte Oktoberfliege kroch über die Scheibe. Dinny fühlte sich recht elend, wie sie so hinausstarrte in die graue, kalte Gasse unter einem grauen, kalten Himmel. Wie trüb und unheilschwer schien ihr heute das Leben! Diese Gerichtsverhandlung und der Schicksalsschlag, der Hubert bedrohte – kein Lichtstrahl, keine Freude irgendwo! Nicht einmal der Gedanke an Alans rührende Ergebenheit brachte ihr Trost. Sie wandte sich um und gewahrte Angela an ihrer Seite. Da vergaß sie plötzlich ihr eigenes Leid, schlang den Arm um die Freundin und küßte ihre kalte Wange. Schweigend schritten sie ins Hotel zurück. Angela sagte nur: »Er sah wunderbar ruhig aus.«

Bald nach dem Abendessen ging Dinny auf ihr Zimmer. Sie

nahm ein Buch zur Hand und wartete auf ihre beiden Onkel. Es wurde zehn, ehe Hilarys Auto vorfuhr, einige Minuten später traten die Brüder ein. Dinny fand, sie sahen grau und verfallen aus, schienen aber ruhig und gefaßt. Beide waren Männer, die ihre Kraft aufs äußerste anspannten. Sie küßten Dinny wärmer, als sie erwartet, und nahmen zu beiden Seiten ihres Bettes Platz. Dinny blieb zwischen ihnen am Fußende des Bettes stehen und wandte sich an Hilary.

»Es handelt sich um Onkel Adrian. Ich hab mir die Geschichte durch den Kopf gehen lassen. Wenn wir nicht auf der Hut sind, wird dieses Verhör für uns entsetzlich.«

»Stimmt, Dinny. Ich bin mit ein paar Journalisten hierhergefahren, die keine Ahnung hatten, daß ich in den Fall verwickelt bin. Sie haben schon die Nervenheilanstalt ausfindig gemacht und sind Feuer und Flamme. Hut ab vor den Journalisten! Sie sind in ihrem Beruf ungemein gründlich.«

Dinny wandte sich an Adrian: »Onkel, du hast doch nichts dagegen, daß ich offen mit dir spreche?«

Adrian lächelte. »Ganz und gar nicht. Bist eine treue Seele, Dinny! Leg los!«

»Vor allem scheint es mir nötig«, hob Dinny an und flocht auf der Bettkante die Finger ineinander, »Onkel Adrians Freundschaft mit Angela aus dem Spiel zu lassen. Daß Angela und ich gerade euch zu Hilfe riefen, müßt ihr mir in die Schuhe schieben. Ich war ja, soviel man weiß, die letzte Person, mit der er sprach – damals, als er den Telefondraht entzweischnitt, darum kann ich es bei der Zeugenaussage so darstellen, daß Angela nur auf mein Betreiben zu euch ging; ich wußte, ich hätte zwei gescheite Onkel, die sich famos auf das Lösen von Kreuzworträtseln verstehen. Warum wären wir sonst zu Onkel Adrian gegangen? Weil er ein so guter Freund Angelas war. Und was das in den Augen der Leute bedeutet, brauche ich euch wohl nicht zu sagen, besonders, wenn sie hören, daß Captain Forest vier Jahre lang nicht zu Hause war.«

Schweigen. Dann meinte Hilary: »Adrian, sie hat einen klugen Kopf. Eine vierjährige Freundschaft mit einer schönen Frau in Abwesenheit des Gatten erscheint dem Publikum zweideutig, dem Gericht eindeutig.«

Adrian nickte. »Ich weiß nur nicht, wie wir die Tatsache verheimlichen sollen, daß ich mit beiden so lang bekannt war.«
»Alles kommt auf den ersten Eindruck an«, fuhr Dinny eifrig fort, »wir müssen es nur klug anpacken. Ich kann ja erklären, Angela habe vorgehabt, zu ihrem Arzt und zu Michael zu gehen, ich aber sei dafür gewesen, Onkel Adrian aufzusuchen, weil ich wußte, er habe von seinem Beruf her große Übung im Aufspüren verborgener Dinge und werde Onkel Hilary zu Rate ziehen, diesen ausgezeichneten Menschenkenner. Wenn wir die Sache von allem Anfang an geschickt anpacken, wird Onkel Adrians Bekanntschaft mit Angela uns wohl kaum kompromittieren. Meiner Meinung nach ist es höchst wichtig, daß womöglich ich als erste vernommen werde.«
»Da bürdest du dir aber viel auf, meine Liebe.«
»Durchaus nicht. Falls ich aber erst nach dir und Onkel Hilary drankomme, dann sagt nur, daß ich zu euch kam und euch darum bat. Ich will Stein und Bein darauf schwören!«
»Nach dem Arzt und der Polizei wird Angela als erste Zeugin vernommen.«
»Allerdings. Doch ich kann mich ja mit ihr besprechen, dann sagen wir alle übereinstimmend aus.«
Hilary lächelte. »Warum denn nicht? Eine ganz unschuldige Lüge. Ich kann auch noch einflechten, daß ich mit den Forests ebensolang bekannt bin wie du, Adrian. Wir beide lernten Angela bei jenem Picknick kennen, das Onkel Lawrence gab; sie war damals noch ein Backfisch. Und Forest sahen wir zum erstenmal bei ihrer Hochzeit. Eine langjährige Familienfreundschaft also, he?«
»Am Ende kommt mein Besuch in der Irrenanstalt heraus«, gab Adrian zu bedenken. »Der Chefarzt steht auf der Zeugenliste.«
»Und wenn auch!« beschwichtigte Dinny. »Du bist als sein Freund hingegangen und hast überdies besonderes Interesse für Geisteskrankheiten. Schließlich giltst du doch als Wissenschaftler, Onkel.«
Beide lächelten. Dann erklärte Hilary: »Na schön, Dinny. Wir werden mit dem Polizeisergeanten sprechen, er scheint ein netter Kerl zu sein. Er soll deinen Namen möglichst bald aufrufen.« Er schritt zur Tür.

»Gute Nacht, kleine Schlange!« sagte Adrian.
»Gute Nacht, lieber Onkel! Du siehst entsetzlich müde aus. Hast du eine Wärmflasche?«
»Ich hab nichts als eine Zahnbürste, die ich mir heute kaufte.« Dinny wühlte ihre Wärmflasche aus dem Bett hervor und drängte sie ihm auf. »Soll ich also Angela unser Gespräch mitteilen?«
»Wenn du so lieb sein willst, Dinny.«
»Übermorgen scheint die Sonne wieder.«
»Wirklich?« fragte Adrian.
»Wird sie ihm wirklich je wieder scheinen?« dachte Dinny seufzend, als sich die Tür hinter ihm schloß. In Angela schien ja alles Gefühl erstorben. Und dann diese Affäre mit Hubert!

30

Als Adrian und seine Nichte sich tags darauf zum Totenschau-Gericht begaben, stellten sie ungefähr folgende Erwägungen an: Mit der Verhandlung vor dem Totenschau-Gericht war es ähnlich bestellt wie mit Roastbeef und Yorkshire-Pudding, jenem traditionellen Sonntagsgericht der englischen Küche. Doch heutzutage, da man den Sonntagnachmittag dem Sport zu widmen pflegte, da Mordtaten seltener und Selbstmörder nicht mehr an Kreuzwegen begraben wurden, hatte auch die Geschwornen-Kommission des Totenschau-Gerichts ihren ursprünglichen Sinn verloren, ebenso wie jenes Sonntagsgericht. In alten Zeiten hatten die Justiz und ihre Vertreter als Feinde der Menschheit gegolten, da schien es durchaus gerechtfertigt, zwischen sie und den Tod Männer aus dem Volk zu stellen. Doch in einer Zeit, die sich einer »großartig organisierten Polizei« rühmte, schien es ziemlich sinnlos, der Polizei die Fähigkeit abzusprechen, dort zu urteilen, wo sie handelnd einschreiten mußte. Die Untauglichkeit der Polizei bot also keinen genügenden Erklärungsgrund für den Fortbestand des Totenschau-Gerichts. Er war wohl eher in der Furcht verankert, das Publikum könne durch die Aufhebung dieser Institution um fesselnde Neuigkeiten kommen. Die Zeitungsleser beiderlei Geschlechts hielten es ja für ihr Seelenheil unerläßlich, von zweifelhaften, anrüchigen und sensationellen Ereignissen Kunde zu erhalten. Und ohne Totenschau-Gericht, das wußte man nur zu gut, fand manchmal vielleicht überhaupt keine öffentliche Verhandlung über einen sensationellen Todesfall statt, zumindest keine zweite. Es war doch fraglos interessanter, statt keiner Verhandlung eine zu haben, und statt einer bisweilen deren zwei! Der Widerwille, den man sonst vor dem Hineinschnüffeln in fremde Angelegenheiten empfand, schwand augenblicklich, sobald man sich unter die Menge der Gerichtssaal-Kiebitze mischte. Je mehr da herausgeschnüffelt wurde, um so mehr kam das Auditorium auf seine Rechnung; je öfter man bei einem Totenschau-Gericht dabei sein durfte, um so heißer sagte man dem Himmel Dank. »Nun lobet alle Gott!« – niemals stieg dieses Gebet aus aufrichtigerem Herzen zum Herrn empor, als wenn man das Privileg genoß, bei einer solchen Verhandlung einen Sitzplatz zu ergattern. Denn die Vernehmung über einen ungeklärten Todesfall war fast stets eine Qual für die Überlebenden, und gab es etwas Vergnüglicheres als derartige Quälereien?

Die Tatsache, daß der Zuschauerraum des Saals dicht besetzt war, schien diesen Gedankengang zu bestätigen; Adrian und Dinny schritten hindurch und begaben sich in den kleinen Warteraum für die Zeugen. »Dinny, du kommst als fünfte auf die Zeugenbank«, erklärte Adrian, »wir beide, Hilary und ich, werden vor dir vernommen.«

»Tut nichts, Onkel, wenn wir nur alle dasselbe aussagen.«

Schweigend saßen sie in dem kleinen kahlen Zimmer. Hilary mit Angela, Dinny und Adrian. Bald darauf wurde Angela gerufen, dann Hilary. Sie kamen nicht zurück.

»Das geht wie mit den zehn kleinen Negerlein«, murmelte Dinny. Ihre Blicke hingen an einem Kalender gegenüber an der Wand. Sie konnte die Buchstaben nicht lesen, empfand aber das Bedürfnis, irgend etwas fest ins Auge zu fassen.

»Da sieh, meine Liebe«, sagte Adrian und zog ein Fläschchen aus der Brusttasche, »nimm doch ein oder zwei Schluck von diesem Getränk, aber mit Vorsicht, bitte! Eine Lösung von Hirschhornsalz. Es wird dir Riesenkraft verleihen. Ja nicht zuviel!«

Dinny nahm einen kleinen Schluck. Er brannte in der Kehle, stark, doch nicht unangenehm.
»Trink doch auch, Onkel.«
Adrian tat gleichfalls behutsam einen Schluck. »Ein probates Stärkungsmittel«, sagte er, »ehe man ins Gefecht geht, zu einem Match oder dergleichen.«
Und wieder saßen sie schweigend da und genossen die Nachwirkungen des Trankes. Dann bemerkte Adrian: »Wenn es ein Weiterleben der Seele gibt – ich kann es allerdings nicht glauben –, was mag dann wohl der arme Forest von diesem Possenspiel halten? Wir sind eben noch immer Barbaren. Da fällt mir eine Geschichte von Maupassant ein, sie handelt von einem Selbstmörderklub, der jene, die ihrer Meinung nach im Leben nichts mehr zu suchen hatten, auf angenehme Art ins Jenseits befördern sollte. Bei normalen Menschen trete ich nicht für den Selbstmord ein, ausgenommen in ganz wenigen Fällen. Dinny, wir müssen durchhalten; aber ich wollte, wir hätten einen solchen Selbstmordklub für Irrsinnige und vom Irrsinn Bedrohte. Haben dir diese Tropfen gutgetan?«
Dinny nickte.
»Es wird noch ungefähr eine Stunde anhalten«, erklärte Adrian. »Jetzt komme ich dran. Auf Wiedersehen, du Liebe, viel Glück! Wenn du zu dem Vorsitzenden sprichst, wirf ab und zu ein ›Sir‹ ein.«
Dinny sah Adrian sich stramm aufrichten, als er durch die Tür trat, und war von ihm begeistert. Von allen Männern, die sie je gesehen hatte, bewunderte sie keinen mehr als Onkel Adrian. Und gegen alle Konsequenz sandte sie ein Stoßgebet für ihn zum Himmel. Adrians Tropfen hatten sie entschieden gestärkt, das Herzklopfen und die Schwäche in den Beinen waren geschwunden. Sie entnahm ihrer Handtasche Spiegel und Puderquaste. Keinesfalls durfte ihre Nase glänzen, wenn sie das Schafott bestieg. Doch eine weitere Viertelstunde verrann, ehe man sie in den Saal rief. Noch immer hing ihr Blick an dem Wandkalender, ihre Gedanken schweiften nach Condaford und in die frohe Kinderzeit zurück, die sie dort verlebt hatte. Sie entsann sich der Zeit vor der Renovierung – ganz klein war sie damals gewesen –, der

Heuernten und der Picknicks im Walde. Wo waren die Kindertage, als sie auf dem drahthaarigen Jagdhund ritt und im Garten Lavendel rupfte! Bei Huberts Eintritt ins College war sie zur Ponyreiterin avanciert. Dann die Zeit ungetrübten Glücks, als sie sich für immer in dem neuen Heim niederließen. Dinny war zwar in Condaford geboren, doch bis zu ihrem fünften Jahr hatten die Eltern häufig den Wohnort gewechselt und einige Zeit in Aldershot und Gibraltar gelebt. Dann fiel ihr wieder ein, wie vergnügt sie das goldige Gespinst von den Puppen ihrer Seidenwürmer abgewickelt hatte, wie sie herumgekrabbelt und -gekrochen waren – wie Elefanten kamen sie ihr damals vor. Und wie seltsam diese Tierchen rochen!
»Elizabeth Cherrell.«
Sie erhob sich und sagte sich leise vor:

»Ein kleines Negerlein saß in der Kammer drin,
Da kam ein Richter, fraß es auf, da war das letzte hin.«

Jemand nahm sie an der Eingangstür in Empfang, führte sie durch den Saal und brachte sie in eine Art Verschlag. Ein wahres Glück, daß sie erst unlängst beim Polizeigericht gewesen waren, nun kam ihr alles vertraut, beinahe komisch vor. Die Geschworenen vor ihr sahen blasiert drein, der Vorsitzende wirkte mit seinem Wichtigtun spaßig. Weiter unten, zu ihrer Linken, saßen die übrigen kleinen Negerlein; hinter ihr bis zur kahlen Wand im Hintergrund starrten Dutzende und aber Dutzende Gesichter von Menschen, eng zusammengepfercht, wie Heringe im Faß. Dann bemerkte sie, daß der Vorsitzende sich an sie wandte, und blickte ihn aufmerksam an.
»Sie heißen Elizabeth Cherrell«, begann er, »und sind, wie ich sehe, die Tochter des Generals Sir Conway, Komturs des Bath-Ordens, Ritter des St.-Michaels- und Georgs-Ordens, und seiner Ehefrau Lady Cherrell?«
Dinny verneigte sich. »Mir scheint, das imponiert ihm«, dachte sie.
»Sie leben bei Ihren Eltern auf Schloß Condaford in Oxfordshire?«

»Ja.«
»Sie wohnten bei Captain Forest und seiner Frau bis zu jenem Morgen, an dem er sein Haus verließ. Stimmt das?«
»Ja.«
»Sind Sie mit den beiden nah befreundet?«
»Mit Mrs. Forest. Captain Forest hab ich vor seiner Rückkehr aus der Anstalt, wenn ich nicht irre, nur einmal gesehen.«
»Aha, seine Rückkehr! Wohnten Sie schon bei Mrs. Forest, als er nach Hause kam?«
»Ich war am selben Nachmittag zu ihr auf Besuch gefahren.«
»Am Nachmittag seiner Rückkehr aus der Anstalt?«
»Ja. Tags darauf zog ich in ihr Haus.«
»Und Sie blieben dort bis zu dem Tag, an dem Captain Forest das Haus verließ?«
»Ja.«
»Wie führte er sich während dieser Zeit auf?«
Bei dieser Frage wurde es Dinny zum erstenmal klar, welch großen Nachteil es für den Zeugen bedeutet, daß er die Aussagen der anderen vor ihm nicht mit anhören darf. Fast war es ihr, als müsse sie nun alles ganz rückhaltlos erzählen. »Er schien mir ganz normal, nur wollte er nicht ausgehen und niemanden treffen. Sein Aussehen war gesund, nur die Augen machten einen ganz krank.«
»Wie meinen Sie das?«
»Sie – sie sahen aus, als flackere ein Feuer dahinter.«
Bei diesen Worten war es ihr, als blickten die Geschworenen einen Augenblick weniger blasiert drein.
»Er wollte nicht ausgehen, sagen Sie? Er hat also während Ihres ganzen Aufenthalts das Haus nicht verlassen?«
»Doch. Am Tag vor seinem Verschwinden ging er aus und blieb, wie ich glaube, den ganzen Tag über fort.«
»Sie glauben? Waren Sie denn nicht selbst dort?«
»Nein. Ich brachte vormittags die beiden Kinder zu meiner Mutter nach Condaford und kam erst knapp vor dem Essen zurück. Captain Forest war nicht zu Hause.«
»Was bewog Sie denn, die Kinder aufs Land zu bringen?«
»Mrs. Forests Bitte. Sie hatte im Benehmen ihres Gatten eine ge-

wisse Veränderung wahrgenommen und hielt es für geraten, die Kinder außer Haus zu schaffen.«

»Hatten auch Sie eine solche Wandlung bemerkt?«

»Ja. Er schien mir noch rastloser und wohl auch mißtrauischer als gewöhnlich, und zum Dinner trank er mehr als sonst.«

»Und im übrigen fiel Ihnen nichts Besonderes auf?«

»Nein. Ich –«

»Nun, Miss Cherrell?«

»Ich wollte etwas sagen, was ich nicht aus eigener Erfahrung weiß.«

»Eine vertrauliche Mitteilung von Mrs. Forest?«

»Ja.«

»Nun, das brauchen Sie uns nicht zu erzählen.«

»Danke, Sir.«

»Nachdem Sie also die Kinder zu Ihrer Mutter aufs Land gebracht hatten, kamen Sie wieder zurück. Captain Forest war Ihrer Aussage zufolge weggegangen. War seine Frau zu Hause?«

»Ja, sie war schon zum Abendessen gekleidet. Ich zog mich rasch um, und wir speisten zu zweit. Wir hatten große Angst um ihn.«

»Und dann?«

»Nach dem Dinner gingen wir ins Empfangszimmer hinauf; um Mrs. Forest ein wenig zu zerstreuen, bat ich sie, mir etwas vorzusingen, sie war so erregt und nervös. Bald darauf hörten wir die Haustür gehen, Captain Forest trat ein und nahm Platz.«

»Sagte er etwas?«

»Nein.«

»Wie sah er denn aus?«

»Entsetzlich, wie mir schien. Sein Benehmen war so eigen, so gezwungen, er stand offenbar unter dem Druck eines gräßlichen Entschlusses.«

»Nun, und?«

»Mrs. Forest fragte ihn, ob er schon gespeist habe und zu Bett gehen möchte, und ob der Arzt ihn besuchen solle. Er gab jedoch keine Antwort und saß mit geschlossenen Augen wie schlafend da. Endlich flüsterte ich Mrs. Forest zu: ›Was meinst du, schläft er?‹ Plötzlich schrie er auf: ›Schlafen. Es packt mich schon wieder. Das wart ich nicht ab, Herrgott, das wart ich nicht ab!‹«

Beim Bericht dieser Worte ermaß Dinny zum erstenmal die volle Bedeutung des Ausdrucks »Bewegung im Auditorium«. Irgendwie auf geheimnisvolle Art hatte sie jenes erregende Moment in das Verhör gebracht, das den Aussagen der Zeugen vor ihr gefehlt hatte. Ob sie aber auch gut daran getan hatte, vermochte sie nicht zu erkennen. Ihr Blick suchte Adrians Gesicht. Er nickte ihr fast unmerklich zu.

»Nun, Miss Cherrell?«

»Mrs. Forest näherte sich ihm, da stieß er hervor: ›Laß mich in Ruh. Pack dich!‹ Wenn ich nicht irre, erwiderte sie: ›Ronald, soll nicht doch jemand bei dir bleiben und dir ein Schlafmittel geben?‹ Er aber sprang auf und brüllte: ›Pack dich! Ich mag niemand sehen! Niemand!‹«

»Und dann, Miss Cherrell?«

»Wir hatten Angst. Wir gingen in mein Zimmer hinauf und berieten uns. Ich meinte, wir müßten telefonieren.«

»Wem?«

»Mrs. Forests Hausarzt. Sie wollte es selbst besorgen. Ich aber hielt sie zurück und lief hinab. Das Telefon befindet sich in dem kleinen Bibliothekszimmer im Erdgeschoß. Ich schlug eben die Nummer nach, da fühlte ich, wie mich jemand am Handgelenk ergriff. Hinter mir stand Captain Forest. Er schnitt den Telefondraht mit einem Messer durch und umklammerte meinen Arm. Ich rief: ›Unsinn, Captain Forest, wir meinen es Ihnen ja gut!‹ Da ließ er mich los, steckte das Messer ein und hieß mich die Schuhe anziehen. Ich hielt sie nämlich in der Hand.«

»Hatten Sie denn die Schuhe abgelegt?«

»Ja, um ganz leise die Treppe hinabzulaufen. Ich zog die Schuhe wieder an. ›Ich dulde keine Einmengung‹, rief er, ›verstanden? Ich nehme mein Schicksal selbst in die Hand!‹ – ›Wir wollen doch nur Ihr Bestes‹, wandte ich ein. – ›Dieses Beste kenn ich‹, gab er zurück, ›hab genug davon!‹ Dann blickte er aus dem Fenster und sagte: ›Wie es gießt! Ein Höllenwetter!‹ Dann wandte er sich mir zu und schrie: ›Hinaus! Fort, hinaus!‹ Und ich floh die Treppe hinan.«

Dinny machte eine Pause und holte tief Atem. Ihr Herz schlug schneller, nun, da sie diese Momente nochmals durchlebte. Sie schloß die Augen.

»Nun, Miss Cherrell, was dann?«
Sie schlug die Augen wieder auf. Hier saßen noch immer Vorsitzender und Geschworene mit halbgeöffnetem Mund. »Ich erzählte Mrs. Forest von dem Vorfall. Wir wußten nicht aus noch ein – wußten uns gar nicht zu helfen. Ich riet ihr, wir sollten das Bett vor die Tür schieben und zu schlafen versuchen.«
»Und haben Sie geschlafen?«
»Ja. Doch wir lagen lange wach. Mrs. Forest war so erschöpft, daß sie schließlich einschlummerte, und gegen Morgen fiel auch ich in Schlaf. Das Mädchen weckte mich durch ein Klopfen an der Tür.«
»Und von Captain Forest haben Sie während der ganzen Nacht nichts mehr gehört?«
Dinny fuhr der Grundsatz des Schuljungen durch den Sinn: ›Lüge, aber laß dich nicht erwischen!‹ Und mit fester Stimme gab sie zur Antwort: »Nein, nichts.«
»Um welche Zeit wurden Sie geweckt?«
»Um acht. Ich weckte meine Freundin, und wir gingen sogleich hinunter. Mr. Forests Schlafzimmer lag in wüster Unordnung; wie es schien, hatte er auf dem Bett gelegen, doch nun war er nirgends zu finden. Auch sein Hut und Mantel waren von dem Sessel in der Halle, auf den er sie hingeschleudert hatte, verschwunden.«
»Was taten Sie dann?«
»Wir hielten Rat Mrs. Forest wollte zu ihrem Arzt gehen und zu unserem gemeinsamen Vetter, dem Abgeordneten Michael Mont. Ich aber dachte, am ehesten würde mein Onkel Captain Forest ausfindig machen. Darum überredete ich sie, zu meinem Onkel Adrian zu gehen und ihn zu bitten, gemeinsam mit Onkel Hilary Captain Forest zu suchen. Ich kannte sie beide als sehr gescheite und taktvolle Menschen.« Dinny sah, wie sich der Vorsitzende leicht gegen ihre Onkel verneigte, und fuhr rasch fort: »Sie sind alte Freunde der Familie Forest. Ich dachte: ›Wenn diese beiden ihn nicht in unauffälliger Weise finden, dann kann das wohl niemand.‹ Wir begaben uns also zu Onkel Adrian, und er versprach uns, zusammen mit Onkel Hilary Captain Forest zu suchen. Dann

brachte ich Mrs. Forest zu ihren Kindern nach Condaford. Mehr weiß ich nicht, Sir.«

Der Vorsitzende machte ihr eine tiefe Verbeugung und sagte: »Danke, Miss Cherrell, Sie haben vortrefflich klar ausgesagt.«

Die Geschworenen rutschten unruhig auf ihren Bänken, als wollten sie sich gleichfalls verneigen. Dinny gab sich einen Ruck, schritt von der Zeugenbarre fort und setzte sich neben Hilary, der seine Hand auf ihre legte. Wie sie so still neben ihm saß, fühlte sie, daß ihr eine Träne (natürlich war es nur eine Nachwirkung des Hirschhornsalzes) langsam über die Wange lief. Teilnahmslos hörte sie die Zeugenaussage des ärztlichen Leiters der Anstalt und die Ansprache des Vorsitzenden, dann harrte sie stumm des Urteils. Es schmerzte sie, daß sie aus Liebe zu den Lebenden gegen den Toten lieblos gehandelt hatte. Ein entsetzliches Gefühl, sie hatte einen Mann des Irrsinns geziehen, der sich gegen diesen Anwurf nicht mehr wehren konnte. Bang und voll Spannung sah sie endlich die Geschworenen im Gänsemarsch zu ihren Sitzen zurückkehren; der Obmann erhob sich, um über Aufforderung des Vorsitzenden ihre Entscheidung kundzugeben.

»Wir stellen fest, daß der Verstorbene durch Absturz in einen Kreidebruch den Tod gefunden hat.«

»Als Tod durch Unfall«, erklärte der Vorsitzende.

»Wir möchten der Witwe unser Beileid aussprechen.«

Dinny fühlte sich beinah versucht, Beifall zu klatschen. Sie hatten im zweifelhaften Fall zugunsten der Beteiligten entschieden, diese blasierten Männer! Und fast mit persönlicher Wärme hob sie plötzlich den Kopf und lächelte ihnen zu.

31

Als Dinny sich vom Lächeln erholt hatte, merkte sie, daß ihr Onkel Hilary sie belustigt ansah.

»Können wir jetzt gehen, Onkel Hilary?«

»Ja, gehen wir, eh du dem Obmann den Kopf völlig verdreht hast.«

Draußen in der feuchten Oktoberluft – es war ein richtiger englischer Herbsttag – schlug Dinny vor: »Onkel Hilary, sollen wir nicht ein wenig Luft schnappen gehen? Ich möchte den Geruch des Totenschau-Gerichts loswerden.«
In flottem Tempo wanderten sie in der Richtung des Meers.
»Wie haben denn die Aussagen vor mir gelautet?« fragte Dinny, »ich bin furchtbar gespannt. Hat sich irgendein Widerspruch ergeben?«
»Nein. Schon durch Angelas Aussage erfuhr man, daß Forest aus der Irrenanstalt heimgekommen war, der Vorsitzende ging mit ihr in schonender Weise um. Zum Glück wurde ich vor Adrian vernommen; seine Aussage war nur eine Wiederholung der meinen und rief nicht den leisesten Argwohn wach. Die Journalisten tun mir leid, die sind nicht auf ihre Rechnung gekommen. Die Geschworenen vermeiden übrigens nach Möglichkeit das landläufige Urteil, es liege Irrsinn oder Selbstmord vor. Auch weiß man ja wirklich nicht, was mit dem armen Forest in letzter Minute geschehen ist. Er kann ganz gut über den Hang gestürzt sein, es war bereits so dunkel, daß man kaum einen Schritt vor sich sah.«
»Glaubst du das wirklich, Onkel?«
Hilary schüttelte den Kopf. »Nein, Dinny. Er hatte es wohl schon während der ganzen Wanderung geplant, und jene Stelle lag seinem Vaterhaus am nächsten. Und wenn ich auch der Meinung bin, so weit hätte es nicht kommen dürfen, müssen wir doch Gott danken, daß er es tat und nun in Frieden ruht.«
»Freilich, freilich! Was wird jetzt aus Angela und Onkel Adrian?«
Hilary stopfte die Pfeife und blieb stehen, um sie anzuzünden.
»Liebe Dinny, ich hab Adrian einen Rat gegeben. Ich weiß nicht, ob er ihn befolgen wird, aber vielleicht kannst du bei Gelegenheit darauf hinarbeiten. Nun hat er schon so viele Jahre gewartet, am besten, er wartet noch eins.«
»Onkel, da gebe ich dir vollkommen recht.«
»So?« rief Hilary überrascht.
»Jawohl. Angela kann jetzt ganz einfach nicht an ihn denken, man muß sie in Ruhe lassen. Vorläufig soll sie nur sich und den Kindern leben.«
»Ich frage mich«, sagte Hilary, »ob man nicht irgendeine Expedi-

tion nach alten Gebeinen in die Wege leiten könnte, die ihn ein Jahr lang von England fernhielte.«

»Hallorsen!« rief Dinny und klatschte in die Hände. »Er unternimmt wieder eine Forschungsreise und hat Onkel Adrian so gern.«

»Bravo! Wird er ihn aber mitnehmen wollen?«

»Wenn ich ihn darum bitte!« erklärte Dinny schlicht.

Hilary sah sie wieder belustigt an. »Du bist ja eine gefährliche Sirene! Die Vorgesetzten werden Adrian höchstwahrscheinlich den Urlaub bewilligen, ich kann ihnen den alten Shropshire und Lawrence auf den Hals hetzen. Wir müssen jetzt umkehren, Dinny. Ich will den Zug noch erreichen. Schade, hier ist die Luft viel besser. Aber St. Augustin wird mich schwer vermissen.«

Dinny schob die Hand durch seinen Arm. »Onkel Hilary, ich bewundre dich!«

Hilary starrte sie ungläubig an. »Liebes Kind, ich traue meinen Ohren nicht.«

»Du weißt schon, wie ich's meine. Du hast so ganz den Geist überlieferter Pflichttreue geerbt und alles, was drum und dran hängt. Und doch bist du auch wieder ganz modern, freidenkend, tolerant.«

»Hm!« brummte Hilary und paffte eine Rauchwolke vor sich hin.

»Ich wette, Onkel, du bist für die Geburtenbeschränkung.«

»Für uns Geistliche ist die Stellungnahme zu dieser Frage heikel. Man pflegte die willkürliche Beschränkung des Kindersegens für unpatriotisch zu erklären. Doch heutzutage, da Giftgas und Fliegerbomben das Kanonenfutter entbehrlich machen und die Arbeitslosigkeit ständig wächst, ist es leider zweifellos unpatriotisch, die Geburtenkontrolle zu bekämpfen. Betrachten wir die Frage einmal vom Standpunkt des Christentums! Als treue Diener des Vaterlands haben wir uns während des Weltkriegs niemals auf das Gebot Gottes berufen: ›Du sollst nicht töten!‹, folglich können wir uns jetzt nicht auf den Satz versteifen: ›Du sollst nicht Geburten beschränken!‹ Für die Sanierung der Elendsviertel ist die Geburtenkontrolle einfach unerläßlich.«

»Du glaubst auch nicht an die Hölle?«

»Doch! Diese armen Teufel haben die Hölle schon hier.«

»Du bist wohl auch dafür, daß man an Sonntagen Sport treibt, nicht wahr?« Hilary nickte. »Und im Adamskostüm Sonnenbäder nimmt?«
»Auch dafür wär ich, wenn die Sonne in unserem Viertel nur schiene.«
»Und für Pyjamas und das Rauchen der Frauen?«
»Solang die Zigaretten nicht stinken. Um alles in der Welt nur kein stinkendes Kraut!«
»Pfui, wie undemokratisch!«
»Freilich, Dinny, aber ich kann mir nicht helfen. Riech einmal!« Und er paffte ihr eine Rauchwolke ins Gesicht.
Dinny schnupperte. »Feinster Türkischer, riecht famos! Aber wir Frauen können doch nicht Pfeifen rauchen. Wir alle haben eine schwache Seite, und die deine heißt eben: ›Nur ja kein stinkendes Kraut.‹ Davon abgesehen, bist du erstaunlich modern, Onkel. Als ich mir zuvor im Verhandlungssaal all die Gesichter besah, fand ich keinen einzigen modernen Menschen, ausgenommen dich.«
»Bedenke, liebes Kind, eine alte Bischofsresidenz.«
»Übrigens wird meines Erachtens der Wert der Moderne ungeheuer überschätzt.«
»Du bist eben kein Londoner Kind, Dinny. Dennoch hast du in gewissem Sinne recht. Man posaunt jetzt alle Gedanken und Gefühle ungeniert aus, sonst hat sich nichts geändert. Dieser Wandel im Ausdruck macht den einzigen Unterschied zwischen der Gegenwart und meiner Jugendzeit aus. Auch wir waren lebenshungrig, von Zweifel und Verlangen geplagt, doch ausgeplaudert haben wir es nicht. Heutzutage tut man es ohne Scheu. Ich kenne eine Menge junger Universitätsstudenten, sie befassen sich mit der Armenfürsorge in meinem Pfarrsprengel. Die sind von der Wiege auf dazu erzogen, unverzüglich alles herauszuschmettern, was ihnen gerade durch den Kopf schießt. Na, und das besorgen sie auch gründlich. Wir haben es nicht getan, doch auch uns sind dieselben Dinge durch den Kopf gegangen. Das ist der ganze Unterschied zwischen Einst und Jetzt, das und die Autos.«
»Dann bin ich noch immer altmodisch. Ich bringe es nicht über mich, meinen Gefühlen Lauf zu lassen.«

»Daran hindert dich deine humoristische Ader, Dinny. Humor wirkt hemmend, drängt zur Selbstkritik. Heutzutage gibt es, scheint mir, nur wenige junge Leute mit Sinn für Humor. Allerdings fehlt es ihnen nicht an Witz – aber das ist etwas anderes. Unsere jungen Maler, Musiker und Schriftsteller könnten nicht so unbekümmert drauflos stürmen, wenn sie die Gabe der Selbstironie besäßen. Nur sie beweist wirklichen Sinn für Humor.«

»Darüber will ich nachdenken.«

»Vergiß nur deinen Humor dabei nicht, Dinny. Er gehört zu deinem Wesen wie der Duft zur Rose. Fährst du jetzt nach Condaford zurück?«

»Wahrscheinlich. Huberts Verhandlung findet schwerlich vor Ankunft des Postschiffs statt, und das soll erst in zehn Tagen eintreffen.«

»Grüß mir mein liebes Condaford, so schöne Tage wie dort in meiner Kinderzeit hab ich nie wieder erlebt.«

»Ich auch nicht, Onkel. Das hab ich mir vorhin im Zeugenzimmer gedacht, als ich wartete, daß man mich letztes kleines Negerlein fortholt.«

»Für solche Reden bist du mir noch zu jung, Dinny. Wart erst ab, bis du dich verliebst.«

»Ich warte ja.«

»Gräßliche Geschichte, die Liebe«, meinte Hilary. »Nun, ich hatte es nie zu bereuen.«

Dinny sah ihn von der Seite an und lächelte schelmisch.

»Wie wär's, wenn du es nochmals probiertest, Onkel?«

»Danke«, gab Hilary zurück und klopfte seine Pfeife an einem Briefkasten aus. »Das hab ich hinter mir. Mein Beruf läßt mir für solche Späße keine Zeit. Und dann hab ich den ersten Anfall noch immer nicht ganz überwunden.«

»Glaub dir's«, erwiderte Dinny reuig, »Tante May ist ein entzückendes Frauchen!«

»Du sprichst ein großes Wort gelassen aus. Da sind wir schon beim Bahnhof. Mein Gepäck hab ich heute vormittag nach London geschickt. Leb wohl! Alles Gute!« Er winkte ihr mit der Hand und war verschwunden.

Als Dinny ins Hotel zurückkam, suchte sie Onkel Adrian. Er war ausgegangen. Enttäuscht ging sie wieder fort und betrat nochmals den Dom. Eben wollte sie sich setzen und seine friedvolle Schönheit auf sich wirken lassen, da sah sie Adrian an einer Säule lehnen und auf das gotische Rosettenfenster starren. Leise stand sie auf und schob ihren Arm in den seinen. Er drückte ihn stumm. »Hast du Glasmalereien gern, Onkel?«

»Sehr; natürlich nur, wenn sie gut sind. Kennst du den Dom von York?« Dinny schüttelte den Kopf. Ihr wurde klar, sie käme auf Umwegen nie ans Ziel, darum steuerte sie jetzt schnurstracks drauflos und fragte: »Was hast du jetzt eigentlich vor, lieber Onkel?«

»Hast du schon mit Onkel Hilary gesprochen?«

»Ja.«

»Er möchte mich gern ein Jahr forthaben.«

»Ich auch.«

»Eine lange Zeit, Dinny; ich werde alt.«

»Möchtest du nicht an Professor Hallorsens Expedition teilnehmen, wenn er dich einlädt?«

»Er wird mich nicht einladen.«

»Doch, bestimmt!«

»Das bringe ich nur dann über mich, wenn ich überzeugt bin, es ist Angelas Wunsch.«

»Sie wird es dir freilich nicht sagen, aber ich weiß bestimmt, sie braucht für lange Zeit absolute Ruhe.«

»Wer die Sonne anbetet«, erwiderte Adrian verhalten, »empfindet es schwer, in ein Land zu müssen, wo nie die Sonne scheint.«

Dinny drückte ihm teilnehmend den Arm. »Ich verstehe ja, aber du mußt auch an die Zukunft denken. Diesmal ist es eine nette Expedition nach einer gesunden Gegend, Neu-Mexiko. Du wirst als junger Mann zurückkommen mit Haaren, die dir bis zu den Knien wallen, wie den Indianern im Film. Onkel, du wirst einfach unwiderstehlich sein, und das wünsch ich mir sehnlich. Wart nur so lange, bis über die Geschichte Gras gewachsen ist.«

»Und mein Amt?«

»Auch das ließe sich schon deichseln. Wenn Angela ein Jahr lang völlige Ruhe hat, wird sie eine ganz andere sein; wie das

Land der Verheißung wirst du ihr dann erscheinen. Ich weiß schon, was ich rede.«

»Du liebe kleine Schlange!« versetzte Adrian mit seinem matten Lächeln.

»Angelas Wunde geht tief.«

»Manchmal meine ich, sie hat den Lebensnerv getroffen, Dinny.«

»Nein, nein!«

»Warum sollte sie noch an mich denken, wenn ich fort bin?«

»Das ist nun einmal Art der Frauen.«

»Was weißt denn du von Frauenart, du Küken? Schon einmal war ich lange fort, und sie hat nur an Forest gedacht. Ich bin eben nicht zum Eroberer geschaffen.«

»Vielleicht nicht, aber in Neu-Mexiko wirst du dich dazu entwikkeln. Du kehrst als männlicher Mann zurück, bedenk doch! Inzwischen werd ich gut auf Angela achtgeben, ich versprech dir's. Und auch die Kinder werden sie oft an dich erinnern. Sie schwatzen immer nur von dir. Ich werd schon dafür sorgen, daß sie es auch weiter tun.«

»Seltsam, ich hab das Gefühl, sie ist jetzt weiter von mir fort als zur Zeit, da Forest noch lebte«, stellte Adrian objektiv fest.

»Augenblicklich ja. Und es wird noch geraume Zeit so bleiben. Doch endlich wird es anders werden, Onkel, verlaß dich darauf.«

Adrian schwieg lange. Dann erklärte er: »Wenn Hallorsen mich mitnimmt, gehe ich.«

»Er muß dich mitnehmen. Bück dich, Onkel, ich muß dir einen Kuß geben.«

Adrian beugte sich nieder. Ein Kuß streifte seine Nase. Der Kirchendiener ließ ein Hüsteln hören.

Am Nachmittag fuhren sie im Auto in derselben Sitzordnung nach Condaford zurück, Alan Tasburgh lenkte. Während der letzten vierundzwanzig Stunden hatte er sich ungemein taktvoll benommen und keinen einzigen Heiratsantrag vom Stapel gelassen. Dinny wußte ihm dafür gebührenden Dank. Angela bedurfte der Ruhe, und auch ihr selbst tat Ruhe not. Noch am selben Abend verließ Alan den Landsitz, Angela und die Kinder fuhren am nächsten Tag heim. Clare war von ihrer Schottlandreise zurückgekehrt, die Familie lebte jetzt ganz unter sich. Und dennoch

fand Dinny keinen Frieden; denn jetzt, da die dringendste Sorge um den armen Forest geschwunden war, quälte und bedrückte sie der Gedanke an Hubert. Seltsam, wie einem dieser drohende Schicksalsschlag alle Ruhe raubte. Hubert und Jeanne schrieben von der Ostküste heitere Briefe und versicherten, sie hätten gar keine Angst. Dinny hatte Angst und wußte, daß auch die Mutter sich schwere Sorgen machte, mehr noch der Vater. Clare war eher verärgert als betrübt, und Ärger pflegte ihre Betriebsamkeit stets anzustacheln. An den Vormittagen zog sie daher mit dem Vater auf die Fuchsjagd aus, an den Nachmittagen fuhr sie mit dem Auto auf die Nachbargüter und kam oft erst nach dem Abendessen heim. Sie war die munterste in der ganzen Familie, darum wurde ihre Gesellschaft stets gesucht. Dinny verriet ihren Kummer nicht. An Hallorsen hatte sie wegen ihres Onkels geschrieben und ihm das versprochene Bild gesandt. Auf der Fotografie trug sie ein Kleid, in dem sie vor zwei Jahren bei Hof vorgestellt worden war, aus Sparsamkeitsgründen gemeinsam mit Clare. Postwendend erwiderte Hallorsen: »Das Bild ist wunderschön. Mit der größten Freude nehme ich Ihren Onkel auf die Expedition mit und setze mich sofort mit ihm in Verbindung. Allzeit Ihr treu ergebener Hallorsen.«
Dinny las den Brief mit einem Gefühl der Dankbarkeit, doch ihr Herz schlug darum nicht höher, und deswegen schalt sie sich eine hartherzige Kreatur. Nun sorgte sie sich nicht mehr um Adrian, sie wußte, sie könne es getrost Hilary überlassen, ihm ein Jahr Urlaub zu verschaffen. Sie dachte nur immer an Hubert, und ihre Unheilsahnung wuchs von Tag zu Tag. Sie suchte sich einzureden, das sei nur die Folge ihres Nichtstuns und jener Aufregungen mit Forest, die ihre Nerven so schwer erschüttert hatten; doch sie glaubte selbst nicht daran. Wenn man ihm hier in England nicht so viel Vertrauen schenkte, die Auslieferung zu verweigern, was hatte er drüben in Südamerika zu erwarten? Verstohlen starrte sie minutenlang auf die Landkarte von Bolivien, als könne ihr diese Karte Aufschluß über Wesen und Charakter der Bewohner geben. Nie hatte sie Condaford leidenschaftlicher geliebt als in diesen sorgenvollen Tagen. Es war ein Majorat, das sich nur im Mannesstamm forterbte. Falls Hubert ausgeliefert und zum Tod

verurteilt wurde, oder im Gefängnis starb, oder wenn ihn einer der Maultiertreiber aus Rache ermordete und Jeanne keinen Sohn hatte, dann ging Condaford auf Hilarys ältesten Jungen, ihren Vetter, über; und der war ein Schulknabe, den sie kaum je gesehen hatte. In der Familie blieb der Landsitz dann allerdings, aber für die Ihren war er so gut wie verloren. Mit Huberts Schicksal stand und fiel auch das Geschick ihres geliebten Vaterhauses. Erstaunt bemerkte sie, daß sie jetzt an sich selbst denken konnte, obzwar doch für Hubert so unvergleichlich mehr auf dem Spiel stand; dennoch ließ ihr der Gedanke an Condaford keine Ruhe. Eines Vormittags bat sie Clare, sie nach Lippinghall zu fahren. Fahrten waren Dinny mit gutem Grund verhaßt, denn was sie auf ihre besondere Art unterwegs beobachtete, machte ihr oft Kummer. Die beiden Mädchen kamen gerade zum Lunch zurecht. Lady Mont hatte sich eben zu Tisch gesetzt und begrüßte sie mit den Worten: »Guten Tag, liebe Kinder! O weh, wie ärgerlich, daß ich nur Karotten – eßt ihr überhaupt Karotten? – euer Onkel ist fort – sie sind so gut für die Verdauung. Blore, sieh nach, ob Augustine noch eine gebratene Schnepfe hat. Oh – und sag ihr, sie soll diese guten Pfannkuchen mit Marmelade machen, die ich nicht essen darf.«
»Bitte nichts, Tante Emily, was du nicht essen darfst.«
»Ich darf gegenwärtig überhaupt nichts essen. Euer Onkel macht eine Mastkur, ich eine Abmagerungskur. Und, Blore – vergiß ja nicht die Käsespeise und einen guten Wein – und Kaffee.«
»Aber, Tante Emily, das ist doch viel zu viel.«
»Und Trauben, Blore. Und die Zigaretten, die oben in Mr. Michaels Zimmer stehen. Dein Onkel raucht sie nicht, und ich rauch eine ganz leichte Sorte, man muß sich einschränken. Ja, noch etwas, Blore!«
»Zu Befehl, Mylady?«
»Cocktails, Blore.«
»Tante Emily, Cocktails trinken wir doch nie.«
»Doch, ihr trinkt sie, ich hab euch schon dabei gesehen. Bist du aber mager, Clare, machst du vielleicht auch eine Abmagerungskur?«
»Nein, Tante Emily, ich war in Schottland.«

»Jagen und fischen, wie? Lauft schnell einmal ums Haus herum, ich warte auf euch.«
Als die Schwestern ins Speisezimmer zurückkamen, hörten sie Lady Mont sagen: »Blore, James' Hose –«
»Zu Befehl, Mylady.«
»Ich fürchte, sie rutscht ihm jeden Augenblick herunter. Läßt sich denn gar nichts dagegen tun?«
»Doch, Mylady.«
»Ah, da seid ihr ja wieder! Tante Wilmet ist jetzt bei Henny zu Gast, da hallt wohl die ganze Gegend von ihren Meinungsverschiedenheiten wider. Ihr kriegt jede eine kalte Schnepfe. Dinny, was hast du nur mit Alan angestellt? Er sieht so interessant aus, und sein Urlaub geht morgen zu Ende.«
»Nicht das geringste, Tante Emily.«
»Das ist es ja eben. Nein, Blore, mir nur Karotten. Wirst du ihn denn nicht heiraten? Er soll irgendwo Aussichten haben. Er hat mir von euch beiden alles gestanden.«
Unter Clares forschendem Blick saß Dinny unbehaglich da und vergaß ganz, die Gabel zum Mund zu führen.
»Vorsicht, Dinny! Er läßt sich sonst nach China versetzen und heiratet dort unter seinem Stand. In Hongkong soll einem so was passieren. Ach ja! Mein Portulak ist eingegangen. Boswell und Johnson haben ihn mit Jauche begossen. Die Kerle haben keine Nase. Wißt ihr, was sie einmal angestellt haben?«
»Nein, Tante Emily.«
»Sie hatten Heufieber, und just beim Kaninchenstall hat es sie packen müssen – sie niesten meinem besten Rammler ins Gesicht, und das arme Tier ging ein. Ich kündigte ihnen darum, aber sie gingen nicht; sie gehen überhaupt nicht, dein Onkel verwöhnt sie. Na, Clare, was ist mit dir? Wirst du dich bald vermählen?«
»Vermählen! Ach, Tante Emily, wie das klingt!«
»Ein sehr netter Ausdruck, kommt in den Zeitungsnotizen vor. Wirst du dich also vermählen?«
»Fällt mir gar nicht ein.«
»Warum nicht? Hast du keine Zeit dazu? Karotten mag ich gar nicht, sie stimmen einen so traurig. Aber dein Onkel kommt jetzt ins gefährliche Alter, da muß ich auf der Hut sein. Weiß der liebe

Himmel, wozu es bei den Männern ein gefährliches Alter gibt. Dein Onkel müßte eigentlich schon darüber hinaus sein.«
»Onkel Lawrence ist es tatsächlich. Er ist ja neunundsechzig. Hast du das nicht gewußt?«
»Hab nie was davon an ihm bemerkt. Blore!«
»Zu Befehl, Mylady?«
»Geh hinaus!«
»Zu Befehl, Mylady.«
»Es gibt nämlich Dinge«, erklärte Lady Mont, als sich die Tür hinter dem Kammerdiener schloß, »über die man vor Blore nicht sprechen kann, über Geburtenbeschränkung, euren Onkel und so weiter. Arme Miez!« Sie erhob sich, trat ans Fenster und ließ eine Katze auf ein Blumenbeet hinabgleiten.
»Wie reizend Blore zu ihr ist«, murmelte Dinny.
»Mit fünfundvierzig machen sie Seitensprünge«, bemerkte Lady Mont, als sie an den Tisch zurückkam, »und mit fünfundsechzig – vielleicht auch noch später. Ich hab noch nie einen Seitensprung gemacht – doch mit dem Pfarrer hab ich einen vor.«
»Fühlt er sich jetzt sehr einsam, Tantchen?«
»Nein«, erwiderte Lady Mont, »er unterhält sich ausgezeichnet. Kommt sehr oft zu uns herüber.«
»Köstlich, wenn ihr – so ein Dreieck –«
»Dinny!«
»Onkel Lawrence würde das Riesenspaß machen.«
Lady Mont schien in tiefe Träumerei zu versinken.
»Wo ist Blore?« fragte sie dann. »Ich möchte doch einen Pfannkuchen.«
»Du hast ihn ja hinausgeschickt.«
»Richtig!«
»Soll ich klingeln, Tante Emily?« fragte Clare. »Die Tischglocke steht unter meinem Stuhl.«
»Ach ja, ich hab sie dorthin gestellt – dein Onkel ist daran schuld. Er las mir nämlich aus ›Gullivers Reisen‹ vor. Ich muß schon sagen, der Mann schrieb oft sehr derb.«
»Nicht so derb wie Rabelais, oder auch nur Voltaire.«
»Lest ihr denn auch so derbe Bücher?«
»Allerdings, das sind doch Klassiker.«

»Da soll jetzt ein Buch erschienen sein, es heißt ›Achilles‹ oder so ähnlich. Euer Onkel hat es in Paris gekauft. In Dover nahm man's ihm ab. Habt ihr es am Ende gelesen?«
»Nein«, gab Dinny zur Antwort.
»Ich schon«, erwiderte Clare.
»Das hättest du nicht tun sollen, nach allem, was mir dein Onkel davon erzählte.«
»Oh, heutzutage liest man doch alles, Tantchen. Da ist gar nichts dabei.«
Lady Mont blickte von einer ihrer Nichten zur anderen.
»Hm!« meinte sie, »die Bibel lesen wir ja auch. Blore!«
»Was befehlen Mylady?«
»Serviere den Kaffee auf dem Tigerfell in der Halle. Und leg ein Scheit aufs Feuer. Blore, mein Glas Vichy!« Als sie es geleert hatte, erhoben sich alle.
»Gottvoll!« flüsterte Clare Dinny ins Ohr.
»Was tut ihr eigentlich in Huberts Sache?« fragte Lady Mont vor dem Feuer in der Halle.
»Wir ängstigen uns.«
»Ich hab Tante Wilmet gebeten, sie soll mit Henny sprechen. Du weißt, die sieht bisweilen Königliche Hoheit. Auch gibt es doch jetzt Flugzeuge. Könnte er nicht irgendwohin fliegen?«
»Onkel Lawrence hat für ihn Bürgschaft geleistet.«
»Und wenn auch!« rief Lady Mont. »Wir würden eben James entlassen, er hat ohnedies Krampfadern. Einen der beiden Gärtner könnten wir auch kündigen.«
»Hubert geht darauf bestimmt nicht ein«, sagte Dinny.
»Ich hab ihn wirklich gern«, erklärte Lady Mont. »Viel zu früh ins Ehejoch gespannt! Da kommt der Kaffee.«
Blore brachte Kaffeekanne und Zigaretten, ihm folgte James mit einem langen Zedernholzscheit. Während Lady Mont den Kaffee aufgoß, herrschte andächtiges Schweigen.
»Zucker, Dinny?«
»Bitte zwei Löffel!«
»Für mich drei. Ich weiß, es macht dick. Und dir, Clare?«
»Einen, bitte.«
Die Mädchen schlürften den Kaffee.

»Ein Göttertrank!« seufzte Clare.
»Jawohl!« stimmte Dinny bei. »Tante Emily, warum ist dein Kaffee um so viel besser als jeder andere?«
»Danke für das Kompliment!« sagte Lady Mont. »Ach, dieser arme Mensch, Angelas Mann! Gott sei Dank, daß er wenigstens keinen von euch gebissen hat. Jetzt wird Adrian sie endlich kriegen. Ein wahres Glück!«
»So bald noch nicht, Tante Emily. Onkel Adrian geht nach Amerika.«
»Du meine Güte, warum denn?«
»Wir hielten es alle für das beste, sogar er selbst.«
»Wenn der einmal ins Himmelreich soll«, meinte Lady Mont, »muß ihn jemand begleiten. Allein traut er sich gewiß nicht durchs Tor.«
»Man wird ihm dort bestimmt einen Sitz reservieren.«
»Kann man nicht wissen. Der Pfarrer predigte vorigen Sonntag darüber.«
»Predigt er gut?«
»Er plaudert ganz gemütlich.«
»Früher schrieb ihm wohl Jeanne die Predigten?«
»Stimmt. Damals hatten sie mehr Schmiß. Von wem hab ich nur diesen Ausdruck aufgeschnappt, Dinny?«
»Von Michael vermutlich.«
»Der bringt immer solche Ausdrücke nach Hause. Der Pfarrer sagt, wir müssen Selbstverleugnung üben. Neulich war er zum Lunch hier.«
»Und hat wohl kräftig gefüttert?«
»Das will ich meinen.«
»Wieviel wiegt er eigentlich, Tante Emily?«
»Ohne Kleider? Weiß ich nicht.«
»Und mit Kleidern?«
»Mehr als genug. Er ist im Begriff, ein Buch zu schreiben.«
»Worüber?«
»Über die Tasburghs. Da ist eine, die ihr eigenes Begräbnis veranstalten ließ und nachher nach Frankreich floh. Eine geborene Fitzherbert. Dann war einer, der focht mit bei der Schlacht von – nein, nicht Spaghetti, aber so ähnlich.«

»Navarino? Dort hat er mitgekämpft?«
»Ja. Doch man hat es in Abrede gestellt. Der Pfarrer wird den Beweis erbringen. Dann war ein Tasburgh, der geköpft wurde; er vergaß, dieses Ereignis zu verzeichnen. Der Pfarrer hat das alles herausgetüftelt.«
»Unter welchem König?«
»Dinny, du verlangst wirklich zuviel. Mit den Königen soll ich mich auch noch herumplagen? Eduard der Sechste – oder war es der Vierte? Einer von der Roten Rose. Dann ist da noch der Tasburgh, der in unsere Familie geheiratet hat. Roland hieß er – oder am Ende anders? Er tat etwas Fürchterliches, da nahm man ihm seine Ländereien weg, Rekusant war er, so heißt es doch?«
»Das heißt, er verweigerte den Religionseid, blieb Katholik unter protestantischer Herrschaft.«
»Zuerst brannte man sein Haus nieder. Das steht im Mercurius Rusticus, oder wie es sonst heißt. Der Pfarrer sagt, er war ungemein beliebt. Zweimal brannte man sein Haus nieder und plünderte es dann aus. Oder war die Reihenfolge umgekehrt? Es hatte einen Burggraben. Man fand auch noch ein Verzeichnis der geraubten Schätze.«
»Herrlich!«
»Marmelade, Silberzeug, Hühner, Leinwand und seinen Regenschirm oder so was Ähnliches. Gediegen, nicht?«
»Wann geschah das, Tantchen?«
»Im Bürgerkrieg. Er war Royalist. Jetzt fällt mir auch sein Name ein, Roland war es nicht. Und seine Frau hieß Elizabeth wie du, Dinny. Ja, die Geschichte wiederholt sich.«
Dinnys Blick hing an dem brennenden Scheit.
»Und dann war da noch der letzte Admiral unter Wilhelm dem Vierten, der hat sich ins Grab gesoffen, der Admiral, nicht Wilhelm der Vierte. Der Pfarrer behauptet aber, es ist gar nicht wahr, er wird diese Verleumdung in seinem Buch entkräften. Er behauptet, der Admiral hatte eine Erkältung und wollte sie mit Rum kurieren. Der aber machte ihm den Garaus. Wo hab ich nur diese Wendung aufgeschnappt?«
»Ich gebrauche sie mitunter, Tantchen.«
»Richtig! Ihr seht, die Tasburghs haben eine ganze Menge inter-

essanter Ahnen, abgesehen von den langweiligen, und gehen in gerader Linie auf Eduard den Bekenner zurück. Der Pfarrer will den Beweis führen, daß die Familie Tasburgh älter ist als unsere. Unfaßbar, so was!«

»Du meine Güte!« murmelte Clare, »wer liest ein solches Buch?«

»Das frag ich mich auch. Aber ihm macht es den größten Spaß, in den alten Chroniken herumzustöbern, und überdies hält es ihn wach. Ah, da ist Alan! Clare, du hast gewiß noch nicht gesehen, wo mein Portulak stand. Komm, machen wir einen kleinen Spaziergang!«

»Tante Emily! Schämst du dich denn gar nicht?« flüsterte Dinny Lady Mont ins Ohr. »Und es hilft euch doch alles nichts!«

»›Freilich läßt sich nicht das Ziel gleich im ersten Anlauf nehmen‹ – erinnerst du dich noch an dieses schöne Sprüchlein aus der Schulzeit? Einen Augenblick, Clare, bis ich meinen Hut hab.« Und sie eilte mit Clare davon.

»Dein Urlaub ist also zu Ende, Alan?« fragte Dinny, als sie mit dem jungen Mann allein blieb. »Wohin gehst du?«

»Nach Portsmouth.«

»Nette Stadt?«

»Nicht übel. Dinny, ich möchte mit dir über Huberts Sache sprechen. Was soll geschehen, wenn es bei der nächsten Verhandlung schiefgeht?«

Da verließ Dinny ihre ganze Munterkeit, sie sank auf ein Kissen vor dem Kamin und sah mit angsterfüllten Augen zu ihm auf.

»Ich hab mich schon danach erkundigt«, fuhr der junge Tasburgh fort, »man läßt dem Minister des Innern eine Frist von zwei oder drei Wochen zur Erledigung des Akts, und wenn er dem Auslieferungsbegehren stattgibt, expediert man den Angeklagten so schnell wie möglich, vermutlich von Southampton aus.«

»Du glaubst doch nicht, daß es im Ernst dazu kommen könnte?«

Düster erwiderte Alan: »Ich weiß nicht. Nimm an, ein Bolivianer hätte bei uns wen umgebracht und wäre dann heimgefahren. Würden wir nicht alles daransetzen, ihn zu fassen?«

»Aber das ist doch undenkbar!«

Der junge Mann sah Dinny an, aus seinem Blick sprachen starkes Mitleid und unbeugsame Entschlossenheit.

»Hoffen wir das Beste; wenn es aber dennoch schiefgeht, so muß etwas geschehen. Das laß ich nicht zu, und Jeanne ebensowenig.«
»Was könnte man denn tun?«
Der junge Tasburgh schritt die Halle ab und spähte nach allen Türen. Dann beugte er sich über Dinny und flüsterte:
»Hubert kann fliegen, seit unserer Fahrt nach Chichester bin ich täglich geflogen. Jeanne und ich werden alles vorbereiten – für den Fall, daß –«
Dinny haschte nach seiner Hand.
»Aber, lieber Junge, das ist verrückt!«
»Nicht verrückter als tausend Dinge, die im Krieg geschehen sind.«
»Es wird deine Karriere vernichten.«
»Zum Teufel mit meiner Karriere! Soll ich ruhig zusehen, wie du und Jeanne jahrelang unglücklich seid und ein Mann wie Hubert elend zugrunde geht, was?«
Dinny drückte heftig Alans Hand und ließ sie wieder los.
»So weit kann und darf es nicht kommen! Wie willst du übrigens an Hubert heran, er würde dann doch in Haft sein?«
»Ich weiß nicht; doch wenn es soweit ist, werd ich's wissen. Soviel steht fest: Haben sie ihn einmal drüben über dem großen Wasser, dann sind seine Aussichten verdammt schlecht.«
»Hast du mit Hubert gesprochen?«
»Nein. Vorläufig ist alles noch in der Schwebe.«
»Er willigt bestimmt nicht ein.«
»Jeanne wird ihn schon dazu bringen.«
Dinny schüttelte den Kopf. »Da kennt ihr Hubert schlecht. Nie und nimmer gibt er das zu.«
Alan grinste, und plötzlich erkannte Dinny seine furchtbare Entschlossenheit.
»Weiß Professor Hallorsen davon?«
»Nein. Wenn es sich vermeiden läßt, wird er es auch nicht erfahren. Aber er ist wirklich ein anständiger Kerl.«
Sie lächelte matt. »Ja, er ist ein anständiger Kerl, aber keiner von den unseren.«
»Dinny, du bist doch nicht in ihn verliebt?«
»Nein, mein Lieber.«

»Gott sei Dank! Vermutlich wird man Hubert nicht wie einen gewöhnlichen Verbrecher behandeln. Kann sein, das erleichtert die Ausführung unseres Plans.«
Tief erschüttert sah ihn Dinny an. Alans Bemerkung überzeugte sie davon, wie ernst er die Sache nahm.
»Jetzt begreif ich dein Vorgehen bei Zeebrugge. Aber –«
»Kein Aber! Kopf hoch! Übermorgen kommt das Postschiff, dann wird der Fall wiederaufgenommen. Ich werde dich bei der Verhandlung sehen. Jetzt muß ich fort zu meiner täglichen Flugübung. Ich wollte dir nur sagen, wenn alle Stricke reißen, dann nehmen wir das nicht ruhig hin. Meine herzlichsten Grüße an Lady Mont. Ich sehe sie vermutlich nicht mehr. Leb wohl, laß es dir recht gut gehen!« Er küßte ihr die Hand und war draußen, ehe sie noch ein Wort der Erwiderung fand.
Dinny blieb am Kamin sitzen, in dem das Zedernscheit noch immer glomm, ganz still, seltsam ergriffen. Noch nie war es ihr in den Sinn gekommen, an dem günstigen Ausgang dieser Affäre zu zweifeln, nie hatte sie ernstlich geglaubt, Hubert könne wirklich als Mörder ausgeliefert werden. Auch jetzt glaubte sie es noch immer nicht recht, und gerade das versetzte sie so in Aufruhr, denn bekanntlich wirkt eine Gefahr um so aufregender, je ferner sie noch ist. Dieser Erregung gesellte sich ein wärmeres Gefühl für Alan. Daß er nicht einmal seinen Heiratsantrag wiederholt hatte, bewies ihr, wie furchtbar ernst er die Sache nahm. Und sie saß auf jenem Tigerfell, das der Achte Baronet ohne große Aufregung erbeutet – er hatte den Tiger, als er sich unbemerkt fortschleichen wollte, vom Elefanten aus abgeschossen; sie wärmte den Körper an der Glut des Zedernscheits und den Geist in dem Gefühl, sie sei jetzt dem Feuer des Lebens näher gekommen als je zuvor. Quince, der alte schwarz-weiße Wachtelhund ihres Onkels, der in Abwesenheit seines Herrn, und sein Herr war oft nicht zu Hause, an menschlichen Wesen nur geringes Interesse nahm, trabte langsam durch die Halle, streckte sich vor dem Kamin aus, legte den Kopf auf die Vorderpfoten und sah mit rotumränderten Augen zu Dinny auf. »Vielleicht – vielleicht auch nicht!« schien er zu sagen. Leise knisterte das Zedernscheit, eine Wanduhr am anderen Ende der Halle schlug drei in ihrer gewohnten, sachten Weise.

32

Vor jeder drohenden Entscheidung, mag es sich nun um ein Ultimatum, ein Match, ein Wettrennen oder eine Hinrichtung handeln, gehen in den letzten Stunden die Wogen der Erregung hoch. Auch die Familie Cherrell befand sich am Tage der Gerichtsverhandlung, die über Huberts Schicksal entschied, in unerträglicher Spannung. Wie in alter Zeit eine Hochlandsippe sich unaufgefordert zusammenfand, wenn einem der Ihren Gefahr drohte, so hatten sich auch Huberts Angehörige vollzählig im Polizeigericht versammelt, außer Lionel, den sein Richteramt in Anspruch nahm, und Lionels und Hilarys Kindern – es hätte eine Hochzeit oder ein Begräbnis sein können; nur sahen sie zu grimmig drein und hegten alle heimlich das Gefühl, sie würden unverdient verfolgt. Dinny und Clare saßen zwischen ihren Eltern, nicht weit davon befanden sich Jeanne, Alan, Adrian und Hallorsen. Hinter ihnen saßen Hilary, seine Frau, Fleur, Michael und Tante Wilmet, dahinter Sir Lawrence und Lady Mont; in der letzten Bank hockte als Nachhut einer umgekehrten Phalanx Pfarrer Tasburgh.

Da trat Hubert mit seinem Anwalt ein und lächelte seiner Sippe zu. Im Gerichtssaal war Dinny zunächst fast ganz apathisch. Ihr Bruder war unschuldig, hatte nur in Notwehr gehandelt. Und wenn sie ihn verurteilten, unschuldig blieb er doch! Sie erwiderte Huberts Lächeln und blickte dann unverwandt auf Jeanne. Nie hatte diese Frau so sehr einer Leopardin geglichen wie in dieser Stunde. Ihre seltsamen tiefliegenden Augen glitten von ihrem »Jungen« zu dem Mann hinüber, der ihn ihr zu rauben drohte.

Nachdem man das Protokoll der ersten Aussagen verlesen hatte, wurde das neu eingetroffene, beschworene Entlastungszeugnis Manuels von Huberts Anwalt vorgetragen. Dann aber schwand Dinnys Apathie, denn dieser Aussage stellte der Öffentliche Ankläger eine andere, widersprechende gegenüber, die eidesstattliche Erklärung von vier Maultiertreibern, Manuel sei bei der Schießerei überhaupt nicht zugegen gewesen.

Ein Augenblick höchsten Entsetzens! Vier Mestizen gegen einen!

Dinny bemerkte, wie der Richter einen Moment ganz bestürzt aussah.
»Wer hat diese zweite Aussage beschafft, Mr. Buttall?«
»Der Klageanwalt in La Paz, Sir. Er hatte in Erfahrung gebracht, daß man von dem Diener Manuel ein Zeugnis verlangte.«
»Verstehe. Was haben Sie zu der Narbe zu bemerken, die der Angeklagte vorwies?«
»Außer der Angabe des Beklagten liegt dem Gericht und mir keine Aussage darüber vor, wie und wann er diese Verwundung erhielt.«
»Stimmt. Sie halten es doch nicht für möglich, der Getötete habe ihm diese Verwundung noch nach dem Schuß beigebracht?«
»Wenn Castro das Messer gezogen hatte und nach dem Schuß vornüber fiel, scheint mir diese Möglichkeit nicht ausgeschlossen.«
»Mr. Buttall, das ist nicht sehr wahrscheinlich.«
»Gewiß nicht. Doch nach den vorliegenden Aussagen wurde der Schuß wohlüberlegt und kaltblütig auf einige Schritt Entfernung abgegeben. Ich weiß überhaupt nichts davon, daß Castro ein Messer gezogen hat.«
»Die Sache steht demnach so: Entweder Ihre vier Zeugen lügen oder der Angeklagte und sein Diener Manuel.«
»So scheint es sich tatsächlich zu verhalten, Sir. An Ihnen ist es, zu entscheiden, ob die eidesstattliche Aussage von vier Männern gelten soll oder die von zweien.«
Dinny sah, wie der Richter bedenklich den Kopf wiegte.
»Ich bin völlig im Bilde, Mr. Buttall. Captain Cherrell, was haben Sie auf die Aussage dieser vier Männer zu erwidern? War der Diener Manuel zugegen oder nicht?«
»Nichts, Sir. Ich weiß nicht, wo Manuel sich aufhielt. Ich hatte genug damit zu tun, mein Leben zu retten. Ich weiß nur, daß er fast unmittelbar danach auf mich zukam.«
»Fast? Wie lang danach?«
»Das weiß ich wahrhaftig nicht, Sir – vielleicht eine Minute später. Ich gab mir Mühe, das Blut zu stillen. Als Manuel kam, verlor ich das Bewußtsein.«
Während der Reden der beiden Anwälte sank Dinny in ihre Apa-

thie zurück. Dann folgte ein Schweigen von fünf Minuten, und Dinnys Teilnahmslosigkeit schwand. Von dem ganzen Gerichtshof schien nur der Vorsitzende sich mit der Angelegenheit zu befassen und gar nicht fertig zu werden. Sie sah ihm durch die gesenkten Wimpern zu, wie er bald diese Akte zu Rate zog, bald jene. Er hatte ein rotes Gesicht, eine lange Nase, ein spitzes Kinn und Augen, die Dinny gefielen. Instinktiv empfand sie, daß ihm die Sache nicht behagte. Endlich hob er an: »In dieser Verhandlung habe ich nicht die Frage zu entscheiden, ob überhaupt ein Verbrechen begangen wurde, und wenn ja, ob der Angeklagte es beging. Ich muß mich lediglich überzeugen, ob hier ein Verbrechen in Frage steht, das die Auslieferung eines Staatsbürgers rechtfertigt; ferner, ob die ausländischen Zeugenaussagen amtlich beglaubigt sind und ob das vorliegende Beweismaterial nach den Gesetzen unseres Landes die Einleitung des Kriminalverfahrens gegen den Angeklagten erforderlich macht.« Er schwieg einen Augenblick, dann fuhr er fort: »Zweifellos steht ein Verbrechen in Frage, bei dem wir einem Auslieferungsbegehren stattgeben müssen. Die Zeugnisse aus dem Ausland sind vorschriftsmäßig beglaubigt.« Wieder machte er eine Pause, es herrschte Totenstille. Dinny vernahm einen langen Seufzer, so unheimlich und verlassen wie von einem Gespenst. Die Augen des Richters blickten zu Hubert hinüber, und er fuhr fort: »Nicht ohne Widerstreben bin ich zu dem Schluß gelangt, auf Grund des vorliegenden Beweismaterials über den Angeklagten die Haft zu verhängen, bis durch eine etwaige Vollmacht des Innenministers seine Auslieferung an Bolivien erfolgt. Ich habe die Verantwortung des Angeklagten zur Kenntnis genommen; sie stützt sich auf die eidesstattliche Erklärung eines Zeugen, der die Tat als Akt der Notwehr darstellt, ihr somit den Charakter eines Verbrechens aberkennt. Dem widerspricht die gegenteilige Aussage von vier anderen Zeugen. Ich sehe keine Möglichkeit, mich für die eine oder andere der widersprechenden Zeugenaussagen zu entscheiden. Nur so viel steht fest, daß sie im Verhältnis vier zu eins stehen. Alles übrige lasse ich dahingestellt. Angesichts der eidesstattlichen Aussage von vier Zeugen, daß der Schuß wohlüberlegt abgegeben wurde, könnte die unbewiesene Gegenbehauptung des Angeklagten die Unterlassung des Kriminalverfahrens nicht rechtfertigen, wenn das Verbrechen in unserem Staat begangen worden wäre. Das Verfahren darf also auch dann nicht niedergeschlagen werden, wenn das Verbrechen im Ausland verübt wurde. Ich gestehe es unumwunden, ich komme nur widerstrebend zu diesem Schlusse; doch bleibt mir kaum eine andere Möglichkeit offen. Ich wiederhole, ich habe hier nicht über die Schuld oder Nichtschuld des Angeklagten ein Urteil zu fällen, sondern nur darüber, ob ein regelrechtes Gerichtsverfahren wegen Mordes stattfinden soll oder nicht. Ich kann es nicht verantworten, die Einleitung dieses Verfahrens abzulehnen, doch das letzte Wort hat in derartigen Fällen der Innenminister, der das Auslieferungsbegehren bestätigt. Ich verhänge daher über Sie die Haft, bis die Entscheidung fällt. Sie haben bis dahin noch eine Frist von mindestens fünfzehn Tagen. Auf Grund der Habeas-Corpus-Akte steht Ihnen das Recht zu, inzwischen gegen die Haft Berufung einzulegen. Es liegt nicht in meiner Macht, Sie gegen Bürgschaft noch länger auf freiem Fuß zu belassen, aber vielleicht können Sie diese Begünstigung durch eine Appellation an den Obersten Gerichtshof erwirken.«

Entsetzt sah Dinny, wie Hubert kerzengerade dastand, dann mit leichter Verbeugung vor dem Richter die Anklagebank verließ und langsam hinausschritt, ohne einen einzigen Blick zurückzuwerfen. Hinter ihm verließ auch sein Anwalt den Gerichtssaal. Dinny saß niedergeschmettert da, während der nächsten Minuten nahm sie nichts wahr als Jeannes starres Gesicht und Alans braune Hände, die sich um seinen Stockgriff klammerten. Endlich erwachte sie aus ihrer Betäubung, sah Tränen auf den Wangen ihrer Mutter, sah den Vater aufstehen.

»Komm!« sagte er, »nur fort von hier!«

In diesem Augenblick sorgte sie sich mehr um den Vater als um irgendwen sonst in der Welt. Seit diese Affäre begonnen hatte, hatte er so wenig gesagt und so viel gelitten. Es war grauenhaft für ihn! Dinny empfand sein schlichtes Empfinden nur zu gut. Für ihn bedeutete der Zweifel an Huberts Wort unerträgliche Schmach, nicht nur für seinen Sohn, sondern auch für ihn, Huberts Vater, für ihre Ideale, ihren Glauben, für alle Soldaten und

Gentlemen! Was immer auch geschah, das würde er nie ganz verwinden. Zwischen Gerechtigkeit und dem Gerechten bestand also ein unversöhnlicher Widerspruch! Konnte es ehrenhaftere Menschen geben als ihren Vater, ihren Bruder und vielleicht auch diesen Richter? Sie folgte ihrem Vater hinaus in die Bow Street, jenes trübe Kielwasser des Lebens und Verkehrs, und fand dort die ganze Gesellschaft wieder, nur Jeanne, Alan und Hallorsen fehlten.

»Nehmen wir doch Autos«, schlug Sir Lawrence vor, »und fahren wir in die Mount Street, dort wollen wir die nächsten Schritte besprechen.«

Als sie sich eine halbe Stunde später in Tante Emilys Empfangszimmer einfanden, waren die drei Ausreißer noch immer nicht da.

»Was ist denn los mit ihnen?« fragte Sir Lawrence.

»Wahrscheinlich sind sie mit Huberts Anwalt gegangen«, erwiderte Dinny, doch sie wußte es besser. Die drei heckten gewiß irgendeinen verzweifelten Plan aus; sie blieb daher während der ganzen Beratung ziemlich zerstreut.

Sir Lawrence meinte, Bobbie Ferrar sei noch immer ihr Mann. Wenn der bei Walter nichts ausrichten könne, gebe es überhaupt keine Hilfe mehr. Er riet, sich nochmals an ihn und den Marquis von Shropshire zu wenden.

Der General sagte gar nichts. Er stand ein wenig abseits und starrte auf eines der Bilder seines Schwagers, offenbar ohne es zu sehen. Dinny merkte, daß er es nicht über sich brachte, an dem Gespräch teilzunehmen. Woran er wohl dachte? An die Zeit, da er so jung verheiratet gewesen war wie sein Sohn? An den langen Felddienst in den Sand- und Steinwüsten Indiens und Südafrikas unter glühender Tropensonne? An die Zeit, da er in leitender Stellung seinen ganzen Scharfsinn hatte aufbieten müssen? An das angestrengte Studium der Generalstabskarten, den Blick auf der Uhr, das Ohr an der Hörmuschel des Telefons? An seine Wunden und die lange Krankheit seines Sohnes? Zwei Leben dem Dienst des Vaterlands geopfert – und das war am Ende der Lohn!

Dinny hielt sich in Fleurs Nähe auf; ein instinktives Gefühl ver-

riet ihr, von diesem klaren, rasch denkenden Kopf könne eine wertvolle Anregung kommen.
»Bentworth hat auf die Behörden großen Einfluß, ich könnte vielleicht ihn aufsuchen«, hörte sie Hilary sagen.
»Ah! Den kenne ich ja von Eton her, da begleite ich dich«, erklärte der Pfarrer.
»Ich werde Henny nochmals auf die Königliche Hoheit hetzen«, brummte Tante Wilmet.
»In zwei Wochen tagt das Parlament wieder«, meinte Michael.
»Das Parlament taugt gar nichts, Michael«, fiel Fleur ungeduldig ein. »Die Presse ebenfalls. Ich hab eine Idee.«
»Ah!« Dinny atmete auf und trat an sie heran.
»Wir sind noch immer nicht auf den Kern der Sache gekommen«, fuhr Fleur fort. »Was sind eigentlich die Hintergründe dieser Affäre? Weshalb soll der Regierung Boliviens so viel an einem Mestizen-Maultiertreiber liegen? Ihr geht es gar nicht um den Erschossenen, sondern um den Schimpf, der dem Land dadurch widerfuhr. Sich von Fremden prügeln und niederknallen lassen! Wir müssen also dem bolivianischen Gesandten so lange zusetzen, bis er Walter erklärt, seine Regierung habe an dieser Angelegenheit kein Interesse mehr.«
»Wir können ihn doch nicht mit Gewalt dazu pressen«, murmelte Michael, »das tut man doch nicht in vornehmen Kreisen.«
Ein leises Lächeln umspielte Dinnys Lippen, sie war davon nicht so überzeugt.
»Ich leite das in die Wege«, sagte Fleur halblaut. »Dinny, fahr mit uns. Die hier kommen doch nicht weiter.« Ihr Blick glitt rasch über die neun älteren Leute. »Ich geh zu Onkel Lionel und Tante Alison; er als neugebackener Richter wird natürlich keinen Finger zu rühren wagen, aber sie wird es schon besorgen. Sie kennt alle Gesandtschaftsmenschen. Kommst du mit, Dinny?«
»Ich muß doch jetzt meinen Eltern zur Seite stehen.«
»Die bleiben hier. Emily hat sie eben eingeladen. Wenn du gleichfalls in London bleibst, dann komm möglichst oft zu uns herüber. Du kannst in dieser Sache vielleicht von Nutzen sein.«
Dinny nickte. Ihr war es eine Erleichterung, daß sie in London

blieben. Der Gedanke, diese bangen Tage in Condaford zu verbringen, fiel ihr schwer aufs Herz.

»Jetzt gehen wir!« erklärte Fleur, »ich fahre sogleich zu Alison!«

Michael blieb noch einen Augenblick zurück und drückte Dinnys Arm.

»Kopf hoch, Dinny! Wir reißen ihn schon aus der Patsche. Wenn nur Walter nicht wäre! Der ist der schlimmste Patron. Sich einzubilden, man sei die leibhaftige Gerechtigkeit! Das ist doch einfach zum –«

Als alle fort waren bis auf ihre Eltern, ging Dinny hinauf, nach dem Vater zu sehen. Noch immer stand er vor einem Bild, doch diesmal vor einem anderen. Dinny schob die Hand unter seinen Arm und sagte: »Lieber Vater, alles wird noch gut werden. Hast du nicht bemerkt, wie leid es dem Richter tat? Es stand nur nicht in seiner Macht, die Sache niederzuschlagen. Der Innenminister wird das schon besorgen.«

»Eben hab ich mich gefragt«, sagte der General ohne eine Spur von Bitterkeit und ohne Nachdruck, »was unsere Landsleute wohl anfingen, wenn wir Soldaten nicht draußen ständen und unser Leben für sie aufs Spiel setzten. Wozu tun wir überhaupt noch unsere Pflicht, wenn man unseren Worten keinen Glauben schenkt? Na, wo wäre jetzt dieser Richter? – er handelt ja nach bestem Wissen und Gewissen, und doch! Wo wäre er, hätten sich junge Burschen wie Hubert nicht freiwillig zum Felddienst gemeldet? Warum, frag ich mich, schlagen mein Sohn und ich einen Lebensweg ein, der mich an den Rand des Bankrotts und ihn in diese Patsche gebracht hat? Hätten wir uns nicht als Juristen oder Geschäftsleute in ein warmes, behagliches Nest setzen können? Wiegen denn in einem derartigen Fall die langjährigen Dienste eines Mannes wie eine Flaumfeder? Dinny, dieser Schimpf trifft die ganze Armee!«

Sie beobachtete das krampfhafte Zucken seiner hageren braunen Hände, die er verschränkt hielt wie beim Kommando »Rührt euch!« Ihr ganzes Herz flog ihm zu, und doch sah sie ein, wie unvernünftig es von ihm war, eine solche Ausnahmestellung zu verlangen. »Himmel und Erde werden vergehen, ehe

denn ein Buchstabe des Gesetzes verlorenginge!« – hatte sie dieser Bibelstelle nicht erst unlängst gedacht?
»Ich muß jetzt mit Lawrence fort«, sagte er endlich. »Sieh dich nach der Mutter um, sie hat arges Kopfweh.«
Dinny zog im Schlafzimmer der Mutter die Vorhänge zu, reichte ihr die üblichen Arzneimittel und ging; die Mutter sollte versuchen zu schlafen. Dann stieg sie wieder treppab. Clare war ausgegangen. Das Empfangszimmer, das eben noch so voll Menschen gewesen war, schien nun ganz verlassen. Sie schritt hindurch und öffnete das Klavier. Da ließ sich eine Stimme vernehmen: »Nein, nein, Polly, du mußt zu Bett, ich bin zu traurig!« Und Dinny bemerkte ihre Tante, die im Erker den Papagei in seinen Käfig setzte.
»Wollen wir nicht miteinander trauern, Tante Emily?«
Lady Mont wandte sich ihr zu. »Dinny, lehn deine Wange an meine!«
Dinny tat es. Tante Emilys Wange war weich, rund und rosa und wirkte beruhigend.
»Vom ersten Augenblick hab ich gewußt, was er sagen wird«, erklärte Lady Mont. »Er hat solch eine schrecklich lange Nase, in zehn Jahren wird sie ihm bis zum Kinn reichen. Mit so einem Menschen ist nichts anzufangen. Wie man sich nur so was herausnehmen darf! Weinen wir, Dinny. Setz du dich dorthin, ich hierher.«
»Übernimmst du den Sopran oder den Alt bei unserem Duett, Tante Emily?«
»Einerlei. Fang du an. Ein Mensch, der keine Verantwortung zu übernehmen wagt! Ich hätte es ohne weiteres getan. Warum hat er nicht ganz einfach zu Hubert gesagt: ›Gehe hin und sündige nicht mehr‹?«
»Hubert hat doch überhaupt nicht gesündigt.«
»Um so schlimmer! Auf Ausländer was zu geben! Die zu beachten! Neulich saß ich hier in Lippinghall am Fenster, auf der Terrasse hockten drei Stare. Ich mußte zweimal niesen, aber meinst du, die hätten es im mindesten beachtet? Wo liegt denn dieses Bolivien?«
»In Südamerika, Tante Emily.«

»Geographie war immer meine schwache Seite. Meine Landkarten waren die schlechtesten in der ganzen Schule. Einmal fragte man mich, wo Livingstone Stanley geküßt habe, und ich gab zur Antwort: Am Niagara. Es stimmte aber nicht.«
»Tantchen, es war allerdings ein Stück weit weg – nur ein anderer Erdteil.«
»Jawohl. Ich hab noch nie jemanden so herzlich lachen hören wie meine Lehrerin bei dieser Antwort. Sie lachte Tränen. Dick war sie – du, Hubert ist recht mager.«
»Das war er immer, doch seit der Hochzeit sieht er lustiger aus.«
»Jeanne ist dicker geworden im Ehestand – natürlich. Du solltest wirklich auch, Dinny – du weißt schon, was.«
»Tantchen, einen solchen Ehestiftungskoller hattest du noch nie.«
»Was ist denn unlängst auf dem Tigerfell passiert?«
»Tante Emily, das kann ich dir unmöglich verraten.«
»Dann muß es ja etwas ganz Schlimmes gewesen sein?«
»Etwas ganz Gutes, meinst du wohl, Tante?«
»Du machst dich über mich lustig.«
»Aber, Tantchen! Hab ich denn je den schuldigen Respekt vergessen?«
»Das will ich meinen. Ich erinnere mich noch sehr gut an das Gedicht, das du über mich verfaßt hast:

Die Tante Emily sprach neulich:
›Mein Kind, du nähst und säumst abscheulich.‹
Das find ich von der Tante greulich.
Ich schwöre euch bei meiner Ehr,
Sie selbst näht noch abscheulicher!

Ich hab mir's gemerkt. Es verriet Charakter, fand ich.«
»War ich wirklich solch ein kleiner Teufel?«
»Und ob! Sag einmal, kann man Hunde stutzen lassen, daß sie kürzer werden?« Sie wies auf den goldbraunen Apportierhund, der auf dem Teppich lag. »Bonzos Taille ist wirklich zu lang.«
»Das hab ich dir doch schon gesagt, als er noch ganz klein war, Tante.«

»Freilich. Ich selbst hab es aber erst bemerkt, als er anfing, Kaninchen auszugraben. Er plagt sich dabei so ab, der Arme. Ach, Dinny, was tun wir jetzt, wenn wir nicht weinen?«
»Lachen?« fragte Dinny.

33

Da der Vater und Sir Lawrence zum Dinner nicht zurückkamen und die Mutter im Bett blieb, speiste Dinny allein mit ihrer Tante, denn Clare hielt sich bei Freunden auf.
»Tante Emily«, sagte sie nach der Mahlzeit, »du bist mir doch nicht böse, wenn ich jetzt zu Michael gehe? Du weißt doch, Fleur –«
»Sie wird doch nicht – das wäre ja viel zu früh. Sie soll doch erst Ende März –«
»Aber nein! Vorderhand hat sie nur eine Idee geboren.«
»Ach so!« Lady Mont drückte die Klingel. »Blore, ein Taxi für Miss Dinny! Und, Blore, melde mir's, wenn Sir Lawrence heimkommt. Ich nehme jetzt ein heißes Bad und wasche mir das Haar.«
»Sehr wohl, Mylady.«
»Dinny, wäschst du dir auch immer das Haar, wenn du traurig bist?«
Durch den finsteren, nebligen Abend fuhr Dinny nach dem South Square und fühlte sich so tief bedrückt wie noch nie. Nun saß Hubert in einer Kerkerzelle, getrennt von der Frau, die er erst vor drei Wochen geheiratet, wer weiß, vielleicht für immer! Und sah ein Schicksal vor Augen, das nicht auszudenken war! Alles nur darum, weil diese Gesellen es nicht auf ihr Gewissen nehmen wollten, seinem Wort ohne weiteres zu trauen. Angst und Zorn wallten in ihr auf, wie Hitzeschwaden vor einem Gewitter. Sie traf Fleur und ihre Tante Lady Alison in eifrigem Gespräch über die erforderlichen Schritte. Der bolivianische Gesandte hatte, wie es schien, nach einer Erkrankung einen Erholungsurlaub angetreten, er war verreist, und ein Untergebener versah jetzt sein Amt. Nach Lady Alisons

Ansicht machte das die Sache schwieriger, denn der Stellvertreter würde wahrscheinlich keine Verantwortung übernehmen. Immerhin wollte sie eine Diplomatengesellschaft zum Lunch laden und Fleur und Michael dazu bitten; auch Dinny sollte kommen, wenn sie es wünschte. Doch sie schüttelte den Kopf. Sie hatte das Vertrauen zu ihrer Kunst im Umgang mit Diplomaten verloren.
»Wenn ihr beide, du und Fleur, es nicht fertigbringt, Tante Alison, dann richte ich bestimmt nicht das mindeste aus. Aber Jeanne kann, wenn sie will, ungemein bezaubernd sein.«
»Jeanne hat mir eben telefoniert, Dinny. Du sollst heute auf dem Heimweg einen Sprung in ihre Wohnung machen. Wenn nicht, will sie dir schreiben.«
Dinny erhob sich. »Ich gehe gleich hin.« Sie eilte durch den Nebel am Themsekai hin und wandte sich zu dem Block von Mietskasernen, wo Jeanne Unterkunft gefunden. An der Straßenecke schrien kleine Zeitungsjungen die blutrünstigen Tagesereignisse aus. Sie kaufte ein Blatt, um zu sehen, ob Huberts Angelegenheit schon drinstand, und entfaltete es unter einer Laterne. Jawohl, da war's! »Britischer Offizier verhaftet. Auslieferungsbegehren wegen Mordes.« Wie wenig Aufmerksamkeit hätte sie dieser Notiz geschenkt, wäre es sie nicht persönlich angegangen! Diese Nachricht bedeutete für sie und die Ihren grenzenlosen Kummer, für das Publikum einen kleinen, angenehmen Nervenkitzel. Das Unglück anderer war eine Zerstreuung, und die Zeitungen lebten davon. Der Mann, von dem sie das Blatt erstand, hatte ein mageres Gesicht, schmutzige Kleider, ein lahmes Bein. Und, vielleicht um das Schicksal durch ein kleines Opfer günstig zu stimmen, reichte sie ihm die Zeitung zurück und einen Shilling. Der Mensch riß vor Staunen Mund und Augen auf. Hatte die am Ende das große Los gewonnen? Die? Dinny stieg die Ziegeltreppe zu Jeanne hinauf. Die Wohnung lag im zweiten Stock. Vor der Tür drehte sich eine große schwarze Katze um sich selbst; sie lief dabei, wie es schien, immer ihrer eigenen Schwanzspitze nach. Dann ließ sie sich nieder und hob eine ihrer Vorderpfoten, um sie zu lecken.
Jeanne öffnete selbst die Tür. Offenbar war sie gerade beim Packen gewesen, eine Hemdhose hing ihr über dem Arm. Dinny gab

der Schwägerin einen Kuß und sah sich um. Noch nie war sie hier gewesen. Die Türen des kleinen Wohnraums, des Schlafzimmers, der Küche und des Bads standen offen; die Wände waren apfelgrün getüncht, der Fußboden mit dunkelgrünem Linoleum belegt. Im Schlafzimmer standen ein Doppelbett und einige Handkoffer, im Wohnzimmer zwei Armsessel und ein kleiner Tisch, in der Küche eine Anrichte und darauf ein Glastopf mit Badesalz. Keine Teppiche, keine Bilder, keine Bücher, an den Fenstern Vorhänge aus bedrucktem Kattun; ein eingebauter Schrank nahm eine ganze Wand des Schlafzimmers ein, Jeanne hatte daraus die Kleider hervorgeholt und aufs Bett geworfen. Kaffeegeruch und Lavendelduft unterschieden die Atmosphäre dieser Wohnung von der Luft auf der Treppe.
Jeanne legte die Hemdhose hin. »Willst du Kaffee trinken, Dinny? Ich hab gerade welchen gekocht.« Sie goß ihn in zwei Tassen, zuckerte ihn, reichte Dinny eine der Tassen und ein Papiersäckchen mit Zigaretten. Dann wies sie einladend auf einen der Armstühle und setzte sich selbst in den anderen.
»Du hast also meine Botschaft erhalten? Freut mich, daß du gekommen bist. Da brauch ich kein Paket zu machen, das tu ich so ungern. Du nicht auch?«
Ihr kühler, frischer Gesichtsausdruck setzte Dinny in Staunen.
»Hast du Hubert seither gesehen?«
»Ja. Er hat es ganz angenehm. Seine Zelle ist nicht schlecht, sagt er; man hat ihm Bücher und Schreibpapier gegeben. Auch Essen kann er sich holen lassen, nur rauchen darf er nicht. Gegen dieses Verbot müßte man Beschwerde führen. Nach dem britischen Gesetz ist Hubert jetzt noch ebenso unschuldig wie der Minister des Innern. Und verbietet dem vielleicht irgendein Paragraph das Rauchen? Ich werde Hubert vorläufig nicht wiedersehen. Aber du wirst ihn besuchen, Dinny! Gib ihm einen herzlichen Kuß von mir und bring ihm einige Zigaretten, vielleicht darf er sie doch rauchen.«
Dinny starrte Jeanne an.
»Was hast du denn vor?«
»Darüber will ich eben mit dir sprechen, aber nur mit dir. Versprich mir strengste Diskretion, sonst sag ich kein Wort.«

Entschlossen erklärte Dinny: »Ich schweige wie das Grab.«
»Morgen reise ich nach Brüssel. Alan ist schon heute gefahren. Man hat ihm wegen dringender Familienangelegenheiten den Urlaub verlängert. Wir wollen uns für das Schlimmste vorbereiten, weiter nichts. Ich lerne fliegen, in der halben Zeit wie die anderen. Wenn ich dreimal im Tag aufsteige, kann ich es in drei Wochen ganz gut. Und wenigstens drei Wochen Frist hat mir unser Anwalt garantiert. Selbstverständlich ahnt er nichts von meinem Plan. Niemand darf etwas wissen, nur du. Du könntest für mich etwas besorgen.« Sie streckte die Hand aus und holte aus ihrem Täschchen ein in Seidenpapier gewickeltes kleines Paket hervor. »Ich muß fünfhundert Pfund haben. Wir sollen in Brüssel für wenig Geld aus zweiter Hand ein gutes Flugzeug bekommen, doch werden wir den Rest des Betrages brauchen. Da sieh, Dinny, dies ist ein altes Familienerbstück und sehr wertvoll. Du sollst es gegen fünfhundert Pfund versetzen. Wenn du dabei nicht soviel herausschlägst, mußt du es verkaufen. Verpfänd oder verklopf es in deinem Namen. Wechsle das Geld in belgische Banknoten um und schick sie mir eingeschrieben an das Hauptpostamt Brüssel. Binnen drei Tagen muß ich das Geld haben.« Sie streifte das Papier ab. Ein altmodischer, doch sehr schöner Smaragdanhänger kam zum Vorschein.
»Ah!«
»Ein schönes Stück!« sagte Jeanne. »Du kannst hübsch viel verlangen. Fünfhundert Pfund gibt man dir bestimmt dafür. Smaragde stehen hoch im Kurs.«
»Aber warum versetzt du ihn nicht selbst vor deiner Abreise?«
Jeanne schüttelte den Kopf.
»Nur keinen Verdacht erwecken! Was du tust, Dinny, ist schließlich einerlei. Du hast ja nicht vor, das Gesetz zu brechen. Alan und ich müssen es vielleicht, aber fangen lassen wir uns nicht.«
»Du solltest mir doch mehr darüber erzählen«, bat Dinny.
Wieder schüttelte Jeanne den Kopf. »Unnötig, und auch unmöglich. Näheres wissen wir ja selbst noch nicht. Kopf hoch! Sie werden uns Hubert nicht fortführen. Du übernimmst das also?« Sie wickelte den Anhänger wieder ein.
Dinny nahm das kleine Paket und ließ es in den Ausschnitt des

Kleides hinabgleiten, da sie kein Täschchen mithatte. Dann beugte sie sich vor und mahnte eindringlich: »Versprich mir, Jeanne, du wirst keinen derartigen Schritt wagen, eh nicht alles andere fehlschlägt.«
Jeanne nickte. »Erst im allerletzten Augenblick. Es wäre sonst nicht ratsam.«
Dinny drückte ihr die Hand. »Jeanne, ich hätte dich nicht in diese Sache stürzen sollen! Hätte ich euch beide doch nur nicht zusammengebracht!«
»Liebste, ich hätte es dir nie verziehen, wenn du es nicht getan hättest. Ich hab ihn doch so lieb!«
»Aber es ist so entsetzlich für dich!«
Jeanne starrte in die Ferne. Wieder glich sie einer Leopardin, die um ihr Junges bangt.
»Nein, mich freut der Gedanke, ihn herauszureißen. Noch nie hab ich mich so frisch und lebendig gefühlt.«
»Setzt Alan viel dabei aufs Spiel?«
»Wenn wir geschickt vorgehen, wohl kaum. Wir haben verschiedene Pläne, je nachdem die Dinge sich gestalten.«
»Ich hoffe zu Gott, daß sich das alles als überflüssig erweist«, seufzte Dinny.
»Ich auch. Doch man darf die Sache nicht dem Zufall überlassen, und schon gar nicht bei einem solchen Ausbund an Gerechtigkeit wie Walter.«
»Also leb wohl, Jeanne. Viel Glück!«
Sie küßten einander, und Dinny trat auf die Straße hinaus, mit dem Smaragdanhänger, der ihr bleischwer auf dem Herzen lag. Jetzt begann ein feiner Sprühregen, sie fuhr im Auto in die Mount Street zurück. Ihr Vater und Sir Lawrence waren eben heimgekommen. Sie brachten nur unwesentliche Neuigkeiten. Wie es schien, wollte Hubert nicht mehr darum ansuchen, gegen Bürgschaft auf freiem Fuß belassen zu werden. »Jeanne muß ihn herumkriegen«, dachte Dinny. Der Innenminister Walter war in Schottland und würde erst in vierzehn Tagen zur Parlamentseröffnung zurückkehren. Vorher konnte also das Auslieferungsbegehren nicht rechtskräftig werden. Wahrscheinlich hatten sie also noch drei Wochen Frist und konnten inzwischen Himmel und Er-

de in Bewegung setzen. Aber eher stürzten Himmel und Erde ein, ehe denn ein Buchstabe des Gesetzes verlorenginge. »Einflußnahme«, »Interesse«, »Einfädeln«, »Durchsetzen« – war das alles wirklich nur sinnloses Geschwätz? Oder gab es doch irgendeinen geheimnisvollen Weg, den sie alle nur nicht kannten?

Ihr Vater küßte sie und ging bekümmert zu Bett; Dinny blieb allein mit Sir Lawrence zurück. Sogar er war niedergeschlagen.

»Heute läßt uns beide unsere Munterkeit im Stich«, sagte er. »Dinny, mitunter glaub ich, daß wir den Wert des Gesetzes stark überschätzen. Das Justizverfahren ist roh und überstürzt und trifft bei der Strafbemessung ungefähr ebensooft das Richtige wie die Diagnose eines Arztes, der den Patienten zum erstenmal sieht. Doch aus unerklärlichen Gründen scheint uns das Gesetzbuch ein Heiligtum wie der Gral, und seine Paragraphen dünken uns Offenbarungen Gottes. Wenn es je einen Fall gab, bei dem ein Minister den Regungen der Menschlichkeit nachgeben könnte, ist es wohl dieser. Und dennoch scheint mir Walter nicht dazu geneigt. Und Bobbie Ferrar hat denselben Eindruck, Dinny. Vor kurzem hat offenbar irgendein hirnverbrannter Idiot Walter als ›Urbild der Unbestechlichkeit‹ gepriesen; diese Lobhudelei ist ihm nach Bobbies Vermutung berauschend zu Kopf gestiegen, statt ihm den Magen umzudrehen; seither hat er keine Gnade walten lassen. Ich überlege, ob ich nicht an die *Times* einen Brief schicken soll des Inhalts: ›Diese Pose erbarmungsloser Unbestechlichkeit in gewissen Ämtern unseres Vaterlandes schädigt die Gerechtigkeit mehr als die Methoden der Justiz von Chikago.‹ Diesen Kerl sollte Chikago berufen. Er ist übrigens einmal drüben gewesen, glaub ich. Entsetzlich, wenn ein Mensch so alle Menschlichkeit verliert!«

»Ist er verheiratet?«

»Gegenwärtig nicht einmal das«, erklärte Sir Lawrence.

»Manche Leute werden schon als Unmenschen geboren, nicht wahr?«

»Die sind nicht einmal so schlimm; bei denen weiß man wenigstens, wie man dran ist, und kann auf der Hut sein. Die Kerle, denen ihr Wert zu Kopf steigt, richten das meiste Unheil an. Da fällt mir ein, ich hab dem jungen Mann gesagt, du würdest ihm zu einem Miniaturbild sitzen.«

»Ach, Onkel, doch jetzt nicht, in dieser Sorge um Hubert.«

»Nein, nein, jetzt gleich natürlich nicht. Aber in Huberts Sache muß bald etwas geschehen. Dinny, wie wär's übrigens mit dem jungen Frauchen, mit Jeanne?« fügte er mit schlauem Zwinkern hinzu.

Dinny blickte ihn voll ahnungsloser Unschuld an.

»Wieso, was meinst du, Onkel?«

»Mir scheint, die läßt sich nicht so leicht kleinkriegen.«

»Freilich nicht, aber was kann die arme Jeanne dabei tun?«

»Das frag ich mich eben«, erwiderte Sir Lawrence und zog die eine Braue hoch, »das frag ich mich eben. Weißt du, es gibt doch allerhand unschuldige Dinge, es gibt Engel ohne Flügel. Gab es schon zu meiner Zeit und gibt es auch jetzt noch, nur daß euch Engeln jetzt so die Flügel wachsen.«

Dinny sah ihn noch immer mit ihrem Unschuldsblick an und dachte: »Onkel Lawrence sieht unheimlich scharf.« Bald darauf ging sie zu Bett.

Entsetzlich, schlafen gehen zu müssen, so in Hangen und Bangen! Und doch, wie viele angstgequälte Menschenkinder mußten schlafen gehen und die Wangen ins Kissen drücken! Das Zimmer schien ihr von dem sinnlosen Leid der ganzen Welt erfüllt. Wäre sie doch wenigstens dichterisch begabt! Da könnte sie jetzt aufstehen und sich in einem lyrischen Erguß Luft machen. Aber ach, so leicht hatte sie's wahrhaftig nicht, sie lag da und war traurig, traurig, angstvoll und zornig. Sie entsann sich noch ihrer Gefühle in den Tagen, da Hubert kaum achtzehnjährig in den Krieg zog, sie selbst war damals dreizehn gewesen. Wie entsetzlich war das damals, doch noch lange nicht so schlimm wie jetzt! Sie fragte sich, warum. Damals hätte er jeden Augenblick den Tod finden können; jetzt war er sicherer als jeder, der nicht hinter Schloß und Riegel saß. Selbst auf der Überfahrt nach Amerika, bis zur Übergabe an das Gericht im fernen Ausland vor stammesfremden Richtern würden ihn die Begleitpersonen wie ihren Augapfel hüten. Einige Monate hindurch drohte ihm keine Lebensgefahr. Warum schien ihr also sein gegenwärtiges Schicksal so viel grauenhafter als alle die Gefahren, denen er seit dem ersten Tag des Felddienstes ins Auge geschaut, furchtbarer sogar als die lange, böse Zeit der Expedition mit Hallorsen? Warum? Wohl darum, weil er all diesen früheren Nöten und Gefahren freiwillig die Stirn geboten; doch in sein heutiges Elend hatte ihn fremde Gewalt gestürzt. Fremde Gewalt zwang ihn nieder, raubte ihm die beiden heiligsten Güter der Menschheit: persönliche Freiheit und Privatleben, Güter, die die Menschheit in Staat und Gemeinde seit Jahrtausenden erstrebt hatte, bis – bis sie eben der Ideenwelt des Bolschewismus erlag. Freiheit und Privatleben – jedermann waren sie wertvolle Güter, vor allem aber Leuten ihres Schlags, die allein der Stimme des eigenen Gewissens gehorchen wollten. Wie sie so dalag, sah sie Hubert in seiner Kerkerzelle, voll Sehnsucht nach Jeanne, voll Ingrimm über seine Haft, voll Grauen vor der Zukunft, verbittert, beklommen, elend. Was hatte er denn verbrochen, Herrgott im Himmel, was nur? Welcher Mann mit Gefühl und Temperament hätte in Huberts Lage nicht ganz dasselbe getan?

Der Straßenlärm, der aus der Park Lane heraufdrang, gab den Grundbaß zu ihrer rebellischen Klage. Sie wurde so rastlos, daß sie es nicht länger im Bett aushielt; sie warf den Morgenrock über und wanderte lautlos durch den Raum, bis sie in der kühlen Herbstluft erschauerte, die durchs offene Fenster drang. Wer weiß, am Ende war die Ehe doch nicht so ganz zu verachten. Man hatte wenigstens eine Brust, an die man sich schmiegen, an der man sich ausweinen konnte, ein Ohr, das den Klagen Gehör lieh, und Lippen, die Worte des Mitgefühls sprachen. Doch schwerer als die Einsamkeit war in diesen bösen Wochen das Nichtstun zu ertragen. Sie beneidete alle, die wie ihr Vater und Sir Lawrence wenigstens ihren Angelegenheiten nachgehen und im Auto herumfahren konnten; besonders beneidete sie Jeanne und Alan. Was sie auch taten, immer noch besser, als gar nichts tun wie sie! Sie zog den Smaragdanhänger hervor und sah ihn an. Nun, da gab es morgen wenigstens etwas für sie zu erledigen, sie malte sich aus, wie sie, den Schmuck in der Hand, irgendeinem herzlosen Geldverleiher große Summen entlocken würde. Dann schob sie den Anhänger unter ihr Kopfkissen, als vermöchte seine Nähe sie von dem Gefühl der Hilflosigkeit zu befreien, und schlief endlich ein.

Am nächsten Morgen stand sie zeitig auf. Ihr war eingefallen, sie könnte den Anhänger vielleicht schon am Morgen versetzen und Jeanne das Geld noch vor der Abreise bringen. Sie beschloß, den Kammerdiener Blore zu fragen. Sie kannte ihn ja schon seit ihrem fünften Jahr. Er war ein altes Faktotum der Familie und hatte nie etwas von den Kümmernissen verraten, die sie ihm in den Kindertagen anvertraute.

Als er mit Tante Emilys Kaffeemaschine kam, trat Dinny auf ihn zu.

»Blore!«

»Bitte, Miss Dinny?«

»Möchten Sie nicht so lieb sein und mir im strengsten Vertrauen sagen, wer als der anständigste Pfandleiher von London gilt?«

Überrascht und doch gefaßt, stellte der Kammerdiener die Kaffeemaschine auf den Tisch – schließlich mußte in dieser Zeit so mancher etwas versetzen. »Miss Dinny«, sagte er zuletzt nachdenklich, »da ist natürlich die Firma Attenborough, doch, wie ich höre, gehen jetzt die vornehmsten Kreise zu einem gewissen Frewen in der South Molton Street. Ich kann seine Hausnummer im Telefonbuch nachschlagen. Er soll, wie es heißt, sehr zuverlässig und anständig sein.«

»Famos, Blore! Übrigens hat die Sache ja nicht viel zu bedeuten.«

»Selbstverständlich, Miss.«

»Und – und Blore, muß ich wirklich meinen eigenen Namen angeben?«

»Nein, Miss Dinny. Wenn ich raten darf, geben Sie den Namen meiner Frau und die hiesige Adresse an. Falls Sie mit ihm in Verbindung treten müssen, könnte ich es telefonisch vermitteln. Verlassen Sie sich auf mich.«

»Das ist mir wirklich ein Trost, Blore. Doch wird es Ihre Frau nicht vielleicht übelnehmen?«

»Keine Spur, Miss, sie ist gewiß froh, wenn sie Ihnen einen Gefallen erweisen darf. Wenn Sie wünschen, kann ich die Sache für Sie erledigen.«

»Vielen Dank, Blore. Aber ich fürchte, ich muß es doch selbst besorgen.«

Der Kammerdiener strich sich das Kinn und sah sie an; sein Blick schien Dinny wohlwollend, doch etwas spöttisch.

»Darf ich mir noch einen Rat erlauben, Miss? Auch dem Besten seiner Sorte dürfen Sie nie verraten, daß Ihnen an der Sache etwas liegt. Bietet er Ihnen nicht den vollen Wert, dann gibt es ja noch andere.«

»Herzlichen Dank, lieber Blore! Wenn er es nicht tut, wende ich mich an Sie. Kann ich um halb zehn schon zu ihm?«

»Das soll die beste Zeit sein, Miss. Da treffen Sie ihn noch frisch und unternehmungslustig.«

»Lieber Blore!«

»Wie man hört, hat er Welt- und Menschenkenntnis. Er wird Sie gewiß nicht für eine zweifelhafte Dame halten.«

Dinny legte den Finger an die Lippen. »Sie schweigen, Blore!«

»Wie das Grab, Miss. Nächst Mr. Michael waren Sie ja immer mein Liebling.«

»Und Sie der meine.« Sie langte nach der *Times*, da trat ihr Vater ein, und Blore zog sich zurück.

»Hast du gut geschlafen, Vater?«

Der General nickte.

»Und Mutters Kopfweh?«

»Ist nicht mehr so arg. Sie kommt gleich herunter. Wir sehen ein, daß wir durch Sorgen die Sache nicht besser machen.«

»Stimmt, liebster Vater. Was meinst du, können wir jetzt mit dem Frühstück beginnen?«

»Emily frühstückt auf ihrem Zimmer, Lawrence um acht. Bereite du den Kaffee.«

Dinny schritt andächtig ans Werk, sie teilte die Leidenschaft ihrer Tante für guten Kaffee.

»Und was macht Jeanne?« fragte der General plötzlich. »Kommt sie zu uns?«

Dinny hielt den Blick gesenkt.

»Ich glaube nicht, Vater. Das ließe ihr keine Ruhe. Sie will wohl lieber allein damit fertig werden. Ich an ihrer Stelle möchte es auch.«

»Armes Mädel! Aber Mut hat sie wirklich. Bin froh, daß Hubert solch ein mutiges Mädchen geheiratet hat. Diese Tasburghs haben das Herz auf dem rechten Fleck. Ich erinnere mich noch an einen ihrer Onkel, der stand in Indien bei einem Gurkharegiment – ein waghalsiger Bursche! Seine Soldaten gingen für ihn durchs Feuer. Wo ist er nur gefallen, laß mich nachdenken!«

Dinny beugte sich tiefer über den Kaffee.

Es war noch nicht halb zehn, als sie fortging, ihren schönsten Hut auf dem Kopf, den Anhänger im Täschchen. Punkt halb zehn stieg sie in den ersten Stock eines Geschäftshauses in der South Molton Street. In einem geräumigen Zimmer saßen an einem Mahagonitisch zwei Herren, die man für Buchmacher hätte halten können. Ängstlich musterte Dinny die beiden, um irgendeine Spur von Herz an ihnen zu entdecken. Nun, sie schienen wenigstens aufgeräumt; der eine trat auf sie zu.

Dinny fuhr sich unmerklich mit der Zunge über die Lippen.

»Sie sind, wie ich höre, so liebenswürdig, Geld auf Juwelen zu leihen?«

»Jawohl, Madam.« Er war grauhaarig, ziemlich kahl und rotwangig, hielt einen Koffer in der Hand und starrte sie durch das Glas hindurch aus hellen Augen an. Dann setzte er den Zwicker auf die Nase, zog einen Stuhl an den Tisch heran, machte eine einladende Handbewegung und ließ sich nieder. Dinny nahm Platz.

»Ich brauche ziemlich viel, fünfhundert Pfund.« Sie lächelte. »Als Pfand geb ich ein altes, ganz hübsches Erbstück.«

Beide Herren verneigten sich leicht.

»Ich brauche das Geld auf der Stelle, hab eine dringende Zahlung zu leisten. Da ist das Pfand!« Und sie zog den Anhänger aus der Tasche, entfernte die Hülle und legte ihn auf den Tisch. Dann fiel ihr Blores Rat ein, sie lehnte sich lässig zurück und kreuzte die Beine.

Eine volle Minute lang musterten die beiden Männer den Anhänger, ohne ein Wort zu sprechen oder eine Miene zu verziehen. Dann öffnete der zweite der Herren eine Lade und entnahm ihr eine Lupe. Während er den Anhänger prüfte, sah der erste Dinny aufmerksam an; ihr entging das nicht – vermutlich war das die Art der Arbeitsteilung dieser Herren. Welches Juwel gefiel ihnen

wohl besser, der Anhänger oder – sie? Atemlos gespannt wartete sie auf das Urteil und hielt dabei die Augen halboffen, die Brauen ein wenig emporgezogen.
»Ihr Eigentum, Madam?« fragte der erste der beiden Herren.
Dinny erwiderte fest: »Jawohl« – sie entsann sich wieder des alten Schuljungenspruchs: »Lüge, aber laß dich nicht erwischen!«
Der zweite legte die Lupe hin und schien mit der Hand das Gewicht des Schmuckstücks zu prüfen. »Sehr nett«, meinte er. »Altmodisch, aber sehr nett. Wie lang brauchen Sie das Geld?«
Dinny hatte keine Ahnung. »Sechs Monate«, erwiderte sie kühn; »doch ich darf es wohl auch früher einlösen?«
»Gewiß. Fünfhundert Pfund, sagten Sie?«
»Bitte.«
»Wenn Sie einverstanden sind, Mr. Bondy«, erklärte der zweite Herr, »ich bin es.«
Dinny hob den Blick zu Mr. Bondys Gesicht. Ob der jetzt wohl sagte: »Nein, sie hat mich angelogen?« Doch er schob die Unterlippe ein wenig vor und erwiderte mit leichter Verbeugung: »Gewiß!«
»Ob die immer den Angaben ihrer Klienten Glauben schenken – oder nie?« fragte sie sich. »Doch einerlei – sie haben den Anhänger, ich muß ihn auf Treu und Glauben ausliefern – oder vielmehr Jeanne.«
Der zweite Herr schob den Anhänger fort, holte ein Buch hervor und trug etwas ein. Mr. Bondy schritt auf einen Stahlschrank zu.
»Möchten Sie das Geld in Banknoten, Madam?«
»Bitte.«
Der zweite Herr – er trug einen Schnurrbart, weiße Gamaschen und glotzte ein wenig – überreichte ihr das Buch.
»Bitte um Name und Adresse, Madam.«
Dinny schrieb bebend »Mrs. Blore« und die Adresse ihrer Tante in der Mount Street. »Gott steh mir bei!« fuhr es ihr durch den Kopf, »ich hab ja keinen Ehering!«, und sie krampfte die linke Hand zusammen, um den Ringfinger den Blicken der Herren zu entziehen. Leider saßen ihre Handschuhe wie angegossen, der Ringfinger ließ den erwünschten Wulst vermissen.
»Falls Sie das Schmuckstück wiederhaben wollen, sind am 29.

April des nächsten Jahres fünfhundertfünfzig Pfund zu erlegen. Wenn wir bis dahin nichts von Ihnen hören, wird das Pfand zum Verkauf angeboten.«
»Natürlich. Wenn ich es aber früher einlösen will?«
»Dann haben Sie entsprechend weniger zu bezahlen. Der Zinsfuß beträgt zwanzig Prozent; heute in einem Monat beträgt die fällige Summe also fünfhundertacht Pfund, sechs Shilling, acht Pence.«
»Verstehe.«
Der erste Herr trennte einen Zettel ab und händigte ihn Dinny ein. »Hier ist der Pfandschein.«
»Kann der Anhänger gegen Bezahlung von jedermann behoben werden, der diesen Zettel vorweist? Falls ich Sie vielleicht nicht mehr persönlich aufsuchen kann?«
»Gewiß, Madam.«
Dinny steckte die Bestätigung ein und barg dabei die linke Hand möglichst tief im Täschchen. Dann hörte sie zu, wie Mr. Bondy das Geld auf den Tisch zählte. Er zählte prachtvoll, leise knisterten die Banknoten, sie schienen noch ganz neu. Dinny nahm sie mit der Rechten, verwahrte sie im Täschchen und erhob sich, wobei sie noch immer die Linke versteckt hielt.
»Vielen Dank.«
»Keine Ursache, Madam, das Vergnügen war auf unserer Seite. Wir stehen Ihnen mit Freude zu Diensten. Guten Tag!«
Dinny verneigte sich und schritt langsam zur Tür. Unter den halbgesenkten Lidern sah sie ganz deutlich den einen der beiden Herren mit einem Auge zwinkern. Ziemlich versonnen stieg sie die Stufen hinab und schloß das Täschchen. »Die denken am Ende gar, ich krieg ein Baby; oder ich hab beim Cambridge-Wettrennen verloren.« Ach was, sie hatte das Geld in Händen, und es war genau Viertel vor zehn. In Cooks Büro würde man es wohl wechseln oder ihr wenigstens sagen, wo belgisches Geld zu haben sei. Sie mußte jedoch bei mehreren Schaltern vorsprechen, das Umwechseln nahm fast eine Stunde in Anspruch. Ganz heiß hatte sie sich gelaufen, als sie endlich den Viktoriabahnhof betrat. Langsam ging sie den Zug entlang und spähte in jedes Abteil. Etwa zwei Drittel hatte sie schon abgeschritten, da rief hinter ihr ei-

ne Stimme: »Dinny!« Sie blickte sich um und sah Jeanne in der Tür eines Abteils zweiter Klasse stehen.
»Ah, da bist du ja, Jeanne! Es war eine solche Hetzjagd. Sag doch, glänzt meine Nase?«
»Dinny, du siehst nie erhitzt aus.«
»Na, ich hab's geschafft. Hier das Ergebnis: fünfhundert Pfund, fast alles in belgischem Geld.«
»Großartig!«
»Und hier der Pfandschein. Mit diesem Zettel kann jeder den Anhänger auslösen. Die Zinsen betragen zwanzig vom Hundert. Am 29. April verfällt das Pfand.«
»Behalte du den Schein, Dinny.« Jeanne senkte die Stimme. »Wenn wir unseren Plan ausführen müssen, sind wir im April schwerlich in London. Es gibt ja verschiedene Staaten, die keine diplomatischen Beziehungen zu Bolivien unterhalten. Dort müssen wir wohnen, bis die Sache hier in Ordnung gebracht ist.«
»Weißt du«, sagte Dinny offen, »ich hätte mehr herausschlagen können. Sie haben gierig zugeschnappt.«
»Ach was! Jetzt muß ich einsteigen. Hauptpostamt Brüssel. Leb wohl! Küß Hubert von mir und sag ihm, alles geht wie am Schnürchen.« Sie schlang die Arme um Dinny, drückte sie heftig an sich und sprang in den Zug zurück. Er setzte sich fast augenblicklich in Bewegung. Dinny blieb stehen und winkte dem strahlenden braunen Gesicht zu, das vom Fenster nach ihr zurücksah.

34

Dinnys erfolgreiche Tätigkeit am Morgen hatte, wie sich bald erwies, auch ihre Schattenseite: der Rest des Tages ließ sich um so schwerer totschlagen.
Durch die Abwesenheit des Innenministers und des bolivianischen Gesandten schien alles ins Stocken geraten; ohnedies konnte Dinny dabei schwerlich von Nutzen sein. Ihr blieb nichts übrig, als zu warten und sich vor Sorge zu verzehren. In den Vormittagsstunden schlenderte sie durch die Straßen, betrachtete die Schaufenster und die Leute, die davor standen.

Zum Lunch nahm sie in einem billigen Speisehaus poschierte Eier. Dann ging sie in ein Kino, in der unbestimmten Hoffnung, sie könnte sich mit dem abenteuerlichen Plan Jeannes und Alans eher befreunden, wenn sie etwas Ähnliches auf der Leinwand vorgeführt sähe. Doch sie hatte kein Glück. Der Film brachte weder Flugzeuge noch Prärien, noch Detektive, noch eine Flucht vor dem rächenden Arm der Justiz, dafür aber einen köstlichen französischen Gentleman, einen Herrn in den besten Jahren, der für eine Stunde, ja sogar für noch länger sich in fremde Schlafzimmer verirrte, ohne dabei irgendeine Unschuldslilie zu knikken. Dinny fand wider Willen dran Vergnügen – ein lieber Kerl, vielleicht der vollendetste Lügner, den sie je gesehen hatte.

Ein wenig erheitert und in behaglicher Stimmung begab sie sich in die Mount Street zurück. Hier erfuhr sie, ihre Eltern seien mit dem Nachmittagszug nach Condaford heimgefahren. Was sollte sie tun? Ihnen als gute Tochter nachreisen oder abwarten, ob es für sie doch etwas zu tun gäbe? Unentschlossen ging sie in ihr Zimmer hinauf und begann zerstreut zu packen. Beim Öffnen einer Schublade stieß sie auf Huberts Tagebuch, das sie noch immer in Verwahrung hatte. Zerstreut blätterte sie darin; plötzlich entdeckte sie eine Stelle, die ihr unbekannt vorkam; sie handelte nicht von Huberts Gefahren und Beschwerden.

»In einem Buch, das ich gerade lese, finde ich folgende Stelle: ›Wir gehören einer Generation an, die die Erbärmlichkeit des Daseins gründlich ausgekostet hat, die den Mut aufbringt, sich damit abzufinden und zu sagen: Genießt die Freuden des Augenblicks, alles andere ist eitel.‹ Das ist meine Generation, die Jugend der Kriegs- und Nachkriegsjahre. Diese Lebensanschauung beherrscht heute die breite Masse; doch bei gründlicher Überlegung finden wir, daß die Flachköpfe aller Zeiten davon durchdrungen waren. Besonders die Generation vor dem Krieg, ja noch früher, seit Darwins Lehre der Religion so hart zusetzte. Was gewann man am Ende durch diese Weisheit? Angenommen, man habe die Einsicht erlangt, sämtliche Ideale und Satzungen seien wandelbar, die Begriffe der Ehrlichkeit im Geschäftsleben, der Freiheit, Vertragstreue, Ehe, Religion und so weiter; Tugend und Sitte trügen keinen Lohn, weder in dieser Welt noch im ungewissen Jenseits; das einzig Reale sei der Genuß und das Streben danach. Aber verhalf diese Erkenntnis wirklich dazu, Freude und Genuß zu steigern? Ganz und gar nicht, im Gegenteil. Wenn jedermann bewußt und rücksichtslos dem Grundsatz huldigt: Genieße dein Leben um jeden Preis!, dann wird bei dieser wilden Jagd nach Genuß einer den andern skrupellos über den Haufen rennen, keiner wird zurückbleiben, keiner, ausgenommen vielleicht jene schwerfälligen Käuze, die von Anfang an diese Lehre gepredigt hatten – die werden wahrscheinlich nichts davon haben. Denn alle diese Satzungen und Moralbegriffe, deren Hinfälligkeit sie so scharfsinnig durchschauten, dienen ja doch seit grauen Zeiten nur dem Zweck, die Menschen im Zaum zu halten und die Aussicht auf Glück und Wohlstand jedermann zu sichern, statt nur wenigen gefährlichen Gewalttätern und durchtriebenen Köpfen. Alle Einrichtungen der Gesellschaft, Religion, Ehe, Gesetz und Recht, fordern vom einzelnen Rücksichtnahme auf den andern, um ihm selbst ihre Rücksicht zu sichern. Ohne diese Satzungen glichen wir mäßig tüchtigen Autobanditen und Vagabunden, die unter der Botmäßigkeit einiger Erzgauner stehen. Nur ein Narr kann also schonungsloses Verfahren mit den Mitmenschen empfehlen und sich dadurch selbst der Schonung und der Aussicht auf Glück und Wohlstand berauben. Gediegen ist es nur, daß wir alle das klar erkennen, wie immer wir auch schwatzen mögen. Leute, die wie der Verfasser des Buches daherreden, vergessen im Augenblick der Entscheidung diese Grundsätze völlig. Selbst ein Autobandit hat noch seine Ehre und verrät vor Gericht seine Spießgesellen nicht. Diese neue Philosophie, man müsse sich mit dem sinnlosen Dasein abfinden und möglichst viel Genuß aus ihm herauspressen, erweist sich als unbedachtes Geschwätz. Und doch schien sie mir beim ersten Lesen ganz einleuchtend.«

Dinny ließ das Blatt so jäh sinken, als versengte es ihr die Finger, ihr Gesichtsausdruck hatte sich plötzlich verklärt. Daran trug aber nicht diese Stelle schuld – ihr Sinn war ihr kaum zum Bewußtsein gekommen. Nein! Sie hatte eine Erleuchtung! Wie kam es nur, daß ihr das erst jetzt einfiel? Sie rannte zum Telefon hinunter und rief Fleur an.

»Hallo?« fragte Fleurs Stimme.
»Fleur, ich brauche Michael. Ist er zu Hause?«
»Jawohl. Michael – Dinny!«
»Bist du's, Michael? Bitte, kannst du sofort zu mir herüberkommen? Wegen Huberts Tagebuch. Mir ist eine Eingebung gekommen, am Telefon mag ich aber nicht darüber sprechen. Oder soll ich zu dir? Du kommst? Ausgezeichnet! Wenn Fleur will, soll sie dich begleiten, oder bring wenigstens ihren Scharfsinn mit!«
Zehn Minuten später kam Michael allein; der erregte Klang von Dinnys Stimme hatte auch auf ihn gewirkt. Sie zog ihn in den Alkoven und nahm neben ihm auf dem Sofa, unter dem Papageienkäfig, Platz.
»Michael, plötzlich ist mir was eingefallen: Könnten wir nicht Huberts Tagebuch – rund fünfzehntausend Worte – sofort drukken lassen, so daß es baldigst veröffentlicht werden kann? Unter irgendeinem guten Titel wie ›Verraten‹ – oder –«
»›Verkauft und verraten‹«, meinte Michael.
»Jawohl, ›Verkauft und verraten‹. Das könnte man dem Innenminister zeigen und ihm erklären, es käme mit einem geharnischten Vorwort heraus, dann sieht er vielleicht von der Bestätigung des Auslieferungsbegehrens ab. Dieser Titel, das Vorwort, dazu noch ein Angriff der Presse – das macht doch große Sensation und wäre ihm bestimmt nicht angenehm. Das Vorwort könnte in kraftvollen Wendungen den Verrat am eigenen Volksgenossen anprangern, das feige Kriechen vor dem Ausländer und so weiter. Dann bringen wir es bestimmt bei der Presse an.«
Michael fuhr sich durchs Haar.
»Das ist wirklich ein Geistesblitz, Dinny, zweifellos; aber wie stellt man es an, ohne als Erpresser zu erscheinen? Ist das unvermeidlich, so müssen wir eben darauf verzichten. Wenn Walter Erpressung wittert, geht er uns kaum auf den Leim.«
»Wir wollen ihm doch klarmachen, daß er die Auslieferung noch bereuen wird.«
»Liebes Kind«, entgegnete Michael und blies eine Rauchwolke zu dem Papagei hinauf, »das muß viel schlauer eingefädelt werden. Da kennst du die Staatsmänner schlecht. Man muß sie dahin bringen, aus eigenem Antrieb, von hohen ethischen Beweggrün-

den geleitet, ihren Vorteil zu verfolgen. Wir müssen Walter so bearbeiten, daß er aus einem niedrigen Motiv heraus handelt und sich einbildet, es sei edlen Motiven entsprungen. Das ist unerläßlich.«

»Genügt es denn nicht, wenn er von einem edlen Motiv nur reden kann? Muß er es sich selbst einbilden?«

»Unbedingt, zumindest am hellen Tag. Was er um drei Uhr früh denkt und fühlt, ist einerlei. Dumm ist er nicht, davon kannst du überzeugt sein. Meiner Ansicht nach«, Michael fuhr sich wieder durchs Haar, »ist Bobbie Ferrar der einzige, der die Sache deichseln kann. Er kennt Walter in- und auswendig.«

»Ist er ein netter Mensch? Wird er es tun?«

»Bobbie ist eine Sphinx, aber eine durchaus gutartige. Über alles ist er orientiert. Er ist eine Art Empfangsstation, er hört alles von selbst, wir müßten also persönlich gar nicht in Aktion treten.«

»Michael, müßten wir nicht vor allem das Tagebuch sofort in Druck geben, damit man glaubt, es könnte jeden Tag erscheinen?«

»Gewiß, aber das Vorwort ist der springende Punkt.«

»Wieso?«

»Zunächst soll Walter das gedruckte Tagebuch lesen und zu dem Schluß kommen, daß die Bestätigung des Auslieferungsbegehrens für Hubert ein unverdienter Schlag wäre, was ja leider nur zu wahr ist. Mit anderen Worten, wir wollen fürs erste an sein menschliches Empfinden rühren. Dann aber wird Walter sich vermutlich sagen: ›Ein harter Schlag ist es freilich für den jungen Cherrell, ein harter Schlag, doch der Polizeirichter hat ihn verhaften lassen, die Bolivianer drängen auf die Auslieferung, und er ist ein Mann vornehmen Standes – wir dürfen nicht den Argwohn erwecken, daß wir Klassenjustiz üben –‹«

»Das finde ich abscheulich!« fiel Dinny leidenschaftlich ein, »warum soll ein Mensch dafür büßen, daß er nicht von Krethi und Plethi stammt? In meinen Augen ist das eine Feigheit.«

»Mag sein, Dinny, aber in derlei Dingen sind wir Politiker stets feig. Was wollte ich nur sagen, als mich dein Anfall unterbrach? Walter fährt also fort: ›Man darf nicht so unbesonnen nachgeben. Die Kleinstaaten erwarten von uns, daß wir sie mit ganz besonderer Rücksicht behandeln –‹«

»Warum?« fiel Dinny wieder ein. »Man muß ja rein glauben –«

Michael hob abwehrend die Hand. »Ich weiß schon, Dinny, ich weiß ja. In diesem psychologisch bedeutsamen Augenblick muß Bobbie unerwartet in Aktion treten und beiläufig bemerken: ›Übrigens soll ja auch ein Vorwort dazu erscheinen, ich hab es im Manuskript gelesen, es läuft darauf hinaus, England zeige sich immer auf Kosten der eigenen Staatsbürger nobel. Es geht scharf ins Zeug, Sir, und die Presse wird nur so darauf fliegen. Das Schlagwort: wir lassen unsere eigenen Landsleute zugrunde gehen, wirkt ja stets populär. Doch gerade ein Mann der starken Hand wie Sie, Sir‹ – so ungefähr müßte Bobbie dann fortfahren –, ›sollte endlich mit diesem Vorurteil aufräumen. Es mag ja grundlos sein, ist hoffentlich grundlos, dennoch hat es in der Meinung des Volkes tief Wurzel geschlagen. Und Sie, Sir, könnten es vielleicht eher als jeder andere ausrotten und das Vertrauen des Volkes neu beleben. Just dieser Fall bietet Ihnen gute Gelegenheit. Auch aus rein sachlichen Gründen‹, spräche Bobbie weiter, ›empfiehlt es sich, dieses Auslieferungsbegehren abschlägig zu bescheiden. Die Narbe war ja wirklich echt, der Schuß tatsächlich ein Akt der Notwehr. Überdies wäre zweifellos dem Vaterland damit gedient, wenn das Volk wieder die Überzeugung gewinnt, die Behörden lassen keinen Engländer fallen.‹ Dabei ließe es Bobbie vorläufig bewenden. Walter aber hätte das erhebende Gefühl, er habe nicht allein einen Angriff auf seine Person klug vermieden, sondern sich kühn für das Wohl des Landes eingesetzt – und das, Dinny, ist für einen Staatsmann nun einmal unerläßlich.« Dabei rollte Michael die Augen. »Du siehst also«, fuhr er dann fort, »Walter wird vollkommen begreifen, wenn er es auch vielleicht sich selbst nicht zugibt, daß das Erscheinen des Vorworts nur von seiner Bestätigung des Auslieferungsbegehrens abhängt. Um Mitternacht, denk ich, wird er sich den Sachverhalt offen eingestehen. Doch sein offizielles Bewußtsein um sechs Uhr nachmittags bleibt davon überzeugt, das Verweigern der Auslieferung bedeute eine mutige Tat. Was er um drei Uhr morgens davon hält, kann uns völlig schnuppe sein. Verstanden?«

»Michael, das hast du prächtig dargelegt. Doch wird Walter nicht das Vorwort lesen müssen?«
»Hoffentlich nicht, aber Bobbie müßte es in der Tasche haben, um nötigenfalls den Angriff dadurch zu verstärken. Du mußt wissen, Bobbie ist durchaus nicht auf den Kopf gefallen.«
»Doch wird Mr. Ferrar das tun wollen?«
»Im Prinzip ja. Mein Vater hat ihm einmal einen großen Dienst erwiesen, und der alte Shropshire ist sein Onkel.«
»Wer aber soll das Vorwort schreiben?«
»Hoffentlich kann ich den alten Blythe dazu bewegen. Vor dem hat man in unserer Partei noch immer Angst. Wenn er will, heizt er den Leuten tüchtig ein.«
Dinny klatschte in die Hände. »Was meinst du, wird er es tun wollen?«
»Das hängt ganz von dem Tagebuch ab.«
»Dann bin ich ohne Sorge.«
»Darf ich das Tagebuch lesen, bevor ich es in Satz gebe?« fragte Michael.
»Selbstverständlich. Aber denk dir, Hubert mag nicht, daß es herauskommt.«
»Geht in Ordnung. Wenn die Geschichte mit Walter klappt und er die Auslieferung verweigert, so ist das Erscheinen des Tagebuchs überflüssig, und geht er uns nicht auf den Leim, ebenfalls. Dann ist sowieso Hopfen und Malz verloren.«
»Und die Druckkosten?« fragte Dinny.
»Ein paar Pfund – etwa zwanzig.«
»Die bring ich schon auf« – blitzschnell schweiften Dinnys Gedanken zu den Herren Frewen & Co., sie war ja gewöhnlich knapp bei Kasse.
»Unbesorgt, Dinny. Das werde ich schon ordnen.«
»Nein, Michael, es war mein Einfall, ich will dafür blechen. Du ahnst ja gar nicht, wie entsetzlich es ist, Hubert in dieser Gefahr zu wissen und nichts für seine Rettung tun zu können. Mir kommt vor, wenn er einmal an Bolivien ausgeliefert ist, hat er kaum mehr Aussicht auf Rettung.«
»Die Entschlüsse der Staatsmänner lassen sich schwer vorhersagen«, meinte Michael. »Man unterschätzt sie gewöhnlich. Sie

sind bedeutend komplizierter und vielleicht auch ihren Grundsätzen treuer, als man gewöhnlich annimmt, sicher aber erheblich schlauer. Dennoch glaub ich, daß die Geschichte klappen wird, falls Blythe und Bobbie Ferrar sich gehörig ins Zeug legen. Blythe werde ich bearbeiten, und mein Vater soll Bobbie zusetzen. Inzwischen geb ich das in Satz.« Er griff nach dem Tagebuch. »Leb wohl, liebe Dinny, sorg dich nicht zuviel!«

Dinny gab ihm einen Kuß, dann ging er.

Abends um zehn rief er sie an. »Dinny, ich hab das Tagebuch gelesen. Wenn Walter dabei ungerührt bleibt, ist sein Herz aus Stein. Einschlafen wird er bestimmt nicht, wie der andere Bursche. Was man ihm auch nachsagen mag, gewissenhaft ist er. Und es handelt sich doch hier um ein Menschenleben, der Fall ist ernst, das wird auch Walter einsehen. Hat er das Tagebuch nur erst in Händen, dann liest er es gewiß von A bis Z. Es ist wirklich ergreifend und zeigt den Vorfall in ganz neuem Licht. Also Kopf hoch!«

»Tausend Dank!« rief Dinny leidenschaftlich und ging leichteren Herzens zu Bett als an den vorigen Tagen.

35

Während der folgenden Tage, die Dinny endlos hinzuschleichen schienen, blieb sie in der Mount Street, um nötigenfalls gleich bei der Hand zu sein. Am schwersten fiel es ihr, Jeannes Rüstungen zu verheimlichen. Das gelang ihr scheinbar bei allen, nur Sir Lawrence zog eine Braue hoch und äußerte in vielsagendem Ton: *»Pour une gaillarde, c'est une gaillarde!«*

Dinny schlug unschuldig die Augen auf.

»Ganz wie Botticellis Madonna! Möchtest du nicht Bobbie Ferrar kennenlernen? Ich lunche mit ihm in Dumourieux' Keller in der Drury Lane – eine Champignonspeise, weiter nichts.«

Dinny hatte bereits so große Hoffnungen auf Bobbie Ferrar gesetzt, daß sein Anblick schmerzliche Enttäuschung wachrief. Er sah so gar nicht danach aus, als würde er sich im mindesten um die Sache scheren. Seine Baßstimme mit dem gedehnten Tonfall

und sein breites Gesicht mit dem etwas schlaffen Kinn machten auf sie keinen besonderen Eindruck.
»Essen Sie Champignons auch so leidenschaftlich gern, Miss Cherrell?« fragte er sie.
»Französische nicht.«
»Wirklich?«
»Bobbie«, sagte Sir Lawrence und ließ seinen Blick von einem zum andern gleiten, »kein Mensch sieht Ihnen an, daß Sie einer der geriebensten Diplomaten Europas sind. Sie meinen also, daß es nichts helfen wird, wenn Sie bei der Unterredung über das bewußte Vorwort Walter einen ›Mann der starken Hand‹ nennen?«
Bobbie Ferrar lächelte leise und ließ dabei ein paar seiner ebenmäßigen Zähne sehen.
»Ich hab gar keinen Einfluß auf Walter.«
»Wer hat dann auf ihn Einfluß?«
»Niemand, außer –«
»Nun?«
»Walter.«
Da konnte sich Dinny nicht länger beherrschen und sprudelte hervor: »Begreifen Sie denn nicht, Mr. Ferrar, das bedeutet für meinen Bruder den Tod und für uns alle grauenhaftes Unglück?«
Bobbie Ferrar starrte schweigend in ihr glühendes Antlitz, doch während der ganzen Mahlzeit schien er völlig ungerührt, äußerte keine Meinung und versprach nichts. Erst beim Aufbruch, als Sir Lawrence eben seine Rechnung beglich, sagte er zu Dinny: »Miss Cherrell, wollen Sie nicht mit mir kommen, wenn ich Walter in dieser Angelegenheit aufsuche? Ich könnte es ja so einrichten, daß Sie ganz im Hintergrund blieben.«
»Mein sehnlichster Wunsch!«
»Es bleibt also unter uns. Ich werde Sie rechtzeitig verständigen.«
Dinny klatschte in die Hände und lächelte ihn an.
»Ein Prachtkerl!« meinte Sir Lawrence im Fortgehen, »eine gute Seele! Kann es einfach nicht ertragen, daß Verbrecher gehenkt werden. Bei jedem Mordprozeß ist er dabei, Gefängnisse haßt er wie Gift. Kaum glaublich!«
»Kaum glaublich!« wiederholte Dinny versonnen.
»Bobbie«, fuhr Sir Lawrence fort, »brächte es fertig, bei der

Tscheka als Privatsekretär zu fungieren, und kein Mensch hätte eine Ahnung, daß er die Genossen in siedendem Öl briete. Er ist einzig in seiner Art. Dinny, das Tagebuch ist bereits im Satz, und der alte Blythe schreibt das Vorwort dazu. Walter wird Donnerstag wieder im Amt sein. Hast du Hubert schon gesehen?«

»Nein, aber morgen mache ich ihm mit Vater einen Besuch.«

»Ich will dich gewiß nicht ausholen, doch glaubst du nicht auch, Dinny, diese Tasburghs führen etwas im Schilde? Zufällig erfuhr ich, der junge Mann ist noch immer nicht vom Urlaub zurück.«

»So?«

»Du ahnungsloser Engel!« murmelte Sir Lawrence. »Nun, behalt deine Informationen für dich, aber ich hoffe zu Gott, sie führen den Schlag erst dann, wenn alle friedlichen Mittel versagen.«

»Selbstverständlich.«

»Junge Leute ihrer Art erwecken den Eindruck, als gäbe es auch heutzutage noch Menschen, die Geschichte machen. Ist dir nie klargeworden, Dinny, daß Geschichte nichts anderes ist als die Chronik der Taten jener, die das Leben entschlossen in die eigenen Hände nahmen und dadurch sich und andere aus der Klemme zogen oder in die Klemme brachten? Hier führt man eine gute Küche, wie? Wenn deine Tante mit ihrer Abmagerungskur fertig ist, bring ich sie einmal her.

Da merkte Dinny, das gefährliche Verhör sei nun glücklich überstanden.

Dann ließ ihr Vater sie rufen. Am folgenden Nachmittag begaben sich beide ins Gefängnis; es war ein windiger, rauher Novembertag, der einen melancholisch stimmte. Beim Anblick des Kerkergebäudes hätte Dinny am liebsten laut aufgeweint. Der Gefängnisdirektor, ein ehemaliger Soldat, empfing die beiden überaus höflich und mit jener besonderen Hochachtung, wie man sie einem Berufsgenossen von höherem Range zollt. Er machte kein Hehl aus seinem Mitgefühl für sie und Hubert und gestand ihnen eine Besuchszeit zu, die das erlaubte Maß überschritt.

Lächelnd trat Hubert ein. Dinny empfand deutlich, er hätte ihr vielleicht mehr von seinen Gefühlen verraten, wenn sie allein gekommen wäre; doch in Gegenwart des Vaters zeigte er sich entschlossen, die ganze Angelegenheit lediglich als schlechten

Scherz zu behandeln. Der General, der während der ganzen Fahrt grimmig und schweigsam dagesessen war, gab sich auf einmal ganz nüchtern, ja ironisch-heiter. Dinny stellte fest, wie unglaublich die beiden in Aussehen und Benehmen einander glichen, wenn man vom Altersunterschied absah. In beiden war ein gewisses Etwas nie recht zur Entfaltung gekommen, oder besser gesagt, es hatte sich schon in früher Jugend entfaltet und hielt wohl bis zu ihrem letzten Augenblick vor. Während dieser vollen halben Stunde streiften sie mit keinem Wort ihre Gefühle. Das ganze Gespräch wirkte erzwungen und hatte im Grunde wenig Sinn, zu vertraulichen Reden kam es ja doch nicht. Hubert gab sich den Anschein, als sei alles in bester Ordnung und er habe keinerlei Sorgen; der General tat so, als handle es sich nur um ein paar Tage, und versprach sich heuer eine gute Jagd. Dann redete er eingehend über die Lage in Indien und die Unruhen an der Grenze. Erst beim Abschiednehmen änderten sich ihre Mienen, sie schüttelten einander die Hände und sahen sich schlicht und offen in die Augen. Dinny zögerte noch ein wenig, dann drückte sie hinter dem Rücken des Vaters Hubert die Hand und gab ihm einen Kuß.

»Wie geht's Jeanne?« fragte er leise.

»Recht gut, sie schickt dir herzliche Grüße und läßt dir sagen, du sollst dir um sie nur ja keine Sorgen machen.«

Seine Lippen bebten, dann zwangen sie sich zu einem Lächeln, er preßte ihr die Hand und wandte sich ab. Der Pförtner und zwei Wächter salutierten ehrerbietig, als sie zum Ausgang kamen. Sie bestiegen das Auto und wechselten auf dem ganzen Heimweg kein Wort. Das alles war ja nur ein böser Traum, aus dem sie vielleicht eines Morgens erwachten.

Fast den einzigen Trost fand Dinny in diesen Tagen des Wartens bei Tante Emily, deren angeborene sprunghafte Denkweise sich von Tag zu Tag fühlbarer machte, je mehr Angst und Beklemmung im Familienkreis wuchsen. Die Tante war um Hubert aufrichtig bekümmert, doch ihre Ideenflucht erlaubte ihr nicht, bei einer Sorge so lang zu verweilen, bis sie wirklich ernsthaft darunter litt. Am fünften November rief sie Dinny an das Fenster des Empfangszimmers; dort gab es einige Knaben zu sehen, die eine

Strohpuppe – das Abbild des Rebellen Guy Fawkes – in Wind und Wetter beim Laternenschein durch die Straße schleiften.
»Der Pfarrer behandelt in seinem Buch die Pulververschwörung«, erklärte sie; »es gab da einen Tasburgh, der ausnahmsweise nicht durch Galgen, Beil oder Rad geendet hat, und der Pfarrer versucht jetzt zu beweisen, auch der hätte geköpft oder gehenkt werden sollen. Dieser Ahne hat Silberzeug oder sonstwas verkauft, um Pulver dafür einzuhandeln, und seine Schwester hat einen gewissen Catesby geheiratet oder sonstwen. Dein Vater, Wilmet und ich staffierten die Strohpuppe meist wie unsere Gouvernante aus; Robbins hieß sie und hatte Füße wie ein Elefant. Kinder sind oft so herzlos. Hast du auch je so was gemacht?«
»Was denn, Tante?«
»Strohpuppen.«
»Nein.«
»Wir zogen auch mit rußgeschwärzten Gesichtern durchs Dorf und sangen Lieder. Wilmet war die Anführerin, ein hochaufgeschossenes Kind, und stand mit gespreizten Beinen da – wie manchmal die Engel auf den Bildern. Das alles ist heute fast aus der Mode. Man müßte wirklich was tun, diese alten Bräuche zu erhalten. Und die Galgen auch. Wir hatten einen als Kinder, ließen eine Katze daran baumeln – zuvor hatten wir sie ersäuft, nicht eigenhändig, an einem Stock.«
»Entsetzlich, Tante Emily!«
»Freilich, aber es war ja gar keine wirkliche Katze. Dein Vater ließ uns beim Spiel immer Rothäute sein, sehr angenehm für ihn, da konnte er uns an den Marterpfahl binden, und wir durften nicht schreien. Tat Hubert das auch?«
»Keine Spur. Der hat immer in eigener Person den Indianer gemimt.«
»Aha, das hat er gewiß von deiner Mutter, die ist auch so ein sanftes Lamm. Meine Mutter war eine geborene Hungerford, das mußt du ihr übrigens angesehen haben.«
»Ich kann mich gar nicht mehr an Großmama erinnern.«
»Sie ist ja vor deiner Geburt gestorben. Ja, ja, das spanische Klima! Dort schießen die Bazillen wie Pilze aus dem Boden. Und dein Großvater auch, ich war damals fünfunddreißig. Er hatte be-

sonders feine Manieren. Damals hiclt man noch was auf Manieren, weißt du. Erst sechzig. Trank Rotwein, spielte Piquet und trug solch komischen kleinen Bart. Kennst du diese Bärte?«

»Einen Knebelbart, meinst du?«

»Richtig, Diplomatenschnitt. Auch heutzutage trägt man noch solche Bärte, wenn man Leitartikel über Auslandspolitik verfaßt. So ähnlich wie die Ziegen – ich für meine Person hab Ziegen gern, wenn sie auch stoßen.«

»Aber, Tante Emily, wie sie nur riechen!«

»Penetrant. Hat Jeanne dir unlängst geschrieben?«

In Dinnys Handtasche lag ein Brief von Jeanne, den sie eben erhalten hatte.

»Nein«, erwiderte sie. Sie hatte sich nachgerade ans Lügen gewöhnt.

»Die ist ja blödsinnig!« tadelte Lady Mont, »sich so zu verkriechen! Freilich, sie war ja noch in den Flitterwochen –«

Die Tante schien offenbar vom Argwohn des Onkels noch unberührt. Droben in ihrem Zimmer riß Dinny den Brief auf und las:

Brüssel, *poste restante*

Liebe Dinny!

Alles klappt hier ausgezeichnet. Das Bewußte macht mir großen Spaß. Ich muß in die Luft gehen wie die Ente ins Wasser. Man sagt, zwischen mir und Alan falle einem die Wahl schwer, nur hätte ich geschicktere Hände. Vielen Dank für Deine Briefe. Der Bluff mit dem Tagebuch hat mich wahnsinnig gefreut, der macht vielleicht der ganzen Affäre ein Ende. Doch für alle Fälle müssen wir aufs Schlimmste gefaßt sein. Du hast mir noch nicht geschrieben, ob Fleur etwas erreicht hat. Übrigens, könntest Du mir nicht eine türkische Konversationsgrammatik mit phonetischer Umschrift besorgen? Dein Onkel Adrian kann sie Dir wahrscheinlich verschaffen. Hier ist nirgends eine aufzutreiben. Alan sendet Dir herzliche Grüße, ich desgleichen. Gib uns nötigenfalls telegrafisch Nachricht.

Deine Dich liebende
Jeanne

Eine türkische Konversationsgrammatik! Diese verräterische Bitte brachte Dinny auf eine Spur, ihr Hirn begann fieberhaft zu arbeiten. Sie entsann sich noch der Mitteilung Huberts, er habe zu Kriegsende einem türkischen Offizier das Leben gerettet und stehe seither mit ihm in Verbindung. Sie nahmen also die Türkei als Asyl in Aussicht, falls –! Doch nein, das Ganze war ein verzweifelter Plan, so weit kam es bestimmt nicht, durfte es nicht kommen! Dennoch ging sie am nächsten Vormittag ins Museum.
Adrian, den sie seit Huberts Verhaftung nicht mehr gesehen hatte, empfing sie wie immer ruhig und heiter. Und die Versuchung war groß, ihm alles anzuvertrauen. Jeanne konnte doch wissen, daß die Bitte um ein türkisches Konversationsbuch seine Neugierde reizen mußte. Doch sie bezwang sich und fragte: »Onkel, kannst du mir nicht eine türkische Konversationsgrammatik empfehlen? Hubert möchte im Gefängnis sein Türkisch etwas auffrischen, um die Zeit totzuschlagen.«
Adrian sah ihr zwinkernd ins Gesicht.
»Auffrischen? Er kann doch gar nicht Türkisch. Na schön –«, er fischte einen dünnen Band vom Regal herab. »Da, du Schlange!«
»Dinny«, fuhr er fort, »deine Verstellungskünste fruchten bei mir gar nichts. Ich bin völlig im Bilde.«
»Onkel, erzähl mir doch, bitte!«
»Hallorsen ist mit im Spiel«, erklärte Adrian.
»Oh!«
»Ich soll Hallorsen dabei an die Hand gehen; mir ist auch eine kleine Rolle zugedacht. Hoffentlich muß ich sie nicht wirklich spielen. Hallorsen ist übrigens ein Prachtkerl!«
»Das weiß ich«, bestätigte Dinny mit einem Anflug von Reue. »Onkel, sag mir ganz genau, was ihr vorhabt.«
Adrian schüttelte den Kopf.
»Solang sie nicht wissen, wie Hubert nach Amerika befördert werden soll, können sie selbst keine bestimmte Auskunft geben. Soviel ich weiß, gehen Hallorsens bolivianische Schädelfunde statt in die Vereinigten Staaten nach Bolivien zurück, und für den Transport wird eine ganz besondere, gutgepolsterte Kiste mit Luftlöchern konstruiert.«

»Für den Transport der bolivianischen Gebeine?«
»Vielleicht auch der Gipsabgüsse. Die werden nämlich auch hergestellt.«
Dinny starrte ihren Onkel voll brennender Neugier an.
»Der Mann, der diese Gipsabgüsse macht, bildet sich ein, es seien sibirische Funde, und kennt seinen Auftraggeber Hallorsen nicht beim Namen. Diese Gipsabgüsse sind auch schon genau gewogen worden, sie wiegen rund neunundsechzig Kilo, was dem Durchschnittsgewicht eines Mannes verdächtig nahekommt. Wie schwer ist Hubert?«
»Nicht ganz siebzig.«
»Stimmt auffallend.«
»Weiter, Onkel!«
»Da ich nun einmal so weit gegangen bin, will ich dir meine Hypothese zur Gänze verraten – natürlich erhebt sie nicht Anspruch auf volle Richtigkeit. Also höre! Hallorsens Kiste mit den Gipsabgüssen wird auf demselben Schiff befördert, das Hubert nach Amerika bringt. In irgendeinem Hafen von Spanien oder Portugal, den das Schiff unterwegs anläuft, läßt sich Hallorsen mit seiner Kiste ausschiffen, und im Bauch dieser Kiste wird Hubert sitzen. Vorher muß er natürlich die Gipsabgüsse irgendwie hinausgeschafft und über Bord geworfen haben. In diesem Hafen werden die wirklichen Gebeine schon auf ihn warten, und man wird sie in der Kiste verstauen. Hubert aber wird auf irgendeinen Landungsplatz geschafft. Dort treten dann Jeanne und Alan in Aktion und entführen ihn im Flugzeug nach – nun, nach der Türkei, wie mir eben deine Bitte verriet. Ehe du kamst, hatte ich mich gerade nach dem Reiseziel gefragt. Hallorsen wird die echten Gebeine in der Kiste verpackt haben, um die Behörden bei der Gepäckkontrolle nicht argwöhnisch zu machen, und Huberts Verschwinden bleibt entweder ganz ungeklärt, oder man wird Selbstmord vermuten – Sprung über Bord –, vielleicht hört man das Aufklatschen der Gipsmodelle im Wasser. Mir kommt das alles maßlos abenteuerlich vor.«
»Wenn aber Huberts Transportschiff unterwegs keinen Hafen anläuft, was dann?«
»Irgendwo geht es bestimmt vor Anker. Sollte es aber nirgends

landen, dann haben sie auch für diesen Fall einen Plan ausgeheckt, einen Zwischenfall bei Huberts Transport vom Gefängnis zum Schiff. Vielleicht ziehen sie es auch vor, den Trick mit der Kiste bis zur Ankunft in Südamerika zu verschieben. Das wäre meiner Meinung nach am sichersten, doch dann entfiele die Entführung im Flugzeug.«

»Warum aber will sich Professor Hallorsen in ein solches Wagnis einlassen?«

»Das fragst du, Dinny?«

»Das geht zu weit, ich – er soll es nicht tun, ich mag nicht.«

»Nun, meine Liebe, er fühlt wohl auch die Verpflichtung, Hubert aus der Patsche zu helfen, er hat ihn ja schließlich hineingebracht. Bedenke auch, er entstammt einem ungemein tatkräftigen Volk, das gewohnt ist, sich mit eigener Hand sein Recht zu verschaffen. Übrigens ist er gewiß der letzte, der später einmal auf die geleisteten Dienste pocht. Und dann wetteifert er doch mit seinem Rivalen, dem jungen Tasburgh, der ja auch in die Affäre verwickelt ist. Du fährst dabei natürlich um so besser.«

»Ich möchte lieber keinem von ihnen Dank schulden. So weit darf es einfach nicht kommen. Hältst du es denn für möglich, daß Hubert einwilligt?«

Adrian gab ernst zur Antwort:

»Er hat vermutlich schon eingewilligt. Sonst hätte er um Freilassung gegen Bürgschaft angesucht. Wahrscheinlich werden ihn Bolivianer in Gewahrsam halten, und er vergeht sich also durch die Flucht nicht gegen das englische Gesetz. Sie dürften ihm auch eingeredet haben, sie selbst liefen voraussichtlich nicht viel Gefahr. Die ganze Geschichte wächst ihm gewiß schon zum Hals hinaus, und darum ist er zu allem imstande. Vergiß nicht, man hat ihn tatsächlich höchst ungerecht behandelt, und jungverheiratet ist er obendrein.«

»Ach ja«, murmelte Dinny mit gedämpfter Stimme. »Und du, Onkel, was hast du vor?«

Adrian gab ebenso ruhig zurück: »Dein Rat war gut; die Reise ist beschlossene Sache. Aber vorläufig hängt alles von Huberts Affäre ab.«

36

Auch nach der Unterredung mit Adrian wurde Dinny das Gefühl nicht los, derlei Pläne seien phantastisches Zeug, nur zu oft hatte sie Ähnliches in Romanen gelesen. Und doch gab auch die Geschichte von solchen Abenteuern Kunde, und erst die Sonntagsblätter! Der Gedanke an die Sonntagsblätter wirkte seltsam beruhigend auf sie und bestärkte sie in dem Entschluß, alles daranzusetzen, daß Huberts Sache nur ja nicht durch die Zeitungen geschleift werde. Immerhin übersandte sie gewissenhaft ihrer Schwägerin das türkische Elementarbuch, saß, wenn Sir Lawrence nicht zu Haus war, in seiner Bibliothek über den Landkarten und orientierte sich über den Fahrplan der Dampferlinien nach Südamerika. Zwei Tage später verkündete Sir Lawrence beim Dinner, Walter sei vom Urlaub zurück, doch nach der Reise werde er gewiß nicht so bald eine so unbedeutende Sache in Angriff nehmen.

»Unbedeutende Sache!« rief Dinny. »Nur Huberts Leben und unser Glück stehen auf dem Spiel.«

»Liebes Kind, die Entscheidung über Menschenleben und Menschenglück gehört zur täglichen Beschäftigung eines Innenministers.«

»Ein abscheuliches Amt muß das sein. Mir würde davor grauen!«

»Darin liegt eben der Unterschied, Dinny, zwischen dir und einem Mann der Öffentlichkeit«, erklärte Sir Lawrence. »Dem graut ja gerade davor, eines Tages vielleicht nicht mehr über Glück und Leben seiner Mitmenschen entscheiden zu können. Sag doch, sind alle Vorbereitungen getroffen, falls Walter Huberts Sache dennoch vornimmt?«

»Das Tagebuch ist im Druck – ich hab bereits die Korrektur gelesen. Das Vorwort ist auch schon geschrieben. Ich hab es noch nicht gesehen, doch Michael sagt, es werde wie eine Bombe wirken.«

»Bravo! Mr. Blythes Bomben schlagen stets ein. Bobbie verständigt uns, sobald Walter zu dem Fall kommt.«

»Wer ist Bobbie?« fragte Lady Mont.

»Eine Institution, meine Liebe.«

»Blore, laß mich nicht vergessen, daß ich um das Junge des Schäferhundes schreibe.«
»Jawohl, Mylady.«
»Wenn diese Kleinen im Gesicht stark weißgescheckt sind, sehen sie so gottvoll närrisch aus. Hast du das nicht auch bemerkt, Dinny? Und alle heißen Bobbie.«
»Unser Bobbie und gottvoll närrisch?! Dinny, was sagst du dazu?«
»Hält er denn immer seine Versprechungen, Onkel?«
»Jawohl, darauf kannst du deinen Kopf wetten.«
»Ich möchte gern einmal zuschauen, wie ein Schäferhund mit der Herde ins Gericht geht«, bemerkte Lady Mont. »Ungemein klug sind diese Tiere. Man sagt, sie wissen ganz genau, welches Schaf sie nicht beißen dürfen. Und dabei sind sie so mager! Nichts als Haar und Intellekt! Henny hat ihrer zwei. Was macht übrigens dein Haar, Dinny?«
»Wie, Tante Emily?«
»Hast du dir dein abgeschnittenes Haar aufgehoben?«
»Jawohl.«
»Gib nur ja acht, daß es in der Familie bleibt. Vielleicht brauchst du's noch einmal. Es heißt, die alte Mode der langen Zöpfe kehrt wieder. Altmodisch und modern zugleich, verstehst du?«
Sir Lawrence zwinkerte. »Bist du das nicht seit jeher, Dinny? Darum möchte ich ja, daß du mir zu dem Miniaturbild sitzen sollst. Du zeigst das Beharrende im englischen Typus.«
»Welcher Typus?« fragte Lady Mont. »Werd nur ja kein Typus, Dinny. Typusse sind so fad. Mir hat einmal jemand einreden wollen, Michael sei ein Typus, ich hab aber nie was davon bemerkt.«
»Onkel, bring doch lieber die Tante dazu, deinem Maler zu sitzen. Mit jedem Tag wird sie jünger, jünger als ich. Hab ich nicht recht, Tantchen?«
»Mehr Respekt, bitte! Blore, mein Mineralwasser!«
»Onkel, wie alt ist Bobbie?«
»Das weiß niemand genau, etwa gegen sechzig. Eines Tages wird man vielleicht sein Geburtsdatum entdecken, dazu wird man ihn aber sezieren und die Anzahl der Jahresringe feststellen müssen. Du hast doch nicht die Absicht, ihn zu heiraten, Dinny? Übri-

gens, Walter ist Witwer. Hat von irgendeinem Ahnen Quäkerblut geerbt und ist noch dazu bekehrter Liberaler. Der fängt Feuer.«
»Um Dinny muß man lange werben«, erklärte Lady Mont.
»Darf ich mich jetzt verabschieden, Tante Emily? Ich möchte zu Michael hinüber.«
»Sag Fleur, ich komme morgen früh den kleinen Kit besuchen. Ich hab ein neues Spiel für ihn gekauft, es heißt Parlament: verschiedene Tiere stellen die Parteien dar, alle quieken und brüllen in allen Tonarten drauflos und führen sich gar nicht salonfähig auf. Das Zebra ist Staatskanzler, der Tiger Finanzminister. Blore, ein Taxi für Miss Dinny!«
Michael war im Parlament, Dinny traf jedoch Fleur zu Hause und erfuhr von ihr, Mr. Blythes Vorwort befinde sich schon in Bobbie Ferrars Händen. Der bolivianische Gesandte sei zwar noch immer nicht zurück, doch sein Stellvertreter habe Bobbie Ferrar eine Unterredung zugesagt, um sich über die Angelegenheit zu informieren. Er habe so viel Höflichkeit an den Tag gelegt, daß seine wahren Gedanken Fleur ganz verborgen blieben; wahrscheinlich hatte er überhaupt keine.
Wie auf glühenden Kohlen kehrte Dinny zurück. Alles stand und fiel mit Bobbie Ferrar, und der war schon gegen sechzig, an so vieles gewöhnt, flammende Begeisterung brachte er gewiß nicht mehr auf. Doch vielleicht war das gut so, war ein Appell an das Gefühl gar nicht am Platz. Kühle Berechnung, der Hinweis auf unangenehme Folgen und leises Andeuten eines Vorteils taten vielleicht eher not. Was eigentlich die Behörden bei ihren Entscheidungen bestimmte, schien ihr völlig schleierhaft. Michael, Fleur und Sir Lawrence taten alle von Zeit zu Zeit, als wüßten sie es, und dennoch merkte Dinny, sie tappten genauso im Dunkel wie sie selbst. Alles hing von der augenblicklichen Stimmung des Würdenträgers ab. Sie ging zu Bett, fand jedoch fast keinen Schlaf.
So schlich noch ein weiterer Tag dahin. Aber als Dinny am nächsten Morgen beim Frühstück einen ungestempelten Briefumschlag mit dem Aufdruck »Ministerium des Innern« öffnete, fühlte sie sich neubelebt, wie ein Schiffer, dem plötzlich frischer Wind die Segel bläht.

Geehrte Miss Cherrell!
Gestern nachmittags überreichte ich dem Innenminister das Tagebuch Ihres Bruders. Er versprach mir, es noch am selben Abend zu lesen, und heute um sechs Uhr soll ich bei ihm sein. Wenn Sie zehn Minuten vor sechs ins Ministerium des Äußern kommen, könnten wir zusammen hingehen.

Mit den besten Empfehlungen,
Robert Ferrar

Ach, noch einen ganzen Tag mußte sie überstehen! Jetzt hatte Walter bereits das Tagebuch gelesen, vielleicht auch schon die Entscheidung gefällt! Ihr war's, als sei sie bei einer Verschwörung und zum Stillschweigen verpflichtet, seit sie dieses formelle Schreiben in Händen hatte. Instinktiv sagte sie kein Wort davon, sie wollte allein sein, bis alles vorüber war. So ähnlich fühlte man sich wohl vor einer Operation. Sie schritt in den schönen Morgen hinaus und fragte sich: »Wohin nur? In die Nationalgalerie?« Nein, Bilder verlangten zuviel Aufmerksamkeit. Da fiel Dinny ihr Besuch mit Millicent Pole in der Westminster-Abtei ein. Fleur hatte dem Mädchen bei Frivolles einen Posten als Mannequin verschafft. Dorthin konnte sie jetzt gehen, die Wintermodelle besichtigen und dabei das Mädchen wiedersehen. Schön war es gerade nicht, sich Kleider vorführen zu lassen, ohne etwas zu kaufen; das hieß doch, die Leute sinnlos plagen. Doch wenn Hubert freigesprochen wurde, wollte sie sich's leisten, tief in den Beutel zu greifen und ein »großes Abendkleid« zu kaufen; freilich würde dabei ihre nächste Rente draufgehen. Sie kämpfte also ihre Bedenken nieder, schlug den Weg nach der Bond Street ein und kam zum Warenhaus Frivolles; entschlossen trat sie ein.
»O bitte, Madam!« klang es ihr entgegen, während man sie treppauf führte und auf einem Stuhl Platz nehmen ließ. Den Kopf ein wenig zur Seite geneigt, saß sie lächelnd da und sprach liebenswürdig mit der Verkäuferin; denn sie entsann sich, wie ihr eines Tages eine Angestellte in einem großen Geschäftshaus erklärt hatte: »Madam haben keine Ahnung, wie wohl es einem tut, wenn die Kundin lächelt und ein wenig Interesse zeigt. Mit vielen Damen hat man es so schwer – ach ja – unglaublich!« Die Mo-

delle waren alle *dernier cri*, kosteten ein Vermögen und standen den Käuferinnen höchstwahrscheinlich elend, trotz der stets wiederholten Beteuerung: »Madam, diese Robe wird Sie entzückend kleiden, bei Ihrer Figur und Ihren Farben.«
Sie wußte nicht recht, ob es Millicent Pole nützen oder schaden würde, wenn sie nach ihr fragte, und ließ sich zunächst zwei Kleider vorführen. Im ersten, einer »Schöpfung« in Schwarz und Weiß, kam ein gertenschlankes, hochmütiges Mädchen mit hübschem Köpfchen und breiten Schultern hereingeschwebt. Die eine Hand ruhte an der Stelle, wo bei anderen Leuten die Hüfte saß; sie wandte den Kopf zurück, vielleicht um nach der zweiten zu spähen. Ihr Gehaben erhöhte noch die Abneigung, die Dinny von Anfang an gegen dieses Kleid hegte. Im zweiten, in Grün und Silber gehaltenen Abendkleid – es war das einzige, das Dinny, abgesehen vom Preis, wirklich gefiel – erschien Millicent Pole. Sie sah kühl und geschäftsmäßig drein und würdigte die Kundin keines Blickes; in ihrer Miene stand zu lesen: »Habt ihr eine Ahnung, was es heißt, den ganzen Tag nur immer im Unterkleid zu stecken und sich so viele Ehemänner vom Leib zu halten!« Doch bei einer Wendung bemerkte sie Dinnys Lächeln, ein Freudenschimmer huschte über ihr Gesicht, sie gab das Lächeln zurück und schritt lässig weiter. Dinny erhob sich, trat an das Modell heran, das nun wieder reglos wie eine Statue dastand, und nahm eine Falte des Kleides zwischen die Finger, als prüfe sie die Qualität des Stoffes.
»Freut mich, Sie wiederzusehen.«
Der rosige, üppige Mund des Mädchens lächelte anmutig. »Blendend sieht sie aus!« dachte Dinny.
»Ich bin mit Miss Pole bekannt«, erklärte sie der Verkäuferin. »Sie bringt das Kleid prachtvoll zur Geltung.«
»Oh, Madam, es ist gerade Ihr Stil. Miss Pole ist etwas zu schlank dafür. Wollen Sie nicht hineinschlüpfen?«
Dinny wußte nicht recht, ob das ein Kompliment sein sollte, und erwiderte: »Ich – ich kann mich heute noch nicht entschließen, der Preis macht mir Bedenken.«
»Tut nichts, Madam. Miss Pole, legen Sie das Kleid ab, Madam will es probieren.«

Hinter einem Vorhang zog Millicent Pole das Kleid aus. »So ist sie noch blendender! Ich wollte, ich wäre im Unterkleid auch so reizend!« dachte Dinny und ließ sich entkleiden.
»Madam sind wundervoll schlank«, schmeichelte die Verkäuferin.
»Wie eine Latte, nicht wahr?«
»Keine Spur, Madam sind vollschlank.«
»Grad recht, find ich«, warf Millicent eifrig ein. »Madam hat Stil.«
Die Verkäuferin schloß die Haken. »Vollendet, Madam! Hier fällt es vielleicht etwas zu reich. Nun, das ist leicht zu ändern.«
»Ausgeschnitten ist es gerade genug«, murmelte Dinny. »Das steht Ihnen aber ausgezeichnet, Madam, bei Ihrem Dekolleté.«
»Könnte ich Miss Pole auch noch in dem anderen Kleid sehen, in dem schwarzweißen?« fragte Dinny; sie wollte mit dem Mädchen allein bleiben, im Unterkleid schickte man sie gewiß nicht fort.
»Selbstverständlich, Madam, ich hol es sogleich. Miss Pole, sorgen Sie indessen für die Dame.«
Sie ging, lächelnd standen die beiden Mädchen einander gegenüber. »Nun, Millie, wie gefällt es Ihnen hier?«
»Ich hab mir's freilich anders vorgestellt, Miss.«
»Öde, wie?«
»Man malt sich eben alles anders aus. Könnt freilich weit ärger sein!«
»Ich kam nur, um Sie wiederzusehen.«
»Wahrhaftig? Aber hoffentlich kaufen Sie das Kleid, Miss. Es paßt Ihnen wie angegossen, Sie sehen darin entzückend aus!«
»Vorsicht, Millie, sonst steckt man Sie noch in die Verkaufsabteilung.«
»Puh, da bringen die mich nicht hinein. Lügen und wieder lügen!«
»Wo muß ich das Kleid aufhaken?«
»Hier – sehr einfach, nur eine Schließe. Sie können es ganz leicht selbst machen. Miss, ich hab das über Ihren Bruder gelesen; eine Schmach und Schande!«
»Jawohl«, bestätigte Dinny. Plötzlich streckte sie die Hand aus und drückte des Mädchens Rechte. »Viel Glück, Millie!«

»Viel Glück, Miss!«
Kaum hatten ihre Hände einander losgelassen, da kam die Verkäuferin zurück.
»Bedaure, daß ich Sie jetzt vergeblich bemühte. Ich hab mich endgültig für dieses Kleid entschlossen, falls ich es erschwingen kann. Der Preis ist haarsträubend!«
»Finden Sie wirklich, Madam? Es ist doch ein Pariser Modell. Will sehen, ob ich nicht Mr. Better dazu bewegen kann, Ihnen in der Preisfrage entgegenzukommen, weil Sie es sind; das Kleid ist für Sie wie geschaffen. Miss Pole, holen Sie doch, bitte, Mr. Better!«
Das Mädchen, diesmal in der schwarzweißen »Schöpfung«, eilte hinaus.
Dinny hatte ihr Kleid wieder angelegt und fragte: »Pflegen Ihre Mannequins lang bei der Firma zu bleiben?«
»O nein, Madam, dieses An- und Ausziehen den ganzen lieben Tag – eine ermüdende Beschäftigung.«
»Was wird aus ihnen?«
»Madam, sie finden einen Mann, auf die eine oder andere Art.«
Wie diskret! Bald darauf erschien Mr. Better, ein schlanker Herr mit grauem Haar und vollendeten Manieren; er ermäßigte Madame den Preis so weit, daß er noch immer haarsträubend hoch blieb. Dinny erwiderte, sie werde sich morgen entscheiden, und trat in den blassen Novembersonnenschein hinaus. Noch sechs Stunden! Da schlug sie den Weg nach Nordosten ein, zur Pfarre St. Augustin im Grünen; unterwegs half sie sich über ihre Sorgen durch den Gedanken hinweg, daß alle Vorübergehenden, wie immer sie dreinsehen mochten, ebenfalls Sorgen hatten. Sieben Millionen Einwohner, alle irgendwie in Sorgen. Manchen Leuten waren sie anzusehen, anderen nicht. In einem Schaufenster musterte sie ihr Gesicht und stellte fest, daß es ihren Kummer nicht verriet. Und dennoch fühlte sie sich elend. Das Menschengesicht war doch wahrhaftig eine Maske! Sie kam zur Oxford Street und blieb am Rand des Fahrdamms stehen, um ihn zu überqueren. Nicht weit von ihr stand, vor einem Lastwagen, ein Pferd mit knochigem Kopf und weißer Schnauze. Dinny streichelte ihm den Hals und bedauerte, daß sie keinen Zucker zur Hand hatte. Das

Pferd schien ihre Liebkosung gar nicht zu bemerken, sein Lenker auch nicht. Weshalb hätten sie auch darauf achten sollen? Jahraus, jahrein trabten sie durch diesen Wirbel, fuhren und hielten, hielten und fuhren, langsam, mühsam, ohne Hoffen auf Erlösung, bis sie eines Tages umsanken und weggeschafft wurden. Ein Schutzmann mit weißem Ärmel gab durch eine Armbewegung die Bahn für die Fuhrwerke frei; der Kutscher zog an der Leine, und sein Gespann fuhr weiter, hinterdrein Autos in langer Reihe. Dann streckte der Schutzmann den Arm in die andere Richtung, Dinny überquerte den Fahrdamm, wandte sich in die Tottenham Court Road und blieb wieder wartend stehen. Welch brausender Strom, wie viele Menschen, wie viele Wagen! Wohin trieben sie – zu welchem dunklen Ziel? Was kam am Ende dabei heraus? Eine Mahlzeit, eine Zigarette, in einer Kinovorstellung ein Blick ins sogenannte Leben, ein Bett am Ende des Tages. Millionen erfüllten treu oder lässig ihre Pflicht, um den Hunger zu stillen, ein wenig zu träumen und dann dieses Tagwerk von neuem zu beginnen. Wie unerbittlich war doch das Leben! Dinny spürte ein leises Pressen in der Kehle und tat einen halblauten Seufzer.

»Verzeihung!« bat ein dicker Passant, »ich bin Ihnen wohl auf den Fuß getreten, Miss?«

»Nein«, lächelte sie, da hob der Schutzmann den weißen Ärmel, sie kreuzte die Fahrbahn und ging die Gower Street entlang, die so öd und trostlos dalag, daß Dinny im Laufschritt dahineilte. Wie hieß es doch in dem Negerlied: »Und noch ein Fluß und noch ein Fluß, den ich müder Wandrer durchwaten muß.« Dann kam sie endlich nach St. Augustin im Grünen, in jenes Gewirr von Gassen und Gossen voll verwahrloster Kinder.

Im Pfarrhof traf sie Tante und Onkel ausnahmsweise beide daheim beim Lunch und nahm gleichfalls Platz. Sie empfand keine Scheu davor, mit ihnen über die bevorstehende Operation zu sprechen, die beiden waren an »Operationen« nur zu gewöhnt.

»Der alte Tasburgh und ich bewogen Bentworth zu einer Unterredung mit dem Minister des Innern«, erzählte Hilary. »Heute abend schrieb mir der ›Squire‹, Walter habe nur geäußert, er werde diesen Fall streng unparteiisch behandeln, ohne Rücksicht auf Ansehen der Person. ›Ansehen der Person!‹ – wie das klingt! Hab mir's doch immer gedacht, der Kerl hätte Liberaler bleiben sollen!«

»Ich wollte, er ginge wirklich streng unparteiisch vor!« rief Dinny, »dann wäre Hubert gerettet. Dieses Liebäugeln mit der sogenannten Demokratie ist mir in der Seele zuwider. Einen Chauffeur hätte er wegen Mangels an Beweisen enthaften lassen.«

»Das ist die Reaktion auf unsere Vorrechte in der Vergangenheit; sie schießt wie jede Reaktion übers Ziel hinaus. In meiner Jugend warf man dem Adel noch mit gutem Grund seine Privilegien vor; heute ist's umgekehrt, vornehme Herkunft wird vor dem Gesetz zum Nachteil. Aber ungemein schwer ist es, in der Mitte zu lavieren – man gibt sich alle Mühe, unparteiisch zu sein, und bringt es doch nicht zustande.«

»Auf dem Weg zu euch, Onkel, hab ich mir die Frage vorgelegt: Was für einen Sinn hat es eigentlich, daß du, Hubert, Vater und eine Unzahl anderer Menschen so treu ihre Pflicht erfüllen – abgesehen davon, daß ihr dadurch euer Brot verdient?«

»Frag doch deine Tante!« erwiderte Hilary.

»Tante May, was für einen Sinn hat es?«

»Ich weiß nicht, Dinny. Man hat mich in dem Glauben erzogen, daß es Sinn habe, darum halt ich auch daran fest. Wenn du verheiratet wärst und Kinder hättest, fändest du nicht Zeit, das zu fragen.«

»Hab mir's doch gedacht, Tante May, du würdest dich um die Antwort drücken. Nun, Onkel, was sagst du?«

»Ich weiß es auch nicht, Dinny. Die Tante hat recht, wir tun, was wir zu tun gewohnt sind. Das ist alles.«

»Hubert sagt in seinem Tagebuch, die Rücksicht auf andere diene im Grunde nur der Wahrung der eigenen Interessen. Ist das richtig?«

»Diese Formulierung klingt freilich etwas schroff. Ich würde lieber sagen, wir alle sind so aufeinander angewiesen, daß die Sorge um das eigene Wohl auch Sorge um das Wohl der Mitmenschen erfordert.«

»Was ist denn überhaupt der Müh und Sorge wert?«

»Du meinst: Ist das Leben lebenswert?«
»Ja.«
»Die Menschheit ist vielleicht gegen fünfhunderttausend Jahre alt – Adrian meint, mindestens eine Million – und hat sich in diesem Zeitraum gewaltig vermehrt; ihre Zahl ist heute größer als je zuvor. Sag, hätte der vollbewußte, vernunftbegabte Mensch so viel Elend, so viele Kämpfe überdauert, wenn das Leben nicht dennoch lebenswert wäre?«
»Du magst recht haben«, murmelte Dinny. »In London geht einem der Sinn für das rechte Maß verloren.«
In diesem Augenblick trat eine Hausgehilfin ein.
»Mr. Cameron möchte Sie besuchen.«
»Führen Sie ihn herein, Lucy. Dieser Mann, Dinny, wird dir helfen, das rechte Maß wiederzugewinnen. Er ist ein wandelnder Beweis für die unausrottbare Liebe zum Leben. Jede Krankheit unter der Sonne hat der schon durchgemacht, sogar Schwarzwasserfieber, hat drei Kriege und zwei Erdbeben überstanden und in allen möglichen Winkeln der Welt alle möglichen Berufe ausgeübt. Jetzt hat er eben wieder einen verloren, und obendrein ist er herzleidend.«
Mr. Cameron trat ein; er war ein kleiner, schmächtiger Mann gegen fünfzig, mit hellen grauen Keltenaugen, graumeliertem dunklem Haar und Adlernase. Die eine Hand trug er in der Schlinge, vermutlich hatte er sich den Daumen verstaucht.
»Hallo, Cameron!« rief Hilary und erhob sich. »Wieder im Gefecht gewesen?«
»Pfarrer, in meiner Straße gibt es ein paar Kerle, die gehen mit ihren Pferden niederträchtig um. Da hatte ich gestern eine Rauferei. Zusehen, wie ein braves Roß geprügelt wird – ein alter, abgerackerter Gaul –, das ertrag ich nicht.«
»Hoffentlich haben Sie dem Burschen gründlich eingeheizt.« Mr. Cameron zwinkerte vielsagend.
»Ich hab ihm die Nase blutig geschlagen und mir dabei den Daumen verstaucht. Doch eigentlich, Sir, kam ich heute, Ihnen zu berichten, daß ich einen Posten bei der Gemeinde gefunden hab. Viel trägt er mir gerade nicht, aber vorläufig hält er mich über Wasser.«

»Famos! Cameron, es tut mir wirklich leid, doch ich muß mit meiner Frau zu einer Versammlung. Bleiben Sie doch, bitte, und plaudern Sie mit meiner Nichte bei einer Tasse Kaffee. Erzählen Sie ihr doch etwas von Brasilien.«

Mr. Cameron sah Dinny mit bestrickendem Lächeln an.

Die nächste Stunde verfloß Dinny rasch und angenehm. Mr. Cameron verstand es, trefflich zu berichten. Er gab Dinny fast seine ganze Lebensgeschichte zum besten, von seiner Kindheit in Australien und der Anwerbung im Burenkrieg – damals war er sechzehn gewesen – bis zu seinen Erlebnissen im Weltkrieg und in der Nachkriegszeit. Jedes Insekt, jeder Bazillus hatte irgendwann in seinem Körper genistet, er hatte Pferde, Chinesen, Kaffern und Brasilianer dressiert, sich Schlüsselbein und Schenkel gebrochen, war mit Gas vergiftet und in die Luft gesprengt worden, doch jetzt ging es ihm, wie er ausdrücklich hervorhob, wieder tadellos, abgesehen von einer leichten Attacke seines Herzleidens. Sein Gesicht schien von innen heraus zu leuchten, und seine Redeweise verriet keineswegs, daß er sich des Ungewöhnlichen seines Schicksals bewußt war. Im Augenblick war es für Dinny das denkbar beste Aufheiterungs- und Beruhigungsmittel, darum hielt sie ihn so lang wie möglich zurück. Als er fort war, trat auch sie mit frischem Mut ins Straßengewühl hinaus. Jetzt war es halb vier, noch zweieinhalb Stunden mußte sie also totschlagen. Sie wandte sich zum Regent's-Park. An den Bäumen hingen noch wenige Blätter, in der Luft lag beißender Qualm von verbranntem Laub. Sie schritt durch die bläulichen Rauchschwaden hin, dachte an Mr. Cameron und gab sich redlich Mühe, ihre Schwermut niederzukämpfen. Was für ein Leben hatte dieser Mann hinter sich, wie frisch und heiter sah er seinem Ende entgegen! Sie schritt den Teich entlang, das Wasser blinkte im letzten Schein der Abendsonne; dann trat sie in den Marylebone-Distrikt hinaus. Da fiel ihr ein, sie müsse sich vor dem Besuch bei Walter noch ein wenig zurechtmachen, und sie beschloß, dies im Warenhaus Harridge zu besorgen. Es war halb fünf geworden, die Räume waren voll von Käufern; Dinny schritt durch das Gewühl hindurch, erstand eine neue Puderquaste, trank eine Tasse Tee und brachte Haar und Gesicht in Ordnung. Noch eine gute halbe

Stunde! Dinny fühlte sich schon müde, dennoch ging sie zu Fuß weiter. Punkt Viertel vor sechs gab sie ihre Karte einem Bediensteten des Außenministeriums ab und wurde in ein Wartezimmer geführt. Dort gab es nicht einmal einen Spiegel, sie zog ihre Puderdose hervor und besah sich in dem runden, von Puderflecken getrübten Spiegelchen. Sie kam sich häßlich vor und wünschte, sie wäre hübscher. Ach was, sie ging ja nicht hin, Walter zu berükken, sondern um im Hintergrund zu sitzen und zu warten. Immer nur warten!

»Miss Cherrell!«

Bobbie Ferrar stand im Türrahmen und trug seine gewohnte Miene zur Schau. Dem lag freilich nichts dran! Warum auch?

Er tippte sich auf die Brusttasche. »Da drin ist das Vorwort. Gehen wir also?« Er schritt ihr voran; unterwegs sprach er über den Mord in Chingford. Ob sie den Prozeß verfolgt habe? Nein? Der Fall liege sonnenklar. Plötzlich fügte er hinzu: »Der Bolivianer mag nicht die Verantwortung übernehmen, Miss Cherrell.«

»Oh!«

»Tut nichts!« Er lächelte.

»Seine Zähne sind tatsächlich echt«, dachte Dinny, »ich sehe ein paar Goldplomben.«

Sie erreichten das Ministerium des Innern und traten ein. Ein Diener führte sie die breite Treppe empor und durch einen langen Gang in ein großes, kahles Zimmer; am Ende des Raums brannte in einem Kamin helles Feuer. Bobbie Ferrar schob einen Stuhl zum Tisch und fragte:

»Den *Graphic* oder das da?« Er zog aus der Tasche einen dünnen Band. »Beides, bitte!« erwiderte Dinny matt; er legte beides vor sie hin. Das Bändchen war die dünne, rotgebundene Ausgabe einiger Kriegsgedichte. »Erste Auflage«, erklärte Bobbie. »Ich hab sie nach dem Lunch wo aufgegabelt.«

»So?« sagt Dinny und nahm Platz.

Da öffnete sich die Tür zu den Innenräumen, ein Kopf guckte herein:

»Mr. Ferrar, der Herr Minister läßt bitten.«

Bobbie Ferrar warf Dinny einen Blick zu, murmelte halblaut: »Mut!« und schritt gewichtig zur Tür.

Noch nie im Leben hatte Dinny sich so einsam gefühlt wie jetzt in diesem großen Wartezimmer, noch nie war sie über das Alleinsein so froh gewesen, noch nie hatte sie so gefürchtet, was ihr bevorstand. Sie schlug das Bändchen auf und las:

»Da sah er über dem Kamin
In nettem Rahmen ein Plakat,
Für Kriegsverletzte, wie es schien,
Schuf dieses Merkblatt Hilf und Rat.
Drin stand genau der Preis zu lesen
Von Schulter-, Schenkel-, Hüftprothesen.
Den Offizieren, hieß es dann
In schwülstigem Amtsstil, spende man
Arme und Beine kostenlos,
Und wären hin auch alle zweie,
Ihr Schade sei darum nicht groß,
Man liefre ihnen gratis neue!
Dann steckte eine Pflegerin
Den Kopf zur Tür herein und sprach . . .«

Plötzlich knisterte das Feuer und spie einen Funken aus. Dinny sah ihn am Rand des Kamins ersterben. Sie las noch einige Gedichte, ohne sie recht zu erfassen, dann schloß sie das kleine Buch und schlug den *Graphic* auf. Nervös durchblätterte sie ihn von der ersten bis zur letzten Seite und hätte von keinem einzigen der Bilder sagen können, was es darstellte. Ihr war's, als sinke ihr das Herz vor Angst stets tiefer; dieses Gefühl verdrängte schließlich alle anderen Empfindungen. Sie fragte sich, ob es wohl schwerer sei, auf die eigene Operation zu warten oder auf die eines geliebten Menschen, und kam zu dem Schluß, das letztere müsse weit qualvoller sein. Stunden schienen verstrichen. Wie lang war Bobbie Ferrar jetzt tatsächlich bei Walter? Erst halb sieben! Sie erhob sich, stieß den Stuhl zurück und betrachtete die bärtigen Porträts der viktorianischen Staatsmänner an den Wänden, eines nach dem andern. So viele Gesichter, und dennoch starrte ihr aus jedem Bild stets das gleiche Diplomatengesicht entgegen, nur die Bartkoteletten waren in verschiedenen Entwicklungsstadien festgehalten. Dann trat sie wieder zum Tisch, schob den Stuhl ganz dicht heran und setzte sich mit aufgestützten Ellbogen hin, das Kinn ruhte auf den Händen. Irgendwie brachte ihr diese verkrampfte Haltung Trost. Gott sei Dank, Hubert ahnte nicht, daß jetzt die Entscheidung fiel, litt nicht die Marter dieses Wartens! Sie dachte an Jeanne und Alan und wünschte von ganzem Herzen, sie möchten sich für das Schlimmste bereithalten. Denn mit jeder Minute wuchs die Gewißheit: Das Schlimmste trifft ein! Dann verfiel sie in dumpfe Betäubung, Mr. Ferrar kam wohl nie zurück, nie mehr, nie! Und wenn – er würde nur das Todesurteil bringen! Zuletzt legte sie die Arme flach auf den Tisch und preßte die Stirn darauf. Sie wußte nicht, wie lang sie so seltsam starr gesessen war, da vernahm sie plötzlich ein Räuspern und schrak zusammen.

Vor dem Kamin stand – nicht Bobbie Ferrar, sondern ein hochgewachsener Mann, mit rötlichem, glattrasiertem Gesicht und silbrigem, zurückgebürstetem Haar, die Beine ein wenig gespreizt, die Hände unter den Rockschößen. Seine hellgrauen Augen glotzten sie an, auf den leicht geöffneten Lippen schien ihm eine Bemerkung zu schweben. Dinny konnte vor Schreck nicht aufstehen, sie saß nur da und erwiderte seinen starren Blick.

»Miss Cherrell, behalten Sie Platz.« Er zog die Hand hinterm Rockschoß hervor und hob sie abwehrend. Dinny war froh, daß sie sitzen bleiben konnte, sie bebte an allen Gliedern.

»Ferrar sagt mir, Sie hätten das Tagebuch Ihres Bruders herausgegeben.«

Dinny neigte zustimmend den Kopf. »Fassung!« sagte sie sich, »tief atmen!«

»Ist es in der ursprünglichen Fassung gedruckt?«

»Ja.«

»Wörtlich?«

»Ja. Kein Wort hab ich geändert oder weggelassen.«

Sie starrte ihn an und stellte fest, er habe runde helle Augen und eine etwas aufgeworfene Unterlippe. Fast war es ihr, sie stehe vor dem Angesicht Gottes. Sie erschauerte über den sonderbaren Einfall, und ihre Lippen verzogen sich zu einem leisen, verzweifelten Lächeln.

»Noch eine Frage, Miss Cherrell.«
»Bitte!« hauchte Dinny.
»Welche Abschnitte dieses Tagebuchs sind seit der Rückkehr Ihres Bruders entstanden?«
Dinny starrte ihn an. Dann sprang sie gekränkt auf. »Nichts! Gar nichts! Er schrieb alles an Ort und Stelle nieder.«
»Darf ich fragen, woher Sie das wissen?«
»Mein Bruder« – erst jetzt kam ihr zum Bewußtsein, daß sie nichts anderes ausspielen konnte als ihres Bruders Wort –, »mein Bruder hat es mir gesagt.«
»Und sein Wort bedeutet Ihnen das Evangelium?«
Ihr Sinn für Humor bewahrte sie vor einem Ausbruch, doch sie warf den Kopf zurück. »Jawohl, das Evangelium. Mein Bruder ist Soldat und –« Rasch hielt sie inne und starrte auf seine vorgeschobene Unterlippe – wie dumm von ihr, daß sie diese hohle Phrase gebraucht hatte!
»Zweifellos, zweifellos. Doch Sie ermessen wohl die Bedeutung dieses Umstands?«
»Ich hab doch das Original –«, stammelte Dinny. Ach, warum hatte sie es nicht mitgebracht? »Es beweist deutlich – ich meine, es ist ganz schmutzig und befleckt. Sie können jederzeit Einblick nehmen. Soll ich –?«
Wieder hob er abwehrend die Hand. »Nicht nötig. Sie sind Ihrem Bruder wohl sehr zugetan, Miss Cherrell?«
Dinnys Lippen bebten.
»Von ganzem Herzen. Wir alle.«
»Wie ich höre, hat er eben geheiratet.«
»Ja, vor kurzem.«
»Wurde Ihr Bruder im Krieg verwundet?«
»Ja. Ein Schuß ins linke Bein.«
»Keine Verletzung an den Armen?«
Wieder dieser empörende Verdacht!
»Keine!« Wie aus der Pistole geschossen klang diese Antwort. Eine halbe Minute, eine ganze Minute standen sie einander gegenüber und starrten sich an. Flehende, zornige, zusammenhanglose Worte drängten sich ihr auf die Lippen, doch sie hielt sie geschlossen, bedeckte sie mit der Hand. Er nickte.

»Danke. Miss Cherrell, danke.« Er neigte ein wenig den Kopf und schritt zur Tür zurück. Als er fort war, vergrub Dinny das Gesicht in die Hände. Was hatte sie getan? Ihn zum Feind gemacht? Sie fuhr sich mit den Händen über Gesicht und Körper, dann stemmte sie die Arme in die Hüften und starrte, an allen Gliedern bebend, zur Tür, die sich eben hinter ihm geschlossen hatte. Eine Minute verstrich. Dann öffnete sich die Tür wieder, und Bobbie Ferrar trat ein. Dinny sah seine Zähne blinken. Er nickte, schloß hinter sich und sagte: »Alles in Ordnung.«

Dinny schwankte ans Fenster. Dunkel war hereingebrochen, doch auch bei hellem Tag hätte sie nichts gesehen. Gerettet! Gerettet! Sie fuhr sich über die Augen, wandte sich um und streckte beide Hände aus, ohne zu wissen, wo Bobbie Ferrar stand.

Niemand ergriff sie, Dinny vernahm nur eine Stimme: »Ich bin wirklich froh!«

»Ich dachte schon, ich hätte es verdorben.«

Dinny blickte in seine runden Augen.

»Er hatte bereits den Entschluß gefaßt, sonst hätte er Sie gar nicht empfangen, Miss Cherrell. Am Ende ist er doch nicht gar so hartgesotten. Um die Mittagszeit besprach er sich mit dem Polizeirichter darüber – das war offenbar günstig.«

»Dann hab ich diese Todesangst umsonst ausgestanden!« dachte Dinny.

»Mußten Sie ihm das Vorwort zeigen, Mr. Ferrar?«

»Nein – um so besser, vielleicht hätt es gerade das Gegenteil bewirkt. Ich glaube, der gute Ausgang ist dem Richter zu danken. Sie, Miss Cherrell, haben übrigens auf ihn einen günstigen Eindruck gemacht. Er fand Sie ›kristallklar‹.«

»So!«

Bobbie Ferrar nahm das kleine rote Buch vom Tisch, sah es liebevoll an und steckte es in die Tasche. »Gehen wir?«

In Whitehall tat Dinny einen langen Atemzug und sog die Novemberabendluft ein wie ein Dürstender den ersehnten Trunk. »Ein Telegrafenamt!« rief sie. »Er kann sich's doch nicht mehr anders überlegen?«

»Er hat mir sein Wort gegeben. Heute abend ist Ihr Bruder frei.«

»Ach, Mr. Ferrar!« Plötzlich liefen ihr Tränen über die Wangen.

Sie wandte sich ab, sie zu verbergen, doch als sie sich wieder nach ihm umsah, war er fort.

37

Vom Telegrafenamt drahtete sie an ihren Vater und Jeanne. Dann rief sie Fleur, Adrian und Hilary an und fuhr im Auto in die Mount Street. Als sie die Tür zum Arbeitszimmer ihres Onkels öffnete, fand sie ihn vor dem Kamin mit einem Buch, in dem er nicht las; er blickte auf. »Was ist los, Dinny?«

»Gerettet!«

»Durch dich!«

»Ach nein, Onkel. Durch den Polizeirichter. Ich hätte es fast verdorben.«

»Bitte, läute!«

Dinny drückte die Klingel.

»Blore, ich lasse Lady Mont bitten!«

»Gute Botschaft, Blore. Mr. Hubert ist frei.«

»Vielen Dank, Miss, hab sechs Pfund gegen vier darauf gewettet.«

»Dinny, wie feiern wir das?«

»Ich muß nach Condaford, Onkel.«

»Doch erst nach dem Dinner und nicht ohne Rausch. Was ist mit Hubert? Holt ihn jemand ab?«

»Ja, Onkel Adrian; ich soll nicht hin, meint er. Hubert wird sich vermutlich in seine Wohnung begeben und auf Jeanne warten.«

Sir Lawrence sah Dinny belustigt an.

»Woher kommt sie geflogen?«

»Aus Brüssel.«

»Also dort war die Operationsbasis! Die Liquidierung dieses Unternehmens freut mich fast ebenso wie Huberts Freispruch. Auf die Art kann man heutzutage nicht entwischen.«

»Wahrscheinlich wäre es geglückt«, erklärte Dinny; nun, da der Fluchtplan überflüssig geworden war, schien er ihr weniger phantastisch als zuvor. – »Tante Emily, ein schöner Schlafrock!«

»Ich war gerade beim Umkleiden. Blore hat vier Pfund gewon-

nen. Komm, Dinny, gib mir einen Kuß, deinem Onkel auch! Kannst du aber fein küssen! Wenn ich heute Champagner trinke, bin ich morgen krank.« »Du mußt es ja nicht, Tantchen.«
»Selbstverständlich muß ich. Dinny, versprich mir, du gibst diesem jungen Mann einen Kuß.«
»Aber, Tante Emily, kriegst du denn Provision für die Küsse?«
»Er wollte doch Hubert aus dem Gefängnis befreien, das wirst du nicht abstreiten. Der Pfarrer erzählte mir, Alan stürzte eines Tages mit einem Bart zu ihm ins Zimmer und holte sich eine Wasserwaage und zwei Bücher über Portugal. Immer brennen die Leute nach Portugal durch. Dem Pfarrer wird ein Stein vom Herzen fallen; er hat bei der Geschichte sein ganzes Fett zugesetzt. Du solltest ihn wirklich küssen.«
»Heutzutag bedeutet ein Kuß gar nichts, Tantchen. Um ein Haar hätte Bobbie Ferrar einen erwischt. Er sah ihn aber voraus und verschwand.«
»Solche Kußrekorde darfst du Dinny nicht zumuten«, erklärte Sir Lawrence, »sie muß meinem Miniaturmaler sitzen. Dinny, morgen kommt der junge Mann nach Condaford.«
»Du mußt wissen, Dinny, das ist Onkels Steckenpferd, dieses Sammeln von Damen. Und dabei sind doch die Damen schon längst ausgestorben. Heutzutag gibt es nur noch Frauen.«
Mit dem einzigen Zug, der spät abends ging, dampfte Dinny nach Condaford. Onkel und Tante hatten sie beim Abendessen tüchtig mit Wein traktiert; schläfrig, doch in gehobener Stimmung saß sie da, dankbar für alles – für das Hinsausen des Zugs und den Anblick der nächtlichen Landschaft, die mondbeschienen am Fenster vorüberflog. So froh war sie, daß immer wieder ein Lächeln über ihre Lippen huschte. Hubert frei! Condaford gerettet! Die Eltern wieder von den Sorgen erlöst! Jeanne glücklich! Alans Karriere nicht länger bedroht! Ihre Reisegefährten im Abteil dritter Klasse betrachteten Dinny bald heimlich, bald unverhohlen erstaunt. So viel Lächeln mußte jedem Steuerzahler verdächtig scheinen. War sie beschwipst, schwachsinnig oder bloß verliebt? Vielleicht alles zusammen! Mitleidig und wohlwollend gab Dinny diese Blicke zurück; alle diese Menschen waren ja nicht halb so glücklich wie sie! Die anderthalb Stunden Bahnfahrt waren rasch

verflogen, Dinny betrat den matt erleuchteten Bahnsteig; ihre Schläfrigkeit war so ziemlich geschwunden, doch die gehobene Stimmung hielt noch immer vor. Sie hatte im Telegramm ihre Ankunftszeit nicht bekanntgegeben, darum ließ sie das Gepäck zurück und ging zu Fuß. Sie entschied sich für die Landstraße, dieser Weg war zwar weiter als der über die Felder, doch sie wollte frei ausschreiten und in vollen Zügen die Heimatluft trinken. Wie stets bei Nacht schien ihr die Gegend seltsam fremd; ihr war's, als gehe sie an Häusern, Hecken und Bäumen vorbei, die sie noch nie gesehen hatte. Nun führte die Straße durch einen Wald bergab. Ein Auto ratterte daher; im grellen Licht seiner unheimlichen Glotzaugen glitt gerade noch rechtzeitig ein Wiesel über die Fahrbahn. Drolliges Tierchen! Wie es nur den langen, niederen Rücken bog! Auf der Brücke über den kleinen geschlängelten Fluß blieb sie einen Augenblick stehen. Jahrhunderte war diese Brücke alt, sie stand fast so lang wie der älteste Schloßtrakt, dennoch schien sie noch immer fest und tragfähig. Gleich jenseits der Brücke führte eine Gartentür zu ihrem Landsitz. Bei Hochwasser stieg der Fluß die Wiese hinan bis zu den Sträuchern im einstigen Schloßgraben. Dinny stieß die Gartentür auf und schritt auf dem grasbewachsenen Saum des Fahrwegs zwischen Rhododendronhecken hindurch zur Rückfront des Hauses. Da lag es, niedrig, langgestreckt und völlig dunkel. Man hatte sie nicht erwartet, und es ging doch erst gegen Mitternacht. Da kam ihr der Einfall, sich ums Haus zu schleichen und es auch von der anderen Seite zu betrachten. Ganz grau und gespenstisch wirkte es im fahlen Schein des Mondes, umrahmt von Bäumen, von Schlinggewächsen umsponnen. Sie schritt an den Eiben vorbei, die im tiefer gelegenen Teil des Gartens kurze gespenstische Schatten warfen, kam zum Rasenplatz vor dem Schloß, hielt tiefatmend inne, wandte den Kopf hin und her und fing mit ihren Blicken alles ein, was ihr von Kind auf so lieb und vertraut gewesen war.
Das Mondlicht flimmerte unheimlich auf den Fensterscheiben und den glänzenden Blättern der Magnolien; überall lauerten Geheimnisse in den alten Mauern des Schlosses. Prachtvoll! Nur aus einem Fenster drang noch Licht, aus dem Arbeitszimmer ihres Vaters. Sonderbar, daß alle schon im Bett lagen, nach einer

solchen Freudenbotschaft! Vom Rasenplatz stahl sie sich zur Terrasse hinauf und blickte durch den Spalt der Vorhänge. Den Kopf gebeugt, die Hände zwischen den Knien, saß der General am Schreibtisch vor einem Berg von Papieren. In der letzten Zeit war sein Haar noch stärker ergraut, die Schläfen eingefallen. Die Lippen fest geschlossen, saß er da in der Haltung eines geschlagenen Mannes, der in geduldigem Schweigen das Verderben erwartet. In der Bibliothek bei Onkel Lawrence hatte sie einmal die Geschichte des amerikanischen Bürgerkriegs gelesen – so mochte wohl einer von den alten Generalen der Südstaaten ausgesehen haben, in der Nacht, bevor General Lee Armee und Festung übergab.

Plötzlich fiel ihr ein, die Eltern hätten durch einen bösen Zufall das Telegramm nicht erhalten. Sie klopfte ans Fenster. Ihr Vater hob den Kopf. Aschfahl sah sein Gesicht im Mondschein aus, offenbar hielt er sie für einen Unheilsboten. Er öffnete das Fenster. Dinny beugte sich vor und legte ihm die Hände auf die Schultern.

»Vater, hast du mein Telegramm nicht erhalten? Hubert ist frei!«

Der General packte sie heftig am Handgelenk, in sein Gesicht kam Farbe, die Lippen lösten sich, mit einem Schlag sah er zehn Jahre jünger aus.

»Ist das – ist das wirklich wahr – wirklich, Dinny?«

Dinny nickte lächelnd unter Tränen.

»Herrgott, ist das eine Botschaft! Komm herein! Ich geh hinauf und sag es Mutter!« Noch ehe Dinny drinstand, war er schon draußen . . .

Das Lächeln wich nicht von ihren Lippen, als sie in dem Raum stand, der Dinnys und der Mutter Versuchen, ihn geschmackvoll einzurichten, beharrlich getrotzt hatte; noch immer glich er einer kahlen Amtsstube. Lächelnd blickte Dinny auf diesen und jenen Gegenstand, der dies deutlich verriet. Ach ja, Vater und seine Zeitungen, seine strategischen Fachschriften! Hier hingen alte Fotografien, dort Andenken an Indien und Südafrika, dort das vergilbte Bild seines Lieblingsschlachtpferdes, die Übersichtskarte von Condaford, das Fell des Leoparden, der ihn überfallen hatte, die beiden Fuchsköpfe – nun war er wieder froh und glücklich, der gute Vater!

Sie glaubte die Freude ihrer Eltern nicht stören zu dürfen und schlüpfte die Treppe hinauf in Clares Zimmer. Das muntere Mädchen schlief fest, der eine Arm im Pyjama ruhte auf der Bettdecke, die Wange schmiegte sich an den Handrücken. Liebevoll blickte Dinny auf den dunklen Kopf mit dem kurzgeschnittenen Haar, dann ging sie hinaus. Nur nicht den ersten Schlaf stören! In ihrem Zimmer trat sie ans offene Fenster und sah zwischen dem fast kahlen Ulmengeäst hindurch auf die mondbeglänzten, sanft ansteigenden Felder und den waldgekrönten Hügelkamm. In diesem Augenblick fiel es ihr schwer, am Dasein Gottes zu zweifeln. Doch schien es ihr kleinlich und niedrig, im Glück fester an Gott zu glauben als im Unglück, ebenso wie in der Not zu Kreuz zu kriechen und im Glück Gott zu vergessen. Aber Gott war ja der ewige, unerkennbare Weltgeist, nicht ein liebevoller Vater, dessen Tun und Lassen uns keine Rätsel aufgab. Nun, je weniger sie darüber nachsann, desto besser! Wie ein Schiff nach dem Sturm war sie endlich im friedlichen Hafen gelandet. Genug! Sie wankte, schlief beinahe im Stehen ein. Rasch ins Bett! Es war nicht vorbereitet, sie streifte Schuhe, Kleid und Gürtel ab, warf einen alten Flanellschlafrock über und kroch unter die Daunendecke. In zwei Minuten war sie eingeschlafen, noch immer das Lächeln auf den Lippen . . .

Am Morgen beim Frühstück kam ein Telegramm Huberts mit der Meldung, er werde mit Jeanne zum Abendessen eintreffen.

»Der verlorene Sohn kehrt heim«, murmelte Dinny, »und bringt eine schöne junge Frau mit! Gottlob erst zum Abendessen, da können wir indes ungestört das gemästete Kalb schlachten. Vater, ist es schon bereit?«

»Ich hab noch zwei Flaschen aus dem Keller deines Urgroßvaters, Chambertin 1865. Die kommen auf den Tisch, und der alte Kognak auch!«

»Mutter, Schnepfen und Pfannkuchen sind Huberts Lieblingsgerichte, vielleicht treiben wir ein paar Vögel auf. Und wie wär's mit englischen Austern? Er hat Austern so gern.«

»Wollen sehen, Dinny.«

»Und Champignons«, fügte Clare hinzu.

»Mutter, ich glaub, du läufst heute noch das ganze Land danach ab.«
Lady Cherrell lächelte, sie sah ganz vergnügt aus.
»Heute ist das richtige milde Wetter zum Jagen«, bemerkte der General.
»Was meinst du, Clare? Treffpunkt beim weißen Kreuz um elf!«
»Fein!«
Clare und der Vater ritten aus. Dinny besah die Pferdeställe und streifte mit den Hunden umher. Nach diesem Hangen und Bangen, welch herrliches Gefühl! Wie sorglos und befreit! Wohl war es um Huberts Karriere heute nicht besser bestellt als vor zwei Monaten, da sie Dinny so viele Sorgen bereitet hatte, eher schlimmer, denn er hatte jetzt noch eine Frau zu erhalten. Doch alles schien ihr eitel Lust und Freude. Einstein hatte wahrhaftig recht, alles war relativ.
Sie summte ein Lied vor sich hin und schlenderte den Gartenweg hinan, da drang das Geknatter eines Motorrades vom Fahrweg her an ihr Ohr. Dinny wandte sich um. Ein Mensch im Staubmantel winkte ihr zu, schob die Maschine an einen Rhododendronbusch, kam auf sie zu und entfernte die Autokappe.
Alan natürlich! Sofort beschlich sie das Gefühl, ein Heiratsantrag stehe ihr bevor. Sie spürte genau, heute morgen hielt ihn nichts davon ab, er hatte ja jenes kühne Wagnis nicht vollbringen müssen, nach dem sein Antrag wie eine Dankforderung gewirkt hätte.
»Na, vielleicht trägt er noch immer einen Bart«, dachte sie, »dann tut er's nicht.« Ach nein, er war glattrasiert, nur das Kinn schien bedeutend blasser als das übrige sonnverbrannte Gesicht. Er trat auf sie zu, streckte ihr beide Hände entgegen, und sie reichte ihm die ihren. So standen sie und blickten einander an.
»Nun, erzähl mir jetzt von deinem Komplott!« bat Dinny endlich. »Junger Mann, du hast uns fast zu Tod erschreckt!«
»Komm, Dinny, setzen wir uns dort oben hin.«
»Schön, aber gib auf Scaramouch acht, er schwänzelt dir beständig um den Fuß – und dein Fuß ist groß.«
»Gar nicht so groß, Dinny, du siehst aus –«
»Arg mitgenommen, weiter nichts«, erwiderte Dinny. »Ich kenne

die ganze Geschichte von Hallorsen und den bolivianischen Knochen und Huberts Entführung vom Schiff.«
»Was?«
»Alan, wir sind doch nicht auf den Kopf gefallen. Welche Rolle war dir dabei zugedacht? Weshalb hast du dir einen Bart wachsen lassen? Du, auf dem bloßen Stein kann man jetzt nicht mehr sitzen, wir müssen etwas daraufbreiten.«
»Kann nicht ich dieses Etwas sein?«
»Wo denkst du hin? Leg deinen Staubmantel her, los!«
»Wenn du es wirklich wissen willst«, begann er und starrte unwillig auf seine Schuhspitze, »einen festumrissenen Plan hatten wir noch nicht, alles hing davon ab, wie man Hubert nach Bolivien transportierte. Wir hatten zwei Pläne. Falls sein Schiff einen spanischen oder portugiesischen Hafen anlief, hätten wir den Trick mit der Kiste ausgeführt. Hallorsen sollte auf dem Schiff sein, Jeanne und ich im Hafen mit dem Flugzeug und der Kiste mit den wirklichen Knochen. Hätten wir Hubert in die Hände bekommen, so wären wir mit ihm davongeflogen – Jeanne als Pilotin, sie ist die geborene Fliegerin. Sie wollten in die Türkei.«
»Stimmt«, bemerkte Dinny. »Das haben wir uns gedacht.«
»Wieso?«
»Weiter! Was war der zweite Plan?«
»Wäre das Schiff ohne Zwischenlandung weitergefahren, hätte sich das nicht leicht durchführen lassen; wir wollten Huberts Wächter durch ein gefälschtes Telegramm beauftragen, bei Ankunft des Zugs im Hafen, in Southampton oder sonstwo, Hubert auf die Polizei zu bringen und weitere Instruktionen abzuwarten. Auf dem Weg zur Polizei wäre Hallorsen auf der einen Seite mit einem Motorrad in das Taxi hineingefahren, und ich mit einem Auto von der anderen Seite. Hubert hätte aus seinem Auto schlüpfen müssen, und ich hätte ihn rasch in mein Auto gezogen und zu dem wartenden Flugzeug gebracht.«
»Hm!« meinte Dinny, »im Film wäre das ausgezeichnet; aber gehen einem die Leute in Wirklichkeit so auf den Leim?«
»Wir hatten freilich noch nicht alle Einzelheiten ausgeheckt. Wir wetteten auf den ersten Plan.«
»Ist alles Geld flötengegangen?«

»Nein, nur gegen zweihundert Pfund, das Flugzeug können wir wieder verkaufen.« Dinny atmete erleichtert auf, ihr Blick hing an Alan.

»Sei froh, daß du mit heiler Haut davongekommen bist«, sagte sie.

Er lächelte. »Das bin ich auch, aus einem ganz besonderen Grund. Wäre aus dem Komplott etwas geworden, dann hätte ich nicht gut vor dich hintreten können. Dinny, ich muß heute meinen Dienst wieder antreten. Willst du nicht –?«

Sanft erwiderte Dinny: »Mit der Entfernung wächst die Sehnsucht, Alan. Wenn du wieder zurückkommst, werd ich mir's ernsthaft überlegen.«

»Darf ich einen Kuß haben, nur einen?«

»Ja.« Sie hielt ihm die Wange hin. »In solcher Situation«, dachte sie, »gibt's gewöhnlich einen feurigen Kuß auf den Mund. Alan hat mich nicht so geküßt. Gewiß hat er geradezu Respekt vor mir.« Sie erhob sich. »Gehen wir, lieber Junge, ich dank dir tausendmal für alles, was du tun wolltest und zum Glück nicht zu tun brauchtest. Wirklich, ich werd mich bemühen, weniger jungfräulich herb zu sein.«

Traurig blickte er sie an, als bereue er seine Selbstbeherrschung, doch dann erwiderte er ihr Lächeln. Bald darauf fuhr er auf dem knatternden Motorrad in den leise seufzenden, stillen Tag hinaus.

Das Lächeln noch auf den Lippen, ging Dinny ins Haus zurück. Ein lieber Kerl! Doch man mußte sich Zeit lassen! Zum Bereuen ließ einem selbst das Tempo der Gegenwart reichlich Muße!

Sie nahmen früher als gewöhnlich einen leichten Lunch, dann fuhr Lady Cherrell im Fordwagen aus, um das »gemästete Kalb« zu besorgen.

Dinny wollte eben in den Garten gehen und alles plündern, was sie jetzt im November noch an Blumen fand; da wurde ihr eine Visitenkarte überreicht:

MR. NEIL WINTNEY
FERDINAND-ATELIER
Orchard Street,
Chelsea

»Gott steh mir bei!« dachte sie, »das ist ja Onkel Lawrences junger Mann, der von mir eine Miniatur malen soll.«
»Wo ist er, Annie?«
»Er wartet in der Halle, Miss.«
»Führen Sie ihn in den Salon; ich komme sofort.«
Sie streifte die Gartenhandschuhe ab, stellte den Blumenkorb weg und blickte in den kleinen fleckigen Spiegel ihrer Puderdose. Von der Terrasse trat sie durch die Glastür in den Salon. Welche Überraschung! Der »junge Mann« saß bequem in einem Lehnstuhl, neben sich die verpackten Malgeräte. Er hatte dichtes weißes Haar und trug ein Monokel an einer schwarzen Schnur; als er sich erhob, sah sie, daß er zumindest sechzig sein mußte.
»Miss Cherrell?« fragte er. »Ihr Onkel, Sir Lawrence Mont, hat mich beauftragt, ein Miniaturbild von Ihnen anzufertigen.«
»Ich weiß«, entgegnete Dinny, »nur dachte ich –« Doch sie vollendete den Satz nicht. Onkel Lawrence liebte nun einmal seine kleinen Späße; oder vielleicht war das seine Auffassung von Jugend?
Der »junge Mann« mit den wohlgenährten roten Wangen hatte das Monokel eingeklemmt, durch das Glas glitt der Blick seines blauen Auges aufmerksam prüfend über Dinny. Dann neigte er den Kopf zur Seite und meinte: »Wenn wir einmal die Konturen haben und Sie mir ein paar Fotografien überlassen, werd ich Sie nicht lang quälen. Dieses flachsblaue Kleid – macht sich wundervoll – der Himmel als Hintergrund – durch dieses Fenster – jawohl, nicht zu intensiv blau – der blasse englische Himmel. Solange die Beleuchtung gut ist, können wir –« Eifrig redend ging er an die Vorbereitungen.
»Was Sir Lawrence vorschwebt«, erklärte er, »ist der Typ der englischen Dame; tiefinnerliche Kultur, die sich nicht aufdrängt. Bitte den Kopf ein wenig wenden – danke! – die Nase –«
»Ach ja, die Nase, die ist nicht zu retten«, meinte Dinny.
»Was sagen Sie da! Einfach entzückend! Sir Lawrence benötigt Ihr Bild, soweit mir bekannt ist, für seine Sammlung: ›Die Frau der verschiedenen Nationen.‹ Zwei Miniaturen hab ich bereits für diese Sammlung gemalt. Blicken Sie, bitte, zu Boden! Nein, so nicht! Mir ins Gesicht! Ah, die Zähne – wundervoll!«

»Vorläufig noch echt.«
»Miss Cherrell, dieses Lächeln steht Ihnen gut, das richtige Maß beschwingten Humors; nicht zuviel – aber gerade genug.«
»Muß ich dieses Lächeln mit dreißig Prozent Humor beibehalten?«
»Keine Spur, liebe junge Dame, es kommt ganz von selbst wieder. Könnten Sie sich jetzt im Dreiviertelprofil zeigen? Ah, der Umriß Ihres Haars – eine wundervolle Farbe.«
»Es schimmert nicht zuviel, aber gerade genug, wie?«
Der »junge Mann« schwieg; ganz in die Arbeit vertieft, hatte er zu skizzieren begonnen und schrieb Bemerkungen an den Rand des Papiers. Dinny saß mit gerunzelter Stirn da und gab sich redlich Mühe, stillzuhalten. Er hielt inne, lächelte sie verzückt an und murmelte: »Jetzt hab ich's! Ich seh's, ich seh's!«
Was sah er? Plötzlich wurde das Opfer nervös und preßte die Hände aneinander.
»Heben Sie die Hände hoch, Miss Cherrell! Nein, zu madonnenhaft. Das paßt nicht zu dem Kobold in Ihrem Haar. Sehen Sie mich voll an!«
»›Bitte, recht freundlich‹, nicht wahr?«
»Nicht zu sehr – ein wenig – echt englisch, kristallklar, doch zurückhaltend. Jetzt die Nackenlinie. Den Kopf emporgewandt. So. Fast wie ein Reh – fast – ein wenig – nein, nicht erschreckt – entrückt.«
Wieder begann er zu zeichnen und Notizen zu machen, sein Blick glitt in die Weite, er schien in einer anderen Welt zu sein.
Dinny dachte: »Wenn Onkel Lawrence Selbstbewußtsein sehen will – auf diesem Bild wird er es finden.«
Der »junge Mann« hielt wieder inne, neigte den Kopf zur Seite und trat zurück; seine ganze Aufmerksamkeit schien aus dem Monokel zu strahlen. »Nun noch der Ausdruck!« murmelte er.
»Lässig soll ich dreinsehen, wie?« fragte Dinny.
»Aber, aber!« rief der »junge Mann«. »Tiefer! Dürfte ich ein paar Minuten Klavier spielen?«
»Gewiß. Doch ich fürchte, es ist lange nicht benützt worden.«
»Tut nichts!« Er setzte sich ans Klavier, öffnete den Deckel, blies über die Tasten und begann zu spielen. Sein Anschlag war kräf-

tig, aber weich, er spielte gut. Dinny lehnte am Flügel und lauschte. Bald schlug die Musik sie in Bann. Das war doch Bach, sie wußte nur nicht, was. Eine schöne, klare, innige Weise, ergreifend, wie nur Bach es ist.

»Was ist das?«

»Ein Choral von Bach, für Klavier bearbeitet.« Und der »junge Mann« neigte den Kopf über die Tasten.

»Herrlich! Das Ohr lauscht Sphärenklängen, und der Fuß wandelt durch blumige Auen«, flüsterte Dinny.

Der »junge Mann« schloß das Klavier und erhob sich. »Ja, das brauche ich, ja, gerade das!«

»So?« fragte Dinny, »weiter nichts?«

ZWEITES BUCH

*

Blühende Wildnis

Hermon Ould
zugeeignet

1

Kurz nach Verlautbarung des Staatsbudgets im Jahre 1930 gab es eines Tages in der Nachbarschaft des Victoriabahnhofs das achte Weltwunder zu sehen: drei Engländer von ganz verschiedenem Typ, die gleichzeitig in die Betrachtung eines Londoner Denkmals versunken schienen. Sie waren jeder für sich gekommen und standen unweit voneinander in der – baumfreien Südwestecke des Platzes, wo der Schein der sinkenden Sonne dieses Frühlingstags sie nicht blendete. Drei Personen – eine junge Dame von etwa sechsundzwanzig Jahren, ein noch jugendlicher Mann von ungefähr vierunddreißig und ein Herr zwischen fünfzig und sechzig. Die schlanke junge Dame, die ganz und gar nicht unintelligent schien, hielt den Kopf seitlich emporgewandt, auf den halbgeöffneten Lippen lag ein leises Lächeln. Der junge Mann war hager, sonnverbrannt und hatte den Gürtel seines blauen Mantels eng zusammengezogen, er schien im Frühlingswind zu frösteln. Um seinen Mund lag ein verächtlicher Zug, aber in seltsamem Widerspruch dazu hing sein Blick gespannt und ungemein ausdrucksvoll an dem Denkmal. Der hochgewachsene ältere Herr in braunem Anzug und braunen Wildlederschuhen stand, die Hände in den Hosentaschen, müßig da, sein langes, wetterhartes Gesicht verriet in seiner starren Ruhe Schlauheit und Skepsis.

Indessen stand das Denkmal – Marschall Foch hoch zu Roß – zwischen den Bäumen, hochragend und still, stiller als alle drei.

»Unser Retter!« bemerkte der junge Mann unvermittelt.

Dieser Verstoß gegen die gesellschaftlichen Formen rief bei den beiden anderen verschiedene Wirkung hervor; der ältere Herr zog ein wenig die Brauen hoch und trat einige Schritte vor, augenscheinlich, um die Beine des Pferdes zu prüfen. Die junge Dame wandte sich um und sah dem Sprecher offen ins Gesicht.

»Sind Sie nicht Wilfrid Desert?« fragte sie plötzlich überrascht.

Der junge Mann verneigte sich.

»Dann sind wir einander schon begegnet«, erklärte die junge Dame. »Bei Fleur Monts Hochzeit. Erinnern Sie sich noch, Sie waren Trauzeuge, der erste, den ich je zu Gesicht bekam. Ich war erst sechzehn. Sie entsinnen sich meiner wohl kaum – Dinny Cherrell, mein Taufname ist Elizabeth. Im letzten Augenblick mußte ich als Brautjungfer einspringen.«

Der verächtliche Zug um die Lippen des jungen Mannes schwand.

»Ich erinnere mich noch sehr gut an Ihr Haar.«

»Das einzige, was die Leute von mir in Erinnerung behalten.«

»Stimmt nicht! Mir kam damals vor, als hätten Sie Botticelli Modell gesessen – auch heute kommt es mir noch so vor.«

»Seine Augen sind wirklich schön«, dachte Dinny, »die ersten, die starken Eindruck auf mich machen.«

Diese Augen hatten sich wieder zum Standbild emporgewandt.

»Tatsächlich unser Retter!« wiederholte Desert.

»Sie waren natürlich auch im Feld?«

»Bei den Fliegern. Hab es gründlich ausgekostet.«

»Gefällt Ihnen das Denkmal?«

»Das Roß.«

»Ein echtes Roß«, murmelte Dinny, »nicht wie bei anderen Statuen ein gebäumter Rumpf mit Nacken, Nüstern und Gebiß.«

»Das Ganze sieht so handwerksmäßig aus – na, das paßt ja zu Foch.«

Dinny runzelte die Stirn. »Mir gefällt, daß es so ruhig zwischen den Bäumen steht.«

»Wie geht es Michael? Wenn ich nicht irre, sind Sie ja seine Kusine.«

»Michael geht es gut. Noch immer Parlamentsmitglied. Sein Mandat ist todsicher, nicht zu verlieren.«

»Und Fleur?«

»Gedeiht prächtig. Vor einem Jahr bekam sie ein Töchterchen.«

»Fleur? Hm! Hat also zwei, wie?«

»Ja. Die Kleine heißt Catherine.«

»Seit 1927 war ich nicht mehr zu Hause. Du lieber Himmel! Seit dieser Trauung ist manches Jahr verflossen.«

»Sie waren wohl viel in der Sonne?« fragte Dinny und betrachtete prüfend sein gelbbraunes Gesicht.

»Ohne Sonne kann ich nicht leben.«

»Michael erzählte mir einmal, Sie hielten sich im Orient auf.«
»Stimmt, dort treib ich mich herum.« Sein Gesicht schien sich noch einen Schatten dunkler zu färben, er schauerte ein wenig zusammen. »Eine Hundekälte – in diesem englischen Frühling!«
»Schreiben Sie noch immer Gedichte?«
»Meine schwache Seite. Sie haben davon gehört?«
»Hab sie gelesen. Am besten gefällt mir der letzte Band.«
»Danke«, lächelte er, »Sie verstehen es, einen anzuspornen. So etwas behagt uns Poeten. Wer ist denn dieser hochgewachsene Herr? Sein Gesicht kommt mir bekannt vor.«
Der hochgewachsene Mann, der das Standbild von der anderen Seite besehen hatte, kam zurück.
»Den bringe ich ebenfalls irgendwie mit Fleurs Trauung in Zusammenhang«, murmelte Dinny.
Der hochgewachsene Herr trat auf die beiden zu. »Die Beine sind nicht besonders gelungen«, ließ er sich vernehmen.
»Gott sei Dank, daß ich keine solchen habe!« lächelte Dinny.
»Wir zerbrachen uns gerade den Kopf, woher wir Sie kennen. Waren Sie nicht vor einigen Jahren bei Michael Monts Hochzeit?«
»Jawohl. Und wer sind Sie, junge Dame?«
»Wir trafen einander dort alle drei. Ich bin Michaels Kusine mütterlicherseits, Dinny Cherrell. Mr. Desert war Trauzeuge.«
Der hochgewachsene Herr nickte. »So! Ich heiße Jack Muskham, bin ein Vetter von Michaels Vater.« Er wandte sich an Desert. »Sie bewundern wohl Marschall Foch?«
»Ich habe ihn bewundert.«
Dinny war über den verbissenen Ausdruck seines Gesichts betroffen.
»Zweifellos war er ein bedeutender Stratege«, erklärte Muskham, »seinesgleichen gab es im Weltkrieg nicht viele. Aber mich interessiert hier das Pferd.«
»Das Pferd ist fraglos das Interessanteste«, murmelte Dinny.
Mit skeptischem Lächeln gab der hochgewachsene Herr zurück: »Foch ließ uns nie in der Patsche, dafür schulden wir ihm Dank.«

Desert wandte sich ihm zu. »Was veranlaßt Sie zu dieser Bemerkung?«
Muskham zuckte die Achseln, zog vor Dinny den Hut und ging davon.
Als er fort war, wurde es still wie über tiefen Wassern.
»Welchen Weg gehen Sie?« fragte Dinny endlich.
»Denselben, den Sie gehen.«
»Verbindlichen Dank, mein Herr! Mein Weg führt in die Mount Street zum Haus meiner Tante.«
»Ausgezeichnet!«
»Sie erinnern sich gewiß an sie, Michaels Mutter, ein reizendes Frauchen. Spricht stets nur im Telegrammstil – einzig in ihrer Art. Man muß sich anstrengen, ihren Gedankensprüngen zu folgen.«
Sie überquerten die Straße und erreichten den Grosvenor Place.
»Sie finden England wohl jedesmal stark verändert, sooft Sie nach Hause kommen – oder ist Ihnen mein Plaudern unangenehm?«
»Reichlich verändert.«
»›Lieben Sie nicht Ihr Heimatland?‹, wie die Redensart lautet?«
»Mir graut geradezu vor England.«
»Gehören Sie am Ende auch zu den Leuten, die sich um jeden Preis schlechter machen wollen, als sie wirklich sind?«
»Brächte es gar nicht zuwege. Fragen Sie Michael!«
»Michael und klatschen – unmöglich.«
»Michael lebt wie alle Engel nicht in dieser Welt.«
»Doch«, entgegnete Dinny, »Michael steht mit beiden Füßen im wirklichen Leben und ist Engländer durch und durch.«
»Das ist ja eben der Widerspruch in seinem Wesen.«
»Sagen Sie doch, warum ziehen Sie über England los? Das ist nicht besonders originell.«
»Nur Engländern gegenüber zieh ich über England los.«
»Sehr löblich. Warum aber mir gegenüber?«
Desert lachte.
»Weil Sie mir das Idealbild Englands zu verkörpern scheinen.«
»Zuviel der Ehr, mein werter Herr.«
»England ist mir darum so zuwider, weil es sich einbildet, es sei noch immer den anderen voraus.«

»Ist denn England nicht wirklich den anderen voraus?«
»Allerdings«, lautete Deserts überraschende Antwort, »doch es braucht sich darauf nichts einzubilden.«
Dinny dachte:

»Bruder Wilfrid, du bist ein verdrehtes Huhn,
Deine Zunge ist scharf wie ein Messer.
Was mußt du durchaus auf dem Kopfe stehn?
Gib es auf, dir wäre viel besser.«

In Prosa fuhr sie fort: »Wenn England ohne vernünftigen Grund an seinem Stolz festhält, dann rührt dieser Stolz vermutlich von einer Art intuitiver Erkenntnis her. Geht nicht auch Ihre Abneigung gegen Mr. Muskham auf eine solche Intuition zurück?« Sie sah ihn an und dachte: »Ein wenig plump, meine Frage!«
»Abneigung? Das gerade nicht. Er ist nur der landläufige Typ eines unerschütterlichen Jagd- und Pferdenarren, der mich zu Tode langweilt.«
»Das ist nicht der wahre Grund«, dachte Dinny und sah ihn noch immer prüfend an. Ein seltsames Gesicht! Unglücklich, voll tiefer Disharmonie; ein guter und ein böser Engel schienen um ihn zu ringen. Doch sein Blick erregte sie noch ebenso wie damals, als sie als sechzehnjähriges Mädchen mit langem Haar bei Fleurs Hochzeit neben ihm gestanden war.
»Behagt Ihnen dieses Zigeunern durch den Orient wirklich?«
»Ich muß ruhelos wandern wie der Ewige Jude.«
»Eines Tages«, dachte sie, »bring ich dich noch dazu, mir den Grund zu sagen. Doch wahrscheinlich seh ich dich nie wieder.« Und ein leiser Schauer lief ihr über den Rücken.
»Kennen Sie vielleicht meinen Onkel Adrian? Während des Krieges hielt er sich im Orient auf, jetzt brütet er in seinem Museum über morschen Gebeinen. Kennen Sie am Ende auch Angela Forest? Im vorigen Jahr hat er sie geheiratet.«
»Ich kenne fast niemanden aus der Londoner Gesellschaft.«
»Dann bleibt also Michael unser einziger Berührungspunkt.«
»Ich halte nicht viel von einem Kontakt durch fremde Personen. Wo wohnen Sie, Miss Cherrell?«

Dinny lächelte. »Hier scheint wohl eine kurze biographische Notiz geboten. Seit Olims Zeiten ist meine Familie auf Schloß Condaford in Oxfordshire erbangesessen, mein Vater ist General im Ruhestand. Ich bin die ältere seiner beiden Töchter, mein einziger Bruder ist Soldat und junger Ehemann, demnächst kehrt er auf Urlaub aus dem Sudan zurück.«

»So!« sagte Desert und sah wieder verbissen drein.

»Ich bin sechsundzwanzig, unverheiratet, aber noch kinderlos. Allem Anschein nach ist es mein Steckenpferd, meine Nase beständig in anderer Leute Angelegenheiten zu stecken. Weiß der Himmel, woher ich das habe! Wenn ich mich in London aufhalte, wohne ich bei Lady Mont in der Mount Street. Ich bin schlicht erzogen, hab jedoch noble Passionen und keine Möglichkeit, sie zu befriedigen. Ich glaube, ich kann einen Spaß verstehen. Nun erzählen Sie!«

Desert lächelte und schüttelte den Kopf.

»Soll ich es für Sie tun?« fragte Dinny. »Sie sind der zweite Sohn des Lord Mullyon, haben zuviel vom Krieg gesehen, schreiben Gedichte, sind vom Wandertrieb besessen und Ihr eigener Feind; nur das letztere wirkt originell. Da sind wir schon in der Mount Street. Treten Sie doch ein, Tante Emily zu begrüßen.«

»Nein, danke. Aber möchten Sie nicht morgen mit mir lunchen und dann zu einer Nachmittagsvorstellung gehen?«

»Gern. Wo treffen wir uns?«

»Im Dumourieux-Restaurant, um halb zwei.«

Sie wechselten einen Händedruck und schieden. Doch beim Eintritt in das Haus der Tante spürte Dinny in allen Gliedern ein Prickeln. Sie blieb vor der Salontür stehen und lächelte über diese Empfindung.

2

Das Lächeln schwand von ihren Lippen, als sie das Getöse vernahm, das durch die geschlossene Tür an ihr Ohr schlug.

»Allmächtiger!« dachte sie, »Tante Emilys Geburtstagskränzchen! Ich hatte es total vergessen.« Da hielt jemand plötzlich im

Klavierspiel inne, ein Lärmen, Balgen, Stühlerücken auf dem Parkett, ein paar quiekende Schreie, dann neuerdings Klavierspiel. »Aha! ›Musikalische Stühle‹!« dachte sie und öffnete sacht die Tür. Die gewesene Angela Forest, nunmehr Angela Cherrell, saß vor dem Klavier. Auf acht besonderen Stühlen, abwechselnd gegen Westen und Osten gekehrt, saßen eine große und acht kleine Gestalten mit hellen Papierhüten; sieben von ihnen sprangen eben auf, zwei jedoch blieben auf einem Stuhl sitzen. Dinny blickte von links nach rechts: Ronald Forest; ein kleiner Chinesenjunge; Tante Alisons Jüngste, die kleine Anne; Tony, Onkel Hilarys Jüngster; Celia und Dingo, die Kinder von Michaels verheirateter Schwester Celia Moriston; Sheila Forest; und auf dem einzigen Sessel Onkel Adrian und Kit Mont. Dinny sah Tante Emily keuchend auf den Kamin zutreten, in großem, violettem Papierhut, und Fleur, die an Ronalds Ende den Stuhl aus der Reihe schob.
»Kit! Steh auf! Du warst draußen.«
Kit blieb unbeweglich sitzen, Adrian erhob sich.
»Schon gut, Junge! Spiel mit deinesgleichen. Los!«
»Hände weg von den Stühlen!« rief Fleur. »Wu Fing, du darfst nicht sitzen bleiben, wenn die Musik aufhört. Dingo, bleib nicht so am letzten Stuhl kleben.«
Plötzlich hielt die Musik inne. Hastiges Laufen, Verwirrung, Geschrei. Anne, die kleinste von allen, blieb stehen.
»Komm, Herzchen!« sagte Dinny, »schlag die Trommel da! Hör auf, sobald die Musik aussetzt. Noch einmal! Paß auf Tante Angela auf!«
Wieder und wieder dasselbe Spiel, bis Sheila, Dingo und Kit alleinblieben. »Ich setze auf Kit«, dachte Dinny.
Sheila draußen! Weg mit dem Sessel! Dingo, der wie ein kleiner Schotte aussah, und der hellblonde Kit, dem der Papierhut vom Kopf gefallen war, liefen immer wieder rund um den letzten Sessel, beide ließen sich darauf fallen, beide standen wieder auf, Angela sah absichtlich weg, Fleur trat lächelnd zurück, Tante Emily war feuerrot. Da hielt die Musik inne, Dingo plumpste wieder auf den Sessel, Kit blieb allein stehen, puterrot, mit gerunzelter Stirn.

»Kit!« mahnte Fleur, »denk an die Spielregeln!«
Kit warf den Kopf zurück und grub die Hände in die Taschen.
»Eine Lektion für Fleur!« dachte Dinny.
Da sagte eine Stimme hinter ihr: »Die Passion deiner Tante für Jungvolk und violette Hüte führt zu seltsamen Rebellionen. Wie wär's, Dinny, wenn wir in meinem Arbeitszimmer Zuflucht suchten?«
Dinny warf einen Blick auf Sir Lawrence Monts vertrocknetes, mageres, etwas spöttisches Gesicht, der kleine Schnurrbart war jetzt ganz weiß, – das Haar noch immer nur graumeliert.
»Ich hab hier noch nicht meine Pflicht getan, Onkel Lawrence.«
»Versäum sie. Hohe Zeit, daß du das lernst! Laß die Hölle toben, komm in mein Arbeitszimmer hinunter, dort wollen wir wie zwei gute Christenmenschen plaudern.«
Dinny schwankte; aus angeborener Dienstbereitschaft hätte sie gern mitgespielt, da fuhr es ihr durch den Sinn: »Ich möchte wirklich mit Onkel über Wilfrid Desert sprechen!« Sie stand auf und ging mit ihm.
»Woran arbeitest du jetzt, Onkel?«
»Augenblicklich raste ich, Dinny, und lese die Memoiren der Harriet Wilson, einer bemerkenswerten jungen Frau. In den Tagen des Prinzgemahls hatten die Damen der Gesellschaft nicht viel guten Ruf zu verlieren; doch sie tat, was sie konnte: Falls du von ihr noch nichts wissen solltest: Sie hielt die Liebe hoch und hatte eine ganze Reihe Liebhaber, doch nur einen hatte sie wirklich lieb.«
»Und dennoch glaubte sie an die Liebe?«
»Sie war ein gutherziges Frauenzimmer, die Männer waren in sie vernarrt. Ein himmelweiter Unterschied zwischen ihr und Ninon de Lenclos, die auch selbst in alle verliebt war. Beide lebenssprühende Geschöpfe! Wie wär's mit einem Dialog zwischen den beiden über die Tugend? Aber nimm doch Platz!«
»Onkel Lawrence, als ich mir heute nachmittag das Standbild des Marschalls Foch besah, traf ich einen deiner Vettern, Mr. Muskham.«
»Jack?«
»Jawohl.«

»Der letzte Dandy, ein Vollblutdandy. Diese Menschenrasse ist fast ausgestorben. Jack ist wirklich noch ein Dandy von echtem Schrot und Korn, ein Held aus Whyte Melvilles uralten Romanen. Was für einen Eindruck hat er auf dich gemacht?«

»Hm! Pferde, Piquet und unerschütterlicher Gleichmut – das ist sein Um und Auf.«

»Leg doch den Hut ab, liebe Dinny. Ich seh dein Haar so gern.«

Dinny nahm den Hut ab.

»Dann traf ich dort noch jemanden, Michaels Trauzeugen.«

»Was! Den jungen Desert? Ist der wieder daheim?« Sir Lawrence zog die bewegliche Braue hoch.

Auf Dinnys Wangen zeigten sich rosa Flecke. »Ja«, erwiderte sie.

»Ein seltsames Geschöpf!«

Plötzlich hatte Dinny ein Gefühl, wie sie es noch nie empfunden. Sie hätte es nicht näher beschreiben können, doch es erinnerte sie an eine Porzellanplastik, die sie ihrem Vater vor zwei Wochen zum Geburtstag geschenkt hatte – eine prachtvoll modellierte Gruppe: eine Füchsin und darunter vier zusammengekauerte Junge. Der Blick dieser Füchsin, zärtlich und doch auf der Hut, brachte ihre Gefühle in diesem Augenblick trefflich zum Ausdruck.

»Warum seltsam?«

»Ich darf nicht aus der Schule schwatzen, Dinny. Aber weil du es bist – für mich steht es fest, daß dieser junge Mann Fleur ein oder zwei Jahre nach der Hochzeit arg nachgestellt hat. Das trieb ihn dann fort in die weite Welt.«

Also das trieb ihn so ruhelos umher wie den Ewigen Juden? Nein! Als er von Fleur gesprochen, hatte seine Miene durchaus nichts dergleichen verraten.

»Allerdings – vorbei und abgetan. Seither hat man aber noch so manches andere gehört. Klubs sind die Brutstätten von boshaftem Klatsch.«

Dinnys zärtliche Regung ließ nach, ihre Wachsamkeit wuchs.

»Was noch?«

Sir Lawrence schüttelte den Kopf. »Der junge Mann ist mir sympathisch und deshalb, Dinny, möchte ich nicht einmal dir gegenüber wiederholen, was ich nicht zuverlässig weiß. Sobald jemand

ein ungewöhnliches Leben führt, hängen sich die abenteuerlichsten Gerüchte an seine Fersen.« Plötzlich blickte er Dinny an; sie aber sah ganz unbefangen drein.
»Wer ist denn der kleine Chinesenjunge oben?«
»Der Sohn eines gewesenen Mandarins, der wegen der Unruhen in China seine Familie in England zurückließ. Ein komischer kleiner Ölgötze. Übrigens, ein nettes Volk, die Chinesen. Wann kommt Hubert?«
»Nächste Woche, mit dem Flugzeug aus Italien. Du weißt ja, Jeanne ist passionierte Fliegerin.«
»Was macht ihr Bruder?« Und er sah Dinny nochmals an.
»Alan? Ist im Ausland – in China – stationiert.«
»Deine Tante beklagt es noch immer, daß es mit euch beiden nicht zum Klappen kam.«
»Lieber Onkel, für Tante Emily könnte ich alles tun. Doch da ich für Alan wie eine Schwester fühle, verbieten mir die Gebote Gottes und der Kirche diesen Schritt.«
»Ich mag nicht, daß du heiratest und in irgendein Barbarenland wanderst«, entgegnete Sir Lawrence.
»Onkel Lawrence ist unheimlich«, dachte Dinny und sah ihn noch unbefangener an denn je.
»Dieser gottverlassene Kolonialdienst«, fuhr Sir Lawrence fort, »verschlingt noch unsere ganze Sippe. Zunächst meine beiden Töchter, Celia in China, Flora in Indien; dein Bruder Hubert im Sudan. Und deine Schwester Clare flattert davon, kaum daß sie unter der Haube ist – Jerry Corven hat einen Posten in Ceylon erhalten. Charlie Muskham wird, wie ich höre, der Regierung in Kapstadt zugeteilt. Hilarys ältester Sohn will Staatsbeamter in Indien werden, der jüngere zur Marine gehen. Hol's der Kukkuck, Dinny, du und Jack Muskham, ihr seid die einzigen Getreuen. Und Michael, versteht sich.«
»Siehst du Mr. Muskham häufig, Onkel?«
»Oft genug im Burton-Klub; und im ›Coffee House‹-Klub setzt er sich ab und zu an meinen Tisch, und wir spielen Piquet – wir sind ja die einzigen von der alten Garde. Zur Zeit der Hindernisrennen kommt er mir oft zu Gesicht; sehe ihn wohl erst zum Cambridgeshire-Rennen.«

»Ist er tatsächlich ein so ausgezeichneter Pferdekenner?«

»Jawohl, Dinny. Dafür versteht er aber von allem anderen gar nichts, wie die meisten Pferdeliebhaber. Das Pferd ist ein Wesen, das den Geist für andere Eindrücke unempfänglich macht. Man muß auf diese Tiere zu sehr aufpassen, auf sie selbst und auf alles, was drum und dran hängt. Wie sieht denn der junge Desert aus?«

»Oh!« rief Dinny ziemlich verdutzt, »gelbbraun.«

»Das kommt von der Strahlung des Wüstensands. Eine Art Beduine, weißt du. Sein Vater lebt wie ein Einsiedler, und dem Sohn steckt das auch im Blut. Das Beste, was ich an ihm zu rühmen weiß: Michael hat ihn trotz jener Affäre noch gern.«

»Und seine Gedichte?« fragte Dinny.

»Disharmonisches Zeug. Er zerstört mit der Linken, was er mit der Rechten schafft.«

»Vielleicht hat er seine Heimat noch nicht gefunden. Seine Augen sind eigentlich schön, findest du nicht auch?«

»Am besten erinnere ich mich an den Zug um seinen Mund – ausdrucksvoll und bitter.«

»Die Augen verraten, was der Mensch ist, der Mund, was er wird.«

»Stimmt, Mund und Bauch.«

»Bauch hab ich keinen an ihm bemerkt«, gab Dinny zurück.

»Das macht die Gewohnheit, von einer Handvoll Datteln und einer Tasse Kaffee zu leben. Nicht etwa, daß die Araber so gern Kaffee tränken – eher haben sie eine Leidenschaft für grünen Tee mit Pfefferminz. Du lieber Himmel, da kommt deine Tante! Versteh mich recht, dieser Stoßseufzer galt dem Pfefferminztee, nicht ihr.«

Lady Mont erschien, ohne Papierhut, doch wieder bei Atem.

»Verzeih, liebes Tantchen«, sagte Dinny, »ich hab wirklich deinen Geburtstag vergessen und dir gar nichts mitgebracht.«

»Dann, Dinny, gib mir einen Kuß. Ich sag ja immer, deine Küsse schmecken am besten. Woher kommst du uns ins Haus geschneit?«

»Ich fuhr nach London, um für Clare Einkäufe zu besorgen.«

»Hast du deine Sachen zum Übernachten mit?«

»Nein.«
»Tut nichts. Bekommst sie von mir. Trägst du noch immer Nachtgewänder?«
»Ja«, sagte Dinny.
»Braves Mädel! Ich mag Pyjamas bei Frauen nicht – dein Onkel auch nicht. Unter der Taille, da hapert's – da läßt sich die Linie nicht verbergen. Michael und Fleur speisen mit uns zu Abend.«
»Vielen Dank, Tante Emily. Ich bleib wirklich gern in der Stadt. Heute könnte ich ja nicht die Hälfte dessen besorgen, was Clare braucht.«
»Dinny, daß Clare vor dir heiratet, will mir gar nicht gefallen.«
»Tantchen, das ist doch so natürlich.«
»Quatsch! Clare brilliert in der Gesellschaft – solche Mädchen heiraten meist nicht so bald. Ich hab mit einundzwanzig geheiratet.«
»Tantchen, du widersprichst dir!«
»Jetzt lachst du mich aus. Ich hab nur einmal im Leben brilliert. Weißt du's noch, Lawrence? Damals auf dem Elefanten – ich wollte, er solle sich niederhocken, aber er bog nur die Knie. Diese Tiere können die Beine nur auf eine Art biegen.«
»Tante Emily, diesen einen Fall ausgenommen, bist du doch die brillanteste Frau, die ich kenne. Die meisten Frauen sind so langweilig und konsequent.«
»Dinny, deine Nase ist mir ein wahrer Trost. Ich hab diese Geierschnäbel schon so satt. Tante Wilmets, Henny Bentworths und meinen eigenen.«
»Deine Nase ist doch nur ganz leicht gebogen, liebstes Tantchen.«
»Als Kind hatte ich Angst, daß es ärger wird. Oft stand ich da und hielt die Nasenspitze gegen einen Schrank gepreßt.«
»Das hab ich auch schon probiert, Tantchen, nur in umgekehrter Richtung.«
»Als ich es einmal tat, lag dein Vater versteckt auf dem Schrank wie ein Leopard auf der Lauer, sprang dann mit einem Satz auf mich herab und biß sich dabei in die Lippe, daß mir sein Blut über den Hals rann.«

»Entsetzlich!«
»Jawohl. Lawrence, woran denkst du nur?«
»Eben fiel mir ein, daß Dinny wahrscheinlich noch keinen Lunch genommen hat.«
»Ich wollte ihn morgen nehmen, Onkel.«
»Das sieht dir ähnlich«, rief Lady Mont. »Klingle Blore! Solang du nicht verheiratet bist, wirst du immer so ätherisch bleiben.«
»Erst muß Clare vor den Altar, Tante Emily.«
»In der St.-Georgs-Kirche. Wer traut sie? Hilary?«
»Natürlich.«
»Da werd ich weinen müssen!«
»Tantchen, warum weinst du eigentlich bei Hochzeiten?«
»Wie ein Engel wird sie aussehen; und er wird einen schwarzen Frack tragen und einen Zahnbürstenschnurrbart und ganz und gar nicht das fühlen, was sie vermutet. Zu traurig!«
»Vielleicht fühlt er sogar mehr. Michael hat bestimmt Fleur, Adrian Angela an Gefühl übertroffen, als sie vor dem Altar standen.«
»Adrian ist dreiundfünfzig und trägt einen Bart. Und Adrian ist und bleibt eben Adrian.«
»Das fällt allerdings ins Gewicht. Aber meiner Meinung nach sollten wir eher um die armen Männer eine Träne vergießen. Die Frau erlebt die schönste Stunde ihres Lebens, und der Mann steckt fast immer in einer viel zu engen Weste.«
»Lawrence blieb das erspart. Er war stets eine Hopfenstange, und ich war so schlank wie du, Dinny.«
»Tante Emily, in Kranz und Schleier sahst du gewiß entzückend aus. Nicht wahr, Onkel?« Sie fing einen sinnenden, belustigten Blick der beiden Alten auf, stockte und fuhr dann fort: »Wo habt ihr euch kennengelernt?«
»Beim Jagen, Dinny. Ich war in einen Graben gepurzelt, das gefiel deinem Onkel nicht, er lief herzu und zog mich heraus.«
»Köstlich!«
»Keine Spur, viel zuviel Schlamm. Den Rest des Tages wechselten wir kein Wort mehr miteinander.«
»Was hat euch also zusammengeführt?«
»Dies und jenes. Ich war bei Hennys Familie, den Corderoys, zu

Besuch, und eines Tages sprach dein Onkel dort vor, um ein paar junge Hunde in Augenschein zu nehmen. Doch warum dies Verhör?«

»Ich wollte nur wissen, wie man so etwas in jenen Tagen machte.«

»Geh hin und finde selbst heraus, wie man's heutzutage macht.«

»Onkel Lawrence will mich noch nicht loswerden.«

»Alle Männer sind Egoisten, bis auf Michael und Onkel Adrian.«

»Auch möcht ich dir das Weinen ersparen.«

»Blore, einen Cocktail und ein belegtes Brötchen für Miss Dinny, sie hat noch keinen Lunch gehabt. Und, Blore, zum Abendessen bleiben Mr. und Mrs. Adrian und Mr. und Mrs. Michael. Und, Blore, sage Laura, sie soll eines meiner Nachtkleider und alles, was man sonst noch braucht, ins blaue Gästezimmer schaffen. Miss Dinny wird hier übernachten. – Oh, diese Kinder!« Und Lady Mont segelte vor ihrem Kammerdiener zur Tür hinaus.

»Onkel, Tantchen ist wirklich entzückend!«

»Hab es nie bestritten, Dinny.«

»Sooft ich sie sehe, wird mir leichter ums Herz. Kann sie je zornig werden?«

»Manchmal nimmt sie einen Anlauf, doch eh das Wetter losbricht, bläst der Wind schon wieder aus anderer Richtung.«

»Eine besonders wertvolle Eigenschaft!«

Bei der Mahlzeit wartete Dinny auf irgendeine Bemerkung ihres Onkels über Wilfrid Deserts Rückkehr. Doch er machte keine. Nach dem Essen setzte sie sich zu Fleur – sie hatte diese angeheiratete Kusine stets heimlich bewundert. Wieviel Selbstvertrauen besaß doch diese Frau und wie wenige Illusionen! Wie anmutig und sicher war ihr Gang, wie scharf ihr Auge, wie prächtig wußte sie Gesicht und Gestalt zur Geltung zu bringen! Sie sah auf Michael herab und gleichzeitig zu ihm empor. »Wenn ich je heirate«, dachte Dinny, »werd ich zu meinem Mann nie so sein. Ich werd ihm gerade und offen in die Augen sehen wie ein Sünder dem anderen.«

»Fleur, erinnerst du dich noch an deine Hochzeit?« begann sie

»Gewiß, meine Liebe. Eine höchst lästige Zeremonie!«
»Heute hab ich Michaels Trauzeugen gesehen!«
Fleurs klare Augen wurden rund vor Staunen.
»Wilfrid? Wieso hast du ihn wiedererkannt?«
»Damals war ich erst sechzehn, und er machte Eindruck auf mein junges Gemüt.«
»Na, dazu ist ein Trauzeuge ja schließlich da. Wie sah er aus?«
»Sehr dunkel; scheint ein zersetzender Geist.«
Fleur lachte. »Das war er ja immer.«
Dinny blickte sie an und beschloß, sich weiter vorzuwagen.
»Onkel Lawrence hat mir erzählt, daß er gewisse andere Verbindungen gern zersetzt hätte.«
Fleur sah überrascht drein. »Was der alles bemerkt hat! Hätte ich ihm gar nicht zugetraut.«
»Onkel Lawrence ist ein wenig unheimlich«, bemerkte Dinny.
»Wilfrid benahm sich in der Tat sehr brav«, murmelte Fleur mit leisem Lächeln der Erinnerung. »Lammfromm ist er in den Orient gepilgert.«
»Diese Affäre hat ihn doch nicht für immer in den Orient verbannt?«
»Nicht mehr, als Masern einen für immer ans Krankenzimmer fesseln. Ach nein, der Orient gefällt ihm – vermutlich hat er dort irgendwo einen Harem.«
»Nein«, erklärte Dinny, »wenn mich nicht alles trügt, ist Wilfrid wählerisch.«
»Bravo, meine Liebe – mein billiger Zynismus verdient eine Zurechtweisung. Wilfrid ist ein höchst sonderbarer Mensch, eigentlich ein lieber Kerl. Michael hatte ihn gern.« Und mit raschem Blick auf Dinny: »Aber lieben kann man ihn unmöglich, er ist ja die Disharmonie in Person. Einmal studierte ich ihn ganz aus der Nähe – mußte es. Er entgleitet einem, ein Nervenbündel, voll Leidenschaft, weichherzig und verbittert zugleich. Und Gift will ich nehmen, wenn er an irgendwas in der Welt glaubt.«
»Außer vielleicht an die Schönheit«, meinte Dinny fragend, »und an die Wahrheit, wenn er sie wo finden könnte?«
»Liebes Kind, wir alle glauben daran, wenn wir sie finden«, gab Fleur unerwartet zurück, »nur leider, man findet sie eben nicht,

außer – außer das Schöne und Wahre ist in uns selbst. Und wenn du einmal mit dir selbst zerfallen bist, was hast du dann noch zu erwarten? Wo hast du ihn getroffen?«

»Beim Foch-Denkmal, das er sich besah.«

»Aha! Ich erinnere mich, vor Jahren vergötterte er Foch beinahe. Der arme Wilfrid, was kann dem noch blühen! Nervenschock im Trommelfeuer, Dichten – und seine ganze Erziehung! Ein Vater, der dem Leben den Rücken gekehrt hat, eine Mutter, Halbitalienerin, die mit einem anderen durchbrannte. Nicht gerade idyllisch. Die Augen waren noch das Beste an ihm, sie erwecken Mitgefühl und sind ohne Zweifel schön – beides wirkt verhängnisvoll. Hast du vielleicht zu tief hineingeschaut? Hat sich das junge Gemüt wieder geregt?« Sie sah Dinny ins Gesicht.

»Nein. Ich wollte nur wissen, ob es dein Gemüt erregt, wieder von ihm zu hören.«

»Mich? Mein Kind, ich bin fast dreißig, hab zwei Kinder, und« – ein Schatten flog über ihre Züge – »ich hab mir schon einmal die Finger verbrannt. Wenn ich je darüber sprechen könnte, dir hätte ich es anvertraut, keiner anderen, Dinny; doch es gibt Dinge, über die man nicht sprechen kann.«

Oben auf ihrem Zimmer, in Tante Emilys unbequem weites Nachtkleid gehüllt, starrte Dinny ins Kaminfeuer, das man trotz ihres Einwandes angezündet hatte. Sie sah es nur zu klar: ihre Gefühle waren einfach lachhaft! Eine seltsame Neugier empfand sie, war zugleich scheu und kühn und hatte den Eindruck, sie stehe unmittelbar vor einer wichtigen Entscheidung. Und was trug Schuld daran? Die flüchtige Begegnung mit einem jungen Mann, der vor zehn Jahren ein törichtes Gefühl in ihr erweckt hatte. Nach übereinstimmenden Aussagen ein höchst unerfreulicher Mensch. Sie langte nach dem Spiegel und besah prüfend Gesicht und Hals über der Stickerei des viel zu weiten Nachtkleids. Sie hätte mit dem Anblick wohl zufrieden sein können, war es aber nicht.

»Immer dieselbe Botticellifratze!« dachte sie, »man wird es müde.«

Ein Näschen stumpf,
Die Augen blau!
Hüt dich vor deinem Spiegelbild,
Rothaarige Wasserfrau!

Er war durch den Orient wohl anderes gewöhnt, schwarze Augen, die schmachtend durch Schleier blickten, verführerisch verhüllte schwellende Formen, Wollust, Geheimnis, Perlenzähne – üppige Huris! Dinny besah im Spiegel ihre Zähne. Na, da brauchte sie sich keine Sorgen zu machen, die besten Zähne in der ganzen Familie. Auch ihr Haar war gar nicht wirklich rot – eher kastanienbraun. Was sich unterhalb der Waschzonengrenze der viktorianischen Zeit befand, entzog dieses reichgestickte Nachtkleid ihrem prüfenden Blick. Wahrhaftig, sie durfte nicht vergessen, diese Prüfung morgen früh vor dem Bade zu erledigen. Hoffentlich durfte sie dann beten: »O Herr, wie du uns auch gemacht, für alles sei dir Dank gebracht!« Mit leisem Seufzer legte sie den Spiegel hin und ging zu Bett.

3

Wilfrid Desert hauste noch immer in seiner Wohnung in der Cork Street. Eigentlich hatte Lord Mullyon diese Räume gemietet, betrat sie jedoch nur selten, wenn er seine ländliche Abgeschiedenheit verließ. Getrost durfte man behaupten, daß dem einsiedlerischen Pair der jüngere Sohn weit mehr nachgeraten war als der ältere, das Parlamentsmitglied. Dennoch war es ihm nicht besonders unlieb, Wilfrid gelegentlich zu begegnen. Für gewöhnlich lebte in dieser Wohnung aber nur Stack, der im Krieg Wilfrids Offiziersbursche gewesen war und ihn ganz still, aber unablässig umsorgte, was sich besser bewährt als offen zur Schau getragene Dienstbeflissenheit. Sooft Wilfrid unvermutet heimkam, fand er seine Zimmer stets genauso vor, wie er sie verlassen hatte, weder mehr noch weniger muffig und verstaubt. Dieselben Anzüge hingen auf denselben Bügeln, und er stillte den ersten Hunger mit einem stets auf dieselbe Art abgebratenen Fleisch mit Champignonsauce. Die Möbel, alte Erbstücke, geschmückt und belebt

durch Kleinigkeiten, morgenländischen Kram, den er von seinen Reisen heimgebracht hatte, gaben dem großen Wohnzimmer stets denselben Charakter altererbten festen Besitzes. Und der Diwan vor dem Kamin nahm Wilfrid genauso gastlich auf, als hätte er ihn nie verlassen. Am Vormittag nach seiner Begegnung mit Dinny lag er auf diesem Diwan und fragte sich, warum niemand außer Stack ihm wirklich guten Kaffee bereiten könne. Der Orient war ja die Heimat des Kaffees, und doch war in der Türkei das Kaffeetrinken ein Spiel, ein Ritus, und somit wie alle Spiele und Riten nur ein Kitzel für die Seele. Nun verbrachte er den dritten Tag in London, den dritten seit zwei Jahren. Und in diesen zwei Jahren war ihm so manches widerfahren, an das er weder in Worten noch Gedanken rühren mochte; vor allem ein Erlebnis stürzte ihn noch immer in schweren Zwiespalt, obwohl er sich alle Mühe gab, ihm die Bedeutung abzusprechen. Mit anderen Worten, seit der Heimkehr verschloß er in sich ein quälendes Geheimnis. Überdies hatte er eine Anzahl Gedichte mitgebracht, genug, um ein viertes Bändchen damit zu füllen. Nun lag er da und erwog, ob er das längste dieser Gedichte in den Band aufnehmen solle oder nicht. Es war die Frucht jenes Erlebnisses, seiner Meinung nach das beste Gedicht, das er je geschrieben hatte. Schade, daß die Veröffentlichung unterbleiben sollte, schade, aber –! Dieses Aber fiel so schwer ins Gewicht, daß er schon oft nahe daran war, das Gedicht zu zerreißen und jede Spur von ihm zu tilgen. Könnte er jene Spuren doch auch aus der Erinnerung tilgen! Und dennoch –! Jenes Gedicht verteidigte sein Verhalten in einer Situation, von der hoffentlich nie jemand etwas erfuhr. Er zerreißen, hieße auf die Verteidigung verzichten. Nie wieder würde es ihm gelingen, seinen Gefühlen in jenem entscheidenden Augenblick so trefflich Ausdruck zu leihen. Die Vernichtung dieses Gedichts hätte ihn der besten Entlastungsgründe beraubt, der einzigen Waffe gegen den Plagegeist des eigenen Gewissens. Bisweilen war ihm, als könne er sich selbst nicht wiederfinden, wenn er nicht in die Welt hinausrief, was ihm damals geschehen war.
Nun überflog er jenes Gedicht nochmals und dachte: »Alle Wetter, es ist doch weit besser und tiefer als jene verdammten patriotischen Verse von Lyall!« Und scheinbar ganz von ungefähr

schweiften seine Gedanken zu der jungen Frau, der er tags zuvor begegnet war. Seltsam! – er erinnerte sich noch recht wohl an jene hauchzarte junge Erscheinung bei Michaels Hochzeit – sie hatte ihn an Botticellis Venus, Engel oder Madonnen gemahnt, zwischen den dreien war ja so wenig Unterschied. Ein reizendes junges Ding damals. Und heute war sie ein bezauberndes junges Weib voll Verständnis, Geist und Sinn für Humor. Dinny Cherrell! Es wäre ihm gar nicht unangenehm, ihr seine Gedichte zu zeigen, um die Wirkung auf sie zu erfahren – nach ihrem Urteil könnte er sich richten.

Weil er beständig an sie dachte und noch dazu ein Taxi nahm, kam er zum Lunch zu spät und traf Dinny an der Schwelle des Restaurants Dumourieux, gerade als sie weggehen wollte.

Selten zeigt sich der Charakter einer Frau deutlicher, als wenn sie auf offener Straße den Lunchpartner erwartet. Dinny begrüßte ihn lächelnd.

»Ich dachte schon, Sie hätten vergessen!«

»Der Straßenverkehr war daran schuld. Wie können nur die Philosophen die Identität von Raum und Zeit behaupten? Jede Verabredung zweier Leute zum Lunch macht diese These zuschanden. Den Weg von der Cork Street hierher, kaum anderthalb Kilometer, schätzte ich auf zehn Minuten, und nun komme ich zehn Minuten zu spät. Tut mir unendlich leid!«

»Vater meint, seit wir im Auto statt im Einspänner fahren, muß man zu der erforderlichen Zeit zehn Prozent dazuschlagen. Können Sie sich noch an die Einspänner erinnern?«

»Das will ich meinen!«

»Als ich zum erstenmal nach London kam, waren sie bereits aus dem Stadtbild verschwunden.«

»Wenn Sie dieses Lokal kennen, dann spielen Sie, bitte, den Führer! Ich hab zwar schon davon gehört, war aber noch nie drin.«

»Ein Kellergewölbe. Französische Küche.«

Sie legten die Mäntel ab und schritten auf einen Tisch im Hintergrund des Raumes zu.

»Mir genügt eine Kleinigkeit«, erklärte Dinny. »Bestellen Sie kaltes Huhn, Salat und eine Tasse Kaffee.«

»Nicht ganz gesund?«
»Ich esse nie viel.«
»Verstehe. Ich nehme dasselbe. Möchten Sie Wein?«
»Nein, danke. Halten Sie es für ein gutes Zeichen, wenig zu essen?«
»Wenn man es aus Prinzip tut, dann nicht.«
»Sie sind also kein Freund starrer Grundsätze?«
»Prinzipienreiter sind mir verhaßt, diese rechthaberischen Patrone.«
»Mir scheint, Sie urteilen zu rasch ab. Das tun Sie wohl immer, nicht wahr?«
»Eben dachte ich an die Leute, die nur darum nicht viel essen, weil sie Sinnengenüsse verschmähen. Das ist doch hoffentlich nicht auch Ihr Fall?«
»Keine Spur«, erwiderte Dinny, »ich finde nur einen vollen Magen peinlich. Dazu brauche ich gar nicht übermäßig zu futtern. Vom Sinnenleben weiß ich nicht viel, doch an und für sich halte ich es für wertvoll.«
»Wahrscheinlich das einzig Wertvolle im Leben.«
»Also darum schreiben Sie Ihre Gedichte?«
Desert lächelte.
»Sie könnten auch Verse schreiben, glaub ich.«
»Nur Scherzreime.«
»Die Wüste ist der rechte Ort fürs Dichten. Haben Sie schon eine Wüste gesehen?«
»Noch nie. Doch ich würde sie gern sehen.«
Einen Augenblick war Dinny über ihre eigene Bemerkung überrascht. Wie kühl hatte sie noch vor zwei Jahren auf die unabsehbar weiten Prärien des amerikanischen Professors verzichtet! Doch gab es wohl kaum einen größeren Gegensatz als zwischen Hallorsen und diesem sonnverbrannten disharmonischen jungen Mann ihr gegenüber, der sie mit seinen seltsamen Augen so lang anstarrte, bis ihr wieder jener Schauer über den Rücken lief.
»Gestern sah ich Michael und Fleur beim Abendessen«, bemerkte sie und zerkrümelte ihr Brötchen.
»So!« sagte er und verzog die Lippen. »In Fleur war ich einmal heillos vernarrt. Ist sie nicht vollkommen – in ihrer Art?«

»Ja«, gab Dinny zurück, und ihr Blick warnte: »Setze sie nicht herab!«
»Wunderbar – diese Aufmachung, diese Selbstbeherrschung.«
»Sie kennen Fleur vermutlich nicht«, erwiderte Dinny, »ich bestimmt nicht.«
Er beugte sich vor. »Sie scheinen eine treue Seele zu sein! Wo haben Sie sich das angewöhnt?«
»›In Treuen fest‹, so lautet der Wahlspruch unserer Familie. Doch Sie meinen wohl, das hätte mich eher davon kurieren sollen?«
»Ich weiß nicht«, sagte er unvermittelt, »ob ich das Wesen der Treue richtig erfasse. Treue halten – wem – welchem Prinzip? Nichts in der Welt steht unverrückbar fest, alles ist relativ. Treue scheint mir das Kennzeichen der konservativen Geistesrichtung, oder aber ein Idol, weiter nichts. Das gerade Gegenteil des Strebens nach Neuem.«
»Es gibt doch noch Dinge, die wert sind, daß man ihnen Treue hält. Zum Beispiel kaltes Huhn – oder die Religion der Väter.«
Er sah Dinny so seltsam an, daß sie fast erschrak. »Religion? Sind Sie religiös?«
»Im großen und ganzen – wohl.«
»Was? Sie bringen es fettig, die Dogmen irgendeiner Konfession hinunterzuwürgen? Sie können glauben, daß die eine Legende mehr Wahrheit enthält als die andere? Glauben, das eine System sei wertvoller als die übrigen, bringe das Unverkennbare der Erkenntnis näher? Religion! Sie haben doch Sinn für Humor. Und in diesem Punkt versagt er?«
»Nein. Unter Religion verstehe ich das Ahnen eines alldurchdringenden Weltgeistes und die sittliche Überzeugung, man müsse ihm nach besten Kräften dienen.«
»Hm! Zwischen dieser Anschauung und der landläufigen Fassung des Begriffs ›Religion‹ klafft ein himmelweiter Unterschied. Doch trotz allem – woher wissen Sie, auf welche Art man dem Weltgeist am besten dient?«
»Ich nehme die hergebrachte Moral auf Treu und Glauben hin.«
»Ich nicht. Bedenken Sie doch!« Seine Stimme schien vor Erregung zu beben. »Wozu haben wir dann unsere Urteilskraft, unse-

re geistigen Fähigkeiten? Ich prüfe jedes Problem, das sich mir bietet, suche es zu ergründen und handle dann dieser Einsicht gemäß. Ich tue also, was ich auf Grund vernünftiger Überlegung für das Beste halte.«

»Das Beste – für wen?«

»Für mich und die Menschen im allgemeinen.«

»Was von beiden kommt in erster Reihe?«

»Das läuft doch schließlich auf eins hinaus.«

»Immer? Möcht ich bezweifeln. Übrigens nimmt dieses Abwägen wohl jedesmal so viel Zeit in Anspruch, daß ich mir gar nicht vorstellen kann, wie Sie je zum Handeln kommen. Die Grundlehren der Ethik sind doch gewiß die Frucht zahlloser Erwägungen, die die Denker der Vergangenheit über dieselben Probleme anstellten – warum darf man sie nicht als gegeben hinnehmen?«

»Keine dieser Entscheidungen wurde von Leuten meines Naturells und in meiner Lage getroffen.«

»Verstehe. Sie fällen Ihre Urteile von Fall zu Fall – echt englisch!«

»Tut mir leid«, meinte er unvermittelt, »ich langweile Sie gewiß. Etwas zum Dessert?«

Dinny stützte die Ellbogen auf den Tisch, lehnte das Kinn auf die Hände und sah ihm ernst ins Gesicht.

»Sie haben mich durchaus nicht gelangweilt«, erwiderte sie. »Im Gegenteil, Sie interessieren mich ungemein. Nur glaub ich, daß wir Frauen mehr unseren Impulsen gehorchen, wir betrachten uns vermutlich nicht so sehr als Einzelwesen wie die Männer und lassen uns daher instinktiv mehr von allgemeinen Erfahrungen leiten.«

»Das ist bisher Frauenart gewesen; ob sie es bleiben wird, steht dahin.«

»Ich glaube schon«, entgegnete Dinny, »wir Frauen werden wohl nie großen Wert darauf legen, alles vernunftgemäß zu ergründen. Ja, ich möchte etwas zum Nachtisch. Vielleicht Dörrpflaumenkompott.«

Desert sah sie starr an und begann zu lachen. »Sie sind einzig! Nehmen wir beide Dörrpflaumen. Hängt Ihre Familie sehr an den hergebrachten Formen?«

»Nicht so sehr an den Formen, doch glaubt sie an Tradition und Vergangenheit.«
»Und Sie?«
»Ich weiß nicht recht. Aber zweifellos hab ich alte Dinge gern, alte Häuser und alte Leute. Ich liebe alles, was gewissermaßen geprägt ist wie eine Münze. Ich möchte irgendwo verwurzelt sein. Hab immer gern Geschichte getrieben. Dennoch muß ich manchmal lachen. Diese Bindungen, in die wir verstrickt sind, kommen mir oft geradezu komisch vor, wie Erkennungsringe am Bein einer Henne.«
Desert streckte ihr die Hand hin, Dinny schlug ein.
»Reichen Sie mir die Hand! Ich muß Ihnen zu Ihrem Humor gratulieren!«
»Eines Tages«, sagte Dinny, »werden Sie mir etwas von sich erzählen. Doch für den Augenblick: Welches Theaterstück wollen wir uns ansehen?«
»Wird vielleicht etwas von einem gewissen Shakespeare gegeben?«
Mit einiger Mühe fanden sie heraus, daß in einem Vorstadttheater jenseits der Themse ein Werk Shakespeares aufgeführt wurde. Sie gingen hin, und nach der Vorstellung fragte Desert zögernd:
»Darf ich Sie vielleicht bitten, auf eine Tasse Tee zu mir zu kommen?«
Dinny lächelte und nickte; von diesem Augenblick an glaubte sie eine Veränderung in seinem Wesen zu spüren, er schien ihr zugleich vertraulicher und respektvoller, als sagte er sich: »Die ist meinesgleichen.«
Diese Stunde beim Tee – den Tee trug Stack auf, ein Mann mit seltsam verstehendem Blick und von etwas mönchischem Wesen – war für Dinny ein ungetrübter Genuß. Nie zuvor hatte sie eine solche Stunde erlebt, und am Ende dieser Stunde wußte sie, daß sie verliebt war. Das winzige Samenkorn, vor zehn Jahren gepflanzt, war erblüht. Dinny war sechsundzwanzig und hatte geglaubt, sie werde sich nie verlieben. Und nun liebte sie doch und fand das so eigen, so wunderbar, daß sie immer wieder den Atem anhielt und Wilfrid staunend in die Augen blickte. Um Himmels willen, warum mußte sie das fühlen? Es schuf ihr gewiß nur Kum-

mer, denn sie dachte, er werde ihre Liebe nicht erwidern. Warum sollte er's auch? Wenn aber er ihr Gefühl nicht erwiderte, dann durfte sie ihm das ihre nicht zeigen; wie aber konnte sie es verhehlen?

»Wann sehe ich Sie wieder?« fragte er, als sie aufstand, um zu gehen.

»Möchten Sie mich denn wiedersehen?«

»Unbändig gern.«

»Warum?«

»Warum nicht? Sie sind die erste Dame, mit der ich seit zehn Jahren spreche, die erste vielleicht, die ich überhaupt je sprach.«

»Wenn wir uns wiedersehen sollen, dürfen Sie mich nicht auslachen.«

»Auslachen – Sie! Unmöglich! Wann sehen wir uns also?«

»Nun, ich schlafe jetzt in einem geborgten Nachtkleid in der Mount Street. Von Rechts wegen sollte ich in Condaford sein. Doch meine Schwester wird nächste Woche in London getraut, und am Montag kommt mein Bruder aus Ägypten zurück, darum laß ich mir vielleicht meine Sachen holen und bleibe in der Stadt. Wo möchten Sie mich treffen?«

»Wollen Sie nicht morgen auf eine Spazierfahrt mitkommen? Seit Jahren bin ich nicht mehr in Richmond oder Hampton Court gewesen.«

»Ich überhaupt noch nie.«

»Famos! Um zwei Uhr hole ich Sie also vom Foch-Denkmal ab, einerlei, ob schön, ob Regen.«

»Mein junger Herr, es wird mich freuen.«

»Herrlich!« Unerwartet zog er ihre Hand an seine Lippen.

»Überaus höflich!« meinte Dinny. »Auf Wiedersehen!«

4

Von ihrem erstaunlichen Geheimnis ganz verwirrt, empfand Dinny zunächst das Verlangen, allein zu sein, doch hatte sie schon eine Einladung zum Dinner bei Adrian und Angela Cherrell angenommen. Nach ihrer Heirat hatten die beiden das Haus in der

Oakley Street mit seinen trüben Erinnerungen aufgegeben und sich in weisem Sparsinn in einem jener geräumigen Häuserblocks des Bloomsbury-Viertels eingemietet, das jetzt allmählich den vornehmen Charakter wiedergewann, den es in den dreißiger und vierziger Jahren des neunzehnten Jahrhunderts verloren hatte. Man hatte diese Gegend vor allem darum gewählt, weil sie in der Nähe von Adrians »Gebeinhaus« lag – als Mann in vorgerückten Jahren hielt Adrian es für geboten, jede freie Minute der Gesellschaft seiner Frau zu widmen. Dinny hatte ihm ja prophezeit, er werde von der einjährigen Forschungsreise nach Neu-Mexiko mit Professor Hallorsen als »männlicher Mann« zurückkehren, und diesen Eindruck erweckten nun auch seine gefurchten, sonngebräunten Wangen und das häufigere Lächeln auf seinem langen Gesicht. Immer wieder freute sich Dinny über den Gedanken, ihr Rat habe sich bewährt und sei treulich von ihm befolgt worden. Auch Angela gewann jetzt jene sprühende Anmut zurück, der sie vor der Heirat mit dem armen Forest ihre Erfolge in der Londoner Gesellschaft verdankte. Doch Adrians hoffnungsloser Beruf und die Zeit, die sie ihrem Manne widmete, beraubten sie der Möglichkeit, wieder in jenem geheiligten Kreis Einzug zu halten. Sie neigte immer mehr dazu, nur ihren Pflichten als Gattin und Mutter zu leben. Und Dinny liebte ihren Onkel so herzlich, daß sie das nur natürlich fand. Unterwegs ging sie mit sich zu Rat, ob sie den beiden ihr Erlebnis mitteilen solle. Da sie Ausflüchte und Hinterhältigkeit nicht leiden mochte, entschloß sie sich, offen zu sein. »Auch spricht ja ein verliebtes Mädel immer gern vom Gegenstand ihrer Neigung«, dachte sie. Da es ihr also schwer wurde, ohne Vertrauten zu bleiben, fiel die Wahl auf Onkel Adrian, weil er aus eigener Erfahrung Kenntnis vom Orient hatte, vor allem aber, weil er Onkel Adrian war.
Beim Abendessen drehte sich das Gespräch jedoch selbstverständlich in erster Linie um Huberts Heimkehr und Clares Hochzeit. Dinny war über die Wahl ihrer Schwester etwas beunruhigt. Sir Gerald (Jerry) Corven war vierzig, mittelgroß, draufgängerisch und hatte ein kühnes Gesicht. Dinny fand ihn allerdings sehr reizvoll, nur war er es zu sehr, stellte sie besorgt fest. Er bekleidete ein wichtiges Amt im Kolonialdienst und gehörte zu den

Leuten, denen man in mancher Hinsicht eine »Zukunft« prophezeite. Dinny legte sich die Frage vor, ob Clare ihm nicht allzusehr gleiche, auch sie brillierte in der Gesellschaft, begab sich gern in Gefahr und war – wohlgemerkt! – siebzehn Jahre jünger. Angela, die ihn genau kannte, sprach die Ansicht aus: »Die siebzehn Jahre Altersunterschied sind bei der ganzen Geschichte noch das Beste. Jerry muß sein Umherflattern endlich aufgeben. Wenn er ihr zugleich Vater sein kann, mag es noch gehen. Er hat eine ungeheure Erfahrung hinter sich. Bin froh, daß er nach Ceylon kommt.«

»Warum?«

»Dort wird er wenigstens nicht seiner Vergangenheit begegnen.«

»Hat er denn eine so bewegte Vergangenheit?«

»Meine Liebe, für den Augenblick ist er bis über die Ohren in Clare vernarrt, aber bei einem Mann wie Jerry kann man nie wissen. So viel Charme und so viel angeborene Vorliebe für Glatteis.«

»Die Ehe macht aus uns allen verzagte Burschen«, murmelte Adrian.

»Aus Jerry Corven bestimmt nicht. Er liebt die Gefahr wie ein Goldfisch die Mückenlarven. Ist Clare arg in ihn verschossen, Dinny?«

»Gewiß, aber auch sie wagt sich gern aufs Glatteis.«

»Und dennoch«, meinte Adrian, »sind beide keineswegs modern. Beide haben Hirn und wissen es zu brauchen.«

»Stimmt, Onkel. Clare schlägt aus dem Leben heraus, was sie nur kann, aber sie glaubt inbrünstig an das Leben. Vielleicht spielt sie noch im Orient eine bedeutende Rolle.«

»Ausgezeichnet, Dinny! Doch da müßte sie zuvor Jerry Corven loswerden. Und wie ich Clare kenne, macht sie sich vielleicht doch Skrupel.« Mit weitgeöffneten Augen starrte Dinny den Onkel an.

»Sagst du das, weil du Clare kennst, oder weil du ein Cherrell bist, Onkel?«

»Weil sie eine Cherrell ist, meine Liebe.«

»Skrupel!« murmelte Dinny, »ich glaube nicht, daß Tante Emily Skrupel kennt. Und doch ist sie ebensogut eine Cherrell wie irgendeiner von uns.«

»Emily erinnert mich stets«, meinte Adrian, »an einen Knochenfund, dessen Teile nicht zueinanderpassen, kein Mensch weiß, von wem sie herrühren. Skrupel beziehen sich doch immer auf etwas Bestimmtes, Tante Emilys Einfälle aber nicht.«
»Still, Adrian!« mahnte Angela, »nichts von Skeletten bei der Mahlzeit! Wann kommt Hubert an? Ich kann es kaum erwarten, ihn und Jeanne wiederzusehen. Wer von beiden wird nach achtzehn Honigmonden im Sudan Herr im Hause sein?«
»Natürlich Jeanne.«
Dinny schüttelte den Kopf. »Davon bin ich keineswegs überzeugt, Onkel.«
»Schwesternstolz, Dinny.«
»O nein. Hubert hat mehr Ausdauer. Jeanne stürmt mit kühnem Schwung drauflos und will die Dinge gleich im ersten Anlauf nehmen; Hubert aber führt das Steuer, davon bin ich überzeugt. Onkel, wo liegt eine Stadt namens Darfur? Und wie wird das Wort geschrieben?«
»Mit r oder ohne. Im Sudan, ringsum fast nur unzugängliche Wüste. Warum?«
»Heute nahm ich mit Mr. Desert, Michaels Brautführer, den Lunch; er hat Darfur erwähnt.«
»Ist er dort gewesen?«
»Mir scheint, er war schon überall im Nahen Osten.«
»Ich kenne seinen Bruder Charles Desert«, bemerkte Angela, »einer unserer angriffslustigsten jungen Politiker. Im nächsten Kabinett der Konservativen wird er so gut wie sicher Unterrichtsminister. Dann zieht sich Lord Mullyon wohl gänzlich in seine Einsamkeit zurück. Wilfrid bin ich nie begegnet. Ist er nett?«
»Hm!« warf Dinny ihrer Ansicht nach ganz gleichmütig hin, »ich traf ihn erst gestern. Ein anziehender Mensch. Ob er auf die Dauer zu ertragen ist, weiß ich nicht.«
»Ich möchte diesen jungen Mann gern kennenlernen«, sagte Adrian. »Im Krieg zeichnete er sich aus, und seine Gedichte kenne ich auch.«
»Wirklich, Onkel? Das will ich gern vermitteln. Wir sprechen uns täglich.«
»So?« sagte Adrian und sah sie an. »Ich würde gern über den

Hethiter-Typ mit ihm sprechen. Euch ist vermutlich bekannt, daß der sogenannte spezifisch jüdische Typ auf Grund alter Darstellungen der Hethiter als hethitisch anzusehen ist?«
»Sind denn die Juden keine einheitliche Rasse?«
»Nein, Dinny. Die alten Israeliten waren Araber; die Rassenzugehörigkeit der Hethiter ist ein noch ungelöstes Problem. Die Juden bei uns in England und die in Deutschland stammen vermutlich eher von den Hethitern als den Semiten ab.«
»Kennst du vielleicht Mr. Jack Muskham, Onkel?«
»Nur vom Hörensagen. Ein Vetter von Lawrence, Autorität auf dem Gebiet der Pferdezucht. Er tritt, glaub ich, für die Zufuhr arabischen Bluts bei unseren Rassepferden ein. Dieser Versuch, Rassen hochzuzüchten, hat manches für sich. Ist der junge Desert je in Nejd gewesen? Echte Araberrosse findet man, glaube ich, nur dort.«
»Ich weiß nicht. Wo liegt Nejd?«
»Im Mittelpunkt Arabiens. Muskham jedoch wird seine Idee nie durchsetzen. Diese eingefleischten Pferdezüchter sind übrigens die borniertesten Kerle auf Gottes Erdboden. Muskham selbst ist ein schlagender Beweis dafür – außer an seinen Lieblingssport denkt er an gar nichts.«
»Jack Muskham«, warf Angela ein, »war vor Jahren in eine meiner Schwestern romantisch verliebt. Das hat ihn zum Weiberfeind gemacht.«
»Hm! Klingt geheimnisvoll.«
»Ein stattlicher Mann!« meinte Dinny.
»Trägt sich höchst elegant und gilt als wütender Gegner der Moderne. Ich hab ihn schon seit Jahren nicht mehr gesehen, kannte ihn aber einst recht gut. Warum fragst du, Dinny?«
»Unlängst traf ich ihn.«
»Da wir gerade von den Hethitern sprachen«, bemerkte Angela, »ich habe mir oft gedacht, diese ganz alten Familien aus Cornwall wie die Deserts verraten phönikischen Einschlag. Seht euch doch nur Lord Mullyon an! Seltsamer Typ!«
»Phantastische Hypothese, meine Liebe. Eher könntest du diesen Einschlag im Volke finden. Seit vielen hundert Jahren müssen die Deserts in fremde Familien geheiratet haben. Je höher du die so-

ziale Leiter emporsteigst, um so weniger findest du reine, unvermischte Rasse.«
»Sind die Deserts wirklich so uralter Adel?«
»Alt und grau und obendrein Eigenbrötler. Doch du kennst ja meine Ansicht über alte Familien, Dinny. Ich brauche also nicht mehr zu sagen.«
Dinny nickte. Nur zu gut entsann sie sich jenes nervenaufreibenden Spaziergangs am Themse-Ufer in Chelsea, kurz nach Forests Rückkehr. Warm und herzlich sah sie Adrian ins Gesicht. Wie gut, daß er nun endlich ein eigenes Heim gefunden hatte!

Als sie an jenem Abend in die Mount Street zurückkam, waren Onkel und Tante schon zu Bett gegangen, doch der Kammerdiener saß noch immer in der Halle. Bei ihrem Eintritt stand er auf.
»Ich wußte gar nicht, daß Sie einen Schlüssel haben, Miss.«
»Tut mir wirklich leid, Blore, Sie hatten schon so gut geschlafen!«
»Wahrhaftig, Miss Dinny, ich hab geschlafen. Von einem gewissen Alter an pflegt man gerade im ungeeignetsten Augenblick einzunicken. Zum Beispiel Sir Lawrence! Er hat eigentlich keinen guten Schlaf, doch mein Wort darauf, sooft ich während der Arbeitszeit in sein Studierzimmer trete, find ich ihn jedesmal dabei, wie er gerade die Augen aufschlägt. Und Lady Mont, sie schläft acht Stunden, doch ab und zu hab ich schon bemerkt, daß sie mitten im Gespräch einnickt, besonders wenn der alte Pfarrer von Lippinghall, Mr. Tasburgh, da ist, ein freundlicher alter Herr, aber er wirkt so einschläfernd! Und sogar Mr. Michael aber der ist ja im Parlament, und dort gewöhnt man sich das an. Doch Miss, ich weiß nicht recht, ist der Krieg daran schuld oder die trostlose Wirtschaftslage oder das zwecklose Herumrennen der Leute – jedenfalls hat sich der Hang zum Schlafen verstärkt. Für alle Fälle tut einem so ein Schläfchen gut. Mein Wort darauf, Miss, bevor ich mein Nickerchen machte, war ich tot für die Welt, jetzt aber könnt ich noch stundenlang mit Ihnen plaudern.«
»Das wäre reizend, Blore. Aber ich bin leider am schläfrigsten zur Schlafenszeit.«
»Warten Sie, Miss, bis Sie erst verheiratet sind. Aber hoffentlich lassen Sie sich damit noch Zeit. Erst gestern nacht hab ich zu mei-

ner Frau gesagt: ›Wenn Miss Dinny einmal heiratet, dann hat das Haus hier die Seele verloren.‹ Miss Clare hab ich nie viel zu Gesicht bekommen, da läßt mich ihre Hochzeit kalt, doch erst gestern hörte ich, wie Lady Mont zu Ihnen sagte, Sie sollten selbst hingehen und herausfinden, wie man's heutzutage macht. Und dann sag ich zu meiner Frau: ›Miss Dinny‹, sag ich, ›ist wie eine Tochter des Hauses und‹ – na, Sie kennen ja meine Gefühle, Miss.«

»Lieber Blore! Leider muß ich jetzt hinauf, hab einen anstrengenden Tag hinter mir.«

»Versteh schon, Miss. Angenehme Träume!«

»Gute Nacht!«

Angenehme Träume! Nun, vielleicht würden die Träume angenehm sein, aber die Wirklichkeit? Ein unentdecktes Land wollte sie betreten, und nur ein einziger Stern war ihr Führer! War es ein Fixstern oder ein unstet flackernder Komet? Mindestens fünf Männer hatten sie schon heiraten wollen, und alle waren ihr so weit annehmbar erschienen, daß eine Ehe mit ihnen kein großes Wagnis bedeutet hätte. Und jetzt wünschte sie sich nur diesen einen zum Gatten, doch gerade ihn umschwebte etwas Dunkles, Ungeklärtes; er aber rief Gefühle in ihr wach wie kein anderer. Das Leben war doch ein Narrenspiel, man fuhr mit der Hand in eine Glücksurne und zog – was? Morgen wollte sie mit ihm einen Ausflug machen. Bäume würden sie zusammen sehen und Rasen, Landschaften, Parks, vielleicht auch Bilder, die Themse, blühende Obstbäume. Zumindest würde sie herausfinden, ob beider Ansichten in manchen Punkten, die ihr wichtig schienen, übereinstimmten. Doch ob ihre Anschauungen nun in Einklang standen oder nicht, konnte das an ihren Gefühlen etwas ändern? Nein.

»Verliebte Leut sind nie gescheit!« dachte sie; »erst jetzt erkenne ich, wie wahr das ist. Mich kümmert nichts in der Welt, wenn nur er mein Gefühl erwidert und auch so närrisch verliebt ist wie ich. Doch das ist er wohl kaum – warum sollt er's auch?«

5

Auf der Fahrt nach dem Richmond-Park über Ham Common und die Kingston-Brücke nach Hampton Court und zurück durch Twickenham und Kew lösten tiefes Schweigen und angeregtes Geplauder einander ab. Dinny war augenscheinlich die Beobachterin und überließ Wilfrid die Führung. Ihr tiefes Gefühl machte sie zurückhaltend, auch ging Wilfrid offenbar nur dann aus sich heraus, wenn es ihn selbst dazu trieb – er war gewiß der letzte, der sich eine Beichte entlocken ließ. Im Irrgarten von Hampton Court hatten sie sich natürlich verlaufen, und Dinny bemerkte: »Nur Spinnen und Gespenster finden hier wieder heraus.«

Auf dem Heimweg stiegen sie beim Kensington-Park aus, entließen das Mietauto und wanderten zum Teepavillon. Als sie vor dem blassen Getränk saßen, fragte Wilfrid sie unvermittelt, ob sie etwas dagegen hätte, seine neuen Gedichte im Manuskript zu lesen.

»Dagegen? Von Herzen gern!«

»Ich will Ihr aufrichtiges Urteil hören.«

»Das sollen Sie«, entgegnete Dinny, »wann bekomme ich die Gedichte?«

»Nach dem Abendessen bringe ich sie in die Mount Street und werfe sie in den Briefkasten.«

»Wollen Sie auch diesmal nicht vorsprechen?«

Er schüttelte den Kopf.

Als er in der Stadt von ihr Abschied nahm, sagte er ganz unvermittelt: »Ein herrlicher Nachmittag! Ich danke Ihnen!«

»I c h muß I h n e n danken.«

»Sie! Sie haben mehr Freunde, als Bienen den Klee umschwärmen – ich bin einsam wie ein Pelikan in der Wildnis.«

»Auf Wiedersehen, Pelikan!«

»Auf Wiedersehen, Blume in meiner Wildnis!«

Wie Musik klangen ihr diese Worte auf dem Weg zur Mount Street ins Ohr.

Etwa um halb zehn mit der letzten Post wurde ihr ein dicker, ungestempelter Brief überreicht. Dinny nahm ihn von Blore in

Empfang, ließ ihn verstohlen unter »Die Brücke von San Luis Rey« gleiten und fuhr fort, ihrer Tante zuzuhören.
»Als junges Mädel hab ich mir die Taille furchtbar eng geschnürt, Dinny. Unter Höllenqualen hielten wir diese Idee hoch. Jetzt soll die Mode wiederkommen, doch ich mach sie nicht mehr mit, so heiß und unbequem. Aber du wirst es wohl müssen.«
»Fällt mir nicht im Traum ein.«
»Wenn der Gürtel wieder in die Mitte kommt, wird die Mitte wieder geschnürt und gedrückt.«
»Die richtige Wespentaille kehrt bestimmt nie wieder, Tantchen.«
»Und erst die Hüte! Um 1900 sahen wir aus wie Eierbecher mit geplatzten Eiern. Da gab es auf den Hüten Blumenkohl als Garnierung und Hortensien und Vögel mit Riesenfedern, die standen nach allen Seiten weg – die Pärchen auf den Parkbänken konnten sich gar nicht aneinanderschmiegen, die Hüte sorgten für die Moral. Meergrün kleidet dich reizend, Dinny. Solltest ein meergrünes Brautkleid tragen.«
»Tante Emily, jetzt möchte ich schlafen gehen. Ich bin ziemlich müde.«
»Weil du so wenig ißt.«
»Ich esse für drei. Gute Nacht, liebe Tante!«
Auf ihrem Zimmer nahm Dinny sich gar nicht Zeit zum Auskleiden und machte sich sogleich über die Gedichte her in dem sehnlichen Wunsch, daß sie Gefallen daran fände, denn bestimmt durchschaute er jedes falsche Lob. Zu ihrem Trost fand sie darin den Ton seiner früheren Dichtungen wieder, nur schienen sie ihr schönheitsdurstiger und weniger bitter. Als sie das größere Bündel beendet hatte, stieß sie auf ein viel längeres, in ein weißes Blatt geschlagenes Gedicht; es trug den Titel »Der Leopard«. Hatte er es so verpackt, damit sie es nicht lesen solle? Doch wozu hatte er es beigeschlossen? Vermutlich war er sich über dieses Gedicht nicht im klaren und wünschte ihr Urteil zu hören. Unter dem Titel standen die Worte:
»Kann der Leopard aus seinem Fell die schwarzen Flecken tilgen?«
Es behandelte die Geschichte eines jungen Mönchs, der heimlich längst den Glauben verloren und als Missionar zu den Heiden ge-

sandt wird. Er fällt ihnen in die Hände, und sie stellen ihn vor die Wahl, zu sterben oder seinem Glauben abzuschwören. Er wird abtrünnig und nimmt die Religion der Gewalttäter an. Das Gedicht war stellenweise von so echtem Gefühl durchglüht, daß Dinny ganz erschüttert war. Die Glut und Tiefe dieser Dichtung raubten ihr den Atem; ein Hochgesang auf die Verachtung überlieferter Formeln, voll überschäumender Lebensfreude und doch wieder voll ergreifender Klage über den Verrat. Dinny fühlte sich seltsam zerrissen und legte das Gedicht fast mit einem Gefühl der Ehrfurcht für den Mann beiseite, der einen so schweren Seelenkampf so meisterhaft darzustellen vermochte. Zu dieser Bewunderung gesellte sich Mitleid wegen der Qualen, die er erduldet haben mußte, ehe er ein solches Werk schrieb – und ein geradezu mütterliches Verlangen, ihn vor Zerrüttung und Disharmonie zu bewahren.

Sie hatten verabredet, einander am folgenden Tag in der Nationalgalerie zu treffen; Dinny ging vor der vereinbarten Stunde hin und nahm das Manuskript mit. Die beiden trafen sich vor Gentile Bellinis Gemälde »Der Mathematiker« – sie starrten eine Weile in tiefem Schweigen auf das Bild.

»Echt. Hohe künstlerische Vollendung, starke Farbenwirkung. Haben Sie das Zeug gelesen?«

»Ja. Setzen wir uns, ich hab alles mit.«

Sie nahmen Platz, Dinny überreichte ihm das Manuskript.

»Nun?« fragte er, und sie sah, wie seine Lippen bebten.

»Ausgezeichnet!«

»Wirklich?«

»Durchaus echt. Ein Gedicht stellt übrigens alle anderen in den Schatten.«

»Welches?«

»Wie kannst du das fragen?« schien Dinnys Lächeln zu erwidern.

»Der Leopard?«

»Ja. Es hat mich tief ergriffen.«

»Soll ich es streichen?«

Blitzschnell wurde es Dinny klar, daß ihr Urteil hier die Ent-

scheidung bedeute, und mit gedämpfter Stimme fragte sie: »Legen Sie denn wirklich Wert auf meine Meinung?«
»Was Sie sagen, soll gelten.«
»Dann dürfen Sie dieses Gedicht unter keinen Umständen streichen. Es ist das Beste, was Sie je schrieben.«
»Inschallah!«
»Was ließ Sie daran zweifeln?«
»Es zeigt die Seele nackt.«
»Ja«, entgegnete Dinny, »nackt, aber schön. Nur das Schöne darf sich nackt zeigen.«
»Kaum die Ansicht der Moderne.«
»Ein kultivierter Mensch sucht Wunden und Häßliches selbstverständlich zu verbergen. Auch in der Kunst kann barbarische Wildheit niemals tiefere Gefühle erwecken.«
»Da werden die Kunstkenner Sie bald in Acht und Bann tun. Häßlichkeit ist heutzutage Trumpf!«
»Die Reaktion nach dem faden Zuckerzeug der vergangenen Epoche.«
»Ha! Wer diese Scheuklappen erfand, hat eine Sünde wider den Heiligen Geist begangen – er hat den Kleinen Ärgernis gegeben.«
»Künstler sind Kinder – das wollen Sie wohl damit sagen?«
»Sind sie's am Ende nicht? Geht das nicht aus ihrem ganzen Verhalten hervor?«
»Jawohl. Künstler müssen immer ein Spielzeug haben. Was brachte Sie übrigens auf die Idee zu diesem Gedicht?« Und wieder nahm sein Gesicht einen seltsamen Ausdruck an, als gerate ein tiefes Wasser in Bewegung ganz wie damals, als Muskham vor dem Foch-Denkmal mit ihnen sprach. »Eines Tages werde ich's Ihnen vielleicht erzählen. Wollen wir nicht einen Rundgang machen?«
Beim Abschied sagte er: »Morgen ist Sonntag. Werde ich Sie sehen?«
»Wenn Sie wollen, gewiß.«
»Wie wär's mit dem Zoo?«
»Nein, lieber nicht. Ich hasse Käfige.«
»Ganz recht. Im Holland-Park beim Kensington-Palast?«

»Ja.« Zum fünftenmal hatten sie nun für den nächsten Tag ein Stelldichein vereinbart.
Das Ganze kam Dinny wie andauerndes Schönwetter vor. Jeden Abend beim Schlafengehen hofft man, daß der Sonnenschein anhalten werde, und jeden Morgen, wenn man sich den Schlaf aus den Augen reibt, sieht man sich in dieser Erwartung nicht betrogen. Tag für Tag gab sie ihm auf die Frage: »Seh ich Sie morgen?« die Antwort: »Wenn Sie wollen, gewiß!« Tag für Tag verriet sie keinem Menschen ein Sterbenswort davon, wen sie traf, wie und wann sie ihn sah. Das alles fand sie so im Widerspruch zu ihrem sonstigen Wesen, daß sie sich verwundert fragte: »Bin ich wirklich dieses Mädchen, das sich heimlich fortstiehlt, einem jungen Mann zu begegnen, und in so gehobener Stimmung heimkehrt, als berühre ihr Fuß gar nicht mehr den Boden? Lebe ich in einem langen Traum?« Doch im Traum pflegt man ja nicht Tee zu trinken und kaltes Huhn zu verzehren. Am deutlichsten erkannte sie ihr verändertes Wesen, als Hubert und Jeanne das Haus in der Mount Street betraten, wo sie bis nach Clares Hochzeit zu Gast bleiben sollten. Nach einer Trennung von achtzehn Monaten hätte sie beim Anblick des geliebten Bruders vor Freude beben müssen. Nun aber begrüßte sie ihn unerschütterlich wie ein Fels, ja sie brachte es fertig, ihn ganz kühl abzuschätzen. Er schien sich ausgezeichnet wohl zu fühlen, sah sonnverbrannt aus, etwas weniger hager, doch gewöhnlicher als zuvor. Dinny wollte sich einreden, das komme von der gesicherten Existenz, der rückgewonnenen Laufbahn, dem Eheleben – doch im stillen wußte sie nur zu gut, an dieser kühlen Beurteilung des Bruders trug der Vergleich mit Wilfrid Schuld. Plötzlich erkannte sie, Hubert habe noch nie einen tiefen seelischen Zwiespalt erlebt, sei dazu auch gar nicht fähig, trabe als Herdenmensch im alten Gleise weiter und stelle sich keine Fragen. Auch hatte Jeanne ihn ihr entfremdet. Nie mehr konnte Dinny ihm oder er ihr so viel sein wie vor seiner Hochzeit. Jeanne gab sich wie immer frisch und lebensprühend. Den ganzen Weg von Khartum bis Croydon bei London hatten sie im Flugzeug zurückgelegt und waren nur viermal gelandet. Dinny lauschte augenscheinlich voll Spannung ihrem Bericht vom täglichen Leben dort draußen, stellte aber zu ihrem Staunen fest, daß

sie eigentlich kaum hinhorchte. Auf einmal spitzte sie die Ohren, man hatte Darfur erwähnt. Darfur – war an diesem Ort nicht Wilfrid etwas widerfahren? Sie entnahm dem Gespräch, daß es dort noch immer Anhänger des Mahdi gab. Dann sprach man über Jerry Corvens Charakter. Hubert zeigte sich von der »Heidenarbeit« begeistert, die Corven im Dienst geleistet hatte. Dann gab Jeanne etwas zum besten. Die Frau eines höheren Verwaltungsbeamten hatte sich, hieß es, in ihn verliebt und dabei ganz den Kopf verloren; Jerry Corven sollte sich ihr gegenüber recht schlecht benommen haben.

»Na, na!« meinte Sir Lawrence, »Jerry ist nun einmal eine Zigeunernatur, die Weiber sollten eben auf ihre Köpfe besser aufpassen.«

»Stimmt«, gab Jeanne zu. »Heutzutag ist es ein Unsinn, den Männern die Schuld zu geben.«

»In der guten alten Zeit«, murmelte Lady Mont, »zogen die Männer auf Eroberung aus, und die Frauen wurden gescholten. Heutzutag eröffnen die Weiber die Attacke, und der Tadel trifft den Mann.«

Dieser Ausspruch klang so ungemein logisch, daß alle jäh verstummten, da fügte sie plötzlich hinzu: »Ich hab einmal zwei Kamele gesehen, erinnerst du dich noch, Lawrence? Die waren einfach entzückend.«

Jeanne sah ziemlich verdutzt drein, Dinny lächelte.

Hubert nahm das frühere Thema wieder auf. »Wenn ich bedenke, daß Jerry unsere Schwester heiratet –«

»Clare wird es ihm schon heimzahlen«, meinte Lady Mont. »Ach ja, diese Frauen mit den Adlernasen! Dein Vater, der Pfarrer«, wandte sie sich dann an Jeanne, »spricht von einer Tasburgh-Nase. Du hast sie nicht, Jeanne, deine kräuselt sich. Aber dein Bruder Alan hat etwas davon.« Und sie blickte Dinny an. »Der ist jetzt auch in China. Hab ich's euch nicht gesagt, er heiratet noch die Tochter eines Steuereinnehmers?«

»Herrgott, Tante Emily, er hat doch gar nicht geheiratet!« rief Jeanne.

»Nein. Aber es sind bestimmt sehr nette Mädchen. Nicht wie die Pfarrerstöchter.«

»Danke!«
»Ich spreche ja von jenen Mädchen, die im Hydepark Bekanntschaft suchen. Die behaupten doch immer alle, sie seien Pfarrerstöchter. Ich denke, das weiß jeder.«
»Jeanne stammt aber aus einem Pfarrhaus, Tante Emily«, erklärte Hubert.
»Jetzt ist sie doch schon seit zwei Jahren deine Frau. Wer hat nur den Ausspruch getan: ›Gehet hin und mehret euch‹?«
»Moses«, sagte Dinny.
»Warum nehmt ihr euch das nicht zu Herzen?«
Unter Lady Monts prüfendem Blick wurde Jeanne feuerrot. Rasch hob Sir Lawrence an: »Hoffentlich erledigt Hilary diese Geschichte bei Clare auch so prompt wie bei dir und Jeanne, Hubert. Das war schon ein Geschwindigkeitsrekord.«
»Hilary predigt wundervoll«, erklärte Lady Mont. »Beim Tod König Eduards sprach er über die Worte: ›Und Salomon in all seiner Pracht und Herrlichkeit‹ – herzergreifend! Und als Sir Roger Casement im Weltkrieg von uns wegen Hochverrats erschossen wurde – erinnert ihr euch noch? –, über den ›Balken und den Splitter‹ – ein Narrenstreich, diese Hinrichtung, den Balken hatten wir selbst im Auge.«
»Wenn ich überhaupt für Predigten etwas übrig hätte«, meinte Dinny, »dann nur für Onkel Hilarys Predigten.«
»Hast recht«, fuhr Lady Mont fort, »schon als Kind stibitzte er mehr Gerstenzucker als jeder andere Junge und sah dabei stets wie ein kleiner Engel drein. Dann hoben wir ihn hoch wie ein Hündchen, Tante Wilmet und ich. Wir hofften, er gäbe das Zeug wieder heraus, doch umsonst.«
»Eine nette kleine Brut müßt ihr gewesen sein, Tante Emily.«
»Wir taten unser Bestes. Unser Vater – nicht der himmlische, sondern der irdische – sah zu, daß wir ihm nicht viel vor Augen kamen, und unsere Mutter wußte sich nicht zu helfen, die arme liebe Mutter! Wir hatten eben kein Jota Pflichtgefühl.«
»Und jetzt habt ihr alle so viel! Ist das nicht sonderbar?«
»Hab ich denn Pflichtgefühl, Lawrence?«
»Du, Emily? Keine Spur.«
»Hab mir's auch gedacht.«

»Meinst du vielleicht, Onkel Lawrence, die Cherrells besäßen im allgemeinen zuviel Pflichtgefühl?«
»Kann man überhaupt zuviel Pflichtgefühl haben?« fragte Jeanne.
Sir Lawrence klemmte sein Monokel ein. »Dinny, ich wittere Ketzerei.«
»Pflichttreue wirkt wie Scheuklappen, nicht wahr, Onkel? Vater, Onkel Lionel, Onkel Hilary und selbst Onkel Adrian denken in erster Linie an ihre Pflicht und verschmähen es, die eigenen Wünsche zu befriedigen. Sehr edel, allerdings, aber auch sehr langweilig.«
Sir Lawrence ließ das Monokel sinken. »Deine Familie, Dinny«, erwiderte er, »ist typischer Beamtenadel. Der hält das britische Weltreich zusammen. Erziehungsanstalten: Osborne, Sandhurst – ja, und noch manche andere. Das beginnt schon daheim in der Kinderstube, erbt sich fort von Geschlecht zu Geschlecht. Schon mit der Muttermilch wird dieser Geist eingesogen, treue Dienste für Kirche und Staat – sehr interessant, bewunderungswürdig.«
»Besonders wenn man es dadurch zu einem schönen Posten bringt«, murmelte Dinny.
»Pst!« mahnte Hubert, »wer wird beim Dienst fürs Vaterland an so was denken!«
»Du freilich nicht, du hast ja deinen Posten; wenn es aber nötig wäre, gäbst du dir schon ordentlich Mühe.«
»Was meinst du damit, Dinny?« fragte Sir Lawrence. »Willst du damit sagen, wenn den Dienern des Staats Gefahr droht, denken sie: ›Wir lassen uns nicht beiseite schieben, wir sind der Staat!‹?«
»Sind sie wirklich der Staat, Onkel?«
»In welcher ketzerischen Gesellschaft bewegst du dich jetzt, meine Liebe?«
»Oh, in gar keiner. Es kommen einem nur manchmal solche Gedanken.«
»Furchtbar deprimierend!« meinte Lady Mont. »Diese russische Revolution und so weiter.«
Dinny merkte, daß Hubert sie prüfend ansah, als denke er: »Was ist denn nur in sie gefahren?«

»Einen Nietnagel kann man freilich jederzeit herausziehen«, sagte er, »aber der Karren verliert dann ein Rad.«
»Sehr richtig!« meinte Sir Lawrence, »es ist wirklich ein Irrtum, zu glauben, man könne einen Gesellschaftstyp ohne weiteres durch einen anderen ersetzen oder rasch einen neuen schaffen. Der Sahib wird geboren, nicht ernannt, ihn züchten Herkunft und Milieu.«
»Nein«, sagte Lady Mont, »ich tu's nicht.«
»Was, Tante Emily?«
»Am Mittwoch Champagner trinken, ekelhaftes schaumiges Zeug.«
»Muß durchaus Champagner auf den Tisch, Tantchen?«
»Blore wird nicht lockerlassen, er ist so gewöhnt, ihn bei solchen Anlässen zu servieren. Wenn ich's ihm noch so oft sage, es gibt doch Champagner.«
»Hast du in der letzten Zeit von Hallorsen gehört, Dinny?« fragte Hubert unvermittelt.
»Seit Onkel Adrians Rückkehr nicht mehr. Er hält sich jetzt vermutlich in Zentralamerika auf.«
»Wahrhaftig, ein stattlicher Mann«, erklärte Lady Mont. »Hilary hat zwei Töchterchen, dazu Sheila, Celia und Klein-Anne – macht fünf. Bin froh, daß du nicht als Brautjungfer gehst – dreimal Brautjungfer, ewig Jungfer!«
Dinny lehnte sich zurück, das Licht beschien ihren Hals.
»Einmal Brautjungfer – das ist genug fürs Leben, Tante Emily ...«

Als sie am nächsten Vormittag Wilfrid in der Wallace-Galerie traf, fragte sie ihn: »Möchten Sie morgen zu Clares Hochzeit kommen?«
»Hab weder Frack noch Zylinder, hab beides Stack geschenkt.«
»Ich erinnere mich noch ganz genau, Sie trugen damals eine graue Krawatte und eine Gardenie.«
»Und Sie ein meergrünes Kleid.«
»Nilgrün. Möchten Sie nicht meine Familie kennenlernen? Morgen wird sie vollzählig erscheinen, wir könnten später über sie plaudern.«

»Ich werd mich unter die Neugierigen mischen und außer Sichtweite bleiben.«

»Ich seh dich doch!« dachte Dinny. So verging bis zum nächsten Wiedersehen wenigstens kein ganzer Tag!

Mit jeder neuen Begegnung schien er weniger rastlos und zwiespältig. Bisweilen betrachtete er sie so aufmerksam, daß ihr Herz zu klopfen begann. Sah aber sie ihn an, was meist nur in unbeobachteten Augenblicken geschah, so war sie ängstlich bemüht, möglichst unbefangen dreinzuschauen. Zum Glück hatte man das vor den Männern voraus, man wußte immer gleich, wenn sie einen ansahen, und konnte sie unbemerkt betrachten! Beim Abschied sagte er: »Kommen Sie doch Donnerstag wieder nach Richmond! Ich hole Sie vom Foch-Denkmal ab, um zwei.«

Und sie erwiderte: »Ja.«

6

Clare Cherrells Trauung in der Kirche der vornehmen Welt auf dem Hanover Square war ein mondänes Ereignis und nahm in der Rubrik »Gesellschaft« gewisser Blätter samt der Liste der Gäste eine Viertelspalte in Anspruch.

»Das wird die beiden aber freuen!« sagte Dinny.

Clare traf mit den Eltern am Vorabend aus Condaford in der Mount Street ein. Dinny kam mit Lady Cherrell erst kurz vor dem Brautpaar in die Kirche, sie war bis zum letzten Augenblick um die jüngere Schwester bemüht gewesen und empfand eine Rührung, die sie unter der Maske des Humors verbarg. Sie hielt sich ein wenig im Hintergrund des Kirchenschiffs auf, um mit einem alten Bediensteten zu sprechen, und erspähte Wilfrid. Ganz hinten auf der Seite der Braut saß er und blickte nach Dinny. Rasch lächelte sie ihm zu, schritt durch das Kirchenschiff und setzte sich neben die Mutter vorn in den Betstuhl. Michael wisperte ihr im Vorbeigehen zu: »Leute in Massen, nicht wahr?«

Das konnte man wohl sagen. Clare war bekannt und beliebt, Jerry Corven noch bekannter, wenn auch nicht ganz so beliebt. Dinnys Blick glitt über das Publikum, anders konnte man diese Versammlung kaum bezeichnen. Die unregelmäßigen Gesichter dieser Leute schienen seltsam charakteristisch, trugen keinen gemeinsamen Stempel. Alle hatten offenbar ihre eigenen Ansichten und Überzeugungen. Die Männer bildeten keinen besonderen Typ, wiesen nicht jene Gleichförmigkeit auf, die für deutsche Staatsbeamte so bezeichnend ist. Im vorderen Kirchenstuhl saßen außer Dinny und ihrer Mutter noch Hubert, Jeanne, Onkel Lawrence und Tante Emily; in der Bank hinter ihnen befanden sich Adrian, Angela, Mrs. Hilary und Lady Alison, Onkel Lionels Frau. Zwei oder drei Reihen weiter hinten gewahrte Dinny Jack Muskham; er schien stattlich, elegant und ziemlich gelangweilt. Als er ihr zunickte, dachte sie: »Komisch, daß er sich meiner noch erinnert!«

Auch auf der Seite des Bräutigams war das Kirchenschiff mit Leuten bevölkert, deren Gesichter und Gestalten ebenso verschiedenes Gepräge trugen. Abgesehen von Jack Muskham, dem Bräutigam und seinem Trauzeugen, schien kaum einer der Herren Wert auf elegante Kleidung zu legen. Doch Dinny las in ihren Zügen, daß alle in bestimmten Traditionen verankert waren. Kein einziges dieser Gesichter wirkte auf sie wie Wilfrids Gesicht, spiegelte wie das seine innere Kämpfe, Disharmonie, Verträumtsein, Leid und Sehnsucht nach der Wahrheit. »O ich Phantastin!« dachte sie, und ihr Blick blieb auf Adrian ruhen, der unmittelbar hinter ihr saß. Ein stilles Lächeln umspielte seinen Mund über dem Ziegenbart, der sein braunes, langes Gesicht noch länger machte. »Wie lieb er nur aussieht!« fuhr es ihr durch den Sinn, »nicht so eingebildet, wie die Träger solcher Spitzbärte sonst zumeist sind. Für mich ist und bleibt er der netteste Mann der Welt!« Dann flüsterte sie: »Eine schöne Sammlung von Gebeinen, Onkel.«

»Dein Skelett möcht ich haben, Dinny!«

»Mich wird man verbrennen und die Asche in den Wind streuen. Pst!«

Da trat der Chor ein, von den zelebrierenden Priestern gefolgt. Jerry Corven wandte sich um. Diese Lippen mit dem katzenhaften Lächeln unter dem schmalen Schnurrbart, diese scharfgeschnittenen Züge, die kühnen, gierigen Augen! Plötzlich dachte

Dinny bestürzt: »Clare! Wie konnte sie nur diesen –! Ach was, das würde ich ja von jedem anderen auch sagen, bis auf den einen. Ich werde kindisch!« Dann schwebte Clare am Arm ihres Vaters durch das Kirchenschiff zum Altar. Ein prächtiger Anblick, wahrhaftig! In jäher Erregung spürte Dinny ein Würgen in der Kehle und ließ ihre Hand in die der Mutter gleiten. Arme Mutter, sie war totenblaß. Zu dumm, dieses ganze Getue! Die Leute mußten es um jeden Preis lang, anstrengend und rührselig machen. Gottlob, Vaters alter schwarzer Frack sah wirklich noch ganz anständig aus – Dinny hatte die Flecken mit Salmiak weggeputzt; und Vater stand da wie einstmals bei einer Truppenschau. Wenn jetzt einer der Knöpfe auf Onkel Hilarys Rock nicht blank geputzt wäre, würde er es sofort entdecken. Aber Onkel Hilary trug ja keine Uniformknöpfe! Fürs Leben gern wäre Dinny weiter hinten neben Wilfrid gestanden. Der hatte jetzt gewiß so nette ketzerische Einfälle, und sie könnten einander durch vielsagendes Lächeln erheitern.

Und die Brautjungfern! Hilarys Töchter, ihre Kusinen Monica und Joan, schlank und rank. Die kleine Celia Moriston, einem blonden Seraph gleichend (wenn Seraphim weiblich sind), Sheila Forest, brünett und lebensprühend, und die kugelrunde kleine Anne.

Als Dinny niedergekniet war, fand sie ihre Ruhe wieder. Sie erinnerte sich noch an die Kindertage, da sie und Clare im Nachthemd nebeneinander vor dem Bett knieten, Clare, ein kleiner dreijähriger Stöpsel, sie selbst ein »großes Mädel« von sechs Jahren. Sie hatte mit Vorliebe das Kinn auf den Bettrand gestützt, um die Knie zu entlasten. Und wie süß Clare nur aussah, wenn sie betend die Hände hob wie das Kind auf dem Reynolds-Gemälde! »Dieser Kerl«, dachte Dinny, »macht ihr noch Kummer! Das weiß ich ganz bestimmt!« Und ihre Gedanken wanderten wieder zu Michaels Hochzeit vor zehn Jahren. Hier, im selben Dom, hatte sie auch damals gestanden, kaum drei Schritte von dem Platz, wo sie jetzt kniete, neben irgendeinem unbekannten Mädchen, einer Verwandten Fleurs. Und mit der aufgeregten Neugier der Jugend war ihr Blick in die Runde geschweift und schließlich an Wilfrid hängengeblieben, der sich etwas abseits hielt und Michael betrachtete. Der arme Michael! Im Übermaß des Triumphs hatte er an diesem Tag geradezu verstört dreingesehen! Dinny entsann sich noch ganz deutlich ihres Einfalls: »Michael und sein gestürzter Engel!« In Wilfrids Gesicht hatte sie damals einen Zug gelesen, als sei er ausgeschlossen von allem Glück, einen bitteren und doch lebenshungrigen Blick. Es war im zweiten Jahr nach dem Friedensschluß gewesen, und Dinny wußte jetzt, welch schwere Enttäuschung, ja welchen Nervenzusammenbruch Wilfrid nach dem Krieg erlitten hatte. In den beiden letzten Tagen hatte er ganz freimütig mit ihr gesprochen, ja sogar mit spöttischem Humor seiner Leidenschaft für Fleur gedacht, einer Leidenschaft, die ihn dazu getrieben hatte, nach dem Orient zu entfliehen. Dinny, die bei Kriegsausbruch erst zehn gewesen war, entsann sich eigentlich nur noch, daß Mutter stets Sorge um den Vater gehabt, die ganze Zeit über gestrickt hatte und eine Art Sockendepot gewesen war; daß jedermann die Deutschen haßte; daß man ihr Bonbons zu essen verbot, weil sie mit Sacharin gesüßt waren; und schließlich erinnerte sie sich an ihre Aufregung und ihren Kummer, als Hubert in den Krieg zog und nur selten Nachricht gab. Durch Wilfrid hatte sie in den letzten Tagen erst so recht erfahren, was der Krieg für jene bedeutet hatte, die wie er und Michael Jahre hindurch sein Grauen erleben mußten. Mit seiner Gabe, allen Empfindungen lebendigen Ausdruck zu leihen, hatte er ihr das Gefühl des Entwurzeltseins geschildert, die Umwertung aller Werte und das tiefe Mißtrauen gegen alles, was Zeit und Überlieferung geprägt und geheiligt hatten. Er habe jetzt den Krieg überwunden, sagte er. Nun, das mochte er wohl glauben, doch noch immer schienen ihr seine seelischen Wunden nicht ganz verheilt. Nie sah sie ihn, ohne das Verlangen zu fühlen, mit kühler Hand über seine Stirn zu streichen.

Jetzt waren die Ringe gewechselt, die schicksalsschweren Worte gesprochen, die Ermahnungen des Priesters beendet, Brautpaar und Trauzeugen verschwanden in die Sakristei. Hubert und die Mutter folgten. Dinny saß reglos da, ihr Blick hing an dem Fenster über dem Altar. Ehe! Unmögliche Institution – nur mit einem Wesen erträglich!

Da flüsterte ihr eine Stimme ins Ohr: »Dinny, leih mir dein Taschentuch! Das meine trieft, und dein Onkel hat ein blaues.«

Dinny reichte ein Batisttüchlein hinüber und puderte sich heimlich die Nase.

»Laß dich nur ja in Condaford trauen«, fuhr die Tante fort, »all diese Leute hier – so eine Plage – an alle soll man sich erinnern, was sie sind und was sie nicht sind. Das war seine Mutter, nicht wahr? Die lebt also auch noch!«

»Soll ich noch rasch einen Blick auf Wilfrid werfen?« überlegte Dinny.

»Bei meiner Hochzeit«, wisperte ihre Tante, »küßten mich alle, kunterbunt durcheinander. Ich kannte ein Mädchen, das hat nur deshalb geheiratet, um vom Trauzeugen des Bräutigams einen Kuß zu bekommen. Aggie Tellusson. Aber wer weiß, ob es wahr ist! Da kommen sie zurück!« Jawohl, da kamen sie! Wie gut kannte Dinny dies bräutliche Lächeln! Wie konnte nur Clare so empfinden, sie war ja nicht mit Wilfrid verheiratet! Dinny folgte hinter Vater und Mutter an Huberts Seite, der ihr zuflüsterte: »Kopf hoch, Mädel! Sie hätte eine schlimmere Wahl treffen können!« Sie drückte seinen Arm, doch ein Geheimnis, das sie ganz erfüllte, schied sie von ihm. Da sah sie, wie Wilfrid, die Arme verschränkt, nach ihr blickte. Wieder lächelte sie ihm freundlich zu, dann verschwamm ihr alles vor den Augen, bis sie wieder in der Mount Street war und Tante Emily in der Tür des Empfangszimmers sagen hörte: »Dinny, bleib bei mir und zwick mir rechtzeitig in den Arm!«

Dann kam der Einzug der Gäste, begleitet von Lady Monts Kommentar.

»Es ist wirklich seine Mutter – sieht aus wie ein geräucherter Hering ... Da ist Henny Bentworth! ... Henny, Wilmet ist auch da, hat noch ein Hühnchen mit dir zu pflücken ... Guten Tag! Ach ja – so ermüdend! ... Guten Tag! Er hat ihnen so nett die Ringe angesteckt, nicht wahr? Wirklich, wie ein Taschenspieler! ... Dinny, wer ist das? ... Guten Tag! Reizend! ... Dort drüben sind die Geschenke, bei dem Mann mit den riesengroßen Schuhen, er gibt sich ja redlich Mühe, daß man ihn nicht als Detektiv erkennt. Wahrhaftig, zu dumm! Aber man will ja doch die Geschenke zeigen ... Guten Tag! Sie sind Jack Muskham? Lawrence träumte unlängst,

Sie wären zersprungen . . . Dinny, hol mir doch Fleur, die kennt alle Welt.«
Dinny ging Fleur suchen und fand sie im Gespräch mit dem Bräutigam.
Als sie zur Tür zurückkamen, sagte Fleur: »Ich sah Wilfrid Desert in der Kirche. Wie kam er nur hin?«
Wirklich, Fleur hatte doch zu scharfe Augen!
»Ah, da bist du ja!« rief Lady Mont. »Welche von den dreien, die da kommen, ist die Herzogin? Die Bohnenstange, so? Ah! . . . Guten Tag! Ja, reizend! Sehr strapaziös, so eine Hochzeit! Fleur, führ doch die Herzogin zu den Geschenken hinüber, sie soll sich ein paar nehmen! . . . Guten Tag! Nein, mein Bruder Hilary. Er macht seine Sache gut, nicht wahr? Lawrence behauptet, er versteht's. Nehmen Sie doch, bitte, ein Eis! Unten . . . Dinny, will die auch Geschenke klauen? Oh, guten Tag, Lord Beevenham! Meine Schwägerin sollte eigentlich den Empfang besorgen, aber sie ist ausgekniffen. Ja, Jerry ist auch drin . . . Dinny, wer sagt doch nur: ›Ein Trunk! Ein Trunk!‹? Hamlet? Der sagt so viel. Also nicht Hamlet? . . . O guten Tag! . . . Guten Tag! . . . Wie geht's? Oder geht's nicht? Solch ein Gedränge! . . . Dinny, dein Taschentuch!«
»Ich hab es ein wenig mit Puder bestäubt, Tantchen.«
»Da! Seh ich jetzt vielleicht scheckig aus? . . . Guten Tag! Ist nicht die ganze Sache blöd? Als ob denen an irgendwas läge, außer an ihnen selbst! . . . Oh, da ist ja Adrian! Ach, mein Lieber, deine Krawatte sitzt schief! Dinny, zieh sie doch gerade! . . . Guten Tag! Ja, sie sind drin. Ich mag Blumen bei Begräbnissen nicht leiden. Die armen Dinger liegen da und welken . . . Was macht Ihr lieber Hund? Was, Sie haben gar keinen! Verstehe! . . . Dinny, du hättest mich zwicken sollen . . . Guten Tag! Guten Tag! Eben hab ich meiner Nichte gesagt, sie hätte mich zwicken sollen. Haben Sie ein gutes Personengedächtnis? Nein? Zu nett! Guten Tag! Guten Tag! Guten Tag! Aller guten Dinge sind drei, Dinny, wer ist denn dieser Stöpsel? Oh! . . . Guten Tag! Sie sind also hier? Ich dachte, Sie wären in China . . . Dinny, erinnere mich, daß ich deinen Onkel frage, ob es wirklich China war. Er hat mich so unverschämt angeglotzt! Dinny, könnt ich mich jetzt

nicht aus dem Staub machen? Wer gebraucht doch nur immer diese Redensart? Dinny, erinnere Blore an die Getränke! Da flattert schon wieder eine Schnepfenkette auf! Guten Tag ... Guten Tag! ... Tag! ... Tag! ... Tag! ... Guten ... Ganz reizend! ... ›Schert euch zum Teufel!‹ wollt ich sagen, Dinny!«

Auf ihrem Botengang zu Blore kam Dinny an Jeanne vorbei, die sich gerade mit Michael unterhielt, und fragte sich, woher dieses lebhafte braune Geschöpf nur die Geduld nahm, in diesem Schwarm herumzustehen. Nachdem sie Blore gefunden hatte, kam sie zu den beiden zurück. Michaels eigenartiges Gesicht, das Dinny von Jahr zu Jahr besser gefiel, offenbar weil es immer mehr den Stempel der Gutmütigkeit trug, sah gequält und unglücklich drein.

»Jeanne, das kann ich nicht glauben!« hörte sie ihn sagen.

»Man schwatzt aber in allen Basaren davon«, erklärte Jeanne. »Wo Rauch ist, dort ist auch Feuer.«

»Hm, nicht immer. Jedenfalls ist er jetzt wieder in England. Fleur hat ihn heute in der Kirche gesehen. Ich werde ihn fragen.«

»Ich an deiner Stelle täte es nicht«, erwiderte Jeanne. »Wenn es wahr ist, dann wird er dir's wahrscheinlich selbst erzählen, und ist es nicht wahr, so hast du ihn nur unnütz gekränkt.«

So, sie sprachen also von Wilfrid! Wie konnte sie es nur herausbekommen, ohne ihr Interesse für ihn zu verraten? Dann fuhr es ihr durch den Sinn: »Einerlei, ich mag von ihnen nichts hören. Er selbst muß mir alles Wichtige sagen. Von anderen will ich's nicht erfahren.« Aber sie fühlte sich bestürzt, denn ihr Instinkt verriet ihr, daß ein schweres seelisches Erlebnis auf ihm laste.

Die leeren Phrasen waren abgeleiert, die Braut war gegangen. Dinny ließ sich im Arbeitszimmer ihres Onkels auf einen Stuhl fallen – dieser Raum allein schien unberührt geblieben. Ihre Eltern waren nach Condaford zurückgefahren, zu ihrer Überraschung wollte Dinny sie nicht begleiten. Es sah ihr so gar nicht ähnlich, daß sie von London nicht loskam, jetzt, da zu Hause Tulpen und Flieder knospten und die Apfelbäume von Tag zu Tag voller erblühten. Doch der Gedanke, Wilfrid auch nur einen Tag nicht zu sehen, schien ihr einfach unerträglich.

»Das hat mich ordentlich gepackt!« dachte sie, »ärger, als ich es für möglich gehalten hätte. Was steht mir da noch bevor?«
Sie lehnte sich zurück und schloß die Augen, da vernahm sie die Stimme ihres Onkels:
»Ah, Dinny! Wie freut mich dein Besuch nach dieser Invasion! Und alles in vollem Kriegsstaat! Hast du auch nur ein Viertel der Besucher gekannt? Warum müssen die Leute auf alle Hochzeiten laufen? Auf dem Standesamt oder unter den Sternen – die einzige Art, anständig zu heiraten. Deine arme Tante ist zu Bett gegangen. Da hat doch der Islam viel für sich, wenn es jetzt auch für modern gilt, sich auf eine Frau zu beschränken und diese eine nicht in den Harem zu sperren. Da fällt mir ein, über den jungen Desert geht das Gerücht um, er habe den Glauben des Propheten angenommen. Hat er dir gegenüber etwas davon erwähnt?«
Erschreckt hob Dinny den Kopf.
»Ich weiß nur von zwei Europäern, die im Orient zum Islam übertraten, beide waren Franzosen und wollten sich einen Harem halten.«
»Das Haremsleben ist lediglich eine Frage des Geldbeutels, Onkel.«
»Dinny, du wirst ja geradezu zynisch. Die Menschen sehen ihr Vergnügen gern von der Religion gebilligt. Doch das war wohl kaum Deserts Beweggrund. Ein wählerischer Kerl, wenn ich mich recht erinnere.«
»Onkel, was liegt eigentlich an der Religion, solang man es verschmäht, sie anderen aufzudrängen?«
»Na, die Ansichten mancher Moslems über die Frauenrechte sind ein wenig barbarisch. Wenn der Gatte sie auf Untreue ertappt, kann er sie einmauern lassen. Als ich in Marrakesch war, kannte ich einen Scheich – unheimliche Geschichte!«
Dinny schauerte zusammen.
»Seit grauen Zeiten«, fuhr Sir Lawrence fort, »trägt die Religion an den entsetzlichsten Greueltaten Schuld, die je geschahen. Möchte wirklich wissen, ob der junge Desert das nur getan hat, um sich Zutritt nach Mekka zu verschaffen. Mir scheint, er glaubt an gar nichts. Freilich kann man das nie wissen – er stammt ja aus einer seltsamen Familie.«

»Ich kann und mag nicht mit ihm darüber sprechen«, dachte Dinny.
»Wie viele Leute sind heutzutag noch wirklich gläubig, Onkel?«
»Im nördlichen Abendland, sehr schwer zu sagen. In England vielleicht zehn bis fünfzehn Prozent der Erwachsenen. In Frankreich und den Ländern des Südens, wo es noch einen Bauernstand gibt, sind ihrer wohl mehr – wenigstens dem äußeren Anschein nach.«
»Und die Leute, die nachmittag hier waren?«
»Die meisten von ihnen wären entrüstet, wenn du ihnen sagtest, sie seien keine Christen, doch noch weit mehr, wenn du ihnen rietest: ›Geh hin, verkaufe, was du hast, und gib es den Armen!‹«
»Bist du ein Christ, Onkel Lawrence?«
»Nein, meine Liebe, eher ein Anhänger des Konfuzius, dessen Lehre, wie du weißt, sich auf ethische Grundsätze beschränkt. Die meisten Leute unserer Kreise folgen eher Konfuzius als Christus, freilich, ohne sich darüber im klaren zu sein. Ahnenkult, Tradition, Ehrfurcht vor den Eltern, Standesmoral, Selbstbeherrschung, Scheu vor Aufdringlichkeit, gütige Behandlung von Tieren und Untergebenen, Gleichmut gegen Leiden und Tod.«
»Was kann man schließlich mehr verlangen?« murmelte Dinny und zog die Nase kraus, »außer vielleicht noch Liebe zum Schönen?«
»Liebe zum Schönen? Das ist Temperamentsache.«
»Doch trennt nicht gerade das die Menschen mehr als alles andere?«
»Gewiß, aber *nolens volens.* Liebe zu einem schönen Sonnenuntergang läßt sich nicht erzwingen.«
»Onkel Lawrence, du bist doch ein Weiser, deine junge Nichte erkennt es an. Jetzt mach ich einen kleinen Spaziergang, um den Hochzeitskuchen zu verdauen.«
»Ich bleib hier, Dinny, und schlaf mir den Champagnerschwips aus.«
Dinny ging einen weiten Weg. Seltsam, so allein herumlaufen zu müssen. Doch die Blumen des Hydeparks waren schön, still und glitzernd lagen die Wasser des Serpentinenteichs da, auf den Kä-

stanienbäumen schimmerten die Blütenkerzen. Und wie traumverloren schritt sie hin, und ihr Träumen galt der Liebe.

7

»Wenn du Vertrauen hast, Dinny, willst du mich nicht heiraten?« fragte Wilfrid sie unvermittelt an jenem zweiten Nachmittag auf einer Bank im Richmond-Park.

Hatte sie ihm vorher ihre Liebe irgendwie verraten? Unmöglich wußte sie das später zu sagen. Seine Worte hatten ihr den Atem geraubt, sie wurde blasser. Plötzlich schoß ihr das Blut in die Wangen. »Ich begreife kaum, wie du mich das fragen kannst. Du weißt ja nichts von mir.«

»Du bist wie das Morgenland, man liebt es auf den ersten Blick oder nie – und nie lernt man es ergründen.«

Dinny schüttelte den Kopf: »Aber ich bin doch nicht so unergründlich.«

»Ganz begreifen werde ich dich nie, sowenig wie jene Gestalten im Treppenhaus des Louvre. Bitte, gib mir Antwort, Dinny.«

Sie legte ihre Hand in seine, nickte und sprach: »Eine Blitzverlobung!«

Da drückte er einen langen Kuß auf ihren Mund. Als er sie freigab, schwand ihr das Bewußtsein.

So seltsam war es ihr noch nie im Leben ergangen. Fast im nächsten Augenblick kam sie zu sich und sagte ihm das.

»Etwas Schöneres hättest du gar nicht tun können!«

Früher war ihr sein Gesicht sonderbar erschienen, doch wie verändert war es jetzt! Die sonst so verächtlich zusammengepreßten Lippen bebten, halb geöffnet, sein Blick hing glühend an ihr. Dann hob er die Hand, strich sich das Haar zurück, und dabei bemerkte Dinny zum erstenmal eine Narbe auf seiner Stirn unterm Haaransatz. Sonne, Mond und Sterne, das Rad der Schöpfung stand still, während sie einander in die Augen sahen.

Endlich sagte sie: »Das alles kommt so ungewöhnlich, ohne Werben, ja sogar ohne Verführung.«

Er lachte und schlang den Arm um sie. Dinny flüsterte: »›Eine Wolke von Glück spann die beiden ein.‹ Meine arme Mutter!«
»Ist sie eine liebe Frau?«
»Herzensgut. Zum Glück hängt sie sehr an Vater.«
»Wie ist denn dein Vater?«
»Der netteste General unter der Sonne.«
»Der meine ist ein Einsiedler. Na, du wirst nichts mit ihm zu schaffen haben. Mein Bruder ist ein Esel. Meine Mutter brannte durch, als ich ein dreijähriger Junge war. Schwestern hab ich keine. Dinny, du wirst deine liebe Not haben mit einem unangenehmen, brutalen Vaganten, wie ich es bin.«
»›Wohin du gehst, dahin geh auch ich.‹ Aber der alte Herr dort drüben hat uns, scheint mir, eräugt. Da sendet er wohl eine Beschwerde an die Zeitungen über die haarsträubenden Szenen, die man im Richmond-Park zu sehen bekommt.«
»Tut nichts!«
»Tut gar nichts. Diese erste Stunde des Glücks erlebt man nur einmal, und ich dachte schon, ich würde sie nie erleben.«
»Warst du noch nie verliebt?«
Dinny schüttelte den Kopf.
»Wie wunderbar! Wann feiern wir Hochzeit, Dinny?«
»Meinst du nicht auch, unsere Familien sollten es erst erfahren?«
»Allerdings. Die werden aber nicht wollen, daß du mich heiratest.«
»Junger Herr, Ihr seid von höherem Adel.«
»Wer kann einer Familie den Rang ablaufen, die ins zwölfte Jahrhundert zurückreicht? Unser Stammbaum läßt sich nur bis ins vierzehnte verfolgen. Ein Nomade und ein Dichter – noch dazu ein Dichter so bitterer Verse! Deine Leute werden wittern, daß ich dich nach dem Orient entführen will. Auch hab ich ja nur fünfzehnhundert Pfund im Jahr und fast gar keine Aussichten.«
»Fünfzehnhundert Pfund! Mir kann Vater vielleicht zweihundert zulegen – wie Clare.«
»Gott sei Dank, daß dein Geld kein Hindernis ist.«
Dinny wandte sich ihm zu, in ihrem Blick lag rührendes Vertrauen. »Wilfrid, ich hab gehört, du seist zum Islam übergetreten. Mir würde das gar nichts machen.«

»Den Deinen aber bestimmt.« Seine Miene war herb und düster geworden. Fest schloß sie seine Hand in ihre Hände.
»Steckt hinter dem Gedicht ›Der Leopard‹ eigenes Erleben?«
Er versuchte ihr die Hand zu entziehen.
»Sag mir's doch!«
»Ja. Dort draußen in Darfur. Fanatische Araber. Ich schwor dem Christentum ab, um meine Haut zu retten. So, jetzt kannst du einen Stein auf mich werfen, Dinny.«
Mit aller Kraft zog sie seine Hand an ihr Herz.
»Was du getan hast oder nicht, gilt mir gleich. Du bist du!« Zu ihrem Schreck und Trost fiel er ihr zu Füßen und barg sein Gesicht in ihrem Schoß.
»Liebster!« rief sie, und Zärtlichkeit, der Trieb, ihn zu beschützen, drängte die Leidenschaft fast ganz zurück.
»Weiß jemand davon außer mir?«
»Man schwatzt in den Basaren von meinem Übertritt, hält ihn jedoch für freiwillig.«
»Ich weiß, es gibt so manches, wofür du in den Tod gingst, Wilfrid. Das genügt mir. Einen Kuß!«
Bei diesem Kuß schwand beiden fast die Besinnung.
Der Nachmittag verrann, sie blieben sitzen, schräg fielen die Schatten der Eichen, die flirrenden Sonnenstrahlen wichen von den jungen Farnen; langsam schritt ein Reh zur Tränke. Auf dem klaren, zartblauen Abendhimmel schwammen weiße Wolken, die Vorboten heiterer Tage; in sachten Wellen drang ein frischer Duft von Farnen und Kastanienblüten herüber, langsam fiel der Tau. Die frische, würzige Luft, der tiefgrüne Rasen, die blaue Weite, die knorrigen, plumpen Gestalten der Eichen machten diese Stunde so idyllisch, wie sie Liebende nur in England erleben können.
»Wenn wir noch länger sitzen bleiben, beginne ich zu schwärmen«, sagte Dinny endlich. »›Ach, Liebster, sieh, schon fällt der Abendtau.‹«
Spätabends im Empfangszimmer in der Mount Street sagte Tante Emily unerwartet: »Lawrence, sieh dir doch Dinny an! Dinny, du bist verliebt.«
»Tante, du entringst mir das Geständnis: Ich bin's.«

»In wen?«
»Wilfrid Desert.«
»Wie oft hab ich Michael gesagt: ›Dieser junge Mann gerät noch in die Patsche.‹ Liebt er dich auch?«
»Er ist so freundlich, es zu behaupten.«
»Du meine Güte! Ich muß ein Glas Limonade trinken! Wer von euch hat den Antrag gemacht?«
»Eigentlich er.«
»Sein Bruder soll kinderlos sein.«
»Allmächtiger, wohin denkst du, Tante!«
»Was ist schon dabei? Einen Kuß!«
Doch über die Schulter der Tante sah Dinny nach dem Onkel. Er sprach kein Wort.
Später, als sie hinter den beiden das Zimmer verlassen wollte, hielt er sie zurück.
»Dinny, wo hast du deine Augen?«
»Ich sehe ganz klar. Ich kenne ihn schon neun Tage.«
»Ich mag nicht den strengen Onkel spielen, aber kennst du auch die Schattenseiten?«
»Seine Religion, die Geschichte mit Fleur, der Orient? Was noch?«
Sir Lawrence zuckte die mageren Schultern.
»Die Sache mit Fleur liegt mir noch immer schwer im Magen. Wer dem Mann, dessen Trauzeuge er gewesen, so etwas antut, ist kein treuer Freund.«
Dinny schoß das Blut in die Wangen.
»Nicht aufregen, liebes Kind, wir alle haben dich viel zu lieb.«
»Onkel, er hat über alles rückhaltlos mit mir gesprochen.«
Sir Lawrence seufzte.
»Da sag ich lieber nichts. Aber ich bitte dich, überleg dir, was du tust. Ich kenne eine besonders feine Porzellanart, die läßt sich kaum kitten. Und du bist von der gleichen Sorte, Dinny!«
Sie lächelte, ging in ihr Zimmer hinauf, und augenblicklich schweiften ihre Gedanken zu den Nachmittagsstunden zurück. Vorüber war ihr Unvermögen, sich den Rausch der Liebe vorzustellen, vorüber die Scheu, ihre Seele einem anderen Wesen zu erschließen. Alle Liebesromane, die sie je gelesen, alle Liebesge-

schichten, die sich in ihrer Umgebung abgespielt hatten, schienen ihr matt und farblos im Vergleich zu dem eigenen Erleben. Und dabei kannte sie Wilfrid erst neun Tage – bis auf jenen Blick vor zehn Jahren. War sie die ganze Zeit her von einem sogenannten »Komplex« besessen gewesen? Oder kam die Liebe immer wie ein Blitz? Eine wilde Blume, vom Sturmwind gesät?
Lange saß sie halb entkleidet da, gesenkten Haupts, die Hände zwischen den Knien, in berauschende Erinnerung verloren, und das seltsame Gefühl überkam sie, alle Liebenden der ganzen Welt weilten in ihr und mit ihr auf diesem bei der Firma Pullbred, Tottenham Court Road, erstandenen Bett.

8

Schloß Condaford schien dieser Liebesbund nicht zu gefallen; es hüllte sich in grauen Regen, als beweine es den Verlust seiner beiden Töchter.
Dinny fand Vater und Mutter eifrig darauf bedacht, über den Abschied von Clare schweigend hinwegzugehen, und hoffte, sie würden sich in ihrem Fall ebenso tapfer zeigen. Sie erklärte, sie spüre noch immer die Stadtluft, warf den Regenmantel um und ging vor der Enthüllung des Geheimnisses eine Weile spazieren. Hubert und Jeanne wurden zum Abendessen erwartet, Dinny wollte dann sprechen, und so mehrere Fliegen mit einem Schlag treffen. Die Tropfen auf den Wangen, der würzige Duft, die frisch belaubten Bäume und der Kuckucksruf labten Körper und Sinne, doch das Herz tat ihr dabei ein wenig weh. Sie betrat ein Gehölz und schritt einen Jagdweg entlang. Hier standen Buchen und Haselsträucher, ab und zu auch eine englische Eibe, der Boden war Kreidegestein. Kein Laut ringsum, nur das unablässige Hämmern eines Spechts, noch fiel der Regen nicht so dicht, daß er auf den Blättern rauschte. Seit den Kindertagen war sie erst dreimal im Ausland gewesen, in Italien, Paris und den Pyrenäen, und sooft sie heimkam, gewann sie England und Condaford lieber denn je. Von nun an führte ihr Pfad hinaus in die weite Welt, wer weiß, wohin. Dort drüben gab es gewiß Sand, Feigenbäume, Gestalten

am Brunnen, flache Dächer, den Ruf der Muezzins, Augen, die durch dichte Schleier blickten. Bestimmt aber würde auch Wilfrid vom Zauber Condafords nicht unberührt bleiben und nichts dagegen einwenden, daß sie ab und zu einige Zeit in der Heimat verbrächten. Sein Vater lebte auf einem historischen Schloß, das aber halb versperrt blieb, nie Fremden gezeigt wurde und jedermann das Gruseln lehrte. Außer London und Eton schien Wilfrid von England nichts anderes als dieses Schloß zu kennen, denn er war vier Jahre im Krieg und acht Jahre im Orient gewesen.
»Meine Aufgabe ist es«, dachte sie, »ihm England zu zeigen, seine, mir den Orient zu erschließen.«
Ein Sturm im letzten November hatte ein paar Buchen umgerissen, ihre mächtigen Wurzeln lagen bloß. Bei diesem Anblick fiel Dinny eine Bemerkung Fleurs ein, der Verkauf von Schlagholz sei das einzige Mittel, die Erbschaftssteuer zu bestreiten. Doch Vater war ja erst zweiundsechzig! Wie feuerrot Jeanne geworden war, als Tante Emily den Bibelvers zitiert hatte: »Gehet hin und mehret euch!« Ein Kind unterwegs! Gewiß ein Sohn. Jeanne war ein Weib, das bestimmt Söhne gebar. Eine weitere Generation des Mannesstammes der Cherrells! Wie nun, wenn Wilfrid und sie ein Kind bekämen? Mit kleinen Kindern kann man nicht in der Welt herumzigeunern. Ein Gefühl banger Unsicherheit überkam sie. Wie ungewiß schien doch die Zukunft! Dicht vor ihrer reglosen Gestalt hüpfte ein Eichhörnchen über den Weg und klomm an einem Baumstamm hinauf. Lächelnd sah Dinny ihm zu, diesem geschmeidigen tiefroten Tierchen mit dem buschigen Schwanz. Gottlob, Wilfrid war ein Tierfreund! »Wenn einst zum Herrn und seiner Streu die Esel aus allen Ländern kommen . . .« – hieß es nicht so in einem seiner früheren Gedichte? Condaford mit seinen Vögeln, seinen Wäldern und Bächen, seinen alten Fenstern, Magnolien, Pfauentauben und grünen Weiden mußte er bestimmt ins Herz schließen. Aber Vater und Mutter, Hubert und Jeanne, würde er auch die liebgewinnen? Und sie ihn? Kaum; er war ihnen gewiß zu unbeschwert von Tradition, zu launenhaft, zu bitter. Sein Bestes verschloß er in sich, wie aus Scham, es zu zeigen. Nie würden sie seine Sehnsucht nach dem Schönen begreifen; sein Glaubenswechsel mußte ihnen befrem-

dend, beunruhigend scheinen, auch wenn sie den wahren Hergang, wie er ihn ihr erzählt hatte, nie im Leben erfuhren!

Schloß Condaford Grange hatte weder einen Kammerdiener noch elektrisches Licht; Dinny wählte für ihre Eröffnung den Augenblick, da die Dienstmädchen Dessert und Weinkaraffen auf den im Kerzenlicht schimmernden polierten Tisch aus Kastanienholz gestellt hatten.

»Ich muß euch leider mit einer persönlichen Angelegenheit behelligen«, begann sie unvermittelt. »Ich habe mich verlobt.«

Niemand gab Antwort. Alle vier hatten stets gedacht und gesagt, was nicht immer dasselbe bedeutet, Dinny würde eine ideale Gattin sein; darum waren sie von Herzen froh, daß sie heiraten wolle.

»Mit wem, Dinny?« fragte endlich Jeanne.

»Mit Wilfrid Desert, dem zweiten Sohn Lord Mullyons – er war Michaels Trauzeuge.«

»Aber –«

Dinny blickte die anderen scharf an. Der Vater sah unbewegt drein, ganz natürlich, er hatte den jungen Mann ja noch nie gesehen, das sanfte Gesicht der Mutter trug einen erschrockenen, fragenden Ausdruck, Hubert schien mühsam ein Mißbehagen zurückzudrängen.

»Aber, wann hast du ihn denn kennengelernt?« fragte Lady Cherrell.

»Erst vor zehn Tagen, ich traf ihn aber seither täglich. Ich fürchte, es ist Liebe auf den ersten Blick, wie in deinem Fall, Hubert. Wir kennen einander übrigens auch noch von Michaels Hochzeit her.«

Hubert sah auf seinen Teller nieder. »Du weißt vermutlich, daß er zum Islam übergetreten ist. So heißt es wenigstens in Khartum.«

Dinny nickte.

»Was!« rief der General.

»So heißt es, Vater.«

»Warum?«

»Weiß nicht, hab ihn nie gesehen. Er ist viel im Orient gereist.«

Dinny wollte sagen: »Wenn man sowieso nichts vom Glauben

hält, ist es schließlich einerlei, ob man Christ ist oder Moslem«, hielt sich jedoch zurück; das hieße ja, seinen Charakter nicht ins beste Licht rücken.
»Ich verstehe nicht, wie man den Glauben wechseln kann«, bemerkte der General schroff.
»Mir scheint, ihr seid über meine Wahl nicht sonderlich entzückt«, murmelte Dinny.
»Wie ist das möglich, meine Liebe, wir kennen ihn doch gar nicht.«
»Freilich, Mutter. Darf ich ihn nach Condaford einladen? Er hat die Mittel, eine Frau zu erhalten, und Tante Emily sagt, sein Bruder ist kinderlos.«
»Dinny!« rief der General.
»Das meine ich ja nicht ernst, lieber Vater.«
»Wirklich zu bedenken bleibt immerhin«, erklärte Hubert, »daß er offenbar so etwas wie Beduine ist – wandert ruhelos umher.«
»Auch zu zweit kann man die Welt durchwandern, Hubert.«
»Du hast doch aber immer behauptet, der Gedanke, dich von Condaford trennen zu müssen, sei dir unerträglich.«
»Und du, Hubert – ich erinnere mich noch deutlich –, hast ja auch einst gesagt, du könntest an der Ehe nie Geschmack finden. Und ihr beide, Vater und Mutter, habt es gewiß auch einst erklärt. Seid ihr bei dieser Anschauung geblieben?«
»Du schlaue Katze!« Mit diesen Worten schloß Jeanne die Debatte.
Zur Schlafenszeit trat Dinny ins Zimmer der Mutter und fragte: »Darf ich also Wilfrid nach Condaford einladen?«
»Natürlich, jederzeit. Wir sind schon so gespannt, ihn kennenzulernen.«
»Ich weiß ja, Mutter, es kommt ganz überraschend, so bald nach Clares Hochzeit. Doch warst du ja vermutlich darauf gefaßt, daß ich euch eines Tages verlassen würde.«
Lady Cherrell seufzte. »Das wohl.«
»Ich vergaß dir zu sagen, er ist Dichter – ein wahrer Dichter.«
»Dichter?« fragte die Mutter in einem Ton, als habe diese Mitteilung ihre Unruhe erst recht gesteigert.
»In der Westminster-Abtei liegen eine ganze Menge begraben. Doch unbesorgt, er kommt nicht hinein.«

»Religionsverschiedenheit ist eine bedenkliche Sache, Dinny, besonders wenn Kinder kommen.«

»Warum, Mutter? Kinder haben überhaupt keine nennenswerten religiösen Begriffe, und später, wenn sie groß sind, können sie ja selbst wählen. Bis übrigens meine Kinder, falls ich welche bekomme, herangewachsen sind, hat die konfessionelle Frage im Leben nichts mehr zu bedeuten.«

»Dinny!«

»Auch heutzutage hat sie fast keine Bedeutung mehr, abgesehen von den streng orthodoxen Kreisen. Die Religion des Durchschnittsmenschen beschränkt sich zumeist auf gewisse ethische Grundsätze.«

»Davon versteh ich zuwenig, um mitreden zu können, und du verstehst wohl nicht viel mehr.«

»Liebe Mutter, streich mir doch ein wenig übers Haar!«

»Ach, Dinny, wenn ich nur hoffen könnte, daß du eine gute Wahl getroffen hast.«

»Liebste Mutter, ich hatte keine Wahl.«

Ihr fiel ein, das sei wohl nicht der richtige Weg, die Mutter zu beruhigen, da sie aber keinen besseren wußte, gab sie ihr einen Gutenachtkuß und ging.

In ihrem Zimmer setzte sie sich hin und schrieb:

Condaford, Freitag

Liebster!

Ohne Frage ist das mein allererster Liebesbrief, darum versteh ich's nicht recht, meine Gefühle zum Ausdruck zu bringen. Am besten, ich sag ganz einfach: »Ich hab Dich lieb!« und laß es dabei bewenden. Nun hab ich daheim die frohe Botschaft verkündet. Meine Leute sind natürlich gespannt und möchten Dich gern so bald wie möglich hier begrüßen. Wann kommst Du? Erst wenn Du hier bist, werd ich in der Wirklichkeit leben, jetzt erscheint mir alles wie ein wunderschöner Traum. Hier geht es sehr schlicht und einfach zu. Ich weiß nicht einmal, ob wir vornehm leben würden, auch wenn wir es uns leisten könnten. Drei Dienstmädchen, ein Diener – Chauffeur und Reitknecht in einer Person – und zwei Gärtner sind unser ganzes Gesinde. Meine Mutter wirst Du vermutlich liebgewinnen, ob Du Dich aber mit Vater und Hubert verstehen wirst, scheint mir zweifelhaft; doch glaube ich, Jeanne, Huberts Frau, wird Deine Phantasie reizen, sie ist so lebhaft. Condaford wird Dir ohne Frage gefallen, es versetzt einen in längstvergangene Zeiten zurück. Wir könnten miteinander ausreiten. Und herumspazieren möcht ich mit Dir und plaudern und Dir alle meine kleinen Lieblingsplätze und Winkel zeigen. Hoffentlich scheint dann die Sonne, Du liebst sie ja so sehr. Mir scheint sie hier fast Tag für Tag bei jedem Wetter, wie erst, wenn Du bei mir bist! Das Zimmer, das Du hier bewohnen sollst, liegt unglaublich ruhig und abgeschieden, Du erklimmst es auf einer Wendeltreppe, die »Pfaffenkammer« heißt es, weil Anthony Cherrell, ein Bruder des Majoratsherrn Gilbert Cherrell, unter der Regierung der Königin Elisabeth hier eingemauert war und das Essen in einem Korb erhielt, den man allnächtlich zu seinem Fenster niederließ. Er war ein katholischer Priester, der sich offen zu seinem Glauben bekannte, und Gilbert war Protestant, doch als anständiger Mann stellte er die Bruderliebe über die Konfession. Nachdem Anthony über drei Monate im Kerker geschmachtet hatte, riß man eines Nachts die Mauer nieder und entführte ihn über Land nach Süden zum Beaulieufluß, wo man ihn an Bord eines Seglers schaffte. Um den Schein zu wahren, warf man die Mauer wieder auf; und erst mein Urgroßvater ließ sie niederreißen, übrigens der letzte Cherrell, der ein größeres Vermögen besaß. Offenbar ging ihm das alte Gemäuer auf die Nerven, darum wollt er es loswerden. Unter den Leuten im Dorf geht noch immer von ihm die Rede, vermutlich hat es solchen Eindruck gemacht, daß er vierspännig zu fahren pflegte. Am Fuß der Wendeltreppe befindet sich ein Badezimmer. Man ließ darin natürlich ein größeres Fenster ausbrechen, die Aussicht ist wunderschön, besonders um die Zeit, wenn Flieder und Apfelbäume blühen. Mein eigenes »Gemach«, falls Dich das interessiert, wirkt ein wenig eng und klösterlich, doch vom Fenster sieht man über die Wiesen zum Hügelkamm und den Wäldern. Seit meinem siebenten Jahr bewohne ich dieses Zimmer und möchte es um keinen Preis gegen ein anderes tauschen, außer Du gibst mir

Juwelen und Spielzeug, das Freude mir macht,
Singvögel bei Tage, die Sterne bei Nacht.

Ich glaube fast, diese Verse Stevensons sind mein Lieblingsgedicht. Wie Du siehst, fühl also auch ich den Wandertrieb in mir, obwohl ich so sehr an der Heimat hänge. Vater ist übrigens ein großer Naturfreund, liebt Bäume, Tiere und Vögel wie die meisten Soldaten – sonderbar! Selbstverständlich ist diese Liebe mehr sachlich und verstandesmäßig, schwingt sich kaum zu ästhetischer Betrachtung auf, jeden Träumer halten diese Wirklichkeitsmenschen für etwas verdreht. Ich ging auch mit mir zu Rat, ob ich meinen Leuten Deine Gedichtbände zeigen soll. Doch ich lasse es lieber bleiben, sie könnten Dich sonst gar zu ernst nehmen. Die Persönlichkeit selbst erobert stets die Herzen viel leichter, als ihre geschriebenen Werke es können. Heut nacht werd ich wohl nicht viel schlafen – seit Anbeginn der Welt der erste Tag, daß ich Dich nicht sehe. Gute Nacht, Liebster, alles Herzliche und einen Kuß von Deiner

Dinny

PS. Ich hab für Dich das Foto herausgesucht, auf dem ich einem Engel zum Verwechseln ähnlich sehe – das Bild, auf dem meine Nase am wenigsten in die Höhe ragt. Morgen schick ich Dir's. Inzwischen lege ich zwei kleine Momentaufnahmen bei. Und wann schenkt mir der junge Herr sein Bild?

D.

So schloß dieser für sie ach so unbefriedigende Tag.

9

Sir Lawrence Mont war vor kurzem nach seiner Wahl zum Mitglied des »Burton-Klubs« aus dem »Aeroplane« ausgetreten und nur noch im sogenannten »Snooks«, »Coffee House« und »Parthenaeum« geblieben. Wenn er noch zehn Jahre zu leben hätte, pflegte er zu äußern, würde ihn jeder Besuch in einem dieser Klubs nicht weniger als zwölfeinhalb Shilling kosten. Am Nachmittag, nachdem ihm Dinny ihre Verlobung mitgeteilt hatte, be-

gab er sich in den Burton-Klub, ließ sich eine Liste der Mitglieder reichen und fand unter dem Buchstaben D den »Ehrenwerten Wilfrid Desert«. Nun, das verstand sich von selbst, der Klub bildete sich ja ein, ein Monopol auf Weltreisende zu besitzen.
»Kommt Mr. Desert manchmal her?« fragte er den Portier.
»Jawohl, Sir Lawrence. Vor einigen Wochen ist er wiederaufgetaucht, zum erstenmal seit Jahren.«
»Hält sich meist im Ausland auf. Um welche Stunde kommt er gewöhnlich?«
»Meist zur Dinnerzeit, Sir Lawrence.«
»Aha. Ist Mr. Muskham hier?«
Der Portier schüttelte den Kopf. »Heute sind ja die Rennen in Newmarket, Sir Lawrence.«
»Natürlich. Was Sie sich alles merken!«
»Gewohnheit, Sir Lawrence.«
»Ich wollte, ich hätte ein solches Gedächtnis.« Er hängte den Hut hin und blieb einen Augenblick in der Halle vor dem Anschlagbrett mit den letzten Nachrichten stehen. Arbeitslosigkeit und Steuern wuchsen von Stunde zu Stunde, und dennoch warf man augenscheinlich stets mehr Geld für Sport und Autos hinaus. Kein so einfaches Problem! Dann suchte er die Bibliothek auf – dort durfte er am ehesten hoffen, kein Mitglied anzutreffen. Und wen sah er gleich beim Eintritt? Jack Muskham, der mit gedämpfter Stimme, wie sich's in solchen Räumen ziemte, zu einem dürren, sonnverbrannten Männchen in der Ecke sprach.
»Hm, jetzt versteh ich«, dachte Sir Lawrence merkwürdigerweise, »warum es mir nie gelingt, einen verlorenen Kragenknopf zu finden. Mein Freund, der Portier, war so felsenfest davon überzeugt, Jack müsse in Newmarket sein, daß er ihn beim Eintritt für wen anderen hielt.«
Er langte einen Band von Burtons »Tausendundeine Nacht« vom Regal und klingelte um den Tee. Ganz unerwartet standen die beiden Herren auf, traten aus ihrem Winkel hervor und kamen auf ihn zu.
»Bleib nur sitzen, Lawrence«, warf Jack Muskham lässig hin, »Telfourd Yule, Sir Lawrence Mont, mein Vetter.«
»Mr. Yule, ich hab ein paar Ihrer spannenden Abenteuerge-

schichten gelesen«, sagte Sir Lawrence und dachte: »Komischer kleiner Kauz!«
Das dürre, sonnverbrannte Männchen verzog sein Affengesicht zu einem Grinsen. »Die Wirklichkeit stellt meine Phantasien in den Schatten.«
Mit der gewohnten erhabenen Miene, als stehe er über Raum und Zeit, erklärte Jack Muskham: »Yule ist in Arabien gewesen, wollte es deichseln, uns ein oder zwei reinrassige Araberstuten für die Zucht zu verschaffen. Schon die längste Zeit zerbrechen wir uns den Kopf, eine aufzutreiben. Hengste sind eher zu kriegen, Stuten nie. In Nejd steht es noch wie anno dazumal zu Pulgrades Zeiten. Doch ich denke, der Anfang ist gemacht. Der Eigentümer der besten Zucht wünscht sich ein Flugzeug, und wenn wir noch ein Billard draufgeben, wird er uns vielleicht eine der ›Sonnentöchter‹ überlassen.«
»Du lieber Himmel«, rief Sir Lawrence, »was für Mittel zum Zweck! Jack, wir sind doch allesamt Jesuiten!«
»Yule hat dort drüben ganz seltsame Dinge erlebt. Über eine Sache möcht ich mit dir sprechen. Du gestattest doch, daß wir hier Platz nehmen?«
Er streckte seine lange Gestalt in einem Klubsessel aus, das braune Männchen ließ sich auf einen anderen nieder. Seine schwarzen, zwinkernden Augen hingen unverwandt an Sir Lawrence, dem es unbehaglich zumute wurde, ohne daß er eine Ursache dafür wußte.
»Dort draußen in der arabischen Wüste«, begann Jack Muskham, »hörte Yule von einigen Beduinen ein dunkles Gerücht. Ein Engländer, hieß es, sei irgendwo von Arabern überfallen und gezwungen worden, zum Islam überzutreten. Yule geriet darüber mit ihnen beinah in Streit, er erklärte, kein Engländer würde so was tun. Als er aber auf der Heimreise von Ägypten mit dem Flugzeug in die Libysche Wüste flog, traf er eine andere Schar Beduinen, die aus dem Süden kamen und dieselbe Kunde brachten. Sie gaben jedoch bedeutend mehr Einzelheiten zum besten, behaupteten, die Affäre habe sich in Darfur zugetragen, und wußten sogar den Namen des Bekehrten – Desert. Dann kam Yule nach Khartum; dort, behauptet er, pfiffen die Spatzen diese

Neuigkeit von den Dächern. Selbstverständlich reimte er sich nun mancherlei zusammen. Zweifellos besteht jedoch ein himmelweiter Unterschied zwischen freiwilligem Glaubenswechsel und einem Übertritt vor dem Pistolenlauf des Feindes. Ein Engländer, der so was tun kann, bringt uns alle in Verruf.«

Sir Lawrence, der während dieser Erzählung unablässig mit dem Monokel gespielt hatte, ließ es endlich sinken und bemerkte: »Lieber Jack, wenn ein Mann so unbesonnen ist, in einem mohammedanischen Land Mohammedaner zu werden, dann flakkert natürlich das Gerücht auf, man habe ihn dazu gepreßt – meinst du nicht?«

»Das dachte ich auch«, fiel Yule ein und rutschte auf dem äußersten Rand des Stuhls hin und her, »doch der zweite Bericht klang ungemein präzis. Sogar den Monat wußten sie anzugeben und den Namen des Scheichs, der Deserts Glaubenswechsel erzwang. Wie ich dann erfuhr, war Mr. Desert tatsächlich kurz nach dem erwähnten Datum aus Darfur heimgereist. Mag sein, die Sache beruht gar nicht auf Wahrheit – aber wahr oder nicht, ein derartiges Gerücht greift, wenn man ihm nicht entgegentritt, wie ein Lauffeuer um sich und schädigt schwer – nicht nur jenen Mann, sondern auch uns und unser Ansehen dort draußen. Meiner Meinung nach sind wir verpflichtet, Mr. Desert wissen zu lassen, was die Beduinen über ihn verbreiten.«

»Na, er hält sich ja hier in London auf«, sagte Sir Lawrence ernst.

»Ich weiß«, erwiderte Jack Muskham, »unlängst begegnete ich ihm, auch ist er Mitglied dieses Klubs.«

Tiefe Bestürzung überkam Sir Lawrence; just solch eine böse Enthüllung mußte auf Dinnys Mitteilung folgen! Ihm, diesem überlegenen Ironiker, der sich in seinen Neigungen so wählerisch zeigte, war Dinny ans Herz gewachsen. Sie verklärte seine nüchternen Gefühle für die Frauen mit romantischem Schimmer. In jungen Jahren hätte er sich sogar in sie verlieben können, nun aber war er allerdings nichts weiter als ein angeheirateter Onkel. Während dieses Schweigens empfand Sir Lawrence ganz deutlich, daß auch die beiden anderen sich höchst unbehaglich fühlten. Merkwürdig, ihre offenbare Unruhe schien ihm die Bedeutung dieser Angelegenheit wesentlich zu erhöhen.

»Desert war Trauzeuge meines Sohnes«, gab er endlich zurück. »Jack, ich möchte gern mit Michael darüber sprechen. Mr. Yule wird hoffentlich inzwischen nichts davon verlauten lassen.«

»Nicht um die Welt!« erwiderte Yule. »Ich hoffe zu Gott, daß an der Geschichte kein wahres Wort ist. Ich schätze seine Gedichte.«

»Und du, Jack?«

»Der Mensch gefällt mir nicht. Doch ehe ich nicht den klaren Beweis dafür vor Augen habe, weigere ich mich, etwas Derartiges von einem Engländer zu glauben. Yule, wir müssen uns beeilen, wenn wir den Zug nach Royston erreichen wollen.«

Sir Lawrence blieb allein zurück, durch Jack Muskhams Bemerkung noch mehr beunruhigt als zuvor. Sie verriet ihm nur zu deutlich, wie erbarmungslos die »hundertprozentigen Sahibs« über Desert den Stab brechen würden, falls sich das Schlimmste bestätigen sollte. Endlich erhob er sich aus seinem Sessel, fand nach einigem Suchen ein kleines Buch, setzte sich wieder hin und blätterte darin. Es waren Sir Alfred Lyalls patriotische »Verse aus Indien«; Sir Lawrence schlug ein Gedicht auf, das die Überschrift trug: *Theologia in extremis.* Er las es durch, stellte den Band zurück, blieb stehen und rieb sich das Kinn. Allerdings hatte Lyall diese Verse vor mehr als vierzig Jahren geschrieben, doch die Gefühle und Anschauungen, denen er darin Ausdruck gab, hatten sich um kein Haar geändert. Die Geschichte drehte sich um einen Korporal des Dritten Linienregiments, den ein chinesischer General vor die Wahl stellte, dem Christentum abzuschwören oder zu sterben. »Das ist beim Dritten Regiment nicht Brauch«, gab der Korporal zur Antwort und starb. Jawohl! Sogar noch heute war das die Richtschnur für Männer, die das Banner des Standes und der Tradition hochhielten. Der Krieg hatte freilich so manchen früher festverwurzelten Grundsatz umgestoßen. War Desert wirklich zum Frevler an den Idolen geworden? Unwahrscheinlich. Und dennoch, konnte trotz seiner ausgezeichneten Führung im Weltkrieg nicht auch etwas Feigheit in ihm stecken? Riß ihn nicht mitunter eine Woge bitterer Empörung zu völligem Zynismus hin, so daß er aus purem Übermut allem ins Gesicht schlug, was anderen heilig war?

Sir Lawrence versuchte mit aller Kraft, sich in dieses Dilemma hineinzudenken. Als Ungläubiger beschied er sich mit dem Gedanken: »Mir wäre es verdammt zuwider, müßt ich mich in solchen Dingen zwingen lassen!« Doch schien ihm diese Lösung recht unbefriedigend; er ging in die Halle hinab, trat in eine Telefonzelle und rief Michael an. Wenn er sich noch länger im Klub aufhielt, lief er am Ende gar dem jungen Desert in die Arme, er nahm daher ein Auto und fuhr zu seinem Sohn.

Michael war eben vom Parlament heimgekommen, die beiden trafen einander in der Halle. Sir Lawrence hatte das instinktive Gefühl, man solle Fleur trotz ihres Scharfsinns zu dieser Beratung lieber nicht heranziehen, und bat seinen Sohn, ihn in sein Arbeitszimmer zu führen. Dort teilte er ihm zunächst Dinnys Verlobung mit; bei dieser Nachricht verrieten Michaels Züge ein seltsames Gemisch von Unruhe und Freude.

»Diese schlaue kleine Katze! Es so geheimzuhalten! Fleur bemerkte unlängst, Dinny komme ihr jetzt gar zu unbefangen vor. Aber das hätte ich doch nicht geglaubt, der Gedanke an eine Heirat Dinnys lag so fern. Noch dazu mit Wilfrid. Na, hoffentlich hat der gute Junge den Orient jetzt endlich satt.«

»Dazu noch die Geschichte mit dem Glaubenswechsel«, sagte Sir Lawrence ernst.

»Das ist meines Erachtens ziemlich belanglos, eine Betschwester ist Dinny keineswegs. Doch hätte ich nie gedacht, Wilfrid würde eine andere Religion der seinen vorziehen – es hat mich verblüfft.«

»Über die Sache geht ein Gerücht«, hob Sir Lawrence an.

Als er fertig war, saß Michael mit abstehenden Ohren und trübem Gesicht da.

»Du kennst Desert ja besser als wir alle«, schloß Sir Lawrence, »was hältst du davon?«

»Ich gesteh es ungern, doch – am Ende ist die Sache wahr. Ihm mag eine solche Tat ganz natürlich scheinen, aber die Leute werden seine Beweggründe nie begreifen. Verdammt zuwider, diese Geschichte, nun, da Dinny im Spiel ist!«

»Mein Lieber, ehe wir uns aufregen, müssen wir uns doch Klarheit schaffen, ob es überhaupt wahr ist. Könntest du nicht zu ihm gehen?«

»In früheren Tagen – wäre es leicht gewesen.«
Sir Lawrence nickte. »Ja, ich weiß. Aber es ist doch längst Gras über die Sache mit Fleur gewachsen.«
Michael lächelte matt. »Ich hab nie gewußt, ob du Lunte gerochen hast, geahnt hab ich's freilich. Seit seiner Abreise in den Orient hab ich Wilfrid nur mehr ganz selten zu Gesicht bekommen. Immerhin könnt ich ja –«, er hielt inne und sprach weiter: »Wenn es wirklich wahr ist, muß er es Dinny gesagt haben. Er kann ihr doch unmöglich einen Heiratsantrag machen und das verschweigen.«
Sir Lawrence zuckte die Achseln. »Wenn er einmal so unritterlich handeln kann, warum nicht auch ein andermal?«
»Wilfrid ist ein so unergründliches, kompliziertes, verdrehtes Huhn, wie mir noch keines über den Weg lief! Verlorene Müh, ihn nach landläufigen Gesichtspunkten zu beurteilen. Hat er aber Dinny alles erzählt, so erfahren wir es gewiß nicht von ihr.«
Ratlos starrten die beiden einander an.
»Vergiß nicht«, fuhr Michael fort, »er hat eine heroische Ader. Die regt sich stets zur unrechten Zeit. Darum ist er ja auch Dichter.«
Sir Lawrence zupfte an einer Braue, immer ein Zeichen, daß er zu einem Entschluß gelangt war.
»Sehen wir der Sache kühn ins Auge«, mahnte er. »Etwas Derartiges einschlafen zu lassen, das halten die Menschen nicht aus. Der junge Desert ist mir nicht sympathisch –«
»Mir schon«, versetzte Michael.
»Ich denk dabei an Dinny.«
»Ich auch, Vater. Aber Dinny wird nach ihrem Kopf handeln und sich von uns nicht abbringen lassen.«
»Eine der peinlichsten Affären, die mir je unterkam«, erklärte Sir Lawrence langsam. »Nun, mein Junge, willst du mit ihm sprechen oder soll ich es tun?«
»Ich werde zu ihm gehen«, erwiderte Michael seufzend.
»Wird er dir aber die Wahrheit sagen?«
»Bestimmt. Willst du nicht zum Abendessen bleiben?«
Sir Lawrence schüttelte den Kopf.
»Mit solchen Sorgen wag ich mich nicht vor Fleur. Ich brauche

dir wohl nicht zu sagen, vor deiner Unterredung mit Desert darf kein Mensch etwas von der Sache erfahren, nicht einmal Fleur.«
»Kein Wort. Wohnt Dinny noch bei euch?«
»Nein, sie ist nach Condaford zurück.«
»Was werden ihre Leute dazu sagen?« Michael pfiff vor sich hin. Ihre Leute! Dieser Gedanke ließ ihm keine Ruhe, auch nicht während der Mahlzeit, bei der Fleur mit ihm Kits Zukunft besprach. Sie war dafür, Kit solle in Harrow erzogen werden, weil Michael und sein Vater in Winchester studiert hatten. Wegen des großen Andrangs war Kit bereits an beiden Colleges vorgemerkt.
»Die ganze Familie deiner Mutter«, gab Fleur zu bedenken, »ist in Harrow erzogen. Winchester ist so exklusiv, so ganz erstarrt. Kein einziger populärer Mann geht daraus hervor. Hätte man dich nicht in Winchester erzogen, wärst du heute schon Unterstaatssekretär.«
»Muß denn Kit durchaus populär werden?«
»Jawohl. Natürlich in gutem Sinne, wie dein Onkel Hilary. Du weißt, Michael, dein Vater ist ja gewiß ein lieber Kerl, aber deinen mütterlichen Stammbaum zieh ich vor.«
»Ich frag mich nur«, wandte Michael ein, »ob die Cherrells nicht gar zu nackensteif sind, nicht gar zu sehr im Dienste des Vaterlands aufgehen.«
»Allerdings, dennoch haben sie ihre besondere Art und sehen wie echte Gentlemen aus.«
»Deiner Meinung nach soll also Kit nur wegen der sportlichen Wettkämpfe zwischen Harrow und Eton aufs College in Harrow?«
Fleur warf den Kopf zurück.
»Gewiß. Ich hätte Eton gewählt, es ist am vornehmsten; nur wäre das gar zu augenfällig, und obendrein hasse ich Hellblau, die Farbe Etons.«
»Nun«, entgegnete Michael, »ich hab ein Vorurteil zugunsten meiner Erziehungsanstalt, darum überlaß ich dir die Wahl. Mit einer Schule, die Onkel Adrian herangebildet hat, darf ich wohl zufrieden sein.«
»Lieber Michael, deinen Onkel Adrian hat keine Schule herangebildet«, erklärte Fleur, »der ist prähistorisch. Die Cherrells sind

der älteste Zweig in Kits Stammbaum, und ich möchte diesen Einschlag gern ›hochzüchten‹, wie Mr. Muskham sagen würde. Richtig! – als ich ihn bei Clares Hochzeit traf, lud er uns zur Besichtigung seines Gestüts nach Royston ein. Ich ginge gern hin. Er erinnert an eine Reklamefigur für Jagdmäntel – erstklassige Schuhe und wunderbare Beherrschung der Gesichtsmuskeln.« Michael nickte. »Jack ist eine so stark geprägte Münze, daß hinter dieser Prägung kaum noch Metall bleibt.«

»Glaub nur das nicht, lieber Michael. Da bleibt noch Metall genug.«

»Der hundertprozentige Sahib«, meinte Michael. »Ich werde mir nie recht darüber klar, ob diese Spezies etwas taugt oder nicht. Die Cherrells sind noch ihre besten Vertreter, nicht so manieriert wie Jack. Aber auch ihnen gegenüber hab ich das Gefühl, es gebe viele Dinge zwischen Himmel und Erde, von denen ihre Weisheit sich nichts träumen läßt.«

»Wir können nicht jeder den Allerbarmer spielen.«

Michael sah sie fest an – nein, das war keine boshafte Anspielung auf seine Duldsamkeit. Er fuhr fort: »Ich weiß nie recht, wo Verstehen und Duldsamkeit aufhören sollen.«

»Darin sind wir Frauen euch über. Das Signal zum Stoppen stellt sich schon ein, wir warten darauf und verlassen uns dabei ganz auf unsere Nerven. Die Männer, diese armen Teufel, bringen das nicht fertig. Zum Glück hast du einen gewissen weiblichen Einschlag, Michael. Gib mir einen Kuß! Achtung Coaker tritt manchmal unvermutet ein. Also abgemacht: Kit kommt nach Harrow.«

»Wenn es bis dahin noch ein Harrow gibt.«

»Schwatz doch keinen Unsinn! Nichts steht so unverrückbar fest wie Englands höhere Schulen. Bedenk doch nur, wie sie im Weltkrieg blühten.«

»Im nächsten Weltkrieg werden sie nicht blühen.«

»Dann darf es zu keinem neuen Krieg kommen.«

»Solang der hundertprozentige Sahib mit seinen starren Grundsätzen am Ruder ist, sind Kriege unvermeidlich.«

»Mein Lieber, du hältst doch nicht das ›Worthalten‹ und so

weiter für mehr als bloße Phrase. 1914 hatten wir einfach Angst, die Deutschen könnten uns überflügeln.«

Michael fuhr sich durchs Haar. »Jedenfalls bestätigt das nur meine Äußerung, es gebe Dinge zwischen Himmel und Erde, von denen sich die Weisheit unserer Sahibs nichts träumen läßt, und mancherlei Situationen, denen sie nicht gewachsen sind.«

Fleur gähnte.

»Michael, wir brauchen dringend ein neues Speiseservice fürs Abendessen.«

10

Nach der Mahlzeit machte sich Michael auf den Weg, ohne zu sagen, wohin er gehe. Seit dem Tod seines Schwiegervaters und Fleurs Ehebruch hatten seine Beziehungen zu Fleur eine kaum merkliche, aber tiefe Wandlung erfahren. Er stand nun nicht länger willenlos in ihrem Bann, sondern hatte sich in seinem Haus die Freiheit zurückerobert. Kein Wort hatten die beiden mehr über jene Affäre gewechselt, die fast vier Jahre zurücklag, kein Hauch des Verdachts hatte seither seine Neigung zu Fleur getrübt; diese Geschichte war tot und begraben. Michael war dem Anschein nach ihr gegenüber noch immer der alte, doch innerlich hatte er seine Selbständigkeit zurückgewonnen, und Fleur war diese Veränderung nicht entgangen. In der Angelegenheit Wilfrids war also die Mahnung seines Vaters überflüssig gewesen. Michael hätte ohnedies seiner Frau nichts davon verraten. Zwar mißtraute er keineswegs ihrer Verschwiegenheit, auf die konnte er bauen, doch war ihm klar, sie könne in dieser Sache nicht von Nutzen sein.

Zu Fuß begab er sich zu Wilfrid. »Der Junge ist verliebt«, dachte er, »darum treff ich ihn wahrscheinlich um zehn zu Hause, falls er nicht irgendwo Verse schmiedet – doch draußen im Straßenlärm kann man nicht Gedichte schreiben und in den Klubräumen auch nicht, die Atmosphäre dort lähmt den poetischen Schwung.« Er überquerte die Pall Mall, drang in das Gewirr enger Gassen ein, wo lauter Junggesellen hausten, und kam endlich in die Piccadilly, wo noch die Ruhe vor dem Sturm heimkehrender Theaterbesucher herrschte. Dann schritt er eine Seitengasse entlang, in der hilfreiche Geister in Menschengestalt sich angesiedelt hatten – Schneider, Buchmacher und Geldverleiher; endlich bog er in die Cork Street ein.

Schlag zehn stand er vor dem Haus, dessen er sich noch so gut erinnerte. Schräg gegenüber lag die Bildergalerie, wo er Fleur zum erstenmal getroffen hatte. Michael hielt einen Augenblick verwirrt inne, in jene Erinnerungen verloren. Drei Jahre hindurch war er Wilfrid ein treuer Freund gewesen, bis ihr Bund durch Wilfrids seltsame Leidenschaft für Fleur in die Brüche ging. »Durch dick und dünn gingen wir miteinander«, dachte er, und während er die Treppe hinanstieg, wurden all die alten Gefühle in ihm wieder wach.

Bei seinem Anblick nahmen die mönchisch strengen Züge des Dieners Stack einen milderen Ausdruck an.

»Mr. Mont? Freut mich, Sie zu sehen, Sir.«

»Wie geht's Ihnen, Stack?«

»Danke, Sir; man wird älter, im übrigen bin ich noch recht gut beisammen. Mr. Desert ist zu Hause.«

Michael legte den Hut ab und trat ein.

Wilfrid, der in einem dunklen Schlafrock auf dem Diwan lag, setzte sich auf.

»Donnerwetter! ›Großartig!‹ hätte ich fast gesagt.«

»Wie geht's, Wilfrid?«

»›Glänzend!‹ hätte ich fast gesagt. Stimmt aber nicht ganz. Stack, etwas zum Trinken!«

»Gratuliere, alter Junge!«

»Weißt du, zum erstenmal traf ich sie auf deiner Hochzeit.«

»Beinahe zehn Jahre her. Ihr Haar ist nicht mehr dasselbe. Wilfrid, du hast die schönste Blume unseres Familiengartens gepflückt; wir alle sind in Dinny verliebt.«

»Ich mag nicht über sie reden, doch denke ich dafür um so mehr an sie.«

»Wieder gedichtet, alter Junge?«

»Ja. Morgen wandert ein kleiner Band zum selben Verleger. Erinnerst du dich noch an den ersten?«

»Das will ich meinen! Die einzigen Verse, die ich lese! Das beste Geschäft, das ich damals dem Verlag vorschlug.«
»Der neue Band ist besser. Eines der Gedichte ist tatsächlich echt.«
Stack trat mit einem Servierbrett wieder ein.
»Bediene dich, Michael!«
Michael schenkte sich etwas Kognak ein und tat nur wenig Wasser dazu. Dann steckte er sich eine Zigarette an und nahm wieder Platz.
»Wann ist der große Tag?«
»So bald wie möglich, auf dem Standesamt.«
»So. Und dann?«
»Dinny will mir England zeigen, solang es noch sonnig ist. Den Sommer über werden wir uns vermutlich hier aufhalten.«
»Und dann reist du mit ihr nach Syrien zurück?«
Desert rutschte unbehaglich auf den Kissen herum.
»Weiß nicht, vielleicht noch weiter – sie soll entscheiden.«
Michael starrte auf seine Schuhe nieder, neben die ein wenig Asche auf den Perserteppich gefallen war.
»Alter Junge!« hob er an.
»Nun?«
»Kennst du vielleicht einen Zugvogel namens Telfourd Yule?«
»Dem Namen nach – schreibt Abenteurergeschichten.«
»Vor kurzem ist er aus Arabien und dem Sudan zurückgekehrt. Er brachte ein Gerücht mit heim.« Ohne den Blick zu heben, bemerkte Michael, daß Wilfrid sich aufgerichtet hatte.
»Dich geht es an. Es ist sonderbar und peinlich. Er glaubt, du weißt davon.«
»Nun?«
Michael stieß unwillkürlich einen Seufzer aus.
»Kurzum, die Beduinen behaupten, du habest dich zum Islam bekannt, als dir der Feind die Pistole vorhielt. Yule erfuhr dieses Gerücht in Arabien, dann, in der Libyschen Wüste, den Ort – Darfur, den Namen des Scheichs und des Engländers.« Noch immer, ohne den Blick zu heben, sah er Wilfrids Augen unverwandt auf sich gerichtet, sah, wie ihm der Schweiß auf die Stirn trat.
»Nun?«

»Yule möchte es dich gern wissen lassen, äußerte er im Klub meinem Vater gegenüber, und der sagte es mir. Ich versprach, es dir mitzuteilen. Verzeih!«
Schweigen. Michael hob den Blick. Welch seltsam schönes Gesicht! Wie zerquält, und doch – wie bestrickend!
»Nichts zu verzeihen. Es ist wahr.«
»Lieber alter Junge!« stieß Michael hervor, brachte aber kein weiteres Wort über die Lippen.
Desert erhob sich, trat zu einer Kommode und entnahm ihr ein Manuskript. »Da, lies das!«
In den folgenden zwanzig Minuten, während Michael das Gedicht las, war kein Laut zu vernehmen, bis auf das Knistern der umgewandten Blätter. Endlich legte Michael sie wieder hin.
»Prachtvoll!«
»Ja, aber du hättest so etwas nie getan.«
»Hab keine Ahnung, was ich in diesem Fall getan hätte.«
»Doch! Du weißt ganz gut, wie du gehandelt hättest! Bei dir hätten nie Sophistereien und weiß der Teufel was für Hirngespinste über den ersten Impuls den Sieg davongetragen, wie bei mir. Auch mich trieb es im ersten Augenblick, zu rufen: ›Schieß zu und fahr zur Hölle!‹ Hätte ich's doch nur getan, dann säße ich jetzt nicht hier! Sonderbar: Wenn er mir mit der Folter gedroht hätte, wäre ich standhaft geblieben. Und doch zieh ich den Tod der Folter vor.«
»Jemanden zu foltern ist eine Gemeinheit.«
»Es war kein gemeiner Kerl, das sind Fanatiker nie. Wäre er brutal auf mich losgegangen, ich hätte ihn umgebracht. Doch er war nicht brutal. Er wollte mich gar nicht niederknallen. Er bat mich, ich solle ihn doch nicht dazu zwingen – stand, die Pistole in der Hand, vor mir und bat mich. Ich hab die Araber gern. Sein Bruder ist mein Freund. Herrgott, der Fanatismus ist doch etwas Hirnverbranntes! So stand er vor mir, den Finger am Hahn, und bat mich.« Desert lachte. »Verdammt menschlich! Noch jetzt seh ich seine Augen vor mir. Er hatte ein Gelübde getan, Ungläubige zu bekehren, und litt Höllenqualen. Noch nie hab ich einen Menschen so erleichtert aufatmen sehen.«

»Davon steht in dem Gedicht aber gar nichts«, bemerkte Michael.
»Mitgefühl mit dem Henker ist wohl kaum ein Entschuldigungsgrund. Ich bilde mir auf Sentimentalität nichts ein, zumal wenn sie einem das Leben rettet. Vielleicht war das auch gar nicht mein Beweggrund. Für einen Glaubenslosen ist die Konfession ein Plunder. Und für solchen Plunder ins ewige Dunkel zu wandern! Wenn ich schon sterben soll, dann will ich doch wenigstens wissen, wofür!«
»Hältst du es nicht für besser«, fragte Michael bedrückt, »das Ganze einfach in Abrede zu stellen?«
»Ich leugne nichts. Wenn es herauskommt, steh ich dafür ein.«
»Weiß Dinny davon?«
»Ja. Sie hat das Gedicht gelesen. Zuerst wollte ich ihr die Sache nicht erzählen, tat es dann aber doch. Und sie benahm sich ganz anders als alle anderen. Großartig!«
»Schön. Doch gerade ihretwegen solltest du vielleicht leugnen.«
»Nein, aber verzichten sollte ich auf sie.«
»Da hat sie wohl auch ein Wort mitzureden. Wenn Dinny verliebt ist, dann ist sie's bis über die Ohren.«
»Mir geht's nicht besser.«
Der bittere Ernst der Lage überwältigte Michael. Er stand auf und goß sich verwirrt noch etwas Kognak ein.
»Ja, so ist's«, erklärte Desert und folgte ihm mit dem Blick. »Stell dir vor, die Zeitungen schnüffeln das heraus!« Und wieder lachte er auf.
»Scheint mir fraglich«, meinte Michael ein wenig tröstend. »Yule erfuhr ja beide Male nur in der Wüste davon.«
»Was man heute in der Wüste erzählt, davon klatscht man morgen in den Basaren. Da hilft nun einmal nichts, ich muß es auslöffeln.«
Michael legte ihm die Hand auf die Schulter. »Auf mich kannst du zählen. Biete ihnen also die Stirn! Aber ich fühle deutlich, was dir bevorsteht.«
»Geächtet. Gebrandmarkt. Zum feigen Verräter gestempelt!«
»Unsinn!« rief Michael.
Rückhaltlos fuhr Wilfrid fort: »Und doch bäumt sich alles in mir

dagegen auf, für etwas zu sterben, woran ich nicht glaube. Aberglaube, Legenden – wie ich das alles hasse! Lieber möchte ich ihnen um den Preis meines Lebens den Todesstoß versetzen, als sie verteidigen! Wenn mich jemand dazu zwänge, ein Tier zu quälen, einen Mitmenschen aufzuknüpfen, ein Weib zu vergewaltigen – ich stürbe lieber, ehe ich das täte, selbstverständlich. Warum, zum Teufel, aber soll ich den Kerlen etwas zuliebe tun, die ich verachte, weil sie sich noch immer an morsche Dogmen klammern, die mehr Unheil und Elend angerichtet haben als irgend etwas anderes in der Welt? Warum? He?«

Michael war vor diesem leidenschaftlichen Ausbruch zurückgewichen und stand mit trübseliger Miene da.

»Es handelt sich um das Symbol«, murmelte er.

»Symbol! Für Symbole trat auch ich schon ein, während des Krieges, und täte es auch heute noch – doch waren es Symbole wertvoller Ideen: Ehre, Menschlichkeit, Mut! Doch weshalb soll ich mich für etwas opfern, was mir nicht mehr bedeutet als Staub und Moder?«

»Es darf nicht herauskommen!« rief Michael heftig. »Sonst rümpft jeder Schwachkopf über dich die Nase, und das wäre mir unerträglich.«

Wilfrid zuckte die Achseln.

»Ich selbst rümpfe über mich die Nase, sei versichert! Michael, folge du nur immer dem ersten Impuls, sonst mußt du's büßen!«

»Was willst du also tun?«

»Ist das nicht ganz einerlei? Es kommt doch alles, wie es kommen muß. Niemand wird mich verstehen oder, auch wenn er's verstünde, meine Partei ergreifen. Ich gebe mir ja nicht einmal selbst recht.«

»So mancher würde dir heute recht geben.«

»Wer? Kerle, neben denen ich nicht einmal begraben liegen möchte! Nein, ich bin ausgestoßen.«

»Und Dinny?«

»Das bring ich mit ihr ins reine.«

Michael ergriff den Hut.

»Wenn ich irgend etwas für dich tun kann, dann zähl auf mich. Gute Nacht, alter Junge!«

»Gute Nacht! Danke!«

Ehe Michael noch recht überlegen konnte, stand er draußen auf der Straße. Wilfrid saß schön in der Patsche! Offenbar machte ihn seine tiefe Verachtung aller Formen der Überlieferung gegen die landläufige Beurteilung seines Falls ganz blind. Und doch ließ sich aus dem allgemeinen Bild des Engländers nicht willkürlich irgendein Zug tilgen. Die Preisgabe eines einzigen Merkmals würde Verrat am Ganzen bedeuten. Und welcher Mensch, der Wilfrid nicht genau kannte, würde dieses exzentrische Mitleid mit dem Gewalttäter verstehen? Die Sache war bitter ernst, tragisch. Fortan würde Wilfrid ein Brandmal, allen sichtbar, auf der Stirn tragen.

»Natürlich«, dachte Michael, »wird er auch Verteidiger finden, die ›Freidenker‹ und Bolschewikenfreunde, doch das kränkt ihn gewiß noch mehr als alles andere. Nichts ist so zuwider wie die unerwünschte Gefolgschaft von Leuten, die uns nicht und die wir nicht verstehen. Und was sollen solche Bundesgenossen erst Dinny frommen, Dinny, die diesen Kreisen noch viel fremder gegenübersteht als Wilfrid! Die ganze Sache ist zum –!«

Unter solchen Erwägungen überquerte Michael die Bond Street und schritt Hay Hill zum Berkely Square hinab. Ehe er heimging, mußte er noch mit dem Vater sprechen, sonst fand er keinen Schlaf.

In der Mount Street nahmen seine Eltern eben aus Blores Händen einen blassen Punsch entgegen, ein ganz besonderes Gebräu, das als erprobter Schlaftrunk galt.

»Wegen eurer Catherine?« fragte Lady Mont. »Masern?«

»Nein, Mutter. Ich möchte mit Vater sprechen.«

»Aha, über den jungen Mann mit dem Glaubenswechsel. Der hat mir schon immer einen Stich gegeben. Fordert Gott und Teufel in die Schranken.«

Michael starrte sie an. »Es handelt sich tatsächlich um Wilfrid.«

»Emily«, mahnte Sir Lawrence, »tiefste Verschwiegenheit!«

»Furchtbar spannend!«

»Nun, Michael?«

»Das Gerücht beruht auf Wahrheit, er kann und will es nicht leugnen. Dinny weiß davon.«

»Was für ein Gerücht?« fragte Lady Mont.
»Er hat dem Glauben abgeschworen, als ihm in der Wüste ein paar fanatische Araber mit dem Tode drohten.«
»Wie verdrießlich!«
»Herrgott!« fuhr es Michael durch den Sinn, »wenn das nur alle so aufnähmen!«
»Soll ich also Yule sagen«, fragte Sir Lawrence ernst, »Desert gedenke sich gegen diesen Vorwurf nicht zu verteidigen?«
Michael nickte.
»Lieber Junge, dann aber zieht die Geschichte weite Kreise.«
»Allerdings, doch das läßt ihn kalt.«
»Gott und Teufel!« sagte Lady Mont unvermittelt.
»Ganz richtig, Mutter. Er hat ein Gedicht darauf gemacht, ein ganz prachtvolles Gedicht. Morgen übersendet er es mit einem Band neuer Lyrik dem Verleger. Vater, suche jedenfalls Yule und Jack Muskham zu bewegen, über die Geschichte den Mund zu halten. Was geht es sie am Ende an?«
Sir Lawrence zuckte die mageren Schultern, die auch jetzt, trotz seiner Zweiundsiebzig, kaum sein Alter ahnen ließen.
»Michael, es handelt sich um zwei Fragen, die meines Erachtens voneinander ganz unabhängig sind. Erstens: Wie kann man den schwatzhaften Klubmitgliedern den Mund stopfen? Zweitens: Wie werden sich Dinny und ihre Familie verhalten? Dinny, sagst du, weiß es, aber ihre Leute nicht, abgesehen von uns dreien. Da sie es uns geheimhielt, hat sie es wohl auch ihnen verschwiegen. Aber das ist nicht in Ordnung. Und unklug dazu«, fuhr er ohne eine Antwort abzuwarten fort, »denn derartige Affären kommen todsicher eines Tags ans Licht, und ihre Leute könnten es Desert nie verzeihen, wenn er Dinny heiratet, ohne die Familie darüber aufzuklären. Auch ich würde es ihm übelnehmen, die Sache ist zu ernst.«
»Wie aufregend!« murmelte Lady Mont. »Frag doch Adrian um Rat.«
»Eher Hilary«, meinte Sir Lawrence.
»Die zweite Frage«, fiel Michael ein, »dürfen wir meiner Ansicht nach ganz und gar Dinny überlassen. Wir sagen ihr, daß man bereits von der Sache spricht, dann wird sie es ihren Leuten mitteilen oder Wilfrid.«

»Wenn sie ihn nur fallenließe! Er kann sie doch nicht heiraten, solang diese Gerüchte in Umlauf sind.«
»Dinny läßt ihn bestimmt nicht fallen«, erklärte Lady Mont. »Sie hat zu lang auf ihn gewartet – die Liebe ist der Traum der Jugend.«
»Wilfrid erklärte mir, er müsse auf Dinny verzichten, das wisse er wohl. Verdammt noch mal!«
»Kehren wir zur Frage eins zurück. Ich kann ja immerhin versuchen, Muskham und Yule zum Schweigen zu bewegen, zweifle aber, ob ich damit etwas erreiche, besonders wenn das Gedicht erscheint. Was ist es denn, eine Rechtfertigung?«
»Eher eine Aufklärung.«
»Bitter und rebellisch wie seine früheren Geisteskinder?«
Michael nickte.
»Na, vielleicht halten sie aus Mitleid den Mund, aber wie ich Jack Muskham kenne, läßt er sich Deserts trotzige Art nicht gefallen. Er haßt diese anmaßenden jungen Skeptiker wie den Tod.«
»Wir haben ja noch keine Idee, wie die Sache sich entwickeln wird. Jedenfalls müssen wir alles aufbieten, die Katastrophe hinauszuschieben.«
»Nur keine grauen Haare!« murmelte Lady Mont. »Gute Nacht, lieber Junge! Ich gehe schlafen. Gib beim Fortgehen auf den Hund acht – er war heute noch nicht draußen.«
»Also gut«, sagte Sir Lawrence, »ich werde mein möglichstes tun.«
Michael nahm von der Mutter einen Kuß in Empfang, drückte dem Vater die Hand und ging.
Verstimmt und bekümmert wanderte er heim, denn dieser Schlag traf zwei Menschen, die er sehr lieb hatte, und mußte beiden weh tun. Immer wieder stieg ihm der Gedanke auf: »Was hätte ich an Wilfrids Stelle getan?« Unterwegs kam er zu dem Schluß, kein Mensch könne sagen, wie er in der Lage eines anderen gehandelt hätte. Und im frischen Wind dieser schönen Frühlingsnacht kam er zum South Square zurück, schloß die Haustür auf und trat ein.

11

Wilfrid saß an seinem Schreibtisch vor zwei Briefen. Den einen hatte er eben an Dinny geschrieben, den anderen von ihr erhalten. Er starrte auf die Momentaufnahmen nieder und gab sich alle Mühe, klar zu denken. Seit Michaels Besuch am vergangenen Abend war er unablässig bestrebt, Klarheit zu gewinnen, doch vergebens. Warum mußte er sich gerade jetzt so arg verlieben, gerade jetzt der einzigen Frau begegnen, mit der ihm ein dauerndes Zusammenleben erträglich schien? Nie zuvor hatte er an eine Heirat gedacht, nie geglaubt, er könne Frauen gegenüber etwas anderes fühlen als jäh aufflackerndes Begehren, das nach der Befriedigung erlosch. Selbst auf dem Höhepunkt seiner Leidenschaft für Fleur hätte er nie gedacht, seine Neigung könne von Dauer sein. Kurz und gut, er stand den Frauen ebenso skeptisch gegenüber wie der Religion, dem Patriotismus oder dem vielgepriesenen englischen Nationalcharakter. In diesem Panzer der Skepsis hatte er sich gegen jeden Angriff gewappnet gewähnt, dieser Panzer hatte aber doch eine Lücke und wehrte den verhängnisvollen Streich nicht ab. Erbittert und dennoch belustigt stellte er fest, daß gerade die tiefe Vereinsamung, die sein Erlebnis in Darfur über ihn brachte, ein unbewußtes Sehnen nach geistiger und seelischer Gemeinschaft in ihm geweckt hatte; darum hatte Dinny, ohne es zu wollen, so stark auf ihn gewirkt. So hatte die beiden vielleicht just jenes Geschehnis zusammengeführt, das sie hätte trennen müssen.

Nach Michaels Abschied schritt Wilfrid die halbe Nacht hindurch auf und ab, auf und ab, und kam stets aufs neue zu dem Schluß, er möge nun tun und lassen, was er wolle, man werde ihn doch zum Feigling stempeln. Aber was läge schon daran, wenn Dinny nicht im Spiel wäre? Was lag ihm an der Gesellschaft und ihrem Urteil? Was lag ihm an England und den Engländern? Mochten sie noch soviel Ansehen genießen in der Welt – hatten sie dieses Ansehen auch wirklich verdient, mehr als irgendein anderes Volk? Nur zu deutlich hatte ja der Krieg gezeigt, wie sehr alle Staaten und ihre Bürger einander glichen, wie sie den gleichen Heldenmut, die gleiche Ausdauer, Niedertracht und hirnverbrannte Dummheit bewiesen. Der Krieg hatte es an den Tag gebracht, daß der große Haufe doch überall in gleichem Maß beschränkt, kritiklos und durchwegs verachtungswürdig war. Ihn selbst trieb ja die angeborene Wanderlust durch die Welt, mochten ihm auch England und der Nahe Osten verschlossen sein, was lag schon dran? Die Welt war weit, überall schien die Sonne, kreisten die Sterne, noch gab es Bücher, schöne Frauen, duftende Blumen, noch gab es bestrickende Musik, würzigen Tabak, köstlichen Kaffee. Noch immer waren Pferde, Hunde und Vögel die anziehendsten Geschöpfe Gottes, noch immer drängten Ideen und Gefühle nach rhythmischer Gestaltung, wohin er auch ging. Wäre Dinny nicht im Spiel, er hätte seelenruhig sein Zelt abgebrochen und die Lästerzungen hinter sich schwatzen lassen! Jetzt aber ging es nicht mehr! Oder doch? Zwang ihn nicht seine Ehre fortzugehen? Durfte er Dinny an einen Gatten fesseln, auf den die Leute mit Fingern wiesen? Wie einfach wäre es gewesen, hätte sie in ihm nur glühendes Verlangen wachgerufen. Sie hätten es stillen und ohne viel Kummer voneinander gehen können. Doch er brachte ihr ganz andere Gefühle entgegen. Sie war wie ein frischer Quell inmitten der Wüste, wie eine duftende Blume unter dürrem Steppengestrüpp. Sie erfüllte ihn mit derselben ehrfürchtigen Sehnsucht wie manche Bilder und Melodien, mit derselben süßen Schwermut wie der Duft frisch gemähten Grases. Sie war ein kühles Labsal für sein von Sonne und Sturmwind versengtes, umdüstertes Gemüt. Mußte er wirklich wegen dieser verdammten Geschichte auf sie verzichten?

Als er am Morgen erwachte, begann der Aufruhr der Gefühle von gestern wieder. Er hatte den Nachmittag damit verbracht, einen Brief an sie zu verfassen, und ihn kaum beendet, als ihr erster Liebesbrief eintraf. Nun saß er vor den beiden Briefen da.

»Ich kann ihr dieses Zeug nicht schicken«, schoß es ihm durch den Kopf, »es hat weder Hand noch Fuß. Quark!« Er zerriß den Brief und überlas den ihren zum drittenmal.

»Unmöglich«, dachte er, »die Leute zu besuchen. Mit Gott für König und Vaterland! und so weiter. Unmöglich!« Er langte nach einem Blatt Papier und schrieb:

Cork Street, Samstag

Innigen Dank für Deinen Brief! Komm Montag zum Lunch her. Wir müssen miteinander sprechen.

Wilfrid

Als er Stack mit dieser Botschaft weggeschickt hatte, fand er endlich wieder etwas Ruhe . . .

Dinny erhielt die Nachricht erst Montag früh, sonntags wurde in Condaford keine Post ausgetragen. Die beiden letzten Tage hatte sie Wilfrid mit keinem Wort erwähnt, hatte die Zeit damit verbracht, Huberts und Jeannes Berichte über ihr Leben im Sudan anzuhören, war spazierengegangen, hatte mit ihrem Vater die Baumblüte besichtigt, seine Steuererklärung abgeschrieben und mit ihm und Mutter die Kirche besucht. Das tiefe Schweigen über ihre Verlobung war für diese Familie sehr bezeichnend – alle hatten einander wirklich lieb und pflegten die Gefühle der anderen zu schonen; dennoch war dieses Schweigen vielsagend!

Als sie Wilfrids Zeilen gelesen hatte, fragte sie sich: »Soll das ein Liebesbrief sein? Klingt nicht danach.« Dann erklärte sie der Mutter: »Wilfrid scheut sich zu kommen. Ich muß nach London und ihm zureden. Wenn ich Erfolg habe, bring ich ihn mit. Kann ich ihn aber nicht umstimmen, dann möcht ich es so einrichten, daß du ihn bei Tante Emily triffst. Er hat so lang in der Wüste gelebt, daß es ihm schwerfällt, in Gesellschaft zu gehen.«

Ein Seufzer war Lady Cherrells Antwort, doch Dinny verriet dieser Seufzer mehr als viele Worte, sie nahm ihre Mutter bei der Hand und sagte: »Kopf hoch! Freut es dich nicht, daß ich glücklich bin?«

»Wenn du nur glücklich wirst, Dinny.«

Dieses »Wenn« ließ weitere Auseinandersetzungen befürchten, darum zog Dinny es vor, nichts zu erwidern.

Sie begab sich zum Bahnhof, traf mittags in London ein und schritt durch den Hydepark in die Cork Street. Heller Sonnenschein, ein schöner Tag; der Frühling in seiner ganzen Pracht, Fliederblüten, Tulpen, junges Laub auf den Platanen, Vogelsang und frisches Gras. Auch sie sah froh und heiter drein, und doch litt sie unter trüben Ahnungen. Warum empfand sie das? Sie war doch auf dem Weg zu ihrem Liebsten, der sie zu Tisch geladen hatte! Unerklärlich. Um diese Tageszeit gab es in der ganzen großen Stadt gewiß nicht viele, denen eine derartige Freude so nahe bevorstand. Doch Dinny ließ sich nicht täuschen, nicht alles sah so rosig aus, sie wußte es nur zu gut. Da sie zu früh kam, hielt sie sich eine Weile in der Mount Street auf, um sich ein wenig zurechtzumachen. Blore teilte ihr mit, Sir Lawrence sei ausgegangen, Lady Mont daheim. Dinny ließ ihr melden, sie komme vielleicht zum Tee. Als sie auf ihrem Weg an einem großen Parfümerieladen vorbeikam und der angenehme Duft ihr entgegenschlug, hatte sie wieder das dunkle Gefühl, sie habe schon einmal ein anderes Leben gelebt, ein Gefühl, das jeder schon erfahren hat und das vielleicht den stärksten Pfeiler des Seelenwanderungsglaubens bildet. »Ach was«, dachte sie, »es bedeutet nur, daß ich etwas vergessen habe, weiter nichts. Ich kann doch nicht wirklich ein Kammerzöfchen der Marie Antoinette gewesen sein. Ah, da bin ich schon bei der Ecke!« Ihr Herz begann zu klopfen. Fast atemlos kam sie an der Tür an, Stack ließ sie ein. »In fünf Minuten ist der Lunch fertig, Miss.« Seine etwas vorquellenden dunklen Augen über der stark vorspringenden Nase, die nachdenkliche Miene und das leise, wohlwollende Lächeln um seine Lippen riefen in ihr stets den Eindruck wach, als wollte er ihre Beichte hören, noch ehe sie etwas zu beichten hätte. Er öffnete die Zimmertür und schloß sie hinter Dinny – sie lag in Wilfrids Armen. Jene Ahnungen hatten sie also doch völlig getrogen; dieser Augenblick – der längste und schönste aller dieser Augenblicke! So lang, daß sie Angst bekam, Wilfrid werde sie nicht rechtzeitig loslassen. Endlich mahnte sie sanft:

»Liebster, Stack sagte vorhin, er sei in einer Minute mit dem Lunch da.«

»Stack hat Takt.«

Erst als sie nach dem Speisen beim Kaffee ungestört allein saßen, überkam sie plötzlich wieder Unbehagen, wie wenn ein Blitz aus heiterem Himmel zuckt.

»Dinny, die Geschichte ist herausgekommen.«

Was? Diese Geschichte! Mühsam verbarg sie ihren Schreck. »Wieso?«

»Ein Mann namens Telfourd Yule hat die Sache mit heimgebracht. Man schwätzt davon unter den Beduinen. Heute wird die Nachricht wahrscheinlich schon in allen Basaren verbreitet sein, morgen in den Klubs von London. In wenigen Wochen bin ich in Acht und Bann. So etwas ist nicht aufzuhalten.«

Schweigend erhob sich Dinny, drückte seinen Kopf an ihre Schulter und ließ sich neben ihm auf den Diwan nieder.

»Du ermißt wohl nicht die volle Bedeutung«, meinte er sanft.

»Nein«, gab sie zurück, »ich kann wirklich nicht einsehen, was es an unserem Verhältnis ändern sollte. Als du es mir selbst erzähltest, änderte sich dadurch auch nichts. Was soll also das ändern?«

»Wie kann ich dich jetzt noch heiraten?«

»So spricht man doch nur in Romanen, Wilfrid. Wir fordern unser Schicksal lieber gleich heraus!«

»Falscher Heroismus behagt auch mir nicht, doch du scheinst die Tragweite der Sache nicht zu ermessen.«

»Aber jetzt kannst du den Kopf wieder hoch tragen, und die Leute, die deine Tat nicht begreifen – die kümmern uns einfach nicht.«

»Deine Leute kümmern uns also nicht?«

»Doch, die schon.«

»Du bildest dir doch keinen Augenblick ein, daß die dafür Verständnis haben?«

»Ich werde es ihnen schon beibringen.«

»Mein armer Liebling!«

Wie sanft und lieb er nur sprach – Dinny ahnte plötzlich Unheil.

»Ich kenne deine Leute allerdings nicht«, fuhr er fort, »aber wenn sie so sind, wie du sie beschreibst, dann gib dich keiner Täuschung hin, sie bleiben bei ihrer Meinung. Liebe Dinny, sie können keine andere haben, es ginge ja gegen ihre tiefverwurzelte Überzeugung.«

»Sie haben mich doch so lieb!«

»Um so weniger werden sie sich damit abfinden, dich an mich gebunden zu sehen.«

Dinny rückte ein wenig von ihm fort und stützte nachdenklich das Kinn auf die Hände. Dann fragte sie, ohne ihn anzublicken: »Wilfrid, möchtest du mich loswerden?«

»Dinny!«

»Schon gut, willst du mich also loswerden?«

Er zog sie in die Arme. Bald darauf sagte sie ruhig: »Nun, wenn du mich nicht los sein willst, dann mußt du das alles mir überlassen. Doch wir brauchen das Unheil nicht selbst heraufzubeschwören. Noch ist die Geschichte in London nicht bekannt. Warten wir's ab! Ich weiß, ehe das nicht geklärt ist, wirst du mich nicht heiraten wollen, darum muß ich wohl oder übel ausharren. Dann wird die Entscheidung fallen, aber keinen falschen Opfermut, Wilfrid! Das würde mich zu tief kränken, zu tief!« Plötzlich klammerte sie sich an ihn, er jedoch stand schweigend da. Sie schmiegte ihre Wange an die seine und fragte ruhig: »Möchtest du, daß ich dir schon vor der Hochzeit alles sein soll? Dann will ich's.«

»Dinny!«

»Dreist, nicht wahr?«

»Nein, warten wir lieber. Ich verehre dich zu sehr.«

»Vielleicht ist es so am besten«, seufzte Dinny.

Nach einer Weile: »Überläßt du es mir, meinen Leuten alles zu sagen?«

»Ich überlasse alles dir.«

»Wirst du jemanden von meiner Familie sprechen, wenn ich dich darum bitte?«

Wilfrid nickte.

»Ich verlange ja gar nicht von dir, daß du jetzt nach Condaford kommen sollst. Das wäre also erledigt. Erzähl mir jetzt, bitte, genau, wie du von der Sache erfahren hast.«

Als er zu Ende war, meinte sie nachdenklich: »Also Michael und Onkel Lawrence wissen es. Das vereinfacht die Geschichte. Nun muß ich fort, Liebster. Stack wird bald fertig sein, und ich möchte mir alles in Ruhe überlegen. Das kann ich aber nur, wenn ich nicht bei dir bin.«

»Engel!«

Sie nahm seinen Kopf zwischen die Hände. »Nur nichts tragisch nehmen, ich tu es auch nicht. Könnten wir übrigens am Donners-

tag eine Spazierfahrt machen? Schön. Mittags beim Foch-Denkmal. Ich bin kein Engel, deine Liebste bin ich!«
Ganz schwindlig ging sie die Treppe hinab. Jetzt, da sie allein war, sah sie auf einmal die schweren Proben vor sich, die beide bestehen mußten. Plötzlich schlug sie die Richtung nach der Oxford Street ein. »Ich möchte Onkel Adrian sehen«, fuhr es ihr durch den Kopf.
Adrian hatte gerade im Museum über der These gebrütet, die Wüste Gobi sei die Heimat des *Homo sapiens*. Man hatte diese Idee sozusagen patentiert auf den Markt gebracht, und sie würde bestimmt Anklang finden. Wie wandelbar, wie sehr der Mode unterworfen waren doch die Lehren der Anthropologie! Da wurde ihm Dinny gemeldet.
»Dinny, du! Den ganzen Nachmittag hab ich in der Wüste Gobi zugebracht und dachte eben daran, mir eine Tasse guten heißen Tee bringen zu lassen. Was meinst du dazu?«
»Onkel, der teure Chinatee, den man heute trinkt, bekommt mir nicht.«
»Solchen Luxus leisten wir uns nicht. Meine Duenna hier bereitet uns guten alten Dovertee mit Blättern drin und tischt dazu einen Kuchen nach altem Rezept auf.«
»Ausgezeichnet! Onkel, ich wollte dir sagen, ich hab mein junges Herz verschenkt.«
Adrian starrte sie an.
»Es ist wirklich eine gruselige Geschichte. Darf ich den Hut ablegen?«
»Liebe Dinny, leg ab, was du willst. Nimm aber zuvor Tee! Da ist er schon.«
Während Dinny den Tee trank, sah ihr Adrian zu, ein wehmütiges Lächeln auf den vom Schnurrbart und dem Ziegenbärtchen halb verborgenen Lippen. Seit der tragischen Affäre Forests stand sie in seinen Augen mehr denn je als ideale Nichte da; nun schien sie tatsächlich in großen Sorgen zu sein.
In den einzigen Armstuhl zurückgelehnt, saß sie mit gekreuzten Beinen da, preßte die Fingerspitzen aneinander und wirkte so ätherisch, als könne sie jeden Augenblick davonschweben. Mit Wohlgefallen ruhte sein Blick auf ihrem dichten kastanienbrau-

nen Haar. Doch während ihrer Erzählung, bei der sie keine Einzelheit überging, wurde sein Gesicht zusehends länger. Sie hielt inne, dann bat sie: »Ach, Onkel, schau doch nicht so drein!«
»Schau ich denn so drein?«
»Ja.«
»Soll ich nicht überrascht sein, Dinny?«
»Ich möchte deine ›Einstellung‹ – so nennt man's doch – zu seinem Verhalten erfahren.« Und sie sah ihm gerade in die Augen.
»Meine persönliche Einstellung? Ohne daß ich ihn kenne? Nur unter Vorbehalt.«
»Wenn es dir recht ist, sollst du ihn kennenlernen.«
Adrian nickte, und sie bat: »Sag mir das Schlimmste! Was werden andere Leute, die ihn nicht kennen, zu der Geschichte sagen?«
»Wie hat es denn auf dich gewirkt, Dinny?«
»Ich hab ihn doch gekannt.«
»Seit einer Woche.«
»Und zehn Jahren.«
»Du wirst mir doch nicht weismachen, ein Blick und drei Worte auf einer Hochzeit –«
»Damals hat es begonnen, lieber Onkel. Nun hab ich ja auch seine Gedichte gelesen und dabei alle seine Gefühle miterlebt. Er ist glaubenslos; die ganze Geschichte war für ihn gewiß ein Heidenspaß.«
»Freilich, freilich. Ich kenne seine Dichtungen – Skepsis und Liebe zum Schönen. Typen wie er blühen am Ende langer Epochen nationaler Machtentfaltung auf, nach einer Zeit, in der das Individuum wenig, der Staat alles bedeutet. Dann schießt auf einmal das liebe Ich in die Höhe und möchte dem Staat mit seinen morschen Idolen einen Fußtritt versetzen. Das versteh ich ja recht gut, aber – du warst noch nie im Ausland, Dinny.«
»Nur in Italien, Paris und den Pyrenäen.«
»Das zählt nicht. Du hast noch nie in Ländern gelebt, wo England ein gewisses Prestige wahren muß. In solchen Himmelsstrichen müssen wir Engländer alle für einen, einer für alle stehen.«
»Das bedachte er in jenem Augenblick wohl kaum, Onkel.«
Adrian sah sie an und schüttelte den Kopf.
»Ich kann es noch immer nicht glauben«, meinte Dinny. »Gott

sei Dank, daß er es nicht bedachte, sonst hätte ich ihn kaum wieder getroffen. Muß der Mensch sich wirklich für falsche Götzen opfern?«

»Darum handelt es sich nicht, liebe Dinny. Im Orient, wo die Religion dem Menschen noch immer das höchste Gut bedeutet, kannst du die Tragweite eines solchen Glaubenswechsels kaum hoch genug einschätzen. Nichts kann die Achtung des Orientalen vor uns Engländern so schwer schädigen wie die Preisgabe der Religion vor dem Flintenlauf des Feindes. Desert hätte sich die Frage vorlegen müssen: ›Bedeutet es mir so viel, was für eine Meinung sich die Welt über mein Vaterland und seine Bewohner bildet, daß ich eher sterben als dieses Ansehen schmälern will?‹ Verzeih, Dinny, das ist klipp und klar der Kern des Problems.«

Dinny schwieg eine Minute und fuhr dann fort: »Ich bin fest überzeugt, hätte es sich um etwas anderes gehandelt, was diesem Ansehen Abbruch tat, Wilfrid wäre eher gestorben, statt sich zu fügen. Doch er mag nicht zugeben, daß der Ruf des Engländers bei den Orientalen lediglich vom Festhalten am Christentum abhängt.«

»Ein warmes Plädoyer des Verteidigers. Doch schwor er nicht nur dem Christentum ab, sondern trat zum Islam über, vertauschte eine Reihe abergläubischer Dogmen mit anderen.«

»Begreifst du denn gar nicht, Onkel, daß das Ganze für ihn nur ein Heidenspaß war?«

»Nein, meine Liebe, ich fürchte, das begreife ich nicht.«

Während Dinny sich zurücklehnte, fiel es Adrian auf, wie erschöpft sie aussah.

»Gut. Nun, wenn du es nicht verstehst, wird es niemand verstehen, wenigstens niemand aus unseren Kreisen, und das will ich erfahren.«

Etwas wie Schmerz erfaßte Adrian. »Dinny, die ganze Geschichte dauert erst zehn Tage, das Leben liegt noch vor dir. Wie du mir sagtest, ist er bereit, auf deine Hand zu verzichten – alle Achtung! Willst du dich nicht frei machen, um deinet- und seinetwillen?«

Dinny lächelte. »Onkel, du darfst dich vielleicht rühmen, daß du deine Freunde im Unglück im Stich läßt! Was verstehst du auch

von Liebe! Du hast ja bloß achtzehn Jahre auf deine Frau gewartet. Köstlich bist du!«
»Zugegeben«, erwiderte Adrian. »Ich hab jetzt offenbar recht onkelhaft getan. Wenn ich wüßte, daß Desert so treu sein kann wie du, würde ich dir sagen: ›Geh deinen Weg, meinetwegen in die Hölle! Meinen Segen hast du!‹«
»Dann mußt du Wilfrid kennenlernen.«
»Gut. Aber ich kannte Ewigliebende, die sich binnen Jahresfrist scheiden ließen, und einen Mann, den sein Flitterwochenglück so ganz gefangennahm, daß er sich zwei Monate später eine Geliebte hielt.«
»Wir aus unserer Familie sind von anderer Art. Die ideale Liebe, die ich im Film gesehen habe, hat mich vergeistigt.«
»Wer weiß schon etwas von dieser Geschichte?«
»Michael und Onkel Lawrence, vielleicht auch Tante Emily, ich überlege noch, ob ich die Einzelheiten in Condaford erzählen soll!«
»Laß mich mit Hilary darüber sprechen. Er findet gewiß einen neuen Gesichtspunkt, sicherlich keinen orthodoxen.«
»Bitte, Onkel Hilary kann es erfahren.« Sie erhob sich. »Ich darf also Wilfrid herbringen?«
Adrian nickte. Als sie fort war, stand er wieder vor seiner Landkarte der Mongolei, auf der ihm die Wüste Gobi wie ein blühender Rosengarten erschien, verglichen mit der trostlosen Einöde, in die seine Lieblingsnichte wandern wollte.

12

Dinny blieb in der Mount Street zum Abendessen, um Sir Lawrence zu sprechen.
Als er heimkam, saß sie schon wartend in seinem Arbeitszimmer und fragte ihn ohne Umschweife: »Onkel Lawrence, weiß Tante Emily von der Geschichte, die du und Michael wissen?«
»Jawohl, Dinny. Warum?«
»Sie war so diskret. Ich hab es Onkel Adrian erzählt, er schien zu glauben, Wilfrid habe das Ansehen Englands im Orient geschä-

digt. Steht England denn wirklich in so hohem Ansehen? Ich dachte, die Ausländer hielten uns für eine Nation erfolgreicher Heuchler, die Inder für anmaßende Rohlinge.«
Sir Lawrence krümmte sich. »Du verwechselst das Ansehen der Nation mit dem Ruf des einzelnen. Beides muß man scharf auseinanderhalten. Der einzelne Engländer gilt im Orient als unerschrockener Mann, der sein Wort hält und treu zu den Seinen steht.«
Dinny wurde feuerrot. Der Vorwurf in diesen Worten war ihr nicht entgangen.
»Im Orient«, fuhr Sir Lawrence fort, »steht der Engländer, oder besser gesagt der Brite, denn er stammt ebensooft aus Schottland, Wales oder dem Norden Irlands, meist isoliert da. Sei er nun Reisender, Archäologe, Soldat, Staats- oder Zivilbeamter, Landwirt, Arzt, Ingenieur, Missionar, jedenfalls repräsentiert er eine kleine, gesonderte Gruppe der Gesellschaft und stützt sich gegen jeden Angriff auf das starke Ansehen Englands. Wenn nun ein einziger Engländer dieses Ansehen erschüttert, dann zieht er dadurch auch die ganze Schar seiner Landsleute herab, die zerstreut inmitten feindlicher Eingeborener leben. Das weiß man allgemein und ist von der Bedeutung dieser Tatsache durchdrungen. Gegen solche Gegner habt ihr nun anzukämpfen und dürft sie keineswegs unterschätzen. Wie sollte der Orientale, dem die Religion viel bedeutet, Verständnis dafür aufbringen, daß sie manchem unter uns nichts bedeutet? Für die Orientalen ist der Brite ein gläubiger Christ und gibt, wenn er seiner Religion abschwört, sein kostbarstes Gut preis.«
»Wilfrid ist also in den Augen unserer Kreise gerichtet«, stellte Dinny trocken fest.
»In den Augen der Engländer, die in den Kolonien leben müssen, leider höchstwahrscheinlich. Wie sollte es auch anders sein? Wenn diese isoliert lebenden Menschen nicht fest darauf bauen können, daß keiner von ihnen sich den Eingeborenen unterwirft und die Landsleute im Stich läßt, ist es um ihre Position geschehen. Meinst du nicht auch?«
»Das hab ich mir noch nie so recht überlegt.«
»Du kannst überzeugt davon sein, Michael hat mir Wilfrids Ge-

dankengang genau auseinandergesetzt. Als glaubensloser Mann wie ich mag man viel dafür ins Treffen führen. Mir ginge es auch verdammt gegen den Strich, mich wegen einer solchen Sache über den Haufen schießen zu lassen. Doch darin liegt nicht der Kern des Problems. Wilfrid hat das eben nicht erkannt. Warum aber erkannte er es nicht? Darauf muß ich dir leider entgegnen: ›Weil ihm sein geistiger Hochmut dafür den Blick nahm.‹ Das kann er also nicht zur Verteidigung anführen, denn geistiger Hochmut ist den Behörden und der Welt im allgemeinen verhaßt. Entsinne dich, diese Eigenschaft hat auch Luzifer ins Verderben gestürzt.«

Während Dinny dem Onkel lauschte, hing ihr Blick unverwandt an seinen beweglichen Zügen. »Du glaubst gar nicht, was man nicht alles am Ende entbehren kann«, erklärte sie.

Sir Lawrence klemmte überrascht sein Monokel wieder ins Auge.

»Machst du jetzt auch schon solche Gedankensprünge wie deine Tante?«

»Wenn man den Beifall der Welt nicht findet, kann man schließlich auch ohne ihn leben.«

»›Um Liebe lasse ich die ganze Welt!‹ Das klingt tapfer, hält aber im Leben der Probe nicht stand. Auf Opfern des einen Teils läßt sich schwer ein gemeinsames Leben aufbauen, der andere Teil kommt schließlich darüber doch nicht hinweg.«

»Ich gebe mich ja mit einem bescheidenen Maß von Glück zufrieden.«

»Dinny, für dich ist mir das nicht genug.«

»Das Abendessen!« rief Lady Mont von der Tür her. »Dinny, habt ihr einen Staubsauger zu Hause? Man verwendet diese Apparate jetzt auch zum Pferdeputzen«, fuhr sie auf dem Weg ins Speisezimmer fort.

»Warum nicht auch bei Menschen«, murmelte Dinny, »um sie von Angst und Aberglauben zu säubern? Onkel wäre dagegen.«

»Ihr habt also miteinander gesprochen. Blore, geh hinaus!«

Als er draußen war, fügte sie hinzu: »Dein Vater macht mir Sorge, Dinny.«

»Mir auch.«

»Als Kind hab ich ihn meistens untergekriegt. Aber eine Tochter! Tut nichts, er muß nachgeben.«

»Emily!« rief Sir Lawrence warnend, als Blore zurückkam.

»Na schön«, meinte Lady Mont, »Glaubensbekenntnisse und so weiter, zu langweilig! Fürs Taufen bin ich auch nie gewesen – so eine Rücksichtslosigkeit gegen das arme Kleine, es fremden Leuten auf den Arm zu legen – aber die Frommen berührt das weiter nicht, die kümmern sich nur um Kelch und Bibel. Warum schmückt man übrigens die Kelche mit Farnblättern? Oder tut man das nur beim Bogenschießen? Onkel Cuthbert gewann dabei einmal einen Kelch, als er noch Kurat war. Damals war das Mode. Wie aufregend das alles ist!«

»Tante Emily«, erklärte Dinny, »ich hoffe und wünsche, daß niemand sich über mich und mein unbedeutendes Schicksal aufregt. Solang niemand das tut, können wir ja glücklich sein.«

»Kluge Worte! Lawrence, das mußt du Michael erzählen. Blore, schenk Miss Dinny ein Glas Sherry ein!«

Dinny nippte am Sherry und betrachtete über das Glas hinweg das Gesicht ihrer Tante. Es wirkte so beruhigend, mit seinen leicht hinaufgezogenen Brauen, den gesenkten Lidern, der Adlernase und dem silbrig schimmernden Haar. Wie aufrecht hielt sie den Kopf und wie stattlich wirkten Hals, Schultern und Büste! Im Taxi unterwegs zum Paddingtonbahnhof stand ihr auf einmal Wilfrid deutlich vor Augen, allein, von dieser Gefahr bedroht. Um ein Haar hätte sie sich zum Fenster hinausgelehnt und gerufen: »Cork Street!« Doch das hieße die Sache nur noch mehr aufbauschen. Das Auto bog um eine Ecke. Ja, lieber nicht mehr zu Wilfrid! Aller Kummer auf Erden kam nur daher, daß eine Liebe wider die andere stritt. Wieviel einfacher wäre doch alles, hätte ihre Familie sie nicht so lieb, und sie nicht die Ihren!

»Gepäck, Miss?« fragte ein Träger.

»Keines, danke!« Als kleines Mädel hatte sie stets einen Gepäckträger heiraten wollen, das waren so nette Leute! Nachher kam ihr Musiklehrer aus Oxford an die Reihe. Als sie zehn war, hatte er in den Krieg ziehen müssen. Sie kaufte eine illustrierte Zeitschrift und nahm in einem Waggon dritter Klasse Platz, war aber sehr müde und schmiegte sich in die Ecke. Bahnfahrten nahmen ihre magere Börse immer arg her. Mit zurückgelehntem Kopf schlief sie ein und merkte beim Erwachen, daß die Frau ihr gegenüber sie anstarrte.

»Hab ich geschnarcht?«

»Nein, ich war nur überrascht, daß Sie in dieser Stellung nicht schnarchten. Mandel- und Drüsenschwellungen sind heutzutage so verbreitet.«

»Ach ja«, meinte Dinny, »ohne die könnte man überhaupt nicht mehr existieren.«

»Wie ein Bild sahen Sie aus«, bemerkte die Fremde, die eine städtische Krankenpflegerin zu sein schien. »Mir tat es leid, als Sie erwachten.«

»Oh«, murmelte Dinny verlegen, »wie schmeichelhaft! Man sieht sich eben nie selbst während des Schlafens. Ich fürchte, ich sah aus wie Mars auf dem Bild in der Nationalgalerie.«

Ein leichter Schatten glitt über die Züge ihrer Reisegefährtin.

»Diese italienischen Gemälde!« meinte sie. »Wie nur die Leute dort über die Venus sprachen, ich war ganz überrascht.«

»Wie, das herrlichste Bild der Welt, finden Sie nicht auch?«

»Mir hat es nicht gefallen. Wie diese Venus nur gebaut ist und was sie alles zeigt!«

Dinny lächelte. »Kein Zollbreit zuviel.«

»Und sie schaut aus, als hätte sie geweint.«

»Kein Wunder«, dachte Dinny, »wenn sie sich unversehens in einer Welt wie der unseren findet.«

Als sie den Zug verließ, schien der Mond, fast Vollmond; die Nacht war windig und voll würzigen Dufts. Dinny mußte zu Fuß gehen. Es war hell genug, querfeldein zu wandern. Sie stieg über das erste Zaungatter und schritt auf dem Feldweg hin. Da fiel ihr jene Nacht vor nahezu zwei Jahren ein, als sie mit dem gleichen Zug heimgekommen war und die Botschaft von Huberts Enthaftung gebracht hatte. Fahl und verhärmt war der Vater in seinem Arbeitszimmer gesessen, doch bei dieser Freudenkunde schien er auf einmal ganz verjüngt. Und heute kam sie mit einer Nachricht, die ihn kränken mußte! Dem Vater allein scheute sie sich entgegenzutreten, ihm allein. Mutter – nun, Mutter war ja lieb und gut, aber auch halsstarrig. Immerhin hatten Frauen keine so unerbittlich strengen Ansichten von nationaler Würde wie Männer. Hubert? In früheren Zeiten hätte sie am meisten vor ihm gebangt. Seltsam, wie so ganz hatte sie ihn verloren! Hubert würde außer sich sein. Er hatte strenge Ehrbegriffe. Na, sie würde seine Mißbilligung ertragen. Aber Vater! Hatte er so etwas nach vierzig Jahren harter Pflichterfüllung verdient?

Eine braune Eule flog von der Hecke zu ein paar Heuschobern hinüber. In diesen Mondnächten flogen so viele Eulen umher, grausig klang der Schrei ihrer Beute durch die Nacht. Und doch mußte man diese Eulen liebhaben, diese Vögel mit ihrem plumpen, lautlosen Flug und den gleichmäßigen, aufreizenden Rufen! Sie stieg über das nächste Zaungatter und kam auf eigenen Grund und Boden. Auf diesem Feld gab es einen Schuppen, in dem das alte Dienstpferd ihres Vaters die Nacht zuzubringen pflegte. »Käm es auf mich an, ich möchte nicht einmal einen alten Ochsen verkaufen, der für mich gearbeitet hat!« Wer hatte doch diesen Ausspruch getan? Plutarch oder Plinius? Jedenfalls ein lieber alter Herr! Nun war das Rattern des Zugs in der Nacht verhallt, tiefe Stille ringsumher, nur das Rascheln des Windhauchs in den jungen Blättern und das Stampfen des alten »Kismet« im Schuppen. Sie überquerte ein zweites Feld und kam zu einer schmalen, aus Baumstämmen gezimmerten Brücke. Die Nachtluft war süß und schwer, wie das Gefühl, das sie jetzt ganz durchdrang. Sie schritt über die Brücke und glitt zwischen den Apfelbäumen in den Garten. Hell und lebendig schimmerten sie zwischen ihr und dem mondklaren Himmel, über den der Wind hinfegte. Ihr war's, als höre sie das leise Atmen dieser Bäume, ihr Preislied auf das eigene Erblühen. Wie tausend weiße Flammen glommen die Äste, so schön, als habe sie der Schöpfer, trunken vom Rausch der Mondnacht, gestaltet und in Sternenglanz gebadet. Und mit jedem neuen Frühling erneuerte sich hier dieses Wunder seit hundert Jahren und noch mehr. In einer Nacht wie dieser scheint einem die ganze Welt ein wunderbares Geheimnis, doch keines ihrer Wunder wirkte auf Dinny so ergreifend wie diese Apfelblüte. Während sie unter den alten Bäumen stand und mit der Nachtluft den feinen Staub ihrer Flechten und der Rinde einsog, kamen ihr die vielen wunderbaren Schönheiten Englands in den Sinn. Grasbewachsener Hügelhang und Lerchentriller, lautlose Tropfen im goldschimmernden Geäst der Wälder, wenn nach dem Regen die Sonne wieder schien; Ginster auf windgepeitschter Heide; Pferde, die am Ende der langen samtschwarzen Furchen den Pflug wandten; weidenumsäumte Bäche, bald klar, bald grün; Strohdächer und der Rauch der Holzfeuer; Wiesen mit frischem Heu und fahlgelbe Kornfelder, dahinter die blaue Weite und darüber der ewig wechselnde Himmel – das alles schien Dinny herrlich, doch das herrlichste Kleinod dünkte sie dieser weiße Frühlingszauber. Da merkte sie, das lange Gras war ganz feucht und hatte ihre Schuhe und Strümpfe durchnäßt. Das Mondlicht war hell genug, daß sie auf dem Rasen die Blütensterne der Narzissen und Hyazinthen schimmern sah, hie und da auch eine blasse Tulpe; wahrscheinlich gab es hier auch noch Primeln, Glokken- und Schlüsselblumen. Sie schlüpfte weiter, ließ die Bäume hinter sich und warf noch rasch einen Blick auf ihre weiße Pracht zurück. »Als wären sie vom Mond gefallen!« fuhr es ihr durch den Sinn. »Dazu hab ich meine besten Strümpfe an!«

Sie schritt durch den von einer niederen Mauer umschlossenen Obstgarten, dann quer über den Rasenplatz und kam zur Terrasse. Elf Uhr vorüber! Nur im Erdgeschoß, im Arbeitszimmer ihres Vaters, noch Licht! Wie glich doch alles jener anderen Nacht! »Ich erzähl es Vater lieber nicht«, dachte sie und klopfte ans Fenster.

Er öffnete ihr die Tür.

»Du, Dinny! Du bist also doch nicht die Nacht über in der Mount Street geblieben?«

»Nein, Vater, ich kann mir doch nicht immer fremde Nachtkleider ausleihen.«

»Setz dich und trink eine Tasse Tee. Ich wollte eben den Kessel aufstellen.«

»Liebster Vater, ich komme durch den Obstgarten und bin bis zu den Knien durchnäßt.«

»Zieh die Strümpfe aus, da hast du ein Paar alte Pantoffeln!«

Dinny streifte die Strümpfe ab und starrte im Lampenschein auf ihre Beine nieder, während der General den Spiritusbrenner anzündete. Er nahm nicht gern fremde Hilfe in Anspruch. Sie sah

ihm zu, als er sich über den Teekessel beugte. »Wie schlank er noch ist«, ging es ihr durch den Kopf, »und wie flink und präzis in jeder Bewegung!« Seine gebräunten Hände mit dem dunklen Haarflaum hatten lange, geschickte Finger. Dann stand er reglos da und sah auf die Flamme. »Braucht einen neuen Docht«, bemerkte er. »In Indien stehen uns leider böse Unruhen bevor.«
»Indien schafft uns, scheint mir, mehr Unruhe, als es wert ist.«
Der General wandte ihr das Gesicht mit den hohen, aber schmalen Backenknochen zu; sein Blick ruhte auf ihr, die dünnen Lippen unter dem kurzgeschnittenen Schnurrbart umspielte ein Lächeln.
»So geht's einem bei anvertrauten Gütern öfters, Dinny. Hast übrigens sehr hübsche Beine.«
»Muß ich doch haben, Vater, als deine und Mutters Tochter.«
»Die meinen passen nur in Stiefel, sind stark und sehnig. Hast du Mr. Desert nach Condaford eingeladen?«
»Nein, heute noch nicht.«
Der General grub die Hände in die Rocktaschen. Er hatte den Frack, den er beim Abendessen anhatte, bereits abgelegt und trug nun eine alte gelbbraune Jagdjoppe. Die Manschetten waren, wie Dinny feststellte, ein wenig zerfranst, einer der Lederknöpfe fehlte. Der Vater zog die dunklen, stark gewölbten Brauen zusammen, bis inmitten der Stirn drei senkrechte Falten standen. Dann erklärte er ruhig: »Dinny, dieser Glaubenswechsel bleibt mir unverständlich. Milch oder Zitrone?«
»Zitrone, bitte.«
»Jetzt los!« dachte sie. »Mut!«
»Zwei Stück Zucker?«
»Drei – mit Zitrone, Vater.«
Der General griff nach der Zuckerzange, ließ drei Stück und ein Zitronenscheibchen in die Tasse gleiten, dann legte er die Zange zurück und beugte sich wieder über den Kessel. »Kocht schon«, sagte er und goß die Tasse voll. Er warf einen gehäuften Löffel Tee hinein, zog den Löffel zurück und reichte die Tasse seiner Tochter.
Dinny rührte den dünnen, goldklaren Trunk um, tat einen

Schluck, behielt die Tasse auf dem Schoß und wandte das Gesicht ihm zu.
»Ich kann dir's nicht erklären, Vater«, entgegnete sie und dachte: »Je mehr ich rede, um so weniger wird er mich verstehen.«
Der General füllte die eigene Tasse und nahm wieder Platz. Dinny hielt den Griff ihres Löffels krampfhaft umklammert.
»Als Wilfrid weit draußen in Darfur war«, sagte sie, »fiel er eines Tages einem Trupp fanatischer Araber in die Hände; es gibt dort noch immer Anhänger des Mahdi. Ihr Anführer ließ Wilfrid in sein Zelt bringen und versprach, ihm das Leben zu lassen, wenn er sich zum Islam bekenne.«
Sie sah ihren Vater zusammenzucken, so daß ein wenig Tee auf den Teller rann. Der Alte hob die Tasse und goß den Tee zurück. Dinny fuhr fort: »Wilfrid denkt über die Religion, wie wir jungen Leute es heute ja meist tun, bloß noch viel radikaler. Er hat nicht nur allen Glauben an das Christentum verloren, sondern haßt jede überlieferte Form der Religion, behauptet, sie richte zwischen den Menschen trennende Schranken auf und bringe mehr Leid und Jammer über sie als alles andere. Und dann, Vater, verstehst du – wenn du seine Gedichte gelesen hättest, würdest du's bestimmt verstehen –, die sinnlose Vergeudung von Menschenleben im Weltkrieg hat Wilfrid arg verbittert; so viele Ströme Blut, vergossen wie Wasser auf das Kommando von Leuten, die selbst nicht wußten, was sie wollten.«
Wieder zuckte der General leicht zusammen.
»Es war so, Vater! Auch Hubert hab ich schon ähnlich sprechen hören. Seit dem Krieg empfindet Wilfrid jedenfalls tiefen Abscheu vor dem unsinnigen Opfern von Menschenleben und tiefstes Mißtrauen gegen alle überlieferten Idole und Glaubenssätze. Nur fünf Minuten blieben ihm zum Überlegen. Er tat es nicht aus Feigheit, nein, aus bitterem Hohn darüber, daß Menschen einander ums Leben bringen, Dogmen zuliebe, die ihm alle unhaltbar scheinen. Da zuckte er nur die Achseln und ging darauf ein. Natürlich mußte er danach Wort halten und sich den Zeremonien unterziehen. Aber du kennst ihn ja nicht, darum rede ich gewiß in den Wind.« Sie seufzte und tat einen durstigen Zug.
Der General hatte seine Tasse niedergestellt, stand auf, stopfte

sich eine Pfeife, zündete sie an und blieb am Kamin stehen. Seine Züge waren ernst, düster, gefurcht. »Ich weiß nicht mehr, wo ich bin«, meinte er schließlich. »Der Glaube, den unsere Väter seit Jahrhunderten hochhielten, soll auf einmal keinen Pfifferling wert sein? Und alles, was uns zum stolzesten Volk der Welt gemacht hat, soll man auf Geheiß des nächstbesten Arabers über Bord schmeißen? Männer wie die Lawrences, John Nicholson, Chamberlayne, Sandeman und tausend andere gaben Gut und Blut dafür, uns Engländern den Ruf tapferer, worttreuer Männer zu schaffen, und jetzt darf jeder darauf pfeifen, sobald ihm der Gegner die Pistole auf die Brust setzt?«

Dinnys Löffel klirrte gegen den Teller.

»Wenn es aber nicht jeder tun darf, warum soll es einer dürfen? Warum gerade dieser eine?«

Dinny bebte an allen Gliedern und gab keine Antwort. Weder Adrian noch Sir Lawrence hatten solchen Eindruck auf sie gemacht; zum erstenmal ging ihr nun auch ein Wort von der anderen Seite nahe. Hatte der Vater an ererbten Ideen gerührt, oder griff auf sie die Erregung eines Mannes über, den sie stets bewundert und geliebt und fast nie viel reden gehört hatte? Sie fand kein Wort der Erwiderung.

»Ich weiß nicht, ob ich religiös bin«, fuhr der General fort, »aber der Glaube meiner Väter genügt auch mir« – er machte eine Bewegung, als wolle er hinzufügen: »Ich lasse die eigene Person aus dem Spiel, aber, Dinny, ich hätte es nie zuwege gebracht, einem solchen Diktat zu gehorchen, nie und nimmer hätte ich das gekonnt und kann auch nicht verstehen, wie er es konnte.«

Ruhig entgegnete Dinny: »Ich will ja gar nicht versuchen, es dir verständlich zu machen, Vater. Du verstehst es nicht, gut, finden wir uns damit ab. Die meisten Menschen haben in ihrem Leben etwas getan, was anderen, hätten sie es erfahren, unbegreiflich erschienen wäre. Von Wilfrid weiß man diese Geschichte – das macht den Unterschied.«

»Wie? Du willst doch nicht damit sagen, die Drohung sei bekannt, der Beweggrund des Glaub –«

Dinny nickte.

»Wieso?«

»Ein gewisser Mr. Yule hat das Gerücht aus Ägypten heimgebracht. Onkel Lawrence ist der Ansicht, es lasse sich nicht mehr vertuschen. Ich wollte dir das Schlimmste nicht verschweigen.« Sie nahm die nassen Strümpfe in die Hand. »Möchtest du mir den Gefallen tun, es statt meiner Mutter und Hubert mitzuteilen?« Und sie erhob sich.

Der General tat einen tiefen Zug aus der Pfeife, es klang wie ein Gurgeln.

»Deine Pfeife muß geputzt werden, lieber Vater, morgen will ich's tun.«

»Ein Paria wird er sein!« stieß der General hervor. »Ein Paria! Dinny! Dinny!«

Mehr als jedes andere Argument rührten und entwaffneten Dinny diese Worte. Plötzlich empfand sie, sein Widerstand kam von seiner selbstlosen Liebe, nicht aus persönlichen Gründen.

Sie biß sich auf die Lippe und sagte: »Vater, wenn ich bei dir sitzen bleibe, fang ich noch zu heulen an. Meine Füße sind eiskalt. Gute Nacht, liebster Vater!«

Sie wandte sich und trat rasch zur Tür; der General stand da wie ein eben angeschirrtes Roß. Sie ging in ihr Zimmer hinauf, setzte sich aufs Bett und rieb die kalten Füße aneinander. Nun war's geschehen. Jetzt mußte sie sich daran gewöhnen, daß dieses feindliche Gefühl der Ihren sie fortan wie eine Mauer umschließen würde, wie eine Mauer, die sie übersteigen mußte, um ihrer Liebe leben zu können. Und wie sie so dasaß und immer wieder die Füße aneinanderrieb, merkte sie zu ihrer Überraschung, daß die Worte des Vaters ihren heimlichen Beifall fanden, ihr Gefühl für Wilfrid aber nicht im mindesten berührten! Hatte die Liebe denn gar nichts mit dem Urteil des Verstandes zu schaffen? Entsprach das alte Bild des blinden Liebesgotts der Wahrheit? Machten die Fehler des geliebten Wesens es einem tatsächlich nur um so teurer? Diese Erfahrung ging offenbar auf dieselbe Ursache zurück wie das Mißfallen an allzu edel gezeichneten Romanfiguren. Solche Tugendengel gehen einem auf die Nerven, man wird ungeduldig, wenn man das Gute belohnt und das Böse bestraft sieht.

»Steht die Lebensführung meiner Familie«, dachte sie, »denn wirklich so viel höher als meine, oder will ich Wilfrid nur recht nah bei mir haben und scher mich den Teufel darum, was er ist oder nicht ist, wenn er nur zu mir kommt?« Plötzlich überfiel sie das seltsame Gefühl, sie kenne Wilfrid nun bis auf den Grund der Seele, mit all seinen Fehlern und Schwächen und auch den Vorzügen, die dafür Ersatz boten und ihre Liebe wachhalten würden; denn um das Geheimnis der Liebe kreisten alle ihre Gedanken. »Alles Böse errate ich instinktiv«, dachte sie mit trübem Lächeln, »aber das Gute, Wahre, Schöne ruft meinen Zweifel wach!« Und fast zu müde, um sich zu entkleiden, ging sie zu Bett.

13

»The Briery«, Jack Muskhams Landsitz in Royston, war ein altmodischer, niedriger Bau, von außen schlicht, im Inneren behaglich. Bilder von Rassepferden und Farbdrucke von Sportszenen bedeckten die Wände. Ein einziges, selten benütztes Zimmer gab vom Vorleben seines Eigentümers Kunde. »Nur dieser Raum«, schrieb ein amerikanischer Zeitungsmann, der Jack Muskham, den »letzten Dandy«, wegen eines Interviews über Rassezüchtung aufgesucht hatte, »nur dieser Raum zeugt von dem Vorleben dieses Aristokraten in unseren glorreichen Südstaaten. Hier ersteht vor unserem Blick sein abenteuerreiches Dasein auf den unabsehbar weiten Steppen von New Mexiko, Arizona und Sonora, jene Zeit, da dieser Vollblutdandy als munterer Jüngling das Vieh in die Hürde trieb und auf windschnellem Mustang mit unseren braunen Jungen dort draußen um die Wette ritt. Hier finden wir Matten aus Navaho, Silberschmiedearbeiten, Roßhaargeflechte aus El Paso, breitrandige Cowboyhüte und eine Sammlung mexikanischen Pferdegeschirrs mit Silbergehängen. Ich holte meinen Gastgeber über diesen Abschnitt seiner Laufbahn aus. ›Ach richtig‹, erwiderte er in seinem gedehnten, echt englischen Tonfall, ›mir scheint, ich trieb dort als blutjunger Bursche fünf Jahre hindurch Kühe auf die Weide. Sie müssen wissen, ich hatte nichts anderes im Sinn als Pferde, und mein Vater war der Meinung, die amerikanische Farm sei eine bessere Vorschule für mich als das englische Hindernisreiten.‹

›Dürfte ich um Daten bitten?‹ fragte ich diesen hochgewachsenen Aristokraten mit dem scharfen Blick und dem lässigen Wesen.
›Gewiß‹, gab er zur Antwort. ›1896 verließ ich das Eton College und reiste schnurstracks zu Tommy Delahays Farm nach Texas. 1901 kam ich nach England zurück. Und abgesehen von den Kriegsjahren, hab ich mich seither ausschließlich der Pferdezucht gewidmet.‹
›Und während dem Kriegs?‹ fragte ich.
›Oh!‹ erwiderte er, und ich kam mir beinah zudringlich vor, ›die ganz gewöhnliche Laufbahn. Freiwilliger, Kavallerie, Schützengraben und so weiter. In den beiden letzten Kriegsjahren war ich mit dem Ausheben und Zureiten der Pferde meiner Division betraut. Sie sehen also‹, fuhr er fort, und ein Lächeln glitt über seine aristokratischen Züge, ›die Pferde laufen mir überall selbst zu.‹
›Sagen Sie mir, Mr. Muskham, waren Sie vom Leben bei uns drüben begeistert?‹ fragte ich.
›Begeistert?‹ versetzte er. ›Und ob!‹«
Das amerikanische Blatt, das dieses Interview brachte, versah es mit folgender Überschrift:

BRITISCHER DANDY
LAUT EIGENER AUSSAGE
VOM LEBEN IN DEN SÜDSTAATEN
BEGEISTERT

Muskhams Gestüt lag gute anderthalb Kilometer vom Dorfe Royston entfernt. Falls er nicht bei einem Rennen, mit einem Pferdekauf oder ähnlichen Geschäften auswärts zu tun hatte, bestieg er Schlag Viertel vor zehn sein »Bummelpony« und trabte zu seinem »Pferdeerziehungsheim«, wie der Zeitungsmann aus Amerika sein Gestüt benannt hatte. Dieses Bummelpony pflegte Muskham als Beweis dafür anzuführen, was man mit Pferden erzielen könne, wenn man nie anders als mit freundlicher Stimme zu ihnen sprach. Es war eine kluge kleine Stute, drei Jahre alt, Dreiviertelblut, mit feinem mausgrauem Fell, das aussah, als habe jemand eine Flasche Tinte darübergegossen und die Flecken nur unvollständig entfernt. Außer einem halbmondförmigen Tupfen auf der Stirn wies sie keinen einzigen weißen Fleck auf. Ihre Mähne war kurzgeschnitten, der lange Schweif über dem Kniegelenk gestutzt. Die Augen blickten hell und klar, die Zähne waren für ein Roß geradezu Perlenzähne. Sie hatte einen festen Schritt und fand nach jedem Stolpern augenblicklich das Gleichgewicht wieder. Beim Reiten schlang sich ein einziger Zügel lose um ihren Nacken, noch nie hatte ein Zaum ihr Maul berührt. Sie maß nur anderthalb Meter; wenn Jack Muskham auf ihrem Rücken saß, reichten seine Beine sehr tief hinab, seine Steigbügel hingen an langen Lederriemen. Auf dieser Stute saß man nach Muskhams Ausspruch wie in einem bequemen Lehnstuhl. Kein Mensch durfte sie berühren, nur er selbst und ein Stalljunge, den er wegen seiner ruhigen Stimme, ruhigen Hände, ruhigen Nerven und ruhigen Wesensart zu diesem Dienst aufgenommen hatte.

Am Tor des quadratischen Gestüthofs stieg Jack Muskham von dieser Stute ab und trat ein, eine Zigarette in kurzer Bernsteinspitze zwischen den Lippen. Auf dem Rasenplatz in der Mitte traf er mit seinem Gestütwärter zusammen. Dann besichtigten sie gemeinsam die Ställe, in denen die kleinen Fohlen bei ihren Müttern standen und Jährlinge zu zweit in eigenen Verschlägen. Ab und zu ließ Muskham das eine oder andere auf den mit Lohe bestreuten Weg führen, der sich gegen den Hof zu an die Stallungen schloß. Nach dieser Musterung traten die beiden unter den Schwibbogen gegenüber dem Eingang und schritten ins zweite Gestüt, wo sich Stuten, Fohlen und Jährlinge tummelten. Die Disziplin in seinem »Pferdeerziehungsheim« war tadellos. Allem Anschein nach waren Jack Muskhams Bedienstete nicht minder ruhig, reinlich und wohlerzogen als die ihnen anvertrauten Pferde. Vom Zeitpunkt seines Eintritts bis zu dem Augenblick, da er heraustrat und sein Bummelpony wieder bestieg, sprach Muskham ausschließlich von Pferden – in wortkarger, sachlicher Weise. Und tagtäglich gab es so viele Einzelheiten zu sehen und zu besprechen, daß er fast nie vor ein Uhr wieder zu Hause eintraf. Nie unterhielt er sich mit seinem Stutenwärter über die wissenschaftlichen Grundlagen der Rassezucht, trotz der bemerkenswerten Kenntnisse dieses Funktionärs; denn für Jack Muskham war und blieb die Rassezucht als Wissenschaft ein Gegenstand der Geheimdiplomatie, ganz wie für einen Minister des Äußern die Beziehungen zu fremden Staaten. Seine Zuchtpläne heckte er stets im geheimen aus, auf Grund eingehender Studien und der Weisungen, die ihm seine »Spürnase« gab – er sprach von »Spürnase«, andere hätten es vielleicht sein Vorurteil genannt. Mochten Gestirne zerschellen, Premierminister geadelt werden, Erzherzöge ihre angestammten Rechte zurückerobern, mochten Erdbeben ganze Städte verschlingen und alle möglichen anderen Katastrophen hereinbrechen, was verschlug's, solange Jack Muskham die St.-Simons-Zucht mit entsprechenden Exemplaren der Hampton- oder Bend-Or-Rasse kreuzen konnte? Oder nach einem von ihm erfundenen, noch originelleren Verfahren die alte Herodesrasse durch Paarung mit der Le-Sancy-Zucht an die Wurzel und Spitze eines Stammbaums setzen konnte, der Carbiner- und Barcaldinerblut in sich vereinte? Er war in der Tat ein Idealist. Sein Ideal war die »Zucht des vollkommenen Pferdes«, ein Ideal, das vielleicht der Verwirklichung ebenso fernblieb wie die Ideale anderer Leute auch, nur nahm es nach Muskhams Meinung weit mehr den ganzen Menschen in Anspruch. Das erklärte er zwar nie so unumwunden – ein Gentleman nimmt nicht so hochtrabende Worte in den Mund. Auch setzte er nie auf Pferde, ließ sich also niemals durch materielle Interessen in seinem Urteil beirren. Dieser hochgewachsene Mann im zigarrenbraunen kamelhaargefütterten Überrock mit mattbraunem Teint und mattbraunen Wildlederhandschuhen war vielleicht die bekannteste Figur von ganz Newmarket. Und im Jockei-Klub galten seine Aussprüche als Evangelium, nur noch drei Mitglieder genossen solches Ansehen wie er. Tatsächlich bewies Jack Muskham durch seinen Lebensweg, wie herrlich weit ein Mann es bringen kann, wenn er sein ganzes Sein stumm und ergeben einem einzigen Ziele widmet. Dieses Aufgehen in der Idee des »vollkommenen Pferdes« verriet nur zu deutlich die Struktur seines eigenen Wesens. Jack Muskham war Formalist durch und durch, einer der wenigen, die in diesem formzerstörenden Zeitalter noch übriggeblieben sind. Wie kam es aber, daß sein formalistisches Wesen gerade der Idee des vollkommenen Pferdes nachhing, um sich Ausdruck zu schaffen? Das erklärt sich teils aus der angeborenen

Regelmäßigkeit des Rassepferds, teils aus der engen Verbindung, in der dieses Tier mit dem Buch der Bücher, dem von ihm so überaus hochgehaltenen Zuchtbuch, stand, und teils daraus, daß Muskham im Kult des Rassepferds Zuflucht fand vor der schrankenlosen Skepsis, der lärmenden, knalligen, sensationellen, verlotterten Art und dem aufdringlichen Getöse dieser »Bastardepoche«, wie er unser Zeitalter nannte.
In »The Briery« wurde die gesamte Arbeit von zwei Dienern versehen, nur zum Reinemachen kam täglich eine Scheuerfrau. Wäre die nicht erschienen, so hätte auf Muskhams Landsitz nicht das leiseste Anzeichen darauf hingedeutet, daß es in der Welt auch Frauen gab. Sein Haus wirkte so mönchisch wie ein Klub, der dem Kult der Dame noch nicht erlegen war, doch viel behaglicher, weil es bedeutend kleiner war. Die Zimmer waren niedrig, zwei breite Treppen führten in das einzige Stockwerk hinauf, das noch niedrigere Räume hatte. Abgesehen von zahllosen Folianten der Fachwissenschaft über Rassepferde enthielt seine Bücherei lediglich Reisebeschreibungen, historische Werke und Kriminalgeschichten; andere Werke der schönen Literatur blieben wegen ihrer Skepsis, vulgären Redensarten, Schilderungen, Gefühlsduselei und Sensationen aus dieser Sammlung verbannt; nur eine Gesamtausgabe der Romane von Surtees, Whyte Melville und Thackeray hatte Aufnahme gefunden.
Männer, die ihr ganzes Sein dem Dienst eines Ideals widmen, pflegt meist eine gewisse Ironie des Schicksals vor dem völligen Aufgehen in solchem Tun zu bewahren – auch bei Jack Muskham machte sich das geltend. Er, der sich die Züchtung des vollkommenen Pferdes als Lebenszweck erkoren, ging allen Ernstes daran, den herkömmlichen Begriff des Rassepferds zu zertrümmern und an seine Stelle ein Geschöpf zu setzen, dessen Blutmischung das Zuchtbuch mit keiner Silbe erwähnte!
Er selbst jedoch war sich dieses Widerspruchs nicht bewußt und saß mit Telfourd Yule beim Lunch; ihre Unterhaltung drehte sich noch immer um den Transport arabischer Stuten, als Sir Lawrence Mont gemeldet wurde.
»Möchtest du lunchen, Lawrence?«

»Danke, Jack, ich hab schon gespeist. Eine Tasse Kaffee mit Kognak hätte ich gern.«
»Gehen wir also ins Nebenzimmer.«
»Ein tadelloses Junggesellenheim!« bemerkte Sir Lawrence, »eine Art Wunderbüchse, aus der meine Jugend emporsteigt, die ich nirgends mehr zu finden hoffte. Ha, hier sind die Gesamtausgaben von Surtees und Whyte Melville! Mr. Yule, Jack ist ein Unikum. Ein Mensch, der sich's leisten kann, so altmodisch zu sein, steht über den gewöhnlichen Sterblichen. Mr. Yule, welchen Ausspruch tat Mr. Waffles, als man Caingey an den Fersen hochzog, um aus seinen Taschen und Stiefeln das Wasser ausfließen zu lassen?«
Yules humorvolle Fratze zog sich in die Breite, doch er schwieg.
»Bitte, wörtlich!« rief Sir Lawrence, »aber heutzutag weiß das niemand mehr. Er sprach also: ›Ei, ei, Caingey, altes Haus, du siehst ja aus wie ein gesottenes Meerschwein in Petersiliensauce.‹ Ach ja! Und was gab Mr. Sawyer zur Antwort, als der Ehrenwerte Crasher an den Schlagbaum anfuhr und fragte: ›Er ist doch offen, dächt ich?‹«
Yules Gesicht zog sich stets mehr in die Breite, als wäre es aus Gummi, doch noch immer blieb er stumm.
»Du lieber Gott, das wissen Sie nicht? Nun, Jack?«
»Mr. Sawyer: ›Ich dächte nicht!‹«
»Bravo!« Sir Lawrence ließ sich in einen Sessel fallen. »Na, habt ihr die Entführung dieser Stute ausgeheckt? Großartig! Wann schafft ihr sie übers Wasser?«
»Ich werde sie mit dem geeignetsten Hengst meines Gestüts paaren. Wenn sie ein Fohlen wirft, reite ich es zu und paare es mit dem besten gleichaltrigen meiner Zucht. Ebenso mach ich's mit dem zweiten Fohlen. Fällt diese Probe günstig aus, dann setze ich's durch, daß sie ins Zuchtbuch kommt, und verschaffe mir die Bewilligung, drei weitere Stuten zu importieren. Entspricht aber das erste Kreuzungsprodukt nicht meinen Erwartungen, dann probier ich, was bei der Zucht eines Dreiviertelbluts herausschaut.«
»Wie alt bist du, Jack?«
»Bald dreiundfünfzig.«

»Schade! Famoser Kaffee!«
Dann saßen alle drei schweigend da und warteten darauf, daß der eigentliche Zweck des Besuchs zur Sprache käme.
»Mr. Yule«, erklärte Sir Lawrence unvermittelt, »ich bin wegen der Affäre des jungen Desert hier.«
»Die Geschichte beruht doch hoffentlich nicht auf Wahrheit?«
»Leider ja. Desert macht kein Hehl daraus.« Er musterte durch sein Monokel Jack Muskhams Miene und las darin genau, was er erwartet hatte.
Langsam erklärte Muskham: »Ein Mann müßte den Anstand besser zu wahren wissen, mag er auch hundertmal ein Dichter sein.«
»Darüber wollen wir nicht rechten, Jack. Bleib du bei deiner Meinung. Dennoch«, Sir Lawrence wurde seltsam ernst, »wär mir's lieb, wenn ihr beide reinen Mund hieltet. Kommt es trotzdem heraus, so läßt sich eben nichts machen, doch ich bitte dich und Mr. Yule, über diese Sache zu schweigen.«
»Das Aussehen dieses Burschen behagt mir nicht«, erwiderte Muskham kurz.
»So geht es einem bei neunzig Prozent der Leute, aber das ist doch kein hinreichender Grund.«
»Ein Musterexemplar der Jugend von heute, ein verbitterter Querkopf ohne rechte Lebenserfahrung, ohne Ehrfurcht vor irgend etwas in der Welt.«
»Ich weiß ja, Jack, du bist der Anwalt der guten alten Zeit, aber laß das diesmal aus dem Spiel.«
»Weshalb?«
»Na, ich hätte lieber nichts darüber gesagt, aber er ist mit Dinny Cherrell, meiner Lieblingsnichte, verlobt.«
»Was, mit diesem hübschen Mädchen?«
»Ja. Wir alle sind davon nicht gerade erbaut, nur mein Sohn Michael schwört noch immer auf Desert. Aber Dinny hat sich nun einmal in die Sache verrannt und läßt gewiß nicht mehr locker.«
»Man darf ihr doch nicht gestatten, einen Mann zu heiraten, der in Verruf steht, sobald diese Affäre ans Licht kommt.«
»Je mehr man ihn ächtet, um so weniger wird sie von ihm lassen.«
»Noch schöner!« sagte Muskham. »Was meinen Sie, Yule?«

»Mich geht die Geschichte nichts an. Wenn Sir Lawrence wünscht, daß ich schweige, erwähne ich kein Wort.«
»Natürlich geht es uns persönlich nichts an. Wüßte ich aber, daß ich durch mein Reden deine Nichte davon abbringen könnte, ich tät's. Eine Schmach und Schande ist es!«
»Jack, du würdest nur das Gegenteil bewirken. Mr. Yule, Sie verstehen ja viel vom Zeitungswesen. Angenommen, die Presse greift die Sache auf, was dann?«
Yules Blick wurde bissig.
»Zuerst berichtet man gewiß die Kunde ganz allgemein von irgendeinem reisenden Engländer. Dann trachtet man zu ermitteln, ob Desert das Gerücht in Abrede stellt. Schließlich wird das Ganze mit einer Anzahl falscher Einzelheiten dem Leser aufgetischt – leider Gottes bleibt ja noch immer genug Wahres übrig! Wenn Desert die Tatsache zugibt, kann er keine Verwahrung einlegen. Oh, die Presse ist im Grunde anständig, aber verdammt ungenau.«
Sir Lawrence nickte. »Wenn einer meiner Bekannten Journalist werden wollte, dann wurde ich ihm raten: ›Weich nur ja kein Haarbreit von der Wahrheit ab, und du wirst einzig dastehen!› Seit dem Krieg hab ich in den Personalnachrichten noch nicht einen völlig wahrheitsgetreuen Bericht gelesen.«
»Das gehört zum Geschäft«, bemerkte Yule, »dabei schlägt man zwei Artikel heraus: erstens die ungenaue Notiz, zweitens die Richtigstellung.«
»Mir ist die Presse bis in die Seele zuwider«, erklärte Muskham. »Unlängst rückte mir ein amerikanischer Zeitungsmensch auf den Leib. Hier saß er – am liebsten hätte ich ihn eigenhändig hinausgeschmissen. Weiß der Kuckuck, wie mich der Kerl hingestellt hat!«
»Jack, du bist wirklich ein paar Jahrhunderte zurück. Für dich sind Marconi und Edison die ärgsten Übeltäter der Menschheit. Nicht wahr, es gilt? Kein Wort über die Affäre des jungen Desert!«
»Einverstanden«, erklärte Yule. Und Muskham nickte.
Sir Lawrence glitt rasch auf ein anderes Thema über.
»Nette Gegend hier. Bleiben Sie länger, Mr. Yule?«

»Heute nachmittag fahre ich nach London zurück.«
»Erlauben Sie, daß ich Sie mitnehme?«
»Gern.«
Eine halbe Stunde später waren sie unterwegs.
»Mein Vetter Jack«, meinte Sir Lawrence, »müßte unbedingt der britischen Nation erhalten bleiben. In Washington gibt es ein Museum, dort sieht man unter Glas Indianergruppen die Friedenspfeife schmauchen, den Tomahawk gegeneinander schwingen und ähnliches mehr. So sollte man auch Jack –« Sir Lawrence stockte. »Doch da erhebt sich eine Schwierigkeit: In welcher Pose soll man Jack dem Gedächtnis erhalten? Es ist so schwer, seinen Gleichmut zu verewigen. Wilde Sprünge lassen sich leicht im Bild einfangen. Aber diese wachsame Lässigkeit – und doch betet dieser Mann zu einem eigenen Gott.«
»Sein Gott heißt Form, und Muskham ist ihr Prophet.«
»Vielleicht«, murmelte Sir Lawrence, »könnte man ihn als Duellanten darstellen. Nur diese Art menschlicher Betätigung dürfte ihm genügend formell scheinen.«
»Die Form ist zum Aussterben verurteilt«, bemerkte Yule.
»Hm! Der Trieb nach Form und Gestalt ist nur schwer auszurotten. Ist das Leben selbst etwas anderes als Gestaltungsdrang? Bringen Sie alles zu toter Gleichförmigkeit zurück – es bilden sich doch immer wieder bestimmte Formen heraus.«
»Mag sein«, erwiderte Yule, »aber Form ist vollendete Gestalt mit dem Anspruch auf Allgemeingültigkeit; und das Vollendete langweilt unsere lebensprühende Jugend.«
»Netter Ausdruck. Aber, Mr. Yule, gibt es diese Jugend auch im Leben, außerhalb der Literatur?«
»Und ob! Und wie weit diese jungen Menschen nur den Mund aufreißen! Ich muß gestehen, lieber möchte ich mich auf Lebenszeit dazu verurteilt sehen, bei allen offiziellen Festlichkeiten in der City zu erscheinen, als in der Gesellschaft dieser lebensprühenden Jugend ein einziges Wochenende zu verbringen.«
»Ich weiß nicht«, sagte Sir Lawrence, »ob mir schon je ein solches Geschöpf über den Weg lief.«
»Danken Sie Gott, wenn er Sie damit verschont hat! Keinen

Augenblick steht diesen Kerlen das Mundwerk still, nicht einmal in ihren Schäferstunden.«
»Mir scheint, Sie haben nicht viel für diese Jugend übrig.«
»Stimmt!« rief Mr. Yule und sah wie ein Bullenbeißer drein, »die können mich ebensowenig ausstehen wie ich sie. Lästige Gesellschaft! Glücklicherweise hat sie nicht viel zu sagen.«
»Hoffentlich ist Jack nicht der irrigen Meinung, daß der junge Desert zu dieser Sippe gehört«, erklärte Sir Lawrence.
»Ach, die ist Muskham ja noch nie in die Quere gekommen. Aber Deserts Gesicht liegt ihm im Magen. Ein verdammt seltsames Gesicht!«
»Ein gefallener Engel«, meinte Sir Lawrence. »Geistiger Hochmut, mein Bester! Und doch liegt darin etwas Schönes.«
Yule nickte. »Ich für meine Person hab nichts dagegen. Und seine Gedichte sind wirklich gut. Aber Muskham schleudert den Bannstrahl gegen alle Rebellen. Nach seinem Geschmack müßte das Rößlein des Geistes mit gestutztem Schweif und gestutzter Mähne ruhigen Schritts am Zügel trotten.«
»Und dennoch«, murmelte Sir Lawrence, »könnten die beiden sich vielleicht gegenseitig schätzenlernen, nur müßten sie zuvor einander totschießen. Seltsames Volk, wir Engländer!«

14

Als Adrian am selben Nachmittag ungefähr um dieselbe Stunde in den Sprengel seines Bruders kam und die ärmliche Straße überquerte, die zum Pfarrhaus St. Augustin im Grünen führte, sah man sechs Häuser weit um die Ecke eine für die Engländer bezeichnende Szene.
Vor einem verwahrlosten Gebäude stand ein Krankenwagen, und alle Passanten, die dringend zu tun hatten, blieben stehen und sahen zu. Adrian schloß sich ihnen an. Aus der elenden Behausung trugen eine Krankenwärterin und zwei Männer ein Kind auf einer Tragbahre, hinterdrein liefen, jammernd, feuerrot im Gesicht, ein Weib in mittleren Jahren und ein knurrender bleicher Mann mit Schnauzbart.

»Was ist los?« fragte Adrian den Schutzmann.
»Das Kind muß operiert werden. Die Leute tun, als wollte man es umbringen, und dabei will man es doch pflegen. Da ist der Pfarrer; wenn es dem nicht gelingt, die Leute zu beruhigen, dann kann's keiner.«
Adrian sah seinen Bruder aus dem Haus treten und auf den bleichen Mann zugehen. Der hörte auf zu knurren, doch das Weib jammerte um so lauter. Das Kind war bereits in den Krankenwagen geschafft, die Frau stürzte schwerfällig auf die Wagentür los.
»Sind die bei Vernunft?« fragte der Schutzmann im Weitergehen.
Adrian sah, wie Hilary der Frau die Hand auf die Schulter legte. Sie wandte sich um und riß den Mund auf, offenbar, um den Pfarrer beschwörend um Hilfe anzuflehen, stieß aber nur ein leises Wimmern hervor. Hilary legte seinen Arm in ihren und zog sie ruhig ins Haus zurück. Der Krankenwagen fuhr davon. Adrian trat auf den bleichen Mann zu und bot ihm eine Zigarette an. Der nahm sie, erwiderte: »Danke, Herr!« und folgte seiner Frau ins Haus.
Alles war vorüber. Die kleine Schar der Gaffer hatte sich verlaufen, der Schutzmann blieb allein zurück.
»Der Pfarrer wirkt wahrhaftig Wunder«, meinte er.
»Mein Bruder«, erklärte Adrian.
Des Schutzmanns Blick verriet größere Achtung.
»Ein rarer Mensch, der Pfarrer.«
»Ganz Ihrer Meinung. Dem Kind geht es wohl sehr schlecht?«
»Ohne Operation hätte es den heutigen Tag nicht überlebt. Die Eltern haben wie mit Absicht bis zur letzten Minute gewartet. Ein Glück, daß zufällig der Pfarrer dazukam. Manche Leute sterben lieber, ehe sie ins Spital gehen oder gar ihre Kinder hinschicken.«
»Sie wollen eben unabhängig sein«, erklärte Adrian. »Ich kann's ihnen nachfühlen.«
»Wenn Sie die Sache von diesem Standpunkt betrachten, haben Sie ja recht, Sir. Mir geht's auch nicht anders. Zu Hause aber führt das Kind ein erbärmliches Leben, und im Spital ist für alles aufs beste gesorgt.«
»Klein, aber mein«, zitierte Adrian.
»Stimmt«, entgegnete der Schutzmann. »Dieser Grundsatz ist

schuld, daß die Elendsviertel weiterbestehen. In der ganzen Gegend hier wohnen die Leute in erbärmlichen Löchern, doch probieren Sie's nur einmal, das Volk zum Übersiedeln zu bewegen – da können Sie was erleben! Der Pfarrer schafft hier viel Gutes durch den Fürsorgedienst. Wenn Sie wollen, geh ich hinein und sag ihm, daß Sie da sind!«
»Danke, ich warte schon.«
»Sie glauben gar nicht«, fuhr der Schutzmann fort, »mit was für einem Leben sich die Leute abfinden, wenn sich nur niemand einmischt. Nennen Sie's, wie Sie wollen: Sozialismus, Kommunismus, Regierung des Volks für das Volk – am Ende läuft alles darauf hinaus, daß man sich in die Angelegenheiten der Leute einmischt. – Heda! Weiterfahren! In dieser Straße ist das Hausieren verboten!«
Ein Mann mit einem Schubkarren, der den Mund schon zu dem Ruf: »Seeschnecken!« geöffnet hatte, schloß ihn wieder.
Adrian, voll Interesse für die etwas verworrene Philosophie des Schutzmanns, wartete gespannt auf weitere Ausführungen. In diesem Augenblick jedoch trat Hilary aus dem Haus und kam auf die beiden zu.
»Die haben nichts dazu beigetragen, wenn das Kind am Leben bleibt«, meinte er, erwiderte den Gruß des Schutzmanns und fragte: »Gehen die Petunien auf, Bell?«
»Jawohl, Sir, meine Frau hütet sie wie ihren Augapfel.«
»Ausgezeichnet! Bitte, hören Sie! Auf Ihrem Heimweg kommen Sie ja an dem Spital vorüber. Könnten Sie sich statt meiner nach dem Befinden des Kindes erkundigen und mich anrufen, falls es schlecht steht?«
»Gern, Herr Pfarrer, mit Vergnügen.«
»Danke, Bell. Komm doch zu uns, alter Junge, auf eine Tasse Tee.«
Mrs. Hilary war bei einer Versammlung, die Brüder saßen allein beim Tee.
»Ich komme Dinnys wegen«, bemerkte Adrian und trug seine Geschichte vor.
Hilary steckte sich eine Pfeife an. Endlich sagte er: »›Richtet nicht, auf daß ihr nicht gerichtet werdet!‹ – Das klingt ja unge-

mein schön und tröstend, solang man eine Sache nicht selbst in die Hand nehmen muß. Ist das aber der Fall, dann hilft einem dieser fromme Spruch keinen Pfifferling. Denn jede Entscheidung beruht auf einem Urteil, mag man es nun aussprechen oder stillschweigend fällen. Ist Dinny arg verliebt?«

Adrian nickte. Hilary tat einen tiefen Zug aus seiner Pfeife.

»Also mir gefällt diese Geschichte ganz und gar nicht. Ich habe Dinny stets ein ungetrübtes Leben gewünscht, und nun scheint ein Sturm zu drohen. Der Versuch, ihr die Sache vom Standpunkt der anderen klarzumachen, hat wohl wenig Aussicht auf Erfolg?«

»Keinen, denk ich.«

»Soll ich in dieser Angelegenheit irgend etwas unternehmen?«

Adrian schüttelte den Kopf. »Ich wollte nur deine Stellungnahme erfahren.«

»Dinny macht mir Sorge, sie sieht bösen Tagen entgegen. Dieser Glaubenswechsel geht mir arg wider den Strich, ich weiß selbst nicht, warum – entweder weil ich Pfarrer bin oder Engländer und in Harrow erzogen – vermutlich ist es eher das letztere.«

»Wenn Dinny wirklich nicht von ihm läßt«, meinte Adrian, »dann dürfen auch wir sie nicht im Stich lassen. Mir sagt schon lang mein Gefühl: Wenn ein Wesen, das wir lieben, sich in eine uns verhaßte Idee verrennt, dann bleibt nichts übrig, als diese Idee eben mit in Kauf zu nehmen. Ich will versuchen, ihn liebzugewinnen und die Angelegenheit von seinem Gesichtspunkt zu betrachten.«

»Vermutlich hat er überhaupt keinen«, entgegnete Hilary. »Höchstwahrscheinlich ist er blindlings hineingesprungen und gesteht sich das heimlich selbst ein.«

»Um so tragischer für beide. Ein Grund mehr, daß man ihnen zur Seite stehen muß.«

Hilary nickte.

»Den armen lieben Conway wird das schwer treffen. Das gibt den Leuten wieder einmal willkommenen Anlaß, sich als Sittenrichter aufzuspielen. Ich höre schon die Meute heulen.«

»Vielleicht aber«, wandte Adrian ein, »zucken die modernen

Skeptiker nur die Achseln und meinen: ›Wieder ein kleines Vorurteil über Bord geworfen.‹«

Hilary schüttelte den Kopf.

»Man wird allgemein glauben, er sei ausgekniffen, um sein Leben zu retten. Mag die Welt heutzutage noch so skeptisch über Religion, Patriotismus, das britische Weltreich, den Begriff des Gentleman und so weiter denken – um es offen herauszusagen: Feigheit mißfällt ihr noch immer. Ich will durchaus nicht bestreiten, daß viele selber feig sind, doch bei anderen mißfällt einem die Feigheit. Und wenn die Leute ihre Mißbilligung ungestraft äußern dürfen, dann machen sie kein Hehl daraus.«

»Vielleicht kommt aber die Geschichte gar nicht ans Licht.«

»Sie muß herauskommen, auf die eine oder andere Weise. Je eher, desto besser für den jungen Desert. Das gibt ihm vielleicht sein seelisches Gleichgewicht wieder. Arme kleine Dinny! Das wird ihren Sinn für Humor auf eine schwere Probe stellen. Ach, die Geschichte macht mir noch graue Haare. Was sagt Michael dazu?«

»Hab ihn seither nicht gesehen.«

»Wissen Lawrence und Emily davon?«

»Wahrscheinlich.«

»Im übrigen gilt es, reinen Mund zu halten, wie?«

»Ich muß jetzt gehen.«

»Und ich«, erklärte Hilary, »schnitze meine Gefühle in eine römische Galeere. Eine halbe Stunde hab ich Zeit dafür, falls das Kind nicht im Sterben liegt.«

Adrian eilte ins Bloomsburyviertel zurück. Unterwegs versuchte er sich an die Stelle eines Mannes zu versetzen, dem man unerwartet den Garaus machen will. Keine Zukunft vor Augen, keine Hoffnung auf ein Wiedersehen mit seinen Lieben, keine Gewißheit, ja auch nur Wahrscheinlichkeit einer bewußten persönlichen Fortdauer nach dem Tode! »So ganz jählings dem Tod gegenüber, ohne Zeugen«, dachte er, »wie bitter! Wer von uns kann sagen, wie er an Deserts Stelle gehandelt hätte?«

Seine Brüder, der Soldat und der Priester, hätten es ganz einfach als ihre Pflicht erachtet, zu sterben. Und auch sein dritter Bruder, der Richter, wäre kaum anderer Meinung gewesen, nur hätte er vielleicht vorher versucht, den Fall zu erörtern und den Feind durch Vernunftgründe umzustimmen. »Was hätte aber ich selbst getan?« fuhr es ihm durch den Sinn. »Verdammt zuwider, für einen Glauben, den ich längst verloren, den Tod leiden zu sollen in irgendeinem weltfernen Winkel, ohne daß diese Tat jemandem nützt oder auch nur zu Ohren kommt.« Im Augenblick vor eine derartige Entscheidung gestellt, ohne die Pflicht, das Ansehen eines Berufs oder Amts wahren zu müssen; ohne Zeit, die Folgen zu bedenken und abzuwägen – da blieb nichts übrig, als sich auf den Instinkt zu verlassen. Das Temperament mußte hier den Ausschlag geben. Wie nun, wenn man ein Temperament besaß, wie es sich in den Dichtungen des jungen Desert offenbarte? Wenn man zu der Gesellschaft in Gegensatz stand, ihr zumindest entfremdet war und, voll Abneigung gegen die nüchterne englische Bulldoggenart, sich heimlich mehr zu den Arabern hingezogen fühlte als zu den eigenen Landsleuten? Mußte man da nicht todsicher ebenso wie der junge Desert handeln? »Weiß der Himmel, was ich in solcher Lage getan hätte«, dachte Adrian. »Doch ich kann ihn verstehen und Mitgefühl für ihn aufbringen. Jedenfalls will ich zu Dinny halten und ihr beistehen, wie sie mir in jener Affäre mit Forest zur Seite stand.« Und nachdem er zu diesem Entschluß gekommen war, wurde ihm ein wenig leichter ums Herz . . .

Hilary aber schnitzte an seiner römischen Galeere. Das Studium des klassischen Altertums, das er nun so lang vernachlässigt, hatte ihn zum Priesterberuf geführt – er begriff jetzt selbst nicht mehr, wie das geschehen konnte. Wie hatte er sich nur in seiner Jugend einbilden können, er sei für diesen Beruf geeignet? Warum war er nicht lieber Förster geworden, Cowboy oder irgend etwas anderes, was man in freier Natur betrieb, nicht in den Elendsvierteln einer düsteren Großstadt? Stand seine Religion auf dem Boden der Offenbarung, ja oder nein? Nein? Auf welchem Boden stand sie dann überhaupt? Er hobelte an dem Hinterdeck seiner römischen Galeere – wie viele fremde Sklaven hatten die Römer auf solch einem Galeerendeck schwitzen lassen! – und dachte:

»Ich diene einer Idee, deren Dogmengebäude einer näheren Prüfung nicht standhält!« Und dennoch, das Wohl der Menschheit war es wert, daß man sich darum bemühte! Der Arzt erstrebte es inmitten von allerlei Humbug und unnützem Getue, der Staatsmann trotz der Erkenntnis, daß die Demokratie, die ihn auf den Schild gehoben hatte, die Unwissenheit in Person war. Man bediente sich gewisser Formen, an die man selbst nicht glaubte, und mahnte andere, daran zu glauben. Das ganze Leben – ein einziger Kompromiß. »Wir sind alle Jesuiten«, fuhr es ihm durch den Sinn, »und glauben, daß der Zweck die Mittel heiligt. Ich hätte für mein Kleid sterben müssen wie ein Soldat für des Kaisers Rock – und doch, was bedeutet es in dieser Welt und was in jener?«

Das Telefon klingelte, eine Stimme rief: »Den Herrn Pfarrer! – Jawohl, Sir – das Mädchen. Nicht mehr zu operieren. Wenn Sie kommen könnten, Sir –«

Hilary legte das Hörrohr nieder, langte rasch nach dem Hut und lief fort. Unter seinen vielen Amtspflichten waren die Besuche am Sterbebett am wenigsten nach seinem Geschmack, und als er vor dem Spital aus dem Taxi sprang, verbarg sein gefurchtes, starres Gesicht echtes Entsetzen. Ein solches Kind noch! Und keine Hilfe! Man konnte es nur an der Hand halten und ein paar Gebete herunterleiern. Ein Verbrechen, daß die Eltern gewartet hatten, bis es zu spät war! Die verdienten dafür das Zuchthaus! Doch dann hätte man das ganze britische Volk einsperren müssen, es gab ja stets erst in letzter Minute seine Unabhängigkeit preis, und dann war es oft schon zu spät!

»Hier herein, Sir«, sagte eine Pflegerin.

In einem blendendweißen kleinen Vorraum sah Hilary unter weißen Decken eine kleine, verfallene Gestalt, deren Züge schon die Spuren des nahen Todes zeigten. Er ließ sich neben ihr nieder und suchte nach Worten, um dem Kind in seinem letzten Augenblick ein wenig Trost und Wärme zu spenden.

»Sie braucht noch nicht zu beten«, dachte er, »sie ist noch zu jung.«

Mühsam rang sich des Kindes Blick aus dem bleiernen Morphiumschlaf, irrte entsetzt durch den Raum und hing schaudernd

erst an der weißgekleideten Gestalt der Pflegerin, dann an dem Arzt im Spitalskittel. Hilary hob die Hand.
»Könnten Sie mich nicht einen Augenblick mit ihr allein lassen?« fragte er.
Die beiden gingen ins Nebenzimmer hinüber.
»Loo!« sagte Hilary sanft.
Beim Klang seiner Stimme hielten die Blicke des Mädchens in ihrem rastlosen, entsetzten Wandern inne und blieben dann an seinem Lächeln hängen.
»Ist das nicht ein nettes, sauberes Zimmer? Loo, was hast du am liebsten in der Welt?«
Fast unhörbar kam es von den weißen, verzerrten Lippen: »Kino.«
»Das sollst du jetzt täglich sehen – zweimal am Tag. Stell dir nur vor! Schließ die Augen, schlaf fest, und wenn du aufwachst, fängt das Kino an. Schließ die Augen, ich erzähl dir eine Geschichte. Niemand soll dir was zuleide tun, verstehst du? Ich bin ja bei dir.«
Er dachte, sie habe die Augen fest geschlossen; plötzlich befielen das Kind wieder heftige Schmerzen; es begann zu wimmern und schrie auf.
»O Gott!« murmelte Hilary. »Doktor, noch eine Injektion, rasch!«
Der Arzt gab ihr eine Morphiumspritze.
»Lassen Sie uns wieder allein.«
Der Arzt verschwand, langsam kehrte der Blick des Kindes zu Hilarys lächelndem Antlitz zurück. Er legte seine Finger auf die kleine Hand.
»Jetzt paß auf:

Das Walroß und der Zimmermann spazierten Hand in Hand,
Sie weinten sich die Augen rot in diesem Meer von Sand.
›Und fegten mit sieben Besen hier sieben Mägde jahraus, jahrein –
Was meinst du, brächten sie dies Land vom Sande endlich rein?‹
›Glaub kaum‹, sprach drauf der Zimmermann, ›nie wird's hier rein,
nie wieder!‹

Und eine bittre Träne rann ihm von der Wange nieder.«

Hilary sprach weiter und weiter, sagte das ganze Gedicht auf. Und während er es mit gedämpfter Stimme vortrug, fielen dem Kind die Augen zu, die kleine Hand wurde stets kühler.
Er spürte die eisige Kälte seinen Arm durchdringen und dachte: »Gott, wenn Du bist, dann zeig ihr Kinobilder!«

15

Als Dinny am Morgen nach ihrer Aussprache mit dem Vater erwachte, kam ihr Kummer ihr nicht gleich zum Bewußtsein. Dann aber fuhr sie erschrocken in die Höhe. Wie, wenn Wilfrid am Ende alles im Stich ließ und davonlief, nach dem Orient oder noch weiter? Vielleicht bildete er sich dabei gar noch ein, es sei zu ihrem Besten.
»Ich kann unmöglich bis Donnerstag warten«, überlegte sie, »ich muß in die Stadt. Hätte ich doch nur Geld, falls er am Ende –!« Sie kramte ihren Schmuck hervor und schätzte rasch seinen Wert. Jene beiden Herren in der South Molton Street! Als sie damals Jeannes Smaragdanhänger versetzte, hatten sich die beiden hochanständig benommen. Sie band die versetzbaren Schmuckstücke in ein kleines Paket und ließ nur zwei oder drei zurück, die sie gewöhnlich trug. Besonders wertvolle Juwelen befanden sich nicht darunter, mehr als hundert Pfund würden ihr die Herren trotz höchsten Wohlwollens schwerlich darauf leihen.
Beim Frühstück benahmen sich alle so, als sei gar nichts geschehen. Sie wußten also das Schlimmste!
»Wie unschuldig sie sich nur stellen!« fuhr es Dinny durch den Sinn.
Als der Vater erklärte, er werde nach London fahren, sagte sie, sie wolle mitkommen.
Er warf ihr einen Blick zu wie ein Affe, der sich betrübt fragt, woher der Mensch das Recht nehme, sich dem Affen überlegen zu dünken. Wieso war ihr nur früher dieses unruhige Flackern, dieser bekümmerte Ausdruck seiner braunen Augen entgangen?

»Schön«, gab er zur Antwort.
»Soll ich chauffieren?« fragte Jeanne.
»Dankend angenommen«, murmelte Dinny.
Niemand verlor ein weiteres Wort über das Thema, das aller Gedanken so sehr in Anspruch nahm.
Im offenen Auto saß Dinny neben dem Vater. Erst jetzt, ziemlich spät, stand der Hagedorn in voller Blüte, und sein angenehmer Duft mischte sich mit dem Benzingeruch, der wiederholt aufstieg. Der Himmel war grau verhangen, regenschwer. Ihr Weg führte über die Chiltern-Hügel, Hampden, Great Missenden, Chalfont und Chorley Wood, eine so unverkennbar englische Landschaft, daß selbst ein Reisender, der aus tiefem Schlaf auffuhr, sich keinen Augenblick in irgendeinem anderen Lande wähnen konnte. Dinny wurde dieser Strecke sonst nie müde; heute aber konnten weder das junge Grün noch die Hagedorn- und Apfelblüten, noch die krumme, abschüssige Straße durch die alten Dörfer ihre Aufmerksamkeit von der starren Ruhe ihres Begleiters ablenken. Instinktiv erriet sie, daß er eine Unterredung mit Wilfrid im Schilde führte. Wenn er wirklich mit ihm sprach, dann wollte auch sie mit Wilfrid sprechen. Doch als der Vater den Mund auftat, äußerte er sich über die Lage in Indien, und sie plauderte nur über die Vögel. Jeanne fuhr wie wild drauflos und warf keinen einzigen Blick zurück. Erst in der Finchley Road in London fragte der General:
»Wo möchtest du aussteigen, Dinny?«
»In der Mount Street.«
»Du übernachtest dort?«
»Ich bleibe bis Freitag.«
»Wir setzen dich dort ab, und ich fahre weiter in meinen Klub. Du bringst mich doch heute abend noch zurück, Jeanne?«
Jeanne nickte, ohne sich umzuwenden, und glitt zwischen zwei scharlachroten Autobussen so blitzschnell durch, daß zwei Chauffeure gleichzeitig knurrten: »Verdammtes Frauenzimmer!«
Dinny sann hin und her. Durfte sie es wagen, Stack telefonisch zu bitten, er solle sie verständigen, sobald ihr Vater käme? Dann würde sie ihren Besuch auf die Minute danach einrichten können. Dinny gehörte zu den Leuten, die sofort persönliche Beziehun-

gen zur Dienerschaft herstellen. Nie legte sie eine Kartoffel auf den Teller, ohne unbewußt ein gewisses Interesse an der Person des Servierenden zu bekunden. Nie vergaß sie, »Danke!« zu sagen, und verschwand selten aus dem Gesichtskreis des Dienstbeflissenen ohne ein leutseliges Wort. Erst dreimal hatte sie Stack gesehen, und doch war ihr bereits klar, daß er sie für einen Menschen hielt, wenn sie auch nicht aus seiner Gegend stammte. Sie rief sich diesen Mann in die Erinnerung zurück, seine nicht mehr jugendliche Gestalt, die mönchischen Züge, die breite Nase, das schwarze Haar, die ausdrucksvollen Augen, den zugleich scharfen und wohlwollenden Zug um die geschwungenen Lippen, den aufrechten, flotten Gang. Unlängst hatte sie einen Blick von ihm aufgefangen, der zu sagen schien: »Wenn du unser Schicksal wirst, könnt ich mich damit abfinden? Jawohl.« Deutlich empfand sie, daß er Wilfrid treu ergeben war. Darum beschloß sie, einen Versuch zu wagen. Als der Vater und Jeanne sie in der Mount Street abgesetzt hatten und davonfuhren, schoß es ihr durch den Kopf: »Hoffentlich erlebe ich nie solche Elternfreuden!«

»Darf ich telefonieren, Blore?«

»Selbstverständlich, Miss.«

Sie rief bei Wilfrid an.

»Wer dort? Stack? Hier Miss Cherrell . . . Könnten Sie mir nicht einen kleinen Gefallen tun? Mein Vater, General Sir Conway Cherrell, wird heute Mr. Desert besuchen. Ich weiß nicht genau, wann er bei Ihnen vorspricht, doch ich möchte gern selbst hinkommen, während er dort ist . . . Könnten Sie mich also sogleich nach seiner Ankunft hier anrufen? Ich erwarte Ihren Anruf . . . Herzlichen Dank! . . . Mr. Desert wohlauf? Bitte, sagen Sie weder ihm noch meinem Vater, daß ich komme. Recht herzlichen Dank!«

»Wenn ich Vater richtig kenne«, dachte sie, »geht er jetzt hin! Wilfrid gegenüber liegt eine Bildergalerie, von einem ihrer Fenster aus kann ich den Vater fortgehen sehen.«

Kein Anruf kam vor dem Lunch, den sie mit der Tante einnahm.

»Dein Onkel hat mit Jack Muskham gesprochen«, erklärte Lady Mont während der Mahlzeit, »in Royston, weißt du. Den ande-

ren, den Menschen mit dem Affengesicht, nahm er im Auto nach London mit – die beiden halten reinen Mund. Aber, Dinny, Michael meint, Desert sollte das bleibenlassen.«
»Was, Tante Emily?«
»Die Veröffentlichung jenes Gedichtes.«
»Oh, darauf geht er nicht ein.«
»Weshalb? Ist es so gut?«
»Das beste, was er je geschrieben hat.«
»Überflüssige Komplikation!«
»Tante Emily, Wilfrid hat nichts zu verbergen.«
»Äußerst peinlich für dich! Sag doch, könntet ihr euch nicht mit einer Kameradschaftsehe begnügen?«
»Ich bin starr, liebe Tante!«
»Bis der Tod euch scheidet – eine lange Zeit – und wieviel liegt dazwischen? Es handelt sich doch auch um unseren Namen. Und die Sachen sprechen sich so herum. Mir wäre es bis in die Seele zuwider, wenn du in die Zeitung kämst, Dinny.«
»Mir nicht weniger, Tantchen.«
»Fleur kam einmal in die Zeitung – eine Verleumdung.«
»Ich erinnere mich.«
»Wie heißt doch das Ding, das zurückkehrt und einen dabei unversehens verletzt?«
»Bumerang?«
»Hab's doch gewußt, etwas Australisches. Und Beuteltiere gibt's dort auch, gelt? Blore, schenk Miss Dinny nach!«
»Danke, mir nichts mehr, Tante Emily. Darf ich jetzt hinuntergehen?«
»Gehen wir beide!« Lady Mont stand auf und sah geneigten Kopfs prüfend ihre Nichte an. »Tief atmen und Karotten essen, das kühlt das Blut. Warum heißt es Golfstrom, Dinny? Was für ein Golf soll das sein?«
»Der Golf von Mexiko, Tante.«
»Aha, von dort kommen die Aale, hab es neulich gelesen. Gehst du fort?«
»Ich erwarte einen Anruf.«
»Nette Mädels am Telefon. Wenn nur nicht so viele Fehlverbindungen wären! Eine Tasse Kaffee?«

»Bitte, sehr gern!«
»Eine Gottesgabe. Nach einem Täßchen setzt sich das erregte Gemüt wie ein Pudding.«
»Tante Emily sieht wirklich mehr, als man glaubt«, dachte Dinny.
»Auf dem Land draußen«, fuhr Lady Mont fort, »macht einem die Liebe mehr zu schaffen, dort hört man den Kuckuck rufen. In Amerika, sagte unlängst jemand, soll es keinen Kuckuck geben. Vielleicht gibt's dort auch keine Verliebten, dein Onkel wird es wohl wissen. Aber bei uns nützt dir alles nichts, du mußt verliebt sein. So war es wenigstens immer. Ich seh den Menschen ins Herz hinein«, fuhr die unheimliche Tante fort und fragte:
»Wo ist dein Vater hin?«
»In seinen Klub.«
»Hast du ihm das erzählt, Dinny?«
»Ja.«
»Du bist sein Liebling.«
»Ach nein, Clare.«
»Papperlapapp!«
»Tante Emily, wie stand es mit deiner jungen Liebe? Lief da alles glatt ab?«
»Ich hatte eine gute Figur«, erwiderte ihre Tante, »natürlich zuviel Figur. So waren wir alle zu meiner Zeit. Lawrence war meine erste Liebe.«
»Wirklich?«
»Abgesehen von einigen Chorknaben, unserem Pferdeknecht und ein oder zwei Soldaten. Da war solch ein kleiner Hauptmann mit schwarzem Schnurrbart. Unvorsichtig von einer Vierzehnjährigen.«
»Ihr wart wohl sehr förmlich in der Brautzeit?«
»Nein, dein Onkel war leidenschaftlich. Anno 1891. Seit dreißig Jahren hatte es nicht mehr geregnet.«
»Nicht mehr so viel geregnet, meinst du?«
»Nein, überhaupt nicht. Doch ich weiß nimmer, wo. Horch, das Telefon!« Dinny war noch vor dem Kammerdiener beim Apparat.
»Es gilt mir. Danke, Blore!«
Mit zitternder Hand griff sie nach dem Hörrohr.

»Ja? . . . Verstehe . . . Danke, Stack! . . . Herzlichen Dank! . . . Blore, wollen Sie mir nicht ein Auto besorgen?«
Sie ließ das Taxi vor der Galerie, Wilfrids Wohnung gegenüber, halten, kaufte einen Katalog, eilte die Treppe hinauf und trat ans Fenster. Hier prüfte sie allem Anschein nach eingehend Bild Nummer 35 – »Rhythmus« hieß es, eigentlich ein irreführender Titel – und spähte unablässig nach der gegenüberliegenden Haustür. Unmöglich konnte der Vater Wilfrid schon verlassen haben, seit dem Anruf waren ja erst sieben Minuten vergangen. Doch bald darauf sah sie ihn aus der Tür treten und die Straße hinabgehen. Er hielt den Kopf gesenkt und schüttelte ihn ein paarmal; sie konnte zwar sein Gesicht nicht sehen, sich aber ohne Mühe sein Mienenspiel vorstellen.
»Er kaut an seinem Schnurrbart!« dachte sie, »armer Vater!«
Kaum war er um die Ecke verschwunden, lief sie hinab, huschte über die Straße und flog die Treppe hinauf. Vor Wilfrids Tür hielt sie inne, die Hand an der Klingel. Dann läutete sie.
»Komme ich zu spät, Stack?«
»Der General ist soeben fort, Miss.«
»Oh! Könnte ich Mr. Desert sehen? Bitte, melden Sie mich nicht!«
»Nein, Miss«, entgegnete Stack. Hatte sie je einen so verständnisvollen Blick gesehen wie seinen?
Sie holte tief Atem und öffnete die Tür. Wilfrid stand am Kamin, den Kopf auf die verschränkten Arme geneigt. Leise glitt sie näher und wartete darauf, daß er sie bemerke.
Plötzlich hob er den Kopf und sah sie an.
»Liebster!« rief Dinny. »Verzeih, wenn ich dich erschreckt hab!«
Mit leicht geöffneten Lippen warf sie den Kopf zurück, so daß ihr Hals hervortrat. In seiner Miene las sie schweren Kampf.
Er konnte nicht widerstehen und gab ihr einen Kuß.
»Dinny, dein Vater –«
»Ich weiß. Hab ihn fortgehen sehen. ›Mr. Desert, nicht wahr? Meine Tochter hat mir von Ihrer Verlobung und – eh – Ihrer Situation berichtet. Vermutlich können Sie – eh – ermessen, was – eh – geschehen wird, wenn Ihre – eh – Eskapade bei Darfur in London – eh – bekanntwird. Meine Tochter ist volljährig, sie

kann nach eigenem Gutdünken handeln, aber wir alle haben sie sehr, sehr lieb, und Sie stimmen mir vermutlich bei, daß Sie es angesichts eines derartigen – eh – Skandals nicht verantworten könnten, sich im gegenwärtigen Augenblick als ihren Verlobten zu betrachten?‹«

»Stimmt fast wörtlich!«

»Und was hast du ihm erwidert?«

»Ich würde mir's noch überlegen. Er hat vollkommen recht.«

»Vollkommen unrecht. Ich hab dir's doch schon gesagt: ›Liebe, die sich ändern kann, ist wahre Liebe nicht.‹ Michael meint, du solltest den ›Leoparden‹ nicht drucken lassen.«

»Ich muß, muß die Sache loswerden! Wenn du nicht bei mir bist, bin ich kaum bei Trost.«

»Ich weiß ja. Aber, Liebster, die beiden halten reinen Mund. Muß also die Geschichte überhaupt herauskommen? Wenn eine Sache nicht bald ans Licht kommt, kommt sie oft überhaupt nicht ans Licht. Wozu mit dem Kopf durch die Wand?«

»Darum handelt sich's hier nicht. Mich quält diese verdammte Angst, daß ich wirklich feig war. Deshalb will ich ja, daß alles ans Licht kommt. Dann kann ich den Kopf wieder hoch tragen, geächtet oder nicht. Begreifst du das nicht, Dinny?«

Sie begriff es. Seine Miene verriet ihr genug. »Was er auch fühlt«, dachte sie, »es ist meine Pflicht, seine Gefühle zu teilen, auch wenn ich anders denke; nur so kann ich ihm helfen; nur so kann ich ihn vielleicht behalten.«

»Ich begreife vollkommen. Michael hat unrecht. ›Wir wollen stehen wie starke Eichen, unsere Kronen werden vielleicht brechen, aber nie sich beugen.‹«

So entlockte sie ihm ein Lächeln und zog ihn neben sich auf den Diwan. Nach langem, tiefem Schweigen schlug sie die Augen auf mit jenem sachten Blick, auf den sich alle Frauen so gut verstehen.

»Wilfrid, morgen ist Donnerstag. Hättest du etwas dagegen, wenn wir auf dem Heimweg einen Sprung zu Onkel Adrian machten? Er steht auf unserer Seite. Und was unsere Verlobung angeht, können wir den Leuten ja sagen, daß wir nicht verlobt sind, und es trotzdem bleiben. Auf Wiedersehen, Liebster!«

Als sie unten die Haustür öffnete, sagte Stack: »Verzeihung, Miss.«
»Ja?«
»Ich lebe schon ziemlich lang bei Mr. Desert – ich bin auf eine Idee gekommen. Wenn ich nicht irre, sind Sie ja mit ihm verlobt, Miss?«
»Ja und nein, Stack. Doch ich hoffe, ihn zu heiraten.«
»Sehr richtig, Miss, ein Glück für ihn, wenn Sie mir diese Bemerkung erlauben. Doch Mr. Desert faßt manchmal Hals über Kopf einen Entschluß, darum dachte ich, wenn wir sozusagen als Verbündete vorgingen, wäre das vielleicht zu seinem Besten.«
»Ganz ihrer Meinung. Darum rief ich Sie ja heute morgen an.«
»Ich hab die Jahre hier schon viele junge Damen gesehen, doch keine hätt ich ihm so sehr zur Frau gewünscht wie Sie, Miss, darum hab ich mir jetzt die Freiheit genommen.«
Dinny streckte ihm die Hand entgegen. »Ich bin herzlich froh darüber. Das war ja auch mein Wunsch. Es gibt da nämlich einige Schwierigkeiten, und ich fürchte, es kommt noch zu neuen.«
Stack wischte sich die Hand ab, dann ergriff er Dinnys Rechte, und sie tauschten einen kräftigen Händedruck.
»Er hat einen Kummer, ich weiß es«, erklärte Stack. »Na, das geht mich nichts an. Aber ich weiß auch, daß er oft im Handumdrehen eine Entscheidung trifft. Wenn Sie mir Ihre Telefonnummer geben wollen, Miss, könnt ich Ihnen beiden von Nutzen sein.«
Dinny schrieb die Nummer auf. »Da ist die Nummer meines Onkels Sir Lawrence Mont in der Mount Street, bei dem ich in London wohne; und da die Nummer unseres Besitzes Condaford in Oxfordshire. Durch die eine oder die andere bin ich fast sicher zu erreichen. Vielen Dank! Ein Stein fällt mir vom Herzen.«
»Mir auch, Miss. Ich bin Mr. Desert sehr ergeben und wünsche ihm das Allerbeste. Er ist nicht nach jedermanns Geschmack, aber nach dem meinen.«
»Auch nach meinem, Stack.«
»Ich möchte Ihnen keine Komplimente machen, Miss, aber, Sie verzeihen schon, meinem Herrn steht ein großes Glück bevor.«

Dinny lächelte. »Nein, mir! Leben Sie wohl! Nochmals vielen Dank!«
Langsam schritt sie durch die Cork Street hin. Nun hatte sie einen Bundesgenossen in der Löwenhöhle, einen Spion im Lager des Freundes, einen treuen Verräter! Die Bilder gerieten durcheinander, und sie eilte ins Haus ihrer Tante zurück.
Vor seiner Heimkehr nach Condaford würde ihr Vater so gut wie sicher hierherkommen. Da sah sie auch schon seinen alten, unverkennbaren steifen Hut in der Halle; wohlweislich legte sie den eigenen Hut ab, ehe sie das Empfangszimmer betrat. Ihr Vater unterhielt sich eben mit der Tante, doch als sie zur Tür hereinkam, verstummten beide. Nun würden alle bei ihrem Eintritt immer so verstummen! Sie sah ihnen ruhig und gerade ins Gesicht und nahm Platz.
Der Blick des Generals begegnete dem ihren. »Dinny, ich habe mit Mr. Desert gesprochen.«
»Ich weiß, lieber Vater. Er will sich's überlegen. Jedenfalls werden wir es vorläufig abwarten, bis die Geschichte bekannt wird.«
Unruhig rutschte der General auf seinem Stuhl.
»Und zu deinem Trost will ich dir mitteilen, daß wir nicht offiziell verlobt sind.«
Der General machte ihr eine leichte Verbeugung, Dinny wandte sich zur Tante, die ihrem rotglühenden Gesicht mit einem lila Löschpapier Kühlung zufächelte.
Schweigen. Dann fragte der General: »Wann fahrt ihr nach Lippinghall, Emily?«
»Nächste Woche«, erwiderte Lady Mont. »Oder die übernächste? Lawrence weiß schon. Ich lasse meine beiden Gärtner bei der Blumenschau von Chelsea ausstellen. Boswell und Johnson, Dinny.«
»Aha! Du hast sie also noch immer?«
»Mehr denn je. Conway, du solltest auch Pestifera pflanzen, nein, so heißt's nicht, eine haarige Anemone, weißt du.«
»Pulsatilla, Tantchen.«
»Entzückende Blumen! Sie brauchen kalkhaltigen Boden.«
»Davon ist in Condaford nicht viel zu finden«, bemerkte der General.

»Das wird dir ja bekannt sein, Emily.«
»Tante, heuer waren unsere Azaleen ein Traum.«
Lady Mont legte das Löschpapier hin.
»Ich hab es deinem Vater gesagt, Dinny.«
»Danke, liebe Tante.«
»Daß es zwecklos ist, dich zu quälen.«
Dinny betrachtete das düstere Gesicht ihres Vaters und fragte: »Tantchen, kennst du vielleicht jenen netten Laden in der Bond Street, wo man die hübschen Tierplastiken bekommt? Ich hab eine reizende Füchsin mit ihren Jungen dort erstanden, damit Vater die Füchse liebgewinnt.«
»Ach ja, die Jagd!« sagte Lady Mont mit einem Seufzer. »Wenn man die armen Dinger aus dem Bau holt, tut einem wirklich das Herz weh.«
»Selbst Vater mag sie nicht gern ausgraben oder verschütten, nicht wahr, Vater?«
»N-nein«, erwiderte der General, »im Grunde nicht.«
»Die armen Jungen bluten zu sehen«, klagte Lady Mont. »Conway, dich sah ich einmal bluten!«
»Peinliche Geschichte, und noch dazu ganz überflüssig! Heutzutage holen nur noch die abgebrühten Jäger der alten Schule Füchse aus dem Bau.«
»Er sah so scheußlich aus, Dinny!«
»Vater, du hast nicht das Zeug zur Jagd. Um aus reiner Mordlust zu morden, muß man schon einer jener stumpfnasigen, rothaarigen, sommersprossigen Buben sein.«
Der General erhob sich. »Ich muß in den Klub zurück. Jeanne holt mich von dort ab. Dinny, wann sehen wir dich wieder? Deine Mutter –« Er schwieg.
»Tante Emily behält mich bis zum Samstag.«
Der General nickte. Die Küsse der Schwester und der Tochter ließ er mit einer Miene über sich ergehen, als wollte er sagen: »Ja – aber!«
Vom Fenster aus sah ihn Dinny die Straße hinabgehen, das Herz tat ihr weh.
»Dein Vater!« sagte die Stimme der Tante hinter ihr. »All das ist sehr betrüblich!«

»Vater hat mit keinem Wort darauf angespielt, daß ich von ihm abhängig bin. Das finde ich wirklich reizend!«

»Conway ist wahrhaftig ein lieber Kerl«, meinte Lady Mont. »Seiner Aussage nach benahm sich der junge Mann durchaus respektvoll.«

Dinny wandte sich vom Fenster fort. »Tantchen! Ich fühl's, ich bin nicht mehr dieselbe wie vor zwei Wochen. Ich bin ganz und gar verwandelt. Früher glaubte ich mich frei von allen Wünschen, jetzt aber brenn ich vor Verlangen und scher mich gar nicht darum, ob ich anständig bin oder nicht. Bitte, empfiehl mir nicht Bittersalz dagegen!«

Lady Mont streichelte ihren Arm. »›Ehre Vater und Mutter‹«, sagte sie, »aber freilich steht auch geschrieben: ›Gib alles auf, was du hast, und folge mir‹ – weiß wirklich nicht, was ich da sagen soll.«

»Ich schon«, erwiderte Dinny. »Weißt du, was ich jetzt möchte? Daß schon morgen alles herauskäme. Dann könnten wir sofort heiraten.«

»Nehmen wir den Tee, Dinny. Blore, Tee! Ziemlich stark!«

16

Am nächsten Tag brachte Dinny ihren Liebsten vor Adrians Tür im Museum und ließ ihn dort zurück. Sie warf noch einen Blick auf seine hohe, enggegürtete Gestalt und seinen hutlosen Kopf und sah, wie er sich heftig schüttelte. Doch auf seinen Lippen lag ein Lächeln, und selbst in dieser Entfernung fand sie seine Augen wunderschön.

Adrian, dem man den Besucher schon gemeldet hatte, empfing den jungen Mann mit »krankhafter Neugier«, wie er selbst sein Gefühl brandmarkte, und zog in Gedanken sofort einen Vergleich zwischen Dinny und Desert. Seltsam, welch ungleiches Paar würden diese beiden sein! Und dennoch, ein gewisser Scharfblick, den er sich vielleicht bei seiner Beschäftigung mit Gebeinen angeeignet hatte, verriet ihm, seine Nichte habe in physischer Beziehung keine üble Wahl getroffen. Deserts Gestalt nahm sich gewiß recht gut aus, wenn sie neben der ihren stand. Seine hagere, sehnige Figur voll Anmut und Geschmeidigkeit paßte sehr gut zu ihrer Eigenart und schlanken Erscheinung. Und die Augen in diesem sonnverbrannten Gesicht mit den bitteren, scharfgeschnittenen Zügen fand selbst Adrian voll Reiz für das weibliche Geschlecht, obgleich er als englischer Akademiker ausgesprochene Abneigung gegen männliche Filmstars hatte. Eine Unterhaltung über Gebeine half das Eis brechen; und während der Diskussion über ein mäßig gut erhaltenes Skelett, das angeblich einem Hethiter gehörte, wurden sie fast herzlich. Auch Orte und Volksstämme, die beide unter eigenartigen Umständen kennengelernt hatten, brachten sie einander näher. Doch erst als Wilfrid schon den Hut ergriffen hatte und sich zum Gehen wandte, fragte er plötzlich:

»Nun, Mr. Cherrell, was täten Sie?«

Adrian blickte auf, stutzte und sah den Frager zwinkernd an.

»Ich bin kein guter Ratgeber, doch Dinny ist ein prächtiges Geschöpf –«

»Das ist sie.«

Adrian beugte sich vor und schloß die Tür zum Nebenraum.

»Heute morgen«, erklärte er, »hab ich in meinem Badezimmer eine einsame Ameise gesehen, die sich alle Mühe gab, sich in dieser Umwelt zurechtzufinden. Leider muß ich gestehen, ich klopfte aus meiner Pfeife ein wenig Asche auf das arme Tier, um zu beobachten, was es anfangen würde. Na, und der Weltenlenker macht es nicht viel anders, klopft ebenfalls aus seiner Pfeife Asche auf uns herab, um die Folgen zu beobachten. Ich habe lang geschwankt, kam aber dann zu dem Schluß: Falls Sie Dinny wirklich lieben« – Wilfrid erschauerte und krampfte die Hände um die Hutkrempe –, »nun, das seh ich und weiß auch, daß Dinny Sie von Herzen liebt. Darum rat ich euch: Haltet durch und laßt euch durch die Asche nicht beirren. Dinny fährt lieber mit Ihnen auf einem Karren als mit einem anderen im Salonwagen.« Und leuchtenden Blicks fuhr er ernst fort: »Meiner Überzeugung nach gehört sie zu jenen Menschen, von denen die Bibel sagt: ›Die zwei werden ein Geist sein.‹« Über das Gesicht des jungen Mannes lief ein Beben. »Klingt echt!« fuhr es ihm durch den Sinn.

»Denken Sie also vor allem an Dinny, aber nicht etwa so, daß Sie sich sagen: ›Ich liebe dich, deshalb soll mich nichts in der Welt dazu bringen, dich zu heiraten.‹ Tun Sie, was Dinny will – wenn sie es will –, sie verlangt nichts Unbilliges. Und auf mein Wort, ich glaube, keins von euch beiden wird es bereuen.«
Desert trat einen Schritt auf ihn zu, Adrian merkte, er war tief ergriffen. Doch hielt er jede Gefühlsäußerung zurück, lächelte nur krampfhaft, machte eine Handbewegung, wandte sich um und ging.
Adrian begann einige Schranktüren zu schließen, hinter denen Knochenfunde aufbewahrt wurden. »Das unergründlichste Antlitz, das ich je gesehen habe«, dachte er, »und in gewissem Sinn auch das schönste. Über tiefen Wassern schwebt der Geist und ist oft nah daran, zu ertrinken. Wer weiß, am Ende gab ich ihm da einen verbrecherischen Rat, ich glaube, er wird ihn befolgen, aus diesem oder jenem Grund wird er meinen Rat befolgen.« Dann vertiefte er sich wieder in das Studium einer geographischen Zeitschrift, das er bei Wilfrids Besuch unterbrochen hatte. Sie enthielt eine begeisterte Schilderung der Sitten und Gebräuche eines im Amazonasgebiet ansässigen Indianerstammes, dem es gelungen war, das kommunistische Lebensideal zu verwirklichen, auch ohne Beihilfe amerikanischer Ingenieure, die im Sold des Kapitals standen. Offenbar war diesen Indianern der Begriff des Eigentums völlig fremd. Ihr ganzes Leben – auch die Befriedigung sämtlicher Naturtriebe – spielte sich vor den Augen der Öffentlichkeit ab. Sie trugen keine Kleider, hatten keine Gesetze; sie kannten nur ein Verbrechen: daß jemand vom Gemeingut etwas für Privatzwecke zurückbehielt, nur eine Strafe, bei der rote Ameisen als Vollzugsorgane dienten. Sie nährten sich von Maniokwurzeln und zur Abwechslung von Affenfleisch – die ideale Kommunistengemeinde!
»Ein schlagender Beweis«, dachte Adrian, »für die These, daß die menschliche Entwicklung sich unablässig im Kreis dreht. Während der letzten zwanzigtausend Jahre hat die Menschheit alles aufgeboten, um die Lebensform dieser Indianer zu verbessern, und jetzt, am Ende dieses langen Entwicklungsprozesses, wird uns eine solche Lebensführung als Ideal gepredigt!«

Eine Zeitlang saß er still da, ein Lächeln vertiefte die Falten um seinen Mund. Doktrinäre, Ultraradikale! Jener Araber, der dem jungen Desert die Pistole an die Schläfe gesetzt hatte, verkörperte diesen verderblichen Hang der Menschennatur! Ideen, Glaubenssätze – was waren sie am Ende? Doch nur Halbwahrheiten, nur so lange von Wert, als sie dazu beitrugen, das Leben im Gleichgewicht zu halten. Und von Adrians Knien glitt die geographische Zeitschrift zu Boden.

Auf dem Heimweg blieb er in den Anlagen vor seiner Wohnung stehen, um den Sonnenschein zu genießen und einer Amsel zu lauschen. Er besaß jetzt alles, was er vom Leben erwarten konnte: die Frau, die er liebte, gute Gesundheit, ein gutes Gehalt – siebenhundert Pfund jährlich und Aussicht auf eine Pension –, zwei reizende Kinder, nicht seine eigenen, so daß er vor den Fehlern leiblicher Eltern bewahrt bleiben würde, einen Beruf, der ihn ganz in Anspruch nahm, Liebe zur Natur, und vielleicht noch dreißig Jahre vor sich. »Wenn mir in diesem Augenblick«, dachte er, »jemand eine Pistole an die Schläfe setzte und riefe: ›Adrian Cherrell, schwöre dein Christentum ab, oder dir spritzt im nächsten Moment das Hirn aus dem Schädel!‹ – wer weiß, ob ich da wie Clive in Indien riefe: ›Schieß zu und fahr zur Hölle!‹« Er fand keine Antwort auf diese Frage, noch immer sang die Amsel, die jungen Blätter bebten im Wind, die Sonne wärmte ihm die Wangen, und im Frieden dieses einst eleganten Viertels kam ihm das Leben als ein herrliches Gut vor . . .

Als Dinny Wilfrid vor Adrians Schwelle verlassen hatte, war sie eine Weile unentschlossen stehengeblieben und dann nordwärts nach St. Augustin im Grünen gewandert. Eine Eingebung riet ihr, die fernerstehenden Familienmitglieder für sich zu gewinnen, um den Widerstand der nächsten Angehörigen zu brechen. So schritt sie denn dem Mittelpunkt des werktätigen Christentums zu, etwas heiterer gestimmt, doch noch immer voll Sorge.

Ihre Tante May goß eben zwei jungen Absolventen des College Tee ein; dann pilgerten die beiden in den Klub, wo sie über Pingpong, Kegel-, Schach- und Damespiel der Nachbarschaft die Aufsicht führten.

»Suchst du Hilary, Dinny? Er hat zwei Komiteesitzungen zu erledigen, doch sie kommen vielleicht nicht zustande, er ist bei beiden fast das einzige Mitglied.«

»Ihr habt wohl schon von meiner Affäre gehört?«

Mrs. Hilary nickte; in ihrem geblümten Kleid sah sie noch recht jugendlich aus.

»Sei doch so gut und sag mir, wie Onkel über die Sache denkt.«

»Dinny, ich möchte ihm lieber nicht vorgreifen. Wir beide können uns übrigens kaum noch an Mr. Desert erinnern.«

»Wer ihn nicht kennt, wird ihn stets falsch beurteilen. Aber du und Onkel, ihr schert euch doch nicht viel um das Geschwätz der Leute.« Sie brachte das mit treuherziger Miene vor, Mrs. Hilary jedoch, die in den Mädchenhorten so manche Erfahrung gesammelt hatte, ließ sich dadurch nicht täuschen.

»Du weißt, Dinny, dein Onkel und ich hängen nicht starr an Dogmen, aber wir halten aus vollster Überzeugung an der Ethik des Christentums fest, das kann ich unmöglich leugnen.«

Dinny sann einen Augenblick nach.

»Verlangt denn die christliche Ethik anderes von uns als Menschenliebe, Mut und Selbstverleugnung, und muß man unbedingt Christ sein, um diese Tugenden zu besitzen?«

»Darüber möchte ich lieber nicht sprechen. Ich will jede Äußerung vermeiden, die mich in Gegensatz zu Hilarys Meinung bringen könnte.«

»Tantchen, du bist eine Mustergattin!«

Mrs. Hilary lächelte. Da merkte Dinny, daß in diesem Haus das Urteil zweifellos erst später erfolgen würde.

Sie wartete und unterhielt sich mit der Tante über andere Dinge, bis Hilary eintrat. Er sah blaß und bekümmert aus. Ihre Tante reichte ihm eine Tasse Tee, strich ihm mit der Hand über die Stirn und verließ das Zimmer.

Hilary trank den Tee und stopfte die Pfeife mit einem Häufchen Tabak aus einer Tüte. »Wozu Vereine, Dinny? Warum nimmt man nicht lieber drei Ärzte her, drei Ingenieure, drei Baumeister, eine Rechenmaschine und einen phantasiebegabten Mann, der alles entwerfen und die anderen bei der Stange halten kann?«

»Hast du Sorgen, Onkel?«

»Ja; verwahrloste Häuser modernisieren und dabei über den Vorschlag hinaus blechen müssen, kann einem graue Haare machen, auch wenn man nichts mit den Behörden zu tun hat.«

Dinny warf einen Blick auf sein müdes, aber lächelndes Gesicht und dachte: »Ich kann ihn unmöglich auch noch mit meinen unbedeutenden Affären behelligen.« – »Da findet ihr beide wohl kaum Zeit«, fragte sie, »am Donnerstag zur Blumenschau nach Chelsea zu kommen?«

»Du lieber Himmel!« rief Hilary, stocherte mit einem Zündholz in dem Pfeifenkopf und brannte es am anderen Ende an, »wie gern stünde ich in einem Zelt voll blühender Azaleen, um ihren Duft einzuatmen!«

»Wir haben vor, um ein Uhr hinzugehen, da vermeiden wir das ärgste Gedränge. Tante Emily könnte euch abholen lassen.«

»Ich kann nicht bestimmt zusagen, laßt uns also lieber nicht abholen. Wenn wir um eins nicht beim Haupttor sind, dann wißt ihr, die Vorsehung ist dazwischengetreten. Und nun zu dir! Adrian hat mir alles erzählt.«

»Ich möchte dich nicht damit behelligen, Onkel.«

Hilary kniff die klugen blauen Augen zusammen. Er blies eine Rauchwolke von sich.

»Nichts, was dich angeht, behelligt mich, meine Liebe – wenn du nur keinen Kummer hast, Dinny. Ich nehme an, du kannst nicht anders?«

»Ich kann nicht anders.«

»Dann bleibt wohl nichts übrig, als der Sache die beste Seite abzugewinnen. Doch die Welt hat nun einmal ihre Freude an der Qual des lieben Nächsten; ich fürchte, ihm droht eine schlechte Presse.«

»Davon bin ich überzeugt.«

»Ich hab ihn noch als hochgewachsenen jungen Mann mit brauner Weste in Erinnerung, er sah so spöttisch drein. Hat er diese Miene noch nicht verloren?«

Dinny lächelte. »Von dieser Seite kenne ich ihn jetzt nur wenig.«

»Ich will bloß hoffen«, erklärte Hilary, »er ist keine Don-Juan-Natur.«

»Hab nichts davon bemerkt.«

»Ich meine nur, Dinny, wenn Leute dieses Schlags den Kuchen

einmal verzehrt haben, kehren sie unverkennbar wieder den alten Adam hervor. Du verstehst mich doch?«

»Vollkommen. Doch soviel ich sehe, meint er es aufrichtig mit mir.«

»Dann, meine Liebe, alles Gute! Aber wenn man Steine auf euch wirft, macht euch nichts daraus. Du weißt, was du tust, darfst dich also später nicht beklagen. Wenn man dir selbst auf die Zehen tritt, ist das schlimm genug; schlimmer noch, wenn du zusehen mußt, wie man deinem Liebsten eins über den Schädel haut. Darum nimm dich von Anfang an zusammen und in Zukunft nicht minder, sonst machst du ihm alles nur noch viel schwerer. Wenn ich nicht irre, kannst du manchmal arg in Hitze geraten, Dinny.«

»Ich will versuchen, mir das abzugewöhnen. Sobald Wilfrids Gedichtband erschienen ist, sollst du eines der Gedichte lesen, den ›Leopard‹; Wilfrid spricht sich darin über diese Sache rückhaltlos aus.«

»So!« rief Hilary überrascht. »Eine Rechtfertigung? Das halte ich für einen Mißgriff.«

»Michael sagt das auch. Ich weiß nicht, ob ihr damit recht habt, eher nicht. Aber das Gedicht erscheint bestimmt.«

»Na, da fällt die Meute wohl gleich über ihn her. ›Halt ihm die andere Backe hin‹, – ›Zu stolz für den Kampf‹ – mit solchen Wahlsprüchen kommt man nicht weit. Die Veröffentlichung des Gedichtes ist meiner Ansicht nach eine Herausforderung zum Kampf.«

»Ich kann's nicht ändern, Onkel.«

»Das seh ich ein, Dinny. Doch wenn ich an die vielen Dinge denke, die du in Zukunft nicht wirst ändern können, wird mir angst und bang. Und wie stellen sich deine Leute in Condaford dazu? Wird es deswegen mit ihnen zum Bruch kommen?«

»Man findet sich ab, unversöhnlich bleibt man nur in Romanen, und selbst die Romanfiguren geben am Ende klein bei oder sie beißen ins Gras, und die Heldin wird glücklich. Onkel, wenn du Vater triffst, willst du dann nicht bei ihm ein gutes Wort für mich einlegen?«

»Nein, Dinny. Ein älterer Bruder vergißt nie, wie überlegen er

dem jüngeren gewesen ist, als er schon erwachsen war, der andere aber noch nicht.«
Dinny erhob sich. »Na schön, Onkel. Herzlichen Dank, daß du uns nicht verdammst, noch herzlicheren Dank dafür, daß du die Verdammung nicht aussprichst. Ich werd mir alles merken, was du gesagt hast. Also Donnerstag um eins beim Haupttor. Vergiß nicht, vorher etwas zu essen, die Besichtigung ist sehr ermüdend; das Publikum bei einer Blumenschau kommt mir immer so häßlich vor.«
Als sie fort war, füllte Hilary von neuem seine Pfeife. »Noch herzlicheren Dank dafür, daß du die Verdammung nicht aussprichst!« wiederholte er in Gedanken. »Dieses junge Mädchen kann sarkastisch sein. Freilich, ich sage ja auch wer weiß wie oft bei der Erfüllung meiner Amtspflichten Dinge, an die ich selbst nicht glaube.« Dann sah er seine Frau im Türrahmen stehen und fügte hinzu: »May, meinst du, daß ich in meinem Beruf ein Schwindler bin?«
»Jawohl, Liebster. Wie wäre es anders möglich?«
»Du meinst, die dem Seelsorger vorgezeichneten Bahnen sind viel zu eng, um den Spielarten der Menschennatur Raum zu geben? Kann es denn aber anders sein? Möchtest du nicht am Donnerstag zur Blumenschau im Chelsea-Viertel?«
Mrs. Hilary dachte: »Dinny hätte mich persönlich auffordern können«, gab jedoch freundlich zur Antwort: »Recht gern.«
»Teilen wir es so ein, daß wir um ein Uhr hinkommen.«
»Hast du mit Dinny über ihre Angelegenheit gesprochen?«
»Ja.«
»Bleibt sie unnachgiebig?«
»Ganz und gar.«
Mrs. Hilary seufzte. »Ein Jammer! Glaubst du, ein Mensch kann je so etwas verwinden?«
»Vor zwanzig Jahren hätte ich erwidert: Nein. Heute weiß ich es nicht so bestimmt. Es mag seltsam klingen, aber die wirklich Strenggläubigen werden nicht seine schlimmsten Gegner sein.«
»Wieso?«
»Die werden wohl kaum seinen Weg kreuzen. Sondern die Offiziere, die Beamten und die in den Kolonien lebenden Engländer,

mit denen die beiden ständig in Berührung kommen werden. Am unversöhnlichsten wird Dinnys eigene Familie urteilen. Das Brandmal auf der Stirn! Der gelbe Fleck! Der haftet fester als die Reklamemarken der Hotels auf dem Reisegepäck.«

»Möchte wissen«, meinte Mrs. Hilary, »was unsere Kinder dazu sagen würden.«

»Seltsam, daß wir davon keine Ahnung haben.«

»Wir wissen weniger von unseren Kindern als irgendeiner ihrer Kameraden. Ich frage mich, waren wir den Eltern gegenüber auch so verschlossen?«

»Für meine Eltern waren wir eine junge Brut; sie hielten uns fest am Zaum und wußten von uns eine Menge. Wir versuchten, uns mit unseren Jungen auf gleiche Basis zu stellen, wie ein älterer Bruder und eine ältere Schwester, und dennoch kennen wir sie nicht im mindesten. Die eine Art, sie zu verstehen, haben wir verloren und keine andere dafür gewonnen. Ein wenig beschämend, diese Erkenntnis, aber unsere Jungen sind immerhin nett und anständig. Auch in Dinnys Affäre fürchte ich nicht die jungen Leute, sondern jene, die den Wert des englischen Prestiges aus eigener Erfahrung kennen – und von ihrem Standpunkt sind die ja völlig im Recht. Dann jene, die sich mit Vorliebe einbilden, sie selbst hätten in Deserts Lage nie so gehandelt wie er – die freilich haben ganz und gar nicht recht.«

»Hilary, ich glaube, Dinny überschätzt ihre Kraft.«

»Eine Frau, die wirklich liebt, kann gar nicht anders handeln. Sie mag selbst ergründen, ob ihre Liebe so tief geht. Eher läßt sie nicht locker.«

»Du sprichst so, als wärst du mit der Geschichte so ziemlich einverstanden.«

»Es ist geschehen, was nützt da alles Jammern! Jetzt wollen wir den neuen Aufruf abfassen. Eine Wirtschaftskrise steht bevor. Ein solches Pech! Die Leute, die Geld haben, werden es nicht aus der Hand lassen.«

»Wenn nur die Leute in schlechten Zeiten nicht gleich ihr Geld so zurückhielten! Das steigert bloß die Arbeitslosigkeit. Die Kaufleute jammern schon darüber.«

Hilary langte nach einem Notizbuch und begann zu schreiben. Dann blickte ihm seine Frau über die Schulter und las:

»An alle, die es angeht:
Und wen geht es nichts an, daß in unserer Mitte Tausende Menschen leben, die von der Wiege bis zum Grab so sehr am Notwendigsten Mangel leiden, daß sie gar nicht ahnen, was wirkliche Reinlichkeit, wirkliche Gesundheit, wirklich frische Luft und wirklich gute Nahrung bedeuten?«

»Ein ›Wirklich‹ dürfte genügen, Lieber.«

17

Als sie in der Chelsea-Blumenausstellung ankamen, sagte Lady Mont nachdenklich: »Ich soll Boswell und Johnson bei den Pantoffelblumen treffen. Welch ein Gedränge!«
»Ja, und wie häßlich alle diese Leute sind! Kommen sie nur deshalb her, weil sie sich nach der Schönheit sehnen, die ihnen versagt blieb?«
»Boswell und Johnson kann ich diese Sehnsucht nicht einimpfen. Hier kommt Hilary. Seit zehn Jahren trägt er denselben Anzug. Da, nimm das und lauf um Karten, sonst wird am Ende er sie bezahlen.«
Eine Fünfpfundnote in der Hand, glitt Dinny zum Schalter und wich dabei, so gut es ging, dem Blick des Onkels aus. Sie besorgte vier Karten und wandte sich lächelnd um.
»Hab dich schon gesehen, du Schlange! Wohin gehen wir zuerst? Zu den Azaleen! Bei einer Blumenschau will ich den Sinnen ihr volles Recht lassen.«
Lady Monts gewichtige Persönlichkeit rief eine kleine Verkehrsstörung hervor; unter halbgesenkten Lidern musterte sie sinnend die Leute, die sich augenscheinlich hier eingefunden hatten, um die Blumen durch ihr unschönes Aussehen noch mehr zur Geltung zu bringen. Im Zelt, das sie betraten, war es trotz des feuchten, kühlen Wetters durch die Blumendüfte und die vielen Besu-

cher angenehm warm. Die prachtvoll schönen Pflanzengruppen waren von allerlei Menschentypen umringt, die Leute zeigten samt und sonders jenen seltsam verwandten Zug, den gemeinsame Liebhaberei hervorruft. Das ganze Heer der Blumenzüchter war versammelt: Leute, die Primeln in Blumentöpfen zogen oder Kapuzinerkresse, Schwertlilien und Gladiolen in kleinen Londoner Vorstadtbeeten, Rosen, Malven und Nelken in kleinen Provinzgärten; Inhaber größerer Kulturen, Eigentümer von Treibhäusern und Pflanzenschulen waren nur in geringer Zahl vertreten, vermutlich hatten sie die Ausstellungsräume schon früher besichtigt oder würden sich erst später einfinden. Alle Besucher gingen neugierig umher, sandten spähende Blicke in die Runde, als wollten sie über ihre nächsten Versuche schlüssig werden. Die Gärtner blieben immer wieder vor den Pflanzen stehen und sprachen aufeinander ein wie Leute, die Wetten abschließen. Ringsum erhob sich gedämpftes Stimmengewirr, im Vorstadtdialekt, den Mundarten der Provinz und kultiviertem Englisch, und erinnerte an das Summen der Bienen, nur klang es nicht so lieblich; und alle diese Gespräche drehten sich um Blumen. Dies mühsam zurückgedämmte Aufflammen einer Nationalleidenschaft zwischen Zeltwänden und der Blumenduft übten auf Dinny eine hypnotische Wirkung – schweigend, mit dem Stupsnäschen leicht schnuppernd, wanderte sie von einer herrlichen Gruppe zur anderen. Die Stimme ihrer Tante scheuchte sie auf.
»Da sind sie!« rief Lady Mont und wies mit dem Kinn nach einer bestimmten Richtung.
Dinny sah zwei Männer so reglos dastehen, als hätten sie den Grund ihres Kommens ganz vergessen. Der eine hatte einen rötlichen Schnurrbart und traurige Kuhaugen; der andere sah wie ein flügellahmer Vogel aus. Beide trugen Sonntagsanzüge, so steif wie Bretter. Sie sprachen kein Sterbenswort, sahen auch nicht die Blumen an und erweckten den Eindruck, als habe die Vorsehung sie ohne Zweck und Ziel hierhergestellt.
»Welcher von beiden ist Boswell, Tantchen?«
»Der ohne Schnurrbart«, gab Lady Mont zur Antwort. »Der mit dem grünen Hut ist Johnson. Er ist taub. Sieht ihm ähnlich.«

Sie trat auf die beiden zu, und Dinny hörte sie rufen:
»Ah!«
Die beiden Gärtner rieben die Hände an den Hosenbeinen, blieben aber stumm wie Fische.
»Gefällt's euch hier?« hörte sie die Tante fragen. Die Lippen der beiden bewegten sich, brachten jedoch keinen Laut hervor. Der eine, den die Tante Boswell genannt hatte, zog die Mütze und kratzte sich den Kopf. Lady Mont wies jetzt auf die Pantoffelblumen,. da begann der Mann im grünen Hut ganz unvermittelt zu sprechen. Er sprach so leise, daß nach Dinnys Meinung nicht einmal die Tante ein Wort verstehen konnte; aber unaufhaltsam plätscherte der Strom seiner Rede weiter und schien ihm selbst volle Genugtuung zu bereiten. Alle Augenblicke hörte Dinny die Tante »Ah!« rufen, Johnson aber fuhr unverdrossen fort. Plötzlich hielt er inne, die Tante sagte nochmals »Ah!« und trat zu Dinny zurück.
»Was hat er gesagt?« fragte Dinny.
»Hab kein Wort verstanden«, erwiderte Lady Mont, »unmöglich, was zu verstehen, aber ihm hat's wohlgetan.« Sie winkte den beiden Gärtnern, die wie Bildsäulen dastanden, einen Abschiedsgruß zu und schritt den Ihren voran.
Nun wanderten sie ins Rosenzelt hinüber; Dinny warf einen Blick auf die Uhr. Sie hatte mit Wilfrid vereinbart, ihn am Eingang dieses Zelts zu treffen.
Eilig sah sie sich um. Wahrhaftig, da stand er! Hilary folgte allem Anschein nach seiner Nase, Tante May folgte Onkel Hilary, Tante Emily plauderte mit einem Gärtner. Hinter einer verschwenderisch blühenden Gruppe von Kitchener-Rosen glitt sie zum Eingang zurück, nahm Wilfrids Hände in die ihren und vergaß alles um sich her.
»Fühlst du dich stark, Liebster? Tante Emily ist hier und Onkel Hilary samt Frau. Ich möchte so gern, daß du sie kennenlernst, sie alle zählen mit.«
In diesem Augenblick kam er ihr wie ein trotziges Pferd vor, das einem nie gesehenen Hindernis gegenübersteht.
»Wenn du unbedingt willst, Dinny.«
Sie fanden Lady Mont im Gespräch mit den Vertretern der »Plantem-Gärtnereien«.

»Das da braucht südliche Lage und Kalkboden; die Nemesia nicht – ungünstiger Boden – sie verdorren so leicht. Der Phlox ist nicht aufgegangen, so behaupten wenigstens die Gärtner, man kann schließlich nie wissen. Meine Nichte Dinny – Mr. Plantem. Wir beziehen viel von ihm. Ah! Mr. Desert! Guten Tag! Ich erinnere mich noch, wie Sie bei der Trauung Michaels Arme hochhielten.« Sie hatte ihre Hand in Wilfrids Hand gelegt und offenbar sie wieder zurückzuziehen vergessen, während ihre Augen unter den hochgezogenen Brauen mit dem Ausdruck milden Staunens seine Züge prüften.
»Onkel Hilary«, stellte Dinny vor.
»Ach richtig!« rief Lady Mont und kehrte wieder in die Gegenwart zurück. »Hilary, May – Mr. Desert.«
Hilary gab sich wie immer ganz natürlich, Tante May aber sah so förmlich drein wie bei der Begrüßung eines Domherrn. Und fast im selben Augenblick überließen die Verwandten wie im stillen Einvernehmen Dinny ihrem Liebsten.
»Was hältst du von Onkel Hilary?«
»Er sieht aus wie ein Mensch, an den man sich im Unglück wenden kann.«
»Stimmt! Er hütet sich instinktiv davor, mit dem Kopf gegen die Wand zu rennen, und doch ist er stets rührig. Das ist er wohl von seinem Leben im Elendsviertel her gewöhnt. Die Veröffentlichung des ›Leoparden‹ hält er wie Michael für einen Mißgriff.«
»Da meint er wohl, ich wolle mit dem Schädel gegen die Wand rennen, wie?«
»Ja.«
»Der Würfel ist gefallen, wie man so sagt. Tut mir leid, Dinny, wenn es dir Kummer macht.«
Dinnys Hand haschte nach der seinen. »Nein. Wir wollen unter eigener Flagge segeln; aber versuche doch, Wilfrid, um meinetwillen ruhig Blut zu wahren, auch ich will mir ja alle Mühe geben. Sollen wir uns nicht hinter diesen farbensprühenden Fuchsien hinausstehlen? Meine Angehörigen erwarten es wohl nicht anders.«
Sie verließen das Zelt und schritten dem Ausgang am Themse-Kai zu, an den Ufergärten vorbei; und vor jedem dieser Steingär-

ten stand im Nebel der Mann, der ihn angelegt hatte, als wolle er den Vorübergehenden zurufen: »Seht euch das doch nur an und gebt mir einen Auftrag!«
»So schöne Gärten schaffen sie und müssen sich die Augen aus dem Kopf schauen, damit jemand von ihnen Notiz nimmt«, meinte Dinny.
»Wohin gehen wir?«
»Vielleicht in den Battersea-Park?«
»Also über die Brücke.«
»Es war wirklich reizend von dir, daß ich dich mit ihnen bekannt machen durfte, aber dreingesehen hast du wie ein Pferd, das durchgehen will. Ich hätte dir gern die Mähne gestreichelt.«
»Ich bin es gar nicht mehr gewöhnt, mit Leuten zu sprechen.«
»Ich bin froh, daß du nicht von anderen abhängig bist.«
»Total unbrauchbar als Gesellschaftsmensch. Doch von dir hätte ich gedacht –«
»Ich brauche niemanden als dich! Mir scheint, ich hab eine besonders anhängliche Natur. Ohne dich käm ich mir vor wie ein verlaufener Hund.«
Das Zucken um seinen Mund sprach mehr als alle Worte.
»Hast du schon das Heim für verlaufene Hunde gesehen? Dort drüben an der Ecke ist es.«
»Nein. Verlaufene Hunde – entsetzlicher Gedanke! Vielleicht aber sollte man doch an diese armen Geschöpfe denken. Komm, sehen wir sie uns an!«
Die Anstalt erinnerte an ein Spital und machte den Eindruck, sie sei schließlich immer noch das denkbar Beste für Wesen, denen das denkbar Schlimmste widerfahren war. Sie vernahmen von verschiedenen Seiten Bellen und bemerkten einen gewissen fragenden Blick in den Augen mancher Hunde. Schwänze wedelten, als sie näher traten. Die Rassehunde blickten ruhiger und trauriger drein als die Köter, die in der Überzahl waren. In einer Ecke des drahtumzäunten Verschlags hockte ein schwarzer Wachtelhund und hielt den Kopf mit den langen Ohren tief gesenkt. Wilfrid und Dinny gingen zu ihm hinüber.
»Wie in aller Welt«, rief Dinny, »kann man nur einen so schönen Hund abzuholen vergessen! Wie traurig er ist!«

Wilfrid fuhr mit den Fingern durchs Gitter, der Hund blickte auf. Sie sahen seine ein wenig blutunterlaufenen Augen und ein seidenweiches Haarbüschel auf seiner Stirn. Lässig erhob er sich aus seiner hockenden Stellung und begann leise zu keuchen wie in einem inneren Kampf oder als erwäge er, was dieser Besuch für ihn zu bedeuten habe.
»Nur heran, alter Bursche!«
Bedächtig kam der rabenschwarze Hund auf den vier hohen, langhaarigen Beinen herbei. Unverkennbar war er von vornehmer Rasse, was ihn noch geheimnisvoller machte. Nun stand er fast in Reichweite, regte leise den gestutzten Schwanz und ließ ihn wieder sinken, als habe er sich gesagt: »Ich versäume keine Gelegenheit, aber du bist nicht mein Herr.«
»Nun, alter Bursche?« sagte Wilfrid.
Dinny beugte sich nieder. »Gib mir einen Kuß!«
Der Hund blickte zu ihnen empor, wedelte einmal mit dem Schweif und ließ ihn wieder sinken.
»Der ist auch keine gesellige Natur«, meinte Wilfrid.
»Er ist zu traurig, um auf dich zu hören.« Dinny beugte sich tiefer hinab, und endlich gelang es ihr, die Hand durch den Draht zu zwängen. »Komm, Liebling!« Der Hund beschnupperte ihren Handschuh. Wieder wedelte er sacht mit dem Schweif; einen Augenblick kam eine rosa Zunge zum Vorschein und fuhr prüfend über die Lippen. Mit äußerster Anstrengung erreichten Dinnys Finger die seidenweiche Schnauze des Hundes.
»Wilfrid, der ist von ausgezeichneter Rasse.«
»Vermutlich gestohlen und dann durchgebrannt. Wahrscheinlich aus einem Hundestall auf dem Land.«
»Hundediebe könnte ich hängen lassen!«
Die dunkelbraunen Augen des Tieres schimmerten in den Winkeln etwas feucht. Lebhaft und doch bange sah er zu Dinny auf, als wollte er sagen: »Du bist nicht meine Vergangenheit, und wer weiß, ob ich eine Zukunft habe.«
Sie blickte auf: »Ach, Wilfrid!«
Er nickte und ließ sie mit dem Hund zurück. Vornübergebeugt stand sie da und kraute dem Tier die Ohren, bis Wilfrid zurück-

kam. Hinter ihm nahte ein Mann mit Leine und Halsband in den Händen.

»Ich hab ihn bekommen«, erklärte Wilfrid. »Sein Termin war schon gestern abgelaufen, weil er aber so hübsch ist, hätte man ihn noch eine Woche behalten.«

Dinny wandte sich fort und wischte hastig Tränen aus den Augen. Da hörte sie den Mann sagen: »Bevor er weggeht, leg ich ihm das an, sonst nimmt er noch Reißaus. Er konnte sich hier nicht eingewöhnen.«

Dinny kehrte sich dem Mann zu.

»Falls sich sein Eigentümer meldet, geben wir ihn augenblicklich zurück.«

»Wenig Aussicht, Miss. Meiner Meinung nach ist sein Herr gestorben. Wahrscheinlich streifte dann das Tier sein Halsband ab und lief davon, den Herrn zu suchen. Dabei wird er sich verlaufen haben, und niemand kümmerte sich so sehr um ihn, daß er hergeschickt und nachgefragt hätte. Ein schönes Tier! Sie haben ihn billig bekommen. Freut mich. Ich hätte es nicht gern gesehen, wenn man diesen Hund umgebracht hätte. Obendrein ist er jung.«

Er legte dem Hund das Halsband an, führte ihn zu den beiden hin und gab Wilfrid die Leine in die Hand. Der gab ihm seine Karte.

»Falls sich der Eigentümer meldet. Komm, Dinny! Gehen wir ein Stückchen zu Fuß. Los, Bursche!«

Als der namenlose Hund diesen schönsten Ausdruck seines Wortschatzes vernahm, lief er, soweit es die Leine erlaubte.

»Vermutlich hat dieser Mann mit seiner Ansicht recht«, meinte Wilfrid. »Hoffentlich! Wir werden den Burschen gewiß liebgewinnen.«

Draußen auf dem Rasen suchten sie den Hund etwas zutraulicher zu machen. Geduldig nahm er ihre Aufmerksamkeiten hin, versuchte aber nicht, sie zu erwidern. Schwanz und Augen hielt er gesenkt und verschob sein Urteil über die beiden offenbar auf einen späteren Zeitpunkt.

»Schaffen wir ihn lieber nach Hause«, schlug Wilfrid vor. »Bleib du hier, ich hole einen Wagen.«

Er wischte mit dem Taschentuch einen Parksessel ab, übergab ihr die Leine und eilte davon.
Dinny nahm Platz und betrachtete den Hund. Soweit die Leine ihm Spielraum ließ, war er Wilfrid nachgelaufen, dann hockte er sich in der Haltung nieder, in der die beiden ihn zuerst gesehen hatten.
Was solch ein Hund wohl fühlte? Augenscheinlich vermochte er einfache Schlüsse zu ziehen, empfand Liebe, Abneigung, Groll, Begehren und Freude wie die Menschen. Aber sein Wortschatz war spärlich, und Begriffe fehlten ihm gänzlich. Immerhin, besser als in seinem Drahtverhau inmitten jener Schar gefühlsstumpfer Hunde ging es ihm bei Wilfrid auf alle Fälle!
Der Hund kam zu ihr zurück, hielt jedoch den Kopf unverwandt nach der Richtung gekehrt, die Wilfrid eingeschlagen hatte, und begann zu winseln.
Ein Taxi fuhr vor, der Hund hörte zu winseln auf und begann zu keuchen.
»Der Herr kommt!« Da zerrte das Tier mit aller Macht.
Wilfrid trat vor sie hin; an der schlaffen Leine merkte sie die Enttäuschung des Hundes. Dann straffte sich die Schnur wieder, Dinny spürte, wie das Tier mit dem Schweif wedelte, während es die Stulpen von Wilfrids Hose beschnupperte.
Im Auto saß der Hund auf dem Boden, das Kinn auf Wilfrids Schuhen. In der Piccadilly wurde er unruhig und legte schließlich das Kinn auf Wilfrids Knie. Diese Fahrt mit dem Hund und Wilfrid brachte Dinnys Gefühle in Aufruhr, und beim Aussteigen atmete sie freier.
»Bin neugierig, was Stack dazu sagt«, meinte Wilfrid. »Ein Wachtelhund in der Cork Street ist keine Kleinigkeit.«
Gelassen stieg der Hund treppan.
»Gottlob, er ist ans Haus gewöhnt!« rief Dinny erleichtert.
Im Wohnzimmer beschnupperte das Tier den Teppich. Dann kam es offenbar zu dem Schluß, hier gebe es keine Artgenossen, und die Möbelbeine seien auch nicht besonders interessant. Schließlich legte der Hund die Nase auf den Diwan und blinzelte aus den Augenwinkeln zu ihnen auf.
»Herauf!« befahl Dinny. Der Hund sprang auf den Diwan.

»Du meine Güte!« rief Wilfrid, »der stinkt!«
»Baden wir ihn. Während du die Wanne füllst, untersuch ich sein Fell.«
Sie hielt den Hund, der Wilfrid nachlaufen wollte, fest und begann seine Haare zu durchsuchen. Dabei fand sie einige gelbe Flöhe, jedoch keinen anderen Inwohner.
»Du stinkst wirklich, Liebling!«
Der Hund wandte den Kopf und leckte ihr die Nase.
»Dinny, das Bad ist fertig!«
»Ich fand nur ein paar Hundeflöhe.«
»Wenn du mir helfen willst, leg dein Kleid ab, du verdirbst es dir sonst ganz, und zieh dir diesen Bademantel an!«
Hinter Wilfrids Rücken warf Dinny das Kleid ab und schlüpfte in einen blauen Bademantel; sie gab sich der leisen Hoffnung hin, er würde sich nach ihr umdrehen, rechnete es ihm aber hoch an, daß er es unterließ. Dann rollte sie die Ärmel auf und trat neben ihn. Als Wilfrid den Hund über die Wanne hielt, ließ das Tier die Zunge weit heraushängen.
»Dinny, er wird doch nicht am Ende erbrechen?«
»Nein, Hunde machen das immer so. Sachte, Wilfrid, laß ihn nicht plätschern, sonst erschrickt er. Los!«
Im Wasser hielt das Tier nach kurzem Strampeln still, ließ den Kopf hängen und gab sich alle Mühe, auf der schlüpfrigen Fläche nicht auszugleiten.
»Da ist Haarshampoo, besser als nichts. Ich halt ihn, reib du ihn damit ein.«
Dinny schüttete etwas Shampoo auf den glänzendschwarzen Rücken des Hundes, goß ihm Wasser auf die Flanken und begann zu reiben. Diese erste häusliche Szene mit Wilfrid war für sie eine ungetrübte Freude und brachte sie ihm und dem Hund nahe. Endlich richtete sie sich auf. »Puh! Mein Rücken! Spül den Hund ab und leere die Wanne, ich halte ihn.«
Wilfrid spülte das Tier ab, das den Verlust seiner Flöhe nicht übermäßig zu bedauern schien. Es schüttelte sich heftig, beide sprangen zurück.
»Nicht herauslassen!« rief Dinny, »wir müssen ihn noch in der Wanne trocknen.«

»Gut. Leg die Hände um seinen Nacken und halt ihn fest.«
In ein riesiges Badetuch gehüllt, hob der Hund den Kopf zu ihr und sah ganz kläglich und verloren drein.
»Armer Bursche! Na, jetzt ist es bald vorbei, und du wirst herrlich duften.«
Der Hund schüttelte sich.
Wilfrid zog das Badetuch zurück. »Halt ihn einen Augenblick, ich hol eine alte Decke, und wir frottieren ihn, bis er trocken ist.«
Dinny blieb mit dem Hund allein, hielt ihn mit den Vorderpfoten über den Rand der Wanne und rieb drauflos, während das arme Tier herauswollte und todtraurig dreinsah.
»Da! So ist es schon besser!«
Sie wickelten den fast ohnmächtigen Hund in eine alte Decke und trugen ihn zum Diwan.
»Wie sollen wir ihn taufen, Dinny?«
»Versuchen wir es mit ein paar Namen, vielleicht erraten wir den richtigen.«
Der Hund aber hörte auf keinen. »Auch recht«, meinte Dinny, »wir wollen ihn Foch nennen. Foch verdanken wir es, daß wir uns wiedertrafen.«

18

Nach der Heimkehr des Generals herrschten in Condaford Ärger und unruhige Stimmung. Dinny hatte versprochen, sie komme Samstag zurück, doch jetzt, am Mittwoch, war sie noch immer in London. Ihre Erklärung, sie sei nicht offiziell verlobt, schien den Ihren nur ein geringer Trost, denn der General hatte hinzugefügt: »Ein Beschwichtigungsmittel, nichts weiter.« Als Lady Cherrell in ihn drang, ihr doch genau zu erzählen, was vorgefallen war, gab er nur wortkarg Antwort.
»Desert tat kaum den Mund auf, Lizzy«, sagte er. »Zugegeben, er benahm sich höflich und so weiter. Wie ein Auskneifer sieht er übrigens nicht aus. Seine Qualifikation im Krieg war ausgezeichnet. Unerklärliche Geschichte!«
»Kennst du seine Gedichte, Conway?«

»Nein. Wo sind sie?«
»Dinny hat sie irgendwo. Sie sind sehr bitter. Das sind ja so viele Schriftsteller. Doch ich fände mich gern mit allem ab, könnte ich nur hoffen, daß Dinny mit ihm glücklich wird.«
»Dinny sagt, er werde demnächst ein Gedicht über diese Affäre veröffentlichen. Muß ein eitler Geck sein.«
»Das sind Dichter ja zumeist.«
»Wenn ich doch nur jemanden wüßte, der auf sie Einfluß hat! Hubert erklärt, er habe jeden Kontakt mit ihr verloren. Jedenfalls hinge über dieser Ehe ein trüber Schatten!«
»Manchmal glaub ich«, murmelte Lady Cherrell, »wir in unserem abgeschiedenen Condaford wissen gar nicht mehr, was draußen in der Welt Schatten wirft und was nicht.«
»Diese Geschichte wirft einen«, sagte der General mit Nachdruck. »In den Augen aller, die etwas bedeuten.«
»Wer bedeutet denn heutzutage noch etwas?«
Der General schwieg, dann erwiderte er überlegen: »England ist im Grunde genommen auch heute noch aristokratisch. Alles, was die Staatsmaschine in Gang hält, geht von den höheren Ständen aus. Noch immer beherrschen Tradition und Pflichttreue die Gesellschaft, mögen die Sozialisten schwatzen, was sie wollen.«
Lady Cherrell schien über diesen Redestrom ganz erstaunt.
»Nun ja«, gab sie zurück, »was fangen wir aber mit Dinny an?«
Der General zuckte die Achseln. »Warten wir, bis es irgendwie zu einer Krise kommt. Eine ungehorsame Tochter zu enterben, ist längst nicht mehr modern; übrigens haben wir sie ja viel zu lieb. Natürlich sollst du mit ihr sprechen, Lizzy, sobald sich eine Gelegenheit dazu bietet . . .«
Zwischen Hubert und Jeanne verlief die Unterredung über diesen Punkt wesentlich anders.
»Bei Gott, Jeanne, ich wollte, Dinny hätte deinen Bruder gewählt!«
»Alan hat die Geschichte verwunden. Gestern bekam ich einen Brief von ihm. Augenblicklich befindet er sich in Singapur. Wahrscheinlich hat er dort irgendeine Flamme. Hoffentlich keine verheiratete Frau. Im Orient gibt es so wenige Mädchen.«
»Ich glaub nicht, daß Alan sich mit der Frau eines anderen ein-

läßt. Vielleicht hat er dort eine Eingeborene; die Malaienmädchen sollen oft sehr hübsch sein.«

Jeanne schnitt eine Grimasse.

»Eine Malaiin – Ersatz für Dinny!«

Bald darauf murmelte sie: »Hubert, diesen Mr. Desert möchte ich kennenlernen. Dem könnte ich schon noch beibringen, was die Leute von ihm denken werden, wenn er Dinny ins Unglück stürzt.«

»Bei Dinny mußt du die Sache mit großer Vorsicht anpacken.«

»Falls ich das Auto haben kann, fahre ich morgen nach London und bespreche mich mit Fleur. Die muß ihn doch ziemlich genau kennen, er war ja Michaels Trauzeuge.«

»Ich würde lieber Michael zu Rate ziehen; aber um Himmels willen, Liebste, Vorsicht!«

Jeanne, die die Ausführung ihrer Pläne nie lang hinausschob, stahl sich am nächsten Morgen, während die anderen noch schliefen, mit dem Auto davon und traf Schlag zehn auf dem South Square im Westminster-Viertel ein. Michael war offenbar in seinen ländlichen Wahlkreis gefahren.

»Je sicherer das Mandat«, erklärte Fleur, »um so mehr glaubt Michael, sich um seine Wähler kümmern zu müssen. Der Dankbarkeitskomplex, verstehst du? Was kann ich für dich tun?«

Jeannes langbewimperte Augen glitten von dem Fragonard, den sie eben betrachtet hatte, zu Fleur hinüber; vielleicht schien er ihr zu französisch. Fleur fuhr fast entsetzt in die Höhe. Dieses temperamentvolle Weib glich in der Tat einer Leopardin!

»Fleur, es handelt sich um Dinny und ihren Bräutigam. Vermutlich weißt du, was ihm dort drüben passiert ist?«

Fleur nickte.

»Läßt sich denn gar nichts dagegen tun?« Ein wachsamer Ausdruck trat in Fleurs Züge. Sie war neunundzwanzig, Jeanne dreiundzwanzig, doch hier half es wohl nichts, Alter und Würde hervorzukehren!

»Ich hab Wilfrid schon lang nicht gesehen.«

»Dem wird bald jemand kräftig die Wahrheit sagen müssen, wenn er Dinny in diese Patsche bringt.«

»Weshalb Patsche? Das steht für mich durchaus nicht so fest, selbst wenn er sein Gedicht erscheinen läßt. Den Leuten gefällt die rebellische Ader.«

»Fleur, du bist nie im Orient gewesen.«

»Doch! Ich hab eine Reise um die Welt gemacht.«

»Das ist durchaus nicht dasselbe.«

»Verzeih, Liebe«, erwiderte Fleur, »aber die Cherrells sind ungefähr dreißig Jahre hinter der Zeit zurück.«

»Ich bin keine Cherrell.«

»Nein, du bist eine Tasburgh, das ist noch um einen Grad schlimmer. Pfarrhäuser auf dem Lande, Kavallerie, Marine, indischer Staatsdienst – wer kümmert sich heutzutag noch viel um diese Dinge?«

»Alle, die zu diesen Kreisen gehören. Und Desert gehört dazu und Dinny auch.«

»Wer wirklich liebt, gehört nirgendwohin«, meinte Fleur. »Hast du dich vielleicht einen Pfifferling darum gekümmert, als Hubert unter Mordanklage stand? Du hast ihn trotzdem geheiratet.«

»Das ist etwas anderes. Hubert hatte nichts verbrochen, dessen er sich zu schämen brauchte.«

Fleur lächelte.

»Standesgemäß. Was hast du darauf zu erwidern, wenn ich dir erkläre, daß mindestens fünfundneunzig Prozent der modernen Städter gelangweilt gähnen würden, sobald du sie aufforderst, über Wilfrid den Stab zu brechen? Und achtundneunzig Prozent haben in vierzehn Tagen die ganze Geschichte vergessen.«

»Glaub ich dir nicht«, erklärte Jeanne.

»Du kennst eben die moderne Gesellschaft nicht, meine Liebe.«

»Gerade die moderne Gesellschaft«, erklärte Jeanne noch nachdrücklicher, »hat nichts zu bedeuten.«

»Freilich bedeutet sie nicht viel; aber wer bedeutet denn heute überhaupt etwas?«

»Wo wohnt er?«

Fleur lachte. »In der Cork Street, gegenüber der Bildergalerie. Du willst ihm doch nicht gar auf die Bude rücken?«

»Vielleicht.«

»Wilfrid kann beißen.«

»Danke für die Auskunft. Jetzt muß ich gehen.«

Fleur sah die junge Frau bewundernd an. Das Blut war Jeanne in die Wangen gestiegen, und dieses Rot ließ ihr braunes Gesicht noch lebensfrischer erscheinen.
»Adieu, meine Liebe! Komm doch wieder und erzähl mir, was du ausgerichtet hast; ich weiß ja, du hast verteufelt viel Mut.«
»Mir ist ja noch gar nicht klar, ob ich hingehen werde«, erwiderte Jeanne. »Leb wohl!«
Ziemlich verärgert fuhr sie am Parlament vorbei. Fleurs weltweise Reden hatten ihr tatkräftiges Naturell nur gereizt. Immerhin war es vielleicht doch nicht so ganz einfach, wie sie sich's vorgestellt hatte, vor Wilfrid Desert hinzutreten und ihm zu sagen: »Halt! Gib mir meine Schwägerin zurück!« Dennoch fuhr sie zur Pall Mall, stellte das Auto unfern vom Parthenaeum-Klub ein und schritt die Piccadilly entlang. Die Vorübergehenden, besonders die Männer, drehten sich nach ihr um, so stark wirkten die wundervolle Anmut ihrer Gestalt und ihre frischen, lebensprühenden Farben. Sie hatte keine Ahnung, wo die Cork Street war, sie wußte nur, sie lag in der Nähe der Bond Street. Und als sie die richtige Straße erreicht hatte, ging sie ein paarmal auf und ab, ehe sie die Galerie erspähte.
»Es muß das Haus gegenüber sein«, dachte sie. Unschlüssig stand sie vor der Haustür, die kein Namensschild trug; da kam ein Mann, der einen Hund an der Leine führte, die Stufen herab und blieb neben ihr stehen.
»Sie wünschen, Miss?«
»Ich bin Mrs. Hubert Cherrell. Wohnt hier Mr. Desert?«
»Jawohl, Ma'am. Doch ich weiß nicht, ob Sie ihn jetzt sprechen können. Hierher, Foch! Wenn Sie sich einen Augenblick gedulden wollen, frag ich an.«
Eine Minute später stand Jeanne Wilfrid gegenüber und würgte ihre Bedenken entschlossen hinunter. »Ach was«, dachte sie, »er kann auch nicht ärger sein als eine Versammlung der Pfarrgemeinde, wenn man Geld von ihr will.«
Wilfrid stand am Fenster und zog die Brauen hoch.
»Ich bin Dinnys Schwägerin«, erklärte Jeanne. »Verzeihen Sie meinen Besuch, doch ich möchte Sie gern sprechen.«
Wilfrid verneigte sich.

»Hierher, Foch!«
Der Wachtelhund hatte eben Jeannes Rocksaum beschnuppert und gehorchte erst dem zweiten Ruf seines Herrn. Er leckte Wilfrid die Hand und ließ sich hinter ihm nieder. Jeanne war rot geworden.
»Es ist allerdings sehr kühn von mir«, fuhr sie fort, »doch ich hoffe, Sie nehmen es mir nicht übel. Wir kamen erst kürzlich aus dem Sudan zurück.«
Wilfrids Miene blieb ironisch. Ironie aber brachte Jeanne stets aus der Fassung.
»Dinny ist noch nie im Orient gewesen«, fuhr sie ein wenig stotternd fort.
Wilfrid verneigte sich nochmals. Die Sache verlief am Ende doch nicht so glatt wie eine Gemeindeversammlung.
»Wollen Sie nicht Platz nehmen?« fragte er.
»Oh, danke! Ich gehe in einer Minute. Ich wollte Ihnen nur sagen, Dinny kann unmöglich ermessen, was gewisse Dinge dort draußen im Orient bedeuten.«
»Wahrhaftig, daran hab ich auch schon gedacht.«
»Wirklich?«
Kurzes Schweigen; Jeannes Wangen wurden immer röter, Wilfrids Lächeln immer ironischer. Dann sagte er: »Herzlichen Dank für Ihren Besuch! Wünschen Sie noch etwas?«
»Eh – nichts. Guten Tag!«
Während sie die Treppe hinabging, fühlte sie sich kleiner als je zuvor. Der erste Mann, dem sie auf der Straße begegnete, fuhr erschrocken zurück, ihr Blick hatte ihn wie ein magnetischer Strom durchzuckt. In Brasilien hatte sie einmal einen Zitteraal berührt und dabei ein ähnliches, aber weniger vages Gefühl empfunden. Doch seltsam: Trotz ihres Mißerfolgs hegte Jeanne gegen Wilfrid während des Rückzugs zum Auto durchaus keinen Groll. Noch seltsamer: Die Gefahr, in der Dinny schwebte, schien ihr jetzt nicht mehr so groß. Als sie wieder zum Auto kam, hatte sie eine kleine Auseinandersetzung mit einem Schutzmann, dann fuhr sie heim nach Condaford. Wie der Teufel raste sie drauflos, brachte alle Passanten in Lebensgefahr und war zum Lunch zurück. Sie erklärte, sie habe eine lange Spazierfahrt gemacht, und

verriet von ihrem Abenteuer kein Wort. Erst abends, als sie im Himmelbett des größten Gastzimmers lag, erzählte sie Hubert:
»Ich bin in London gewesen und hab mit ihm gesprochen. Hubert, ich glaub, Dinny hat keine üble Wahl getroffen. Er hat etwas Anziehendes.«
»Was, zum Kuckuck, hat das mit jener Geschichte zu tun?« rief Hubert und drehte sich auf dem Ellbogen herum.
»Sehr viel«, entgegnete Jeanne. »Red nicht lang, gib mir lieber einen Kuß! . . .«

Als die seltsame junge Besucherin gegangen war, warf sich Wilfrid auf den Diwan und starrte zur Decke empor. Er fühlte sich wie ein General nach siegreicher Schlacht – noch ratloser denn zuvor. Nun hatte er fünfunddreißig Jahre hindurch aus verschiedenen Gründen als ausgesprochener Egoist gelebt und war ganz und gar nicht an die Gefühle gewöhnt, die Dinny vom ersten Augenblick an in ihm erweckt hatte. Das altmodische Wort »Anbetung« schien hier kaum angebracht, dennoch fand er keinen passenderen Ausdruck. War er in Dinnys Nähe, dann fühlte er sich ruhig und befreit, blieb er ihr fern, so war es ihm, als habe man ihm das Herz aus der Brust genommen. Und dabei empfand er immer deutlicher, daß sein junges Glück nicht vollkommen sein könne, wenn nicht auch Dinny ganz glücklich wurde. Sie erzählte ihm stets, sie könne nur in seiner Gegenwart glücklich sein. Doch das war lächerlich, nie und nimmer konnte er ihr für die Interessen und Neigungen Ersatz bieten, die vor ihrer Begegnung beim Foch-Denkmal ihr Leben ausgefüllt hatten. Wenn er das aber nicht vermochte, weshalb riß er sie in sein Schicksal mit? Jene junge Frau mit den sonderbaren Augen, die eben hier gewesen, war ihm wie eine Verkörperung dieser Frage erschienen. Ihren Besuch hatte er allerdings abgeschüttelt, jene Frage schien jedoch noch immer in der Luft zu schweben.
Der Wachtelhund, der das Unkörperliche noch deutlicher als sein Herr spürte, ließ die lange Schnauze auf Wilfrids Knie ruhen. Selbst diesen Hund verdankte er Dinny. Er hatte sich der menschlichen Gesellschaft entwöhnt, und diese verhängnisvolle

Affäre trennte ihn vollends von den Menschen. Wenn er Dinny zur Frau nahm, schnitt er auch sie von der Welt ab. Wäre das anständig?
Doch er hatte ja mit ihr vereinbart, sie in einer halben Stunde zu treffen. Er klingelte.
»Ich geh aus, Stack.«
»Sehr wohl, Sir.«
Den Hund an der Leine, wanderte Wilfrid in den Hydepark. Gegenüber dem Kavalleriedenkmal nahm er Platz und überlegte, ob er Dinny von Jeannes Besuch erzählen solle. Da sah er sie kommen.
Rasch schritt sie von der Park Lane her, hatte ihn wohl noch nicht erblickt. Sie schien kaum den Boden zu berühren. Schlank und aufrecht wie eine Gerte – so nannten es doch wohl diese verdammten Romanschreiber? Frisch wie der junge Frühling sah sie drein und lächelte, als habe sie eben etwas Angenehmes erlebt. Noch glaubte sie sich unbeobachtet. Ihr Anblick gab Wilfrid seine Ruhe wieder. Solang sie so froh und sorglos dreinsah, brauchte er sich keinen Kummer zu machen. Bei dem Bronzepferd, das sie unlängst als »gebäumten Rumpf« bezeichnet hatte, hielt sie den Kopf nach allen Seiten, doch ihre Miene war etwas ängstlich geworden. Er erhob sich. Da winkte sie mit der Hand und schritt rasch über den Fahrdamm auf ihn zu.
»Du kommst wohl von einer Sitzung bei Botticelli, Dinny?«
»Nein, vom Pfandleiher. Falls du einen brauchen solltest, empfehle ich dir Frewens in der South Molton Street.«
»Du – beim Pfandleiher?«
»Jawohl, Liebster. Augenblicklich verfüge ich über mehr Geld als je zuvor im Leben.«
»Wozu brauchst du es?«
Dinny beugte sich nieder und streichelte den Hund.
»Seit ich dich kenne ermesse ich erst den Wert des Geldes.«
»Wieso?«
»Weil Geldmangel mich nie von dir trennen soll. Wir beide streben jetzt hinaus in die Weite. Nimm doch Foch die Leine ab, Wilfrid. Ich bin überzeugt, er folgt dir.«

19

In einem Zentrum der literarischen Produktion wie London, das täglich fast dutzendweise neue Bücher auf den Markt wirft, erregt das Erscheinen eines Bändchens Gedichte meist nicht viel Aufsehen. Doch das Zusammenwirken verschiedener Umstände machte die Veröffentlichung des Bandes: »Der Leopard und andere Gedichte« zu einer »literarischen Sensation«. Es war Wilfrids erstes Erzeugnis nach vierjährigem Schweigen. Der Verfasser war eine Ausnahmeerscheinung, er entstammte dem alten Adel, der so wenig begabte Dichter aus seinen Reihen stellt; auch die Lebendigkeit und der bittere Ton seiner früheren Gedichte, sein Aufenthalt im Orient, fern von der Literatenwelt, und das Gerücht von seinem Übertritt zum Islam hoben ihn aus der Schar der übrigen Autoren hervor. Vor vier Jahren, kurz nach dem Erscheinen des dritten Gedichtbands, ernannte ein Kritiker Wilfrid zum »zukünftigen Byron«. Diese Bezeichnung hatte gezündet. Dazu verstand sich Wilfrids Verleger glänzend auf Propagandaarbeit. Während der wenigen Wochen, seit er das Manuskript in Händen hielt, war er unablässig beschäftigt, mit allen erdenklichen Leuten zu lunchen und zu dinieren und sie dabei auf den »Leopard« gespannt zu machen, seit dem »Himmelshund« das sensationellste aller Gedichte. Auf jede Frage nach dem Grund seiner Behauptung antwortete er mit vielsagendem Mienenspiel, Nicken und diskretem Lächeln. Ob es wahr sei, daß der junge Desert Mohammedaner geworden? Jawohl. Ob er sich in London aufhalte? Jawohl, doch sei er der scheueste, rarste Vogel aus dem ganzen Schwarm der Literaten.
Auf den ersten Blick hatte der Inhaber des Verlags Compson Grice G. m. b. H. in dem »Leopard« einen »Reißer« erkannt. Die Sache dürfte den Leuten zwar schwerlich gefallen, aber klatschen würden sie darüber um so mehr. Er brauchte nur den Schneeball ins Rollen zu bringen, dann glitt er von selbst den Abhang hinab; und war Compson Grice vom Glauben an den Erfolg eines Werkes durchdrungen, so übertraf kein zweiter ihn in dieser Kunst. Drei Tage vor dem Erscheinen des Buches begegnete er Telfourd Yule – zufällig, oder hatte die Hand der Vorsehung ihn zu dieser Begegnung geleitet?

»Wie geht's, Yule? Aus Arabien zurück?«
»Wie Sie sehen.«
»Hören Sie, ich bringe am nächsten Montag einen ganz außergewöhnlichen Gedichtband heraus, ›Der Leopard‹ von Wilfrid Desert. Wollen Sie ein Exemplar? Das erste Gedicht ist ein Reißer.«
»So!«
»Bohrt die Verse Alfred Lyalls in den Grund, jenes Zeug von dem Soldaten, der lieber sterben als den Glauben abschwören will – in den ›Gedichten aus Indien‹, erinnern Sie sich?«
»Ja.«
»Es heißt, Desert sei zum Islam übergetreten. Ist das wahr?«
»Fragen Sie ihn doch selbst!«
»Das Gedicht wirkt so persönlich – vielleicht liegt ihm ein eigenes Erlebnis zugrunde.«
»Wirklich?«
Compson Grice schoß es durch den Kopf: »Herrgott, wenn das nur wahr wäre! Welche Sensation!«
»Yule, kennen Sie den Mann?«
»Nein.«
»Sie müssen das lesen, ich las es atemlos in einem Zug.«
»So!«
»Aber welcher Mensch könnte es über sich bringen, ein solches Erlebnis zu veröffentlichen?«
»Weiß nicht.«
Und wieder schoß es Compson Grice jäh durch den Kopf: »Wenn es wahr ist, setz ich hunderttausend ab!«
Er kehrte in sein Büro zurück und dachte: »Yule war verflucht zugeknöpft. Mir scheint gar, ich hab den Nagel auf den Kopf getroffen, und Yule weiß von der Geschichte. Desert ist erst unlängst aus dem Orient zurückgekommen, und auf den Basaren dort erfährt man jeden Klatsch. Also, was trägt mir das ein?«
Einen großen Absatz vorausgesetzt, ergäbe sich bei einem Verkaufspreis von fünf Shilling ein Reingewinn von sechs Pence pro Exemplar. Bei einer Auflage von hunderttausend Exemplaren zweitausendfünfhundert Pfund! Und fast ebensoviel Honorar für Desert. Allmächtiger! Doch vor allen Dingen galt es, dem Autor gegenüber loyal zu handeln. Da kam ihm eine jener Eingebun-

gen, wie sie loyalen Menschen angesichts eines schönen Profits nicht selten kommen.

»Ich muß ihn darauf aufmerksam machen, daß die Leute sagen werden, es handle sich da um sein eigenes Erlebnis. Doch das tu ich lieber erst am Tag nach dem Erscheinen. Inzwischen bereite ich eine zweite große Auflage vor.«

Am Tag vor der Veröffentlichung schrieb dem Verleger ein prominenter Kritiker, Mark Hanna, der jede Woche sein Gebimmel im *Carillon* ertönen ließ, er habe sich für das Gedicht »mächtig ins Zeug gelegt«. Ein anderer junger Mann, eine Art Piratennatur, teilte ihm kein Wort mit, ließ jedoch gleichfalls eine Besprechung vom Stapel. Beide Kritiken erschienen noch am Veröffentlichungstag. Compson Grice schnitt beide Artikel aus und nahm sie ins »Jasmin«-Restaurant mit, wohin er Wilfrid zum Lunch geladen hatte.

Sie trafen einander beim Eingang und begaben sich zu einem kleinen Tisch am anderen Ende des Speisesaals. Der Raum war überfüllt mit Gästen, die jede Persönlichkeit auf dem Gebiet der Literatur, der Bühne und darstellenden Kunst kannten. Als erfahrener Verleger, der schon zahlreiche Autoren bewirtet hatte, wartete Compson Grice, bis eine Flasche Mouton Rothschild 1807 bis zur Neige geleert war. Dann zog er die beiden Besprechungen aus der Tasche, legte Mark Hannas Kritik vor Wilfrid hin und fragte: »Haben Sie das schon gesehen? Ziemlich gut, nicht wahr?«

Wilfrid las. Der Kritiker hatte sich wirklich »mächtig ins Zeug gelegt«. Er sprach fast ausschließlich vom »Leopard« und pries ihn als Offenbarung der geheimsten Winkel der Menschenseele, wie es seit Shelley noch keinem Dichter gelungen war.

»Quatsch! Shelley hat überhaupt nichts enthüllt – höchstens vielleicht in seiner Lyrik.«

»Tut nichts!« warf Compson Grice hin, »in Shelley machen heutzutage alle Kritiker.«

Die Besprechung sah in dem Gedicht »ein Wegreißen der letzten Hüllen des Schleiers der Heuchelei, den in unserer ganzen Literatur die Muse über ihr Verhältnis zur Religion gebreitet hat«. Die Kritik schloß mit den Worten: »Dieses Gedicht ist in der rück-

haltlosen Entblößung einer von grausamem Zwiespalt zerfleischten Seele das erstaunlichste Dokument poetischer Psychologie, das uns im zwanzigsten Jahrhundert beschieden wurde.«
Grice sah zu, wie sein Gast den Ausschnitt fortlegte, und bemerkte ölig: »Ausgezeichnet! Die Glut eigenen Erlebens reißt die Leute mit.«
Wilfrid zuckte auf seine seltsame Art zusammen. »Haben Sie vielleicht einen Zigarrenabschneider zur Hand?«
Compson Grice brachte einen zum Vorschein, zugleich auch die zweite Besprechung.
»Sie sollten auch diesen Artikel in *The Daily Phase* lesen.«
Die Besprechung trug die Überschrift: »Unglaube, Bolschewismus und das britische Weltreich.«
Wilfrid nahm den Ausschnitt. »Geoffrey Coltham?« fragte er, »wer ist das?«
Die Kritik begann mit einigen ziemlich korrekten Angaben über die Vergangenheit des Dichters, seinen Lebenslauf und die früheren Werke und schloß mit seinem Übertritt zur Lehre des Propheten. Dann ging sie nach einigen anerkennenden Worten über die früheren Gedichte auf den »Leopard« über, sprang dem Untier sozusagen an die Kehle und schüttelte es wie ein Bulldogge. Schließlich führte sie folgende Zeilen des Gedichtes an:

»Verflucht die Dogmen und verdammt!
Irrlichter sind sie allesamt
Und locken uns in Sumpf und Moor.
Am Aberglauben krankt der Tor,
Wohl kennt der Weise die Arznei –
Er macht sein Hirn vom Dusel frei.
Drum auf! Tut aus dem Labekrug
Der Skepsis einen tiefen Zug!«

Mit wohlberechneter Schonungslosigkeit hieß es dann weiter: »Durch den dünnen Schleier hindurch, den die Fabel über das eigene Erleben breitet, sehen wir eine persönliche Bitterkeit hervorbrechen, die man unwillkürlich dem verwundeten Stolz eines maßlos hochmütigen Mannes zuschreiben muß, der an sich und dem britischen Geist Verrat begangen hat. Allerdings wissen wir nicht, ob Mr. Desert in diesem Gedicht mit voller Absicht seinen eigenen Beweggründen und Gefühlen beim Übertritt zum Islam Ausdruck gab – einer Religion, der er sich übrigens durch die vorhin angeführten bitteren und jämmerlichen Zeilen als keineswegs würdig erweist; doch raten wir ihm, offen vor uns hinzutreten und uns darüber Aufschluß zu erteilen. Da in unserer Mitte ein Dichter lebt, der mit seinem unleugbaren Schwung unsere Religion und unser Ansehen im Ausland auf das schwerste schädigt und unser Empfinden tief verletzt, haben wir wohl das Recht, zu erfahren, ob er tatsächlich ein Renegat ist oder nicht.«

»Das halte ich für eine Verleumdung«, meinte Compson Grice ruhig.

Wilfrid sah mit einem Blick zu ihm auf, der Grice später zur Bemerkung Anlaß gab: »Hab gar nicht gewußt, daß Desert solche Augen hat.«

»Ich bin ein Abtrünniger. Die feindliche Pistole an der Schläfe, hab ich den Glauben gewechselt. Erzählen Sie das meinetwegen aller Welt!«

»Gott sei Dank!« lag es Compson Grice auf der Zunge, doch er bezwang sich und streckte Wilfrid die Hand hin. Der aber hatte sich zurückgelehnt und das Gesicht in einen Schleier von Zigarrenrauch gehüllt. Der Verleger rutschte bis an den Rand des Stuhls.

»Wenn ich Sie recht verstehe, wünschen Sie also, ich soll *The Daily Phase* schreiben: ›Dem Leopard liegt ein eigenes Erlebnis zugrunde‹?«

»Ja.«

»Mein lieber Freund, das finde ich einfach großartig von Ihnen. Das heiße ich Courage!«

Das Lächeln auf Wilfrids Zügen bewog Compson Grice, sich zurückzulehnen und die Worte zu unterdrücken: »Grandios! Das sichert uns reißenden Absatz!« Statt dessen bemerkte er: »Das wird Ihre Position ungemein stärken. Doch ich wollte, wir könnten es diesem Kerl gebührend heimzahlen!«

»Lassen Sie ihn plappern!«

»Gut«, erwiderte Compson Grice. Es war ihm durchaus nicht

darum zu tun, sich in Komplikationen zu stürzen und alle seine Autoren in dem wichtigen *Daily Phase* zerfetzen zu lassen.
Wilfrid erhob sich. »Besten Dank! Jetzt muß ich fort.«
Compson Grice sah ihn langsamen Schritts und erhobenen Haupts davongehen. »Armer Teufel!« dachte er. »Da mach ich wirklich einen Fang!«
Wieder im Kontor, verbrachte er einige Zeit damit, in Colthams Besprechung eine Zeile ausfindig zu machen, die er aus dem Zusammenhang reißen und als Reklame benützen könnte. Endlich entnahm er der Kritik folgende Worte: »*The Daily Phase*: Kein Gedicht in den letzten Jahren hat eine so gewaltige Wirkung wie dieses« – der übrige Teil des Satzes wurde gestrichen, denn er lautete: »– in dem rebellischen Bestreben, unseren geheiligtesten Überzeugungen den Boden zu entziehen.« Dann verfaßte er einen Brief an die Schriftleitung des Blattes. Er schreibe, hieß es darin, im Auftrage Mr. Deserts; dieser denke so wenig daran, das Licht der Öffentlichkeit zu scheuen, daß er sogar dringend wünsche, jedermann solle erfahren, sein Gedicht »Der Leopard« sei in der Tat persönlichem Erleben entsprungen. Er für seine Person, fuhr er fort, sei der Ansicht, dieses freimütige Geständnis beweise größeren Mut, als man weit und breit zu finden vermöge. Er sei stolz darauf, den Vorzug zu genießen, ein Gedicht veröffentlichen zu dürfen, das an psychologischem Gehalt, Formvollendung und rein menschlichem Interesse alle zeitgenössischen Dichtungen überrage.
Er zeichnete: »Ihr ganz ergebener Compson Grice.« Dann ließ er die zweite Auflage erhöhen, gab den Auftrag, eine Schleife mit den Worten: »Erste Auflage vergriffen, zweite, vermehrte Auflage« augenblicklich drucken zu lassen, und begab sich in den Klub zu seiner Bridgepartie.
Es war der Polyglot-Klub; in der Halle traf er Michael. Das Haar seines ehemaligen Berufsgenossen war gesträubt, die Ohren schienen abstehender denn je, und unvermittelt stieß er hervor: »Grice, wie werden Sie gegen dieses Scheusal, den jungen Coltham, vorgehen?«
Compson Grice lächelte geschmeidig und gab zur Antwort: »Unbesorgt! Ich zeigte Desert die Besprechung, und er ersuchte mich,

ich solle durch ein unumwundenes Bekenntnis der Sache die Spitze abbrechen.«
»Grundgütiger!«
»Warum so entsetzt? Wußten Sie denn nichts?«
»Doch, ich wußte es wohl, aber –«
Diese Worte waren Balsam für die Ohren des Verlegers, denn Zweifel an der Wahrheit von Wilfrids Bekenntnis waren ihm gekommen. Konnte ein Mensch wirklich in eigener Sache ein derartiges Gedicht veröffentlichen? Und es dazu noch selbst ausposaunen? Doch jetzt waren seine Zweifel geschwunden, Mont war ja Deserts Entdecker und vertrautester Freund gewesen.
»Ich schrieb also in diesem Sinne an *The Daily Phase.*«
»Hat Wilfrid Sie ausdrücklich darum ersucht?«
»Jawohl.«
»Die Publikation dieses Gedichts ist heller Wahnsinn. Er muß rein den Verstand verloren haben!« Plötzlich bemerkte er den Ausdruck in des Verlegers Miene und fuhr in bitterem Tone fort: »Sie erhoffen sich da einen schönen Gewinn!«
»Der pekuniäre Erfolg bleibt abzuwarten«, gab Compson Grice kühl zurück.
»Quatsch!« erwiderte Michael, »die Leute werden einander jetzt das Buch aus den Händen reißen. Der Teufel hole das Gesindel! Haben Sie Wilfrid heute schon gesehen?«
»Er hat mit mir geluncht.«
»Welchen Eindruck machte er auf Sie?«
»Wie Luzifer nach dem Fall«, schwebte es Compson Grice auf den Lippen. Doch er bemerkte nur: »Einen ganz guten – vollkommen ruhig.«
»So ruhig wie der Satan! Grice, passen Sie auf: Wenn Sie nicht zu ihm stehen und alles daransetzen, ihm aus dieser Patsche zu helfen, sprech ich mein Lebtag kein Wort mehr mit Ihnen.«
»Lieber Freund«, gab Compson Grice mit einer gewissen Würde zurück, »was denken Sie von mir?« Er zog sich die Weste straff und verschwand ins Spielzimmer.
»Der Kerl hat Fischblut!« murmelte Michael und eilte nach der Cork Street. »Ob mich der alte Junge jetzt wohl sehen will?« dachte er.

Doch am Straßeneingang schrak er zurück und schlug den Weg nach der Mount Street ein. Dort erfuhr er, daß seine Eltern ausgegangen seien, Miss Dinny jedoch halte sich seit dem Vormittag wieder im Hause auf.
»Na schön, Blore. Wenn sie daheim ist, finde ich sie selbst.«
Er stieg die Treppe hinauf und öffnete leise die Tür des Empfangszimmers. Im Alkoven unter dem Papageienkäfig ihrer Tante saß Dinny ganz unbeweglich und so stramm wie ein kleines Mädel in der Schulstunde, die Hände hielt sie im Schoß, der Blick war ins Leere gerichtet. Erst als Michael ihr die Hand auf die Schulter legte, bemerkte sie ihn.
»Träumst du?«
»Wie lernt man sich nur beherrschen, wenn man jemanden umbringen möchte?«
»Aha, dieser Giftspritzer! Haben deine Leute die Besprechung im *Daily Phase* schon gesehen?«
Dinny bejahte.
»Wie wirkte es?«
»Schweigen, zusammengepreßte Lippen.«
Michael nickte. »Arme liebe Dinny! Dann fuhrst du in die Stadt?«
»Ja. Ich geh mit Wilfrid ins Theater.«
»Grüß ihn herzlich von mir und sag ihm, wenn er mich zu sehen wünscht, komm ich jeden Augenblick. Und, hör doch, Dinny, mach ihm irgendwie klar, wie sehr wir ihn alle bewundern, weil er die Brücken hinter sich abgebrochen hat.«
Dinny sah auf; Michael war über ihren Gesichtsausdruck betroffen. »Ihn trieb nicht allein der Stolz, Michael. Etwas nagt an ihm, und das macht mir Sorge. Ganz heimlich überkommt ihn manchmal der Zweifel, ob er nicht doch aus Feigheit übertrat. Ich weiß, diesen Gedanken kann ich ihm nicht austreiben. Er bildet sich ein, er muß jetzt um jeden Preis den Beweis erbringen – nicht so sehr den anderen als sich selbst –, daß er kein Feigling ist. Ich bin überzeugt davon, er ist es nicht. Doch solang er das nicht sich und der Welt bewiesen hat, trau ich ihm alles mögliche zu.«
Michael nickte. Während seiner einzigen Unterredung mit Wilfrid hatte er sich eine ganz ähnliche Meinung gebildet.

»Weißt du schon, daß er seinen Verleger ersuchte, die Sache öffentlich zu bekennen?«

»Ach!« rief Dinny überrascht, »was nun?«

Michael zuckte die Achseln.

»Michael, wird jemand begreifen können, in welcher Lage Wilfrid sich damals befand?«

»Die wenigsten haben Phantasie genug. Ich selbst kann mich ja auch nicht in seine Lage versetzen. Kannst du es?«

»Ja, aber nur, weil es Wilfrid zugestoßen ist.«

Michael faßte sie am Arm.

»Gott sei Dank, Dinny, du hast noch ein altmodisches mitfühlendes Herz, nicht diesen modernen ›Triebkomplex‹.«

20

Als Dinny sich ankleidete, trat ihre Tante ins Zimmer.

»Dinny, dein Onkel hat mir diesen Artikel vorgelesen. Ich bin einfach starr!«

»Worüber, Tante Emily?«

»Über Coltham – aber der ist doch tot.«

»Na, der Artikel dürfte es auch bald sein.«

»Dinny, von wem beziehst du deine Mieder? So bequem.«

»Von Harridge.«

»Dein Onkel sagt, Wilfrid soll aus dem Klub austreten.«

»Wilfrid schert sich keinen Pfifferling um seinen Klub; er wird kaum zehn- oder zwölfmal dortgewesen sein. Aber austreten wird er jetzt nicht, glaub ich.«

»Versuch doch, ihn dazu zu bringen.«

»Fällt mir nicht im Traum ein, ihn zu etwas zu bringen.«

»So peinlich, wenn sie einen schwarz ballotieren.«

»Liebes Tantchen, darf ich zum Spiegel hinüber?«

Lady Mont durchquerte das Zimmer und langte den kleinen Band vom Nachttisch.

»›Der Leopard‹! Dinny, dein Leopard hat aber doch die Flecken gewechselt.«

»Keine Spur, Tantchen, er hat nie welche gehabt.«

»Die Taufe und so weiter.«
»Wenn die Taufe etwas zu bedeuten hätte, wäre es eine Gewalttat, sie an Kindern zu vollziehen, die noch gar nicht wissen, worum es sich dabei handelt.«
»Dinny!«
»Ich spreche im Ernst. Man darf doch niemanden zu etwas zwingen, das ist einfach unanständig. In dem Augenblick, da Wilfrid selbständig zu denken begann, glaubte er an keine Religion mehr.«
»Hier handelt es sich nicht um die Preisgabe der einen Religion, sondern um das Bekenntnis zur anderen.«
»Das weiß er.«
»Nun«, sagte Lady Mont und wandte sich der Tür zu, »dem Araber geschah es recht, diesem zudringlichen Kerl! Möchtest du den Haustorschlüssel? Blore soll dir einen geben.«
Dinny kleidete sich rasch fertig an und lief die Treppe hinab. Sie traf Blore im Speisezimmer.
»Tante Emily sagt, ich kann einen Schlüssel haben, Blore. Und, bitte, bestellen Sie mir ein Taxi.«
Der Kammerdiener rief den Autostandplatz an, zog einen Schlüssel hervor und sagte: »Da Lady Mont laut zu denken pflegt, mußte ich früher oder später von Ihrer Angelegenheit erfahren, Miss. Heute morgen erst sagte ich zu Sir Lawrence: ›Wenn Miss Dinny ihn nur dazu bewegen könnte, sofort mit ihr eine Partie in die schottischen Berge zu machen, wo sie keine Zeitungen zu Gesicht bekommen! Das tät ihnen eine Menge Ärger ersparen.‹ Heutzutage, Miss, löst ein Ereignis das andere ab, wie Sie wohl bemerkt haben dürften, und die Leute haben lang nicht mehr ein so gutes Gedächtnis wie früher. Verzeihen Sie, daß ich darüber spreche.«
Dinny nahm den Schlüssel. »Herzlichen Dank, Blore!«
»Heutzutage, Miss, kann eine junge Dame alles tun, solang sie nur Dame bleibt.«
»Männer müssen auch heutzutage noch auf der Hut sein, Blore.«
»Freilich, Miss, die Verwandten machen Schwierigkeiten, doch ließe sich das schon irgendwie ordnen.«
»Wir werden eben durchhalten müssen.«
Der Kammerdiener schüttelte den Kopf.

»Der Mann, der diese Redensart aufbrachte, hat meiner Meinung nach eine Menge unnützen Verdruß auf dem Gewissen. Da ist das Auto, Miss.«
Im Taxi lehnte Dinny sich ein wenig vor und ließ die Luft von beiden Fenstern her kühlend über ihre Wangen streichen. Selbst ihr Ärger und Kummer über die Kritik schwanden hin. An der Ecke der Piccadilly las sie ein Zeitungsplakat: »Ankunft der Pferde zum Derby.« Morgen fand das Derby statt! Wie sehr hatte sie den Zusammenhang mit den Ereignissen des Tages verloren. Das Lokal, in dem sie gemeinsam das Abendessen nehmen wollten, war Blafards Restaurant im Soho-Viertel; der Straßenverkehr vor dem Nationalfeiertag hemmte ihr Taxi am Vorwärtskommen. Vor der Tür stand Stack, den Wachtelhund an der Leine. Er überreichte ihr einen Brief. »Mr. Desert schickt mich mit dieser Nachricht, Miss. Den Hund hab ich zu einem Spaziergang mitgenommen.«
Dinny riß den Umschlag auf und fühlte sich dabei ganz elend vor Erregung.

Liebste Dinny,
verzeih, daß ich heut abend nicht komme. Den ganzen Tag über wußte ich nicht, wo aus und wo ein. Solange mir nicht klar ist, wie ich in den Augen der Welt dastehe, darf ich Dich, das fühle ich deutlich, um keinen Preis irgendwie in diese Affäre hineinziehen; eine gemeinsame Fahrt, wie die geplante, mußte ich also unbedingt vermeiden. Vermutlich hast Du den Artikel im *Daily Phase* gelesen – der erste Streich. Die nächste Woche möchte ich ganz allein verbringen, mich über meine Lage orientieren. Ich brenne nicht durch, wir können einander schreiben. Du wirst mich gewiß verstehen. Der Hund ist eine Wohltat, Dir verdank ich ihn. Für ein paar Tage leb wohl, Liebste

Dein
W. D.

Dinny bot ihre ganze Selbstbeherrschung auf, um nicht vor den Augen des Chauffeurs die Hand aufs Herz zu pressen. So mitten im Kampf von ihm abgeschnitten zu werden, das hatte sie ja die ganze Zeit über im stillen gefürchtet! Mühsam suchte sie das Beben ihrer Lippen zu meistern, rief dem Chauffeur zu: »Warten Sie einen Augenblick!« und wandte sich an Stack.

»Ich bringe Sie und Foch nach Hause.«

»Danke, Miss!«

Von Entsetzen gepackt, beugte sie sich zu dem Hund nieder. Der Hund! Ein Band zwischen ihnen.

»Heben Sie Foch in den Wagen, Stack.«

»Ist Mr. Desert zu Hause?« fragte sie unterwegs ruhig.

»Nein, Miss, er gab mir diesen Brief und ging fort.«

»Ist er wohlauf?«

»Ein wenig unruhig, scheint mir, Miss. Ich muß schon sagen, diese Herren vom *Daily Phase* möcht ich gern Mores lehren!«

»So? Sie haben also die Besprechung gelesen?«

»Jawohl. So was sollte nicht erlaubt sein, mehr sag ich nicht.«

»Freie Meinungsäußerung«, erklärte Dinny. Der Hund preßte die Schnauze an ihr Knie. »Führt Foch sich brav auf?«

»Tadellos, Miss. Ein Gentleman, dieser Hund, nicht wahr, Bursche?«

Der Hund preßte noch immer die Schnauze an Dinnys Knie, und die Berührung tat ihr wohl.

Als das Auto in der Cork Street hielt, zog Dinny einen Bleistift aus der Tasche, riß von Wilfrids Brief das leere Blatt ab und schrieb:

Liebster!

Wie Du willst. Aber eins sollst Du wissen: Ich bin allzeit Dein. Nichts kann oder wird mich von Dir trennen, außer Du liebst mich nicht mehr.

Deine
Dinny

Aber das ist doch nicht wahr, gelt, das ist nicht wahr? Bitte, sag nein!

Sie legte das Blatt in den Umschlag, schloß ihn, so gut es gehen wollte, zu und hielt ihn so lang in der Hand, bis das Gummi klebte. Dann überreichte sie Stack den Brief, küßte den Hund auf den Kopf und befahl dem Chauffeur: »Mount Street, bitte, Ecke Hydepark. Gute Nacht, Stack!«

»Gute Nacht, Miss!«

Dinny mußte das Gesicht abwenden, Mund und Augen des unbeweglichen Dieners verrieten so tiefes Verstehen. Das also war das Ende dieses Abends, auf den sie sich so sehr gefreut hatte! Von der Mount Street ging sie in den Park hinüber und nahm auf einer Bank Platz, auf der sie früher mit Wilfrid gesessen hatte. Sie dachte gar nicht daran, daß sie ohne Hut, ohne Begleiter, im Abendkleid dort saß; und dabei war es schon nach acht. Den Kragen des Mantels hatte sie hochgeschlagen, so daß er ihr kastanienbraunes Haar halb verhüllte, und sie versuchte sich in Wilfrids Lage hineinzudenken. Sie kannte seinen Beweggrund nur zu gut – Stolz! Stolz besaß sie selber, darum konnte sie Wilfrid verstehen. Andere nicht in das eigene Unglück hineinzuziehen, das war wohl das Hauptgebot solchen Stolzes. Und je lieber man die anderen hatte, um so weniger durfte man sie in Mitleidenschaft ziehen. Seltsame Ironie des Schicksals, daß die Liebe die Menschen gerade dann voneinander trennte, wenn sie einander am dringendsten brauchten! Und dabei nirgends ein Ausweg. Leise schlugen die Klänge der Militärkapelle an ihr Ohr. Was spielte sie nur? Faust? Nein – Carmen! Wilfrids Lieblingsoper! Sie erhob sich und schritt über den Rasen der Musik zu. Was für ein Gedränge! Etwas abseits, bei einigen Rhododendren, ließ sie sich auf einen Stuhl nieder. Die Habanera! Wie erschauerte man stets bei ihrem Anfang! Wie wild und jäh brach doch die Liebe herein, wie seltsam, wie unentrinnbar! »Die Liebe von Zigeunern stammt« . . .! Spät blühten heuer die Rhododendren. Hier diese tiefrosa Blüte! In Condaford hatten sie die gleiche Art . . . Wo mochte Wilfrid jetzt sein? Ach, wo war er nur in diesem Augenblick? Warum drang die Liebe nicht durch Zeit und Raum? Warum konnte sie nicht im Geist neben ihm wandern, ihre Hand in der seinen! Immer noch besser eine Geisterhand als gar keine! Und plötzlich empfand Dinny die ganze schwere Last der Einsamkeit, wie nur wahrhaft Liebende sie fühlen können, wenn sie sich ein Leben ohne den Geliebten vorstellen. Wie eine Blume, die ungepflückt welkte, so würde auch sie dahinwelken, ohne ihn! »Ich muß mich allein durchbeißen!« Wie lang er das von ihr wollte? Immer? Bei diesem Einfall fuhr sie auf. Ein Vorübergehender blieb stehen, er dachte wohl, diese Bewegung gelte ihm, doch ihr Blick belehrte ihn eines Bessern, und er schritt weiter. Noch zwei Stunden mußte sie totschlagen, ehe sie nach Hause konnte; ihre Leute durften nicht erfahren, wie kläglich dieser Abend für sie ausgegangen war. Eben beendete die Kapelle »Carmen« mit dem Triumphgesang des Toreadors – jener so ungemein populären Melodie, dem Schwächsten an dieser Oper. Doch nein, es war nicht schwach, nicht banal, sollte nur die Hörer über den Jammer des tragischen Ausgangs hinwegtäuschen, wie ja der Lärm der Welt immer die Leidenschaft der Liebenden verschlang. Und auf dieser grausamen, herzlosen Bühne des Lebens stelzte man einsam einher oder klammerte sich heimlich in einem dunklen Winkel aneinander ... Wie seltsam der Applaus im Freien wirkte! Sie warf einen Blick auf die Armbanduhr. Halb zehn! Noch eine Stunde, bis es völlig dunkel war. Jetzt wurde es hier schon empfindlich kühl, ein leiser Duft stieg aus den Gräsern und Blättern auf, langsam verschwamm die Farbe der Rhododendronblüten, das Abendlied der Vögel war verstummt. Immer wieder kamen Leute vorbei, sie schienen ebensowenig etwas Auffallendes an Dinny zu finden, wie Dinny an ihnen. »Mich wundert gar nichts mehr«, dachte sie; »heut abend hab ich noch nichts gegessen.« Ein Kaffeeschank? Die waren wohl schon geschlossen. Aber es mußte doch eine Menge Lokale geben, wo man auch um diese Stunde noch etwas zu essen bekam. Kein Abendessen, kaum einen Bissen zu Mittag, keinen Tee – für einen Liebeskranken gerade das Rechte! Dinny wanderte gegen Knightsbridge, schnellen Schritts, mehr aus Instinkt denn aus Erfahrung – um diese Zeit war sie noch nie in London allein herumspaziert. Ohne Zwischenfall kam sie beim Tor an, überquerte den Fahrdamm und wanderte die Sloane Street hinab. Beim Gehen fühlte sie sich bedeutend wohler und vermerkte sich im stillen das Rezept: »Gegen Liebeskummer – zu Fuß gehen!« In dieser geraden, nun fast menschenleeren Straße schien niemand auf sie zu achten. Die sorgsam versperrten Häuser mit den herabgelassenen Rollvorhängen und den schmalen, steifen, hohen Straßenfronten bewiesen offenbar den kühlen Gleichmut der Welt gegen die Sehnsucht solch nächtlicher Spaziergänger, wie sie einer war. An der Ecke der Kings Road stand ein Straßenmädchen. »Bitte, könnten Sie mir nicht irgendein Lokal in der Nähe sagen, wo man etwas zu essen bekommt?« fragte Dinny.

Wie sie jetzt bemerkte, hatte die Angesprochene ein ziemlich breites Gesicht mit hohen Backenknochen, die ebenso wie die Augen recht auffällig hergerichtet waren. Die Lippen schienen gutmütig, ein wenig dick, die Nase gleichfalls ziemlich fleischig; die Augen sahen aus, als hätten sie gar nichts mit der Seele zu schaffen – das kam wohl daher, daß sie bald eisig, bald lockend blicken mußte. Sie trug ein dunkles Kleid, das ihre weiblichen Reize zur Geltung brachte, und eine breite Kette falscher Perlen. Dinny konnte sich des Gedankens nicht erwehren, sie sei auch schon in der Gesellschaft Damen begegnet, die mit dieser Frau eine gewisse Ähnlichkeit hatten.

»Dort links ist ein nettes kleines Lokal.«

»Möchten Sie nicht mitkommen und eine Kleinigkeit essen?« fragte Dinny impulsiv.

»Und ob! Von Herzen gern!« erwiderte das Mädchen. »Aufrichtig gestanden, ich ging heut ohne einen Bissen von zu Haus fort. Auch ist es nett, nicht allein sein zu müssen.« Sie bog in die Kings Road, und Dinny schritt neben ihr hin. Plötzlich fuhr es Dinny durch den Sinn, welch seltsamen Eindruck es wohl machen würde, wenn ein Bekannter sie jetzt zufällig in solcher Gesellschaft träfe. Dennoch fühlte sie sich wohler. »Um Himmels willen«, dachte sie, »benimm dich natürlich und frag sie nicht aus!«

Das Mädchen führte sie in ein kleines Restaurant oder vielmehr in ein Wirtshaus, denn das Lokal hatte auch einen Schank. Das wenig geräumige Eßzimmer, in das ein eigener Eingang führte, war ganz leer. Die beiden nahmen an einem kleinen Tisch Platz, auf dem Essig und Öl standen, eine Glocke, eine Flasche mit Worcestersauce und eine Vase mit ein paar welken Feuerblumen, die wohl nie ganz frisch gewesen waren. Ein schwacher Essiggeruch lag in der Luft.

»Gegen eine Zigarette hätte ich nichts einzuwenden«, bemerkte das Mädchen.
Dinny hatte keine im Täschchen. Sie schwang die Glocke.
»Eine bestimmte Sorte?«
»Die billige.«
Eine Kellnerin erschien, warf einen Blick auf das Mädchen, einen auf Dinny und fragte: »Bitte?«
»Ein Päckchen Zigaretten, Marke Player. Für mich eine große Tasse Kaffee, frisch und stark, dazu Kuchen oder irgendein Gebäck. Was möchten Sie?«
Das Mädchen sah Dinny erst prüfend an, als wollte sie ihre Zahlungsfähigkeit ergründen, dann die Kellnerin und sagte zögernd: »Ehrlich gestanden, ich hab Hunger. Kaltes Roastbeef und eine Flasche Schwarzbier?«
»Gemüse?« fragte Dinny. »Salat?«
»Gut, Salat, danke.«
»Bravo! Und eingelegte Walnüsse? Bitte, bringen Sie alles so rasch wie möglich.«
Die Kellnerin fuhr sich mit der Zunge über die Lippen, nickte und verschwand.
»Meiner Treu!« rief das Mädchen plötzlich, »wirklich zu nett von Ihnen!«
»Von Ihnen war es nett, mitzukommen. Ohne Sie hätte ich mich jetzt ein wenig verlassen gefühlt.«
»Die Kellnerin da kann das nicht begreifen!« meinte das Mädchen und wies mit einer Kopfbewegung nach der Tür. »Und aufrichtig gestanden, ich auch nicht.«
»Warum? Wir sind doch beide hungrig.«
»Ich ganz gewiß. Sie sollen sehen, was ich vertilgen werd. Bin froh, daß Sie eingelegte Walnüsse bestellt haben, ich kann Essigzwiebeln nicht widerstehen, und sie bekommen mir nicht.«
»Ich hätte auch an Cocktails denken können«, murmelte Dinny, »aber vielleicht kriegt man hier keine.«
»Ein Sherry mit einem Bittern wär nicht zu verachten. Ich hol ihn.« Das Mädchen stand auf und verschwand im Schankzimmer.
Dinny benützte diese Gelegenheit, sich die Nase zu pudern. Auch ließ sie heimlich die Hand zum Mieder gleiten, in dem sie ihre

Beute aus der South Molton Strebt verwahrt trug, und zog eine Fünfpfundnote hervor. Sie fühlte sich traurig und seltsam erregt. Das Mädchen kam mit zwei Gläsern zurück. »Ich hab gesagt, sie soll es auf die Rechnung setzen. Der Schnaps ist hier famos.«

Dinny hob ihr Glas und nippte daran. Das Mädchen stürzte es auf einen Zug hinunter.

»Ah! Das tut wohl. Stellen Sie sich nur vor: ein Land, wo man keinen Alkohol kriegen kann!«

»Aber man kann doch welchen bekommen und bekommt ihn auch.«

»Todsicher! Soll aber mitunter ein scheußliches Gesöff sein.«

Dinny sah den Blick des Mädchens mit unersättlicher Neugier immer wieder über ihren Mantel, ihr Kleid und Gesicht gleiten.

»Verzeihen Sie«, fragte das Mädchen unerwartet, »haben Sie eine Verabredung?«

»Nein, ich geh dann heim.«

Das Mädchen seufzte. »Wenn sie nur schon die verfluchten Zigaretten brächte!«

Da erschien die Kellnerin wieder und stellte eine Flasche Schwarzbier und Zigaretten vor sie hin. Verwundert glotzte sie auf Dinnys Haar und öffnete die Flasche.

»Fein!« rief das Mädchen nach einem langen Zug an der Zigarette. »Ah, das tut wohl!«

»Das andere kommt in einer Minute«, versicherte die Kellnerin.

»Ich hab Sie noch nie auf der Bühne gesehen oder doch?« fragte das Mädchen.

»Nein, ich bin nicht beim Theater.«

Ein Schweigen trat ein, das durch das Auftragen des Essens unterbrochen wurde. Der Kaffee war besser, als Dinny erwartet hatte, und sehr heiß. Sie trank ihn fast zu Ende und aß ein großes Stück Pflaumenkuchen dazu. Das Mädchen steckte eine eingelegte Walnuß in den Mund und begann wieder: »Wohnen Sie in London?«

»Nein, in der Grafschaft Oxfordshire.«

»Ach ja, ich hab das Land auch gern, aber jetzt krieg ich es nie mehr zu sehen. In der Nähe von Maidstone bin ich aufgewachsen – hübsche Umgebung.« Ein Seufzer entrang sich ihr, und gleichzeitig strömte sie einen Biergeruch aus. »Die Kommunisten in Rußland, heißt's, hätten die Prostitution abgeschafft – ist das nicht ein Blödsinn? Ein amerikanischer Journalist hat mir's erzählt. Ach ja! Hätt mir nie gedacht, daß sich das Budget so auswirkt«, fuhr sie fort, stieß eine Rauchwolke aus und schien sich offenbar eine Last von der Seele zu reden: »Grauenhaft, diese Arbeitslosigkeit!«

»Das trifft, scheint mir, jeden.«

»Mich ganz gewiß«, und sie stierte dumpf vor sich hin. »Schokkiert Sie wohl, nicht wahr?«

»Heutzutag muß man schon etwas ganz Besonderes tun, um die Leute zu schockieren, meinen Sie nicht auch?«

»Unsereins schockiert doch. Bischöfe geben sich mit mir nicht ab.«

Dinny lachte.

»Und doch«, erklärte das Mädchen entschieden, »traf ich einmal einen Pfarrer, der gab mir den besten Rat, den ich je erhielt. Natürlich konnte ich ihn nicht befolgen.«

»Was wetten wir«, sagte Dinny, »daß ich seinen Namen kenne? Cherrell.«

»Donnerwetter!« rief das Mädchen und riß erstaunt die Augen auf.

»Mein Onkel!«

»Wahrhaftig! Na, ist das eine närrische Welt! Und gar nicht einmal so groß, wie man meinen sollt. War ein lieber Mann«, fügte sie hinzu.

»Ist er noch.«

»Einer von den Besten.«

Dinny hatte diese unvermeidlichen Worte erwartet und dachte: »Da wären wir ja glücklich an dem Punkt angelangt, wo der Sermon ›Meine arme irrende Schwester‹ loszugehen pflegt.«

Das Mädchen seufzte gesättigt.

»Hat mir fein geschmeckt«, sagte sie und erhob sich. »Vielen, vielen Dank, jetzt muß ich gehen, sonst versäum ich noch mein Geschäft.«

Dinny schwang wieder die Glocke. Die Kellnerin war verdächtig rasch zur Stelle. »Die Rechnung, bitte. Können Sie mir diese Note wechseln?«

Mit einer gewissen Vorsicht nahm die Kellnerin die Banknote entgegen.
»Ich will mich nur noch rasch zurechtmachen«, sagte das Mädchen, »bin in einer Minute wieder hier.« Sie ging zur Tür hinaus.
Dinny trank den Rest ihres Kaffees aus. Sie versuchte sich das Leben auszumalen, das dieses Mädchen führen mochte. Die Kellnerin kam mit dem Wechselgeld zurück, nahm das Trinkgeld in Empfang, sagte: »Danke, Miss!« und ging. Dinny versuchte neuerlich, sich jenes Leben vorzustellen.
»Nun«, sprach die Stimme des Mädchens hinter ihr, »ich seh Sie vermutlich mein Lebtag nicht wieder. Doch ich möcht Ihnen nur sagen, ich halte Sie für einen seelensguten Menschen.«
Dinny sah zu ihr auf. »Sie sagten vorhin, Sie seien ohne einen Bissen vom Haus fortgegangen. Heißt das, daß Sie kein Geld bei sich hatten?«
»Selbstverständlich«, erwiderte das Mädchen.
»Dann nehmen Sie, bitte, das Kleingeld. Es ist schrecklich, in London ohne Geld dazustehen.«
Das Mädchen biß sich auf die Lippe. Dinny sah, wie es um ihren Mund zuckte.
»Ich mag nicht gern Ihr Geld nehmen«, erklärte sie, »Sie sind so gut zu mir gewesen.«
»Unsinn! Bitte, nehmen Sie's doch!« Dinny ergriff ihre Hand und drückte das Geld hinein. Zu ihrem Entsetzen stieß das Weibsbild ein Schluchzen aus. Dinny wollte schon zur Tür laufen, da sagte das Mädchen: »Wissen Sie, was ich jetzt tu? Ich geh heim und schlaf mich tüchtig aus. Herrgott, das tu ich wirklich!«
Dinny eilte zur Sloane Street zurück. Als sie an den hohen verhängten Fenstern vorbeikam, stellte sie mit einem Gefühl der Dankbarkeit fest, daß ihr Liebesleid sie jetzt weit weniger bedrückte. Wenn sie nicht allzu rasch ging, kam sie wohl nicht so bald in der Mount Street an. Jetzt war es Nacht, trotz des Lichtnebels über der Stadt funkelten die Sterne am Himmel. Sie betrat den Hydepark nicht wieder, sondern schritt außen am Gitter entlang. Eine endlose Zeit schien ihr vergangen, seit sie von Stack und dem Hund in der Cork Street Abschied genommen hatte. Als sie in die Park Lane bog, wurde der Straßenverkehr immer

stärker. Morgen fuhren alle diese Autos gewiß zum Derby nach Epsom hinaus, die Stadt würde fast leer sein. Mit jähem Schmerz dachte sie, wie leer die Stadt ihr jetzt immer scheinen würde, wenn sie Wilfrid nicht sehen oder nach ihm ausspähen könnte. Sie kam zum Parktor, ging nah an dem »gebäumten Rumpf« vorbei und sah plötzlich Wilfrid dort stehen. War denn dieser ganze Abend nur ein böser Traum gewesen? Da stockte ihr der Atem, sie lief vorwärts, Wilfrid streckte die Arme aus und zog sie an sich.

Dieser Augenblick konnte nicht länger währen, denn Autos und Fußgänger strömten zum Tor hinein und heraus. Arm in Arm schritten die beiden der Mount Street zu. Dinny schmiegte sich stumm an ihn, und auch er fand keine Worte. Doch schon der bloße Gedanke, er sei hierhergekommen, um in ihrer Nähe zu sein, war ihr solch unsagbarer Trost! Sie begleiteten einander, gingen vor und zurück, am Haus vorbei, wie ein Stubenmädchen und ein Diener in einer freien Viertelstunde. Stand und Vaterland, Glaube und Sitte – alles war vergessen. Und unter den sieben Millionen Bewohnern Londons gab es vielleicht kein zweites Paar, das sich in diesen wenigen Minuten mehr bewegt, mehr eins gefühlt hätte als diese beiden.

Endlich erwachte in Dinny der Sinn fürs Komische.

»Liebster, wir können uns doch nicht die ganze Nacht so heimbegleiten. Einen Kuß! – noch einen! – einen Kuß! – und noch – einen Kuß!« Sie lief die Stufen zur Haustür hinauf und drehte den Schlüssel um.

21

Als Wilfrid Mr. Compson Grice im »Jasmin«-Restaurant verließ, war er verwirrt und verärgert. Zwar sah er der Seele seines Verlegers nicht ganz auf den Grund, ahnte aber doch, daß ihn Mr. Grice für seine Zwecke ausgebeutet habe; den ganzen Rest des Nachmittags wanderte er ruhelos umher und empfand bald Erleichterung, weil er alle Brücken hinter sich abgebrochen hatte, bald Zorn über den unwiderruflichen Schritt. Diese Gedanken und Gefühle bedrängten ihn so sehr, daß er sich nicht klar darüber wurde, wie schwer sein Brief Dinny verletzt haben mußte. Erst als er in seine Wohnung zurückkam und dort ihre Antwort fand, flog ihr sein ganzes Herz entgegen, und er stürmte hinaus auf den Platz beim Reiterdenkmal, wo sie ihn zufällig getroffen hatte. In den wenigen Minuten, die sie stumm aneinandergeschmiegt die Mount Street auf und ab gewandert waren, hatte sich Dinnys Anschauung, daß nun nicht einer, sondern beide der Welt Trotz bieten müßten, auch auf ihn übertragen. Wozu also sie fernhalten und noch unglücklicher machen als unbedingt nötig? Am nächsten Morgen sandte er ihr durch Stack ein paar Zeilen und lud sie zu einer Ausfahrt ein. Er hatte das Derby ganz vergessen, und ein Strom von Wagen sperrte ihrem Auto den Weg. »Ich hab noch nie das Derby gesehen«, sagte Dinny. »Könnten wir nicht hinfahren?«

Sie hatten dazu um so mehr Grund, als sie in diesem Gewühl kaum eine Möglichkeit fanden, anderswohin zu gelangen.

Dinny war über den nüchternen Eindruck erstaunt, den dieser Schwarm von Besuchern machte. Kein Alkohol, keine Flaggen, kein Eselsgespann, keine Masken, keine Scherze. Kein einziger Vierspänner zu sehen, keine Obsthändler mit ihren Karren, nur eine dichtgedrängte Schar meist geschlossener Omnibusse und Wagen wälzte sich vorwärts.

Als sie endlich ihr Auto beim Rennplatz eingestellt, ihre belegten Brote verzehrt und sich ins Gewühl begeben hatten, wandten sie sich unwillkürlich nach der Richtung, wo sie ein Pferd zu sehen hofften.

Frith' Bild »Derbytag« entsprach offenbar nicht mehr der Wirklichkeit, vielleicht war es überhaupt nie naturgetreu gewesen. Auf jenem Bild wirken die Besucher lebendig und eigenartig, doch in dieser Masse kannten alle augenscheinlich nur ein Ziel: anderswohin zu kommen.

Auf dem Startplatz, wo es auf den ersten Blick nur Menschen, keine Pferde zu geben schien, bemerkte Wilfrid plötzlich: »Ein verrückter Einfall von uns, diese Derbyfahrt. Dinny, man wird uns bestimmt sehen!«

»Und wenn auch. Sieh nur, da ist ein Pferd!«

Eine ganze Anzahl von Pferden wurde tatsächlich im Kreis herumgeführt. Dinny trat rasch näher.

»Ich finde alle schön«, erklärte sie mit gedämpfter Stimme, »das eine wie das andere – bis auf dieses da. Sein Rücken gefällt mir nicht.«

Wilfrid sah im Programm nach. »Das ist der Favorit.«

»Mir gefällt er trotzdem nicht. Weißt du, warum? Sein Rücken verläuft fast bis zum Schweif waagrecht und senkt sich dann plötzlich.«

»Stimmt. Deswegen kann er aber doch ein guter Renner sein.«

»Ich möchte gern auf das Pferd setzen, das du wählst, Wilfrid.«

»Laß mir ein wenig Zeit.«

Die Leute rechts und links nannten die Namen der Pferde, die man vorbeiführte. Sie hatte nah am Gitter Platz gefunden, Wilfrid stand dicht hinter ihr.

»Ein scheußliches Roß!« rief ein Mann zu ihrer Linken, »nie wieder setz ich auf dieses Biest.«

Dinny warf einen Blick auf den Sprecher. Er war vierschrötig, kaum mittelgroß, hatte einen Filzhut, einen Fettwulst im Nacken und eine Zigarre im Mund. Nun war Dinny um das Schicksal dieses Pferdes nicht mehr besorgt.

Zu ihrer Rechten sagte eine Dame, die auf einem Feldsessel saß: »Man sollte die Pferde auf dem Startplatz besser sehen können, doch dafür ist nicht gesorgt. Darum hab ich vor zwei Jahren mein Geld verloren.«

Wilfrid legte Dinny die Hand auf die Schulter. »Dieses Pferd da gefällt mir«, sagte er, »Blenheim. Komm, setzen wir darauf.«

Sie traten zu den Kassen; die Leute waren in kleinen Reihen vor den Schaltern angestellt, die wie Taubenschläge aussahen.

»Wart hier auf mich«, bat er. »Ich will rasch zahlen und komm gleich wieder zurück.«

Dinny blieb dort stehen.

»Guten Tag, Miss Cherrell!« Ein hochgewachsener Mann mit grauem Zylinder, der einen Feldstecher in langem Futteral umgehängt trug, stand vor ihr. »Wir trafen uns vor dem Foch-Denkmal und bei der Hochzeit Ihrer Schwester – erinnern Sie sich noch?«

»Freilich, Mr. Muskham.« Ihr Herz pochte in raschen Schlägen, unwillkürlich wollte sie nach Wilfrid ausspähen, hielt sich jedoch zurück.
»Haben Sie schon Nachricht von Ihrer Schwester?«
»Ja, aus Ägypten. Auf dem Roten Meer muß es grauenhaft heiß gewesen sein.«
»Haben Sie gesetzt?«
»Noch nicht.«
»Den Favorit würde ich nicht empfehlen, der siegt nicht.«
»Wir dachten an Blenheim.«
»Ein schönes Pferd, gewiß, und sehr geschickt. Aber ein anderes aus demselben Gestüt scheint noch mehr zu versprechen. Vermutlich sind Sie Neuling. Ich gebe Ihnen zwei Tips, Miss Cherrell. Achten Sie bei einem Pferd vor allem auf zweierlei: Hebelwirkung hinten und Individualität – es muß nicht gerade schön sein, aber persönlich wirken.«
»Hebelwirkung hinten? Was verstehen Sie darunter? Daß die Hinterbeine länger sein sollen als die Vorderbeine?«
Jack Muskham lächelte. »Ungefähr. Wenn Sie das an einem Pferd beobachten, setzen Sie darauf, besonders, wenn es eine Steigung nehmen soll.«
»Aber Individualität? Wie verrät es die? Etwa, wenn es mit hocherhobenem Kopf über die Leute hinweg ins Weite blickt? Das hab ich schon bei einem Pferd gesehen.«
»Alle Wetter, den Nagel auf den Kopf getroffen! Sie hätte ich gern als Schülerin!«
»Ich weiß aber nicht mehr, welches Pferd es war«, meinte Dinny.
»Schade!« Plötzlich war sein Gesicht verändert, Wohlwollen und Interesse schienen daraus geschwunden, es sah steif und starr aus. Er zog den Hut und wandte sich ab. Da sprach Wilfrid hinter ihr:
»Zehn Pfund hast du also auf Blenheim stehen.«
»Gehen wir doch zur Tribüne und sehen wir uns das Rennen an.« Während ihre Hand auf seinem Arm lag, suchte Dinny das plötzliche Erstarren von Jack Muskhams Miene zu vergessen. Die dringenden Bitten der vielen Zigeuner in der Menge, sich die Zukunft prophezeien zu lassen, trugen ebenfalls zu ihrer Zerstreuung bei. Als sie bei der Tribüne anlangten, war ihr alles einerlei,

bis auf Wilfrid und die Pferde. Nah bei den Buchmachern am Gitter fanden sie Platz.
»Grün und schokoladebraun – hab mir's gemerkt. Am liebsten eß ich Pistazienschokolade. Wenn Blenheim siegt, wieviel gewinn ich, Liebster?«
»Horch!«
Sie vernahmen die Worte: »Blenheim, achtzehn zu eins.«
»Hundertachtzig!« rief Dinny, »famos!«
»Hm, das bedeutet, man hält ihn nicht für den besten Renner seines Stalls, man bezeichnet einen anderen als ersten. Da kommen sie schon! Zwei Jockeis in Grün und Schokoladebraun. Das zweite ist unseres!«
Die Vorführung, die für jedermann ein Vergnügen war, nur nicht für die Pferde, gab ihr Gelegenheit, den Braunen mit dem darauf hockenden Reiter zu betrachten.
»Wie gefällt es dir, Dinny?«
»Mir gefallen fast alle. Wie kann man beim bloßen Ansehen feststellen, welches das Beste ist?«
»Kann man auch gar nicht.«
Jetzt machten die Rosse kehrt und liefen in kurzem Galopp zur Tribüne zurück.
»Sag doch, ist Blenheim hinten nicht etwas höher als vorn?«
»Nein. Tadelloser Gang. Warum?«
Doch sie drückte nur seinen Arm und erschauerte leicht.
Beide hatten keinen Feldstecher, sie konnten daher das Rennen nicht deutlich verfolgen. »Der Favorit an der Spitze! Der Favorit!« rief ein Mann hinter ihnen mehrmals.
Als die Pferde um die Tattenham-Ecke bogen, stieß derselbe Zuschauer hervor: »Pascha – Pascha siegt – nein, der Favorit – der Favorit bleibt Sieger! – halt, nein – Iliad – Iliad gewinnt.«
Dinny fühlte Wilfrids Hand ihren Arm umklammern.
»Unser Pferd!« rief er, »hier – sieh doch!«
Dinny sah auf der Seite drüben ein Pferd in Braun und Rosa, auf ihrer Seite eines in Schokoladebraun und Grün. Es war das Erste – das Erste! Sie hatten gewonnen!
Ringsum Schweigen, Mißvergnügen. Die beiden aber lächelten einander zu. Ein gutes Omen!

»Ich bring dich zum Auto, behebe dein Geld, und wir fahren weg.«

Er bestand darauf, sie müsse die ganze Summe nehmen, und sie verwahrte das Geld bei ihrem übrigen Schatz. Um so mehr Sicherheit, daß er nicht in einem plötzlichen Entschluß Reißaus nehmen konnte!

Auf dem Heimweg fuhren sie in den Richmond Park, saßen lang zwischen den jungen Farnen und lauschten den Rufen des Kuckucks. Und sie fühlten sich sehr glücklich in diesen sonnigen, friedlichen Nachmittagsstunden beim leisen Rauschen der Blätter.

Dann speisten sie abends in einem Restaurant in Kensington, und endlich brachte er sie zur Ecke der Mount Street zurück.

In dieser Nacht schlief sie tief und fest, ohne Sorge, ohne Traum und ging am nächsten Morgen mit klaren Augen und sonngebräunten Wangen zum Frühstück hinunter. Ihr Onkel las eben den *Daily Phase,* legte das Blatt hin und sagte: »Dinny, wenn du mit dem Kaffeetrinken fertig bist, sieh dir das an. Manchmal möchte man wirklich daran zweifeln, ob Verleger Menschen und Brüder sind. Und bei den Zeitungsherausgebern erhält man mitunter die Gewißheit, daß sie's nicht sind.«

Dinny las Compson Grices Brief, der unter folgenden Schlagzeilen veröffentlicht war:

MR. DESERTS ABFALL.
UNSER FEHDEHANDSCHUH AUFGENOMMEN.
EIN GESTÄNDNIS.

Hierauf folgten Strophen aus Sir Alfred Lyalls *Theologia in extremis*:

Will durch den Heldentod ich Ruhm ersiegen?
Will ich erkaufen mir mein Seelenheil?
Gemordet und vergessen werd ich liegen.
Gott hält den Himmel nicht als Ware feil.
Doch Englands Ehre ist in meine Hand gegeben,
Drum darf ich schmachbedeckt nicht weiterleben . . .

So geh ich jetzt zur letzten Ruhstatt ein,
Zu jenen Tausenden, die namenlos
Vermodern in der schwarzen Erde Schoß.
Kein Nachruf kündet und kein Leichenstein,
Wie tapfer jene schlichten Helden stritten,
Wie sie fürs Vaterland den Tod erlitten.

Dinny schoß das Blut in die sonngebräunten Wangen.
»Jawohl«, murmelte Sir Lawrence und sah sie nachdenklich an, »nun ist die Meute losgelassen, Dinny. Doch gestern abend sprach ich mit einem Bekannten, der meinte, heutzutage gebe es kein unauslöschliches Brandmal mehr. Mag einer nun beim Kartenspiel schwindeln oder ein Halsband stibitzen – er geht für zwei Jahre ins Ausland, und über die Geschichte ist Gras gewachsen. Und nach der Behauptung meines Bekannten ist ein perverses Sexualleben gegenwärtig überhaupt nicht mehr pervers. Trösten wir uns also!«
»Mich empört es aber doch«, rief Dinny leidenschaftlich, »daß jetzt jeder Wurm ihn begeifern darf.«
Sir Lawrence nickte. »Je erbärmlicher der Wurm, um so mehr wird er geifern. Doch um das Gewürm brauchen wir uns nicht zu kümmern. Die Leute, die Englands Fahne hochhalten, die sind unsere Gegner. Und es gibt ihrer noch immer genug.«
»Onkel, hat Wilfrid denn gar keine Möglichkeit, der Welt seinen Mut zu beweisen?«
»Tat er doch, im Krieg.«
»Wer denkt heute noch an den Krieg?«
»Vielleicht«, murmelte Sir Lawrence, »könnten wir in der Piccadilly eine Bombe nach seinem Auto werfen, und er lehnt sich zum Fenster hinaus und steckt sich seelenruhig eine Zigarette an. Ein besseres Mittel fällt mir nicht ein.«
»Gestern sah ich Mr. Muskham.«
»Du warst also beim Derby?« Er zog eine winzige Zigarre aus der Tasche. »Jack hält dich für ein Opferlamm.«
»Ach, kann einen denn niemand in Ruhe lassen?«
»Verführerische junge Mädchen läßt man nie in Ruhe. Jack ist übrigens ein Weiberfeind.«

Dinny lachte leise auf, es klang verzweifelt.
»Offenbar macht unser Kummer den Leuten Spaß!«
Sie erhob sich und trat ans Fenster. Ihr war's, als falle alle Welt wie eine Meute bellender Hunde über eine Katze her, die sich scheu in den Winkel kauert. Doch in der Mount Street war nichts zu sehen als ein Lastauto mit Lebensmitteln.

22

Wenn Jack Muskham wegen eines Rennens in London übernachten mußte, schlief er jedesmal in einem Zimmer des Button-Klubs. Eben hatte er im *Daily Phase* einen Bericht über das Derby gelesen und wandte lässig die Blätter um. Die übrigen Nachrichten dieses »Schmierblatts« riefen kaum ein Interesse in ihm wach. Der Ton dieser Zeitung beleidigte seinen Sinn für gute Form, ihre Meinung seinen Geschmack, und ihre politische Richtung verdroß ihn, weil sie aufs Haar seiner eigenen glich. Doch obwohl er, wie berichtet, die Zeitung nur flüchtig durchsah, fiel ihm die Schlagzeile *Mr. Deserts Abfall* auf.
Er überflog die halbe Spalte, die dieser Artikel füllte, stieß die Zeitung fort und sagte: »Diesem Burschen muß man das Handwerk legen!«
Der Kerl protzte noch mit seinem Brandmal auf der Stirn und riß dieses hübsche Mädchen mit sich in Acht und Bann! Hatte sogar die Unverfrorenheit, sich am selben Tag, an dem er in diesem Schmierblatt seine Schande bekannte, mit ihr vor aller Welt zu zeigen!
In diesem alles verzeihenden, krankhaft toleranten Zeitalter legte Jack Muskham sich über seine Gedanken und Gefühle genaue Rechenschaft ab. Vom ersten Augenblick an war ihm der junge Desert verhaßt gewesen. »Desertieren« – der Kerl hatte wahrhaftig einen Namen, der zu ihm paßte! Man denke nur, dieser gallige junge Frechdachs würde jenem hübschen Mädchen, das als grüner Neuling so treffende Bemerkungen über die Rennpferde gemacht hatte, das Leben verpfuschen! Das war zuviel! Nur die Rücksicht auf Lawrence hatte ihn davon abgehalten, schon

früher gegen den Burschen vorzugehen. Doch plötzlich hielt er inne. Wie? . . . Hier in diesem Blatt gestand ja der Mensch öffentlich seine Schande ein! Uralter Kniff das, durch ein solches Schuldbekenntnis den Gegner zu entwaffnen! Aus der Not eine Tugend zu machen! Mit dem Verrat noch zu protzen! Na, wenn es nach ihm, Jack Muskham, ginge, würde dieser junge Hahn sich nimmer lang aufplustern! Doch nochmals hielt er inne . . . Ein Außenstehender konnte sich doch nicht einmengen. Und dennoch! Wenn die Aufführung dieses Burschen nicht augenfällig verurteilt wurde, glaubte er am Ende gar, alle seien damit einverstanden. »Bei Gott!« dachte er, »ich bring die Sache aufs Tapet. Wenigstens dieser Klub soll sich rühren und Stellung nehmen. Für Verräter ist im Burton-Klub kein Platz!« Noch am selben Nachmittag trug er die Angelegenheit dem Ausschuß vor und war ganz starr über den Gleichmut, mit dem man die Sache aufnahm. Unter den sieben anwesenden Mitgliedern – Wilfrid Bentworth, der »Squire«, führte den Vorsitz – waren vier offenbar der Ansicht, Wilfrid Desert möge diese Affäre mit seinem Gewissen austragen, wenn es nicht überhaupt nur eine Zeitungsente sei. Seit den Tagen, da Lyall jenes Gedicht schrieb, hatte die Welt sich verändert. Einer der Anwesenden ging sogar so weit, zu sagen, man solle ihn in Ruhe lassen, er kenne Desert nicht, habe den »Leopard« nicht gelesen und könne den *Daily Phase* nicht riechen.

»Ich auch nicht«, gab Jack Muskham zurück, »doch hier ist das Gedicht.« Er hatte sich den kleinen Band holen lassen und nach dem Lunch eine Stunde mit der Lektüre verbracht. »Darf ich daraus vorlesen? Es strotzt von Gift und Galle.«

»Um Himmels willen, Jack, verschon uns!«

Das fünfte Mitglied, das bis jetzt geschwiegen hatte, war der Meinung, wenn Jack Muskham darauf bestehe, müßten sie das Zeug doch lesen.

»Jawohl, ich bestehe darauf!«

Der »Squire«, der bis dahin stumm und gewichtig dagesessen hatte, ergriff endlich das Wort: »Der Sekretär wird einige Exemplare besorgen und sie dem Ausschuß zusenden, am besten vielleicht auch die betreffende Nummer des *Daily Phase.* Wir besprechen die Sache dann in der nächsten Sitzung am Freitag. Nun zu der Angelegenheit des Rotweins.« Und sie gingen zur Erörterung wichtigerer Dinge über.

Wenn Zeitungen einer gewissen Sorte bei der Aufklärung eines Vorfalls Gelegenheit finden, mit ihrem Tugendsinn aufzutrumpfen und dabei auch ins Horn ihrer Politik zu stoßen, dann pflegen sie bekanntlich den Fall so weit auszuschroten, als es nur irgendwie möglich ist, ohne mit dem Strafgesetz in Konflikt zu geraten; auf das Empfinden der betroffenen Person wird keine Rücksicht genommen. Gestützt auf Deserts Geständnis im Brief des Verlegers, schlug *The Daily Phase* allen erdenklichen Vorteil aus der Sache und nahm im Laufe der folgenden acht Tage den Ausschußmitgliedern fast jede Möglichkeit, Unkenntnis oder Gleichgültigkeit vorzuschützen. Alle Welt las den »Leopard« und sprach darüber; und am Morgen vor der Sitzung brachte *The Daily Phase* eine lange anzügliche Abhandlung über die Tragweite des Benehmens der Engländer im Orient. Außerdem enthielt die Nummer ein Inserat: »›Der Leopard und andere Gedichte‹ von Wilfrid Desert. Verlag Compson Grice. 40 000 Exemplare abgesetzt. Dritte, vermehrte Auflage erschienen.«

Eine Debatte über die Ächtung eines Klubgenossen lockt fast jedes Mitglied in eine Ausschußsitzung; ja es hatten sich sogar einige eingefunden, die seit Menschengedenken nicht mehr erschienen waren.

Jack Muskham hatte folgenden Antrag formuliert: »Der Ehrenwerte Wilfrid Desert möge auf Grund des Paragraphen 23 wegen seines der Ehre des Klubs abträglichen Verhaltens aufgefordert werden, auf die Mitgliedschaft des Burton-Klubs zu verzichten.«

Er eröffnete die Diskussion mit folgenden Worten: »Sie alle haben Deserts Gedicht ›Der Leopard‹ und den *Daily Phase* vom Donnerstag der vergangenen Woche zugeschickt erhalten. Die Sache liegt sonnenklar. Desert gibt öffentlich zu, daß er vor dem Pistolenlauf des Feindes dem Glauben abschwor; darum ist er meiner Ansicht nach nicht länger würdig, Mitglied dieses Klubs zu bleiben. Unser Klub wurde zu Ehren eines berühmten Weltreisenden gegründet, der allen Teufeln Trotz geboten hätte. Wir brauchen in unserer Mitte keine Leute, die der Ehre Englands ins Gesicht schlagen und dabei noch Verse darüber schmieren.« Kurzes Schweigen. Dann bemerkte Mitglied Nummer 5 von der vorigen Sitzung: »Immerhin, das Gedicht ist und bleibt verteufelt gut.«

»Hätten wir Wilfrid Desert nicht zu dieser Sitzung vorladen sollen?« fragte ein bekannter Justizrat, der einst die Türkei bereist hatte.

»Wozu?« fragte Jack Muskham, »er kann uns doch auch nichts anderes sagen, als er in dem Gedicht oder in dem Brief an den Verleger mitteilte.« Mitglied Nummer 4 der vorigen Sitzung brummte: »Mit dem *Daily Phase* geb ich mich lieber gar nicht ab. Wir sind doch ein unpolitischer Klub.«

»Wer kann dafür, daß er sein Bekenntnis gerade in diesem Sensationsblatt erscheinen ließ?« fragte Jack Muskham.

»Höchst peinlich«, fuhr das vierte Mitglied fort, »sich derart in die Gewissensfragen anderer Leute einzumengen. Dürfen denn wir mit vollem Recht von uns behaupten, wir hätten in seiner Lage anders gehandelt?«

Unruhe, mißbilligendes Füßescharren, dann murmelte ein runzeliger Mann, der die alte Kultur Ceylons erforscht hatte: »Meiner Meinung nach hat Desert sich ehrlos benommen, nicht wegen des Abfalls vom Glauben, sondern weil er auch noch ein Gedicht darüber geschrieben hat. Sein Anstandsgefühl hätte ihm Schweigen gebieten müssen. Nichts als Reklame für sein Buch! Jetzt erscheint es schon in dritter Auflage, und die Leute reißen es sich aus den Händen. Auch noch Profit zu schinden aus dieser Affäre – das schlägt dem Faß den Boden aus!«

»Desert hat das wohl kaum beabsichtigt«, meinte das vierte Mitglied. »Es wurde zufällig eine Sensation daraus.«

»Er hätte doch das Buch zurückziehen können.«

»Das hängt von seinem Vertrag mit dem Verleger ab. Zudem hätte das wie eine Flucht vor dem Sturm ausgesehen, den er selbst entfesselte. Eigentlich finde ich sein öffentliches Geständnis sehr mutig.«

»Theatralisch!« murmelte der Justizrat.

»Wenn das ein Klub von Regierungsbeamten wäre«, erklärte Jack Muskham, »sie besännen sich keinen Augenblick.«
»Er ist aber keiner!« gab der Verfasser des Buches »Zweite Reise durch Mexiko« trocken zurück.
»Ich weiß nicht, ob man einen Dichter mit demselben Maßstab messen darf wie andere Leute«, meinte das fünfte Mitglied nachdenklich.
»Warum nicht?« fragte der Erforscher der Kultur Ceylons, »sofern es sich um Fragen des allgemeinen Anstands handelt?«
Ein kleiner Mann, der an der Schmalseite des Tisches dem Vorsitzenden gegenübersaß, stotterte: *»The D-D-Daily Ph-Phase«* und blies dabei die Luft durch die Zähne.
»Die Affäre ist in aller Leute Mund«, behauptete der Justizrat.
»Meine jungen Leute daheim«, sagte ein Mann, der bis dahin geschwiegen hatte, »lachen' einem ins Gesicht. ›Und wenn er's getan hätte!‹ meinen sie. ›Was liegt schon dran!‹ Sie reden von Pharisäertum, spotten über Lyalls Gedicht und erklären, es wäre ganz gut für England, wenn es einmal vom hohen Roß herabstiege.«
»Natürlich!« bemerkte Jack Muskham, »so reden die jungen Menschen von heute! Alle Ehrbegriffe über Bord geschmissen. Sind wir auch schon soweit?«
»Ist einer der Anwesenden mit dem jungen Desert bekannt?« fragte Nummer 5.
»Ich, nur ganz flüchtig«, erwiderte Jack Muskham.
Kein anderes Mitglied wußte von persönlicher Bekanntschaft zu melden.
Plötzlich erklärte ein starker, sonnverbrannter Mann mit lebhaften tiefliegenden Augen: »Nächsten Monat fahr ich nach Afghanistan, hoffentlich ist die Geschichte dort noch unbekannt – mehr sag ich nicht.«
»Warum?« fragte Nummer 4.
»Weil das bloß die Verachtung noch steigern wird, die man uns dort ohnehin zu spüren gibt.«
Diese Bemerkung eines wohlbekannten Forschungsreisenden machte mehr Eindruck als alle bisherigen Argumente. Zwei Mitglieder, die ebenso wie der Vorsitzende bis jetzt geschwiegen hatten, riefen wie aus einem Munde: »Sehr richtig!«

»Vor dem Urteilsspruch müßte man auch den Angeklagten hören«, meinte der Justizrat.
»Was halten Sie davon, Squire?« erkundigte sich Mitglied Nummer 4.
Der Vorsitzende nahm die Pfeife aus dem Mund.
»Hat noch jemand etwas zu bemerken?«
»Jawohl«, rief der Verfasser des Werks »Zweite Reise nach Mexiko«.
»Begründen wir die Aufforderung zum Austritt mit der Veröffentlichung seines Gedichtes?«
»Unmöglich!« knurrte Jack Muskham, »es handelt sich um die ganze Sache. Folgendes steht in Frage: Darf er weiter Mitglied dieses Klubs bleiben oder nicht? Ich bitte den Vorsitzenden, diese Formulierung den Versammelten vorzulegen.«
Doch unbekümmert rauchte der »Squire« seine Pfeife weiter. Noch war der rechte Zeitpunkt für die Frage nicht gekommen, das wußte er aus Erfahrung. Jetzt gab es noch Einzeldebatten oder allgemeine. Das führte gewöhnlich zu gar nichts, aber die Mitglieder hatten den Eindruck, man habe den Gegenstand erschöpfend behandelt.
Jack Muskham mit seinem langen Gesicht sah starr vor sich hin, schweigend streckte er die langen Beine aus.
»Nun?« fragte schließlich der Mann, der zum zweitenmal in Mexiko gewesen war.
Der »Squire« klopfte die Pfeife aus.
»Meiner Ansicht nach«, gab er zur Antwort, »sollten wir Mr. Desert auffordern, uns über seine Gründe für die Veröffentlichung jenes Gedichtes Aufschluß zu geben.«
»Hört, hört!« rief der Justizrat.
»Sehr richtig!« stimmten die zwei Mitglieder bei, die auch zuvor denselben Ausspruch getan hatten.
»Ich schließe mich dieser Ansicht an«, erklärte die Autorität über Ceylon. »Ist jemand dagegen?« fragte der »Squire«.
»Ich sehe nicht ein, was das nützen soll«, brummte Jack Muskham. »Er war fahnenflüchtig und hat es eingestanden.«
Da niemand anderer Einwand erhob, fuhr der »Squire« fort:
»Der Sekretär wird ihn ersuchen, hierherzukommen und uns

Aufschluß zu erteilen. Sonst steht heute nichts auf der Tagesordnung, meine Herren.«
Trotz des allgemeinen Übereinkommens, daß der Ausschuß in noch ungeklärten Angelegenheiten Schweigen wahren müsse, erfuhr Sir Lawrence im Vertrauen diese Vorgänge noch vor Anbruch der Nacht von drei Mitgliedern, unter denen sich auch Jack Muskham befand. Er brachte diese Neuigkeit zum Abendessen ins Haus seines Sohnes in der South Street mit.
Seit dem Erscheinen jenes Gedichts und dem Brief des Verlegers hatten sich beinahe alle Gespräche Michaels und Fleurs um diese Affäre gedreht – die Äußerungen und Fragen fast jedes ihrer Bekannten zwangen sie ja, immer wieder davon zu sprechen. Ihre Meinungen gingen weit auseinander. Michael war zwar ursprünglich gegen die Veröffentlichung des Gedichts gewesen, doch jetzt, da es erschienen war, verteidigte er mit Nachdruck die Ehrlichkeit und den Mut, den Wilfrid durch sein Geständnis bekundet hatte. Fleur konnte Wilfrid dieses »Mit-dem-Schädel-durch-die-Wand-Rennen« nicht verzeihen. Hätte er sich nur ruhig verhalten und seinem Gewissen oder Stolz nicht nachgegeben, die ganze Sache wäre spurlos im Sand verlaufen. Ihrer Ansicht nach hatte er durch dieses Bekenntnis unschön an Dinny gehandelt und für sich selbst dadurch ganz und gar nichts gewonnen. Aber so sei er ja stets gewesen, meinte sie. Auch jetzt noch konnte sie ihm nicht verzeihen, wie unnachgiebig er sie vor acht Jahren bestürmt hatte, seine Geliebte zu werden, und wie unwiderruflich er vor ihr geflohen war, weil sie ihm nicht nachgegeben hatte. Nach ihres Schwiegervaters Bericht über die Vorgänge im Burton-Klub fragte sie kurz: »Konnte er etwas anderes erwarten?«
»Warum ist Jack Muskham so erbittert?« murmelte Michael.
»Manche Hunde fallen sich gleich bei der ersten Begegnung an, andere erst nach einigem Überlegen. Hier trifft offenbar beides zu. Der Knochen, um den sie sich balgen, heißt Dinny.«
Fleur lachte. »Jack Muskham und Dinny!«
»Im Unterbewußtsein, meine Liebe. Die Vorgänge im Unterbewußtsein eines Weiberfeinds sind nicht so leicht aufzuspüren. Nur in Wien kann man dir haargenau Bescheid darüber sagen,

dort enthüllt man dir sogar die seelische Ursache, wenn du Schluckauf hast.«
»Glaube kaum, daß Wilfrid sich dem Ausschuß stellen wird«, sagte Michael düster.
»Natürlich nicht, Michael.«
»Was geschieht dann?«
»Man schließt ihn höchstwahrscheinlich auf Grund irgendeines Paragraphen aus.«
Michael zuckte die Achseln. »Daraus macht er sich kaum etwas. Was liegt an einem Klub mehr oder weniger?«
»Allerdings«, sagte Fleur. »Aber vorläufig ist die Angelegenheit noch in Schwebe, man schwatzt nur darüber; doch der Ausschluß aus dem Klub bedeutet für ihn das unwiderrufliche Verdammungsurteil. Es könnte kaum ein besseres Mittel geben, gegen ihn Stimmung zu machen.«
»Oder für ihn.«
»Allerdings auch für ihn. Aber wir wissen, was das heißt, schief angesehen zu werden.«
»Das alles trifft nicht den Kern der Sache«, meinte Michael ungeduldig. »Ich kenne seine Gefühle. Sein erster Impuls war, diesem Araber Trotz zu bieten, und jetzt bereut er bitter, daß er dieser Regung nicht gehorchte.«
Sir Lawrence nickte.
»Dinny hat mich gefragt, ob Wilfrid denn gar nichts tun könne, um der Welt seinen Mut zu beweisen. Vielleicht gäbe es irgendein Mittel, aber man findet es nicht so leicht. Die Leute lassen sich nicht gern in Lebensgefahr bringen, damit ihr Retter in die Zeitung kommt. Scheu gewordene Lastpferde sprengen selten durch die Piccadilly. Vielleicht könnte er einen Passanten von der Westminsterbrücke hinabwerfen und ihm nachspringen, aber das wäre nur Mord und Selbstmord. Seltsam, daß der Mensch bei allem Heldensinn so schwer Gelegenheit findet, sich als Held zu zeigen.«
»Er sollte doch vor den Ausschuß treten«, erklärte Michael, »hoffentlich tut er's. Er hat mir etwas erzählt, das ganz unsinnig klingt, doch wer Wilfrid näher kennt, der weiß, daß es für sein Verhalten entscheidend war.«

»Nun?« fragte Fleur, »was denn?«
»Sein Mörder habe ihm leid getan.«
Fleur hatte die Ellbogen auf die polierte Tischplatte und das Kinn auf die Hände gestützt; in dieser vorgebeugten Haltung erinnerte sie an das junge Mädchen, das den chinesischen Götzen (auf Alfred Stevens' Bild in ihres Vaters Gemäldesammlung) betrachtet. Weder Fleur noch Sir Lawrence sprachen ein Wort, sie zogen nur ein wenig die Brauen hoch.
Trotzig fuhr Michael fort: »Es klingt freilich lachhaft, aber Wilfrid sagt, der Bursche habe ihn flehentlich gebeten, ihn nicht zum Mord zu zwingen – er hatte ein Gelübde getan, Ungläubige zu bekehren.«
»Das dem Ausschuß zu berichten«, erklärte Sir Lawrence langsam, »hieße wohl Perlen vor die Säue werfen.«
»Wilfrid tut es bestimmt nicht«, meinte Fleur, »der stirbt lieber, als daß er sich lächerlich macht.«
»Sehr richtig. Ich erwähnte es ja auch nur, um euch zu beweisen, daß die Sache keineswegs so einfach liegt, wie es dem hundertprozentigen Sahib scheinen mag.«
»Ausgezeichnet!« meinte Sir Lawrence sachlich, »hab schon lang nichts so Gelungenes gehört. Doch damit ist ja Dinny nicht geholfen.«
»Ich gehe nochmals zu Wilfrid und spreche mit ihm«, sagte Michael.
»Am einfachsten wäre es«, bemerkte Fleur, »er träte sofort aus dem Klub aus.«
Und mit dieser nüchternen Bemerkung schloß die Debatte.

23

Liebende müssen, wenn der Geliebte Kummer hat, ihr Mitgefühl verbergen und doch auch wieder verraten. Dinny fand das gar nicht so einfach. Hätte sie nur die bittere Stimmung ihres Liebsten mildern können! Scharfäugig wie ein Luchs suchte sie eine Gelegenheit zu erspähen; doch er bot ihr keine, obwohl sie einander täglich trafen. Wenn er sich nicht manchmal hätte gehenlassen und vergrämt ausgesehen hätte, wäre man fast der Meinung gewesen, er nehme die Sache durchaus nicht tragisch. Während der vierzehn Tage, die auf das Derby folgten, besuchte ihn Dinny in seiner Wohnung, oder sie unternahmen gemeinsame Autofahrten, in Begleitung ihres Wachtelhundes Foch. Doch mit keiner Silbe erwähnte er die Affäre, die den Gesprächsstoff der ganzen offiziellen und literarischen Kreise Londons bildete. Von Sir Lawrence erfuhr sie, Wilfrid sei von dem Ausschuß des Burton-Klubs aufgefordert worden, in seiner Sache eine Erklärung abzugeben, und habe dieses Ansinnen durch seinen Austritt beantwortet. Und von Michael, der Wilfrid in dieser Angelegenheit nochmals besucht hatte, wußte sie, Wilfrid kenne die Rolle, die Jack Muskham dabei gespielt hatte. Da er sich so hartnäckig weigerte, mit ihr offen zu sprechen, bot sie ihre ganze Selbstbeherrschung auf, sich noch sorgloser zu geben als er. Seine Miene machte ihr oft Kummer, doch wußte sie diesen Kummer zu verbergen. Und die ganze Zeit legte sie sich wieder die Frage vor, ob sie es nicht dennoch wagen solle, diesen Panzer des Schweigens zu durchbrechen. So wurde ihr allmählich die Wahrheit offenbar, daß nicht einmal echte Liebe tiefes Seelenleid erfassen und lindern könne. Die zweite Quelle ihres Kummers, der unablässige stumme Druck, den die Angst und Sorge der Ihren auf sie übte, rief in ihr eine überreizte Stimmung wach, derer sie sich schämte. Und dann trat ein Ereignis ein, das für den Augenblick zwar peinlich und aufregend war, dennoch aber fast erleichternd wirkte, weil es jenes unheimliche Schweigen brach. Sie waren in der Tate-Galerie gewesen und auf dem Heimweg eben die Treppe emporgestiegen, die zur Carlton Terrace führt. Dinny sprach ahnungslos über die Präraffaeliten, da merkte sie plötzlich eine Veränderung in Wilfrids Miene und blickte um sich, den Grund festzustellen. Jack Muskham kam ihnen mit verschlossener Miene entgegen und zog den grauen Filzhut wie vor jemandem, der gar nicht vorhanden war; ein kleiner brauner Mann neben ihm lüftete ebenfalls einen grauen Filz. Im Vorbeigehen vernahm sie Jack Muskhams Worte: »Da hört sich doch alles auf!«

Unwillkürlich griff ihre Hand nach Wilfrids Arm, doch zu spät. Spornstreichs machte er kehrt und eilte den beiden nach. Ein

paar Schritte weiter sah sie ihn Muskham auf die Schulter klopfen, sah die beiden einander messen und den kleinen Mann zu ihnen emporstarren, wie etwa ein Terrier zwei großen Hunden zusieht, wenn sie aufeinander losgehen wollen. Dann hörte sie Wilfrids leise Stimme sagen: »Sie feiger Schuft!«
Eine Ewigkeit schien ihr das Schweigen zu dauern, das diesen Worten folgte, und ruhelos glitten ihre Blicke von Wilfrids zukkendem Gesicht zu Muskhams starrer, drohender Miene und den schwarzen, weitaufgerissenen Augen des kleinen Mannes. »Gehen wir, Jack!« hörte sie diesen endlich sagen, sah, wie durch Muskhams lange Gestalt ein Beben lief, sah ihn die Hände ballen und vernahm sein Wispern: »Yule, hast du gehört?«
Der kleine Mann hatte die Hand unter Muskhams Arm geschoben und suchte ihn fortzuzerren. Nochmals wandte die langbeinige Gestalt sich um, dann gingen die beiden davon. Wilfrid schritt wieder an Dinnys Seite.
»Feiger Schuft!« murmelte er, »feiger Schuft! Gott sei Dank, dem hab ich meine Meinung gesagt!« Er warf den Kopf zurück, tat einen tiefen Atemzug und erklärte: »Jetzt ist mir leichter. Bedaure, Dinny, daß du Zeugin warst.«
Dinny war zu aufgewühlt, um sprechen zu können. Diese primitive Kampfgier der beiden! Sie hatte entsetzliche Angst, die Sache könnte Folgen nach sich ziehen. Und plötzlich ging ihr ein Licht auf – sie selbst war die geheime Ursache von Muskhams Angriffswut! Die Worte ihres Onkels klangen ihr im Ohr: »Jack hält dich für ein Opferlamm.« Und wenn sie es war? Was ging das diesen langen Laffen an, diesen Weiberfeind? Lachhaft! Sie hörte Wilfrid murmeln:
»›Da hört sich doch alles auf!‹ Keine Ahnung hat er von mir!«
»Ach, Liebster, wenn jeder wüßte, was im anderen vorgeht, wären wir ja alle Engel. Und Jack Muskham ist kein Engel, sondern ein Mitglied des Jockei-Klubs!«
»Alles bot er auf, mich hinauszubeißen, und nicht einmal vor dieser Gemeinheit schrak er zurück!«
»Eigentlich sollte ich mich getroffen fühlen, nicht du. Ich zwinge dich ja, mit mir herumzugehen. Doch es macht mir so viel Freude! Deine Geschichte schreckt mich gar nicht. Wozu bin ich

denn deine Liebste, wenn ich mit dir nicht durch dick und dünn gehen soll?«
»Warum soll ich dich mit Dingen quälen, die ja nicht mehr zu ändern sind?«
»Dazu bin ich doch da. Quäl mich doch, bitte, bitte!«
»Ach, Dinny, du bist ein Engel!«
»Glaub mir endlich; das ist nicht wahr. Ich hab Blut in den Adern.«
»Wenn man Ohrenschmerzen hat, schüttelt man den Kopf immer wieder, doch es hilft nichts. Ich dachte, die Veröffentlichung des ›Leopard‹ würde mich befreien, doch es half nichts. Dinny, bin ich ein Feigling oder nicht?«
»Wenn du feig wärst, hätt ich dich nie geliebt.«
»Na, ich weiß nicht. Frauen sind zu allem fähig.«
»Es heißt doch, wir Frauen bewundern vor allem den Mut. Nun sag ich etwas Brutales: Kränkst du dich darum, weil du selbst an deinem Mute zweifelst? Oder nur, weil du glaubst, daß die anderen es tun?«
Er lachte leise, verzweifelt auf. »Ich weiß nicht, weiß nur, es nagt an mir.«
Dinny sah zu ihm auf.
»Ach, Liebster, quäl dich doch nicht! Du darfst dich nicht quälen, ich mag es nicht!«
Einen Augenblick sahen sie einander tief in die Augen. Da trat ein Streichholzverkäufer auf sie zu, dem es sein Geldbeutel nicht erlaubte, auf die Seelenkrämpfe seiner Mitmenschen Rücksicht zu nehmen.
»Schachtel Streichhölzer gefällig, Sir?«

Dinny war Wilfrid an diesem Nachmittag nähergekommen denn je zuvor; dennoch kehrte sie voll banger Ahnung in die Mount Street zurück. Muskhams sonderbarer Gesichtsausdruck und seine Frage: »Yule, hast du gehört?« wollten ihr nicht aus dem Sinn.
Zu dumm! Heutzutag führten solche explosive Zusammenstöße schlimmstenfalls zu einem Ehrenbeleidigungsprozeß; und von all

den Leuten, die sie je gesehen hatte, konnte sie sich Jack Muskham am wenigsten im Gerichtssaal vorstellen.
In der Halle entdeckte sie einen fremden Hut und hörte Stimmen, als sie am Arbeitszimmer des Onkels vorbeikam. Kaum hatte sie ihren Hut abgelegt, da ließ er sie rufen. Er sprach bei ihrem Eintritt mit dem kleinen Mann, der wie ein Terrier aussah und rittlings auf einem Stuhl wie ein Reiter auf dem Roß saß.
»Dinny, Mr. Telfourd Yule. Meine Nichte, Dinny Cherrell.«
Der kleine Mann beugte sich über ihre Hand.
»Yule hat mir eben von jenem Zusammenstoß berichtet«, sagte Sir Lawrence. »Er wittert Unheil.«
»Ich auch«, entgegnete Dinny.
»Miss Cherrell, ich bin überzeugt, Jacks Äußerung war nicht für fremde Ohren bestimmt.«
»Doch. Da bin ich anderer Meinung.«
Yule zuckte die Achseln und sah ganz traurig drein. »Wie komisch häßlich er nur aussieht!« dachte Dinny. »Er gefällt mir!«
»Na, zumindest wollte Jack nicht, daß Sie etwas hörten, Miss Cherrell.«
»Es hätte aber mir gelten sollen. Mr. Desert möchte sich lieber nicht öffentlich mit mir zeigen. Ich dränge ihn dazu.«
»Wenn Jack sich ganz in Schweigen hüllt, dann ist die Geschichte bedenklich. Ich kenne ihn schon lange. Darum kam ich zu Ihrem Onkel.«
Stumm saß Dinny da. Die flammende Röte ihrer Wangen war bis auf zwei Flecken geschwunden. Die beiden Männer starrten sie an und dachten wohl, dieses schlanke junge Mädchen mit den Kornblumenaugen und dem schönen Haar passe schlecht zu einer solchen Verhandlung.
»Was kann ich also in dieser Sache tun, Onkel Lawrence?« fragte sie ruhig.
»Ich wüßte nicht, meine Liebe, was sich im Augenblick tun ließe. Mr. Yule sagt, Jack sei gleich darauf nach Royston gefahren. Vielleicht könnte ich ihn morgen mit dir besuchen. Er ist ein sonderbarer Geselle; wenn er nicht so altmodisch wäre, ich legte der Sache nicht viel Bedeutung bei. Derartige Affären sind rasch vergessen.«

Dinny zitterte beinah, doch sie bezwang sich.
»Altmodisch – inwiefern?«
Sir Lawrence sah zu Yule hinüber und sagte: »Wir möchten uns nicht gern lächerlich machen. Meines Wissens hat man seit siebzig oder achtzig Jahren in England kein Duell mehr ausgetragen, aber Jack gehört noch in die gute alte Zeit. Wir wissen nicht recht, was er im Schilde führt. Prügeleien sind nicht nach seinem Geschmack, Prozesse auch nicht. Und doch kann er eine solche Beleidigung nicht ruhig einstecken.«
»Wird er nicht bei Überlegung zur Einsicht kommen, er selbst sei mehr zu tadeln als Wilfrid?«
»Nein«, sagte Yule, »das wird er nicht. Glauben Sie mir, Miss Cherrell, die ganze Angelegenheit bekümmert mich aufrichtig.«
Dinny verneigte sich. »Meiner Ansicht nach war es sehr nett von Ihnen, uns aufzusuchen; vielen Dank!«
»Dinny«, sagte Sir Lawrence unsicher, »könntest du nicht Wilfrid dazu bewegen, sich bei Jack schriftlich zu entschuldigen?«
»Also darum habt ihr mich rufen lassen!« fuhr es ihr durch den Sinn. »Nein, Onkel, das kann ich unmöglich, kann ihn nicht einmal darum bitten. Ich weiß bestimmt, er tut es nie und nimmer.«
»Verstehe«, murmelte Sir Lawrence düster.
Dinny machte Yule eine Verbeugung und wandte sich zur Tür. In der Halle glaubte sie noch durch die Wand hindurch das ratlose Achselzucken der beiden zu sehen – wie düster und beklommen sie nur vor sich hin starrten! Und sie ging hinauf in ihr Zimmer. Um Entschuldigung bitten! Schon der bloße Gedanke erschien ihr als Beleidigung, wenn sie an Wilfrids gehetztes, zerquältes Gesicht dachte! Schon jetzt marterte ihn unerträglicher Zweifel an seinem Mut, nicht im Traum würde es ihm einfallen, um Verzeihung zu bitten. Bekümmert schritt sie im Zimmer auf und ab, dann holte sie sein Foto hervor. Das geliebte Gesicht blickte ihr mit dem skeptischen Gleichmut einer Fotografie entgegen. Eigenwillig, unberechenbar, stolz, verschlossen, mit sich selbst zerfallen, aber nicht grausam – und auch nicht feig – o nein! »Du Lieber, Lieber!« dachte sie und legte das Bild wieder hin. Sie trat ans Fenster und lehnte sich hinaus; ein schöner Abend – der Freitag der Woche, in der das Ascot-Rennen stattfand, die erste

der beiden Wochen, die England fast stets schönes Wetter brachten! Am Mittwoch war ein Wolkenbruch niedergegangen, aber heute war fast ein Hochsommertag. Unten ratterte ein Taxi heran und hielt vor dem Hause; Onkel und Tante fuhren aus zu einem Dinner. Sie kamen mit Blore hinunter, er half ihnen in den Wagen und sah ihnen nach. Nun ließ die Dienerschaft gewiß das Radio spielen. Aha! Da erklang es schon! Sie öffnete die Tür. Opernübertragung, Rigoletto! Die abgeleierten Melodien drangen zu ihr herauf, mit all dem Ungestüm eines Zeitalters, das sich gewiß besser auf die Gefühle eigenwilliger Herzen verstand als die Gegenwart.
Der Gong! Sie wäre lieber nicht zum Essen hinuntergegangen, doch wenn sie nicht kam, waren Blore und Augustine gewiß besorgt. Hastig wusch sie sich, schlüpfte in ein Abendkleid und ging hinab.
Doch während der Mahlzeit wurde ihre Unruhe immer ärger; das Stillsitzen, das Aufmerken auf das Essen steigerten offenbar ihre Angst. Ein Zweikampf! Ausgeburt der Phantasie, heutzutage! Und dennoch – mitunter riet Onkel Lawrence unheimlich scharf, und Wilfrid war just in der Stimmung, irgend etwas zu begehen, um seinen Mut zu beweisen. War das Duell in Frankreich verboten? Gott sei Dank, daß sie soviel Geld zur Verfügung hatte! Ach was! Einfach lachhaft! Seit fast hundert Jahren hatte man einander Schimpfworte ins Gesicht geschleudert, ohne die verletzte Ehre in Blut reinzuwaschen. Nur nicht zuviel sorgen! Morgen würde sie mit Onkel Lawrence jenen Mann aufsuchen. Sonderbar, irgendwie trug sie selbst an diesem Streit Schuld. Was würde wohl einer der Ihren tun, wenn man ihn einen feigen Schuft hieße – ihr Vater, Bruder, Onkel Adrian? Was konnten sie tun? Es dem Gegner mit den Fäusten heimzahlen, mit der Reitpeitsche, oder ihn vor Gericht zerren? Welch nutzlose, rohe, häßliche Mittel! Zum erstenmal hatte sie die Empfindung, Wilfrid habe nicht recht daran getan, solche Ausdrücke zu gebrauchen. Doch hatte er nicht bloß einen Hieb zurückgegeben? Jawohl! Wieder sah sie ihn vor sich stehen, mit zurückgeworfenem Kopf, hörte ihn murmeln: »Ah, jetzt ist mir leichter!« Schnell trank sie den Kaffee aus, erhob sich und ging ins Speisezimmer hinüber. Auf dem Sofa

lag, achtlos hingeworfen, die Stickarbeit ihrer Tante. Dinny besah sie mit leisem Interesse. Ein altfranzösisches kompliziertes Muster, zu dem man viele farbige Wollen brauchte – graue Kaninchen lugten schelmisch über die Schulter hinweg nach hochbeinigen gelben Hunden, die rotäugig und mit hängender Zunge auf ihren grellgelben Hinterpfoten hockten; dann gab es da noch Blätter und Blumen und hie und da einen Vogel, alles auf einem Hintergrund aus brauner Wolle. Tausende und Abertausende von Stichen, und wenn es dann fertig war, legte man es unter Glas auf ein Tischchen, und dort lag es vielleicht noch, wenn sie alle längst tot und begraben waren und kein Mensch mehr wußte, wer es gestickt hatte. Alles vergeht, alles verweht! Vom Erdgeschoß drangen noch immer die Melodien aus Rigoletto herauf. Augustine war zweifellos ein tiefdramatisches Gemüt, daß sie es über sich brachte, die ganze Oper anzuhören.

»La Donna è mobile!«

Dinny griff wieder zu ihrem Buch, den »Erinnerungen der Harriet Wilson«, ein Band, in dem keine einzige erinnerungswürdige Gestalt vorkam, abgesehen von der Verfasserin, und auch die war es wohl nur in ihren eigenen Augen. Ein leichtlebiges, lustiges, eingebildetes Frauenzimmer, anziehend und gutherzig, und unter ihrem Schock von Liebesaffären war e i n e echte.

»La Donna è mobile!« Herausfordernd klang es vom Treppenhaus empor, wohlklingend und frei, als habe der Sänger endlich sich selbst gefunden. *Mobile!* Nein, das durfte man mit viel größerem Recht von den Männern behaupten! Frauen hielten ja doch unwandelbar an dem geliebten Wesen fest, außer in Amerika, doch dort, hieß es, schlage ja gar nichts tiefe Wurzeln. Man liebte und verlor den Geliebten – vielleicht! Mit geschlossenen Augen saß sie da, bis die letzten Klänge des letzten Aktes verhallt waren, dann ging sie hinauf zu Bett. Sie verbrachte die Nacht in unruhigen Träumen und wurde am Morgen aus dem Schlaf geweckt:

»Miss Dinny, jemand will Sie am Telefon sprechen.«

»Mich? Was? Wie spät ist es?«

»Halb acht, Miss.«

Erschrocken setzte sich Dinny im Bett auf.

»Wer ist es?«
»Nennt keinen Namen, Miss, will Sie aber unbedingt persönlich sprechen.«
»Wilfrid!« fuhr es ihr durch den Sinn, sie sprang auf, schlüpfte in Morgenrock und Pantoffeln und lief hinab.
»Ja. Wer dort?«
»Stack, Miss. Tut mir leid, daß ich Sie so zeitig störe; doch halt ich's für nötig, mich an Sie zu wenden. Mr. Desert ging gestern wie gewöhnlich schlafen. Doch heut früh hör ich den Hund in seinem Zimmer winseln, geh hinein und seh, daß mein Herr das Bett nicht einmal berührt hat. Er muß ganz früh am Morgen fortgegangen sein, ich bin schon seit halb sieben auf und hab ihn nicht gehört. Tut mir leid, Miss, daß ich Sie störe, aber sein Aussehen gestern abend gefiel mir nicht . . . Verstehen Sie mich, Miss?«
»Ja. Nahm er Kleider oder anderes Gepäck mit?«
»Nein, Miss.«
»Hatte er gestern abend Besuch?«
»Nein, Miss. Doch ein Bote brachte ihm gegen halb zehn einen Brief. Als ich ihm den Whisky hineintrug, merkte ich gleich, wie verstört er aussah. Vielleicht hat es gar nichts zu bedeuten – immerhin, er faßt manchmal so plötzliche Entschlüsse, darum dachte ich . . . Verstehen Sie mich, Miss?«
»Ja. Ich kleide mich rasch an und komm dann gleich hin. Stack, könnten Sie mir inzwischen ein Taxi besorgen oder lieber ein Tourenauto?«
»Ich besorge ein Auto, Miss.«
»Gibt es so zeitig früh eine Zug- oder Flugzeugverbindung nach Frankreich?«
»Nicht vor neun Uhr.«
»Ich komme so schnell wie möglich.«
»Schon recht. Beunruhigen Sie sich nicht, vielleicht will er nur ein wenig Bewegung machen.«
Dinny hängte den Hörer zurück und eilte die Treppe hinauf.

24

Wilfrids Taxi, dessen Benzinbehälter er bis zum Rand hatte füllen lassen, klomm langsam Havorstock Hill hinan und gegen die Spaniard Road zu. Er warf einen Blick auf die Uhr. Sechzig Kilometer bis Royston – selbst in diesem langsamen Vehikel mußte er um neun dort eintreffen! Er zog einen Brief hervor und las ihn nochmals durch.

Liverpool-Street-Bahnhof, Freitag

Sir,
Sie stimmen mir wohl darin bei, daß es mit der Angelegenheit von heute nachmittag nicht sein Bewenden haben kann. Da mir das Gesetz das einzige Mittel verwehrt, die Sache würdig auszutragen, teile ich Ihnen hierdurch der Ordnung halber mit, daß ich Sie mit der Reitpeitsche züchtigen werde, wann immer und wo immer ich Sie ohne den Schutz einer Dame treffe.

Ihr ergebener J. Muskham

The Briery, Royston

»Wann immer und wo immer ich Sie ohne den Schutz einer Dame treffe.« Na, diese Gelegenheit sollte sich dem Schweinehund unerwartet schnell bieten! Zu dumm, daß der Bursche so viele Jahre älter war als er.
Das Auto hatte jetzt die Anhöhe erreicht und fuhr die einsame Spaniard Road entlang. Die Landschaft im Morgenglanz verdiente es wohl, von einem Dichterauge gewürdigt zu werden, doch Wilfrid saß im Auto zurückgelehnt, ganz in Gedanken verloren. Nur dreinhauen können! Dieser Bursche durfte ihn auf keinen Fall länger verhöhnen! Noch hatte er keinen näheren Plan gefaßt, nur soviel wußte er, er wollte diesem Burschen gleich am Morgen, nachdem er den beleidigenden Brief erhalten hatte, »ohne den Schutz einer Dame« gegenübertreten! Sich hinter einen Weiberrock verkriechen! Schade, daß es kein richtiges Duell sein würde! Erinnerungen an die Duelle der Weltliteratur durchzuckten sein Hirn: Bel Ami, Basarow, Dr. Slammer, Sir Lucius O'Trigger, D'Artagnan, Sir Toby, Winkle, alles Phantasiegestalten, die dem

Leserpublikum das Duell so wert gemacht hatten, Zweikämpfe und Runs auf Banken, die Juwelen in der Krone dramatischen Geschehens – alles dahin! Nun, er hatte sich rasiert – mit kaltem Wasser! – und so sorgfältig gekleidet, als fahre er wirklich zu einem Duell und nicht zu einer gemeinen Prügelei. Der Vollblutdandy Jack Muskham und eine ordinäre Raufszene! Höchst amüsant! Das Taxi ratterte vorwärts durch den spärlichen Straßenverkehr der Morgenstunden – Marktwagen und Milchkarren. Nach einer fast schlaflos verbrachten Nacht saß Wilfrid halb eingenickt. So fuhr er durch Barnet, Hatfield, über die Wettwyn Garden City hinaus, dann durch Knebworth und die Straßendörfer Stevenage, Graveley und Baldock. Häuser und Bäume sahen im feinen Morgennebel fast unwirklich aus. Briefträger, Mägde vor den Haustüren, junge Burschen, die auf Bauernpferden ritten, und ab und zu ein verfrühter Radfahrer schienen die einzigen Bewohner der Außenwelt. Ein schiefes Lächeln um die Lippen, lehnte er sich mit halbgeschlossenen Augen zurück und stemmte die Beine gegen den anderen Sitz. Er mußte ja das Schauspiel nicht in Szene setzen, den Zweikampf nicht eröffnen. Er brauchte sich nur, wie auf Verabredung, so auf den Weg zu pflanzen, daß Muskhams Peitsche ihn unmöglich verfehlen konnte.
Das Auto verlangsamte das Tempo.
»Gleich sind wir in Royston, Herr. Wohin soll ich Sie bringen?«
»Fahren Sie beim Hotel vor.«
Das Auto fuhr weiter. Das Morgenlicht wurde greller, alles schien in seinem Glanz klar und scharf umrissen bis zu den buchenbewaldeten Hügelkuppen in der Ferne. Auf dem grasigen Hang zur Rechten sah er eine Koppel Rennpferde, die, mit Decken auf den Rücken, vom Morgentrab langsam heimkehrten. Das Auto bog in eine lange Dorfstraße und hielt am anderen Ende vor einem Hotel. Wilfrid stieg aus.
»Stellen Sie den Wagen ein. Sie fahren mich nach London zurück.«
»Gut, Herr.«
Wilfrid trat in das Hotel und bestellte ein Frühstück. Gerade neun! Beim Essen fragte er den Kellner, wo The Briery liege.

»Das niedrige, langgestreckte Haus, Sir, dort hinten, rechts. Wenn Sie aber Mr. Muskham sprechen wollen, brauchen Sie nur hier vor dem Hotel zu warten. Fünf Minuten nach zehn kommt er auf seinem Pony vorbei, er reitet dann immer in sein Gestüt – so pünktlich, daß Sie Ihre Uhr nach ihm richten können, außer er ist bei einem Rennen.«
»Danke, das erspart mir die Mühe, hinzugehen.«
Fünf Minuten vor zehn steckte sich Wilfrid eine Zigarette an und bezog den Wachtposten vor dem Hoteltor. Enggegürtet, stand er seltsam lächelnd reglos da und dachte wiederholt an jene Szene zwischen Tom Sawyer und dem gar zu gut gekleideten Knaben, wie sie einander erst umkreisten, eine Litanei von Schimpfworten vom Stapel ließen und dann wie ein Wirbelwind aufeinander losfuhren. Heutzutag beobachtete man kein solches Zeremoniell bei Raufhändeln. »Wenn ich den Burschen zu Boden schlagen kann«, dachte er, »dann tu ich's!« Die Hände, die er in den Taschen vergraben hatte, ballten sich zu Fäusten. Im übrigen stand er völlig unbeweglich da, ans Tor gelehnt, das Gesicht in die Rauchwölkchen gehüllt, die von seiner Zigarette aufstiegen. Mit Befriedigung stellte er fest, daß sein Chauffeur mit einem anderen Autolenker sprach, dessen Wagen sich außerhalb des Hotels befand, daß weiter oben in der Häuserzeile gegenüber ein Mann Fenster putzte und ein Fleischerwagen auf der Straße stand. Muskham konnte sich also keineswegs darauf ausreden, die Begegnung habe nicht vor der Öffentlichkeit stattgefunden. Wenn dieser Kerl sich ebenso wie er seit der Schulzeit nicht mehr im Boxen geübt hatte, dann würde es wohl wüste Prügel setzen. Um so mehr Aussicht, den anderen durchzubleuen und selbst durchgebleut zu werden! Die Sonne hatte die Kronen einiger Bäume auf der anderen Seite erreicht und streifte sein Gesicht. Er trat einige Schritte vor, ließ sich ganz von ihr bescheinen. Die Sonne – alles Gute im Leben kam doch von der Sonne! Plötzlich mußte er an Dinny denken. Ihr bedeutete die Sonne nicht soviel wie ihm. War Dinny ein Wesen von Fleisch und Blut, oder waren sie und seine Erlebnisse in England nur Bilder eines Traums, aus dem er jäh erwachen mußte? Weiß Gott! Er bewegte sich und sah auf die Uhr. Drei Minuten nach zehn! Wahrhaftig, der Kellner hatte

recht – da trabte ein Reiter die Straße heran, gelassen, unbekümmert, in großem, bequemem Sattel, auf einem kleinen Rassepferd. Immer näher, ohne seine Anwesenheit zu bemerken! Plötzlich riß der Reiter die Augen auf, schob das Kinn vor. Er hob die Hand zum Hutrand, brachte das Pony zum Stehen, machte kehrt und sprengte zurück.
»Hm!« dachte Wilfrid, »der holt jetzt die Peitsche!« Dann zündete er sich an dem Stummel der ersten Zigarette eine zweite an. Eine Stimme hinter ihm rief:
»Hab ich's Ihnen nicht gesagt, Sir? Das war Mr. Muskham.«
»Scheint etwas vergessen zu haben.«
»Na«, meinte der Kellner, »gewöhnlich ist er die Pünktlichkeit selbst. Sieht auf Ordnung im Gestüt wie ein Zuchtmeister. Da kommt er schon! Hat nicht viel Zeit dabei verloren, was?«
Muskham ritt in leichtem Galopp heran. In etwa vierzig Schritt Entfernung hielt er an, stieg ab und rief: »Stehengeblieben, Betty!« Wilfrid begann das Herz zu pochen, die Hände in seinen Taschen ballten sich zu Fäusten; noch immer lehnte er am Tor. Der Kellner hatte sich zurückgezogen, doch Wilfrid merkte, daß er in der Haustür stand und die Zusammenkunft erwartete, die er vermittelt hatte. Der Chauffeur plapperte noch immer so unaufhörlich, wie nur Fuhrleute schwatzen können; der Krämer putzte noch immer die Fenster; der Fleischer schritt eben zu seinem Wagen zurück. Muskham trat gelassen heran, eine Peitsche in der Hand.
»Los!« dachte Wilfrid.
In etwa vier Schritt Entfernung blieb Muskham stehen. »Bereit?« Wilfrid nahm die Hände aus den Taschen, ließ den Zigarettenstummel aus dem Mund fallen und nickte. Die langbeinige Gestalt sprang heran und holte mit der Peitsche aus. Doch nur ein einziger Hieb sauste nieder, dann hatte Wilfrid zugepackt, mit so eisernem Griff, daß die Peitsche nicht mehr zu gebrauchen war und Muskham sie fallen ließ. Nun hielten die beiden einander umklammert und schwankten auf das Hoftor zu; dann ließen sie, offenbar blitzschnell von dem gleichen Gedanken durchzuckt, voneinander ab und hoben die Fäuste. Im nächsten Augenblick wurde es klar, daß keiner von beiden richtig zu boxen verstand.

Regellos, in wilder Wut sausten die Hiebe nieder, der eine hatte vor dem anderen Größe und Wucht, der andere Jugend und Behendigkeit voraus. Trotz des Balgens und Stoßens während des wilden Zweikampfs sah Wilfrid, wie sich eine kleine Schar von Leuten sammelte, als wäre ein Roß zu Boden gestürzt. Sie hielten sich keuchend, stumm und erbittert umschlungen; ihre Kampfgier schien die Zuschauer zu lähmen, nur ein leises Murmeln war zu hören. Beide hatten einander den Mund blutig geschlagen, beide waren atemlos und halb betäubt. Sie rangen nach Luft, verkrampften sich wieder in den Gegner und schwankten hin und her, jeder suchte dem Feind an die Gurgel zu fahren.
»Vorwärts, Mr. Muskham!« rief eine Stimme.
Als habe diese Aufforderung Wilfrid ermutigt, rang er sich los und sprang seinen Gegner an. Muskhams Faust traf ihn vor die Brust, Wilfrid aber streckte die Arme aus und umschlang seines Feindes Hals. Dann taumelten sie hin und her, zuletzt ein dröhnender Fall – beide lagen auf dem Boden. Offenbar wieder vom gleichen Gedanken durchzuckt, ließen sie einander los und rafften sich auf. Einen Moment standen sie keuchend da und glotzten sich an, als wollten sie den Kampf von neuem beginnen, eine Sekunde lang spähte jeder in die Runde. Da sah Wilfrid, wie Muskhams blutbeschmiertes Gesicht sich jäh verzog und starr wurde, sah, wie seine Hände niederglitten und sich in den Taschen verbargen, sah ihn sich abwenden. Und plötzlich bemerkte er den Grund dieser Wandlung: Im offenen Auto, quer über der Straße, stand Dinny, bedeckte mit der einen Hand die Lippen und hielt die andere schützend vor die Augen. Wilfrid wandte sich ebenso unvermittelt ab und ging ins Hotel zurück.

25

Während des Ankleidens und der Fahrt durch die fast menschenleeren Straßen hatte Dinny angestrengt nachgedacht. Der Brief, den man Wilfrid am Abend persönlich überbracht hatte, wies klar darauf hin, daß an seinem frühen Ausgehen Muskham Schuld trug. Da ihr Wilfrid entschlüpft und so spurlos verschwunden war wie eine Nadel im Heuschober, mußte sie die Sache vom anderen Ende anpacken. Es war zwecklos, auf ihren Onkel zu warten und mit ihm Jack Muskham aufzusuchen, sie konnte ebensogut allein hingehen, vielleicht war das sogar besser. Um acht Uhr kam sie in die Cork Street und fragte sogleich: »Stack, hat Mr. Desert einen Revolver?«

»Ja, Miss.«

»Nahm er ihn mit?«

»Nein.«

»Er hatte gestern einen Streit, darum frag ich.«

Stack fuhr sich mit der Hand über das unrasierte Kinn. »Ich weiß zwar nicht, wohin Sie gehen, Miss, aber soll ich Sie nicht begleiten?«

»Ich halte es für besser, Sie überzeugen sich, ob er nicht mit einem Zug zum Hafen fährt.«

»Gern, Miss. Ich erledige das und nehme den Hund mit.«

»Wartet draußen das Auto auf mich?«

»Ja, Miss. Soll das Dach offen sein?«

»Freilich, je mehr Luft, desto besser.«

Der Diener nickte. Augen und Nase des Mannes schienen Dinny ungewöhnlich groß und intelligent.

»Wenn ich Mr. Desert früher als Sie finde, wohin soll ich Ihnen Nachrichten senden, Miss?«

»Auf dem Postamt in Royston werd ich nach einem Telegramm fragen. Ich fahre nämlich hin und suche dort einen gewissen Mr. Muskham. Mit dem hatte Ihr Herr einen Streit.«

»Haben Sie schon gefrühstückt, Miss? Nehmen Sie doch rasch eine Tasse Tee!«

»Danke, hab schon gefrühstückt.« Ihre Lüge half ihr Zeit sparen. Jene Fahrt auf einer unbekannten Straße schien Dinny endlos lang, und die Worte ihres Onkels ließen ihr keine Ruhe: »Wenn Jack nur nicht so altmodisch wäre . . . Er ist wirklich noch aus der guten alten Zeit.« Sich vorzustellen, daß die beiden vielleicht in diesem Augenblick an irgendeinem abgeschiedenen Platz – im Richmond Park, Ken Wood oder weiß der Kuckuck wo – das altmodische Possenspiel des Ehrenhandels trieben! Sie sah im Geist jene Szene: Jack Muskham hochgewachsen, kühl überlegend –

Wilfrid eng gegürtet, trotzig; ringsum Bäume, gurrende Wildtauben, langsam hoben die beiden die Pistolen –! Wer aber würde bei dem Duell sekundieren? Pistolen! Heutzutage trugen die Leute doch keine Pistolen bei sich. Hätte Wilfrid etwas Derartiges im Schilde geführt, wäre er wohl kaum ohne Revolver fortgegangen! Was sollte sie sagen, wenn sie Muskham tatsächlich zu Hause traf? »Bitte, nehmen Sie es doch nicht übel, daß er Sie einen feigen Schuft nannte! In unserer Zeit meint man so etwas beinahe freundschaftlich.« Wilfrid durfte nie und nimmer von ihrem Vermittlungsversuch erfahren. Das würde seinen Stolz nur noch tiefer verletzen. Verwundeter Stolz! Welche Ursache menschlicher Fehden war so alt, so tief verwurzelt, so zäh, so natürlich, so entschuldbar! Das Bewußtsein, man habe an sich selbst Verrat begangen! Ganz im Banne jener Leidenschaft, die weder nach Gesetz noch Gründen fragt, liebte sie Wilfrid wegen dieses Verrats an sich selbst nur um so mehr. Doch über den Verrat gab sie sich keiner Täuschung hin. Wie hatte doch ihr Vater gesagt? »Von dem nächstbesten Engländer, der von einer Kugel bedroht ist –« Diese Worte wirkten in ihrem Unterbewußtsein nach, hatten ihr enthüllt, daß zwischen ihrer Liebe und ihrer Ansicht von den Pflichten eines Engländers ein Zwiespalt klaffe.

Der Chauffeur machte halt, um einen Reifen am Hinterrad zu prüfen. Von einer Holunderhecke drang eine Duftwelle herüber, Dinny schloß die Augen. Diese weißen, duftenden Blütendolden! Der Lenker stieg wieder ein und setzte das Auto mit einem Ruck in Bewegung. Würde das Leben sie stets so mit jähem Ruck von ihrer Liebe fortreißen? Sollte sie niemals friedlich und glücklich in seinen Armen ruhen?

»Krankhaft!« dachte sie. »Ich sollte mich wahrhaftig zusammennehmen.« Die ersten Häuser von Royston zeigten sich, und sie rief: »Bitte, halten Sie beim Postamt.«

»Gut, Ma'am.«

Es war kein Telegramm für sie da, und sie fragte nach Mr. Muskhams Haus. Die Postbeamtin warf einen Blick auf die Wanduhr.

»Fast gegenüber, Miss. Wenn Sie aber Mr. Muskham sprechen

wollen – ich sah ihn eben vorüberreiten, gewiß in sein Gestüt. Durch den Ort und dann nach rechts.«
Dinny stieg wieder in den Wagen, langsam fuhren sie weiter. Später wußte sie nicht zu sagen, ob ihr Instinkt oder der des Chauffeurs das Auto zum Stehen gebracht hatte. Denn als er sich umwandte und sagte: »Da scheint es eine kleine Rauferei zu geben, Miss«, war sie schon aufrecht dagestanden und hatte über die Köpfe der Zuschauer hinweggespäht. Nur zu deutlich sah sie die blutbespritzten Gesichter, den Hagel von Schlägen, das keuchende Ringen und Schwanken. Schon hatte sie die Tür des Autos aufgerissen, da schoß es ihr plötzlich durch den Kopf: »Das würde er mir nie verzeihen!« Sie schlug die Tür wieder zu, hielt die eine Hand schützend vor die Augen, bedeckte mit der anderen die Lippen und sah, daß auch der Chauffeur sich erhoben hatte.
»Eine saubere Keilerei!« hörte sie ihn bewundernd sagen.
Wie wild und seltsam Wilfrid aussah! Na, mit den bloßen Fäusten konnten die beiden einander wohl kaum totschlagen! Und etwas wie Triumph mischte sich in ihre Aufregung. So war er also nach Royston gefahren, um den Gegner in die Schranken zu fordern! Und doch war es ihr, als sause jeder Hieb auf sie selbst nieder, als ringe sie selbst in diesem Zweikampf mit.
»Natürlich kein einziger Schutzmann zu sehen!« rief der Chauffeur hingerissen. »Was gilt's? Ich wett auf den jungen Satanskerl!«
Dinny sah, wie die beiden sich schwankend voneinander losrangen, wie Wilfrid mit ausgestreckten Armen den Gegner wieder ansprang; sie hörte Muskhams Faust auf seine Brust niederschmettern, sah sie einander packen, taumeln und stürzen, aufstehen und keuchend sich anstarren. Dann sah sie Muskhams erstaunten Blick auf sich gerichtet, dann Wilfrids Blick, sah beide sich abwenden; alles war vorüber. »Schon aus!« meinte der Chauffeur. »Schade!« Dinny sank auf den Wagensitz nieder und sagte ruhig: »Bitte weiter!«
Fort! Nur fort! Genug, daß die beiden sie gesehen hatten, mehr als genug vielleicht!
»Fahren Sie ein Stückchen weiter, dann kehren Sie um, nach London zurück.« Die zwei fingen gewiß nicht wieder an!

»Keiner ist ein geschulter Boxer, Miss, aber scharf sind sie ins Zeug gegangen.«
Dinny nickte. Noch immer hielt sie die Hand vor den Mund, denn noch immer bebten ihre Lippen. Der Chauffeur sah sie an.
»Sie sind ein wenig blaß, Miss – na ja, soviel Blut sehen müssen! Könnten wir nicht irgendwo haltmachen, damit Sie einen Tropfen Kognak trinken?«
»Hier nicht«, sagte Dinny, »im nächsten Dorf.«
»Baldock – gut!« Und er steigerte das Tempo.
Als sie wieder an dem Hotel vorüberkamen, hatte die Menge sich verlaufen; zwei Hunde, ein Schutzmann und der Fensterputzer waren die einzigen Lebewesen weit und breit.
In Baldock nahm sie ein kleines Frühstück; eigentlich hätte sie sich erleichtert fühlen müssen, die Bombe war ja geplatzt; doch zu ihrer Überraschung beschlichen sie Unheilsahnungen. Würde er ihr nicht böse sein, weil sie allem Anschein nach hergefahren war, ihn zu beschützen? Ihr zufälliges Kommen hatte der Prügelei ein Ende gemacht, sie hatte die beiden entstellt, blutbespritzt, entwürdigt gesehen. Sie beschloß, keiner Seele ein Wort davon zu verraten, wo sie gewesen oder was sie gesehen hatte, nicht einmal Stack oder ihrem Onkel.
Doch in einem zivilisierten Land fruchten diese Vorsichtsmaßregeln nicht viel. Unter der Überschrift »Fausthiebe zwischen Aristokraten« brachte die *Evening Sun* an jenem Tag in der letzten Ausgabe eine zwar nicht peinlich wahrheitsgetreue, doch um so lebendigere Schilderung von dem »Zusammenstoß in Royston, zwischen dem wohlbekannten Pferdezüchter Mr. John Muskham, Vetter des Baronet Sir Charles Muskham, und dem Ehrenwerten Wilfrid Desert, dem zweiten Sohn des Lord Mullyon, Autor des ›Leopard‹, der unlängst solche Sensation hervorrief«. Der Bericht war voll Schwung und Phantasie abgefaßt und schloß mit den Worten: »Die Ursache des Zwistes darf man in der Aktion erblicken, die dem Gerücht zufolge Mr. Muskham gegen Mr. Deserts Mitgliedschaft beim Burton-Klub unternahm. Offenbar hatte Mr. Muskham daran Anstoß genommen, daß Mr. Desert Mitglied des Klubs bleibe, nachdem er öffentlich bekannt hatte, seinem Gedicht ›Der Leopard‹ liege ein eigenes Erlebnis zugrun-

de. Jedenfalls wurde die Affäre mit mannhafter Faust ausgetragen, obschon sie offensichtlich nicht dazu beitrug, dem Mann aus dem Volke einen hohen Begriff von der Würde der Aristokraten beizubringen.«

Beim Abendessen legte Sir Lawrence, ohne ein Wort zu sagen, diesen Artikel vor Dinny hin. Sie las ihn und saß so reglos da, daß er endlich fragte: »Dinny, warst du am Ende dabei?«

»Unheimlich wie immer«, dachte sie. Zwar hatte sie nachgerade gelernt, die Wahrheit zu verschleiern, dennoch brachte sie keine grobe Lüge über die Lippen; sie nickte.

»Was ist los?« erkundigte sich Lady Mont.

Dinny schob ihr die Zeitung hin, die Tante las sie mit einiger Anstrengung, denn sie war weitsichtig.

»Wer blieb Sieger, Dinny?«

»Keiner, unentschiedener Ausgang.«

»Wo liegt Royston?«

»In Cambridgeshire.«

»Und warum das alles?«

Weder Dinny noch Sir Lawrence wußten es.

»Er nahm dich doch nicht im Sattel mit, Dinny?«

»Nein, liebe Tante. Zufällig kam ich im Auto vorbei.«

»Wie die Religion doch die Köpfe erhitzt!« bemerkte Lady Mont.

»Jawohl«, entgegnete Dinny bitter.

»Hat dein Anblick der Szene ein Ende gemacht?« fragte Sir Lawrence.

»Ja.«

»Die Sache gefällt mir nicht. Das hätte lieber ein Schutzmann besorgen sollen oder ein Knock-out-Hieb.«

»Ich wollte mich ihnen ja gar nicht zeigen.«

»Hast du ihn seither gesehen?«

Dinny schüttelte den Kopf.

»Die Männer sind eitel«, meinte ihre Tante.

Mit diesen Worten schloß das Gespräch.

Nach dem Dinner teilte Stack ihr am Telefon mit, Wilfrid sei heimgekommen, doch ihr Instinkt warnte sie davor, ihn zu treffen.

Die Nacht verbrachte sie ruhelos und fuhr darauf mit dem Morgenzug nach Condaford. Es war Sonntag, alle befanden sich in der Kirche. Dinny fühlte sich den Ihren seltsam fremd. Condaford sah aus wie immer, roch wie immer, die Leute taten dasselbe wie immer, und doch war alles von Grund auf anders! Sogar der schottische Terrier und die Wachtelhunde beschnupperten sie argwöhnisch, als gehöre Dinny nun nicht mehr zu ihnen. »Gehöre ich wirklich noch hierher?« dachte sie. »Sie wittern wohl, daß mein Herz anderswo weilt!«

Jeanne erschien als erste, Lady Cherrell war zur Kommunion geblieben, der General, um den Inhalt des Opferstocks zu zählen, und Hubert wollte sich das Cricket-Match des Dorfes ansehen. Jeanne fand Dinny vor einem Beet mit Rittersporn neben einer alten Sonnenuhr sitzen. Sie gab ihrer Schwägerin einen Kuß, sah sie dann eine Minute lang prüfend an und sagte endlich: »Raff dich auf, meine Liebe, oder du klappst über kurz oder lang zusammen.«

»Ich warte nur auf den Lunch«, erklärte Dinny.

»Ich auch. Meines Vaters Predigten sind eine Geduldprobe, das dachte ich auch, nachdem ich sie schon überstanden hatte. Aber euer Mann Gottes hier –!«

»Jawohl, am liebsten möchte man ihn niederboxen.«

Wieder machte Jeanne eine Pause, ihre Blicke forschten in Dinnys Zügen.

»Dinny, ich stehe ganz auf deiner Seite. Laß dich sofort trauen und geh mit ihm ins Ausland!«

Dinny lächelte.

»Zum Heiraten gehören bekanntlich zwei.«

»Ist der Bericht im heutigen Morgenblatt über die Schlägerei in Royston wahr?«

»Vermutlich nicht.«

»Haben sie tatsächlich gerauft?«

»Ja.«

»Wer gab den Anlaß?«

»Ich, wahrscheinlich. Kein anderes Frauenzimmer ist im Spiel.«

»Dinny, du hast dich sehr verändert.«

»Bin wohl nicht mehr so lieb und gleichmütig.«

»Na gut!« meinte Jeanne. »Wenn du unbedingt die Liebeskranke spielen willst – nur zu!«

Dinny zog sich den Rock zurecht. Jeanne kniete nieder und schlang den Arm um sie.
»Du warst ein Prachtkerl, als es um meine Heirat ging. Wein dich doch jetzt an meinem Rücken aus!«
Dinny lachte.
»Was sagen Vater und Hubert?«
»Dein Vater sagt gar nichts und blickt düster drein. Hubert sagt entweder: ›Da muß etwas geschehen!‹ oder ›Da hört sich doch alles auf!‹«
»Daran liegt mir wenig!« rief Dinny unerwartet. »Das macht mir keine Sorge mehr.«
»Willst du damit sagen, du bist Wilfrids nicht mehr ganz sicher? Der muß doch nach deiner Pfeife tanzen.«
Wieder lachte Dinny.
»Du fürchtest doch nicht«, fragte Jeanne in plötzlichem Verstehen, »er könnte davonlaufen und dich im Stich lassen?« Sie kauerte sich nieder, um Dinny besser ins Gesicht zu sehen. »Am Ende tut er's wirklich. Er sieht stolz aus. Du weißt wohl, daß ich ihn besuchte?«
»So?«
»Ja, aber er hat mich kleingekriegt. Kein Wort brachte ich hervor. Ein sehr anziehender Mensch, Dinny.«
»Sandte dich Hubert zu ihm?«
»Nein, ich ging aus eigenem Antrieb. Wollte ihm sagen, was wir von ihm halten, wenn er dich heiratet. Aber ich brachte es nicht zuwege. Mich wundert nur, daß er dir von meinem Besuch nichts erzählt hat. Er dachte wohl, es könnte dir Kummer machen.«
»Ich weiß wirklich nicht«, sagte Dinny – sie wußte es tatsächlich nicht. In diesem Augenblick schien es ihr, als wisse sie überhaupt sehr wenig.
Schweigend saß Jeanne da und zerzupfte einen früherblühten Löwenzahn. »Wenn ich du wäre«, erklärte sie schließlich, »ich würde ihn verführen. Hast du ihm einmal gehört, so kann er dich nicht mehr im Stich lassen.«
Dinny erhob sich. »Machen wir doch einen Rundgang durch den Garten und sehen wir nach, wie es mit der Blüte steht.«

26

Da Dinny über die Sache, die ihre ganze Familie in Anspruch nahm, kein weiteres Wort verlor, sprach niemand eine Silbe, und sie war dafür von Herzen dankbar. Während der nächsten drei Tage suchte sie sich mit aller Macht darüber hinwegzutäuschen, daß sie sich tief unglücklich fühlte. Von Wilfrid war kein Brief gekommen, keine Nachricht von Stack; wenn irgend etwas geschehen wäre, hätte es Stack ihr bestimmt mitgeteilt. Am vierten Tag sah sie, sie könne die Ungewißheit nicht länger ertragen, rief Fleur an und fragte, ob sie für ein paar Tage zu ihr kommen dürfe. Als sie den Eltern ihre Reise ankündigte, ging ihr der Ausdruck im Gesicht der beiden so nah wie der traurige Blick eines Hundes, der beim Abschied den Schweif hängen läßt. Ihr stiller Kummer wirkte noch viel bedrückender als alles Zanken und Hadern! Auf der Fahrt überfiel sie grauenhafte Angst. Hatte ihr Instinkt, sie müsse auf eine Nachricht von Wilfrid warten, sie am Ende irregeführt? Hätte sie schnurstracks zu ihm gehen sollen? Bei der Ankunft in London befahl sie dem Chauffeur: »Cork Street.«

Wilfrid jedoch war ausgegangen, und Stack wußte nicht, wann er zurückkommen werde. Das Benehmen des Dieners schien ihr seltsam verändert, als habe er sich zu einem Zaun zurückgezogen und sitze jetzt darauf. »Ist Mr. Desert wohlauf?« – »Ja.« – »Und der Hund?« – »Jawohl, auch der Hund.« Trostlos fuhr Dinny wieder fort. Auch auf dem South Square fand sie niemanden zu Hause; ihr war's, als habe sich alle Welt gegen sie verschworen, um sie so recht ihre Einsamkeit fühlen zu lassen. Sie hatte das Tennisturnier in Wimbledon vergessen, die Pferdeausstellung und andere Ereignisse des Tages. So wenig Anteil nahm sie in ihrer augenblicklichen Stimmung an diesen Dingen des täglichen Lebens, daß sie gar nicht begriff, wie andere Interesse dafür aufbringen konnten.

Dann setzte sie sich in ihrem Schlafzimmer hin, um an Wilfrid zu schreiben. Es war zwecklos, sich weiter in Schweigen zu hüllen, Stack würde Wilfrid bestimmt von ihrem Besuch erzählen.

Sie schrieb:

South Square, Westminster

Seit Samstag schon plagt mich unablässig die Frage, ob ich Dir zuerst schreiben oder einen Brief von Dir abwarten soll. Liebster, ich hatte wahrhaftig nicht die Absicht, mich in Deine Angelegenheiten zu mengen. Ich war nach Royston gefahren, um Mr. Muskham zu besuchen und ihm mitzuteilen, nur ich trüge Schuld daran, daß »einfach alles aufhöre«, wie er sich dummerweise ausdrückte. Ich hatte gar nicht erwartet, Dich dort zu treffen, machte mir nicht einmal viel Hoffnung, ihn sprechen zu können. Bitte, schreib mir, wann ich Dich sehen kann.

Deine unglückliche Dinny

Sie trug den Brief selbst zum Postkasten. Auf dem Rückweg traf sie Kit mit seiner Erzieherin, dem Hund und Tante Alisons zwei jüngsten Kindern. Alle schienen restlos glücklich; Dinny fühlte sich beschämt, daß sie es nicht auch war, und alle begaben sich in Kits Schulzimmer zum Tee. Während sie noch dort saßen, trat Michael ein. Dinny hatte ihn selten in Gesellschaft seines kleinen Sohns gesehen und war von dem guten Einvernehmen und der zwanglosen Unterhaltung der beiden entzückt. Ziemlich schwer zu sagen, wer von ihnen der ältere war; nur der Größenunterschied und die Ablehnung einer zweiten Portion Stachelbeermarmelade schien für Michaels höheres Alter zu sprechen. Und zum erstenmal, seit sie vor fünf Tagen Wilfrid gesehen, fühlte sich Dinny in dieser Stunde wieder beinahe glücklich. Nach dem Tee ging sie mit Michael in sein Arbeitszimmer.

»Ist etwas schiefgegangen, Dinny?«

Wilfrids bester Freund, der netteste, vertrauenswürdigste Mensch der Welt, und doch wußte Dinny nicht, was sie sagen sollte! Dann begann sie plötzlich zu sprechen, saß dabei in Michaels Lehnstuhl, die Ellbogen auf die Knie, das Kinn in die Hände gestützt, und starrte nicht ihm, sondern ihrer eigenen Zukunft ins Gesicht. Michael saß auf dem Fensterbrett, sah bald traurig, bald etwas spöttisch aus und stieß ab und zu einen leisen Laut der Beschwichtigung aus. Ihr liege an gar nichts, erklärte Dinny, weder an der öffentlichen Meinung noch an den Zeitungsartikeln, nicht einmal am Urteil der eigenen Familie, nur eins mache ihr Sorge:

Wilfrids Bitterkeit, seine tiefe Unrast, sein abgründiger Zweifel am eigenen Tun, sein unablässiges Streben, den anderen und vor allem sich selbst zu beweisen, daß er kein Feigling sei. Nun, da sie zu sprechen begonnen hatte, machte sich jenes lang zurückgedrängte Gefühl Luft, jenes Gefühl, als wandere sie über einen Sumpf und könne jeden Augenblick in eine Tiefe unter der gleißenden Oberfläche versinken. Dann schwieg sie und lehnte sich erschöpft in den Stuhl zurück.

»Aber, Dinny«, fragte Michael sanft, »hat er dich nicht wirklich lieb?«

»Ich weiß nicht, Michael. Hab mir's eingebildet, aber jetzt weiß ich es nicht mehr. Warum sollte er mich liebhaben? Ich bin doch ein ganz gewöhnlicher Mensch, er nicht.«

»Jeder kommt sich selbst gewöhnlich vor. Ich will dir nicht schmeicheln, aber in meinen Augen bist du weniger gewöhnlich als Wilfrid.«

»Ach nein!«

»Ja, ja, diese Dichter machen den anderen viele Sorgen«, meinte Michael düster. »Was fangen wir nur an?«

Diesen Abend ging er nach der Mahlzeit fort, scheinbar ins Parlament, in Wirklichkeit in die Cork Street.

Wilfrid war nicht zu Hause, und Michael bat Stack, auf ihn warten zu dürfen. Nun saß er auf dem Diwan in jenem eigenartigen Raum mit dem gedämpften Licht; er grollte sich selbst, daß er hergekommen war. Sollte er so tun, als habe Dinny ihn geschickt? Das war feig, ja noch schlimmer. Übrigens war es ja gar nicht wahr. Nein! Er war gekommen, um herauszufinden, ob Wilfrid Dinny wirklich liebe. Liebte er sie nicht, dann – nun, dann war es wohl am besten, mit dieser traurigen Geschichte rasch Schluß zu machen. Vielleicht kam sie darüber nur sehr schwer hinweg – noch immer besser, als sich trügerischen Hoffnungen hinzugeben. Wilfrid selbst würde unerwiderte Liebe am wenigsten ertragen können. Für Dinny gab es wohl kein schlimmeres Unglück als eine Heirat, bei der sie sich über seine Gefühle täuschte. Auf einem kleinen Tisch beim Diwan lag neben dem Whiskytablett die Abendpost, nur zwei Briefe, einer davon war offenbar von Dinny. Da öffnete sich leise die Tür, ein Hund kam herein. Er schnupperte an Michaels Hose, dann streckte er sich hin, den Kopf auf den Pfoten, die Augen zur Tür gewandt. Michael sprach zu dem Hund, der aber schien es nicht zu hören – braver Kerl! »Ich warte auf ihn bis elf«, dachte Michael, doch fast im selben Augenblick trat Wilfrid ein. Auf der einen Wange hatte er einen blauen Fleck, am Kinn ein Pflaster. Der Hund strich um seine Beine.

»Na, alter Junge«, sagte Michael, »da hat es wohl einen argen Strauß gesetzt.«

»Stimmt. Whisky?«

»Danke, nein.«

Wilfrid nahm die Briefe und kehrte ihm den Rücken, während er sie las.

»Er wendet sich ab! Hab mir's doch gedacht!« fuhr es Michael durch den Sinn; »schade, daß ich seine Miene nicht sehen kann! Mir gegenüber muß er doch so tun, als sei er bis über die Ohren in sie verliebt!«

Ohne sich umzuwenden, goß Wilfrid sich ein Glas Whisky ein und trank es. Dann sah er Michael ins Gesicht und sagte: »Nun?«

Betroffen über diese schroffe Frage, gab Michael keine Antwort – er war ja tatsächlich gekommen, Wilfrid auszuholen.

»Was willst du wissen?«

»Ob du Dinny wirklich liebhast«, gab Michael kurz zurück.

Wilfrid lachte. »Wirklich, Michael!«

»Das weiß ich. Aber so kann es nicht weitergehen. Zum Teufel, Wilfrid, du solltest doch auch an sie denken!«

»Tu ich ja.« Er sah dabei so unglücklich und verschlossen aus, daß Michael dachte: »Er meint es aufrichtig.«

»Dann zeig es ihr, um Gottes willen! Sie verzehrt sich ja vor Kummer!«

Wilfrid hatte sich zum Fenster gewandt. Ohne sich umzudrehen, sagte er: »Du hast nie Gelegenheit suchen müssen, deinen Mut zu beweisen; tu das ja nicht! Je mehr du dich bemühst, um so schwieriger ist es. Gerade wenn du es am wenigsten magst, bietet sich dir eine solche Gelegenheit.«

»Ganz richtig! Aber, mein lieber Junge, das ist doch nicht Dinnys Schuld.«

»Ihr Unglück.«
»Nun, und weiter?«
Wilfrid fuhr herum.
»Pack dich, Michael! Geh zum Teufel! Niemand soll sich da einmengen! Das geht nur uns beide an.«
Michael erhob sich und griff hastig nach dem Hut. Wilfrid hatte genau das gesagt, was er seit seinem Kommen erwartet hatte.
»Ganz recht hast du«, erwiderte er schüchtern. »Gute Nacht, alter Junge. Ein schöner Hund!«
»Tut mir leid«, erklärte Wilfrid; »du meinst es gewiß gut, kannst aber nicht helfen. Niemand kann helfen. Gute Nacht!«
Michael ging und ließ auf dem Weg die Treppe hinab bekümmert die Flügel hängen.
Als er heimkam, war Dinny schon auf ihr Zimmer gegangen, Fleur aber erwartete ihn noch unten. Er hatte ihr von diesem Besuch nichts verraten wollen, sie jedoch sah ihm scharf ins Gesicht und sagte:
»Michael, du bist nicht im Parlament gewesen! Du warst bei Wilfrid.«
Michael nickte.
»Nun?«
»Nichts zu machen!«
»Das hätte ich dir gleich sagen können. Was tust du, wenn du einen Mann und ein Weib auf der Straße zanken siehst?«
»Ich geh auf die andere Seite, wenn mir Zeit dafür bleibt.«
»Nun, und?«
»Die beiden zanken aber gar nicht.«
»Freilich nicht, doch sie leben in einer eigenen Welt, in die kein Dritter Einlaß findet.«
»Das sagte Wilfrid auch.«
»Ganz natürlich.«
Michael starrte sie an. Selbstverständlich! Auch sie hatte einst in einer ganz besonderen Welt gelebt – und nicht mit ihm!
»Es war dumm von mir. Aber ich bin eben dumm.«
»Nein, nicht dumm, wohlmeinend. Gehst du schon hinauf?«
»Ja.«
Während sie die Treppe hinanstiegen, hatte er deutlich den Ein-

druck, ihr liege jetzt mehr daran, mit ihm zu Bett zu gehen, als ihm. Doch wenn sie erst einmal im Bett waren, würde es anders sein. So war eben die Natur der Männer!
Durch das geöffnete Fenster drangen ihre gedämpften Stimmen zu Dinny hinauf, deren Schlafzimmer über dem ihren lag. Sie stützte das Gesicht auf die Hände und überließ sich der Verzweiflung. Der Lauf der Sterne war gegen sie! Äußerer Widerstand ließ sich durch List oder Gewalt besiegen, aber dieses tiefe Mißbehagen in der Seele des Geliebten – das ließ sich nicht fassen, und Unfaßbares konnte man nicht bannen, nicht verdrängen oder durch List bezwingen. Sie blickte zu den Sternen hinauf, die ihr feindlich waren. Hatten die Alten wirklich daran geglaubt, oder war es auch für sie nur eine leere Redensart gewesen? Kümmerten sich diese blitzenden Edelsteine auf ihrer Bahn durch den samtblauen Weltraum wirklich um das Los der Menschlein, um Leben und Lieben jener Eintagsfliegen, die einer Umarmung entsprangen, sich trafen, aneinanderklammerten, starben und zu Staub verwehten? Trugen diese leuchtenden, von kleinen Planetensplittern umkreisten Welten bedeutungslose Namen, oder waren ihre Bahnen und Konstellationen wirklich eine für Menschen lesbare Schrift?
Nein! All das war nur Selbstüberhebung des Menschen! Er suchte das Weltall an sein kleines Lebensrad zu ketten. Kreist tiefer, helle Wagen! Doch sie taten's nicht! Sie rissen die Menschen auf ihrer Bahn im Weltraum mit, sie waren die Führer, die Menschen mußten folgen.

27

Zwei Tage später hatten sich die Cherrells zu einem Familienrat versammelt; Hubert war nämlich unerwartet zu seinem Regiment im Sudan rückberufen worden und wollte vor seiner Abreise die Angelegenheit Dinnys entschieden sehen. Daher fanden sich die vier Brüder Cherrell, ferner Sir Lawrence Mont, Michael und Hubert selbst nach Beendigung der Sitzung des Richters Cherrell in Adrians Zimmer im Museum ein. Alle waren sich darüber klar, daß die Beratung vielleicht zu nichts führen würde, denn sogar Regierungskabinette kommen zur Einsicht, daß Entscheidungen zwecklos sind, wenn ihre Durchführung sich nicht erzwingen läßt.

Michael, Adrian und der General, die Wilfrid persönlich kannten, sprachen am wenigsten, Sir Lawrence und der Richter am meisten; Hubert und Hilary waren bald gesprächig, bald stumm. Die Sache stand schlimm! Von diesem allgemein anerkannten Satz gingen sämtliche Anwesende aus, dann aber trennten sich die Geister: Adrian, Michael und in gewissem Sinn auch Hilary waren der Ansicht, man müsse eben abwarten, weiter lasse sich nichts tun; die anderen meinten, man könne gar viel tun, wußten aber nicht, was.

Michael, der seine vier Onkel nie zuvor so nah beisammen gesehen hatte, war über ihren ähnlichen Teint und Gesichtsschnitt ganz erstaunt, nur die Augen waren verschieden: Hilary hatte blaue, Lionel graue, der General tiefbraune, Adrian haselnaßbraune. Sie alle traten bemerkenswert ruhig auf und hatten magere, bewegliche Gestalten. Huberts Jugend brachte diese charakteristischen Merkmale noch deutlicher zur Geltung, seine haselnußbraunen Augen wirkten bisweilen fast grau.

»Könntest du sie nicht als Richter mahnen, Lionel?« hörte Michael seinen Vater sagen und darauf Adrians ungeduldigen Einwand: »Wir müssen Dinny freie Hand lassen; einfach lächerlich, sie am Gängelband zu führen. Sie hat ein warmes Herz, ist selbstlos und sehr vernünftig.«

»Das wissen wir alle, Onkel«, gab Hubert zurück, »aber sie stürzt sich in ein entsetzliches Unglück, und wir dürfen nicht ruhig zusehen.«

»Was können wir denn tun?«

»Berechtigte Frage!« dachte Michael und sagte: »Sie weiß ja selbst noch nicht, wo sie hält.«

»Hubert, könntest du sie nicht dazu bewegen, mit dir in den Sudan zu gehen?« fragte der Richter.

»Ich hab allen Einfluß auf sie verloren.«

»Wenn jemand sie dringend brauchte –«, hob der General an und verstummte.

»Auch dann nicht«, murmelte Adrian, »außer sie wäre überzeugt, daß Desert sie nicht mehr braucht.«
Hilary nahm die Pfeife aus dem Mund. »Hat wer von euch Desert schon auf den Zahn gefühlt?«
»Ich«, sagte der General.
»Und ich, zweimal«, sagte Michael leise.
»Vielleicht könnte ich ihn aufs Korn nehmen«, sagte Hubert düster.
»Lieber Freund, tu das ja nicht«, fiel Sir Lawrence ein, »wenn du nicht ganz sicher bist, daß du kühles Blut wahrst.«
»Dafür kann ich nicht einstehen.«
»Dann laß es bleiben!«
»Vater, möchtest nicht du zu ihm gehen?« fragte Michael.
»Ich?«
»Dich hat er immer geachtet.«
»Bin nicht einmal ein Blutsverwandter!«
»Vielleicht hast du doch Glück, Lawrence«, meinte Hilary.
»Warum gerade ich?«
»Von uns anderen kann keiner zu ihm gehen – aus diesem oder jenem Grund.«
»Warum nicht du?«
»In gewisser Weise gebe ich Adrian recht, man muß Dinny freie Hand lassen.«
»Was habt ihr eigentlich gegen Deserts Heirat mit Dinny einzuwenden?« fragte Adrian. Rasch wandte sich der General nach ihm herum.
»Gezeichnet wäre sie – ihr Leben lang!«
»Denk doch an jenen Mann, der zu seiner Frau hielt, auch als sie schon verurteilt und überführt war. Jedermann schätzte ihn dafür nur um so höher.«
»Die ärgste Hölle ist es«, meinte der Richter, »sehen zu müssen, wie die Leute auf den Gatten mit Fingern zeigen.«
»Dinny gewöhnt sich vielleicht daran.«
»Verzeih«, murmelte Michael, »du triffst nicht den Kern der Sache, und der liegt, scheint mir, in Wilfrids eigenem Charakter. Wenn er sie heiratet und weiterhin verbittert und mit sich selbst zerfallen bleibt, das ist für sie die Hölle. Und je mehr sie ihn liebt, um so schlimmer für sie.«

»Ganz richtig, Michael«, stimmte Sir Lawrence unerwartet zu, »es lohnte wohl die Mühe, daß ich hinginge und ihm das vor Augen hielte.«
Michael seufzte.
»Was auch geschieht, für die arme Dinny bleibt es die Hölle.«
»Aus Nacht zum Licht«, murmelte Hilary aus seiner Rauchwolke hervor. »Onkel Hilary, glaubst du das selbst?«
»Nicht ganz fest.«
»Dinny ist sechsundzwanzig. Das ist ihre erste Liebe. Wenn es schiefgeht, was dann?«
»Heiraten.«
»Einen anderen?«
Hilary nickte.
»Schönes Vergnügen!«
»Das Leben ist ein Vergnügen.«
»Nun, Lawrence«, fragte der General scharf, »gehst du?«
Sir Lawrence starrte ihn einen Augenblick an, dann erwiderte er: »Ja.«
»Ich danke dir.«
Zwar war keinem der Anwesenden klar, wozu dieser Besuch eigentlich führen solle, doch war es immerhin eine Art Entscheidung, noch dazu eine, die durchführbar schien.
Sir Lawrence traf Wilfrid gegen Abend desselben Tages auf den Stufen des Hauses in der Cork Street. Wilfrids blauer Fleck war so ziemlich verschwunden und das Pflaster vom Kinn entfernt.
»Hätten Sie etwas dagegen, wenn ich Sie ein Stückchen begleite?« fragte Sir Lawrence.
»Nicht das geringste, Sir.«
»Gehen Sie in eine bestimmte Richtung?«
Wilfrid zuckte die Achseln und schritt neben ihm hin. Endlich erklärte Sir Lawrence:
»Nicht zu wissen, wohin man geht, ist wohl das Schlimmste.«
»Da haben Sie recht.«
»Weshalb gehen Sie dann und wollen noch dazu jemand anderen auf Ihren Weg mitnehmen? Verzeihen Sie, wenn ich so unumwunden frage: Würden Sie sich aus der ganzen Affäre das minde-

ste machen, wenn Dinny nicht im Spiel wäre? Was hält Sie außer Dinny in London fest?«
»Gar nichts. Doch Erörterungen über dieses Thema wünsche ich nicht. Verzeihen Sie, wenn ich hier abbiege.«
Sir Lawrence blieb stehen. »Einen Augenblick, dann biege ich ab. Haben Sie sich klargemacht, Mr. Desert, daß ein Mensch, der mit sich selbst zerfallen ist, nicht zum Ehepartner taugt? Wenigstens, solang er diese Krise nicht überwunden hat? Das ist alles, was ich Ihnen zu sagen habe; aber es ist genug. Überlegen Sie es wohl!« Sir Lawrence zog den Hut und machte kehrt. Gott sei Dank, nun hatte er's überstanden! Welch ein ungemütlicher Patron! Na, wenigstens hatte er alles gesagt, was er ihm hatte sagen wollen! Auf dem Weg in die Mount Street sann er darüber nach, was für Schranken die Tradition dem Menschen zieht. Tradition, überlieferte Ideale! Wenn die nicht wären, würde sich Wilfrid als Feigling fühlen? Oder Dinnys Familie sich ereifern? Hätte Lyall ohne sie sein verwünschtes Gedicht geschrieben? Wäre ohne sie der Korporal des dritten Linienregiments nicht auch ausgekniffen? War auch nur ein einziger dieser Cherrells heute im Familienrat ein gläubiger Christ? Nicht einmal Hilary – seinen Kopf wollte er wetten! Und doch konnte kein einziger diesen Abfall vom Glauben verzeihen. Nicht die Religion trug daran Schuld, sondern Deserts Flucht vor der Gefahr! Das war für die Leute das rote Tuch. Der Vorwurf der Feigheit oder doch mindestens Gleichgültigkeit gegen die Ehre des Vaterlands! Freilich, eine Million Briten waren im Weltkrieg für diese Ehre gefallen. Hatten die alle für ein Hirngespinst den Tod erlitten? Auch Desert selbst wäre dabei fast ums Leben gekommen, hatte die Tapferkeitsmedaille oder weiß der Teufel was für Auszeichnungen erhalten. Welche Kette von Widersprüchen! Die Menschen gaben ihr Leben fürs Vaterland – in der Armee, aber nicht in der Wüste, in Frankreich, aber nicht in Darfur!
Da hörte er eilige Schritte, wandte sich um und sah Desert hinter sich herlaufen. Sir Lawrence war geradezu erschüttert, als er in dies abgezehrte, sonnverbrannte Gesicht mit den zuckenden Lippen und dem tiefschmerzlichen Blick sah.
»Sie hatten ganz recht«, erklärte Desert, »ich wollte es Ihnen

gleich sagen. Ich reise ins Ausland, bitte, teilen Sie das Dinnys Familie mit.«
Sir Lawrence war über diesen vollständigen Erfolg seiner Mission tief bestürzt. »Hüten Sie sich!« gab er zurück, »Sie könnten Dinny ein schweres Unrecht tun.«
»Das tu ich in jedem Fall. Ich danke Ihnen für diese Unterredung. Sie haben mir die Augen geöffnet. Leben Sie wohl!« Er wandte sich um und war verschwunden.
Sir Lawrence blieb stehen und starrte ihm nach, betroffen von dem leidenden Ausdruck des jungen Mannes. Als er sein Haus betrat, fragte er sich, ob er den Karren nun nicht erst recht verfahren habe. Während er Hut und Stock hinlegte, kam Lady Mont die Treppe herab.
»Lawrence, mir ist so bang! Was hast du getan?«
»Mit dem jungen Desert gesprochen und ihn wahrscheinlich zur Einsicht gebracht, daß ein Mann, solang er mit sich selbst zerfallen ist, nicht zum Ehepartner taugt.«
»O weh!«
»Warum?«
»Er wird fortreisen. Ich hab's ja immer gewußt, er reist fort. Du mußt Dinny augenblicklich mitteilen, was du angerichtet hast.« Und sie trat ans Telefon.
»Fleur, bist du's? . . . Ach, Dinny! . . . Hier Tante Em! . . . Ja . . . Kannst du zu uns kommen? . . . Warum nicht? . . . Das ist doch kein Grund . . . Du mußt unbedingt kommen! Lawrence will mit dir sprechen . . . Du kommst sofort? Ja. Er hat eine große Dummheit begangen . . . Was? . . . Nein! . . . Er wird dir alles erklären . . . In zehn Minuten . . . gut.«
»Mein Gott!« dachte Sir Lawrence; ihm war plötzlich klargeworden, man brauche nur in einer Versammlung zu sitzen, um alles natürliche Gefühl zu ersticken. Sooft die Regierung in Verlegenheit geriet, setzte sie eine Kommission ein. Sooft ein Privatmann eine Dummheit beging, beriet er sich mit seinem Anwalt in Zivil- oder Strafsachen. Hätte er selbst nicht an jenem Familienrat teilgenommen, wäre ihm dann je im Traum eingefallen, zu dem jungen Desert zu gehen und Öl ins Feuer zu gießen? Der Familienrat hatte sein natürliches Gefühl abgestumpft. Er war zu Wilfrid ge-

gangen wie ein Geschworener, der nach mehrtägiger Verhandlung in den Gerichtssaal zurückkehrt, um sein Urteil abzugeben. Und jetzt mußte er sich vor Dinny rechtfertigen. Wie, zum Kukkuck, sollte er das anstellen? Er trat in sein Arbeitszimmer und bemerkte, daß seine Frau hinter ihm herkam.

»Lawrence, du mußt ihr haargenau erzählen, was du tatest und wie er es aufnahm. Sonst ist es vielleicht zu spät. Ich bleibe zugegen, bis du damit zu Ende bist.«

»Das scheint mir ganz überflüssig, Emily, da du ja gar nicht weißt, was er und ich sagten.«

»Nein«, erklärte Lady Mont, »wenn ein Mensch ein Unrecht begangen hat, ist kein Versuch überflüssig, es wiedergutzumachen.«

»Deine Familie beauftragte mich, hinzugehen und mit ihm zu sprechen.«

»Du hättest eben mehr Vernunft haben sollen. Wenn du Dichter wie Kneipwirte behandelst, werden sie rabiat.«

»Im Gegenteil. Er hat sich bei mir bedankt.«

»Um so schlimmer. Dinnys Auto muß vor der Haustür auf sie warten.«

»Emily«, bat Sir Lawrence, »wenn du dein Testament machen willst, sag es mir vorher.«

»Warum?«

»Weil du wenigstens einmal im Leben etwas ohne Gedankensprünge machen sollst.«

»Alles, was ich habe«, erklärte Lady Mont, »soll Michael erhalten und für Catherine aufbewahren. Wenn ich bei Kits Eintritt ins Harrow-College nicht mehr am Leben bin, soll er meines Großvaters alten Becher erhalten, der im Wandschrank meines Wohnzimmers in Schloß Lippinghall aufbewahrt ist. Aber in die Anstalt soll er den Becher nicht mitnehmen, sonst schmelzen die Burschen ihn vielleicht noch ein oder trinken Pfefferminztee daraus oder so was ähnliches. Ist das klar?«

»Vollkommen.«

»Dann halte dich bereit«, gebot Lady Mont, »und fang unverzüglich an, sobald Dinny da ist.«

»Na schön!« sagte Sir Lawrence ganz geknickt. »Aber wie, zum Kuckuck, soll ich es Dinny beibringen?«
»Sag ihr alles haargenau, ohne Erfindung.«
Sir Lawrence trommelte mit den Fingern an die Fensterscheiben, seine Frau starrte zur Decke empor. In dieser Haltung traf Dinny die beiden an. »Blore, laß Miss Dinnys Auto warten.«
Beim Anblick seiner Nichte erkannte Sir Lawrence, er müsse tatsächlich für eine Zeitlang alles Gefühl verloren haben. Ihr Gesicht unter dem kastanienbraunen Haar schien bleich, die Züge scharf, der Blick ihrer Augen wollte ihm nicht gefallen.
»Fang an!« gebot Lady Mont.
Sir Lawrence zog die eine seiner mageren Schultern hoch, wie um sich zu ducken.
»Liebe Dinny, dein Bruder wurde zu seinem Regiment zurückberufen, und die Deinen baten mich, mit dem jungen Desert zu sprechen. Ich ging hin. Ich sagte ihm, solang er mit sich selbst zerfallen sei, tauge er nicht zum Ehepartner; erst müsse er diese Krise überwinden. Er gab keine Antwort und lief davon. Kurz darauf kam er mir in unserer Straße nach und erklärte, ich hätte recht. Er gehe ins Ausland, das solle ich deiner Familie sagen. Dabei sah er seltsam verstört aus. Ich rief: ›Hüten Sie sich! Sie könnten ihr schweres Unrecht tun.‹ ›Das tu ich in jedem Fall‹, gab er zurück und ging davon. Das trug sich vor etwa zwanzig Minuten zu.«
Dinny sah von einem zum anderen, bedeckte mit der Hand die Lippen und verließ das Zimmer.
Einen Augenblick später hörten die beiden ihr Auto fortfahren.

28

Dinny hatte als Antwort auf ihren Brief ein paar knappe Zeilen von Wilfrid erhalten, die ihr gar nicht tröstlich schienen, und hatte die letzten zwei Tage in schwerem Kummer verbracht. Als ihr Sir Lawrence Wilfrids Botschaft mitteilte, sagte ihr ein Gefühl, nun hänge alles davon ab, ob sie schon vor seiner Rückkehr in der Cork Street sein könne. Während sie im Taxi saß, krampfte sie die Finger ineinander, hielt die Hände auf dem Schoß und den Blick auf den Rücken des Fahrers gerichtet – dieser Rücken war übrigens so breit, daß sie schwerlich anderswohin hätte blicken können. Zwecklos, darüber nachzudenken, was sie sagen sollte – nun, was ihr eben bei seinem Anblick durch den Kopf schoß. Seine Miene würde ihr ein Fingerzeig sein. Sie erkannte nur zu klar: Wenn er England verließ, dann war alles zu Ende, so als habe sie ihn nie gesehen. In der Burlington Street ließ sie das Auto halten und ging schnell auf Wilfrids Haus zu. Wenn er schnurstracks heimgegangen war, mußte er schon zurück sein. Während der beiden letzten Tage war ihr klargeworden, Stack habe wohl irgendeine Veränderung in Wilfrids Wesen bemerkt und sich danach gerichtet. Als er die Tür öffnete, sagte sie: »Stack, Sie dürfen mich nicht abweisen! Ich muß Mr. Desert unter allen Umständen sehen.«

Sie glitt an ihm vorbei und öffnete die Tür des Wohnzimmers. Wilfrid schritt auf und ab.

»Dinny!«

Nur ein ungeschicktes Wort, und schon diese Unterredung machte allem ein Ende, das fühlte sie ganz deutlich. Darum lächelte sie nur. Er bedeckte die Augen mit der Hand, und während er so dastand, ohne sie anzusehen, schlich sie herbei und schlang ihm die Arme um den Hals.

Hatte Jeanne vielleicht recht? Sollte sie –?

Dann kam zur offenen Tür Foch herein, er beschnupperte mit seiner samtweichen Schnauze ihre Hand, und sie kauerte nieder, ihn zu küssen. Als sie wieder aufsah, hatte Wilfrid sich abgewandt. Augenblicklich raffte sie sich auf und stand benommen da, fast unfähig, etwas zu denken oder zu fühlen. Alles in ihr schien sich zu verwirren. Er hatte das Fenster aufgerissen, beugte sich hinaus und hielt die Hände an den Kopf. Wollte er sich gar hinabstürzen? Sie nahm sich mit aller Kraft zusammen und bat ganz sanft: »Wilfrid!« Er wandte sich um und warf ihr einen Blick zu. »Mein Gott!« fuhr es ihr durch den Sinn, »er haßt mich!« Dann änderte sich sein Ausdruck, wurde wieder wie sonst. Und wieder erinnerte sie das Gemüt eines Menschen, dessen Stolz man verwundet hatte, an das Meer – ruhelos, stür-

misch, voll jäh wechselnder Stimmungen! »Nun«, fragte sie, »was soll ich also tun?«
»Ich weiß nicht. Das Ganze ist wahnsinnig. Wäre ich doch schon längst auf Nimmerwiedersehen nach Siam verschwunden!«
»Möchtest du, daß ich heute nacht hierbleibe?«
»Ja! Nein! Ich weiß nicht.«
»Wilfrid, warum nimmst du das alles so schwer? Meine Liebe scheint dir nichts zu bedeuten. Ist sie dir wirklich nichts?«
Statt aller Antwort zog er Jack Muskhams Brief hervor.
»Da, lies!«
Sie las. »Ich verstehe. Doppelt unheilvoll, daß ich nach Royston kam.«
Er warf sich wieder auf den Diwan, blieb sitzen und sah zu Dinny auf.
»Wenn ich jetzt gehe«, dachte Dinny, »reißt es mich ja doch wieder zu ihm zurück.« Und sie fragte: »Wo nimmst du das Abendessen?«
»Stack hat etwas besorgt, glaube ich.«
»Wäre für mich auch etwas da?«
»Übergenug, wenn du nicht mehr Hunger hast als ich.«
Sie klingelte. »Stack, ich bleibe zum Essen. Ich möchte nur einen Fingerhut voll, mehr nicht.« Als er draußen war, fragte sie: »Darf ich mir die Hände waschen, Wilfrid?« Sie sehnte sich, einen Augenblick allein zu sein, um ihr seelisches Gleichgewicht wiederzufinden.
Während sie sich Gesicht und Hände trocknete, suchte sie sich mit aller Macht zur Ruhe zu zwingen, dann ließ sie sich plötzlich gehen. Was immer sie beschloß, es würde falsch, vielleicht unmöglich sein, ihr nur Kummer bringen. Wozu alle Müh? Lieber verzichten!
Als sie ins Wohnzimmer zurückkam, war Wilfrid nicht dort. Die Tür in seinen Schlafraum stand offen, aber das Zimmer war leer. Dinny stürzte ans Fenster, er war nicht auf der Straße. Da vernahm sie hinter sich des Dieners Stimme: »Entschuldigen Sie, Miss – Mr. Desert ist plötzlich abberufen worden. Ich soll Ihnen melden, er würde schreiben. In einer Minute ist das Essen fertig.«
Dinny trat rasch auf ihn zu.

»Stack, Ihr erster Eindruck von mir war der richtige, nicht der zweite. Ich gehe. Mr. Desert braucht mein Wiederkommen nicht zu fürchten. Melden Sie ihm das, bitte.«
»Ich hab Ihnen ja gesagt, Miss«, erklärte Stack ruhig, »er ist ein ungemein plötzlicher Herr, aber so plötzlich hat er noch nie gehandelt. Tut mir wirklich leid, Miss. Aber je rascher Sie Schluß machen, um so besser. Wenn ich Ihnen irgendwie dienen kann, tu ich's gern.«
»Falls er ins Ausland geht«, sagte Dinny ruhig, »möchte ich Foch gern zu mir nehmen.«
»Wenn ich Mr. Desert richtig kenne, Miss, will er tatsächlich wieder fort. Ich merk es schon lang – seit dem Abend, an dem dieser Brief kam – damals, vor Ihrem Besuch frühmorgens.«
»Reichen Sie mir die Hand«, sagte Dinny, »und vergessen Sie meine Bitte nicht!«
Sie tauschten einen Händedruck. Noch immer unnatürlich ruhig, schritt Dinny davon und die Treppe hinab. Mit sonderbar schwindligem Kopf ging sie hin und sagte sich die ganze Zeit nur ein Wort: »Aus.« Alles, was sie fühlte oder hatte fühlen wollen, drängte sich in dieses Wort von drei Buchstaben zusammen. Sie fand keinen Ausdruck, keine Träne, nie im Leben war sie so einsam gewesen, so gleichgültig dagegen, wohin sie ging, was sie tat, wen sie traf. Die Welt war wohl unendlich, sonst bräche jetzt ihr Ende herein! Wilfrid hatte vermutlich nicht mit Absicht diesen Weg gewählt, um mit ihr zu brechen. Dazu kannte er sie nicht gut genug. Doch in der Tat hätte kein anderer Weg sie beide so völlig trennen können. Nie würde sie sich an einen Menschen hängen! Unmöglich! Sie brauchte diesen Gedanken nicht erst zu formen, er drängte sich ihr unwillkürlich auf.
Sie ging und ging drei Stunden lang durch die Londoner Straßen und kehrte endlich ins Westminsterviertel zurück, sonst wäre sie zusammengebrochen. Als sie wieder Michaels Haus betrat, raffte sie ihre ganze Kraft zusammen, um sich heiter zu geben. Doch kaum war sie in ihr Schlafzimmer hinaufgegangen, sagte Fleur: »Michael, heute ist ihr etwas ganz Schlimmes passiert.«
»Arme Dinny! Was, zum Teufel, hat er nur angestellt?«
Fleur trat ans Fenster und zog den Vorhang beiseite. Noch war es

nicht völlig Nacht, aber nichts war draußen zu sehen, nur zwei Katzen, ein Auto auf der rechten Straßenseite und ein Mann, der an der Haustür einen Schlüsselbund probierte.

»Soll ich zu ihr hinaufgehen und versuchen, sie zum Sprechen zu bringen?«

»Nein. Wenn Dinny uns braucht, wird sie es selbst sagen. Ist es aber so, wie du meinst, dann mag sie jetzt gewiß niemanden sehen. Sie ist stolz wie der Satan, gerade dann, wenn es ihr am schlimmsten geht.«

»Stolz vertrage ich nicht«, erklärte Fleur, zog den Vorhang zu und trat zur Tür. »Der Stolz übermannt einen, wenn man es am wenigsten wünscht, und macht einen elend. Willst du Karriere machen, dann verzichte auf den Stolz.« Sie verließ das Zimmer.

»Weiß nicht, ob ich stolz bin«, dachte Michael, »jedenfalls mach ich keine Karriere.« Langsam folgte er ihr die Treppe hinauf und stand eine Weile in der Tür seines Ankleideraums. Doch aus Dinnys Zimmer oben drang kein Laut.

Dinny aber hatte sich aufs Bett geworfen und das Gesicht in die Kissen vergraben. Das also war das Ende! Warum hatte nur jene seltsame Macht, die man Liebe nennt, sie mit Freude und Qual erfüllt, um sie dann erschöpft und verbraucht beiseite zu schleudern, bebend, verwundet, voll Sehnsucht und Entsetzen – und jetzt mußte sie sich schweigend vor Kummer verzehren! Liebe und Stolz – aber Stolz war stärker als Liebe! Wie ein Mühlrad ging ihr dieser Gedanke im Kopf herum. Ihre Liebe stand gegen seinen Stolz, ihre Liebe gegen ihren eigenen Stolz! Und der Stolz errang den Sieg! Bitter, niederschmetternd! Nur ein Augenblick an diesem Abend schien ihr wirklich, der Moment, da er sich vom Fenster ihr zugekehrt und sie geglaubt hatte: »Er haßt mich!« Natürlich war es ihm verhaßt, daß sie so dastand wie die Verkörperung seines verwundeten Stolzes. Das allein hatte ihn ja davor bewahrt, hinauszuschreien: »Zum Teufel mit euch allen! Adieu!« Nun, mochte er das jetzt hinausschreien und davonfahren! Und sie, was blieb ihr übrig, als zu leiden – zu leiden – und langsam das Leid zu verwinden. Nein! Ihren Kummer hinabwürgen, niederhalten, verbergen, im Kissen ersticken, sich den Anschein geben, als liege ihr wenig daran, gar nichts, während der Gram in ihr wuchs und sie verzehrte! So lag sie stumm, schwer atmend auf dem Bett. Ihre Gefühle formten sich allerdings nicht zu so klaren Gedanken, doch trotz ihres wilden Schmerzes drängten sich ihr auch Überlegungen auf. Wie hätte sie anders handeln können? Es war ja nicht ihre Schuld gewesen, daß Muskham in jenem Brief vom »Schutz einer Dame« gefaselt hatte! Nicht ihre Schuld, daß sie so Hals über Kopf nach Royston fahren mußte! Was hatte sie nur verbrochen? Wie verhängnisvoll hatte der Zufall hereingespielt! Vielleicht war das immer das Ende vom Lied! Während sie so dalag, war's ihr, als höre sie das Ticken der Nacht – das heisere Ticken einer alten Uhr. War es die Nacht oder ihr eigenes Leben, das verlassen auf dem Gesicht lag?

29

Wilfrid hatte einem Impuls gehorcht, als er auf die Straße hinablief. Seit jenem plötzlichen Abbruch der wilden, unwürdigen Schlägerei in Royston, seit Dinny damals im Auto gestanden und die Augen mit der Hand beschattet hatte, war sein Gefühl für sie in entsetzliche Verwirrung geraten. Sobald er sie unverhofft sah, ihren Duft und den Klang ihrer Stimme wahrnahm, durchströmte ihn heiße Liebe und entlud sich in Küssen; doch kaum war sie zur Tür hinaus, so hatte ihn seine Tollheit wieder in das Treiben von London hineingerissen, wo man wenigstens herumwandern konnte, ohne einen Bekannten zu treffen. Er ging in südlicher Richtung und sah sich plötzlich inmitten einer Menschenschlange, die in das *His Majesty's Theatre* hineinwollte. Wilfrid blieb stehen und dachte: »Einerlei, ob hier oder anderswo.« Doch als er eben drankommen sollte, sprang er aus der Reihe und wandte sich gegen Osten, durchquerte das Covent-Garden-Viertel, das verlassen dalag und nach Abfällen roch; endlich kam er in die City nach Ludgate Hill. Hier erinnerte ihn der Geruch von Seefischen daran, daß er seit dem Frühstück noch nichts gegessen hatte. Er trat in ein Gasthaus, trank einen Cocktail und verzehrte eine Vorspeise. Dann verlangte er Briefpapier und einen Umschlag und schrieb:

Ich mußte fort. Wäre ich geblieben, dann hätten wir beide einander ganz gehört. Ich weiß nicht, was ich tun werde – vielleicht springe ich heut nacht in die Themse, oder ich reise ins Ausland, oder ich kehre zu Dir zurück. Was ich auch tun mag, verzeih und glaub mir, daß ich Dich liebe.

Wilfrid

Er schrieb die Adresse auf den Umschlag und steckte ihn in die Tasche. Doch er konnte sich nicht entschließen, ihn in den Briefkasten zu werfen. Niemals fand er den richtigen Ausdruck für seine Gedanken und Gefühle. Wieder schlug er den Weg nach Osten ein, durchschritt die City, die so still und verlassen dalag, als sei sie vom Feind vergast worden, und kam dann in die belebtere Whitechapel Road. Er ging und ging, wollte sich todmüde wandern, um den Sturm seiner Gefühle zum Schweigen zu bringen. Jetzt wandte er sich nordwärts und kam gegen elf Uhr in die Nähe von Chingford. Ganz still lag die Gegend im Mondlicht, er schritt an dem Hotel vorbei, auf den Epping-Wald zu. Ein Wagen, ein verspäteter Radfahrer, ein oder zwei Pärchen und zwei Vagabunden – sonst traf er niemanden auf der Straße; dann verließ er sie und ging in den Wald hinein. Die Nacht war angebrochen, der Mond übergoß die Blätter und Zweige mit silbrigem Licht. Ganz erschöpft ließ sich Wilfrid auf den Boden mit den Bucheckern nieder. Die Nacht war wie ein ungeschriebenes Gedicht – das Glitzern und Rieseln des Lichts schien wie das launische Spiel eines sprunghaften Geistes, dieses Flirren, dieses Gleiten in die Wirklichkeit und aus der Wirklichkeit. Und nie kam dieses Flimmern zur Ruhe, nahm nie den steten Glanz metallischen Silbers an, glomm wie ein Traumbild auf und zerrann. Und dort oben kreisten die Sterne, unter denen er schon so oft dahingewandelt war, der Wagen und alle die anderen Sternbilder, die in dieser Großstadtwelt namenlos, bedeutungslos blieben.
Er kehrte sich um und lag mit dem Gesicht auf dem Boden, preßte die Stirn an die Erde. Da hörte er plötzlich das Rattern eines Flugzeugs. Seine Umrisse und die Flugrichtung konnte er durch das dichte Laub nicht sehen. Irgendein Nachtflugzeug nach Holland, wohl ein englischer Flieger, der aus dem Lichtmeer von

London emporstach oder zwischen Hendon und einem Landungsplatz an der Ostküste Übungen machte. Seit er als Luftschiffer im Kriegsdienst gestanden war, hatte er nie wieder fliegen wollen. Schon beim bloßen Hören der Propeller ergriff ihn jenes Gefühl des Überdrusses und der Übelkeit, von dem ihn der Waffenstillstand befreit hatte. Das Surren ging vorüber, erstarb; von London her drang gedämpftes Brausen zu ihm, kein anderer Laut war in der stillen, warmen Nacht zu hören – nur das Quaken eines Frosches, leises Vogelzirpen, das Kreischen zweier Eulen, die zu zanken schienen. Wieder kehrte er das Gesicht zu Boden und sank in ruhigen Schlaf. Im ersten Morgengrauen erwachte er, schwerer Tau war gefallen. Er fühlte sich steif und durchkältet, doch sein Geist war klar. Er stand auf, schlenkerte mit den Armen, steckte sich eine Zigarette an und sog tief den Rauch ein. Dann saß er wieder da, schlang die Arme um die Knie, rauchte die Zigarette zu Ende, ohne sie einen Augenblick vom Mund zu entfernen, und ließ den Stummel mit dem langen Aschenrest fallen, gerade noch, ehe er sich die Lippen versengte. Plötzlich befiel ihn ein Schüttelfrost. Er stand auf, wollte auf die Straße zurück. Jämmerlich langsam kroch er vorwärts, fühlte sich steif und elend. Endlich kam er im Morgenlicht auf die Straße, doch obwohl er den Weg nach London genau kannte, schlug er die entgegengesetzte Richtung ein. Er schwankte weiter, immer wieder vom Fieberfrost durchschüttelt. Endlich setzte er sich nieder, beugte sich auf die Knie herab und verfiel in eine Art dumpfer Betäubung. Da rief eine Stimme: »He!« Er fuhr auf. Ein junger Mann mit frischem Gesicht hielt sein kleines Auto auf der Straße an.

»Ist Ihnen was passiert?«

»Nichts«, knurrte Wilfrid.

»Es scheint Ihnen aber doch schlecht zu sein. Wissen Sie, wie spät es ist?«

»Nein.«

»Steigen Sie ein, ich bringe Sie ins Chingford-Hotel. Haben Sie Geld bei sich?«

Wilfrid maß ihn mit grimmigem Blick und lachte auf. »Ja.«

»Nur nicht gleich so empfindlich! Sie brauchen Schlaf und eine Tasse starken Kaffee. Kommen Sie!«

Wilfrid erhob sich. Er hielt sich kaum auf den Beinen. Dann saß er zurückgelehnt in dem kleinen Auto, ganz zusammengesunken neben dem jungen Mann. »Gleich sind wir dort«, tröstete sein Begleiter.
Nach zehn Minuten, die ihm in seinem Fieberfrost wie fünf Stunden erschienen, hielten sie vor dem Hotel.
»Ich kenne hier den Hausknecht«, sagte der junge Mann, »dem werde ich Sie anvertrauen. Wie heißen Sie?«
»Teufel!« knurrte Wilfrid.
»He, George! Ich hab diesen Herrn da unterwegs aufgelesen. Ihm ist ein wenig übel. Bringen Sie ihn in ein anständiges Schlafzimmer, geben Sie ihm eine Wärmflasche und legen Sie ihn damit ins Bett. Dann brauen Sie ihm eine Tasse starken Kaffee und sorgen Sie dafür, daß er ihn trinkt.«
Der Hausknecht grinste. »Sonst nichts?«
»Nein. Messen Sie seine Temperatur und lassen Sie den Arzt holen. Passen Sie auf, Sir«, wandte sich der junge Mann dann an Wilfrid, »diesen Hausknecht kann ich Ihnen bestens empfehlen, er putzt die Schuhe spiegelblank. Lassen Sie ihn nur machen – keine Sorge. Ich muß weiter, es ist sechs.« Er wartete einen Augenblick, sah Wilfrid am Arm des Hausknechts ins Hotel wanken und fuhr schleunigst davon.
Der Hausknecht brachte Wilfrid in ein Zimmer.
»Können Sie sich allein auskleiden, Sir?«
»Ja«, murmelte Wilfrid.
»Dann geh ich und hol Ihnen Wärmflasche und Kaffee. Keine Angst, wir haben hier keine muffigen Betten. Waren Sie die ganze Nacht unterwegs?«
Wilfrid kauerte auf dem Bettrand und gab keine Antwort.
»Los!« rief der Hausknecht, »her mit dem Ärmel!«
Er zog Wilfrid den Rock aus, dann Weste und Hose. »Mir scheint, Sie haben sich da eine nette Erkältung zugezogen. Ihre Wäsche ist ganz feucht. Können Sie sich auf den Beinen halten?«
Wilfrid schüttelte den Kopf.
Der Hausknecht deckte das Bett ab, zog Wilfrid das Hemd über den Kopf. Dann befreite er ihn mit einiger Anstrengung von der Unterwäsche und wickelte ihn in eine Decke.

»Jetzt einen Ruck, Sir, einen Ruck ins Bett!« Er drückte Wilfrids Kopf in die Kissen, hob seine Beine aufs Bett und legte noch zwei Decken auf den Kranken.
»Bleiben Sie liegen, in spätestens zehn Minuten bin ich wieder hier.«
Wilfrid lag da, derart vom Fieber geschüttelt, daß er weder zusammenhängend denken noch sprechen konnte, so heftig klapperten ihm die Zähne. Er nahm ein Stubenmädchen wahr, dann Stimmen.
»Zwischen den Zähnen? Da zerbricht es ja. Kann man ihn nicht woanders messen?«
»Ich werd's unterm Arm versuchen.«
Man schob ihm ein Thermometer unter den Arm und hielt es dort fest.
»Sie haben doch nicht Gelbes Fieber, Sir?«
Wilfrid schüttelte den Kopf.
»Können Sie sich aufrichten und das da trinken?«
Kräftige Arme hoben ihn auf, er trank.
»Fast vierzig Grad!«
»Donnerwetter! Da, legen Sie ihm die Wärmflasche an die Füße, ich rufe den Doktor an.«
Wilfrid sah, daß das Mädchen ihn anstarrte, als wollte sie ergründen, was für ein Fieber sie sich holen könne.
»Malaria«, sagte er plötzlich. »Geben Sie mir eine Zigarette! In meiner Weste.«
Das Stubenmädchen steckte ihm eine Zigarette zwischen die Lippen und zündete sie an. Er tat einen langen Zug.
»Hier in der Gegend soll es Moskitos geben. Haben Sie gestern nacht welche gefunden?«
»Im Blu-Blut.«
Jetzt waren die Fieberschauer nicht mehr so heftig, er sah ihr zu, wie sie im Zimmer herumging, seine Kleider über einen Stuhl hängte und die Vorhänge zuzog, so daß sein Bett im Schatten lag. Dann trat sie näher, er lächelte zu ihr auf.
»Noch einen Schluck heißen Kaffee?«
Er schüttelte den Kopf, schloß die Augen wieder und verkroch sich, von Frost geschüttelt, in die Decken; er merkte, daß sie ihn noch immer ansah, und vernahm Stimmen.

»Seinen Namen find ich nicht, aber er muß ein vornehmer Herr sein. In seinem Rock hat er Geld und den Brief da. In fünf Minuten ist der Doktor hier.«
»Gut, ich bleib solang bei ihm, aber ich hab meine Arbeit.«
»Ich auch. Melden Sie das der Frau, wenn Sie mit ihr sprechen.«
Er sah, wie ihn das Mädchen mit einer gewissen Ehrfurcht anstarrte. Ein Fremder, ein vornehmer Herr mit einer sonderbaren Krankheit scheint für ein schlichtes Gemüt hochinteressant. Von seinem Gesicht konnte sie nicht viel sehen – er hielt es ins Kissen gedrückt –, nur eine sonngebräunte Wange, ein Ohr, ein paar Haare, ein zusammengekniffenes Auge unter der Braue. Er spürte, wie sie schüchtern mit dem Finger seine Stirn berührte. Brennendheiß, natürlich!
»Möchten Sie, daß man Ihren Freunden schreibt, Sir?«
Er schüttelte den Kopf.
»Der Doktor wird gleich hier sein.«
»So werd ich zwei Tage liegen – nichts zu machen – Chinin – Orangensaft –« Er verstummte, von heftigem Fieber geschüttelt. Dann sah er, daß der Arzt eintrat und das Stubenmädchen noch immer an der Kommode lehnte und an ihrem kleinen Finger sog. Sie nahm ihn aus dem Mund und sagte: »Soll ich hierbleiben, Herr Doktor?«
»Ja, Sie können hierbleiben.«
Die Finger des Arztes umschlossen Wilfrids Puls, zogen ihm das Lid hoch, die Lippen auseinander.
»Hm! Sie hatten wohl schon öfters einen Anfall, Sir?«
Wilfrid nickte.
»Schön! Bleiben Sie, wo Sie sind, nehmen Sie Chinin, mehr kann ich nicht für Sie tun. Ein heftiger Anfall.«
Wilfrid nickte.
»Sie haben keine Karte bei sich. Wie heißen Sie?«
Wilfrid schüttelte den Kopf.
»Schon gut! Keine Sorge! Nehmen Sie das.«

30

Dinny stieg aus dem Autobus und betrat die Wimbledon-Heide. Nach einer fast schlaflos verbrachten Nacht hatte sie sich davongeschlichen und die Nachricht zurückgelassen, sie komme erst am Abend wieder. Sie eilte über die Wiesen in einen Birkenhain und streckte sich hin. Die treibenden Wolken am Himmel, das Sonnenlicht im Birkengeäst, die Bachstelzen im Sand und die dicke Holztaube, die sich durch die reglose Gestalt nicht stören ließ – all das brachte Dinny keinen Frieden, kein Verlangen, sich in die Natur zu versenken. Bebend, mit trockenen Augen, lag sie auf dem Rücken und fragte sich, welche dunkle Macht sich wohl jetzt an ihrem Kummer weide. In Seelennot erwartet man keine Hilfe von außen, sucht sie im eigenen Ich. Sollte sie fortan als tragische Gestalt umherwandeln? Gräßlicher Gedanke! Nein, das widerstrebte ihr! Mild wehte der Wind, die Wolken zogen hin, die Blätter rauschten, Kinderstimmen erklangen; doch ihr half alles nichts, sie sah keinen Weg, dem Leben die Stirn zu bieten, ihren Schmerz zu verbergen. Nun zeigte sich deutlich, wie weit sie sich von den Ihren entfernt hatte, seit sie Wilfrid vor dem Denkmal Fochs traf. Alles hatte sie auf eine Karte gesetzt und alles verloren. Sie bohrte die Finger in den Sand, ein Hund bemerkte das Loch, lief herzu und schnupperte daran. Sie war zum Leben erwacht und jetzt gestorben. »Kränze dankend verbeten.«

Das Gefühl, nun sei zwischen ihnen alles zu Ende, hatte sie gestern abend so überwältigt, daß es ihr gar nicht in den Sinn kam, das zerrissene Band wieder zu knüpfen. Er war stolz, sie nicht minder! Ihr Stolz war anderer Art, doch ebenso tief verwurzelt. Niemand brauchte sie wirklich! Was hinderte sie fortzugehen? Sie besaß fast dreihundert Pfund. Doch dieser Gedanke machte sie weder froh, noch erleichterte er sie; nun, wenigstens half es, ihrer Familie Kummer zu ersparen, die wollte gewiß wieder die alte, muntere Dinny sehen. Sie gedachte der Stunden, die sie mit Wilfrid draußen im Grünen verbracht hatte. Die Erinnerung war so lebhaft, daß sie die Hand auf die Lippen preßte, um einen Klagelaut zu unterdrücken. Ehe sie ihm begegnet war, hatte sie sich nie einsam gefühlt. Und jetzt – war sie mutterseelenallein! Alles schien trostlos, kalt, ohne Lichtblick! Rasche Bewegung tat wohl, wenn einem weh ums Herz war, das hatte sie schon erprobt; sie erhob sich und kreuzte die Straße, auf der in dichter Kette die Wagen der Sonntagsausflügler aus der Stadt strömten. Onkel Hilary hatte sie einmal ermahnt, sie solle nie ihren Sinn für Humor verlieren. Hatte sie je Sinn für Humor gehabt? Am Ende der Barnes-Heide bestieg sie einen Omnibus und fuhr nach London zurück. Sie mußte etwas zu sich nehmen, sonst fiel sie in Ohnmacht. Beim Kensington-Park stieg sie ab und ging in ein Restaurant.

Nach dem Lunch saß sie eine Weile im Park, dann begab sie sich in die Mount Street. Sie fand niemand zu Hause und sank im Salon aufs Sofa. Total erschöpft schlief sie ein. Als ihre Tante ins Zimmer trat, erwachte sie, richtete sich auf und sagte: »Jetzt braucht ihr euch nicht mehr um mich zu sorgen, Tante Emily. Es ist aus.«

Lady Mont starrte ihre Nichte an, die mit schattenhaftem Lächeln dasaß; eine Träne und noch eine rollten ihre Wangen hinab.

»Du weinst also nicht nur bei Hochzeiten, Tante Emily, sondern auch an Gräbern.«

Sie erhob sich, ging zur Tante hinüber und wischte ihr mit dem Taschentuch die Tränenspuren fort.

»Wein doch nicht!«

Lady Mont stand auf. »Ich muß heulen«, erklärte sie, »ich kann mir nicht helfen!« Und hastig segelte sie aus dem Zimmer.

Dinny blieb sitzen, das schattenhafte Lächeln noch immer auf den Lippen. Blore brachte den Tee herein, und sie sprach mit ihm über den Tennis-Wettkampf in Wimbledon und über seine Frau. Er schien nicht recht zu wissen, welche der beiden Frauen in üblerer Verfassung war, aber beim Hinausgehen wandte er sich um und sagte: »Erlauben Sie, Miss Dinny, ein wenig Seeluft würde Ihnen guttun.«

»Sie haben recht, Blore, ich hab auch schon daran gedacht.«

»Das freut mich, Miss; man übertreibt leicht um diese Jahreszeit.«

Auch er schien also zu wissen, daß die Sache zu Ende war. Auf

einmal fand sie es unerträglich, sozusagen noch länger am eigenen Grab zu stehen. Sie huschte zur Tür, lauschte, glitt die Treppe hinab und aus dem Haus.
Doch sie fühlte sich so erschöpft, daß sie sich kaum bis zum St.-James-Park schleppen konnte. Am Teich nahm sie auf einer Bank Platz. Menschen, Sonnenlicht und Enten, schattiges Laub, Schilfrohr und dieser wilde Aufruhr in ihr! Ein hochgewachsener Mann kam von Whitehall her, fuhr mit der Hand an den Hut, ließ sie aber sinken, als er Dinny ins Gesicht sah, und schlenderte weiter. So also wirkte ihr Gesicht auf Menschen! Sie erhob sich und schritt langsam zur Westminster-Abtei, trat ein und ließ sich in einen Kirchenstuhl nieder. Vornübergebeugt, das Gesicht auf die Arme gestützt, saß sie wohl eine halbe Stunde da. Sie hatte nicht gebetet, aber ausgeruht, und ihre Miene war verwandelt. Jetzt traute sie sich eher die Kraft zu, vor Leute zu treten und ihre Gefühle zu verbergen.
Bald nach sechs ging sie zum South Square. Ungesehen betrat sie ihr Zimmer, nahm ein langes, heißes Bad, legte ein Abendkleid an und schritt entschlossen die Treppe hinab. Nur Fleur und Michael befanden sich im Speisezimmer, und beide fragten nicht. Offenbar wußten sie alles. Schlecht und recht überstand sie den Abend. Ehe sie hinaufging, küßten sie beide, und Fleur sagte: »Ich hab eine Wärmflasche für dich bestellt; wenn du dich drauflegst, kannst du leicht einschlafen. Gute Nacht, schlaf recht gut!« Wieder hatte Dinny das Gefühl, Fleur selbst habe einst so gelitten, wie sie jetzt litt. Sie schlief besser, als sie erwartet hatte.
Frühmorgens mit dem Tee brachte man ihr einen Brief, auf dessen Umschlag der Name eines Hotels in Chingford stand.

Madam,
den beiliegenden, an Sie gerichteten Brief fand man in der Rocktasche eines Herrn, der hier an einem schweren Malariaanfall krank liegt. Ich sende den Brief an Sie ab.

Hochachtungsvoll
Dr. Roger Queal

Sie las den Brief. ». . . Was ich auch tun mag, verzeih und glaub

mir, daß ich Dich liebe. Wilfrid.« Er war krank! Heißes Mitgefühl durchströmte sie, doch sie drängte es sofort zurück. Kein zweites Mal durfte sie sich Hals über Kopf in diese Hölle stürzen! Sie lief hinunter und telefonierte Stack, daß sein Herr im Chingford-Hotel an Malaria krank liege.
»Er wird seine Medizin und das Rasierzeug brauchen, Miss. Ich bring ihm beides.«
»Alles Liebe von mir!« wollte Dinny sagen, besann sich jedoch rasch und erklärte: »Wenn ich etwas für ihn tun kann – er weiß, wo ich bin.« Ihre bittere Stimmung hatte nachgelassen, dennoch blieb er ihr so fern wie nur je! Wenn er nicht selbst kam oder sie zu sich bat, konnte sie sich ihm nicht nähern. Aber eine innere Stimme verriet ihr, daß er weder selbst kommen noch sie zu sich bitten würde. Gewiß nicht! Sein Zelt abbrechen wollte er und von der Stelle fliehen, die so viele Erinnerungen barg.
Gegen Mittag erschien Hubert und verabschiedete sich von ihr. Sofort merkte sie, daß auch er im Bilde war. Den Rest seines Urlaubs würde er im Oktober nehmen und zu Hause verbringen, erklärte er. Jeanne sollte bis nach der Geburt ihres Kindes im November in Condaford bleiben, der Arzt hatte ihr geraten, die Sommerhitze zu meiden. Dinny schien es, als habe sie an diesem Tag wieder den alten Hubert vor sich. Er sprach lang von dem Vorteil, in Condaford geboren zu werden. Sie versuchte, sich munter zu geben, und sagte: »Sonderbar, Hubert, daß du plötzlich so sprichst. Dir lag doch früher nie viel an Condaford.«
»Wenn man einen Erben hat, ist das etwas ganz anderes.«
»Es muß also ein männlicher Erbe sein, wie?«
»Jawohl, wir haben uns zu einem Jungen entschlossen.«
»Und wird es noch ein Condaford geben, wenn er dein Erbe antritt?«
Hubert zuckte die Achseln. »Wir müssen alles aufbieten, um es zu halten. Nichts kann man festhalten, wenn man nicht alle Kraft aufbietet.«
»Und selbst dann nicht immer«, murmelte Dinny.

31

Wie ein Lauffeuer hatten sich Wilfrids Worte: »Ich reise ins Ausland. Bitte, teilen Sie das ihrer Familie mit«, und Dinnys Erklärung: »Es ist aus!« in der Familie Cherrell verbreitet. Man frohlockte über diese Nachricht nicht wie über einen reuigen Sünder. Dinny tat allen so leid, man hatte fast Angst um sie. Jeder wollte ihr sein Mitgefühl zeigen, und niemand wußte, wie. Denn aufdringlich bekundetes Mitgefühl war schlimmer als gar keins. Drei Tage verstrichen, ohne daß irgendein Familienmitglied den richtigen Weg fand. Dann jedoch hatte Adrian eine Eingebung, er lud Dinny zum Lunch ein. Freilich hatte er ebensowenig wie irgendein anderer ergründet, warum gerade Essen Trost bringen sollte. Er traf sie in einem Kaffeehaus, das offenbar einen besseren Ruf genoß, als es verdiente.

Dinny gehörte nicht zu der Sorte junger Damen, die Schicksalsschläge zum Vorwand nehmen, sich das Gesicht zu bemalen, darum sah er deutlich, wie blaß sie war. Er verlor kein Wort über ihr Aussehen. Ein Gespräch in Gang zu bringen, schien ihm tatsächlich schwierig. Er wußte nur zu gut: Männer können noch so sehr im Bann einer Frau stehen, sie bleiben doch ihren geistigen Interessen treu. Frauen dagegen sind körperlich weniger stark, geistig aber ganz und gar dem Geliebten verfallen. Endlich begann er zu erzählen, wie ihn jemand übers Ohr hauen wollte.

»Stell dir vor, Dinny, der Kerl verlangte fünfhundert Pfund für einen Cromagnon-Schädel, einen Fund aus der Grafschaft Suffolk. Das Exemplar sieht täuschend echt aus. Doch zufällig treffe ich den Prähistoriker von Suffolk. ›So!‹ ruft der, ›Ihnen wollte der Bursche jetzt den Plunder aufschwatzen? Das ist ja der berühmte Schädel von Suffolk! Zumindest dreimal hat er ihn schon ausgegraben. Dieser Mann gehört von Rechts wegen ins Kriminal. Er bewahrt den Schädel in einem Schrank auf, und alle fünf oder sechs Jahre scharrt er ein Loch, legt ihn hinein, nimmt ihn wieder heraus und versucht ihn an den Mann zu bringen. Es ist vielleicht wirklich ein Cromagnon-Schädel, aber er hat ihn vor ungefähr zwanzig Jahren in Frankreich aufgegabelt. Als britischer Fund wäre er natürlich einzigartig.‹ Daraufhin suchte ich die letzte

Fundstätte nochmals auf. Und für den Eingeweihten war es sonnenklar, daß er ihn erst unlängst dort vergraben hatte. Ja, Antiquitäten verführen so manchen gar leicht zum Schwindel.«

»Was war das für ein Mensch, Onkel?«

»Er sah begeistert drein, etwa so wie mein Friseur.«

Dinny lachte. »Du solltest ihn anzeigen, sonst verkauft er ihn das nächste Mal wirklich.«

»Die Wirtschaftskrise wird ihn daran hindern, liebe Dinny. Gebeine und Erstauflagen kriegen die Krise besonders zu spüren. Es wird gewiß gute zehn Jahre dauern, bis er einen anständigen Preis herausschindet.«

»Versuchen viele Leute, dir etwas anzuhängen?«

»Einige mit Erfolg, Dinny. Mir tut es trotzdem leid um den ›Schädel von Suffolk‹, ein Prachtexemplar war das! Heutzutage gibt's wenige schöne Schädel.«

»Wir Engländer werden bestimmt immer häßlicher.«

»Glaub doch das nicht. Steck die Leute, die wir in Salons und Läden treffen, in Priesterröcke und Mönchskutten, in Rüstungen und Wämser, dann hast du genau dieselben Gesichter vor dir wie im vierzehnten und fünfzehnten Jahrhundert.«

»Aber wir verachten doch die Schönheit, Onkel. Uns scheint sie mit Verweichlichung und Unmoral verbunden.«

»Na, das zu verachten, was sie nicht besitzen, macht die Leute eben glücklich. Wir sind nur etwa das dritt-, nein das vierthäßlichste Volk in Europa. Aber denk dir den keltischen Einschlag weg, dann wären wir das häßlichste.«

Dinny blickte sich im Kaffeehaus um. Doch sie fand dabei nichts Neues heraus, weil sie von ihrem Platz aus nicht viel sah und außerdem, weil sich unter den Gästen fast nur Juden und Amerikaner befanden.

Bekümmert ruhte Adrians Blick auf Dinny. Sie schien heute so interesselos für Gebeine.

»Hubert ist also schon fort?« fragte er.

»Ja.«

»Und was hast du vor, liebes Kind?«

Dinny starrte auf ihren Teller. Plötzlich hob sie den Kopf und erklärte: »Ich möchte verreisen, Onkel, ins Ausland.«

Adrian strich sich den Ziegenbart.
»So«, sagte er zuletzt, »und das Geld?«
»Ich hab genug.«
»Wohin?«
»Irgendwohin.«
»Allein?«
Dinny nickte.
»Die Schattenseite beim Reisen ist leider das Heimkommen«, murmelte Adrian.
»Für mich gibt es jetzt hier kaum etwas zu tun. Darum geh ich meinen Leuten eine Weile aus den Augen, das wird sie aufheitern.«
Adrian überlegte hin und her.
»Nun, liebe Dinny, du allein kannst beurteilen, was für dich am besten ist. Doch da fällt mir etwas ein. Wenn es dich zu einer weiten Reise drängt – Clare wäre vielleicht sehr froh, dich in Ceylon zu sehen.«
Dinny hob überrascht die Hand; offenbar war ihr dieser Gedanke neu. Er fuhr fort: »Mein Gefühl sagt mir, Clare dürfte es dort nicht sehr leicht haben.«
Beider Blicke trafen sich.
»Das dachte ich schon an ihrem Hochzeitstag, Onkel; mir hat sein Gesicht nicht gefallen.«
»Du hast eine besondere Gabe, anderen zu helfen, Dinny; und wenn auch am Christentum manches schlecht sein mag, der Grundsatz ›Geben ist seliger denn Nehmen‹ ist es bestimmt nicht.«
»Selbst der Menschensohn war einem kleinen Scherz nicht abgeneigt, Onkel.«
Adrian blickte sie fest an und sagte: »Wenn du also nach Ceylon gehst und dort Mangos ißt, dann beug dich dabei immer über die Schüssel, diese Frucht ist so saftig.«
Bald darauf empfahl er sich von ihr und ging in die Pferdeausstellung; die Begegnung hatte ihm die Arbeitsfreude geraubt.

32

In Michaels Haus wurde *The Daily Phase* zu jenen Blättern gezählt, die ein Politiker lesen muß, um sich über die genaue Temperatur der Presse zu orientieren. Michael schob die Zeitung Fleur beim Frühstück hin.

Während der sechs Tage, die Dinny bei ihnen zu Gast war, hatten beide ihr gegenüber nur ganz wenig von Wilfrid gesprochen. Dinny fragte: »Darf ich es auch sehen?«

Fleur reichte ihr das Blatt. Sie las es, schauerte ein wenig zusammen und aß weiter. Die Stille, die danach eintrat, unterbrach Kit durch die Bemerkung, der berühmte Kricketspieler Hobbs sei nur ein mittelmäßiger Sportsmann. Ob Tante Dinny ihn wohl für so groß halte wie den berühmten W. G. Grace?

»Ich hab keinen von beiden gesehen, Kit.«

»Wie, du hast W. G. nicht gesehen?«

»Ich glaub, er starb, noch ehe ich zur Welt kam.«

Kit musterte sie mit zweifelndem Blick.

»So?«

»Er starb 1915«, stellte Michael fest, »als du elf warst.«

»Aber hast du Hobbs wirklich nicht gesehen, Tante?«

»Nein.«

»Ich sah ihn dreimal. Der *Daily Phase* erklärt, Bradman ist jetzt der beste Kricketspieler der Welt. Glaubst du, er spielt besser als Hobbs?«

»Es gibt interessantere Neuigkeiten als Hobbs.«

Kit starrte sie an.

»Neuigkeiten? Was ist das?«

»Das, wofür die Zeitungen da sind.«

»Machen die die Neuigkeiten?«

»Nicht immer.«

»Welche Neuigkeit hast du gerade gelesen?«

»Die würde dich nicht interessieren.«

»Woher weißt du das?«

»Kit, sei nicht so zudringlich!« mahnte Fleur.

»Kann ich ein Ei haben?«

»Ja.«

Wieder trat Stille ein, bis Kit seinen Eierlöffel in die Luft hielt und einen Finger hob: »Da seht her! Heute ist mein Nagel noch schwärzer als gestern. Wird er runtergehen, Tantchen?«
»Wie hast du das wieder angestellt?«
»Ihn in eine Schublade geklemmt. Aber geweint hab ich nicht!«
»Nicht prahlen, Kit.«
Kit sah mit klarem Blick zu seiner Mutter auf und aß das Ei weiter.
Eine halbe Stunde später, als Michael vor seiner Korrespondenz saß, kam Dinny in sein Arbeitszimmer.
»Hast du zu tun, Michael?«
»Nein, liebe Dinny.«
»Diese Zeitung! Warum lassen sie ihn nicht in Ruh?«
»Du siehst ja, ›Der Leopard‹ findet reißenden Absatz. Dinny, wie steht die Sache jetzt?«
»Ich weiß nur, daß er Malaria hatte, hab aber keine Ahnung, wo er sich aufhält und wie es ihm geht.«
Michael sah wieder Dinnys starres, verzweifeltes Lächeln und fragte zögernd: »Soll ich mich vielleicht erkundigen?«
»Ich bitte dich nicht darum, Michael. Er weiß, wo ich bin, wenn er mich braucht.«
»Ich suche Compson Grice auf. Ich selbst hab mit Wilfrid kein Glück.«
Als sie fort war, saß er halb bestürzt, halb verärgert vor seiner unbeantworteten Post. Arme Dinny! Es war infam! Er schob die Briefe weg und ging aus.
Compson Grices Büro befand sich in der Nähe von Covent Garden; aus noch unerforschten Gründen bevorzugt das Literatenvolk diese Gegend. Bei Michaels Eintritt, es war Mittagszeit, saß der junge Verleger in dem einzigen gutmöblierten Zimmer des Gebäudes, einen Zeitungsausschnitt in der Hand, ein Lächeln auf den Lippen. Er erhob sich und rief: »Ah, Sie sind's, Mont! Haben Sie den *Daily Phase* schon gesehen?«
»Ja.«
»Ich hab den Ausschnitt Desert zugeschickt. Er sandte ihn mit dieser Antwort zurück.«
Michael las folgende, von Wilfrid geschriebene Zeilen:

»Gehorsam tut der Hund, was ihn sein Herrchen heißt:
›Kusch!‹ ruft der, und er kuscht. ›Beiß!‹ ruft er, und er beißt.«

»Er ist also in London?«
»Vor einer halben Stunde war er's noch.«
»Sahen Sie ihn persönlich?«
»Seit dem Erscheinen des Buches nicht mehr.«
Michael blickte das hübsche, feiste Gesicht durchdringend an. »Mit dem Absatz zufrieden?«
»Wir halten beim einundvierzigsten Tausend, und das Buch geht noch immer stark.«
»Sie wissen nicht, ob Wilfrid wieder nach dem Osten zurückkehrt?«
»Keine blasse Ahnung.«
»Die Sache muß ihm schon beim Hals herauswachsen!«
Compson Grice zuckte die Achseln. »Wie vielen Dichtern tragen hundert Verse tausend Pfund ein?«
»Für eine Menschenseele ein wohlfeiler Preis!«
»Im ganzen werden sie mehr als zweitausend tragen!«
»Ich war immer gegen die Veröffentlichung des ›Leopard‹. Da er sich's nicht nehmen ließ, hab ich das Gedicht verteidigt, aber ich halte die Publikation nach wie vor für einen verhängnisvollen Fehler.«
»Dieser Ansicht bin ich nicht.«
»Offenbar. Sie bilden sich noch etwas darauf ein.«
»Und wenn Sie auch höhnisch lachen«, rief Grice ein wenig erregt, »er hätte mir das Gedicht nicht eingesandt, wäre ihm nichts an dem Erscheinen gelegen. Bin ich denn der Hüter meines Bruders? Der finanzielle Erfolg hat mit dieser Frage nichts zu schaffen.«
»Kaum; aber für ihn ist es kein Spaß. Es geht um sein Leben.«
»Da stimme ich Ihnen auch nicht zu. Sein Leben hat er doch durch den Abfall gerettet. Alles andere ist nur die Sühne und obendrein ein verdammt gutes Geschäft. Sein Name ist jetzt im Munde Tausender, die sonst nie von ihm gehört hätten.«
»Allerdings«, entgegnete Michael nachdenklich, »verfolgt werden ist der beste Weg zum Ruhm. Grice, wollen Sie mir einen

Gefallen tun? Trachten Sie irgendwie herauszukriegen, was Wilfrid vorhat. Ich bin mit ihm über Kreuz geraten und kann nicht hingehen, aber mir läge viel daran, es zu erfahren.«
»Hm!« sagte Grice, »er ist bissig.«
Michael lächelte spöttisch. »Seinen Wohltäter wird er doch nicht beißen. Es wäre mir wirklich wertvoll. Wollen Sie mir den Gefallen tun?«
»Ich werd's versuchen. Damit ich nicht vergesse, eben hab ich ein Buch dieses Franzosen aus Kanada verlegt. Ein Reißer, sag ich Ihnen! Ich sende Ihnen ein Exemplar – Ihre Frau wird es gewiß mit Interesse lesen.«
»Und«, fügte er für sich hinzu, »darüber reden!« Er strich sich das glatte dunkle Haar zurück und streckte die Hand aus. Michael schüttelte sie mit einer Wärme, die ihm nicht ganz vom Herzen kam, und ging.
»Was ist es im Grunde genommen für Grice mehr als bloße Geschäftssache«, dachte er, »Wilfrids Schicksal ist ihm schnuppe. Heutzutag heißt es nehmen, was einem das Glück in den Schoß wirft.« Und plötzlich begann er zu grübeln, was wohl die Leute bewegen mochte, ein Buch zu kaufen, das weder erotische Abenteuer noch sensationelle Memoiren, noch Mordgeschichten enthielt. Die Ehre des britischen Weltreichs vielleicht? Oder das Prestige der englischen Nation? Schwerlich. Das brennende Interesse an der Frage, wie weit ein Mensch bei der Rettung seines Lebens gehen dürfe, ohne, wie man es hieß, seine Seele zu verschachern, das trieb die Leute zum Kauf. Mit anderen Worten, jenes winzige, von vielen tot geglaubte Etwas, das Gewissen, brachte dem Buch solche Scharen von Käufern zu. Dem Leser wurde ein schwer lösbares Problem vorgelegt und gleichzeitig mitgeteilt, der Dichter habe das selbst erlebt; das brachte ihn wohl auf den Gedanken, auch er könne sich jederzeit vor eine ähnliche verhängnisvolle Entscheidung gestellt sehen. Und wie würde dann der arme Teufel von Leser handeln? Plötzlich empfand Michael gewaltigen Respekt vor dem Publikum. Schon öfters war es ihm so ergangen, und seine klügeren Freunde hatten dann stets mitleidig bemerkt: »Armer Michael!«
In diese Gedanken versunken, betrat er sein Arbeitszimmer im

Parlament. Eben hatte er sich in einen Antrag zum Schutze gewisser Naturschönheiten vertieft, als man ihm eine Visitenkarte übergab.

GENERAL SIR CONWAY CHERRELL
Kannst Du mich empfangen?

Mit Bleistift kritzelte er als Antwort: »Mit größtem Vergnügen, Sir«, gab dem Diener die Karte zurück und erhob sich. Dinnys Vater kannte er von allen seinen Onkeln am wenigsten. Etwas aufgeregt erwartete er ihn.

Der General trat mit den Worten ein: »Ein richtiger Kaninchenstall ist das hier, Michael.«

Er schien stramm und adrett wie ein alter Soldat, doch sein Gesicht sah besorgt und vergrämt aus.

»Zum Glück züchten wir hier wenigstens keine Jungen heran, Onkel Conway.«

Der General stieß ein kurzes Lachen aus. »Das fehlte noch! Hoffentlich störe ich dich nicht. Ich komme wegen Dinny. Ist sie noch immer bei euch?«

»Ja, Onkel.«

Der General zögerte, umschloß den Stockgriff und sagte mit fester Stimme: »Du bist doch Deserts bester Freund, nicht wahr?«

»Ich war es. Was ich jetzt bin, weiß ich wahrhaftig nicht.«

»Ist Desert noch in London?«

»Ja; ich glaube, er hatte einen Malariaanfall.«

»Trifft Dinny ihn noch?«

»Nein, Onkel.«

Wieder zögerte der General, und wieder umklammerte er den Stockgriff, offenbar, um Kraft zu sammeln.

»Weißt du, ihre Mutter und ich wollen nur ihr Bestes. Sie soll glücklich werden, alles andere ist Nebensache. Was haltet ihr davon?«

»Was wir davon halten? Das ist völlig Nebensache.«

Der General runzelte die Stirn.

»Wie meinst du das?«

»Es geht nur die beiden an.«

»Wie ich höre, will er ins Ausland.«
»Das erklärte er meinem Vater, aber er ist noch nicht fort. Soeben erzählte mir sein Verleger, daß er sich heute vormittag noch in seiner Wohnung befand.«
»Wie geht es Dinny?«
»Sie ist gedrückt. Bewahrt aber Haltung.«
»Er sollte doch endlich etwas tun.«
»Was denn, Onkel?«
»Eine unfaire Handlungsweise Dinny gegenüber! Er soll sie entweder heiraten oder auf und davon gehen.«
»Fiele dir an seiner Stelle die Entscheidung so leicht?«
»Vielleicht nicht.«
Michael schritt unruhig in dem kleinen Zimmer auf und ab.
»Meiner Ansicht nach ist es in dieser Sache keineswegs leicht, ›ja‹ oder ›nein‹ zu sagen. Verletzter Stolz spielt dabei die Hauptrolle, und der bringt alle anderen Gefühle in Verwirrung. Das müßtest du aus Erfahrung wissen, Onkel. Ähnliche Fälle hast du gewiß beim Kriegsgericht erlebt.«
Bei den letzten Worten schien dem General eine Erleuchtung zu kommen. Schweigend starrte er seinen Neffen an.
»Wilfrid«, fuhr Michael fort, »wird von einem Kriegsgericht verurteilt. Aber dieses Gericht läßt sich mit dem Urteil lange Zeit – und das Ende ist nicht abzusehen.«
»Ich verstehe«, entgegnete der General ruhig. »Doch Dinny hätte er das ersparen sollen, das wäre seine Pflicht gewesen.«
Michael lächelte. »Kümmert sich Liebe je um Recht und Pflicht?«
»Das ist jedenfalls der moderne Standpunkt.«
»Auch der alte, wie die Geschichte lehrt.«
Der General trat ans Fenster und sah hinaus.
»Ich möchte Dinny nicht besuchen«, sagte er, ohne sich umzuwenden, »es würde sie nur quälen. Ihre Mutter ist derselben Ansicht. Wir können gar nichts tun.« Aus seiner Stimme klang ehrliche Sorge um sein Kind.
Michael war gerührt und erklärte: »Irgendwie wird sich die Sache vermutlich bald entscheiden. So oder so, besser als diese Ungewißheit wird es jedenfalls sein, für die beiden und für uns.«
Der General machte kehrt.

»Hoffen wir's. Ich wollte dich bitten, mit uns in Fühlung zu bleiben und uns von allem zu verständigen, was Dinny unternimmt. Es ist so bitter, die Dinge da draußen abwarten zu müssen. Jetzt will ich dich nicht länger aufhalten. Ich danke dir, der Besuch hat mich beruhigt; Leb wohl!«
Er ergriff Michaels Hand, drückte sie fest und verließ das Zimmer.
Michael dachte: »Hangen und bangen! Das ist das Ärgste. Armer alter Knabe!«

33

Compson Grice war kein schlechter Kerl und empfand für Michael eine gewisse Sympathie. Als er ausging, um den Lunch zu nehmen, dachte er eifrig über sein Versprechen nach. Er war überzeugt, daß sich Schwierigkeiten am besten beim Essen aus dem Weg räumen ließen; unter normalen Umständen hätte er einfach eine Einladung ergehen lassen und beim zweiten oder dritten Glas echten alten Kognaks seine Informationen eingezogen. Doch vor Wilfrid hatte er Respekt. Während er einer Seezunge und einer halben Flasche Chablis zusprach, entschied er sich für den brieflichen Weg. Eine Zigarre zwischen den Lippen, eine Tasse Kaffee neben sich, saß er in dem kleinen, grüngetäfelten Schreibzimmer seines Klubs und schrieb also:

Hotch-Potch-Klub
Freitag

Lieber Desert!
Im Hinblick auf den ansehnlichen Erfolg des »Leopard« und den hoffentlich auch weiterhin starken Absatz wäre es mir angenehm, von Ihnen genau zu erfahren, wie und wohin ich Ihnen Ihre Tantiemen senden soll. Vielleicht hätten Sie die Güte, mir mitzuteilen, ob und wann Sie wieder nach dem Osten zurückzukehren gedenken; und nennen Sie mir, bitte, eine Adresse, an die ich ohne Risiko die Beträge überweisen kann. Vielleicht wäre es Ihnen angenehmer, wenn ich die fälligen Tantiemen einfach bei irgendei-

ner von Ihnen bestimmten Bank hinterlege und mir Empfangsbestätigungen geben lasse. Unsere finanzielle Zusammenarbeit war bis jetzt etwas flau, aber der »Leopard« beeinflußt in Zukunft – ja schon jetzt – den Verkauf Ihrer beiden früheren Werke. Deshalb wäre es empfehlenswert, wenn Sie mich über Ihren künftigen Aufenthaltsort auf dem laufenden hielten. Haben Sie die Absicht, noch längere Zeit in London zu bleiben? Ihr Besuch wird mir stets ein Vergnügen sein.

Mit herzlichen Glückwünschen und besten Grüßen verbleibe ich

Ihr aufrichtiger

Compson Grice

In seiner eleganten, steilen Schrift adressierte er den Brief noch in die Cork Street und sandte ihn sogleich durch den Klubboten hin. Während des Rests der Mittagspause pries er die Vorzüge der Neuerscheinung des kanadischen Franzosen, nahm dann ein Taxi und fuhr nach Covent Garden zurück. Im Vorraum traf er einen Angestellten.

»Mr. Desert erwartet Sie oben in Ihrem Zimmer, Sir.«

»Bravo!« entgegnete Compson Grice und unterdrückte ein leises Bangen. »Rasche Arbeit!« dachte er.

Wilfrid stand am Fenster und blickte auf den Covent-Garden-Markt schräg gegenüber; als sein Besucher sich umdrehte, erschrak Grice beinahe – so düster und hergenommen war Deserts Gesicht, so bitter seine Miene. Die Hand fühlte sich heiß und trocken an.

»Sie haben also meinen Brief bereits erhalten?« fragte Grice.

»Ich danke. Hier ist die Adresse meiner Bank. Am besten, Sie zahlen alle Beträge ein und behalten die Quittungen.«

»Hervorragend gut sehen Sie gerade nicht aus. Verreisen Sie wieder?«

»Wahrscheinlich. Na, leben Sie wohl, Grice. Ich danke Ihnen für alles, was Sie für mich getan haben.«

Compson Grice entgegnete mit echter Herzlichkeit: »Tut mir aufrichtig leid, daß Ihnen die Sache so nahegeht.«

Wilfrid zuckte die Achseln und wandte sich zur Tür.

Sein Verleger stand noch immer da und drehte den Zettel mit der

Bankadresse zwischen den Fingern. Plötzlich sagte er laut: »Sein Aussehen gefällt mir ganz und gar nicht!« Dann trat er ans Telefon.

Wilfrid schlug die Richtung nach Norden ein, er hatte einen zweiten Besuch zu erledigen. Als er ins Museum kam, saß Adrian eben vor seiner Tasse Tee mit Gebäck.
»Bravo!« rief Adrian und erhob sich. »Freut mich, Sie zu sehen. Hier ist eine zweite Tasse. Bitte, nehmen Sie doch Platz.«
Als er Wilfrids Gesicht sah und seinen Händedruck fühlte, erschrak er nicht weniger als Grice.
Wilfrid nahm einen Schluck Tee. »Darf ich rauchen?« Er zündete eine Zigarette an und blieb vornübergebeugt sitzen. Adrian wartete, bis er zu sprechen anfinge.
»Verzeihen Sie, daß ich Sie so überfalle«, sagte Wilfrid endlich, »aber ich geh wieder zurück ins Pfefferland. Ich wollte bloß wissen, was Dinny weniger schmerzt – wenn ich rasch und klanglos verschwinde oder ihr vorher schreibe.«
Eine Minute lang saß Adrian vollkommen ratlos und erschrokken da.
»Sie meinen, daß Sie sich bei einem Wiedersehen nicht genug in der Hand hätten?«
Desert zuckte die Achseln, als überliefe ihn ein Schauer.
»Das ist eigentlich nicht der Grund. Es klingt brutal, aber ich hab alles so satt, bin völlig unempfindlich. Bei einem Wiedersehen – könnte ich ihr weh tun. Sie ist ein Engel. Wahrscheinlich begreifen Sie nicht, was in mir vorgeht. Ich begreif's ja selbst nicht. Ich hab nur den einen Wunsch: Fort – von allem und jedem.«
Adrian nickte. »Wie ich hörte, waren Sie krank – vielleicht ist das der Grund Ihrer gegenwärtigen Stimmung? Um Gottes willen, begehen Sie keinen zweiten Irrtum.«
Wilfrid lächelte.
»An Malaria bin ich ja gewöhnt. Das ist es nicht. Sie werden mich auslachen, aber ich habe das Gefühl, als müßte ich innerlich verbluten. Ich muß in eine Gegend, wo mich nichts und nie-

mand an Vergangenes erinnert. Und niemand erinnert mich so sehr an alles wie Dinny.«

»Ich verstehe«, sagte Adrian ernst. Schweigend strich er sich über das bärtige Kinn. Dann erhob er sich und schritt im Zimmer auf und ab.

»Halten Sie es Dinny und sich selbst gegenüber für anständig, nicht einmal zu prüfen, welche Wirkung ein Wiedersehen hätte?«

»Jawohl!« entgegnete Desert fast heftig. »Ich erklärte Ihnen doch, ich würde ihr weh tun.«

»Weh tun werden Sie ihr in jedem Fall; sie hat alles auf eine Karte gesetzt. Hören Sie doch, Desert! Sie haben das Gedicht nach reiflicher Erwägung veröffentlicht. Ich faßte es immer als eine Art Sühne von Ihrer Seite auf, zu der es Sie trotz Ihrer Werbung um Dinny trieb. Ich bin kein solcher Narr, zu verlangen, daß Sie die Sache mit Dinny fortsetzen sollen, wenn sich Ihre Gefühle tatsächlich gewandelt haben; aber sind Sie davon überzeugt?«

»Meine Gefühle haben sich nicht gewandelt. Ich hab überhaupt keine mehr. Ich bin ein Paria, ein Pariahund – das hat alles Gefühl in mir erstickt.«

»Meinen Sie das wirklich ernst?«

»Vollkommen! Ich war ein Paria – das wußte ich vom Augenblick meines Abfalls an, einerlei ob die Leute es erfuhren oder nicht. Aber nach allem – war es doch nicht einerlei.«

»Ich begreife«, wiederholte Adrian. »Das scheint mir natürlich.«

»Ob es anderen natürlich scheint, weiß ich nicht, für mich ist es so. Ich bin ausgestoßen aus der Gesellschaft und will nicht mehr zurück. Ich beklage mich nicht. Ich ergreife gegen mich selbst Partei.« Mit verzweifelter Energie stieß er diese Worte hervor.

Adrian erwiderte ganz sanft: »Sie wollen also nur wissen, wie Sie Dinny am wenigsten weh tun? Das kann ich ihnen nicht sagen. Ich wollte, ich könnte es. Als Sie das erstemal zu mir kamen, gab ich Ihnen einen schlechten Rat. Ratschläge taugen nie etwas. Jeder muß selbst einen Ausweg finden.«

Desert stand auf. »Meine Einsamkeit trieb mich zu Dinny hin. Und meine Einsamkeit treibt mich von ihr fort. Welch eine Iro-

nie! Also leben Sie wohl Sir; ich glaube kaum, daß ich Sie je wiedersehen werde. Ich danke für Ihren Versuch, mir zu helfen.«
»Wie gern möchte ich Ihnen helfen!«
Wilfrid lächelte – jenes unerwartete Lächeln, das ihn so anziehend machte.
»Ich will es mir nochmals auf einem Spaziergang überlegen. Vielleicht geht mir ein Licht auf. Jedenfalls wissen Sie, daß es meine Absicht war, sie so viel wie möglich zu schonen. Leben Sie wohl!«
Adrians Tee war kalt geworden, das Gebäck lag unberührt daneben. Er stieß beides fort, als habe er Dinny verraten, aber ihm fiel ganz und gar nichts ein, was er sonst hätte tun können. Der junge Mann sah sehr seltsam aus! »Innerlich verbluten« – unheimliche Worte! Aber wahr, sein Gesicht verriet es. Maßlose Empfindlichkeit und verzehrender Stolz! »Ich geh ins Pfefferland zurück.« Im Orient wollte er also umherreisen – eine Art Ewiger Jude; einer jener geheimnisvollen Briten, die man in weltfernen Nestern trifft – sie sprechen nie über ihre Vergangenheit, nie über die Zukunft, leben nur in der Gegenwart. Er stopfte die Pfeife und suchte sich mit aller Macht einzureden, daß dieser Bruch mit Wilfrid für Dinny ein Glück bedeute. Doch es gelang ihm nicht. Nur einmal blühte im Leben der Frau die wahre Liebe, und ihr hatte sie jetzt geblüht. Das stand für ihn außer Zweifel. Sie würde später einen anderen wählen, freilich! Doch der Sonnenschein der ersten Liebe kam nicht wieder. Hastig griff er nach seinem abgetragenen Hut und verließ das Museum. Erst schlug er die Richtung nach dem Hydepark ein, dann folgte er einem Einfall und ging in die Mount Street.
Als Blore ihn meldete, war seine Schwester gerade damit beschäftigt, die letzten paar roten Stiche in die Zunge eines Hundes ihrer Nadelmalerei zu sticken. Sie hielt die Arbeit hoch.
»Eigentlich sollte ihm der Speichel heruntertropfen. Er blickt nämlich nach dem Kuchen da. Soll ich die Spucke blau sticken?«
»Grau, Emily, auf diesem Hintergrund.«
Lady Mont musterte ihren Bruder, der auf einem niederen Sessel Platz genommen hatte und die langen Beine hochzog.
»Wie ein Kriegsberichterstatter siehst du aus – mit einem Feldsessel, unrasiert. Adrian, ich möchte so gern, daß Dinny heiratet.

Sie ist sechsundzwanzig. Warum diese Geschichten, ausgestoßen und so weiter! Sie könnten doch nach Korsika gehen.«
Adrian lächelte. Emily hatte ganz recht und doch ganz unrecht!
»Conway war heute bei uns«, fuhr seine Schwester fort, »er hat vorher Michael besucht. Niemand weiß was. Und Dinny geht in einem fort mit Kit und Dandy spazieren, päppelt die kleine Catherine oder sitzt da und liest, ohne umzublättern.«
Adrian fragte sich, ob er ihr von Deserts Besuch erzählen solle.
»Und Conway sagt«, berichtete Lady Mont weiter, »dieses Jahr geht es ihm gar nicht recht zusammen – Clares Heirat und die Steuern, und Jeanne erwartet doch – er wird ein paar Bäume fällen müssen und die Pferde verkaufen. Auch uns geht's knapp. Nur gut, daß Fleur so wohlhabend ist. Diese Geldsachen sind so lästig. Was meinst du?«
Adrian raffte sich zusammen. »Na, heutzutage erwartet wohl niemand, daß es ihm gutgeht, aber genug zum Leben will man doch haben.«
»Ja, aber es hängen so viele Leute von einem ab. Boswell hat eine Schwester, die kann nur auf einem Bein gehen; und Johnsons Frau hat Krebs – die Ärmste! Und jeder muß für jemand sorgen. Dinny sagt, ihre Mutter hilft in Condaford dem ganzen Dorf. Wie das weitergehen soll, weiß der Himmel. Lawrence erspart keinen Pfennig.«
»Emily, wir sitzen auf zwei Stühlen, und eines schönen Tags sausen wir mit einem Krach zu Boden.«
»Vermutlich kommen wir noch ins Armenhaus.« Lady Mont hob ihre Arbeit ans Licht. »Nein, ich laß den Speichel doch nicht tropfen. Oder wir gehen nach Kenia in Afrika; in dieser Kolonie kann man Geld verdienen, heißt es.«
»Mir ist einzig der Gedanke verhaßt«, erklärte Adrian mit plötzlicher Energie, »daß irgendein Hergelaufener Condaford kauft, um dort am Wochenende mit seinen Gästen Saufgelage zu halten.«
»Dann hause ich lieber als Hexe im Wald. Ohne die Cherrells ist Condaford undenkbar!«
»Recht gut ist es denkbar, Emily. Diese verwünschte Sache, der sogenannte Entwicklungsprozeß, ist nicht aufzuhalten. England ist seine Wiege.«

Lady Mont seufzte, erhob sich und segelte zu ihrem Papagei hinüber.
»Nicht wahr, Polly! Wir beide gehen ins Armenhaus.«

34

Als Compson Grice Michael oder vielmehr Fleur anrief, denn Michael war nicht zu Hause, klang seine Stimme gepreßt.
»Kann ich ihm irgend etwas bestellen, Mr. Grice?«
»Im Auftrag Ihres Mannes sollte ich mich über Deserts Pläne orientieren. Soeben war Desert bei mir und ließ durchblicken, er wolle wieder ins Ausland; aber – eh – sein Aussehen gefiel mir nicht, und seine Hand fühlte sich fiebrig an.«
»Er hatte Malaria.«
»Ach so! Da fällt mir übrigens ein, ich sende Ihnen ein Buch jenes Franzosen aus Kanada, es wird Ihnen bestimmt gefallen.«
»Besten Dank, Mr. Grice. Wenn Michael nach Hause kommt, bestell ich ihm Ihre Botschaft.«
Fleur stand nachdenklich da. Sollte sie es Dinny sagen? Ohne Michael wollte sie es nicht, und er hatte jetzt so viel im Parlament zu tun, daß er vielleicht nicht zum Dinner heimkam. Einen so auf die Folter zu spannen, das sah Wilfrid ähnlich! Immer wieder hatte sie das Gefühl, sie kenne ihn besser, als Dinny und Michael ihn kannten. Die beiden waren fest überzeugt, er habe im Grund ein goldenes Herz. Nun, sie, die er einst so leidenschaftlich geliebt hatte, hielt dieses Gold für Blech. »Gewiß darum«, dachte sie ziemlich bitter, »weil ich niedriger denke als die beiden. Die Menschen schätzen doch die anderen stets nach ihrem eigenen Werte ein.« Und es fiel ihr schwer, einen Mann hoch einzuschätzen, dessen Geliebte sie nicht geworden und der darum in die weite Welt geflohen war. Michael hatte ja immer Sympathien für die absonderlichsten Leute; aber Dinny – Dinny war ihr wirklich ein Rätsel.
Sie wandte sich wieder den Briefen zu, die sie eben geschrieben hatte, ungemein wichtige Briefe, denn sie sollten die vornehmsten Leute und hellsten Köpfe für den Empfang einiger hochge-

borener indischer Damen zusammentrommeln, die zu den politischen Verhandlungen herübergekommen waren. Sie hatte ihre Arbeit fast beendet, als Michael sie telefonisch fragte, ob Compson Grice eine Botschaft hinterlassen habe. Sie teilte ihm alles mit und fragte dann: »Kommst du zum Dinner zurück? . . . Bravo! Ich habe geradezu Angst vor dem Essen zu zweit mit Dinny; sie gibt sich so unerhört heiter, mir gruselt dabei. Sie mag andere nicht quälen und so weiter, natürlich; aber wenn sie ihre Gefühle offener zeigte, würde sie uns viel weniger Sorge machen . . . Onkel Conway! . . . Komisch, die ganze Familie wünscht jetzt offenbar genau das Gegenteil von früher. Vermutlich, weil alle sehen, wie sie leidet . . . Ja, sie fuhr mit Kit zum ›runden Teich‹ im Kensington-Park, ließ dort Kits Boot schwimmen; Dandy und das Boot sandten sie im Wagen zurück und gingen zu Fuß nach Haus . . . Einverstanden, lieber Junge. Acht Uhr; sei möglichst pünktlich . . . Ah, Kit und Dinny sind schon hier. Leb wohl!«

Kit kam ins Zimmer. Sein Gesicht war sonngebräunt, seine Augen leuchteten so blau wie sein Sweater, die kurzen Hosen waren dunkelblau; die Strümpfe ließen die Knie frei, er trug wasserdichte braune Schuhe; sein blonder Kopf war unbedeckt.

»Tante Dinny hat sich hingelegt. Sie mußte sich ins Gras setzen. Sie sagt, es wird ihr bald gut sein. Glaubst du, daß sie Masern kriegt? Mutti, ich hab doch schon Masern gehabt. Wenn die isoliert wird, kann ich sie trotzdem besuchen. Wir sahen einen Mann, der hat sie so erschreckt.«

»Was für einen Mann?«

»Er kam uns nicht in die Nähe, ein großer Mann; er trug den Hut in der Hand, und als er uns sah, lief er auf und davon.«

»Wieso weißt du, daß er euch sah?«

»Oh, weil er so rannte wie Kinder auf einem Roller.«

»War das im Park?«

»Ja.«

»In welchem?«

»Im Green-Park.«

»War er schlank und im Gesicht braun?«

»Ja; kennst du ihn auch, Mutti?«

»Wieso ›auch‹, Kit? Kannte ihn Tante Dinny?«

»Ich glaub schon; sie rief ›Oh‹, ganz so wie ich, und fuhr dann mit der Hand da her. Und dann sah sie ihm nach; und dann setzte sie sich ins Gras. Ich fächelte ihr mit ihrem Schal Luft zu. Ich hab Tante Dinny lieb. Hat sie einen Mann?«

»Nein.«

Als Kit in sein Zimmer gegangen war, ließ sich Fleur die Sache durch den Kopf gehen. Dinny mußte doch gewußt haben, daß Kit alles erzählen würde. Fleur entschloß sich, nur eine Botschaft und etwas Riechsalz hinaufzuschicken.

Dinny ließ ihr sagen: »Bis zum Abendessen werde ich wieder ganz munter sein.«

Vor der Mahlzeit aber kam eine zweite Botschaft, daß sie sich noch immer ziemlich schwach fühle; sie möchte am liebsten zu Bett gehen und sich gründlich ausschlafen.

So saßen Michael und Fleur allein bei Tisch.

»Natürlich war es Wilfrid.«

Michael nickte.

»Wenn er nur schon fort wäre! Das Ganze ist so gräßlich! Entsinnst du dich der Stelle bei Turgenjew, wie Litwinow dem Rauch des Zuges nachsieht, der sich über den Feldern kräuselt und langsam zerfließt?«

»Nein. Warum?«

»Dinnys Tränen zerfließen auch so im Rauch.«

»Ja«, erwiderte Fleur mit zusammengepreßten Lippen. »Aber das Feuer brennt bald nieder.«

»Und was läßt es zurück?«

»So ziemlich die alte.«

Michael faßte seine Tischgenossin scharf ins Auge. Sie betrachtete den Bissen Fisch an ihrer Gabel. Mit hartem Lächeln, das nicht von ihren Lippen wich, führte sie ihn zum Mund und begann zu kauen, als würge sie entschlossen ihre eigene Erfahrung hinunter. »So ziemlich die alte.« Sie freilich war so hübsch geblieben wie zuvor, nur etwas stärker geworden, als wollte sie, der Mode entsprechend, wieder mehr die weibliche Note betonen. Er wandte den Blick von ihr, denn es wurmte ihn noch immer, wenn ihm jene Geschichte vor vier Jahren in den Sinn kam, von der er so wenig gewußt, so viel vermutet und kein Wort gesprochen hatte.

Rauch! Brannte jede menschliche Leidenschaft nieder und zog wie blauer Dunst über die Felder, der einen Augenblick die Sonne verdunkelt, Halme und Bäume verschleiert, dann zerfließt und dem klaren, nüchternen Tage weicht? War dann nicht alles wieder wie zuvor? Nicht ganz! Denn Rauch war verbrannte Materie, und wo Feuer gewütet hatte, war alles verwandelt. Dinny würde nie mehr so sein, wie er sie von Kind auf gekannt hatte, sie wurde jetzt zweifellos anders, vielleicht härter, herber, noch feinfühliger, noch zarter oder müder. Er sagte:
»Um neun Uhr muß ich wieder im Parlament sein, bei der Rede des Kanzlers. Warum man bei seiner Rede dabeisein muß, weiß ich nicht, aber man ist eben dabei.«
»Warum man überhaupt bei diesen Reden dabeisein muß, wird immer ein Geheimnis bleiben. Hast du je erlebt, daß irgendein Abgeordneter durch seine Rede jemanden umgestimmt hätte?«
»Nein«, erwiderte Michael mit mattem Lächeln, »aber der Mensch hofft, solang er lebt. Tag für Tag sitzen wir dort und schwatzen über irgendeine gottverlassene Maßnahme, danach wird abgestimmt mit genau demselben Resultat, als hätten wir sofort nach den beiden ersten Reden abgestimmt. Und so geht's schon seit Jahrhunderten.«
»Wie die Alten sungen!« meinte Fleur. »Kit glaubt, Dinny bekommt Masern. Er hat sich auch erkundigt, ob sie einen Gatten hat . . . Coaker, den Kaffee, bitte. Mr. Mont muß fort.«
Als Michael ihr einen Kuß gegeben und gegangen war, begab sich Fleur zu den Kindern hinauf. Catherine hatte den gesündesten Schlaf. Es war ein Vergnügen, das hübsche Kind zu betrachten. Ihr Haar würde später wohl Fleurs eigenem gleichen, und von den Augen wußte man noch nicht, würden sie grau oder haselnußbraun werden – hoffentlich eisgrün. Eine der kleinen Fäuste preßte sie an die Wange und atmete leise wie eine Blume. Fleur nickte dem Kindermädchen zu und öffnete die Tür zum zweiten Zimmer. Kit zu wecken war gefährlich. Er würde Kekse verlangen, wahrscheinlich auch Milch, mit ihr noch plaudern oder sich vorlesen lassen wollen. Doch das leise Knarren der Tür weckte ihn nicht. Seinen blonden Kopf hatte er energisch ins Kissen gewühlt, unter dem der Lauf einer Pistole hervorsah. Es war heiß,

er hatte die Decke fortgestrampelt, so daß beim matten Schein der Nachtlampe seine Gestalt im blauen Pyjama bis an die Knie zu sehen war. Seine sonngebräunte Haut sah gesund aus; er hatte ein Forsyte-Kinn. Fleur trat nahe zum Bett und blieb stehen. Entzückend war er, wie er so schlafend dalag, scheinbar fest entschlossen, mit den Gebilden seiner immer lebhafter arbeitenden Phantasie den Kampf aufzunehmen. Mit den Fingerspitzen ergriff sie die Decke und breitete sie sacht über ihn; dann trat sie, die Hände an den Hüften, vom Bett zurück und zog eine Braue hoch. Jetzt war er im schönsten Alter, noch zwei Jahre lang, bis er zur Schule ging. Noch wußte er nichts vom Sexuellen. Alle waren gütig zu ihm, alles Erleben ein Abenteuer aus seinen Büchern. Bücher! Michaels alte Bücher, ihre eigenen und die wenigen, die man seither für Kinder geschaffen hatte. Ja, er verlebte jetzt die herrlichsten Tage! Rasch glitt ihr Blick durch den dämmrigen Raum. Flinte und Säbel lagen auf einem Stuhl bereit. Man setzte sich für Abrüstung ein und bewaffnete die Kinder bis an die Zähne! Seine anderen Spielsachen, meist technische, befanden sich gewiß im Schulzimmer. Nein, dort auf dem Fensterbrett stand das Boot, das er mit Dinny erprobt hatte, noch mit gehißten Segeln. Und auf einem Kissen in der Ecke lag Dandy, der silbergraue Hund, er hatte Fleur wohl bemerkt, schien aber zu bequem, um aufzustehen. Er wedelte nur leise mit dem seidigen Schweif zum Gruß. Um diesen wundervollen Frieden nicht zu stören, warf sie beiden eine Kußhand zu und schlich zur Tür hinaus. Sie sah nach Catherines Wimpern, nickte dem Kindermädchen wieder zu und verließ den Raum. Auf Zehenspitzen ging sie die Treppe hinab und kam zu Dinnys Zimmer, das über ihrem eigenen lag. War es nicht herzlos, so vorbeizugehen? Sollte sie nicht für einen Augenblick hineinschauen und fragen, ob sie etwas brauche? Sie trat auf die Tür zu. Erst halb zehn! Dinny schlief gewiß noch nicht. Wahrscheinlich konnte sie heute überhaupt nicht schlafen. Entsetzlicher Gedanke, daß sie still und unglücklich da drin lag! Vielleicht war es ihr ein Trost, ein wenig zu plaudern, eine Ablenkung! Fleur hob die Hand, um zu klopfen, da vernahm sie einen Laut, erstickt zwar, doch nicht zu verkennen – wie wenn jemand in die Kissen schluchzt. Fleur stand wie versteinert da. Seit fast vier Jah-

ren, als sie selbst so weinte, hatte sie diesen Laut nicht mehr gehört! Mit aller Macht kam die Erinnerung zurück, sie fühlte sich fast krank – ein gräßlicher, aber heiliger Laut. Nicht um alles in der Welt ginge sie jetzt hinein! Die Hände an die Ohren gepreßt, schlich sie zur Treppe zurück und eilte hinab. Um diesem peinigenden Laut zu entrinnen, nahm sie zum Radio Zuflucht. Man sang den zweiten Akt von »Madame Butterfly«! Sofort drehte sie ab und nahm wieder an ihrem Schreibtisch Platz. Hastig schrieb sie eine Art Formel nieder: »Es wäre ein großes Vergnügen, wenn – und so weiter – Sie sich zum Empfang dieser reizenden indischen Damen einfinden wollten, die – und so weiter – Ihre – und so weiter – Fleur Mont.« Ein ums andere Mal schrieb sie es hin, und dabei klang ihr fortwährend jenes Schluchzen im Ohr. Schwül war es heute nacht! Sie schob den Vorhang zurück und stieß das Fenster weiter auf, um die Luft von draußen hereinzulassen. Wie feindselig war doch das Leben! Voll stummer Drohungen und kleiner Ärgernisse. Ging man auf das Leben zu und packte das Biest an den Hörnern, dann ließ es sich vielleicht für den Augenblick bändigen; doch bald holte es zu einem tückischen Stoß aus. Halb elf! Was hatten die heute nur so lang im Parlament zu schwatzen? Über irgendeine Steuer von einem halben oder ganzen Penny! Sie schloß das Fenster, zog den Vorhang wieder zu, frankierte die Briefe und sah sich noch einmal im Zimmer um, ehe sie es verließ und hinaufging. Da – plötzlich – eine Erinnerung – Wilfrids Gesicht draußen, ganz nah dem Fenster, in der Nacht, da er vor ihr in den Orient floh! War es am Ende jetzt wieder da? Schlich er zum zweitenmal in seinem abenteuerlichen Leben wie ein Gespenst vor diese Fenster, suchte heute nicht sie, sondern Dinny? Fleur drehte das Licht ab, tastete sich zu den Vorhängen, zog sie ganz wenig auseinander und lugte hinaus. Nichts als das blasse Licht der Straßenlampen.
Unwillig ließ sie den Vorhang fallen und schritt hinauf. Vor ihrem hohen Spiegel blieb sie einen Augenblick lauschend stehen, dann aber vermied sie es ängstlich, weiter zu horchen. Ja, so war das Leben! Vor allem Peinlichen schloß man Aug und Ohr – wenn man es fertigbrachte. Und wer konnte das tadeln? Noch blieb ja genug, dem man nicht entrinnen konnte, wenn man auch Aug

und Ohr noch so fest schloß. Sie ging eben zu Bett, als Michael heimkam. Sie erzählte ihm von dem Schluchzen, da blieb auch er lauschend stehen; aber durch die fest gezimmerte Decke drang kein Laut. Er ging in seinen Ankleideraum, kehrte bald darauf zurück, in einem blauen Schlafrock mit gesticktem Kragen und Manschetten, einem Geschenk Fleurs, und begann auf und ab zu wandern.

»Geh schlafen«, sagte Fleur, »da nützt ja doch nichts.«

Im Bett sprachen sie noch miteinander, dann schlief Michael ein. Fleur lag wach. Vom Parlamentsturm schlug es zwölf. Die Geräusche der Stadt drangen gedämpft ins Zimmer, aber im Haus war es ganz still. Nur hin und wieder krachte leise ein Brett des Parkettbodens, das sich wieder zurechtbog, befreit von der Last der Schritte während des Tags. Tiefe Stille, nur Michaels leises Atemholen und das Raunen ihrer eigenen Gedanken. Vom Zimmer droben kein Laut. Sie begann Reisepläne für die Parlamentsferien zu schmieden. Schottland und Cornwall kamen in Frage; sie selbst wollte für mindestens einen Monat an die Riviera. Ganz sonnverbrannt mußte sie zurückkommen, noch nie war sie ordentlich braun gewesen! Bei Mademoiselle und Nanny waren die Kinder gut aufgehoben. Was war das? Das Schließen einer Tür. Ganz deutlich das Knarren der Treppe! Sie berührte Michael.

»Ja?«

»Horch!«

Wieder das leise Knarren.

»Über uns war es zuerst«, flüsterte Fleur, »sieh doch nach.«

Er stieg aus dem Bett, zog sich Schlafrock und Pantoffeln an, öffnete leise die Tür und sah hinaus. Auf dem Treppenabsatz stand niemand, aber in der Halle regte sich etwas! Er glitt die Treppe hinab.

An der Haustür sah er eine dunkle Gestalt und fragte sanft: »Bist du es, Dinny?«

»Ja.«

Michael trat näher. Dinnys Gestalt wich von der Haustür zurück, er fand sie bei dem Kleidersarkophag sitzen. Er nahm nur aus, daß sie die Hand hob, um Kopf und Gesicht in ihrem Schal zu bergen.

»Kann ich dir etwas besorgen?«
»Nein. Ich wollte bloß frische Luft schöpfen.«
Michael unterließ es, das Licht anzudrehen. Er trat im Dunkel auf sie zu und streichelte ihren Arm.
»Ich dachte, ihr würdet mich nicht hören«, sagte Dinny. »Nun hab ich euch doch gestört, verzeih.«
Durfte er von ihrem Kummer sprechen? Würde sie ihn hassen oder ihm dankbar sein?
»Macht nichts, meine Liebe, wenn es dir nur guttut«, sagte er.
»Zu dumm von mir! Ich geh hinauf.«
Michael legte den Arm um sie; er fühlte, sie war noch in den Kleidern. Plötzlich wurde ihr Körper schlaff, lehnte sich an ihn, die Hand hielt noch immer den Schal, der Gesicht und Kopf verhüllte. Er wiegte sie ganz sanft – hin und her. Ihr Körper glitt nach vorn, bis ihr Kopf an seiner Schulter ruhte. Michael regte sich nicht mehr, atmete kaum noch. Mochte sie hier ausruhen, solang sie nur wollte!

35

Als Wilfrid Adrians Arbeitszimmer im Museum verlassen hatte, wanderte er ziel- und planlos hin, wie man es manchmal in einem jener endlos scheinenden Angstträume tut, bis man schließlich erwacht. Er ging die Kingsway-Straße zum Themse-Kai hinab, betrat die Westminsterbrücke und lehnte sich über die Brüstung. Ein Sprung, und alles war vorüber. Stromabwärts rann das Wasser der Flut, dem Meere zu, kehrte nimmer nach England zurück, eilte froh davon! Flucht! Flucht vor allen, die ihn zwangen, an sich selbst zu denken. Nur diesem ewigen Selbstbespiegeln, diesen Selbstvorwürfen entrinnen! Wie satt hatte er diese verdammte, jämmerliche Unentschlossenheit, diese erbärmliche Angst davor, ihr nicht allzu großen Kummer zu bereiten! Ach was, ihr Kummer würde nicht allzu groß sein! Ein paar Tränen, und sie kam gewiß darüber hinweg. Diesmal hatte ihm sein Gefühl übel mitgespielt! Aber nie wieder! Bei Gott, nie wieder!
Lang stand er über die Brüstung gelehnt, betrachtete das schim-

mernde Wasser und die stromaufwärts kriechenden Frachtschiffe; ab und zu trat ein Mann aus dem Volk neben ihn, offenbar in dem Glauben, da unten gebe es etwas Besonderes zu sehen. Er sah dort wirklich etwas Besonderes, sah sein zukünftiges Leben in ungewisse Fernen gleiten, sah sich auf Nimmerwiederkehr davonsegeln, wie der Fliegende Holländer übers weite Meer von einem Ende der Welt ans andere fahren. Na, wenigstens mußte er sich nicht als Held aufspielen, nicht zu Kreuz kriechen, um Beistand bitten oder sich verstellen, konnte die eigene Flagge hissen. Da vernahm er eine Stimme: »Wenn man zu lang aufs Wasser schaut, springt man manchmal hinein.«

Wilfrid lief es kalt über den Rücken, dann ging er weiter. Herrgott! Wie derb und ungeschlacht die Menschen jetzt nur sprachen! Er verließ die Brücke und schritt über das Ende von Whitehall zum St.-James-Park hinüber, an dem langen Teich vorbei zu den Geranien, den steinernen Männern und Frauen vor dem Königlichen Palast, in den Green-Park; dort warf er sich ins dürre Gras. Die Hand über den Augen, lag er etwa eine Stunde so auf dem Rücken da, dankbar für die Sonne, die auf ihn herabbrannte. Als er sich erhob, war er schwindlig und mußte ein paar Minuten stehenbleiben, ehe er zum Hydepark hinüberging. Kaum war er ein paar Schritt gegangen, da bog er rasch nach rechts ab. In der Nähe der Reitallee hatte er eine junge Dame und einen kleinen Buben bemerkt, die ihm entgegenkamen. Dinny! Er sah, wie sie nach Atem rang und die Hand zum Herzen hob. Und er war abgebogen und davongeschritten. Es war brutal, abscheulich, aber endgültig! So fühlte sich wohl ein Mörder nach dem Dolchstoß. Brutal, abscheulich, aber endgültig! Kein Schwanken mehr! Nun blieb ihm nur eines übrig: so rasch wie möglich abzudampfen! Wie besessen rannte er in seine Wohnung, um die Lippen ein starres Lächeln, wie ein Patient auf dem Stuhl des Zahnarztes. Die einzige Frau, die ihm je des Heiratens wert geschienen, hatte er niedergeschmettert, die einzige Frau, für die er etwas wie wahre Liebe empfunden. Besser, sie so niederzuschmettern, als sie zu Tode martern durch ein Zusammenleben mit ihm! Wie Esau, wie Ismael war er nicht würdig einer Tochter Israels. Ein kleiner Laufbursche wandte sich um und starrte ihm nach – Wilfrids

Tempo schien dem Jungen ganz ungewöhnlich. Er überquerte die Piccadilly, ohne sich um den regen Verkehr zu kümmern, und rannte in die enge Bond Street. Plötzlich fiel ihm ein, er werde die Hüte der Firma Scott nie wiedersehen. Man hatte den Laden eben geschlossen, doch lagen die Hüte in langen Reihen zur Schau, hypermoderne, Tropenhüte, Damenhüte und einige Modelle des neuesten »Trilby« oder »Homburg« oder wie das Zeug sonst hieß. Er eilte weiter, kam an einem duftenden Parfümerieladen vorbei und erreichte die Haustür. Am Fuß der Treppe mußte er sich hinsetzen, um für den Aufstieg Kraft zu sammeln. Der jäh aufflackernden Energie nach dem Schreck über das Wiedersehen folgte nun völlige Erschöpfung. Eben schickte er sich an, die Treppe emporzuklimmen, als Stack und der Hund herabkamen. Das Tier sprang an ihm hoch und reckte ihm seinen Kopf entgegen. Wilfrid spielte mit den Ohren Fochs. Zum zweitenmal blieb der Hund ohne Herrn zurück!

»Morgen zeitig früh fahr ich fort, Stack. Nach Siam. Wahrscheinlich komm ich nicht wieder nach England.«

»Überhaupt nicht, Sir?«

»Überhaupt nicht.«

»Soll ich mitkommen, Sir?«

Wilfrid legte dem treuen Diener die Hand auf die Schulter.

»Sehr lieb von Ihnen, Stack; aber Sie würden sich dort zu Tod langweilen.«

»Verzeihen Sie, Sir, aber in Ihrem Zustand ist es nicht ratsam, allein zu reisen.«

»Mag sein, ich fahr aber doch!«

Ernst und angestrengt richtete der Diener den Blick auf Wilfrids Gesicht, als wolle er sich diese Züge für immer einprägen.

»Sir, ich bin schon sehr lang bei Ihnen.«

»Jawohl, Stack; und niemand hätte aufmerksamer für mich sorgen können. Für den Fall, daß mir etwas zustößt, hab ich für Sie vorgesorgt. Ich nehme an, Sie bleiben weiter hier und halten die Zimmer für meinen Vater bereit.«

»Ich geh ungern von hier fort, Sir, wenn ich Sie nicht begleiten darf. Aber ist das wirklich Ihr Ernst, Sir?«

Wilfrid nickte. »Wirklich, Stack. Was soll mit Foch geschehen?«

Stack zögerte einen Augenblick, dann stieß er hervor: »Ich muß Ihnen was sagen, Sir. Bei ihrem letzten Besuch – am Abend, als Sie nach Chingford fuhren – sagte Miss Cherrell: Falls Sie je ins Ausland gehen, möchte sie den Hund gern zu sich nehmen. Der Hund hängt an ihr, Sir.«
Wilfrids Züge wurden starr.
»Führen Sie ihn wie gewöhnlich spazieren«, sagte er und schritt weiter die Treppe hinauf.
Wieder war er aufgewühlt. Mord! Doch es war nun einmal geschehen! Sehnsucht und Reue machten einen Leichnam nicht mehr lebendig. Wenn ihr an dem Hund lag, sie sollte ihn natürlich haben! Warum klammerten sich die Frauen an Erinnerungen, wenn Vergessen das einzig Gute für sie war? Er setzte sich an den Schreibtisch und schrieb:

Ich geh fort für immer. Foch bringt Dir diesen Brief. Wenn Du den Hund magst, gehört er Dir. Ich tauge nur zum Einsiedler. Vergib mir, wenn Du kannst, und vergiß mich!

Wilfrid

Er adressierte den Briefumschlag und blieb am Schreibtisch sitzen, während sein Blick langsam durch das Zimmer glitt. Kaum drei Monate, seit er zurück war. Ihm war's, als läge ein Leben dazwischen. Und wieder sah er Dinny drüben am Kamin, nach dem Besuch ihres Vaters! Sah sie dort auf dem Diwan sitzen und zu ihm aufblicken! Dinny hier und Dinny dort! Ihr Lächeln, ihre Augen, ihr Haar! Dinny und das Erlebnis im Zelt des Arabers, diese beiden Erinnerungen wurden in ihm wach, stritten und rangen um ihn! Warum hatte er nicht von allem Anfang an das Ende vorausgesehen? Sich selbst hätte er doch kennen müssen! Er nahm ein zweites Blatt und schrieb:

Mein lieber Vater!
Offenbar ist mir England nicht bekömmlich, morgen reise ich nach Siam ab. Von Zeit zu Zeit erhält meine Bank die Adresse. Stack wird wie bisher die Zimmer in Ordnung halten, so daß sie jederzeit für Dich bereitstehen. Hoffentlich gibst Du auf Deine

Gesundheit acht. Ich werde trachten, Dir dann und wann eine Münze für Deine Sammlung zu senden. Leb wohl!

Dein Dich liebender
Wilfrid

Sein Vater würde es wohl lesen und sagen: »Du meine Güte! Ein plötzlicher Entschluß! Seltsamer Kauz!« Sonst würde kaum jemand an ihn einen Gedanken verschwenden, außer –!

Er nahm noch ein Blatt und schrieb an seine Bank; dann streckte er sich erschöpft auf den Diwan hin.

Stack mußte packen, Wilfrid fehlte die Kraft dazu. Zum Glück war sein Paß in Ordnung, jenes merkwürdige Dokument, dessen Besitz uns von unseren Landsleuten unabhängig macht und die einsamsten Weltwinkel erschließt. Im Zimmer war es ganz still, von der Straße her drang zu dieser Stunde fast kein Geräusch herauf, der Abendverkehr hatte noch nicht begonnen. Die Arznei, die er nach Malariaanfällen zu sich nahm, enthielt Opium, und er verfiel in einen traumhaften Zustand. Ein tiefer Atemzug, er nickte ein. In dieser Betäubung roch er allerhand Düfte – frisch gerösteten Kaffee, Kamelmist, Teppiche, Gewürze und Menschen auf den dumpfen Märkten, er roch die scharfe, reine Wüstenluft, Gestank und Dünste eines Dorfes am Bach; er vernahm Laute – Winseln der Bettler, heiseres Wiehern eines Kamels, Schakalheulen, Rufe des Muezzins, Trappeln von Eselshufen, Hämmern von Silberschmieden, stöhnendes Knarren von Ziehbrunnen. Und an seinen halbgeschlossenen Augen zogen Bilder vorbei; der Orient stieg vor ihm auf, den er erlebt hatte. Jetzt kam er in ein anderes Morgenland, ein noch ferneres, fremderes! Da versank er in einen wirklichen Traum . . .

36

Als Dinny ihn im Green-Park davoneilen sah, wußte sie mit Bestimmtheit, daß alles vorbei war. Der Anblick seines verstörten Gesichtes hatte sie aufgewühlt. Wenn nur er wieder glücklich wäre, dann könnte sie sich dreinfinden. Denn seit er sie an jenem

Abend in seiner Wohnung allein ließ, hatte sie sich aufs Schlimmste vorbereitet, hatte an keine Wendung zum Besseren mehr geglaubt. Sie fand nur wenig Schlaf und nahm das Frühstück in ihrem Zimmer. Gegen zehn Uhr teilte man ihr mit, ein Mann mit einem Hund wünsche sie zu sprechen.
Rasch machte sie sich fertig, setzte den Hut auf und ging hinunter. Es mußte Stack sein.
Wilfrids Diener stand neben dem Kleidersarkophag und hielt Foch an der Leine. Sein Gesicht, so verständnisvoll wie nur je, war blaß und zerfurcht, als habe er die Nacht kein Auge geschlossen.
»Das sendet Ihnen Mr. Desert, Miss.« Er übergab ihr den Brief.
Dinny öffnete die Tür zum Salon.
»Bitte, kommen Sie weiter, Stack. Setzen wir uns.«
Er nahm Platz und ließ die Leine los. Der Hund kam auf sie zu und legte die Schnauze auf ihre Knie. Dinny las den Brief.
»Mr. Desert schreibt, ich kann Foch haben.«
Stack starrte auf seine Schuhe nieder. »Er ist fort, Miss, mit dem Frühzug. Nach Paris und Marseille.«
In den Falten seiner Wangen schimmerte es feucht. Er ließ ein verdächtiges Schnauben hören und fuhr ärgerlich mit der Hand übers Gesicht.
»Vierzehn Jahre schon bin ich bei ihm, Miss. So was tut weh. Er sagt, er käme nimmer zurück.«
»Wohin reist er?«
»Nach Siam.«
»Ein weiter Weg«, bemerkte Dinny lächelnd. »Wenn er nur wieder glücklich wird, das ist die Hauptsache.«
»Jawohl, Miss. Vielleicht interessiert es Sie, was Foch als Futter kriegt. Gegen neun ein trockenes Keks und zwischen sechs und sieben ein Stück Rindfleisch oder Hammelkopf, gesotten, mit zerkrümeltem Hundekuchen, weiter nichts. Er ist ein braver, ruhiger Hund, benimmt sich zu Hause wie ein vollkommener Gentleman. Sie können ihn sogar ins Schlafzimmer nehmen.«
»Bleiben Sie auf Ihrem Posten, Stack?«
»Ja, Miss. Die Zimmer gehören Seiner Lordschaft. Wie ich Ih-

nen sagte, Mr. Desert ist ein sehr plötzlicher Herr; aber aufrichtig meint er's. – In England war er ja nie glücklich.«
»Ich bin überzeugt, er meint es aufrichtig. Kann ich irgend etwas für Sie tun, Stack?«
Der Diener schüttelte den Kopf, seine Augen ruhten auf Dinny; er überlegte jetzt wohl, ob er ihr seine Sympathie bekunden dürfe. Sie erhob sich.
»Vielleicht mach ich jetzt mit Foch einen Spaziergang, damit er sich an mich gewöhnt.«
»Ja, Miss. Ich laß ihn nur im Park von der Leine. Wenn Sie einmal eine Auskunft über ihn brauchen, Sie haben ja die Telefonnummer.«
Dinny streckte ihm die Hand hin.
»Also, leben Sie wohl, Stack, alles Gute!«
»Gleichfalls, Miss, gleichfalls!« Mehr als bloßes Verstehen schimmerte in seinen Augen, er drückte ihr krampfhaft die Hand. Das Lächeln wich nicht von Dinnys Lippen, bis sich die Tür hinter ihm geschlossen hatte, dann ließ sie sich aufs Sofa nieder und schlug die Hände vor die Augen. Der Hund war Stack bis zur Tür gefolgt, winselte plötzlich und kam wieder zu ihr zurück. Sie zog die Hände von den Augen, nahm Wilfrids Brief, der auf ihrem Schoß lag, und zerriß ihn.
»Nun, Foch«, fragte sie, »was fangen wir an? Gehen wir spazieren?«
Er wedelte mit dem Schwanz; wieder winselte er leise.
»Also, Junge, los!«
Sie fühlte sich ruhig, doch ihr war's, als sei eine Feder in ihr gesprungen. Den Hund an der Leine, schlug sie den Weg zum Victoria-Bahnhof ein und blieb vor dem Foch-Denkmal stehen. Das Laub der Bäume ringsum war dichter geworden, sonst hatte sich nichts geändert. Mann und Roß standen da, den Menschen entrückt, tatendurstig, nur mit sich selbst beschäftigt – »Arbeiter am Werk!«. Lang stand sie trockenen Auges dort, das magere, verhärmte Gesicht zur Statue erhoben; geduldig saß der Hund neben ihr.
Dann zuckte sie die Achseln, wandte sich ab und schritt hastig mit ihm auf den Park zu. Nach einiger Zeit jedoch schlug sie den Weg

zur Mount Street ein und fragte dort nach Sir Lawrence. Er saß in seinem Arbeitszimmer.

»Ein schöner Hund, liebe Dinny«, meinte er. »Gehört er dir?«

»Ja. Onkel Lawrence, möchtest du etwas für mich tun?«

»Gern.«

»Wilfrid ist fort. Heute morgen fuhr er ab. Er kommt nicht mehr nach England zurück. Sei so lieb, teile das meinen Eltern mit und Michael, Tante Em und Onkel Adrian. Ich möchte nie wieder ein Wort davon sprechen.«

Sir Lawrence neigte zustimmend den Kopf, faßte ihre Hand und zog sie an die Lippen. »Richtig, Dinny, ich wollte dir etwas zeigen.« Er langte nach einer kleinen Voltaire-Statue, die auf seinem Schreibtisch stand. »Vor zwei Tagen hab ich das aufgetrieben. Ist er nicht ein köstlicher alter Zyniker? Warum wohl gerade Zynismus den Franzosen so gut kleidet? Vermutlich darum, weil nur ein mit Witz und Grazie gepaarter Zynismus erträglich wirkt; sonst ist er im Grunde nur schlechtes Benehmen. Ein englischer Zyniker ist ein Beschwerdebuch auf zwei Beinen. Ein deutscher Zyniker ist wie ein Wildschwein. Ein skandinavischer Zyniker wirkt wie die Pest. Der Amerikaner ist für echten Zynismus zu fahrig, das russische Temperament zu sprunghaft dafür. In Österreich triffst du vielleicht Prachtexemplare von Zynikern oder auch in Nordchina – wahrscheinlich spielt der Breitengrad eine Rolle.«

Dinny lächelte.

»Bitte, grüß Tante Emily herzlich von mir! Heut nachmittag fahr ich nach Hause.«

»Ich wünsch dir alles Gute, meine Liebe«, erwiderte Sir Lawrence.

»Komm jederzeit, wenn du Lust hast, hierher oder nach Lippinghall, es wird uns immer eine Freude sein.« Und er küßte sie auf die Stirn.

Als sie fort war, ging er ans Telefon, dann zu seiner Frau.

»Emily, die arme Dinny war eben bei mir – wie ein lächelndes Gespenst sieht sie aus. Die Sache ist zu Ende. Desert fuhr heute morgen für immer fort. Dinny möchte nie wieder davon sprechen. Wirst du dir das merken?« Lady Mont ordnete eben Blu-

men in einer rötlichgelben Vase, ließ die Blumen sinken und wandte sich um.
»Mein Gott!« rief sie. »Lawrence, gib mir einen Kuß!«
Einen Augenblick lang hielten sie sich umschlungen. Arme Emily! Ihr Herz war wie Butter! Sie lehnte an seiner Schulter, sagte: »Dein Kragen ist voller Haare. Du kämmst dich immer wieder, wenn du schon den Rock anhast. Dreh dich um, ich nehm sie fort.«
Sir Lawrence gehorchte.
»Ich hab nach Condaford telefoniert und auch Michael und Adrian angerufen. Wohlgemerkt, Emily, alles ist so, als wäre nie etwas gewesen.«
»Natürlich werd ich's mir merken. Warum kam sie eigentlich zu dir?«
Sir Lawrence zuckte die Achseln. »Sie hat einen neuen Hund, einen schwarzen Wachtelhund.«
»Sehr treue Tiere, aber sie werden dick. Also aus! Haben sie dir am Telefon irgendwas gesagt?«
»Nur: ›Oh‹, ›Verstehe‹, ›Natürlich‹, weiter nichts.«
»Lawrence, ich muß weinen! Komm bald zurück und führ mich aus, einerlei, wohin.«
Sir Lawrence klopfte ihr auf die Schulter und verließ rasch das Zimmer. Auch ihm war seltsam zumute. Sinnend saß er in der Bibliothek. Deserts Flucht erschien ihm als die einzig mögliche Lösung! Unter allen Leuten, die an dieser Sache Anteil nahmen, hatte er vielleicht das klarste und gerechteste Urteil über Wilfrid. Wahrscheinlich barg dieser Mensch einen goldenen Kern, aber jedenfalls in sehr rauher Schale. Mit ihm leben? Nicht um die Welt! Ein Feigling? Ganz und gar nicht. Die Sache lag nicht so einfach, wie Jack Muskham und die hundertprozentigen Sahibs meinten, diese Menschen mit ihrem Wahn, weiß sei nicht schwarz und schwarz nicht weiß. Nein, nein! Der junge Desert war auf ganz besondere Art in die Falle gegangen. Man mußte seine widerspenstige Natur in Betracht ziehen, sein Rebellentum, seine Menschenliebe, seinen Unglauben, seine Freundschaft mit den Arabern. Dann ermaß man erst die tiefe Kluft zwischen ihm und dem Durchschnittsbriten. Aber wie dem auch sei, mit einem solchen

Mann konnte man nicht leben! Die arme Dinny war diesem Los glücklich entronnen! Wie übel einem doch das Schicksal mitspielte! Warum mußte ihre Wahl gerade auf Desert fallen? Doch das hieße ja die Frage aufrollen, wie man sich überhaupt verlieben konnte. Liebe kannte eben kein Gesetz, nicht einmal die Gebote des gesunden Menschenverstands. Ein Element in Dinny hatte sich sofort dem verwandten Element in ihm gesellt, ohne Rücksicht auf die Umwelt und die nicht verwandten Seelen. Vielleicht traf sie nie mehr im Leben einen Menschen, für den sie so viel Liebe empfand. Aber – du mein Gott! – die Ehe war eine Sache fürs Leben, nicht einmal heutzutag ein flüchtiger Scherz! Doch wieviel Glück brauchte man zur Ehe, wie mußte man geben und nehmen können! Desert brachte das nicht fertig, dieses rastlose, disharmonische Geschöpf – noch dazu ein Dichter! Und sein Stolz, sein verheerender, sich selbst vernichtender Stolz, der nie zur Ruhe kam! Zu einem Verhältnis taugte er vielleicht, zu einer jener flüchtigen Verbindungen, wie sie die Jugend von heute schloß; aber das war doch nichts für Dinny; sogar Desert hatte das wohl gefühlt. Bei ihr war das Körperliche ohne Geistigkeit ein Unding. Sie war eine Dame, jawohl, eine Dame. Und wenn die Menschen von heute nicht mehr wußten, was das hieß, um so schlimmer für sie!

»Wohin soll ich die arme Emily führen, jetzt am Vormittag?« dachte er. »Den Zoo liebt sie nicht; die Wallace-Galerie hab ich satt. Gehen wir in Madame Tussauds famoses Wachsfigurenkabinett! Dort muß sie lachen. Ins Wachsfigurenkabinett!«

37

In Condaford ging Jeanne vom Telefon sogleich zu ihrer Schwiegermutter und teilte ihr in gewohnter energischer Art Sir Lawrence Monts Nachricht mit. Der sanfte, etwas schüchterne Ausdruck in Lady Cherrells Zügen wich einer bestürzten Miene.

»Oh!«

»Soll ich den General verständigen?«

»Bitte, meine Liebe.«

Wieder allein, saß Lady Cherrell gedankenvoll vor ihren Rechnungen. Außer Hubert war sie die einzige in der Familie, die Wilfrid Desert nie persönlich gesehen, die sich stets möglichst unparteiisch verhalten hatte, um nicht die Schuld ausgesprochener Gegnerschaft auf sich zu laden. Jetzt empfand sie nur besorgtes Mitgefühl. Was ließ sich tun? Leidtragenden pflegt man ja Blumen zu geben. Auch Dinny sollte Blumen haben, etwas anderes fiel ihrer Mutter nicht ein.

Sie huschte in den Garten hinaus zu den Rosenbeeten rings um die Sonnenuhr, neben den hohen Eibenhecken. Dort pflückte sie einen Korb voll der schönsten Blüten, trug sie in Dinnys enges, klösterliches Schlafzimmer hinauf und verteilte sie in Schalen neben dem Bett und auf dem Fensterbrett. Dann öffnete sie Tür und Fenster weit, klingelte dem Mädchen und hieß sie abstauben und das Bett machen. Die Medicidrucke an der Wand schob sie sorgsam zurecht und sagte: »Die Bilder sind schon abgestaubt, Annie. Lassen Sie Tür und Fenster offen. Es soll alles nach Blumen duften. Haben Sie jetzt Zeit, das Zimmer aufzuräumen?«

»Ja, Mylady.«

»Dann tun Sie es am besten sofort, ich weiß nicht, wann Miss Dinny zurückkommt.«

Wieder saß sie bei ihren Rechnungen, aber sie kam nicht weiter damit, schob sie in eine Lade und suchte ihren Gatten. Auch er saß verstimmt vor Rechnungen und Papieren. Sie trat zu ihm und drückte seinen Kopf an sich.

»Hat es dir Jeanne erzählt, Conway?«

»Ja. Das ist natürlich das einzig Vernünftige; aber Dinny wird traurig sein, und das kränkt mich.«

Sie schwiegen, bis Lady Cherrell erklärte:

»Sollte man nicht Dinny sagen, daß wir in der Zwickmühle sind? Das lenkt sie bestimmt ab.«

Der General fuhr sich durchs Haar. »Dreihundert Pfund Defizit in diesem Jahr. Zweihundert könnte ich vielleicht durch den Verkauf von Pferden hereinbekommen, für den Rest muß der Wald herhalten. Beides ist mir verhaßt. Glaubst du, sie weiß einen Ausweg?«

»Nein, aber sie wird sich darüber Sorgen machen, und das bringt sie von anderen Gedanken ab.«
»Aha! Nun, dann muß es ihr Jeanne erzählen oder du. Ich mag nicht. Sonst sieht es so aus, als wollte ich ihr Taschengeld reduzieren. Es ist sowieso nur spottwenig. Davon ist natürlich keine Rede, mach ihr das klar. Eine Reise täte ihr gut, aber woher das Geld nehmen?«
Lady Cherrell wußte keine Antwort, und das Gespräch verlief im Sand.
In diesem alten Haus, das jahrhundertelang der stumme Zeuge so vieler menschlicher Hoffnungen, Ängste, Geburten, Todesfälle und täglicher Sorgen gewesen und das darüber alt und grau geworden war, hatte sich eine Unsicherheit breitgemacht, die in jedem Wort und jeder Handlung zum Ausdruck kam; selbst die Dienerschaft war davon nicht unberührt geblieben. Was für eine Haltung sollte man einnehmen? Wie sein Mitgefühl bekunden, ohne es zur Schau zu tragen? Wie Dinny begrüßen, ohne den Anschein zu erwecken, als sei man über diese Lösung froh? Sogar Jeanne war von dieser Unruhe angesteckt. Sie bürstete und kämmte die Hunde und bestand darauf, zu jedem Nachmittagszug mit dem Auto zur Bahn zu fahren.
Dinny kam mit dem dritten Zug. Sie führte Foch an der Leine, sprang aus dem Wagen und lief Jeanne fast in die Arme.
»Da bist du ja, meine Liebe!« rief Jeanne. »Ein neuer Hund?«
»Ja, ein reizender Kerl.«
»Hast du Gepäck?«
»Nur die Sachen da. Einen Träger brauche ich nicht, die Leute gehen wie Schnecken.«
»Ich trage sie dir.«
»Was fällt dir ein! Nimm Foch!«
Als Dinny, den Toilettekoffer und die Reisetasche in der Hand, zum Auto trat, sagte sie:
»Jeanne, nimmst du's mir übel, wenn ich den Feldweg nach Hause geh? Es wird Foch guttun, im Zug war es so dumpf; ich möchte etwas Heuduft atmen.«
»Ja, es ist noch nicht alles eingebracht. Ich nehm das Gepäck mit und sorge für frischen Tee.«

Als sie davonfuhr, sah Dinny ihr lächelnd nach. Und während der ganzen Fahrt zum Herrenhaus ging Jeanne dieses Lächeln nicht aus dem Sinn, und sie verwünschte das Schicksal ihrer Schwägerin . . .

Dinny bog in den Feldweg ein und ließ Foch von der Leine. Mit einem Satz raste er zum Heckenzaun hin – ein Hund vom Land! Wie sehr mußte ihm das alles gefehlt haben. Einen Augenblick lang nahm sie der Anblick seiner lebhaften Freude ganz gefangen; dann aber überkam sie wieder bitterer Kummer. Sie rief das Tier und schritt weiter. Auf dem ersten Feld von ihres Vaters Gut war das Heu noch nicht eingebracht, sie warf sich zu Boden. Wenn sie nun nach Hause kam, mußte sie bei jedem Wort, jedem Blick auf der Hut sein, nur lächeln, lächeln und nichts zeigen! Wie dringend hatte sie diese paar Minuten nötig, um sich ganz gehen zu lassen! Sie weinte nicht, doch sie schmiegte sich fest ins Heu, die Sonne brannte ihr auf den Nakken. Sie drehte sich auf den Rücken und starrte in den blauen Himmel. Kein klarer Gedanke kam ihr, sie gab sich ganz und gar dem Schmerz über das unwiederbringlich Verlorene hin. Schläfrig und trunken von Honig und Sommerglut, summten Fliegen und Käfer über sie hinweg. Sie preßte beide Arme auf die Brust, um den Schmerz zurückzudrängen. Könnte sie doch nur sterben, auf diesem Fleck mitten im Bienensummen und Lerchensang dieses Sommertags! Sterben und nicht mehr leiden! Reglos lag sie da; der Hund kam und leckte ihr die Wange. Beschämt stand sie auf und entfernte Halme und Grassamen von Kleid und Strümpfen.

Im nächsten Feld kam sie an Kismet, dem alten Pferd, vorbei, überschritt den Bach und betrat den Obstgarten, der allen Zauber verloren hatte und nach Nesseln und alten Bäumen roch. Dann ging sie weiter durch den Hausgarten und über die Steinfliesen der Terrasse. Eine Magnolie war schon voll erblüht, doch sie wagte nicht, stehenzubleiben und daran zu riechen, ihr Honig- und Zitronenduft brachte sie vielleicht wieder um die Fassung. Sie erreichte die Glastür und sah hinein.

Ihre Mutter saß da mit jenem Ausdruck, den Dinny »das Warten auf Vater« nannte. Ihr Vater stand da mit dem Ausdruck

des »Wartens auf Mutter«. Jeanne, die Leopardin, sah drein, als erwarte sie jeden Augenblick, daß ihr Junges um die Ecke bog.
»Dieses Junge bin ich«, dachte Dinny, schritt über die Schwelle und sagte: »Liebste Mutter, kann ich Tee haben?« . . .
An diesem Abend, nach dem Gutenachtwünschen, ging sie noch einmal hinunter und besuchte ihren Vater im Arbeitszimmer. Den Bleistift in der Hand, saß er grübelnd vor einem beschriebenen Blatt. Sie schlich sich an ihn heran und las über seine Schulter hinweg: »Jagdpferde zu verkaufen: Schöner neunjähriger hellbrauner Wallach, ein Meter fünfzig, gesund, kräftiger Knochenbau, guter Springer. Achtjährige Stute, Eisenschimmel, ein Meter fünfundvierzig, sehr intelligent, Damensattel gewöhnt, Preisspringer, gute Lungen, fest gebaut. Anfragen an den Besitzer: Gut Condaford, Oxfordshire.«
»Hm!« brummte er und strich die Worte »gute Lungen, fest gebaut«. Dinny langte nach dem Papier und ergriff es.
Der General wandte sich mit einem Ruck herum.
»Nein«, rief sie und zerriß das Blatt.
»Was fällt dir ein! Das darfst du nicht! Es fiel mir nicht leicht –«
»Nein, Vater, die Pferde darfst du nicht verkaufen. Das wär dein Ruin.«
»Aber ich muß die Pferde verkaufen, Dinny.«
»Ich weiß ja, Mutter hat mir's erzählt. Doch es ist nicht nötig. Ich hab momentan eine Menge Geld.« Sie legte die Banknoten, die sie schon so lang mit sich herum trug, auf seinen Schreibtisch.
Der General erhob sich. »Ausgeschlossen!« erklärte er; »wirklich lieb von dir, Dinny, aber ganz ausgeschlossen!«
»Vater, du darfst es nicht ablehnen. Laß mich doch etwas für Condaford tun. Ich brauch es nicht, und zufällig sind es gerade die dreihundert Pfund, die dir jetzt fehlen – Mutter hat mir's schon gesagt.«
»Du brauchst sie nicht? Unsinn! Wieso denn? Liebes Kind, mit dem Geld kannst du eine schöne lange Reise machen!«
»Ich mag keine schöne lange Reise machen. Ich will zu Hause bleiben und euch beiden helfen.«

Der General faßte sie scharf ins Auge. »Ich würde mich schämen, es anzunehmen«, rief er. »Ich bin durch meine eigene Schuld ins Hintertreffen geraten.«

»Vater, du verwendest doch keinen Groschen für dich.«

»Ich weiß selbst nicht, wie es kam – hier etwas, dort etwas – am Ende summiert sich's.«

»Wir wollen beide die Sache gründlich prüfen. In manchem können wir uns gewiß einschränken.«

»Am schlimmsten ist der Mangel an Kapital. Kommt es zu irgendeiner Ausgabe, so muß ich sie aus dem Einkommen bestreiten; die Versicherungen kosten viel, die Steuern und Abgaben wachsen in einem fort, und das Einkommen schrumpft immer mehr zusammen.«

»Ich weiß, es muß schrecklich sein. Könnte man es nicht mit Tierzucht versuchen?«

»Und das Betriebskapital? In London, Cheltenham oder im Ausland könnten wir natürlich ohne Defizit wirtschaften. Die Erhaltung des Gutes und der Angestellten verschlingt so viel Geld.«

»Condaford verlassen? Nein! Und wer würde es nehmen? Denn trotz all deiner Neuerungen, Vater, sind wir nicht modern eingerichtet.«

»Bestimmt nicht.«

»Wir könnten nie in einem Inserat veröffentlichen: ›Dieser prächtige Wohnsitz‹, ohne heimlich zu erröten. Für fremde Ahnen will kein Mensch mehr blechen.«

Der General starrte vor sich hin. »Dinny, ich gesteh dir's offen, ich wäre diese Verantwortung lieber los. Dieses ewige Pfennigfuchsen ist mir verdammt zuwider, diese ewigen Sorgen um das Durchhalten. Aber wie du sagst, an Verkauf ist nicht zu denken. Und wo fände sich ein Mieter? Condaford taugt weder für ein Knabeninstitut noch für einen Gutsherrenklub, noch für eine Irrenanstalt. Und eins von den dreien ist heutzutage das Schicksal eines Herrenhauses. Dein Onkel Lionel ist der einzige von uns, der Vermögen hat – ich bezweifle, ob er das Gut für seine Wochenendgesellschaften nehmen würde.«

»Nein, Vater! Nein! Lassen wir nicht locker! Wir werden's bestimmt schaffen, irgendwie. Das ›Pfennigfuchsen‹ überlaß du nur mir! Einstweilen mußt du das da nehmen! Glatte Rechnung am Anfang.«

»Dinny, ich –«

»Mir zuliebe, Vater.«

Der General zog sie an sich und küßte sie auf die Stirn.

»Deine Geschichte«, flüsterte er ihr ins Haar, »Herrgott, wenn nur –«

Sie wich zurück.

»Ich geh jetzt noch für ein paar Minuten in den Garten, will etwas Bewegung machen. Es ist so schön und warm.«

Sie wand sich einen Schal um den Kopf und verließ durch die Glastür das Zimmer. Der letzte Dämmerschein am Horizont war verglommen, doch noch immer blieb es warm, kein Lüftchen regte sich, es fiel kein Tau. Dinny schritt über die Schwelle ins stille Dunkel hinaus, in die sternklare Sommernacht, und verlor sich ganz in ihren Frieden. Nur die verschwommenen Umrisse des alten, umrankten Hauses mit seinen vier matterleuchteten Fenstern standen vor ihrem Blick. Sie lehnte sich mit dem Rücken an eine Ulme, umschlang den Stamm mit den Armen und verschränkte die Hände. Die Nacht war eine gute Freundin – kein spähendes Auge, kein lauschendes Ohr. Reglos starrte sie ins Dunkel und schöpfte Trost aus der Nähe des starken, mächtigen Baumes, den sie mit den Armen umschloß. Nachtfalter streiften im Flug fast ihr Gesicht. Lebenswarm, unbekümmert, frei von Neugier spann die Natur auch im Dunkeln ihre Fäden. Millionen winziger Lebewesen wühlten jetzt in der Erde oder schliefen, Hunderte flogen oder krochen umher, Billionen Grashalme und Blumen reckten sich ganz langsam in die erfrischende Nachtluft hinauf. Die Natur! Erbarmungslos, gleichgültig selbst jenen Geschöpfen gegenüber, die ihr durch schwärmerische Loblieder huldigten! Fäden rissen, Herzen brachen, doch was immer diesen nichtigen Dingen zustieß, die Natur zuckte nicht mit der Wimper, tat keinen Seufzer! Ein einziges Wimperzucken der Natur hätte ihr mehr bedeutet als alle menschliche Sympathie. Wie war es doch mit der »Geburt der Venus«? Wenn doch auch sie der Windhauch kühlte, die Wellen wie Tauben ihre Füße umschwirrten, wenn doch honigsuchende Bienen sie umsummten! Könnte sie sich nur einen Augenblick in diesem Dunkel eins fühlen mit dem Sternenglanz, dem Duft der Erde, dem Flattern dieser Fledermaus, dem leisen Flügelschlag des Schmetterlings, der ihre Nase streifte!

Das Kinn hochgereckt, eng an den Stamm geschmiegt, stand sie da und hielt den Atem an vor der Stille, dem Dunkel und den Sternen. Hätte sie doch die Ohren eines Wiesels, die Spürnase eines Fuchses, um alles Leben zu hören, zu riechen! In der Baumkrone über ihrem Kopf zirpte ein Vogel. Aus der Ferne drang das Dröhnen des letzten Abendzuges, kam näher, schwoll immer lauter an, dann vernahm sie Räderrollen, Zischen des Dampfs; dann Stille, dann wieder Rollen, das in der Ferne verhallte. Und wieder tiefe Stille. Hier, wo sie stand, war einst der Schloßgraben gewesen, längst war er zugeschüttet, diese große Ulme war inzwischen über ihm gewachsen. Wie lang währte doch das Leben der Bäume, ein einziger langer Kampf mit dem Sturm! Lang und zäh war es, wie das Leben ihrer Sippe, die auch verwurzelt war in diesem Boden.

»Ich will nicht an ihn denken! Ich will nicht!« sagte sie sich. Wie ein Kind, das an seinen Schmerz nicht erinnert werden will, so würde sie in Zukunft sein! Aber sogleich formte sich das Dunkel vor ihr zu seinen Zügen, seinen Augen, seinen Lippen. Sie wandte sich dem Stamm zu und preßte die Stirn gegen die rauhe Rinde. Doch sein Antlitz schwebte dazwischen. Sie schrak zurück und ging davon; rasch, geräuschlos huschte sie übers Gras, unsichtbar wie ein Geist. Hin und her lief sie, das brachte ihr Beruhigung.

»Ich hab das Glück genossen«, sagte sie zu sich, »nun ist es aus. Ich muß ins Haus zurück!« Einen Augenblick sah sie noch zu den zahllosen Sternen hinauf, den fernen, hellen, kalten Sternen. Und mit leisem Lächeln dachte sie: »Welcher ist wohl mein Glücksstern?«

DRITTES BUCH

*

Über den Strom

Rudolf und Viola Sauter
zugeeignet

1

Clare, die seit siebzehn Monaten die Gattin Sir Gerald Corvens, eines Regierungsbeamten im Kolonialdienst, war, stand auf dem Deck eines die Themse hinauffahrenden Orientdampfers und wartete auf die Landung in London. Es war zehn Uhr morgens an einem milden Oktobertag, doch sie trug einen dikken Tweedmantel, denn auf der Reise war es sehr heiß gewesen. Sie sah blaß, fast ein wenig gelb aus, aber der Blick ihrer klaren braunen Augen, der voll Sehnsucht an der Küste hing, und die leichtgeschminkten, halbgeöffneten Lippen verliehen ihrem Gesicht seinen gewohnten lebhaften Ausdruck. Sie stand allein; dann rief eine Stimme: »Ah, da sind Sie ja!« Hinter einem Boot auf dem Deck tauchte ein junger Mann auf und trat neben sie.

»Prachtvoller Tag!« sagte Clare, ohne sich umzuwenden. »Zu Haus muß es herrlich sein.«

»Ich dachte, Sie würden wenigstens eine Nacht in London verbringen. Da hätten wir zusammen speisen und ins Theater gehen können. Ist das nicht möglich?«

»Mein lieber junger Mann, ich werde abgeholt.«

»Zu blöd, daß alles in der Welt ein Ende nimmt!«

»Noch blöder, daß manches in der Welt einen Anfang nimmt!«

Er sah sie lange an und erklärte plötzlich: »Clare – nicht wahr, Sie wissen doch, daß ich Sie liebe?«

Sie nickte: »Ja.«

»Aber Sie lieben mich nicht?«

»Nur ganz unverbindlich.«

»Ich wollte – ich wollte, Sie fingen nur einen Augenblick Feuer.«

»Tony, ich bin eine anständige verheiratete Frau.«

»Die nach England zurückkehrt, weil –«

»Weil sie das Klima Ceylons nicht verträgt.«

Unmutig stieß er mit dem Fuß an die Reling. »Gerade jetzt, wo es so schön wird – Ich hab ja kein Wort darüber gesprochen, aber ich weiß, daß Ihr Gat –, daß Corven –«

Clare zog die Brauen hoch, er verstummte. Dann blickten beide zum Ufer hinüber und versanken immer mehr in Gedanken.
Wenn zwei junge Leute fast drei Wochen gemeinsam an Bord eines Schiffs verbracht haben, kennen sie einander nicht halb so gut, wie sie sich's einbilden. Alles setzt aus, alles kommt zur Ruhe in der leeren Eintönigkeit dieses Lebens an Bord, alles, außer den Maschinen, dem Wellenschlag an den Flanken des Schiffs und der Bahn der Sonne am Himmel; und dieses tägliche Beisammensein in benachbarten Stühlen wird seltsam vertraut, lässig, warm. Die beiden wissen, daß man über sie klatscht, doch es kümmert sie nicht. Man hat ja nichts anderes zu tun, und sie können das Schiff nicht verlassen. Sie tanzen mitsammen, und das leise Schaukeln des Saals bringt sie einander unmerklich näher. Nach etwa zehn Tagen leben sie schon in vertrauter Gemeinschaft, friedlicher als in der Ehe, nur die Nächte verbringen sie noch getrennt. Und plötzlich hat das Schiff seine Fahrt beendet, und auch ihr gemeinsames Leben ist zu Ende, und einer von ihnen, vielleicht auch beide, geben sich erst zu spät über ihr Fühlen Rechenschaft. Jäh erfaßt sie eine wilde, doch nicht unangenehme Erregung, das Hangen und Bangen hat ein Ende, ihre Kräfte sind gespannt. Und die beiden sind so verwirrt wie Landtiere auf hoher See.
Clare brach das Schweigen.
»Sie haben mir noch gar nicht erzählt, warum man Sie Tony nennt, Sie heißen doch James.«
»Eben darum! Aber, Clare, seien Sie doch endlich ernst. Uns bleibt nicht mehr viel Zeit, gleich setzt uns dieses verdammte Schiff an Land. Ich kann den Gedanken einfach nicht ertragen, Sie jetzt nicht mehr Tag für Tag zu sehen.«
Rasch streifte ihn Clares Blick und glitt dann wieder zum Ufer hinüber. »Wahr und offen!« fuhr es ihr durch den Sinn. Sein gebräuntes ovales Gesicht wirkte in der Tat »wahr und offen«, energisch, aber gutmütig. Die dunkelgrauen Augen blitzten mitunter nachdenklich; sein Haar war dunkel, die Gestalt hager und beweglich.
Er faßte sie an einem Knopf ihres Mantels.
»Sie haben mir noch kein Sterbenswort über Ihr Leben dort erzählt, ich weiß nur eins: Sie sind nicht glücklich.«

»Mir ist es nicht sympathisch, wenn Leute über ihr Privatleben sprechen.«
»Hier«, sagte er und übergab ihr eine Visitenkarte, »in diesem Klub bin ich jederzeit zu erreichen.«
Sie las:

Mr. James Bernard Croom
Coffee-House-Klub
St. James's Street
London

»Ist das ›Coffee House‹ nicht recht altmodisch?«
»Freilich, aber erstklassig ist es noch immer. Mein Vater hat mich schon als Wickelkind in der Mitgliederliste vormerken lassen.«
»Ein angeheirateter Onkel von mir ist in diesem Klub – Sir Lawrence Mont, groß, mager, bewegliche Brauen; Sie werden ihn an einem schildpattgefaßten Monokel erkennen.«
»Ich werde mich nach ihm umsehen.«
»Was wollen Sie in England anfangen?«
»Einen Posten suchen. Das erfordert heute mehr als einen ganzen Mann.«
»Was für einen Posten?«
»Jeden, nur nicht den eines Agenten oder Schulmeisters.«
»Aber findet man heutzutag überhaupt noch anderes?«
»Nein. Schlechte Aussichten. Am liebsten möchte ich Realitätenvermittler oder Gestütsbeamter werden.«
»Realitäten und Pferde sterben ja aus.«
»Ich bin mit einigen Züchtern von Rennpferden ziemlich gut bekannt. Aber wahrscheinlich ende ich noch als Chauffeur. Wo werden Sie wohnen?«
»Bei meinen Eltern. Wenigstens in der ersten Zeit. Wenn Sie nach einwöchigem Aufenthalt in der Heimat noch immer auf ein Wiedersehen mit mir erpicht sind, dann finden Sie mich in Condaford Grange, Grafschaft Oxfordshire.«
»Warum mußte ich Ihnen nur begegnen?« rief der junge Mann plötzlich düster.
»Danke!«
»Oh, Sie wissen doch, wie ich das meine. Herrgott, da wirft die-

ser Kasten schon Anker! Da kommt schon das Dampfboot. Ach, Clare!«

»Mein Herr?«

»Hat es Ihnen denn gar nichts bedeutet?«

Clare sah ihn fest an, dann gab sie zur Antwort: »Doch. Ich weiß aber nicht, ob es mir auch weiter etwas bedeuten wird. Wenn nicht, so danke ich Ihnen jedenfalls dafür, daß Sie mir über drei böse Wochen hinweggeholfen haben.«

Der junge Mann stand stumm da, so stumm, wie nur Menschen sein können, deren Gefühl leidenschaftlich nach Ausdruck ringt . . .

Anfang und Ende jedes menschlichen Tuns bedeuten zumeist einen Wirrwarr: der Bau eines Hauses, der Entwurf eines Romans, das Abreißen einer Brücke und ganz besonders das Ende einer Seereise. Clare stieg, in dem üblichen Gedränge noch immer von dem jungen Croom geleitet, an Land und fiel ihrer Schwester um den Hals.

»Dinny! Wie lieb von dir, daß du dich in diesen Trubel hineingewagt hast! Meine Schwester, Dinny Cherrell – Tony Croom. Nun bin ich in guter Hut, Tony. Kümmern Sie sich jetzt um Ihre eigenen Sachen!«

»Ich bin in Fleurs Auto hergekommen«, sagte Dinny. »Wie steht's mit deinen Koffern?«

»Die werden direkt nach Condaford befördert.«

»Dann können wir gleich drauflosfahren.«

Der junge Mann begleitete sie noch zum Wagen und nahm mit einer Munterkeit von ihnen Abschied, die niemanden trügen konnte. Dann ratterte das Auto vom Landungsplatz weg.

Die Schwestern saßen Seite an Seite und betrachteten einander mit liebevoll prüfenden Blicken; ihre Hände lagen umschlungen auf der Wagendecke.

»Nun, Liebste«, hob Dinny endlich an, »reizend, dich wiederzusehen! Ich las so manches zwischen den Zeilen – hab ich mich geirrt?«

»Nein, Dinny. Ich kehre nicht mehr zu ihm zurück.«

»Nie und nimmer?«

»Nie und nimmer.«
»Ach, Liebling! Armes Kind!«
»Ich will jetzt nicht näher darauf eingehen, aber die Sache wurde ganz unmöglich.« Clare schwieg, dann warf sie den Kopf zurück und sagte hastig: »Unmöglich!«
»War er mit deiner Heimreise einverstanden?«
Clare schüttelte den Kopf. »Ich bin ihm durchgebrannt. Er war verreist. Ich hab ihm ein Radiogramm gesandt und von Suez geschrieben.«
Wieder trat Schweigen ein. Dann drückte ihr Dinny die Hand und meinte: »Ich hab es immer befürchtet.«
»Und was das Ärgste ist – ich hab keinen roten Heller. Dinny, läßt sich etwas in Hüten machen?«
»Ich weiß nicht recht, am besten gehen ja doch französische Hüte.«
»Vielleicht könnte ich Hunde züchten – Terriers. Was hältst du davon?«
»Hm. Wir wollen uns erkundigen.«
»Wie geht's in Condaford?«
»Wir wursteln so weiter. Jeanne ist wieder zu Hubert gefahren, aber das Baby ist noch hier – gerade ein Jahr alt. Cuthbert Conway Cherrell. Wie der Onkel Bischof. Ein herziger Kerl!«
»Gottlob, diese Komplikation blieb mir erspart. Gewisse Dinge haben auch ihren Vorteil.« Ihre Züge wurden so hart und scharf wie das Bild auf einer Münze.
»Hast du schon Nachricht von ihm?«
»Nein. Aber die werde ich schon kriegen, wenn er merkt, daß es mir ernst ist.«
»Ist eine andere Frau im Spiel?«
Clare zuckte die Achseln.
Wieder umschloß Dinnys Hand die ihre.
»Ich mag diese Sache nicht breittreten.«
»Reist er dir vielleicht zu uns nach?«
»Ich weiß nicht. Wenn er kommt, empfange ich ihn nicht.«
»Liebling, du verrennst dich in eine böse Geschichte.«
»Ach was, zerbrechen wir uns nicht den Kopf über mich. Wie ist es denn dir ergangen?« Prüfend glitt ihr Blick über die Schwester. »Du gleichst mehr denn je einem Botticelli-Bild.«

»Ich hab mich zur Sparmeisterin entwickelt. Und treibe Bienenzucht.«

»Lohnt sich das?«

»Augenblicklich noch nicht. Aber eine Tonne Honig könnte uns etwa siebzig Pfund tragen.«

»Wieviel Honig hast du heuer erzielt?«

»Ungefähr hundert Kilogramm.«

»Haben wir noch die Pferde?«

»Ja, die sind vorläufig gerettet. Ich hab den Plan für eine Brotfabrik in Condaford ausgearbeitet. Unser Landgut produziert doppelt soviel Weizen, als wir verkaufen können. Ich will unser Getreide vermahlen, Brot backen und die Nachbarn damit beliefern. Man müßte nur ein paar Pfund aufwenden, um die alte Mühle wieder in Gang zu setzen, ein Gebäude für die Bäckerei ist vorhanden. Das Unternehmen erfordert etwa dreihundert Pfund Anfangskapital. Wir sind fast entschlossen, das Geld aus unserem Wald herauszuschlagen.«

»Die Händler in der Nachbarschaft werden Zeter schreien.«

»Zweifellos.«

»Kann der Betrieb sich wirklich rentieren?«

»Ein Hektar Land liefert durchschnittlich zweieinhalb Tonnen Weizen – so behauptet das Lexikon, unsere zwölf Hektar Weizenboden liefern also dreißig Tonnen Weizen; dazu kommen noch ungefähr ebenso viele Tonnen kanadischer Weizen. Damit können wir gutes Weißbrot erzeugen; wir erzielen so mindestens achthundertfünfzig Pfund, wovon wir fünfhundert Pfund für das Mahlen und Backen in Abrechnung bringen. Wir müßten dann täglich hundertsechzig zweipfündige Laibe Brot backen und jährlich etwa sechsundfünfzigtausend Laib absetzen. Mit diesem Brot würden wir achtzig Haushalte versorgen, also mehr oder weniger das ganze Dorf. Und wir würden das beste, weißeste Brot herstellen.«

»Also dreihundertfünfzig Pfund Reingewinn«, bemerkte Clare.

»Wenn's wahr ist.«

»Das frag ich mich auch«, meinte Dinny. »Zwar weiß ich noch nicht aus Erfahrung, daß man jeden erhofften Reingewinn halbieren muß – Erfahrungen hab ich ja noch keine, doch auch die

Hälfte würde uns schon ein wenig sanieren, und allmählich wäre der Betrieb zu erweitern. Mit der Zeit könnte man noch so manche Wiese umackern.«

»Kein übler Plan«, sagte Clare. »Aber wird das Dorf hinter euch stehen?«

»Ich denke schon – soweit ich den Leuten auf den Zahn fühlen konnte.«

»Da brauchst du wohl jemanden, der das Unternehmen leitet.«

»Freilich. Und der müßte sich scharf ins Zeug legen. Wenn es gelänge, hätte er eine Existenz vor sich.«

»Wenn's wahr ist«, wiederholte Clare und runzelte die Stirn.

»Wer war der junge Mann vorhin?« fragte Dinny plötzlich.

»Tony Croom? Ach, der war auf einer Teeplantage beschäftigt, aber der Betrieb wurde eingestellt.« Und sie sah ihrer Schwester voll ins Gesicht.

»Netter Kerl?«

»Ja, ein recht netter Kerl. Er sucht übrigens einen Posten.«

»Ebenso wie drei Millionen anderer Leute.«

»Mich inbegriffen.«

»Meine Liebe, du wirst keine sehr erquicklichen Verhältnisse in England finden.«

»Wenn ich nicht irre, haben wir den Goldstandard aufgegeben, während ich auf dem Roten Meer schwamm. Was ist eigentlich der Goldstandard?«

»Etwas, das man los sein möchte, solang man es hat, und zurückersehnt, sobald man es los ist.«

»Verstehe.«

»Offenbar können unser Export, unser Gewinn aus dem Güterverkehr und die Zinsen unseres im Ausland angelegten Kapitals dem Import nicht länger die Waage halten. Wir leben also über unsere Mittel. Nach Michaels Behauptung hätte das jeder voraussehen können. Aber wir hoffen immer, über Nacht werde alles wieder gut sein. Es kam jedoch anders. Daher die nationale Regierung und die Neuwahlen.«

»Kann das Kabinett was leisten, wenn es das Feld behauptet?«

»Michael meint ja, doch er ist ein berüchtigter Optimist. Onkel Lawrence erklärt, die Regierung könnte der Panik Einhalt tun,

die Kapitalflucht ins Ausland verhindern, das Pfund möglichst stabil halten und den Spekulanten das Handwerk legen. Doch müßte der Wiederaufbau zielsicher und mit großem Weitblick durchgeführt werden, aber das würde zwanzig Jahre beanspruchen. Und inzwischen werden wir allesamt von Tag zu Tag ärmer. ›Zum Unglück‹, sagt er, ›kann die Regierung uns nicht so umkrempeln, daß wir lieber arbeiten als spielen, uns diese schauderhaften Steuern vom Mund absparen und der Zukunft zuliebe auf die Gegenwart verzichten. Bildet euch nur ja nicht ein‹, sagt er, ›daß die Leute jetzt solche Opfer für das Vaterland bringen werden wie in der Kriegszeit. Damals standen wir als ein Volk gegen einen äußeren Feind, heute stehen wir als zwei Volksparteien gegen den „inneren Feind" und haben ganz entgegengesetzte Ansichten über den Weg, der zur Rettung führt.‹«
»Glaubt er, die Sozialisten kennen das Rettungsmittel?«
»Nein, er behauptet, die Sozialisten vergessen ganz, daß niemand auf die Dauer Leute ernähren will, die ihr Essen weder produzieren noch bezahlen können. Seiner Meinung nach haben der Kommunismus und ein Sozialismus, der den Freihandel predigt, nur in einem Lande Aussicht, das sich selbst ernähren kann. Wie du siehst, lausche ich unseren Politikern ihre Weisheit ab. Alle führen übrigens die Nemesis beständig im Munde!«
»Uff! Wohin fahren wir jetzt, Dinny?«
»Wenn's dir paßt, wollen wir zunächst bei Fleur lunchen und dann mit dem Dreiuhrfünfziger nach Condaford dampfen.«
Dann herrschte Schweigen; jede der Schwestern dachte angestrengt über die andere nach, und keiner war dabei sonderlich wohl zumute. Clare entdeckte an Dinny eine geheime Veränderung, als sei in ihr etwas zerbrochen und nur notdürftig wieder geleimt worden. Dinny aber sann: »Das arme Kind! Nun sind wir beide durchs Feuer gegangen. Was wird sie nur anfangen? Und wie kann ich ihr helfen?«

2

»Ein feiner Lunch!« sagte Clare und löffelte den Zucker vom Boden ihrer Kaffeetasse. »Die erste Mahlzeit auf festem Land mundet einem herrlich! Wenn man an Bord zum erstenmal die Speisekarte liest, denkt man: ›Herrgott, welche Fülle von Leckerbissen!‹ Und dann gibt man sich fast bei jedem Essen mit kaltem Schinken zufrieden. Kannst du mir diese wachsende Enttäuschung nachfühlen?«

»Und ob!« rief Fleur. »Aber die Currys waren meist recht schmackhaft.«

»Auf der Heimreise nicht. Ich mag mein Lebtag kein Curry mehr sehen. Wie steht's mit der Round-Table-Konferenz?«

»Sie plätschert weiter. Beschäftigt man sich in Ceylon mit der indischen Frage?«

»Nicht sonderlich. Befaßt sich Michael damit?«

»Wir beide.«

Clare zog rasch die Brauen hoch, was ihr reizend stand.

»Ihr könnt doch darüber nicht im Bild sein.«

»Ich bin ja selbst in Indien gewesen, verstehst du, und früher verkehrten bei uns viele indische Studenten.«

»Ja, diese Studenten! Die sind so fortschrittlich, und die Massen sind noch so weit zurück – das ist ja der Jammer.«

»Fleur«, mahnte Dinny, »wenn Clare noch vor unserer Heimfahrt Kit und Kat sehen soll, müssen wir jetzt zu ihnen hinaufgehen.«

Als der Besuch der Kinderzimmer erledigt war, nahmen die beiden Schwestern wieder nebeneinander im Auto Platz.

»Fleur setzt mich immer wieder in Staunen«, bemerkte Clare; »sie weiß doch haargenau, was sie haben will.«

»Und zumeist bekommt sie's auch. Doch gibt es Ausnahmen. So hab ich nie recht ergründet, ob sie Michael wirklich zum Mann haben wollte.«

»Spielst du damit auf eine fehlgeschlagene Liebesgeschichte an?«

Dinny nickte. Clare sah aus dem Fenster.

»Na, so was kann auch anderen passieren.«

Ihre Schwester gab keine Antwort.

»In der Eisenbahn«, bemerkte Dinny, als sie ein leeres Abteil der

dritten Klasse betraten, »bleibt man jetzt stets so allein wie auf weiter Prärie.«
»Dinny, mir graut's vor dem Wiedersehen mit Vater und Mutter – nach dem entsetzlichen Blödsinn, den ich begangen hab. Ich muß mich wirklich nach einer Arbeit umsehen.«
»Freilich, in Condaford wirst du dich nicht lange wohl fühlen.«
»Das ist es nicht. Doch ich möchte beweisen, daß ich kein kompletter Trottel bin. Vielleicht könnte ich ein Hotel leiten. Die englischen Hotels sind ja noch so rückständig.«
»Gute Idee! Da hast du alle Hände voll zu tun und lernst eine Menge Leute kennen.«
»Spottest du?«
»Keine Spur, Liebste. Aus mir spricht nur gesunder Hausverstand. Dir behagt kein Einsiedlerleben.«
»Wie stellt man es nur an, einen solchen Posten zu kriegen?«
»Wenn ich das wüßte! Aber leider kann heutzutage niemand reisen. Obendrein, fürchte ich, erfordert die Leitung eines Hotels auch gewisse technische Kenntnisse, die man erst erwerben muß. Vielleicht kommt dir dein Titel zustatten.«
»Ich möchte nicht seinen Namen führen. Ich möchte mich Mrs. Clare nennen.«
»Verstehe. Hältst du es nicht doch für richtig, mir etwas mehr zu erzählen?«
Clare saß eine Weile schweigend da, dann erklärte sie plötzlich: »Er ist ein Sadist.«
Das Blut schoß ihr in die Wangen; Dinny merkte es und sagte: »Ich weiß nicht recht, was man eigentlich darunter versteht.«
»Einen Menschen, der ungewöhnliche Genüsse sucht und sie am ehesten dann zu finden glaubt, wenn er das Genußobjekt verletzt. Eine Gattin ist dazu besonders geeignet.«
»Ach, Liebling!«
»Er griff zu verschiedenen Mitteln, meine Reitpeitsche war das letzte.«
»Du meinst doch nicht –«, rief Dinny entsetzt.
»Doch!«
Dinny schlang den Arm um sie.
»Clare, du mußt dich frei machen!«

»Aber wie? Meine Aussage steht gegen seine, und wer mag solche Scheußlichkeiten an die große Glocke hängen? Du bist der einzige Mensch, zu dem ich je darüber sprechen könnte.«
Dinny erhob sich und ließ das Fenster herunter. Sie war ebenso feuerrot geworden wie ihre Schwester.
»Sobald ich nur konnte, bin ich ihm davongelaufen«, hörte sie Clare verdrossen sagen. »Solche Sachen eignen sich nicht zur Veröffentlichung. Weißt du, gegen normale Genüsse wird man allmählich abgestumpft, und das Klima ist dort heiß.«
»Ach, Himmel!« rief Dinny und setzte sich ihr gegenüber hin.
»Meine eigene Schuld. Ich hab ja immer gewußt, ich geh über dünnes Eis, und nun bin ich eingebrochen.«
»Aber, Liebste, mit vierundzwanzig kannst du unmöglich verheiratet und doch nicht verheiratet sein.«
»Warum nicht! Eine mißlungene Ehe kühlt das Blut gründlich ab. Wenn ich doch nur einen Posten bekäme – das ist jetzt meine einzige Sorge. Ich mag Vater nicht zur Last fallen. Sag, Dinny, kann er sich noch über Wasser halten?«
»Nur mit knapper Not. Wir waren schon aus dem Ärgsten heraus, doch diese letzte Steuervorschreibung reißt uns wieder arg hinein. Wie kann man weiter durchhalten, ohne Personal abzubauen? Überall das gleiche Lied. Wir und das Dorf gehören nun einmal zusammen, das fühle ich von Tag zu Tag stärker. Wir müssen gemeinsam schwimmen, gemeinsam untergehen, und irgendwie schwimmen wir eben weiter. Daher stammt ja mein Plan mit der Brotfabrik.«
»Könnte ich nicht den Transport besorgen, falls ich keine andere Stelle finde? Wir haben vermutlich noch unser altes Auto?«
»Liebling, du kannst mitarbeiten, wo du nur willst. Aber wir müssen doch alles erst in Angriff nehmen. Vor Weihnachten geht das nicht mehr. Inzwischen finden die Wahlen statt.«
»Wer kandidiert für unseren Kreis?«
»Ein gewisser Dornford – ein Neuling. Ganz anständig.«
»Braucht er Stimmenfänger?«
»Und ob!«
»Bravo! Da hab ich wenigstens für den Anfang was zu tun. Wird diese nationale Regierung taugen?«

»Sie schwatzt von der Vollendung ihrer Aufgabe, verrät uns jedoch vorläufig nicht, wie sie's anstellen will.«

»Wahrscheinlich geraten die Herren einander in die Haare, sobald jemand mit einem Aufbauprogramm hervortritt. Aber das geht über meinen Horizont. Vorläufig kann ich jedenfalls in der Gegend umherfahren und rufen: ›Wählt Dornford!‹ Wie geht es Tante Emily?«

»Morgen kommt sie zu uns auf Besuch. Sie schrieb plötzlich, sie habe das Baby noch gar nicht gesehen; fühle eine romantische Anwandlung – möchte in der Pfaffenkammer wohnen; unter keinen Umständen dürften wir mit ihr Geschichten machen, und so weiter. Ganz die alte.«

»Hab oft an sie denken müssen«, sagte Clare, »sie wirkt ungemein beruhigend.«

Dann herrschte langes Schweigen. Dinny dachte an Clare und Clare an sich selbst. Bald bekam sie es satt und blickte zur Schwester hinüber. Hatte Dinny diese Affäre mit Wilfrid Desert nun wirklich überwunden? Als die Verlobung noch bestand, hatte Hubert so erregt darüber geschrieben, so erleichtert, als es zum Bruch gekommen war. Er hatte ihr auch Dinnys Bitte mitgeteilt, man solle nie mehr über die Sache sprechen, aber das war schon über ein Jahr her. Durfte man es wagen, dieses Thema zu berühren, oder würde sie sich wie ein Igel zusammenrollen? »Arme Dinny!« schoß es ihr durch den Kopf. »Ich bin vierundzwanzig, sie ist also siebenundzwanzig!« Ganz still saß sie da und betrachtete das Profil der Schwester. Ein reizendes Gesicht, das zarte Stupsnäschen wirkte ein wenig keck. Die Augen waren schön wie immer, tiefblau wie Kornblumen – einfach entzückend! –, und die Wimpern schienen ungleich dunkler als das kastanienfarbene Haar. Doch ihr Gesicht war magerer geworden und hatte seine sprühende Munterkeit verloren. »Wenn ich ein Mann wäre«, fuhr es Clare durch den Sinn, »würde ich mich in sie verlieben, Dinny ist ja so gut. Doch ihr Gesicht scheint jetzt ziemlich traurig, außer beim Sprechen.« Clare senkte den Blick, lugte hinter den halbgeschlossenen Lidern zu Dinny hinüber und kam zu dem Schluß: »Nein, man darf sie nicht

fragen.« Sie las in diesem Gesicht einen mühsam errungenen Frieden, den man um keinen Preis stören durfte.
»Liebling«, fragte Dinny, »möchtest du wieder dein altes Zimmer haben? Nur leider – unsere Pfauentauben haben sich vermehrt wie der Sand am Meer, sie gurren jetzt gerade unter deinem Fenster.«
»Tut nichts.«
»Und das Frühstück? Willst du es auf deinem Zimmer nehmen?«
»Meine Liebe, mach keinerlei Aufhebens mit mir. Das wäre mir furchtbar peinlich. Wieder in England an einem Tag wie heute! Diese Rasen sind doch wirklich etwas Schönes, dazu die Ulmen und diese Bläue!«
»Noch eins, Clare«, sagte Dinny. »Soll ich Vater und Mutter davon erzählen oder lieber schweigen?«
Clare preßte die Lippen zusammen.
»Sie müssen ja wohl erfahren, daß ich nicht mehr zu ihm zurückkehre.«
»Freilich – und auch etwas von deinen Gründen.«
»Sag ihnen nur ganz allgemein, es sei mir unmöglich.«
Dinny nickte. »Sie sollen aber nicht denken, daß du im Unrecht bist. Die anderen lassen wir im Glauben, du seist wegen deiner Gesundheit heimgekommen.«
»Und Tante Emily?« fragte Clare.
»Um die werde ich mich kümmern. Die wird nur Augen und Ohren für das Baby haben. – Da sind wir schon ganz nah.«
Der Kirchturm von Condaford kam in Sicht und jene kleine Gruppe strohgedeckter Häuschen, die den Kern dieser Pfarre mit den zerstreuten Siedlungen bildet. Schon sahen sie die Wirtschaftsgebäude des Guts, das Schloß selbst aber noch nicht, denn es lag hinter Bäumen versteckt in einer flachen Mulde, die bereits ihren Ahnen gefallen hatte.
Clare drückte die Nase ans Fenster und sagte: »Es geht einem durch und durch. Dinny, hängst du noch immer so an der Heimat?«
»Mehr denn je.«
»Seltsam. Ich liebe sie heiß, kann aber hier nicht leben.«
»Echt englisch. So kam es zur Kolonisierung Amerikas und zum

Entstehen der Dominions. Nimm du das Reisenecessaire, ich nehme den Handkoffer.«
Der Weg durch die Alleen mit dem goldgesprenkelten Ulmenlaub verlief kurz und angenehm in den Strahlen der Abendsonne; aus dem Tor der dunklen Halle sprangen ihnen wie gewöhnlich mit munterem Gebell die Hunde entgegen.
»Den da kenn ich noch nicht«, sagte Clare und wies auf einen schwarzen Wachtelhund, der ihre Strümpfe beschnupperte.
»Ja, das ist Foch. Scaramouch und er haben miteinander einen Kellogg-Pakt geschlossen, halten ihn natürlich nicht. Ich bin die Mandschurei, um die sie raufen.« Dinny öffnete die Tür zum Empfangszimmer.
»Da ist sie, Mutter!«
Blaß und bebend stand die Mutter mit freundlichem Lächeln da; als Clare auf sie zutrat, fühlte sie sich zum erstenmal ganz beklommen. So zurückkehren zu müssen, so den Familienfrieden zu stören!
»Nun, liebste Mutter«, sagte sie, »da hast du deine verlorene Tochter wieder. Mütterchen, du hast dich gar nicht verändert!«
Nach einer innigen Umarmung sah Lady Cherrell ihre Tochter zaghaft an. »Vater ist in seinem Arbeitszimmer«, bemerkte sie.
»Ich hole ihn«, rief Dinny.
In dem kahlen, nüchternen Raum, der noch immer sein streng militärisches Aussehen hatte, plagte sich der General mit einem Werkzeug ab, das ihm beim Anlegen der Reitstiefel und Breeches Zeit ersparen sollte.
»Nun?« fragte er.
»Sie ist wohlauf, lieber Vater, aber leider ist es zum völligen Bruch zwischen den beiden gekommen.«
»Schlimm!« rief der General und runzelte die Stirn.
Dinny faßte ihn an beiden Rockklappen.
»Vater, sie kann wirklich nichts dafür. Ich möchte sie nicht zuviel fragen. Wir wollen es vorläufig so nehmen, als wäre sie bei uns zu Besuch, und ihr den Aufenthalt so angenehm wie möglich machen.«
»Was hat der Kerl angestellt?«
»Ach, es liegt in seiner Natur. Ich kenne seinen Hang zur Grausamkeit schon längst.«

»Du kennst ihn – wie meinst du das, Dinny?«
»Sein Lächeln – dieser Zug um die Lippen.«
Der General stieß einen Laut tiefen Mißbehagens aus.
»Komm jetzt!« sagte er, »erzähl mir das später.«
Clare gegenüber gab er sich vielleicht etwas allzu munter und freimütig, befragte sie über das Rote Meer und die Landschaft von Ceylon – von dieser Insel kannte er fast nur den Gewürzduft, der vom Strand herüberwehte; nur einmal hatte er einen Spaziergang durch die Zimtgärten von Colombo gemacht. Clare wußte ihm für seine Rücksicht Dank, sie war noch immer vom Wiedersehen mit der Mutter bewegt. Bald zog sie sich auf ihr Zimmer zurück, wo sie ihre Koffer schon ausgepackt vorfand.
Nun stand sie am Mansardenfenster und lauschte dem Gurren der Pfauentauben und ihrem Flügelschwirren, wenn sie in den eibenumsäumten Garten hinausflogen. Die Sonne stand schon sehr tief, ihre Strahlen drangen noch durchs Ulmenlaub. Kein Windhauch war zu spüren; die Stille und das Gurren der Tauben beruhigten Clares Nerven – hier war es doch ganz anders als in Ceylon. Köstlich, diese gesunde Heimatluft, frisch, echt englisch, und der herbe Duft verbrannten Laubs! Vom Obstgarten, wo die Gärtner ein kleines Reisigfeuer entzündet hatten, stieg eine dünne blaue Rauchsäule auf. Mit jäher Bewegung steckte sich Clare eine Zigarette an. Diese einfache Handlung offenbarte ihr ganzes Wesen. Nie konnte sie ruhen, nie ganz still sein, mußte immer jenes Lebenssprühen um sich fühlen, wie es solche Naturen stets verlangen. Auf den schrägen Ziegeln an der Dachrinne hockte eine Pfauentaube und sah Clare aus ihren sanften dunklen Äuglein an, dann putzte sie sacht ihr Gefieder. Sie war blendend weiß, wirkte stattlich, ebenso wie der kleine Maulbeerbaum mit der runden Krone; ein Kreis von Blättern lag auf dem Boden, hob sich hell vom Gras ab. Die letzten Sonnenstrahlen spielten durchs gelbgrüne Laub, der Baum sah wie verzaubert aus. Siebzehn Monate war es nun her, seit sie zum letztenmal an diesem Fenster gestanden und über den Maulbeerbaum hinweg auf die Felder und Wälder am Hügelhang geblickt hatte. Siebzehn Monate unter fremdem Himmel, fremde Bäume und Düfte, fremde Stimmen und Wasser. Und alles war neu gewesen, erregend, aufreizend,

unbefriedigend. Nirgendwo Ruhe! Und schon gar nicht in jenem weißen Haus mit der großen Veranda, das sie in Kandy bewohnt hatte! Zuerst war es ihr eine Freude gewesen, dann hatte sie sich gefragt, ob es sie freue, dann hatte sie erkannt, es freue sie nicht, und am Ende wurde ihr alles aus tiefster Seele verhaßt. Und nun war alles vorbei, und sie saß wieder zu Hause! Sie streifte die Asche von der Zigarette und rekelte sich – mit schwirrendem Flügelschlag schwang sich die Taube hoch.

3

Dinny sah sich nach Tante Emily um – keine einfache Sache! Unter gewöhnlichen Leuten tauschte man Frage und Antwort, und damit war die Geschichte abgetan. Doch Lady Mont ließ sich mit bloßen Worten nicht abspeisen. Sie schnupperte an einem Verbenensäckchen, während Dinny für sie das Auspacken besorgte.

»Herrlicher Duft! Dinny, Clare sieht ziemlich gelb aus. Ist vielleicht ein Baby im Anzug?«

»Nein, Tantchen.«

»Schade! Als wir in Ceylon waren, bekam jedermann Babys. Und die Elefantenbabys waren so herzig! In diesem Zimmer haben wir immer ein Spiel gespielt – dem eingekerkerten katholischen Priester wurde in einem Korb vom Dach aus Essen herabgelassen. Dein Vater saß meist auf dem Dach, und ich war der Priester. Nur ganz selten fand ich in dem Korb etwas wirklich Eßbares. Deine Tante Wilmet hockte auf einem Baum und rief: ›Achtung!‹, wenn ein Protestant in Sicht kam. Lawrence behauptet, damals waren die Protestanten wahre Teufel. Die Katholiken ebenso. Und die Mohammedaner nicht minder.«

Dinny zuckte zusammen und barg ihr Gesicht hinter Tante Emilys Hüfthalter.

»Wohin soll ich diese Wäsche legen?« fragte sie.

»Wart doch, laß mich überlegen. Bück dich nicht soviel! Jedermann war damals ein Teufel. Und die Tiere wurden grauenhaft behandelt. Hat es Clare in Ceylon gefallen?«

Dinny richtete sich auf, einen Stoß Wäsche unterm Arm.

»Nicht besonders.«
»Warum nicht? Leberleidend?«
»Tantchen, versprich, daß du außer Onkel Lawrence und Michael niemandem verraten wirst, was ich dir jetzt sage. Es ist zum Bruch gekommen.«
Lady Mont barg ihre Nase in dem Verbenensack.
»Oh«, rief sie, »seine Mutter sah ganz danach aus. Glaubst du auch an das Sprichwort: ›Wie die Mutter, so der Sohn‹?«
»Eigentlich nicht.«
»Dinny, ich hab's ja immer gesagt: Ein Altersunterschied von siebzehn Jahren ist des Guten zuviel. Lawrence behauptet, die Leute meinen immer nur: ›Ah, Jerry Corven!‹, und dann sagen sie kein Wort mehr. Was war denn los?«
Dinny beugte sich über eine Lade und begann die Sachen zu ordnen. »Ich kann nicht näher darauf eingehen, aber er scheint ein Biest zu sein.«
Lady Mont warf das Verbenensäckchen in die Lade und murmelte: »Die arme liebe Clare!«
»Sie ist also nur wegen ihrer Gesundheit heimgekehrt, Tantchen.« Lady Mont steckte die Nase in eine Blumenschale. »Boswell und Johnson nennen sie ›Dalkien‹. Sie riechen nicht. Was für eine Krankheit kann Clare jetzt nur haben – Nerven?«
»Das Klima, Tantchen.«
»So viele Engländer in Indien kehren immer wieder heim.«
»Ich weiß. Doch was nun? Irgend etwas wird geschehen. Bitte, sag es vorläufig niemandem, nicht einmal Fleur.«
»Fleur erfährt es ja doch, ob ich etwas sage oder nicht; du kennst sie ja. Hat Clare einen jungen Mann?«
»Ach nein!« Dinny hob einen lohfarbenen Schlafrock hoch und entsann sich dabei der Miene jenes jungen Mannes beim Abschiednehmen.
»An Bord vielleicht«, murmelte Tante Emily zweifelnd.
»Beschäftigt sich Onkel Lawrence jetzt noch viel mit Politik?« sprang Dinny auf ein neues Thema über.
»Ja. Zu langweilig. Sterbensfad, wenn die Männer damit anfangen. Hat euer Kandidat hier sein Mandat so sicher in der Tasche wie Michael?«

»Er ist ein Neuling, wird aber durchdringen.«
»Verheiratet?«
»Nein.«
Lady Mont neigte den Kopf leicht zur Seite und blinzelte unter halbgeschlossenen Lidern die Nichte prüfend an.
Dinny zog den letzten Gegenstand aus dem Koffer: eine Büchse Antiphlogistin.
»Tantchen, das ist doch kein britisches Erzeugnis!«
»Aber gut für die Brust. Celia hat mir's eingepackt. Ich gebrauch es schon seit Jahren. Hast du mit eurem Kandidaten schon ein Privatgespräch geführt?«
»Jawohl.«
»Wie alt ist er?«
»Noch weit unter vierzig, scheint mir.«
»Hat er auch noch einen anderen Beruf?«
»Er ist Königlicher Justizrat.«
»Wie heißt er?«
»Dornford.«
»Einen Dornford kannte ich noch zu meiner Mädchenzeit. Wo war's doch nur? Richtig, in Algeciras! Er war Oberst in Gibraltar.«
»Vermutlich sein Vater.«
»Dann hat er kein Geld.«
»Nur das Einkommen aus seiner Gerichtspraxis.«
»Und das ist nicht hoch – unter vierzig Jahren.«
»Bei ihm, glaub ich, doch.«
»Rührig also?«
»Sehr.«
»Blond?«
»Nein, brünett. Er gewann heuer das Steeplechase der Juristen. Soll man dir gleich Feuer machen, Liebste, oder erst, wenn du dich umkleiden mußt?«
»Erst dann. Ich möchte das Baby sehen.«
»Gut. Es muß eben von seiner Ausfahrt zurück sein. Dein Badezimmer liegt am Fuß der Treppe. Ich erwarte dich im Kinderzimmer.«
Das Kinderzimmer war noch ganz so wie einst, da Dinny und

Tante Emily selbst ihre ersten Eindrücke vom Leben, diesem Rösselsprungrätsel, darin empfangen hatten; dieselben steinernen Fensterpfeiler, dieselbe niedrige Decke. Jetzt machte das Baby darin seine wackeligen Gehversuche. Ob es sich mehr zu einem Cherrell oder Tasburgh entwickeln würde, ließ sich noch nicht sagen. Pflegeschwester, Tante und Großtante standen bewundernd im Dreieck um den Kleinen herum und streckten die Hände aus, ihn aufzufangen.
»Er kräht ja gar nicht«, bemerkte Dinny.
»Am Morgen schon, Miss.«
»Plumps, da liegt er!« rief Lady Mont.
»Nicht weinen, Herzchen!«
»Er weint nie, Miss.«
»Ganz wie Jeanne. Clare und ich haben oft geheult bis zum siebenten Jahr.«
»Ich bis zum fünfzehnten«, stellte Lady Mont fest »und mit fünfundvierzig hab ich wieder begonnen. Haben Sie auch geweint, Schwester?«
»Nein, Mylady. Wir waren zu viele Kinder, hatten zuwenig Raum.«
»Nannys Mutter war reizend – fünf prächtige Schwestern.«
Die frischen roten Wangen der Pflegerin wurden noch röter; sie lächelte mit halbgeöffnetem Mund wie ein schüchternes Kind.
»Jetzt ist er genug herumgezottelt«, entschied Lady Mont. »Achtung, sonst bekommt er O-Beine!«
Die Schwester zog das noch immer widerstrebende Baby an sich und brachte es in sein kleines Bett; von dort aus starrte das Kind Dinny nachdenklich an.
»Mutter ist in ihn verliebt«, sagte sie. »Sie glaubt, er wird Hubert nachgeraten.«
Lady Mont gab einen Laut von sich, der nach Ansicht der Erwachsenen für Babyohren verführerisch klang.
»Wann kommt Jeanne wieder nach Hause?«
»Erst bei Huberts nächstem langem Urlaub.«
Lady Monts Blick ruhte auf ihrer Nichte.
»Wie der Pfarrer sagt, bleibt Alan noch ein Jahr lang in China.«
Dinny rasselte mit einer Glasperlenkette vor der Nase des Klei-

nen und schien diese Bemerkung gar nicht zu hören. Seit jenem Sommerabend vor einem Jahr, da sie nach Wilfrids Flucht heimgekommen war, hatte sie nie mehr von ihren Gefühlen gesprochen oder eine Anspielung darauf geduldet. Niemand, vielleicht nicht einmal sie selbst, wußte, ob diese Wunde nun wirklich geheilt war. Sie wußte nicht einmal, ob sie überhaupt noch ein Herz habe, so mühsam hatte sie es niedergezwungen; nun war es ihr, als habe es sich ganz tief verkrochen, und sie fühlte kaum mehr seinen Schlag.

»Was möchtest du jetzt tun, Tantchen? Er geht nun schlafen.«

»Führ mich durch den Garten.«

Sie stiegen die Treppe hinab und traten auf die Terrasse.

»O weh!« rief Dinny verstimmt. »Glover hat von dem kleinen Maulbeerbaum das Laub abgeschüttelt. Es hat immer so anmutig gezittert und lag dann wie ein Ring auf dem Rasen. Gärtner haben doch gar keinen Sinn für das Schöne.«

»Sie fegen nicht gern. Wo ist die Zeder, die ich als fünfjähriges Mädel gepflanzt habe?«

Sie bogen um die Ecke einer alten Mauer und kamen zu der Zeder, einem breitästigen, noch immer jugendfrischen Baum von nahezu sechzig Jahren, mit flachhängenden, von der Abendsonne beglänzten Zweigen. »Dinny, ich möchte gern darunter begraben sein, aber man wird es vermutlich nicht tun und legt mich in eine muffige Gruft.«

»Mich soll man verbrennen und die Asche in den Wind verstreuen. Sieh nur, der Pflüger dort auf dem Feld! Ich seh so gern die Rosse langsam auf und ab gehen – und im Hintergrund Bäume.«

»›Und die muhenden Kühe auf den Auen‹«, zitierte Lady Mont wider Erwarten.

Von einer Schafhürde, die weiter östlich lag, drang leises Schellengebimmel herüber.

»Hör nur, Tantchen!«

Lady Mont schob ihren Arm in den der Nichte.

»Wär ich doch auch solch eine Ziege!« rief die Tante. »Hab mir's so oft gewünscht.«

»Aber nicht bei uns in England, wo man die Ziegen an einen

Pfahl bindet und nur ein paar Schritt weit grasen läßt, die Armen!«

»Nein, mit einer Glocke, im Gebirge. Und lieber ein Bock, der sich nicht melken lassen muß.«

»Komm doch und sieh dir unser neues Schnittblumenbeet an. Jetzt ist natürlich nicht mehr viel los, nur Dahlien, Chrysanthemen, Godetia, Astern, Phlox und ein paar Herbstmaßliebchen.«

»Dinny!« sagte Lady Mont aus den Dahlien hervor, »und Clare? Scheidungen sind jetzt sehr einfach, heißt es.«

»Solang man es nicht selbst probiert hat.«

»Böswilliges Verlassen und so weiter.«

»Man muß aber verlassen werden.«

»Er hat sie doch dazu getrieben, sagst du.«

»Tantchen, das ist nicht dasselbe.«

»Diese Paragraphenreiter machen sich immer so patzig. Erinnerst du dich noch an den Polizeirichter mit der langen Nase in Huberts Auslieferungsprozeß?«

»Ach ja! Aber der benahm sich am Ende doch ganz menschlich.«

»Wieso?«

»Er sagte zum Innenminister, Hubert habe die Wahrheit gesprochen.«

»Eine schauderhafte Geschichte!« murmelte Lady Mont, »aber es ist ganz nett in der Erinnerung.«

»Sie nahm ein glückliches Ende«, versetzte Dinny rasch.

Lady Mont sah sie traurig an.

Dinny starrte auf die Blumen und sagte plötzlich: »Tante Emily, auch bei Clare muß sich alles noch zum Guten wenden.«

4

Der Wählerfang – ein Prozeß, noch seltsamer als sein Name – stand in der Gegend von Condaford in Hochbetrieb. Jedem Dorfbewohner wurde eingeschärft, daß einzig die Vereinigung aller Stimmen auf Dornford das Land retten könne, dann wieder erfuhr er, das einzige Heil liege in der Wahl Stringers. Laut und öffentlich war den Wählern gepredigt worden – von Damen mit

Auto, von Damen ohne Auto, und am häuslichen Herd von Stimmen, die aus Lautsprechern drangen. Zeitungen und Flugblätter baten sie dringend, doch nur ja zu bedenken, die Rettung des Vaterlands ruhe jetzt einzig und allein in ihren Händen. Man hatte sie aufgefordert, schon möglichst früh zur Urne zu schreiten, und es fehlte nur noch die Mahnung, möglichst oft zu schreiten. Man hatte ihnen auch die paradox klingende Tatsache klargemacht: Wen sie auch wählten, sie würden damit das Vaterland retten. Und diese Ansprachen hielten ihnen Leute, die augenscheinlich alles andere eher wußten als den Weg zur Rettung. Weder die Kandidaten und ihre Damen noch jene geheimnisvollen, wesenlosen Stimmen und die noch wesenloseren Flugzettel hatten auch nur den leisesten Versuch unternommen, den Wählern diesen Weg zu enthüllen. Lieber nicht! Denn erstens kannte ihn niemand; und zweitens: Wozu sich auf Einzelheiten einlassen, da doch schon ganz Allgemeines zu dieser Rettung genügte? Wozu die Aufmerksamkeit auf die Tatsache lenken, daß das Allgemeine sich aus dem Besonderen herleitet und daß vornehmlich in der Politik Versprechen und Halten zweierlei ist? Besser, weit besser, man beschränkte sich auf allgemein gehaltene, unbestimmte Versprechungen, schimpfte wie ein Rohrspatz über die Gegenpartei und nannte die Wähler die klügste, verständigste Gemeinschaft auf Gottes Erde.

Dinny trat nicht als Stimmenfängerin auf. Dafür war sie nach ihrer Meinung nicht geschaffen, vielleicht durchschaute sie das Wesen dieser Sache nur zu gut. Clare spürte zwar vielleicht auch ein wenig die Komik in diesem Getue, doch fiel ihr nicht ein, sich davon fernzuhalten – sie wollte ja um jeden Preis etwas tun. Die Aufnahme, die ihr Werben überall fand, kam ihr sehr zustatten. Es hatte ja stets Wahlschlepper gegeben und würde sie immer geben. Für die Ohren der Wähler bedeuteten diese Werbereden eine harmlose Zerstreuung wie das Summen von Mücken, die nicht stachen. Für ihre Wahl waren dann ganz andere Gründe ausschlaggebend: die Wahl der Väter und Vorväter, Rücksichtnahme auf den Beruf, den Gutsherrn, die Kirche, die Gewerkschaft; das Verlangen nach einem Wechsel, von dem sie sich allerdings nicht viel versprachen; und bei so manchem der gesunde Menschenverstand. Clare scheute ihre Fragen, plauderte so wenig wie möglich und ging rasch auf die Babys oder die Gesundheit der Familien über. Am Ende stellte sie zumeist die Frage, um welche Zeit man die Leute zur Urne führen solle; dann notierte sie die Stunde in einem Büchlein und zog wieder ab, nicht viel klüger denn zuvor. Da sie eine Cherrell war – somit keine Landfremde –, nahm man sie als selbstverständlich hin. Zwar war sie nicht mit allen persönlich bekannt wie Dinny, gehörte aber doch einer Familie an, die geradezu als geheiligte Institution galt; denn Condaford ohne Cherrells war fast undenkbar.

Am Samstag vor der Wahl fuhr sie etwa um vier Uhr von diesem pflichtenreichen Zeitvertreib nach Hause, da wurde sie von einem zweisitzigen Auto überholt, eine Stimme rief ihren Namen, und sie erblickte den jungen Tony Croom.

»Was, in aller Welt, treiben Sie denn hier, Tony?«

»Ich konnte es nicht länger aushalten, ohne Sie einen Augenblick zu sehen.«

»Aber, lieber Junge, das Ziel dieser Fahrt ist für jedermann mehr als durchsichtig.«

»Ich weiß, aber nun habe ich Sie gesehen!«

»Sie wollten mich doch nicht gar besuchen, oder doch?«

»Nur, wenn ich Sie nicht zufälligerweise getroffen hätte, wie eben jetzt. Clare, Sie sind so schön!«

»Na wenn schon! Das ist doch noch kein Grund, mir zu Haus eine Suppe einzubrocken.«

»Das möchte ich um keinen Preis! Doch ich muß Sie ab und zu sehen, sonst werde ich noch verrückt.«

Seine Miene war so ernst, seine Stimme so bewegt, daß Clare zum erstenmal in ihrem Herzen, diesem altmodischen Organ, ein Zucken fühlte.

»Das ist schlimm!« meinte sie, »aber ich muß erst auf eigenen Füßen stehen und kann keine Komplikationen brauchen.«

»Ich möcht dich nur einmal küssen! Dann bin ich glücklich und geh wieder.«

Noch verwirrter, hielt ihm Clare die Wange hin. »Da, aber rasch!« rief sie.

Er preßte die Lippen auf ihre Wange, doch als er ihren Mund suchte, wich sie zurück.
»Nicht! Tony, jetzt mußt du fort. Wenn du mich wiedersehen willst, dann in der Stadt. Aber wohin soll das führen? Es wird uns nur unglücklich machen.«
»›Uns‹, sagst du! Das war lieb von dir!«
Clares braune Augen leuchteten, schimmerten wie Malagawein, den man gegen das Licht hält.
»Hast du schon Arbeit gefunden?«
»Es gibt keine Arbeit mehr!«
»Nach den Wahlen wird es besser sein. Ich hab vor, mich an einem Hutsalon zu beteiligen.«
»Du?«
»Etwas muß ich tun. Meine Leute haben schwer zu kämpfen wie jedermann heutzutage. Tony, du hast gesagt, du gehst gleich.«
»Versprich mir, daß du mir sofort nach deiner Ankunft in London schreibst.«
Clare nickte und setzte den Motor wieder in Gang. Als das Auto langsam vorwärtsglitt, wandte sie den Kopf und lächelte ihm nochmals zu. Noch immer stand er da, die Hände an die Stirn gepreßt, bis das Auto eine Biegung nahm und Clare verschwand.
Als sie daheim den Wagen in die Garage brachte, murmelte sie: »Armer Junge!« und fühlte sich dabei recht wohl. Wie immer Gesetz und Moral auch urteilen mögen, eine schöne junge Frau atmet doch freier, wenn man ihr den Weihrauch der Anbetung streut. Sie hat wohl die Absicht, auf dem rechten Weg zu bleiben, doch weiß sie auch, was ihr gebührt, und mag nicht im Schatten stehen. An diesem Abend sah Clare noch hübscher aus und fühlte sich frischer und wohler als sonst. Aber welch eine verhexte Nacht! Vor dem Fenster hob sich gespenstisch der Vollmond, raubte den Schlaf. Clare stand auf und zog die Vorhänge auseinander. Dann schlüpfte sie in ihren Pelzmantel und trat ans Fenster. Draußen herrschte offenbar Frost, Nebelschwaden lagerten über den Wiesen. Die zerzausten Wipfel der hohen Ulmen schwammen sacht über dem weißen Dunst. Das Land dort draußen kam Clare so fremd vor, als sei es vom Mond gefallen. Sie erschauerte. Schön mochte es ja sein, aber frostig, unheimlich, eine

eisige Pracht. Sie dachte an jene Nächte am Roten Meer, da sie die Decken abgeworfen und sogar die Mondstrahlen als heiß empfunden hatte. Die Leute an Bord hatten über sie und Tony geklatscht, was sie aus so manchem Anzeichen erriet, doch es war ihr einerlei gewesen. Was lag schon dran? Nicht einmal einen Kuß hatte er ihr die ganze Zeit über gegeben. Auch nicht an jenem Abend, als sie ihm bei seinem Besuch in ihrer Salonkabine Fotos gezeigt und mit ihm geplaudert hatte. Ein hübscher Junge, bescheiden, ein Gentleman! Was konnte sie dafür, wenn er jetzt in sie verliebt war? Sie hatte es nicht darauf angelegt, ihn zu behexen. Was man auch tat, das Leben stellte einem ja doch ein Bein! Aber alles mußte von selbst ins rechte Gleis kommen. Keinen Pfifferling taugten Entschlüsse, Pläne, Richtlinien. Das alles hatte sie ja bei Jerry versucht! Sie erschauerte, lachte auf, dann zwang sie sich mit Gewalt zu starrer Ruhe. Nein! Wenn Tony sich einbildete, sie würde ihm so bald in die Arme fallen, dann war er auf dem Holzweg. Sinnliche Liebe! Die kannte sie von Grund auf! Nein, danke schön! Jetzt war sie kalt wie das Mondlicht da draußen. Selbst der Mutter gegenüber konnte sie unmöglich von ihren Erlebnissen sprechen, was auch sie und der Vater denken mochten.
Dinny mußte ihnen schon etwas angedeutet haben, denn die Eltern hatten sich schrecklich taktvoll benommen. Aber sogar Dinny wußte nicht alles. Niemand sollte es je erfahren! Wenn sie nur Geld hätte, dann wäre alles anders. Ruiniertes Leben und so weiter – altmodisches Gefasel! Das Leben konnte stets amüsant sein, wenn man es nur recht anzupacken wußte. Sie würde nicht den Kopf hängen lassen und Trübsal blasen! Ganz und gar nicht! Doch auf irgendwelche Weise mußte sie Geld verdienen.
Sie erschauerte in ihrem Pelzmantel. Die Kälte dieser Mondnacht drang einem bis ins Mark. Diese alten Herrenhäuser – ohne Zentralheizung, weil man sich die Installation nicht leisten konnte. Gleich nach den Wahlen würde sie nach London fahren und Umschau halten. Vielleicht konnte ihr Fleur an die Hand gehen. Wenn mit Hüten nichts anzufangen war, fand sich vielleicht eine Stelle als Sekretärin bei einem Abgeordneten. Sie konnte maschinenschreiben, sprach gut Französisch und hatte eine leserliche

Handschrift. Sie konnte ausgezeichnet chauffieren, Pferde zureiten, wußte genau Bescheid über das Leben in Herrenhäusern, über Rangordnung und Gepflogenheiten. Sicher brauchte so mancher Abgeordnete jemanden, der ihn in Fragen der Kleidung und Etikette beriet, ihn lehrte, dies und jenes abzulehnen, ohne Anstoß zu erregen, und ihm beim Lösen von Kreuzworträtseln half. Sie verstand viel von Hunden und etwas von Blumen, besonders von ihrer Anordnung in Schalen und Vasen. Aber vielleicht mußte man auch in der Politik beschlagen sein? Na, das würde sie bald deichseln. In diesem kühlen, traumhaften Mondlicht spann Clare ihre Zukunftsträume; eine Frau wie sie konnte man zweifellos brauchen. Mit einem Gehalt und ihrer Jahresrente von zweihundert Pfund mußte sie für ihre Person ganz gut auslangen. Der Mond hinter einer Ulme sah nun keineswegs mehr so vernichtend kalt und gleichmütig aus, eher wie ein munterer Intrigant, und spähte durch das immer noch dichte Gezweig, als sei er mit ihr im Bunde. Sie kuschelte sich zusammen, tat ein paar Tanzschritte, um sich die Füße zu erwärmen, und schlüpfte zurück ins Bett . . .

Der junge Croom war in bescheidenem Neunzig-Kilometer-Tempo mit seinem geborgten Zweisitzer nach London zurückgerattert. Sein erster Kuß auf Clares kalte und doch glühende Wange hatte ihn von Sinnen gebracht. Welch gewaltiger Schritt vorwärts! Er war kein junger Lebemann. Daß Clare die Gattin eines anderen war, schien ihm durchaus kein Vorteil. Ob er sie aber in ihren Mädchentagen ebenso stürmisch geliebt hätte, ließ er dahingestellt. Mögen sich die Psychologen mit dem Problem befassen, warum das Wissen um die Liebesfreuden auf ganz besondere Art den Zauber einer Frau erhöht, die Sinne des Mannes ganz besonders aufpeitscht – ein junger, offenherziger Mensch, der sich zum erstenmal verliebt hat, zerbricht sich darüber nicht den Kopf. Er begehrt sie – zur Gattin womöglich, ging das nicht an, dann eben anders. Drei Jahre lang war er in Ceylon gewesen, hatte schwer gearbeitet, nur wenige weiße Frauen gesehen und keine, die ihm gefallen hätte. Seine ganze Leidenschaft hatte bisher dem Polo gegolten, und er war Clare gerade in der Zeit begegnet, da er Arbeit und Polo zugleich verloren hatte. Clare füllte in seinem Leben eine klaffende Lücke aus. Ebenso wie Clare brauchte auch er dringend Geld, ja noch dringender als sie. Er hatte sich ungefähr zweihundert Pfund erspart; waren die verbraucht, dann hing er eben in der Luft, wenn er nicht inzwischen Arbeit fand. Er brachte das Auto in der Garage seines Freundes unter und sann darüber nach, wo er am billigsten speisen könne; zuletzt entschied er sich für seinen Klub. Dort verbrachte er fast seine ganze Zeit; in seinem Zimmer in der Ryder Street pflegte er nur zu schlafen und ein bescheidenes Frühstück – Tee und weiche Eier – zu verzehren. Es war ein ganz einfaches Zimmer im Erdgeschoß, mit Bett und Kommode, die Fenster gingen auf die hohe Hinterwand eines anderen Hauses hinaus. In derartigen Räumen hatte sein Vater, wenn er in den neunziger Jahren nach London kam, um das halbe Geld übernachten und frühstücken können.

Am Samstag war der »Coffee House«-Klub ganz verlassen, bis auf einige »alte Kracher«, die das Wochenende meist in der St. James's Street verbrachten. Der junge Croom bestellte das billigste Menü, aß es bis zum letzten Bissen auf und trank Schwarzbier dazu; dann ging er ins Rauchzimmer hinunter, um eine Pfeife zu schmauchen. Als er sich eben in einem Lehnsessel niederlassen wollte, sah er vor dem Kamin einen hochgewachsenen, hageren Mann stehen mit beweglichen dunklen Brauen und weißem Schnurrbärtchen, der ihn durch ein schildpattgefaßtes Monokel prüfend betrachtete. Tony Croom trat auf ihn zu – Liebende suchen ja meist begierig Verbindung mit der Angebeteten – und fragte: »Verzeihen, Sir, sind Sie nicht Sir Lawrence Mont?«

»Hab es mir zeitlebens eingebildet.«

Der junge Croom lächelte.

»Sir, dann hab ich ja Ihre Nichte, Lady Corven, auf meiner Heimreise von Ceylon kennengelernt. Sie sagte mir, daß Sie Mitglied dieses Klubs seien. Ich heiße Croom.«

»Ah!« rief Sir Lawrence und ließ das Monokel sinken, »Ihren Vater hab ich, wenn mir recht ist, gekannt – vor dem Krieg war er immer hier.«

»Ja, schon als Wickelkind ließ er mich in der Mitgliedsliste vormerken. Mir scheint, ich bin der Jüngste im Klub.«
Sir Lawrence nickte. »Sie trafen also Clare. Wie fanden Sie meine Nichte?«
»Ganz wohlauf, Sir.«
»Nehmen wir doch Platz und plaudern wir über Ceylon. Zigarre gefällig?«
»Danke, Sir. Ich hab meine Pfeife.«
»Vielleicht Kaffee? Kellner, zwei Mokka. Meine Gattin ist draußen in Condaford bei Clares Familie zu Besuch. Eine anziehende junge Frau, diese Clare.«
Als der junge Croom die dunklen, schlangenklugen Augen auf sich ruhen sah, bereute er es, daß er dem Impuls gehorcht hatte, Sir Lawrence anzusprechen. Er war feuerrot geworden, erklärte jedoch tapfer:
»Jawohl, Sir. Ich fand sie entzückend.«
»Kennen Sie Corven?«
»Nein«, erwiderte der junge Croom kurz.
»Ein kluger Kopf. Hat Ihnen Ceylon gefallen?«
»Freilich. Aber es mag von mir nichts mehr wissen.«
»Kehren Sie nicht zurück?«
»Ich glaube, kaum.«
»Es ist lange her, seit ich in Ceylon war. Indien hat Ceylon jetzt in den Hintergrund gedrängt. Waren Sie schon in Indien?«
»Nein, Sir.«
»Schwer zu sagen, ob das indische Volk alle Brücken wirklich abbrechen will. Siebzig Prozent Ackerbauern! Bauern wünschen geordnete Verhältnisse und ein ruhiges Leben. Ich erinnere mich noch, vor dem Krieg gab es in Ägypten eine starke nationale Propaganda; aber die Fellachen traten stets für Kitchener und die Festigung der britischen Herrschaft ein. Wir nahmen ihnen Kitchener weg und raubten ihnen durch den Krieg die geordneten Verhältnisse, darum liefen sie schließlich zu den Gegnern über. Was haben Sie in Ceylon getrieben?«
»Eine Teeplantage geleitet. Aber man traf Sparmaßnahmen, zog drei Betriebe zusammen, und ich war überflüssig. Was glauben

Sie, Sir, ist eine Besserung möglich? Ich verstehe nämlich nichts vom Wirtschaftsleben.«

»Kann niemand wissen. Dutzende von Ursachen haben zusammen den gegenwärtigen Stand der Dinge bewirkt, die Leute aber suchen alles auf eine einzige zurückzuführen. Nehmen wir zum Beispiel die Krise in England: Die Ausschaltung des Handels mit Rußland; die erhöhte Unabhängigkeit der europäischen Staaten; die gewaltige Schrumpfung des Exports nach Indien und China; die Hebung des Lebensstandards seit dem Weltkrieg; das Anschwellen der Staatsausgaben von etwa 200 auf 800 Millionen – also fast 600 Millionen Pfund werden jährlich der Schaffung neuer Arbeitsmöglichkeiten entzogen. Auch die Überproduktion bezeichnet man als Ursache der Weltkrise, doch bei uns in England spielt sie gewiß keine Rolle, schon lange Jahre haben wir nicht mehr so wenig produziert wie jetzt. Dazu kommen noch das Dumping und unsere entsetzlich schlechte Organisation; die schlechten Märkte für unsere geringfügige Agrarproduktion. Und zu alledem bilden wir uns noch beständig ein: ›Über Nacht wird alles gut‹ und benehmen uns überhaupt wie verzogene Kinder. All das ist echt englisch, nur der allzuhohe Lebensstandard und die Pose des verzogenen Kindes treffen auch auf Amerika zu.«

»Und die anderen Ursachen in Amerika?«

»Die Amerikaner haben bestimmt zuviel produziert und zuviel spekuliert und haben überhaupt so in Saus und Braus gelebt, daß sie ihre Zukunft verpfändet haben – Ratensystem und so weiter. Obendrein sitzen sie auf ihrem Gold, aber Gold trägt keine Früchte. Und vor allem sehen sie noch immer nicht ein, daß sie das Kapital, das sie Europa in der Kriegszeit liehen, ja selbst aus dem Krieg gewonnen hatten. Wenn sie einer allgemeinen Annullierung der Kriegsschulden zustimmen, dann tragen sie zum allgemeinen Wiederaufbau und damit auch zu ihrem eigenen bei.«

»Aber werden sie jemals zustimmen?«

»Man kann nie wissen, was die Amerikaner tun werden. Sie sind unberechenbarer als wir Menschen der Alten Welt. Sie sind einer großzügigen Handlungsweise fähig, und wäre es selbst in ihrem eigenen Interesse. – Sind Sie stellenlos?«

»Nur zu sehr!«
»Wie steht es mit Ihrer Vorbildung?«
»Ich habe am Wellington-College und zwei Jahre in Cambridge studiert. Dann kam diese Stellung auf der Teeplantage, und ich habe mich wie ein Habicht darauf gestürzt.«
»Wie alt sind Sie?«
»Sechsundzwanzig.«
»Haben Sie eine Ahnung, was Sie anfangen wollen?«
Der junge Croom beugte sich vor.
»Wahrhaftig, Sir, ich packe gern alles an. Aber ich versteh mich ziemlich gut auf Pferde. Ich dachte, vielleicht wäre ich beim Training zu verwenden oder in einem Gestüt; oder ich könnte Reitlehrer werden.«
»Gute Idee! Seltsam ist das mit den Pferden, sie scheinen abgetan und kommen doch wieder. Ich werde mit meinem Vetter Jack Muskham sprechen. Er züchtet Vollblutpferde. Und er hat sich in den Kopf gesetzt, wieder einen Einschlag echten Araberbluts in die englische Vollblutrasse zu bringen. Tatsächlich läßt er sich ein paar arabische Stuten kommen. Vielleicht kann der jemanden brauchen.«
Der junge Croom wurde rot und lächelte.
»Das wäre furchtbar nett von Ihnen, Sir. Klingt ideal. Ich hab schon arabische Polo-Ponys gehabt.«
»Hm«, murmelte Sir Lawrence nachdenklich, »ich habe für niemanden so viel Mitgefühl wie für einen Menschen, der Arbeit sucht und keine finden kann. Aber erst müssen wir die Wahlen hinter uns haben. Wenn die Sozialisten nicht gestürzt werden, müssen die Pferdezüchter ihre Rosse noch zu Streichwurst verarbeiten lassen. Stellen Sie sich nur vor, die Mutter eines preisgekrönten Renners zum Butterbrot beim Tee zu verzehren!«
Er erhob sich. »Jetzt werde ich Ihnen gute Nacht sagen, meine Zigarre langt gerade noch für den Heimweg.«
Auch der junge Croom erhob sich und wartete, bis diese hagere, bewegliche Gestalt verschwunden war. »Furchtbar netter alter Knabe«, dachte er und ließ sich in einen Lehnstuhl fallen. Die Rauchwolken seiner Pfeife gaukelten ihm hoffnungsvolle Zukunftsbilder und Clares Züge vor.

5

An dem kalten und nebligen Abend des Wahltags, den die Blätter einmütig für »historisch« erklärten, saßen die Cherrells im Besuchszimmer von Condaford rings um den transportablen Radioapparat, ein Geschenk von Fleur Mont. Würde über den Garten Eden eine Segensstimme erschallen oder die Posaune des Jüngsten Gerichts? Jede einzelne dieser fünf Personen war felsenfest überzeugt, die Zukunft Großbritanniens stehe auf dem Spiel, überzeugt davon, die eigene Überzeugung sei frei von Klassen- und Parteigeist. In ihren eigenen Augen ließen sie sich nur von Vaterlandsliebe leiten und wiesen jeden Gedanken an ihr investiertes Kapital von sich. Vielleicht irrten sie in diesem Punkt – aber eine große Zahl anderer Engländer beging den gleichen Irrtum. »Hat überhaupt jemand eine Ahnung, was das Vaterland retten kann?« schoß es Dinny durch den Kopf. Doch selbst sie konnte nicht ermessen, in welch unberechenbarem Wechsel von Ebbe und Flut der Zeitenstrom das Leben der Nationen untergräbt und fortspült. Zeitungen und Politiker hatten das Ihre getan und machten auch in Dinnys Augen diese Stunde zu einem Wendepunkt. In einem meergrünen Kleid saß sie beim Apparat, der Gabe Fleurs, und wartete darauf, ihn um zehn Uhr einzustellen und seine Lautstärke zu regulieren. Tante Emily arbeitete an einer neuen französischen Nadelmalerei, ihre schildpattgefaßte Brille ließ die leichte Biegung der Adlernase noch deutlicher hervortreten. Der General blätterte nervös immer wieder in der *Times* und zog immer wieder die Uhr hervor. Lady Cherrell saß still und ein wenig vorgeneigt da wie ein Kind in der Sonntagsschule, dem eben die Einsicht aufdämmert, daß es sich eigentlich langweilt. Und Clare lag auf dem Sofa, der Hund zu ihren Füßen.

»Höchste Zeit, Dinny«, meinte der General. »Schalt das Zeug ein.«

Dinny fingerte an einem Knopf, und das »Zeug« schmetterte Musik hervor: »›Wir tragen Ringe am Finger und Glöckchen an den Zehn, wir hören Musik und Geklingel, wohin wir auch gehn‹«, murmelte sie.

Die Musik verstummte, eine Stimme sprach:

»Erstes Wahlergebnis: Wahlbezirk Hornsey . . . Konservative behalten ihr Mandat.«
»Hm!« machte der General, und die Musik setzte wieder ein. Tante Emily warf einen Blick auf den Apparat und sagte: »Dinny, rede dem Zeug gut zu, es surrt so.«
»Tut es immer, Tantchen.«
»Blore stimmt unser Radio immer mit einem Penny um. Wo ist Hornsey – auf der Insel Wight?«
»Gerade in der entgegengesetzten Richtung, Liebe – ein Londoner Wahlbezirk.«
»Ach, richtig! Da fängt es wieder an.«
»Einige weitere Wahlresultate . . . Die Konservativen gewinnen von der Arbeiterpartei . . . Die Konservativen behalten ihre Mandate . . . Die Konservativen gewinnen von der Arbeiterpartei . . .«
»Hei!« ließ der General sich vernehmen, und die Musik setzte wieder ein.
»Prächtige Majoritäten!« rief Lady Mont. »Wie erhebend!«
Clare stand vom Diwan auf und hockte sich auf einen Schemel zu Füßen der Mutter. Der General hatte die *Times* sinken lassen. Die Stimme hob wieder an: ». . . Die National-Liberalen gewinnen von der Arbeiterpartei . . . Die Konservativen behalten ihr Mandat . . . Die Konservativen gewinnen von der Arbeiterpartei.«
Wieder und wieder erklang die Musik und verhallte; die Stimme erscholl.
Clares Miene wurde immer lebhafter, auf Lady Cherrells blassem gütigem Gesicht lag beständig ein Lächeln. Ab und zu rief der General »Donnerwetter!« und »Das will was heißen!«.
»Arme Arbeiterpartei!« dachte Dinny.
Wieder und wieder erscholl die Segensstimme über Eden.
»Vernichtend!« bemerkte Lady Mont. »Ich werde schläfrig.«
»Geh zu Bett, Tantchen«, sagte Dinny. »Wenn ich schlafen geh, schieb ich dir einen Zettel unter die Tür.«
Auch Lady Cherrell erhob sich. Als sie draußen waren, kehrte Clare zum Diwan zurück und schlief allem Anschein nach ein. Der General blieb unentwegt sitzen, offenbar ganz im Banne der

Siegesfanfaren. Dinny kreuzte die Beine, schloß die Augen und dachte: »Wird das wirklich eine Wendung bringen? Und wenn auch, was liegt mir daran? Wo ist er? Hört er jetzt den Wahlbericht wie wir? Wo? Wo?« Nicht mehr so oft wie früher, doch immer noch oft genug ergriff sie dieses ungestüme Sehnen nach Wilfrids Rückkehr. Während der ganzen sechzehn Monate, seit er sie verließ, hatte sie nichts mehr von ihm gehört. Sie wußte so wenig, vielleicht war er gar schon tot. Einmal, ein einziges Mal war sie dem Entschluß untreu geworden, von ihrem Unglück nie mehr zu sprechen – sie hatte Michael nach Wilfrid gefragt. Compson Grice, Wilfrids Verleger, hatte, wie es schien, von ihm einen Brief aus Bangkok erhalten. Wilfrid teilte mit, er sei wohlauf und beginne wieder zu schreiben. Das war nun neun Monate her. Der Schleier hatte sich ein klein wenig gelüftet und war dann wieder herabgesunken. Herzeleid – daran war sie schon gewöhnt.

»Vater, es ist zwei Uhr. So wird es jetzt weitergehen. Clare schläft schon.«

»Keine Spur!« rief Clare.

»Du sollst aber schlafen. Ich lasse jetzt Foch hinaus, und wir gehen alle zu Bett.«

Der General erhob sich.

»Man kann zufrieden sein. Gehen wir.«

Dinny öffnete die Glastür und sah Foch scheinbar hoch erfreut hinaustraben. Es war kalt, vom Boden stieg Nebel auf, sie zog die Tür wieder zu; sonst hätte Foch das gewohnte Ritual verabsäumt und wäre mit noch größerer Freude sofort wieder hereinspaziert. Sie gab dem Vater und Clare einen Kuß, drehte das Licht ab und wartete in der Halle. Die Scheite des Feuers waren fast verglommen. Sie stemmte den Fuß gegen den steinernen Kamin und sann. Clare hatte gesagt, sie wolle sich bei einem der neuen Abgeordneten um einen Sekretärinnenposten bewerben. Nach diesem Wahlbericht würden viele neue Männer ins Parlament einziehen. Warum konnte man nicht beim Abgeordneten des eigenen Wahlkreises anfragen? Er hatte mit ihnen zu Abend gespeist, sie war neben ihm gesessen. Ein netter Mann, belesen und nicht bigott, er hegte sogar Sympathie für die Arbeiterpartei, war jedoch der

Ansicht, ihre Führer wüßten vorläufig noch nicht recht, wo sie hinauswollten. Er war augenscheinlich ein »Tory-Sozialist«. Er hatte ganz offen und aufrichtig mit ihr gesprochen. Ein freundlicher, anziehender Mensch mit welligem dunklem Haar, braunem Teint, kleinem dunklem Schnurrbart und weicher, ziemlich hoher Stimme. Ein anständiger Mensch, energisch, aufrecht. Doch wahrscheinlich hatte er bereits eine Sekretärin. Wenn es aber Clare damit ernst war, konnte man ja schließlich fragen. Sie schritt durch die Halle zur Gartentür. Draußen im Vorbau stand eine Bank; gewiß hatte sich Foch darunter verkrochen und harrte auf Einlaß. Und richtig! – er sprang hervor, wedelte mit dem Schweif und trabte zum Wassernapf für die Hunde. Wie kalt war es, wie still! Nichts regte sich auf der Straße, selbst die Eulen schwiegen. Garten und Felder bis zum Waldsaum dort drüben lagen mondbeschienen, still und frostig da. England im silbrigen Mondlicht, unbekümmert um sein Schicksal, ohne Glauben an die Segensstimme über Eden. Alt, schön, unverändert – wenn auch das Pfund nicht länger durch Gold gedeckt war. Dinny starrte in die kühle Nacht hinaus. Menschen und ihre Politik – wie wenig hatten sie doch zu bedeuten, wie bald waren sie dahin, ein Tautropfen am unermeßlichen Kristall der Schöpfung, ein Tautropfen, der im Nu zerrann! Wie seltsam – die leidenschaftliche Glut des Menschenherzens und die teilnahmslose, kalte Unergründlichkeit von Zeit und Raum! Wie das in Einklang bringen? . . .

Sie erschauerte und schloß die Tür.

Am nächsten Morgen sagte sie beim Frühstück zu Clare: »Wollen wir das Eisen schmieden, solang es heiß ist, und Mr. Dornford aufsuchen?«

»Wozu?«

»Falls er eine Sekretärin braucht. Er ist höchstwahrscheinlich jetzt gewählt.«

»O wirklich?«

»So gut wie sicher.« Dinny las den Wahlbericht. Die erdrückende liberale Opposition war durch nur fünftausend Leute der Arbeiterpartei ersetzt worden.

»Die nationale Parole hat diesmal die Wahlschlacht gewonnen«,

bemerkte Clare. »In dem Städtchen fand ich bei den Wählerbesuchen fast lauter Liberale vor; ich brauchte aber nur das Wort ›national‹ in den Mund zu nehmen, und sie fielen um.«
Die Schwestern erfuhren, das neugewählte Parlamentsmitglied werde noch den ganzen Vormittag über im Hauptquartier bleiben, und brachen gegen elf Uhr auf, um bei ihm vorzusprechen. Doch schon am Tor sahen sie so viele Menschen kommen und gehen, daß sie gar nicht eintreten wollten.
»Ich hasse solche Bittgänge«, sagte Clare.
Dinny haßte sie nicht minder, gab jedoch zurück:
»Warte du hier, ich gehe hinein und gratuliere ihm. Vielleicht finde ich Gelegenheit, ein paar Worte mit ihm zu wechseln. Er hat dich wohl schon gesehen?«
»O gewiß.«
Eustace Dornford, Königlicher Justizrat, neugewähltes Parlamentsmitglied, saß in seinem Zimmer, das aus lauter Türen zu bestehen schien, und überflog eine Liste, die sein Gehilfe vor ihn auf den Tisch gelegt hatte. Von einer Tür her sah Dinny unterm Tisch seine Reitstiefel und auf dem Tisch seinen steifen Hut, Handschuhe und Reitpeitsche. Jetzt, da sie beinahe schon vor ihm stand, schien es ihr auf einmal ganz unmöglich, hier in diesem Augenblick einzudringen; eben wollte sie sich zurückziehen, da blickte er auf und rief: »Minns, entschuldigen Sie mich einen Moment. Ah, Miss Cherrell!«
Sie hielt inne und wandte sich um. Er lächelte und sah erfreut aus.
»Kann ich Ihnen irgendwie zu Diensten sein?«
Sie streckte ihm die Hand entgegen.
»Ich freue mich so sehr über Ihren Sieg. Meine Schwester und ich wollten Ihnen nur gratulieren.«
Er drückte ihr die Hand. »Du liebe Zeit«, dachte Dinny, »der ungeeignetste Augenblick, ihn um etwas zu bitten.« Aber sie sagte: »Großartig! Die Unseren hatten hier noch nie eine solche Mehrheit.«
»Werden sie auch nicht wieder bekommen. Hab Glück gehabt. Wo ist Ihre Schwester?«
»Im Auto.«

»Ich möchte mich bei ihr für ihre Propaganda bedanken.«
»Oh!« rief Dinny, »sie hat es mit Freuden getan.« Plötzlich fühlte sie: »Jetzt oder nie!« und fuhr fort: »Sie ist in trauriger Lage und sehnt sich sehr nach einer Beschäftigung. Mr. Dornford – bitte, denken Sie nur ja nicht – wie peinlich! – aber könnten Sie nicht vielleicht Clare als Sekretärin brauchen, wie? Nun ist's heraus! Sie kennt unsere Grafschaft gründlich, kann maschinenschreiben, spricht Französisch und ein wenig Deutsch, falls es benötigt wird.« Dinny hatte alles rasch hervorgesprudelt und sah ihn bekümmert an. Doch er sah noch genauso eifrig und dienstbeflissen aus wie früher.
»Gehen wir doch zu ihr«, schlug er vor.
»Du lieber Himmel!« dachte Dinny, »hoffentlich hat er sich nicht gar in sie verliebt!« Und sie musterte ihn verstohlen von der Seite. Er lächelte noch immer, sah aber jetzt besonders klug aus. Clare stand neben dem Auto. »Könnt ich doch auch jetzt so kühl bleiben wie sie!« dachte Dinny. Dann blieb sie stehen und sah zu. Dieser Siegesrummel, das Kommen und Gehen der Leute! Das flotte, ungenierte Geplauder der beiden! Dieser heitere, strahlende Morgen! Er trat wieder auf Dinny zu.
»Ich bin Ihnen schrecklich dankbar, Miss Cherrell! Das trifft sich ausgezeichnet. Ich hab wirklich jemanden gebraucht, und Ihre Schwester stellt sehr bescheidene Ansprüche.«
»Ich dachte schon, Sie würden es mir nie verzeihen, wenn ich Ihnen in diesem Augenblick mit einer Bitte komme.«
»Mir ist es jederzeit eine Freude, wenn Sie mich um etwas ersuchen. Jetzt muß ich zurück, doch ich hoffe, wir sehen uns recht bald wieder.«
Als er zurück ins Haus trat, sah ihm Dinny nach und dachte: »Seine Breeches haben einen recht guten Schnitt!« Sie stieg ins Auto.
»Dinny«, sagte Clare lachend, »er ist in dich verliebt.«
»Was!«
»Ich hab zweihundert Pfund verlangt und er hat sofort mit zweihundertfünfzig abgeschlossen. Wie hast du ihn nur an einem einzigen Abend so weit gebracht?«
»Ich? Keine Spur. Ich fürchte, er ist in dich verliebt.«

»Nein, nein, Dinny. Ich hab Augen und weiß, es gilt dir. Du hast ja auch gleich gemerkt, daß Tony Croom in mich verliebt ist.«
»Das hab ich allerdings gemerkt.«
»Und ich merk das.«
»Lachhaft!« sagte Dinny ruhig. »Wann fängst du an?«
»Noch heute fährt er nach London. Er wohnt im ›Temple‹-Gebäude, Harcourt Buildings. Heut nachmittag fahr ich in die Stadt und beginne übermorgen meine Arbeit.«
»Wo wirst du wohnen?«
»Ich denke, ich werd mir ein unmöbliertes Zimmer oder kleines Atelier mieten und es nach und nach selbst möblieren und wohnlich machen. Das wird lustig!«
»Tante Emily fährt heute nachmittag zurück. Sie nimmt dich gewiß gern auf, bis du etwas Passendes findest.«
»Na, vielleicht«, sagte Clare nachdenklich.
Ehe sie das Schloß erreichten, fragte Dinny:
»Und Ceylon, Clare? Hast du darüber nachgedacht?«
»Was nützt mir das Nachdenken? Vermutlich wird er irgendwas unternehmen, aber ich weiß nicht, was, es ist mir schnuppe.«
»Hast du keinen Brief von ihm erhalten?«
»Nein.«
»Sei vorsichtig, meine Liebe.«
Clare zuckte die Achseln. »Oh, ich werde schon vorsichtig sein.«
»Kann er Urlaub bekommen, wann er will?«
»Ich denke schon.«
»Du bleibst mit mir in Verbindung, gelt?«
Clare wandte sich vom Volant ihr zu und küßte sie auf die Wange.

6

Drei Tage nach der Begegnung im »Coffee House«-Klub erhielt der junge Croom von Sir Lawrence Mont einen Brief mit der Mitteilung, sein Vetter Muskham erwarte die Araberstuten erst im Frühling. Inzwischen werde er an Mr. Croom denken und trachten, ihn bald zu treffen. Ob Mr. Croom irgendeinen arabischen Dialekt könne?

»Nein«, dachte der junge Croom, »aber ich kenne Stapylton.« Stapylton, Offizier der Lanzenreiterbrigade, der im Wellington-College Crooms Senior gewesen, war aus Indien auf Urlaub heimgekommen. Als bekannter Polospieler verstand er sich bestimmt auf den Pferdejargon des Orients. Doch der Besuch bei ihm war nicht so dringend – er hatte sich beim Zureiten eines Rennpferds den Daumen gebrochen und würde wohl nicht so bald zurückfahren. Das Suchen nach Arbeit aber litt keinen Aufschub. Der junge Croom setzte seine Bemühungen fort. Jedermann riet ihm: »Warte doch, bis die Wahlen vorbei sind!«
Am Morgen nach der Wahl zog er mit hochgespannten Erwartungen von der Ryder Street aus und kehrte des Abends, um so tiefer entmutigt, in den »Coffee House«-Klub zurück. »Wär ich doch lieber gleich nach Newmarket gefahren und hätte mir das Cambridgeshire-Rennen angesehen!« fuhr es ihm durch den Sinn. Der Portier überreichte ihm einen Brief, sein Herz begann wild zu schlagen. Er suchte einen stillen Winkel auf und las:

Lieber Tony!
Ich habe bei unserem neuen Parlamentsmitglied Eustace Dornford, Königlichem Justizrat, eine Sekretärinnenstelle erhalten und bin nach London gekommen. Vorläufig wohne ich bei meiner Tante Lady Mont in der Mount Street, bis ich eine eigene Bleibe gefunden habe. Hoffentlich hast auch Du Glück gehabt. Wie ich Dir versprochen habe, teile ich Dir meine Ankunft mit, aber ich beschwöre Dich, sei vernünftig, nicht sentimental, denk an Stolz und Würde der Cherrells.
Deine Reisegefährtin und wohlmeinende Freundin
Clare Corven

»Die liebe Clare!« dachte er. »Was für ein Glück!« Er las den Brief noch einmal durch, barg ihn unter dem Zigarettenetui in der linken Westentasche und trat ins Rauchzimmer. Hier entwarf er auf einem mit dem uralten Klubwappen gezierten Briefpapier folgenden Herzensgruß:

Liebste Clare!
Dein Brief hat mich ganz aus dem Häuschen gebracht. Du kommst nach London – einfach herrlich! Dein Onkel ist sehr gütig zu mir gewesen, ich brauche also nur bei ihm vorzusprechen und mich bei ihm zu bedanken. Schau darum morgen gegen sechs nach mir aus. Ich laufe den ganzen Tag umher und suche Arbeit. Nach und nach fang ich an zu begreifen, was es für einen armen Teufel bedeutet, täglich alle seine Hoffnungen geknickt zu sehen. Wenn erst meine Taschen leer sind – und dieser Tag ist nicht mehr fern –, dann steh ich noch kläglicher da. Mir blüht nicht einmal die Arbeitslosenunterstützung. Hoffentlich ist der hochgelehrte Herr, den Du jetzt einspannst, ein anständiger Kerl. Mich erinnern Parlamentsmitglieder immer ein wenig an Holzpuppen, und ich kann mir Dich so gar nicht vorstellen zwischen Gesetzesvorschlägen, Ansuchen, Eingaben um Gastgewerbelizenzen und so weiter. Trotzdem find ich es prachtvoll von Dir, daß Du auf eigenen Füßen stehen willst. Welch überwältigende Mehrheit! Wenn die mit solchen Wählermassen ihre Pläne noch immer nicht durchführen können, dann bringt man es überhaupt nie fertig. Ganz undenkbar, Dich nicht zu lieben, mich nicht Tag und Nacht nach Dir zu sehnen! Aber ich werde mich bemühen, möglichst brav zu sein, denn um alles in der Welt möchte ich Dir keinen Verdruß bereiten. Ununterbrochen denk ich an Dich, auch dann, wenn ich in die steinerne Fratze irgendeines fischäugigen Geldprotzes guck, um festzustellen, ob meine klägliche Geschichte ihn am Ende doch erweicht. Du, ich hab Dich wirklich furchtbar lieb! Also morgen, Donnerstag, gegen sechs!
Gute Nacht, Du Liebe, Wunderschöne!

Dein Tony

Er schlug Sir Lawrences Nummer in der Mount Street nach, schrieb sich die Adresse auf, leckte den Umschlag mit glühendem Eifer ab und trat auf die Straße hinaus, um den Brief selbst einzuwerfen. Plötzlich empfand er nicht die geringste Lust mehr, in den »Coffee House«-Klub zurückzukehren. Seine augenblickliche Gemütsverfassung schien diese Stätte durchaus zu mißbilligen. Klubs waren so verdammt männlich, den Frauen standen diese satten Menschen nach der Mahlzeit halb verächtlich, halb lüstern gegenüber. Rauchige Höhlen waren diese Klubs, komfortabel, sicher vor Weibern und gegen Haftbefehle immun. Und die Männer hatten alle den gleichen matten Lehnsesselblick, kaum daß sie den Klub betreten hatten. Und gar das »Coffee House«, der älteste aller Klubs, war voll von solchen Käuzen, von Männern, die man sich außerhalb des Klubs überhaupt nicht vorstellen konnte. »Nein«, dachte er, »ich werd irgendwo ein paar Bissen essen und mir das Zeug im Drury-Lane-Theater ansehen.« Er bekam einen Sitz, ziemlich weit hinten in einer oberen Loge, da er aber scharfe Augen hatte, sah er dennoch recht gut. Bald war er von der Aufführung gefesselt. Er war lang genug von England fortgewesen, um sich einiges Gefühl für die Heimat zu bewahren. Dieses prunkvolle Schaustück aus den letzten dreißig Jahren der Geschichte seines Vaterlandes ergriff ihn stärker, als er es irgendeinem Nachbarn gestanden hätte: Der Burenkrieg, der Tod der Königin Victoria, der Untergang der »Titanic«, der Weltkrieg, der Waffenstillstand, der Toast auf das Jahr 1931; wenn ihn jemand gefragt hätte, er hätte vermutlich erwidert: »Wunderbar! Nur hat es mich ganz seltsam berührt.« Aber er hatte doch noch mehr, noch anderes empfunden, den Herzenskummer eines Liebenden, der mit seiner Angebeteten glücklich sein möchte und dieses Glück in unerreichbarer Ferne sieht; ein Gefühl, als suche er festen Fuß zu fassen und schwanke ewig haltlos hin und her. Beim Weggehen klangen ihm noch die Schlußworte in den Ohren: »Größe, Würde, Frieden!« Ergreifend, doch verdammt ironisch! Er nahm eine Zigarette aus dem Etui und steckte sie an. Die Nacht war trocken. In dem Riesenverkehr ging er zu Fuß und vernahm die melancholischen Weisen der Straßensänger. Flammende Lichtreklamen, Schmutz und Abfälle! Leute, die im Auto heimglitten, und obdachlose Nachtvögel! »Größe,Würde, Frieden!« »Ich muß noch unbedingt einen Schluck trinken«, dachte er. Der Klub schien ihm jetzt nicht mehr so unmöglich, ja sogar ganz einladend, und er ging in der Richtung auf ihn zu. »Ade Piccadilly, ade Leicester Square!« – diese Stelle aus dem »Tipperary«-Kriegslied pfiffen in jener Szene die Soldaten, als sie in einer Spiralenlinie durch den Nebel zogen, während vorn auf der grellbeleuchteten Bühne drei geschminkte Mädel schmetterten:

»Schatz, ich mag dich nicht verlieren, doch du mußt ins Feld hinaus!« Und aus den Seitenlogen über der Bühne blickten Leute hinab und klatschten Beifall! Überhaupt das Ganze! Die Munterkeit auf den Gesichtern der geschminkten Mädel wirkte stets mehr gekünstelt – herzzerreißend! Er mußte noch einmal zu diesem Stück gehen, mit Clare! Würde es sie ergreifen? Ihm wurde plötzlich klar, daß er es nicht wußte. Was wußte man denn überhaupt vom anderen, ja sogar von der Frau, die man liebte? Die Zigarette versengte ihm die Lippe, er spie den Stummel aus. Und jene Szene mit dem jungen Paar auf der Hochzeitsreise, das an der Reling der »Titanic« lehnte! Alles, so schien es, lag noch vor ihnen, und doch lag nichts mehr vor ihnen als das Grab im tiefen, eisigen Meer. Hatten diese beiden Menschen überhaupt einen anderen Gedanken als ihre Liebe? Das Leben war doch verdammt sonderbar, wenn man's recht bedachte! Er stieg die Stufen zum »Coffee House«-Klub hinauf, und ihm war's, als sei es Jahre her, seit er sie hinabgeschritten war . . .

Schlag sechs klingelte er tags darauf in der Mount Street.

Der Butler öffnete die Tür und zog fragend die Brauen hoch.

»Ist Sir Lawrence Mont zu Hause?«

»Nein, Sir, aber Lady Mont ist zu Hause, Sir.«

»Lady Mont kenne ich leider nicht. Könnte ich vielleicht Lady Corven einen Augenblick sehen?«

Der Butler zog die eine Braue noch höher. »Aha!« dachte er augenscheinlich.

»Möchten Sie mir, bitte, Ihren Namen nennen, Sir?«

Der junge Croom zog eine Karte hervor.

»Mr. James Bernard Croom«, las der Butler in melodischem Tonfall.

»Melden Sie ihr, bitte, Mr. Tony Croom.«

»Verstehe! Bitte hier einen Augenblick zu warten. Ah, da kommt ja Lady Corven selbst.«

Von der Treppe her rief eine Stimme: »Tony? Pünktlich auf die Minute! Komm doch herauf, damit ich dich meiner Tante vorstelle.«

Sie lehnte sich über das Treppengeländer, der Butler war verschwunden.

»Leg den Hut ab! Wie kannst du nur ohne Mantel ausgehen? Mich fröstelt's den ganzen Tag.«

Der junge Croom trat dicht unter das Geländer.

»Liebste!« sagte er leise.

Sie legte einen Finger auf die Lippe und streckte ihn dann zu ihm hinab, so daß er ihn gerade mit seinen Lippen erreichen konnte.

»Komm herauf!«

Als er oben war, öffnete sie eine Tür und sagte: »Ein Reisegefährte vom Schiff, Tante Emily. Er kommt Onkel Lawrence besuchen. Mr. Croom meine Tante, Lady Mont.«

Der junge Croom sah eine Gestalt auf sich zusegeln, eine Stimme rief: »Ah, vom Schiff! Natürlich! Guten Abend!«

Der junge Croom bemerkte, daß man ihn hatte Platz nehmen lassen, und sah, wie ihn Clare mit etwas spöttischem Lächeln maß. Wenn sie doch nur fünf Minuten allein blieben, dann wollte er dieses Lächeln von ihren Lippen wegküssen! Er wollte –!

»Erzählen Sie mir etwas von Ceylon, Mr. – Graven.«

»Croom, Tantchen, Tony Croom. Nenn ihn lieber Tony. Er heißt zwar nicht so, aber alle Welt nennt ihn Tony.«

»Tony! Nach Antonius? Immer Helden. Weiß Gott, warum.«

»Dieser Tony ist ein ganz gewöhnlicher Mensch.«

»Ceylon. Haben Sie meine Nichte dort kennengelernt, Mr. – Tony?«

»Nein, wir lernten uns erst an Bord kennen.«

»Ah«, sagte Lady Mont, »Lawrence und ich pflegten auf Deck zu schlafen, das war in den ausgelassenen neunziger Jahren. Hier auf der Themse gab es damals so viele flache Boote.«

»Auch heute noch, Tante Emily.«

Vor den Augen des jungen Croom stieg ein Zukunftsbild auf. Er sah sich und Clare auf einem solchen Boot in ein ruhiges Stauwasser treiben. Er raffte sich zusammen und sagte:

»Gestern abend war ich bei ›Cavalcade‹. Prachtvoll!«

»Ah«, rief Lady Mont, »da fällt mir ein –« Sie verließ das Zimmer.

Der junge Croom sprang auf.

»Tony! Benimm dich!«

»Darum ist sie doch fortgegangen!«

»Tante Emily ist ungemein gütig, und ich werde ihre Güte nicht mißbrauchen.«
»Aber, Clare! Du ahnst nicht, was –«
»Ja, ich weiß. Setz dich wieder.«
Der junge Croom gehorchte.
»Paß auf, Tony! Ich hab genug vom Physiologischen, genug für lange Zeit. Wenn wir gute Kameraden sein wollen, muß die Sache platonisch bleiben.«
»Ach Gott!« rief der junge Croom.
»Anders geht's nicht; sonst – dürfen wir uns nicht mehr treffen.«
Der junge Croom saß ganz still da, sein Blick hing an ihren Augen. »Aber das wird eine Qual für ihn!« ging es ihr durch den Sinn. »Für so etwas ist er zu hübsch. Wir sollten uns eigentlich nicht mehr sehen.«
»Du«, sagte sie sanft, »du willst mir doch helfen, nicht wahr? Wir haben doch noch so viel Zeit. Eines Tages – vielleicht.«
Der junge Croom packte die Armlehnen seines Sessels. Seine Augen hatten einen gequälten Blick.
»Einverstanden«, sagte er langsam, »wie du willst, wenn ich dich nur sehen kann. Ich werde warten, bis es dir eines Tages doch mehr als Physiologie bedeutet.«
Clare starrte auf die leise wippende Spitze ihres Atlasschuhs hinab; plötzlich sah sie ihm fest in die düsteren Augen.
»Wenn ich nicht verheiratet wäre, würdest du freudig warten und es nicht als Kränkung empfinden. Stell dir vor, ich sei nicht verheiratet.«
»Das bring ich leider Gottes nicht zustande. Wer kann das?«
»Ich verstehe. Ich bin Frucht, nicht mehr Blüte. Nicht mehr rein.«
»Hör auf! Ach, Clare, ich will dir ja alles sein, was du nur willst. Aber verzeih mir, wenn ich nicht immer munter und freudig bin.«
Sie sah ihn unter den Wimpern hervor an und sagte: »Gut!«
Dann trat Schweigen ein. Sie fühlte, wie er ihr Bild seinem Gedächtnis einzuprägen versuchte, vom Kopf mit dem dunklen, kurzgeschnittenen Haar bis zur Spitze ihres Atlasschuhs. Nicht umsonst hatte sie mit Jerry Corven gelebt, sie wußte über jede Einzelheit ihres Körpers genau Bescheid. Was konnte sie dafür, daß er anmutig und aufreizend wirkte? Sie wollte Tony ja nicht

quälen, fand es aber doch nicht unangenehm, daß sie ihn quälte. Seltsam, wie einem etwas leid tun und gleichzeitig Freude machen konnte, und dennoch blieb man skeptisch und ein wenig verbittert. Wenn sie sich ihm jetzt schenkte, würde er sich nach ein paar Monaten noch nach ihr sehnen? Unvermittelt sagte sie: »Also ich hab eine Wohnung gefunden, eine sonderbare kleine, früher ein Antiquitätenladen in einem verlassenen Hintergäßchen.«

»Das ist ja fein!« rief er voll Eifer. »Wann ziehst du hin?«

»Nächste Woche.«

»Darf ich helfen?«

»Wenn du Wände tünchen kannst.«

»Und ob! Meinen Bungalow in Ceylon hab ich zwei- oder dreimal ausgemalt.«

»Wir müssen abends arbeiten, wegen meines Postens.«

»Wie ist übrigens dein Chef? Anständig?«

»Hochanständig und in meine Schwester verliebt. Wenigstens kommt es mir so vor.«

»Hm!« meinte der junge Croom zweifelnd.

Clare lächelte. Sein Gedanke war so leicht zu erraten: »Wie kann man sich nur in deine Schwester verlieben, wenn man dich täglich sieht!«

»Wann darf ich zum erstenmal kommen?«

»Morgen abend, wenn du willst. Melton Mews Nr. 2, beim Malmesbury-Square. Morgen werd ich das Material besorgen, wir fangen oben an. Sagen wir um halb sieben.«

»Herrlich!«

»Aber, Tony, nur nicht zu stürmisch! ›Ernst und nüchtern ist das Leben.‹«

Er verzog schmerzlich den Mund und legte die Hand aufs Herz.

»Und jetzt mußt du gehen. Ich begleite dich hinunter und seh nach, ob mein Onkel schon zurück ist.«

Der junge Croom erhob sich.

»Und wie steht es mit Ceylon?« fragte er plötzlich. »Wirst du behelligt?«

Clare zuckte die Achseln. »Vorläufig ist noch nichts geschehen.«

»Es wird kaum so bleiben. Hast du dir's schon gründlich überlegt?«

»Das Überlegen führt zu nichts. Höchstwahrscheinlich wird er gar nichts unternehmen.«
»Ich kann es nicht ertragen, daß du –«, er hielt inne.
»Komm jetzt!« sagte Clare und führte in hinunter.
»Ich möchte jetzt nicht mehr bei deinem Onkel vorsprechen«, erklärte der junge Croom. »Also morgen um halb sieben.« Er zog ihre Hand an die Lippen, dann schritt er zur Tür.
Dort wandte er sich um. Sie stand lächelnd da, den Kopf ein wenig geneigt. Verwirrt trat er auf die Straße.
Ein junger Mann, der zum erstenmal dem Zauber der Aphrodite erliegt, zum erstenmal dem geheimnisvollen Reiz einer sogenannten Strohwitwe verfällt und durch Skrupel und konventionelle Bedenken von ihr ferngehalten wird, ist wirklich zu bedauern. Er hat sein Schicksal nicht gewählt; ohne daß er es weiß, übermannt es ihn, raubt ihm erbarmungslos jedes andere Interesse am Leben. Seine Besessenheit, seine qualvolle Verzückung verdrängen alle früheren Überzeugungen. Die Gebote: »Du sollst nicht ehebrechen«, »Du sollst nicht begehren deines Nächsten Weib«, »Selig, die reinen Herzens sind« hören für ihn zu existieren auf. Schon auf der Schule hatte man dem jungen Croom den Grundsatz eingeprägt: »Benimm dich, wie sich's gebührt!« Wie seltsam, wie ungereimt! Was gebührte sich eigentlich in diesem Falle? Hier stand sie, jung und schön, und floh vor einem Gatten, der siebzehn Jahre älter war als sie und sie brutal behandelte; sie hatte es ihm nicht erzählt, aber es mußte wohl so sein! Und hier stand er, liebte sie leidenschaftlich, und auch sie hatte ihn gern – freilich nicht so wie er sie, doch mehr konnte er nicht erwarten. Und zu nichts anderem würde das Ganze führen, als daß sie zusammen Tee tranken! Fast eine Sünde, eine solche Vergeudung! Ganz in solche Gedanken verloren, kam er an einem Mann von mittlerer Größe und geschmeidigem Gang vorbei, einem Mann mit katzenhaften Augen und schmalen Lippen in einem braunen, von vielen Fältchen durchzogenen Gesicht; der Fremde wandte sich nach ihm und verzog ein wenig den Mund zu einer Art Lächeln.

7

Nachdem der junge Croom das Haus verlassen hatte, blieb Clare noch einen Augenblick in der Halle stehen und entsann sich der Stunde, da sie zum letztenmal durchs Tor hinausgetreten war, in rehbraunem Kostüm und braunem Hütchen, zwischen einem Spalier von Leuten, die ihr zuriefen: »Viel Glück!«, »Leb wohl, Liebling!« und »Grüß mir Paris!« Erst achtzehn Monate waren vergangen, und was hatte sie nicht alles inzwischen erlebt! Sie verzog die Lippen und ging in ihres Onkels Arbeitszimmer.

»Ah, Onkel Lawrence, du bist schon zu Haus? Tony Croom war hier und wollte dich besuchen.«

»Dieser nette junge Mann, der arbeitslos ist?«

»Ja. Er möchte sich bei dir bedanken.«

»Leider ohne Grund.« Und Sir Lawrence Monts lebhafte Augen – die Augen einer Schnepfe oder eines Auerhahns – glitten zweifelnd über seine schöne Nichte. Sie war zwar nicht wie Dinny sein besonderer Liebling, aber ganz gewiß eine anziehende junge Frau. Diese Ehe war bald in die Brüche gegangen. Emily hatte es ihm erzählt und ihn gebeten, er solle nichts davon erwähnen. Hm, Jerry Corven! Die Leute hatten immer so vielsagend die Achseln gezuckt und Andeutungen gemacht. Zu traurig! Doch was ging es ihn an?

Eine gedämpfte Stimme rief von der Tür her: »Sir Gerald Corven, Sir Lawrence.«

Unwillkürlich legte Sir Lawrence den Finger auf die Lippen. Der Butler fuhr noch leiser fort: »Ich habe ihn ins kleine Zimmer geführt und ihm gesagt, ich wolle nachsehen, ob Lady Corven zu Hause sei.«

Sir Lawrence bemerkte, daß Clare die Hand um die Lehne des Sessels krampfte, hinter dem sie stand. »Bist du zu Hause, Clare?«

Sie gab keine Antwort, doch ihr Gesicht war hart und fahl wie Stein.

»Einen Augenblick, Blore. Komm sofort, wenn ich läute.«

Der Butler zog sich zurück.

»Nun, liebe Clare?«

»Er muß mir mit dem nächsten Schiff nachgefahren sein. Onkel, ich mag ihn nicht sehen!«
»Wenn wir ihm bloß sagen, du bist nicht zu Hause, dann kommt er wahrscheinlich wieder.«
Clare warf den Kopf zurück. »Gut, ich werde ihn sprechen.«
Sir Lawrence lief es kalt über den Rücken.
»Sag mir, was ich ihm mitteilen soll, dann sprech ich mit ihm.«
»Danke, Onkel. Aber wie kommst denn du dazu, meine schmutzige Wäsche zu waschen!«
»Gott sei Dank!« schoß es Sir Lawrence durch den Kopf.
»Wenn du mich brauchst, werde ich zur Hand sein. Viel Glück, meine Liebe.« Und er verließ das Zimmer.
Clare trat zum Kamin, sie wollte in Reichweite der Klingel bleiben. Wieder überkam sie das wohlbekannte Gefühl, sie setze sich vor dem furchtbaren Sprung im Sattel zurecht. »Keinesfalls soll er mich berühren!« dachte sie und vernahm Blores Stimme: »Sir Gerald Corven, Mylady.«
Seltsam, diese förmliche Anmeldung des Gatten bei der Frau! Die Dienerschaft wußte doch wirklich alles!
Ohne hinzublicken, sah sie ganz genau, wo er stand. Vor Zorn schoß ihr das Blut in die Wangen. Er hatte sie verhext, sie in jeder Weise als Spielzeug gebraucht. Er hatte sie –!
Sie vernahm seine schneidende, beherrschte Stimme: »Na, meine Liebe, du bist ja ganz plötzlich ausgerissen.« Nett und elegant wie nur je, mit diesem katzenhaften Ausdruck, diesem Lächeln um die schmalen Lippen, den: frechen Räuberaugen!
»Was willst du?«
»Nur dich selbst.«
»Mich kriegst du nicht mehr.«
»Lachhaft!«
Blitzschnell glitt er auf sie zu und riß sie in die Arme. Clare warf den Kopf zurück und streckte die Hand nach der Klingel aus.
»Zurück, oder ich läute!« Und abwehrend hielt sie die andere Hand vors Gesicht. »Bleib dort stehen, dann sprech ich mit dir, sonst mußt du sofort hinaus!«
»Na schön! Aber es ist einfach lächerlich.«

»So! Bildest du dir vielleicht ein, ich wäre abgereist, wenn es mir nicht ernst wäre?«
»Ich hielt dich nur für ein wenig aufgebracht, finde es auch begreiflich; die Geschichte tut mir leid.«
»Geschehen ist geschehen, sinnlos, darüber zu reden. Ich kenne dich und komme nicht mehr zu dir zurück.«
»Ich bitte dich um Entschuldigung, meine Liebe, und gebe dir mein Wort, es soll nicht wieder geschehen.«
»Wie gütig von dir!«
»Es war nur ein Experiment. Manche Frauen sind davon entzückt, wenn auch nicht beim erstenmal.«

»Du bist ein rohes Tier!«
»Darum hab ich auch die Schönste gefreit – wie im Märchen. Komm, Clare, sei nicht dumm und mach uns nicht zum Gespött der Leute. Du selbst sollst die Bedingungen festsetzen.«
»Und mich darauf verlassen, daß du sie hältst! Für ein solches Leben danke ich. Ich bin erst vierundzwanzig.«
Das Lächeln schwand von seinen Lippen. »Verstehe. Ich sah einen jungen Mann aus diesem Hause treten. Name und Stand?«
»Tony Croom? Nun?«
Er ging zum Fenster hinüber, blickte einen Augenblick auf die Straße hinaus, wandte sich um und sagte: »Du hast nun einmal das Pech, meine Frau zu sein.«
»Das weiß ich schon lange.«
»In vollem Ernst, Clare, komm doch zu mir zurück!«
»In vollem Ernst: Nein!«
»Ich hab eine offizielle Stellung und kann sie nicht aufs Spiel setzen. Sieh mich an, Clare!« Er trat näher heran. »Dein Urteil über mich mag ja in allen Stücken stimmen, aber ein Schwindler bin ich nicht und auch kein alter Zopf. Ich mag nicht meine Position ins Treffen führen, nicht die Heiligkeit der Ehe oder ähnlichen Stumpfsinn. Aber im Staatsdienst nimmt man auf solche Dinge noch Bedacht, und eine Scheidung aus meinem Verschulden kann ich daher nicht zugeben.«
»Hab ich auch gar nicht erwartet.«
»Was sonst?«

»Das weiß ich nicht – nur eines weiß ich: Ich komm nicht mehr zurück.«
»Nur wegen jenes –?«
»Und noch vieler anderer Dinge wegen.«
Das katzenhafte Lächeln umspielte wieder seine Lippen und verbarg ihr seine Gedanken. »Willst du, daß ich mich von dir scheiden lasse?«
Clare zuckte die Achseln. »Du hast keinen Anlaß.«
»Das behauptest natürlich du.«
»Ich bin auch davon überzeugt.«
»Hör mal, Clare, das ist ja alles lachhaft, unwürdig eines verständigen, lebenserfahrenen Menschen, wie du es bist. Du kannst doch nicht ewig Strohwitwe bleiben. Das Leben dort hat dir nicht übel behagt.«
»Gewisse Dinge darf mir niemand antun, und du hast sie mir angetan.«
»Ich hab dir ja gesagt, es soll nicht wieder geschehen.«
»Und ich hab dir gesagt, ich kann dir nicht mehr trauen.«
»Auf diese Art kommen wir zu keinem Ende. Willst du dich von deiner Familie erhalten lassen?«
»Nein, ich hab einen Posten gefunden.«
»So? Was für einen?«
»Als Sekretärin bei unserem neuen Abgeordneten.«
»Das wirst du im Handumdrehen sattkriegen.«
»Ich glaube, nicht.«
Er starrte sie ohne sein gewohntes Lächeln an. Einen Augenblick sah sie deutlich, was in ihm vorging, denn seine erregte Miene verriet, daß ihr eine Eifersuchtsszene bevorstand. Unerwartet sagte er: »Ich dulde nicht, daß ein anderer dich besitzt.«
Eine Genugtuung, ihm so einen Augenblick auf den Grund der Seele zu blicken! Sie gab keine Antwort.
»Hast du mich gehört?«
»Ja.«
»Es ist mein Ernst.«
»Das hab ich gemerkt.«
»Du bist ja aus Stein, du kleiner Satan!«
»Ich wollte, ich wäre es gewesen.«

Er schritt auf und ab durchs Zimmer und blieb dann ihr gegenüber stehen.
»Schau mir in die Augen! Ohne dich fahr ich nicht zurück. Ich wohne im Hotel Bristol. Du bist doch ein so reizender Kerl, sei gescheit und zieh zu mir ins Hotel. Fangen wir's noch einmal an. Ich werde dich auf Händen tragen.«
Ihre Selbstbeherrschung verließ sie, sie schrie auf: »Um Himmels willen, bedenk doch, du hast mein ganzes Gefühl für dich getötet!«
Er riß die Augen auf, dann sah er sie blinzelnd an, seine Lippen wurden ganz schmal: einem Rossebändiger glich er.
»Und bedenke du«, erklärte er ganz langsam, »entweder du kommst zu mir zurück, oder ich laß mich von dir scheiden. Ich dulde nicht, daß du dich hier auf eigene Faust vergnügst.«
»Ich bin überzeugt, daß jeder verständige Ehemann dir recht gibt.«
Das Lächeln erschien wieder auf seinen Lippen.
»Dafür muß ich einen Kuß haben!« sagte er und küßte sie, ehe sie sich's versah. Sie riß sich los und drückte die Klingel. Er eilte zur Tür.
»Auf Wiedersehen!« rief er und schritt hinaus.
Clare rieb sich die Lippen. Sie war ganz wirr und erschöpft und hatte keine Ahnung, ob sie oder er den Sieg davongetragen hatte.
Sie stand über den Kamin gebeugt und preßte die Stirn auf die Hände. Da merkte sie, daß Sir Lawrence eingetreten war und wohl absichtlich schwieg.
»Tut mir furchtbar leid, Onkel, nächste Woche bin ich schon in meiner eigenen Wohnung.«
»Rauch doch eine Zigarette, meine Liebe.«
Clare nahm die Zigarette und zog mit Genuß den Rauch ein. Ihr Onkel hatte Platz genommen, sie bemerkte einen spöttischen Zug um seine Brauen.
»Nun, hatte die Unterredung den üblichen Erfolg?«
Clare nickte.
»Also bis auf weiteres vertagt. Die Menschen sind ja doch nie zufrieden mit dem, was sie nicht wollen, man mag es ihnen noch

so klug beizubringen versuchen. Demnach Fortsetzung folgt?«

»Nein, soweit es auf mich ankommt.«

»Leider gibt es bei Konferenzen immer zwei Parteien.«

»Onkel Lawrence«, fragte sie plötzlich, »wie lautet jetzt das Scheidungsgesetz?«

Der Baronet hatte die langen dünnen Beine gekreuzt, nun stellte er ein Bein neben das andere.

»Hab mich nie näher damit befaßt. Die Bestimmungen sind jetzt, scheint mir, nicht mehr so veraltet wie in früheren Tagen, aber schlag doch im Lexikon nach.« Er langte nach einem Band mit rotem Rücken. »Seite 258 – hier, meine Liebe.«

Clare las es still durch, er sah ihr dabei bekümmert zu. Dann blickte sie auf und sagte:

»Wenn ich will, daß er sich von mir scheiden läßt, muß ich also Ehebruch begehen.«

»So pflegt man es, glaube ich, auf elegante Art zu besorgen. Doch in den vornehmen Kreisen besorgt eigentlich der Mann diese schmutzige Sache.«

»Aber er mag nicht. Er will mich zurückhaben. Außerdem muß er ja auf seine Stellung Rücksicht nehmen.«

»Allerdings«, bemerkte Sir Lawrence nachdenklich. »Eine Karriere ist hierzulande ein zartes Pflänzchen.«

Clare schloß das Lexikon.

»Müßte ich nicht an meine Familie denken«, sagte sie, »ich verschaffte ihm noch morgen den Scheidungsgrund, und die Sache wäre erledigt.«

»Hältst du es nicht für besser, es doch noch einmal mit ihm zu versuchen?«

Clare schüttelte den Kopf. »Ganz ausgeschlossen.«

»Also nichts zu machen«, erklärte Sir Lawrence. »Peinliche Lage. Was meint Dinny dazu?«

»Ich hab es mit ihr noch nicht besprochen. Sie weiß gar nicht, daß er hier ist.«

»Und du kannst dich mit niemandem beraten?«

»Nein, Dinny weiß nur, warum ich von ihm fort bin, weiter nichts.«

»Jerry Corven, scheint mir, ist wohl kaum ein geduldiges Lamm.«
Clare lachte.
»Wir sind beide keine sanften Lämmer.«
»Weißt du, wo er wohnt?«
»Im Bristol.«
»Vielleicht wäre es der Mühe wert«, meinte Sir Lawrence langsam, »ihn im Auge zu behalten.«
Clare erschauerte. »Das ist so erniedrigend, Onkel. Auch möchte ich nicht seiner Karriere schaden. Weißt du, er ist ein sehr fähiger Mensch.«
Sir Lawrence zuckte die Achseln. »Für mich und deine ganze Sippe«, bemerkte er, »bedeutet seine Karriere nicht halb soviel wie dein guter Name. Wie lang ist er schon hier?«
»Noch nicht lange, glaub ich.«
»Soll ich ihn aufsuchen und alles mit ihm so zu ordnen trachten, daß du deine eigenen Wege gehen kannst?«
Clare schwieg. Sir Lawrence betrachtete sie und dachte: »Reizvoll, aber ein gefährliches Naturell. Ein sprühendes Temperament, aber kein Jota Geduld.«
»Es war meine eigene Schuld«, meinte sie, »niemand hat mich zu dieser Heirat gedrängt. Ich mag dich wirklich nicht behelligen. Übrigens willigt er nie ein.«
»Wer weiß«, murmelte Sir Lawrence. »Wenn sich mir von ungefähr Gelegenheit bietet, soll ich's dann versuchen?«
»Es wäre reizend von dir, nur –«
»Also gut. Doch inzwischen – arbeitslose junge Männer, ist das klug?«
Clare lachte. »Oh, der tanzt nach meiner Pfeife. Tausend Dank, Onkel Lawrence! Du bist mir wirklich ein großer Trost. Ich war hirnverbrannt, aber Jerry übt eine gewisse Macht aus, weißt du. Und ich hab immer gern mit der Gefahr gespielt. In diesem Punkt bin ich gar nicht meiner Mutter Tochter. Ihr ist so etwas verhaßt. Und Dinny nimmt nur aus Prinzip Gefahren auf sich.« Sie seufzte. »Nun will ich dir nicht länger lästig fallen.« Sie warf ihm eine Kußhand zu und verließ ihn.
Sir Lawrence blieb im Lehnstuhl sitzen und dachte: »Da soll ich

nun die Nase hineinstecken! Peinliche Geschichte, und wird gewiß noch peinlicher. Aber für eine Frau ihres Alters muß etwas geschehen. Ich will mit Dinny sprechen.«

8

Das Wahlfieber in Condaford war geschwunden, und die gewohnte Stimmung äußerte sich in den Worten des Generals: »Na, diesen Kerlen ist recht geschehen!«

»Vater, wird dir nicht angst und bang bei dem Gedanken, was den neuen ›Kerlen‹ geschehen wird, wenn sie es nicht besser machen?«

Der General lächelte. »Für heute bin ich zufrieden, Dinny. Hat Clare sich schon in London eingerichtet?«

»Sie ist in ihre Wohnung eingezogen. Vorläufig besteht ihre Arbeit, scheint mir, im Schreiben von Dankbriefen an die Leute, die für Dornford die schmutzige Arbeit auf der Straße besorgten.«

»Im Auto? Mag Clare Dornford gut leiden?«

»Sie hält ihn für ungemein rücksichtsvoll.«

»Sein Vater war ein guter Soldat. Im Burenkrieg stand ich kurze Zeit in seiner Brigade.« Er blickte seine Tochter durchdringend an und fuhr fort:

»Läßt Corven etwas von sich hören?«

»Ja. Er ist in London.«

»Was! Ich wollte, man hielte mich nicht so im dunkeln. Heutzutage müssen die Eltern vor der Tür stehen und darauf warten, was sie durchs Schlüsselloch zu sehen bekommen.«

Dinny zog seinen Arm durch den ihren.

»Man muß so sehr auf die Gefühle der lieben Eltern bedacht sein. Vater, seid ihr nicht Mimosen?«

»Nun, deine Mutter und ich sehen die Zukunft sehr trüb. Wir wünschen von Herzen, die Sache ließe sich wieder leimen.«

»Doch hoffentlich nicht um den Preis von Clares Glück?«

»Nein«, gab der General zögernd zurück, »nein. Aber diese Eheaffären sind heikle Geschichten. Wer kann sagen, was jetzt oder später Glück für sie bedeutet? Sie weiß es nicht, du weißt es nicht, und ich weiß es auch nicht. Meist kommt man bei diesen Geschichten nur vom Regen in die Traufe.«

»Man soll also gar nichts versuchen? Soll im Regen bleiben? War das nicht so ungefähr die Maxime der Arbeiterpartei?«

»Ich möchte ihn aufsuchen«, erklärte der General und glitt über Dinnys Anspielung hinweg. »Aber ich mag nicht so im dunkeln tappen. Was meinst du, Dinny?«

»Lieber nicht den schlafenden Leu wecken, warte doch, bis er dich angreift.«

»Du glaubst, das tut er?«

»Jawohl.«

»Traurig!« murmelte der General. »Clare ist noch so jung.«

Das war auch Dinnys steter Gedanke. In der ersten Erregung hatte sie der Schwester gesagt: »Du mußt dich frei machen«, und auch jetzt blieb das ihre feste Überzeugung. Aber wie sollte sie sich befreien? Die Kenntnis der Scheidungsparagraphen hatte man sie in der Jugend nicht gelehrt. Scheidungen kamen durchaus nicht selten vor, das wußte sie und hatte wie die meisten ihrer Altersgenossen nicht viel dagegen einzuwenden. Ihren Eltern erschien es offenbar als tiefbetrübliches Ereignis, besonders wenn Corven sich von Clare scheiden ließe, nicht sie von ihm; diese Schande mußte man wohl um jeden Preis vermeiden.

Seit ihrem herzzerreißenden Erlebnis mit Wilfrid war Dinny nur noch selten in London gewesen. Jede Straße und vor allem der Hydepark erinnerten sie an ihn und die Einsamkeit, in der er sie zurückgelassen hatte. Dennoch war es ihr jetzt ganz klar, daß Clare in der Krise, die ihr nun bevorstand, nicht allein bleiben durfte.

»Meinst du nicht, Vater, ich sollte in die Stadt fahren, um herauszukriegen, was eigentlich los ist?«

»Ja, tu das, mir fällt ein Stein vom Herzen. Wenn es irgendwie möglich ist, die Sache zu leimen, dann soll es geschehen.«

Dinny schüttelte den Kopf. »Meiner Meinung nach ist es unmöglich, und auch du würdest es nicht wünschen, wenn Clare dir alles gesagt hätte, was sie mir erzählte.«

Der General starrte sie an. »Da hast du's! Ihr laßt mich im dunkeln.«

»Ganz richtig, lieber Vater, aber solange sie selbst es dir nicht erzählt, kann auch ich nichts sagen.«
»Dann fahr so bald wie möglich zu ihr.«

In den Melton Mews, einem Gäßchen nahe den Hofstallungen, roch es zwar nicht nach Pferden, dafür aber ganz aufdringlich nach Benzin. Diese Hintergasse mit ihren Ziegelmauern war zum Stammquartier der Autos geworden. Als Dinny am späten Nachmittag die Gasse betrat, gähnten ihr zur Rechten und zur Linken mehr oder minder frisch gestrichene Garagentore entgegen. Ein oder zwei Katzen schlichen vorbei, und durch eine offene Tür sah man die Kehrseite eines Chauffeurs, der sich im Arbeitskittel über einen Motor beugte. Im übrigen war hier alles still und öde. Nr. 2 hatte noch von seiner früheren Besitzerin her eine pfauenblaue Haustür; wie so manche andere Luxuswarenhändlerin hatte auch sie infolge der Wirtschaftskrise ihr Geschäft aufgeben müssen. Dinny zog an einem ziselierten Glockengriff, und ein schwaches Bimmeln ertönte, das an die Schelle eines verlaufenen Schafes erinnerte. Dann Stille, für einen Augenblick ein Lichtschimmer gerade ihr gegenüber, die Tür tat sich auf. Clare stand im jadegrünen Arbeitskittel im Rahmen und rief: »Komm doch herein, meine Liebe. Hier findest du die Löwin in der Höhle, die Herrin im Burgsaal.«
Dinny betrat einen kleinen, fast leeren Raum, der mit Matten belegt und mit grüner japanischer Seide behangen war, die noch von der Antiquitätenhändlerin stammte. Eine enge Wendeltreppe mündete in die gegenüberliegende Ecke, und aus einer einzigen Lampe mit grünem Papierschirm in der Mitte drang gedämpftes Licht. Ein elektrischer Messingofen gab keine Wärme.
»Hier ist weiter nichts los«, sagte Clare, »komm hinauf.«
Dinny stieg die Wendeltreppe hinauf und kam in ein noch kleineres Wohnzimmer. Zwei mit Vorhängen versehene Fenster boten Ausblick auf die Hintergasse, dann gab es noch eine Couch mit Kissen, einen kleinen alten Schreibtisch und drei Stühle, sechs japanische Drucke, die Clare offenbar eben erst aufgehängt hatte, einen alten Perser über dem mattenbelegten Boden und ein fast

leeres Bücherregal, auf dem einige Familienbilder standen. Die Wände waren blaßgrau getüncht, der Gaskamin brannte.

»Fleur hat mir die Drucke und den Teppich gespendet, Tante Emily den Schreibtisch. Das übrige hab ich von meiner Vorgängerin übernommen.«

»Wo schläfst du?«

»Auf dieser Couch, ganz bequem. Nebenan hab ich ein kleines Bade- und Ankleidezimmer mit Warmwasser und einem – wie heißt das Zeug nur? – einem eingebauten Wandschrank für Kleider.«

»Mutter beauftragte mich, dich zu fragen, was du brauchst.«

»Unseren alten Primus-Kocher, ein paar Decken, Messer, Gabeln und Löffel, ein kleines Teeservice, wenn ihr es entbehren könnt, und ein paar Bücher, die ihr nicht braucht.«

»Schön«, sagte Dinny. »Also Liebste, wie geht es dir?«

»Körperlich gut, aber seelisch bin ich unruhig. Ich hab dir ja erzählt, er ist in London.«

»Weiß er von dieser Wohnung?«

»Vorläufig nicht. Du, Fleur und Tante Emily – ja, und Tony Croom, ihr seid die einzigen, die davon wissen. Meine offizielle Adresse ist Mount Street. Aber wenn er es sich in den Kopf setzt, kriegt er es bestimmt noch heraus.«

»Hast du ihn gesehen?«

»Ja, ich hab ihm auch gesagt, daß ich nicht mehr zu ihm zurückkomme. Und ich gehe auch nicht mehr zurück, Dinny. Darüber ist weiter kein Wort zu verlieren. Möchtest du Tee? Ich kann ihn in einem braunen Topf kochen.«

»Nein, danke, hab auf der Fahrt getrunken.« Sie saß auf einem der übernommenen Stühle, in einem flaschengrünen Kostüm, das zu ihrem buchenlaubfarbenen Haar ausgezeichnet stand.

»Wie hübsch du dich nur in diesem Sessel ausnimmst!« sagte Clare und rekelte sich auf dem Diwan. »Zigarette?«

Dinny dachte das gleiche von ihrer Schwester. Ein anmutiges Geschöpf, ein Geschöpf, das stets anmutig wirken mußte, mit dunklem, kurzgeschnittenem Haar, dunklen, lebhaften Augen, elfenbeinfarbenem Gesicht und der Zigarette zwischen den nur wenig geröteten Lippen. Sie sah – mit einem Wort begehrenswert aus.

Diese Feststellung berührte Dinny peinlich. Clare war ja stets lebhaft und reizvoll gewesen, doch zweifellos hatte die Ehe diesen Reiz noch gesteigert, noch vertieft, geradezu dämonisch gemacht. Plötzlich fragte sie: »Tony Croom, sagtest du?«

»Er half mir diese Wände streichen. Eigentlich hat er's allein gemacht, ich nur das Badezimmer, diese hier sind besser ausgefallen.«

Dinnys Augen prüften die Wände mit offenkundigem Interesse.

»Recht nett. Vater und Mutter sind unruhig, Liebste.«

»Kann ich mir denken.«

»Nur natürlich, nicht wahr?«

Clares Brauen zogen sich zusammen. Dinny entsann sich auf einmal, wie ernst sie beide einst die Frage erörtert hatten, ob man sich die Brauen auszupfen lassen solle oder nicht. Gott sei Dank, Clare hatte es noch nicht getan.

»Ich kann es nicht ändern, Dinny. Ich weiß nicht, was Jerry vorhat.«

»Er kann wohl nicht lange hier bleiben, ohne sein Amt niederzulegen.«

»Vermutlich nicht. Aber ich zerbreche mir darüber nicht den Kopf. Was kommt, kommt.«

»Wie lang könnte der Scheidungsprozeß dauern, ich meine, wenn du die Klage einbringst?«

Clare schüttelte den Kopf. Eine dunkle Locke fiel ihr in die Stirn und erinnerte Dinny an ihre Kindertage.

»Ihn überwachen zu lassen, ginge mir gegen den Strich. Und ich mag auch nicht vor Gericht gehen und dort haargenau auseinandersetzen, wie brutal er mich behandelt hat. Übrigens steht auch nur mein Wort gegen das seine. Den Männern ist nicht so leicht beizukommen.«

Dinny erhob sich und nahm neben Clare auf der Couch Platz.

»Umbringen könnt ich ihn!« rief sie.

Clare lachte.

»In mancher Hinsicht war er ja gar nicht übel. Doch ich mag einfach nicht zu ihm zurück. Wenn man dich einmal so erniedrigt hätte, tätest du's auch nicht.«

Dinny saß schweigend mit geschlossenen Augen da.

»Sag mir doch, wie du mit Tony Croom stehst«, bat sie endlich.
»Will sehen, wie er sich bewährt. Solange er sich anständig aufführt, mag ich ihn gern sehen.«
»Wenn man erfährt«, sagte Dinny langsam, »daß er dich hier besucht, wäre der gewünschte Scheidungsgrund wohl gegeben, wie?«
Clare lachte wieder.
»Grund genug in den Augen von Weltmännern. Ich glaube, einer solchen Bezeichnung können die Geschworenen nie widerstehen. Aber versteh mich recht, Dinny, ehe ich anfange, die Welt mit den Augen von Geschworenen anzusehen, laß ich mich lieber gleich begraben. Doch ich fühl mich noch springlebendig. Darum geh ich unbekümmert meinen Weg. Tony weiß, ich hab so viel ›Physiologie‹ genossen, daß ich für lange Zeit genug hab.«
»Ist er in dich verliebt?«
Die blauen Augen blickten in die braunen.
»Ja.«
»Bist du in ihn verliebt?«
»Ich hab ihn gern, recht gern. Andere Gefühle kenn ich vorläufig nicht.«
»Hältst du es nicht für klüger, während Jerrys Anwesenheit –«
»Nein. Solange er hier ist, bin ich sicherer als nach seiner Abreise. Wenn ich nicht mit ihm zurückkehre, läßt er mich wahrscheinlich beobachten. Er tut, was er sagt, darauf kannst du dich verlassen.«
»Wenn das ein Vorteil sein soll! Komm, gehen wir fort, zum Abendessen.«
Clare dehnte sich.
»Leider ausgeschlossen, Liebste. Ich speise mit Tony in einem kleinen, schäbigen Restaurant, wie es unserer mageren Börse ziemt. Dieses Leben von der Hand in den Mund macht mir Spaß.«
Dinny stand auf und begann die japanischen Drucke geradezurücken. Clares Sorglosigkeit war ihr nichts Neues. Sich als ältere Schwester aufzuspielen, als Tugendrichterin! Unmöglich!
»Gute Arbeiten, meine Liebe«, erklärte sie. »Fleur hat sehr hübsche Sachen.«

»Verzeih, bitte, wenn ich mich jetzt umkleide«, sagte Clare und verschwand im Badezimmer.
Dinny blieb mit dem Problem ihrer Schwester allein zurück. Ein Gefühl der Hilflosigkeit überkam sie, wie es niemanden erspart bleibt, nur vielleicht den geborenen Besserwissern. Niedergeschlagen trat sie ans Fenster und zog den Vorhang beiseite. Alles schien finster und schmutzig. »Hier Antiquitäten an den Mann bringen zu wollen, närrischer Einfall!« dachte sie. Sie sah einen Mann um die nahe Ecke biegen und nach den Hausnummern spähen. Er überquerte die Straße und blieb dann gerade vor dem Haus Nr. 2 stehen. Wie kräftig und selbstsicher diese schlanke Gestalt in dem gutgeschnittenen Überrock nur wirkte!
»Hilf Himmel!« schoß es ihr durch den Kopf, »Jerry!« Sie ließ den Vorhang fallen und eilte zum Badezimmer. Als sie die Tür auftat, hörte sie das Schafglöckchen der Antiquitätenhändlerin melancholisch bimmeln.
Clare stand im Negligé unter der einzigen Glühbirne und besah in einem Handspiegel prüfend ihre Lippen. Dinny trat in den Raum, der nur vier zu zwei Fuß maß; nun war fast kein Zollbreit Platz mehr vorhanden.
»Clare!« rief sie, »er kommt!«
Clare wandte sich um, der Schimmer ihrer blassen Arme, der Glanz der Seidenwäsche, das erschrockene Aufleuchten ihrer dunklen Augen, sogar ihrer Schwester erschien sie wie ein Bild.
»Jerry?«
Dinny nickte.
»Ich mag ihn nicht sehen!« Sie warf einen Blick auf die Uhr an ihrem Handgelenk. »Und um sieben soll ich dort sein! Verdammt!«
Dinny lag zwar nicht das mindeste daran, daß Clare ihre unüberlegte Verabredung einhielt, dennoch fragte sie zu ihrer eigenen Überraschung:
»Soll ich hinuntergehen? Er hat bestimmt das Licht bemerkt.«
»Könntest du ihn nicht fortlocken, Dinny?«
»Ich kann es versuchen.«
»Dann tu es doch, Liebste! Es wäre ganz reizend von dir. Weiß

der Kuckuck, wie er meine Adresse herausbekommen hat. Zum Teufel! Der Mensch beginnt mich zu verfolgen.«
Dinny schritt ins Wohnzimmer zurück, drehte das Licht ab und stieg die Wendeltreppe hinunter. Beim Hinabgehen hörte sie die Schafglocke nochmals bimmeln. Sie durchquerte den kleinen leeren Raum vor dem Eingang und dachte: »Die Tür geht nach innen auf, ich muß sie fest hinter mir zuschlagen!« Ihr Herz pochte wild, sie holte tief Atem, öffnete rasch die Tür, schritt hinaus und schlug sie fest hinter sich zu. Sie stand Aug in Aug ihrem Schwager gegenüber. Mit glänzend gespielter Überraschung wich sie zurück: »Wer ist das?«
Er zog den Hut, die beiden sahen einander an.
»Dinny, ist Clare zu Hause?«
»Ja, sie kann aber niemanden empfangen.«
»Das heißt wohl, sie mag mich nicht empfangen?«
»Wenn du es so formulieren willst, bitte.«
Er sah sie mit seinen kühnen Augen scharf an.
»Gut, dann ein andermal. Wohin gehst du?«
»In die Mount Street.«
»Ich begleite dich, wenn ich darf.«
»Gewiß.«
Sie schritt an seiner Seite hin und dachte: »Vorsicht!« In seiner Gesellschaft fühlte sie sich keineswegs so sicher wie in seiner Abwesenheit. Jerry Corven war bezaubernd, das sagte ja alle Welt.
»Clare stellt mir wohl kein gutes Zeugnis aus, wie?«
»Bitte, sprechen wir nicht darüber. Ich teile ganz ihre Gefühle.«
»Natürlich. Dein Familiensinn ist ja sprichwörtlich. Aber bedenk doch, Dinny, wie aufreizend sie wirkt.« Sein lächelnder Blick streifte sie. Jenes Bild: der Hals, die schimmernden Arme, das dunkle Haar, die dunklen Augen! *Sex appeal* – scheußlicher Ausdruck! »Du hast ja keine Ahnung, wie sie einen auf die Folter spannt. Obendrein war ich stets ein Freund von Experimenten.«
Dinny blieb plötzlich stehen. »Sie ist meine Schwester, begreifst du?«
»Du bist davon wohl überzeugt, aber man möchte es kaum glauben, wenn man euch beide nebeneinander sieht.«
Dinny schritt weiter und gab keine Antwort.

»Also paß auf, Dinny!« hob die angenehme Stimme wieder an, »ich bin ein Genußmensch, zugegeben. Aber was liegt schon dran! Der Sexualtrieb führt naturgemäß auf Abwege. Falls das jemand leugnet, so glaub ihm nicht. Derlei Wünsche verfliegen wieder von selbst, sie sind jedenfalls belanglos. Wenn Clare zu mir zurückkommt, denkt sie an diese Geschichten in zwei Jahren längst nicht mehr. Ihr gefällt ein solches Leben, und ich bin kein Langweiler. In der Ehe soll jeder nach seiner Fasson selig werden.«
»Das heißt, du willst dann deine Experimente an anderen machen?«
Er zuckte die Achseln, maß sie von der Seite und lächelte.
»Diese Unterredung macht dich fast verlegen, nicht wahr? Nur eines möchte ich dir klarlegen: Ich hab gewissermaßen ein doppeltes Ich, das eine – und auf das kommt es an – muß arbeiten und kann diese Arbeit auch leisten. Von diesem Jerry sollte Clare nicht lassen, denn er wird ihr ein Leben verschaffen, in dem sie nicht rostet. Sie wird mitten drin in den Ereignissen stehen, mitten in der Gesellschaft. Sie wird Leben und Bewegung haben, und beides liebt sie. Auch eine gewisse Macht wird sie besitzen, was ihr gar nicht übel behagt. Mein zweites Ich – na, das will sein Vergnügen und nimmt es sich eben. Aber das Schlimmste ist vorüber, wenigstens für sie, wird zumindest vorüber sein, wenn wir wieder zusammen hausen. Wie du siehst, bin ich ehrlich – oder schamlos, wenn dir das besser gefällt.«
»Doch was hat das alles mit Liebe zu tun?« fragte Dinny trocken.
»Vielleicht gar nichts. Die Ehe beruht auf gemeinsamen Interessen, gemeinsamem Begehren. Die Interessen nehmen mit den Jahren zu, das Begehren nimmt ab. Doch gerade das dürfte ihr willkommen sein.«
»Ich kann nicht für Clare das Wort führen, aber für meine Person sehe ich die Sache anders.«
»Du hast es eben noch nicht ausprobiert, meine Liebe.«
»Nein«, gab Dinny zurück, »und werde es auch nie, wenigstens nicht auf dieser Basis. Mich ekelt vor einer Mischung von Laster und Geschäft.«
Er lachte. »Du sprichst frisch von der Leber weg, das gefällt mir.

Doch im Ernst, Dinny, du solltest Clare umstimmen. Sie macht einen schweren Fehler.«
Dinny ergriff plötzlich wilder Zorn. »Den schwersten Fehler hast du begangen, scheint mir«, stieß sie zwischen den Zähnen hervor.
»Wenn man gewisse Pferde auf gewisse Weise traktiert, kommt man nie mehr wieder mit ihnen aus.«
Er schwieg. »Eure Familie wünscht doch gewiß keine Scheidung«, erklärte er schließlich und sah sie fest an. »Ich hab es Clare schon gesagt: ich dulde einfach nicht, daß sie sich von mir scheiden läßt. Tut mir leid, aber es läßt sich nicht ändern. Wenn sie aber doch nicht zu mir zurück will, soll sie trotzdem nicht freie Hand haben.«
»Das heißt also«, stieß Dinny wieder zwischen den Zähnen hervor, »wenn sie zu dir zurückgeht, dann k a n n sie freie Hand haben?«
»So ungefähr stell ich mir's vor.«
»Verstehe. Höchste Zeit, daß ich dir gute Nacht sage.«
»Wie du willst. Du hältst mich für einen Zyniker. Magst ja recht haben. Ich aber werde alles daran setzen, Clare zurückzuholen. Wenn sie sich weigert, dann soll sie auf der Hut sein.«
Sie waren unter einem Laternenpfahl stehengeblieben; mühsam zwang sich Dinny, seinem Blick standzuhalten. Er schien furchtbar, schamlos, bestrickend, ohne Erbarmen wie ein Panther, mit diesem lauernden Lächeln, diesem unheimlich ruhigen Blick.
»Ich verstehe vollkommen«, sagte sie gelassen. »Gute Nacht!«
»Gute Nacht, Dinny! Tut mir leid, aber es ist wohl am besten, wir wissen, woran wir sind. Reichst du mir nicht die Hand?«
Zu ihrer eigenen Überraschung ließ sie sich seinen Händedruck gefallen, dann bog sie um die Ecke in die Mount Street.

9

Als Dinny das Haus der Tante betrat, war ihre glühende Liebe zur Familie aufs neue mächtig in ihr erwacht, dennoch verstand sie jetzt besser, was Clare zur Heirat mit Jerry Corven bestimmt haben mochte. Er war in der Tat bestrickend, seine schamlose, unverhüllte Kühnheit schlug einen geradezu in Bann. Offenbar übte er auf die Eingeborenen gewaltigen Einfluß aus, ging mit ihnen rücksichtslos, aber doch glatt und geschmeidig um, bezauberte jeden, der mit ihm zu tun hatte. Auch war es augenscheinlich nicht so leicht, seinem physischen Reiz zu widerstehen, solange er den Stolz des anderen nicht aufs schwerste kränkte.

»Da ist sie, Adrian!« rief die Stimme ihrer Tante und riß sie aus ihrem peinlichen Grübeln. Vom Treppenabsatz blickte das spitzbärtige Gesicht ihres Onkels Adrian über die Schulter seiner Schwester.

»Deine Sachen sind gekommen, meine Liebe. Wo warst du denn?«

»Bei Clare, Tantchen.«

»Dinny«, sagte Adrian, »ich hab dich fast ein Jahr lang nicht gesehen.«

»Dann müssen wir uns auf der Stelle einen Kuß geben. Onkel! Wie steht's in deinem Museum, hat die Wirtschaftskrise auch deine Gebeine befallen?«

»Die vorhandenen Gebeine sind in Ordnung; mit den Neuerwerbungen sieht es windig aus – kein Geld für Forschungsreisen. Der Ursprung des *Homo sapiens* bleibt schleierhafter denn je.«

»Dinny, wir brauchen uns nicht umzukleiden. Adrian bleibt zum Abendessen. Lawrence wird ganz erleichtert aufatmen. Ihr könnt miteinander quasseln, ich will mir inzwischen den Gürtel lockern – oder möchtest du den deinen fester schnallen?«

»Nein, Tantchen, danke.«

»Dann kommt hier herein.«

Dinny trat ins Empfangszimmer und nahm neben ihrem Onkel Platz. Ernst, runzlig, hager, bärtig, sonngebräunt selbst noch jetzt im November, hielt er die langen Beine gekreuzt und ließ den Blick voll Interesse auf ihr ruhen – glich er nicht mehr denn je einer Geheimkassette, der man getrost alles anvertrauen durfte?

»Onkel, hast du schon von Clare gehört?«

»Nur die bloßen Tatsachen, kein Warum und kein darum.«

»Von solchen Dingen spricht man nicht gern. Hast du je einen Sadisten gekannt?«

»Ein einziges Mal – als ich in Margate die Schule besuchte. Damals ahnte ich natürlich nichts davon, später wurde es mir klar. Willst du damit sagen, Corven sei ein Sadist?«

»Clare behauptet es. Er hat mich von ihrer Wohnung hierher begleitet. Ein höchst sonderbarer Mensch.«

»Doch nicht verrückt?« fragte Adrian schaudernd.

»Keine Spur, lieber Onkel, gescheiter als du oder ich. Er will nur seinen eigenen Weg gehen, ohne Rücksicht auf die anderen; und wer sich ihm entgegenstellt, den rennt er nieder. Könnte Clare eine Scheidung durchsetzen, ohne die Einzelheiten ihres Zusammenlebens öffentlich preiszugeben?«

»Nur wenn sie ihm in einem ganz bestimmten Fall ein Verschulden nachweisen kann.«

»Müßte das hier in England geschehen?«

»Dort draußen wäre es wohl sehr kostspielig, noch dazu kaum von Erfolg begleitet.«

»Clare mag ihn augenblicklich nicht beobachten lassen.«

»Zweifellos ist das eine unsaubere Sache«, meinte Adrian.

»Ich weiß es, Onkel. Aber wenn sie das nicht mag, wie kann sie ihn überführen?«

»Überhaupt nicht.«

»Augenblicklich möchte Clare nur, daß sie beide fortan ihren eigenen Weg gehen; er aber sagt, wenn sie nicht mit ihm zurück will, dann soll sie auf der Hut sein.«

»Ist denn noch ein Dritter im Spiel, Dinny?«

»Ein junger Mann ist in sie verliebt, aber sie erklärt, das habe nichts zu bedeuten.«

»Hm! ›Die Jugend ist voll Leidenschaft –‹, wie Shakespeare sagt. Ein netter junger Mann?«

»Ich sah ihn nur ein paar Minuten; er macht einen guten Eindruck.«

»Nicht ganz unbedenklich.«

»Ich setze in Clare unbedingtes Vertrauen.«

»Du kennst sie ja besser als ich, meine Liebe. Ich hielte es für möglich, daß sie sehr leicht die Geduld verliert. Wie lang kann Corven hier in London bleiben?«

»Nicht länger als höchstens einen Monat, glaubt sie; er hat bereits eine Woche hier verbracht.«

»Hat Corven sie gesprochen?«
»Ein einziges Mal. Heute hat er wieder einen Versuch gemacht. Ich hab ihn abgelenkt. Ich weiß, sie hat große Angst davor, ihm wieder zu begegnen.«
»Vorläufig ist er zweifellos dazu berechtigt, sie aufzusuchen, verstehst du?«
»Freilich«, sagte Dinny seufzend.
»Kann ihr nicht euer Abgeordneter, bei dem sie angestellt ist, einen Ausweg raten? Er ist ja Rechtsanwalt.«
»Ich möchte ihm lieber nichts davon sagen, eine so intime Angelegenheit. Überdies mengt sich niemand gern in einen Ehezwist.«
»Ist er verheiratet?«
»Nein.«
Sie sah, wie gespannt Adrians Blick auf ihr ruhte, und entsann sich Clares Lachen und ihrer Worte: »Dinny, er ist in dich verliebt.«
»Morgen abend wirst du ihn hier treffen«, fuhr Adrian fort. »Emily hat ihn, wie ich höre, zum Dinner gebeten. Clare ebenfalls, glaub ich. Ehrlich gestanden, Dinny, ich weiß nicht, was sich da tun ließe. Vielleicht überlegt es sich Clare und kehrt zu Corven zurück, oder er überlegt sich's und läßt sie unbehelligt hier bleiben.«
Dinny schüttelte den Kopf. »Sieht keinem von den beiden ähnlich. Jetzt muß ich gehen und mich waschen, Onkel.«
Adrian sann über die unbestreitbare Tatsache nach, daß doch jedermann seine Sorgen habe. Die seinen beschränkten sich augenblicklich darauf, daß seine beiden Stiefkinder Sheila und Ronald Forest an den Masern erkrankt waren, so daß er sozusagen im eigenen Haus als Paria und seine Frau abgeschlossen wie eine Haremsdame lebte – die strengen Vorschriften bei Infektionskrankheiten zwangen sie dazu. Er nahm an Clare kein besonderes Interesse; für ihn war und blieb sie eine jener Amazonen, die vor keinem Hindernis zurückschrecken und naturgemäß sich dabei ab und zu Arm oder Bein brechen müssen. Seiner Meinung nach war Dinny dreimal soviel wert wie ihre Schwester. Wenn aber Clares Affären Dinny in Kummer stürzten, dann begannen sie auch Adrian zu beunruhigen. Ihr schien nun einmal das Los zu-

zufallen, anderer Bürden zu tragen: Huberts, seine eigene, Wilfrid Deserts und nun Clares.
»Das behagt uns nicht, gelt, Polly?« sagte er zum Papagei seiner Schwester.
Der Papagei, schon an ihn gewöhnt, kam aus seinem offenen Käfig, flog ihm auf die Schulter und zwickte ihn ins Ohr.
»Dir gefällt das auch nicht, gelt?«
Des grünen Vogels Antwort war gedämpftes Kreischen; er klammerte sich an Adrians Weste, und Adrian kraulte ihm den Kopf.
»Wer krault ihr den Kopf? Arme Dinny!«
Die Stimme seiner Schwester ließ ihn emporfahren:
»Ich mag nicht, daß Dinny wieder darunter leidet.«
»Emily«, fragte Adrian, »hat eins von uns Geschwistern sich so viel um die anderen gesorgt?«
»In großen Familien tut man das nicht. Einmal war ich nahe daran, hab mich um Lionels Heirat bemüht. Jetzt ist er Richter – deprimierend. Hast du – diesen Dornford schon gesehen?«
»Noch nie.«
»Sieht aus wie ein Bild. Es heißt, er hat das Steeplechase der Juristen gewonnen. Hat das was zu bedeuten?«
»Es scheint den Leuten erstrebenswert.«
»Sehr gut gebaut«, erklärte Lady Mont. »Ich hab in Condaford ein Auge auf ihn geworfen.«
»Was muß ich hören, Emily!«
»Dinnys wegen natürlich. Adrian, was fängt man nur mit einem Gärtner an, der die Steinterrasse durchaus mit der Walze bearbeiten will?«
»Man verbietet's ihm eben.«
»Sooft ich nach Lippinghall komme, tut er's, taucht bald da, bald dort mit seiner Walze auf. Ah, der Gong! Und hier ist Dinny, gehen wir hinein.«
Sir Lawrence stand am Büfett des Speisezimmers und zog einen zerbröckelnden Kork aus der Flasche.
»Lafite vom fünfundsechziger Jahr. Weiß Gott, wie der schmeckt. Füll ihn besonders vorsichtig um, Blore. Was meinst du, Adrian, soll man ihn ein wenig anwärmen oder nicht?«

»Lieber nicht, einen so alten Wein.«
»Einverstanden.«
Beim Abendessen herrschte zunächst Schweigen. Adrian dachte an Dinny, Dinny an Clare und Sir Lawrence an den Rotwein.
»Französische Kunst«, sagte Lady Mont.
»Ach richtig«, rief Sir Lawrence. »Emily, da fällt mir was ein. Einige von den Bildern des alten Forsyte kommen leihweise in eine Ausstellung. Na, das ist man ihm ja schließlich schuldig – hat er doch ihre Rettung mit dem Leben bezahlt.«
Dinny hob den Blick. »Fleurs Vater? War er ein liebenswürdiger Mann, Onkel?«
»Liebenswürdig?« wiederholte Sir Lawrence, »keine ganz zutreffende Bezeichnung. Aber ehrlich und vorsichtig, jawohl, allzu vorsichtig für diese Zeit. Bei jenem Brand fiel ihm ein Bild auf den Kopf – armer alter Knabe! Aber von französischer Kunst hat er wirklich was verstanden. Die geplante Ausstellung hätte ihm gewiß gefallen.«
»Der ›Geburt der Venus‹ kommt ja doch keines dieser Bilder gleich«, meinte Adrian.
Dinny streifte ihn mit freundlichem Blick. »Ein herrliches Kunstwerk!« bemerkte sie.
Sir Lawrence zog die Braue hoch. »Ich wollte schon oft die Frage behandeln: ›Warum verliert eine Nation ihre poetische Ader?‹ Diese alten Italiener – und seht sie euch jetzt an!«
»Ist Poesie nicht ein Überschäumen, Onkel? Setzt sie nicht Jugend voraus oder zumindest Begeisterungsfähigkeit?«
»Jung waren die Italiener nie, und begeisterungsfähig sind sie auch heute noch gerade genug. Hättest du doch nur gesehen, mit welchem Feuereifer sie sich im vergangenen Mai auf unsere Pässe stürzten!«
»Rührend!« stimmte Lady Mont bei.
»Die Ausdrucksformen wandeln sich eben«, erklärte Adrian. »Im vierzehnten Jahrhundert machten die Italiener ihren Gefühlen durch Dolchstiche und Verse Luft, im fünfzehnten und sechzehnten durch Gift, Skulptur und Malerei, im siebzehnten durch Musik, im achtzehnten durch Intrigen, im neunzehnten durch Revolten, im zwanzigsten tobt sich ihre

poetische Ader in Rundfunk, Vorschriften und Erlässen aus.«
»Diese Vorschriften haben mich so gelangweilt«, murmelte Lady Mont, »ich hab sie nicht lesen können.«
»Dein Glück, meine Liebe! Ich konnte es.«
»Eins muß man den Italienern lassen«, fuhr Adrian fort, »Jahrhundert um Jahrhundert bringt ihr Land wirklich große Männer hervor. Macht das die Rasse, das Klima oder die Landschaft, Lawrence?«
Sir Lawrence zuckte die Achseln. »Was hältst du von diesem Rotwein? Riech nur einmal daran, Dinny! Sechzig Jahre! Vor sechzig Jahren wart ihr beiden jungen Frauen noch nicht auf der Welt, und Adrian und ich hatten in Sentimentalität geschwelgt. Fast vollkommen in seiner Art.«
Adrian schlürfte und nickte: »Das Beste vom Besten.«
»Nun, Dinny?«
»Zweifellos ganz vorzüglich, lieber Onkel – nur an mir verschwendet.«
»Der alte Forsyte hätte diesen Tropfen gewürdigt; bei ihm gab es wundervollen Sherry. Emily, spürst du die Blume?«
Lady Emily ließ den Ellbogen auf dem Tisch ruhen und umschloß das Glas mit der Hand; sie begann bedächtig zu schnuppern.
»Quatsch!« murmelte sie, »Blumen riechen bedeutend besser.«
Diese Äußerung rief tiefes Schweigen hervor.
Dinny hob als erste wieder den Blick. »Wie geht es Boswell und Johnson, Tantchen?«
»Eben hab ich Adrian erzählt, daß Boswell immer die Steinterrasse mit der Walze bearbeitet, und Johnson hat seine Frau verloren – der arme Kerl! Er ist jetzt total verändert. Die ganze Zeit pfeift er – man sollte seine Melodien sammeln.«
»Wohl ein Überbleibsel des alten England?«
»Nein, modern – er ist total verdreht.«
»Weil gerade von Überresten des alten England die Rede ist – hast du je ›Fragen Sie Mama‹ gelesen, Dinny?«
»Nein. Wer hat das geschrieben?«
»Surtees. Solltest es wirklich tun – sozusagen ein Korrektiv.«

»Wessen, Onkel?«
»Der Moderne.«
Lady Mont stellte das Glas nieder, es war leer.
»Sehr vernünftig, damals – 1900 war's – jene Bildausstellung zu sperren, erinnerst du dich noch, Lawrence? In Paris – diese Schlangenlinien und soviel Gelb und Lichtblau – Spiralen und Tropfen – und Gesichter, das Oberste zuunterst. Dinny, ich denke, wir gehen lieber hinauf.«
Als aber bald darauf Blore mit der Bitte kam, Miss Dinny möge ins Arbeitszimmer hinunterkommen, sagte Lady Mont leise: »Es handelt sich um Jerry Corven. Rede deinem Onkel nicht zu. Er bildet sich ein, er kann etwas ändern, aber gar nichts kann er ändern!«
»Nun, Dinny?« sagte Sir Lawrence, »ich freue mich jedesmal, mit Adrian zu sprechen. Ein gutmütiger Geselle mit originellen Ansichten. Ich hab Clare versprochen, Corven aufzusuchen, aber wenn ich nicht genau weiß, was ich ihm sagen soll, ist die Unterredung wohl zwecklos. Ich hab keine blasse Ahnung, was ich ihm sagen soll. Was hältst du davon?«
Dinny, die auf der Kante ihres Sessels saß, ließ die Ellbogen auf den Knien ruhen. Sir Lawrence fand diese Haltung unheilverkündend.
»Nach allem, was Corven mir heut sagte, weiß er nur zu gut, was er will, Onkel Lawrence. Clare muß entweder zu ihm zurück, oder er bringt die Scheidungsklage ein.«
»Wie werden sich die Deinen dazu stellen?«
»Es wird sie sehr betrüben.«
»Weißt du, daß ein junger Mann am Horizont aufgetaucht ist?«
»Ja.«
»Er hat keinen roten Heller.«
Dinny lächelte. »Das sind wir gewöhnt.«
»Ich weiß. Aber sich ohne roten Heller in eine heikle Affäre einzulassen, ist eine ernste Sache. Corven wird vielleicht Schadenersatz beanspruchen; er sieht ganz danach aus – ein rachsüchtiger Patron.«
»Traust du ihm das wirklich zu? Heutzutage gilt so etwas doch für sehr unanständig, nicht?«

»Wenn der Mensch in Saft ist, kümmert er sich verdammt wenig um den Anstand. Könntest du Clare nicht dazu bewegen, dem jungen Croom vorläufig den Laufpaß zu geben?«

»Ich fürchte, Clare läßt sich von mir nicht vorschreiben, wen sie empfangen darf. Ihrer Meinung nach trägt einzig und allein Jerry Schuld an dem Bruch.«

»Ich wäre dafür«, erklärte Sir Lawrence und blies bedächtig eine Rauchwolke vor sich hin, »Corven während seines Aufenthaltes in London überwachen zu lassen; dann könnten wir vielleicht durch einen Gegenstoß seinen Angriff parieren. Aber Clare will nichts davon wissen.«

»Sie ist überzeugt, daß er eine große Karriere vor sich hat, und möchte sie ihm nicht verderben. Auch geht einem ein solches Verfahren wirklich gegen den Strich.«

Sir Lawrence zuckte die Achseln.

»Was tun? Gesetz ist Gesetz. Corven ist Mitglied des Burton-Klubs. Soll ich ihm dort auflauern und beibringen, er möge Clare in Ruhe lassen und warten, bis durch die Trennung ihr Gefühl für ihn aufs neue erwacht?«

Dinny zog die Brauen hoch.

»Du kannst ja den Versuch wagen, aber er geht wahrscheinlich nicht darauf ein.«

»Wie wirst du dich zu dieser Sache stellen?«

»Ich halte zu Clare, was immer sie tun oder lassen mag.«

Sir Lawrence nickte; er hatte keine andere Antwort erwartet.

10

Seit grauen Zeiten zeichnet die führenden Männer Englands eine gewisse Eigenschaft aus, die sie zu dem gemacht hat, was sie sind – die schon so viele Anwälte ins Parlament gebracht hat, so viele Diener Gottes auf den Bischofsstuhl, die so viele Finanzmänner flott gemacht, so vielen Politikern die Sorge um das Morgen erspart, so vielen Richtern die Gewissensbisse genommen hat; und auch Eustace Dornford besaß diese Eigenschaft in nicht geringem Maße. Kurzum, seine Verdauung war ausgezeichnet, er konnte

jederzeit essen und trinken, ohne später etwas davon zu spüren. Stets erwies er sich als unermüdlicher Arbeiter, auch bei Sport und Spiel. Und er besaß just jenes Quantum Nervenkraft, das ihn das Steeplechase der Juristen gewinnen ließ. Jetzt hatte er für das Parlament kandidiert, obwohl seine Praxis gewaltig gewachsen war, seit er vor zwei Jahren den Titel eines Königlichen Justizrats erhalten hatte. Dennoch durfte man ihn keineswegs für einen rücksichtslosen Streber halten. Sein blaßbraunes, schöngeschnittenes Gesicht mit den haselnußbraunen Augen verriet Takt und Feingefühl, sein Lächeln war gewinnend. Er hatte ein nettes dunkles Schnurrbärtchen; das wellige dunkle Haar war noch nicht durch die Ratsperücke gelichtet. Nach seiner Studienzeit in Oxford hatte er sich durch so manches offizielle Dinner durchgegessen und in der Kanzlei eines wohlbekannten Anwalts seine Praxis begonnen. Bei Kriegsbeginn war er Fähnrich im Shropshire-Freiwilligenkorps gewesen, dann zur Kavallerie gekommen und bald darauf in den Schützengraben, wo er mehr Glück gehabt hatte als so mancher andere. Nach dem Krieg hatte seine Laufbahn bei Gericht sehr raschen Aufschwung genommen. Die Anwälte mochten ihn gut leiden. Nie geriet er mit den Richtern in Konflikt und bewährte sich ausgezeichnet im Kreuzverhör, weil er es fast zu bedauern schien, daß er so viele Belastungsmomente ans Licht zog. Er war im römisch-katholischen Glauben erzogen, hielt sich aber nicht besonders streng daran. In Liebessachen war er wählerisch, und seine Anwesenheit bei einer Tafelrunde brachte die losen Zungen zwar nicht ganz zum Schweigen, bewog sie aber doch zur Mäßigung.
In Harcourt Buildings, im Londoner »Temple«-Gebäudekomplex, hauste er in einer geräumigen Wohnung, wo er behaglich leben und arbeiten konnte. Ob schön, ob Regen, machte er frühmorgens nach zweistündiger Arbeit einen Spazierritt in der Reitallee des Hydeparks. Um zehn Uhr hatte er bereits gebadet, das Frühstück eingenommen, die Tagesneuigkeiten gelesen und begab sich dann in den Gerichtssaal. Ab vier Uhr, nach Schluß der Verhandlungen, arbeitete er bis halb sieben noch an seinen Fällen. Die Abende, an denen er bis dahin frei gewesen, würde er fortan im Parlament verbringen. Vor dem Schlafengehen mußte er meist

noch ungefähr eine Stunde lang einen Fall bearbeiten; seine sechsstündige Ruhezeit würde also vermutlich auf vier bis fünf Stunden zusammenschrumpfen.
Clares Pflichten bei ihm waren einfach genug. Sie kam um dreiviertel zehn, öffnete seine Post und nahm von zehn bis viertel elf seine Anweisungen entgegen. Dann blieb sie im Büro und erledigte die Korrespondenz; um sechs Uhr erschien sie wieder, um irgendeine neue Arbeit zu beginnen oder eine alte zu vollenden.
Am Abend, der auf den eben beschriebenen folgte, betrat Dornford punkt viertel neun das Empfangszimmer in der Mount Street, wurde willkommengeheißen und Adrian vorgestellt, den man wieder zu Tisch gebeten hatte. Sie unterhielten sich über den Pfundkurs und andere ernste Probleme; da sagte plötzlich Lady Mont: »Die Suppe ist serviert. Was haben Sie mit Clare angefangen, Mr. Dornford?«
Sein Blick, der bis jetzt nur an Dinny gehangen hatte, glitt nun mit leiser Überraschung zur Hausfrau.
»Sie ging um halb sieben vom Temple fort und sagte, wir würden uns noch heute treffen.«
»Gehen wir also hinunter«, sagte Lady Mont.
Nun folgte eine jener unbehaglichen Stunden, wie sie wohlerzogene Menschen nicht selten durchleben, wenn vier von ihnen besorgt sind, den Grund ihrer Besorgnis aber dem fünften nicht verraten wollen, und dieser fünfte dennoch ihre Unruhe bemerkt.
Es saßen zuwenig Leute bei Tisch, als daß es sich hätte verschleiern lassen, denn was der eine sagte, konnten alle hören. Eustace Dornford war es unmöglich, mit einem seiner Nachbarn vertraulich zu plaudern; auch fühlte er instinktiv, er dürfe ohne vertrauliche Ansprache jenen Gegenstand nicht berühren. Darum war er sorgfältig darauf bedacht, streng offiziell zu bleiben und nur Themen zu erörtern wie etwa den Ministerpräsidenten, die noch ungeklärten Giftmorde, die Lüftung des Unterhauses, das Problem, was einer dort mit seinem Hut anfangen solle, also lediglich Gegenstände von allgemeinem Interesse. Doch gegen Ende des Abendessens merkte er nur zu deutlich, wie sehr alle darauf brannten, über Dinge zu sprechen, die er nicht hören durfte; des-

halb schützte er einen Anruf vor und ließ sich von Blore aus dem Zimmer führen.
Kaum war er draußen, sagte Dinny: »Er muß ihr aufgelauert haben, Tantchen. Soll ich nicht hingehen? – Ihr könnt mich ja entschuldigen.«
»Warten wir doch lieber bis zum Aufbruch der Gäste, Dinny«, erwiderte Sir Lawrence; »einige Minuten mehr oder weniger spielen jetzt keine Rolle mehr.«
»Meint ihr nicht«, fragte Adrian, »man sollte Dornford über den Stand der Dinge unterrichten? Clare geht doch täglich zu ihm.«
»Ich werde es ihm sagen«, erklärte Sir Lawrence.
»Nein«, widersprach Lady Mont, »Dinny soll mit ihm reden. Dinny, wart hier auf ihn. Wir gehen inzwischen hinauf.«
So kam es, daß Dornford nach seinem Anruf eines Mannes in der Provinz, den er bestimmt nicht zu Hause wußte, Dinny vorfand, die auf ihn wartete.
Sie reichte ihm die Zigarren, nahm selbst eine Zigarette und sagte: »Verzeihen Sie uns, Mr. Dornford, es handelt sich um meine Schwester. Geben Sie mir, bitte, Feuer; hier ist der Kaffee. Blore, könnten Sie mir ein Taxi besorgen?«
Als sie den Kaffee getrunken hatten und am Kamin standen, wandte sie ihm das Gesicht zu und fuhr hastig fort:
»Clare hat sich mit ihrem Gatten entzweit, wissen Sie; vor einigen Tagen traf er in England ein, um sie zurückzuholen. Sie will aber nicht und macht jetzt schwere Tage durch.«
»Hm!« äußerte Dornford taktvoll. »Ich bin Ihnen höchst dankbar, daß Sie mir das erzählen. Ich habe mich während der ganzen Mahlzeit sehr bedrückt gefühlt.«
»Leider muß ich jetzt gehen, um herauszubekommen, was los ist.«
»Darf ich mit Ihnen kommen?«
»O danke, aber –«
»Es wäre mir wirklich eine Freude!«
Dinny zögerte. Er konnte ihr jetzt vielleicht von Nutzen sein, dennoch gab sie zurück: »Danke, aber am Ende wäre es meiner Schwester nicht erwünscht.«

»Verstehe. Doch sobald ich Ihnen helfen darf, geben Sie mir, bitte, gleich Nachricht.«
»Ihr Taxi steht vor der Tür, Miss.«
»Eines Tages«, sagte sie, »möchte ich Sie in einer Scheidungssache um Auskunft bitten.«
Im Auto fragte sie sich, was sie anfangen sollte, wenn sie nicht in Clares Wohnung könnte, gleich danach, was sie täte, wenn sie hineinkönnte und Corven vorfände. An der Ecke der Hintergasse ließ sie den Wagen halten.
»Bitte, warten Sie hier, in einer Minute sage ich Ihnen, ob ich Sie noch brauche.«
Dunkel und abgeschieden lag die kleine Gasse da.
»Wie das Leben«, dachte Dinny und zog die ziselierte Glocke. Leises Bimmeln, niemand erschien. Wieder und wieder schellte sie; dann trat sie zurück, um nach den Fenstern zu sehen. Die Vorhänge – es waren schwere Vorhänge, wie sie sich entsann – waren zugezogen. Sie nahm nicht aus, ob ein Licht dahinter brannte oder nicht. Wieder zog sie die Klingel, schlug mit dem Klopfer an die Haustür, hielt den Atem an und horchte. Kein Laut! Schließlich ging sie unruhig und verwirrt zum Auto zurück. Clare hatte gesagt, Corven sei im Bristol-Hotel abgestiegen; sie gab dem Lenker die Adresse. Es gab ja ein Dutzend Gründe, die Clare abhalten konnten; doch warum hatte sie in einer Stadt der Telefone die Tante nicht verständigt? Halb elf! Vielleicht hatte sie schon angerufen!
Der Wagen fuhr beim Hotel vor. »Bitte, warten Sie!«
Sie betrat die in ruhigem Goldton schimmernde Halle und stand einen Augenblick ganz verlegen. Die Umgebung schien so gar nicht zu ihren Sorgen zu passen.
»Sie wünschen, Madam?« fragte die Stimme eines Hotelpagen.
»Bitte, könnten Sie nicht in Erfahrung bringen, ob mein Schwager, Sir Gerald Corven, im Hotel ist?«
Was sollte sie nur sagen, wenn man Jerry zu ihr brachte? Ein Spiegel warf ihre Gestalt im Abendmantel zurück; daß sie sich so aufrecht hielt, überraschte sie selbst, ihr war es, als müsse sie gebeugt gehen, taumeln. Doch man führte den Schwager nicht zu ihr. Er befand sich weder in seinem Zim-

mer noch in einem der Gesellschaftsräume. Sie trat wieder auf den Chauffeur zu.

»Zurück in die Mount Street.«

Dornford und Adrian waren gegangen, Onkel und Tante spielten Piquet. »Nun, Dinny?«

»Ich konnte nicht in ihre Wohnung. Und er war nicht im Hotel.«

»Du bist ins Hotel gefahren?«

»Mir fiel nichts Besseres ein.«

Sir Lawrence erhob sich. »Ich werde in den Burton-Klub telefonieren.« Dinny nahm neben der Tante Platz.

»Tantchen, ihr ist gewiß etwas zugestoßen. Clare ist doch nie rücksichtslos.«

»Entführt oder eingesperrt«, erklärte Lady Mont. »In meiner Jugendzeit gab es einen solchen Fall. Thompson oder Watson – hat viel Staub aufgewirbelt. Beraubung der persönlichen Freiheit, oder so was Ähnliches – heutzutage hat ein Ehemann nicht mehr das Recht, den Verführer vor Gericht zu zitieren. Nun, Lawrence?«

»Seit fünf ist er nicht mehr im Klub gewesen. Wir müssen bis morgen früh warten. Vielleicht hat sie einfach vergessen; oder sie glaubt, für einen anderen Abend eingeladen zu sein.«

»Sie sagte aber Mr. Dornford, sie würden einander noch treffen.«

»Das werden sie auch – morgen früh. Zerbrich dir jetzt nicht den Kopf, Dinny.«

Dinny ging in ihr Zimmer hinauf, blieb aber angekleidet. Hatte sie wirklich alles getan, was sich tun ließ? Die Nacht war klar und schön, für November noch warm. Kaum einen halben Kilometer weit lag diese einsame Hintergasse, sollte sie hinausschlüpfen und nochmals hingehen?

Sie warf das Abendkleid ab, zog ein Straßenkleid an, nahm Hut und Pelz und schlich die Treppe hinunter. In der Halle war es finster. Leise schob sie den Riegel zurück, trat hinaus und begab sich auf die Straße.

Als sie in die Hintergasse bog, wo eben zwei Wagen über Nacht in die Garage geschafft wurden, sah sie in den oberen Fenstern von Nr. 2 Licht. Sie waren geöffnet, die Vorhänge beiseite gezogen. Sie läutete.

Einen Augenblick später öffnete ihr Clare im Morgenrock die Tür.
»Warst du vorhin hier, Dinny?«
»Ja.«
»Leider konnte ich dich nicht hereinlassen; komm doch hinauf.« Sie schritt ihr über die Wendeltreppe voran. Dinny folgte.
Oben war es warm und hell, die Tür in das kleine Badezimmer stand offen, die Couch war zerwühlt. Clare sah ihre Schwester unglücklich, aber mit einem gewissen Trotz an.
»Ja, Jerry war hier, vor kaum zehn Minuten ist er fort.«
Ein Schauer des Entsetzens lief Dinny über den Rücken.
»Er kommt schließlich von sehr weit her«, sagte Clare. »Lieb von dir, daß du dich so um mich sorgst, Dinny.«
»Ach, Liebling!«
»Er stand schon vor der Haustür, als ich vom Temple zurückkam. Idiotisch von mir, ihn hereinzulassen. Nach allem – na, Schwamm drüber! Ein zweites Mal passiert mir das nicht.«
»Möchtest du, daß ich bei dir übernachte?«
»Ach nein. Aber trink doch eine Tasse Tee! Ich hab ihn eben gekocht. Niemand darf etwas davon erfahren!«
»Natürlich nicht. Ich werde sagen, du hattest arges Kopfweh und konntest nicht ausgehen, um zu telefonieren.«
Als sie Tee tranken, fragte Dinny: »Das hat doch deine Pläne nicht geändert?«
»Keine Spur!«
»Dornford war heute abend bei uns. Wir hielten es für das beste, ihm zu sagen, daß du jetzt schwere Tage durchmachst.«
Clare nickte.
»Das Ganze muß euch allen sehr komisch vorkommen.«
»Mir erscheint es tragisch.«
Clare zuckte die Achseln, stand auf und schlang die Arme um die Schwester. Nach diesem stummen Abschied trat Dinny in die Hintergasse hinaus, die wieder dunkel und verlassen dalag. An der Ecke des Square lief sie fast in einen jungen Mann hinein.
»Mr. Croom, nicht wahr?«
»Miss Cherrell? Waren Sie bei Lady Corven?«

»Ja.«
»Geht es ihr gut?«
Seine Miene war bekümmert, seine Stimme klang besorgt. Dinny holte tief Atem, ehe sie ihm zur Antwort gab:
»Freilich, warum nicht?«
»Sie sagte mir gestern abend, dieser Mensch sei in London. Das beunruhigt mich furchtbar.«
»Wenn er erst diesem Menschen begegnet wäre!« schoß es Dinny durch den Kopf. Doch sie sagte ruhig: »Begleiten Sie mich bis zur Mount Street.«
»Vor Ihnen habe ich kein Geheimnis«, sagte er, »ich bin bis über die Ohren in sie verliebt. Wer wäre das nicht? Miss Cherrell, sie sollte in diesem Haus nicht allein wohnen. Sie erzählte mir, daß er sie gestern besuchen wollte, während Sie bei ihr waren.«
»Ganz richtig. Ich hab ihn fortgeführt, so wie ich Sie jetzt fortführe. Ich glaube, man sollte meine Schwester sich selbst überlassen.«
Er schien sich zusammenzuraffen.
»Waren Sie je verliebt?«
»Ja.«
»Dann wissen Sie, wie das ist.«
Wahrhaftig, sie wußte es!
»Eine grauenhafte Qual, daß ich nicht bei ihr sein kann und danach sehen, ob es ihr gutgeht. Sie nimmt das alles so leicht, aber ich bringe das nicht fertig.«
Nimmt alles so leicht! Und dieser Blick, mit dem Clare sie angesehen hatte! Sie gab keine Antwort.
»Mögen die Leute sagen und denken, was sie wollen«, stieß der junge Croom ohne Zusammenhang hervor, »aber wenn sie fühlten, was ich fühle, könnten sie es einfach nicht. Ich mag Clare wahrhaftig nicht belästigen, aber ich kann den Gedanken nicht ertragen, daß dieser Mann sie in Gefahr bringt.«
Dinny zwang sich, möglichst ruhig zu sagen: »Ich glaube nicht, daß Clare in Gefahr schwebt, aber sie gerät vielleicht noch in Gefahr, wenn man erfährt, daß Sie –«
Er sah ihr gerade in die Augen. »Ich bin so froh, daß Clare Sie hat, Miss Cherrell; um Gottes willen, geben Sie acht auf sie!«

Die beiden hatten die Ecke der Mount Street erreicht. Dinny streckte ihm die Hand hin.
»Seien Sie überzeugt, was immer Clare tut, ich halte fest zu ihr. Gute Nacht! Kopf hoch!«
Er drückte ihr heftig die Hand und lief davon, als sei der Teufel hinter ihm her. Dinny trat ins Haus und schob leise die Riegel vor.
Jawohl, »auf dünnem Eis«! Sie konnte kaum noch einen Fuß vor den anderen setzen, als sie die Treppe hinaufstieg, und sank erschöpft aufs Bett.

11

Als Sir Lawrence Mont am folgenden Nachmittag im Burton-Klub eintraf, kam er sich, wie so mancher andere, der die Nase in eine fremde Angelegenheit steckt, selbst sehr wichtig vor, empfand aber gleichzeitig ein gewisses Unbehagen und wünschte sich weit fort vom Schuß. Zum Kuckuck, was sollte er nur Corven sagen? Zum Kuckuck, wozu überhaupt mit ihm sprechen? Seiner Ansicht nach war es für Clare weitaus das beste, wenn die Ehe wieder geleimt würde. Vom Portier erfuhr er, Sir Gerald sei im Klub; er spähte bedächtig in drei Zimmer, dann eräugte er den Rücken des Wilds, an das er sich heranpirschen wollte, in der Ekke eines kleinen Schreibkabinetts. Er ließ sich an einem Tisch nah bei der Tür nieder, um Überraschung heucheln zu können, wenn Corven aufstünde, um fortzugehen. Der Kerl ließ sich unerhört lang Zeit. Sir Lawrence sah eine Ausgabe des Vademecums für englische Staatsmänner neben sich liegen und begann gelangweilt in den Tabellen der britischen Importartikel zu blättern. In der Rubrik »Kartoffeln« fand er folgende Ausgaben: Verbrauch: sechsundsechzig Millionen fünfhunderttausend Tonnen; Erzeugung: acht Millionen achthundertvierundsiebzigtausend Tonnen! Unlängst hatte jemand geschrieben, England führe jährlich Speck im Werte von vierzig Millionen Pfund ein. Er nahm ein Blatt Papier und notierte: »Einfuhrverbot und Schutzzoll für Nahrungsmittel, die im Inland produziert werden können. Jährlicher Im-

port: Schweine vierzig Millionen Pfund; Geflügel – ungefähr zwölf Millionen; Kartoffeln – Gott weiß, wieviel! Den gesamten Speck, die gesamten Eier und die Hälfte der Kartoffeln konnte man im Inland produzieren. Warum stellt man in England nicht auch einen Fünfjahresplan auf? Durch Einfuhrbeschränkungen ließe sich der Import von Speck und Eiern um ein Fünftel, die Kartoffeleinfuhr um ein Zehntel jährlich senken, die heimische Erzeugung müßte allmählich gesteigert werden, um diesen Ausfall zu decken. Am Ende der fünf Jahre wären dann der gesamte Speck, die gesamten Eier und die Hälfte der Kartoffeln britisches Eigenprodukt. Wir hätten achtzig Millionen bei der Einfuhr erspart, und das Defizit der Handelsbilanz wäre beinahe ausgeglichen.«
Er nahm ein zweites Blatt und schrieb:

»An den Herausgeber der *Times*

SCHWEINE, GEFLÜGEL, KARTOFFELN:
EIN WIRTSCHAFTSVORSCHLAG

Geehrter Herr!
Ein einfacher Plan zur Sanierung unserer Handelsbilanz verdient wohl die Aufmerksamkeit aller, die langen Umwegen feind sind. Es gibt drei landwirtschaftliche Produkte, deren Jahresimport den Wert von rund . . . Millionen Pfund erreicht. Wie ich zu behaupten wage, könnten wir diese Produkte in unserem Land erzeugen, ohne daß die Lebenskosten erheblich steigen müßten. Gegen die Preisverteuerung gibt es ein einfaches Vorbeugungsmittel: Wir brauchten nur einen Profitgeier gleich zu Anfang als warnendes Beispiel aufzuknüpfen. Die drei erwähnten Artikel sind Schweine, Geflügel, Kartoffeln. Man braucht nicht einmal eine Zollerhöhung zu beschließen, es genügt schon –«
Doch in diesem Augenblick sah er, daß Corven auf den Ausgang zuschritt, und rief: »Hallo!«
Corven machte kehrt und trat auf ihn zu.
Sir Lawrence erhob sich. »Hoffentlich«, fuhr es ihm durch den Kopf, »hoffentlich zeig ich mich ebensowenig verlegen wie mein angeheirateter und bald wieder ausgeheirateter Neffe.«

»Tut mir leid, daß ich Sie neulich nicht traf, als Sie bei uns vorsprachen. Haben Sie lange Urlaub?«
»Nur noch eine Woche, dann muß ich wahrscheinlich über das Mittelmeer fliegen.«
»Kein gutes Wetter zum Fliegen in diesem Monat. Was halten Sie übrigens von unserer ungünstigen Handelsbilanz?«
Jerry Corven zuckte die Achseln.
»Na, wenigstens haben die Leute eine Zeitlang Stoff zum Schwatzen. Sie sehen ja nie eine Handbreit vor der Nase.«
»*Tiens, une montagne!* Erinnern Sie sich noch an Caran d'Aches Karikatur von Buller, wie er vor Ladysmith steht? Nein, wohl kaum. Es ist ja zweiunddreißig Jahre her. Nicht wahr, der Volkscharakter verändert sich nicht wesentlich? Was gibt es auf Ceylon? Hoffentlich keine Sympathien für Indien?«
»Für uns auch nicht viel, aber wir wursteln eben weiter.«
»Das Klima scheint Clare offenbar nicht zu behagen.«
Corvens Miene blieb wachsam, er wahrte ein leises Lächeln. »Die Hitze hat ihr allerdings nicht zugesagt, doch die ist ja jetzt vorüber.«
»Nehmen Sie Clare wieder mit?«
»Jawohl.«
»Ob das wohl klug ist?«
»Sie hier zu lassen, wäre noch weniger klug. Entweder man ist verheiratet oder nicht.«
Sir Lawrence sah ihm prüfend in die Augen und dachte: »Weiter wag ich mich nicht vor. Aussichtslos. Noch dazu hat er vermutlich recht, nur möcht ich wetten –«
»Entschuldigen Sie«, sagte Corven, »ich muß die Briefe da aufgeben.« Er wandte sich zum Gehen, und seine elegante Gestalt glitt mit sicherem Schritt aus dem Zimmer.
»Hm!« dachte Sir Lawrence, »die Intervention war nicht eben von Erfolg begleitet.« Und er setzte sich wieder vor seinen Brief an die *Times.*
»Ich muß mir genaues statistisches Material beschaffen«, murmelte er. »Ich werde Michael damit befassen.« Dann wanderten seine Gedanken wieder zu Corven zurück. Ausgeschlossen, in solchen Fällen zu entscheiden, wer da eigentlich die Schuld hatte.

Immerhin, die beiden paßten nun einmal nicht zusammen. Daran konnte kein redliches Bemühen, kein weltkluges Überlegen etwas ändern. »Schade, daß ich nicht Richter wurde«, überlegte er, »ich hätte mein Urteil in so treffende Worte kleiden können: ›Und Mr. Justitius Mont sprach nach der Verlesung des Urteils: Es ist hoch an der Zeit, die Bewohner dieses Landes vor Eheschließungen zu warnen. Diese Institution, die sich noch in der Ära der Königin Viktoria ausgezeichnet bewährte, sollte fortan nur noch dann in Kraft treten, wenn keiner der beiden Partner eine nennenswerte Individualität besitzt . . .‹ Na, gehen wir jetzt nach Haus zu Emily!« Er drückte die *Times* als Löschpapier auf die schon längst getrocknete Schrift, steckte den Brief in die Tasche und trat hinaus in die friedlich dämmernde Pall Mall. Er war stehengeblieben, um einen Blick in die Auslage seines Weinhändlers in der St. James's Street zu werfen, und sann neuerlich über die Frage nach, wie er für die zehnprozentige Zollerhöhung aufkommen solle, da rief eine Stimme: »Guten Abend, Sir Lawrence!« Es war jener junge Mann namens Croom.
Sie überquerten gemeinsam den Fahrdamm.
»Ich wollte Ihnen nur für Ihre Fürsprache bei Mr. Muskham danken, Sir. Ich hab ihn heute aufgesucht.«
»Wie fanden Sie ihn?«
»Oh, recht liebenswürdig; seine fixe Idee, unsere Rassepferde mit Vollblutarabern zu kreuzen, halte ich natürlich auch für verschroben.«
»Ließen Sie das durchblicken?«
Der junge Croom lächelte. »Kaum. Aber die Araber sind ja viel kleiner als die unseren.«
»Trotzdem ist was dran. Nur sollte sich Jack nicht so bald davon Erfolg versprechen. Doch auch hier geht's wie in der Politik – man will sich keinesfalls auf lange Sicht festlegen. Wenn bei uns ein Unternehmen nicht binnen fünf Jahren Erfolg hat, hält man es schon für verfehlt. Hat Ihnen Jack eine Anstellung zugesagt?«
»Jawohl, probeweise. Ich soll auf eine Woche zu ihm, er will sehen, wie ich mit Pferden umgehe. Die Stuten kommen aber nicht nach Royston. Er bringt sie bei Bablock Hythe in der Nä-

he von Oxford unter. Wenn ich die Prüfung bestehe, soll ich dort bleiben. Doch erst im Frühling.«

»Jack hält viel auf Formen«, erklärte Sir Lawrence, als sie den »Coffee House«-Klub betraten. »Achten Sie auf jedes I-Tüpfelchen!«

Der junge Croom lächelte.

»Wahrhaftig, in seinem Gestüt ist alles einfach tadellos. Zum Glück beschäftige ich mich riesig gern mit Pferden. Ich war Mr. Muskham gegenüber vollkommen sicher. Ein herrliches Gefühl, endlich wieder Aussicht auf Arbeit! Und gerade auf eine solche – das freut mich so!«

Sir Lawrence lächelte; Enthusiasmus gefiel ihm immer gut. »Sie müßten meinen Sohn kennen«, sagte er. »Der ist auch ein Enthusiast, obwohl er schon siebenunddreißig ist. Sie werden ja dann in seinem Wahlkreis wohnen – nein, hart an der Grenze, in Dornfords Kreis wahrscheinlich. Wissen Sie übrigens, daß meine Nichte bei ihm Sekretärin ist?«

Der junge Croom nickte.

»Wer weiß, wie lange noch«, fuhr Sir Lawrence fort, »Corven ist ja wieder hier.« Und prüfend hing sein Blick an der Miene des jungen Mannes. Sie hatte sich merklich verdüstert.

»Oh, sie arbeitet bestimmt weiter, sie mag nicht nach Ceylon zurück.« Die Stirn runzelnd, stieß er diese Worte hervor.

»Hier pflege ich mich zu wiegen«, sagte Sir Lawrence. Der junge Mann folgte ihm mechanisch zur Automatenwaage. Er war im Gesicht puterrot geworden.

»Woher wissen Sie das so bestimmt?« fragte Sir Lawrence und blickte zu ihm auf. Dem jungen Croom schoß das Blut noch mehr in die Wangen.

»Man geht doch nicht fort, um gleich wieder zurückzukehren.«

»Bisweilen doch. Das Leben gefällt sich manchmal in ganz unerwarteten Sprüngen.«

»Aber ich weiß zufällig, daß Lady Clare es nicht tun wird.«

Sir Lawrence war sich bewußt, daß er just in dem Augenblick auf den Busch geklopft hatte, da das Gefühl alle Zurückhaltung übermannt. Der junge Mensch war also tatsächlich in sie verliebt! Bot sich jetzt nicht Gelegenheit, ihn zu warnen? Oder sollte man mit Grazie darüber hinweggehen?

»Genau siebzig Kilo«, sagte er. »Mr. Croom, nehmen Sie zu oder ab?«
»Ich bleibe meist bei achtundsechzig.«
Sir Lawrence musterte die hagere Gestalt.
»Jawohl, die richtige Figur. Sie glauben gar nicht, welch düsteren Schatten ein Bäuchlein bisweilen auf den Lebensweg wirft. Na, Sie brauchen sich vorläufig keine Sorgen zu machen, nicht vor fünfzig.«
»Ihnen, Sir, blieb diese Sorge wohl ganz erspart?«
»So ziemlich. Doch bei vielen anderen sah ich, was diese Sorge heißt. Jetzt muß ich weiter. Gute Nacht!«
»Gute Nacht, Sir! Ich bin Ihnen riesig dankbar.«
»Kein Anlaß. Mein Vetter Jack wettet nie auf Pferde, und wenn Sie auf meinen Rat hören; dann lassen auch Sie es bleiben.«
»Ganz gewiß, Sir«, erwiderte der junge Croom treuherzig.
Sie schüttelten einander die Hände, und Sir Lawrence schritt durch die St. James's Street weiter.
»Dieser junge Mann«, dachte er, »macht auf mich einen günstigen Eindruck, ich weiß eigentlich nicht, warum, denn allem Anschein nach wird es zu großen Scherereien mit ihm kommen. ›Du sollst nicht begehren deines Nächsten Weib!‹ hätt ich ihm sagen müssen. Aber Gott hat die Welt so geschaffen, daß man im gegebenen Augenblick nie sagt, was man sagen sollte.« Sir Lawrence fand die Jugend von heute sehr interessant. Es hieß zwar, sie benehme sich dem Alter gegenüber respektlos, doch beim besten Willen konnte er diese Ansicht nicht teilen. Ihm schien sie ebenso manierlich, wie er selbst in jenem Alter gewesen war, nur konnte man mit den jungen Leuten von heute besser reden. Natürlich erriet man nie ihre wahren Gedanken; aber vielleicht war das gut so. Schließlich war man ja zu seiner Zeit auch der Meinung – Sir Lawrence zuckte auf dem Randstein der Piccadilly zusammen –, die Alten taugten nichts mehr und sollten sich endlich vom Schreiner Maß nehmen lassen. *Tempora mutantur et nos mutamur in illis.* Aber traf das wirklich zu? Ach nein, im Grunde hatten sich Zeiten und Menschen nicht mehr verändert als die Aussprache des Lateinischen in England seit seinen Jünglingstagen. Jugend blieb doch immer Jugend, und Alter blieb Alter, stets

gähnte zwischen beiden das gleiche Mißtrauen, das gleiche seltsame Verlangen der Alten, es in Gedanken und Gefühlen der Jugend gleichzutun, dabei aber stets vorzugeben, sie möchten um keinen Preis der Welt so fühlen und denken! Und dennoch, wenn den Alten ein Wunder die Möglichkeit gäbe, ihr Leben nochmals von vorn zu beginnen, sie würden darauf verzichten. Eine barmherzige Fügung! Still und heimlich versank das erlahmende Leben allmählich in wohltuende Lethargie. In jedem Lebensalter bemaß sich der Lebenshunger nach der Zeitspanne, die noch vor dem Menschen lag. Wie komisch! Für die große Masse war Goethes »Faust« nie populär, erst durch die seichten Melodien Gounods wurde der große Gedanke, den erlöschenden Funken zur hellen Flamme zu entfachen, unsterblich. »Possen!« dachte Sir Lawrence, »echt deutsche Narrenpossen! Möchte ich wirklich, wenn ich könnte, das Seufzen und Weinen, das flüchtige Verzükken und das bittere Entbehren jenes jungen Mannes gegen mein Leben eintauschen? Nein, bestimmt nicht! Ein alter Kracher gibt sich lieber mit den Grillen des Alters zufrieden. Kann der Schutzmann dort denn nie diese verwünschten Autos aufhalten? Jawohl, im Grunde blieb doch alles beim alten! Die Menschen rasen heute in den Autos mit der gleichen Leidenschaft daher, mit der seinerzeit die Kutscher der Droschken und Omnibusse ihre dahineilenden, trappelnden Pferde antrieben. Und junge Männer und Frauen treibt die gleiche erlaubte oder unerlaubte Leidenschaft zueinander. Das Straßenpflaster ist jetzt anders, und die Art, wie dieses jugendliche Sehnen sich Ausdruck schuf. Doch beim Allmächtigen, die Regeln für dieses ganze Getriebe, die Zusammenstöße, das Straucheln, die wunderbare Rettung im letzten Augenblick, Triumph, Verzweifeln, die Erfüllung – das alles ist heute um kein Haar anders. Ach was! Mag die Polizei auch Vorschriften erlassen, mögen die Diener Gottes Beschwerden über die Unsittlichkeit an die Blätter richten, mögen die Richter nach Belieben schwatzen – die Menschennatur geht auch heute noch unbeirrt ihren Weg, genauso wie damals, als bei mir die Weisheitszähne durchbrachen.«
Der Schutzmann wandte langsam den Arm, Sir Lawrence überquerte die Straße und setzte den Weg zum Berkeley Square fort.

Hier hatte sich wahrhaftig genug verändert! Die Häuser dcr oberen Zehntausend verschwanden rasch. Haus für Haus, ohne deutlich erkennbaren Plan, fast verschämt, wurde London in echt englischer Art neu gebaut. Vorüber das dynastische Zeitalter mit seinen Begleiterscheinungen: Feudalwesen und Kirche. Selbst die Kriege würde man jetzt für die Völker und ihre Absatzmärkte führen. Keine Erbfolgekriege mehr, keine Religionskämpfe. Na, immerhin ein Fortschritt! »Unsere Lebensführung nähert sich stets mehr der von Insekten«, dachte Sir Lawrence. Wie interessant! Die Religion war so ziemlich tot und abgetan, man hatte ja den eigentlichen Glauben an ein Fortleben im Jenseits verloren. Doch etwas anderes versuchte ihren Platz auszufüllen: die Gemeinschaftsidee, der Dienst für die Gemeinschaft – die Lebensform der Ameisen, der Bienen! Der Kommunismus hatte diese Ideen in ein System gebracht und bleute sie von oben her dem Volk ein. Sehr charakteristisch! In Rußland ging man stets darauf aus, irgend etwas irgend jemandem einzubleuen. Dieser Weg führte zweifellos am raschesten ans Ziel, doch war es auch der sicherste Weg? Keineswegs! Am besten war es, den Leuten den freien Willen zu lassen; hatte dieses System einmal Wurzel gefaßt, dann blieb es auch bestehen – nur war diese Entwicklung so verflucht langsam! Und welche verdammte Ironie! Der Sinn für soziale Arbeit zeichnete doch bisher fast ausschließlich die alten Familien aus, irgendwie waren sie zur Ansicht gelangt, sie müßten als Gegenwert für ihre bevorzugte Stellung nützliche Arbeit leisten. Nun starben diese alten Familien aus – würde der Wunsch, für die Allgemeinheit zu wirken, sie überleben? Wie würde die Masse sich die Gemeinschaftsidee zu eigen machen? »Na«, dachte Sir Lawrence, »schließlich bleiben ja immer noch die dienstbereiten Autobusschaffner. Und die Verkäufer, die sich so unendliche Mühe geben, den passenden Farbton für unsere Socken zu finden; und die Frau, die auf das kleine Kind der Nachbarin achtgibt oder für verwahrloste Geschöpfe sammeln geht; und der Motorradfahrer, der anhält und geduldig wartet, während du an deinem Auto herumbastelst; der Briefträger, der sich so höflich für ein Trinkgeld bedankt – und endlich der nächstbeste Mitmensch, der sich müht, dich aus dem Wasser zu ziehen, wenn er

sieht, daß du hineingefallen bist. Man muß sich lediglich an den Wahlspruch halten: ›Ein frischer Luftzug und Pflege der edleren Instinkte des Menschen.‹ Dieser Wahlspruch sollte auf den Reklametafeln aller Omnibusse prangen statt der verlockenden Filmtitel: ›Domherr und Verbrecherkönig‹ oder ›Turfschwindel‹. Und das bringt mich auf die Idee: Ich muß doch Dinny fragen, was sie über Clare und diesen jungen Mann weiß.«
In diesen Gedanken vertieft, blieb er vor seiner Haustür stehen und drehte den Schlüssel um.

12

Mochte Sir Gerald noch so zuversichtlich sein, für einen Gatten ist es gar nicht so leicht, die eheliche Gemeinschaft mit seiner Frau wiederaufzunehmen, besonders wenn ihm nur eine Woche Zeit bleibt, dieses Vorhaben durchzuführen. Das Erlebnis jenes Abends hatte Clare vorsichtig gemacht. Als sie tags darauf, an einem Samstag, zu Mittag das Temple-Gebäude verließ, fuhr sie mit der Bahn nach Condaford, verriet dort aber mit keinem Wort, daß sie nur gekommen sei, um Zuflucht zu suchen. Sonntag vormittag blieb sie bei weitgeöffneten Fenstern lang im Bett und starrte in den Himmel über den hohen, kahlen Ulmen. Die Sonne schien zu ihr herein, die milde Luft war erfüllt von dem zu dieser Jahreszeit überraschenden Zwitschern der Vögel, dem Muhen der Kuh, dem Krächzen einer Krähe, dem unablässigen Gurren der Pfauentauben. Clare war nicht besonders poetisch veranlagt, doch während sie so lässig hingestreckt lag, kam ihr eine leise Ahnung davon, daß diese Welt eine einzige große Symphonie ist. Das zarte Gitterwerk der nackten Zweige mit den letzten Blättern, dahinter der sanfte, goldklare Himmel und die dahingleitenden Wolken – dort die wippende Krähe auf dem Ast, die grünen und schon herbstfarbenen Hügel, am Horizont die Baumreihe – all diese Laute und die reine, duftlose Luft, die ihr um die Wangen strich! Die nur vom Zwitschern durchbrochene Stille, das unbekümmerte Eigenleben jedes einzelnen Geschöpfs und dennoch diese Ausgeglichenheit im ganzen – das Weltall offenbarte sich ihr für einen Augenblick, und sie vergaß ihr Schicksal. Die Vision schwand. Sie dachte an Donnerstag abend, an Tony Croom und den schmutzigen kleinen Knaben draußen vor dem Restaurant in Soho, der in so einschmeichelndem Ton gerufen hatte: »Bitte, Lady, heut ist der fünfte November, schenken Sie mir was zur Erinnerung an den armen Guy Fawkes!« Ja, an diesem Tag bettelten die Straßenjungen noch immer im Namen jenes Mannes, der am 5. November 1605 das englische Parlament in die Luft hatte sprengen wollen und dafür hingerichtet worden war. Wenn Tony sie am nächsten Abend gesehen hätte! Wie wenig hatten doch Tatsachen mit Gefühlen zu schaffen, wie wenig wußte doch einer vom anderen, auch wenn er ihm noch so nahestand! Sie stieß ein kurzes, ärgerliches Lachen aus. »Wo Nichtwissen Segen ist, wäre Wissen Narrheit.«

Jetzt begann die Kirchenglocke im Dorf zu läuten. Großartig, wie Vater und Mutter Sonntag für Sonntag unentwegt zur Kirche pilgerten und davon vermutlich Glück und Segen erhofften! Oder taten sie es nur des guten Beispiels wegen? Wenn sie nicht in die Kirche gingen, dann ließen am Ende auch die Dorfbewohner den Kirchgang bleiben, und die Kirche stünde leer, und das Sektenwesen nähme überhand. Wie schön war es doch, so ruhig dazuliegen in seinem eigenen alten Zimmer, sich warm und geborgen zu fühlen, ohne Arbeit, den Hund auf den Füßen! Bis zum nächsten Samstag war sie dann wieder gehetzt, mußte wie eine gejagte Füchsin jede Deckung ausnützen. Clare zeigte ein wenig die Zähne, wirklich wie eine Füchsin beim Anblick der Hunde. Er mußte nach Ceylon zurück – so hatte er erklärt –, mit ihr oder ohne sie. Nun, er mußte eben o h n e sie zurück!

Als sie jedoch gegen vier Uhr von einem Spaziergang mit den Hunden nach Hause kam, schwand ihr Gefühl, sie befinde sich hier an einem sicheren Zufluchtsort, im Augenblick – ein Auto stand vor dem Schloß. Sie traf die Mutter in der Halle.

»Jerry ist bei Vater.«

»Oh!«

»Komm in mein Zimmer hinauf, liebes Kind!«

In diesem Zimmer, das im ersten Stock gleich neben ihrem Schlafraum lag, konnte sich Lady Cherrells Persönlichkeit stets

zwangloser entfalten als in den übrigen Räumen dieses alten, verwitterten Hauses mit seinem Winkelwerk, das so viele Andenken und so viel Vergangenheit barg. Der nach Verbenen duftende Raum mit der blaßblauen Tapete verriet unverkennbare, wenn auch etwas verblichene Eleganz. Er war nach einem Plan ausgeführt worden; das übrige Haus war allmählich gewachsen, wies hie und da eine Oase modernen Komforts auf, wirkte aber dennoch zum großen Teil wie ein wirres Durcheinander verschiedener Stilepochen.
Clare stand vor dem Holzfeuer am Kamin und drehte immerzu eine Porzellanfigur zwischen den Fingern. Auf diesen Besuch war sie nicht gefaßt gewesen. Die Mächte des kirchlichen Glaubens, der Tradition und der Sorge um das Wohlbefinden hatten sich jetzt gegen sie verschworen, und sie konnte zu ihrer Verteidigung nur Dinge vorbringen, deren Enthüllung sie verabscheute. Sie wartete, bis ihre Mutter das Schweigen brach.
»Ach, Liebling, du hast uns ja kein Sterbenswort gesagt.«
Wie konnte man aber einer Frau, die so sprach und so aussah, solche Dinge erzählen? Clare wurde rot, dann blaß und erklärte endlich: »In diesem Menschen steckt eine Bestie, mehr kann ich nicht sagen. Ich weiß, man sieht es ihm nicht an, doch glaub mir, Mutter, sie steckt wirklich in ihm!«
Auch Lady Cherrell war errötet. Es gehörte sich nicht für sie, eine Frau über fünfzig.
»Dein Vater und ich wollen dir helfen, soweit es in unserer Macht steht, meine Liebe, nur ist es natürlich so wichtig, jetzt die richtige Entscheidung zu treffen.«
»Und weil ich schon einmal die falsche traf, traut ihr mir wohl gar keine andere mehr zu? Ich gebe dir mein Wort, Mutter, ich kann ganz einfach nicht darüber sprechen, und zu ihm geh ich mein Lebtag nicht zurück.«
Lady Cherrell hatte Platz genommen; eine Falte grub sich zwischen ihre graublauen Augen, ihr Blick schien ins Leere zu starren. Dann wandte sie ihn der Tochter zu und fragte stockend:
»Du bist ganz überzeugt davon, es ist nicht nur die Bestie, die in fast allen Männern steckt?«
Clare lachte. »O nein. Ich gerate nicht so leicht aus der Fassung.«

Lady Cherrell seufzte.
»Sorg dich nicht, liebe Mutter. Wenn wir diese Geschichte einmal hinter uns haben, ist alles wieder in Ordnung. Heutzutage nimmt man überhaupt nichts mehr so tragisch.«
»So heißt es allerdings, aber man hat eben noch immer die schlechte Gewohnheit, die Dinge tragisch zu nehmen.«
Clare berührten diese Worte fast ironisch, und sie sagte rasch: »Nur eins hat noch etwas zu bedeuten: man muß seine Selbstachtung wahren. Wenn ich bei ihm bleibe, ist das ausgeschlossen.«
»Reden wir also nicht weiter darüber. Dein Vater wird dich sprechen wollen. Lege lieber deine Sachen ab.«
Clare gab ihr einen Kuß und verließ das Zimmer. Kein Laut drang von unten zu ihr, sie stieg zu ihrem Zimmer hinauf. Sie fühlte deutlich, wie ihre Willenskraft wuchs. Die Tage waren längst vorbei, da die Männer das Schicksal der Frauen ihrer Familien bestimmten; was immer auch Jerry mit dem Vater zusammen aushecken mochte – sie würde unbeugsam bleiben! Als der Vater sie holen ließ, begab sie sich auf den Kampfplatz, stählern, unerschütterlich.
Die beiden standen im nüchternen Arbeitszimmer des Generals, und Clare spürte sofort: Die hatten sich geeinigt. Sie nickte dem Gatten zu und trat zum Vater hinüber.
»Nun?«
Corven jedoch ergriff das Wort:
»Vielleicht sprechen Sie zuerst, Sir.«
Das gefurchte Antlitz des Generals sah bekümmert und gereizt aus. Er gab sich einen Ruck. »Wir haben die Angelegenheit besprochen, Clare. Jerry gibt zu, daß du manchen Grund zur Klage hast, doch gab er mir sein Wort, dich nicht mehr zu kränken. Ich möchte dich dringend bitten, versuche doch einmal, die Sache von seinem Standpunkt aus zu sehen. Wenn ich nicht irre, betont er, die Versöhnung sei noch mehr in deinem Interesse als in seinem. Die alten Ideen über die Ehe mögen heutzutage abgetan sein, immerhin habt ihr einander doch geschworen – aber sehen wir zunächst davon ab –«
»Sehr richtig!« sagte Clare.

Der General zwirbelte seinen kleinen Schnurrbart und stieß die eine Hand tief in die Tasche.
»Was, zum Kuckuck, soll dann aus euch beiden werden? Scheiden könnt ihr euch nicht lassen – bedenk doch deinen Namen, seine Stellung – und noch dazu schon nach achtzehn Monaten! Was wollt ihr also anfangen? Getrennt leben? Das taugt nicht für dich – und für ihn auch nicht.«
»Es würde besser taugen, als wenn wir weiter zusammen lebten.«
Der General sah in ihr Gesicht, das einen harten Ausdruck zeigte. »So sprichst du jetzt; aber wir beide haben mehr Erfahrung als du.«
»Diese Bemerkung hab ich früher oder später erwartet. Du willst also, daß ich mit ihm zurückgehe?«
Der General sah tiefunglücklich aus.
»Du weißt, meine Liebe, ich wünsche nur dein Bestes.«
»Und Jerry hat dich davon überzeugt, diese Lösung sei die beste. Ich sage dir, es wäre das Schlimmste. Vater, ich geh nicht mehr zu ihm zurück, und damit basta!«
Der General sah ihr ins Gesicht, sah seinem Schwiegersohn ins Gesicht, zuckte die Achseln und begann sich die Pfeife zu stopfen.
Jerry Corvens Blick war von einem zum anderen geglitten, dann kniff er die Lider zusammen und begegnete Clares Blick. Beide sahen einander lange unverwandt an. Keines von ihnen zuckte mit der Wimper.
»Schön!« erklärte er schließlich, »dann treffe ich andere Anordnungen. Leben Sie wohl, Sir; leb wohl, Clare!« Er drehte sich auf dem Absatz um und verließ das Zimmer.
Schweigen trat ein; durch die Stille drang deutlich das Knirschen seines Auto, das über den Kies davonfuhr. Der General rauchte mit düsterer Miene abgewandten Blicks seine Pfeife, Clare trat ans Fenster. Draußen begann es zu dunkeln, und nun, da die Krise überstanden war, fühlte sie sich auf einmal ganz erschöpft.
»Herrgott!« rief der Vater, »wer soll aus dieser Geschichte klug werden!« Clare blieb unbeweglich am Fenster stehen. »Hat er dir erzählt, daß er mich mit einer Reitpeitsche traktiert hat?«

»Was?« rief der General.
Clare wandte sich um.
»Jawohl.«
»Dich?«
»Jawohl. Das war nicht der Hauptgrund, weswegen ich ihn verließ, doch gab es am Ende den Ausschlag. Tut mir leid, Vater, daß ich dich kränken muß!«
»Herrgott noch einmal!«
Clare ging plötzlich ein Licht auf. Konkrete Tatsachen! Ein Mann braucht Tatsachen!
»Der Schuft!« rief der General. »Der Schuft! Er hat mir erzählt, er habe vorgestern den Abend mit dir verbracht, stimmt das?«
Langsam stieg ihr das Blut in die Wangen.
»Er hat sich fast mit Gewalt Eintritt verschafft.«
»Der Schuft!« wiederholte der General.
Als sie dann allein war, dachte sie verächtlich über den jähen Umschwung in den Gefühlen ihres Vaters nach, den diese eine Tatsache der Reitpeitsche verursacht hatte. Er empfand diese Affäre als persönlichen Schimpf, als Schmach, die man seinem Fleisch und Blut angetan hatte. Clare fühlte deutlich, ihr Vater hätte es mit Gleichmut hingenommen, wäre diese Kränkung der Tochter eines anderen widerfahren. Sie entsann sich noch, er hatte die Partei ihres Bruders Hubert ergriffen, als dieser den Maultiertreiber verprügelt und über die ganze Familie so schweren Kummer gebracht hatte. Wie wenig objektiv, wie herzerquickend persönlich die Leute doch alles nahmen! Ihr ganzes Fühlen und Denken blieb doch stets im Bann der eigenen Vorurteile. Na schön, das Schlimmste hatte sie jetzt überstanden, denn die Familie war nun ganz auf ihrer Seite. Und dafür wollte sie schon sorgen, daß Jerry sie nicht wieder allein traf. Sie dachte an den langen Blick, mit dem er sie gemessen hatte. Er konnte mit Anstand verlieren, denn er begann sofort das Spiel von neuem. Das Leben selbst – nicht seine einzelnen Erscheinungsformen – nahm ihn ganz in Anspruch. Er ritt das Leben, als wäre es sein Reitpferd, setzte zum Sprung an, kam hinüber, ritt weiter; stieß auf ein Hindernis, sprengte darüber oder sprengte mitten durch – die Schrammen, die er dabei davontrug, nahm er als unvermeidlich

hin. Er hatte auch sie bezaubert und war über sie hinweggeritten. Nun war der Zauber verflogen, sie konnte es kaum fassen, daß Jerry auf sie gewirkt hatte. Was mochte er wohl jetzt anfangen? Na, eins stand fest: Irgendwie machte er den Verlust schon wett!

13

Wer den weichen grünen Rasen rings um den Temple betrachtet, die Gebäude mit ihren steinernen Schwellen, die schönen Bäume und die Kropftauben, gerät in poetisches Entzücken, dann jedoch ersteht eine andere Bilderreihe vor seinem Blick: Zahllose mit roten Schnüren umwundene Aktenbündel, eine unübersehbare Schar kleiner Angestellter, die in ihren Büros Daumen lutschen und auf das Erscheinen der Anwälte warten, in Kalbsleder gebundene Folianten, voll von Berichten über zahllose Gerichtsfälle und voll so scharfsinniger Beweisführungen, daß die Leichtlebigen bei ihrem Anblick aufseufzen und voll Sehnsucht an das beliebte Londoner »Café Royal« denken. Unleugbar, im Temple-Gebäude mit seinen Anwaltskanzleien schwebt der menschliche Geist in den höchsten Regionen, während der Körper in der Tiefe bequemer Stühle ruht. Unleugbar, die Menschlichkeit wird gleich beim Eintritt abgelegt, so etwa, wie der Gläubige beim Betreten der Moschee die Schuhe ablegen muß. Nicht einmal an Festabenden hat die Menschlichkeit hier Zutritt, denn ein Mann des Gesetzes darf sich nicht gehenlassen, und die Worte: »In Gala« auf der Einladungskarte bedeuten schon eine Warnung. An den seltenen Herbstmorgen, da die Sonne scheint, mag einem Bewohner der Ostseite des Temple zumute sein wie einem Bergsteiger auf dem Gipfel, wie einem Musikliebhaber nach den Klängen einer Brahms-Symphonie oder wie dem Naturfreund beim Anblick der ersten Narzissen im Frühling. Plötzlich aber kommt ihm zum Bewußtsein, daß er in seiner Kanzlei sitzt, und er wendet sich rasch seiner Akte zu.

Dennoch, wie seltsam! Eustace Dornford, der schon fast ein Mann in mittleren Jahren war, hatte jetzt unablässig – bei Sonnenschein und auch bei trübem Wetter – das Gefühl, als sitze er in den ersten Frühlingstagen auf einer niederen Mauer und sehe das Leben in Gestalt eines der Frauenbilder Botticellis durch einen Garten voll Orangenbäumen und Frühlingsblüten auf sich zuschreiten. Kurzum, er war in Dinny verliebt. Jeden Vormittag fühlte er bei Clares Eintritt den Wunsch, sie zum Plaudern über ihre Schwester zu bringen, statt ihr Parlamentsangelegenheiten zu diktieren. Doch seine Selbstbeherrschung trug den Sieg davon, und mit einem gewissen Humor ergab er sich in seine Berufspflichten und stellte nur an Clare die Frage, ob sie und ihre Schwester am Samstag hier oder im Café Royal mit ihm zu Abend speisen wollten.

»Hier wäre es origineller.«

»Möchten Sie vielleicht einen Herrn als Vierten einladen?«

»Möchten Sie das nicht selbst tun, Mr. Dornford?«

»Vielleicht sähen Sie gern einen Ihrer Bekannten dabei?«

»Nun, dann Tony Croom, meinen Reisegefährten vom Schiff – ein netter Junge.«

»Schön! Also Samstag abend. Und Sie laden auch Ihre Schwester ein?«

Clare entgegnete nicht: »Wahrscheinlich erwartet sie mich unten«, doch Dinny stand tatsächlich vor dem Tor. Während dieser Woche holte sie Clare jeden Abend um halb sieben ab und begleitete sie nach Hause. Die Gefahr war noch nicht gebannt, und die Schwestern wollten nichts riskieren.

Als Dinny von der Einladung erfuhr, sagte sie: »Nachdem ich neulich abends von dir fortgegangen war, stieß ich auf Tony Croom, und wir gingen zusammen in die Mount Street zurück.«

»Du erzähltest ihm doch nichts von Jerrys Besuch bei mir?«

»Natürlich nicht!«

»Wie nun die Dinge stehen, hat er's schwer, Dinny. Er ist wirklich ein netter Junge.«

»Das finde ich auch. Doch ich hätte es lieber, er wäre jetzt nicht in London.« Clare lächelte. »Na, lang bleibt er nicht mehr hier. Mr. Muskham hat ihn mit der Aufsicht über einige Araberstuten in Bablock Hythle betraut.«

»Jack Muskham wohnt doch in Royston.«

»Die Araber sollen ein eigenes Gestüt in einem milderen Klima bekommen.«

Dinny riß sich gewaltsam von ihren Erinnerungen los.
»Also, Liebling, wollen wir in einem Taxi dahinsausen oder uns von der Untergrundbahn durchrütteln lassen?«
»Ich brauche frische Luft. Magst du zu Fuß gehen?«
»Gern. Gehen wir den Themsekai und die Parkanlagen entlang.«
Sie schritten rasch des Wegs, denn es war kalt. Im Glanz der Laternen sah diese breite, unverbaute Stadtzone eigenartig schön aus unter dem dunklen Sternenhimmel. Auch die Gebäude hatten ihr alltägliches Aussehen verloren und wirkten groß und mächtig.
»London bei Nacht ist doch wirklich schön«, murmelte Dinny.
»Stimmt, man geht abends mit einer Schönheit zu Bett, und am Morgen entpuppt sie sich als Schankmädel. Was ist London im Grunde? Eine Riesenmenge zusammenwirkender Kräfte, ein Ameisenhaufen.«
»›So ermüdend!‹ würde Tante Emily sagen.«
»Doch welchen Zweck hat das alles, Dinny?«
»Eine Werkstatt, die gern vollendete Erzeugnisse liefern möchte; eine Million Fehlschläge auf einen Erfolg.«
»Ist das überhaupt der Mühe wert?«
»Warum nicht?«
»Woran soll man in dieser Welt eigentlich glauben?«
»An Charakterstärke.«
»Wie meinst du das?«
»Charakterstärke fördert unser Streben nach Vollendung und unsere besten Anlagen.«
»Hm!« ließ Clare sich vernehmen, »wie können wir wissen, was das Beste in uns ist?«
»Meine Liebe, darauf weiß ich keine Antwort.«
»Ich auch nicht, ich bin jedenfalls zu jung dafür.«
Dinny hängte sich in die Schwester ein.
»Du bist älter als ich, Clare.«
»Nein, ich hab vielleicht bloß mehr erlebt, aber noch nicht Zwiesprache mit mir selbst gehalten und mich selbst gefunden. Du, ich hab das sichere Gefühl, Jerry treibt sich in der Nähe meiner Wohnung herum.«

»Komm mit in die Mount Street, wir gehen dann später ins Kino.«
In der Halle überreichte Blore Dinny einen Brief.
»Sir Gerald Corven sprach hier vor, Miss, und ließ das für Sie zurück.«
Dinny riß den Umschlag auf.

Liebe Dinny!
Ich reise schon morgen aus England ab, nicht erst Samstag. Wenn Clare ihren Entschluß ändert, werde ich sehr glücklich sein, sie mitzunehmen. Bleibt sie hier, so soll sie nicht zu fest auf meine Geduld bauen. Ich habe einen Brief gleichen Inhalts bei ihr eingeworfen, da ich aber nicht weiß, wo sie steckt, schreibe ich auch Dir, um ganz sicherzugehen, daß sie die Nachricht erhält. Bis morgen Donnerstag drei Uhr nachmittag findet sie mich im Bristol-Hotel oder kann mich dort verständigen. Von diesem Zeitpunkt an – Kriegszustand.
Es tut mir aufrichtig leid, daß sich die Dinge so zugespitzt haben. Dir selbst wünscht alles Gute

Dein aufrichtig ergebener
Gerald Corven

Dinny biß sich auf die Lippe. »Da, lies!«
Clare überflog den Brief.
»Er soll tun, was er will, ich geh nicht zu ihm.«
Während sich die Schwestern in Dinnys Zimmer zurechtmachten, trat Lady Mont ein.
»Ah!« rief sie. »Jetzt kann ich ja mein Sprüchlein hersagen: Euer Onkel hatte mit Jerry Corven noch eine Unterredung. Clare, welchen Entschluß hast du also gefaßt?«
Clare wandte sich vom Spiegel ab, und das Licht fiel grell auf ihre noch nicht ganz gepuderten Wangen und die halbgeschminkten Lippen.
»Ich kehre nie mehr zu ihm zurück, Tante Emily.«
»Dinny, darf ich mich auf dein Bett setzen? ›Nie‹ ist ein großes Wort, und da ist dieser junge – äh – Mister. Wie heißt er geschwind? Ich bin überzeugt, du hast die strengsten Grundsätze, Clare, aber du bist viel zu hübsch.«

Clare legte den Lippenstift weg. »Sehr lieb von dir, Tante Emily, aber ich weiß recht gut, was ich zu tun habe.«
»Wahrhaftig ein Trost! Ich kann das von mir nie behaupten.«
»Tantchen, wenn Clare etwas verspricht, dann hält sie es auch.«
Lady Mont stieß einen Seufzer aus. »Ich hab seinerzeit auch meinem Vater versprochen, noch ein Jahr ledig zu bleiben. Doch kaum waren sieben Monate um – da kam dein Onkel dazwischen. Immer kommt jemand dazwischen.«
Clare hob die Hände zu den Löckchen im Nacken.
»Ich verspreche, ein Jahr lang keine Dummheit zu machen. Dann muß ich doch wissen, was ich will. Weiß ich es dann noch immer nicht, so weiß ich überhaupt nicht, was ich will.«
Lady Mont strich die Daunendecke glatt.
»Hand aufs Herz!«
»Lieber nicht!« rief Dinny rasch.
Clare drückte die Schwurfinger aufs Herz.
»Ich schwöre, wie es sich gehört.«
Lady Mont erhob sich.
»Heute nacht sollte sie hier bleiben, meinst du nicht auch, Dinny?«
»Jawohl.«
»Dann werd ich's gleich den Leuten sagen. Meergrün steht dir wirklich am besten. Lawrence sagt, mir stünde überhaupt keine Farbe.«
»Doch, Liebe, Schwarz und Weiß.«
»Die Farben der Elstern und des Herzogs von Portland beim Ascot-Rennen. Seit Michael das College in Winchester bezog, war ich nicht mehr in Ascot – wir müssen unsere paar Groschen zusammenhalten. Hilary und May kommen zum Dinner. Sie werden nicht in Abendtoilette sein.«
»Oh!« rief Clare plötzlich, »weiß Onkel Hilary schon von meiner Sache?«
»So tolerant«, murmelte Lady Mont. »Aber ich kann mir nicht helfen, mir tut es leid.«
Clare erhob sich. »Glaub mir, Tante Emily, Jerry ist nicht der Mann, der sich lange kränkt.«
»Stellt euch Rücken an Rücken, ihr beiden. Hab mir's ja gedacht – Dinny ist zweieinhalb Zentimeter größer.«

»Ich bin hundertfünfundsechzig«, sagte Clare, »ohne Schuhe.«
»Na schön. Wenn ihr fertig seid, dann kommt hinunter!«
Mit diesen Worten segelte Lady Mont zur Tür und sprach zu sich selbst: »Muß doch Boswell an die Salomonssiegel erinnern.« Dann verließ sie das Zimmer.
Dinny trat an den Kamin zurück und starrte wieder in die Flammen.
Dicht hinter ihr sagte Clare: »Du, am liebsten möcht ich singen, Dinny, ein ganzes Jahr lang frei zu sein von all dem Zeug! Bin froh, daß mir Tante Emily das Versprechen abnahm. Doch sag, ist sie nicht ein Unikum?«
»Keine Spur. Sie ist die Gescheiteste in unserer ganzen Familie. Wo kommt man hin, wenn man das Leben ernst nimmt! Sie tut das nicht. Vielleicht möchte sie's, doch es gelingt ihr nicht.«
»Sie hat eben keine wirklichen Sorgen.«
»Bloß einen Gatten, drei Kinder, mehrere Enkel, zwei Haushalte, drei Hunde, zwei schwachköpfige Gärtner – und obendrein hat sie zu wenig Geld und zwei Passionen: Ehen zu stiften und französische Nadelmalerei; zu alledem kommt noch ihr hartnäckiger Kampf gegen das Dickwerden!«
»Ja, sie ist in der Tat ein lieber Kerl. Was hältst du von diesen Nackenlöckchen, Dinny? Sie sind eine wahre Plage! Soll ich das Haar wieder kurz schneiden?«
»Laß es nur wachsen, wer weiß, was uns die Mode bringt; am Ende gar Schmachtlocken.«
»Was meinst du, putzen sich die Frauen nur darum so heraus, damit sie den Männern gefallen?«
»Keine Idee!«
»Dann also, um ihre Mitschwestern zu ärgern und zu reizen?«
»Die Mode befiehlt – und alle trotten mit wie die Schafe.«
»Steht es mit ihren sittlichen Grundsätzen ebenso?«
»Haben wir denn überhaupt welche? Und wenn, dann sind sie von Männern erdacht. Von Natur aus haben wir Frauen nur Gefühle.«
»Ich hab jetzt gar keine Gefühle mehr.«
»Wirklich nicht?«
Clare lachte. »Zumindest hab ich sie jetzt ganz in der Hand.« Sie

schlüpfte in ihr Abendkleid, und Dinny nahm den Platz vor dem Spiegel ein . . .

Ein Pfarrer des Elendsviertels speist nicht außer Haus, um seine Mitmenschen zu beobachten. Er widmet sich ganz dem Essen. Hilary Cherrell hatte den größten Teil des Tags, sogar die Mittagspause, damit zugebracht, den Klagen jener Pfarrkinder zu lauschen, die nicht wußten, was sie am nächsten Tag anfangen sollten, weil sie sich nicht einmal am heutigen satt essen konnten. Nun genoß er das gute Mahl, das man ihm aufgetischt hatte, mit offenkundigem Behagen. Vielleicht wußte er, daß die junge Frau, die er mit Jerry Corven getraut hatte, dem Ehejoch wieder entschlüpft war, er ließ sich jedenfalls nichts anmerken. Zwar saß er neben ihr, spielte jedoch mit keinem Wort auf ihr Eheschicksal an, sondern plauderte ungezwungen über die Wahlen, französische Kunst, die Wölfe im Whipsnade Zoo und eine neue Bauart von Schulgebäuden, deren flache Dächer bei schönem Wetter den Kindern als Aufenthaltsort dienen konnten. Über sein langes faltiges Gesicht, das energisch, schlau und doch gütig schien, flog ab und zu ein Lächeln, als sei ihm gerade ein Licht aufgegangen. Doch er verriet sich mit keinem Wort, nur einmal sah er zu Dinny hinüber, als wollte er sagen: »Wir beide müssen nach Tisch miteinander reden.«
Aber es kam nicht zu dieser Unterredung, denn noch ehe er sein Glas Portwein leergetrunken hatte, wurde er telefonisch an ein Sterbebett gerufen. Mrs. Hilary begleitete ihn.
Die beiden Schwestern ließen sich mit Onkel und Tante am Bridgetisch nieder und gingen um elf zu Bett.
»Heute ist der Jahrestag des Waffenstillstandes«, äußerte Clare vor der Tür ihres Schlafzimmers. »Erinnerst du dich?«
»Ja.«
»Heute vormittag fuhr ich in einem Autobus. Da bemerkte ich, daß ein paar Leute recht sonderbar aussahen. Wie soll man heute noch ein besonderes Gefühl dafür haben? Ich war doch bei Kriegsende erst zehn Jahre alt.«
»Ich erinnere mich noch an den Waffenstillstand«, erwiderte Din-

ny, »weil Mutter damals weinte. Onkel Hilary war bei uns in Condaford. Er predigte über das Thema: ›Auch die, so in der Heimat harren, dienen dem Vaterland.‹«

»Wer leistet Dienste, wenn er sich dafür keinen Lohn verspricht?«

»Eine Menge Leute rackern sich ihr Leben lang um einen erbärmlichen Lohn.«

»Allerdings.«

»Warum nur?«

»Dinny, mitunter hab ich den Eindruck, du wirst dich im höheren Alter noch ganz der Religion zuwenden. Wenn du nicht heiratest, bestimmt.«

»›Geh in ein Kloster, Ophelia!‹«

»Allen Ernstes, Liebling, ich wollte, du hättest mehr von der ›alten Eva‹ in dir. Meiner Meinung nach solltest du Kinder bekommen.«

»Gern. Wenn mir der Arzt die Präliminarien erspart.«

»Meine Liebe, du vergeudest deine Jugend. Du brauchst nur den kleinen Finger zu rühren, und der gute Dornford sinkt dir zu Füßen. Magst du ihn nicht leiden?«

»Er ist der netteste Mann, den ich seit langem getroffen habe.«

»›So sprach sie eisigkühl und schritt zur Tür.‹ Gib mir einen Kuß.«

»Liebling, hoffentlich wendet sich noch alles zum Guten«, sagte Dinny. »Beten werd ich nicht für dich, wenn ich auch so aussehe, als ob ich's bald täte. Doch ich werde davon träumen, daß dein Schifflein im sicheren Hafen landet.«

14

Als Tony Croom sich zum zweitenmal Englands Vergangenheit im Drury-Lane-Theater zu Gemüte führte, sahen die drei anderen Teilnehmer von Dornfords kleiner Dinnergesellschaft dieses Schauspiel zum erstenmal. Durch einen fatalen Zufall, an dem der Mann, der die Billetts erstanden hatte, nicht ganz unschuldig war, saßen sie zu zweit, der junge Croom mit Clare in der Mitte der zehnten Reihe, Dornford und Dinny – es handelte sich um zurückgesandte Karten – im Parkett am Ende der dritten . . .

»Ich möchte gern wissen, woran Sie jetzt denken, Miss Cherrell.«

»Mir fiel eben ein, wie sehr sich das englische Gesicht seit 1900 geändert hat.«

»Das macht nur die Haartracht. Die Gesichter auf hundert bis hundertfünfzig Jahre alten Bildern gleichen weit mehr den unseren.«

»Schnauzbärte und Chignons verbergen freilich den wahren Ausdruck, aber verrieten die Gesichter damals überhaupt einen Ausdruck?«

»Ihrer Meinung nach hatten also die Menschen der Viktorianischen Zeit nicht so viel Charakter wie wir?«

»Wahrscheinlich mehr, doch wollten sie ihn zweifellos verbergen. Selbst zu den Kleidern verarbeitete man stets unnötig viel Stoff: Röcke mit Schößen, hohe Kragen, Krawatten, Turnüren, hohe Knöpfelschuhe.«

»Der Anblick von Beinen ging ihnen arg auf die Nerven, die Größe des Dekolletés aber nicht.«

»Zugegeben. Doch sehen Sie nur die Möbel aus jener Epoche an: Quasten, Fransen, Sofaschoner, Kandelaber, ungeheure Büfetts. Mr. Dornford, hat man damals nicht wirklich mit der Seele Verstecken gespielt?«

»Aber jeden Augenblick lugte sie dennoch hier und dort hervor, wie der kleine Prinz Eduard, als er auf Schloß Windsor unter der königlichen Speisetafel aus den Kleidern schlüpfte und hervorguckte.«

»Einen so genialen Einfall hatte er nie wieder.«

»Weiß nicht. Seine Epoche war die Restaurationsherrschaft in gemilderter Form. Schon damals taten sich die großen Schleusen auf . . .«

»Fort ist er, nicht wahr, Clare?«

»Ja, er ist tatsächlich fort. Sieh dir doch Dornford an! Er ist in Dinny total verschossen. Ich wollte, sie hätte was für ihn übrig.«

»Warum auch nicht?«

»Mein lieber junger Mann, Dinny hat Schweres hinter sich, noch jetzt leidet sie darunter.«

»Ich könnte mir keine nettere Schwägerin wünschen.«
»Wünsch es dir lieber nicht!«
»Herrgott! Und wie ich's mir wünsche!«
»Was hältst du von Dornford, Tony?«
»Hochanständig und durchaus kein trockener Rechtsverzapfer.«
»Wenn er Arzt wäre, hätte er gewiß eine wunderbare Art am Krankenbett. Er ist Katholik.«
»Hat ihm das bei den Wahlen nicht geschadet?«
»Es hätte ihm vielleicht geschadet, wäre sein Gegner nicht Atheist gewesen. So aber glich es sich aus.«
»Scheußlicher Schwindel, diese ganze Politik!«
»Doch recht amüsant.«
»Immerhin – Dornford hat das Steeplechase der Juristen gewonnen – muß ein tüchtiger Bursche sein.«
»Und ob! Der wagt sich in seiner ruhigen Art gewiß an alles heran. Ich hab ihn wirklich gern.«
»So!«
»Ich wollte dich nicht reizen, Tony!«
»Nun ist's wieder ganz wie auf dem Schiff. Wir sitzen Seite an Seite – das ist aber auch alles. Komm doch hinaus auf eine Zigarette.«
»Die Leute gehen schon auf ihre Plätze zurück. Beim nächsten Akt mußt du mir den Sinn des Ganzen erklären. Bis jetzt ist er mir noch schleierhaft.«
»Wart es ab!«

Dinny hielt den Atem an.
»Grauenhaft! Ich kann mich noch an den Untergang der ›Titanic‹ erinnern. Furchtbar, wieviel in der Welt sinnlos zugrunde geht!«
»Nur zu wahr.«
»Wie viele Menschenleben zugrunde gehen, wieviel Liebe!«
»Haben Sie das auch schon erfahren?«
»Jawohl.«
»Aber Sie möchten darüber nicht sprechen?«
»Nein.«

»Solche Dinge werden Ihrer Schwester wohl erspart bleiben. Sie hat soviel Leben in sich.«

»Ja, doch im Augenblick steckt ihr Kopf in der Schlinge.«

»Sie wird sich schon frei machen.«

»Ich kann den Gedanken nicht ertragen, daß ihr Leben nun ruiniert sein soll. Gibt denn das Gesetz gar keine Handhabe, Mr. Dornford – ohne daß die Sache in die Öffentlichkeit dringt?«

»Wenn er jetzt Anlaß gäbe, dann ginge alles ziemlich glatt.«

»Tut er nicht. Er ist ein rachsüchtiger Patron.«

»Verstehe. Dann läßt sich leider vorläufig nichts tun, als warten. In solchen Angelegenheiten kommt die Lösung oft ganz von selbst. Als Katholik müßte man eigentlich die Scheidung verwerfen. Wenn aber Sie das Gefühl haben, hier sei eine Scheidung unvermeidlich –«

»Clare ist erst vierundzwanzig. Sie kann doch nicht ihr ganzes Leben allein bleiben.«

»Haben Sie es vielleicht vor?«

»Ich? Das ist doch etwas anderes.«

»Allerdings, Sie beide sind grundverschieden; doch wenn Sie einsam blieben, wäre das noch viel trauriger. Ebenso, wie es um einen sonnigen Wintertag, den man nicht ausnützt, viel mehr schade ist als um einen schönen Tag im Sommer.«

»Der Vorhang geht hoch.«

»Na!« murmelte Clare, »die Liebe der beiden hätte schwerlich lang gedauert. Es sah aus, als wollten sie einander verschlingen.«

»O du mein Gott, wenn wir auf jenem Schiff gewesen wären –!«

»Tony, du bist noch sehr jung.«

»Zwei Jahre älter als du.«

»Und trotzdem fast zehn Jahre jünger.«

»Glaubst du nicht an dauernde Liebe, Clare?«

»Nicht an dauernde Leidenschaft. Wenn die zu Ende ist, dann kommt der Zusammenbruch. Aber über diese beiden auf der ›Titanic‹ brach das Unglück viel zu früh herein. Der Tod in den eiskalten Wogen! Hu!«

»Darf ich dir den Mantel höher ziehen?«

»Tony, dieses Stück gefällt mir nicht besonders. Es wühlt einen auf, und das hab ich nicht gern.«
»Auch mir hat es das erste Mal viel besser gefallen.«
»Wie nett von dir!«
»Es geht einem nah, und doch nicht nah genug. Aber die Kriegsszenen sind das Beste daran.«
»Das ganze Zeug verdirbt einem die Freude am Leben.«
»Darin liegt eben die Ironie.«
»Die eine Hälfte des Stücks macht sich über die andere lustig. Ich werd ganz zappelig dabei. Erinnert zu sehr ans eigene Leben.«
»Ich wollt, wir wären in ein Kino gegangen, da hätt ich dich an der Hand halten können.«
»Dornford starrt Dinny an, als wäre sie die Madonna seiner Zukunft. Viel lieber wär's ihm, die Zukunft wäre schon Gegenwart.«
»Das glaub ich gern.«
»Er hat wirklich schöne Züge. Was er wohl von den Kriegsszenen hält? Aufgepaßt, der Vorhang geht wieder hoch!«

Dinny saß mit geschlossenen Augen da und fühlte noch ganz deutlich, daß ihre Wangen feucht waren.
»Das hätte sie in Wirklichkeit nie getan«, sagte sie heiser. »Sie hätte keine Fahne geschwungen und ›Hurra!‹ gerufen. Nie und nimmer! Vielleicht wäre sie in der Menge mitgezogen, aber das hätte sie nie getan!«
»Gewiß nicht – bloß ein Theatereffekt. Schade! Aber der Akt ist ausgezeichnet. Wirklich gut!«
»Diese armen lustigen Chansonetten, die so verlassen aussehen, immer kläglicher und verlassener aussehen, und dazu das Pfeifen des Tipperary-Liedes! Der Krieg muß entsetzlich gewesen sein.«
»Man geriet in Ekstase.«
»Hielt die Ekstase an?«
»Einigermaßen. Scheint Ihnen das so schrecklich?«
»Ich maße mir nie ein Urteil darüber an, was man fühlen sollte. Auch von meinem Bruder hörte ich schon eine ähnliche Bemerkung.«
»Ich befand mich nie in jener kriegerischen Hurrastimmung, ich

bin keine Soldatennatur. Es klingt wie ein Gemeinplatz, aber etwas Größeres konnte man nicht erleben.«

»Und empfinden Sie das auch noch heute?«

»Bis jetzt empfand ich es so. Aber ich muß Ihnen noch rasch etwas sagen, solang ich Gelegenheit dazu habe. Ich liebe Sie, Dinny. Ich weiß nichts von Ihnen, Sie wissen nichts von mir. Tut nichts. Ich habe Sie vom ersten Augenblick an geliebt; und meine Liebe hat sich immer mehr vertieft. Ich erwarte jetzt keine Antwort von Ihnen, doch denken Sie ab und zu daran.«

Clare zuckte die Achseln.

»Haben sich die Leute bei der Nachricht vom Waffenstillstand wirklich so aufgeführt, Tony? Haben sich die Leute –?«

»Was?«

»Wirklich so aufgeführt?«

»Ich weiß nicht.«

»Wo warst du damals?«

»Am Wellington-College, erstes Semester. Mein Vater ist im Krieg gefallen.«

»Wirklich? Mein Vater hätte auch fallen können, auch mein Bruder. Aber trotzdem! Dinny erzählt, meine Mutter brach bei der Nachricht vom Waffenstillstand in Tränen aus.«

»Meine Mutter auch, glaub ich.«

»Am besten gefiel mir die Szene zwischen dem Sohn und dem Mädchen. Aber das Ganze geht einem zu nah. Führ mich in den Korridor, ich muß eine Zigarette rauchen. Nein, lieber nicht. Man trifft immer Leute.«

»Verdammt!«

»Daß wir zusammen herkamen, ist schon kühn genug. Ich hab feierlich versprochen, ein ganzes Jahr lang kein Ärgernis zu erregen. Aber mach kein gar so trauriges Gesicht! Wirst mich noch oft genug sehen.«

»›Größe, Würde, Frieden‹«, murmelte Dinny und erhob sich. »Das Größte aber ist die Würde.«

»Jedenfalls ist sie am schwersten zu wahren.«
»Jenes Mädel, das im Nachtklub sang, und der grelle Himmel! Herzlichsten Dank, Mr. Dornford! Dieses Stück werde ich nicht so bald vergessen.«
»Und auch das nicht, was ich Ihnen sagte?«
»Es war sehr lieb von Ihnen, aber die Aloe blüht in hundert Jahren nur einmal.«
»Ich kann warten. Das war heute ein wundervoller Abend für mich.«
»Wo stecken die beiden?«
»Im Foyer werden wir sie schon finden.«
»Glauben Sie, daß England jemals Größe und Würde besaß und gleichzeitig Frieden genoß?«
»Nein.«
»Danke – diesen Mantel trag ich schon seit drei Jahren.«
»Sie sehen reizend darin aus!«
»Jetzt gehen wohl die meisten Theaterbesucher in die Nachtlokale?«
»Kaum einer von zwanzig.«
»Heute nacht möcht ich gern zu Hause sein, frische Luft schnappen und dabei die Sterne ansehen.«

Clare wandte den Kopf.
»Nicht, Tony!«
»Was sonst?«
»Du hast ja den ganzen Abend mit mir verbracht.«
»Wie gern möcht ich dich mit mir nach Hause nehmen!«
»Das darfst du nicht, mein Lieber. Drück mir zum Abschied den kleinen Finger und raff dich zusammen!«
»Clare!«
»Sieh nur, da sind die beiden gerade vor uns – verschwinde rasch! Trink im Klub noch einen guten Tropfen und träume von Pferden. So! War das nah genug? Gute Nacht, lieber Tony!«
»O Gott! Gute Nacht!«

15

Man hat die Zeit mit einem Strom verglichen, doch kann man diesen Strom nicht überqueren, grau und gelassen flutet er dahin, so unabsehbar weit wie die Welt; keine Furt, keine Brücke führt ans andere Ufer. Nach der Behauptung mancher Philosophen flutet zwar der Zeitenstrom nach beiden Richtungen, dem Kalender zufolge aber nur nach einer.

Der November ging allerdings in den Dezember über, doch der Dezember wandelte sich nicht in den November. Abgesehen von zwei Frosttagen blieb das Wetter mild. Die Arbeitslosigkeit sank, die Einfuhrziffer stieg; eine Tür tat sich auf, doch sieben andere schlugen zu. Die Zeitungen durchtobte immer wieder ein Sturm im Wasserglas. Ein großer Teil der Einkommensteuer wurde bezahlt, ein größerer jedoch stand noch aus. »Warum geht aller Wohlstand zum Teufel?« Über diese Frage zerbrach sich noch immer die Welt den Kopf. Das Pfund stieg, das Pfund sank. Mit einem Wort, die Zeit verrann, aber das Rätsel des Daseins harrte nach wie vor der Lösung.

In Condaford ließ man das Projekt, eine Brotfabrik zu gründen, fallen. Jeder Penny, den man erübrigen konnte, wurde in Kartoffelbau, Schweine- und Geflügelzucht investiert. Sir Lawrence und Michael waren Feuer und Flamme für ihren neuen Reformplan, und ihr Eifer hatte auch Dinny angesteckt. Sie und der General trafen den ganzen Tag Vorbereitungen für die Segens-Ära, die mit der Durchführung dieser Idee heranbrechen mußte. Eustace Dornford hatte sich mit den Plänen völlig einverstanden erklärt. Tabellen wurden ausgearbeitet, die den Beweis erbrachten, binnen zehn Jahren könne England jährlich hundert Millionen Pfund für Importwaren vom britischen Ausgabenetat streichen, wenn es nach und nach die Einfuhr dieser drei Nahrungsmittel unterbinde, ohne daß die Kosten der Lebenshaltung steigen würden. Nur ein wenig Organisation tat not, eine kleine Wandlung im britischen Nationalcharakter, mehr Weizen mußte zu Schrot vermahlen werden, und die Sache war so gut wie gemacht. Unterdessen verschaffte sich der General ein kleines

Darlehen auf seine Lebensversicherungs-Police und beglich mit dieser Summe die Steuern.
Das neue Parlamentsmitglied machte einen Besuch in seinem Wahlkreis und verbrachte Weihnachten in Condaford; er sprach fast ausschließlich über Schweinezucht, denn sein Instinkt verriet ihm, das sei im Augenblick der sicherste Weg zu Dinnys Herzen. Auch Clare war während der Weihnachtstage zu Hause. Wie sie die Zwischenzeit, abgesehen von ihren Sekretärinnenpflichten, verbracht hatte, konnte man zwar vermuten, doch verlor man kein Wort darüber. Von Jerry Corven war noch kein Brief gekommen, aber die Zeitungen hatten von seiner Rückkehr nach Ceylon berichtet. Zwischen Weihnachten und Neujahr war der bewohnbare Flügel des alten Schlosses voll von Gästen: Hilary, seine Frau und ihre Tochter Monica; Adrian und Angela mit Sheila und Ronald, die von den Masern genesen waren – seit Jahren hatte sich die Familie nicht mehr so vollzählig eingefunden. Selbst Sir Lionel und Lady Alison fuhren am Silvestertag zum Lunch nach Condaford. Bei einer solch überwältigenden Mehrheit von Konservativen mußte das Jahr 1932 bedeutsame Ereignisse bringen. Dinny lief sich fast die Beine ab; sie ließ es sich nicht anmerken, doch schien sie jetzt weniger in der Vergangenheit zu leben. Sie war so sehr die Seele dieser ganzen Gesellschaft, daß niemand sagen konnte, ob sie überhaupt noch eine eigene Seele hatte. Dornford beobachtete sie nachdenklich. Was verbarg sich nur hinter dieser nimmermüden, selbstlosen Heiterkeit? Er ging so weit, Adrian danach zu fragen, den sie besonders zu bevorzugen schien.
»Mr. Cherrell, ohne Ihre Nichte käme man wohl in diesem Hauswesen nicht weiter.«
»Bestimmt nicht. Dinny ist einzig.«
»Denkt sie denn nie an sich selbst?«
Adrian sah ihn von der Seite an. Das bräunlichblasse Gesicht mit den ziemlich schmalen Wangen, dem dunklen Haar und den haselnußbraunen Augen wirkte sympathisch; für einen Mann der Gesetze und der Politik schien er feinfühlig. Doch wenn Dinny im Spiel war, zeigte sich Adrian so mißtrauisch und wachsam wie ein Schäferhund, darum erwiderte er vorsichtig:

»Warum nicht? Jedenfalls nicht mehr, als für sie gut ist, das heißt, nicht ganz soviel.«

»Manchmal scheint mir, sie hat schon recht Schweres durchgemacht.«

Adrian zuckte die Achseln. »Sie ist siebenundzwanzig.«

»Würden Sie es mir sehr übelnehmen, wenn ich Sie fragte, was es war? Es ist nicht Neugier. Ich bin – also ich bin in sie verliebt und fürchte sehr, ich könnte sie aus Unwissenheit vor den Kopf stoßen und kränken.«

Adrian tat einen langen glucksenden Zug an seiner Pfeife.

»Wenn Sie es wirklich ernst meinen –«

»Ja, es ist mir heiliger Ernst.«

»Nun, vielleicht erspart es ihr so manches Herzweh. Vor zwei Jahren hatte sie jemanden furchtbar lieb, und die Sache nahm ein tragisches Ende.«

»Durch den Tod?«

»Nein. Ich kann Ihnen nicht genau den Hergang erzählen, aber der Mann tat etwas, das ihn in gewissem Sinn – jedenfalls in seinen eigenen Augen – von der Gesellschaft ausschloß. Und er löste lieber die Verlobung, als daß er Dinny hineinverwickelt hätte, und ging in den Fernen Osten. Ein vollständiger Bruch. Dinny hat seither nie mehr davon gesprochen, doch ich fürchte, sie wird es nie vergessen.«

»Verstehe. Herzlichen Dank! Sie haben mir einen großen Dienst erwiesen.«

»Tut mir leid, wenn ich Ihnen damit weh getan habe«, murmelte Adrian, »aber es ist vielleicht besser, klar zu sehen.«

»Gewiß.«

Adrian tat wieder einen geräuschvollen Zug an der Pfeife und warf einige Seitenblicke auf seinen schweigsamen Nachbar. Dieser hatte das Gesicht abgewandt und sah nicht gerade niedergeschlagen oder traurig aus, doch schien er angestrengt über die Zukunft nachzusinnen. »Er kommt dem Mann, den ich ihr wünsche, am nächsten«, dachte er, »ist feinfühlig, ruhig, couragiert. Aber meist macht einem das Leben einen Strich durch die Rechnung.«

»Sie ist grundverschieden von ihrer Schwester«, sagte er schließlich.

Dornford lachelte.
»Die Frau von einst, und die Frau von heute.«
»Aber Clare ist ein hübsches Geschöpf.«
»Zweifellos, und hat eine Menge guter Eigenschaften.«
»Beide haben Charakter. Wie stellt sie sich bei der Arbeit an?«
»Sehr geschickt; sie faßt rasch auf, hat ein gutes Gedächtnis, weiß alles sehr geschickt ins reine zu bringen.«
»Schade, daß sie in einer so üblen Lage ist. Ich weiß nicht, warum die Geschichte schiefging und wie man sie wieder einrenken könnte.«
»Ich bin Corven nie begegnet.«
»Bei der ersten Begegnung gefällt er einem recht gut, doch er hat einen grausamen Zug im Gesicht.«
»Dinny hält ihn für rachsüchtig.«
Adrian nickte. »Das glaub ich auch. Und das ist schlimm, wenn es zur Scheidung kommt. Aber hoffentlich kommt es nicht dazu. Immer eine schmutzige Geschichte, und gerade der schuldlose Teil zahlt meist drauf. Ich kann mich nicht erinnern, daß es in unserer Familie je eine Scheidung gegeben hätte.«
»In der meinen auch nicht. Doch wir sind Katholiken.«
»Sind Sie auf Grund Ihrer Erfahrungen bei Gericht der Ansicht, daß es mit der englischen Moral bergab geht?«
»Nein. Eher bergauf.«
»Aber die Grundsätze haben sich doch gelockert?«
»Man ist jetzt aufrichtiger – wohl nicht ganz dasselbe.«
»Na, ihr Anwälte und Richter«, meinte Adrian, »seid jedenfalls ungemein moralisch.«
»So, wo haben Sie das her?«
»Aus den Zeitungen.«
Dornford lachte.
»Kommen Sie«, sagte Adrian und erhob sich, »spielen wir eine Partie Billard . . .«

Am Montag nach Neujahr brachen die Gäste wieder auf. Nach Mittag lag Dinny auf ihrem Bett und schlummerte ein. Der graue Tag erlosch, bald füllte Dunkel den Raum. Sie träumte; sie stand an einem Strom, Wilfrid hielt sie an der Hand und wies auf das gegenüberliegende Ufer mit den Worten: »Noch ein Strom! Noch über einen Strom!« Hand in Hand stiegen sie ins Wasser hinab. Plötzlich wurde alles um sie schwarz. Seine Hand entglitt ihr, vor Entsetzen schrie sie auf. Sie verlor den Boden unter den Füßen, trieb in den Strom hinaus, streckte suchend die Hände nach allen Seiten. Doch sein Ruf »Noch ein Strom! Noch über einen Strom!« drang immer leiser aus der Ferne, bis er in einem Seufzer erstarb. Dinny erwachte in tödlicher Angst. Durchs Fenster gegenüber sah sie den dunklen Himmel, sah die Ulmen zu den Sternen aufragen; kein Laut, kein Duft, keine Farbe. Sie lag ganz still und holte tief Atem, um ihre Angst zu überwinden. Es war lange her, daß sie sich Wilfrid derart nahe gefühlt hatte, seit er ihr so schmerzlich entrissen worden war.

Sie erhob sich, tauchte das Gesicht in kaltes Wasser, blieb am Fenster stehen und starrte in die sternklare Nacht hinaus. Noch immer erschauerte sie ein wenig, allzu lebhaft hatte sie dieser Traum an ihr Elend erinnert.

»Noch ein Strom!«

Da pochte es an der Tür.

»Ja?«

»Es ist wegen der alten Mrs. Purdy, Miss Dinny. Es geht mit ihr zu Ende. Der Doktor ist zwar dort, aber –«

»Betty! Weiß es Mutter?«

»Ja, Miss. Sie will hinübergehen.«

»Nein, ich gehe. Lassen Sie sie nicht fort, Anny!«

»Schon recht, Miss. Ein Anfall. Die Pflegerin hat herübergeschickt und läßt sagen, es sei keine Hoffnung mehr. Soll ich Licht machen, Miss?«

»Ja, drehen Sie's an.«

Gott sei Dank, endlich war es ihnen möglich gewesen, elektrisches Licht einzuleiten.

»Lassen Sie mir diese kleine Flasche mit Kognak füllen, und stellen Sie meine Überschuhe in die Halle. In zwei Minuten komme ich hinunter.«

»Jawohl, Miss.«

Sie schlüpfte in ein Strickkleid, nahm die Mütze, warf rasch ihren

Maulwurfmantel über; dann eilte sie die Treppe hinab, blieb einen Augenblick vor dem Schlafzimmer ihrer Mutter stehen und sagte ihr durch die Tür, daß sie gehe. In der Halle zog sie die Gummischuhe an, ergriff die Kognakflasche und trat hinaus. Es war stockfinster, doch für eine Januarnacht nicht kalt. Der Weg unter ihren Füßen war glatt, und da sie keine Taschenlampe mithatte, brauchte sie für die kaum dreiviertel Kilometer lange Strecke fast eine Viertelstunde. Das Auto des Arztes stand mit seinen grellen Scheinwerfern vor dem Häuschen. Dinny stieß die Tür auf und trat in das ebenerdige Zimmer. Ein Feuer brannte, eine Kerze flackerte, doch der vollgeräumte, ihr vertraute Raum schien bis auf den Goldfink in seinem stattlichen Käfig leer. Sie stieß die schmale Pforte auf, die zur Treppe führte, und stieg hinauf. Oben öffnete sie behutsam die altersschwache Tür, blieb stehen und sah sich um. Auf dem Fensterbrett gegenüber brannte eine Lampe, der niedrige Raum mit der sich senkenden Decke lag halb im Licht, halb im Schatten. Am Fuß des Doppelbetts standen der Arzt und die Dorfpflegerin und sprachen leise miteinander. In der Fensterecke sah Dinny den kleinen alten Gatten der Sterbenden auf einem Stuhl hocken, er hielt die Hände auf den Knien, und über sein rotbackiges, verhutzeltes Gesicht lief ein leises Zucken und Zittern. Die greise Bäuerin lag zusammengekrümmt in dem alten Bett; ihr Gesicht war gelb wie Wachs, Dinny schien es, als hätten die Züge schon alle Runzeln verloren. Schwacher, rasselnder Atem drang über die Lippen, die Augen waren nicht ganz geschlossen, sahen jedoch bestimmt nichts mehr.

Der Arzt schritt zur Tür.

»Morphium«, sagte er. »Ich glaube nicht, daß sie nochmals zu Bewußtsein kommt. Um so besser für die arme alte Frau. Wenn sie doch wieder erwacht, soll ihr die Schwester sofort noch eine Spritze geben. Es läßt sich nichts mehr tun, nur das Ende erleichtern.«

»Ich bleibe hier«, sagte Dinny.

Der Arzt ergriff ihre Rechte. »Für sie ist es eine Erlösung. Nehmen Sie sich's nicht so zu Herzen, meine Liebe.«

»Der arme alte Benjy!« flüsterte Dinny.

Der Arzt drückte ihr die Hand und stieg die Treppe hinab.
Dinny betrat das Zimmer; die Luft war dumpf, sie ließ die Tür weit offen.
»Ich werde wachen, Schwester, vielleicht wollen Sie etwas besorgen.«
Die Pflegerin nickte. In ihrer sauberen dunkelblauen Tracht und der Haube wirkte sie fast unmenschlich gleichgültig; nur auf der Stirn zeigte sich eine kleine Falte. Die beiden standen nebeneinander und betrachteten das wächserne Gesicht der alten Frau.
»Es gibt nicht viele wie die hier«, flüsterte die Schwester plötzlich. »Ich hole mir jetzt einige Sachen, die ich brauchen werde. In weniger als einer halben Stunde bin ich zurück. Nehmen Sie doch Platz, Miss Cherrell, Sie werden sonst zu müde.«
Als sie fort war, wandte sich Dinny um und trat auf den alten Mann in der Ecke zu.
»Benjy!« Er wackelte mit dem Kopf, der einem verschrumpften Apfel glich, und rieb sich die Hände an den Knien. Dinny wollte ihn trösten, brachte aber kein Wort hervor. Sie berührte nur seine Schulter, ging zum Bett zurück und zog den zweiten Holzstuhl heran. Schweigend saß sie da und blickte auf die Lippen der alten Betty, über die noch immer der schwache, rasselnde Atem drang. Ihr war, als sterbe hier der Geist einer längst entschwundenen Epoche. Es mochte ja andere, ebenso alte Leute im Dorf geben, doch sie waren nicht wie die alte Betty, wie Betty mit ihrem schlichten Sinn und ihrer peinlichen Ordnungsliebe, ihrem Bibellesen, ihrer Anhänglichkeit an die Herrschaft, ihrem Stolz auf ihre dreiundachtzig Jahre, auf die Zähne, die sie schon lange hätte verlieren müssen, und auf ihren guten Ruf; Betty mit ihrer Klugheit, ihrer geschickten Art, den alten Gatten so zu behandeln, als wäre er ihr ungebärdiger Sohn. Der gute alte Benjy, er war ihr ganz und gar nicht ebenbürtig, doch was sollte der arme Kerl nur allein anfangen? Vielleicht hatte eine seiner Enkelinnen einen Platz für ihn übrig. Diese beiden hatten sieben Kinder aufgezogen, in jener guten alten Zeit, als ein Shilling zum Glück noch so viel wert war wie heute drei, und im Dorf wimmelte es von ihren Nachkommen. Aber wie würden sich die Jungen mit dem kleinen alten Benjy abfinden, der noch immer gern herumstritt, brummte

und ein Gläschen trank? Wie paßte der in ihre modernere Häuslichkeit? Na, irgendwo würde sich schon ein Winkel für ihn finden. Hier konnte er unmöglich allein weiterleben. Zwei Alterspfründen für zwei alte Menschen waren etwas ganz anderes als eine Pfründe für einen allein.

»Hätte ich nur Geld!« dachte Dinny und: »Benjy wird den Goldfink sicher nicht vermissen.« Sie wollte ihn mit sich nehmen, füttern und im alten Treibhaus umherflattern lassen, bis er sich ans Fliegen gewöhnt hatte, dann würde sie ihm die Freiheit schenken. Der Alte räusperte sich in seinem dunklen Winkel. Dinny schrak zusammen und beugte sich vor. In ihre Gedanken verloren, hatte sie nicht bemerkt, wie schwach jetzt die Atemzüge gingen. Nun waren die bleichen Lippen der alten Frau beinahe geschlossen, die verrunzelten Lider deckten fast ganz die blicklosen Augen. Kein Laut drang herüber. Einige Minuten betrachtete Dinny die Sterbende und lauschte; dann trat sie ans Bett und beugte sich über sie.

War es vorbei? Wie als Antwort auf diese Frage zuckten die Lider der Alten. Ihre Lippen umspielte ein ganz, ganz leises Lächeln, und plötzlich, als sei eine Flamme erloschen, lag sie vollkommen starr. Dinny hielt den Atem an. Zum erstenmal hatte sie einen Menschen sterben sehen. Sie starrte auf das alte wächserne Gesicht, sah, wie die Spannung allmählich aus den Zügen wich und die stille Würde des Todes sich darüber breitete. Sie drückte ihr sanft die Augen zu.

Der Tod! In seiner stillsten, mildesten Form, doch immerhin – der Tod. Das alte Heilmittel für alle Schmerzen der Welt; das allgemeine Menschenlos. In diesem Bett, in dem sie seit mehr als fünfzig Jahren unter der niedrigen, sich senkenden Zimmerdecke Nacht für Nacht gelegen hatte, war eine ehrfurchtgebietende alte Frau gestorben. Vornehme Herkunft, hohe Stellung, Reichtum und Macht waren ihr zwar versagt geblieben, Technik und Wissenschaft hatte sie nie kennengelernt. Sie hatte Kinder geboren, gepflegt, gefüttert und gewaschen, für sie genäht, gekocht und gefegt, hatte selbst wenig gegessen, nie im Leben eine Reise gemacht, viel Schmerz gelitten, nie den Überfluß gekannt. Aber sie war aufrecht ihren geraden Weg gegangen, ruhigen Blicks, mit freundlichem Wesen. Wenn sie keine ehrfurchtgebietende Frau war, wer war es dann?

Dieses Gefühl überwältigte Dinny, und sie senkte den Kopf. Wieder räusperte sich der alte Benjy in seiner dunklen Ecke. Sie fuhr aus ihren Gedanken auf und ging ein wenig bebend zu ihm hinüber.

»Kommen Sie, Benjy! Sehen Sie doch, wie friedlich sie schläft.«

Mit der Hand stützte sie seinen Ellbogen und half ihm aufstehen – er war schon steif in den Knien. Auch ganz aufgerichtet reichte er ihr nur bis an die Schulter, dieses ausgedörrte Männlein mit dem verschrumpften Gesicht. Sie schritt neben ihm durch das Zimmer.

Gemeinsam sahen die beiden auf Bettys Stirn und Wangen nieder, die allmählich die seltsame Schönheit des Todes annahmen. Das Gesicht des kleinen Alten blähte sich, wurde feuerrot wie das eines Kindes, das seine Puppe verloren hat. In ärgerlich quiekendem Ton rief er: »Ah! Sie schläft nicht. Sie is tot. Sie tut nie mehr wieder den Mund auf. Sehen Sie doch hin! Mutter lebt nicht mehr! Wo is die Schwester? Sie hätte sie nicht so im Stich lassen sollen –«

»Still, Benjy!«

»Sie is ja tot! Was fang ich nur an?« Er wandte sein verhutzeltes Gesicht zu Dinny, und aus seinen Kleidern stieg ein muffiger Geruch auf von Kummer, Schnupftabak und alten Kartoffeln.

»Kann nicht hierbleiben, wenn Mutter tot is. Das wär nicht recht.«

»Nein; gehen Sie nur hinunter, rauchen Sie Ihre Pfeife, und sagen Sie es der Schwester, sobald sie kommt.«

»Der werd ich schon was sagen! Schon was sagen! Sie hätt sie nicht im Stich lassen sollen. O Gott! O Gott! O Gott!«

Dinny legte ihm die Hand auf die Schulter, führte ihn zur Treppe und blickte ihm noch nach, als er bekümmert, tastend und unsicher hinabtorkelte. Dann trat sie ans Bett zurück. Das geglättete Gesicht der Toten wirkte auf sie unheimlich anziehend. Mit jedem Augenblick schien die Überlegenheit des Ausdrucks darin zu wachsen. Fast Triumph sprach aus diesen Zügen, langsame, wohlige Erlösung von Alter und Qualen. Ihr Charakter offenbar-

te sich in dieser kurzen Zeitspanne zwischen dem Ende des qualvollen Lebens und dem Zerstörungswerk des Todes. »Treu wie Gold!« Diese Worte sollte man auf den schlichten Grabstein schreiben, den man ihr setzen würde. Einerlei, wo immer sie jetzt sein mochte, wenn sie irgendwo noch war, sie hatte ihre Pflichten getan – Betty!
Als die Schwester zurückkam, stand Dinny noch immer dort und starrte auf die Tote nieder.

16

Seit der Abreise ihres Gatten hatte Clare den jungen Croom zwar häufig getroffen, aber stets mußte er, wie vereinbart, die nötige Distanz wahren. Die Liebe hatte ihn ungesellig gemacht. Auch fand sie es nicht ratsam, sich vor aller Augen mit ihm zu zeigen, deshalb hatte sie ihn ihren Freunden nicht vorgestellt. Sie trafen einander in billigen Restaurants, im Kino oder auf Spaziergängen. In ihre Wohnung hatte sie ihn nicht wieder eingeladen, er hatte sie auch nicht darum gebeten. Er benahm sich in der Tat musterhaft, versank nur manchmal in peinliches, endloses Schweigen oder starrte sie so lange an, bis ihr alle Finger zuckten und sie ihn am liebsten geschüttelt hätte. Allem Anschein nach hatte er Jack Muskhams Gestüt einige Besuche abgestattet und stundenlang über Büchern gebrütet, die das Problem aufwarfen, ob die Vorzüge des Eclipse auf seine Abstammung von dem Rassepferd Lister Turk oder eher vom Rassepferd Darley Arabian zurückzuführen seien, und ob man Blacklock mit St. Simon auf Speculum kreuzen solle oder mit Speculum auf St. Simon.
Als sie nach Neujahr aus Condaford zurückgekehrt war, hatte sie fünf Tage lang nichts von ihm gehört, so daß sie sich in Gedanken mehr mit ihm beschäftigte als zuvor.

»Lieber Tony«, schrieb sie ihm in den »Coffee House«-Klub, »wo steckst Du und wie geht es Dir? Ich bin wieder in London. Recht glückliches Neujahr!

Stets Deine
Clare.«

Die Antwort kam erst nach drei Tagen; anfangs hatte sie sich darüber geärgert, dann wurde sie besorgt, und schließlich bekam sie Angst. Zuletzt traf ein Brief ein, den er im Gasthaus von Bablock Hythe geschrieben hatte:

Liebe Clare!
Als ich Deinen lieben Brief bekam, fiel mir ein Stein vom Herzen, denn ich hatte mir fest vorgenommen, Dir erst zu schreiben, nachdem ich von Dir ein paar Zeilen erhalten hätte. Ich möchte Dich um keinen Preis der Welt langweilen, und manchmal frage ich mich, ob ich's nicht am Ende doch tue. Soweit es einem Menschen, der Dich nicht sehen darf, gut gehen kann, geht es mir gut; ich beaufsichtige jetzt die Einrichtungen der Ställe für die Araberstuten. Sie (die Stallungen meine ich) werden erstklassig sein. Die Frage ist nur, ob sich die Tiere an das englische Klima gewöhnen werden; hier soll es übrigens mild sein, und die Weidegründe sehen tipptopp aus. Dieser Erdenwinkel ist recht hübsch, besonders der Fluß. Gottlob ist das Gasthaus billig, und ich kann unbegrenzte Zeit von Speck mit Eiern leben. Jack Muskham ist so nobel gewesen, mir schon ab Neujahr Gehalt zu zahlen, darum trage ich mich mit dem Gedanken, die ungefähr sechzig Pfund, die ich noch habe, in Stapyltons altem Zweisitzer anzulegen. Eben hat er sich wieder nach Indien eingeschifft. Wenn ich mich erst einmal hier dauernd niederlasse, ist der Besitz eines Autos geradezu eine Lebensnotwendigkeit, sonst bekomme ich Dich ja gar nicht zu Gesicht, und ohne Dich ist das Leben nicht lebenswert. Hoffentlich hast Du in Condaford recht schöne Tage verbracht. Weißt Du, daß ich Dich nun schon seit sechzehn Tagen nicht gesehen habe? Lang halte ich das nicht mehr aus. Samstag nachmittag komme ich nach London. Wo kann ich Dich treffen?

Dein Dich stets verehrender
Tony

Clare lag auf dem Sofa in ihrem Zimmer, als sie diesen Brief las; beim Öffnen zog sie die Stirn etwas kraus, doch als sie fertiggelesen hatte, lächelte sie ein wenig.
Der arme liebe Tony! Sie griff rasch nach einem Telegrammformu-

lar und schrieb: »Komm zu mir zum Tee. C.« Auf ihrem Weg zum Temple-Gebäude gab sie die Depesche auf.
Die Bedeutung, die zwei junge Leute ihren Zusammenkünften beimessen, hängt von der Bedeutung ab, die die anderen dem Unterbleiben dieser Zusammenkünfte beimessen. Als Tony Croom sich den Melton Mews näherte, drehten sich seine Gedanken ausschließlich um Clare; daher entging seiner Aufmerksamkeit ein gedrungener Mann mit Hornbrille, schwarzen Schuhen und weinroter Krawatte, der wie der Sekretär einer Gelehrtenvereinigung aussah. Dieser Mensch war ihm unaufdringlich und unbemerkt schon von Bablock Hythe zum Paddington-Bahnhof, vom Paddington-Bahnhof zum »Coffee House«, vom »Coffee House« zur Ecke der Melton Mews gefolgt, hatte beobachtet, wie Tony Croom das Haus Nr. 2 betrat; dann hatte er etwas in ein Notizbuch eingetragen, und nun stand er, ein Abendblatt in der Hand, in der Gasse und wartete darauf, daß Tony Croom wieder herauskam. Mit rührender Pflichttreue versagte er sich die Lektüre der Neuigkeiten, hielt den Blick seiner etwas vorquellenden Augen unverwandt auf jene pfauenblaue Tür geheftet, bereit, jeden Augenblick wie ein Regenschirm zusammenzuklappen und in eine Seitengasse zu verschwinden. Und während er so wartend dastand (Warten war ja seine Hauptbeschäftigung), dachte er wie so mancher andere Londoner Bürger an die Kosten der Lebenshaltung, die Tasse Tee, die er jetzt gern trinken würde, an seine kleine Tochter und ihre Sammlung ausländischer Briefmarken, und ob er jetzt wohl Einkommensteuer werde zahlen müssen. Seine Phantasie verweilte auch bei den rundlichen Formen eines jungen Frauenzimmers in dem Tabakladen, aus dem er seine billigen Zigaretten bezog.
Er hieß Chayne und verdankte seinen Lebensunterhalt seinem außergewöhnlichen Personengedächtnis, seiner unerschöpflichen Geduld, den sorgfältigen Eintragungen in sein Notizbuch, der Fähigkeit, sich selbst ganz in den Hintergrund zu stellen, und der glücklichen Eigenschaft, daß er wie der Sekretär einer Gelehrtenvereinigung aussah. In Wirklichkeit war er Angestellter des Detektivbüros Polteed, das davon lebte, daß es von gewissen Leuten mehr wußte, als ihnen zuträglich war. Er hatte am Tage von Clares Rückkehr nach London diesen Fall übernommen und war schon

fünf Tage auf dem »Posten«, ohne daß außer seinem Chef und ihm selbst irgend jemand etwas davon wußte. Wenn man den Büchern, die er las, Glauben schenken durfte, war das Ausspionieren der Lebensweise anderer die Hauptbeschäftigung der Bewohner der britischen Inseln, und so kam es ihm keinen Augenblick in den Sinn, sich des Berufs zu schämen, dem er schon seit siebzehn Jahren so gewissenhaft nachging. Er war stolz auf seine Arbeit und hielt sich für einen tüchtigen »Spürhund«. Zwar plagte ihn sein Bronchialkatarrh in der letzten Zeit mehr denn je, war er doch häufig der Zugluft ausgesetzt, doch er konnte sich jetzt keinen besseren Zeitvertreib mehr vorstellen, keinen Broterwerb, der eines scharfsinnigen Mannes würdiger gewesen wäre. Die Adresse des jungen Croom hatte er sich ganz einfach dadurch verschafft, daß er sich dicht hinter Clare gestellt hatte, als sie das Telegramm aufgab. Es war ihm allerdings nicht gelungen, den Inhalt der Depesche zu entziffern, und darum war er sofort nach Bablock Hythe gedampft; aber seither hatten sich ihm keine Schwierigkeiten in den Weg gestellt. Ab und zu wechselte er seinen Beobachtungsplatz an der Ekke der Gasse; als die Dämmerung hereinbrach, wagte er sich in die Melton Mews. Um halb sechs öffnete sich die pfauenblaue Tür, und die beiden jungen Leute kamen zum Vorschein. Sie gingen zu Fuß, Mr. Chayne trabte hinterdrein. Sie schritten rasch dahin, Mr. Chayne mit seinem durch die Übung erworbenen Sinn für Rhythmus folgte ihnen im gleichen Schritt. Bald merkte er, sie begaben sich nur dorthin, wohin er Lady Corven schon zweimal gefolgt war – zum Temple-Gebäude. Und das war ihm ein Trost, wegen der Tasse Tee, nach der er schmachtete. Unterwegs hielt er sich zumeist hinter dem Rücken von Leuten, die breit genug waren, ihm Dekkung zu bieten. Er sah die beiden in die Middle Temple Lane einbiegen und bei Harcourt Buildings Abschied nehmen. Nachdem er festgestellt hatte, daß Lady Corven das Gebäude betrat und der junge Mann zwischen dem Eingangstor und dem Themsekai langsam auf und ab pendelte, warf er einen Blick auf die Uhr, begab sich zum »Strand« zurück, stürzte in einen Teesalon und rief: »Bitte, Miss, eine Tasse Tee und Kuchen!« Während er darauf wartete, trug er eine längere Bemerkung in sein Notizbuch ein, dann blies er den Tee, trank ihn aus der Untertasse, aß den halben Kuchen, barg die andere Hälfte in der Hand, zahlte und betrat wieder den »Strand«. Kaum hatte er den Rest des Kuchens verzehrt, war er auch schon am Eingang der Middle Temple Lane angelangt. Noch immer pendelte der junge Mann langsam auf und ab. Mr. Chayne wartete, bis er ihm den Rücken kehrte, gebärdete sich wie ein Kanzleibeamter, der sich verspätet hat, und schoß am Eingangstor von Harcourt Buildings vorüber in das innere Temple-Gebäude. Hier vertiefte er sich in das Studium der Namen in einem Hausflur, bis Clare heraustrat. Der junge Croom gesellte sich wieder zu ihr, sie schritten zusammen dem »Strand« zu, und Mr. Chayne trabte hinter ihnen her. Als sie bald darauf Kinokarten lösten, nahm auch er eine Karte und ließ sich in der Reihe hinter ihnen nieder. Die ahnungslose Unschuld, die die beiden an den Tag legten, fand er fast amüsant; sie rief in ihm ein wenig Mitleid und Verachtung wach, war er doch an Finten von Leuten gewöhnt, die auf der Hut zu sein pflegten. Diese beiden aber schienen ihm wahre Kinder. Ob sich ihre Füße berührten, vermochte er nicht festzustellen; er schob sich hinter ihnen vorbei, um die Haltung ihrer Hände zu konstatieren. Das Resultat schien zufriedenstellend, und er ließ sich auf einem freien Sitz nahe dem Gang nieder. Nun waren sie ihm für zwei Stunden sicher, er nahm Platz, genoß die Wärme, eine Zigarette und den Film. Auf der Leinwand erschienen Jagd- und Reisebilder aus Afrika; die Hauptdarsteller schwebten stets in Gefahr, doch der Kameramann, der diese gefahrvollen Situationen festgehalten hatte, war zweifellos noch weit mehr gefährdet gewesen. Mit amerikanischem Akzent riefen sie einander mannhaften Tones zu: »Achtung! Er geht los!« Und Mr. Chayne lauschte ihnen mit angespanntem Interesse, über dem er jedoch nie die beiden, ebenfalls aufmerksamen jungen Leute aus dem Auge verlor. Als die Lichter aufflammten, sah er sie im Profil. »Schön ist die Jugend, sie kommt nicht mehr«, dachte er, und seine Gedanken beschäftigten sich noch lebhafter mit der jungen Dame aus dem Tabakladen. Das Pärchen schien so sehr im Banne des Films, daß er die Gelegenheit wahrnahm, einen Augenblick hinauszuschlüpfen. Wer weiß, vielleicht bot sich diese Gelegenheit nicht so bald wieder. Seiner Ansicht nach gehörte es zu den Kapitalschnitzern der Detektivgeschichten, deren eifriger Leser er war, daß die Autoren ihre

Spürhunde nichts anderes tun ließen, als tagaus, tagein fremde Spuren zu verfolgen, ohne zu essen, ohne die Augen abzuwenden. Im wirklichen Leben war es grundverschieden.

Knapp ehe die Lichter wieder erloschen, begab er sich zu einem Sitz auf der anderen Seite, der sich fast unmittelbar hinter dem jungen Paar befand. Auf der Leinwand zeigte sich jetzt eine seiner Lieblingsschauspielerinnen; überzeugt davon, sie müsse unfehlbar in Situationen geraten, in der sie ihm ihre ganze Herrlichkeit entschleiern werde, steckte er ein Pfefferminzbonbon in den Mund und lehnte sich mit einem Seufzer zurück. Seit langem hatte er keinen so vergnügten Abend im Beobachtungsdienst erlebt. Um diese Jahreszeit war sein Beruf beileibe nicht immer eine vergnügliche Angelegenheit, oft konnte man sich dabei einen tüchtigen Schnupfen holen.

Nach zehn Minuten – sein Star hatte sich erst bloß in Abendgala geworfen – stand das Pärchen auf.

»Ihre Stimme geht mir auf die Nerven«, hörte er Lady Corven sagen. »Scheußlich!« lautete die Feststellung des jungen Mannes.

Verletzt und peinlich überrascht wartete Mr. Chayne, bis die beiden durch die Vorhänge des Eingangs hinausgeschritten waren, dann folgte er ihnen mit einem tiefen Seufzer nach. Auf dem »Strand« blieben sie stehen, beratschlagten, gingen dann wieder weiter, doch nur in ein gegenüberliegendes Restaurant. Dort kaufte Mr. Chayne sich an der Tür eine Zeitung und sah die beiden die Treppe hinaufsteigen. Am Ende gar in ein Separée? Vorsichtig klomm er die Stufen hinan. Nein, sie gingen auf die Galerie! Dort standen vier Tische, von den Pfeilern diskret verdeckt!

Mr. Chayne stieg zur Toilette hinab, vertauschte seine Hornbrille mit einem Zwicker und seine weinrote Krawatte mit einem flotten, schwarzweiß gemusterten Binder. Diese Vorsichtsmaßnahme hatte sich schon oft glänzend bewährt. Man brauchte nur eine grellfarbene Krawatte gegen eine ruhigere von anderer Fasson zu vertauschen. Eine auffallende Krawatte hatte den besonderen Vorzug, die Aufmerksamkeit vom Gesicht abzulenken. Man war dann für die Leute nur »der Mann mit der scheußlichen Krawatte«, und sobald man diese Krawatte nicht mehr trug, hielten einen alle für jemand anderen. Dann stieg Mr. Chayne wieder hinauf, nahm an einem Tisch Platz, der guten Ausblick bot, bestellte eine gemischte Platte und ein großes Glas Schwarzbier. Vermutlich blieben sie ungefähr zwei Stunden bei der Mahlzeit, daher nahm er jetzt die Allüren eines Literaten an, holte einen Tabakbeutel hervor, drehte sich eine Zigarette und bat den Kellner um Feuer. So trug er also eine gewisse Individualität zur Schau, las seine Zeitung wie jeder andere Gentleman und besah prüfenden Blicks die Wandmalerei. Sie war in warmen, glühenden Farben gehalten. Weite Landschaften mit tiefblauem Himmel, der schäumenden See, mit Palmen und Villen, die ein freudiges Dasein verhießen – es machte tiefen Eindruck auf ihn. Er war nie weiter als bis Boulogne gekommen und würde vermutlich nie in seinem Leben weiter reisen. Fünfhundert Pfund, eine elegante Frau, eine Zimmerflucht auf der Sonnenseite und Spieltische zur Hand – in diesen Farben malte er sich das Paradies. Aber alle diese Herrlichkeiten blieben für ihn unerreichbar. Er beschwerte sich nie darüber, doch angesichts solcher Lokkungen an der Wand konnte er sich eines Gefühls tiefer Sehnsucht nicht erwehren. Oft schien es ihm wie eine Ironie des Schicksals, daß die Paare, die seine Beobachtungsmanöver vor den Scheidungsgerichtshof brachten, in ein solches Paradies reisten und dort so lange blieben, bis die Scheidung rechtskräftig geworden war, bis sie heirateten, zur Erde und in die Gesellschaft zurückkehren konnten. Er lebte in der Vorstadt Finchley von einem jährlichen Durchschnittseinkommen von fünfhundert Pfund, sah die Sonne nur alle vierzehn Tage; bei solchem Leben mußte seine poetische Ader fast versiegen. Daher gewährte es ihm einen gewissen Trost, seine Phantasie um das Leben derer kreisen zu lassen, die unter seiner Beobachtung standen. Dieses junge Paar dort drüben – beide waren wirklich bildhübsch – würde vermutlich zusammen in einem Taxi nach Hause fahren, und aller Voraussicht nach konnte er stundenlang auf das Weggehen des jungen Mannes warten. Bei diesem Ausblick in seine nahe Zukunft tat er ein wenig Paprika in die gemischte Platte, die man ihm soeben vorgesetzt hatte. Immerhin, dieses Wachpostenstehen heute und vielleicht noch ein- oder zweimal mußte die Sache klären. Im Grunde genommen leicht verdientes Geld. Langsam genoß er jeden Bissen, damit ihm das Essen gut anschlüge, dann blies er mit Geschick und Kennermiene

den Schaum von seinem Schwarzbier und betrachtete die beiden, wie sie sich im eifrigen Gespräch über den Tisch beugten. Was sie aßen, konnte er nicht sehen. Die genaue Beobachtung ihrer Speisenfolge hätte ihm einen wichtigen Fingerzeig für ihre Gemütsverfassung gegeben. Essen und Liebe! Nach dieser gemischten Platte würde er noch Käse und Kaffee bestellen und als »Spesen« verrechnen.
Er hatte alles bis aufs letzte Krümchen aufgegessen, alle erdenklichen Informationen aus seiner Zeitung geschöpft, seine Phantasie so lange um die Wandgemälde kreisen lassen, bis sie ganz erschöpft war, die verschiedenen Pärchen genau studiert, die Rechnung beglichen und drei billige Zigaretten geraucht, ehe seine Beobachtungsobjekte sich erhoben. Sie waren kaum bei der Treppe angelangt, als er schon im Überzieher draußen vor dem Eingang stand. Nachdem er sich vergewissert hatte, daß drei Taxi sich in Rufweite befanden, wandte er seine Aufmerksamkeit den Anschlagzetteln eines benachbarten Theaters zu. Endlich sah er den Portier einen der Chauffeure heranwinken, trat auf den »Strand« hinaus und nahm den nächsten Wagen.
»Warten Sie, bis dieses Auto davonfährt, und fahren Sie hinter ihm her«, befahl er dem Lenker. »Wenn es stehenbleibt, halten Sie nicht gar zu nah.« Er nahm im Taxi Platz, sah auf die Uhr und machte eine Eintragung in sein Notizbuch. Erst unlängst hatte er das falsche Auto verfolgt und dabei ein schönes Stück Geld hinausgeworfen, darum starrte er jetzt angestrengt auf die Autonummer, die er in seinem Büchlein vermerkt hatte. Um diese Stunde vor Theaterschluß herrschte nur schwacher Verkehr, die Verfolgung gestaltete sich daher spielend leicht. Das verfolgte Auto hielt an der Ecke der Mews. Mr. Chayne klopfte an die Scheibe und fiel auf den Sitz zurück. Durch das Fenster sah er die beiden aussteigen, der junge Mann zahlte. Mr. Chayne zahlte gleichfalls und folgte ihnen bis zur Ecke. Sie hatten die pfauenblaue Haustür erreicht und standen plaudernd davor. Dann steckte Lady Corven den Schlüssel ins Schloß und öffnete die Tür, der junge Mann lugte vorsichtig nach allen Seiten und folgte ihr. Mr. Chaynes Gefühle waren fast so gemischt wie seine Platte. Natürlich hatte er nichts anderes gehofft und erwartet. Allerdings bedeutete es für ihn vielleicht stun-

denlanges Herumstehen in der Kälte. Er schlug den Kragen des Mantels hoch und sah sich nach einer geschützten Haustür um. Jammerschade, daß er sich nicht damit begnügen konnte, etwa eine halbe Stunde zu warten und dann ohne weiteres einzudringen. Heutzutage nahm es das Gericht mit einem zwingenden Beweis sehr genau. Er hatte fast das Gefühl eines Jägers, der einen Fuchs vor der Nase in seinen Bau schlüpfen sieht und weit und breit keinen Spaten finden kann, um ihm nachzugraben. Einige Minuten stand er da, überflog die Eintragungen in seinem Notizbuch beim Licht einer Straßenlaterne und fügte noch einen Schlußsatz hinzu; dann begab er sich vor die Haustür, die er ausgewählt hatte, und stand dort Wache. In ungefähr einer halben Stunde mußten die Autos von den Theatern zurückkommen, dann würde er hin und her gehen müssen, um nicht die Aufmerksamkeit auf sich zu lenken. Im Fenster oben war Licht zu sehen, doch das war freilich an und für sich kein Beweis. Zu dumm! Zwölf Shilling die Rückfahrkarte, zehneinhalb Shilling das Übernachten draußen, Autos siebeneinhalb Shilling; Kinokarte dreieinhalb Shilling, Abendessen sechs Shilling – den Tee würde er nicht anrechnen –, also in Summa neununddreißigeinhalb Shilling – rund zwei Pfund! Mr. Chayne schüttelte den Kopf, steckte ein Pfefferminzbonbon in den Mund und trat von einem Fuß auf den anderen. Dieses Hühnerauge begann ihn zu jucken! Er dachte an recht angenehme Dinge, an das Seebad Broadstairs, an die Nackenlöckchen seiner kleinen Tochter, Austernpastetchen, an seine Lieblingsdiva, als sie fast nur einen Hüfthalter trug, an seinen warmen Nachttrunk: Whisky mit Zitrone. Doch das alles half ihm nur wenig. Da wartete er und wartete, stand auf schmerzenden Füßen und hatte nicht einmal die Hoffnung, wirklich wertvolles Belastungsmaterial zu gewinnen. Bei Gericht hatte sich die Auffassung eingebürgert, es sei durchaus verständlich, wenn die betreffenden Leute nach einem Ausflug noch gemütlich eine Tasse Tee miteinander tranken, dagegen wurde jedes kürzere Beisammensein für verdächtig gehalten. Wieder zog er die Uhr. Über eine halbe Stunde hatte er hier gestanden. Jetzt ratterte auch schon das erste Auto heran! Nun hieß es aus den Mews verschwinden! Er zog sich bis zum Ende der Gasse zurück. Doch kaum hatte er Zeit gefunden, sich umzudrehen, da kam auch schon der junge Mann mit hochgezogenen Schultern und marschierte, die Hände in den Taschen, eilig davon. Mr. Chayne stieß einen Seufzer der Erleichterung aus, schrieb in sein Taschenbuch: »Mr. C. verließ das Haus um elf Uhr vierzig nachts« und begab sich zu der Haltestelle des Omnibusses, der ihn nach Finchley brachte.

17

Dinny besaß zwar keine ausgesprochene Sachkenntnis in Gemälden, doch hatte sie in Wilfrids Gesellschaft die Bilder, die es in den Londoner Galerien das ganze Jahr zu sehen gab, eingehend studiert. Ungewöhnlichen Genuß hatte ihr auch die »Italienische Ausstellung 1930« bereitet. Darum nahm sie Onkel Adrians Einladung, sie in die »Französische Ausstellung 1932« zu begleiten, natürlich gerne an. Nach kurzem Lunch in der Piccadilly betraten sie am 22. Januar Schlag ein Uhr das Ausstellungsgebäude. Auch eine Menge anderer Leute hatten diese Tageszeit gewählt, um das ärgste Gedränge zu vermeiden, daher kamen die beiden nur langsam vorwärts und brauchten eine Stunde bis zu den Gemälden Watteaus.

»›Gilles‹«, erklärte Adrian und schlug im Stehen ein Bein über das andere, »dieses Bild halte ich noch immer für das beste, Dinny. Merkwürdig – wenn ein Genremaler der dekorativen Schule sich einmal einen Gegenstand oder Kopf zum Vorwurf nimmt, der ihn wirklich fesselt, dann wirkt er auch außerordentlich auf den Beschauer. Sieh doch nur das Gesicht des Pierrot an – dieser dumpfbrütende, schicksalshafte, verschlossene Ausdruck! Die Verkörperung eines Menschen, der der Welt Komödie vorspielt und dabei sein Innenleben führt!«

Dinny blieb stumm.

»Nun, mein Fräulein, was sagen Sie dazu?«

»Ich frage mich, ob ein Künstler so bewußt gestaltet. Meinst du nicht, nur jenes weiße Kostüm reizte ihn zum Malen, und alles übrige kam durch das Modell hinzu? Ein wundervoller Ausdruck, aber der Pierrot hatte ihn vielleicht wirklich. Es gibt solche Menschen.«

Adrians Blick streifte verstohlen ihr Gesicht. Jawohl! Es gab solche Menschen. Hätte man Dinny so malen können, wenn sie ruhte, nicht darauf achtete, wie sie aussah, sich nicht zusammennahm, und wirkte das Gesicht auf diesem Bild mit seinem geheimen Innenleben nicht auch tief ergreifend? Die Kunst war und blieb doch unzulänglich. Sobald sie die Seele, den Wesenskern bloßzulegen versuchte, schien sie unreal, gab sie sich aber mit Nachbildung der krassen, widerspruchsvollen Äußerlichkeit zufrieden, schien das Ergebnis zu unwesentlich. Was blieb dann übrig? Bestimmte Haltungen, flüchtige Eindrücke, verblüffende Lichteffekte – alles täuschend naturgetreu, doch alles seelenlos!
»Große Bücher und Porträts«, bemerkte er plötzlich, »sind deshalb so verdammt selten, weil die Künstler nicht das Wesentliche aufhellen wollen und, sobald sie es tun, übertreiben.«
»Ich weiß nicht, ob sich das auf dieses Gemälde anwenden läßt Onkel. Es ist kein Porträt, sondern ein dramatisches Momentbild und ein weißes Kostüm.«
»Vielleicht! Dennoch, Dinny, wenn ich dich so malen könnte, wie du wirklich bist, man würde es für ›unwirklich‹ halten.«
»Ein wahres Glück!«
»Die meisten können sich ein Wesen wie dich nicht einmal vorstellen.«
»Verzeih die kecke Frage, Onkel, aber – kannst du es?«
Adrian strich sein Ziegenbärtchen. »Ich bilde mir's gern ein.«
»Ach, sieh nur! Die Pompadour von Boucher!«
Nachdem sie zwei Minuten vor dem großen Gemälde standen, fuhr Adrian fort: »Nun, als Künstler, der sonst nackte Frauen vorzog, gelang es ihm in diesem Fall recht gut, auch die Hüllen des weiblichen Körpers zu malen, nicht wahr?«
»Die Maintenon und die Pompadour, die beiden verwechsle ich immer.«
»Die Maintenon trug blaue Strümpfe und führte unter Ludwig dem Vierzehnten das Regiment.«
»Ja richtig! Onkel, gehen wir doch von hier gleich zu den Bildern Manets.«
»Warum?«
»Ich halte es nicht mehr lange aus.«

Adrian blickte sich um und erkannte sofort den Grund. Vor dem Gilles standen Clare und ein junger Mann, den er nicht kannte. Er hängte sich in Dinny ein, und sie schritten in den übernächsten Saal.

Vor dem »Knaben mit den Seifenblasen« blieb er stehen und sagte leise: »Sehr diskret von dir. Ist jener junge Mann die Schlange im Grase, der Wurm in der Knospe oder –?«

»Ein sehr netter Junge.«

»Wie heißt er?«

»Tony Croom.«

»Ah! Der junge Mann vom Schiff? Trifft Clare ihn oft?«

»Danach frag ich sie nicht, Onkel. Sie hat versprochen, sich ein Jahr lang tadellos aufzuführen.« Da Adrian zweifelnd die Brauen hochzog, fügte sie hinzu: »Sie hat es Tante Emily versprochen.«

»Und wenn das Jahr um ist?«

»Ich weiß es nicht und sie wohl auch nicht. Sind diese Manets nicht prachtvoll?«

Schweigend gingen sie durch den Saal und kamen zu dem letzten Bild.

»Stell dir vor, im Jahre 1910 kam mir Gauguin über die Maßen exzentrisch vor«, murmelte Adrian. »So ändern sich die Zeiten! Ich besah mir damals die Ausstellung der Nachimpressionisten unmittelbar nach einem Besuch bei den chinesischen Malereien im Britischen Museum. Cézanne, Matisse, Gauguin, Van Gogh – damals ultramodern, heute uralt. Gauguin ist wirklich ein Meister der Farbe. Aber über die Chinesen geht nichts. Dinny, ich fürchte, ich bin durch und durch altmodisch.«

»Diese modernen Bilder sind ja gut – die meisten, aber ich möchte sie nicht Tag für Tag vor mir sehen.«

»Die Franzosen haben ihr Gutes, in keinem anderen Land kann man den Wandel der Kunst so genau verfolgen. Von der Frühzeit zu Clouet, von Clouet zu Poussin und Claude, von ihnen zu Watteau und seiner Schule, dann zu Boucher und Greuze, und weiter zu Ingres und Delacroix, zu Barbizons Jüngern, den Impressionisten und ihren Nachfolgern, und stets irgendein ganz Großer – Chardin, Lepicié, Fragonard, Manet, Degas, Monet,

Cézanne – stets ein Bruch mit der Tradition der Vorgänger, ein Betreten neuer Pfade.«
»Ist es je zuvor zu einem so schroffen Bruch gekommen wie in der jüngsten Zeit?«
»In der ganzen Lebensanschauung gab es nie zuvor einen so schroffen Bruch. Und noch nie zuvor tappten die Künstler in der Frage nach dem Endzweck ihrer Kunst so völlig im Dunkel.«
»Und was ist denn ihr Endzweck, Onkel?«
»Freude zu schaffen, oder die Wahrheit zu enthüllen, oder beides.«
»Wenn ich mich nun aber nicht über das freuen kann, was ihnen Freude macht? Und – was ist Wahrheit?«
Adrian hob abwehrend die Daumen hoch.
»Dinny, ich bin todmüde. Machen wir uns aus dem Staub.«
Dinny sah ihre Schwester und den jungen Croom durch den Bogengang treten. Sie wußte nicht recht, ob Clare sie und Onkel Adrian bemerkt hatte, der junge Croom hatte offenbar nur Augen für Clare. Sie folgte Adrian ins Freie, jetzt bewunderte sie sein Zartgefühl. Doch keiner von beiden gestand sein Unbehagen ein. Heutzutage ließ man sich ja nichts dreinreden, in wessen Gesellschaft man ausging.
Sie waren bis zur Burlington-Arkade gekommen, da erschrak Adrian plötzlich über die fahle Blässe ihrer Wangen.
»Was hast du nur, Dinny? Siehst aus wie ein Gespenst.«
»Wenn's dir recht ist, Onkel, hätte ich gern eine Tasse Kaffee.«
»In der Bond Street weiß ich ein nettes Lokal.« Beunruhigt über das starre Lächeln ihrer blutleeren Lippen, hielt er sie fest am Arm, bis sie an einem kleinen Ecktischchen Platz genommen hatten.
»Zwei Tassen Kaffee – extrastark«, bestellte Adrian; in seiner zurückhaltenden Art, die ihm so oft das Vertrauen von Kindern und Frauen gewann, unterließ er es instinktiv, sie zu vertraulichen Mitteilungen zu bewegen.
»Nichts ist so ermüdend wie ein Besuch in einer Gemäldegalerie. Dinny, ich muß leider in Tante Emilys Horn stoßen, mir kommt vor, du ißt zu wenig. Auch beim Lunch hast du wie ein Spatz gegessen.« Doch ihre Lippen zeigten wieder Farbe.

»Onkel, ich bin sehr zäh. Aber das ewige Essen ist wirklich lästig.«
»Wir beide müßten einen kleinen Abstecher nach Frankreich machen. Die Speisen der Franzosen regen die Sinne an, wenn auch ihre Bilder nicht die Seele.«
»Hast du diesen Eindruck?«
»Zweifellos – verglichen mit den Italienern. Alles wundervoll durchdacht. Sie fabrizieren ihre Bilder, als wären es Präzisionsuhren. Durch und durch bewußt, vollendete Technik. Vielleicht ist es unbillig, mehr zu verlangen – dennoch ist diese Art ganz unpoetisch. Dabei fällt mir ein, Dinny, hoffentlich bleibt Clare der Weg zum Scheidungsgerichtshof erspart, denn kein Ort der Welt ist so unpoetisch wie der Gerichtssaal.«
Dinny schüttelte den Kopf.
»Mir wäre lieber, sie hätte es bereits hinter sich. Meiner Meinung nach hätte sie nicht einmal jenes Versprechen geben sollen. Von Jerry mag sie nichts mehr wissen. Sie wird ohnedies wie ein Vogel mit gebrochenem Flügel sein. Aber wer nimmt einem heutzutage eine Scheidung übel?«
Adrian wetzte unbehaglich hin und her.
»Mir ist der Gedanke in der Seele zuwider, daß diese hartgesottenen Kerle mit einer meiner Verwandten ihr Spiel treiben sollen. Wenn sie wie Dornford wären – sie sind aber aus anderem Holz. Hast du ihn wiedergesehen?«
»Er war einen Abend in Condaford zu Gast, als er eine Wahlrede hielt.«
Er bemerkte, daß sie bei diesen Worten nicht mit der Wimper zuckte. Bald danach nahmen sie Abschied. Dinny versicherte, sie sei »schon wieder ganz auf dem Damm«.
Er hatte erklärt, sie sehe wie ein Gespenst aus. Die Feststellung, sie sehe aus, als wäre sie einem Gespenst begegnet, wäre zutreffender gewesen. Denn als Dinny mit Onkel Adrian aus dem Arkadengang hinaustrat, hatten die Gespenster ihrer vergangenen Erlebnisse in der nebenan liegenden Cork Street sie wie einsame Krähen umflattert, hatten ihr mit den Flügeln ins Gesicht geschlagen und waren dann wieder davongeschwirrt. Nun, da sie allein war, wandte sie sich um und schritt in die Cork Street. Ent-

schlossen trat sie durch die Haustür, stieg die Stufen zu Wilfrids Wohnung hinauf und drückte die Klingel. Oben am Treppenabsatz lehnte sie sich ans Fensterbrett, stand mit ineinandergekrampften Händen wartend da und dachte: »Hätte ich doch nur einen Muff!« Ihre Hände waren eiskalt. Auf alten Bildern waren die Frauen in ihrer Situation tiefverschleiert und hielten die Hände im Muff, doch die Zeiten änderten sich, und sie trug weder Muff noch Schleier. Eben wollte sie wieder fort, da ging die Tür auf. Stack! In Filzpantoffeln! Der Blick seiner dunklen, vorquellenden Augen – er hatte sich gar nicht verändert! – glitt zu seinen Hausschuhen nieder, und er geriet in Verwirrung.
»Verzeihung, Miss«, stammelte er, »grad wollt ich die Schuhe wechseln.«
Dinny streckte ihm die Hand hin, und er ergriff sie ganz wie früher mit einer Miene, als wolle er ihre Beichte anhören.
»Im Vorbeigehen dacht ich mir, ich frage nach, wie es Ihnen geht.«
»Ausgezeichnet, danke, Miss! Hoffentlich geht's Ihnen auch gut, Ihnen und dem Hund.«
»Es geht uns beiden ganz gut. Foch ist gern auf dem Land.«
»So? Mr. Desert war immer der Ansicht, der Hund komme vom Land.«
»Haben Sie Nachrichten?«
»Kaum der Rede wert, Miss. Wie ich von seiner Bank erfahre, hält er sich noch immer in Siam auf. Die Bank sendet ihm seine Briefe an ihre Filiale in Bangkok. Neulich war Seine Lordschaft hier, und wenn ich nicht irre, sagte er, Mr. Desert wäre auf einem Strom ins Innere des Landes gereist.«
»Auf einem Strom!«
»Der Name ist mir entfallen, so was wie ›Yi‹ kommt drin vor und ›sang‹, stimmt's? Mir scheint, dort ist es sehr heiß. Wenn ich mir die Bemerkung erlauben darf, Miss, Ihrem Gesicht sieht man die Landluft nicht an. Sie haben keine gute Farbe, wenn man bedenkt, daß Sie auf dem Land leben. Ich war zu Weihnachten in Barnstaple draußen, und es hat mir riesig gutgetan.«
Dinny ergriff nochmals seine Hand. »Es freut mich, Sie wiedergesehen zu haben, Stack.«

»Treten Sie doch ein, Miss. Sie können sich überzeugen, daß ich die Zimmer genauso halte, wie sie immer waren.«
Dinny folgte ihm zur Tür des Wohnzimmers. »Ganz so wie früher, Stack. Fast so, als wäre er noch hier.«
»Das stelle ich mir auch gern vor, Miss.«
»Vielleicht ist er wirklich hier«, meinte Dinny. »Es heißt ja, wir hätten einen Astralleib. Vielen Dank!« Sie klopfte ihm leicht auf den Arm, schritt an ihm vorbei und stieg die Treppe hinab. Ein leises Zucken glitt über ihr unbewegliches Gesicht, und sie eilte davon.
Ein Strom! Ihr Traum! ›Noch über einen Strom!‹
In der Bond Street rief eine Stimme: »Dinny!« Sie wandte sich um und erblickte Fleur.
»Wohin so rasch, meine Liebe? Hab dich eine Ewigkeit nicht gesehen. Eben war ich in der französischen Ausstellung. Gottvolle Bilder, nicht wahr? Ich hab Clare dort gesehen, sie führte einen jungen Mann am Gängelband. Wer ist das?«
»Ein Reisegefährte vom Schiff – Tony Croom.«
»Bald vielleicht mehr?«
Dinny zuckte die Achseln, ihr Blick glitt über die elegante Begleiterin. Schrecklich! Fleur nahm nie ein Blatt vor den Mund.
»Hat er Geld?«
»Nein, aber einen Posten – allerdings einen sehr kleinen, in Mr. Muskhams Gestüt.«
»O weh! Dreihundert Pfund im Jahr – Maximum fünfhundert. Taugt nichts! Eine große Dummheit von Clare, wahrhaftig! Jerry Corven geht sicher bis zum Äußersten.«
»Weiter als Clare jedenfalls«, gab Dinny trocken zurück.
»Du meinst also, die Sache läßt sich nicht mehr leimen?«
Dinny nickte. In diesem Augenblick war ihr Fleur fast antipathisch.
»Hm, Clare ist grundverschieden von dir. Sie gehört zur neuen Weltordnung – oder Weltunordnung. Deshalb begeht sie eine solche Dummheit. Es wäre weit besser für sie, wenn sie wenigstens zum Schein bei Jerry bliebe. Clare in ärmlichen Verhältnissen – ein unerträglicher Gedanke!«
»Ihr liegt nichts am Geld«, erwiderte Dinny kühl.

»Ach, Unsinn! Nur wenn man Geld hat, kann man tun, was man will. Daran liegt Clare bestimmt etwas.«
Dinny empfand diese Feststellung als richtig und gab noch kühler zurück: »Was kann ich dir da lang erklären –«
»Vollkommen überflüssig, liebe Dinny. Er hat sie irgendwie verletzt, das war ja vorauszusehen. Na, und! – in einer Ehe! Jenes prachtvolle Bild von Renoir – ›Mann und Frau in der Loge‹. Diese Leute lebten ihr eigenes Leben – und blieben doch in den Augen der Welt die besten Gatten. Warum kann Clare es nicht ebenso halten?«
»Tätest du's?«
Fleur zuckte leicht die Achseln in dem tadellos sitzenden Kleid.
»Wenn Michael nicht ein so lieber Kerl wäre. Außerdem – die Kinder.«
Wieder ein leises Achselzucken.
»Du bist eine Schwindlerin, Fleur«, sagte Dinny etwas wärmer.
»Du tust nicht, was du anderen predigst.«
»Meine Liebe, mein Fall ist eine Ausnahme.«
»Das bildet sich jeder ein.«
»Na, fahren wir uns nicht in die Haare. Michael sagt, euer neu gewählter Abgeordneter Dornford sei ganz nach seinem Herzen. Sie arbeiten gemeinsam einen Plan aus – Kartoffelbau, Schweine- und Geflügelzucht. Eine famose Idee – zum erstenmal pakken sie eine Sache richtig an.«
»Stimmt. Bei uns in Condaford dreht sich jetzt alles um Schweinezucht. Führt Onkel Lawrence in Lippinghall auch so was durch?«
»Nein. Er hat den Plan ausgeheckt und damit, seiner Ansicht nach, sein Teil getan. Sobald Michael Zeit hat, wird er ihn noch weiter rackern lassen. Emily ist zum Totlachen, wenn sie davon redet. Wie gefällt dir Dornford?«
Dinny hörte diese Frage schon zum zweitenmal an diesem Tag. Sie sah ihrer angeheirateten Kusine voll ins Gesicht.
»Für mein Gefühl fast ein Musterexemplar.«
Plötzlich fühlte sie, wie Fleur sie unterm Arm faßte.
»Liebe Dinny, ich wollte, du nähmst dieses Musterexemplar zum Gatten. Im allgemeinen soll man sich zwar vor einer Ehe mit Mu-

sterexemplaren hüten, aber vielleicht kann man an ihm doch noch eine schwache Seite entdecken.«

Jetzt zuckte Dinny ein wenig die Achseln und sah gerade vor sich hin.

18

Der dritte Februar war so mild und frühlinghaft, daß das Blut rascher durch die Adern floß und zu Abenteuern trieb. Darum sandte Tony Croom frühmorgens Clare ein Telegramm und brach zu Mittag in seinem alten, aber neuerstandenen Zweisitzer nach London auf. Der Wagen war nicht gerade sein Ideal, aber wenn's darauf ankam, konnte man ihn bis zu achtzig Kilometer Geschwindigkeit bringen. Tony Croom ratterte über die nächstgelegene Themsebrücke und fuhr dann über Abingdon an Benson vorbei im flotten Tempo nach Henley. Dort hielt er kurz, um rasch ein belegtes Brot zu essen und Benzin zu tanken. Dann hielt er noch einmal auf der Brücke an und warf einen Blick auf den sonnenbeglänzten Fluß, der sanft und glatt durchs kahle Gehölz hindurchschimmerte. Von hier an fuhr er ohne Unterbrechung nach der Uhr: er hatte sich vorgenommen, Schlag zwei in der Melton Mews einzutreffen.

Clare war noch nicht fertig, sondern eben erst heimgekommen. Er saß im Wohnzimmer unten; dieser Raum war jetzt dank dem Preissturz mit drei Stühlen und einem seltsam gemusterten Tischchen möbliert. Vor ihm stand eine amethystfarbene, gravierte Flasche mit Schlehenschnaps. Es dauerte fast eine halbe Stunde, ehe sie die Wendeltreppe herabkam in rehfarbenem Tweedkostüm und Hut, einen Kalbfellmantel überm Arm.

»Tut mir leid, daß ich dich warten ließ. Also los, mein Lieber. Wohin fahren wir?«

»Ich dachte, vielleicht möchtest du dir Bablock Hythe ansehen. Dann könnten wir auf dem Rückweg durch Oxford fahren, dort einen ausgiebigen Tee nehmen, ein wenig durch die alten Gassen mit ihren Colleges schlendern und noch vor elf zurück sein. Paßt es dir?«

»Ausgezeichnet. Und wo wirst du übernachten?«
»Ich? Ach, ich fahre wieder gemütlich nach Haus. Um eins bin ich zurück.«
»Armer Tony! Ein anstrengender Tag!«
»Ach was, kaum dreihundertachtzig Kilometer. Jetzt brauchst du noch nicht in den Pelz zu schlüpfen, der Wagen ist leider geschlossen.«
Sie verließen die Melton Mews, streiften dabei um ein Haar einen Motorradfahrer und fuhren dem Hydepark zu.
»Das Auto ist gut, Tony.«
»Ja, ein leicht zu lenkender alter Kasten, aber ich hab das Gefühl, er kann jeden Augenblick zusammenbrechen. Stapylton hat ihn schrecklich strapaziert. Übrigens bin ich nicht für hellackierte Autos.«
Clare lehnte sich lächelnd zurück, offenbar machte ihr die Sache Spaß.
Auf diesem ersten langen Autoausflug, den sie zusammen unternahmen, sprachen sie nur wenig miteinander. Beide hatten nach Art junger Leute ihre Freude am raschen Dahinsausen, und der junge Croom holte aus dem Wagen heraus, was er in dem dichten Straßenverkehr nur konnte. So erreichten sie nach kaum zwei Stunden die letzte Themsebrücke.
»In diesem Gasthof wohne ich«, rief er einen Augenblick später. »Möchtest du Tee trinken?«
»Das wäre unvorsichtig, mein Lieber. Ich möchte nur einen Blick auf die Ställe und das Gestüt werfen; dann fahren wir lieber irgendwohin, wo dich niemand kennt.«
»Ich will dir nur einen Augenblick die Themse zeigen.«
Durch die Pappeln und Weiden schimmerte der helle Streif des Flusses im goldenen Licht der Abendsonne. Sie stiegen aus, ihn zu betrachten. Die Kätzchen auf den Haselnußsträuchern waren schon nah am Aufblühen. Clare brach einen Zweig ab.
»Trügerisch – dieser Frühling. Viel Wasser muß noch den Fluß hinab, eh der Frühling wirklich kommt.«
Ein kühler Windhauch strich plötzlich von der Themse her, von den Wiesen am anderen Ufer stieg Nebel auf.
»Gibt es hier nur eine Überfuhr, Tony?«

»Ja. Auf dem anderen Ufer führt eine Abkürzung nach Oxford, etwa acht Kilometer. Ich bin sie ein- oder zweimal zu Fuß gegangen – recht hübsch.«
»Wenn die Bäume und Wiesen blühen, muß es hier famos sein. Also los! Zeig mir, wo das Gestüt liegt, und dann geht's nach Oxford.«
Sie stiegen ins Auto.
»Möchtest du dir nicht die Ställe ansehen?«
Sie schüttelte den Kopf.
»Erst bis die Stuten hier sind. Es macht nämlich einen gewissen Unterschied, ob du mir die Ställe zeigst oder ob ich die Stuten besichtigen komme. Stammen sie tatsächlich aus Nejd?«
»Muskham schwört drauf. Ich schiebe mein Urteil auf, bis ich die Araber gesehen hab, die sie bringen.«
»Was für Stuten sind das?«
»Zwei Fuchsstuten, eine kastanienbraune.«
Die drei Gestüte lagen auf einem sanften Hang an der Themse, umrahmt von einem weitgestreckten Gehölz.
»Die Entwässerung ist ideal, und den ganzen Tag scheint die Sonne hin. Die Stallungen liegen dort um die Ecke hinter dem Gehölz. Es gibt noch eine Menge Arbeit; wir bauen auch eine Heizung ein.«
»Sehr still ist es hier.«
»Auf dieser Straße sieht man fast keine Autos, nur ab und zu ein Motorrad – dort kommt eins.«
Ein Motorrad ratterte auf sie zu, hielt an, machte kehrt und fuhr ratternd zurück.
»Machen einen scheußlichen Lärm, diese Dinger!« murmelte der junge Croom. »Na, die Stuten werden wohl schon unterwegs damit Bekanntschaft gemacht haben.«
»Die Armen! Hier wird ihnen ja alles ganz fremd sein.«
»Alle drei haben ›goldige‹ Namen: Goldsand, Goldhuri, Goldhinde.«
»Soviel Poesie hätt ich Jack Muskham gar nicht zugetraut.«
»Seine poetische Ader fängt, so scheint es mir, bei den Pferden an und hört bei ihnen auf.«
»Wunderbar, Tony, diese tiefe Stille!«

»Fünf Uhr vorbei. Jetzt haben die Leute, die an meinem Häuschen arbeiten, Feierabend gemacht. Sie setzen alles instand.«
»Wie viele Räume hat es?«
»Vier. Schlafzimmer, Wohnzimmer, Küche, Badezimmer. Man kann aber noch zubauen.«
Er sah sie gespannt an, doch ihr Gesicht blieb abgewandt.
»An Bord!« rief er plötzlich. »Wir müssen vor Einbruch der Dunkelheit in Oxford sein.«
Oxford, das im Zwielicht wie alle Städte recht trostlos aussah, schien ihnen zuzurufen: »Nun muß auch ich alte Stadt mir diese häßlichen kleinen Wohnhäuser, die Autos und das moderne Leben gefallen lassen – und vor diesem Schicksal könnt ihr mich nicht retten.«
Die beiden, die stets mehr für Cambridge übriggehabt hatten und bereits furchtbar hungrig waren, brachten für Oxford nicht allzuviel Interesse auf. Endlich saßen sie im Restaurant zur »Bischofsmütze« vor Sardellenbrötchen, Eiern, Toast, Gebäck, Kuchen, Jam und einer großen Kanne Tee. Mit jedem Bissen kamen sie der Romantik Oxfords mehr auf den Geschmack. Das Beisammensein in diesem unerwartet traulichen, abgeschiedenen Raum des alten Gasthauses, in dem sie allein beim Essen saßen, das helle Feuer im Kamin, die zugezogenen roten Vorhänge – das alles machte ihnen den Abschied schwer. Ein Motorradfahrer in ledernem Overall warf einen Blick hinein und verschwand. Drei junge Studenten plapperten beim Eingang, wählten einen Tisch zum Abendessen aus und zogen sich wieder zurück. Nur ab und zu brachte eine Kellnerin den beiden frischen Toast oder machte sich an einem der Tische zu schaffen. Köstlich, dieses Alleinsein! Erst um halb acht brachen sie auf.
»Sehen wir uns ein wenig die Stadt an«, sagte Clare. »Wir haben ja noch eine Menge Zeit.«
Die Oxforder saßen um diese Stunde bei Tisch, die Straßen waren fast menschenleer. Planlos streiften die beiden durch die Stadt, schritten durch enge Gassen und standen plötzlich vor College-Gebäuden und langen, alten Mauern. Hier schien alles unberührt von der modernen Zeit. Die Vergangenheit hielt einen im Bann. Schwarze Türme, alte mattbeleuchtete Steinfassaden, win-

kelige, dämmerige Torbogen, plötzlich der Ausblick auf einen geräumigen quadratischen Hof, und das Schlagen von Turmuhren. Diese Atmosphäre einer düsteren, menschenleeren alten Stadt, die dennoch in ihren Mauern eine Fülle von elektrischem Licht und modernem Leben barg, ließ die beiden fast verstummen. Und da sie in Oxford fremd waren, verloren sie bald jede Orientierung.
Der junge Croom hatte sich fest in Clare eingehängt und ging mit ihr in gleichem Schritt. Sie waren nicht romantisch veranlagt, und dennoch hatten sie das Gefühl, als hätten sie sich in vergangene Jahrhunderte verirrt.
»Fast tut's mir leid«, meinte Clare, »daß ich nicht hier oder in Cambridge aufgewachsen bin.«
»In Cambridge gibt es kein so trauliches altes Winkelwerk wie hier. Oxford sieht in der Dunkelheit viel mittelalterlicher aus. Dort liegen die College-Gebäude alle in einer Reihe, die Höfe sind ungleich schöner als hier, aber hier ist viel mehr Stimmung.«
»Ich glaub, mir hätte das Leben im Mittelalter gefallen. Zelter und Wämser mit Puffärmeln. Tony, in einem Wams mit Puffärmeln und einem Barett mit langer grüner Feder hättest du prachtvoll ausgesehen.«
»Ich bin auch mit der Gegenwart zufrieden, wenn ich sie mit dir verbringe. So lang wie heute waren wir noch nie ununterbrochen beisammen.«
»Nur nicht sentimental werden! Wir sind jetzt hier, um uns Oxford anzusehen. Welchen Weg sollen wir einschlagen?«
»Einerlei«, erwiderte er etwas abgekühlt.
»Beleidigt? Das da ist ein großes College! Wollen wir hineinsehen?«
»Die Studenten kommen jetzt aus dem Speisesaal. Acht Uhr vorbei; bleiben wir lieber auf der Straße.«
Sie gingen über den Cornmarket zur Broad-Straße, blieben vor den Statuen auf der rechten Seite stehen und wandten sich dann einem dämmerigen Platz zu; in der Mitte stand ein Rundbau, im Hintergrund eine Kirche, rechts und links College-Gebäude.
»Das muß das Herz der Stadt sein«, meinte Clare. »Oxford hat

zweifellos seine Vorzüge. Wenn die Leute auch die Peripherie verunstalten, diesem alten Viertel können sie nichts anhaben.«
Mit einem Schlag schien die Stadt zum Leben erwacht. Junge Männer eilten vorüber, trugen flatternde Talare, über den Arm oder die Schultern geworfen. Einen von ihnen fragte der junge Croom, in welcher Gasse sie sich befänden.
»Das ist das Radcliff-Gebäude. Hier ist das Brasenose-College und dort drüben die Hauptstraße.«
»Und wie komme ich zur ›Bischofsmütze‹?«
»Gehen Sie rechts.«
»Danke.«
»Bitte sehr.«
Er neigte den blonden Kopf vor Clare und huschte davon.
»Gehen wir hinein, auf einen Cocktail.«
Ein Motorradfahrer im Lederrock, die Kappe etwas tief im Gesicht, stand bei seinem Rad und faßte die beiden scharf ins Auge, als sie das Hotel betraten.
Nach einem Imbiß von Keksen und Cocktails traten sie wieder auf die Straße und fühlten sich, wie der junge Croom feststellte, »quietschfidel«. »Zeit genug! Wir fahren über die Magdalenbrücke durch Benson, Dorchester und Henley zurück.«
»Tony, halt auf der Brücke an. Ich möcht mir meinen Namensvetter, den Fluß ansehen.«
Die Brückenlaternen warfen Lichtkegel auf den schwarzen Cherwellfluß, die Magdalenbrücke lag massiv im Dunkel da, weiter in der Ferne gegen die Wiesen von Christchurch glommen ein paar Lichter. Die breite, spärlich beleuchtete Straße, über die sie gekommen waren, lief zwischen düsteren Häuserfassaden und Torbogen hin. Der kleine Fluß, über dem sie jetzt hielten, schien geheimnisvoll hinzugleiten.
»›Der Char‹, so nennt man ihn doch, gelt?«
»Im Sommer werde ich mir ein Boot anschaffen, Clare. Weiter oben ist der Fluß noch schöner als hier.«
»Willst du mich rudern lehren?«
»Wie kannst du fragen!«
Verstohlen ruhte sein Blick auf ihr; dann ließ er den Motor an.

Sie mußten beide immer in Bewegung sein. Wann war ihnen eine lange, wirkliche Rast vergönnt?
»Schläfrig, Clare?«
»Eigentlich nicht. Aber der Cocktail war stark. Wenn du müde bist, könnte ich chauffieren.«
»Müde? Was fällt dir ein! Ich dachte nur daran, daß jeder Kilometer uns den Abschied näher bringt.«
Im Dunkel scheint einem ein Weg stets länger als bei Tag – und ganz verändert. Hundert Dinge tauchen auf, deren man sich nicht entsinnt: Hecken, Garben, Bäume, Häuser und Wegkreuzungen. Auch die Dörfer sehen anders aus. In Dorchester machten sie halt, um sich zu vergewissern, ob sie auf dem rechten Weg seien. Ein Motorradfahrer glitt an ihnen vorüber, und der junge Croom rief ihm zu: »Nach Henley?«
»Geradeaus!«
Sie erreichten ein anderes Dorf.
»Das muß Nettlebed sein«, erklärte der junge Croom. »Jetzt kommt kein Dorf mehr bis Henley, und dann haben wir noch dreiundfünfzig Kilometer. Gegen zwölf sind wir in London.«
»Du Armer! Mußt noch den ganzen Weg zurück.«
»Ich werd drauflosfahren wie der Teufel. Ein gutes Betäubungsmittel.«
Clare berührte den Ärmel seines Mantels, dann versanken sie wieder in Schweigen.
Eben hatten sie einen Wald erreicht, da bremste er plötzlich.
»Die Scheinwerfer sind ausgegangen!«
Ein Motorradfahrer schoß vorbei und rief ihm zu: »Ihre Scheinwerfer sind ausgegangen, Sir!«
»Verdammtes Pech! Die Batterie muß ausgebrannt sein.«
Clare lachte. Er stieg aus und besah den Wagen prüfend von allen Seiten. »Ich erinnere mich an diesen Wald. Es sind noch fast acht Kilometer bis Henley. Wir müssen auf gut Glück ganz langsam weiter.«
»Soll ich aussteigen und vorangehen?«
»Nein. Es ist stockfinster. Ich könnte dich am Ende überfahren.«
Nach etwa hundert Schritt hielt er wieder an.

»Ich bin von der Straße abgekommen. Noch nie bin ich in so pechfinsterer Nacht gefahren.«
Clare lachte wieder.
»Ein Abenteuer, mein Lieber!«
»Hätte ich nur eine Taschenlampe mit! Wenn ich nicht irre, geht es noch zwei bis drei Kilometer durch den Wald.«
»Versuchen wir's wieder!«
Ein Auto flitzte vorbei, der Lenker schrie ihnen etwas zu.
»Tony, halt dich an seine Lichter!« Doch er hatte den Motor noch gar nicht in Gang gebracht, da war das Auto auch schon um eine Wegbiegung oder in einer Senkung verschwunden. Sie fuhren im Schneckentempo weiter.
»Verdammt!« rief der junge Croom plötzlich, »schon wieder vom Weg ab!«
»Schieb den Wagen ganz von der Straße fort, und laß uns überlegen. Kommt denn vor Henley kein einziges Dorf oder Gehöft mehr?«
»Keines. Übrigens hat man nicht überall Gelegenheit, eine Batterie zu laden; ich fürchte, auch das Kabel ist hin.«
»Sollen wir das Auto hierlassen und zu Fuß nach Henley gehen? Hier im Wald ist es wohl sicher.«
»Und was dann?« murmelte der junge Croom. »Bei Tagesanbruch muß ich mit dem Auto zurück sein. Weißt du was? Ich bringe dich zu Fuß ins Hotel dort, leih mir eine Taschenlampe aus und geh wieder zum Wagen zurück. Mit einer Taschenlampe könnt ich dann das Auto nach Henley schaffen oder bei ihm bleiben, bis es Tag wird, dann fahr ich nach Henley, und du steigst bei der Brücke wieder ein.«
»Da müßtest du ja fünfzehn Kilometer zu Fuß laufen! Könnten wir denn nicht beide im Auto bleiben und den Sonnenaufgang abwarten? Ich hab mir schon immer gewünscht, einmal eine Nacht im Auto zu verbringen.«
Der junge Croom kämpfte mit sich. Eine ganze Nacht mit ihr – allein!
»Du traust mir also?«
»Schwatz nicht so altmodisches Zeug, Tony. Es ist das Beste, was wir tun können, und ein Heidenspaß obendrein. Wenn ein Auto

in uns hineinfährt oder wenn man uns hoppnimmt, weil wir ohne Lichter fahren, kann die Situation peinlich werden, verstehst du?«

»Der Mond scheint just nie, wenn man ihn braucht«, murrte der junge Croom. »Meinst du's im Ernst?«

Clare tippte ihm auf den Arm.

»Schieb das Auto weiter in den Wald zwischen die Bäume. Ganz langsam. Achtung! Halt!«

Ein leichter Stoß.

»Wir sind an einen Baum angefahren«, sagte Clare. »Wir stehen jetzt mit dem Heck zur Straße. Ich werde aussteigen und mich umschauen, ob man uns sehen kann.«

Der junge Croom wartete und rückte für sie die Polster und die Decke zurecht. »Sie kann mich nicht wirklich liebhaben, sonst ließe sie die Sache unmöglich so kühl«, fuhr es ihm durch den Sinn. Er erbebte bei dem Gedanken, diese lange, dunkle Nacht mit ihr verbringen zu dürfen, obwohl er genau wußte, es würde eine Qual sein!

»Alles in Ordnung«, ließ Clare sich vernehmen. »Keine Seele kann das Auto sehen. Steig du jetzt aus, und sieh dich um. Ich setze mich wieder hinein.«

Schritt für Schritt mußte er sich vorwärtstasten. Nur der glattere Boden unter seinen Füßen verriet ihm, daß er die Straße erreicht habe. Dort war es nicht ganz so finster, doch sah er keine Sterne. Das Auto war vollkommen unsichtbar. Er wartete ein wenig, dann wandte er sich um und tappte zurück. Das Auto stand so verborgen, daß er pfeifen und auf ihre Antwort warten mußte, um es wiederzufinden. Pechfinstere Nacht, wahrhaftig! Er stieg in den Wagen.

»Fenster auf oder zu?«

»Laß es vielleicht halboffen. Tony, ich fühl mich sehr behaglich!«

»Gott sei Dank! Stört dich meine Pfeife?«

»Keine Spur. Reich mir eine Zigarette! Schöner kann man sich's fast nicht wünschen.«

»Fast«, sagte er leise.

»Jetzt möcht ich Tante Emilys Gesicht sehen! Dir ist doch warm?«

»Durch das Leder dringt keine Kälte. Und dir?«
»Herrlich!« Schweigen. »Tony«, sagte sie dann, »gelt, du bist mir nicht böse? Ich habe ein Versprechen gegeben.«
»Mach dir keine Sorgen«, sagte der junge Croom.
»Ich seh gerade nur deine Nasenspitze im Schein deiner Pfeife.«
Er dagegen sah beim Aufglühen ihrer Zigarette ihre Zähne, die lächelnden Lippen, ihr Gesicht bis zu den Augen, dann verschwand es wieder im Dunkel.
»Leg doch den Hut ab, Clare. Und hier hast du meine Schulter, lehn dich an, wenn du willst.«
»Weck mich, wenn ich schnarche.«
»Ein jeder schnarcht manchmal. Und heute schnarch ich bestimmt.«
Sie plauderten noch eine Weile. Doch alles schien ihm unwirklich, bis auf das eine, daß er neben ihr im Dunkel saß. Ab und zu hörte er ein Auto vorüberrattern, kein anderes Geräusch drang durch die Nacht; selbst für die Eulen war es zu dunkel. Seine Pfeife ging aus, er legte sie fort. Clare lag zurückgelehnt da, so nah bei ihm, daß er ihren Arm an seinem fühlte. Er hielt den Atem an. War sie eingeschlummert? Ach, er würde bestimmt kein Auge schließen, spürte er doch, wie die Wärme ihres Arms auf seinen überging, wie der zarte Duft ihres Parfüms seine Sinne verwirrte. Schon das allein war so schön, daß es jammerschade gewesen wäre, zu schlafen.
»Wenn du wirklich nichts dagegen hast, Tony, möcht ich den Kopf auf deine Schulter legen«, sagte sie schlaftrunken.
»Wie kannst du das sagen!«
Ihr Kopf kuschelte sich in seinen Schal, deutlicher spürte er jenen zarten Duft, der ihn an einen sonnigen Föhrenwald erinnerte. War es kein Traum, ruhte sie wirklich hier an seiner Schulter und würde noch sechs bis sieben Stunden so ruhen? Ein Schauer überlief ihn. So unbeweglich, so selbstverständlich lag sie da! Nicht das leiseste Zeichen von Leidenschaft oder Verwirrung — als wäre er ihr Bruder. Da kam ihm jäh die Erkenntnis: Diese Nacht stellte ihn auf eine Probe, die er bestehen mußte. Bestand er sie nicht, dann würde sie sich ihm entziehen und ihm unwiderstehlich entgleiten. Sie schlief, wahrhaftig! Dieses leise, regelmä-

ßige Geräusch – wie das Glucken eines Kükens – ließ sich unmöglich vortäuschen, ein entzückendes Geräusch, ein wenig komisch, ihm aber über die Maßen kostbar! Was ihm jetzt auch widerfuhr – er hatte eine ganze Nacht mit ihr verbracht! Mäuschenstill saß er da, wenn Mäuse überhaupt so still sein können. Ihr Kopf wurde schwerer, sank vertrauensvoller an seine Schulter, je tiefer sie schlief. Während er so saß und lauschte, wurde sein Gefühl für sie noch tiefer, wurde zum glühenden Wunsch, sie zu beschützen, ihr zu dienen. Und die kühle, dunkle, stille Nacht war seine Gefährtin – kein Auto mehr fuhr vorüber; die Nacht erschien ihm plötzlich wie ein dunkles, gewaltiges, alles umhüllendes, atmendes Wesen, sie war wach wie er. Nein, die Nacht schlief nicht! Das empfand er jetzt zum erstenmal in seinem Leben. Die Nacht war so wach wie der Tag. Dunkel und verschlossen lag sie da, doch merkte sie alles wohl. Sie schwieg, blieb reglos wie er, atmete nur und hielt Wache. Mochten nun Mond und Sterne scheinen, oder wie heute tiefes Dunkel alles umhüllen, die Nacht war eine mächtige Gefährtin.
Sein Arm wurde steif, und als würde Clare sich dessen im Schlaf bewußt, zog sie den Kopf fort, erwachte aber nicht. Gerade noch rechtzeitig rieb er sich die Schulter, denn schon im nächsten Augenblick sank ihr Kopf wieder schwerfällig zurück. Behutsam beugte er sich vor, bis seine Lippen ihr Haar berührten, und wieder vernahm er dieses sanfte, leise rhythmische Glucken, das von einem ganz kleinen Küken zu kommen schien. Dann hörte es auf, ging in das tiefere Atemholen des festen Schlafes über. Auch ihn überkam Schläfrigkeit; er schlummerte ein.

19

Der junge Croom erwachte mit steifen Gliedern und wußte gar nicht, wo er sich befand.
»Es wird schon hell, Tony«, rief eine Stimme, »aber noch seh ich nicht genug, um den Morgenpsalm zu lesen.«
Er setzte sich auf. »Himmel! Hab ich am Ende gar geschlafen?«

»Jawohl, du armer lieber Junge. Ich habe herrlich geschlafen, nur die Beine tun mir etwas weh. Wie spät ist es denn?«
Der junge Croom sah auf das leuchtende Zifferblatt seiner Armbanduhr. »Fast halb sieben. Au! Mir sind die Beine eingeschlafen.«
»Steigen wir aus, um uns ein wenig zu strecken.«
Seine Stimme klang ihm selbst wie aus weiter Ferne: »Also, jetzt ist's vorbei.«
»War es so schrecklich?«
Er fuhr sich mit den Händen an den Kopf und gab keine Antwort. Der Gedanke, er werde nun die nächste und alle folgenden Nächte von ihr getrennt verbringen, traf ihn wie ein Keulenschlag. Sie öffnete den Wagen. »Jetzt muß ich ein bißchen aufstampfen. Dann machen wir einen Spaziergang, um uns zu erwärmen. Vor acht bekommen wir nirgends ein Frühstück.«
Er ließ den Motor an, damit sich das Auto etwas erwärme. Das Morgenlicht stahl sich in den Wald; er nahm jetzt die Buche wahr, an deren Stamm sie die Nacht verbracht hatten. Dann stieg auch er aus dem Wagen und trat auf die Straße hinaus. Noch immer in Nebel und grauem Dämmerschein, wirkte der Wald zu beiden Seiten der Straße düster und geheimnisvoll. Kein Lufthauch, kein Laut! So mochte sich Adam gefühlt haben, wenn er ans Gitter des Gartens Eden schlich, nur hatte er, Tony, die Vertreibung noch nicht verdient! Adam! Jenes seltsame, liebenswürdige Geschöpf mit weißem Haar und Bart! Der Mensch vor dem Sündenfall – ein rebellischer Prediger im Urzustand, mit einer Lieblingsschlange, dem berühmten Apfel und einer ergebenen Helferin mit langem Haar wie Lady Godiva! Tony hatte sich ordentlich gereckt und ging zum Auto zurück.
Clare kniete auf dem Kissen und brachte mit Taschenkamm und Spiegel ihr Haar in Ordnung.
»Wie fühlst du dich, Tony?«
»Gar nicht großartig. Ich denke, wir rattern weiter und frühstükken in Maidenhead oder Slough.«
»Warum nicht lieber zu Hause? Um acht sind wir dort. Ich braue einen tadellosen Kaffee.«

»Famos!« rief der junge Croom. »Ich fahre im Achtzigkilometertempo drauflos.«
Während sie dahinsausten, sprachen sie wenig. Beide waren zu hungrig. »Ich koche das Frühstück, und du, Tony, kannst dich inzwischen rasieren und ein Bad nehmen. Dadurch ersparst du Zeit und wirst dich auf der Rückfahrt wohler fühlen. Ich bade später.«
Als sie zum Marble Arch am Eingang des Hydeparks kamen, meinte der junge Croom:
»Am besten, ich stelle das Auto ein. Geh du allein hinauf. Es ist zu auffällig, wenn wir so zeitig in der Frühe zusammen vorfahren. Die Chauffeure in der Mews-Garage sind gewiß schon an der Arbeit. In zehn Minuten komme ich nach.«
Als er um acht Uhr in Clares Wohnung eintraf, fand er sie in einem blauen Morgenkleid, der kleine Tisch im unteren Zimmer war schon zum Frühstück gedeckt, und Kaffeeduft drang ihm entgegen.
»Ich hab das Wasser zum Bad aufgedreht, Tony, einen Rasierapparat findest du auch.«
»Liebstes!« rief der junge Croom. »Ich brauche keine zehn Minuten.«
In zwölf Minuten kam er tatsächlich zurück und nahm ihr gegenüber Platz. Es gab weiche Eier, Toast, Quittenjam aus Condaford und Bohnenkaffee. Noch nie hatte ihm eine Mahlzeit so herrlich geschmeckt, denn alles war ganz so, als wären sie schon verheiratet.
»Bist du nicht müde, Liebstes?«
»Nicht ein bißchen. Ich fühle mich quietschfidel. Aber ein zweites Mal sollten wir uns solch ein Stückchen doch nicht leisten – zu riskant.«
»Wir hatten ja nicht die Absicht.«
»Nein, und du warst ein Engel! Freilich, es stand nicht ganz im Einklang mit dem, was ich Tante Emily versprochen habe. Dem Reinen ist alles nicht rein.«
»Da hast du recht – hol die ›Reinen‹ der Teufel! Herrgott, wie soll ich es nur aushalten, bis ich dich wiederseh?«
Clare streckte den Arm über das Tischchen und drückte seine Hand.

»Jetzt wird es am besten sein, du gehst. Ich will nur einen Augenblick hinaussehen, ob die Luft rein ist.«
Nachdem sie Umschau gehalten hatte, küßte er ihr die Hand, schritt zu seinem Auto zurück und stand um elf schon neben einem Handwerker in einem Pferdestall zu Bablock Hythe . . .
Clare nahm ein besonders heißes Bad. Es dauerte leider nicht lang genug, aber es drang ihr in alle Poren. Sie hatte das gleiche übermütige Gefühl wie damals als kleines Mädel, wenn sie etwas angestellt hatte, das ihrer Erzieherin gegen den Strich ging, und dabei nicht ertappt worden war. Der arme liebe Tony! Schade, daß die Männer so ungeduldig waren. Platonische Freundschaft war ihnen ebenso zuwider wie Einkaufengehen. Sie stürmten in einen Laden, riefen: »Haben Sie das und das? Nicht?« und stürmten auch schon wieder hinaus. Es war ihnen zuwider, etwas zu probieren, sich hier und dort eine Falte glattstreichen zu lassen, den Kopf zu wenden, um zu sehen, wie man von hinten aussah. Mit Sorgfalt und Vergnügen auszuwählen, was ihnen paßt, war den Männern ein Greuel. Tony war ein rechtes Kind. Sie kam sich von Natur aus und durch ihre Erfahrungen weit älter vor. Vor ihrer Heirat war Clare zwar sehr umschwärmt gewesen, dennoch hatte sie nie viel mit jener Sorte Menschen zu tun gehabt, deren ganzes Denken und Fühlen nur um London und das eigene Ich kreisten, denen nichts in der Welt heilig war, die über alles spöttelten und nur eines hochhielten: Abwechslung und genug Geld, um es sich jahraus, jahrein gutgehen zu lassen. In Herrenhäusern war sie natürlich solchen Leuten begegnet, hatte sich aber stets aus dieser Atmosphäre zum Sport geflüchtet. Sie war ein Freiluftmensch und mehr sehnig als robust; der Sport war ihr Element. Auch ihre Übersiedlung nach Ceylon hatte daran nichts geändert, sie verbrachte dort ihre Zeit im Sattel oder auf dem Tennisplatz. Zwar bekannte sie sich unter dem Einfluß vieler moderner Romane zu einer freieren Lebensauffassung, aber während sie jetzt so im Bade lag, überkam sie ein unbehagliches Gefühl. Es war Tony gegenüber nicht nett, ihn so auf die Folter zu spannen wie gestern nacht. Je näher sie ihn an sich herankommen ließ und ihm dennoch ihre Liebe versagte, um so mehr mußte sie ihn ja quälen. Beim Abtrocknen faßte sie gute Vorsätze für die

Zukunft. In voller Eile kam sie gerade noch recht ins Temple-Gebäude. Doch sie hätte ruhig noch weiter im Bad bleiben können, denn Dornford war mit einem wichtigen Fall beschäftigt. Sie erledigte die laufenden Arbeiten und sah müßig auf den Rasen der Temple-Anlagen hinaus; eben zerrann der Morgennebel, der schönes Wetter verhieß, die Sonne, in blendend klarer Reinheit, koste mit ihren Strahlen Clares Wange. Sie mußte an Ceylon denken, wo die Sonne nie so kühl und angenehm schien. Jerry! Wie mochte es ihm gehen? Was für Schritte unternahm er gegen sie? Recht schön und gut, ihr Entschluß, Tony nicht mehr zu quälen, sich von ihm fernzuhalten, ihm sinnliche Erregung zu ersparen; doch ohne ihn war es so öd und einsam! Er war ihr zur Gewohnheit geworden. Vielleicht eine schlechte Gewohnheit, doch gerade von den schlechten Gewohnheiten konnte man sich am schwersten befreien.
»Natürlich bin ich ein leichtes Blut«, dachte sie. »Tony ja auch, aber er ließe einen nie im Stich!«
Und der Rasen der Temple-Anlagen wurde plötzlich zum Meer, das Fensterbrett zur Reling, und sie und Tony standen daran gelehnt und sahen den fliegenden Fischen zu, die aus dem Wellenschaum emportauchten und glitzernd über das blaugrüne Wasser schossen. Durchsichtig klare Luft! Wärme, Farbe, Schönheit! Sie fühlte sich ganz melancholisch.
»Einen ordentlichen langen Ritt muß ich machen!« fuhr es ihr durch den Kopf. »Morgen fahr ich nach Condaford und bleibe den ganzen Samstag im Freien. Ich will Dinny bewegen mitzuhalten, sie sollte wirklich mehr reiten.«
Der Kanzlist trat ein und sagte: »Mr. Dornford wird heute nachmittag ins Parlament gehen.«
»So! George, fühlen Sie sich je deprimiert?«
Das Gesicht dieses Kanzlisten kam ihr stets drollig vor, zu seiner rosigen Stumpfnase hätten unbedingt Koteletten gepaßt.
»Ich vermisse hier nur einen Hund«, erwiderte er mit seiner weichen Stimme. »Hätte ich bloß meinen alten Toby da, ich käme mir nie einsam vor.«
»Was für eine Rasse ist er, George?«
»Ein Terrier. Leider kann ich ihn nicht mitnehmen, Mrs. Cal-

der würde ihn vermissen, und wenn er am Ende einen Anwalt beißt –«

»Köstlicher Einfall!«

George schnob.

»Na ja! Im Temple kann man unmöglich in gehobener Stimmung sein.«

»Ich hätte auch gern einen Hund, George, aber wenn ich ausgehe, müßte er allein zu Hause bleiben.«

»Mr. Dornford wird vermutlich nicht mehr lang hier wohnen.«

»Warum?«

»Er sieht sich nach einem Haus um. Mir schwant, er möchte heiraten.«

»So? Wen denn?«

George kniff ein Auge zusammen.

»Sie meinen meine Schwester?«

»Hm!«

»Jawohl. Aber woher wissen Sie das?«

George kniff das andere Auge zusammen.

»Hab was läuten gehört, Lady Corven.«

»Er könnte es gewiß schlimmer treffen. Im allgemeinen bin ich von der Ehe nicht begeistert.«

»Wir vom Gericht sehen von der Ehe meist nur die Schattenseiten. Aber meiner Meinung nach würde Mr. Dornford eine Frau glücklich machen.«

»Finde ich auch, George.«

»Ein sehr ruhiger Mensch, doch mit Energie geladen und dabei so besonnen. Die Anwälte haben ihn gern, die Richter nicht minder.«

»Und die Gattinnen werden ihn ebenfalls gern haben.«

»Allerdings ist er Katholik.«

»Irgendwas muß man ja sein.«

»Mrs. Calder und ich sind anglikanisch, seit dem Tod meines alten Vaters. Er gehörte mit Leib und Seele der Brüderschaft von Plymouth an. Wenn jemand eine selbständige Meinung zu äußern wagte, sprang er ihm sofort an die Kehle. Oft und oft hat er mir mit Feuer und Schwert gedroht. Zu meinem eigenen Besten natürlich. Ein lieber alter Kerl, durch und durch religiös. Daß andere nicht ebenso gläubig waren, fand er unerträglich. Echtes westenglisches Blut, konnt es nie verleugnen, wenn er auch hier in London im Peckham-Viertel lebte.«

»Also, George, würden Sie mich um fünf anrufen, falls Mr. Dornford mich noch brauchen sollte? Ich werde um diese Zeit zu Hause sein.«

Clare ging zu Fuß. Der Tag schien noch frühlingshafter als der gestrige. Sie ging den Themsekai entlang und durch den St. James's-Park. Auf den Uferbeeten schossen die Narzissen in Mengen aus dem Boden, die Bäume zeigten dicke Knospen. Angenehm wärmend schien ihr die Sonne auf den Rücken. Das konnte unmöglich so bleiben! Ganz gewiß, der Winter kam nochmals zurück. Rasch schritt sie unter dem Torbogen mit den steinernen Rossen hin; der Anblick stimmte sie seltsamerweise traurig und doch auch wieder heiter, dann ging sie am Artilleriedenkmal vorüber, ohne es anzusehen. Nun hatte sie sich ganz warmgelaufen und trat rasch in die Reitallee des Hydeparks. Reiten war ihre Passion, und es wirkte stets beruhigend auf sie, jemanden ein gutes Pferd reiten zu sehen. Sonderbare Tiere, die Pferde, eben noch feurig und lebendig, im nächsten Augenblick schon stumpf und nachdenklich!

Zwei oder drei Herren zogen vor ihr den Hut. Ein hagerer Mann auf einer Vollblutstute, der an ihr vorbeigeritten war, riß das Pferd herum und kehrte zurück.

»Dacht ich mir's doch – Sie sind's! Lawrence hat mir erzählt, daß Sie wieder hier sind. Kennen Sie mich noch – Jack Muskham?«

»Natürlich!« murmelte Clare, dachte: »Dieser lange Kerl nimmt sich zu Pferd recht gut aus!« und war sogleich auf der Hut.

»Einer Ihrer Bekannten wird über meine Araberstuten die Aufsicht führen.«

»Ach richtig! Tony Croom!«

»Ein netter junger Mann, nur weiß ich nicht, ob er von der Sache auch genug versteht. Aber er ist ganz Feuer und Flamme. Wie geht es Ihrer Schwester?«

»Recht gut.«

»Sie sollten Miss Cherrell für den Rennsport begeistern, Lady Corven.«

»Dinny macht sich, scheint mir, nicht viel aus Pferden.«
»Ich würde sie bald bekehren. Ich entsinne mich –«, er hielt inne und runzelte die Stirn. Trotz seiner lässigen Pose fand Clare sein braunes, gefurchtes Gesicht energisch; um seine Lippen spielte ein ironischer Zug. Was er wohl dazu sagen würde, wenn er erführe, sie habe die gestrige Nacht mit Tony in einem Auto verbracht?
»Wann kommen die Stuten, Mr. Muskham?«
»Sie sind jetzt in Ägypten. Im April wollen wir sie einschiffen. Ich reise vielleicht hin und nehme dann auch den jungen Croom mit.«
»Ich würde mir die Stuten gern einmal ansehen«, sagte Clare. »In Ceylon hab ich einen Araber geritten.«
»Sie müssen hinauskommen!«
»Ist es nicht in der Nähe von Oxford?«
»Ungefähr neun Kilometer entfernt. Schöne Gegend. Ich werd Sie daran erinnern. Auf Wiedersehen!« Er zog den Hut, gab dem Pferd ganz leicht die Sporen und sprengte davon.
»Unschuldig wie ein Neugeborenes!« dachte Clare. »Hoffentlich hab ich nicht zu sehr übertrieben. Mit dem möchte ich mich nicht gern zerstreiten. Der weiß, was er will, sieht mir ganz danach aus. Elegantes Schuhwerk. Nach Jerry hat er gar nicht gefragt!«
Sie war etwas irritiert, verließ die Reitallee und wandte sich dem Serpentinen-Teich zu.
Auf dem sonnbeglänzten Wasser trieben kleine Boote, am anderen Ufer schwammen ein paar Enten. Lag ihr wirklich etwas an der Meinung der Leute? Wie sang doch der Müller von Dee? »Ich scher mich um keine einzige Seel, und keine Seel schert sich um mich!« Brachte er es wirklich fertig, sich um niemanden zu scheren? Oder war das am Ende nur Theorie? Sie ließ sich im vollen Sonnenschein auf einer Bank nieder und fühlte sich auf einmal schläfrig. Eine Nacht im Auto war doch nicht ganz dasselbe wie eine Nacht im Bett. Sie kreuzte die Arme über der Brust und schloß die Augen. Fast im selben Augenblick war sie auch schon eingeschlafen.
Zwischen ihr und dem glänzenden Wasserspiegel schlenderten eine Menge Leute vorbei und wunderten sich, eine so elegant ge-

kleidete Dame am hellen Mittag schlafen zu sehen. Zwei kleine Jungen mit kleinen Aeroplanen blieben dicht vor ihr stehen, starrten prüfend ihre dunklen Wimpern an, die auf den blassen Wangen ruhten, und sahen das leise Beben ihrer leichtgeschminkten Lippen. Sie hatten eine französische Gouvernante und waren daher viel zu wohlerzogen, um auf den Einfall zu kommen, die Schläferin mit einer Nadel zu stechen oder plötzlich ein Indianergeheul auszustoßen. Doch wie interessant! Diese Frau schien ja keine Hände zu haben, hielt die Beine gekreuzt unter der Bank, und die Schenkel wirkten in dieser Haltung ungewöhnlich lang. Als sie schon vorübergegangen waren, drehte der eine von ihnen noch immer den Kopf zurück, um mehr von ihr zu erspähen.
So schlief denn Clare an diesem sonnigen Tag, der schon den Frühling vorgaukelte, eine volle Stunde den tiefen Schlaf eines Menschen, der die Nacht im Auto verbracht hat.

20

Und drei weitere Wochen verstrichen; während der ganzen Zeit sah Clare den jungen Croom nur viermal. Eben packte sie den Koffer, um mit dem Abendzug nach Condaford zu fahren, da rief das Bimmeln der Schafglocke sie die Wendeltreppe hinab.
Draußen stand ein gedrungener Mann mit Hornbrille, der sie entfernt an einen Gelehrten erinnerte. Er zog den Hut.
»Lady Corven?«
»Jawohl.«
»Gestatten Sie, ich habe Ihnen das da zu überbringen.« Er holte aus dem blauen Mantel ein Schriftstück von länglichem Format und übergab es ihr.
Clare las die Worte:
Zivilgericht.
Abteilung: Ehescheidungsangelegenheiten.
Am 26. Februar 1932
In Sachen des Scheidungsbegehrens von Sir Gerald Corven.
Ein Gefühl der Schwäche durchrieselte ihre Beine, sie hob den Blick zu den Augen des Mannes mit der Hornbrille.

»Oh!« rief sie.
Der gedrungene Mann machte ihr eine leichte Verbeugung. Sie hatte den Eindruck, er bemitleide sie, und schloß hastig die Tür vor seiner Nase. Dann stieg sie die Wendeltreppe empor, ließ sich auf dem Sofa nieder und steckte eine Zigarette an. Hierauf entfaltete sie das Dokument auf ihrem Schoß. »Das ist ja Wahnwitz – ich hab doch nichts verbrochen!« war ihr erster Gedanke. Ihr zweiter: »Ich muß diesen verdammten Wisch doch lesen!«
Kaum hatte sie die Worte gelesen: »Sir Gerald Corven, Ritter des Bath-Ordens, stellt an den hohen Gerichtshof das Ansuchen –«, da schoß ihr ein neuer Gedanke durch den Kopf: »Aber das will ich ja gerade. Ich werde wieder frei!«
Etwas beruhigt las sie weiter: »Der Kläger beansprucht von dem obgenannten James Bernard Croom als Schadenersatz für den obgenannten, in obbemeldeter Weise erfolgten Ehebruch die Summe von zweitausend Pfund.«
Tony! Wenn er zweitausend Shilling besaß, so war es viel! Dieses Biest! Dieses rachsüchtige Scheusal! Also auf eine nackte Geldforderung lief die Sache hinaus! Unerhört! Das verletzte nicht allein ihr Gefühl, es jagte ihr panischen Schreck ein. Tony sollte, durfte nicht ihretwegen ruiniert werden! Sie mußte ihn sprechen! Hatte man auch ihm – aber natürlich hatte man auch ihm so was ins Haus geschickt.
Sie las das Klagebegehren zu Ende, tat einen langen Zug an ihrer Zigarette und erhob sich.
Dann trat sie ans Telefon, verlangte Fernamt und gab die Nummer seines Gasthofes an. »Kann ich Mr. Croom sprechen? – Nach London gefahren? – In seinem Auto? – Wann?«
Vor einer Stunde! Das konnte nur bedeuten, daß er auf dem Weg zu ihr war!
Ein wenig besänftigt, überlegte sie rasch, was zunächst zu tun sei. Jetzt konnte sie nicht mehr mit dem Abendzug nach Hause fahren; sie verlangte Fernruf nach Condaford.
»Dinny? Hier Clare. Heut abend kann ich unmöglich kommen – morgen vormittag . . . Nein! Bin ganz wohlauf. Ein wenig verstimmt. Leb wohl!«
Ein wenig verstimmt! Sie nahm wieder Platz und las »den ver-

dammten Wisch« nochmals durch. Man wußte anscheinend alles, nur nicht die Wahrheit. Weder sie noch Tony hatten die leiseste Ahnung gehabt, daß sie beobachtet wurden. Jener Mann mit der Hornbrille, zum Beispiel, schien sie offenbar zu kennen, sie aber hatte ihn noch nie zuvor gesehen! Sie ging ins Badezimmer und wusch sich das Gesicht mit kaltem Wasser. An den »Müller von Dee« denken! Die Situation war jetzt ungemein verzwickt. »Er wird noch nichts gegessen haben«, fuhr es ihr durch den Sinn. Sie deckte unten den Tisch, stellte hin, was sie im Hause hatte, braute etwas Kaffee und nahm dann wieder Platz, um zu warten und eine Zigarette zu rauchen. Sie dachte an Condaford, die Gesichter ihrer Familie zogen an ihrem Blick vorüber, Tante Emilys Gesicht und das Jack Muskhams. Vor allem aber das Gesicht ihres Gatten mit seinem leisen, verbissenen, katzenhaften Lächeln. Sollte sie sich das bieten lassen? Ihm kampflos den Triumph gönnen? – Von seiner Schadenersatzforderung ganz zu schweigen. Hätte sie doch nur den Rat Sir Lawrences und ihres Vaters befolgt und Jerry einen Detektiv auf die Fersen gehetzt! Jetzt war's zu spät – er würde bestimmt auf der Hut sein, bis der Fall erledigt war.
Noch immer saß sie gedankenverloren an dem elektrischen Ofen, da hörte sie draußen ein Auto halten und die Klingel gehen.
Der junge Croom sah blaß und verfroren aus. Verlegen stand er da, offenbar im Zweifel, ob sie ihn willkommen heißen würde; da nahm sie ihn an beiden Händen.
»Nette Geschichte das, gelt, Tony?«
»Ach, Liebstes!«
»Du siehst ganz verfroren aus. Nimm doch einen Schluck Kognak!«
Während er trank, sagte sie: »Reden wir nicht davon, was wir hätten tun sollen, nur darüber, was jetzt zu tun ist.«
Er stöhnte.
»Die müssen uns für fabelhaft grün gehalten haben. Nie hätt ich mir träumen lassen –«
»Ich auch nicht. Aber warum kann es denn nicht so gewesen sein, wie es wirklich war? Unschuld ist doch nicht verboten.«
Er ließ sich nieder und stützte die Stirn in die Hände. »Gott weiß, wie sehnlich ich es immer gewünscht hab, daß du von ihm los-

kommst; doch dieser Gefahr durfte ich dich nicht aussetzen. Wenn du mich so lieben könntest wie ich dich, stünde es freilich anders.«
Clare sah mit leisem Lächeln zu ihm nieder.
»Sei kein Kind, Tony! Schwatz nicht über unsere Gefühle, das hilft uns nicht weiter. Und quatsch nicht, es sei deine Schuld. Wir sind unschuldig, darum dreht sich's. Was tun wir also?«
»Ich werd natürlich alles tun, was du willst.«
»Wenn mich mein Gefühl nicht trügt«, sagte Clare langsam, »werd ich tun müssen, was meine Familie von mir verlangt.«
»Herrgott!« rief der junge Croom und stand auf, »wenn wir uns verteidigen und gewinnen, bleibst du weiter an ihn gebunden. Scheußlich!«
»Und wenn wir uns nicht verteidigen und nicht gewinnen«, murmelte Clare, »bist du ruiniert. Scheußlich!«
»Pah! Hol's der Teufel – höchstens werd ich bankrott.«
»Und deine Stellung?«
»Ich weiß nicht – weiß wirklich nicht – warum sollte –«
»Neulich traf ich Jack Muskham. Ich zweifle sehr, ob der einen Mitarbeiter mag, der ihn über seine Absichten dem Kläger gegenüber im unklaren ließ. Wie du siehst, ist mir die Juristensprache schon geläufig.«
»Wenn wir tatsächlich ein Liebespaar wären, hätte ich ihm sofort reinen Wein eingeschenkt.«
»Wirklich?«
»Natürlich!«
»Auch wenn ich dich gebeten hätte, es nicht zu tun?«
»Du hättest mich nicht gebeten.«
»Das weiß ich nicht.«
»Na, schließlich kommt das nicht in Frage.«
»Aber wenn wir die Klage nicht anfechten, wirst du dir wie ein Feigling vorkommen.«
»Herrgott! Eine schöne Geschichte!«
»Setz dich doch lieber und iß etwas. Ich hab nur diesen Schinken zu Hause, aber nichts geht über Schinken, wenn man sich angegriffen fühlt.«
Sie nahmen Platz; bald klapperten die Gabeln.

»Clare, weiß es deine Familie schon?«
»Ich hab es doch selbst erst vor einer Stunde erfahren. Ist dir auch so ein reizendes Dokument ins Haus geflattert?«
»Jawohl.«
»Noch eine Scheibe?«
Schweigend aßen sie ein oder zwei Minuten. Dann erhob sich der junge Croom.
»Ich kann wirklich nichts mehr essen.«
»Na, dann rauche!«
Sie ließ sich von ihm eine Zigarette geben und fuhr fort: »Paß auf! Ich fahre morgen nach Condaford hinaus und wäre dafür, daß du auch hinkommst. Die Meinen sollen dich kennenlernen, denn wir müssen uns jetzt jeden weiteren Schritt gründlich überlegen. Hast du schon einen Anwalt?«
»Nein.«
»Ich auch nicht. Wir werden aber vermutlich einen nehmen müssen.«
»Ich werde das schon besorgen. Hätte ich nur Geld!«
Clare zuckte zusammen.
»Ich schäme mich eines Gatten, der imstande ist, Schadenersatz zu beanspruchen.«
Der junge Croom ergriff ihre Hand. »Liebstes, ich dachte ja nur an den Rechtsanwalt.«
»Erinnerst du dich, wie ich dir auf dem Schiff sagte: ›Noch blöder, daß manches in der Welt seinen Anfang nimmt!‹«
»Nein, das geb ich nie und nimmer zu.«
»Ich bezog das auf meine Ehe, nicht auf dich.«
»Clare, wäre es nicht am Ende das beste, wir verteidigen uns überhaupt nicht – lassen die Dinge einfach treiben? Dann wirst du frei. Und dann – hast du ja mich, wenn du mich später magst; und wenn nicht, dann verschwinde ich vom Schauplatz.«
»Tony, du bist wirklich ein lieber Kerl, doch ich muß mit den Meinen sprechen. Und dann – oh, da gibt es noch allerlei zu besprechen.«
Er begann auf und ab zu schreiten.
»Und wenn wir uns verteidigen, wird man uns Glauben schenken? Meinst du? Ich nicht.«

»Wir werden nur die reine Wahrheit sagen. Aber gerade die reine Wahrheit will die Welt nie glauben. Mit welchem Zug fährst du?«
»Um zehn Uhr fünfzig.«
»Soll ich mitfahren oder am Nachmittag von Bablock Hythe kommen?«
»Das wäre am besten. Dann hab ich's meinen Leuten schon beigebracht.«
»Werden sie sich arg aufregen?«
»Angenehm wird es ihnen gewiß nicht sein.«
»Ist deine Schwester zu Hause?«
»Ja.«
»Das trifft sich gut.«
»Tony, die Meinen sind zwar nicht ausgesprochen altmodisch, aber modern denken sie auch nicht. Das tun überhaupt nur sehr wenige Menschen, wenn etwas sie persönlich angeht. Anwälte, Richter und Geschworene wohl keinesfalls. Jetzt geh lieber! Und versprich mir, nicht wieder wie der Teufel zu fahren.«
»Darf ich dir einen Kuß geben?«
»Da müßten wir noch einen bekennen. Drei haben wir ohnedies auf dem Kerbholz. Küß mir die Hand, das zählt nicht.«
Er küßte ihr die Hand, murmelte: »Behüt dich Gott«, packte den Hut und ging.
Clare drehte den Stuhl dem nicht flackernden elektrischen Feuer zu und saß gedankenverloren da. Die trockene Hitze brannte ihr in den Augen, bis sie das Gefühl hatte, sie habe keine Lider und keine Tränen. Langsam, doch unaufhaltsam geriet sie in Zorn. Alle Gefühle, die sie vor jenem Morgen in Ceylon empfunden, als sie den Entschluß zur Trennung gefaßt hatte, kehrten mit verdoppelter Wucht zurück. Wie durfte er es wagen, sie wie ein leichtfertiges Frauenzimmer zu behandeln – nein, schlimmer! Ein leichtfertiges Frauenzimmer hätte nie so viel ertragen! Wie durfte er es wagen, sie mit jener Peitsche zu berühren? Und jetzt, wie durfte er sich erfrechen, sie beobachten zu lassen und diese Klage zu erheben? Nein, das ließ sie sich nie und nimmer bieten! Sie begann, das Eßgeschirr zu spülen und fortzuräumen. Sie öffnete weit die Tür und ließ den Wind eindringen. Eine unangenehme Nacht, leichte Windstöße fegten in der engen Gasse auf

und nieder. »Paßt ganz zu meiner Stimmung«, fuhr es ihr durch den Sinn; sie warf die Tür wieder zu und nahm den Handspiegel hervor. Ihr Gesicht schien ihr jetzt so natürlich, so ungeschützt, daß sie erschauerte. Sie barg es unter einer Puderschicht und bestrich die Lippen mit ein wenig Rouge. Dann holte sie tief Atem, zuckte die Achseln, steckte sich eine Zigarette an und stieg die Treppe hinauf. Ein heißes Bad!

21

Als sie am nächsten Tag in Condaford eintraf, schien ihr die Stimmung zurückhaltend. Ihre Worte oder deren Klang am Telefon hatten offenbar die Ihren stutzig gemacht, und sie erkannte sofort, daß eine sorglose Miene niemanden hinters Licht führen könne. Noch dazu ein greuliches Wetter, feucht und kalt – sie mußte mit aller Kraft ihren Mut zusammennehmen und entschloß sich, ihrer Familie nach dem Lunch im Salon die Sache zu enthüllen. Sie langte das Schriftstück aus dem Täschchen und reichte es Sir Conway mit den Worten: »Vater, das da hab ich erhalten.«
Sie vernahm seinen erstaunten Ausruf und merkte, daß Dinny und die Mutter auf ihn zutraten.
»Nun? Sag uns die Wahrheit!«
Sie hob den Fuß vom Kamingitter und sah ihren Angehörigen voll ins Gesicht.
»Das da ist nicht wahr. Zwischen uns ist nichts vorgefallen.«
»Wer ist dieser Mann?«
»Tony Croom? Ich hab ihn bei der Heimreise auf dem Schiff kennen gelernt. Er ist sechsundzwanzig, war in Ceylon auf einer Teeplantage angestellt und wird jetzt das Gestüt mit Jack Muskhams Araberstuten in Bablock Hythe leiten. Er hat kein Geld. Ich hab ihn für heute nachmittag herbestellt.«
»Liebst du ihn?«
»Nein. Aber ich kann ihn gut leiden.«
»Liebt er dich?«
»Ja.«
»Du erklärst also, zwischen euch sei nichts vorgefallen?«

»Er hat mich, glaub ich, zweimal auf die Wange geküßt – weiter nichts.«
»Was bedeutet dann diese – diese Behauptung, du hättest die Nacht des dritten Februar mit ihm verbracht?«
»Ich fuhr mit ihm in seinem Auto aufs Land hinaus, um mir seinen Wohnort anzusehen. Auf der Heimfahrt gingen uns etwa acht Kilometer von Henley die Scheinwerfer aus, es war stockfinster. Ich schlug ihm vor, im Auto zu warten, bis es hell würde. Wir schliefen nur und fuhren bei Tagesanbruch weiter.«
Sie hörte ihre Mutter nach Luft schnappen und den Vater sich seltsam räuspern.
»Und auf dem Schiff? Und in deiner Wohnung? Du sagtest, es sei nichts vorgefallen, er sei aber doch in dich verliebt?«
»Nicht das geringste.«
»Ist das die lautere Wahrheit?«
»Jawohl.«
»Natürlich ist es wahr«, meinte Dinny.
»Natürlich?« fragte der General. »Aber wer wird es glauben?«
»Wir wußten nicht, daß wir bespitzelt wurden.«
»Wann wird er hier sein?«
»Er kann jede Minute kommen.«
»Hast du ihn gesprochen, seit du das da in Händen hast?«
»Gestern abend.«
»Was sagt er dazu?«
»Er sagt, er werde alles tun, was ich will.«
»Finde ich selbstverständlich. Denkt er, daß man euch Glauben schenken wird?«
»Nein.«
Der General nahm das Dokument zum Fenster hinüber, allem Anschein nach, um es dort bei besserem Licht zu studieren. Lady Cherrell ließ sich totenbleich nieder. Dinny ging zu Clare hinüber und faßte sie am Arm.
»Sobald er kommt, will ich ihn allein sprechen«, erklärte der General plötzlich und trat vom Fenster zurück. »Bitte – daß ihn niemand vor mir spricht!«
»Getrennte Einvernahme der Zeugen«, murmelte Clare.
Der General reichte ihr das Schriftstück. Er sah müde aus.

»Es tut mir furchtbar leid, Vater. Wir waren wirklich wahnsinnig unbesonnen. Tugend trägt doch nicht ihren Lohn in sich.«
»Vorsicht schon«, sagte der General, klopfte ihr leicht auf die Schulter und schritt zur Tür hinaus, Dinny hinter ihm.
»Glaubt er mir, Mutter?«
»Ja, aber nur, weil du seine Tochter bist. Er hat das Gefühl, er sollte dir eigentlich nicht glauben.«
»Und du, Mutter?«
»Ich glaube dir, weil ich dich kenne.«
Clare beugte sich über sie und gab ihr einen Kuß auf die Wange.
»Sehr nett, liebe Mutter, aber nicht besonders tröstlich.«
»Du sagst, du kannst diesen jungen Mann gut leiden. Hast du ihn schon in Ceylon gekannt?«
»Ich sah ihn auf dem Schiff zum erstenmal. Ich kann es dir ja sagen, Mutter, die Lust an der Liebe ist mir gründlich vergangen. Wer weiß, wann sie mir wiederkommt. Vielleicht nie mehr!«
»Warum nicht?«
Clare schüttelte den Kopf. »Ich mag keine Einzelheiten aus meinem Leben mit Jerry erzählen, nicht einmal jetzt, obwohl er so niederträchtig war, Schadenersatz zu verlangen. Das regt mich wahrhaftig mehr auf als meine eigene Affäre.«
»Dieser junge Mann wäre vermutlich bereit gewesen, jeden Augenblick mit dir durchzubrennen?«
»Ja, aber ich wollt es nicht. Überdies hab ich Tante Emily ein Versprechen gegeben, eine Art Schwur, mich ein Jahr lang tadellos aufzuführen. Und hab ihn gehalten – bis heute. Der Gedanke ist verlockend, auf die Verteidigung zu verzichten und wieder frei zu werden.«
Lady Cherrell schwieg.
»Nun, Mutter?«
»Dein Vater muß in dieser Angelegenheit auf deinen und unserer Familie guten Ruf bedacht sein.«
»Also die Klage anfechten? Dafür spricht eine Reihe von Gründen, und ebenso viele dagegen. Wenn wir uns gar nicht verteidigen, dringt die Klage glatt durch und wird kaum Aufsehen erregen. Wenn wir uns verteidigen, wird die Sache Sensation machen. Nacht im Auto und so weiter, selbst wenn man uns Glauben

schenkt. Mutter, stell dir nur die Zeitungen vor. Die werden sich mit Wonne auf die Affäre stürzen.«

»Schließlich«, sagte Lady Cherrell langsam, »wird unser Verhalten davon abhängen, wie Vater über jenen Schlag mit der Reitpeitsche denkt. Ich hab ihn noch nie so aufgebracht gesehen wie über diesen Fall. Er wird wohl der Ansicht sein, daß du das nicht auf dir sitzenlassen darfst.«

»Von diesem Peitschenhieb sag ich vor Gericht kein Wort; übrigens läßt er sich ja leicht abstreiten. Ich hab auch meinen Stolz, Mutter.«

Dinny war ihrem Vater in sein Arbeitszimmer gefolgt, in die »Kasernenstube«, wie man den Raum bisweilen scherzhaft nannte.

»Du kennst diesen jungen Mann, Dinny?« stieß der General hervor.

»Ja, und ich finde ihn sympathisch. Er liebt Clare wirklich von Herzen.«

»Mit welchem Recht?«

»Lieber Vater, sei doch menschlich!«

»Du glaubst ihr die Geschichte mit dem Auto?«

»Jawohl. Ich war dabei, wie sie Tante Emily das feierliche Versprechen gab, sich ein Jahr lang tadellos aufzuführen.«

»Sonderbar, so was erst versprechen zu müssen!«

»Warum hast du mich gefragt?«

»Hm!«

»Wichtig ist nur eines: Clare soll und muß frei werden.«

Geneigten Hauptes stand der General da und schien in tiefes Nachdenken versunken. Langsam stieg ihm das Blut in die Wangen.

»Hat sie dir«, fragte er plötzlich, »erzählt, was sie mir sagte, daß dieser Bursche sie mit der Reitpeitsche traktierte?«

Dinny nickte.

»In früheren Tagen hätte ich ihn deshalb fordern können – und hätte es auch getan. Du hast ganz recht, sie muß frei werden, aber – nicht auf diese Art.«

»Du glaubst ihr also doch?«

»Sie kann doch nicht uns alle so belügen.«

»Bravo, Vater! Aber wer außer uns wird ihr glauben? Tätest du es als Geschworener?«

»Ich weiß nicht«, erwiderte der General düster.

Dinny schüttelte den Kopf. »Du tätest es nicht.«

»Die Advokaten sind so verdammt gerissen. Dornford würde einen solchen Fall wohl nicht übernehmen?«

»Er führt überhaupt keine Scheidungsprozesse. Noch dazu ist sie seine Sekretärin.«

»Ich muß doch hören, was die Anwälte Kingson dazu sagen. Lawrence hält große Stücke auf sie. Fleurs Vater war Teilhaber dieser Kanzlei.«

»Dann –« Dinny hielt inne, denn die Tür ging auf.

»Mr. Croom, Sir.«

»Bleib nur, Dinny.«

Der junge Croom trat ein. Er streifte Dinny mit einem Blick und ging auf den General zu.

»Clare hat mich aufgefordert, hierherzukommen, Sir.«

Der General nickte. Scharf und prüfend hing sein Blick an seiner Tochter Liebhaber in spe. Der junge Mann ließ diese Prüfung wie die Musterung bei einer Militärparade gelassen über sich ergehen und hielt ruhig dem Blick des Generals stand.

»Ich mag nicht wie die Katze um den heißen Brei schleichen«, sagte der General plötzlich, »wie es scheint, haben Sie meine Tochter in eine arge Patsche gebracht.«

»Jawohl, Sir.«

»Erzählen Sie mir nun gefälligst den Hergang!«

Der junge Croom legte den Hut auf den Tisch, nahm eine stramme Haltung an und erklärte:

»Was immer sie Ihnen erzählt hat, ist wahr, Sir.«

Dinny sah erleichtert, daß ein verhaltenes Lächeln um die Lippen des Vaters zuckte.

»Sehr korrekt, Mr. Croom, entspricht aber nicht meinen Wünschen. Sie hat mir ihre Darstellung gegeben, nun möchte ich hören, was Sie zu sagen haben.«

Dinny sah, wie der junge Mann sich die Lippen feuchtete und dann den Kopf zurückwarf.

»Ich liebe sie, Sir, habe sie geliebt, seit ich sie zum erstenmal auf

dem Schiff sah. Wir sind in London ziemlich viel beisammen gewesen, sind ins Kino, Theater und in Gemäldegalerien gegangen. Ich war auch dreimal in ihrer Wohnung – nein, fünfmal im ganzen. Am dritten Februar fuhr ich mit ihr im Auto nach Bablock Hythe, um ihr meinen künftigen Arbeitsplatz zu zeigen, auf der Rückfahrt – sie hat Ihnen das wohl erzählt – gingen die Scheinwerfer aus, und wir standen etwa acht Kilometer von Henley im stockfinsteren Wald. Da – nun, da hielten wir es für das Beste, bis zum Morgengrauen zu warten, statt eine Fahrt durch die Nacht zu wagen. Ich war schon zweimal von der Straße abgekommen. Man sah tatsächlich nicht die Hand vor den Augen, und ich hatte keine Taschenlampe mit. Darum – na, darum warteten wir also in dem Auto bis halb sieben, dann brachen wir auf und kamen gegen acht zu ihr nach Hause.« Er hielt inne und befeuchtete seine Lippen, dann richtete er sich wieder auf und sprudelte hervor: »Ob Sie es mir nun glauben oder nicht, Sir, ich schwöre Ihnen, im Auto ist nicht das geringste zwischen uns vorgefallen – überhaupt nie, nur – nur hat sie mir zwei- oder dreimal einen Kuß auf die Wange erlaubt.«
Der General, der ihn die ganze Zeit unverwandt angesehen hatte, erwiderte: »Das deckt sich im wesentlichen mit Clares Angaben. Haben Sie sonst noch etwas zu bemerken?«
»Nachdem ich jene Zuschrift erhalten hatte, Sir, fuhr ich sofort im Auto zu ihr – das war gestern. Natürlich werde ich mich ganz nach ihren Wünschen richten.«
»Ihr habt also nicht gemeinsam ausgeheckt, was ihr uns aufbinden wolltet?«
Dinny sah, wie der junge Mann sich langsam emporreckte.
»Natürlich nicht, Sir!«
»Dann darf ich mich darauf verlassen, daß Sie bereit sind, Ihre Schuldlosigkeit zu beschwören und sich zu verteidigen?«
»Selbstverständlich, wenn Sie der Meinung sind, daß man uns Glauben schenken wird.«
Der General zuckte die Achseln. »Wie stehen Sie finanziell?«
»Vierhundert Pfund Jahresgehalt.« Ein leises Lächeln spielte um seine Lippen. »Sonst keinen roten Heller, Sir.«
»Kennen Sie den Gatten meiner Tochter?«

»Nein.«
»Sie sind ihm nie begegnet?«
»Nein, Sir.«
»Wann trafen Sie Clare zum erstenmal?«
»Am zweiten Tag der Seereise.«
»Was haben Sie in Ceylon getan?«
»Tee gepflanzt; dann aber zog man aus Ersparnisgründen meine Plantage mit zwei anderen zusammen.«
»Verstehe. Wo sind Sie erzogen worden?«
»Am Wellington-College und später in Cambridge.«
»Sie fanden bei Jack Muskham Anstellung?«
»Jawohl, Sir, als Gestütsleiter, bei seinen Araberstuten. Im Frühjahr sollen sie kommen.«
»Sie verstehen sich also auf Pferde?«
»Ja. Ich hab Pferde schrecklich gern.«
Dinny sah den forschenden Blick des Vaters von dem jungen Mann zu ihr hinübergleiten.
»Wie ich höre, kennen Sie meine Tochter Dinny.«
»Ja.«
»Ich überlasse Sie jetzt ihr. Ich möchte mir diese Sache überlegen.«
Der junge Mann machte eine leichte Verbeugung und trat auf Dinny zu, dann aber wandte er sich zu dem General zurück und erklärte mit einer gewissen Würde:
»Sir, die Sache tut mir furchtbar leid, aber ich kann nicht sagen, daß ich meine Liebe zu Clare bereue. Das wäre unwahr. Ich hab sie unendlich lieb.« Er schritt zur Tür.
»Einen Augenblick«, rief der General. »Was verstehen Sie – unter Liebe?«
Unwillkürlich krampfte Dinny die Hände zusammen. Eine gräßliche Frage!
Der junge Croom wandte sich ihm zu. Sein Gesicht war reglos.
»Ich verstehe schon, was Sie meinen, Sir«, stieß er heiser hervor. »Begehren – oder mehr? Mehr, sag ich Ihnen, sonst hätte ich jene Nacht im Auto nicht ertragen.«
Er wandte sich wieder zur Tür.
Dinny trat hin und hielt sie ihm offen. Sie folgte ihm in die Halle

hinaus; Croom runzelte die Stirn und holte tief Atem. Sie nahm ihn beim Arm und führte ihn vor das Kaminfeuer. Dort standen die beiden und starrten in die Flammen.

»Ein hochnotpeinliches Verhör«, meinte sie endlich. »Aber Soldaten sagen gern alles gradeheraus. Jedenfalls – ich kenne meinen Vater – glauben Sie einen guten Eindruck auf ihn gemacht zu haben?«

»Ich kam mir wie ein Hampelmann vor. Wo ist Clare? Hier?«

»Ja.«

»Miss Cherrell, darf ich sie sehen?«

»Versuchen Sie es doch, mich Dinny zu nennen. Sie können Clare sehen, doch halte ich es für besser, wenn Sie erst meine Mutter begrüßen. Gehen wir in den Salon.«

Er drückte ihr kräftig die Hand.

»Sie sind wirklich ein Prachtkerl! Diesen Eindruck hatte ich von allem Anfang an.«

Dinny verzog das Gesicht. »Aber auch Prachtkerle halten einem gewissen Druck nicht stand.«

»Ach, verzeihen Sie! Ich vergesse immer, mein Händedruck ist so verdammt kräftig. Clare fürchtet ihn auch. Wie geht es ihr?«

Dinny zuckte ein wenig die Achseln und erwiderte mit mattem Lächeln: »Den Umständen angemessen.«

Tony Croom fuhr sich an den Kopf.

»So ungefähr ist mir auch zumute, nur noch ärger. In anderen Fällen hofft man noch auf Besserung – aber in meinem? Wird sie mich je wirklich liebhaben? Was meinen Sie?«

»Das hoffe ich.«

»Ihre Familie denkt doch nicht am Ende gar, ich sei ihr nur nachgelaufen, um – na, Sie verstehen mich schon, um mir vergnügte Stunden zu machen?«

»Von heut ab denken es die Meinen bestimmt nicht mehr. Ihre Seele ist wie ein klares Wasser – man sieht bis auf den Grund. Das hat einmal jemand von mir gesagt.«

»Von Ihnen? Ich weiß nie recht, was Sie wirklich denken.«

»Ja, das war vor langer Zeit. Kommen Sie!«

22

Als der junge Croom wieder hinausgefahren war in den Eisregen und Wind dieses trüben Tages, ließ er alle in ausgesprochen düsterer Stimmung zurück. Clare sagte, sie habe Kopfschmerzen und wolle sich niederlegen, dann ging sie auf ihr Zimmer. Die drei übrigen saßen um den Teetisch und sprachen nur zu den Hunden, ein untrügliches Zeichen ihrer Verstörtheit.

Endlich stand Dinny auf: »Nun, meine Lieben, was nützt es, den Kopf hängen zu lassen. Fassen wir doch die Lichtseite ins Auge! Die beiden sind weiß wie Schnee – wie erst, wenn sie schwarz wären wie Kohlenbrenner?«

Statt einer Antwort sprach der General mehr zu sich selbst: »Sie müssen die Klage bestreiten. Dieser Kerl darf nicht immer seinen Willen durchsetzen.«

»Aber, Vater, wenn Clare mit völlig reinem Gewissen ihre Freiheit wiederbekäme, wäre das nicht nett und eine Ironie des Schicksals und würde weit weniger Staub aufwirbeln?«

»Eine solche Anklage soll man ruhig hinnehmen?«

»Clares guter Ruf ist ja doch dahin, auch wenn sie gewinnt. Man verbringt nicht ungestraft eine Nacht mit einem jungen Mann im Auto. Nicht wahr, Mutter?«

Lady Cherrell lächelte matt.

»Ich gebe deinem Vater recht, Dinny. Mir scheint der Gedanke empörend, daß Clares Ehe aus ihrem Verschulden geschieden werden soll. Sie hat doch nichts verbrochen, war nur ein wenig unbesonnen. Übrigens, hieße das nicht dem Gesetz ins Gesicht schlagen?«

»Liebe Mutter, das Gesetz wird es schon aushalten. Ach was!« Dinny schwieg und blickte prüfend in die kummervollen Mienen ihrer Eltern – offenbar maßen Vater und Mutter der Ehe und Scheidung eine geheimnisvolle Bedeutung bei, die sie in Dinnys Augen nicht besaßen. Aber was sie auch sagen mochte, es würde nichts daran ändern.

»Dieser junge Mann scheint ein netter Kerl zu sein«, meinte der General. »Er wird nach London kommen und mit uns den Rechtsanwalt besuchen müssen.«

»Vater, ich fahre lieber mit Clare morgen abend in die Stadt und rede mit Onkel Lawrence; er soll dir für Montag nach dem Lunch eine Besprechung mit dem Anwalt vereinbaren. Ich rufe dich und Tony Croom am Vormittag aus der Mount Street an.«
Der General nickte und erhob sieh. »Scheußlicher Tag!« rief er und legte seiner Frau die Hand auf die Schulter. »Nimm dir's nicht so sehr zu Herzen, Lizzy! Die beiden müssen eben die Wahrheit sagen. Ich geh jetzt in mein Arbeitszimmer und werfe dann einen Blick auf den neuen Schweinestall. Du könntest später hereinschauen, Dinny . . .«

In kritischen Zeiten fühlte sich Dinny in der Mount Street stets mehr zu Hause als in Condaford. Sir Lawrence hatte ein viel lebhafteres Temperament als ihr Vater, und Tante Emilys sprunghaftes Wesen wirkte zugleich anregender und beruhigender als das stille, maßvolle Mitgefühl ihrer Mutter. War die Krise erst im Anzug oder schon überwunden, dann fühlte sie sich nirgends so wohl wie in Condaford, doch für Nervenkrisen und schwerwiegende Entschlüsse war es dort gar zu ruhig.
Im Vergleich mit anderen Herrenhäusern war es wirklich sehr altmodisch, dieses Schloß der einzigen Adelsfamilie, die seit mehr als drei oder vier Generationen in der Grafschaft wohnte. Schloß Condaford genoß beinahe den Ruf einer altehrwürdigen Institution. Man sprach von »Condaford Grange« und den »Cherrells auf Condaford« wie von Raritäten. Das gesellige Wochenende und der laute Sportbetrieb der großen Herrenhäuser waren ihnen fremd. Die zahlreichen Familien der kleineren Besitzungen erhoben das Landleben zu einer Art Kult, veranstalteten Tennis- und Bridgepartien, ländliche Unterhaltungen und machten Besuche in der Runde; hier und dort fanden sie sich zur Jagd ein, zum Golfspiel und so weiter. Die Cherrells, die viel tiefer im Land verwurzelt waren, bekam man am wenigsten zu Gesicht. Wären sie fortgezogen, man hätte sie freilich arg vermißt, doch außer den Dorfbewohnern schien niemand sie für wirklich zu halten.
Trotz ihres stets tätigen Lebens in Condaford ging Dinny hier oft die tiefe Ruhe auf die Nerven, wie einem Wachenden die Stille

der Nacht. Bei so aufregenden Erlebnissen wie Huberts Angelegenheit vor drei Jahren, ihrem eigenen Kummer vor zwei Jahren und jetzt der Affäre ihrer Schwester empfand sie sogleich heftige Sehnsucht nach einem Ort, wo der Strom des Lebens rascher floß.

Sie setzte Clare in den Mews ab, fuhr im Auto weiter und traf noch vor dem Dinner in der Mount Street ein.

Michael und Fleur waren zugegen, das Tischgespräch drehte sich bald um Literatur, bald um Politik. Michael war der Ansicht, die Zeitungen hätten sich daran gewöhnt, das Land allzusehr in Ruhe und Sicherheit zu wiegen, die Regierung werde darüber noch einschlafen. Sir Lawrence dagegen gab seiner Freude Ausdruck, daß sie, sicherem Vernehmen zufolge, doch noch die Augen offenhalte.

Plötzlich fragte Lady Mont: »Und das Baby, Dinny?«

»Danke, Tante Emily, dem geht es ausgezeichnet. Es kann schon laufen.«

»Ich hab den Stammbaum nachgezählt, er ist der vierundzwanzigste Cherrell auf Condaford. Vorher waren sie Franzosen. Wird Jeanne noch weitere kriegen?«

»Ich möchte wetten«, meinte Fleur, »ich hab nicht so bald eine junge Frau gesehen, der es soviel Vergnügen macht.«

»Sie werden aber nichts zu beißen haben.«

»Oh, die beißen sich schon durch.«

»Sonderbarer Ausdruck!« bemerkte Lady Mont.

»Dinny, wie geht es Clare?«

»Ganz gut.«

»Ist die Affäre weitergediehen?« Dinny war's, als dränge ihr Fleurs klarer Blick bis ins Hirn.

»Ja, aber –«

Michaels Stimme brach das Schweigen.

»Dornford hat eine ausgezeichnete Idee, Vater, er meint –«

Dornfords ausgezeichnete Idee ging für Dinny verloren, sie sann angestrengt darüber nach, ob sie Fleur ins Vertrauen ziehen solle. Keine andere Frau unter allen ihren Bekannten dachte so rasch und klar wie Fleur, besaß in sozialen Dingen solch zynisches gesundes Urteil. Auch wußte sie ein Geheimnis zu wahren. Doch es

war ja nicht Dinnys eigenes Geheimnis, sondern Clares, daher beschloß sie, zunächst nur Sir Lawrence zu befragen.
Spät am Abend erstattete sie ihm Bericht. Er zog dabei die Brauen hoch.
»Die ganze Nacht in einem Auto, Dinny? Etwas stark. Morgen um zehn geh ich zu den Anwälten. Da ist jetzt der ›ganz junge‹ Roger Forsyte, Fleurs Vetter, will trachten, daß ich den erwische, vielleicht schenkt er uns eher Glauben als seine älteren, hartgesottenen Partner. Wir gehen dann beide auch mit und bezeugen, daß wir ihr glauben.«
»Ich bin noch nie in der City gewesen.«
»Ein seltsamer Fleck Erde. Sozusagen das Herz der Welt. Banken und Romantik. Mach dich auf einen leichten Schock gefaßt.«
»Was meinst du, sollen sie die Klage bestreiten?«
Sir Lawrences lebhafter Blick ruhte auf Dinnys Gesicht.
»Wenn du mich fragst, ob man ihnen glauben wird – ich sage nein. Aber wir könnten uns wenigstens darüber auseinandersetzen.«
»Du glaubst ihnen doch, nicht wahr?«
»Deinetwegen, Dinny. Clare würde es sonst nicht wagen, dich hineinzuziehen.«
Dinny entsann sich der Mienen ihrer Schwester und des jungen Croom. »Sie sagen bestimmt die Wahrheit«, rief sie ehrlich entrüstet, »und man sieht es ihnen an. Es wäre wirklich gemein, ihnen nicht zu glauben.«
»Diese Gemeinheit triffst du überall in unserer Welt. Du siehst übrigens müde aus, meine Liebe. Geh doch schlafen.«
In diesem Schlafzimmer, wo sie in den Tagen ihres Kummers so viele Nächte verbracht hatte, kam Dinny wieder im Halbschlaf jener Angsttraum, in dem sie sich Wilfrid ganz nah fühlte und ihn doch nicht erreichen konnte; und unablässig ging jener Kehrreim durch ihren müden Kopf: »Noch ein Strom, noch ein Strom, den ich queren muß . . .«

Am folgenden Tag um vier Uhr drang fast ein ganzer Stamm in

die Anwaltskanzlei von Kingson, Cuthcott & Forsyte ein, die in der Old Jewry, jener stillen gelben Hintergasse lag.

»Was ist denn aus dem alten Gradman geworden, Mr. Forsyte?« hörte Dinny ihren Onkel fragen. »Ist er noch hier?«

Der »ganz junge« Roger Forsyte, der zweiundvierzig war, erwiderte mit einer Stimme, die zu seinem Kinn gar nicht zu passen schien: »Mir scheint, er lebt noch in Pinner auf dem Land oder in London in Highgate, oder sonstwo.«

»Sollte mich freuen«, murmelte Sir Lawrence. »Der alte Forsäh, Ihr Vetter hielt viel auf ihn. Ein Erbstück aus der Viktorianischen Ära.«

Der »ganz junge« Roger lächelte. »Wollen Sie nicht alle Platz nehmen?«

Dinny, die noch nie in der Kanzlei eines Rechtsanwalts gewesen war, besah sich die Gesetzbücher an den Wänden, die Aktenbündel, die vergilbten Rollvorhänge, den häßlichen pechschwarzen Kamin, in dem ein kleines Kohlenfeuer brannte, das nicht zu wärmen schien, die Karte eines Grundbesitzes, die bei der Tür an der Wand hing, den niedrigen Korb auf dem Tisch, die Federhalter, den Siegellack und endlich den »ganz jungen« Roger selbst. Er erinnerte sie irgendwie an ein Album mit gepreßten Pflanzen, wie sie ihre erste Erzieherin gesammelt hatte. Sie sah, daß der Vater sich erhob und dem Anwalt ein Dokument übergab.

»Wir kommen wegen dieser Sache.«

Der Blick des »ganz jungen« Roger glitt von der Überschrift des Dokuments zu Clare hinüber.

»Wie weiß er nur, wen von uns beiden das angeht?« dachte Dinny.

»An diesen Beschuldigungen ist kein wahres Wort«, erklärte der General. Der »ganz junge« Roger strich sich übers Kinn und begann das Dokument zu lesen.

Dinny sah, wie seine Züge einen scharfen, vogelartigen Ausdruck annahmen.

Als er Dinnys beobachtenden Blick bemerkte, ließ er das Papier sinken und sagte: »Die scheinen es sehr eilig zu haben. Der Kläger hat, wie ich sehe, in Ägypten die Vollmacht ausgestellt. Er

muß eigens ausgestiegen sein, um nur Zeit zu gewinnen. Mr. Croom?«
»Jawohl.«
»Wünschen Sie, daß wir auch Sie vertreten?«
»Ja.«
»Also Lady Corven und Sie. Bitte vielleicht später wieder hereinzukommen, Sir Conway.«
»Könnte meine Schwester nicht hierbleiben?« fragte Clare.
Dinnys Blick traf den des Anwalts. »Gewiß.« Sie wußte nicht recht, ob das aufrichtig gemeint war.
Der General und Sir Lawrence verließen die Kanzlei, Schweigen trat ein. Der »ganz junge« Roger lehnte sich an den Kamin und nahm unerwartet eine Prise. Wie Dinny sah, war er hager und ziemlich hochgewachsen und hatte ein vorspringendes Kinn. Sein Haar war gelbgrau getönt, die hohlen Wangen gerötet.
»Lady Corven, Ihr Vater erklärt diese – äh – Beschuldigungen für unwahr.«
»Die Tatsachen stimmen, die Schlüsse sind falsch. Zwischen Mr. Croom und mir ist nichts vorgefallen, nur zwei Küsse gab er mir auf die Wange.«
»Aha! Und jene Nacht im Auto?«
»Nichts«, versicherte Clare, »nicht einmal ein Kuß.«
»Nichts«, wiederholte der junge Croom, »nicht das mindeste.«
Der »ganz junge« Roger fuhr sich mit der Zunge über die Lippen.
»Bitte es nicht mißzuverstehen, aber ich möchte gern erfahren, was Sie füreinander fühlen – wenn von Gefühlen überhaupt die Rede sein kann.«
»Wir sprechen die volle Wahrheit«, sagte Clare mit heller Stimme, »wie ich es meiner Familie versicherte; darum bat ich ja meine Schwester zu bleiben. Nun, Tony?«
Die Lippen des »ganz jungen« Roger zuckten. Dinny gewann den Eindruck, als feßle ihn die Sache nicht nur vom Standpunkt des Anwalts; auch seine Kleidung wirkte ein wenig befremdend – war es die Weste oder die Krawatte? Und jene Prise – am Ende war gar ein Künstler an ihm verlorengegangen?
»Nun, Mr. Croom?« fragte er.

Der junge Croom war feuerrot geworden und streifte Clare mit fast zornigem Blick.

»Ich liebe sie.«

»Verstehe«, sagte der »ganz junge« Roger und öffnete wieder die Schnupftabaksdose. »Und Sie, Lady Corven, betrachten ihn als Ihren Freund?«

Clare nickte mit ein wenig überraschter Miene.

Dinny empfand dem Befrager gegenüber beinahe etwas wie Dank – er führte jetzt ein buntseidenes Taschentuch an die Nase.

»Das Übernachten im Auto war reiner Zufall«, fiel Clare rasch ein. »Es war stockfinster im Wald, die Scheinwerfer waren ausgebrannt, und wir wollten es nicht riskieren, so spät in der Nacht miteinander gesehen zu werden.«

»Begreiflich! Verzeihen Sie meine Frage: Sie sind also beide bereit, vor Gericht zu treten und unter Ihrem Eid zu erklären, zwischen Ihnen sei nicht das geringste vorgefallen, weder in jener Nacht noch bei irgendeiner anderen Gelegenheit, abgesehen von – wie sagten Sie doch – drei Küssen?«

»Auf meine Wange«, sagte Clare; »den einen gab er mir auf der Straße – ich saß im Auto, er nicht, die anderen – warum bekam ich denn die anderen, Tony?«

»In deiner Wohnung, ich hatte dich vierzehn Tage lang nicht gesehen«, stieß der junge Croom zwischen den aufeinandergepreßten Zähnen hervor.

»Und Sie ahnten beide nicht, daß Sie – äh – bespitzelt wurden?«

»Mein Gatte hatte es mir angedroht, das wußte ich, doch hatten wir beide nichts davon bemerkt.«

»Lady Corven, Sie haben also Ihren Gatten verlassen. Möchten Sie mir den Grund dafür angeben?«

Clare schüttelte den Kopf.

»Ich mag auf die Einzelheiten meiner Ehe nicht eingehen, weder hier noch irgendwo anders. Und ich kehre nicht zu ihm zurück.«

»Unstimmigkeiten – oder Schlimmeres?«

»Schlimmeres, denk ich.«

»Also kein konkretes Belastungsmoment. Sind Sie sich auch klar, wie wichtig das ist?«
»Jawohl, doch ich mag darüber nicht sprechen, nicht einmal vertraulich.«
»Brutal war er zu ihr, natürlich«, stieß der junge Croom hervor.
»Sie kennen ihn, Mr. Croom?«
»Hab ihn nie im Leben gesehen.«
»Wie können Sie dann –?«
»Er bildet sich das nur ein, weil ich Jerry so plötzlich verließ. Gar nichts weiß er.«
Dinny sah den Blick des »ganz jungen« Roger auf sich ruhen. »Du weißt etwas«, schien dieser Blick zu sagen. »Der läßt sich kein X für ein U vormachen!« schoß es ihr durch den Kopf.
Er war vom Kamin zurückgekehrt, trat ein wenig hinkenden Schritts wieder an seinen Schreibtisch und ließ sich dort nieder. Dann langte er nach dem Dokument und las es mit zusammengekniffenen Augen nochmals durch.
»Von einer derartigen Beweisführung ist der Gerichtshof meist nicht sonderlich erbaut; ich bezweifle sogar, ob hier überhaupt von Beweisführung die Rede sein kann. Dennoch sind die Aussichten nicht eben glänzend. Wenn Sie nur einen gewichtigen Grund dafür angeben könnten, warum Sie Ihren Gatten verließen! Und wenn wir über die Nacht im Auto hinweggleiten könnten!« Sein Vogelblick glitt zuerst zu Clare, dann zum jungen Croom hinüber. »Aber Sie werden sich doch nicht *in contumaciam* verurteilen lassen und so hohen Schadenersatz und die Prozeßkosten tragen, wenn Sie – äh – schuldlos sind.« Er senkte den Blick.
»Na, viel merkt man von seiner Leichtgläubigkeit nicht!« fuhr es Dinny durch den Sinn.
Der »ganz junge« Roger zückte ein Papiermesser. »Wenn Sie die Klagepunkte bestreiten und dann nicht zur Verhandlung erscheinen, können wir vielleicht eine Herabsetzung der Schadenssumme erwirken. Darf ich Sie nach Ihren finanziellen Verhältnissen fragen, Mr. Croom?«
»Ich hab keinen roten Heller, doch das spielt hier keine Rolle.«
»Wenn wir die Klage bestreiten – was bedeutet das eigentlich?« fragte Clare.

»Sie erscheinen beide vor Gericht und stellen die Beschuldigungen in Abrede. Sie werden dann einem Verhör unterzogen, und wir verhören den Kläger und seine Detektive. Offen gestanden, wenn Sie keinen gewichtigen Grund beibringen, warum Sie Ihren Gatten verließen, ist der Richter fast sicher gegen Sie. Und dann«, fügte er beinahe jovial hinzu, »eine Nacht ist eine Nacht, besonders vor dem Scheidungsgericht. Auch wenn man sie im Auto verbracht hat, auch wenn das Gericht, wie gesagt, meist noch striktere Beweise verlangt.«
»Mein Onkel ist der Meinung«, erklärte Dinny ruhig, »einige von den Geschworenen dürften ihnen doch glauben und die Ersatzsumme könnte jedenfalls ermäßigt werden.«
Der »ganz junge« Roger nickte.
»Hören wir einmal, was Mr. Kingson dazu sagt. Nun möchte ich noch gern einige Worte mit Ihrem Vater und Sir Lawrence sprechen.«
Dinny schritt zur Tür und hielt sie für ihre Schwester und den jungen Croom offen. Dann glitt ihr Blick zu dem »ganz jungen« Roger zurück. Ihr war's, als suche er seine nüchterne Denkart zurückzudrängen. Er fing ihren Blick auf, erwiderte ihn durch eine komische leichte Kopfbewegung und holte die Schnupftabaksdose hervor. Sie schloß die Tür und trat auf ihn zu.
»Sie tun unrecht daran, den beiden nicht zu glauben. Sie sprechen die volle Wahrheit.«
»Miss Cherrell, warum hat sie ihren Gatten verlassen?«
»Wenn sie selbst es nicht sagen will, darf ich es auch nicht, doch ich bin überzeugt, sie war im Recht.«
Er sah sie einen Augenblick durchdringend an.
»Ich wollte, Sie wären an ihrer Stelle«, erklärte er unvermittelt. Dann nahm er eine Pfeife und wandte sich dem General und Sir Lawrence zu.
»Nun?« fragte der General.
Der »ganz junge« Roger wirkte auf einmal noch gelbgrauer als früher.
»Wenn sie guten Grund hatte, ihren Gatten zu verlassen –«
»Jawohl, den hatte sie!«
»Vater!« rief Dinny warnend.

»Sie scheint keine Auskunft darüber geben zu wollen.«
»Tät ich auch nicht«, erklärte Dinny.
»Gerade das aber gäbe vielleicht den Ausschlag«, murmelte der »ganz junge« Roger.
»Mr. Forsyte, für den jungen Croom ist das eine ernste Sache«, warf Sir Lawrence ein.
»Für alle Fälle eine ernste Sache, Sir Lawrence, ob sie die Klage bestreiten oder nicht. Ich möchte lieber beide einzeln sprechen. Dann werde ich Mr. Kingson um seine Meinung befragen und Ihnen morgen Bescheid geben. Würde Ihnen das passen, General?«
»Ich bin empört«, rief der General, »wenn ich an diesen Burschen, diesen Corven, nur denke!«
»Begreiflich!« sagte der »ganz junge« Roger, und Dinny war's, als habe sie noch nie eine Äußerung gehört, die soviel Zweifel verriet.

23

Dinny saß in dem kleinen, kahlen Wartezimmer und blätterte in der *Times.* Der junge Croom stand am Fenster.
»Dinny«, rief er und wandte sich ihr zu, »geben Sie mir doch einen Rat, wie kann ich ihr diese scheußliche Situation ein wenig erleichtern? In gewissem Sinn bin ja nur ich an dem Ganzen schuld, und doch gab ich mir alle Mühe, mich zu beherrschen.«
Dinny sah in sein bekümmertes Gesicht. »Ich weiß keinen Rat, nur den einen: Bei der vollen Wahrheit bleiben.«
»Haben Sie zu dem Kerl dort drin Zutrauen?«
»Freilich. Mir gefällt's, daß er immer eine Prise nimmt.«
»Ich halte gar nichts vom Bestreiten der Klage. Wozu Clare für nichts und wieder nichts foltern lassen? Was liegt schon dran, wenn sie mich bankrott machen?«
»Das müssen wir irgendwie zu verhindern trachten.«
»Meinen Sie, ich sehe ruhig zu, wenn man Clare –«
»Darüber wollen wir nicht reden, Tony. Genug für heute! Ist das nicht ein trübseliger Ort? Da ist's bei Zahnärzten noch gemütli-

cher – dort gibt's wenigstens Farbdrucke an den Wänden und ein paar Illustrierte auf dem Tisch. Und Hunde darf man auch mitnehmen.«
»Darf man hier rauchen?«
»Gewiß.«
»Eine ganz billige Sorte.«
Dinny nahm eine Zigarette, und sie pafften eine Minute schweigend.
»Zu scheußlich!« rief er plötzlich. »Dieser Kerl wird wohl zur Verhandlung wieder nach London kommen, nicht wahr? Der hat sich gewiß nie sehr viel aus ihr gemacht.«
»O doch, doch! ›*Souvent homme varie, folle est qui s'y fie!*‹«
»Er soll mir nicht in die Nähe kommen!« rief der junge Croom grimmig. Er trat ans Fenster zurück und starrte hinaus. Dinny entsann sich plötzlich jener Szene, da sie zwei Männer nicht daran hatte hindern können, wie kämpfende Hähne aufeinander loszufahren, jener Szene, deren Folgen für sie so verhängnisvoll geworden waren.
Da kam Clare herein. Rote Flecken brannten auf ihren blassen Wangen. »Jetzt kommst du dran, Tony!«
Der junge Croom schritt vom Fenster weg, sah ihr scharf in die Augen und ging an ihr vorüber ins Zimmer des Anwalts. Er tat Dinny aufrichtig leid.
»Uff!« rief Clare, »nur fort von hier!«
Draußen auf der Straße sagte sie:
»Dinny, ich wollte, wir hätten wirklich eine Liebschaft gehabt. Diese lächerliche Tugend glaubt uns ja doch niemand.«
»Wir schon!«
»Hm! Du und Vater wohl, aber dieser Fuchs mit der Schnupftabaksdose traut uns nicht über den Weg, und auch sonst niemand. Doch jetzt muß ich durchhalten. Ich kann Tony nicht in der Patsche lassen und mag Jerry nicht um Haaresbreite nachgeben.«
»Komm, trinken wir eine Tasse Tee«, schlug Dinny vor. »Man muß doch irgendwo in der City Tee kriegen.«
In einer verkehrsreichen Straße entdeckten sie bald eine Teestube.

»Der ›ganz junge‹ Roger hat dir also nicht gefallen?« fragte Dinny über den kleinen runden Tisch hinweg.

»Oh! Ich finde ihn tadellos – wirklich anständig. Mir scheint, Anwälte können überhaupt nichts glauben. Doch nichts wird mich in meinem Entschluß erschüttern, ich verrate über mein Eheleben kein Wort. Ich will nicht. Basta!«

»Ich finde seinen Standpunkt begreiflich. Du überläßt gleich am Anfang dem Gegner den halben Sieg.«

»Ich werde nicht dulden, daß die Anwälte diese Dinge hereinzerren. Wir bezahlen sie, also haben sie sich nach uns zu richten. Übrigens, ich gehe jetzt von hier schnurstracks in den Temple, dann vielleicht ins Parlament.«

»Verzeih, daß ich noch einen Augenblick auf die Sache zurückkomme. Wie willst du's mit Tony Croom halten, solange diese Affäre in Schwebe ist?«

»Ich werde ihn wie immer treffen, doch nicht mehr mit ihm im Auto übernachten. Aber welchen Unterschied macht es? – Ob Tag oder Nacht, ob im Auto oder sonstwo – mir kann das nicht einleuchten.«

»Anwälte ziehen eben stets die menschliche Natur in Betracht.« Und Dinny lehnte sich zurück. Wie viele Mädchen gab es hier, wie viele junge Männer, die Tee oder Kakao tranken, Brötchen oder Kuchen rasch verzehrten! Plaudern und Schweigen, schale Luft, kleine Tische und dienstbare Geister. Was war die menschliche Natur im allgemeinen? Hieß es nicht immer, sie müsse sich ändern? Die muffige Vergangenheit tot und dahin! Dennoch glich diese Teestube aufs Haar jener Teestube, die sie mit der Mutter vor dem Krieg besucht und damals so interessant gefunden hatte. Und war nicht auch beim Scheidungsgericht, das sie noch nicht betreten hatte, alles beim alten geblieben?

»Bist du fertig, Mädel?« fragte Clare.

»Ja, ich begleite dich bis zum Temple.«

Als sie in der Middle Temple Lane stehenblieben, um sich zu verabschieden, vernahmen sie eine hohe, angenehme Stimme: »Das nenn ich Glück!« Und eine Hand ruhte einen Augenblick auf Dinnys Arm.

»Wenn Sie auf dem Weg ins Parlament sind«, sagte Clare, »lauf ich rasch fort, hole meine Sachen und treffe Sie hier wieder.«
»Sehr taktvoll!« bemerkte Dornford. »Bleiben wir an diesem Portal stehen. Dinny, wenn ich Sie so lang nicht sehe, fühl ich mich ganz verloren. Jakob diente um Rahel vierzehn Jahre – wir Menschen von heute sind nicht mehr so langlebig –, also wiegt jeder Monat, den ich diene, eines seiner Jahre auf.«
»Rahel und er gingen miteinander.«
»Verstehe. Nun, ich muß eben warten und hoffen. Was bleibt mir sonst übrig?«
Sie lehnte sich gegen das gelbe Portal und sah ihn an. Ein Beben lief über seine Züge, Dinny empfand plötzlich Mitleid und sagte: »Vielleicht erwache ich eines Tages wieder zum Leben. Jetzt mag ich nicht länger warten. Leben Sie wohl! Und besten Dank!«
Nun spielte auch noch ihre eigene Angelegenheit hinein! Dieser Gedanke auf dem Heimweg im Autobus brachte ihr keinen Trost. Jener Anblick seines bebenden Gesichtes stimmte sie unruhig und bedrückt. Sie wollte ihm ja keinen Kummer bereiten, er war ein liebenswürdiger Mann, hatte Clare viel Entgegenkommen bewiesen, seine Stimme war angenehm, sein Gesicht anziehend, und er teilte ihre Interessen weit mehr, als Wilfrid es je getan hatte. Doch wo blieb jenes wilde, berauschende Verlangen, das alle Werte wandelte, die ganze Welt in einem einzigen Wesen aufgehen ließ, dem einen ersehnten, erträumten Gefährten? Ganz still saß sie im Autobus und blickte über den Kopf der Frau hinweg, die ihr gegenüber die Finger um eine Mappe gekrampft hielt und wie eine Jägerin aussah, die in ein neues Revier oder Gehölz auf die Pirsch geht. Nun glommen in der Regent Street die Lichter auf, ein kalter Abend, es lag wie Schnee in der Luft. Ach ja, hier standen früher die niederen, runden Dächer, die schönen gelben Mauern der Häuser des »Quadranten«. Sie erinnerte sich noch an eine Diskussion über die alte Regent Street, die sie mit Millicent Pole auf dem Dach eines Autobusses geführt hatte. Verändert, verändert, alles anders! Sie schloß die Augen und sah plötzlich Wilfrids Antlitz vor sich, mit halbgeöffneten Lippen, wie sie es zum letztenmal im Green-Park vorüberhuschen gesehen hatte.

Da trat ihr jemand auf die Zehen. Sie schlug die Augen auf und sagte: »Verzeihung!«
»Bitte sehr! Tut nichts!«
Der Autobus blieb stehen, Dinny verließ ihn eilends. Sie schritt die Conduit Street hinab und kam an dem Schneiderladen vorüber, wo ihr Vater arbeiten ließ. Der arme, liebe Vater! Nun kam er gar nicht mehr her. Kleider waren jetzt so teuer, und ihm waren neue Anzüge so zuwider! Sie kam in die Bond Street.
Eine Verkehrsstockung, die ganze Straße entlang staute sich eine endlose Reihe von Autos. Und da hieß es immer, England sei ruiniert! Sie überquerte den Fahrdamm und bog in die Burton Street. Da sah sie eine bekannte Gestalt gesenkten Hauptes langsam vor sich hergehen. Sie holte den Mann ein. »Stack!«
Er zog den Hut, Tränen rannen ihm über die Wangen. Er blinzelte mit den großen, dunklen, etwas vorquellenden Augen und fuhr sich mit der Hand übers Gesicht. »Sie, Miss. Eben wollt ich zu Ihnen!« Und er hielt ihr ein Telegramm hin.
Sie hob es im trüben Schein der Laterne nah an die Augen und las:

Henry Stack, London, Cork Street 50a. Bedauern schmerzlichste Mitteilung, Honourable Wilfrid Desert bei Expedition ins Landesinnere ertrunken. Leichnam geborgen, am Fundort begraben. Bericht eben eingelaufen. Kein Zweifel möglich. Herzliches Beileid. Britisches Konsulat Bangkok.

Sie stand wie zu Stein erstarrt, ihr wurde es schwarz vor den Augen. Stacks Finger kamen näher, nahmen ihr die Depesche aus der Hand.
»Ja«, sagte sie. »Danke! Stack, zeigen Sie es Mr. Mont. Nicht grämen!«
»Oh, Miss!«
Dinny berührte mit den Fingerspitzen seinen Arm, rüttelte ihn ganz leicht und schritt rasch davon.
Nicht grämen! Ein Eisregen ging nieder. Sie hob das Gesicht, um die prickelnde Berührung der Eiskörnchen zu fühlen. Für sie war er ja schon lange tot – jetzt nicht mehr als früher. Dennoch – ge-

storben, dahin – unerreichbar fern. Nun ruhte er in der Erde, nah dem Strom, der ihn getötet, im Schweigen des Urwalds, wo keine Menschenseele sein Grab finden würde. Alle Erinnerungen an ihn lebten mit ganzer Macht wieder auf, ihre Glieder versagten, fast wäre sie hingesunken auf die schneeige Straße. Eine Minute lang blieb sie stehen und hielt sich mit der Hand am Gitter eines Hauses fest. Ein Briefträger hemmte den Schritt und starrte sie an. Vielleicht hatte doch noch ganz heimlich ein Fünkchen Hoffnung in ihr geglüht, er werde eines Tages zurückkehren. Vielleicht drang ihr nur die Kälte des Schneewetters durch Mark und Bein – sie fühlte sich starr und kalt wie Eis.
Endlich erreichte sie die Mount Street, schloß die Haustür auf und trat ein. Plötzlich hatte sie entsetzliche Angst, sie könnte ihr Erlebnis verraten, könnte Mitleid, Interesse, Teilnahme erwekken. Da floh sie in ihr Zimmer. Es ging ja doch nur sie an, niemand anderen. Der Stolz trug den Sieg davon, ihr war's, als sei sogar ihr Herz zu Stein erstarrt.
Ein heißes Bad wirkte belebend auf sie. Frühzeitig zog sie sich zum Abendessen um und ging hinunter.
An diesem Abend schien ihr das Schweigen, das häufig eintrat, noch erträglicher als die krampfhaften Versuche, ein Tischgespräch zu führen. Dinny fühlte sich krank. Als sie zu Bett gegangen war, trat ihre Tante ins Zimmer.
»Dinny, du siehst wie ein Gespenst aus!«
»Hab mich erkältet, Tantchen.«
»O diese Anwälte – kein Wunder! Ich hab dir Großmutters Schlaftrunk gebracht.«
»Ah! Ich hätt schon immer gern gewußt, wie ›Großmutters Schlaftrunk‹ schmeckt.«
»Na, versuch ihn.«
Dinny trank und schnappte nach Luft.
»Furchtbar stark.«
»Stimmt. Dein Onkel braute ihn. Michael hat angerufen.« Lady Mont nahm das Glas wieder an sich, beugte sich vor und gab Dinny einen Kuß auf die Wange. »Sonst nichts«, stellte sie fest. »Schlafe jetzt, sonst wirst du noch krank.«
Dinny lächelte. »Ach wo, Tante Emily, ich werde doch nicht krank.«

Fest entschlossen, gesund zu bleiben, kam sie am nächsten Morgen zum Frühstück hinunter.
Der Orakelspruch war eingelangt – in Gestalt eines maschingeschriebenen Briefs mit der Unterschrift »Kingson, Cuthcott & Forsyte«. Er empfahl, in einer Eingabe die Klagepunkte zu bestreiten; auch Lady Corven und Mr. Croom hatte das Orakel denselben Rat erteilt. Sobald die einleitenden Schritte erledigt seien, werde er weitere Ratschläge erteilen.
Auch bei Dinny stellte sich jenes Kältegefühl in der Magengegend ein, das Zuschriften eines Rechtsanwalts nicht selten hervorrufen, obwohl Dinny ohnedies schon von eisiger Kälte durchschauert war.
Mit dem Morgenzug fuhr sie in Begleitung des Vaters nach Condaford zurück und wiederholte beim Abschied ihr Sprüchlein: »Ach wo, Tante Emily, ich werde doch nicht krank!«

24

Dinny erkrankte aber doch, blieb einen vollen Monat an ihr klösterliches Zimmer in Condaford gefesselt und wünschte ein ums andere Mal, sie wäre tot und hätte alles überstanden. Und sie hätte sich leichten Herzens ins Sterben gefunden, wäre nur mit dem Schwinden ihrer Kräfte der Glaube an ein künftiges Leben in ihr erstarkt, doch auch dieser Glaube zerrann ihr in nichts. Wilfrid wiederzufinden in einer Welt ohne Leid, ohne Ächtung – welch verhängnisvoll bestrickender Gedanke! In den traumlos tiefen Schlaf des Nichtseins zu versinken war gewiß kein Unglück, wirkte jedoch nicht als Ansporn. Und als sie sich wieder zu erholen begann, schien ihr diese Abkehr vom Leben stets unnatürlicher. Die Sorge der Ihren übte ganz sacht, aber sicher heilende Wirkung. Das Dorf erbat sich täglich ein Bulletin, Tag für Tag mußte die Mutter ein Dutzend Briefe schreiben, ein dutzendmal telefonieren. Clare kam jeden Samstag und brachte von Dornford Blumen. Tante Emily sandte ihr zweimal in der Woche die Glanzprodukte ihrer Gärtner Boswell und Johnson; Fleur überhäufte sie mit den Luxuserzeugnissen der Piccadilly. Adrian war dreimal

unangemeldet erschienen. Hilary begann scherzhafte Briefchen zu schreiben, sobald die Krise überstanden war.
Am dreißigsten März kam der Frühling in ihr Zimmer, brachte lauen Westwind mit und eine kleine Schale mit den ersten Frühlingsblumen, ein paar samtige Weidenkätzchen und einen Ginsterzweig. Sie erholte sich sehr rasch und durfte drei Tage später schon ins Freie. Die ganze Natur rief ein Entzücken in ihr wach, wie sie es schon lang nicht mehr empfunden hatte: Krokusse, Narzissen, schwellende Knospen, der Glanz des Sonnenlichts auf den Schwingen der Pfauentauben, Form und Farbe der Wolken, der Duft des Windes – all das erfüllte sie mit fast schmerzlicher Freude. Dennoch empfand sie kein Verlangen, etwas zu tun oder jemanden zu empfangen. In dieser seltsamen Apathie nahm sie Adrians Einladung an, ihn auf seine kurze Urlaubsreise ins Ausland zu begleiten. Vierzehn Tage verbrachten sie zu Argelès in den Pyrenäen und erlebten denkwürdige Dinge: Sie unternahmen Ausflüge, pflückten Blumen, sahen die Mandelblüte und pyrenäische Schäferhunde, führten Gespräche – dazu bot sich überreiche Gelegenheit; sie verbrachten ja den ganzen Tag im Freien und nahmen den Lunch mit. Adrian sprach begeistert von den Bergen. Er hatte seine Kletterwut noch immer nicht ganz überwunden. Dinny hatte ihn im Verdacht, er wolle sie um jeden Preis aus der Apathie wecken, in die sie versunken war.
»Als ich mit Hilary die ›Kleine Zinne‹ in den Dolomiten bestieg«, sagte er eines Tages, »kam ich Gott so nahe, wie es mir nie wieder beschieden sein wird. Vor neunzehn Jahren – hol's der Kuckuck! Dinny, wann hast du dich Gott am nächsten gefühlt?«
Sie gab keine Antwort.
»Hör mal, meine Liebe, wie alt bist du jetzt eigentlich – siebenundzwanzig?«
»Fast achtundzwanzig.«
»Noch an der Schwelle. Dinny, täte es dir nicht gut, dich einmal auszusprechen?«
»Du solltest doch wissen, Onkel, wir Cherrells pflegen nicht unser Herz auszuschütten.«

»Ganz richtig! Je tiefer uns etwas trifft, um so tieferes Schweigen wahren wir. Man soll aber den Kummer nicht hochzüchten, Dinny.«

»Ich kann es recht gut verstehen«, sagte sie unvermittelt, »daß Frauen ins Kloster gehen oder sich Werken der Nächstenliebe widmen. Nur war ich immer der Meinung, es verrate einen gewissen Mangel an Humor.«

»Es kann auch Mangel an Mut sein, oder übermäßiger Mut, fanatischer Mut.«

»Oder gebrochene Schwingen.«

Adrian sah sie an.

»Die deinen sind noch nicht gebrochen, Dinny – arg verbogen, aber nicht gebrochen.«

»Hoffen wir's, Onkel, aber endlich müßten sie wieder elastisch werden.«

»Du erholst dich prächtig.«

»Ja, ich esse auch genug, sogar Tante Emily wäre mit mir zufrieden. Man muß eben mehr Interesse am eigenen Leben gewinnen, darum dreht sich's.«

»Stimmt. Wäre aber nicht vielleicht doch –«

»Nur keine Roßkuren, liebster Onkel. Die vertrag ich nicht.«

Adrian lächelte. »Ich dachte eher an Kinder.«

»Ja, wenn es ohne Mann ginge! Übrigens geht es mir sehr gut, und ich bin mit meinem gegenwärtigen Zustand ganz zufrieden. Hab ich dir schon erzählt, daß die alte Betty gestorben ist?«

»Die gute alte Seele! Sie gab mir immer Lebkuchen.«

»Die war ein ganzer Mensch. Onkel, wir lesen zu viele Bücher.«

»Zweifellos. Mehr herumspazieren, weniger lesen! Komm, lunchen wir jetzt.«

Auf der Heimreise blieben sie zwei Tage in Paris in einem kleinen Hotel mit Restaurant nahe beim St-Lazare-Bahnhof. Dort gab es Holzfeuer und behagliche Betten.

»Nur die Franzosen wissen, was ein gutes Bett wert ist«, sagte Adrian.

Die Küche, die man dort führte, schien für Turfleute und Gäste bestimmt, die gute Kost zu schätzen wissen. Die Kellner, die eine Schürze trugen, glichen nach Adrians Ausspruch »Mönchen, die an ihre Aufgabe schritten«, sie gossen mit Andacht den Wein ein, mischten mit Andacht den Salat. Er und Dinny waren die einzigen Gäste in Hotel und Restaurant, sie gehörten zu den wenigen Fremden, die sich jetzt in Paris aufhielten.

»Eine wunderschöne Stadt, Dinny; abgesehen von den Autos, die jetzt die Fiaker ersetzen, kommt mir Paris auch heute noch genauso vor wie bei meinem ersten Besuch im Jahre 1888, als dein Großvater Gesandter in Kopenhagen war. Noch immer riecht man Kaffeeduft und den Rauch von Holzfeuern, die Leute haben noch immer die gleiche Rückenbreite, tragen auf ihren Mänteln die gleichen roten Knöpfe, noch immer sieht man die gleichen Tische vor den gleichen Kaffeehäusern, die gleichen Plakate, die gleichen komischen Bücherstände, das gleiche wunderbar vehemente Getriebe, das gleiche französische Grau überall, sogar am Himmel, das gleiche mißvergnügte Sichverschließen vor allem, was nicht aus Paris stammt. Paris führt in der Mode. Und doch ist es der konservativste Ort der Welt. Die modernen Literaten, heißt es, sind der Ansicht, die Welt habe frühestens im Jahr 1914 begonnen, sie merzen alles aus, was vor dem Krieg gewesen, verachten alles, was von Dauer ist. Diese Literaten sind vorwiegend Polen, Iren, Juden und haben dennoch diese wandellos konservative Stadt zu ihrem Tummelplatz erwählt. Ebenso auch die Maler, Musiker und die anderen Extremisten. Hier finden sie sich zusammen, schwatzen und experimentieren sich zu Tode. Und das liebe alte Paris lacht und geht seinen alten Gang, lebt der Wirklichkeit, den verfeinerten Genüssen und der Tradition ganz wie zuvor. Paris erzeugt Anarchie wie dunkles Bier den Schaum.«

Dinny drückte seinen Arm.

»Ein interessanter Vortrag, Onkel. Ich muß sagen, ich fühle mich hier lebendiger als seit Jahren.«

»Verstehe, Paris schmeichelt den Sinnen. Gehen wir doch da hinein, es ist noch zu kalt, im Freien zu sitzen. Was möchtest du trinken, Tee oder Absinth?«

»Absinth.«

»Wird dir nicht schmecken.«

»Gut, dann Tee mit Zitrone.«

Während sie auf den Tee wartete, sah Dinny in das friedliche Getriebe des Café de la Paix, betrachtete das bärtige Gesicht und die hagere Gestalt ihres Onkels und dachte: »Er scheint aus anderem Holz geschnitzt!« Dennoch verriet er ein gewisses Interesse an diesem bunten Treiben, ein Behagen, das ihn mit der Umwelt verband.

Am Leben wieder Interesse finden, ohne sich dabei zu verzärteln? Sie blickte um sich, ihre Nachbarn waren weder auffällig noch sonst bemerkenswert. Doch schienen sie offenbar stets zu tun, was ihnen gefiel, nicht anderen Zielen nachzujagen.

»Die genießen den Augenblick, gelt?« sagte Adrian unvermittelt.

»Jawohl, hab mir's auch gedacht.«

»Die Franzosen sind die echten Lebenskünstler. Wir Engländer hoffen immer auf die Zukunft oder klagen um die Vergangenheit. So wenig macht man sich in England aus der Gegenwart!«

»Warum sind die Franzosen so ganz anders?«

»Weniger nordisches Blut, mehr Wein und Öl. Sie haben rundere Schädel als wir, eine untersetztere Figur, meist braune Augen.«

»Das können wir aber nicht ändern.«

»Die Franzosen halten stets die Mitte, ihr seelisches Gleichgewicht ist ungemein hochentwickelt. Sinne und Intellekt halten einander die Waage.«

»Aber fett werden sie, Onkel.«

»Allerdings, doch schön gleichmäßig am ganzen Körper, kein Spitzbauch und so weiter. Natürlich bin ich lieber Engländer. Doch wenn ich kein Engländer wäre, möchte ich Franzose sein.«

»Lockt einen nicht immer das, was man nicht hat?«

»Hm! Ist es dir noch nie aufgefallen, Dinny, sooft wir sagen: ›Sei doch brav!‹, sagt der Franzose: ›Sei gescheit!‹? Das verrät viel. Wie ich höre, führen die Franzosen unser Mißbehagen auf die puritanische Tradition zurück. Doch das heißt die Wirkung mit der Ursache zu verwechseln, Symptome für die Wurzel halten. Zugestanden, wir sehnen uns immer nach dem Lande der Verheißung; dieser Sehnsucht entspringt unser Puritanertum, doch auch unsere Wanderlust, unser Kolonisationstrieb, unser Protestantismus. Wikingerblut, Meer und Klima. Das alles macht uns kaum zu Lebenskünstlern. Bedenk auch unsere Industrialisierung, unsere alten Jungfern, unsere Sonderlinge, unsere humanitären Bestrebungen, unsere Dichtung! Wir stechen immer hervor. Wir haben ja einige Einrichtungen, die in hohem Maße nivellierend wirken, unsere Colleges, das Kricket in seinen verschiedenen Spielarten, aber unser Volkscharakter neigt stets zu Extremen; der Durchschnittsbrite ist von Natur aus ein Sonderling und ist im Grunde auch stolz darauf, trotz seiner offenkundigen Scheu, aufzufallen. Wo in aller Welt sieht man noch so mannigfache Schädelbildungen wie in England und durchwegs so eigenartig? Wir geben uns die größte Mühe, bloßer Durchschnitt zu sein, doch bei Gott, wir stechen immer hervor.«

»Onkel, du bist ja begeistert.«

»Sieh dich zu Hause nur ordentlich um.«

»Das werde ich«, entgegnete Dinny.

Am nächsten Tag hatten sie eine gute Überfahrt, und Adrian setzte Dinny in der Mount Street ab.

Beim Abschiedskuß drückte sie ihm liebevoll den kleinen Finger. »Onkel, du hast mir unendlich viel Gutes getan.«

Diese sechs Wochen über hatte sie kaum je an Clares Affäre gedacht, und jetzt erkundigte sie sich sofort nach dem neuesten Stand der Dinge. Die beiden hatten in ihren Eingaben die Klagepunkte bestritten und Einwände erhoben, wahrscheinlich fand die Verhandlung in mehreren Wochen statt.

»Ich hab seither weder Clare noch den jungen Croom gesehen«, sagte Sir Lawrence, »erfuhr aber von Dornford, daß sich in ihren Beziehungen nichts geändert hat. Der ›ganz junge‹ Roger ist noch immer versessen darauf, Clare zu Mitteilungen aus ihrem Leben in Ceylon zu bewegen. Die Anwälte scheinen die Gerichtshöfe als Beichtstühle zu betrachten, in denen man die Sünden des Gegners beichtet.«

»Na, sind sie das vielleicht nicht?«

»Soviel aus den Zeitungen zu ersehen ist, allerdings.«

»Clare kann und will es aber nicht. Es wäre ein schwerer Fehler, wollte man es von ihr erzwingen. Hat man schon etwas von Jerry gehört?«

»Er muß bereits unterwegs sein, wenn er rechtzeitig eintreffen will.«

»Gesetzt den Fall, sie verlieren den Prozeß, was soll dann aus Tony Croom werden?«

»Versetz dich nur einmal in seine Lage, Dinny. Wie immer es ausgeht, er dürfte jedenfalls vom Richter abgekanzelt werden. Er wird nicht gesonnen sein, sich Gnade erweisen zu lassen. Wenn er nicht blechen kann, weiß ich nicht recht, was ihm geschehen wird. Zweifellos etwas Unangenehmes. Auch fragt es sich, wie Jack Muskham die Sache aufnimmt – er ist sonderbar.«

»Ja«, sagte Dinny verhalten.

Sir Lawrence ließ das Monokel sinken. »Deine Tante schlägt vor, der junge Croom soll Goldgräber werden, reich zurückkommen und Clare heiraten.«

»Und Clare?«

»Liebt sie ihn denn nicht?«

Dinny schüttelte den Kopf. »Vielleicht später – wenn er ruiniert ist.«

»Hm! Und wie steht's mit dir, meine Liebe? Bist du wieder ganz die alte?«

»Freilich!«

»Michael möchte dich gern einmal sehen.«

»Ich werde ihn morgen besuchen.«

Mehr als diese vielsagenden Worte wurden über das Ereignis, das ihre Krankheit hervorgerufen hatte, nicht gewechselt.

25

Am nächsten Morgen raffte Dinny sich auf und besuchte Michael auf dem South Square. Nur einmal, bei Clares Ankunft aus Ceylon, war sie seit Wilfrids Abreise nach Siam dort gewesen.

»Oben in seinem Arbeitszimmer, Miss.«

»Danke, Coaker. Ich gehe hinauf.«

Michael hörte sie nicht eintreten, sie blieb einen Augenblick stehen und betrachtete die vielen Karikaturen an den Wänden. Ihr schien es stets verwunderlich, daß gerade Michael, der die menschlichen Tugenden so gern überschätzte, sich mit den Werken von Künstlern umgab, die davon lebten, menschliche Schwächen zu übertreiben.

»Stör ich, Michael?«

»Dinny, du siehst ja prächtig aus! Hast uns argen Schrecken eingejagt, Mädel! Nimm doch Platz! Hab nur die Kartoffeln studiert – die Ziffern sind überraschend.«
Sie plauderten eine Weile, dann trat Schweigen ein, beide besannen sich auf den Zweck dieses Besuchs.
»Michael, du sollst mir etwas übergeben oder berichten.«
Er trat zu einer Lade und entnahm ihr ein Päckchen. Dinny packte es auf dem Schoß aus. Ein Brief lag drin, ein kleines Lichtbild, ein Orden.
»Sein Paßbild, das Militär-Verdienstkreuz. In dem Brief liegt etwas für dich, der ganze Brief gilt eigentlich dir, alles gilt dir. Entschuldige, ich muß nach Fleur sehen, ehe sie weggeht.«
Dinny saß reglos da und starrte auf das Lichtbild. Vergilbt von Nässe und Hitze, wirkte es ausdruckslos und nüchtern – das richtige Paßbild. »Wilfrid Desert« stand quer darüber, aus dem Bild sah er ihr gerade in die Augen. Sie legte es mit der Kehrseite nach oben auf den Schoß und strich das fleckige, zerknitterte Band des Ordens glatt. Dann raffte sie sich auf und öffnete den Brief. Ein zusammengelegtes Blatt fiel heraus, sie entfaltete es. Der Brief war an Michael gerichtet.

Neujahrstag

Lieber alter M. M.!
Grüße an Dich und Fleur und noch viele glückliche Jahre! Ich bin weit oben im Norden Siams, in einer ganz wilden Gegend; ich gehe einem Ziel nach, das ich vielleicht erreiche, vielleicht auch nicht. Ich suche den Wohnsitz eines Stammes auf, der zweifellos vorsiamesisch ist, nicht mongolisch. Adrian Cherrell hätte gewiß Interesse dafür. Ich hatte oft die Absicht, Dir zu schreiben, doch wenn es dazu kam, unterließ ich es immer wieder, teils, weil Du dieses Land nicht kennst und Beschreibungen ja doch nichts taugen, teils weil ich kaum allzu großes Interesse dafür voraussetzen darf. Jetzt aber schreibe ich Dir wirklich. Bitte, teile Dinny mit, daß ich endlich den Frieden mit mir selbst gefunden habe. Vielleicht verdanke ich ihn dieser starken Luft hier, dieser seltsam fremden Atmosphäre, vielleicht auch der Weisheit des Ostens, die ich mir hier zu eigen gemacht habe. Was bedeutet uns die

Welt der anderen? Allein sind wir von der Geburt bis zum Grab, nur das Weltall ist unser alter trauter Gefährte – auch wir sind ein All im kleinen. Seltsamer Frieden erfüllt mich hier, oft fasse ich es kaum, wie ich so zerrissen und gequält sein konnte. Dinny wird sich freuen, das zu hören; ich wäre wirklich froh zu erfahren, daß auch sie den Frieden fand.
Ich habe eine kleine Sache geschrieben, und wenn ich von diesem Ausflug zurückkomme, will ich auch ihn zu schildern versuchen. In drei Tagen erreichen wir den Strom, überschreiten ihn und folgen einem westlichen Nebenfluß bis zu den Ausläufern des Himalaja.
Auch hier sickern vage Gerüchte von der Krise durch, die ihr eben durchmachen müßt. Armes liebes England! Wahrscheinlich sehe ich es nie wieder. Im Grunde doch ein prächtiges Land; ich kann den Gedanken nicht ertragen, es ruiniert zu sehen. Doch nach einer gründlichen Kur wird es sich gewiß erholen und mehr gedeihen denn je.
Leb wohl, lieber Freund, herzliche Grüße euch beiden! Dinny einen ganz besonderen Gruß.

Wilfrid

Frieden? Und sie? Sie packte Band, Lichtbild und Brief wieder ein und steckte alles in ihr Täschchen. Lautlos öffnete sie die Tür, ging die Treppe hinab und trat hinaus in den hellen Sonnenschein.
Während sie allein an der Themse stand, entfaltete sie ein Blatt, das sie dem Brief entnommen hatte, und unter einer noch kahlen Platane las sie die folgenden Verse:

Halt still!

Die Sonne macht erblühn, sie macht vermodern,
Weckt aus Verwestem neue Blütenpracht,
Und darf doch nur ein kurzes Stündlein lodern,
Ein Flämmchen in des Raumes schwarzer Nacht.

Ein kleiner Flitter, schimmert sie am dunkeln

Gewand des Himmels, nadelspitzengroß,
Ein Sternlein, wie noch tausend andre funkeln
Und aber Tausende im Weltenschoß.

Und ob sie gleich mein ganzes Sein auf Erden
Umschließt, auch sie erliegt dem Weltgeschehn,
Wie ich geworden, trat auch sie ins Werden,
Wie ich vergehe, muß auch sie vergehn.

Doch drum kein Stolz! Der kleinste Keim in meinem Blut
Durchlebt sein Leben mit derselben Glut
Und fügt sich unbewußt wie ich und sie
Als Glied ein in des Weltalls Harmonie.

Wir müssen Werden, Sein und Tod ertragen,
Der kleine Keim und ich, das Sonnenlicht.
»Halt still!« erwidert Gott auf alle Fragen.
»Halt still, ertrag! Warum? Ich weiß es nicht.«

»Halt still!« Der Kai war fast menschenleer, fast ohne Fuhrwerk. Sie wanderte weiter, überschritt die Hauptverkehrsadern und kam zum Kensington-Park. Hier gab es auf dem »runden Teich« viele Spielzeugboote, und Kinder standen da und sahen ihnen beim Schwimmen zu. Ein blondhaariger kleiner Junge, der ein wenig an Kit Mont erinnerte, trieb sein Boot mit einem Stock neuerlich zu dem Versuch an, den Teich zu durchqueren. Er hörte und sah nichts anderes – wie herrlich! Lag vielleicht darin das Geheimnis des Glücks? Sich an den Augenblick zu verlieren, selbstvergessen wie ein Kind!
»Da fährt es, sieh doch!« rief er plötzlich.
Die Segel blähten sich, das kleine Boot schwamm davon. Der Knabe stand da und hielt die Arme in die Seite gestemmt; rasch sah er zu Dinny auf und rief: »Ha! Jetzt muß ich laufen!«
Dinny sah ihn ab und zu jäh innehalten, offenbar wollte er abschätzen, wo sein Boot an Land treiben würde.
So jagte man durchs Leben, hoffte bei jedem Wagnis auf die Landung im sicheren Port, und am Ende lag man still! So schmetter-

ten ja auch die Vögel ihre Weisen, jagten nach Würmern, putzten ihr Gefieder, flogen anscheinend ziellos hin und her, aus reiner Lust am Fliegen. Sie paarten sich, bauten Nester, fütterten ihre Jungen, und wenn alles vorbei war, lagen sie starr und kalt, ein kleines Bündel Federn, verwesten, zerfielen in Staub. Langsam folgte sie dem Knaben um den Teich herum, sah ihm wieder zu, wie er das Boot mit dem Stock lenkte, und fragte: »Wie nennt man eigentlich ein solches Boot?«

»Einen Kutter. Zuerst hatte ich einen Schoner, aber unser Hund hat das Takelwerk gefressen.«

»Ach ja«, sagte Dinny, »Hunde fressen das gern, es ist sehr saftig.«

»Was?«

»Wie Spargel.«

»Ich hab noch nie Spargel gegessen, der ist zu teuer.«

»Aber genascht hast du schon davon?«

»Ja. Sieh doch, der Wind treibt es schon wieder fort.«

Das Boot fuhr davon, und der kleine hellblonde Junge lief ihm nach.

Ihr schossen Adrians Worte durch den Kopf: »Ich dachte eher an Kinder.«

Sie trat auf eine kleine Lichtung hinaus. Auf dem Rasen blühten Krokusse, gelb, lila und weiß, und Narzissen. Die Bäume streckten sehnend jeden Zweig, jede Knospe der warmen Sonne entgegen. Die Amseln sangen. Sie ging weiter und dachte: »Frieden! Es gibt keinen Frieden. Es gibt nur Leben und Tod!«

Die Vorübergehenden blickten sie an und dachten: »Schönes Mädchen!« oder »Diese kleinen Hüte!« oder »Wo geht sie hin?« oder »Warum trägt sie den Kopf so hoch?« oder auch nur »Holla!« Sie überquerte die Straße und kam zum Hudson-Denkmal, das ein Vogelasyl sein sollte. Doch außer einem oder zwei Spatzen und einer fetten Taube sah sie keinen einzigen Vogel dort sitzen. Nur drei Leute betrachteten das Denkmal. Einst hatte sie es mit Wilfrid besichtigt, nun streifte sie es mit dem Blick und ging weiter.

Sie ging zum »Serpentine«-Teich hinab und schritt das Ufer entlang. Die Sonne glitzerte auf dem Wasser, das Gras drüben sah trocken aus. Die Zeitungen schwatzten schon von der Dürre! Die Geräusche aus Nord, Süd und Westen klangen zu gedämpftem Brausen zusammen. Dort, wo er lag, herrschte gewiß Schweigen; fremdartige Vögel und kleine Tiere des Waldes waren wohl die einzigen Besucher, seltsam geformte Blätter sanken nieder auf sein Grab. Plötzlich fielen ihr einige Filmszenen ein aus dem ländlichen Heim Briands in der Normandie, die sie zu Argelès gesehen hatte. »Schade, daß wir all das zurücklassen müssen«, hatte sie damals gesagt.

Hoch oben glitt surrend ein Flugzeug nach Norden, ein silbriges kleines, ratterndes Ding. Er hatte sie seit dem Krieg gehaßt. »Wenn's Götter gibt, das stört selbst ihren Frieden.«

Die tapfere Welt von heute! Gott thronte nicht mehr in seinem Himmel!

Sie bog nach Norden ab, wich der Stätte aus, wo sie ihn so oft getroffen hatte. Der offene Rednerplatz am Marble Arch war menschenleer. Sie verließ den Hydepark und wandte sich zu den Melton Mews. Vorbei! Mit seltsamem, leisem Lächeln auf den Lippen betrat sie die Mews und blieb vor der Tür der Schwester stehen.

26

Dinny traf Clare zu Hause. In den ersten fünf Minuten vermieden es beide, die Sorgen zu berühren. Endlich fragte Dinny: »Nun, wie geht's?«

»Gar nicht gut. Hab mit Tony gebrochen – meine Nerven sind hin, die seinen erst recht.«

»Du willst doch nicht –«

»Nein. Ich hab ihm nur gesagt, ich möchte ihn nicht mehr treffen, ehe die Geschichte erledigt ist. Wenn wir zusammenkommen, nehmen wir uns vor, kein Wort darüber zu reden, und im Handumdrehen sind wir wieder bei diesem Thema.«

»Er muß furchtbar unglücklich sein.«

»Freilich. Aber es dreht sich doch nur um drei oder vier Wochen.«

»Und dann?«
Clare lachte, es klang nicht heiter.
»Im Ernst, Clare?«
»Wir werden nicht gewinnen, und dann ist alles einerlei. Wenn Tony mich braucht, mag er mich haben. Man wird ihn bankrott machen, da bin ich es ihm wohl schuldig.«
»Von diesem Beweggrund ließe ich mich nicht leiten«, erklärte Dinny langsam.
Clare starrte vom Sofa zu ihr auf.
»Das klingt mir fast gar zu vernünftig.«
»Es war nicht der Mühe wert, deine Unschuld ins Treffen zu führen, wenn du nicht daran festhalten willst, wie sich die Sache auch entscheidet. Wenn du gewinnst, warte damit, bis du dich von Jerry scheiden lassen kannst. Wenn du verlierst, warte, bis du geschieden bist. Tony wird das Warten im Grunde nicht schaden. Dir aber schadet es bestimmt nicht, wenn du über deine Gefühle zu ihm volle Klarheit gewinnst.«
»Jerry ist schlau genug, mir nie einen Scheidungsgrund gegen ihn in die Hand zu spielen, wenn er es sich wirklich in den Kopf setzt.«
»Dann hoffen wir, daß du verlierst. Deine Freunde werden noch immer an dich glauben.«
Clare zuckte die Achseln. »So?«
»Dafür werd ich sorgen«, sagte Dinny.
»Dornford riet mir, noch vor der Verhandlung mit Jack Muskham darüber zu sprechen. Was meinst du?«
»Ich möchte vorher mit Tony Croom reden.«
»Wenn du heute abend hier bist, wirst du ihn sehen; an Samstag- und Sonntagabenden kommt er um sieben immer her und starrt zu mir herauf. Sonderbar!«
»Das finde ich nur natürlich. Was machst du heute nachmittag?«
»Ich reite mit Dornford in den Richmondpark. Jeden Morgen reite ich jetzt mit ihm in den Hydepark. Halt doch mit, Dinny!«
»Ich hab kein Reitkleid mit, und Muskeln hab ich auch nicht.«
»Liebste«, rief Clare und sprang auf, »es war wirklich grauenhaft, als du krank warst. Wir waren ganz betrübt, Dornford kam fast aus dem Häuschen. Jetzt siehst du besser aus als vorher.«

»Ja, es geht mir besser. Heute abend komme ich wieder her. Leb wohl Behüt dich Gott!«

Es war fast sieben, als sie die Mount Street verließ und in die Mews eilte. Auf dem noch dämmergrauen Himmel erglänzten der Vollmond und der Abendstern. Als sie zur Westecke der menschenleeren Hintergasse kam, sah sie Tony Croom nicht weit vom Haus Nr. 2 stehen. Sie wartete, bis er fortging, dann lief sie die Mews entlang, bis ans andere Ende, um ihn einzuholen.

»Dinny! Herrlich, daß ich Sie treffe!«

»Hab schon gehört, der treue Ritter blickt empor zum Fenster seiner Herrin.«

»Stimmt, so weit hab ich's gebracht.«

»Es könnte schlimmer sein.«

»Sind Sie wieder ganz wohlauf? Sie zogen sich an jenem scheußlichen Tag in London eine Erkältung zu.«

»Gehen wir doch bis zum Hydepark miteinander. Ich wollte Sie Jack Muskhams wegen fragen.«

»Ich hab Angst, es ihm zu sagen.«

»Soll ich es für Sie tun?«

»Warum?«

Dinny nahm ihn am Arm.

»Onkel Lawrence hat mich mit ihm bekannt gemacht. Ich fand übrigens Gelegenheit, ihn gründlich kennenzulernen. Mr. Dornford hat vollkommen recht; alles hängt davon ab, wann man ihm die Sache beibringt und was man ihm davon sagt. Überlassen Sie es mir!«

»Ich weiß nicht, weiß wirklich nicht.«

»Jedenfalls möchte ich ihn gern wiedersehen.«

Der junge Croom starrte sie an.

»Das kann ich nicht recht glauben.«

»Ehrenwort!«

»Zu reizend von Ihnen! Natürlich werden Sie's viel besser deichseln als ich, nur –«

»Also erledigt.«

Sie hatten den Hydepark erreicht und schritten das Gitter entlang der Mount Street zu.
»Haben Sie die Anwälte oft besucht?«
»Ja, unsere Bestreitung der Klage ist bereits ausgearbeitet. Es kommt jetzt auf das Verhör an.«
»Das würde mir, glaub ich, nur Spaß machen, wenn ich die Wahrheit sagte.«
»Diese Leute verdrehen einem aber das Wort im Mund und dann – ihr Ton! Eines Tags ging ich zu einer Verhandlung als Kiebitz. Dornford sagte Clare, nicht um alles Gold der Bank von Frankreich möchte er im Scheidungsgericht arbeiten. Dinny, das ist ein gediegener Mensch.«
»Ja«, sagte Dinny und streifte mit einem Seitenblick sein ehrliches Gesicht.
»Unseren Anwälten scheint an der Affäre auch nicht viel zu liegen, sie geben sich nicht viel mit solchen Fällen ab. Der ›ganz junge‹ Roger hat ein wenig die Allüren eines Sportsmanns. Er glaubt uns, daß wir die Wahrheit sprechen, aber nur, weil er merkt, wie leid es mir tut, daß es wahr ist. Da sind Sie angelangt! Ich bummle noch eine Weile durch den Park, sonst kann ich nicht schlafen. Herrliche Mondnacht!«
Dinny drückte ihm die Hand.
Als sie schon vor der Haustür war, stand er noch immer auf demselben Fleck und hielt den Hut in der Hand. Galt diese Reverenz ihr oder dem Mond? Wer konnte es sagen?
Wie Dinny von Sir Lawrence erfuhr, würde Jack Muskham das Wochenende in London verbringen; er besaß jetzt eine Wohnung in der Ryder Street. Sie hatte sich damals keinen Augenblick besonnen, den weiten Weg bis Royston hinauszufahren, um mit ihm über Wilfrid zu sprechen. Aber er fand es am Ende befremdend, wenn sie ihn in der Angelegenheit des jungen Croom in seiner Wohnung besuchte. Daher rief sie ihn am nächsten Tag um die Lunchzeit im Burton-Klub an.
Seine Stimme erregte sie wieder so heftig wie damals, als sie Jack Muskham zum letztenmal bei der Yorksäule gehört hatte.
»Hier Dinny Cherrell. Könnte ich Sie heute sprechen?«
Langsam kam die Antwort: »Äh – selbstverständlich. Wann?«

»Wann es Ihnen paßt.«
»Wohnen Sie in der Mount Street?«
»Ja, doch lieber würde ich Sie besuchen.«
»Nun – äh – könnten Sie –? Wie wär's, wenn Sie zum Tee in die Ryder Street kämen? Kennen Sie die Hausnummer?«
»Ja, danke. Also um fünf?«
Auf dem Weg zu ihm mußte sie ihren ganzen Mut zusammennehmen. Zuletzt hatte sie ihn mitten im Boxkampf mit Wilfrid gesehen. Für sie war er geradezu ein Symbol, der Fels, an dem ihre Liebe zu Wilfrid zerschellt war. Sie haßte ihn zwar nicht, denn unwillkürlich kam ihr wieder in den Sinn, daß sein feindseliges Verhalten Wilfrid gegenüber nur seiner sonderbaren Hochachtung für sie entsprang. Sie schritt möglichst rasch aus und hing möglichst wenig diesen Erinnerungen nach. Endlich traf sie in der Ryder Street ein.
Ein Mann, der sich offenbar in seinen alten Tagen dadurch fortbrachte, daß er an Herrschaften vermietete, deren Lakai er einst gewesen war, öffnete ihr die Tür. Er führte sie in den zweiten Stock hinauf.
»Miss – äh – Cherrell, Sir.«
Am offenen Fenster eines recht wohnlichen Zimmers stand Jack Muskham, groß, hager, lässig, und sorgfältig gekleidet wie nur je. »Rodney, den Tee, bitte!« Er trat auf sie zu und streckte ihr die Hand entgegen.
»Wie ein Kavalier auf der Leinwand«, schoß es Dinny durch den Kopf. Mochte er über ihren Besuch noch so erstaunt sein, er ließ nichts davon merken.
»Waren Sie seit dem Derby, das Blenheim gewann, öfters bei einem Rennen?«
»Nein.«
»Sie hatten auf Blenheim gesetzt, ich erinnere mich noch. Überaus glücklicher Griff für einen Anfänger.« Sein Lächeln ließ auf dem braunen Gesicht alle Falten hervortreten, Dinny bemerkte ihrer gerade genug.
»Nehmen Sie doch Platz! Da kommt der Tee. Möchten Sie ihn eingießen?«
Sie reichte ihm seine Tasse, nahm sich selbst eine und fragte:

»Mr. Muskham, sind die Araberstuten schon eingetroffen?«
»Ich erwarte sie gegen Ende des nächsten Monats.«
»Sie haben den jungen Croom mit der Aufsicht betraut.«
»Ah! Sie kennen ihn?«
»Durch meine Schwester.«
»Ein netter Junge.«
»Das ist er wirklich«, erklärte Dinny, »ich komme seinetwegen.«
»Ah!«
»Er hat viel an mir gutzumachen«, fuhr es ihr durch den Sinn. Unmöglich durfte er ihr das abschlagen! Sie lehnte sich zurück, schlug die Beine übereinander und blickte ihm voll ins Gesicht.
»Ich möchte Ihnen im Vertrauen sagen, daß Jerry Corven gegen meine Schwester die Scheidungsklage einbrachte und Tony Croom als Mitschuldigen bezeichnet.«
Die Hand, mit der Jack Muskham die Tasse hielt, bewegte sich leise.
»Er liebt sie, und die beiden sind miteinander befreundet, aber an den Anschuldigungen ist kein wahres Wort.«
»Verstehe«, sagte Muskham.
»Die Verhandlung findet demnächst statt. Tony Croom wollte es Ihnen mitteilen, ich bewog ihn aber, es mir zu überlassen. Es wäre so peinlich für ihn, selbst darüber zu sprechen.«
Muskham sah sie mit undurchdringlicher Miene an.
»Ich kenne ja Jerry Corven«, bemerkte er. »Übrigens hatte ich keine Ahnung, daß Ihre Schwester sich von ihm getrennt hatte.«
»Wir reden nicht davon.«
»Ist Tony Croom daran schuld, daß sie ihren Gatten verließ?«
»Nein. Sie sahen einander während der Überfahrt zum erstenmal. Clare hat Jerry aus anderen Gründen verlassen. Sie und Tony Croom sind allerdings unbesonnen gewesen. Man hat sie beobachtet und sah sie zusammen in ›kompromittierender Situation‹ – so nennt man's ja wohl?«
»Dürfte ich um eine nähere Erklärung bitten?«
»Auf der Rückfahrt von Oxford gingen eines Abends die Scheinwerfer aus, und sie verbrachten den Rest der Nacht zusammen im Auto.«

Jack Muskham hob ein wenig die Achseln. Dinny beugte sich vor und faßte ihn fester ins Auge.

»Ich sagte Ihnen schon, an den Beschuldigungen ist kein wahres Wort; sie sind erlogen.«

»Aber, meine liebe Miss Cherrell, ein Mann gibt doch nie zu –«

»Darum komme ja eben ich zu Ihnen, nicht Tony. Mich würde meine Schwester nie belügen.«

Wieder hob Jack Muskham ein wenig die Achseln.

»Ich verstehe nicht recht –«, begann er.

»Was das mit Ihnen zu tun hat? Folgendes: Ich fürchte, man wird den beiden keinen Glauben schenken.«

»Sie meinen, wenn ich den Verhandlungsbericht in der Zeitung fände, würde es mich gegen den jungen Croom aufbringen?«

»Ja, Sie kämen vermutlich zur Ansicht, er habe nicht wie ein Ehrenmann gehandelt.« Gegen ihren Willen klang ihre Stimme etwas ironisch.

»Hat er sich wie ein Ehrenmann benommen?« fragte Jack Muskham.

»Ich denke schon. Er liebt meine Schwester von ganzem Herzen, dennoch wußte er sich zu beherrschen. Für die Liebe kann man doch nichts.« Bei diesen Worten wurden alle Gefühle der Vergangenheit mit ganzer Macht wieder in ihr lebendig; sie schlug die Augen nieder, um nicht seine unbewegte Miene sehen zu müssen und den aufreizenden Zug um seine Lippen.

Plötzlich kam ihr eine Erleuchtung, und sie sagte: »Mein Schwager beansprucht Schadenersatz.«

»So!« rief Jack Muskham. »Ich dachte, das sei heutzutage nicht mehr üblich.«

»Zweitausend Pfund – und Tony Croom ist arm wie eine Kirchenmaus. Er behauptet zwar, ihm liege nichts daran, aber wenn die beiden verlieren, wird er natürlich bankrott.«

Dann trat wieder Schweigen ein. Jack Muskham ging zum Fenster, setzte sich aufs Fensterbrett und fragte: »Na ja, aber was kann ich in dieser Sache tun?«

»Ihn nicht entlassen – weiter nichts.«

»Der Gatte war in Ceylon, seine Frau hier. Es war nicht an –«

Dinny erhob sich, trat zwei Schritte auf ihn zu und blieb stehen.

»Mr. Muskham, haben Sie je bedacht, daß Sie an mir etwas gutzumachen haben? Erinnern Sie sich noch daran, wie Sie mir den Mann, den ich liebte, nahmen? Wissen Sie, daß er dort drüben in Siam, wohin er Ihretwegen reiste, den Tod fand?«

»Meinetwegen?«

»Sie und die Gesellschaft, die Sie repräsentieren, trieben ihn zum Bruch mit mir. Und jetzt ist meine einzige Bitte: Wie immer das Urteil ausfallen mag, jagen Sie Tony Croom nicht von seinem Posten! Leben Sie wohl!« Und noch ehe Jack Muskham Zeit zur Antwort fand, war sie draußen.

Sie lief beinahe in den Green-Park. Wie unerwartet hatte diese Unterredung geendet! Verhängnisvoll vielleicht! Doch ihr Gefühl hatte sie übermannt – die alte Empörung gegen die starre Mauer der »Form« flammte aufs neue in ihr auf, gegen die unfaßbaren, unerbittlichen Mächte der Tradition, die ihre Liebe vernichtet hatten! Es mußte so kommen! Der Anblick seiner hohen, eleganten Gestalt, der Klang seiner Stimme hatten ihr allzu deutlich die ganze Sache wieder in Erinnerung gerufen. Aber es hatte sie erleichtert, diese Entladung des bitteren Grolls, der an ihr genagt hatte!

Am nächsten Morgen erhielt sie folgenden Brief:

Ryder Street,
Sonntag

Verehrte Miss Cherrell!

Sie können sich in der bewußten Angelegenheit auf mich verlassen. In aufrichtiger Wertschätzung

Ihr sehr ergebener
Jack Muskham

27

Befriedigt über diese Zusage kehrte sie tags darauf nach Condaford zurück, um sich in der ruhigen Atmosphäre zu erholen. Vater und Mutter lebten dort ihr gewohntes Leben, schienen aber verstört und bedrückt. Ihre Mutter, empfindsam und scheu wie immer, bangte davor, daß Clares Ruf unter dieser öffentlichen

Verhandlung leiden könnte. Der Vater schien von dem Gefühl beherrscht, wie auch der Richterspruch ausfallen möchte, würden doch die meisten seine Tochter für eine Lügnerin und ein leichtfertiges Frauenzimmer halten. Den jungen Croom würde man mehr oder minder nachsichtig beurteilen, aber eine Frau, die ihren guten Namen solchen Gefahren preisgab, fand bestimmt keine Gnade. Jerry Corven gegenüber empfand er Groll und Rachsucht und den brennenden Wunsch, ihm nicht den Sieg zu lassen. Dinny lächelte ein wenig über diese echt männliche Einstellung des Vaters, bewunderte die rührende Treue, mit der er sich an Unwesentliches klammerte, während er Wesentliches außer acht ließ. Für die Generation des Vaters bedeutete die Scheidung noch immer das sichtbare äußere Brandmal eines unsichtbaren seelischen Makels. Ihr selbst kam es auf die Liebe an; hatte die sich einmal in Abneigung gewandelt, dann schien ihr eine Fortdauer der ehelichen Gemeinschaft nicht länger gerechtfertigt. Daß Clare Jerry Corven in ihrer Wohnung nochmals zu Willen gewesen war, hatte Dinny weit mehr entrüstet als die Flucht aus Ceylon. Auch die Scheidungsprozesse, die sie in den Zeitungen gelegentlich verfolgte, hatten sie nicht zu dem Glauben bekehrt, Ehen würden im Himmel geschlossen. Doch konnte sie älteren Leuten, die in einer anderen Ideenwelt aufgewachsen waren, einigermaßen nachfühlen und unterließ alles, was ihre Familie noch mehr bekümmern und beunruhigen mußte. Sie stellte sich auf einen mehr sachlichen Standpunkt: Ob Sieg, ob Niederlage – die Geschichte würde bald vorbei sein! Heutzutage pflegte man sich blutwenig um anderer Leute Privataffären zu kümmern!
»›Nacht im Auto‹ wäre ein tadelloser Titel, he?« fragte der General sarkastisch. »Jeder Leser malt sich augenblicklich aus, wie er selbst sich in dieser Lage aufführen würde.«
Dinny fand nicht gleich die richtigen Worte. »Lieber Vater, die bauschen es noch zu einer Orgie auf.«
Als sie erfuhr, man habe Dornford zu Ostern nach Condaford eingeladen, geriet sie in Unruhe.
»Hoffentlich hast du nichts dagegen, Dinny. Wir wußten ja gar nicht, ob du zu Hause sein würdest.«
»Mutter, soll ich dir vormachen: ›Sehr erfreut‹?«

»Mein Liebling, eines Tages mußt du ja doch wieder in den Lebenskampf hinaus!«

Dinny biß sich auf die Lippe und gab keine Antwort. Es war richtig, darum war sie so bestürzt. Diese Bemerkung machte Eindruck auf sie, gerade weil sie von der sanften, stillen Mutter kam, die einem nie ihre Meinung aufdrängte.

Das Leben war also ein Kampf, warf einen wie der Krieg verwundet ins Spital und dann wieder hinaus an die Front. Vater und Mutter wollten sie gewiß um keinen Preis verlieren, sahen aber offenbar doch gern, daß sie sich hinauswagte. Sogar jetzt, sie ließen sich nicht einmal durch Clares Schicksal warnen!

Clare kam Samstag vormittags mit dem Zug, Dornford nachmittags im Auto. Er begrüßte Dinny etwas unsicher, als wisse er nicht recht, ob er willkommen sei.

Er hatte ein Wohnhaus gefunden, auf dem Campden Hill. Ihm war sehr viel an Clares Meinung gelegen, sie hatte einen Sonntagnachmittag dazu verwendet, es mit ihm zu besichtigen.

»Ein höchst wünschenswertes Haus, Dinny. Die Fenster nach Süden, Garage und Stall für zwei Pferde, schöner Garten, alle erforderlichen Nebenräume, Zentralheizung; macht auch sonst einen kultivierten Eindruck. Er hat die Absicht, es Ende Mai zu beziehen. Das Haus hat ein altes Ziegeldach, darum riet ich ihm, für die Fensterläden Französischgrau zu wählen. Es ist wirklich recht hübsch und geräumig.«

»Das klingt ja wunderbar. Du wirst also dorthin wandern statt in den Temple?«

»Jawohl, seine Kanzlei verlegt er in den Pump Court oder in die Brick Buildings, ich weiß es nicht mehr genau. Dinny, wenn ich's recht bedenke, frage ich mich, warum man nicht eher ihn als meinen Partner angeklagt hat? Ich seh ihn viel öfter als Tony.«

Jede andere Anspielung auf die Sache unterblieb. Nach Erledigung der Fälle, die von den Beklagten nicht bestritten wurden, kam diese Affäre vermutlich als eine der ersten zur Verhandlung. Vorläufig herrschte Ruhe vor dem Sturm.

Sonntags nach dem Lunch kam Dornford auf die Angelegenheit zu sprechen. »Dinny, werden Sie bei der Verhandlung Ihrer Schwester erscheinen?«

»Ich muß ja.«
»Ich fürchte, Sie werden empört sein. Zum Vertreter der Klagepartei wurde Brough bestimmt, und der kann einen zur Verzweiflung treiben, wenn er's darauf anlegt. In einem Fall wie diesem, wo alles geleugnet wird, erhofft man sich viel von einem solchen Verfahren. Clare muß trachten, unter allen Umständen kaltes Blut zu wahren.«
Dinny entsann sich der Bemerkung des »ganz jungen« Roger, er wünschte, sie wäre die Angeklagte, nicht Clare.
»Hoffentlich machen Sie ihr das begreiflich.«
»Ich werde ihre Aussagen mit ihr durchgehen und sie ins Kreuzverhör nehmen. Man kann aber nicht wissen, welchen Weg Brough einschlagen wird.«
»Werden Sie zur Verhandlung kommen?«
»Wenn es möglich ist. Ich fürchte aber, ich bin um diese Stunde nicht frei.«
»Wie lang wird es dauern?«
»An einem Tag wird es schwerlich erledigt.«
Dinny seufzte.
»Der arme Vater! Hat Clare einen tüchtigen Rechtsbeistand?«
»Ja – Instone. Er ist durch ihre Weigerung, von ihrem Leben in Ceylon zu sprechen, arg behindert.«
»Daran ist nichts zu ändern, wie Sie wissen. Sie will nicht.«
»Es gefällt mir an ihr, doch ich fürchte, es wird ihr zum Verhängnis.«
»Mag es so kommen!« erklärte Dinny. »Wenn sie nur wieder frei wird! Am meisten zu bedauern ist Tony Croom.«
»Warum?«
»Er ist der einzige von den dreien, der wirklich liebt.«
»Verstehe«, sagte Dornford und versank in Schweigen. Er tat Dinny leid. »Wie wär's mit einem Spaziergang?«
»Ausgezeichnet!«
»Wir gehen durch den Wald, und ich zeige Ihnen die Stelle, wo der Ahnherr der Cherrells das Wildschwein erlegte und das Adelsprädikat ›de Capfort‹ gewann – die Historie unseres Wappens. Haben Sie in Shropshire auch eine Familiensage?«
»Ja, aber nach dem Tode meines Vaters wurde der Landsitz verkauft. Sechs Kinder und kein Geld.«

»Ach!« rief Dinny, »wie furchtbar, wenn eine Familie so entwurzelt wird.«
Dornford lächelte. »Besser ein lebendiger Esel als ein toter Leu.« Während der Wanderung durch den Wald plauderte er von seinem neuen Haus und suchte ihr unauffällig Äußerungen über ihren Geschmack zu entlocken. Sie traten aus dem Wald und gelangten durch einen Hohlweg auf einen mit Dorngebüsch bestandenen Hügel.
»Das ist die historische Stätte – damals zweifellos noch Urwald. Als Kinder feierten wir hier Picknicks.«
Dornford holte tief Atem. »Echt englische Landschaft – nichts Großartiges, aber wunderbar anmutig.«
»Diese Landschaft muß man lieben!«
»Ganz richtig.«
Er breitete den Regenmantel auf den Hang. »Setzen wir uns doch nieder, und rauchen wir.«
Dinny nahm Platz: »Setzen Sie sich doch auch hierher, der Boden ist feucht.«
Während er dort saß, die Hände um die Knie schlang und seine Pfeife schmauchte, dachte sie: »Soviel Selbstbeherrschung hat kein zweiter Mann, und so sanft ist keiner, außer Onkel Adrian.«
»Wenn doch nur ein Wildschwein des Wegs käme!« sagte er, »das wäre herrlich!«
»Parlamentsmitglied erlegt Wildschwein auf den Chiltern-Hügeln«, bemerkte Dinny, aber sie fügte nicht hinzu: »Gewinnt Prinzessin.«
»Der Wind weht durch den Ginster. Noch drei Wochen, und dort unten ist alles grün. Die schönste Zeit des Jahrs – die oder der Altweibersommer. Welche Zeit gefällt Ihnen am besten, Dinny?«
»Die Baumblüte.«
»Verstehe. Und die Ernte. Dann muß es hier prachtvoll sein – bei dem vielen Korn ringsum.«
»Als der Krieg ausbrach, war es gerade reif. Zwei Tage vorher kamen wir hier herauf, nahmen einen Imbiß und blieben, bis der Mond am Himmel stand. Was meinen Sie, Mr. Dornford, wie viele Soldaten haben wirklich aus Begeisterung für England gekämpft?«

»Fast alle – für irgendein Fleckchen, ihre Heimat. Viele nur für die Straßen mit ihren Autobussen und dem Seefischgeruch. Ich selbst kämpfte, glaub ich, hauptsächlich für Shrewsbury und Oxford. Aber sagen Sie doch nicht Mr. Dornford, ich heiße Eustace.«
»Will mir's merken. Gehen wir jetzt lieber nach Hause, sonst verspäten wir uns zum Tee.«
Und auf dem ganzen Heimweg zeigten sie nur Interesse für das Singen der Vögel und die Namen der Pflanzen.
»Vielen Dank für den schönen Spaziergang!« sagte er.
»Auch mir hat er gut gefallen.«
Der Spaziergang hatte Dinny wirklich seltsam beruhigt. Sie konnte also ganz unbefangen mit ihm plaudern, ohne mit Liebesbezeigungen behelligt zu werden.
Am Ostermontag blies ein Südwestwind. Dornford ging eine Stunde lang mit Clare in aller Ruhe ihre Aussagen durch, dann ritten sie zusammen in den Regen hinaus. Dinny traf am Vormittag Anordnungen für das »Frühlingsreinemachen« und das Überziehen der Polstermöbel mit geblümtem Kattun, während die Familie in der Stadt weilen würde. Mutter und Vater wollten für die Zeit des Prozesses in der Mount Street wohnen, sie selbst und Clare bei Fleur. Am Nachmittag inspizierte sie mit dem General die neuen Schweineställe; die Arbeit schritt nur langsam vonstatten, denn sie war einem heimischen Baumeister übertragen, der seine Arbeiter möglichst lang beschäftigen wollte. Erst nach dem Tee blieb Dinny mit Dornford allein.
»Ich denke, Ihre Schwester wird die Sache gut machen, wenn nicht etwa am Ende ihr Temperament mit ihr durchbrennt.«
»Clare kann sehr höhnisch sein.«
»Stimmt, und Anwälte können es nicht vertragen, sich in Gegenwart ihrer Kollegen verhöhnen zu lassen; auch Richter dulden das nicht.«
»Sie werden jedenfalls bald merken, daß Clare kein geduldiges Lamm ist.«
»Wissen Sie, es nützt nichts, sich gegen die hergebrachten Institutionen aufzulehnen, man rennt sich an ihren Mauern den Kopf ein.«

»Ach freilich«, sagte Dinny mit einem Seufzer, »es steht in den Sternen geschrieben.«
»Und denen ist nicht zu trauen. Könnte ich nicht ein Lichtbild von Ihnen bekommen, am liebsten eine Fotografie als kleines Mädel?«
»Will sehen, was noch da ist – nur Momentaufnahmen, fürcht ich. Doch eine ist, scheint mir, darunter, auf der meine Stupsnase nicht gar zu sehr auffällt.«
Sie trat zu einem Sekretär, zog eine Schublade hervor und leerte sie auf die Decke des Billardtisches.
»Die bekannten Familien-Momentaufnahmen. Wählen Sie!«
Er stand neben ihr, und sie prüften Bild für Bild.
»Die meisten hab ich selbst aufgenommen, von mir sind also nicht viele da.«
»Ist das Ihr Bruder?«
»Ja, hier auch – kurz ehe er in den Krieg zog. Da ist Clare – eine Woche vor ihrer Hochzeit. Da ist ein Bild von mir – beziehungsweise von meinem Haar. Vater nahm es auf, nach seiner Rückkehr aus dem Feld, im Frühling neunzehn.«
»Sie waren damals dreizehn?«
»Fast vierzehn. ›Wie die Jungfrau von Orleans‹, hat jemand bemerkt, ›während sie den himmlischen Stimmen lauscht.‹«
»Entzückend! Ich werde es vergrößern lassen.«
Er hielt das Bild ans Licht. Die Gestalt im Dreiviertelprofil, das Gesicht emporgewandt zu den Zweigen eines blühenden Obstbaums. Die ganze Fotografie wirkte ungemein lebendig, Sonnenkringel auf den Blüten und auf ihrem Haar, das bis zum Gürtel hinabhing.
»Beachten Sie nur den verzückten Blick«, sagte sie, »auf dem Baum muß eine Katze gewesen sein.«
Er steckte es in die Tasche und trat wieder an den Tisch.
»Und das da?« fragte er, »könnte ich das auch haben?«
Eine kleine Momentaufnahme *en face*; Dinny trug noch immer langes Haar, hielt die Hände vor der Stirn, das Haupt ein wenig gesenkt, den Blick nach oben gewandt.
»Leider nicht. Ich wußte gar nicht, daß es sich hier befand.« Es war eine der Kopien des Bildchens, das sie Wilfrid gesandt hatte.

Dornford nickte; unheimlich, wie er den Grund ihrer Weigerung zu erraten schien! Von Reue erfaßt, sagte sie:

»Doch! Sie können es haben, jetzt schon!« Und sie legte es ihm in die Hand . . .

Nach Dornfords und Clares Abreise am Dienstag vormittag studierte Dinny die Landkarte und fuhr dann im Auto nach Bablock Hythe. Sie chauffierte nicht gern, doch der arme Tony tat ihr leid – diesmal hatte er nicht einmal am Wochenende Clare für einen Augenblick erschaut! Zu den vierzig Kilometern brauchte sie eine gute Stunde. Im Gasthaus erfuhr sie, er sei wahrscheinlich in seinem Häuschen. Sie ließ das Auto stehen und ging hinüber. Dort traf sie ihn dabei, wie er in Hemdsärmeln die Wände seines niedrigen Wohnzimmers mit dem Holzgebälk tünchte. Vom Eingang her sah sie die Pfeife in seinem Mund schwanken.

»Ist Clare etwas geschehen?« fragte er augenblicklich.

»Keine Spur! Ich wollte nur einen Blick in Ihr neues Heim werfen.«

»Wie reizend von Ihnen! Bin gerade an der Arbeit.«

»Sehe ich.«

»Clare gefällt dieses Enteneigrün. Hoffentlich hab ich den Farbton annähernd getroffen.«

»Paßt ausgezeichnet zu dem Gebälk.«

Der junge Croom sah starr vor sich hin, dann sagte er: »Ich kann ja gar nicht glauben, daß sie je zu mir kommen wird, aber ich mach mir's doch immer wieder vor; sonst ginge ich noch ganz vor die Hunde.«

Dinny legte ihm die Hand auf den Arm.

»Sie werden Ihren Posten nicht verlieren. Ich hab mit Jack Muskham gesprochen.«

»Schon? Sie sind ein Prachtkerl! Ich will mich nur schnell waschen, den Rock anziehen und Sie dann ein wenig herumführen.«

Dinny wartete an der Tür, sie stand in einem Streifen Sonnenlicht. Die beiden Häuschen, die zu einem werden sollten, hatten trotz des Umbaus noch ihre Kletterrosen, Wistarien und ihr Strohdach. Alles würde sehr hübsch werden.

»Also los!« sagte der junge Croom. »Die Stallungen sind schon fix und fertig, das Gestüt hat seine Wasserleitung. Wir warten nur noch auf die Pferde, aber die kommen erst im Mai. Bcsser warten, als sie gefährden. Wäre doch nur erst diese Sache vorüber! Sie kommen aus Condaford?«

»Ja. Clare ist heute morgen zurückgefahren. Sie hätte mir bestimmt Grüße aufgetragen, aber sie wußte nicht, daß ich zu Ihnen fuhr.«

»Warum sind Sie eigentlich gekommen?« fragte der junge Croom schroff.

»Aus Mitgefühl.«

Er zog seinen Arm durch den ihren.

»Ach ja! Tut mir leid! Was meinen Sie«, fragte er plötzlich, »ist der Gedanke an andere ein Heilmittel gegen den eigenen Kummer?«

»Kein besonderes.«

»Find ich auch. Die Sehnsucht nach einem lieben Menschen packt einen wie Zahnweh oder Ohrenreißen. Man kommt nicht los davon.«

Dinny nickte.

»Noch dazu in dieser Jahreszeit!« rief der junge Croom mit bitterem Auflachen. »Und welch ein Unterschied zwischen ›Gut leiden mögen‹ und ›Lieben‹! Das treibt mich noch zur Verzweiflung, Dinny. Und dabei so gar keine Hoffnung, daß Clare sich jemals ändert. Wenn sie mich je lieben könnte, sie täte es schon jetzt. Wenn sie mich nicht liebgewinnt, halt ich es hier nicht länger aus. Dann fahr ich nach Kenia oder irgendwohin.«

Sie sah ihm in die Augen, deren Blick offen und ehrlich an ihren Lippen hing, und ihre Nervenkraft verließ sie. Es ging ihre eigene Schwester an, doch was wußte sie im Grunde von Clare?

»Man soll nicht die Flinte ins Korn werfen. Nur nicht gleich verzagen!« Der junge Croom drückte ihren Arm.

»Immer wieder behellige ich Sie mit meiner fixen Idee. Wenn man aber Tag und Nacht –«

»Ich kenne das.«

»Ich muß eine oder zwei Ziegen kaufen. Pferde können Esel nicht leiden und scheuen bisweilen auch vor Ziegen. Aber in diesem Gestüt soll sich alles recht heimisch fühlen, dafür werde

ich schon sorgen. Für die Ställe hab ich zwei Katzen besorgt. Was halten Sie davon?«
»Ich versteh mich nur auf Hunde und – theoretisch – auf Schweine.«
»Kommen Sie zum Lunch! Hier kriegt man ganz guten Schinken.«
Er sprach nicht wieder von Clare; sie aßen zusammen den »ganz guten Schinken«, dann half er Dinny ins Auto und fuhr sie die ersten acht Kilometer ihres Heimwegs zurück; er müsse einmal einen tüchtigen Spaziergang machen, meinte er.
»Ich werde Ihnen diesen Besuch nie vergessen«, sagte er und drückte ihr fest die Hand. »Es war ganz reizend von Ihnen! Recht herzliche Grüße an Clare!« Fort war er; während er in einen Feldweg bog, winkte er ihr zum Abschied.
Auf der übrigen Fahrt war Dinny zerstreut. Zwar blies noch immer der Südwest, doch ab und zu brach die Sonne durchs Gewölk, dann wieder prasselten Schauer von Eiskörnchen nieder. Sie brachte den Wagen im Schuppen unter, holte den Wachtelhund Foch und ging mit ihm zu den neuen Schweineställen. Dort traf sie den Vater, in tiefes Nachdenken über ihre Bauart versunken, wie einst als Generalleutnant über einen Feldzugsplan; er wirkte sehr adrett, selbstsicher, schrullig. »Wer weiß, ob sie je Schweine beherbergen werden!« fuhr es Dinny durch den Sinn. Sie hängte sich in den Vater ein.
»Wie steht die Schlacht um Schweinsburg?«
»Gestern wurde einer der Maurer überfahren und der Zimmermann dort hat sich in den Daumen geschnitten. Ich hab mit dem alten Bellows ein ernstes Wort gesprochen, doch wahrhaftig, man kann es ihm nicht verdenken, daß er seine Arbeiter möglichst lang beschäftigen will. Mir gefällt ein Arbeitgeber, der zu seinen Leuten hält und nicht Gelegenheitsarbeiter nimmt. Er erklärt, Ende des nächsten Monats fertig zu werden, ich glaub's aber nicht.«
»Ich auch nicht«, sagte Dinny, »er hat es schon zweimal versprochen.«
»Wo bist du gewesen?«
»Hab Tony Croom aufgesucht.«

»Ist was Neues los?«

»Nein. Ich wollte ihm nur sagen, daß ich unlängst mit Mr. Muskham gesprochen habe. Er wird seinen Posten nicht verlieren.«

»Freut mich. Ein tüchtiger Junge. Schade, daß er nicht zur Armee gegangen ist.«

»Mir tut er sehr leid, Vater. Er liebt sie wirklich.«

»Wieder eine Interpellation im Abgeordnetenhaus«, versetzte der General trocken, »dabei hat man das Budget doch mehr als ausgeglichen. Eine hysterische Zeit – Tag für Tag wird einem zum Frühstück eine neue europäische Krise serviert.«

»Daran sind nur die Zeitungen schuld. Die französischen Blätter mit ihrem viel kleineren Druck regen einen nicht halb so auf. Bei ihrer Lektüre blieb ich ganz ruhig.«

»Zeitungen und Rundfunk. Alles erfährt man, noch ehe es geschehen ist. Und die Überschriften nehmen doppelt soviel Raum ein wie die Berichte selbst. Nach den Reden und Leitartikeln sollte man meinen, die Welt sei noch nie zuvor in der Patsche gewesen. Sie war es immer, nur hat man früher nicht soviel Lärm darüber geschlagen.«

»Aber hätte man das Budget ausgeglichen, wenn niemand Lärm geschlagen hätte?«

»Nein, heutzutage bringt man nur so den Stein ins Rollen. Doch es ist so unenglisch.«

»Vater, wissen wir denn genau, was englisch ist und was nicht?«

Ein Lächeln huschte über das verwitterte Gesicht des Generals und zog es in tausend Fältchen. Er wies auf die Schweineställe.

»Die sind es. Sie werden am Ende fertig, aber erst, wenn es dringend wird.«

»Gefällt dir das?«

»Nein; aber diese hysterischen Versuche, das Übel zu heilen, gefallen mir noch weniger. Es sieht so aus, als hätte man in früheren Zeiten nie an Geldmangel gelitten. So war zum Beispiel Eduard der Dritte ganz Europa Geld schuldig. Die Stuarts waren immer bankrott. Und nach den Napoleonischen Kriegen kamen Geldkrisen, gegen die die unseren reines Kinderspiel sind. Aber man hat einem die Finanzberichte nicht täglich zum Frühstück serviert.«

»›Als Nichtswissen das Volk beglückte –‹«
»Na, die gegenwärtige Mischung von Hysterie und Bluff ist mir in der Seele zuwider.«
»Du möchtest also die Stimme zum Schweigen bringen, die über Eden erschallt?«
»Das Radio? Ach ja: ›Das Alte weicht, das Neue will sich regen, Gott offenbart sein Selbst auf tausend Wegen‹«, zitierte der General. »Ich erinnere mich noch an eine Predigt des alten Butler in Harrow über dieses Thema, es war eine seiner besten. Dinny, ich bin kein Sklave der Tradition, das bilde ich mir wenigstens ein. Doch glaube ich, man redet über alles viel zuviel. Man redet so viel, daß einem gar keine Zeit zum Fühlen bleibt.«
»Vater, ich glaube an die Gegenwart. Sie hat die überflüssigen Hüllen abgestreift. Sieh dir doch nur die alten Bilder an, die die *Times* unlängst brachte. Dieser muffige Geruch nach Dogmen und Flanellunterröcken!«
»Flanell«, widersprach der General, »trug man nicht zu meiner Zeit. Dinny, ich bin davon überzeugt, meine Generation war eine wirklich revolutionäre. Hast du das Stück über Browning gesehen? Da konntest du noch den Geist der Auflehnung finden. Doch noch ehe ich nach Sandhurst kam, war's damit vorbei. Wir dachten, wie wir wollten, und handelten, wie wir dachten, aber wir schwatzten nicht darüber. Jetzt redet man, ehe man denkt, und wenn es zum Handeln kommt, dann handelt man genauso, wie wir es taten, falls überhaupt gehandelt wird. Den Hauptunterschied zwischen dieser Zeit und der vor einem halben Jahrhundert bildet die Freiheit des Ausdrucks; die ist heutzutag so groß, daß sie dem Erlebnis alle Würze raubt.«
»Vater, wie tiefsinnig!«
»Aber nicht originell. Ich hab es vielleicht ein dutzendmal gelesen.«
»›Sie sind also nicht der Meinung, daß der Weltkrieg einen bedeutenden Wandel herbeiführte?‹ So fragen ja meist die Interviewer in den Zeitungen.«
»Der Weltkrieg? Er übt jetzt fast keinen Einfluß mehr aus. Auch waren meine Altersgenossen damals schon zu gesetzt. Die nächste Generation wurde weggetilgt oder niedergeschlagen –«

»Die Frauen doch nicht.«
»Nein. Sie schlugen über die Stränge, aber richtig beteiligt waren sie nicht. Und deine Generation kennt den Krieg nur noch vom Hörensagen.«
»Sehr interessant und lehrreich, lieber Vater«, erwiderte Dinny, »ich danke dir dafür, aber es wird gleich hageln. Komm doch, Foch!«
Der General schlug den Rockkragen hoch und trat auf den Zimmermann zu, der sich in den Finger geschnitten hatte. Dinny sah, wie der Vater den Verband prüfte und dem Zimmermann auf die Schulter klopfte, sie sah das Lächeln des Arbeiters.
»Vaters Soldaten müssen ihn gern gehabt haben«, dachte sie. »Mag er auch zum alten Zopf gehören, ein lieber Kerl ist er doch.«

28

Die Mühlen des Gesetzes mahlen langsam. Der Fall Corven contra Corven und Croom ergötzte bisher noch kein Auge, das über die Liste der Scheidungsprozesse in der *Times* glitt. Den Richter Covell nahm noch immer die große Zahl der Fälle in Anspruch, bei denen die Klage unbestritten blieb. Auf Dornfords Einladung kamen Dinny und Clare fünf Minuten in seinen Gerichtssaal und blieben an der Tür stehen, so etwa wie die Teilnehmer eines Kricket-Teams den Spielplatz besichtigen, ehe sie zum Match antreten. Der Richter saß so tief, daß außer seinem Gesicht fast nichts von ihm zu sehen war. Dinny stellte jedoch fest, während des Verhörs würde sich über Clares Haupt eine Art Baldachin oder Regendach spannen.
»Clare«, sagte Dornford beim Hinausgehen, »wenn Sie während des Verhörs ziemlich weit hinten stehen, wird Ihr Gesicht kaum zu sehen sein. Aber Sie müssen laut sprechen, damit Ihre Stimme bis zum Richter dringt; wenn er nicht recht versteht, wird er verdrießlich.«
Tags darauf erhielt Dinny einen Brief, der bei Fleur von einem Boten abgegeben worden war.

Burton-Klub, 13. IV. 32

Liebe Dinny!

Es wäre mir sehr erwünscht, wenn ich Dich einige Minuten sprechen könnte. Gib mir Ort und Stunde bekannt, ich werde pünktlich erscheinen. Ich brauche wohl nicht zu bemerken, daß es sich um Clare handelt.

Dein aufrichtig ergebener
Gerald Corven

Michael war nicht zu Hause, sie beriet sich mit Fleur.

»An deiner Stelle würde ich es ihm nicht abschlagen, Dinny. Vielleicht ein Fall von später Reue. Laß ihn doch herkommen, wenn Clare fort ist.«

»Eine Begegnung der beiden möcht ich lieber nicht riskieren. Lieber treff ich ihn irgendwo im Freien.«

»Bei der Achilles-Statue oder beim Vogelasyl im Hydepark.«

»Beim Vogelasyl«, entgegnete Dinny. »Wir können dann ein Stück zusammen gehen.«

Sie bestellte ihn für drei Uhr am nächsten Nachmittag und fragte sich die ganze Zeit, was er eigentlich im Schilde führe.

Es war ein selten schöner, warmer Tag in diesem rauhen April. Als sie zum Vogelasyl kam, sah sie ihn sofort am Gitter jenes Kunstwerks lehnen. Er rauchte eine Zigarette in einer kurzen, hübschen Meerschaumspitze und sah genauso aus wie bei ihrer letzten Begegnung – ihr lief es fast kalt über den Rücken.

Er bot ihr nicht die Hand. »Sehr lieb von dir, Dinny, daß du gekommen bist. Wollen wir nicht ein wenig herumschlendern und dabei sprechen?«

Sie schritten auf den »Serpentine«-Teich zu.

»Ich bin ganz und gar nicht darauf versessen«, erklärte Corven unvermittelt, »daß der Fall zur Verhandlung kommt.«

Dinny streifte ihn mit einem Seitenblick.

»Warum hast du dann die Klage eingebracht? Die Beschuldigungen sind unwahr.«

»Man hat mir gesagt, sie seien wahr.«

»Die Prämissen vielleicht, der Schluß nicht.«

»Wird Clare mit mir nach Ceylon fahren, wenn ich die Klage zurückziehe? Sie kann ihre Bedingungen stellen.«
»Ich kann sie ja fragen, ich glaub aber nicht, daß sie es tun wird. Ich selbst täte es auch nicht.«
»Eine unversöhnliche Familie!«
Dinny gab keine Antwort.
»Liebt sie diesen jungen Croom?«
»Über die Gefühle der beiden kann ich mit dir nicht sprechen, wenn überhaupt von Gefühlen die Rede sein kann.«
»Dinny, können wir nicht ganz offen miteinander sprechen? Hier hört uns niemand, nur die Enten.«
»Deine Forderung nach Schadenersatz hat uns nicht gerade für dich eingenommen.«
»Ach das! Ich bin bereit, alles zurückzuziehen. Wenn sie auch über die Stränge geschlagen hat, ich werde ein Auge zudrücken, falls sie zurückkommt.«
»Mit anderen Worten«, erwiderte Dinny und sah starr vor sich hin, »dein Klagebegehren – so nennt man's doch wohl? – ist eine Art Erpressung.«
Er kniff die Augen zusammen und sah sie an.
»Wie scharfsinnig! Das kam mir gar nicht zum Bewußtsein. Doch offen gestanden: Weil ich Clare besser kenne als meine Anwälte und Detektive, bin ich im Zweifel, ob der Schein nicht am Ende doch trügt.«
»Danke!«
»Na ja. Aber entsinne dich, ich hab dir oder Clare schon einmal gesagt, ich reise nicht fort, ohne die Sache irgendwie ins reine gebracht zu haben. Wenn sie zurückkommt, will ich alles vergessen, kommt sie nicht, dann soll die Sache ihren Lauf nehmen. Das ist nicht ganz unbillig und auch keine Erpressung.«
»Gesetzt den Fall, sie gewinnt, wirst du die Sache dann noch weiter treiben?«
»Nein.«
»Wenn du nur wolltest, könntest du sie und dich jederzeit freimachen.«
»Um einen Preis, den ich aber nicht zahle. Übrigens sieht das einer Intrige verflucht ähnlich. Auch kein angenehmes Wort, Dinny.«

Sie blieb stehen.
»Ich weiß jetzt, was du willst, und werde Clare fragen. Also lebe wohl! Weiteres Reden führt wohl zu nichts!«
Er sah sie an, und seine Miene rührte sie. Die starre Maske seines wie aus Holz geschnitzten Gesichtes konnte seine Qual und Verwirrung nicht verbergen.
»Es tut mir leid, daß alles so gekommen ist«, sagte sie impulsiv.
»Dinny, des Menschen Charakter ist seine Hölle, und den wird er nicht los. Leb wohl! Viel Glück!«
Sie streckte ihm die Hand hin, er drückte sie, machte kehrt und ging.
Dinny blieb neben einer kleinen Birke stehen, deren krause Blätter der Sonne entgegenbebten; ein paar Augenblicke fühlte sie sich ganz unglücklich. Seltsam! Mit ihm Mitleid zu empfinden, mit Clare, mit dem jungen Croom, und dennoch keinem helfen zu können!
So rasch sie nur konnte, schritt sie zum South Square zurück.
Fleur kam ihr entgegen und fragte: »Nun?«
»Ich fürchte, ich kann nur mit Clare sprechen.«
»Vermutlich ein Anbot, die Sache fallenzulassen, wenn Clare zurückkehrt. Ist sie klug, dann geht sie darauf ein.«
Dinny preßte entschlossen die Lippen zusammen.
Sie wartete bis zum Schlafengehen und betrat dann das Zimmer ihrer Schwester. Clare war eben zu Bett gegangen, Dinny ließ sich an seinem Fußende nieder und begann unvermittelt:
»Jerry bat mich um eine Unterredung. Wir trafen uns im Hydepark. Er erklärt, er wolle die Sache fallenlassen, wenn du zu ihm zurückgehst; du kannst die Bedingungen stellen.«
Clare zog die Knie hinauf und umschlang sie mit der Hand.
»So! Und was hast du erwidert?«
»Ich würde dich fragen.«
»Ahnst du seine Gründe?«
»Teils sehnt er sich wirklich nach dir, teils glaubt er die Beschuldigungen nicht recht.«
»Ah!« sagte Clare trocken, »ich glaub sie auch nicht, aber ich kehr nicht mehr zurück.«
»Ich hab ihm ja gesagt, du würdest kaum darauf eingehen; wir seien unversöhnlich, sagte er.«

Clare stieß ein leises Lachen aus.
»Nein, Dinny. Jetzt muß ich diesen ganzen scheußlichen Prozeß über mich ergehen lassen. Alles prallt an mir ab, mir ist es egal, ob wir verlieren oder gewinnen. Fast möcht ich lieber verlieren!«
Dinny packte Clares Fuß, der unter der Bettdecke lag. Sie schwankte, ob sie von dem Gefühl sprechen sollte, das Corvens Miene in ihr wachgerufen hatte.
Als habe Clare ihre Gedanken erraten, sagte sie: »Mir macht es immer Spaß, wenn die Leute sich einbilden, sie könnten Mann und Weib ihr gegenseitiges Verhalten vorschreiben. Fleur erzählte mir von ihrem Vater und seiner ersten Gattin. Sie scheint der Ansicht, die Frau habe viel Lärm über eine kleine Sache geschlagen. Nur ein rechthaberischer Idiot kann sich einbilden, er könne den Fall eines anderen beurteilen. Dazu hat man doch nie die erforderlichen Grundlagen, wird sie auch nie haben, solange man nicht Filmkameras in den Schlafzimmern aufstellt. Du kannst ihm mitteilen, Dinny, daß alles vergebens ist.«
Dinny erhob sich. »Gut! Wenn das Ganze nur schon vorüber wäre!«
»Ja«, sagte Clare und warf das Haar zurück, »wenn nur –! Doch wenn der Prozeß auch überstanden ist, was dann? Gott segne den Gerichtshof!« Auch Dinny sandte täglich diesen Stoßseufzer zum Himmel empor, besonders während der letzten vierzehn Tage, als die nicht bestrittenen Scheidungsklagen sacht und still, eine um die andere, erledigt wurden. Wäre doch auch Clares Fall darunter gewesen! Sie schrieb Corven nur, ihre Schwester habe nein gesagt. Sie erhielt keine Antwort.
Auf Dornfords Bitte besichtigte sie mit Clare sein neues Haus auf dem Campden Hill. Das Bewußtsein, er habe es gekauft, um ihr ein Heim zu bieten, wenn sie einwillige, es mit ihm zu teilen, machte sie verschlossen. Sie bemerkte nur, alles sei recht hübsch, und gab den Rat, im Garten ein Schutzdach für Vögel aufzustellen. Das Haus lag abgeschieden, war geräumig und luftig, der Garten fiel sanft gegen Süden ab. Ihr gleichgültiges Wesen berührte sie selbst peinlich, so daß sie froh war, fortzukommen. Als sie jedoch Abschied nahm, machte sie Dornfords niedergeschlagener, verwirrter Blick ganz traurig. Während sie im Autobus

nach Hause fuhren, sagte Clare: »Dinny, je mehr ich mit Dornford zu tun habe, um so mehr neige ich zur Ansicht, du könntest mit ihm auskommen. Er hat sehr leichte Hände, würde dir bestimmt die Zügel locker lassen. Ein halber Engel, wahrhaftig!«
»Ich bin überzeugt davon.« Und während der Omnibus sie schüttelte und rüttelte, gingen ihr immer wieder die vier Verszeilen durch den Sinn:

Vom steilen Ufer seh den Strom ich blauen,
Soll meine Herde durch die Furt ich treiben?
Gibt's drüben fette Fluren, grüne Auen?
Muß ewig ich auf dürrer Heide bleiben?

Doch ihre Züge hatten jenen verschlossenen Ausdruck, den Clare nur zu gut kannte. Sie wagte daher nicht den Versuch, weiter in die Schwester zu dringen.
Das Warten auf ein Ereignis, selbst wenn es in erster Linie andere betrifft, ist nie besonders erfreulich. Für Dinny hatte es immerhin das Gute, daß es ihre Gedanken von ihrem eigenen Geschick ablenkte und ganz auf ihre Familie konzentrierte. Zum erstenmal, seit sie sich erinnern konnte, drohte dem Namen Cherrell ein wirklich schmutziger Skandal. Und ihr schüttete jeder von der ganzen Sippe das Herz aus! Sie war froh, daß Hubert nicht in England weilte. Es hätte ihn so ungeduldig gemacht, so aufgeregt. Bei der öffentlichen Verhandlung seines eigenen Falls vor vier Jahren hatte vielleicht ein größeres Unglück, aber weit weniger Schande gedroht. Mochte man auch behaupten, die Scheidung sei heute bedeutungslos, sie brandmarkte einen trotz allem noch immer. England war ja keineswegs so modern, wie es sich einbildete. Jedenfalls hatten die Cherrells auf Condaford ihren Stolz und ihre Vorurteile, vor allem haßten sie es, öffentliches Aufsehen zu erregen.
Als Dinny zum Beispiel in die Pfarre St. Augustin im Grünen zum Lunch kam, herrschte dort eine ganz eigenartige Atmosphäre. Ihr war's, als hätten Onkel und Tante zueinander gesagt: »Wir können die Sache ja nicht ändern, aber verstehen oder billigen können wir sie auch nicht.« Sie sprachen zwar kein schroffes,

nüchternes Verdammungsurteil aus, stellten sich nicht auf den streng kirchlichen Standpunkt, trugen keine moralische Entrüstung zur Schau, ließen aber dennoch durchblicken, ihrer Meinung nach hätte Clare etwas Gescheiteres tun können, als sich in solche Situationen verwickeln. Als Dinny mit Hilary fortging, um am Euston-Bahnhof von einer Reihe junger Leute Abschied zu nehmen, die nach Kanada auswanderten, fühlte sie sich recht unbehaglich, denn sie empfand für ihren überarbeiteten, selbstlosen Onkel aufrichtige Achtung und Liebe. Unter allen Mitgliedern ihrer pflichttreuen Familie gab sich keiner so selbstvergessen dem Dienst für den Nächsten hin. Zwar legte sich Dinny oft die Frage vor, ob die Leute, für die er arbeitete, nicht am Ende glücklicher lebten als er selbst, aber in ihren Augen lebte er dennoch in einer Welt des Unechten und des Scheins ein wahres, echtes Leben. Als er sich mit ihr allein sah, lieh er seinen Gefühlen deutlicheren Ausdruck.

»Weißt du, Dinny, was mich an Clares Affäre am meisten verdrießt? Die Welt wird sie jetzt zu jenen müßigen jungen Frauenzimmern zählen, die nichts Besseres anzufangen wissen, als sich in eheliche Konflikte zu verwickeln. Offen gestanden: Da zög ich es fast vor, sie liebte leidenschaftlich und setzte alles auf eine Karte.«

»Tröste dich, Onkel«, murmelte Dinny, »du mußt ihr Zeit lassen, was nicht ist, kann noch werden.«

Hilary lächelte.

»Schön, schön! Aber du verstehst doch, was ich meine. Das Publikum ist gemein, kalt, schwatzhaft wie ein Papagei und pflegt von jedem das Schlechteste zu glauben. Wo es sich um echte Liebe handelt, kann ich mich mit dem meisten abfinden. Aber dieses Herumspielen mit erotischen Dingen ist mir in der Seele verhaßt. Es wirkt so abstoßend.«

»Du bist nicht ganz gerecht gegen Clare«, erwiderte Dinny seufzend, »sie ist aus guten Gründen ausgebrochen. Und anziehende junge Frauen bleiben selten ohne Anbeter, das solltest du doch wissen, Onkel.«

»Na«, bemerkte Hilary listig, »ich sehe schon, du könntest so manches enthüllen, wovon meine Pfarrerweisheit sich nichts träu-

men läßt. Da sind wir schon am Bahnhof. Du hast keine Ahnung, wieviel Mühe es gekostet hat, diese Jungen zur Auswanderung und die Behörden zur Einwanderungserlaubnis zu bewegen. Manchmal wünschte ich, ich wäre ein Champignon, der über Nacht aufschießt und frisch zum Frühstück verzehrt wird.«
Inzwischen hatten sie den Bahnhof betreten und begaben sich zu dem Zug, der nach Liverpool abgehen sollte. Eine kleine Gruppe von sieben Jungen in Stoffmützen stand vor einem Wagen dritter Klasse, andere waren schon drin; in echt englischer Art suchten sie sich gegenseitig in Stimmung zu erhalten, tauschten lustige Bemerkungen über ihr Aussehen und riefen ab und zu: »Bangemachen gilt nicht!« Sie grüßten Hilary mit den Worten: »Hallo, Padre! . . . Abschied! Also los! . . . Zigarette gefällig, Sir?«
Hilary nahm die Zigarette. Dinny stand ein wenig abseits und stellte bewundernd fest, wie gut er sich gleich in die Gruppe fügte.
»Ich wollte, Sie kämen mit, Sir.«
»Ich wollte es auch gern, Jack.«
»Und ließen das alte England für immer zurück.«
»Das liebe alte England.«
»Sir?«
»Nun, Pommy?«
Die nächsten Bemerkungen entgingen ihr, das Interesse, das sie offenbar wach rief, machte sie etwas verlegen.
»Dinny!«
Sie schritt an den Waggon heran.
»Drück diesen jungen Männern die Hand. Meine Nichte.« Seltsames Schweigen herrschte, sie drückte sieben Hände von sieben bloßköpfigen Jungen und rief siebenmal: »Viel Glück!«
Dann eilten alle in den Wagen, Lärmen rauher Stimmen erscholl, laute Zurufe, und der Zug setzte sich in Bewegung. Sie stand neben Hilary, es würgte sie ein wenig in der Kehle, sie winkte mit der Hand den Mützen und Gesichtern, die sich zum Fenster hinausstreckten.
»Heute nacht werden alle seekrank sein«, sagte Hilary leise, »wenigstens ein Trost. Das beste Mittel, das ungesunde Grübeln über Vergangenheit und Zukunft zu bannen.«

Als sie ihn verlassen hatte, ging sie zu Adrian und traf dort zu ihrer Bestürzung auch Onkel Lionel. Bei ihrem Eintritt verstummten beide plötzlich. Dann fragte der Richter: »Kannst du uns nicht vielleicht sagen, Dinny, besteht irgendeine Aussicht, zwischen den beiden zu vermitteln, ehe es zu dieser unerquicklichen Sache kommt?«
»Keine, Onkel.«
»So! Als alter Praktikus beim Gericht kann ich Clare nur raten, nicht zu erscheinen und die Klage gar nicht zu bestreiten. Wenn keine Aussicht besteht, die Ehe wieder zu leimen, wozu die Geschichte noch länger hinausziehen?«
»Ganz meine Meinung, Onkel Lionel. Aber du weißt doch wohl, die Beschuldigungen sind unwahr.«
Der Richter zog eine Grimasse. »Ich spreche als Mann, Dinny. Das Aufsehen, das die Affäre in der Öffentlichkeit erregt, wird Clares Ruf vernichten, mag sie nun gewinnen oder verlieren. Wenn aber sie und dieser junge Mann sich gar nicht verteidigen, wird die Sache keinen Staub aufwirbeln. Wie mir Adrian sagt, weigert sie sich, von Corven Alimente anzunehmen, dieser Punkt fällt also nicht ins Gewicht. Was war denn eigentlich zwischen den beiden los? Du weißt es natürlich.«
»Nur ganz vage und nur im Vertrauen.«
»Jammerschade!« bemerkte der Richter, »wenn die Leute von solchen Prozessen so viel wüßten wie ich, sie würden nie einen austragen.«
»Es handelt sich doch auch um den Anspruch auf Schadenersatz.«
»Jawohl, Adrian hat mir davon erzählt. Geradezu mittelalterlich.«
»War man denn nur im Mittelalter rachsüchtig, Onkel Lionel?«
»Möchte ich nicht behaupten«, erklärte der Richter mit seinem schiefen Lächeln. »Ich bin nur überrascht, daß sich ein Mann in Corvens Stellung diesen Luxus leistet. Seine Gattin auf die Anklagebank zu zerren! Peinliche Geschichte, das!«
Adrian schlang den Arm um Dinnys Schultern.
»Dinny fühlt das stärker als sonst jemand.«

»Vermutlich«, murmelte der Richter, »läßt Corven die Schadenersatzsumme wenigstens ihr zuschreiben.«
»Clare nimmt keinen Heller. Doch warum sollen sie nicht gewinnen? Onkel Lionel, ich dachte doch, das Gesetz sei dazu da, der Gerechtigkeit zum Sieg zu verhelfen.«
»Ich mag Geschworenengerichte nicht«, meinte der Richter dann unvermittelt.
Dinny sah ihn neugierig an. Wie überraschend offenherzig! Er fügte hinzu: »Sag Clare, sie soll deutlich sprechen, sich bei den Antworten kurz fassen und ja nicht geistreich sein. Lachen darf man nur über Witze des Richters.«
Bei diesen Worten verzog er wieder den Mund zu einem Lächeln, drückte ihr die Hand und trollte sich.
»Ist Onkel Lionel ein guter Richter?«
»Er soll unparteiisch und höflich sein. Ich hab ihn nie vor Gericht gesehen, aber soweit ich ihn als Bruder kenne, ist er gewissenhaft und gründlich, manchmal etwas sarkastisch. Diesen Fall beurteilt er ganz richtig, Dinny.«
»Auf dem ganzen Weg zu dir hatte ich denselben Gedanken, aber Vater läßt nicht locker, und dazu kommt noch dieser Anspruch auf Schadenersatz.«
»Wahrscheinlich bedauert die Gegenpartei diese Forderung schon jetzt. Seine Advokaten müssen bedenkenlose Subjekte sein, zerren alles mögliche herbei, ihre Position zu stärken.«
»Ist das nicht die Pflicht der Anwälte?«
Adrian lachte. »Da kommt der Tee. Ertränken wir unsere Sorgen, und gehen wir dann ins Kino. Jetzt läuft ein deutscher Film, der soll ganz großartig sein. Denk mal, Dinny, echte Größe auf der Leinwand!«

29

Vorüber war das Knarren von Bänken und Rascheln von Papieren, das im Gerichtssaal den Abschluß des einen menschlichen Dramas und den Beginn eines neuen ankündigt.
»Gehen wir in den Saal«, mahnte der »ganz junge« Roger.

In der ersten Reihe ließ sich Dinny mit dem Vater und der Schwester nieder, von Jerry Corven durch den »ganz jungen« Roger und den Anwalt der Gegenpartei wie durch einen Schutzwall getrennt.

»Nun wird der Quell des Rechtes fließen«, flüsterte Dinny, »auf dessen Grund die Wahrheit liegt – oder ›lügt‹?«

Zwar konnte sie das wachsende Auditorium hinter sich nicht sehen, doch ihr Instinkt und ihr scharfes Ohr verrieten ihr, daß der Gerichtssaal sich rasch füllte. Die unerträgliche Spürnase des Publikums hatte den bevorstehenden Kampf gewittert, vielleicht riefen die Titel der Beteiligten sein Interesse wach. Auch der Richter schien etwas zu wittern, er barg daher sein Gesicht hinter einem großen, bunten Taschentuch. Dinnys Blick starrte zur Decke. Der zum Teil in gotischem Stil gehaltene Gerichtssaal war imposant hoch. Rote Vorhänge umgaben den erhöhten Platz des Richters und schienen ihn dem menschlichen Bereich auf seltsame Art zu entrücken. Dann glitt ihr Blick auf die Geschworenen, die, einer hinter dem anderen, langsam die zweireihige Bank füllten. Der Obmann fesselte ihre Aufmerksamkeit durch sein eiförmiges Gesicht, den eiförmigen Schädel, das spärliche Haar, die roten Wangen, hellen Augen und den eigenartigen Ausdruck, der zugleich an einen Stockfisch und ein Schaf erinnerte; er schien ein seltsames Kreuzungsprodukt dieser beiden artfremden Geschöpfe. Sein Gesicht erinnerte sie auch irgendwie an einen jener Herren in der South Molton Street, denen sie einst Jeannes Anhänger zum Pfand gegeben hatte, und sie war fast sicher, er müsse Juwelier sein. Am Ende der vorderen Geschworenenbank saßen drei Frauen, von denen gewiß keine je die Nacht in einem Auto zugebracht haben konnte. Die erste war korpulent und hatte ein angenehmes, etwas plattes Gesicht – wohl eine bessere Haushälterin. Die zweite war schmal, brünett und ziemlich hager – vermutlich eine Schriftstellerin. Das Vogelgesicht der dritten zeigte deutliche Spuren eines Schnupfens. Die acht übrigen Geschworenen starrten angestrengt nach verschiedenen Richtungen. Da erklang eine Stimme: »Corven contra Corven und Croom – Ehescheidungsklage des Gatten«, und Dinny drückte krampfhaft den Arm ihrer Schwester.

»Wenn es Euer Lordschaft genehm ist –«

Ein rascher Seitenblick Dinnys streifte ein hübsches, etwas gerötetes Gesicht mit kleinen Bartkoteletten unter der Anwaltsperükke.
Das gefurchte Gesicht des Richters schien weit entrückt wie das Gesicht eines Priesters. Manchmal schnellte es unerwartet vor wie der Kopf einer Schildkröte. Sein kluger, unpersönlicher Blick schien auch sie zu erfassen, plötzlich kam sie sich seltsam klein vor. Ebenso unvermittelt zog er den Kopf wieder zurück.
Die bedächtige, volltönende Stimme hinter ihr begann Namen und Stand der Parteien aufzuzählen, die Orte, wo die Vermählung stattgefunden und wo die Gatten in gemeinsamem Haushalt gelebt hatten. Dann hielt sie einen Augenblick inne und fuhr fort: »Mitte September des vorigen Jahres verließ die Beklagte, während der Kläger in Erfüllung seiner Amtspflicht ins Innere des Landes gereist war, plötzlich das eheliche Heim, ohne ihre Absicht vorher mit einem Wort zu verraten, und reiste nach England. An Bord des Schiffes befand sich der Mitangeklagte. In der Eingabe des Beschuldigten wird, wenn ich nicht irre, die Behauptung aufgestellt, die beiden seien einander nie zuvor begegnet. Ich werde dartun, daß sie einander schon früher gekannt hatten oder zumindest die beste Gelegenheit hatten, einander kennenzulernen.«
Dinny sah ihre Schwester verächtlich die Achseln zucken.
»Wie dem auch sei«, fuhr die Stimme langsam fort, »es steht doch außer Frage, daß sie auf dem Schiff immer beisammen waren. Jedenfalls werde ich folgende Tatsache unter Beweis stellen: Gegen Ende der Seereise traf man den Mitbeschuldigten dabei, wie er die Kajüte der Beklagten verließ.« Unaufhörlich tönte die Stimme und klang schließlich mit den Worten aus: »Verehrte Geschworene, ich will nicht bei den Einzelheiten verweilen, die die Beobachtungsorgane über das Verhalten der Beklagten und ihres Partners ans Licht brachten; Sie werden diese Einzelheiten aus dem Munde sachverständiger und glaubwürdiger Zeugen vernehmen. Sir Gerald Corven.«
Als Dinny den Blick hob, stand Jerry in der Zeugenbank. Sein Gesicht schien ihr jetzt aus noch härterem Holz geschnitzt denn zuvor. Sie bemerkte den verhaltenen Groll in den Zügen des Va-

ters, sah den Richter nach der Feder greifen, sah Clare die Hände auf dem Schoß ballen; sah den »ganz jungen« Roger die Augen zusammenkneifen, sah den leichtgeöffneten Mund des Obmanns, vernahm das unterdrückte Niesen der dritten Frau auf der Geschworenenbank. Und alles im Saal schien so trostlos grau, dieses Grau drang aus allen Ecken und Enden des Raumes, ertränkte in seiner Flut alles, was im Menschenleben rosig, hellblau, silbrig, golden oder grün erglänzte.

Die bedächtige Stimme erhob sich zu einer Frage, hielt im Fragen wieder inne. Ihr stattlicher Eigner schien gewissermaßen seine schwarzen Schwingen zu falten, dann erklang eine andere Stimme hinter ihr:

»Sie hielten es also für Ihre Pflicht, Sir, dieses Verfahren einzuleiten?«

»Jawohl.«

»Keine Rachsucht im Spiel?«

»Nein.«

»Diese Schadenersatzforderung – ist sie nicht heutzutage unter Ehrenmännern ungewöhnlich?«

»Die Summe soll meiner Frau zufallen.«

»Hat Ihre Gattin an Sie je den Anspruch auf Alimente gestellt?«

»Nein.«

»Überrascht es Sie nicht, zu erfahren, daß Ihre Gattin erklärt, von Ihnen keinen Groschen anzunehmen, einerlei, ob das Geld von dem Mitbeschuldigten oder von Ihnen kommt?«

Dinny sah, wie das katzenhafte Lächeln um den Mund sich in dem kurzgeschnittenen Schnurrbart verlor.

»Mich überrascht nichts mehr.«

»Nicht einmal die plötzliche Abreise Ihrer Frau kam Ihnen überraschend?«

Dinny wandte den Kopf nach dem Fragesteller. Das also war Instone, von dem ihr Dornford gesagt hatte, er sei so »behindert«. Er hatte ein Gesicht mit mächtiger Nase, und Menschen mit solcher Nase ließen sich durch gar nichts behindern.

»Doch, das hat mich schon überrascht.«

»Warum? . . . Vielleicht würden Sie uns Ihren Eindruck näher schildern.«

»Pflegen denn Ehefrauen ohne Angabe eines Grundes den Gatten zu verlassen?«
»Nein, es sei denn, der Grund wäre so offenbar, daß man ihn überhaupt nicht festzustellen braucht. War das der Fall?«
»Nein.«
»Was war dann Ihrer Meinung nach der Beweggrund? Darüber dürften doch Sie am ehesten orientiert sein.«
»Das glaub ich nicht.«
»Wer denn?«
»Meine Frau selbst.«
»Sie müssen aber wenigstens etwas ahnen. Möchten Sie nicht doch sagen, was es war?«
»Lieber nicht.«
»Sir, Sie sagen hier unter Eid aus. Haben Sie Ihre Frau in irgendeiner Weise mißhandelt oder nicht?«
»Ich will nicht behaupten, daß ich ein Mustergatte war.«
»Aha! Aber eine Antwort auf meine Frage ist das nicht. Haben Sie sie mißhandelt oder nicht?«
»Behauptet sie das?«
»Ihre Frau hat sich geweigert, irgend etwas gegen Sie auszusagen. Haben Sie Ihre Frau je mißhandelt? Ja oder nein?«
»Ich gebe einen Vorfall zu; ich bedaure ihn und bat sie um Entschuldigung.«
»Was für ein Vorfall war das?«
Dinny, die zwischen dem Vater und der Schwester eingekeilt saß, spürte, wie beide vor gekränktem Stolz erbebten, fühlte auch sich selbst vor Stolz erschauern. Dann vernahm sie wieder die bedächtige, volltönende Stimme von Sir Gerald Corvens Rechtsbeistand hinter sich:
»Euer Lordschaft, mein Kollege hat eben selbst eingeräumt, daß es ihm an Beweisen für einen derartigen Vorfall mangelt. Meines Erachtens ist er nicht berechtigt, diese Frage zu stellen; sollte er es dennoch sein, so braucht mein Klient nicht darauf zu antworten.«
»Eure Lordschaft –«
»Alles recht schön und gut, Mr. Instone, wenn es Ihnen aber an Beweisen mangelt –«

»Eure Lordschaft, meine Klientin lehnt jede Andeutung über das Benehmen ihres Gatten ab, eine Haltung, die ihr alle Ehre macht. Der Kläger hat jedoch in einem Fall die Mißhandlung selbst zugegeben, ich halte mich daher für berechtigt, die Frage zu stellen, welche Art von Mißhandlung es war.«

»Augenblicklich nicht.«

»Ich füge mich dem Ermessen Eurer Lordschaft . . . Sir, sind Sie jähzornig?«

»Nein.«

»Sie pflegen also alle Ihre Handlungen immer einigermaßen zu überlegen?«

»Das hoffe ich.«

»Auch dann, wenn diese Handlungen – sagen wir – nicht eben wohlwollender Natur sind?«

»Jawohl.«

»Verstehe; die Geschworenen ebenfalls, davon bin ich überzeugt. Sir, wir wollen nun auf einen anderen Punkt übergehen. Halten Sie allen Ernstes die Behauptung aufrecht, Ihre Gattin und Mr. Croom hätten einander schon in Ceylon kennengelernt?«

»Ich habe keine Ahnung, ob das der Fall war oder nicht.«

»Sie erhielten also persönlich davon keine Kenntnis?«

»Nein.«

»Mein Kollege erklärte aber vorhin, er werde beweisen, daß diese Begegnung stattfand –«

»Stattfinden konnte«, warf die bedächtige, volltönende Stimme ein.

»Na schön, stattfinden konnte. War Ihnen bekannt, Sir, daß die beiden eine solche Gelegenheit auch wahrnahmen?«

»Nein.«

»Hatten Sie in Ceylon von Mr. Croom je etwas gesehen oder gehört?«

»Nein.«

»Wann erfuhren Sie zum erstenmal von der Existenz dieses Herrn?«

»Im vergangenen November sah ich ihn in London aus dem Haus treten, das meine Frau bewohnte, und fragte sie nach seinem Namen.«

»Hat sie ein Hehl daraus gemacht?«
»Nein.«
»Blieb das Ihre einzige Begegnung mit diesem Herrn?«
»Ja.«
»Wieso hielten Sie gerade ihn für ein taugliches Mittel, Ihnen die Scheidung von Ihrer Frau zu ermöglichen?«
»Ich verwahre mich gegen diese Formulierung der Frage!«
»Also gut. Was lenkte Ihre Aufmerksamkeit just auf diesen Herrn, warum führten Sie ihn als Mitschuldigen an?«
»Die Angaben des Schiffspersonals auf meiner Heimreise von Port Said nach Ceylon im November. Es war dasselbe Schiff, auf dem meine Frau und der Mitbeklagte nach London gekommen waren.«
»Und was erfuhren Sie da eigentlich?«
»Daß die beiden die ganze Zeit über zusammensteckten.«
»Nicht so ungewöhnlich an Bord eines Schiffs – oder doch?«
»Eigentlich nicht.«
»Auch nach Ihren eigenen Erfahrungen nicht?«
»Vielleicht auch nach denen nicht.«
»Welche anderen Mitteilungen riefen Ihren Argwohn wach?«
»Eine Stewardeß sagte mir, sie habe ihn aus der Kajüte meiner Frau kommen sehen.«
»Um welche Tages oder Nachtzeit?«
»Kurz vor dem Dinner.«
»Wie ich vermute, haben Sie aus beruflichen Gründen schon manche Seereise zurückgelegt?«
»Schon viele.«
»Und haben Sie noch nie beobachtet, daß die Reisenden einander in der Kajüte besuchen?«
»Doch, recht häufig sogar.«
»Ruft das stets Ihren Argwohn wach?«
»Nein.«
»Darf ich noch einen Schritt weiter gehen und der Vermutung Ausdruck geben, daß etwas Derartiges Sie nie zuvor argwöhnisch gemacht hat?«
»Nein.«
»Sind Sie von Natur aus argwöhnisch?«

»Ich glaube nicht.«
»Auch nicht eifersüchtig?«
»Nein.«
»Ihre Frau ist viel jünger als Sie?«
»Um siebzehn Jahre.«
»Immerhin sind Sie keineswegs so alt, daß Sie nicht wußten, wie heutzutage junge Männer und Frauen miteinander umgehen – ohne viele Zeremonien und ohne viel Bedenken wegen des Geschlechtsunterschieds.«
»Wenn Sie mein Alter wissen wollen, ich bin einundvierzig.«
»So gehören Sie fast zur Nachkriegsgeneration.«
»Ich machte den Krieg noch mit.«
»Sie wissen also, daß manches, was vor dem Weltkrieg Verdacht erregt hätte, heutzutage längst nicht mehr als verdächtig gilt?«
»Ich weiß, daß man sich heute ganz frei und ungezwungen unterhält.«
»Danke! Gab Ihnen Ihre Frau vor ihrer Abreise je Anlaß, an ihrer Treue zu zweifeln?«
Dinny blickte auf.
»Nie.«
»Trotzdem bot Ihnen der geringfügige Vorfall, daß man Mr. Croom aus ihrer Kajüte treten sah, Grund, sie beobachten zu lassen?«
»Dieser Vorfall – und ihr ständiges Zusammensein auf dem Schiff und der Umstand, daß ich ihn in London aus ihrem Haus kommen sah.«
»Erklärten Sie ihr nicht in London, sie müsse zu Ihnen zurückkehren oder die Folgen tragen?«
»Ich entsinne mich nicht, diese Worte gebraucht zu haben.«
»Welche denn?«
»Wenn ich nicht irre, sagte ich ihr, sie habe nun einmal das Pech, meine Frau zu sein, und könne doch nicht ewig Strohwitwe bleiben.«
»Keine sehr großartige Ausdrucksweise, wie?«
»Vielleicht nicht.«
»Sie griffen in der Tat nur zu begierig nach jeder Gelegenheit, sich freizumachen?«

»Keineswegs, ich setzte alles daran, sie zur Rückkehr zu bewegen.«
»Trotz Ihres Verdachtes?«
»In London hatte ich noch keinen.«
»Vermutlich haben Sie Ihre Frau mißhandelt und sind sich dessen bewußt. Nun möchten Sie sich von einer Verbindung befreien, die Ihren Stolz verletzt.«
Die bedächtige, volltönende Stimme warf dazwischen:
»Eure Lordschaft, ich erhebe Einspruch –«
»Eure Lordschaft, der Kläger hat ja selbst zugegeben –«
»Allerdings, Mr. Instone, doch fast jeder Ehemann benimmt sich einmal in einer Weise, für die er sich dann bereitwillig entschuldigt. Wenn Sie später genauere Einzelheiten vorzubringen haben, kann der Kläger ja nochmals vernommen werden.«
»Wie es Eurer Lordschaft beliebt . . . Jedenfalls haben Sie den Auftrag erteilt, Ihre Frau zu überwachen. Nennen Sie uns doch den genauen Zeitpunkt, in dem das geschah.«
»Nach meiner Rückkehr nach Ceylon.«
»Gleich nachher?«
»Fast gleich.«
»Das verrät keine besondere Sehnsucht, sie zurückzugewinnen, wie?«
»Was ich auf dem Schiff erfuhr, stieß meine früheren Entschlüsse gänzlich um.«
»Auf dem Schiff. Nicht besonders nett von Ihnen, dem Klatsch über Ihre Frau ein so williges Ohr zu leihen!«
»Schon möglich, doch sie hatte die Rückkehr verweigert, ich mußte daher einen Entschluß fassen.«
»Schon im zweiten Monat nach ihrer Abreise?«
»Der war schon verstrichen.«
»Zugegeben, aber der dritte noch nicht. Sie waren sich vermutlich darüber genau im klaren, daß Sie Ihre Frau eigentlich zu der Abreise gezwungen hatten. Und nun nahmen Sie die erste Gelegenheit wahr, ihr die Rückreise unmöglich zu machen?«
»Das stimmt nicht.«
»Das behaupten Sie. Na schön! Diese Detektive, die Sie beauf-

tragt haben – verhandelten Sie mit denen schon vor Ihrer Rückfahrt aus England nach Ceylon?«
»Nein.«
»Können Sie das beeiden?«
»Ja.«
»Wie verfielen Sie gerade auf diese Firma?«
»Ich überließ die Wahl meinen Anwälten.«
»Aha. Also Sie hatten Ihre Anwälte bereits vor Ihrer Abreise besucht?«
»Ja.«
»Obwohl Sie damals noch keinen Verdacht hegten?«
»Ehe man eine so weite Reise antritt, hat man natürlich manches mit seinen Anwälten zu besprechen.«
»Sie sprachen auch über Ihre Frau?«
»Unter anderem.«
»Was sagten Sie damals den Anwälten über Ihre Frau?«
Wieder sah Dinny auf. Es wurde ihr immer peinlicher, mitanzusehen, wie man das Wild in die Enge trieb, mochte es sich auch um ihren Gegner handeln.
»Wenn ich mich recht entsinne, erklärte ich ihnen nur, sie würde bei ihrer Familie bleiben.«
»Weiter nichts?«
»Wahrscheinlich fügte ich auch hinzu, die Lage sei heikel.«
»Weiter nichts?«
»Ich erinnere mich noch, daß ich bemerkte: ›Ich weiß nicht recht, was aus der Sache werden soll.‹«
»Können Sie unter Eid erklären, daß Sie nicht sagten: ›Vielleicht werde ich Ihnen den Auftrag erteilen, sie beobachten zu lassen‹?«
»Das kann ich.«
»Und Sie unterließen auch jede Anspielung, die Ihre Rechtsvertreter auf die Idee gebracht hätte, Sie dächten an Scheidung? Können Sie das ebenfalls beeiden?«
»Über die Vermutungen meiner Rechtsanwälte kann ich Ihnen keinen Aufschluß geben.«
»Keine Haarspaltereien, Sir. Ist das Wort ›Scheidung‹ gefallen?«
»Kann mich nicht erinnern.«
»Sie können sich nicht erinnern? Ließen Sie nicht bei Ihren An-

wälten den Eindruck zurück, Sie würden vielleicht weitere Schritte unternehmen?«
»Ich weiß es nicht. Ich erklärte ihnen nur, die Lage sei heikel.«
»Das haben Sie schon vorhin erklärt. Das ist keine Antwort auf meine Frage.«
Dinny sah den Kopf des Richters vorschnellen.
»Mr. Instone, der Kläger hat ja schon einmal gesagt, er wisse nicht, was für Vermutungen diese Bemerkung bei seinen Anwälten hervorrief. Weshalb legen Sie auf diesen Punkt gar so viel Gewicht?«
»Eure Lordschaft, meine Argumentation läuft auf folgendes hinaus – und ich begrüße die Gelegenheit, das jetzt ausdrücklich feststellen zu können: Nachdem der Kläger durch sein unqualifiziertes Verhalten seine Frau dazu getrieben hatte, sein Haus zu verlassen, war er zur Scheidung entschlossen und griff gierig nach dem erstbesten Anlaß, sich den Grund zu verschaffen.«
»Gut, verhören Sie seinen Anwalt.«
»Eure Lordschaft!«
Dieser schlichte Ausruf klang, als habe der Sprecher einen Hieb auf die Schultern erhalten.
»Gut, weiter!«
Da merkte Dinny, der »behinderte« Instone hole endlich zur Schlußwendung aus, und sie seufzte erleichtert.
»Obwohl Sie, wie Sie selbst gestehen, Ihre Frau durch einen Akt der Mißhandlung gezwungen hatten, Ihr Haus zu verlassen; obwohl Sie beim erstbesten Klatsch, der Ihnen zu Ohren kam, diese Klage einbrachten; obwohl Sie an einen Mann, den Sie Ihr Lebtag nie gesprochen haben, eine Schadenersatzforderung stellen – trotz alledem wollen Sie als duldsamer und gerecht denkender Gatte gelten, dem einzig die Rückkehr seiner Frau am Herzen lag? Und das wollen Sie den Geschworenen weismachen?«
Zum letztenmal glitt Dinnys Blick zu jenem Gesicht, das sich mehr denn je hinter seiner Maske barg.
»Ich will den Geschworenen gar nichts weismachen.«
»Na schön!«
Rascheln eines Seidentalars hinter ihr.
»Eure Lordschaft«, hob die bedächtige, volltönende Stimme wie-

der an, »da mein Kollege auf diesen Punkt so großes Gewicht legt, will ich den Anwalt des Klägers zur Vernehmung laden.«
Der »ganz junge« Roger beugte sich vor und sagte:
»Dornford lädt Sie alle zum Lunch ein ...«

Dinny brachte fast keinen Bissen hinunter, sie fühlte sich beinahe seekrank. Huberts Fall und das Totenschaugericht nach Forests Selbstmord hatten sie zwar mehr erregt und bekümmert, aber so übel war ihr nicht dabei geworden. Zum erstenmal ermaß sie jetzt die bösartig übertriebene Bedeutung, die ganz belanglose Vorfälle des Privatlebens in den Augen der Welt gewinnen. Die Art, wie man hier dem Gegner nur Niedertracht, Bosheit und Lüge unterschob, ging ihr geradezu auf die Nerven; aber offenbar mußte das bei jedem Verhör so sein.
Auf dem Rückweg zum Gericht sagte Dornford: »Ich kann Ihnen alles nachfühlen. Doch bedenken Sie, man trägt hier eine Art Wettkampf aus, beide Parteien müssen sich an dieselben Spielregeln halten. Der Richter ist dazu da, Übertreibungen zu verhindern. Wenn ich mir nur vorstellen könnte, wie es sich anders erledigen ließe!«
»Man hat dabei das Gefühl, als gäbe es gar nichts Reines mehr.«
»Dieses Gefühl dürfte Sie kaum trügen.«
Den Nachmittag, den die Zeugenaussagen und das Verhör der Stewardeß und der Detektive füllten, überstand Dinny etwas besser, vielleicht dank ihrer kurzen Unterredung mit Dornford, vielleicht, weil sie sich nun schon an das Verfahren gewöhnt hatte. Um vier Uhr wurde die Vernehmung des Klägers und seiner Zeugen abgeschlossen, der »ganz junge« Roger warf Dinny einen Seitenblick zu, der zu sagen schien: »Jetzt wird die Sitzung aufgehoben, und endlich komme ich zu meiner Prise.«

30

Im Auto auf dem Heimweg zum South Square saß Clare stumm da; vor Big Ben, dem Parlamentsturm, sagte sie unvermittelt: »Stell dir nur vor, der Detektiv hat ins Auto geglotzt, just als wir eben schliefen. Oder hat er das am Ende nur erfunden? Was meinst du, Dinny?«

»Wäre es bloße Erfindung, so hätte er sie bestimmt noch überzeugender gestaltet.«

»Mein Kopf lag tatsächlich auf Tonys Schulter. Warum auch nicht? Versuch du es einmal, in einem Zweisitzer zu schlafen.«

»Mich wundert nur, daß er dich mit seiner Taschenlampe nicht geweckt hat.«

»Wahrscheinlich hat er mich geweckt. Ich schrak oft aus dem Schlaf auf und spürte einen Krampf in den Beinen. Dinny, meine größte Dummheit war es, Tony an jenem Abend nach dem Besuch des Kinos und Restaurants noch zu einem Gläschen in meine Wohnung einzuladen. Wir waren unglaublich naiv, hatten keine Ahnung, daß wir bespitzelt wurden. War ein besonders großes Auditorium im Gerichtssaal?«

»Ja, aber morgen wird es noch größer sein.«

»Hast du Tony gesehen?«

»Nur ganz flüchtig.«

»Hätte ich dir doch gefolgt und die Klage unbestritten gelassen! Wenn ich ihn wenigstens wirklich liebhätte!«

Dinny gab keine Antwort.

Tante Emily saß in Fleurs Salon. Sie erhob sich, trat auf Clare zu, öffnete den Mund, besann sich dann augenscheinlich eines Bessern, betrachtete prüfend ihre Nichte und sagte dann unvermittelt: »Könnte besser sein! Dinny, erzähl mir doch was vom Richter. Hat er eine lange Nase?«

»Nein, aber er sitzt sehr tief und sein Kopf schnellt immer vor.«

»Warum?«

»Liebes Tantchen, ich hab ihn nicht danach gefragt.«

Lady Mont wandte sich an Fleur.

»Kann Clare nicht das Dinner im Bett serviert bekommen? Geh doch, meine Liebe, nimm ein langes Bad und steh nicht vor morgen auf. Dann wirst du ganz frisch vor diesen Richter treten. Geh du mit ihr, Fleur, ich möchte noch mit Dinny plaudern.«

Als die beiden fort waren, trat sie zum Kamin hinüber, in dem ein Holzfeuer brannte.

»Dinny, tröste mich doch! Warum müssen sich solche Sachen in unserer Familie zutragen? Paßt doch so gar nicht zu uns – höchstens zu eurem Urgroßvater, der noch vor der Königin Viktoria zur Welt kam.«

»Der war ein lockerer Zeisig, meinst du?«

»Jawohl. Vom Spielteufel besessen, er genoß gern selbst und mit anderen. Seine Frau hatte eine Engelsgeduld. Eine Schottin. Seltsam!«

»Wahrscheinlich ist das der Grund, daß wir anderen Cherrells seither solch musterhaftes Leben führen.«

»Wieso der Grund?«

»Diese Abstammung.«

»Eher das Geld«, bemerkte Lady Mont. »Er hat alles verpulvert.«

»War denn viel da?«

»Jawohl. Die Kornpreise damals!«

»Wie gewonnen, so zerronnen.«

»Sein Vater konnte Napoleon nicht herausreißen. Damals waren zweieinhalbtausend Hektar Land im Familienbesitz, dein Urgroßvater hinterließ nicht einmal fünfhundert.«

»Zumeist Wald.«

»Den behielt er – wegen der Schnepfenjagd. Kommt der Fall in die Abendblätter?«

»Selbstverständlich, Jerry ist ja eine bekannte Persönlichkeit.«

»Hoffentlich wird ihr Kleid nicht beschrieben. Haben dir die Geschworenen gefallen?«

Dinny zuckte die Achseln. »Man weiß doch nie, was diese Leute wirklich denken.«

»Schnüffeln alles heraus wie Spürhunde. Und was macht jener junge Mann?«

»Der ist der einzige, der mir wirklich leid tut.«

»Ach ja«, meinte Lady Mont. »Im Herzen begeht schließlich jeder Mann Ehebruch, aber nicht im Auto.«

»Es kommt gar nicht auf die Wahrheit an, Tante Emily, sondern auf den Schein.«

»Ein Indizienbeweis, meint Lawrence, macht es ganz einleuchtend, daß sie etwas taten, wenn sie's auch nicht getan haben. Das

hält er für die zuverlässigste Methode; anderenfalls, sagt er, kannst du ihre Schuld beweisen, wenn sie auch noch so unschuldig sind. Stimmt das, Dinny?«
»Nein, liebe Tante.«
»Na, ich muß jetzt nach Haus zu deiner Mutter. Sie kann keinen Bissen essen – sitzt ganz verloren da, liest und sieht bleich aus. Und Conway wagt sich auch nicht in die Nähe seines Klubs. Fleur sagt, wenn erst alles vorüber ist, sollten deine Eltern und wir in ihrem Auto nach Monte Carlo fahren. Dort werden wir ganz in unserem Element sein, meint sie, und wenn Riggs ordentlich aufpaßt, so kann er sich auch an das Rechtsfahren gewöhnen.«
Dinny schüttelte den Kopf.
»Tantchen, am liebsten verkriecht man sich ja doch in die eigene Höhle.«
»Ich bin nicht fürs Verkriechen«, erklärte Lady Mont. »Gib mir einen Kuß! Und sieh zu, daß du bald unter die Haube kommst.«
Als sie aus dem Zimmer gesegelt war, trat Dinny ans Fenster und blickte auf den Square hinaus. Unausrottbar, dieser Trieb, Ehen zu stiften! Tante Emily und Onkel Adrian, ihr Vater, ihre Mutter, Fleur, ja sogar Clare – sie alle wünschten sehnlich, sie solle sich doch endlich entschließen und Dornford heiraten!
Aber was hätten sie schon davon! Woher kam doch dieser Trieb, die anderen zu verkuppeln? Wenn sie überhaupt zu etwas taugte, würde das ihren Wert erhöhen? »Zur Zeugung rechtmäßiger Nachkommen« – so hieß es wohl in jener alten Formel. Die Welt durfte doch nicht aussterben. Aber warum denn nicht? Heutzutage nannte sie doch jedermann eine Hölle. Gab es denn kein anderes Lebensziel, als für neue Erdenbürger zu sorgen?
»Oder die Katholische Kirche«, dachte sie, »und an die glaub ich auch nicht.«
Sie öffnete das Fenster und lehnte sich an die Brüstung. Eine Fliege summte auf sie zu. Dinny scheuchte sie fort, doch die Fliege kam augenblicklich wieder. Fliegen! Auch sie erfüllten einen Daseinszweck. Welchen Zweck? Sie lebten, solang sie eben lebten, und wenn sie starben, waren sie dahin. »Die lebt nicht halb, sie lebt ganz oder gar nicht«, dachte Dinny und scheuchte die Fliege wieder fort; diesmal kam sie nicht zurück.

Im Hintergrund des Zimmers ließ sich Fleurs Stimme vernehmen: »Ist dir nicht kalt hier, liebe Dinny? Hast du je solch ein Jahr erlebt? Aber das sag ich jeden Mai. Komm, nimm doch Tee. Clare ist im Bad und sieht reizend aus, die Teetasse in der einen, die Zigarette in der anderen Hand. Vermutlich wird die Geschichte morgen erledigt.«
»Dein Vetter ist dieser Meinung.«
»Er kommt zum Dinner. Seine Frau ist zum Glück in Droitwich.«
»Warum zum Glück?«
»Na, sie ist eben eine Frau. Wenn er Clare etwas zu sagen hat, werde ich ihn zu ihr hinaufschicken; sie wird dann schon aus dem Bad sein. Aber er kann es ja ebensogut dir sagen. Was meinst du, wird sich Clare beim Verhör gut ausnehmen?«
»Wie kann man sich überhaupt beim Verhör gut ausnehmen?«
»Ich nahm mich seinerzeit gut dabei aus; mein Vater hat es wenigstens behauptet, aber der war ja parteiisch. Und hat dir nicht der Vorsitzende beim Totenschaugericht ein Kompliment gemacht, als er dich über den Fall Forest vernahm?«
»Das war kein richtiges Verhör. Clare hat keine Geduld, Fleur.«
»Sag ihr, sie soll bis fünf zählen, ehe sie Antwort gibt, und die Brauen hochziehen. Diesen Brough müßte man aus dem Konzept bringen.«
»Mich würde seine Stimme rasend machen, noch dazu hat er die Gewohnheit, Pausen einzuschalten, als hätte er den ganzen Tag vor sich.«
»Ein gewöhnlicher Trick. Mich erinnert alles dabei stark an die Inquisition. Was hältst du von Clares Anwalt?«
»Wenn ich sein Gegner wäre, ich würde ihn hassen.«
»Dann ist er tüchtig. Nun, Dinny, was ist die Moral von der ganzen Geschichte?«
»Nur nicht heiraten!«
»Gar zu radikal, solange man Kinder nicht in der Retorte herstellen kann. Hast du denn noch nie bedacht, daß die Zivilisation auf dem Mutterschaftsinstinkt beruht?«
»Ich dachte, sie beruhe auf dem Ackerbau.«
»Unter Zivilisation verstehe ich alles, was nicht rohe Gewalt ist.«
Dinny sah ihre zynische, oft etwas oberflächliche Kusine an, die

so selbstsicher, elegant und schön manikürt vor ihr stand; sie fühlte sich ganz beschämt.
»Du bist wirklich ein reizender Kerl!« sagte Fleur unerwartet.
Clare nahm die Mahlzeit im Bett. Nur ein Gast war zugegen, der »ganz junge« Roger, dennoch herrschte bei Tisch ein flottes Gespräch. Er sprach zunächst von den Gefühlen seiner Angehörigen über die Steuern und wurde dabei ganz amüsant. Sein Onkel Thomas Forsyte hatte sich auf der Insel Jersey niedergelassen, offenbar weil sie steuerfrei war, kehrte aber empört nach London zurück, als man sich auf Jersey mit dem Plan trug, eine eigene Steuer einzuführen. Unter dem Pseudonym »Ein Individualist« hatte er einen Brief an die *Times* geschrieben, sein gesamtes investiertes Vermögen flüssig gemacht und es dann in steuerfreien Wertpapieren angelegt, die ihm etwas weniger einbrachten, als früher der Reinertrag des besteuerten Kapitals ausgemacht hatte. Bei der letzten Wahl hatte er für die Nationalen gestimmt, doch seit dem neuen Budget sah er sich nach einer anderen Partei um, der er bei der nächsten Wahl mit gutem Gewissen seine Stimme geben könne. Er lebte an der Südküste in Bournemouth.
»Er hat sich ausgezeichnet konserviert«, schloß der »ganz junge« Roger. »Verstehst du was von Bienen, Fleur?«
»Ich habe mich einmal auf eine draufgesetzt.«
»Und Sie, Miss Cherrell?«
»Wir züchten Bienen.«
»Würden Sie an meiner Stelle eine Bienenzucht anfangen?«
»Wo wohnen Sie?«
»Gleich hinter Hatfield. In der Nähe gibt es ein paar ganz schöne Kleefelder. In der Theorie scheint mir die Bienenzucht verlokkend. Man lebt von anderer Leute Klee und Blumen. Und wer auf seinem Grund und Boden einen Schwarm findet, darf ihn behalten. Aber die Schattenseiten?«
»Nun, wenn sie auf fremdem Boden schwärmen, so sind sie mit neunzig Prozent Wahrscheinlichkeit für Sie verloren, und dabei mußten Sie den Schwarm den ganzen Winter durchfüttern. Übrigens ist alles nur eine Frage der Zeit, der Mühe und der Stiche.«
»Daraus würde ich mir wenig machen«, murmelte der »ganz junge« Roger, »meine Frau würde sich damit befassen.« Er zwinker-

te ein wenig. »Sie hat Rheumatismus. Bienensäure soll ja das beste Heilmittel sein.«

»Überzeugen Sie sich doch zuerst davon, ob die Bienen Ihre Frau auch wirklich stechen. Bienen sind nicht zu bewegen, jemanden zu stechen, den sie gut leiden mögen.«

»Für alle Fälle kann man sich ja draufsetzen«, murmelte Fleur.

»Allen Ernstes«, meinte der »ganz junge« Roger, »ein halbes Dutzend Stiche sind den Versuch wohl wert. Die Arme!«

»Wie kamen Sie eigentlich auf die Idee, Anwalt zu werden, Forsyte?« fiel Michael ein.

»Ich wurde im Krieg verwundet, danach enthoben und mußte einen Beruf mit sitzender Lebensweise wählen. Einerseits hab ich die Arbeit recht gern, andererseits –«

»Verstehe«, sagte Michael. »Hatten Sie nicht einen Onkel namens George?«

»Ach, der alte George – freilich! Als ich noch in die Schule ging, gab er mir immer zehn Shilling und den Rat, sie auf ein bestimmtes Pferd zu setzen.«

»Hat es je gewonnen?«

»Nein.«

»Sagen Sie uns jetzt offen und ehrlich, wer wird morgen gewinnen?«

»Offen und ehrlich«, bemerkte der Anwalt und sah dabei Dinny an, »das hängt von Ihrer Schwester ab, Miss Cherrell. Corvens Zeugen haben sich gut gehalten. Sie haben nicht übertrieben, ließen sich nicht in Widersprüche verwickeln. Falls Lady Corven ruhig Blut und klaren Kopf bewahrt, schneiden wir vielleicht gut ab. Wenn aber die Wahrheit ihrer Angaben an irgendeinem Punkt erschüttert wird, dann –!« Er zuckte die Achseln und sah, wie es Dinny schien, plötzlich viel älter aus. »Ein oder zwei Gesichter unter den Geschworenen sind mir verdächtig, darunter der Obmann. Der Durchschnittsmann kennt kein Erbarmen mit Frauen, die ihrem Gatten durchgebrannt sind. Ich würde mich viel wohler fühlen, wenn Ihre Schwester über ihr Eheleben spräche. Noch ist es nicht zu spät.«

Dinny schüttelte den Kopf.

»Na schön! Dann hängt viel vom persönlichen Eindruck ab, doch

man hat ein Vorurteil gegen Mäuse, die über Tische und Bänke springen, wenn die Katze aus dem Haus ist.«
Beim Zubettgehen fühlte sich Dinny wieder ganz übel. So mag es einem Menschen zumute sein, der weiß, daß er am nächsten Tag wieder Zeuge einer Tortur sein muß.

31

Tagaus, tagein bleiben die Gerichtssäle steinern und unberührt vom Wandel der Zeit. Man macht dort stets die gleiche Geste, nimmt stets auf denselben Sitzen Platz. Und stets herrscht dort der gleiche Geruch – nicht zu stark, doch immerhin stark genug. Clare war am zweiten Verhandlungstag in schwarzem Kleid erschienen und trug eine zarte grüne Feder auf dem schwarzen enganliegenden Hut. Bleich, die Lippen nur von einer Spur Schminke gerötet, saß sie so still, daß man sie gar nicht anzureden wagte. Die Worte: »Scheidungsfall in der Londoner Gesellschaft« und der zugkräftige Titel: »Nacht im Auto« hatten ihre Wirkung getan – im Gerichtssaal war kaum Platz zum Stehen. Dinny sah den jungen Croom dicht hinter seinem Rechtsbeistand sitzen. Der Schnupfen der Geschworenen mit dem Vogelblick schien heute schon besser, und die Papageienaugen des Obmanns hingen starr an Clare. Der Richter schien tiefer zu sitzen denn je. Beim Klang von Mr. Instones Stimme straffte er sich ein wenig.
»Eure Lordschaft! Verehrte Geschworene! Die Anklage legt der Beklagten und dem Mitbeschuldigten sträfliche Beziehungen zur Last. Ihre Antwort lautet: ›Wir stellen jedes Verschulden in Abrede.‹ Ich rufe die Beklagte vor.«
Dinny blickte zu Clare auf, ihr war's, als sähe sie die Schwester zum erstenmal. Nach Dornfords Rat stand Clare ziemlich weit hinten in der Zeugenbank, der Schatten des Baldachins darüber lieh ihrem Gesicht ein verschlossenes, geheimnisvolles Aussehen. Doch ihre Stimme war klar, und nur Dinny merkte, daß sie etwas schärfer klang als gewöhnlich.
»Lady Corven, ist es wahr, daß Sie Ihrem Gatten die Treue brachen?«

»Es ist unwahr.«
»Sie können das beeiden?«
»Jawohl.«
»Zwischen Ihnen und Mr. Croom ist also nichts vorgefallen?«
»Nichts.«
»Sie können das beeiden?«
»Jawohl.«
»Man hat hier vorgebracht –«
Nun folgte Frage auf Frage. Dinny saß während dieses Verhörs lauschend da und wandte den Blick nicht von der Schwester; im stillen bewunderte sie Clares deutliches Sprechen, ihre reglose Ruhe in Gestalt und Gesicht. Instones Stimme klang heute so völlig anders als gestern, daß Dinny sie kaum wiedererkannte.
»Lady Corven, ich muß jetzt noch eine Frage an Sie richten und gebe Ihnen vor der Erwiderung zu bedenken, daß von der Beantwortung dieser Frage sehr viel abhängt. Weshalb haben Sie Ihren Mann verlassen?«
Dinny sah, wie die Schwester den Kopf ein wenig zurückwarf.
»Ich verließ ihn, weil ich alle Achtung vor mir selbst verloren hätte, wäre ich länger bei ihm geblieben.«
»Schön! Aber können Sie uns den Grund dafür nicht näher angeben? Sie hatten doch nichts getan, dessen Sie sich zu schämen brauchten?«
»Nein.«
»Ihr Gatte hat, wie er selbst zugab, etwas Derartiges getan und Sie dafür um Entschuldigung gebeten. Stimmt das?«
»Ja.«
»Was hat er getan?«
»Verzeihung, aber über diesen Punkt kann ich keine weiteren Fragen beantworten.«
»Lady Corven, es liegt mir fern, Sie in dieser Sache zu veranlassen, gegen Ihr Gefühl zu handeln. Aber ich bitte Sie dringend, setzen Sie alles falsche Zartgefühl hintan.«
»Meiner Meinung nach ist es kein falsches Zartgefühl. Mein Instinkt hält mich davon ab, über mein Eheleben zu sprechen.«
»Bei Gott, sie hat recht!« hörte Dinny ihren Vater murmeln. Sie

sah den Kopf des Richters vorschnellen, sah, wie sein Gesicht sich mit halbgeöffnetem Mund zur Zeugenbank wandte.

»Wenn ich Sie recht verstehe, so sagten Sie, Sie hätten Ihrem Gefühl nach Ihre Selbstachtung verlieren müssen, wenn Sie bei Ihrem Gatten geblieben wären.«

»Jawohl, Mylord.«

»Aber Sie konnten Ihrem Gefühl nach Ihre Selbstachtung retten, wenn Sie ihn auf diese Weise verließen?«

»Jawohl, Mylord.«

Dinny sah, wie der Richter sich wieder leicht straffte, wie er das Gesicht bald nach dieser, bald nach jener Seite wandte, als wolle er bei den folgenden Worten keinem der Hörer in die Augen sehen: »Nun, Mr. Instone, ich halte es für nutzlos, die Sache weiterzuverfolgen. Die Beklagte ist offenbar fest entschlossen, jede Antwort zu verweigern.« Sein Blick unter den halbgesenkten Lidern schien wieder an einem unsichtbaren Punkt zu hängen.

»Wie es Eurer Lordschaft beliebt. Nochmals, Lady Corven, an diesen Beschuldigungen, die Sie und Mr. Croom eines sträflichen Verhaltens zeihen, ist demnach kein wahres Wort?«

»Kein wahres Wort.«

»Danke.« Dinny tat einen langen Atemzug und wappnete sich gegen die bedächtige, volltönende Stimme Mr. Broughs zur Rechten hinter ihr und seine irritierenden Pausen.

»Sie, eine verheiratete Frau, betrachten es nicht als sträfliche Beziehungen, wenn Sie einen jungen Mann in Ihre Kajüte laden, sich in Ihrer Wohnung bis halb zwölf nachts allein mit ihm unterhalten, eine Nacht mit ihm im Auto verbringen und in Abwesenheit Ihres Gatten mit ihm herumspazieren?«

»An und für sich nicht.«

»Also gut. Sie behaupten, vor Ihrer Begegnung auf dem Schiff hätten Sie den Mitbeschuldigten nie gesehen. Wie kam es dann, daß Sie schon, wenn ich nicht irre, vom zweiten Tag Ihrer Bekanntschaft an so intim mit ihm waren?«

»Anfangs war ich mit ihm nicht intim.«

»Na hören Sie! Sie steckten doch immer mit ihm zusammen, oder nicht?«

»Oft, nicht immer.«

»Oft, nicht immer – vom zweiten Tag an?«
»Ja, wie es eben auf einem Schiff zu sein pflegt.«
»Stimmt vollkommen, Lady Corven. Und früher hatten Sie ihn nie gesehen?«
»Meines Wissens nicht.«
»Ceylon ist ja gar nicht so groß – ich meine vom gesellschaftlichen Standpunkt.«
»Ganz richtig.«
»Es gibt dort eine Menge Polo-Matches, Kricketpartien und andere Veranstaltungen, bei denen man immer wieder dieselben Leute trifft.«
»Stimmt.«
»Und dennoch sind Sie Mr. Croom nie begegnet? Das ist doch sonderbar!«
»Keineswegs. Mr. Croom lebte auf einer Plantage.«
»Aber wenn ich nicht irre, war er Polospieler.«
»Ja.«
»Und Sie sind Reiterin und interessieren sich für jeden Pferdesport?«
»Ja.«
»Und dennoch sind Sie Mr. Croom nie begegnet?«
»Ich habe Ihnen doch schon erklärt: Nie. Und wenn Sie mich bis morgen so weiterfragen, Sie werden stets dieselbe Antwort hören.«
Dinny hielt den Atem an. Ihr fiel plötzlich ein, wie Clare als kleines Mädchen über Oliver Cromwell hatte Rede und Antwort stehen müssen. Die bedächtige, volltönende Stimme begann von neuem:
»Sie haben in Kandy nie ein Polomatch versäumt, nicht wahr?«
»Wenn es irgendwie anging, nie.«
»Und einmal bewirteten Sie nachher die Spieler?«
Dinny sah, wie die Schwester die Stirn furchte.
»Ja.«
»Wann war das?«
»Vergangenen Juni, glaub ich.«
»Und Mr. Croom war einer der Spieler?«
»Mag sein, aber ich sah ihn nicht.«

»Sie bewirteten ihn, sahen ihn aber nicht dabei?«
»Nein.«
»Pflegen in Kandy die Gastgeberinnen ihre Gäste nicht zu sehen?«
»Wenn ich mich recht entsinne, waren eine Menge Leute dort.«
»Bitte, Lady Corven, hier ist das Programm jenes Polospiels, werfen Sie doch einen Blick darauf, um Ihr Gedächtnis aufzufrischen.«
»An dieses Match erinnere ich mich ganz genau.«
»Aber an Mr. Croom erinnern Sie sich nicht, weder auf dem Spielplatz noch später in Ihrem Haus?«
»Nein. Während des Spiels nahm das Kandy-Team meine Aufmerksamkeit ganz in Anspruch, und später waren zu viele Leute dort. Wenn ich mich daran erinnern könnte, würde ich es sofort sagen.«
Dinny war es, als sei eine endlose Zeit verstrichen, ehe die nächste Frage kam.
»Ich vermute nämlich, Sie waren einander bei Ihrer Begegnung auf dem Schiff nicht mehr fremd.«
»Vermuten Sie, was Sie wollen, wir waren es aber doch.«
»Das behaupten Sie.«
»Hol der Teufel den Kerl!« hörte Dinny hinter sich ihren Vater murmeln und berührte seinen Arm mit dem ihren.
»Sie haben doch die Aussage der Stewardeß gehört? War das das einzige Mal, daß der Mitbeklagte Sie in Ihrer Kajüte aufsuchte?«
»Das einzige Mal, daß er länger als eine Minute blieb.«
»Aha! So kam er also öfter?«
»Ein- oder zweimal, ein Buch auszuleihen oder zurückzustellen.«
»Und als er bei dieser Gelegenheit kam und, wenn ich nicht irre, eine halbe Stunde dort verbrachte –«
»Zwanzig Minuten, glaub ich.«
»Zwanzig Minuten? – Was taten Sie während dieser Zeit?«
»Ich zeigte ihm Fotos.«
»So! Warum nicht auf Deck?«
»Das weiß ich nicht.«
»Kam es Ihnen denn nicht zu Bewußtsein, wie bedenklich das war?«

»Das überlegte ich gar nicht. Ich hatte eine Menge Lichtbilder, Momentaufnahmen und Fotos meiner Familie.«
»Es waren aber doch keine darunter, die Sie ihm nicht ebensogut im Salon oder auf Deck hätten zeigen können?«
»Vermutlich nicht.«
»Sie dachten wohl, er würde nicht gesehen werden?«
»Ich sagte Ihnen ja schon, ich überlegte es gar nicht.«
»Wer von Ihnen schlug vor, er solle in die Kajüte kommen?«
»Ich.«
»Sie wußten doch, daß Sie sich in einer sehr heiklen Situation befanden?«
»Allerdings, aber die anderen wußten es nicht.«
»Sie hätten ihm also diese Fotografien überall zeigen können? Wenn Sie sich jetzt darauf besinnen, finden Sie es nicht selbst sonderbar, daß Sie sich für nichts und wieder nichts so kompromittierten?«
»Es war einfacher, sie ihm gleich in der Kajüte zu zeigen. Überdies gingen diese Familienbilder andere Leute nichts an.«
»Lady Corven! Sie wollen allen Ernstes behaupten, daß während jener zwanzig Minuten zwischen Ihnen beiden nichts vorgefallen ist?«
»Vor dem Weggehen küßte er mir die Hand.«
»Immerhin etwas, aber keine Antwort auf meine Frage.«
»Weiter nichts, was Sie befriedigt hätte.«
»Wie waren Sie bekleidet?«
»Zu meinem lebhaften Bedauern muß ich Ihnen mitteilen, daß ich vollständig bekleidet war.«
»Mylord, darf ich bitten, mich gegen derart höhnische Bemerkungen in Schutz zu nehmen?«
Dinny bewunderte die stille Art, in der der Richter sagte:
»Bitte, die Fragen ganz schlicht zu beantworten.«
»Jawohl, Mylord.«
Clare war aus dem Schatten des Baldachins hervorgetreten und stützte die Hände auf die Brüstung der Zeugenbank. Rote Flekken brannten auf ihren Wangen.
»Ich vermute, Sie hatten schon ein Verhältnis miteinander, noch ehe Sie das Schiff verließen.«

»Wir hatten keines, und dabei ist es geblieben.«
»Wann sahen Sie den Mitbeschuldigten zum erstenmal wieder nach der Landung?«
»Ich glaube, ungefähr eine Woche später.«
»Wo?«
»In der Nähe des Landsitzes meiner Familie in Condaford.«
»Was taten Sie da?«
»Ich saß in einem Auto.«
»Allein?«
»Ja. Ich war ausgefahren, um für die Wahl zu werben, und begab mich nach Hause zum Tee.«
»Und der Mitbeklagte?«
»Er saß ebenfalls in einem Auto.«
»Und sprang bei Ihrem Anblick natürlich auf, wie?«
»Mylord, ich bitte, mich gegen derart höhnische Bemerkungen in Schutz zu nehmen.«
Dinny vernahm ein Kichern und hörte, wie die Stimme des Richters ins Leere sprach: »Was dem einen recht ist, ist dem anderen billig, Mr. Brough.«
Das Kichern wurde deutlicher vernehmbar. Dinny konnte sich einen Seitenblick nicht versagen. Clares hübsches Gesicht war puterrot.
Der »ganz junge« Roger neben ihr sah erfreut und zugleich ein wenig ängstlich aus.
»Wieso kam der Mitbeklagte auf diese Landstraße achtzig Kilometer von London?«
»Er wollte mich treffen.«
»Das geben Sie also zu?«
»Er sagte es mir.«
»Vielleicht können Sie die Worte wiederholen, die er gebrauchte?«
»Das kann ich nicht mehr, doch entsinne ich mich noch, daß er mich um einen Kuß bat.«
»Und Sie ließen sich den Kuß gefallen?«
»Ja. Ich streckte den Kopf aus dem Auto, er küßte mich auf die Wange, ging dann zu seinem eigenen Auto zurück und fuhr davon.«

»Dennoch wollen Sie uns erzählen, Sie hätten auf der Seereise nichts miteinander zu tun gehabt?«
»Wie Sie es meinen, nicht. Ich stelle ja nicht in Abrede, daß er in mich verliebt war; er hat es wenigstens behauptet.«
»Wollen Sie damit sagen, daß Sie nicht in ihn verliebt waren?«
»Ganz richtig.«
»Aber küssen ließen Sie sich trotzdem?«
»Er tat mir leid.«
»Und das scheint Ihnen ein geziemendes Benehmen für eine Ehefrau?«
»Vielleicht nicht. Doch nachdem ich meinen Gatten verlassen hatte, betrachtete ich mich nicht mehr als Ehefrau.«
»So!«
Dinny war's, als hätten alle im Gerichtssaal diesen Ausruf getan. Der »ganz junge« Roger hatte irgendeinen Gegenstand aus der Rocktasche gezogen; er sah ihn aufmerksam an und schob ihn wieder zurück. Die Geschworene mit dem angenehmen, breiten Gesicht, die einer Haushälterin glich, furchte bekümmert die Stirn.
»Und was taten Sie nach dem Kuß?«
»Ich fuhr nach Hause zum Tee.«
»Und fühlten sich nicht schlechter, wie?«
»Nein, eher besser.«
Wieder erhob sich das Kichern. Der Richter wandte das Gesicht der Zeugenbank zu.
»Sprechen Sie im Ernst?«
»Jawohl, Mylord. Ich will die volle Wahrheit sagen. Auch wenn Frauen selbst nicht lieben, sind sie doch dankbar für die Liebe, die man ihnen entgegenbringt.«
Der Blick des Richters schien wieder an etwas Unsichtbarem über Dinnys Kopf zu hängen.
»Bitte weiter, Mr. Brough!«
»Bei welcher Gelegenheit sahen Sie den Mitbeklagten das nächste Mal?«
»Im Haus meiner Tante, wo ich in London wohnte.«
»Kam er zu Ihrer Tante auf Besuch?«
»Nein, zu meinem Onkel.«

»Gab er Ihnen bei diesem Anlaß einen Kuß?«
»Nein. Ich erklärte ihm, wenn wir uns weiter treffen sollten, müßten unsere Beziehungen platonisch bleiben.«
»Eine Bezeichnung, die Ihnen wohl recht gelegen kam?«
»Wie hätte ich es denn sonst bezeichnen sollen?«
»Madam, nicht Sie haben hier zu fragen. Was erwiderte er darauf?«
»Er werde sich ganz meinen Wünschen fügen.«
»Sprach er Ihren Onkel?«
»Nein.«
»Bei dieser Gelegenheit also sah Ihr Gatte Mr. Croom das Haus verlassen?«
»Vermutlich.«
»Und gleich nach seinem Fortgehen kam Ihr Gatte?«
»Ja.«
»Er sprach mit Ihnen und fragte Sie, wer dieser junge Mann sei?«
»Ja.«
»Und Sie sagten es ihm?«
»Ja.«
»Wenn ich nicht irre, nannten Sie den Mitbeklagten Tony?«
»Ja.«
»Ist das sein wirklicher Name?«
»Nein.«
»Also Ihr Kosename für ihn?«
»Ganz und gar nicht. Jedermann nennt ihn so.«
»Und er nannte Sie vermutlich ›Clare‹ oder ›Liebling‹?«
»Das eine oder das andere.«
Dinny sah den Richter wieder auf einen unsichtbaren Punkt starren.
»Mr. Brough, die jungen Leute gebrauchen heutzutage Vornamen und vertrauliche Bezeichnungen, ohne daß das viel zu bedeuten hätte.«
»Dessen bin ich mir bewußt, Mylord . . . Nannten Sie ihn ›Liebling‹?«
»Möglich, ich glaube aber nicht.«
»Sie sprachen Ihren Gatten bei diesem Anlaß ohne Zeugen?«

»Ja.«
»Wie empfingen Sie ihn?«
»Kalt.«
»Aha! Sie hatten ja eben von dem Mitbeklagten Abschied genommen?«
»Das hatte nichts damit zu tun.«
»Forderte Sie Ihr Gatte auf, zu ihm zurückzukehren?«
»Ja.«
»Und Sie schlugen es ab?«
»Ja.«
»Und das hatte mit dem Mitbeklagten nichts zu tun?«
»Nein.«
»Lady Corven, wollen Sie den Geschworenen wirklich weismachen, daß Ihre Beziehungen zu dem Mitbeklagten oder, sagen wir, Ihr Gefühl für ihn bei dieser Weigerung keine Rolle spielten?«
»Gar keine.«
»Erwägen Sie doch selbst: Sie hatten drei Wochen im vertrauten Zusammensein mit diesem jungen Mann verbracht; hatten ihm erlaubt, Sie zu küssen, und sich danach ›besser gefühlt‹. Sie hatten eben von ihm Abschied genommen. Kannten sein Gefühl für Sie. Und trotz allem wollen Sie den Geschworenen einreden, er habe auf Ihren Entschluß keinen Einfluß ausgeübt?«
Clare senkte den Kopf.
»Antworten Sie, bitte!«
»Ich glaube nicht.«
»Psychologisch nicht ganz klar.«
»Wie meinen Sie das?«
»Ich will damit nur sagen, Lady Corven, daß es den Geschworenen nicht leichtfallen dürfte, Ihnen Glauben zu schenken.«
»Zum Glauben kann ich sie nicht zwingen, ich kann nur die Wahrheit sagen.«
»Na schön! Wann trafen Sie den Mitbeklagten das nächste Mal?«
»Am folgenden Abend. Er kam in die unmöblierte Wohnung, die ich beziehen wollte, und half mir die Wände tünchen.«
»Hm! War das nicht ein wenig ungewöhnlich?«

»Vielleicht. Ich besaß kein überflüssiges Geld, und er hatte auch seinen Bungalow in Ceylon selbst ausgemalt.«

»Verstehe. Ein kleiner Freundschaftsdienst von ihm, nichts weiter. Und während der Stunden, die er damals in Ihrer Wohnung verbrachte, fiel zwischen Ihnen gar nichts vor?«

»Zwischen uns ist überhaupt nie etwas vorgefallen.«

»Um wieviel Uhr verließ er Sie?«

»Wir gingen an den beiden Abenden zusammen gegen neun Uhr fort, etwas essen.«

»Und dann?«

»Kehrte ich in das Haus meiner Tante zurück.«

»Und unterwegs kehrten Sie nirgendwo ein?«

»Nirgendwo.«

»Na schön! Trafen Sie Ihren Gatten noch ein anderes Mal, ehe er nach Ceylon zurückkehren mußte?«

»Ja, zweimal.«

»Wo fand die erste dieser Begegnungen statt?«

»In meiner Wohnung. Ich hatte sie inzwischen bezogen.«

»Erzählten Sie ihm, daß der Mitbeklagte Ihnen geholfen hatte, die Wände zu tünchen?«

»Nein.«

»Weshalb nicht?«

»Weshalb hätte ich es erzählen sollen? Ich teilte meinem Gatten lediglich meinen Entschluß mit, nicht mehr mit ihm zurückzukehren. Ich betrachtete mein Zusammenleben mit ihm als abgeschlossen.«

»Bat er Sie bei dieser Gelegenheit, mit ihm zurückzureisen?«

»Ja.«

»Und Sie schlugen es ab?«

»Ja.«

»In herausfordernder Weise?«

»Bitte?«

»In beleidigender Weise?«

»Nein. Ich lehnte einfach ab.«

»Hatte Ihr Gatte in Ihnen den Argwohn erweckt, er wolle sich scheiden lassen?«

»Nein. Ich weiß aber nicht, mit was für Plänen er sich trug.«

»Und Sie gaben ihm offenbar keine Gelegenheit, die Ihren zu erraten?«
»So wenig wie möglich.«
»Eine stürmische Zusammenkunft?«
Dinny hielt den Atem an. Die Röte war von Clares Wangen gewichen, sie sah blaß und verärgert aus.
»Nein, quälend, sie ging mir auf die Nerven. Ich hatte ihn ja nicht treffen wollen.«
»Sie hörten doch vorhin die Behauptung Ihres Anwalts, Ihr Gatte habe gleich nach Ihrer Abreise aus Ceylon in seinem verletzten Stolz den Entschluß gefaßt, sich beim nächstbesten Anlaß von Ihnen scheiden zu lassen? Hatten Sie diesen Eindruck?«
»Ich hatte ihn nicht, hab auch heute noch keinen solchen. Es wäre möglich. Ich bilde mir nicht ein, seine Gedanken lesen zu können.«
»Obwohl Sie fast achtzehn Monate mit ihm lebten?«
»Ja.«
»Doch weigerten Sie sich wieder ganz entschieden, zu ihm zurückzukehren?«
»Das habe ich bereits erklärt.«
»Hielten Sie seine Aufforderung zur Rückkehr für ernst gemeint?«
»Im Augenblick wohl.«
»Trafen Sie ihn nochmals vor seiner Abreise?«
»Ja, ein oder zwei Minuten, aber nicht allein.«
»Wer war dabei zugegen?«
»Mein Vater.«
»Und forderte er Sie bei dieser Gelegenheit nochmals zur Rückkehr auf?«
»Ja.«
»Und Sie weigerten sich?«
»Ja.«
»Und dann erhielten Sie von Ihrem Gatten vor seiner Abreise aus London wieder eine Nachricht, in der er Sie noch einmal bat, Ihren Entschluß doch zu ändern und ihn zu begleiten?«
»Ja.«
»Und Sie weigerten sich wieder?«

»Ja.«
»Gestatten Sie, daß ich Ihnen jetzt nochmals das Datum des – äh – dritten Januar« – Dinny holte wieder tief Atem – »ins Gedächtnis zurückrufe, jenes Tages, den Sie von fünf Uhr nachmittags bis fast gegen Mitternacht in Gesellschaft des Mitbeklagten verbrachten. Geben Sie das zu?«
»Ja.«
»Und nichts fiel zwischen Ihnen vor?«
»Nur das eine: Er hatte mich beinahe drei Wochen nicht gesehen und küßte mich auf die Wange, als er das erstemal zum Tee kam.«
»So! Wieder auf die Wange! Nur die Wange?«
»Nur die, sonst nichts – bedaure.«
»Auch er hat das gewiß bedauert.«
»Schon möglich.«
»Und nach dieser Trennung verbrachten Sie die erste halbe Stunde Ihres Zusammenseins beim – Tee?«
»Ja.«
»Ihre Wohnung liegt wenn ich nicht irre, in einer alten Hintergasse und besteht aus einem Zimmer im Erdgeschoß, einer Treppe und einem Zimmer im Stockwerk – Ihrem Schlafraum.«
»Ja.«
»Und einem Badezimmer? Und beim Tee haben Sie wohl auch geplaudert?«
»Ja.«
»Wo?«
»In dem Zimmer im Erdgeschoß.«
»Und dann gehen Sie plaudernd zusammen ins Temple-Gebäude, danach in ein Kino und zum Abendessen in ein Restaurant und plaudern dabei, vermute ich; und dann fahren Sie im Auto in Ihre Wohnung zurück und plaudern unterwegs wieder?«
»Ganz richtig.«
»Und dann, nach fast sechsstündigem Beisammensein, finden Sie, Sie hätten ihm noch eine Menge zu sagen, er müsse unbedingt in Ihre Wohnung mitkommen – und er kommt mit?«
»Ja.«
»Es ist elf Uhr vorbei, nicht wahr?«

»Eben elf vorbei.«
»Und wie lange bleibt er bei dieser Gelegenheit?«
»Etwa eine halbe Stunde.«
»Und währenddessen fällt nichts vor?«
»Nicht das geringste.«
»Es wird nur getrunken, man raucht eine oder zwei Zigaretten und plaudert noch ein wenig?«
»Stimmt aufs Haar.«
»Was haben Sie denn so viele Stunden mit dem jungen Mann zu plaudern, der das Privileg genießt, Sie auf die Wange küssen zu dürfen?«
»Worüber wird denn überhaupt geplaudert?«
»Ich habe hier zu fragen.«
»Wir plaudern über allerlei und nichts.«
»Etwas präziser, bitte!«
»Über Pferde, Filme, meine Familie, seine Familie, Theater – ich entsinne mich nicht mehr.«
»Und Sie vermeiden es dabei ganz besonders, von Liebe zu sprechen?«
»Ja.«
»Also rein platonisch von A bis Z!«
»Das ist die richtige Bezeichnung.«
»Hören Sie, Lady Corven, wagen Sie wirklich zu behaupten, dieser junge Mann, der Sie nach Ihrem eigenen Geständnis liebt und Sie drei Wochen lang nicht gesehen hat, habe sich während dieser ganzen Zeit kein einziges Mal von seinem Gefühl hinreißen lassen?«
»Er hat mir wohl ein- oder zweimal seine Liebe gestanden, doch hält er jederzeit ehrlich sein Versprechen.«
»Was für ein Versprechen?«
»Alle Liebesbezeigungen zu unterlassen. Die Liebe an und für sich ist ja kein Verbrechen, eher ein Unglück.«
»Sie sprechen aus Ihrem Gefühl heraus, wohl aus eigener Erfahrung?«
Clare gab keine Antwort.
»Wollen Sie uns allen Ernstes erklären, Sie hätten diesen jungen Mann nicht geliebt, liebten ihn noch immer nicht?«

»Ich hab ihn sehr gern, aber nicht, wie Sie es meinen.«
Dinny durchschoß warmes Mitgefühl mit dem jungen Croom, der all dies mitanhören mußte. Ihre Wangen glühten, der Blick ihrer blauen Augen ruhte auf dem Richter. Eben hatte er Clares letzte Antwort notiert; plötzlich sah sie ihn gähnen. Das Gähnen eines Greises, und so lang! – ihr schien es endlos. Das stimmte sie um, erfüllte sie mit einem gewissen Mitleid. Auch er mußte Tag für Tag diese langwierigen Versuche von Leuten anhören, die nur darauf abzielten, einander zu verletzen und zu übertölpeln.
»Sie hörten vorhin die Aussage des Detektivs, daß nach Ihrer Rückkehr aus dem Restaurant in Gesellschaft des Mitangeklagten in Ihrem Zimmer oben ein Licht brannte. Was sagen Sie dazu?«
»Mag sein. Wir saßen dort.«
»Warum oben, warum nicht unten?«
»Weil es dort oben viel wärmer und behaglicher ist.«
»Ist es Ihr Schlafzimmer?«
»Nein, ein Wohnraum. Ich habe keine Schlafzimmer. Ich schlafe auf dem Sofa.«
»Verstehe. In diesem Zimmer also verbrachten Sie in Gesellschaft des Mitangeklagten die Zeit von etwas nach elf bis knapp vor Mitternacht?«
»Ja.«
»Und Ihrer Ansicht nach war das völlig harmlos?«
»Harmlos wohl, aber höchst unbesonnen, glaub ich jetzt.«
»Sie wollen damit sagen, wenn Sie von der Überwachung gewußt hätten, wäre dieses Zusammensein unterblieben?«
»Ganz bestimmt.«
»Was veranlaßte Sie, gerade diese Wohnung zu mieten?«
»Die billige Miete.«
»War das nicht höchst unbequem – kein Schlafraum, kein Dienstbotenzimmer, kein Portier?«
»Derartiger Luxus kostet viel Geld.«
»Wollen Sie in Abrede stellen, daß Sie diese Wohnung nur deshalb mieteten, weil nichts Derartiges vorhanden war?«
»Nein. Aber mit meinem Gehalt finde ich nur knapp das Auskommen.«

»Und als Sie diese Wohnung nahmen, dachten Sie keinen Augenblick an den Mitangeklagten?«
»Nein.«
»Keinen einzigen Augenblick?«
»Mylord, ich habe bereits geantwortet.«
»Mr. Brough, auch ich bin dieser Ansicht.«
»Und dann trafen Sie den Mitangeklagten regelmäßig?«
»Nein. Gelegentlich. Er lebte auf dem Lande.«
»Verstehe. Und besuchte Sie?«
»Er traf mich jedesmal, wenn er nach London kam, etwa zweimal in der Woche.«
»Und was taten Sie bei diesen Zusammenkünften?«
»Wir besuchten eine Bildergalerie oder ein Kino. Einmal waren wir, glaub ich, auch im Theater. Wir pflegten dann gemeinsam zu speisen.«
»Wußten Sie, daß Sie überwacht wurden?«
»Nein.«
»Suchte er Sie in Ihrer Wohnung auf?«
»Vor dem dritten Februar nicht wieder.«
»Ja, mit diesem Tag will ich mich jetzt befassen!«
»Das habe ich erwartet.«
»So, das haben Sie erwartet? Dieser Tag und diese Nacht sind Ihnen also unauslöschlich in Erinnerung?«
»Ich erinnere mich noch ganz genau.«
»Mein Kollege hat die Ereignisse dieses Tages mit Ihnen gründlich erörtert und, abgesehen von einigen Stunden Aufenthalts in Oxford, haben Sie diesen Tag offenbar fast ganz im Auto verbracht. Stimmt das?«
»Ja.«
»Und dieses Auto war ein Zweisitzer mit Rücksitz?«
Der Richter machte eine Bewegung:
»Ich kenne diese Wagentype, obzwar ich noch nie selbst damit fuhr.«
»War es ein geräumiges, behagliches kleines Auto?«
»Ganz richtig.«
»Geschlossen, nicht wahr?«
»Ja. Man konnte es nicht öffnen.«

»Mr. Croom chauffierte, und Sie saßen neben ihm?«
»Ja.«
»Auf der Rückfahrt von Oxford gingen also, Ihrer Aussage nach, die Scheinwerfer aus, etwa um halb elf, in einem Wald ungefähr acht Kilometer vor Henley?«
»Ja.«
»War das Zufall?«
»Natürlich.«
»Prüften Sie die Batterie?«
»Nein.«
»Waren Sie dabei gewesen, als die Batterie geladen wurde?«
»Nein.«
»Wußten Sie, wann die Batterie zum letztenmal geladen worden war?«
»Nein.«
»Warum finden Sie es dann natürlich?«
»Wenn Sie den Verdacht aussprechen wollen, Mr. Croom habe mit der Batterie absichtlich –«
»Bitte, antworten Sie auf meine Frage!«
»Ich antworte ja. Mr. Croom ist solcher schmutziger Schliche einfach unfähig.«
»Die Nacht war finster?«
»Stockfinster.«
»Und es war ein großer Wald?«
»Ja.«
»Wohl der geeignetste Platz, den man sich auf dem ganzen Weg von Oxford nach London aussuchen konnte?«
»Aussuchen?«
»Wenn man den Plan gefaßt hatte, die Nacht im Auto zu verbringen.«
»Gewiß, aber dieser Verdacht ist eine Ungeheuerlichkeit!«
»Nichts für ungut, Lady Corven. Sie hielten es also für puren Zufall?«
»Natürlich.«
»Erzählen Sie uns doch, was Mr. Croom Ihnen sagte, als die Scheinwerfer ausgingen.«
»Wenn ich nicht irre, rief er: ›Herrje! Die Scheinwerfer sind

ausgegangen!‹ Dann stieg er aus dem Wagen und untersuchte die Batterie.«

»Hatte er eine Taschenlampe?«

»Nein.«

»Und es war stockfinster. Möchte wissen, wie er da die Batterie untersuchen konnte. Sie nicht auch?«

»Nein. Er brannte ein Zündholz an.«

»Und was war denn eigentlich in Unordnung?«

»Mir scheint, er sagte, ein Draht sei kaputt.«

»Und dann – Sie erzählten uns, er habe weiterzufahren versucht und sei zweimal von der Straße abgekommen. Da muß es ja wirklich stockfinster gewesen sein?«

»War es auch, ungewöhnlich finster.«

»Und Sie machten, wenn ich mich recht entsinne, Ihrer Aussage nach den Vorschlag, die Nacht im Auto zu verbringen?«

»Ja.«

»Nachdem Mr. Croom ein oder zwei andere Vorschläge gemacht hatte?«

»Ja. Er schlug vor, wir sollten zu Fuß nach Henley gehen, er würde dann mit einer Taschenlampe zum Auto wieder zurückkehren.«

»Schien er auf diesen Vorschlag sehr erpicht?«

»Erpicht? Nicht besonders.«

»Er drängte Sie nicht dazu?«

»N-nein.«

»Meinte er es Ihrer Ansicht nach überhaupt ernst?«

»Natürlich.«

»Sie setzen also unbedingtes Vertrauen in Mr. Croom?«

»Unbedingtes Vertrauen.«

»Schön! Kennen Sie den Ausdruck: jemandem eine Karte in die Hand spielen?«

»Ja.«

»Sie kennen seine Bedeutung?«

»Ja, jemanden zwingen, gerade die Katte zu ziehen, die man ihm zuschanzen möchte.«

»Stimmt haargenau.«

»Wenn Sie damit sagen wollen, Mr. Croom habe den Vorschlag,

im Auto zu übernachten, mir abzuzwingen versucht, so sind Sie gewaltig im Irrtum. Übrigens ein niedriger Verdacht!«

»Was bringt Sie nur auf den Gedanken, ich wolle diesen Verdacht aussprechen, Lady Corven? Kam Ihnen damals diese Idee?«

»Nein. Mr. Croom war über meinen Vorschlag ganz überrascht.«

»So! Wodurch verriet er diese Überraschung?«

»Er fragte mich, ob ich ihm so viel Vertrauen schenke. Ich mußte ihn erst mahnen, doch nicht so altmodisch zu sein. Natürlich konnte ich ihm vertrauen.«

»Daß er sich ganz Ihrem Wunsch fügen würde?«

»Daß er alle Liebesbezeigungen unterlassen würde. Ich hatte stets Vertrauen zu ihm, wenn ich ihn traf.«

»Sie hatten noch nie zuvor eine Nacht mit ihm verbracht?«

»Natürlich nicht.«

»Natürlich! Sie gehen mit diesem Ausdruck ziemlich verschwenderisch um, und, wie mir scheint, haben Sie kaum Grund dazu. Es bot sich Ihnen doch oft genug Gelegenheit, die Nacht mit ihm zu verbringen, nicht wahr? – auf dem Schiff und in Ihrer Wohnung, sobald Sie unter vier Augen waren?«

»Oft genug, aber ich nützte diese Gelegenheit nie aus.«

»Das sagen Sie. Doch wenn diese Behauptung auf Wahrheit beruht, mutet Ihr Vorschlag in jener Nacht nicht höchst sonderbar an?«

»Keine Spur. Der Gedanke machte mir einen Heidenspaß.«

»Einen Heidenspaß? Sie wußten doch, daß dieser junge Mann Sie leidenschaftlich liebte?«

»Ich bedauerte es ja nachher. Es war nicht nett ihm gegenüber.«

»Lady Croom, Sie, eine erfahrene verheiratete Frau, wollen uns wirklich einreden, daß es Ihnen nicht zum Bewußtsein gekommen sei, welcher Tortur Sie diesen jungen Mann dabei aussetzten?«

»Erst nachher kam es mir zum Bewußtsein, und es tat mir leid.«

»So, nachher! Aber ich spreche von vorher.«

»Vorher kam es mir nicht in den Sinn.«

»Sie stehen hier unter Eid. Sie beharren also auf der Aussage, in der Nacht des dritten Februar sei in jenem finsteren Wald innerhalb des Autos zwischen Ihnen beiden nicht das geringste vorgefallen. Und Sie sind nach wie vor bereit, das zu beschwören?«

»Ja.«

»Sie hörten ja die Zeugenaussagen des Detektivs, er habe sich gegen zwei Uhr morgens an das Auto herangeschlichen, habe hineingespäht und beim Schein seiner Taschenlampe Sie beide in tiefem Schlaf gefunden, wobei Ihr Kopf an der Schulter des Mitbeklagten ruhte?«

»Ja, das habe ich gehört.«

»Ist es wahr?«

»Wie kann ich das wissen, da ich schlief? Doch halte ich es für ganz wahrscheinlich, ich hatte ja schon früher meinen Kopf an seine Schulter gelehnt.«

»Ah! Das geben Sie also zu?«

»Gewiß. So war es bequemer. Ich hatte ihn ja gefragt, ob er etwas dagegen habe.«

»Und natürlich hatte er nichts dagegen?«

»Ich dachte, Ihnen mißfalle das Wort ›natürlich‹! Jedenfalls sagte er, er habe nichts dagegen.«

»Dieser junge Mann, der Sie liebte, hatte eine bewunderungswürdige Selbstbeherrschung, wie?«

»Ja, seit damals bin ich auch dieser Ansicht.«

»Sie wußten es also, wenn Ihre Darstellung wahr ist. Aber ist sie wahr, Lady Corven? Ist sie nicht von A bis Z erfunden?«

Dinny sah, wie die Hände ihrer Schwester krampfhaft die Brüstung umschlossen, sah, wie ihr das Blut in die Wangen schoß und wie sie wieder erbleichte, und vernahm ihre Antwort: »Es mag ja phantastisch klingen, aber es ist wahr von A bis Z. Alles, was ich hier ausgesagt habe, ist wahr.«

»Und am Morgen wachten Sie dann auf, als sei nichts geschehen, und sagten: ›Jetzt fahren wir nach Hause und frühstükken!‹ Und Sie fuhren tatsächlich nach Hause, in Ihre Wohnung?«

»Ja.«

»Wie lange blieb er bei dieser Gelegenheit?«

»Fast eine halbe Stunde, vielleicht etwas länger.«

»Und Ihre Beziehungen blieben so rein und unschuldig wie immer?«

»Wie immer.«
»Und drei Wochen später wurde Ihnen dieses Schriftstück überreicht?«
»Ja.«
»Überraschte es Sie?«
»Ja.«
»Sie waren sich Ihrer völligen Unschuld bewußt und in Ihren Gefühlen tief verletzt?«
»Nicht, als ich mir die Sache überlegte.«
»So? Nicht, als Sie sich die Sache überlegten? Was verstehen Sie eigentlich darunter?«
»Da erst erinnerte ich mich, mein Mann habe gesagt, ich möge auf der Hut sein. Nun sah ich erst ein, wie dumm es von mir war, so gar nichts davon geahnt zu haben, daß ich unter Überwachung stand.«
»Sagen Sie mir doch, Lady Corven, warum haben Sie diese Klage bestritten?«
»Weil wir uns keiner Schuld bewußt waren, mochte auch der Schein noch so sehr gegen uns sprechen.«
Dinny sah, wie der Richter einen Blick auf Clare warf, ihre Antwort notierte und die Feder hob, dann vernahm sie seine Stimme:
»In jener Nacht im Auto befanden Sie sich auf einer Landstraße. Was hinderte Sie, irgendein vorüberfahrendes Auto anzuhalten und den Lenker zu bitten, Sie nach Henley zu fahren?«
»Mylord, ich glaube, das kam uns gar nicht in den Sinn. Ich bat Mr. Croom, einem der vorbeifahrenden Wagen zu folgen, doch sie flitzten zu rasch vorüber.«
»Was aber hinderte Sie daran, zu Fuß nach Henley zu gehen und das Auto im Wald zu lassen?«
»Eigentlich nichts, doch wären wir kaum vor Mitternacht in Henley eingetroffen. Ich hielt das für peinlicher, als einfach im Auto zu bleiben. Und ich hatte mir's schon immer gewünscht, einmal eine Nacht im Auto zu schlafen.«
»Und Sie wünschen es sich jetzt noch immer?«
»Nein, Mylord, ein solches Vergnügen wird überschätzt.«
»Mr. Brough, wir schalten jetzt die Mittagspause ein.«

32

Dinny schlug alle Einladungen zum Lunch aus, nahm ihre Schwester beim Arm und führte sie in die Carey Street. Schweigend gingen sie um den Lincoln's-Inn-Fields-Platz herum. »Fast überstanden, Liebste«, sagte sie endlich. »Hast dich prächtig gehalten. Er hat deine Aussagen in keinem Punkt erschüttern können, das fühlt, glaub ich, auch der Richter. Mir ist der Richter übrigens viel sympathischer als die Geschworenen.«

»Ach, Dinny, ich bin so müde. Dieser ewige Verdacht, daß ich lüge, martert mich – ich könnte heulen!«

»Das ist ja Broughs Absicht. Mach ihm doch nicht diese Freude!«

»Und der arme Tony! Ich komme mir schändlich vor.«

»Wie wär's mit einer Tasse gutem heißem Tee? Wir hätten gerade noch Zeit.«

Sie schritten die Chancery Lane hinab zum »Strand«.

»Bestell nichts dazu, Liebling. Ich bring keinen Bissen hinunter.«

Auch Dinny konnte nichts essen. Die beiden rührten den Tee um, tranken ihn und begaben sich dann schweigend ins Gerichtsgebäude zurück. Clare beachtete nicht einmal den ängstlichen Blick ihres Vaters, ließ sich wieder auf ihrem alten Platz in der ersten Bankreihe nieder, hielt die Hände im Schoß und den Blick gesenkt.

Dinny bemerkte, daß Jerry Corven in ein lebhaftes Gespräch mit seinem Anwalt und dem Klagevertreter vertieft war. Der »ganz junge« Roger äußerte im Vorbeigehen:

»Man wird Corven wieder auf die Zeugenbank rufen!«

»Warum?«

»Ich weiß nicht.«

Wie ein Schlafwandler trat der Richter ein, verneigte sich leicht vor den Geschworenen und nahm Platz. »Heute sitzt er noch tiefer«, fuhr es Dinny durch den Sinn.

»Mylord, ehe ich das Verhör mit der Beklagten wieder aufnehme, möchte ich mit Ihrer Erlaubnis den Kläger noch über einen Punkt befragen, auf den mein Kollege vorhin so großes Gewicht legte. Wie sich Eure Lordschaft wohl noch entsinnen dürfte, schob mein Kollege dem Kläger die Absicht unter, er habe sofort nach der Abreise seiner Frau die Scheidung seiner Ehe angestrebt. Der Kläger möchte diesen Punkt durch eine Aussage ergänzen, und mir scheint es angebracht, ihn gleich jetzt zu vernehmen. Ich werde mich ganz kurz fassen, Mylord.«

Dinny sah, wie Clare den Kopf hob und dem Richter zuwandte – ihr Gesichtsausdruck war so eigen, daß Dinnys Herz wild zu pochen begann. »Gut, Mr. Brough.«

»Sir Gerald Corven.«

Dinny sah den Schwager in selbstsicherer Haltung zur Zeugenbank schreiten, sah, daß Clare ihn so scharf ins Auge faßte, als wollte sie seinem Blick begegnen.

»Nach Ihrer Aussage, Sir Gerald, sprachen Sie Ihre Gattin bei der vorletzten Zusammenkunft vor Ihrer Abreise nach Ceylon – am ersten November war es – in ihrer Wohnung in den Melton Mews?«

»Jawohl.«

Dinny stockte der Atem. Nun war es heraus!

»Abgesehen von Ihrer Unterredung – was geschah denn noch bei dieser Gelegenheit?«

»Wir waren Mann und Frau.«

»Wollen Sie damit sagen, daß Sie die ehelichen Beziehungen wiederaufnahmen?«

»Jawohl, Mylord.«

»Danke, Sir Gerald. Durch diese Antwort scheint die Vermutung meines Kollegen wohl endgültig erledigt. Weiter habe ich Sie nichts zu fragen.«

»Warum sagten Sie uns das nicht gleich beim ersten Verhör?« fragte Instone.

»Ich faßte die Bedeutung dieses Punktes erst nach Ihrem Verhör.«

»Können Sie beeiden, daß Sie das nicht frei erfunden haben?«

»Ganz gewiß kann ich es beeiden.«

Dinny schloß die Augen, lehnte sich fest an die Bank und dachte an den jungen Mann, der drei Reihen hinter ihr saß. Grausam! Wer aber sah das hier ein? Man riß hier den Menschen die Brust auf, legte alle Nerven bloß, prüfte sie kaltblütig, fast mit Freude, und schob sie dann zerlegt und zerschnitten wieder zurück.

»Lady Corven, wollen Sie sich zur Zeugenbank begeben?«
Als Dinny die Augen wieder aufschlug, stand Clare erhobenen Hauptes nahe der Brüstung; ihr Blick hing fest an dem Fragesteller.
»Nun, Lady Corven«, hob die bedächtige, vollklingende Stimme wieder an, »haben Sie diese Aussage gehört?«
»Ja.«
»Ist sie wahr?«
»Ich möchte die Antwort verweigern.«
»Warum?«
Dinny sah, wie sich die Schwester wieder dem Richter zuwandte.
»Mylord, als mein Rechtsbeistand mich aufforderte, über mein Eheleben zu sprechen, schlug ich es ab, und an diesem Entschluß will ich auch jetzt festhalten.«
Einen Moment lang glitt der Blick des Richters zur Zeugenbank hinüber; dann schien er wieder an einem unsichtbaren Punkt zu hängen.
»Eine Aussage des Klägers, die einen von Ihrem Rechtsbeistand geäußerten Verdacht entkräften will, zwingt uns zu dieser Frage. Sie müssen darauf antworten!«
Es kam keine Antwort.
»Wiederholen Sie Ihre Frage, Mr. Brough.«
»Ist es wahr, daß bei jener Gelegenheit, von der Ihr Gatte spricht, die ehelichen Beziehungen zwischen Ihnen wiederaufgenommen wurden?«
»Nein, es ist nicht wahr.«
Dinny, die das Gegenteil wußte, sah auf. Der Blick des Richters hing noch immer starr an einem Punkt über ihrem Haupt, doch sah sie, wie er leicht die Lippen aufwarf. Er glaubte diese Antwort nicht.
Die bedächtige, volltönende Stimme sprach wieder, verriet heimlichen Triumph.
»Sie können das beschwören?«
»Ja.«
»Ihr Gatte vergaß sich also bei dieser Aussage so weit, daß er einen Meineid beging?«
»Sein Wort steht gegen das meine.«

»Und ich zweifle kaum daran, wem von Ihnen beiden man Glauben schenken wird. Vermutlich sagen Sie das nur deshalb aus, um die Gefühle des Mitbeklagten zu schonen. Nicht wahr?«
»Nein.«
»Kurz und gut, können wir auch nur einer Ihrer früheren Angaben mehr Glauben schenken als dieser letzten?«
»Mr. Brough, diese Frage scheint mir nicht fair. Die Beklagte weiß nicht, welche Bedeutung wir diesem Punkt beimessen.«
»Gut, Mylord, ich will meine Frage anders formulieren. Lady Corven, Sie haben also in allen Punkten die Wahrheit gesagt, die volle, lautere Wahrheit?«
»Ja.«
»Ausgezeichnet! Weiter habe ich nichts zu fragen.«
Dann wurde Clare nochmals um einige Einzelheiten befragt, wobei man es absichtlich vermied, nochmals den letzten Punkt zu berühren; doch während all dieser Reden mußte Dinny unablässig an den jungen Croom denken. Sie gab den Fall bereits verloren. Hätte doch dieser Mann hinter ihr lieber nicht versucht, Corven anzuschwärzen und allzuviel zu beweisen, dann wäre diese letzte Mine nicht aufgeflogen! Und doch – war dieses Anschwärzen der Gegenpartei denn nicht die Quintessenz des ganzen Verfahrens?
Als Clare bleich und erschöpft wieder auf ihrem Platz saß, flüsterte Dinny: »Möchtest du nicht fortgehen, Liebling?«
Clare schüttelte den Kopf.
»James Bernard Croom.«
Zum erstenmal seit dem Beginn der Verhandlung sah Dinny ihm voll ins Gesicht und erkannte ihn kaum wieder. Aus seinem sonngebräunten, gequälten Antlitz war alle Farbe gewichen, er kam ihr hager vor wie noch nie. Die grauen Augen schienen sich unter den Brauen zu verbergen, um die zusammengepreßten Lippen lag ein bitterer Zug. Er sah mindestens fünf Jahre älter aus. Dinny wußte sofort, Clares Leugnen habe ihn nicht getäuscht.
»Sie heißen James Bernard Croom, leben in Bablock Hythe, leiten dort ein Gestüt? Haben Sie Privatvermögen?«
»Nicht das geringste.«

Jetzt stellte nicht Instone die Fragen, sondern ein jüngerer Mann mit scharf geschnittener Nase, der gerade hinter ihm saß.
»Bis zum September des vorigen Jahres waren Sie Verwalter einer Teeplantage in Ceylon? Sind Sie der Beklagten jemals in Ceylon begegnet?«
»Nie.«
»Sie hielten sich nie in ihrem Hause auf?«
»Nein.«
»Sie hörten doch von einem gewissen Polo-Match, bei dem Sie mitspielten? Die Beklagte hat die Spieler nachher bewirtet.«
»Mag sein, aber ich ging nicht mit. Ich mußte auf die Plantage zurück.«
»Sie trafen die Beklagte also zum erstenmal auf dem Schiff?«
»Ja.«
»Sie machen kein Hehl daraus, daß Sie sich in die Dame verliebten?«
»Nein.«
»Abgesehen davon – bestanden jemals sträfliche Beziehungen zwischen Ihnen beiden?«
»Niemals.«
Während Croom Frage um Frage dem Gerichtshof beantwortete, hing Dinnys Blick unentwegt an seinem Gesicht, sie schien ganz gebannt von seinem beherrschten, aber bitter leidenden Ausdruck.
»Nun zu meiner letzten Frage, Mr. Croom. Wenn diese Schuld, die Ihnen die Klage zur Last legt, auf Wahrheit beruht, dann sind Sie als Mann entlarvt, der eine Ehefrau während der Abwesenheit ihres Gatten verführt hat. Sind Sie sich dessen bewußt? Was haben Sie darauf zu entgegnen?«
»Nur Folgendes: Wenn Lady Corven meine Gefühle auch nur einigermaßen erwidert hätte, dann hätte ich ihren Gatten sofort über den Stand der Dinge unterrichtet.«
»Sie behaupten also, Sie hätten ihn gewarnt, noch ehe etwas zwischen Ihnen beiden vorfiel?«
»Das möchte ich nicht behaupten, doch so bald wie möglich.«
»Die Beklagte hat demnach Ihre Gefühle nicht erwidert?«
»Leider nein.«

»Es war also nie ein Anlaß vorhanden, den Gatten zu unterrichten?«
»Nein.«
»Danke!«
Die Gestalt des jungen Croom straffte sich ein wenig, als Mr. Broughs bedächtige, vollklingende Stimme neuerlich anhob:
»Soweit Sie es aus eigener Erfahrung wissen – ändern sich die Gefühle Liebender zueinander denn niemals?«
»Ich habe keine Erfahrung.«
»Keine Erfahrung? Sie kennen doch das französische Sprichwort: ›Zum Küssen gehören zwei, einer, der küßt, und der andere, der sich küssen läßt‹?«
»Vom Hörensagen.«
»Und stimmt das, was meinen Sie?«
»Ungefähr ebenso wie jedes andere Sprichwort.«
»Nach Ihrer beider Aussage haben Sie also in Abwesenheit des Gatten einer Ehefrau nachgestellt, der diese Nachstellungen unerwünscht waren? Nicht besonders ehrenhaft von Ihnen, wie? Nicht gerade das, was man *fair play* nennt?«
»Vermutlich nicht.«
»Ich darf wohl annehmen, Mr. Croom, daß Sie nicht ganz so unehrenhaft handelten und daß die Beklagte ungeachtet des französischen Sprichwortes Ihre Aufmerksamkeiten ganz gern hinnahm?«
»Nein, das war nicht der Fall.«
»Und das behaupten Sie angesichts jenes Vorfalls in der Kajüte! Angesichts der Tatsache, daß die Beklagte Sie zum Tünchen ihrer Wohnung einlud! Angesichts jener Einladung zum Tee und der Tatsache, daß Sie knapp vor Mitternacht über eine halbe Stunde in jenen behaglichen Räumen mit ihr verbrachten! Angesichts ihres Vorschlags, mit ihr die Nacht im Auto zu verbringen und am nächsten Morgen zum Frühstück mitzukommen! Na, wissen Sie, Mr. Croom, das heißt aber die Ritterlichkeit gar zu weit treiben. Ihre Aussage soll doch welterfahrene Männer und Frauen überzeugen!«
»Wenn sie meine Gefühle erwidert hätte, wären wir sofort auf und davon gegangen, mehr kann ich nicht sagen. Die Schuld

trifft allein mich, sie hat mich nur deshalb gütig behandelt, weil ich ihr leid tat.«
»Wenn Ihre und der Beklagten Aussagen wahr sind, dann hat Sie ja die Beklagte im Auto auf die Folter gespannt, wie? War das vielleicht gütig?«
»Wer nicht selbst liebt, kann die Gefühle eines Liebenden nicht ermessen.«
»Sind Sie eine kalte Natur?«
»Nein.«
»Aber sie ist es?«
»Mr. Brough, wie soll der Mitbeklagte das wissen?«
»Mylord, ich hätte die Frage so formulieren sollen: ›Halten Sie die Beklagte für eine kalte Natur?‹«
»Ich glaube nicht.«
»Dennoch wollen Sie uns weismachen, sie habe Ihnen nur aus purer Güte erlaubt, die Nacht mit ihr zu verbringen, aus purer Güte den Kopf an Ihre Schulter gelehnt? Na schön! Wenn sie Ihre Gefühle erwidert hätte, behaupten Sie, dann wären Sie augenblicklich mit ihr auf und davon. Wie hätten Sie die Mittel dazu aufgebracht? Besaßen Sie Geld?«
»Zweihundert Pfund.«
»Und sie?«
»Zweihundert jährlich, abgesehen von ihrem Gehalt.«
»Da wären Sie also auf und davon und hätten von der Luft gelebt, wie?«
»Ich hätte schon irgendeinen Posten gefunden.«
»Ihren gegenwärtigen wohl nicht?«
»Wahrscheinlich nicht.«
»Vermutlich sahen Sie beide ein, daß es heller Wahnsinn gewesen wäre, so alle Brücken hinter sich abzubrechen?«
»Ich empfand es nie so.«
»Was bestimmte Sie eigentlich dazu, die Klage zu bestreiten?«
»Ich wollte, wir hätten es unterlassen!«
»Warum bestritten Sie die Klage dennoch?«
»Sie und ihre Familie waren der Ansicht, wir müßten es tun, da wir ja unschuldig sind.«
»Sie aber waren anderer Meinung?«

»Ich dachte, man werde uns ja doch nicht glauben, und wollte, daß sie frei werde.«
»An ihre Ehre dachten Sie gar nicht?«
»Doch, natürlich. Aber wenn wir gewinnen, bleibt sie ja an ihn gebunden. Und das wäre ein teuer bezahlter Sieg.«
»Sie waren also der Meinung, man würde Ihnen beiden nicht Glauben schenken? Die Geschichte klingt Ihnen wohl selbst zu unwahrscheinlich, wie?«
»Nein. Doch je strenger man sich an die Wahrheit hält, um so weniger kann man hoffen, Glauben zu finden.«
Dinny bemerkte, wie der Richter sich ihm zuwandte und ihn ansah.
»Sprechen Sie im allgemeinen?«
»Nein, Mylord, ich meinte, vor Gericht.«
Der Richter wandte das Gesicht wieder ab, sein Blick hing neuerlich an der unsichtbaren Stelle über Dinnys Kopf.
»Ich überlege, ob ich gegen Sie ein Verfahren wegen Beleidigung des Gerichts anhängig machen soll, verstanden?«
»Verzeihung, Mylord! Ich wollte ja nur sagen, daß jedes Wort, das man hier äußert, am Ende doch nur gegen einen selbst gebraucht wird.«
»Sie sprechen aus Unerfahrenheit. Ich will es diesmal noch hingehen lassen. Doch hüten Sie sich davor, derartige Äußerungen zu wiederholen. Mr. Brough, fahren Sie fort.«
»Die Forderung von Schadenersatz war also nicht das Hauptmotiv für Ihren Entschluß, die Klage zu bestreiten?«
»Nein.«
»Sie erklärten doch vorhin, Sie besäßen kein Privatvermögen. Stimmt das?«
»Gewiß.«
»Wie können Sie dann behaupten, diese Forderung habe bei Ihrem Entschluß keine Rolle gespielt?«
»Ich hatte an so viel anderes zu denken, daß mir mein Bankrott belanglos schien.«
»Sie haben vorhin erklärt, Sie hätten von Lady Corvens Existenz erst bei der Heimreise auf dem Dampfer erfahren. Kennen Sie nicht einen Ort in Ceylon namens Neuralýa?«

»Nein.«
»Was?«
Dinny sah ein mattes Lächeln über die Falten und Krähenfüße auf dem Antlitz des Richters huschen.
»Formulieren Sie die Frage etwas anders, Mr. Brough. Wir sprechen jenen Ort gewöhnlich Neurálya aus.«
»Neurálya kenn ich, Mylord.«
»Waren Sie im vergangenen Juni dort?«
»Ja.«
»Und Lady Corven befand sich gleichfalls dort?«
»Mag sein.«
»Wohnte sie nicht in demselben Hotel wie Sie?«
»Nein. Ich habe überhaupt nicht im Hotel gewohnt. Bei einem Freund.«
»Und Sie trafen Lady Corven nicht beim Golf- oder Tennisspiel oder auf einem Spazierritt?«
»Nein.«
»Oder sonstwo?«
»Nein.«
»Neurálya ist kein großer Ort, wie?«
»Nicht besonders groß.«
»Und sie ist eine auffallende Erscheinung, nicht wahr?«
»In meinen Augen gewiß.«
»Sie trafen sie also zum erstenmal auf dem Schiff? Vorher nie?«
»Nein.«
»Wann wurden Sie sich zum erstenmal der Liebe zu ihr bewußt?«
»Am zweiten oder dritten Tag auf See.«
»Also fast Liebe auf den ersten Blick?«
»Ja.«
»Und es kam Ihnen gar nicht in den Sinn, sie als die Gattin eines anderen zu meiden?«
»Allerdings, aber ich brachte es nicht über mich.«
»Sie brachten es nicht über sich? Hätte die Beklagte Sie entmutigt, dann hätten Sie es doch über sich gebracht.«
»Ich weiß nicht.«
»Hat sie Sie entmutigt?«

»N-nein. Anfangs ahnte sie wohl kaum etwas von meinen Gefühlen.«
»Aber Frauen merken so etwas sehr rasch, Mr. Croom. Sie meinen also allen Ernstes, die Beklagte habe nichts geahnt?«
»Ich weiß nicht.«
»Gaben Sie sich Mühe, Ihre Gefühle zu verbergen?«
»Ob ich ihr auf dem Schiff Liebesbezeigungen erwies, meinen Sie? Nein.«
»Wann geschah das zum erstenmal?«
»Ich sprach von meinen Gefühlen zu ihr erst knapp vor der Landung.«
»Hatten Sie einen zwingenden Grund, sie in ihrer Kajüte aufzusuchen, um die Fotografien zu besehen?«
»Eigentlich nicht.«
»Besichtigten Sie bei dieser Gelegenheit überhaupt Fotografien?«
»Gewiß.«
»Und was taten Sie außerdem?«
»Wenn ich nicht irre, plauderten wir.«
»Da bot sich Ihnen doch eine Gelegenheit, sehen Sie das nicht ein? Oder war das nur eine von vielen Gelegenheiten, die Sie uns hier verschweigen?«
»Ich war damals das einzige Mal in ihrer Kajüte.«
»Und Sie erinnern sich des Hergangs noch genau?«
»Wir saßen dort und plauderten nur.«
»Aha, jetzt kommt Ihnen die Erinnerung zurück? Wo saßen Sie?«
»Auf einem Stuhl.«
»Und Lady Corven?«
»Auf dem Bett. Es war nur eine kleine Kajüte – kein zweiter Stuhl.«
»Eine Kajüte aufs Meer hinaus?«
»Ja.«
»Sie liefen also nicht Gefahr, gesehen zu werden?«
»Nein, aber es gab nichts zu sehen.«
»Das behaupten Sie beide. Bei dieser Gelegenheit wurde Ihnen wohl heiß und kalt, wie?«

Dinny sah den Kopf des Richters vorschnellen.
»Ich möchte Sie nicht unterbrechen, Mr. Brough, aber bedenken Sie, der Mitbeklagte macht ja kein Hehl aus seinen Gefühlen.«
»Bitte, Mylord. Dann stelle ich die Frage direkt. Wie ich vermute, Sir, kam es bei dieser Gelegenheit zwischen Ihnen zu sträflichen Beziehungen, stimmt das?«
»Nein.«
»Hm! Dann erklären Sie doch den Geschworenen, warum Sie nicht gleich nach Sir Gerald Corvens Ankunft in London sich zu ihm begaben und Ihre Beziehungen zu seiner Gattin offen bekannten.«
»Was für Beziehungen?«
»Sir, machen Sie doch keine Umstände! Sie selbst geben ja die Tatsache zu, daß Sie so oft wie möglich die Gesellschaft seiner Frau suchten, daß Sie sie lieben und mit ihr auf und davon wollten.«
»Sie wollte nicht mit mir auf und davon. Ich wäre ja gern zu ihrem Gatten gegangen, doch ohne ihre Erlaubnis hatte ich kein Recht dazu.«
»Baten Sie Lady Corven um diese Erlaubnis?«
»Nein.«
»Warum nicht?«
»Weil sie erklärt hatte, wir dürften einander nur als Freunde treffen.«
»Ich vermute, sie hat Ihnen nichts Derartiges erklärt.«
»Mylord, man will mich Lügen strafen!«
»Beantworten Sie die Frage!«
»Ich bin kein Lügner.«
»Ich glaube, das ist die Antwort, Mr. Brough.«
»Sagen Sie mir doch, Sir: Sie hörten eben die Aussage der Beklagten. Scheint sie Ihnen vollkommen der Wahrheit entsprechend?«
Dinny sah, wie ein Beben über sein Gesicht lief – wenn das nur die anderen nicht merkten!
»Jawohl, soweit ich es beurteilen kann.«
»Vielleicht war diese Frage nicht ganz fair. Ich möchte sie lieber folgendermaßen formulieren: Wenn die Beklagte dies oder jenes

behauptet oder in Abrede stellt, fühlen Sie sich wohl ehrenhalber verpflichtet, ihre Behauptungen nach besten Kräften zu erhärten, und wenn Sie das nicht können, gläubig als Tatsache hinzustellen?«

»Mr. Brough, ich bin nicht überzeugt, daß diese Frage vollkommen fair ist.«

»Mylord, für meine Sache ist es von fundamentaler Bedeutung, den Geschworenen die Denkweise des Mitbeklagten in allen Stadien dieser Angelegenheit vor Augen zu führen.«

»Na, ich will Ihr Verhör nicht unterbrechen, aber derlei Verallgemeinerungen haben schließlich eine Grenze.«

Dinny sah zum erstenmal ein Lächeln über die Züge des jungen Croom huschen.

»Mylord, ich sträube mich durchaus nicht gegen die Beantwortung dieser Frage. Ganz im allgemeinen weiß ich nicht, wozu ich mich ehrenhalber verpflichtet fühlen würde.«

»Schön, lassen Sie uns zum Besonderen kommen. Lady Corven hat uns erklärt, sie habe Ihnen vertrauen können, daß Sie alle Liebesbezeigungen unterlassen würden. Sagen Sie uns, stimmt das?«

Dinny sah, wie seine Miene düster wurde.

»Nicht ganz, aber sie wußte, ich gab mir redlich Mühe.«

»Doch ab und zu konnten Sie sich eben nicht helfen?«

»Ich weiß nicht genau, worauf Sie jetzt hinauswollen; doch ab und zu verriet ich meine Gefühle.«

»Ab und zu? Mr. Croom, verrieten Sie denn nicht immer Ihre Gefühle?«

»Sie meinen, ob ich meine Liebe zu ihr stets irgendwie verriet? – Natürlich, so etwas läßt sich doch nicht verbergen.«

»Anständig von Ihnen, daß Sie das zugeben. Ich will Ihnen keine Falle stellen. Ich meine etwas mehr als ein bloßes Verraten der Gefühle durch Miene und Blick. Geradeheraus: ich meine physisches Liebeswerben.«

»Nein, nur –«

»Nun?«

»Dreimal im ganzen hab ich sie auf die Wange geküßt und manchmal ihre Hand gehalten.«

»Das hat sie ja zugegeben. Sind Sie bereit zu beschwören, daß weiter nichts vorgefallen ist?«

»Das kann ich beschwören.«

»Sagen Sie doch, haben Sie in jener Nacht im Auto, als ihr Kopf auf Ihrer Schulter lag, überhaupt geschlafen?«

»Ja.«

»War das nicht seltsam, wenn man Ihre Gefühle bedenkt?«

»Allerdings. Doch war ich um fünf Uhr morgens aufgestanden und zweihundertdreißig Kilometer gefahren.«

»Sie meinen also allen Ernstes, wir ließen uns weismachen, Sie hätten nach fünf Monate langem Sehnen diese wunderbare Gelegenheit, die sich Ihnen bot, nicht beim Schopf gepackt, sondern seien nur eben eingeschlafen?«

»Ich nützte die Gelegenheit nicht aus. Doch sagte ich Ihnen schon, ich erwartete gar nicht, daß man mir glauben werde.«

»Nur zu begreiflich!«

Noch lange Zeit fuhr die bedächtige, vollklingende Stimme zu fragen fort, noch lange hing Dinnys Blick wie gebannt an dem traurigen, gequälten Antlitz des jungen Croom. Endlich versank sie in eine Art von Betäubung und erwachte erst wieder, als der Anwalt fortfuhr: »Wie ich vermute, Sir, ließen Sie sich bei Ihrer Aussage vom ersten bis zum letzten Wort durchaus von dem Gefühl leiten, Sie müßten dieser Dame nach besten Kräften beistehen und darüber die Wahrheit und Ihr Gewissen außer acht lassen. Ihr Verhalten entspringt wohl nur übertriebener Ritterlichkeit?«

»Nein.«

»Also gut. Ich bin zu Ende.«

Daran schloß sich eine kurze Wiederholung des Verhörs, und zuletzt sprach der Richter die erlösende Schlußformel.

Dinny und Clare erhoben sich, traten, vom Vater gefolgt, auf den Gang und dann so rasch wie möglich ins Freie hinaus.

»Das hat uns Instone eingebrockt«, erklärte der General, »was mußte der Bursche sich so auf jenen Punkt versteifen?«

Clare gab keine Antwort.

»Ich bin froh, daß du jetzt geschieden wirst«, meinte Dinny.

33

Die Plädoyers waren beendet, der Richter faßte die Hauptpunkte nochmals kurz zusammen. In einer der Bankreihen hinter sich erblickte Dinny seitlich von ihrem Vater Jerry Corven neben seinen Anwälten, der »ganz junge« Roger saß allein. Clare war nicht im Gerichtssaal erschienen. Auch der junge Croom fehlte.
Die Stimme des Richters drang langsam, sozusagen zwischen den Zähnen hervor. Dinny schien es ganz wunderbar, wie genau er sich aller Einzelheiten entsann, denn er warf nur selten einen Blick auf seine Notizen. An seiner Wiedergabe der Aussagen fand sie nicht das mindeste zu tadeln. Er hielt den Blick auf die Geschworenen gerichtet und schien ab und zu die Augen zu schließen, doch seine Stimme sprach, ohne je zu stocken, weiter. Bisweilen schnellte sein Kopf vor, und wieder erinnerte der Richter zugleich an einen Priester und eine Schildkröte; dann zog er den Kopf zurück und sprach allem Anschein nach zu sich selbst: »Da die Beweisgründe nicht so zwingend sind, wie es dieser Gerichtshof zu verlangen pflegt (»Aha!« schoß es Dinny durch den Sinn, »der nimmt die Einladung zum Tee nicht so tragisch!«), hat der Anwalt des Klägers in seinem gründlichen Plädoyer mit Recht das Hauptgewicht auf die Glaubwürdigkeit der Beteiligten gelegt. Vor allem lenkte er Ihr Augenmerk auf den Umstand, daß die Beklagte die Wiederaufnahme der ehelichen Beziehungen mit dem Kläger bei seinem Besuch in ihrer Wohnung geleugnet hat. Seines Erachtens entsprang ihr Leugnen dem Wunsch, die Gefühle des Mitbeklagten zu schonen. Doch überlegen Sie selbst, ob eine Frau, die nach ihrer Behauptung einen Mann nicht geliebt, nicht ermutigt hat und zu ihm in keinerlei vertrauten Beziehungen stand, sich bis zu einem Meineid versteigen würde, bloß um seine Gefühle zu schonen. Nach ihrer eigenen Aussage war er für sie seit Beginn ihrer Bekanntschaft nur ein Freund, nichts weiter. Wenn Sie jedoch andererseits in diesem Punkt dem Kläger Glauben schenken – und es liegt durchaus kein Grund vor, ihm solch mutwilligen Meineid zuzutrauen –, dann müssen Sie notgedrungen der Beklagten den Glauben versagen; noch dazu hat sie mit voller Überlegung ein Faktum geleugnet, das eher zu ihren Gun-

sten als zu ihren Ungunsten sprach. Ihr Verhalten scheint einem schwer begreiflich, wenn sie für den Mitbeklagten wirklich nur bloße Freundschaft und nicht doch wärmere Gefühle empfand. Das scheint mir nun der Angelpunkt der ganzen Sache, und der Umstand, ob Sie in diesem Punkt der Aussage des Klägers oder seiner Gattin Glauben schenken, entscheidet wohl auch über die Glaubwürdigkeit, die Sie den übrigen Äußerungen der Beklagten beimessen dürfen. Ihnen liegt in diesem Prozeß lediglich ein sogenannter Indizienbeweis vor; in derartigen Fällen bildet die Glaubwürdigkeit der Parteien einen ungemein wichtigen Faktor. Wenn Sie auch nur in einem einzigen Punkt von der Unrichtigkeit der Angaben der einen Partei überzeugt sind, dann müssen Sie auch alle übrigen Aussagen der betreffenden Partei in Zweifel ziehen. Der Mitbeklagte hat allerdings einen ehrlichen Eindruck gemacht, bedenken Sie aber, daß es hierzulande seit alter Zeit – man mag das bedauerlich finden oder nicht – als Pflicht eines Ehrenmannes gilt, eine verheiratete Frau, die man durch seine Aufmerksamkeiten in eine solche Situation gebracht hat, unter allen Umständen herauszureißen. Fragen Sie sich also selbst, wie weit wir diesen jungen Mann, der offenkundig und nach seinem eigenen Geständnis für die Beklagte tiefe Liebe empfindet, als unbefangenen Zeugen betrachten dürfen.
Andererseits müssen Sie, was Sie auch von der Glaubwürdigkeit im allgemeinen halten, bei Ihrem Urteil immerhin die Möglichkeit ins Auge fassen, daß der Schein trügen kann. Heutzutage gehen junge Leute frei und ungezwungen miteinander um. Was in meiner Jugend als zwingender Schuldbeweis gegolten hätte, scheint heute keineswegs belastend. Jedoch bei Ihrer Beurteilung jener im Auto verbrachten Nacht sollten Sie Ihr besonderes Augenmerk der Antwort zuwenden, die mir die Beklagte auf meine Frage gab, warum sie nach dem Ausgehen der Scheinwerfer nicht einfach ein vorüberfahrendes Auto anriefen, den Insassen nicht alles erklärten und sich nach Henley führen ließen. ›Mylord‹, sagte die Beklagte, ›ich glaube, das kam uns gar nicht in den Sinn. Ich bat Mr. Croom, einem der vorbeifahrenden Wagen zu folgen, doch sie flitzten zu rasch vorüber.‹ Erwägen Sie doch angesichts dieser Antwort, ob der Beklagten jene einfache Lösung, nämlich

sich von einem Auto nach Henley führen zu lassen, wirklich erwünscht kam; in dieser Ortschaft wäre wohl ohne Zweifel der Schaden zu beheben gewesen, zumindest hätte sie von dort aus mit der Bahn nach London zurückkehren können. Ihr Anwalt gab zu bedenken, daß ihre Ankunft in Henley zu so später Stunde mit einem schadhaften Auto zuviel Aufsehen erregt hätte. Sie entsinnen sich jedoch der Behauptung der Beklagten, sie habe von der Überwachung gar nichts geahnt. Dünkt es Sie demnach wahrscheinlich, die Beklagte habe sich in jenem Augenblick von der Angst, Aufsehen zu erregen, leiten lassen?«

Dinnys Blick schweifte vom Gesicht des Richters fort und blieb auf den Geschworenen ruhen. Während sie diese zwölf ausdruckslosen Gesichter prüfend maß, wurde ihr eine entscheidende Tatsache klar: Es war weit leichter zu mißtrauen, als zu glauben. Mochten auch Gesichtsausdruck und Stimme des Aussagenden die Geschworenen einen Augenblick milder stimmen, am Ende schien ihnen die schmutzigere Version ja doch annehmbarer. Bei dem Wort »Schadenersatz« glitt ihr Blick zum Richter zurück.

»Wenn Ihre Entscheidung«, begann er wieder, »zugunsten des Klägers ausfällt, dann müssen Sie jetzt auch seinen Anspruch auf Schadenersatz in Erwägung ziehen. In dieser Angelegenheit möchte ich nun Ihre Aufmerksamkeit auf einige Punkte lenken, die Sie besonders überlegen müssen. Man darf nicht behaupten, solche Ansprüche seien heutzutage noch üblich oder würden von diesem Gerichtshof gern zugebilligt. Heutzutage wirkt es peinlich, für eine Frau einen Gegenwert in Geld zu verlangen. Vor etwas mehr als hundert Jahren kam es in der Tat noch gelegentlich vor, daß ein Gatte seine Frau zum Verkauf anbot, obzwar das bereits damals ungesetzlich war. Gott sei Dank sind diese Zeiten längst vorüber. Allerdings kann man vor diesem Gerichtshof auch heute noch Anspruch auf Schadenersatz erheben, doch darf diese Forderung nicht dem Motiv der Rachsucht entspringen und muß mit dem Einkommen des Mitbeklagten in Einklang stehen. Im vorliegenden Falle hat der Kläger erklärt, der ihm zugesprochene Betrag solle der Beklagten überschrieben werden. Das ist gegenwärtig allgemein üblich, sofern man überhaupt noch Anspruch auf Schadenersatz geltend macht. Sollte es sich als notwendig erweisen, daß Sie dieser Schadenersatzforderung nähertreten, so halten Sie sich bei der Bemessung der Summe die Erklärung des Beklagtenanwalts vor Augen, daß der Beklagte keinerlei Privatvermögen besitzt – sein Rechtsbeistand machte sich erbötig, diese Tatsache zu beweisen. Wie die Erfahrung lehrt, stellen Anwälte derartige Beweisanträge niemals, ohne ihrer Sache ganz gewiß zu sein; Sie dürfen also der Versicherung des Mitbeklagten Glauben schenken, daß er tatsächlich über keine Subsistenzmittel verfügt, abgesehen von dem Gehalt für seine – äh – Arbeit, die ihm jährlich vierhundert Pfund einträgt. Lassen Sie sich also bei der allfälligen Bemessung eines Schadenersatzbetrages von diesen Erwägungen leiten. Mitglieder des Geschworenenkollegs, ich entsende Sie jetzt zur Erfüllung Ihrer Aufgabe. Ihr Urteil wird für die Zukunft dieser Menschen von schwerwiegender Bedeutung sein; ich bin überzeugt, ich kann mich darauf verlassen, daß Sie nach bestem Wissen und Gewissen die Entscheidung fällen werden. Wenn Sie es wünschen, können Sie sich zur Beratung zurückziehen.«

Dinny war ganz überrascht, wie er sich fast schon im nächsten Augenblick in das Studium eines Schriftstücks vertiefte, das er vom Pult aufnahm.

»Er ist wahrhaftig ein lieber alter Kerl«, dachte sie, und ihr Blick wanderte zu den Geschworenen zurück, die sich eben von ihren Bänken erhoben. Nun, da die Schwester und Tony Croom ihre hochnotpeinliche Befragung überstanden hatten, nahm sie an den Vorgängen nur noch geringes Interesse. Auch der Gerichtssaal war heute nur spärlich besetzt.

»Die sind ja bloß gekommen, um sich an der Tortur zu weiden«, dachte sie bitter.

Eine Stimme sagte:

»Wenn Sie Clare sprechen wollen, sie ist im Gerichtsgebäude.«

Dornford, der Talar und Perücke trug, ließ sich neben ihr nieder. »Wie fanden Sie das Resümee des Richters?«

»Hochanständig.«

»Er ist wirklich ein durch und durch anständiger Mann.«

»Aber die Anwälte sollten sich auf ihre Kragen das Motto drukken lassen: ›Anständigkeit ist eine Zier, doch weiter kommt man ohne ihr.‹«

»Auch für die Halsbänder von Spürhunden würde sich solch eine Inschrift sehr gut eignen. Immerhin ist dieser Gerichtshof jetzt nicht mehr so arg wie in früheren Zeiten.«

»Das freut mich wirklich.«

Ganz still saß er da und blickte sie an.

»Die Perücke paßt gut zu seinem Teint«, ging es ihr durch den Kopf.

Ihr Vater beugte sich über sie zu Dornford hin.

»Binnen welcher Frist müssen die Prozeßkosten bezahlt werden, Dornford?«

»In der Regel binnen vierzehn Tagen, man kann sich aber die Frist erstrecken lassen.«

»Das Urteil fällt todsicher gegen sie aus«, meinte der General düster. »Na, wenigstens wird sie ihn los.«

»Wo ist Tony Croom?« fragte Dinny.

»Ich sah ihn, als ich hereinkam. Er steht beim Fenster auf dem Gang – ganz nahe. Sie können ihn nicht verfehlen. Soll ich hingehen und ihm sagen, er möge warten?«

»Bitte!«

»Wenn das Ganze vorüber ist, kommen Sie doch alle in meine Kanzlei!« Sie nickten, er verließ sie und kam nicht wieder.

Dinny und ihr Vater blieben sitzen. Ein Saaldiener übergab dem Richter eine schriftliche Mitteilung; der Richter schrieb etwas darauf, und der Diener brachte das Dokument den Geschworenen zurück. Fast gleich danach traten sie wieder in den Saal.

Das breite, freundliche Gesicht der mutmaßlichen Haushälterin sah ein wenig verärgert aus, als sei sie überstimmt worden; Dinny wußte sogleich, was kommen würde.

»Mitglieder des Geschworenenkollegs, sind Sie sich über Ihr Urteil schlüssig?«

Der Obmann erhob sich. »Jawohl.«

»Haben Sie zugunsten des Klägers oder der Beklagten entschieden?«

»Des Klägers. Mylord, wir billigen ihm keinen Anspruch auf

Schadenersatz zu, der Mitbeklagte soll jedoch die gesamten Prozeßkosten tragen.«
»Je mehr man liebt, um so mehr muß man dafür blechen«, fuhr es Dinny durch den Sinn. Sie hörte kaum noch auf die Worte des Richters, flüsterte dem Vater etwas zu und glitt hinaus.
Der junge Croom lehnte am steinernen Fenstersims; ihr war's, als habe sie noch nie eine so trostlose Miene gesehen.
»Nun, Dinny?«
»Verloren. Kein Schadenersatz, aber die gesamten Prozeßkosten. Kommen Sie, ich möchte mit Ihnen sprechen.«
Schweigend gingen sie fort.
»Setzen wir uns auf eine Bank am Themsekai.«
Der junge Croom lachte. »Am Kai! Wunderbar!«
Kein weiteres Wort fiel zwischen ihnen, bis sie unter einer Platane saßen, deren Blätter sich in diesem kalten Frühling noch nicht voll entfaltet hatten.
»Abscheulich!« sagte Dinny.
»Ich hab mich die ganze Zeit wie ein kompletter Narr benommen, aber jetzt ist's Schluß damit.«
»Haben Sie in den beiden letzten Tagen überhaupt etwas gegessen?«
»Ich glaub schon. Jedenfalls hab ich eine Menge getrunken.«
»Was fangen Sie jetzt an, lieber Junge?«
»Ich will mit Jack Muskham sprechen und mir irgendwo fern von England einen Posten suchen.«
Dinny merkte, sie habe die Sache am falschen Ende angepackt. Doch sie konnte ihm ja nur helfen, wenn sie über Clares Absichten genau Bescheid wußte.
»Niemand läßt sich raten«, meinte sie. »Aber könnten Sie nicht wenigstens etwa einen Monat noch abwarten?«
»Ich weiß nicht, Dinny.«
»Sind die Stuten schon eingetroffen?«
»Noch nicht.«
»Sie werden doch Ihre Arbeit nicht aufgeben, ehe sie recht begonnen hat?«
»Mir bleibt jetzt nur eines übrig – irgendwohin zu verschwinden.«

»Das kann ich Ihnen nachfühlen! Aber nur keinen verzweifelten Schritt tun! Versprechen Sie mir das! Auf Wiedersehen, lieber Junge, ich muß rasch zurück.« Sie erhob sich und drückte ihm kräftig die Hand.

Als sie in Dornfords Kanzlei trat, fand sie dort schon Clare, den Vater und den »ganz jungen« Roger.

Clare sah aus, als ginge sie die ganze Affäre gar nichts an.

»Wie hoch werden sich die Gesamtkosten belaufen, Mr. Forsyte?« fragte der General.

»Nicht viel weniger als tausend Pfund, denk ich.«

»Tausend Pfund dafür, daß man die Wahrheit sagt! Wir können unter keinen Umständen den jungen Croom mehr als seinen Anteil bezahlen lassen. Er hat keinen roten Heller.«

Der »ganz junge« Roger nahm eine Prise.

»Nun muß ich aber fort«, sagte der General, »und meine Frau trösten. Heute nachmittag fahren wir nach Condaford zurück, Dinny. Kommst du mit?«

Dinny nickte.

»Bravo! Vielen Dank, Mr. Forsyte. Anfang November also erhalten wir den Bescheid? Auf Wiedersehen!«

Als er fort war, fragte Dinny leise: »Was halten Sie eigentlich von der Sache, jetzt, da alles vorbei ist?«

»Wie ich Ihnen schon zu Anfang sagte: Wären Sie an Ihrer Schwester Stelle gestanden, wir hätten gewonnen.«

»Ich möchte wissen, ob Sie den beiden Glauben schenken oder nicht?« fragte Dinny kühl.

»Im großen und ganzen – ja.«

»Mehr kann man von einem Anwalt wohl nicht erwarten?«

Der »ganz junge« Roger lächelte.

»Niemand spricht je ganz ohne inneren Vorbehalt die Wahrheit.«

»Stimmt aufs Haar«, dachte Dinny. »Können wir ein Taxi bekommen?«

Im Auto sagte Clare: »Tu mir doch einen Gefallen, Dinny, bring mir meine Sachen in meine Wohnung.«

»Gern.«

»Ich bin jetzt nicht in der Stimmung für Condaford. Hast du Tony gesprochen?«

»Ja.«
»Wie geht es ihm?«
»Elend.«
»Elend?« wiederholte Clare bitter. »Was kann ich dafür, daß alle so hinter mir her sind? Seinetwegen hab ich gelogen.«
Dinny sah gerade vor sich hin und sagte:
»Wenn du es über dich bringst, so sag mir klipp und klar, was du für ihn fühlst.«
»Das werd ich tun, sobald ich es selber weiß.«
»Liebling, willst du nicht etwas essen?«
»Ja, ich bin hungrig. Ich werde hier in der Oxford Street aussteigen. Wenn du meine Sachen bringst, werde ich aufräumen. Du, ich hab das Gefühl, ich könnt jetzt wie ein Murmeltier schlafen, aber wahrscheinlich schließe ich dann doch kein Auge. Dinny, wenn du dich einmal scheiden läßt, verzichte darauf, die Klage zu bestreiten – nachträglich fallen einem immer bessere Antworten ein, und man kommt gar nicht los davon.«
Dinny drückte ihren Arm und fuhr mit dem Taxi zum South Square weiter.

34

Die Atmosphäre nach geschlagener Schlacht ist noch niederdrükkender als die Stimmung während des Kampfes. Nachträglich fallen einem immer bessere Antworten ein, und man kommt gar nicht los davon; dabei hat man das Empfinden, das Leben sei im Grunde gar nicht lebenswert. Man hat dem Selbsterhaltungstrieb Folge geleistet und bis ans Ende durchgehalten, und dieses Ende ist allerdings logisch, doch stets unerquicklich, mag es nun Sieg oder Niederlage heißen; dann aber ist alle Energie beim Teufel, man dämmert stumpf vor sich hin. So erging es auch Dinny, obwohl sie nur eine Nebenrolle gespielt hatte. Da sie fühlte, sie könne nicht wirklich helfen, warf sie sich wieder auf die Schweinezucht. Eine volle Woche ging hin, da erhielt sie folgenden Brief:

Kingson, Cuthcott & Forsyte
Old Jewry
23. Mai 1932

Verehrte Miss Cherrell!
Ich erlaube mir, Ihnen mitzuteilen, daß es uns gelang, ein Abkommen zu treffen, durch das die Prozeßkosten gedeckt werden, ohne dazu Mr. Croom oder Ihre Schwester heranzuziehen. Über die Einzelheiten dieses Übereinkommens muß ich Schweigen bewahren, doch wäre ich Ihnen sehr verbunden, wenn Sie den beiden und Ihrem Herrn Vater gelegentlich sagen wollten, sie brauchten sich darum nicht weiter zu sorgen.
Mit dem Ausdruck aufrichtiger Hochachtung verbleibe ich, verehrte Miss Cherrell,

Ihr sehr ergebener
Roger Forsyte

Sie erhielt diesen Brief an einem warmen Vormittag, durchs Fenster drang der Duft des Grases und das Surren der Mähmaschine. Dinny wollte der Sache auf die Spur kommen. Sie wandte sich vom Fenster ab und erklärte: »Vater, die Anwälte schreiben, wir sollten uns nicht mehr um die Prozeßkosten kümmern, sie hätten bereits ein Übereinkommen getroffen.«
»Inwiefern?«
»Sie dürfen uns keine näheren Angaben machen, wollen dich aber von dieser Sorge befreit wissen.«
»Die Anwälte werd ich mein Lebtag nicht verstehen«, brummte der General, »aber wenn die Anwälte sagen, es ist alles in Ordnung, dann fällt mir ein Stein vom Herzen. Ich hatte mir schon arg den Kopf zerbrochen.«
»Das weiß ich, lieber Vater. Willst du Kaffee?«
Aber unablässig kreisten ihre Gedanken um diesen rätselhaften Brief. Hatte Jerry Corven irgend etwas auf dem Kerbholz, was ihn zu einem solchen Abkommen zwang? Gab es nicht eine oberste Instanz, *The King's Proctor*, die in Scheidungsfällen einschreiten konnte, wenn Verabredung oder Unterdrückung von Tatsachen vorlag? Im ersten Augenblick hatte sie beabsichtigt, zu Tony Croom zu fahren, ließ aber wegen der Fragen, die er stellen mochte, diesen

Plan wieder fallen und schrieb nur ein paar Zeilen an ihn und Clare. Je länger sie jedoch über den Wortlaut dieses Briefes nachdachte, um so mehr festigte sich in ihr der Entschluß, den »ganz jungen« Roger aufzusuchen. Leiser Argwohn quälte sie im Unterbewußtsein und ließ ihr keine Ruhe. Sie vereinbarte daher mit dem Anwalt eine Zusammenkunft in einer Teestube unweit des British Museum auf seinem Heimweg aus der City und ging sogleich von der Bahn dorthin. Das Lokal war in einem gewissen altertümelnden Stil eingerichtet und wollte, soweit das möglich war, eines jener Lokale vorstellen, die Boswell und Johnson in der guten alten Zeit besucht haben mochten. Der Boden war zwar nicht mit Sand bestreut, aber eigentlich hätte es zum Stil des Ganzen gehört. Lange Tonpfeifen waren nirgends zu sehen, wohl aber lange Zigarettenmundstücke aus Kartonpapier. Die Möbel waren aus Holz, das Licht gedämpft. Da man offenbar kein Vorbild für stilechte Dienertracht jener Zeit aufgetrieben hatte, war das Personal seegrün gekleidet. Drucke von alten Gasthöfen mit Kutschen davor hingen an den Wänden, deren Täfelung aus einem modernen Geschäft stammte. Ein paar würdige Herren tranken Tee und rauchten Zigaretten, doch gebrauchte keiner diese langen Zigarettenmundstücke aus Kartonpapier. Der »ganz junge« Roger, der etwas hinkte, schien hier wie überall nicht ganz in seinem Element zu sein und nahm den Hut vom sandfarbenen Haar, während ein Lächeln seine Lippen umspielte.
»Chinatee oder indischen?« fragte Dinny.
»Bestellen Sie.«
»Also zwei Kaffee, bitte, und Gebäck.«
»Ausgezeichnet! Sehen Sie sich doch diese kupfernen Wärmflaschen an, Miss Cherrell; schöne alte Arbeit. Möchte wissen, ob die verkäuflich sind.«
»Sind Sie Sammler?«
»Ab und zu gable ich etwas auf. Wenn man schon ein Haus aus Königin Annas Zeit bewohnt, muß man auch etwas dafür tun.«
»Teilt Ihre Frau diese Neigung?«
»Nein. Sie ist eine Frau von heute, Bridge, Golf und alles, was modern ist. Wenn mir altes Silber unterkommt, kann ich mir nicht helfen, ich muß zugreifen.«

»Ich kann mir das nicht leisten«, murmelte Dinny. »Ihr Brief war mir wirklich ein Trost. Stimmt das tatsächlich, daß niemand von uns zu zahlen hat?«
»Gewiß.«
Sie überlegte ihre nächsten Fragen und sah ihn unter den Wimpern hervor prüfend an. Trotz seines starken Ästhetentums wirkte er ungemein beweglich.
»Im Vertrauen, Mr. Forsyte, wie gelang es Ihnen, dies Abkommen zu treffen? Hat mein Schwager etwas damit zu tun?«
Der »ganz junge« Roger legte beteuernd die Hand aufs Herz.
»Ein Forsyte weiß zu schweigen wie das Grab. Doch seien Sie ganz unbesorgt.«
»Ich muß mir aber Sorgen machen, solang ich nicht weiß, wer dahintersteckt.«
»Dann lassen Sie diese Sorgen fahren, Corven hat mit der Sache nichts zu tun.«
Dinny aß schweigend das Gebäck, dann sprach sie vom alten Silber. Der »ganz junge« Roger hielt ihr einen sachkundigen Vortrag über Silbergravierungen; wenn sie einmal zum Wochenende zu Besuch käme, wolle er für die Vertiefung ihrer Fachkenntnisse sorgen.
Sie nahmen herzlich voneinander Abschied, dann begab sich Dinny zu ihrem Onkel Adrian. Noch immer empfand sie ein gewisses Unbehagen. Die Bäume hatten in den letzten warmen Tagen üppig ihr Laub entfaltet; der Platz, an dem Adrian wohnte, lag still im Grünen, als hausten dort nur erdentrückte Geister. Niemand war zu Hause. »Mr. Cherrell wird aber bestimmt gegen sechs heimkommen, Miss«, sagte das Stubenmädchen.
Dinny wartete in einem kleinen getäfelten Zimmer; viele Bücher, Pfeifen, Lichtbilder Angelas und ihrer zwei Kinder schmückten die Wände. Ein alter Schäferhund leistete ihr Gesellschaft, durchs Fenster drangen gedämpft die Geräusche des Straßenverkehrs. Dinny spielte mit den Ohren des Hundes, da trat Adrian ein.
»Also, Dinny, es ist überstanden. Hoffentlich fühlst du dich jetzt wohler.« Dinny reichte ihm den Brief.
»Jerry Corven steckt nicht dahinter, das weiß ich. Onkel, du

kennst ja Eustace Dornford. Versuch doch, bitte, vorsichtig aus ihm herauszukriegen, ob er die Kosten auf sich nahm.«
Adrian zupfte sich den Bart.
»Er wird es mir kaum sagen.«
»Jemand muß sie doch bezahlt haben, nur er kann es gewesen sein. Ich möchte ihn nicht selbst danach fragen.«
Adrian sah sie aufmerksam an. Sie starrte angestrengt und nachdenklich vor sich hin.
»Keine leichte Aufgabe, Dinny. Doch ich will's versuchen. Was wird jetzt aus den beiden?«
»Ich weiß es nicht, sie wissen es nicht. Niemand weiß es.«
»Was sagen deine Leute zu dem Prozeß?«
»Sie sind heilfroh, daß er überstanden ist, und machen sich nicht mehr viel daraus. Du gibst mir bald Nachricht, gelt, lieber Onkel?«
»Jawohl, meine Liebe. Aber wahrscheinlich zieh ich unverrichteter Dinge ab.«
Dinny begab sich in die Melton Mews und traf ihre Schwester an der Schwelle. Clares Wangen waren feuerrot; etwas Fieberhaftes lag in ihrem Wesen und ihrer Erscheinung.
»Für heute abend hab ich Tony Croom eingeladen«, sagte sie, als Dinny Abschied nahm, um noch den Zug zu erreichen. »Man muß seine Schulden zahlen.«
»Oh!« flüsterte Dinny und brachte trotz aller Anstrengung keinen anderen Laut über die Lippen.
Clares Worte verfolgten Dinny noch, während sie im Autobus zum Paddingtonbahnhof fuhr, während sie im Erfrischungsraum ein belegtes Brot aß, und auch auf der Heimfahrt. Die Schulden bezahlen! Das erste Gebot der Selbstachtung! Angenommen, Dornford habe die Prozeßkosten beglichen! War sie ihm so kostbar? Wilfrid hatte ihr ganzes Herz besessen, ihr ganzes Hoffen und Sehnen. Wenn Dornford mit dem Rest vorliebnehmen wollte – warum nicht? Ihre Gedanken glitten vom eigenen Schicksal zu Clare zurück. Hatte sie inzwischen ihre Schuld beglichen? Wen das Gesetz schuldig spricht, der sollte diesen Spruch wenigstens nachher rechtfertigen! Und dennoch – in wenigen Minuten konnte man sich auf Jahre hinaus kompromittieren!

Ganz unbeweglich saß sie da. Und der Zug ratterte durch die Abenddämmerung weiter.

35

Tony Croom hatte in den beiden umgebauten kleinen Häusern in Bablock Hythe die vergangene Woche in elender Stimmung verbracht. Corvens Aussage bei der zweiten Vernehmung hatte ihn tief verwundet, und Clares Leugnen konnte den Schmerz nicht lindern. Dieser junge Mann war atavistisch heftiger Eifersucht fähig. Daß sich eine Frau, die ihren Mann verlassen wollte, seine Umarmung dennoch gefallen ließ, war kaum etwas Neues. Doch unter diesen Verhältnissen und bei ihrer Abneigung gegen Corven kam es ihm unanständig, ja ungeheuerlich vor; und daß er just nach diesem Schlag, der seinen Lebensnerv traf, selbst hintreten und aussagen mußte, hatte seine Qual noch verschärft. Zu traurig, wie das erotische Empfinden jeder vernünftigen Erwägung hohnsprach! Die Erkenntnis, daß er kein Recht auf Eifersucht habe, half ihm nicht. Und nun, eine Woche nach der Verhandlung, fühlte er sich nach dem Empfang ihres Briefes zuerst versucht, gar nicht zu antworten, dann doch zu antworten und ihr gründlich seine Meinung zu sagen, dann wieder als »Gentleman« zu antworten – und dabei wußte er ganz genau, daß er sie am Ende doch besuchen würde.
Ohne festen Entschluß, noch immer in qualvoller Stimmung, traf er eine Stunde nach Dinnys Fortgehen in den Mews ein. Clare öffnete ihm, eine Minute starrten sie einander wortlos an. Endlich sagte Clare mit einem Auflachen: »Na, Tony! Drollige Geschichte – dieser ganze Klimbim, gelt?«
»Ungemein drollig!«
»Du siehst schlecht aus.«
»Und du glänzend.«
Und sie sah tatsächlich glänzend aus in dem ärmellosen roten Kleid, das Hals und Nacken frei ließ.
»Schade, daß ich nicht im Abendanzug bin. Ich wußte nicht, daß du noch ausgehen willst, Clare.«

»Will ich auch gar nicht. Wir speisen zu Hause. Du kannst dein Auto vor der Tür lassen und bleiben, solang es dich freut. Niemanden geht es mehr was an. Ist das nicht fein?«
»Clare!«
»Leg doch den Hut ab und komm hinauf. Ich hab einen neuartigen Cocktail gebraut.«
»Ich möchte dir gleich anfangs sagen, daß mir die Sache äußerst nahegeht.«
»Sei doch kein Narr, Tony!« Sie begann die Wendeltreppe hinaufzusteigen und wandte sich oben nach ihm um. »Komm!«
Er legte Hut und Autohandschuhe ab und folgte ihr.
In seiner Aufregung und Verstörtheit machte das Zimmer oben einen ganz seltsamen Eindruck auf ihn – es schien wie zu einer feierlichen Handlung vorbereitet – oder gar zu einem Opfer? Der kleine Tisch war geschmackvoll mit Blumen geschmückt, eine schlanke Flasche und grüne Gläser standen darauf. Über das Sofa war ein jadegrüner Überwurf gebreitet, auf dem einige hellfarbige Kissen lagen. Dic Fenster standen offen – draußen war es heiß –, doch die Vorhänge waren fast ganz zugezogen, und das elektrische Licht brannte. Er trat sofort ans Fenster, der innere Aufruhr erstickte ihn fast.
»Wenn das Gesetz unseren Bund jetzt auch segnet, zieh doch lieber die Vorhänge ganz zu«, meinte Clare. »Möchtest du dich waschen?«
Er schüttelte den Kopf, ließ die Vorhänge zu und setzte sich aufs Fensterbrett. Clare ließ sich auf das Sofa fallen.
»Tony, es war für mich unerträglich, daß du verhört wurdest. Ich stehe arg in deiner Schuld.«
»Du? Nein, du nicht. Ich stehe in deiner Schuld!«
»Nein, ich bin die Schuldnerin.«
Wie anmutig schien doch ihre Gestalt, wie sie so die bloßen Arme hinterm Nacken verschränkte und das Gesicht leicht aufwärtsgewandt hielt! Diese Stunde hatte er erträumt, ersehnt all die Monate her! Da stand sie nun, unendlich begehrenswert, schien zu sagen: »Hier bin ich! Nimm mich!«, und er saß da und starrte sie nur an. Der Augenblick, den er stets aufs neue herbeigesehnt hatte, war gekommen, und er versäumte ihn!

»Wo bist du mit deinen Gedanken, Tony?«
Er erhob sich; mit bebenden Lippen, bebend an allen Gliedern trat er an den Tisch heran und umklammerte eine Stuhllehne. Sein Blick hing an ihrem, forschte und forschte. Was sprach aus diesen dunklen Augen, die zu ihm emporsahen? Liebe? Nein! Ein Willkomm aus Pflichtgefühl? Der Zahlungswille eines Schuldners? Duldung eines Schicksalsgefährten? Die Aufforderung eines Menschen, der eine lästige Pflicht so rasch wie möglich erfüllen wollte? Alles, nur nicht Liebe sprach aus diesen Augen, nicht der sanfte Glanz der Liebe. Und plötzlich stand vor ihm das Bild, wie sie und Corven – hier, in diesem Zimmer –! Er schlug den Arm vors Gesicht, jagte wie gehetzt die schmale eiserne Wendeltreppe hinab, packte Hut und Handschuhe und sprang in sein Auto. Erst als er schon ein gutes Stück der Uxbridge Road zurückgelegt hatte, kam er wieder zur Besinnung, und es war ihm ein Rätsel, wie er so weit ohne Unfall gekommen war. Wie ein kompletter Narr hatte er sich aufgeführt! Nein, vollkommen richtig hatte er gehandelt! Ihr erschrockener Blick! Wie ein Gläubiger behandelt zu werden! Sich bezahlen lassen! Und dort – in jenem Zimmer! Auf jenem Diwan! Nein! In rasendem Tempo sauste er weiter, um ein Haar stieß er mit einem Lastwagen zusammen, der polternd und schwerfällig vor ihm hinfuhr. Eben brach die Nacht herein, eine warme, mondhelle Nacht. Er lenkte das Auto zu einer Zauntür und stieg aus. Dann lehnte er sich ans Gitter, stopfte die Pfeife und steckte sie an. Wohin jetzt? Nach Hause? Wozu? Plötzlich kam ihm eine Erleuchtung. Am besten, er fuhr zu Jack Muskham, kündigte seinen Posten. Dann fort – nach Kenia in Afrika. Geld genug besaß er ja für diese Reise. Dort würde sich für ihn schon irgendeine Arbeit finden. Hierbleiben? Um keinen Preis! Ein wahres Glück, daß die Stuten noch immer nicht eingetroffen waren! Er stieg über den Zaun und setzte sich ins Gras. An die Böschung gelehnt, sah er in den Himmel. So viele Sterne! Wieviel Geld besaß er nur? Fünfzig Pfund – sechzig – und keine Schulden! Nur fort, auf einem Dampfer nach Ostafrika – und wär's auch im Zwischendeck! Nur fort, irgendwohin! Dicht bei ihm auf dem Hang glommen großäugige Maßliebchen mit bleichem Glanz im Mondschein; in der Luft lag der Geruch reifen-

den Grases. Wäre doch nur ein einziger Blick der Liebe in ihren Augen gewesen! Er ließ den Kopf ins Gras sinken. War es denn ihre Schuld, daß sie ihn nicht liebte? Nein, nur sein Unglück! Er wollte nach Haus, seine Siebensachen packen, zusperren, sofort zu Muskham! Die Vorbereitungen nahmen wohl die ganze Nacht in Anspruch. Dann mußte er noch die Anwälte sprechen – womöglich auch Dinny! Aber Clare? Nein! Seine Pfeife hatte keinen Zug mehr. Mond und Sterne, die großäugigen Maßliebchen, der Duft der Gräser, die Schatten, die rings hervorkrochen, die Böschung, an der er lehnte – all das brachte ihm keine Ruhe. Vorwärts, er mußte etwas tun, Arbeit leisten, bis er an Bord war und davondampfte. Er stand auf, kletterte über die Zauntür auf die Straße zurück und setzte den Motor in Gang. Schnurgerade fuhr er hin und mied instinktiv die Straße über Maidenhead und Henley. Er nahm den Weg über High Wycombe und gelangte von Norden her nach Oxford. Die altertümliche Stadt lag im Glanz der nächtlichen Lichter, als er über Headington hineinfuhr und in die stille Cumnor Road bog. Auf der kleinen alten New Bridge über die obere Themse machte er halt. Wie eigen wirkte doch dieser stille Fluß mit seinem gewundenen Lauf, wie wenig schien er sich um das laute Getriebe der Menschen zu kümmern! Die Ufer glänzten im hellen Mondschein, silbriges Licht tropfte von den Ästen der Weiden ins dunkle Wasser darunter. Im Gasthaus brannte noch Licht hinter einigen Fenstern, doch das Grammophon war verstummt. So hoch stand der Mond, wie winzige Flitter blinkten die Sterne am traubenfarbenen Himmel. Ein weicher, etwas fauliger Duft drang nach dieser heißen Woche von den schilfbewachsenen Ufern und den Feldern am Fluß zu ihm herüber – da packte ihn wildes Begehren; so oft und so lang hatte er davon geträumt, wie er mit Clare an diesem Fluß sitzen würde, der sich durch duftende Wiesen wand. Mit jähem Ruck riß er das Auto herum und fuhr an dem Gasthaus vorbei in die enge Straße. Nach zwanzig Minuten stand er am Eingang seines kleinen Hauses und blickte in das mondbeglänzte Zimmer, das er vor sieben Stunden in hellem Sonnenschein verlassen hatte. Da lag noch der Roman, den er zu lesen versucht hatte, achtlos auf dem Boden, die Reste seines Mittagessens – Obst und Käse – waren noch nicht weggeräumt; da standen noch die braunen Schuhe, die er hatte putzen wollen. Die mächtigen dunklen Balken an der niederen Decke und die kupfernen Böcke um den großen alten Kamin, den man hinter dem braungestrichenen, abscheulichen Kamin aus der Viktorianischen Zeit entdeckt hatte, die zinnernen Teller, Töpfe und Krüge, die er mühsam gesammelt hatte, weil er hoffte, sie würden Clare gefallen, sein ganzer bescheidener Hausrat hieß ihn düster willkommen. Plötzlich fühlte er sich ganz erschöpft, trank ein halbes Glas Whisky mit Wasser, aß einige Keks und ließ sich in seinen geräumigen Korbsessel fallen. Fast im selben Augenblick schlief er ein und erwachte, als es bereits hell war. Beim Erwachen fiel ihm ein, er habe ja die Nacht durcharbeiten wollen. Schräg schienen die Sonnenstrahlen zum Fenster herein. Er trank das Wasser im Krug leer und warf einen Blick auf die Uhr. Fünf! Er stieß die Tür auf. Morgennebel schimmerten hell über den Wiesen. An den Ställen für die Stuten und den Weiden vorbei wanderte er hinaus ins Freie. Ein Fußweg führte zum Fluß hinab, über die mit Büschen bestandenen Wiesen und grünen Abhänge, auf denen Haselnußsträucher und Erlen wuchsen. Noch war kein Tau gefallen, doch Gras und Büsche dufteten ganz frisch.

Kaum fünfzig Schritt vom Fluß ließ er sich in einer kleinen Mulde nieder. Kaninchen, Vögel, Bienen – die einzigen Wesen, die schon wach waren. Auf dem Rücken lag er da, starrte aufs Gras, die Büsche, den Morgenhimmel, in dessen Blau weiße Schäfchenwolken schwammen. Vielleicht weil ihm die Mulde so wenig Ausblick bot, war es ihm, als umgebe ihn hier ganz England. Eine Hummel dicht neben ihm drang in einen Blumenkelch ein, rings zarter Duft wie von Maßliebchenkränzen; vor allem aber gefiel ihm das Gras so gut, seine Frische, sein tiefes sattes Grün. »Größe, Würde, Frieden!« Jenes Schauspiel! Die Worte hatten ihn erschüttert. Andere hatten gelacht, auch Clare. »Sentimental!« hatte sie gesagt, »kein Land besaß je Größe, Würde, Frieden, wird sie nie haben.« Wahrscheinlich nicht, gewiß nicht – jedes Land, auch das eigene, war im Grunde doch ein Gemisch von Schönem und Scheußlichem, eine vage Verallgemeinerung, die Dramatiker zu Tiraden, Zeitungsleute zu schwulstigen Übertreibungen verlockte. Trotzdem fand man nirgendwo auf Erden ein Fleckchen wie dieses, oder Gras, das so aussah, sich so anfühlte wie das da, nirgends gab es diesen kaum spürbaren Duft, diesen zarten Himmel mit den weißen Schäfchenwolken, diese winzigen Blumen, diese Vogellieder, uralt schon und dennoch ewig jung! Mochten die Leute auch lachen – er konnte es nicht! Dieses Land, dieses Gras verlassen? Er entsann sich, welch seltsame Erregung ihn vor sechs Monaten ergriffen hatte, als er englischen Rasen zum erstenmal wieder erblickte! Seine Arbeit im Stich lassen, noch ehe er sie begonnen hatte? Seinen Posten Muskham, der sich ihm gegenüber so nett, so anständig benommen hatte, hinschmeißen? Er wandte das Gesicht zu Boden, schmiegte die Wange ins Gras. Da spürte er noch deutlicher den Duft des Rasens, weder süß noch bitter, nein, frisch, anheimelnd, herzerfreuend – seit seinen frühesten Kindertagen war ihm dieser Duft vertraut: der Duft Englands. Wenn nur die Stuten bald kämen, wie wollte er sich in die Arbeit stürzen! Er richtete sich wieder auf und lauschte. Kein Rattern eines Eisenbahnzugs, Autos oder Flugzeugs; keine Menschenstimme, kein Tierlaut – bis auf den Gesang der Vögel, der aus allen Richtungen zu kommen schien und verschwommen über den Wiesen schwebte. Ach ja! Sinnlos, viel Aufhebens zu machen! Wenn man etwas nicht haben konnte, mußte man eben darauf verzichten.

36

Kaum hatte Dinny Adrian verlassen, da machte er die nicht ganz neuartige Entdeckung, er werde sein Versprechen auch halten müssen. Keine Kleinigkeit, einem Königlichen Justizrat ein Geständnis abzuringen – wie sollte er's nur anstellen? Zu ihm hingehen? Allzu durchsichtig! Ihn einladen? Einen Gast konnte man unmöglich ausholen! Emily würde beide einladen, wenn er sie darum anging, besonders wenn er ihr zu verstehen gab, es handle sich um Dinny; doch selbst dann –? Er wartete, um Angela zu fragen, und begab sich nach dem Abendessen in die Mount Street. Dort fand er die Familie beim Piquetspiel.

»Vier Könige«, sagte Lady Mont. »So altmodisch – Lawrence, ich und Mussolini. Kommst du aus einem besonderen Grund, Adrian?«
»Natürlich, Emily. Ich möchte gern, daß du Eustace Dornford zum Abendessen einlädst und mich auch.«
»Aha, es handelt sich gewiß um Dinny. Lawrence läßt sich keine Ritterlichkeit beibringen, sooft ich vier Könige hab, hat er vier Asse. Wann?«
»Je eher, desto besser.«
»Klingle, mein Lieber.«
Adrian klingelte.
»Blore, rufe Mr. Dornford an und lade ihn zum Dinner ein – schwarze Krawatte.«
»Für wann, Mylady?«
»Für den ersten Abend, an dem kein anderer Gast im Notizbuch steht. Wie beim Zahnarzt«, fügte sie hinzu, als Blore verschwunden war. »Erzähl mir doch von Dinny. Seit dem Prozeß ist sie nicht mehr bei uns gewesen.«
»Der Prozeß«, begann Sir Lawrence, »fiel ganz so aus, wie man erwarten konnte. Was hältst du davon, Adrian? Gab es noch irgendwelche Zwischenfälle!«
»Jemand hat die Kosten beglichen. Dinny hat Dornford im Verdacht.«
Sir Lawrence legte die Karten hin. »Das sieht gar zu sehr nach einem Kaufpreis für sie aus!«
»Er wird es natürlich nie eingestehen, aber sie trug mir auf, es herauszukriegen.«
»Wenn er es nicht eingesteht, wozu hätte er es dann getan?«
»Ritter«, murmelte Lady Mont, »tragen den Handschuh ihrer Dame, lassen sich dafür umbringen, und niemand erfährt, wem der Handschuh gehört hat. Nun, Blore?«
»Mylady, Mr. Dornford nimmt mit Vergnügen Ihre Einladung zum Dinner für Montag an.«
»Trag ihn also in mein Buch ein und Mr. Adrian ebenfalls.«
»Geh nach dem Abendessen mit ihm fort, Adrian«, riet Sir Lawrence, »und hol ihn dann aus – das fällt nicht so auf. Und du, Emily, mach keine Anspielung – keinen Seufzer, keinen Laut.«

»Ein lieber Kerl«, erklärte Lady Mont, »so blaßbraun . . .«

Am nächsten Montagabend ging Adrian mit dem »lieben blaßbraunen Kerl« vom Dinner in der Mount Street fort. Die beiden hatten fast denselben Heimweg, denn Dornford war noch nicht in sein neues Heim übersiedelt. Zu Adrians Erleichterung schien sein Begleiter selbst auf eine Aussprache erpicht, denn er begann sofort von Dinny zu reden.

»Mir kommt vor, Dinny ist vor einiger Zeit etwas zugestoßen, nicht wahr? Ich meine jetzt nicht den Prozeß, sondern damals, als sie krank war und mit Ihnen ins Ausland fuhr?«

»Ja, Sie haben recht. Der Mann, den sie vor zwei Jahren liebte – ich erzählte Ihnen ja davon –, ist dort unten in Siam ertrunken.«

»Oh!«

Adrian warf ihm verstohlen einen Blick zu. Was mochte Dornfords Miene jetzt ausdrücken? Interesse, Erleichterung, Hoffnung, Mitgefühl? Aber er runzelte nur ein wenig die Stirn.

»Ich wollte Sie übrigens etwas fragen, Dornford. Irgend jemand hat die Kosten getragen, zu denen der junge Croom in diesem Prozeß verurteilt wurde.« Dornford zog die Brauen hoch, seine Miene jedoch blieb undurchdringlich wie zuvor. »Ich dachte, Sie hätten vielleicht eine Ahnung, wer es war. Die Anwälte geben nur die Erklärung ab, es sei nicht die Gegenpartei gewesen.«

»Hab keine Idee.«

»So!« dachte Adrian. »Da bin ich also keinen Schritt weitergekommen. Hm, wenn er lügt, dann kann er gut lügen!«

»Der junge Croom gefällt mir«, sagte Dornford. »Er hat sich anständig benommen und arges Pech gehabt. Jetzt ist er vor dem Bankrott bewahrt.«

»Immerhin etwas mysteriös«, murmelte Adrian.

»Allerdings.«

»Wenn ich's recht überlege«, dachte Adrian, »trau ich ihm die Sache zu. Doch welch eine steinerne Miene!«

»Wie finden Sie Clare seit dem Prozeß?« fragte er dann.

»Noch ein wenig zynischer als früher. Bei unserem heutigen

Morgenritt hat sie mir ihre Ansichten über meinen Beruf recht offenherzig auseinandergesetzt.«

»Was meinen Sie, wird sie den jungen Croom heiraten?«

Dornford schüttelte den Kopf.

»Möcht ich bezweifeln, schon gar, wenn jetzt die Kosten beglichen sind, wie Sie behaupten. Sonst hätte sie sich vielleicht dazu verpflichtet gefühlt. Im übrigen hat dieser Prozeß ihm eher die Chancen verdorben. Sie liebt ihn nicht wirklich – wenigstens scheint es mir so.«

»Corven hat ihr alle Illusionen geraubt.«

»Ich habe wahrhaftig schon lange kein Gesicht gesehen, das einem so alle Illusionen rauben kann wie das seine. Doch mir scheint, sie geht darauf aus, auf eigene Faust ein amüsantes Leben zu führen. Sie hat Mut und ist wie alle jungen Frauen unserer Zeit im Grunde ganz unabhängig.«

»Stimmt, ich kann mir Clare nicht in einem Haushalt vorstellen.«

Dornford schwieg. »Dinny auch nicht?« fragte er unvermittelt.

»Nun, Clare kann ich mir nicht als Mutter vorstellen, Dinny schon. Clare ist für ein bewegtes Leben wie geschaffen, Dinny nicht. Immerhin – ›häuslich‹ ist für Dinny nicht die richtige Bezeichnung.«

»Ganz und gar nicht!« stimmte Dornford eifrig bei. »Ich weiß nicht recht, wie man sie nennen könnte. Sie halten von Dinny wohl sehr viel, nicht wahr?«

Adrian nickte. »Außerordentlich viel.«

»Mir hat es ungeheuer viel bedeutet«, erklärte Dornford ganz leise, »daß ich sie traf. Doch ich fürchte, ihr bedeutet es vorläufig gar nichts.«

»Wollen's abwarten«, meinte Adrian. »›Geduld ist eine Tugend‹ – war es wenigstens, solang die Welt noch nicht von dieser Hast ergriffen war, von der sie sich noch immer nicht befreit hat.«

»Ich bin aber fast vierzig.«

»Na, und Dinny fast neunundzwanzig.«

»Was Sie mir da eben erzählten – hat das die Situation für mich verändert oder – nicht?«

»Sie meinen den Todesfall in Siam? Ich denke doch – ganz beträchtlich.«

»Also besten Dank!«
Sie schieden mit kräftigem Händedruck, und Adrian wandte sich nordwärts. Langsam schritt er hin und sann darüber nach, wie die Bilanz des Lebens für jeden Liebenden eine unerhört hohe Schuldsumme aufwies. Durch keine Kapitalserhöhung, durch keine Versicherung war man imstande, dieser lebenslänglichen Verschuldung zu entrinnen. Liebe stieß den Menschen in die Welt; Liebe füllte fast sein ganzes Leben aus, stürzte ihn in Glück und Unglück; und sobald er starb, wurde er – wenn nicht von der Pfarrgemeinde – von der Liebe begraben und vergessen. In diesem Ameisenhaufen London gab es kein einziges Geschöpf, das sich nicht in die Liebe verstrickt hatte, jener unberechenbaren, unerbittlichen, gewaltigen Macht verfallen war. Müßte nicht jeder vernünftige Mensch, wenn ihm die Wahl freistünde, es vorziehen, mit ihr nichts mehr zu tun zu haben? Die Feststellung: »Gute Partie«, »glückliche Ehe«, »ideale Kameradschaft«, »Gemeinschaft fürs Leben« stand gegen die Feststellung: »sie vertragen sich nicht«, »eine kurze Leidenschaft«, »tragische Situation«, »Mißgriff«! Was der Mensch sonst auch unternahm, er konnte sich versichern, die Dinge voraussehen und modifizieren, Vorsorge dagegen treffen (bis auf die unbequeme Einrichtung des Sterbens); gegen die Liebe aber war kein Kraut gewachsen. Plötzlich trat sie aus der Nacht ans Licht hervor und verschwand wieder in die Nacht. Sie blieb, sie floh. Zu dem einen kam sie, von dem anderen ging sie, der eine hoffte, daß sie blieb, der andere, daß sie wiederkam. Sie trieb ihr Spiel mit Diktatoren, Parlamenten, Richtern, Bischöfen, mit der Polizei, ja selbst mit den besten Vorsätzen; sie machte trunken vor Freude, wahnsinnig vor Kummer; sie trog, zeugte, stahl und mordete; war ergeben, treu, wetterwendisch. Sie kannte keine Scham, keinen Herrn und Meister; sie gründete Heime und zerstörte sie wieder; sie ging an manchem vorbei, und nur ab und zu verschmolz sie zwei Herzen in eines – bis der Tod sie schied. Aus London, Manchester, Glasgow sich die Liebe wegzudenken schien Adrian, wie er so die Charing Cross Road dahinschritt, eine ganz einfache Angelegenheit. Und dennoch – wäre die Liebe nicht, kein einziger dieser Passanten würde jetzt den Benzingeruch der Nacht atmen, kein Ziegel läge

auf dem anderen, kein Autobus führe dröhnend vorbei, kein Straßenmusikant winselte, kein Laternenschein glänzte gegen das dunkle Firmament. Also eine Hauptbeschäftigung der Menschheit. Und er, dessen Hauptbeschäftigung im Studium von Gebeinen vorgeschichtlicher Menschen bestand, wäre ohne die Liebe nie zu ausgegrabenen Gebeinen gelangt, die, mit Etiketten versehen, unter Glas aufbewahrt wurden. Und wieder mußte er an Dornford und Dinny denken; ob die wohl zueinander passen würden? . . .

Dornford dachte auf seinem Weg zu den Harcourt Buildings noch lebhafter an sich und sie. Fast vierzig! Jetzt oder nie fand dieses übermächtige Sehnen in ihm Erfüllung! Wollte er nicht der Streberei verfallen, dann mußte er jetzt heiraten und Kinder haben. Wenn Dinny seinem Leben nicht Wert und Würze lieh, dann blieb es unerfüllt. Was war sie ihm nicht schon alles geworden! Und als er durch die schmalen Torbogen der Middle Temple Lane schritt, rief er einem seiner gelehrten Kollegen zu, der jetzt wohl ebenfalls heimwanderte, um zu Bett zu gehen: »Nun, Stubbs, wer wird das Derby gewinnen?«

»Weiß der Himmel!« erwiderte der Rechtsgelehrte und sann über das Problem nach, warum er seinen letzten Trumpf in dem Prozeß nicht lieber zu einem anderen Zeitpunkt ausgespielt habe . . .

Als Sir Lawrence in der Mount Street das Zimmer seiner Frau betrat, um ihr gute Nacht zu sagen, fand er sie in ihrer Spitzenhaube im Bett sitzen. Wie jugendlich sie darin noch immer aussah! In seinem schwarzseidenen Schlafrock ließ er sich auf dem Bettrand nieder.

»Nun, Emily?«

»Dinny wird zwei Buben und ein Mädel kriegen.«

»Was nicht gar! Du zählst ihre Küken wahrhaftig zu früh.«

»Na, irgendwer muß sich darum kümmern. Komm, gib mir einen schönen Kuß!«

Sir Lawrence beugte sich über sie und kam diesem Wunsche nach.

»Wenn sie heiratet«, erklärte Lady Mont und schloß die Augen, »wird sie lange Zeit nur mit halbem Herzen dabei sein.«

»Besser am Anfang nur halb als am Ende gar nicht mehr. Wer sagt dir übrigens, daß sie ihn nehmen wird?«
»Das spür ich in meinen Knochen. Lawrence, wir Frauen wollen schließlich doch nicht sitzenbleiben.«
»Hm, der Arterhaltungstrieb!«
»Wenn er doch nur in eine Patsche geriete oder ein Bein bräche!«
»Vielleicht machst du ihm diesen Vorschlag?«
»Jedenfalls hat er eine gesunde Leber.«
»Woher hast du das?«
»Das Weiße seiner Augen schimmert bläulich. Brünette Männer wie er haben häufig mit der Leber zu tun.«
Sir Lawrence erhob sich und sagte:
»Mir macht nur eines Kopfzerbrechen: Ob Dinny je wieder soviel Interesse für ihre eigene Person aufbringen wird, um eine Ehe zu schließen. Das Heiraten ist am Ende doch eine persönliche Angelegenheit.«
»Die Betten müssen sie bei Harridge kaufen«, murmelte Lady Mont.
Sir Lawrence zog die eine Braue hoch. Emily war doch unverbesserlich!

37

Dinny, deren mangelndes Interesse an der eigenen Person so viele andere Leute interessierte, empfing Mittwoch morgens drei Briefe: Der Brief, den sie zuerst öffnete, enthielt folgendes:

Liebste Dinny!
Ich habe den Versuch gemacht, meine Schuld zu begleichen, aber Tony wollte nichts davon wissen und schoß davon wie eine Rakete; ich bin jetzt also wieder eine Frau ohne jedes männliche Anhängsel. Wenn Du etwas über ihn erfährst, verständige mich davon.
Dornford sieht von Tag zu Tag »interessanter« aus. Wir sprechen nur noch von Dir, und als Entschädigung erhöht er mein Gehalt auf dreihundert Pfund.

Die herzlichsten Grüße an Dich und alle andern!

Clare

Der zweite Brief lautete:

Meine liebe Dinny!
Ich werde hier durchhalten. Die Stuten kommen Montag. Gestern suchte mich Muskham auf und benahm sich hochanständig, erwähnte mit keinem Wort den Prozeß. Ich will Vogelzucht studieren. Wenn Sie mir einen Gefallen tun wollten, bitte, trachten Sie doch herauszukriegen, wer die Prozeßkosten bezahlt hat. Die Ungewißheit macht mir Sorgen. Die Anwälte erklären nur, sie seien nicht befugt, darüber Auskunft zu erteilen.
Vielen herzlichen Dank dafür, daß Sie immer so nett zu mir waren.

Stets Ihr
Tony Croom

Der Brief, den sie zuletzt las, lautete wie folgt:

Meine liebe Dinny!
Nichts zu machen. Entweder hat er die Kosten tatsächlich nicht bezahlt, oder er stellt sich nur unwissend, was ihm vortrefflich gelingt. Doch ich möchte nicht mit Gewißheit behaupten, daß er uns hinters Licht führt. Wenn Du wirklich großen Wert darauf legst, es zu erfahren, dann solltest Du ihn selbst geradeheraus fragen. Dir wird er nichts vorlügen, nicht das mindeste. Wie Du weißt, kann ich ihn gut leiden. Noch immer Golddeckung vorhanden, wenn Du dem Gutachten eines alten Onkels Glauben schenkst.

Dein stets getreuer
Adrian

So! Sie fühlte sich etwas irritiert. Dieses Gefühl, das sie für vorübergehend gehalten hatte, kehrte also immer zurück. Ihre Stimmung schlug um wie das Wetter, wurde wieder kalt und bleiern. Sie schrieb Clare, was Tony Croom von sich erzählt und daß er sie mit keinem Wort erwähnt hatte. Sie schrieb Tony Croom und er-

wähnte Clare mit keinem Wort, gab ihm auch keine Auskunft auf die Frage, wer die Prozeßkosten beglichen habe. Sie äußerte sich nur über Vogelzucht – dieses Thema war unverfänglich und führte zu nichts. An Adrian schrieb sie: »Ich sehe ja ein, es wäre an der Zeit, mich auf den Markt zu werfen, nur fiele für die Aktionäre leider keine Dividende ab. Hier ist es öd und kalt, mich tröstet nur eins, daß der kleine Stammhalter des Hauses Cherrell schon das Sitzen lernt und richtig Notiz von mir nimmt.«
Und dann, als hätte die Leitung des Ascot-Rennens es bestellt, wurde das Wetter plötzlich warm. Und plötzlich schrieb sie an Dornford. Sie schrieb über Schweine, Schweinezucht, Schweineställe, die Regierung und die Bauern. Der Brief schloß mit den Worten:
»Uns allen macht es arges Kopfzerbrechen, wer eigentlich im Prozeß meiner Schwester die Kosten beglichen hat. Es wirkt so beunruhigend, wenn man nicht weiß, wem man verpflichtet ist. Könnten Sie nicht trachten, irgendwie Licht in die Sache zu bringen?« Sie überlegte eine Weile, wic sie diesen ersten Brief an ihn zeichnen solle, und schrieb schließlich: »Stets Ihre Dinny Cherrell.«
Sehr rasch traf seine Antwort ein:

Meine liebe Dinny!
Ihr Brief hat mir eine Riesenfreude gemacht. Um zunächst Ihre Schlußfrage zu beantworten: Ich will mir alle Mühe geben, aus den Anwälten die Wahrheit herauszukriegen, aber wenn sie Ihnen gegenüber standhaft blieben, habe ich nicht viel Hoffnung, daß ich den Leuten das Geheimnis entlocke. Jedenfalls kann ich den Versuch wagen. Und jetzt zur Schweinezucht ... [Nun folgten einige Auskünfte und ein Klagelied über das Thema, daß die Landwirtschaft Englands noch immer in den Kinderschuhen stecke.] Wenn man doch nur endlich einsehen wolle, daß alle Schweine, alles Geflügel, alle Kartoffeln, die wir verbrauchen, fast alles Gemüse, ein Großteil des Obstes und viel mehr Molkereiprodukte, als wir jetzt erzeugen, in der Heimat hervorgebracht werden könnten! Man müßte nur durch allmählich gesteigerte Drosselung der Einfuhr unsere heimischen Erzeuger anspornen,

den heimischen Markt reichlicher zu beliefern. Dann hätten wir binnen zehn Jahren wieder eine lebenskräftige, rentable Landwirtschaft, keine wesentliche Verteuerung der Lebenshaltung und gewaltige Ersparnisse an Importkosten. Sie sehen, für welche neuen politischen Ideen ich eintrete. Weizen und Fleisch sind die wichtigsten Posten. Weizen und Fleisch beziehen wir aus den Dominions, alles übrige (abgesehen von den tropischen Früchten und Gemüsen) züchten wir in der Heimat – das ist mein Leitsatz. Ihr Vater stimmt mir hoffentlich bei. Clare wird stets unzufriedener, vielleicht würde sie sich in einem abwechslungsreicheren Beruf wohler fühlen als bei mir. Falls ich einen geeigneten Posten in Erfahrung bringe, werde ich mit ihr darüber sprechen. Möchten Sie nicht Ihre Mutter fragen, ob ich störe, wenn ich das letzte Wochenende des Monats draußen verbringe? Sie war so freundlich, mir zu sagen, ich solle sie jedesmal, wenn ich in meinen Wahlkreis komme, verständigen. Unlängst war ich nochmals bei *Cavalcade.* Es interessierte mich wieder, doch ich habe Sie dabei vermißt. Ich kann Ihnen unmöglich sagen, wie sehr ich Sie vermißt habe!

Ihr allzeit getreuer
Eustace Dornford

Wie sehr er sie vermißt hatte! Diese sehnsüchtigen Worte riefen einen Augenblick ein wärmeres Gefühl in ihr wach, dann aber dachte sie sofort wieder an Clare. Unzufrieden war sie? Wer wäre es nicht in ihrer ungewissen Lage? Seit dem Prozeß war sie nicht mehr nach Condaford gekommen. Dinny fand das nur natürlich. Mochte man hundertmal behaupten, die Meinung der Leute sei gleichgültig, es stimmte nicht, wenn man in einem Dorf aufgewachsen war und dort zum alten Erbadel gehörte. Und Dinny dachte traurig: »Ich weiß eigentlich nicht, was ich Clare wünschen soll – und das ist ein wahres Glück, denn eines Tags kommt sie selbst darauf, was sie sich eigentlich wünscht.« Wie angenehm, genau zu wissen, was man sich eigentlich wünschte! Sie las Dornfords Brief nochmals durch und begann unvermittelt ihre eigenen Gefühle zu prüfen. Wollte sie überhaupt heiraten oder nicht? Wenn ja, dann Eustace Dornford lieber als irgendeinen anderen – sie mochte ihn gut leiden, bewunderte ihn, konnte mit ihm sprechen. Aber ihre Vergangenheit? Wie komisch das nur klang! Ihre »Vergangenheit« war ja fast im Keim erstickt worden, dennoch – so tief würde sie nie mehr empfinden. »Eines Tages mußt du ja doch wieder in den Kampf hinaus.« Nicht angenehm, daß einen die eigene Mutter für einen Drückeberger hielt! Doch sie war ja kein Drückeberger! Rote Flecken brannten auf ihren Wangen. Niemand würde es begreifen – sie empfand Abscheu davor, ihm die Treue zu brechen, ihm, dem ihre ganze Seele gehört hatte, wenn auch nicht ihr Körper. Sie empfand Abscheu davor, jener völligen Hingabe untreu zu werden, jener Hingabe, die sie nie wieder fühlen würde.

»Ich liebe Eustace nicht«, dachte sie; »er weiß es, weiß, daß ich es ihm nicht einmal vortäuschen kann. Wenn er mich trotzdem mag, was soll – was kann ich tun?« Sie ging hinaus in den alten, von Eibenhecken umsäumten Rosengarten, wo eben die ersten Knospen aufbrachen, und roch bald an dieser, bald an jener Blüte; der Wachtelhund Foch, der für Blumen nichts übrig hatte, trabte schüchtern hinter ihr her. »Wie immer ich mich entscheide«, fuhr es ihr durch den Sinn, »ich muß mich jedenfalls bald entscheiden. Ich darf ihn nicht länger auf die Folter spannen.«

Sie trat neben die Sonnenuhr, deren Schatten eine Stunde hinter der wirklichen Zeit zurückblieb, und blickte über die Eibenhekken hinweg in den Sonnenglast, der die Kronen der Obstbäume umspielte. Wenn sie Dornford heiratete, dann würde sie Kinder haben – ohne Kinder könnte sie sich nie dazu verstehen. Sie sah ganz klar, oder bildete es sich wenigstens ein, wie es um ihr erotisches Fühlen stand. Nicht so klar sah sie voraus, wie diese Verbindung auf sein und ihr Seelenleben wirken würde. Rastlos wanderte sie von einem Rosenstrauch zum anderen und entfernte mit den behandschuhten Fingern ein paar Blattläuse. In einer Ecke hockte mit verzweifelter Miene der Wachtelhund Foch und fraß unbemerkt Gras.

Noch am selben Abend schrieb sie Dornford. Ihre Mutter würde sich sehr freuen, wenn er zum Wochenende herauskäme. Ihr Vater stimmte mit seinen Ansichten über die Landwirtschaft vollkommen überein, wisse aber nicht, ob das außer ihm noch andere täten; höchstens Michael, der ihm in London eines Abends aufmerksam zugehört und schließlich geäußert habe: »Alles schön und gut. Aber die richtige Führung ist nötig, und wo finden wir die?« Hoffentlich werde er ihr bei seinem Besuch mitteilen können, wer die Prozeßkosten getragen habe. Es müsse erschütternd gewesen sein, *Cavalcade* ein zweites Mal zu sehen. Ob er eine Blume namens *Metonopsis* kenne? – hoffentlich habe sie den Namen richtig geschrieben – eine Art Mohnblume von entzükkender Farbe. Sie stamme aus dem Himalaja und würde gewiß in Campden Hill gut gedeihen, wo ihrer Ansicht nach ungefähr das gleiche Klima herrsche. Vielleicht könne er Clare dazu bewegen, mit herauszukommen? Das würde die Herzen der Eingeborenen von Condaford höher schlagen lassen. Diesmal unterzeichnete sie: »Allzeit Ihre«, nicht wie das letzte Mal: »Stets Ihre«.

Als sie der Mutter sein Kommen mitteilte, fügte sie hinzu: »Ich will trachten, auch Clare herzulocken. Und sollten wir nicht auch Fleur und Michael einladen, Mutter? Es war sehr lieb von ihnen, uns so lang zu beherbergen.«

Lady Cherrell seufzte: »Ach, man ist so an die Ruhe gewöhnt. Aber lade sie nur ein, meine Liebe.«

»Sie werden über Tennis plaudern. Und das ist so nett und nützlich.«

Lady Cherrell sah ihre Tochter an; Dinnys Stimme hatte so geklungen wie vor zwei Jahren.

Als Dinny erfuhr, daß nicht nur Michael und Fleur, sondern auch Clare kommen würde, ging sie mit sich zu Rate, ob sie nicht auch Tony Croom einladen solle. Am Ende entschied sie sich dagegen, freilich schweren Herzens, denn sie empfand für ihn das Mitgefühl eines Menschen, der durch das gleiche Feuer gegangen war. Die Art, wie die Eltern ihre wahren Gefühle verschleierten, fand sie rührend. Dornford – natürlich, es war höchste Zeit, daß er wieder seinen Wahlkreis besuchte! Schade, daß er hier nicht selbst einen Landsitz hatte – es ging nicht an, allen Kontakt mit den Wählern zu verlieren! Vermutlich würde er mit dem Auto kommen und Clare mitbringen; vielleicht luden auch Michael und Fleur sie ein. Unter solchen Gedanken verbargen Vater und Mutter die nervöse Sorge um Clares und ihre Zukunft.

Eben hatte Dinny den letzten Blumenstrauß in das letzte Gast-

zimmer gestellt, da fuhr auch schon das erste Auto vor. Sie eilte die Treppe hinab und sah Dornford in der Halle stehen.
»Dinny, dieser Landsitz hat wirklich ein ganz eigenes Leben. Vielleicht machen das die Tauben auf dem Dach, vielleicht, weil er so eingebettet im Grünen liegt; doch man hat sofort diesen Eindruck.«
Sie ließ ihre Hand länger in der seinen ruhen, als sie beabsichtigt hatte. Dann sagte sie: »Alles wuchert hier so üppig. Und dieser Duft – nach Heu und Verbenenblüten; und vielleicht auch der Geruch von verwittertem Mauerwerk.«
»Sie sehen gut aus, Dinny.«
»Mir geht es auch gut, danke. Sie fanden wohl kaum Zeit, das Tennisturnier in Wimbledon zu besuchen?«
»Nein. Aber Clare ist dort – sie kommt mit den jungen Monts aus Wimbledon direkt her.«
»Sie schrieben, Clare sei jetzt so unzufrieden. Wie meinen Sie das eigentlich?«
»Hm, soweit ich Clare kenne, muß sie immer im Mittelpunkt stehen – und das ist jetzt nicht der Fall.«
Dinny nickte. »Hat sie Ihnen gegenüber von Tony Croom gesprochen?«
»Ja. Sie lachte und sagte, er habe sie fallenlassen wie eine heiße Kartoffel.«
Dinny nahm seinen Hut und hängte ihn an den Haken.
»Und was ist mit den Prozeßkosten?« fragte sie, ohne sich umzuwenden.
»Hm, ich ging eigens zu Forsyte, um ihn auszuholen, brachte aber nichts aus ihm heraus.«
»Oh! Möchten Sie sich jetzt waschen oder gleich in Ihr Zimmer hinauf? Das Abendessen wird um Viertel neun serviert, jetzt ist es halb acht.«
»Lieber gleich aufs Zimmer, wenn Sie erlauben.«
»Sie sind diesmal anderswo untergebracht, ich zeige Ihnen den Weg.«
Sie schritt ihm voraus bis an den Fuß der kleinen Treppe, die zur »Pfaffenkammer« führte.
»Das ist Ihr Badezimmer. Hier herauf, bitte.«

»Die Pfaffenkammer?«
»Jawohl, aber es geht kein Gespenst darin um.« Sie trat zum Fenster hinüber. »Sehen Sie doch nur! Hier ließ man ihm vom Dach aus Dach einen Eßkorb herunter. Gefällt Ihnen der Ausblick? Im Frühling, wenn die Bäume blühen, ist's freilich noch schöner.«
»Herrlich!« Er stand neben ihr am Fenster, sie sah, wie er die Hände so fest an die Steinbrüstung klammerte, daß die Knöchel ganz weiß wurden. Jäh durchzuckte sie ein bitteres Gefühl. Hier war sie in ihren Träumen mit Wilfrid gestanden. Sie lehnte sich an den Pfeiler neben das tief eingelassene Fenster und schloß die Augen. Als sie sie wieder öffnete, sah sie seinen Blick forschend auf sich ruhen; seine Lippen bebten, die Hände hielt er hinter dem Rücken ineinandergekrampft. Sie schritt zur Tür hinüber.
»Ich werde sofort Ihre Sachen heraufschaffen und auspacken lassen. Bitte, beantworten Sie mir doch eine Frage: Haben Sie am Ende selbst die Prozeßkosten bezahlt?«
Er schrak auf und stieß ein leises Lachen aus, als sähe er sich plötzlich aus einer tragischen Situation in eine komische versetzt.
»Ich? Nein. Hab nicht einmal daran gedacht.«
»Oh!« rief Dinny wieder. »Sie haben noch reichlich Zeit.« Dann stieg sie die schmale Treppe hinunter.
Durfte sie ihm Glauben schenken? Doch, mochte sie es nun glauben oder nicht, war das nicht einerlei? Wesentlich war jetzt die Frage, auf die sie früher oder später Antwort geben mußte. »Noch ein Strom – noch über einen Strom!« Da hörte sie das zweite Auto vorfahren und lief eilends die Treppe hinab.

38

Dieses sonderbare Wochenende, an dem sich nur Michael und Fleur behaglich fühlten, brachte Dinny auf einem Spaziergang durch den Garten wenigstens über einen Punkt Aufklärung.
»Wie mir Emily erzählt«, begann Fleur, »zerbrecht ihr euch alle über die Prozeßkosten den Kopf. Du bildest dir ein, behauptet sie, Dornford habe sie bezahlt, und fühlst dich ihm daher verpflichtet.«

»Nun, ist das nicht peinlich? Fast so wie die Entdeckung, daß man der Schneiderin nichts mehr schuldet?!«
»Meine Liebe«, sagte Fleur, »im strengsten Vertrauen teile ich dir mit – ich hab sie bezahlt. Roger kam zum Abendessen und begann zu klagen, wie unangenehm es ihm sei, Leute, die kein Geld hätten, zu Zahlungen aufzufordern; daher besprach ich die Sache mit Michael und sandte Roger einen Scheck. Mein Vater machte sich als Sachwalter sein Vermögen, warum sollte nicht ich in diesem Fall etwas davon hergeben?«
Dinny starrte sie an.
»Weißt du«, fuhr Fleur fort und nahm sie beim Arm, »seit die Regierung diese Anleihe konvertiert hat, sind meine schönen goldgeränderten Wertpapiere um zehn Punkte gestiegen; so bin ich auch nach der Bezahlung der rund neunhundert Pfund noch um etwa fünfzehntausend reicher als vorher, und die Papiere steigen weiter. Ich sage es dir im Vertrauen, denn ich befürchtete, es könnte dich in deinem Entschluß, was Dornford anbelangt, beeinflussen. Sag offen: Hätte es dich beeinflußt?«
»Ich weiß nicht«, erwiderte Dinny stumpf – und sie wußte es tatsächlich nicht.
»Michael behauptet, einem so durch und durch anständigen Kerl wie Dornford sei er schon lange nicht begegnet, und Michael ist in dieser Hinsicht sehr kritisch. Weißt du«, sagte Fleur, blieb plötzlich stehen und ließ Dinnys Arm fahren, »du machst mir Kopfzerbrechen, Dinny. Jeder sieht auf den ersten Blick, wofür du geschaffen bist: zur Gattin und Mutter. Freilich, ich weiß, was du durchgemacht hast, aber laß doch die Toten endlich ruhen. Das ist nun einmal der Lauf der Dinge, mir ist's auch so ergangen. Auf die Gegenwart kommt es an und auf die Zukunft. Und wir sind die Gegenwart, unsere Kinder die Zukunft. Und besonders du solltest dein Leben ausbauen, du bist ja so fest in der Tradition verwurzelt, willst das Bestehende erhalten. Wer sich durch die Vergangenheit sein ganzes Leben ruinieren läßt – verzeih, liebes Kind, für dich heißt es nun zweifellos: ›Jetzt oder nie!‹ Und es wäre doch jammerschade, wenn es ›nie‹ sein sollte. Ich hab ja verdammt wenig Sinn für ›Moral‹«, fuhr Fleur fort und schnupperte dabei an einer Rose, »aber dafür eine tüchtige Portion ge-

sunden Hausverstand, und daß jemand sein Leben vergeuden soll, geht mir gegen den Strich.«
Der Blick dieser haselnußbraunen Augen, deren Weißes so ungewöhnlich klar schimmerte, ergriff Dinny. Unbeweglich stand sie da und gab ruhig zur Antwort: »Wäre ich katholisch wie er, dann wüßte ich einen Ausweg.«
»Ins Kloster gehen?« fragte Fleur scharf. »Hör doch auf! Meine Mutter ist Katholikin, trotzdem – nie und nimmer! Aber du bist doch keine Katholikin. Du eignest dich für den häuslichen Herd.«
Dinny lächelte. »Tut mir wirklich leid, daß ihr euch alle um mich soviel Sorge macht. Gefällt dir diese Rose – Angèle Pernet?«
Den ganzen Samstag kam sie zu keinem Gespräch mit Dornford, denn er war vollauf beschäftigt, die Bauern der Nachbarschaft zu seiner Überzeugung zu bekehren. Doch am Abend, als sie für die vier Partner beim russischen Poulespiel die Punkte anschrieb, trat er auf sie zu.
»Frohsinn im trauten Heim«, bemerkte sie und trug neun Punkte, die Fleur erzielt hatte, auf dem Konto der Gegenpartei ein. »Wie fanden Sie die Bauern?«
»Zuversichtlich.«
»Was, zuver –?«
»Zuversichtlich, überzeugt, daß sie bei jeder Reform vom Regen in die Traufe kommen.«
»So? Wirklich? Wissen Sie, die Leute haben bisher keine anderen Erfahrungen gemacht.«
»Und wie haben Sie den Tag verbracht, Dinny?«
»Blumen gepflückt, mit Fleur spazierengegangen; mit dem kleinen Cuthbert gespielt, mit den Schweinen geschäkert ... Fünf auf dein Konto, Michael, und sieben für die anderen. Ein echt christliches Spiel – füg auch deinem Nächsten zu, was du willst, daß er dir tu.«
»Russisches Poule!« murmelte Dornford. »Eine so christliche Angelegenheit nach den Russen zu benennen! Seltsam in der heutigen Zeit.«
»Übrigens, wenn Sie morgen die Messe hören wollen, hätten Sie in Oxford Gelegenheit.«
»Sie würden nicht mitkommen?«

»O doch! Ich liebe Oxford und war erst ein einziges Mal im Leben bei einer Messe. Die Fahrt dauert etwa dreiviertel Stunden.«
Er sah sie fast mit dem gleichen Blick an, wie der Wachtelhund roch, wenn sie nach längerer Abwesenheit zu ihm zurückkehrte.
»Also um Viertel zehn in meinem Auto . . .«

Als die beiden tags darauf nebeneinander im Auto saßen, fragte er:
»Sollen wir das Dach zurückschlagen?«
»Bitte.«
»Dinny, diese Fahrt ist wie ein Traum.«
»Ich wollte, ich glitte in meinen Träumen so sanft dahin.«
»Träumen Sie viel?«
»Ja.«
»Schön oder häßlich?«
»Oh, wie man immer träumt – ein wenig schön, ein wenig häßlich.«
»Wiederholt sich mancher dieser Träume?«
»Einer davon. Ein Strom, über den ich nicht hinüber kann.«
»Aha! Wie das Examen, das man nie besteht. Träume reißen unbarmherzig den Schleier von der Seele. Würden Sie sich glücklicher fühlen, wenn Sie diesen Strom in Ihren Träumen überqueren könnten?«
»Ich weiß nicht.«
Schweigen. Dann sagte er: »Dieses Auto ist eine neue Type. Man braucht nicht wie bei den alten Typen zu schalten. Aber Sie chauffieren wohl nicht gern? Oder doch?«
»Ich stell mich beim Chauffieren so ungeschickt an.«
»Dinny, Sie sind nicht modern.«
»Nein. Ich bin viel weniger tüchtig als die andern.«
»In Ihrer Art sind Sie tüchtiger als alle Menschen, die ich kenne.«
»Sie meinen, ich kann Blumen geschmackvoll anordnen.«
»Und einen Spaß verstehen, und – ein reizendes Mädel sein.«
Dinny schien es, sie habe das seit fast zwei Jahren nicht mehr

zuwege gebracht; doch sie erwiderte nur: »In welchem College waren Sie in Oxford?«
»Im Oriel-College.«
Damit verlief das Gespräch im Sand.
Auf manchen Wiesen stand das Heu schon in Schobern, anderes lag noch gemäht; die Hochsommerluft war schwer von seinem Duft.
»Eigentlich hab ich keine Lust, in die Messe zu gehen«, erklärte Dornford unvermittelt. »Ich hab so selten Gelegenheit, mit Ihnen beisammen zu sein, Dinny. Fahren wir doch nach Clifton und nehmen ein Boot.«
»Gut, für Stubenhocker ist das wirklich verlockend.«
Sie wandten sich zur Linken, fuhren durch Dorchester, kamen an den Uferhängen und der Flußbiegung vorbei nach Clifton. Sie verließen das Auto und mieteten ein Boot; nach kurzer Ruderfahrt machten sie es am Ufer fest.
»So zerrinnen unsere besten Vorsätze in nichts«, meinte Dinny. »Am Ende tut man ja doch etwas ganz anderes, als man sich vorgenommen hat, nicht wahr?«
»Stimmt, doch oft etwas Besseres.«
»Ich wollte, wir hätten Foch mitgenommen. Er fährt in jedem Vehikel gern und hat eine Schwäche dafür, sich einem dabei auf die Füße zu kauern und seekrank zu werden.«
Obwohl sie über eine Stunde auf der Themse verbrachten, wechselten sie dabei kaum ein Wort. Es schien, als fühlte er, daß Dinny ihm hier auf dem Fluß, der halb im Sonnenschein, halb im Schatten lag, in der schlaftrunkenen Stille dieses Sommertags näher kam denn je zuvor – in Wahrheit aber ahnte er es nicht. Dinny überkam in diesen Minuten ein Gefühl der Ruhe und der Sicherheit; sie brauchte nicht zu sprechen, sog nur mit jeder Pore den Sommer ein – seinen Duft, sein Summen, das ruhige Leben und Weben, die sorglose, friedliche Atmosphäre über dem Grün, das leise Schwanken der Binsen, das Glucksen des Wassers, das gedämpfte Gurren der Wildtauben, das von fernen Bäumen herüberdrang. Clare hatte wahrhaftig recht, er ließ einem sein Eigenleben. Als sie nach Condaford zurückkamen, fand sie, es sei einer der stillsten und schönsten Vormittage gewesen, die sie je erlebt

hatte. Doch zwischen seinen Worten: »Danke, Dinny, es war eine göttliche Stunde!« und seinem wahren Empfinden lag eine tiefe Kluft, das verriet ihr sein Blick. Unnatürlich, wie er sein Gefühl im Zaum hielt! Und wie es Frauen schon ergeht, ihr Mitleid schlug in Gereiztheit um. Nur nicht diese ewige Zurückhaltung, diese unendliche Rücksicht, dieses geduldige Warten! Nach dem langen Zusammensein am Vormittag sah sie ihn am Nachmittag nur flüchtig. Sehnsüchtig, fast vorwurfsvoll hing sein Blick an ihr und quälte sie; darum gab sie sich den Anschein, als bemerke sie diesen Blick nicht. »Total verdreht!« hatte in ähnlichen Fällen ihre alte schottische Kinderfrau gesagt.

Als sie ihm am Fuß der Treppe gute Nacht wünschte, bereitete ihr seine niedergeschlagene Miene ein seltsames Vergnügen, doch gleich darauf sagte sie sich, das sei abscheulich von ihr. In sonderbarem Zwiespalt betrat sie ihr Schlafzimmer, zerfallen mit sich, mit ihm, zerfallen mit der ganzen Welt.

»Verdammt!« murrte sie und tastete nach dem Lichtschalter.

Leises Lachen ließ sie zusammenzucken. Clare hockte im Pyjama auf dem Fensterbrett und rauchte eine Zigarette.

»Dreh nicht das Licht an, Dinny. Komm, setz dich zu mir her, paffen wir beide zum Fenster hinaus.«

Drei weitgeöffnete Fenster ließen die Nacht herein – am distelblauen Himmel flirrende Sterne. Dinny starrte hinaus und fragte:

»Wo hast du nur seit dem Lunch gesteckt? Ich wußte gar nicht, daß du wieder zu Hause bist.«

»Eine Zigarette? Mir scheint, du brauchst ein Beruhigungsmittel.«

Dinny blies eine Rauchwolke vor sich hin.

»Stimmt. Ich bin mir selbst zuwider.«

»So war mir auch zumute«, murmelte Clare, »doch jetzt ist mir besser.«

»Wie hast du das angestellt?«

Wieder lachte Clare, und der Klang dieses Lachens brachte Dinny auf die Frage: »Hast du Tony Croom besucht?«

Clare lehnte sich zurück, ihr Hals schimmerte im Dunkel.

»Jawohl, meine Liebe. Ich fuhr mit dem Ford hinüber. Dinny,

wir haben den Richtspruch gerechtfertigt. Tony sieht jetzt nicht mehr wie ein Waisenknabe drein.«

»So!« sagte Dinny, »ach so!«

Der warme, schläfrige und satte Klang in der Stimme ihrer Schwester trieb Dinny das Blut in die Wangen, ließ ihren Atem schneller gehen.

»Jawohl! Als Freund gefiel er mir lange nicht so gut wie als Liebhaber. Wie gesund und vernünftig ist das Gesetz – es wies uns den richtigen Weg! Mir gefallen auch seine beiden umgebauten kleinen Häuser. Nur noch der Kamin im oberen Stockwerk muß durchgebrochen werden.«

»Wollt ihr also heiraten?«

»Meine Liebe, wie können wir das? Nein, wir werden ›in Sünde‹ leben, alles weitere wird sich zeigen. Ich finde diese Übergangszeit sehr nützlich. Tony besucht mich Mitte der Woche in London und ich ihn draußen am Wochenende. Es ist ja jetzt alles vollkommen gesetzlich!«

Dinny lachte. Clare richtete sich plötzlich auf und schlang die Hände um die Knie.

»Ich fühle mich jetzt glücklich wie seit langem nicht. Es taugt nichts, andere auf die Folter zu spannen. Eine Frau braucht Liebe. Der Mann auch.«

Dinny lehnte sich aus dem Fenster, die Nachtluft strich ihr kühlend um die Wangen. Schön und still war es hier draußen, kein Blatt regte sich, kein Halm – schwüle schwarze Nacht. Durch das tiefe Schweigen drang fernes Surren und schwoll im Näherkommen an, ein Auto sauste zwischen den Bäumen vorbei, für ein paar Augenblicke glühten in seinen Scheinwerfern die Hecken auf, bis die Lichter um die Kurve verschwanden. Das Surren wurde immer leiser, dann war es still wie zuvor. Eine Motte flog vorüber, die kleine weiße Feder einer Fächertaube flatterte vom Dach durch die windstille Luft zu Boden. Dinny fühlte, wie Clares Arm sich um ihre Hüfte schlang.

»Gute Nacht, Liebling! Reiben wir zum Abschied die Nasen aneinander!« Dinny wandte sich vom Fenster fort und umschlang die zarte Gestalt im Pyjama. Ihre Wangen berührten sich, beide

fühlten die Wärme – Clare empfand es als eine Wohltat, Dinny war's, als durchdringe sie die Glut zahlloser Küsse.
Nachdem ihre Schwester sie verlassen hatte, schritt sie in ihrem dunklen Zimmer ruhelos auf und ab.
»Es taugt nichts, andere auf die Folter zu spannen ... Eine Frau braucht Liebe ... Der Mann auch.« Diese kleine Prophetin! Ein Blitzstrahl hatte sie bekehrt wie den Apostel Paulus auf seinem Weg nach – wie hieß es nur? Auf und ab schritt sie, auf und ab, bis sie schließlich ganz erschöpft war; sie drehte das Licht an, streifte die Kleider ab und ließ sich, in einen Schlafrock gehüllt, nieder, um sich das Haar zu bürsten. Während sie immer wieder mit der Bürste darüberstrich, starrte sie wie gebannt auf ihr Spiegelbild, als habe sie sich seit langer Zeit nicht mehr betrachtet. Das Fieber, das sie ergriffen hatte, glomm noch immer in ihren Wangen, ihren Augen. Unheimlich lebhaft sah sie aus. Oder hatte sie nur die Sonne so fiebrig gemacht, während sie mit Dornford in jenem Boot saß? Sie hörte auf, sich zu bürsten, schüttelte das Haar zurück und ging zu Bett. Die Fenster standen offen, die Vorhänge waren nicht zugezogen; die sternklare Nacht blickte zu ihr herein, wie sie so auf dem Rücken im Dunkel ihres schmalen Zimmers lag. Die Uhr in der Halle schlug gedämpft Mitternacht – kaum drei Stunden, und es war wieder hell! Sie dachte an Clare, die nebenan fest schlief. Sie dachte an den jungen Croom, der jetzt trunken von Glück in dem umgebauten kleinen Haus lag. Doch sie fand keinen Schlaf. Sie hatte ein Gefühl wie manchmal in ihren Kindertagen, als müsse sie herumstrolchen, die Totenstille der Nacht ergründen, sich auf die Treppe hocken, in die Zimmer spähen und sich in einen Lehnstuhl kauern. Sie erhob sich, schlüpfte in den Schlafrock und die Hausschuhe und stahl sich hinaus. Oben auf der Treppe ließ sie sich nieder, schlug die Beine übereinander und lauschte. Kein Laut in dem alten finsteren Haus, nur irgendwo ein kratzendes Geräusch, da war wohl eine Maus an der Arbeit. Sie erhob sich, faßte das Treppengeländer und schlich hinab. In der Halle roch es muffig, zuviel altes Holzwerk, zu viele alte Möbel – alle Fenster waren geschlossen. Sie tastete sich vorwärts zur Tür des Salons und öffnete sie. Blumenduft, der Geruch von getrockneten Rosenblättern und schaler Zi-

garettenrauch hingen schwer in der Luft. Sie trat auf eine der Glastüren zu, zog die Vorhänge zurück und öffnete die Tür. Einen Augenblick blieb sie stehen und holte tief Atem. Ganz finster, ganz still, ganz warm. Beim Sternenschein sah sie nur die Magnolienblätter glänzen. Sie ließ die Tür offen, schritt auf ihren alten Lieblingslehnstuhl zu und hockte sich mit gekreuzten Beinen darauf nieder. Dann kauerte sie sich zusammen und versuchte sich einzubilden, sie sei noch ein Kind wie einst. Die Nachtluft drang herein, die Hallenuhr tickte, und bei diesem rhythmischen Ticken schien das Fieber zu schwinden. Sie schloß rasch die Augen, und wieder überkam sie jenes trauliche Gefühl des Geborgenseins, das sie stets in diesem Lehnstuhl empfunden hatte. Dennoch überfiel sie kein Schlaf. Hinter ihr durchs Fenster hatte sich beim Aufgang des Mondes ein Geist eingeschlichen, ein unheimliches Licht, das mit seinen langen Strahlenfingern ganz sacht über jeden der vertrauten Gegenstände strich und ihn in ein gespenstisches Abbild seiner selbst verwandelte. Ihr war, als sei der ganze Raum erwacht, um ihr Gesellschaft zu leisten. Und wieder durchzuckte sie jenes oft empfundene Gefühl, dieses alte Haus führe ein seltsames Eigenleben, fühle, sehe, sei sich des eigenen Zaubers in Schlaf und Wachen bewußt. Plötzlich vernahm sie Schritte von der Terrasse her und setzte sich erschrocken auf.

»Wer ist das?« rief eine Stimme. »Ist jemand hier?«

In der offenen Glastür stand eine Gestalt; es war Dornford, sie erkannte ihn an der Stimme und sagte:

»Nur ich.«

»N u r Sie!«

Sie sah ihn eintreten, neben dem Sessel stehen und auf sie herabblicken. Er war noch im Abendanzug, sie konnte sein Gesicht kaum sehen, da er mit dem Rücken gegen das matte Licht stand.

»Ist was los, Dinny?«

»Hab nur nicht schlafen können. Und Sie?«

»Ich hab eben eine kleine Arbeit in der Bibliothek beendet. Dann trat ich auf die Terrasse hinaus, um ein wenig frische Luft zu schnappen, und sah die Glastür offenstehen.«

»Wer von uns sagt jetzt wohl: ›Das trifft sich großartig‹?« meinte

Dinny. Danach sprach keines von beiden ein Wort. Dinny aber, die mit gekreuzten Beinen dagesessen war, suchte mit den Füßen den Boden.
Plötzlich fuhr sich Dornford mit den Händen an den Kopf und wandte sich von ihr ab. »Verzeihen Sie, daß ich so aussehe«, murmelte sie. »Ich hatte natürlich keine Ahnung –«
Er wandte sich ihr wieder zu und fiel neben ihr auf die Knie. »Dinny, es ist für mich das Ende der Welt, wenn nicht –«
Sie legte ihm die Hände aufs Haar und sagte ruhig: »Nein, nicht das Ende – der Anfang.«

39

Adrian schrieb seiner Frau:

Condaford, am 10. August

Meine Liebste!
Ich versprach Dir, wahrheitsgetreu und eingehend darüber Bericht zu erstatten, wie Dinny unter die Haube kam. Willst Du wissen, wie Braut und Bräutigam beim Verlassen der Kirche aussahen, dann sieh Dir das Bild in *The Lantern* an. Zum Glück fing die Kamera des neugierigen Reporters die beiden just im richtigen Augenblick ein, während sie noch stillstanden. Sonst wäre es ein Juxbild geworden – die Sohle des einen Fußes bis ans Auge gehoben, das Knie des anderen Beins plump und verschwommen, die Hosen ganz aus der Form; denn nur die Filmkamera gibt Bewegungen richtig wieder. In *The Lantern* sieht Dornford ganz famos aus in seinem funkelnagelneuen Frack; und Dinny trägt – Gott sei Dank – nicht das herkömmliche »bräutliche Lächeln« zur Schau, sie scheint fast die Ironie der Angelegenheit zu durchblicken. Seit ihrer Verlobung habe ich mich immer wieder gefragt, was sie denn eigentlich für Dornford fühle. Eine Liebe wie die zu Desert bestimmt nicht, doch wenn ich nicht irre, hat sie auch keine physische Abneigung gegen ihn. Als ich sie gestern fragte: »Mit ganzem Herzen?«, gab sie zurück: »Mit halbem jedenfalls nicht.« Wir beide wissen doch aus Erfahrung, daß ihre selbstlose Sorge für andere keine Grenzen kennt. Aber diesen

Schritt tut sie doch für sich selbst. Sie wird das Geschlecht fortsetzen, wird Kinder haben, wird eine Rolle spielen. Das soll sie auch und das fühlt sie auch, scheint mir. Sie ist keineswegs in Dornford »verschossen«, doch sie achtet und bewundert ihn, meiner Meinung nach mit vollem Recht. Übrigens weiß er durch mich, vielleicht auch durch sie selbst, welcher Liebe zu ihm sie fähig ist, und erhofft sich vorderhand nicht mehr, als ihm wirklich zuteil wird. Das Wetter blieb den ganzen Tag über schön, und die Kirche, in der übrigens Dein eigener Partner einst die Taufe empfing, sah noch nie so feierlich aus. Die Hochzeitsgäste erinnerten vielleicht ein wenig an das England vergangener Tage, doch sieht man, glaube ich, solche Dutzendgesichter auch heute noch auf Schritt und Tritt.

Ganz vorn im Kirchenschiff, in den weihevollen Regionen, tauchte unser eigener Klüngel auf, Landadel und angehender Landadel. Je genauer ich mir den Landadel ansah, um so mehr muß ich Gott dafür danken, daß er die Cherrells unserer Generation gnädig davor bewahrt hat, diesem Adel zu gleichen. Sogar Conway und Lizzy, die doch ihr Leben draußen auf dem Land verbringen müssen, tragen nicht ganz diesen Stempel. Der Gedanke ist sonderbar, daß sich dieser englische Landadel bis auf den heutigen Tag erhalten hat; aber vermutlich wird er weiterdauern, solang es eine Jagd gibt. Ich entsinne mich noch, sooft ich als Junge zur Jagd aus unseren oder anderen Ställen ein Reitpferd auftrieb, stahl ich mich gewöhnlich davon, um nur ja nicht mit den Jagdgefährten plaudern zu müssen; ihre Reden und ihr Tonfall gingen mir so auf die Nerven. Lieber ein gewöhnlicher Mensch sein als ein Mitglied des Landadels oder angehenden Adels. Ich muß gestehen, Clare benahm sich nach dieser ganzen Komödie im Gerichtssaal erstaunlich gelassen, und soviel ich sehen konnte, ließ sich niemand sein Vorurteil gegen geschiedene Frauen anmerken. Dann, in weniger weihevollem Hintergrund, fand sich korporativ das ganze Dorf ein – Dinny ist ja der besondere Liebling –, eine richtige Versammlung uralter Bauern. Ein paar echte Charakterköpfe; ein alter Bursche namens Downer in einem Rollstuhl. Sein schlaues gebräuntes Gesicht umrahmte ein weißer Backenbart. Er erinnerte sich noch genau, wie Hilary und ich von einer Heufuhre herabpurzelten, auf die wir nicht hätten klettern sollen. Und Mrs. Tibwhite – eine liebe alte Hexe, die mir anno dazumal immer ihre Himbeeren zu essen gab. Die Schulkinder hatten einen Ferientag. Wie mir Lizzy sagte, hat kaum einer unter zwanzig von diesen Leuten London je gesehen oder sich fünfzehn Kilometer vom Dorf entfernt, trotz der modernen Verkehrsmittel. Dennoch wirken die jungen Burschen und Mädchen jetzt ganz anders. Die Mädel haben tadellose Beine und Strümpfe und ganz geschmackvolle Kleider; die Jungen tragen gute Flanellanzüge, auch Kragen und Krawatte – der Einfluß der vielen Motorräder und des Kinos. In der Kirche haufenweise Blumen, emsiges Glokkenläuten, asthmatisches Orgelspiel. Hilary nahm den beiden blitzschnell wie gewöhnlich das Gelöbnis ab, und der alte Pfarrer Tasburgh, der ihm assistierte, war ganz starr über dieses Tempo und Hilarys viele Kürzungen. Du möchtest natürlich auch über die Toiletten etwas erfahren. Im Kirchenschiff schien mir helles Enzianblau die Farbe des Tages. Selbst Dinny wirkte so, obwohl sie natürlich ein weißes Kleid trug; aber die Brautjungfern waren mit oder ohne Absicht alle in der gleichen Farbe herausstaffiert; Monica, Joan und die beiden jungen Nichten Dornfords, alle schlank und hochaufgeschossen, erinnerten wirklich an blauen Rittersporn; vor ihnen schritten vier blaugekleidete Mädchen, herzig, aber nicht so hübsch wie Sheila. Diese Schafblatterngeschichte kam wirklich sehr ungelegen, Du und Deine beiden Sprößlinge wurden ganz besonders vermißt; und Ronald hätte als Page bestimmt alle anderen ausgestochen. Ich ging mit Lawrence und Emily, einer höchst imposanten Erscheinung in stahlgrauer Robe, nach Condaford zurück; ihre Wangen sahen etwas gestriemt aus, denn Tränen hatten den Puder an manchen Stellen fortgespült und verwischt. Ich mußte Emily also unter einem vom Blitz gehöhlten Baum zum Stehen bringen und ihr mit einem der seidenen Taschentücher, die Du mir mitgabst, einen Freundschaftsdienst erweisen. Lawrence war in bester Stimmung, erklärte, eine so schnurrige Gesellschaft habe er schon lang nicht mehr gesehen; er hoffe jetzt zuversichtlicher auf das weitere Fallen des Pfunds. Emily hatte Dornfords neues Haus in Campden Hill besichtigt; sie prophezeite, Dinny werde Dornford binnen Jahresfrist heiß lieben, und diese Vorstellung entlockte ihr eine neue Träne; deshalb lenkte ich ihre Aufmerksamkeit auf den Baum, den der Blitz getroffen hatte, während sie, Hilary und ich darunter standen. »Ach ja«, sagte sie, »ihr wart Lausbuben, aber noch so klein, daß ihr gar keine Angst hattet. Der Kammerdiener schnitt uns aus dem Holz einen Federstiel, aber die Schreibfedern fielen stets heraus, darum gab ich ihn Conway für die Schule, und er verwünschte mich. Lawrence, ich bin alt geworden.« Worauf Lawrence sie an der Rechten nahm; den Rest des Weges legten sie Hand in Hand zurück.

Der Empfang fand auf der Terrasse und dem Rasen statt. Alle kamen, Schulkinder und die übrigen, eine sonderbar buntscheckige Gesellschaft, doch herzlich, wie mir schien. Ich hatte gar nicht mehr gewußt, wie sehr mir das liebe Condaford ans Herz gewachsen war. Mag man auch großen Wert darauf legen, alles gleichzumachen, diese alten Landsitze haben doch ihren besonderen Reiz. Und läßt man sie einmal aus den Händen, so findet man keinen Ersatz mehr für sie; irgendwie bilden sie seltsamerweise den Brennpunkt der Landschaft. Manche Dörfer und Gegenden kommen einem so seelenlos vor, man weiß nicht recht, warum, aber sie scheinen so hohl und schal und flach. Ein richtiger alter Landsitz ist sozusagen das Herz der ganzen Gegend. Und wenn seine Bewohner nicht geradezu abscheuliche Egoisten sind, so bedeuten sie den Leuten, die selbst keinen Grund und Boden besitzen, mehr, als man glauben sollte. Schloß Condaford ist eine Art Anker für die Nachbarschaft. Unter den ärmsten Dorfbewohnern wirst Du nicht einen finden, der über diesen Herrensitz murren oder seinen Verfall nicht beklagen würde. Generationen haben auf dieses Gut ein Leben voll Liebe und Sorgen, aber Gott weiß nicht allzuviel Geld verwendet, und darum wirkt es nun ganz eigenartig, als ganz heimisches Erzeugnis. Alles ist dem Wandel unterworfen, muß sich ja wandeln, und eines unserer größten, doch zumeist vernachlässigten Probleme besteht darin, wie wir in Landschaft, Häusern, Sitten und Gebräuchen, Institutionen, Charaktertypen und so fort, alles was weiterzuleben verdient, vor dem Untergang bewahren; wir konservieren unsere alten Kunstwerke, unsere alten Möbel, treiben einen hochentwickelten Kult mit »Antiquitäten«, und selbst die modernsten Köpfe lehnen sich mit keinem Gedanken dagegen auf. Warum nicht auch Einrichtungen des sozialen Lebens vor dem Untergang bewahren? »Die alte Ordnung weicht« – freilich, aber einiges vom alten Erbe sollten wir uns doch erhalten: Schönheit, Würde, den Willen zu dienen und unsere Bräuche – all das hat sich wohl sehr langsam entwickelt, kann aber in kurzer Zeit ausgerottet werden, wenn wir uns nicht irgendwie um die Erhaltung kümmern. Wie die Menschennatur nun einmal ist, scheint mir das Unterfangen, alles bis auf den Grund niederzureißen und neu aufzubauen, vollkommen nutzlos. Die alte Ordnung hatte ja mancherlei Auswüchse und war keineswegs über jeden Einwand erhaben; aber jetzt, da diese Ordnung demoliert wird, erkennt man erst richtig, daß ganz leicht in einer Stunde die Arbeit von Jahrhunderten zertrümmert werden kann. Wenn man aber nicht völlig im klaren darüber ist, ob man eine zugegebenermaßen unvollkommene Ordnung durch etwas Vollkommenes ersetzen kann, so schleudert man die Menschen auf eine tiefere Kulturstufe zurück, statt sie zu erhöhen. Man müßte eben das Wertvolle heraussuchen und erhalten, allerdings dürfte es nicht sehr viel davon geben. Das sind recht böse Anzeichen! Um auf Dinny zurückzukommen – die beiden werden die Flitterwochen in Shropshire, Dornfords engerer Heimat, verbringen. Dann kehren sie für kurze Zeit nach Condaford zurück und lassen sich schließlich in Campden Hill nieder. Ich wünsche ihnen, daß das Wetter schön bleibt. Verregnete Flitterwochen gehen einem arg auf die Nerven, besonders wenn der eine Teil verliebter ist als der andere. Vielleicht interessiert es Dich, daß Dinny bei der Abreise ein blaues Kostüm trug, das ihr nicht übermäßig gut stand. Eine Minute konnten wir uns ungestört sprechen. Ich überbrachte ihr Deinen Glückwunsch, sie trug mir recht herzliche Grüße an Dich auf und erklärte: »Nun hab ich's beinahe hinter mir. Lieber Onkel, wünsch mir Glück!« Mir kamen fast die Tränen. Weshalb nur? Immerhin, wenn Glückwünsche helfen können, dann zieht sie glückbeladen hin; aber es war gewiß keine Kleinigkeit für sie, diese Küsserei über sich ergehen zu lassen. Conway und Lizzy erledigten ihre unten beim Auto. Als ich ihnen nach Dinnys Abreise ins Gesicht sah, kam ich mir geradezu herzlos vor. Das Brautpaar fuhr in Dornfords Auto davon, er lenkte es selbst. Danach, ich muß es gestehen, stahl ich mich fort. Über die beiden brauche ich mir keine Sorgen zu machen, aber es ging mir doch gegen das Gefühl. Jede Hochzeit wirkt so verwünscht unwiderruflich, mag man auch heutzutage die Scheidung noch so erleichtern; übrigens läge es wohl nicht in Dinnys Charakter, einen Mann, der sie liebt, zu heiraten und ihn dann im Stich zu lassen; sie hält sich bestimmt eher an die altmodische Trauformel: »im Glück, im Unglück« – ich hoffe zuversichtlich, daß ihr diese Ehe Glück bringt, wenigstens im Lauf der Zeit. Ich schlich mich in den Obstgarten, dann hinauf durch die Felder in den Wald. Hoffentlich hast Du auch so herrliches Wetter gehabt wie wir. Diese Buchenwälder auf den Hügelhängen sind viel schöner als die Buchengruppen, die in regelmäßigen Abständen auf dem Hügelgelände gepflanzt werden; dennoch erinnern auch die an einen Tempel, obgleich sie dem Zweck dienen, ein Grundstück abzugrenzen oder den Schafen Schatten zu spenden. Ich versichere Dir, um halb sechs wirkte dieser Buchenwald wie verzaubert. Ich stieg den Abhang hinan, setzte mich nieder und genoß den Anblick. Große Bündel von Sonnenstrahlen drangen durchs Laub herab und malten ihre Kringel auf die Stämme; dazwischen ganz tiefgrüne, kühle Flekken – wahrhaftig, ein Heiligtum! Viele der Bäume setzten erst hoch oben die Äste an, einige Stämme schimmerten fast weiß. Nicht viel Unterholz, ganz wenig Lebendiges, nur ein paar Häher und ein braunes Eichhörnchen. Wenn man in einem solchen Wald an Erbschaftssteuern und Schlagholz denkt, dreht sich einem der Magen um, als hätte man zum Abendessen eine Schüssel spanischer Zwiebeln verzehrt. Zweihundert Jahre dauerte es wohl, bis dieser Wald so herrlich wurde, und aus Ehrfurcht vor seinem Schöpfer dürfte man ihn nicht fällen. Diese Wälder sind nicht länger »verboten«, und jeder darf sie betreten. Vermutlich machen die jungen Leute von dieser Erlaubnis Gebrauch, wie herrlich, mit der Liebsten darin umherzuwandern! Ich streckte mich auf einem sonnigen Fleck hin und dachte an Dich; zwei kleine graue Holztauben saßen etwa fünfzig Schritt vor mir auf den Ästen und unterhielten sich traulich miteinander – schade, daß ich nicht den Feldstecher mithatte. An den Stellen, wo die Bäume geschlagen und entfernt worden waren, wucherten Rainfarn und Weiderich – Fingerhut blühte nur vereinzelt in der Nähe. Alles atmete tiefen Frieden, aber das Herz tat mir ein wenig weh, weil alles ringsum gar so schön und grün war. Seltsam, daß Schönheit weh tun kann! Vielleicht beschleicht uns ein Gefühl der Vergänglichkeit darum, weil wir eines Tages alles lassen müssen, und je schöner es gewesen, um so empfindlicher trifft uns der drohende Verlust! Ein schwerer Fehler, das. Aber je schöner die Welt ist, je wunderbarer Licht und Wind im Laub der Bäume spielen, je anmutiger die Natur sich offenbart, um so sanfter und wohliger werden wir in ihr ruhen. Wie seltsam! Ich weiß ja, der Anblick eines toten Kaninchens macht inmitten eines solchen Waldes viel tieferen Eindruck auf mich als im Wildbretladen. Auf dem Heimweg sah ich eines am Wegrand liegen, ein Wiesel hatte es umgebracht. Mir war, als riefe mir sein weicher, schlaffer Körper zu: »Jammerschade, daß ich tot bin!« Mag der Tod auch schön sein, das Leben ist noch viel schöner. Wie erschütternd wirkt doch ein Leichnam, der die Gestalt des Lebenden noch unversehrt bewahrt! Gestalt und Leben sind eins, und ist erst das Leben dahin, dann scheint es uns unbegreiflich, daß der Tote die Gestalt noch jene kleine Zeitspanne behält. Gern wäre ich länger geblieben, hätte gern noch gesehen, wie der Mond aufging, neugierig spähte und langsam sein fahles, geisterhaftes Licht über alles ergoß; vielleicht hätte ich mir dann gedacht: Am Ende lebt die Gestalt ja doch weiter, nur irgendwie verklärt, und wir alle, auch die toten Kaninchen, Vögel und Motten, regen uns noch immer, dauern auch im Tode fort – das mag schon so sein, nach allem, was ich weiß, was ich je wissen werde. Doch für acht Uhr war das Dinner festgesetzt, darum mußte ich fort aus dem noch immer grüngoldenen Licht. Draußen auf der Terrasse traf ich Foch, Dinnys Wachtelhund. Mir war, als sähe ich einen Verbannten, ich kannte ja seine Geschichte; zwar stieß er kein Geheul aus, doch erinnerte er mich ganz deutlich an alles, was Dinny erlebt und ausgestanden hatte. Er saß auf den Hinterbeinen und starrte ins Leere, wie es Hunde, besonders Wachtelhunde, gerne tun, wenn sie etwas ganz und gar nicht fassen können und ihren einziggeliebten Herrn nicht mehr wittern. Wenn die beiden zurückkommen, geht Foch mit ihnen selbstverständlich nach Campden Hill. Ich stieg hinauf, nahm ein Bad, zog mich um und stand am Fenster. Von den Feldern drang das Surren einer Mähmaschine herüber, die noch Korn schnitt; der Duft des Geißblatts und der Blumen, die mein Fenster umranken, machte mich ein wenig trunken. Nun erst verstand ich, was Dinny mit den Worten »hinter mir« eigentlich gemeint hatte. Hinter ihr lag jetzt der Strom, den sie in ihren Träumen nie überqueren zu können geglaubt hatte. Nun, das ganze Leben ist ja ein solches Überqueren, mitunter ertrinkt man auch auf halbem Weg. Ich hoffe – ja, ich glaube fast, sie landet am anderen Ufer. Die Mahlzeit verlief, wie solche Mahlzeiten stets verlaufen – wir sprachen nicht von ihr, gaben unseren Gefühlen in keiner Weise Ausdruck. Ich spielte mit Clare eine Partie Billard – sie kam mir überraschend sanft vor und anziehender, als ich sie je gesehen habe. Dann saß ich bis Mitternacht bei Conway, natürlich schwiegen wir uns dabei gründlich aus. Er und Lizzy werden Dinny gewiß arg vermissen.

Als ich wieder in meinem Zimmer war, fand ich das Schweigen bedrückend, der Mond schien fast gelb. Eben verbirgt er sich hinter den Ulmen, und über einem dürren Ast funkelt der Abendstern. Ein paar andere Sterne stehen auch am Himmel, aber zart und blaß. Diese Nacht ist fern dem Getriebe unserer Tage, fern der ganzen Welt. Kein Käuzchen schreit, nur das Geißblatt duftet noch immer berauschend. Und hier, Herzliebste, endet die Geschichte! Gute Nacht!

Stets Dein Dich liebender

Adrian

Inhalt

Die Forsytes

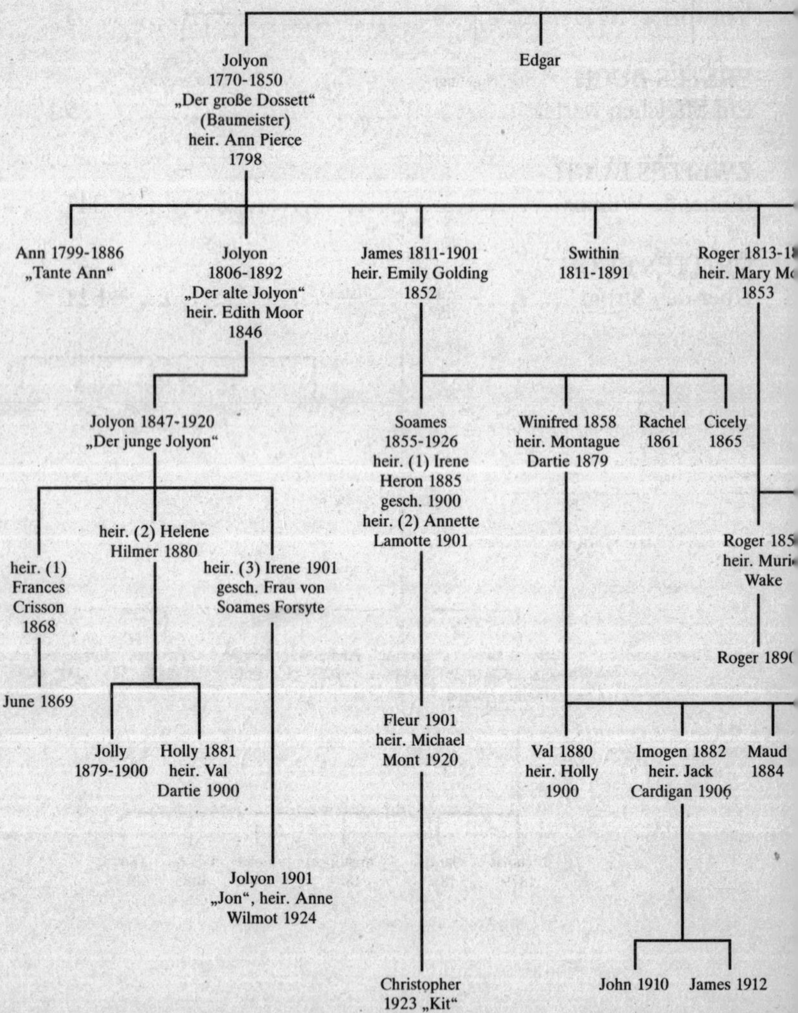

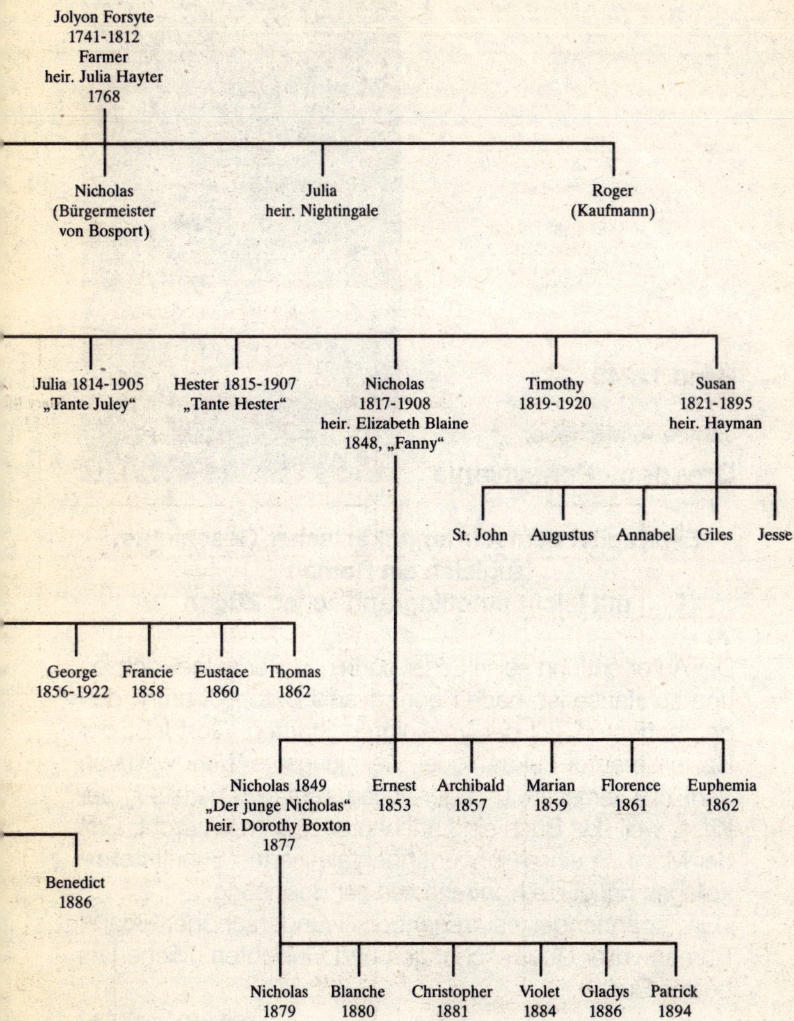

Jolyon Forsyte
1741-1812
Farmer
heir. Julia Hayter
1768
Nicholas
(Bürgermeister
von Bosport)
Julia
heir. Nightingale
Roger
(Kaufmann)
Julia 1814-1905
„Tante Juley“
Hester 1815-1907
„Tante Hester“
Nicholas
1817-1908
heir. Elizabeth Blaine
1848, „Fanny“
Timothy
1819-1920
Susan
1821-1895
heir. Hayman
St. John
Augustus
Annabel
Giles
Jesse
George
1856-1922
Francie
1858
Eustace
1860
Thomas
1862
Nicholas 1849
„Der junge Nicholas“
heir. Dorothy Boxton
1877
Ernest
1853
Archibald
1857
Marian
1859
Florence
1861
Euphemia
1862
Benedict
1886
Nicholas
1879
Blanche
1880
Christopher
1881
Violet
1884
Gladys
1886
Patrick
1894